OSCAR WILDE

CLASSIQUES MODERNES

OSCAR WILDE

ŒUVRES

Préface et notices de Pascal Aquien
Notes de Pascal Aquien, Jean Besson,
Jean-Pierre Naugrette et Carle Bonafous-Murat

La Pochothèque

LE LIVRE DE POCHE

Les traductions sont de

Jean Besson pour les poèmes choisis, *La Maison de la courtisane, La Sphinge, La Ballade de la geôle de Reading* ;

Jules Castier pour *Le Prince heureux, L'Ami dévoué, La Fusée remarquable, Le Jeune Roi, L'Enfant-Étoile, Le Pêcheur et son âme, Le Crime de Lord Arthur Savile, Le Sphinx sans secret, Le Fantôme des Canterville, Le Millionnaire modèle, Le Portrait de Mr. W.H.* ;

Félix Frapereau et Edmond Jaloux pour *Le Portrait de Dorian Gray* ;

Charles Grolleau pour les poèmes en prose ;

Léo Lack pour *De profundis* ;

Stuart Merrill pour *Le Rossignol et la Rose* ;

Philippe Neel pour *Intentions* ;

Albert Savine pour *L'Éventail de Lady Windermere, Une femme sans importance, Un mari idéal, L'Importance d'être constant* ;

Marcel Schwob pour *Le Géant égoïste* ;

Francis Viélé-Griffin pour *L'Anniversaire de l'Infante*.

Ancien élève de l'École Normale Supérieure de Saint-Cloud, Pascal Aquien est professeur de littérature anglaise à la Sorbonne. Parmi d'autres travaux, il a publié *W.H. Auden : de l'Éden perdu au jardin des mots* (Paris : L'Harmattan, 1996) et procuré au Livre de Poche plusieurs éditions de Wilde dont il a préfacé les *Œuvres* dans la Bibliothèque de la Pléiade.

Ce volume contient :

Les poèmes, notamment « La Maison de la courtisane », « La Sphinge » et « La Ballade de la geôle de Reading »

Les contes et récits : Le Prince heureux et autres contes, Une maison de grenades, Le Crime de Lord Arthur Savile et autres histoires (Le Sphinx sans secret, Le Fantôme des Canterville, Le Millionnaire modèle)

Le Portrait de Dorian Gray

Le Portrait de Mr. W.H.

Intentions

Salomé

L'Éventail de Lady Windermere

Une femme sans importance

Un mari idéal

L'Importance d'être constant

De profundis

PRÉFACE

Paris, 30 novembre 1900 : Oscar Wilde, anéanti par une méningite consécutive à une otite mal opérée, gît sur son lit de mort dans une chambre de l'hôtel d'Alsace, modeste pension dont il ne parvenait même plus à régler la note. Le 3 décembre, il n'eut droit dans l'indifférence générale, ou presque, qu'à un enterrement de sixième classe au cimetière de Bagneux. Tout le monde, semble-t-il, avait oublié le dandy familier des célébrités mondaines, du prince de Galles à Sarah Bernhardt, et qui naguère encore triomphait dans les théâtres londoniens.

La scène était certes brillante, mais les coulisses avaient leurs zones d'ombre. En effet, l'admiration et l'enthousiasme que suscitaient les comédies de Wilde au moment même où commençait son procès n'avaient d'égal que le ressentiment que lui vouait le marquis de Queensberry, père de Lord Alfred Douglas, amant de l'écrivain et instrument de sa perte. C'est dans le courant de l'été 1891 que Wilde avait rencontré le jeune homme, présenté à lui par un ami commun, le poète Lionel Johnson. Ce fut le début d'une liaison tapageuse et bientôt d'un scandale. Wilde affichait sa passion pour le jeune homme avec une folle imprudence, explorant avec lui les milieux de la prostitution masculine que lui faisait découvrir son ami et dont il allait être amplement question lors de son procès. Une lettre d'Oscar adressée au jeune lord et tombée entre les mains du marquis attisa la colère de Queensberry qui somma vainement son fils de rompre. Menaces et injures fusèrent, et, le 18 février 1895, une carte de visite insultante et étrangement rédigée

(« Pour Oscar Wilde qui pose au somdomite » [*sic*]), laissée au club de l'écrivain à son attention par celui qu'il se plaisait à appeler le « marquis écarlate », fut l'amorce de sa chute. Poussé par son ami qui vouait une haine farouche à son père, brute perdue de réputation dans les salons londoniens, l'artiste prit l'initiative de poursuivre Queensberry en diffamation. Celui-ci, sûr de son fait, fut vite innocenté. Wilde en revanche, soupçonné de sodomie, délit pénal pour la loi anglaise, fut arrêté puis condamné à deux ans de travaux forcés le 25 mai 1895. La condamnation était très sévère et tout laisse à penser qu'elle visait aussi à détourner l'attention d'un autre scandale qui menaçait : la révélation de la liaison du Premier ministre, Lord Rosebery, avec le fils aîné de Queensberry. Wilde fut libéré, comme prévu, le 18 mai 1897, mais c'est un homme brisé qui sortit ce jour-là de prison. Il choisit de s'installer en France, d'abord à Berneval, en Normandie, puis à Paris. Presque sans ressources, il sollicita les secours de ses anciens amis pour se voir opposer le plus souvent d'humiliants refus. Sa carrière littéraire, toutefois, n'était pas entièrement parvenue à son terme : deux ouvrages allaient naître, *De profundis*, longue missive adressée à Douglas [1], et *La Ballade de la geôle de Reading*, textes essentiels dont l'argumentation, la thématique et les principes d'écriture éclairent rétrospectivement l'œuvre de Wilde dans son ensemble.

Dans une lettre adressée à son ami Robert Ross, le 1er avril 1897, Wilde s'explique, en partie, sur les raisons qui l'ont poussé à écrire *De profundis*. Le titre, tout d'abord, est significatif : la crise spirituelle est mise en avant et non pas le scandale social de la vie privée. Wilde admoneste également le jeune Douglas. Il lui reproche sa légèreté, son inconsistance mais aussi, non sans hypocrisie, l'effet corrupteur de sa sensualité dont il se déclare la victime. En même temps, l'écrivain se raconte et se met en scène dans diverses situations en remon-

1. Wilde eut toujours l'intention de faire paraître *De profundis* en dépit de son caractère prétendument « privé ». Sur ce point, voir la lettre du 1er avril 1897 adressée à Robert Ross (*Lettres d'Oscar Wilde*, t. II, p. 144, sq.).

tant le fil du temps. Bien que, pour reprendre la remarque de Regenia Gagnier, cette lettre soit sans doute « le seul texte qu'il n'ait pas écrit pour un auditoire »[1], l'auteur admiré de *L'Éventail de Lady Windermere* ou de *L'Importance d'être constant* n'a pas oublié pour autant qu'il excelle dans le genre dramatique toutes les fois qu'il s'agit de faire sentir, avec autant d'esprit que de force persuasive, les tensions dramatiques de la comédie humaine. *De profundis* est ainsi justement remarquable pour sa qualité théâtrale, et restitue à merveille les innombrables scènes d'hystérie qui lui furent infligées par son amant. Intention soulignée par ses références shakespeariennes qui valent à Lord Alfred Douglas d'apparaître tantôt sous les traits d'un « prince gracieux de comédie légère », tantôt comme le « sombre personnage d'une pièce tragique ». C'est encore au théâtre qu'il se réfère pour présenter sa vie comme une pure expérience littéraire, fidèle au principe esthétique largement exploré dans *Intentions* selon lequel la vie imite l'art, et pour décrire sa propre personne comme le héros maudit d'un drame de portée universelle. Il en est ainsi lorsqu'il reproche au jeune homme de s'être querellé avec son père en jouant une « tragicomédie [...] sur la grande scène de l'histoire, avec le monde entier pour auditoire et moi-même comme prix décerné au vainqueur de cette misérable joute ». Le narcissisme de Wilde trouve ici largement son compte : victime, certes, mais en même temps héros tragique prenant place aux côtés des grandes créations eschyléennes ou sophocléennes. Par ailleurs, et dans un registre diamétralement opposé, l'auteur ne dédaigne pas le prosaïsme, non seulement dans l'exploration de sentiments parfois pusillanimes, mais encore lorsqu'il insiste sur des questions d'argent. Wilde règle ses comptes et, de manière très significative, c'est l'argent qu'il évoque dans les dernières pages de *De profundis* pour mentionner et reconnaître sa dette envers lui-même et envers le monde qui l'a jugé coupable : « il faut assurément payer pour tout ce que l'on fait », lance-t-il, et

---

1. Regenia Gagnier, *Idylls of the Marketplace : Oscar Wilde and the Victorian Public*, p. 180.

cette certitude, ou cette formule, est illustrée par la fin du *Portrait de Dorian Gray* qui en est l'application romanesque.

Ce texte lumineux reprend également un audacieux parallèle entre le Christ et l'artiste ; le Christ fait l'objet d'une identification complexe, et sa conviction repose sur un double mouvement rhétorique aussi surprenant que peu orthodoxe : le Christ est un artiste, parce qu'il a réussi sa vie, et l'artiste est un Christ parce qu'il énonce une vérité qui lui vaudra d'être mis à mort. « Le Christ était l'artiste suprême [...] non point du pinceau ni de la plume, mais des mots », expliqua Wilde à son ami Robert Sherard[1]. Conteur hors pair et victime sacrificielle, le Christ selon Wilde est ou devient un autre lui-même, l'écrivain estimant que l'homme ne peut rencontrer l'absolu si ce n'est dans l'épreuve de la douleur. Si celle-ci est érigée au rang de vérité suprême[2], elle n'en est pas moins associée à l'expérience individuelle, sans doute plus encore qu'à la rédemption des pécheurs et au désir de sauver l'humanité : pour Wilde, qui avait lu Renan et qui décrivit sa *Vie de Jésus* (1863) comme « ce gracieux cinquième évangile », celui qu'il est convenu d'appeler le « fils de l'homme » est plus intéressant, ou plus séduisant, en tant qu'être humain qu'en tant que Dieu ou que fils de Dieu[3]. De plus, cette valorisation de la douleur dans l'expérience humaine rayonne sur des contes tels que « Le Prince heureux », « L'Enfant-Étoile » et « L'Anniversaire de l'Infante », voire sur « Le Fantôme des Canterville » et sur le personnage de Dorian Gray, en particulier lors de sa destructrice traversée des apparences à la fin du roman. Au-delà de ses paradoxes d'esthète sur la personne de Jésus, Wilde montre que la souffrance peut être le point de départ d'une restauration de tout l'être, du moins tâche-t-il de s'en persuader. En même temps, la douleur et l'humilité de la victime l'emportent chez lui sur la gloire d'un

---

1. Cité par Robert Harborough Sherard, *The Life of Oscar Wilde*, p. 377-383. **2.** Cf. James Joyce, « Oscar Wilde : The Poet of *Salome* », in Richard Ellmann, ed., *Oscar Wilde, a Collection of Critical Essays*, p. 60. **3.** Telle était la thèse de Renan dont l'interprétation rationaliste de Jésus voyait en lui « un homme incomparable ».

dieu qu'il tient paradoxalement à maintenir à l'extérieur de la religion, devenue simple forme esthétique, pure mise en scène liturgique ou somme de rites mystérieux. L'univers de Wilde, y compris celui de ses comédies, se caractérise par l'absence éblouissante de la figure du Père, qu'il s'agisse de son incarnation suprême et divine, de sa dimension symbolique ou de sa présence effective au sein d'une famille. Face à cette absence, le fils, généralement sous l'œil admiratif de la mère, n'a d'autre recours que d'esthétiser son état de déréliction et de se poser en modèle étrangement exemplaire de la condition humaine. La quête personnelle de l'écrivain torturé et le caractère éphémère d'une expérience individuelle se muent en investigation sur l'être de l'homme ; quant à l'histoire de son existence propre, elle devient rétrospectivement représentative de ce que Pascal, dans ses *Pensées*, appelle la misère de l'homme sans Dieu, non point, dans le cas de Wilde, celle du seul individu coupé de la transcendance, mais celle de l'être humain universel condamné à vie. Face à cette condamnation, il ne reste plus guère que l'écriture.

Toutefois, c'est là, au moment même où il se présente sous les traits d'un personnage tragique ou sous ceux d'un martyr, que Wilde brouille les cartes. On peut certes lire la lettre comme l'affirmation d'un désir impérieux et nécessaire : celui de rompre avec le passé et de couper tout lien avec Douglas, dont le nom semble n'être plus guère que le synonyme de l'« autre » ou de l'altérité que l'auteur perçoit en lui-même et qu'il rejette. Telle est la démarche nécessaire à l'artiste pour retrouver sa dignité. On peut également, au prix d'une lecture attentive, entendre que Wilde désire renouer : ainsi lorsqu'il énumère, non sans délectation, les exemples de complicité passée. Cette relation — héritée de la Grèce antique — de l'homme mûr au jeune homme, que Wilde décrit complaisamment avec un mélange perceptible de masochisme et d'hédonisme, semble retrouver alors tout son attrait. On peut donc s'interroger sur la sincérité de cet acte de contrition chez un écrivain peu soucieux de renoncer à ses contradictions. Le ton n'est jamais celui d'un saint Augustin fustigeant dans ses *Confessions* les égarements de sa jeunesse. Wilde, bien au contraire, se disculpe et décrit avec une délectation perceptible les plaisirs sensuels auxquels il a dû renoncer mais qui ne lui paraissent pas plus futiles pour autant : par exemple, ses repas somptueux dans les meilleurs restaurants ou ses séjours dans des hôtels de luxe. La question de sa sincérité se pose par conséquent à tout instant. Dans « La critique est un art » (*Intentions*), Wilde affirme que l'artiste ne parle pas en son nom mais à partir du point de vue qu'il a résolu d'adopter : « l'homme est le moins lui-même lorsqu'il parle en son nom propre. Donnez-lui un masque et il vous dira la vérité. » Dont acte.

L'expérience carcérale n'en était pas moins là, avec ses rigueurs et ses horreurs. Pendant la détention de Wilde à Reading, une exécution capitale eut lieu, le 7 juillet 1896. Le supplicié, Charles Thomas Wooldridge — désigné dans la dédicace de *La Ballade de la geôle de Reading* par les initiales C.T.W. —, avait été condamné à mort pour avoir égorgé sa femme qu'il soupçonnait d'infidélité. Ce crime et cette exécution furent la source d'inspiration première du poème, bien que l'auteur s'en défendît avec véhémence et qu'il affirmât plus tard à Robert Ross que « l'idée de *La Ballade de la geôle de Reading* [lui était venue] dans le box des accusés » [1]. Ce que l'on peut dire, c'est que la mise à mort effective de Wooldridge le toucha comme le symbole de son propre châtiment.

Wilde avait bien sûr de bonnes raisons de s'intéresser à la destinée tragique d'un criminel. Cet intérêt, toutefois, n'avait rien de fortuit ou d'accidentel, le crime — au sens large de délit — rencontrant chez lui des préoccupations philosophiques presque nietzschéennes, bien qu'il n'eût sans doute jamais lu Nietzsche. Ce dernier, dont la pensée commençait à rayonner hors d'Allemagne, avait presque fait du « crime » un concept philosophique : « Un criminel [...] qui se cramponne à

1. Cité par Richard Ellmann, *Oscar Wilde*, p. 511.

sa destinée, avec une espèce de sérieux lugubre, et qui ne renie pas son acte après coup, possède *une santé de l'âme* plus grande », écrit-il par exemple[1]. De son côté, à partir de 1886, date probable de sa première liaison homosexuelle (avec Robert Ross, qui devait devenir l'un de ses amis les plus fidèles), Wilde se considérait de plus en plus personnellement comme un « criminel », c'est-à-dire comme un homme en rupture de ban avec la société, et en tout cas contraint à une relative clandestinité. Il pensait même que cette position, *a priori* inconfortable, était esthétiquement défendable, voire féconde. Il écrivit ainsi dans *L'Âme de l'homme sous le socialisme* (1895) que « le crime, dans certaines conditions, semble avoir été à la source de l'individualisme », et, d'une manière générale, le « criminel » est un sujet qui l'inspire. Il en est ainsi dans un surprenant éloge des pirates qu'il fit pour la *Pall Mall Gazette*[2], dans « Plume, pinceaux, poison » (*Intentions*), et dans ses propos élogieux sur la valeur du délit. Il souligne par exemple dans « La critique est un art » (*Intentions*) le lien entre la critique d'art et ce qu'il appelle le « péché » (qu'il faut comprendre, en dehors de toute catégorie religieuse, comme un simple acte de rupture avec un ordre établi) en partant du principe suivant : la critique empêchant la création de se répéter de manière stérile et lassante, elle est aussi nécessaire que le « péché » sans lequel, dit-il, le monde pétri d'ennui stagnerait. Comme à son accoutumée, Wilde non seulement intervertit les concepts de bien et de mal, mais encore il justifie son point de vue selon des critères esthétiques, seuls dignes à ses yeux d'être retenus.

La raison du choix formel de la ballade, qui depuis le XVIIIe siècle désigne un poème populaire au thème souvent légendaire qui obéit à des règles strictes, auxquelles d'ailleurs souscrit l'auteur, n'en apparaît alors que plus clairement. Pourquoi écrire un poème, et pourquoi un tel poème ? La réponse à cette question est en partie donnée par l'écrivain dans une

---

1. *Volonté de puissance*, Paris : Le Livre de Poche, p. 118. 2. Cité par Gary Schmidgall, *The Stranger Wilde*, p. 363.

lettre adressée à Robert Ross le 8 octobre 1897. Il y commente son rapport au langage, l'insatisfaction dans laquelle le laissent ses choix lexicaux et l'incommunicable brutalité du réel :

> Pour ce qui est des adjectifs, j'admets que j'emploie beaucoup de « terribles » et d'« horribles ». La difficulté vient de ce que les objets de la prison n'ont ni forme ni contour. [...] Une cellule peut, de même, se décrire psychologiquement, en pensant à l'effet qu'elle produit sur l'âme : d'elle-même, on peut seulement dire qu'elle est « crépie de blanc » ou « obscure ». Elle est informe et vide, elle n'existe pas du point de vue de la forme ni de la couleur. En réalité, décrire une prison est aussi difficile sous le rapport de l'art qu'il le serait de décrire un water-closet. [...] L'horrible de la prison est que tout y est tellement simple et banal en soi, mais d'un effet dégradant, hideux et révoltant [1].

Ce qu'exprime ici Wilde est l'impossibilité du langage à dire le monde et, partant, le désir qu'il a, en tant qu'écrivain, de donner une forme à un réel de moins en moins dicible, de moins en moins nommable et, en conséquence, de plus en plus angoissant. Le recours à la forme canonique de la ballade comme structure ou comme cadre objectif et traditionnel, assorti de contraintes métriques et de références attendues à un modèle et à ses thèmes (par exemple, le criminel glorieux ou le vaillant hors-la-loi qui sont autant de pôles identificatoires), peut dans ces conditions s'interpréter aussi comme un sursaut esthétiquement convaincant contre, d'une part, l'infirmité des mots et, d'autre part, la menace du réel dont l'écrivain-forçat connaît bien la puissance destructrice. Enfin, bien qu'il ne parle jamais de sa propre condamnation, Wilde aime aussi à s'imaginer sous les traits d'un meurtrier splendide, et tout laisse à penser qu'en écrivant cette ballade il se considère lui-même comme un héros de légende.

Le poème se concentre sur la réaction du narrateur aux événements de l'exécution. Non sans étrangeté, il existe une

---

1. Lettre à Robert Ross, 8 octobre 1897, *Lettres d'Oscar Wilde*, t. II, p. 326-327.

dimension réaliste bien perceptible dans *La Ballade* : la vie carcérale y est visuellement présente, qu'il s'agisse de l'horreur du supplice infligé au meurtrier, des tâches avilissantes imposées aux détenus, de la dureté du gouverneur, de celle du médecin et de l'aumônier. En même temps, Wilde se défend une nouvelle fois de vouloir « faire vrai » comme un plat naturaliste. Il pousse même le paradoxe jusqu'à dire de sa description de la prison qu'elle est « abstraite », et il ajoute :

> Les seuls que j'ai calomniés dans mon poème sont les gardiens de Reading. Or, ils furent — pour la plupart — aussi bons que possible. Mais à la poésie l'on doit tout sacrifier, même les gardiens [1].

Wilde montre une fois encore, mais ce sera la dernière, que le réel doit se plier à l'intention littéraire pour n'être plus qu'affaire de mots et d'images. S'il renonce par instants au culte exclusif de la beauté, ce n'est pas bien sûr pour sacrifier au naturalisme mais pour s'abîmer dans l'idée chrétienne — et inattendue chez cet adepte du paganisme esthétique — d'une nécessaire expiation, quand bien même celle-ci serait fortement teintée de masochisme. Fondée sur l'expérience de la douleur et de la *felix culpa*, la « faute bienvenue », l'expiation conduit le pécheur sur la voie de l'introspection et du repentir. En s'attachant à l'expérience, du moins en tâchant de rendre compte de sa valeur, Wilde, tout à son goût pour la contradiction, y compris au sein de son propre système esthétique, prend le contre-pied de ses positions sur la séparation absolue entre d'un côté l'art et le monde, et de l'autre l'art et la morale : *La Ballade* n'a-t-elle pas aussi dans ce cas une finalité éthique liée au désir non seulement de réformer la prison, mais encore de susciter la pitié et de capter l'amour d'autrui ? Ce poème se fonde donc sur un paradoxe théorique qui contribue à en faire l'œuvre la plus représentative de la démarche esthétique de l'auteur : jusque-là, le paradoxe (en tant, par exemple, que trait d'esprit) était présent dans l'œuvre dont il était l'un des élé-

---

1. Lettre à Leonard Smithers, 19 novembre 1897, p. 358.

ments constitutifs ; avec *La Ballade*, il devient l'œuvre. Le poème est l'ultime mise en forme de ce principe systématiquement exploité par l'écrivain, c'est-à-dire l'affirmation de la vérité d'une proposition et simultanément de son contraire. On ne peut pas se contenter de dire que les œuvres de Wilde sont issues d'une tension bénéfique entre opinions et doctrines divergentes ; il est nécessaire de pousser cette proposition plus loin encore : ce ne sont pas seulement les points de vue dans leurs oppositions discursives qui importent, c'est le principe même de l'opposition ou de la contradiction comme objet esthétique dont il convient de souligner la valeur. Wilde n'est jamais allé si loin dans cette démarche, et c'est peut-être l'une des raisons pour lesquelles *La Ballade* est sa dernière composition : le malheur et la maladie l'avaient sans doute considérablement affaibli, et ils expliquent en partie son silence après la parution de ce poème, mais il serait probablement erroné d'estimer que l'auteur n'a plus rien écrit après *La Ballade* parce qu'il serait allé au bout d'une émotion trop intense qui l'aurait laissé interdit et privé de parole. La nature fondatrice de la contradiction apparaît avec clarté dans une analyse détaillée de la forme (il s'agit d'une fausse ballade populaire), de la syntaxe (dont l'étude montre qu'elle est illusoirement limpide), du vocabulaire (qui, à force de proclamer sa simplicité, exhibe son artificialité), ou encore des réseaux d'images. Ce que rend manifeste l'esthétisation de la contradiction, c'est que le désir de témoigner et de signifier en toute objectivité n'est pas l'objet de l'auteur :

> Je ne puis, ai-je besoin de le dire, donner à mes souffrances aucune des formes qu'elles ont prises. L'art ne commence que là où finit l'imitation. Mais quelque chose pénétrera dans mon œuvre, un plus grand bonheur des mots, peut-être, ou des cadences plus riches, ou de plus curieux effets, ou un ordre architectural plus simple, ou, tout au moins, quelque qualité artistique (*De profundis*).

Entre la parution de *La Ballade de la geôle de Reading* et les débuts de la fortune littéraire de Wilde, il ne s'était écoulé que neuf années. C'est en effet en mai 1888, date de parution de son premier recueil de contes, que l'artiste connut la gloire pour la première fois. Jusqu'alors, il n'avait publié qu'un recueil de poèmes en 1881 et deux pièces de théâtre mineures : *Véra, ou les Nihilistes* (1880), où se mêlent amour et politique, et *La Duchesse de Padoue* (1883), tragédie néo-élisabéthaine. Si l'écrivain n'existait pas encore, l'homme de goût en revanche était, lui, déjà très en vue : son esprit éblouissant et ses bons mots, ses tenues vestimentaires recherchées, son intérêt affiché pour les lys, les tournesols et la porcelaine bleue avaient installé sa réputation d'esthète et lui avaient valu — consécration suprême — d'être caricaturé à partir de 1881 par George Du Maurier dans le magazine *Punch*. Quelque temps plus tard, en 1882, les tournées de conférences sur l'art données aux États-Unis, au Canada et, à partir de 1884, en Grande-Bretagne furent une autre source de célébrité. Le succès de curiosité fut considérable, et si Wilde, qui désirait écrire et être reconnu en tant qu'écrivain, ne pouvait s'en contenter, il lui permit de se faire un nom et de préparer son public à la réception de ses œuvres à venir. C'est avec *Le Prince heureux et autres contes* (1888) — « Le Prince heureux », « Le Rossignol et la rose », « Le Géant égoïste », « L'Ami dévoué », « La Fusée remarquable » — que vint le succès, considérable, Wilde ayant trouvé sa voie avec un genre littéraire alors très apprécié du public. Un deuxième volume suivit en novembre 1891, *Une maison de grenades* — « Le Jeune Roi », « L'Anniversaire de l'Infante », « Le Pêcheur et son âme » et « L'Enfant-Étoile » —, qui ne connut toutefois pas le succès du *Prince heureux*, sans doute en raison de sa tonalité plus sombre.

Le goût des Victoriens pour le conte en tant que genre n'a rien de surprenant. Atterrés par les bouleversements de l'industrialisation, la destruction des campagnes et les méfaits de l'urbanisation avec leur cortège de fléaux — misère, prostitution et criminalité —, ils se délectaient certes de récits terrifiants (en

1888, les meurtres abominables attribués au mystérieux Jack l'Éventreur suscitaient l'intérêt passionné du public, qui projetait sur eux ses fantasmes plus qu'il ne les analysait véritablement[1]) mais bien sûr aussi d'histoires charmantes où êtres surnaturels et animaux doués de raison et de parole évoluaient dans les paysages idéalisés d'une Angleterre mythifiée et rassurante : l'innocence, pouvait-on ainsi se dire, existait, quand bien même elle ne serait qu'une construction artificielle. La fin du « Géant égoïste » est particulièrement représentative de cette propension à construire des mondes imaginaires et à rêver à l'innocence retrouvée : la description des enfants perchés dans des arbres introduit dans le jardin le symbole du printemps.

L'intérêt de Wilde pour le conte, toutefois, n'était pas que conjoncturel. Il s'explique également par le plaisir extrême qu'il avait, avant même de les écrire, à raconter des histoires aux adultes comme aux enfants, parmi lesquels ses deux fils. Il alla même jusqu'à théoriser ce goût, expliquant que le conte et, en particulier, sa proximité avec la parabole lui convenaient tout particulièrement :

> Ils [les critiques] croient que toutes les pensées naissent nues... Ils ne comprennent pas que je ne peux pas penser autrement qu'en contes. Le sculpteur ne cherche pas à traduire en marbre sa pensée ; il pense en marbre, directement[2].

Wilde se débarrasse ici définitivement de la distinction scolaire entre la forme et le fond. Il affirme également que le conte est pour lui un mode d'expression et d'écriture privilégié particulièrement adapté à sa nature d'écrivain, et répondant pour lui à une intime nécessité.

Wilde, toutefois, écrit comme toujours sous influence et la présence d'Andersen à ses côtés se fait souvent sentir. La proxi-

---

1. Sur ce point, voir l'étude de Roland Marx, *Jack l'Éventreur et les fantasmes victoriens*, Bruxelles : Complexe, 1987. **2.** André Gide, *Oscar Wilde, In memoriam*, p. 25.

mité entre les deux écrivains est patente ; ainsi Wilde, comme Andersen, non seulement accorde une importance capitale aux dialogues mais encore, à l'instar de son prédécesseur, il parvient à faire entendre le son de sa voix dans le rythme de la phrase sans dissimuler son plaisir dans l'exercice de son art. La proximité des deux écrivains est enfin décelable dans leur goût commun pour l'auto-référence et l'auto-citation, pour ne rien dire des commentaires critiques (sur le fait de raconter une histoire, voire sur la forme qu'elle peut prendre) qui abondent chez les deux auteurs. Wilde, toutefois, va plus loin qu'Andersen dans sa réflexion sur le langage, dont il montre qu'il peut être conçu, non pas comme un lieu d'échange, mais plutôt comme un espace périlleux où l'être de paroles se défait au moins autant qu'il se construit. Ainsi, dans « L'Ami dévoué », le discours peut faire l'objet d'un retournement pervers, avec la justification pernicieuse de ses propos par le meunier et l'entrée masochiste du personnage de Hans dans le système discursif de son ami hypocrite, le meunier intéressé et exploiteur. Cette conception du langage comme lieu de tensions, d'incertitudes et d'opacités explique la complexité formelle de ce conte dont les conclusions sont toutes en contradiction les unes avec les autres. Il est en effet bien difficile d'en dégager une « morale » claire, hormis l'idée que la vérité « rarement pure et jamais simple » est inaccessible au sujet pensant. Enfin, la tonalité de Wilde et surtout sa conception des relations entre les individus diffèrent de celles d'Andersen. Ainsi, dans « L'Intrépide Soldat de plomb », l'amour du soldat pour la danseuse, s'il se clôt ou s'accomplit dans ce qui est *stricto sensu* leur consommation physique (puisque tous deux brûlent dans l'âtre d'une cheminée), n'est pas de la même nature que celui, fortement teinté d'homo-érotisme, de l'hirondelle mâle pour la statue du prince dans « Le Prince heureux ». De même, la pesante émotion qui entoure la petite sirène du conte éponyme est éloignée de l'inquiétante étrangeté qui domine dans « Le Pêcheur et son Âme », avec la passion nécrophile que suscite la sirène chez le personnage du jeune pêcheur.

Wilde ne néglige pas pour autant les modèles canoniques. Des structures ternaires, fréquentes et presque obligées dans le conte traditionnel en raison du rythme qu'elles impriment à la narration, sont ainsi récurrentes. « Le Prince heureux » en donne un exemple, avec les épisodes de la couturière, du jeune homme pauvre et de la petite marchande d'allumettes. Un schéma identique s'observe dans « Le Jeune Roi », « L'Enfant-Étoile » et « Le Pêcheur et son âme », confirmant l'appartenance de ces textes à un modèle reconnu. Tout comme l'utilisation que fait Wilde de lieux communs du conte, telles les errances du héros et sa confrontation à diverses épreuves. On observera également, dans le détail, diverses composantes classiques de ce genre, comme la phrase d'introduction « Il était une fois » (« L'Enfant-Étoile »), ou encore le souhait unique dont la réalisation, le plus souvent, représente un tournant décisif dans la narration (« Le Rossignol et la rose »). On citera encore les métamorphoses (« L'Enfant-Étoile »), dont on trouve de nombreux exemples dans les contes de Perrault (1628-1703), des frères Grimm et d'Andersen. On constate aussi dans ces textes des similitudes structurelles, certaines de ces œuvres partant du constat d'un désordre pour se terminer sur la résolution — plus ou moins satisfaisante — de difficultés diverses. À la suite de Bruno Bettelheim dans sa *Psychanalyse des contes de fées* (1976), on pourrait montrer que les textes écrits par Wilde, à l'instar de leurs modèles, proposent des réponses imaginaires à des conflits vécus par l'enfant dans le réel, ces mêmes conflits auxquels est exposé tout individu au début de son existence. Puisque le jeune enfant doit accepter le défi du monde pour bâtir sa personnalité, il pourra se reconnaître dans tel ou tel héros, contraint de se lancer dans de tumultueuses aventures.

Si l'adversaire incarne les risques encourus par le moi du jeune enfant lors de son combat pour l'autonomie, les figures dangereuses — comme l'ogre ou la sorcière — s'interprètent, toujours selon Bettelheim, comme autant de projections de divers fantasmes, celui de la dévoration, par exemple. Le « géant » est ainsi conçu comme une figure paternelle négative, alors que le « roi » en est une incarnation neutre voire positive. Le « prince » représente ordinairement le fils désireux, non sans angoisse, de mettre en place son existence propre et de lui donner une forme stable, et l'enfant maltraité (voir les mésaventures de l'Enfant-Étoile) serait une représentation plausible de l'image que l'enfant a de lui-même : inévitablement faible et incapable dans la mesure où il a conscience d'être dépendant du monde des adultes, il tend à se reconnaître dans ces incarnations de personnages d'abord exposés à l'échec puis, en fin de compte, récompensés par leur ruse et leur opiniâtreté. Il faut encore évoquer les épreuves multiples que le personnage principal doit affronter et qui toujours contribuent à son initiation et, partant, à son éducation. On mentionnera enfin, dans les cas les plus favorables, les récompenses consécutives aux épreuves qu'il doit traverser, dont la montée sur le trône (« L'Enfant-Étoile »), représentation symbolique de l'accès à l'âge adulte, et, par conséquent, de l'obtention de l'indépendance personnelle. Cependant, comme à l'accoutumée, Wilde est peu respectueux de son modèle : si les points communs structurels entre les contes traditionnels et ceux de Wilde sont extrêmement nombreux, ce qu'il est convenu d'appeler la « morale » diffère nettement. Ainsi, chez Wilde, l'anéantissement l'emporte le plus souvent sur l'espoir d'une existence accomplie, l'oiseau généreux du « Rossignol et la rose » se torture et se tue en vain, l'amour de l'hirondelle pour le prince, comme celui du prince pour les déshérités, est suicidaire et peut-être pas entièrement incontestable ; « L'Enfant-Étoile », enfin, se clôt, non pas sur une promesse de bonheur, mais sur le règne très bref du jeune monarque, très vite voué à la mort, suivi de l'avènement d'un autre roi, mauvais celui-là ; le bien ne triomphe pas toujours (triomphe-t-il jamais ? se demande Wilde entre les lignes) et les contes traditionnels leurrent le lecteur lorsqu'ils promettent l'anéantissement des forces maléfiques.

À côté des contes merveilleux, il existe une seconde catégorie de textes (« Le Crime de Lord Arthur Savile », « Le Sphinx sans secret », « Le Millionnaire modèle » en sont des exemples) riches en déguisements et coups de théâtre. Dans ce groupe, deux œuvres ont un statut à part : « Le Fantôme des Canterville », en raison de son ambiguïté générique, et *Le Portrait de Mr. W.H.*, qui hésite entre la pure fantaisie, la glose littéraire et le jeu de pistes policier. « Le Crime de Lord Arthur Savile » parut pour la première fois avec pour sous-titre « Étude de chiromancie ». En 1891, Wilde réunit dans un même volume, sous le titre de *Le Crime de Lord Arthur Savile et autres histoires*, « Le Crime de Lord Arthur Savile » (dont il modifia le sous-titre : « Étude sur le devoir », plus ironique, remplaça « Étude sur la chiromancie »), « Le Sphinx sans secret », « Le Fantôme des Canterville », « Le Millionnaire modèle » et *Le Portrait de Mr. W.H.*, tous publiés séparément dans des revues en 1887. La critique ne fut guère élogieuse.

« Le Crime de Lord Arthur Savile » est une histoire policière inversée puisqu'elle se fonde, non pas sur la recherche d'un meurtrier, mais sur celle d'un meurtre que son auteur ne parvient pas à commettre, à son grand désespoir. Il doit pourtant le faire afin d'accomplir sa destinée (lisible dans les lignes de sa main). Telle est la condition nécessaire à son mariage espéré et, par conséquent, à son bonheur : comme plus tard dans ses pièces *L'Éventail de Lady Windermere* et *L'Importance d'être constant*, Wilde s'amuse des principes moraux de l'époque victorienne ; il se moque du concept de « devoir » qu'il se plaît à retourner et à vider de tout contenu éthique au point de n'en faire plus qu'une forme creuse. On notera par ailleurs que Wilde se démarque de la fiction policière de l'époque (comme celle, alors très appréciée, de Wilkie Collins [1]) puisqu'il choisit de se concentrer sur l'art et la nécessité de trouver une victime au lieu de s'intéresser à la solution du mystère et au châtiment du coupable, celui-ci étant évidemment hors de propos. On observera de plus que cette ruse narrative fondée sur le principe de l'inversion est d'autant plus remarquable que le genre policier en était alors à ses débuts, Wilde anticipant sur la

1. Wilkie Collins, romancier anglais (1824-1889), auteur de *La Dame en blanc* (1860) et de *La Pierre de lune* (1868).

modernité pour jouer avec cette forme romanesque bien avant *Le Meurtre de Roger Ackroyd* d'Agatha Christie (1926) et la subtilité complexe de sa construction littéraire[1]. Wilde fait même du lecteur son complice puisque celui-ci est invité à encourager le criminel dans la réussite de son forfait. Le ton du narrateur y est pour beaucoup, la légèreté du propos suggérant l'insignifiance du meurtre, mieux même son caractère bénéfique puisqu'il permet à son auteur de retrouver la paix de l'esprit et la respectabilité. Ce texte, constamment comique, est bien sûr très ambigu. On peut le lire comme une transposition amusée de la légende d'Œdipe — le prince de Thèbes, amené à enquêter sur les crimes qu'il a commis, accomplit l'oracle qui le désigne comme futur meurtrier. On peut aussi le considérer comme une attaque corrosive et subversive contre le dilettantisme d'une aristocratie préoccupée de sa seule survie. À l'inverse, cette histoire, en ce sens très emblématique de la démarche wildienne dans ses contradictions, se lit comme un acte de foi conservateur, voire réactionnaire, puisque le *statu quo* est rétabli après que les difficultés ont été surmontées et que l'emporte la respectabilité du gentleman, sans doute l'un des plus solides piliers du système social victorien. Ce qui est célébré est le triomphe des bonnes manières et de l'élégance sur la morale, ce qui sera l'un des thèmes des grandes comédies à venir, en particulier *L'Éventail de Lady Windermere* et *Un mari idéal*. Peu importe qu'un homme (ici, le chiromancien assassiné par Lord Arthur) y laisse sa vie : de toute façon il n'est pas du même monde — le seul qui vaille et qui compte, celui de l'aristocratie possédante — que son meurtrier. Ce qui apparaît également avec force est l'inventivité et l'originalité littéraires de Wilde ; là est peut-être d'ailleurs, plus encore que dans la thématique, la véritable subversion, l'écrivain ne se satisfaisant pas d'un modèle romanesque recommandé par la raison et la morale, mais lui préférant un espace de liberté,

1. Dans ce célèbre roman d'Agatha Christie (1891-1976), c'est le narrateur, *a priori* impartial et par convention insoupçonnable selon les critères ordinaires du contrat de lecture passé entre l'écrivain et son lecteur, le coupable.

proche de celui de Lewis Carroll, où la cause précède l'effet, où l'ordre conventionnel est moins désirable que le jeu permanent et inattendu avec les formes logiques.

« Le Fantôme des Canterville », à l'instar du « Crime de Lord Arthur Savile », se fonde sur le principe de l'inversion et du paradoxe, sans doute le trait stylistique de Wilde le plus représentatif de sa manière : ce sont des enfants qui terrifient un spectre et non pas, selon toute attente, un spectre qui terrorise des enfants. Le conte est évidemment satirique puisque Wilde raille les Américains et leur matérialisme : le fantôme est victime du pragmatisme de la famille Otis, et Wilde invite le lecteur à soutenir le mépris du spectre pour les parvenus [1]. Mais Wilde ne perd jamais de vue sa seconde cible, cette fois-ci britannique, en brocardant le spiritualisme alors à la mode à Londres dans la deuxième moitié du XIXe siècle. Wilde pouvait ainsi se moquer du matérialisme grossier des uns comme des superstitions contestables des autres, ou de leur attachement à des traditions poussiéreuses. Il pouvait aussi écrire une histoire qui est sans doute l'une de ses plus distrayantes : l'écrivain se joue des conventions — ici, la hantise n'est plus qu'une mise en scène, et les jeunes filles comme les enfants n'ont peur de rien, surtout pas d'un spectre. Il s'amuse également de tout, y com-

---

1. L'opinion de Wilde sur les Américains n'est toutefois pas que critique, tant s'en faut. Ainsi, le personnage de Hester dans *Une femme sans importance* est attachant, en dépit de ses naïvetés. Voir également « L'Homme américain » (initialement publié dans *The Court and Society Review*, le 13 avril 1887), dans Oscar Wilde, *Aristote à l'heure du thé*, p. 56-57 : « L'Américain manque peut-être d'humour, mais il est humain. Il est vivement conscient de ce que l'homme contient une bonne part de nature humaine, il essaie d'être aimable envers les étrangers qui abordent ses rives. Sainement libre des vieux préjugés, il considère les présentations comme une stupide relique de l'étiquette moyenâgeuse et accueille tout visiteur comme s'il était l'hôte de marque d'une grande nation. Si une jeune Anglaise le rencontre, elle l'épousera ; si elle l'épouse, elle sera heureuse. Pour rude de manières qu'il soit et défectueux dans cette matière qu'est la pittoresque insincérité de l'idylle, il reste indéfectiblement bon et prévenant, et a su faire de son pays le Paradis des femmes. » La conclusion, très drôle, n'en a ainsi que plus de relief : « C'est peut-être pourquoi, à la manière d'Ève, les femmes tiennent tellement à en sortir. »

pris de l'histrionisme du fantôme, prêt à endosser de multiples costumes pour effrayer ses victimes, et ce cabotinage n'est pas sans rappeler le sien propre.

Un deuxième aspect de ce texte, non moins essentiel, est la nature poétique du récit. En dépit de son esprit frondeur, l'écrivain n'en respecte pas moins une valeur qui donne à cette histoire toute sa profondeur : la puissance de l'imaginaire et la capacité d'amour incarnées par le personnage de Virginia. Sa relation avec le spectre est le seul sujet de mystère puisque le lecteur ne sait rien de la révélation qu'apporte le fantôme à la jeune fille ; Wilde a recours à l'ellipse narrative, comme il le fait très souvent, par exemple dans *Le Portrait de Dorian Gray*, pour créer un flottement et un suspens dans le récit. Cette technique lui permet d'ouvrir un vaste espace à l'imagination : Virginia, dont le nom évoque la pureté, est comparable à une page blanche sur laquelle va s'écrire un mystérieux poème d'amour. En fin de compte, Wilde remplace ce qui devrait être une énigme (les apparitions spectrales) par une autre qu'il prend, elle, très au sérieux mais dont il ne dit jamais rien : celle du mystère de l'être et de la transmission du savoir par l'amour lorsque le spectre se confie à la jeune fille. Quant au ferme refus de Virginia, devenue duchesse de Cheshire, de communiquer son secret (lié à ce que le fantôme lui a révélé en privé) à son époux, il exprime des thèmes chers à Wilde : l'acceptation résignée de la solitude humaine même dans l'amour, la contingence de la vérité et, peut-être, l'éloge du silence.

C'est probablement aussi ce que l'écrivain a tenté de suggérer dans « Le Sphinx sans secret » (*The World*, 25 mai 1887) et dans « Le Millionnaire modèle » (*The World*, 22 juin 1887), qui datent de la même époque. Au début de la première nouvelle, un personnage, Lord Murchison, montre au narrateur une photographie représentant une femme séduisante. Ce que révélera la fin de l'histoire, c'est qu'en fait, derrière la façade splendide, il n'y avait rien à voir : le sphinx est sans secret (la dame, apprend-on, s'entourait de mystères pour se créer un personnage auquel elle finissait par croire), mais plus encore, Wilde, qui tend de plus en plus à concevoir l'écriture comme un cerne autour d'un vide, ainsi qu'il le montrera avec éclat quelques années plus tard dans *L'Importance d'être constant*, écrit une histoire sur un être sans histoires, mieux, sur une femme qui n'existe pas en dehors du récit imaginaire qu'elle bâtit autour d'elle-même et à laquelle elle finit par croire. Cette démarche est récurrente chez Wilde puisque, dans « Le Millionnaire modèle », l'apparence est également trompeuse : un peintre, Alan Trevor, y fait le portrait d'un mendiant ; ce peintre a un ami qui prend le gueux en pitié et lui donne de l'argent. À sa grande confusion, celui-ci apprend plus tard que l'homme est en fait un personnage richissime qui désirait se faire portraiturer sous les traits d'un misérable. Le milliardaire, touché par sa générosité désintéressée, lui fait alors don d'une somme considérable. Toute la nouvelle se fonde sur la question, obsédante chez Wilde, de l'illusion des apparences : un pauvre cache un riche, un portrait ne donne du sujet qu'il représente qu'une vérité partielle [1].

Le cas du *Portrait de Mr. W.H.* n'est pas moins complexe, tant s'en faut. La première question qui se pose à la lecture de ce texte est de savoir pourquoi Wilde a désiré l'écrire. Une première raison, de nature conjoncturelle, est que l'on s'intéressait à l'époque aux *Sonnets* de Shakespeare et à la mystérieuse identité de leur inspirateur. La seconde raison qui poussa Wilde à composer *Le Portrait de Mr. W.H.* est que les sonnets de Shakespeare, au cours du XIXe siècle, n'avaient pas très bonne réputation, ce qui ne pouvait que le séduire : ces poèmes, parfois jugés mineurs, passaient aussi pour sulfureux. En effet, non seulement une grande partie des sonnets (à peu

1. On comparera la problématique de cette nouvelle avec l'une de ses sources picturales possibles, *L'Autoportrait en mendiant* de Rembrandt (1606-1669). Cette gravure de 1630 (Londres, British Museum), sans doute inspirée par les portraits de mendiants de Jacques Callot (1592-1635), est l'un des soixante autoportraits du peintre hollandais très amateur de déguisements. Ces autoportraits, certes, authentifient l'existence historique du peintre mais ils en font aussi, en raison des multiples facettes de sa personnalité qui sont présentées, une fiction offerte à l'appréciation du public.

près la moitié de l'ensemble) s'adressent amoureusement à un jeune homme, mais encore, comme cela était fréquent et attendu dans la littérature élisabéthaine, nombre d'entre eux jouent sur les mots, toujours à double entente, parfois de manière obscène. Le Shakespeare qui intéresse Wilde n'est pas, on l'imagine volontiers, l'auteur consciencieusement expurgé par Thomas Bowdler (*Family Shakespeare*, 1818) et lu sous cette forme mutilée par les Victoriens rassurés. Son Shakespeare est un être de passion, mieux encore il est amateur de jeunes gens d'origine modeste : W. H. est un garçon issu du peuple, et, audace suprême, tout laisse à penser qu'il est plus irlandais qu'anglais. « Comment se fait-il que tu aies autant de personnalités différentes ? » se demande-t-il à son sujet, abondant ainsi dans le sens du poète et critique Matthew Arnold (1822-1888), pour qui cette prétendue versatilité était l'une des caractéristiques principales de ce qu'il appelait l'esprit celte. Wilde l'Irlandais, qui ne se soucie guère de la vraisemblance historique, s'amuse à tourner le regard de Shakespeare, barde national des Anglais, vers son propre pays natal, l'Irlande, en en faisant le berceau supposé de l'amant et inspirateur du dramaturge.

Les brouillages ne concernent pas que l'identité de W. H. : ils touchent également les autres personnages. En effet, non seulement ils sont, comme le narrateur, tout au plus esquissés, mais encore tous peuvent changer de point de vue de façon intempestive, parce que les idées traversent la conscience sans s'y fixer et qu'il n'existe qu'une seule certitude étrangement acceptable : la vérité se dérobe, et cette dérobade est la condition même de la fiction. Pour Wilde, on ne peut convaincre personne, parce que rien n'est digne de faire l'objet d'une conviction profonde, sinon cette affirmation même. L'écrit est inévitablement truqué et rien ne mérite qu'on s'y arrête, à l'exception du doute lui-même. Dans ces conditions, se convaincre de l'existence d'une chose fausse, tout en ayant conscience de cette fausseté, est un idéal esthétique. La seule valeur recevable est celle de l'auto-persuasion parce que la vérité n'est pas plus authentique que l'apparence, ce qui l'expose à une multiplicité d'évaluations critiques, toutes recevables. Ce que l'on appelle ordinairement les théories, qui supposent de grandes certitudes idéologiques, n'est guère acceptable : loin de refléter un postulat authentifiable, celles-ci se renvoient les unes aux autres en un infini jeu de miroir. Le langage, estime Wilde, ne peut jamais que faire des promesses qu'il est en fait incapable de tenir. Les vocables sont des simulacres fallacieux qui, à force de redoubler le réel coûte que coûte, finissent par le brouiller, l'opacifier et, en fin de compte, l'effacer : le mot, montre Wilde, n'est guère qu'une construction incapable de se superposer parfaitement au monde sensible et, encore moins, de l'exprimer.

La problématique du faux repose en effet sur la question fondamentale de la définition de la « personnalité », que les uns considéraient comme une conscience immuable créée par Dieu, et que d'autres analysaient comme une « unité physiologique de fonctions organiques ». Tel était le point de vue du psychologue Henry Maudsley, exprimé dans son ouvrage *The Pathology of Mind* (1879) qui, pour autant, ne remettait pas en question l'unité du moi et de l'être. Wilde, pour sa part, estime à l'inverse que la personnalité n'est pas une entité éternelle formée *a priori* mais qu'elle est au contraire une construction *a posteriori*, façonnée par la psychologie individuelle, le langage et, bien sûr, la société et ses contraintes. Peu importe l'authenticité : Wilde va même jusqu'à considérer, dans « La critique est un art », que « l'insincérité n'est guère qu'une méthode qui nous permet de multiplier nos personnalités ». Celles-ci sont autant de facettes du moi, toutes aussi vraies et fausses les unes que les autres, tout comme sont vraies et fausses les interprétations diverses des *Sonnets* de Shakespeare. *Le Portrait de Mr. W.H.* démontre qu'il n'y a pas de vérité unique ; il n'y a au contraire que des vérités. Est ainsi contestée la foi en une vérité transcendante, par conséquent en une essence divine, ce qui ouvre la voie à l'esthétisation de l'imposture et du faux. Cette prise de position, cependant, ne ruine pas la foi de Wilde en la valeur une, absolue et immanente du beau, ce qui lui permet d'affirmer : « Il n'existe pas plusieurs arts mais un seul. Un poème, un tableau, le Parthénon, un sonnet, une statue sont par essence identiques, et qui en connaît un les connaît tous[1]. »

Les années 1890 furent décidément très fécondes pour l'artiste qui rédigea alors son chef-d'œuvre, *Le Portrait de Dorian Gray*[2], depuis inlassablement commenté et bien plus ancré dans l'idéologie victorienne qu'on ne le croit d'ordinaire. Le roman de Wilde reflète en effet fidèlement les deux courants contradictoires qui alors traversaient Oxford. Le premier était représenté par John Ruskin (1819-1900), critique d'art selon qui l'artiste tisse des liens d'identité entre éthique et esthétique : si l'on s'en tient à ses principes, toute chose douée de beauté est une révélation du divin, et la contemplation d'une œuvre d'art est un acte à la fois éthique et religieux. Le second courant était incarné par Walter Pater (1839-1894), dont les *Studies in the History of the Renaissance* (*La Renaissance*), qui, à l'inverse, célèbrent le culte de la beauté et des sens, fascinaient Wilde. L'écrivain souligne d'ailleurs dans *De profundis* la « si étrange influence » qu'exerça sur lui *La Renaissance*. Celle-ci se détecte partout dans *Le Portrait de Dorian Gray*, y compris dans son lexique : Pater évoque par exemple, dans le chapitre consacré à Léonard de Vinci, « la fusion de la beauté et de la terreur », dont Wilde fera l'un des thèmes moteurs de son roman. De même, l'auteur de *La Renaissance* estime que les toiles de Vinci révèlent, sous une forme que l'on pourrait qualifier de chimique, « ce que la nature a de plus secret », par exemple ce que recouvrent « les traits du visage », autant

1. « Le *Ten o'clock* de Mr. Whistler », *Pall Mall Gazette*, 21 février 1885.
2. Cette œuvre a également inspiré divers écrivains contemporains, par exemple Graham Masterson, spécialiste du roman d'horreur, dans *Le Portrait du mal*, Paris : Pocket, 1989 (première édition, 1985), et, plus récemment, Mathieu Térence, qui a imaginé une suite au roman de Wilde dans *Journal d'un cœur sec*, Paris : Phébus, 1999.

d'appréciations et de mots qui forment le socle de l'intrigue du roman de Wilde. Ainsi, le morceau de bravoure qu'est la description faite par Walter Pater du visage de la Joconde, à la fois immuablement intact et proposé à l'admiration de tous pour l'éternité, hanté « cellule après cellule, par d'étranges pensées, de fantastiques rêveries et d'exquises passions », a pu inspirer à Wilde l'idée de faire du visage de Dorian une surface inaltérable et de son portrait le lieu visible d'étranges bouillonnements. En même temps, celui-ci se démarque de ses maîtres, tout d'abord de Pater puisque *Le Portrait de Dorian Gray*, du moins en apparence, s'en prend aux excès de l'esthétisme, et ensuite de Ruskin, la conclusion morale du roman ne convainquant personne, tant elle contredit la fascination de l'auteur pour son personnage.

En outre, Wilde précise, avec *Le Portrait de Dorian Gray*, sa conception du moi, doté selon lui d'une « multitude de vies et de sensations », à l'aide de considérations physiologiques sur le psychisme : « La vie est affaire de nerfs, de fibres, de cellules lentement élaborées dans lesquels la pensée se cache et où la passion tisse ses rêves », explique à Dorian Lord Henry. Ce dernier, par ailleurs, loin de se présenter comme un personnage intact, ne dissimule rien de ses failles. Si l'âme n'est pas d'essence divine, elle est de surcroît malade et cherche à dissimuler le secret de son mal. Aussi, non seulement l'univers romanesque du *Portrait* cèle-t-il des non-dits mais encore le secret règne-t-il en maître. Basil redoute que son tableau ne révèle le « secret » de son âme ; Dorian craint que le monde ne découvre son « secret ». Le thème du secret qui enveloppe les mœurs de Dorian [1] a pour contrepartie rhétorique l'usage récurrent de l'ellipse, technique de condensation plus efficace que toute description explicite pour signifier l'indicible et inscrire le silence dans la trame romanesque, volontiers volubile : il

1. L'homosexualité de Dorian — dont celui-ci ne fait jamais état — est presque révélée par la question que lui pose Basil Hallward au chapitre XII du roman : « Pourquoi ton amitié est-elle si fatale aux jeunes gens ? »

s'écoule par exemple treize années entre les chapitres XI et XII, sans que l'on sache rien des événements qui se sont produits pendant ce temps ; de même, le lecteur apprend que Dorian, pressé d'éliminer le cadavre de Basil qu'il vient d'assassiner, écrit à son ancien ami Alan Campbell « quelque chose » dont rien n'est dit et qui convainc ce dernier, en dépit de ses vives réticences, de venir en aide au meurtrier. Ce mystérieux « quelque chose » n'est jamais explicité et la teneur du message n'est pas révélée (on peut toutefois supposer que Dorian le fait chanter pour une affaire privée). Au pire, les mots sont muets, au mieux ils sont pris dans un va-et-vient permanent entre le nommable (la désignation du beau) et l'innommable (la force du désir), et tout en eux se place sous le signe du double, dont Wilde fait l'un des éléments fondamentaux de sa thématique et de son écriture, dont une étude serrée montrerait qu'elle se fonde en grande partie sur des structures binaires.

Ce que Wilde met également en avant est la question de la séparation de l'âme et du corps. L'écrivain se penche sur leur nature et multiplie les questions sur leur réunion ou sur le rachat d'une instance par l'autre. Wilde sait cependant, bien avant *De profundis* et *La Ballade de la geôle de Reading*, que seule l'épreuve de la perte conduit sur la voie de la vérité, non point révélation d'un espoir ou d'une rédemption, mais confirmation de la chute dans le hors-monde, pire encore, dans l'immonde. C'est non pas dans le beau mais dans l'horreur que le corps et l'âme de Dorian seront unis, et ce n'est que dans la mort que le personnage scindé retrouvera son unité perdue : sa fin est une mise à mort qui théâtralise le corps sous les traits d'un saint Sébastien percé de flèches [1], frère chrétien d'Antinoüs, figure identificatoire de Dorian. Toutefois, après la traversée du tableau, le corps de Narcisse n'est plus reconnaissable (ses traits sont abolis) et Dorian est définitivement englué dans la désespérance du réel. Cette fin est significative puisque, à l'instar de l'histoire de Dorian, l'œuvre entière de Wilde se

---

1. L'un des tableaux préférés de Wilde était le *Saint Sébastien* du Guide (1575-1642).

caractérise par un mouvement d'oscillation entre le plein et le vide, l'accomplissement et l'anéantissement, l'éclat de l'or et le gouffre des ténèbres. C'est ainsi que, non sans étrangeté, le roman se lit rétrospectivement comme le récit par Wilde de sa propre existence, ce que prétendait attester la lecture de quelques extraits du livre par l'avocat général lors du procès de l'auteur : la société et ses lois ne faisaient plus de distinction entre la vie et la fiction.

En cette même année 1891, Wilde fit paraître un autre ouvrage fondamental dont l'hétérogénéité déconcerta et qui n'obtint de ce fait qu'un succès d'estime. Ce volume, publié sous le titre général d'*Intentions*, est composé de quatre essais, « Le Déclin du mensonge », « Plume, pinceaux, poison », « La critique est un art » et « La Vérité des masques ». Le titre de l'ouvrage s'explique par le fait que, pour Wilde, les intentions de l'artiste méritent toute l'attention du critique, probablement parce qu'elles ne sont pas toujours inattaquables, ce qui les rend d'autant plus intéressantes : c'est ainsi que « Le Déclin du mensonge » et, dans une certaine mesure, « La Vérité des masques », malgré sa défense de l'authenticité historique du costume de scène, énoncent la capacité de l'art à fabriquer et célébrer leurres et simulacres. Wilde fait du mensonge artistique, identifié au pouvoir de l'imagination, une valeur suprême parce qu'il est une construction intelligemment élaborée et non pas l'expression d'un moi heureux de se livrer et de se révéler avec spontanéité. Et l'écrivain de pousser le paradoxe jusqu'au bout en affirmant que toute profession de sincérité est un leurre, voire une imposture appelée tôt ou tard à être démasquée ! « La critique est un art », qui place la faculté critique au-dessus de la créativité artistique, affirme pour sa part que « c'est toujours avec les meilleures intentions que l'on produit les plus mauvais ouvrages ». Cette assertion en contradiction apparente avec les propos précédents réduit à néant l'illusion des moralistes victoriens selon laquelle le projet conscient du créateur est une garantie suffisante de la qualité de l'œuvre accomplie. L'artiste, faut-il entendre, n'est pas de nature divine et sa muse est souvent plus sorcière que bonne fée.

Quant à « Plume, pinceaux, poison », ce texte, mi-essai mi-nouvelle développe aussi loin que possible l'analogie entre l'artiste et le faussaire. Déjà, dans une conférence sur Chatterton (1886), Wilde jonglait avec les concepts de sincérité et d'authenticité, de vérité et de supercherie, les renvoyant dos à dos pour s'en défaire. « Pour connaître la vérité, on doit imaginer des myriades de mensonges », écrivait-il déjà dans *Le Portrait de Mr. W.H.* : « Plume, pinceaux, poison » se fonde sur ce programme qui est en partie sa propre parodie. Ce texte traite d'un certain Wainewright, écrivain, peintre, faux-monnayeur et criminel, être à la fois séduisant, pervers et subversif : Wainewright méprise la famille et ses valeurs (il tue des proches), la société (il est faux-monnayeur), et il sert bien mal la littérature (il n'est qu'un écrivain médiocre). Il est en ce sens représentatif d'un monde qui se cherche et se perd, qui préfère la surface à la profondeur, la dorure à la valeur authentique, l'esthétique à l'éthique et bien sûr au religieux. Mais là encore Wilde brouille les cartes et son texte est avant tout humoristique : « Plume, pinceaux, poison » parodie ce que Wilde appelait, dans « La critique est un art », la « critique pseudo-éthique », c'est-à-dire l'évaluation d'une œuvre d'art selon des critères moraux. Esthétique et éthique, on le sait, sont pour Wilde indépendants l'un de l'autre. Mais gardons-nous de prendre trop au sérieux ces exercices de style d'où l'ironie n'est jamais absente, Wilde aimant comme toujours à afficher sa dissidence et poser à l'immoraliste.

Intentions retient quelques certitudes théoriques : supériorité de l'art décoratif sur les autres arts plastiques, supériorité de la littérature — et de la musique, pour rendre hommage à Walter Pater qui voyait en elle la forme esthétique la plus accomplie — sur les autres arts, enfin et surtout supériorité de l'art sur la vie, la nature et la morale. L'art, souligne inlassablement Wilde, est la valeur suprême, et son indépendance vis-à-vis du bien est totale. « Tout art est immoral [...] car l'émotion pour l'émotion, voilà le but de l'art », lance-t-il dans « La critique est un art ». Les conséquences du culte de la beauté sont évidentes : l'art n'étant pas un miroir, le réalisme et plus encore le naturalisme sont considérés comme des contresens esthétiques, le but de l'artiste étant selon Wilde de voir l'objet non pas tel qu'il est mais tel qu'il n'est pas, toute création artistique étant « absolument subjective. Le paysage même que Corot regardait n'était, comme il l'a dit lui-même, qu'une disposition de son esprit ». Mieux encore, si reflet il y a, celui-ci n'est pas celui auquel on pense ordinairement. C'est la vie qui imite l'art, et non pas l'inverse, postule Wilde : « la Nature extérieure elle aussi prend l'Art pour modèle », ou encore : « la Nature n'a rien d'une grande génitrice qui nous aurait portés dans son sein. Elle est notre création. C'est dans notre cerveau qu'elle naît à la vie. Les choses n'existent que parce que nous les voyons. Or ce que nous voyons, la façon dont nous les voyons, dépend des Arts qui nous ont marqués. » Wilde met ici en avant la nature résolument incontestable de la perception subjective, il plonge aussi son lecteur dans l'embarras en défendant avec autant de force des positions incompatibles : d'un côté il fait de l'œuvre d'art un objet suprême et éternel dont tout laisse accroire qu'il ressortit à un idéalisme de nature platonicienne ; de l'autre, il affirme que la « vérité » est un objet que l'homme fait et défait à sa guise, ce qui la place très loin des formes éternelles telles qu'elles sont définies par le philosophe grec. Pour autant il ne l'ancre pas dans le *hic et nunc* d'une réalité matérielle, qu'il exècre et juge inacceptable. Que reste-t-il ? Une défense critique de la subjectivité dont l'art est la manifestation la plus élevée, mais aussi un va-et-vient permanent entre deux pôles mouvants (l'idéal et le réel), qui fait de l'instabilité le lieu paradoxal d'une installation théorique.

Cette complexité est perceptible dans ce qui, avec *Le Portrait de Dorian Gray*, a le plus contribué à la célébrité de Wilde : son théâtre, avec d'une part *Salomé* (1893), pièce inclassable en raison de son atmosphère d'inquiétante étrangeté, d'autre part ses comédies brillantes, souvent appelées par les critiques « comédies de société ». Ces quatre pièces, *L'Éventail de Lady Windermere* (1892), *Une femme sans importance* (1893), *Un mari idéal* (1895) et *L'Importance d'être constant* (1895), ont divers points communs : non seulement elles ont pour cadre la haute société britannique de l'ère victorienne finissante, mais encore elles se fondent sur les mêmes modèles littéraires habilement exploités : les comédies de Shakespeare — *Comme il vous plaira*, par exemple — ne sont pas loin, celles de William Wycherley (1640-1716), William Congreve (1670-1729) et Richard Sheridan (1751-1816) sont encore plus proches [1].

En octobre 1891 Oscar Wilde arrivait à Paris, où un certain nombre de circonstances le conduisirent à travailler sur un projet auquel il songeait depuis quelque temps : la rédaction de *Salomé*. Mallarmé avait alors composé une partie de son *Hérodiade* qu'il ne parvenait pas à terminer, ce qui, peut-être, poussa Wilde à se décider très vite à écrire en français sa propre version de la mort de Jean-Baptiste. L'esthète controversé était ainsi en mesure de prouver que son génie savait s'exprimer en toutes circonstances, y compris dans des mots étrangers. De

---

1. William Wycherley est l'auteur de deux célèbres comédies, *L'Épouse campagnarde* (1673), inspirée de *L'École des femmes* de Molière, et *L'Homme de bonne foi* (1674), inspirée du *Misanthrope*. Il y fait une peinture satirique et souvent grinçante des mœurs de son époque. William Congreve est le plus brillant des dramaturges de la Restauration anglaise, période très créative qui succéda à l'austère République (ou Commonwealth) d'Olivier Cromwell et qui vit s'épanouir la « comedy of manners » (« comédie de mœurs »). Dans son théâtre, Congreve observe et analyse les mœurs et les maniérismes de langage de ses contemporains avec sympathie et amusement, et ses intrigues sont, avant la lettre, de nature vaudevillesque. Enfin, ses dialogues, spirituels et brillants, ont beaucoup fait pour sa réputation. *Ainsi va le monde* (1700), son chef-d'œuvre, est considéré comme la meilleure comédie de l'époque. Richard Sheridan, pour sa part, renoue avec les dialogues pétillants de Congreve, et ses pièces, dont la plus célèbre, *L'École de la médisance* (1777), apparaissent rétrospectivement comme une étape significative entre le théâtre de Congreve et celui de Wilde.

plus, il trouvait là l'occasion de rendre hommage à la langue d'un pays qu'il vénérait, la France. D'autres raisons encore expliquent ce choix, l'une anecdotique — en dépit de ses dénégations ultérieures Wilde songea sans doute, avant même d'avoir rédigé son texte, à Sarah Bernhardt pour le rôle-titre —, l'autre contextuelle : la danseuse fatale hantait l'imaginaire des artistes (peintres, sculpteurs et écrivains) depuis que Heinrich Heine avait publié son *Atta Troll* en 1843, et la seconde moitié du XIXe siècle n'avait d'yeux que pour la belle coupeuse de tête. Wilde avait découvert l'« Hérodias » de Flaubert en 1877 et admirait les grands tableaux hiératiques de Gustave Moreau. Enfin et surtout, il avait lu le *À Rebours* de Huysmans (1884), qui décrit abondamment, dans son chapitre V, *L'Apparition* de Moreau (1876) et qui décrit celle que l'Évangile de saint Marc appelle simplement « la fillette » sous les traits d'une « Bête monstrueuse ». Les liens de Wilde avec Huysmans sont d'ailleurs patents, puisque tous deux partageaient un même mépris pour le naturalisme et un même goût, au moins littéraire, pour l'épuisement des plaisirs. Quoi qu'il en soit, Salomé, élevée au rang de mythe par les écrivains symbolistes, incarnait tout ce que l'époque réprouvait et tout ce qui la fascinait, au point de devenir, dans tous les arts, une figure inévitable, celle de la femme fatale, vampirique et destructrice, à la fois justification des discours misogynes de l'époque et incarnation des forces dangereuses de la nature. Chacun projetait ses fantasmes sur l'anecdote évangélique, qu'ils fussent inspirés par la peur de la femme ou qu'ils fissent référence à l'éventail de toutes les perversions, fétichisme, sadisme et masochisme, voire nécrophilie et érotomanie. Incarnation paradoxale de tous les contraires — lubricité et virginité, érotisme et innocence — Salomé n'en faisait qu'à sa tête.

C'est à Paris que Wilde commença à rédiger sa pièce, et non sans mal. Il fallait définir un genre nouveau, le drame biblique, mais il était difficile de faire abstraction de la scène théâtrale d'alors. Bien que son décor soit exotique, la pièce tourne parfois au drame bourgeois (le tétrarque de Judée est un beau-père libidineux et peureux, Hérodiade une épouse acariâtre toujours prête à faire des scènes de ménage à son époux méprisé et Salomé une adolescente obstinée et mal élevée), contrepoint comique aux imprécations solennelles du prophète et à la double mise à mort qui se prépare. De plus, à bien des égards, *Salomé* est pure parodie, ce dont pourtant Wilde se défendait avec véhémence : tous les personnages sont caricaturaux, y compris Iokanaan. La scène finale est un pastiche du *Liebestod* d'Isolde[1] et, d'une manière générale, Wilde se sert du bric-à-brac orientaliste dont se délectaient ses contemporains.

Il rencontra toutefois des difficultés, principalement d'ordre linguistique, mais, en dépit de certains anglicismes et de quelques raideurs, il apparaît que le français de *Salomé* n'est guère contestable. Ce qui le caractérise, et qui fait sa séduction, est la mise en relation de deux modes d'écriture : l'un qui privilégie la simplicité, voire la quotidienneté du lexique et de la phrase, l'autre qui joue sur le pastiche (les innombrables emprunts thématiques et stylistiques à l'Ancien Testament et à l'Évangile) et sur l'artifice. Non sans paradoxe, ce dernier se fonde à la fois sur un amour des images insolites et une richesse descriptive inspirée de la *Salammbô* de Flaubert (1862), sur un dépouillement formel qui confine à l'étrangeté, enfin sur un goût prononcé pour l'implicite, l'effet produit étant celui d'une parole en suspens. Wilde reprend en effet à son compte le goût de Maeterlinck pour le suggéré, censé révéler les qualités ineffables du réel au moment même où les mots le touchent à peine. Dans cet univers d'approximations, Wilde joue sur l'implicite pour susciter l'étrangeté ou le malaise. Il insiste aussi sur les aveux d'ignorance ou les suppositions vagues (les « je ne sais pas » et « on dirait » sont innombrables dans *Salomé* comme chez Maeterlinck) qui créent une atmosphère onirique

---

1. Le *Liebestod*, ou mort d'amour, est le nom donné à la longue scène finale de *Tristan und Isolde*, opéra de Richard Wagner (1859), dans laquelle Isolde exprime son amour pour Tristan, après la mort de celui-ci et avant la sienne propre.

donnant aux personnages, comme le dit Maeterlinck à propos de ses propres œuvres, « l'apparence de somnambules un peu sourds, constamment arrachés à un rêve pénible ». Les phrases exclamatives, les répétitions et les silences sont légion, et l'enchaînement des répliques, dans leur logique attendue, est fréquemment fondé sur un décalage qui contribue à l'étrangeté perverse du propos. Comme le dit Arthur Ransome [1], tout se passe comme si la dynamique de la pièce reposait sur les omissions calculées du langage. On observera enfin que la mise en musique (et en voix) de la pièce de Wilde par Richard Strauss dans son opéra *Salomé* (1905) accomplit *post mortem* son désir de faire fusionner le texte et le son. L'écrivain estime en effet dans « La critique est un art » que « la littérature tend à s'adresser de plus en plus à l'œil et de moins en moins à l'oreille, alors que, du point de vue de l'art pur, c'est l'ouïe qu'elle devrait chercher à séduire ». Ce que recherche l'artiste, affirme Wilde dans *De profundis*, est ce « mode d'existence où l'âme et le corps soient un et indivisible, où l'extérieur soit l'expression de l'intérieur, où la forme se révèle ». C'est selon lui la caractéristique majeure de la musique ; c'est également ce qu'il a cherché à faire dans *Salomé* et, plus tard, sous une forme différente mais non moins convaincante, dans *L'Importance d'être constant*.

L'Éventail de Lady Windermere (1892), qui mêle tension dramatique et enchaînement de bons mots et d'épigrammes, ce qui lui a valu un immense succès, est l'œuvre qui a véritablement lancé Wilde comme auteur à la mode. L'intrigue, peu convaincante, met en scène une dame du monde, Lady Windermere, aux idées morales très arrêtées. Elle apprend que son époux, dont elle se croit très aimée, entretient une femme, Mrs. Erlynne, dont, en outre, la réputation est plus que douteuse [2].

---

1. Arthur Ransome cité par Alan Bird, *The Plays of Oscar Wilde*, p. 82.
2. Ce type de personnage, « la femme qui a un passé », est l'un des stéréotypes du théâtre bourgeois de l'époque victorienne. Mrs. Cheveley, dans *Un mari idéal*, appartient à cette même catégorie de personnages, et aussi, dans une certaine mesure et sous une forme parodique et comique, Miss Prism, dans *L'Importance d'être constant*. On en trouve également de nombreux

Lord Windermere refuse de répondre aux questions pressantes de sa femme indignée et va même jusqu'à inviter Mrs. Erlynne à une soirée donnée à l'occasion de l'anniversaire de Lady Windermere. Ce qu'ignore cette dernière et qu'elle ignorera toujours, contrairement à son mari qui, dès le début de la pièce, connaît la vérité, est que Mrs. Erlynne est sa propre mère qu'elle croyait morte et que son époux essayait — maladroitement — de lui faire connaître. La suite de la pièce conduit la très puritaine Lady Windermere, qui manque elle-même de voir sa réputation ruinée en raison de ses imprudences délibérées, liées à son désir de se venger de ce qu'elle croit être l'infidélité de son époux, à réviser la sévérité de ses jugements moraux et à reconnaître les qualités personnelles de Mrs. Erlynne, sans pour autant découvrir son identité.

Cette pièce n'est pas sans équivoques, qu'elles soient de nature thématique ou structurelle. L'ambiguïté thématique est liée au dénouement moral de l'œuvre (les réputations sont sauves et l'ordre social est rétabli), en fait bien peu conforme aux convictions de Wilde, ordinairement très critique des conventions établies. Tout invite ainsi à remettre en question la validité de cette issue prétendument heureuse qu'il ne faut considérer qu'en tant que pure forme dont le contenu idéologique (l'évidence du triomphe de l'amour conjugal) n'est guère crédible. Par ailleurs, sur un plan structurel, ainsi que le fait remarquer Richard Ellmann[1], divers secrets subsistent à la fin de la pièce (par exemple, Lord Windermere ignorera toujours que sa femme a failli le quitter pour un dandy avantageux, et celle-ci ne saura jamais que Mrs. Erlynne est sa mère). L'œuvre se clôt donc sur une dissimulation collective, et non pas sur les révélations éclairantes, et toujours porteuses de bonheur, qui font partie des conventions sur lesquelles se fonde le dénoue-

---

exemples dans le théâtre français : voir *La Dame aux camélias* (1848), d'Alexandre Dumas fils (1824-1895), qui inspira à Giuseppe Verdi (1813-1901) sa célèbre *Traviata* (1853).

1. Richard Ellmann, *Oscar Wilde*, p. 397.

ment traditionnel de la comédie. De même, à l'inverse de ce à quoi l'on pourrait s'attendre, le personnage de la femme déchue, Mrs. Erlynne, loin de se voir réhabiliter dans son honneur, ne change guère de statut, en grande partie parce qu'elle-même n'y tient pas. Ce que défend Wilde n'est pas, comme l'apparence du dénouement semble le suggérer, la restauration d'un ordre général mis en péril par les imprudences de telle ou telle personne, mais plutôt le « pur individualisme » affranchi de toute contrainte morale. Wilde protesta même vigoureusement lorsqu'un maladroit le félicita d'avoir dénoncé le vice dans sa pièce :

> On m'a accusé [!] de fustiger le vice, mais je puis vous assurer que rien n'était plus éloigné de mes intentions. Ceux qui ont vu *L'Éventail de Lady Windermere* savent que si une doctrine particulière s'y exprime, c'est le pur individualisme. Personne n'a à censurer les actes de quiconque, et chacun devrait aller son chemin, où et comme il veut[1].

Seuls comptent le beau geste, l'élégance d'un acte que l'on commet, non pas parce que cela est nécessaire et convenable, mais parce que cela plaît à son auteur, ou encore la simple affirmation de sa liberté, quand bien même celle-ci serait scandaleuse. L'acte gratuit du Lafcadio des *Caves du Vatican* de Gide (1914) n'est pas loin.

Comme *L'Éventail de Lady Windermere*, *Une femme sans importance* (1893), qui connut également un succès considérable, dû essentiellement à l'abondance de bons mots qui y fusent sans cesse, s'organise autour d'un secret ; cette fois-ci, ce n'est plus une mère qui retrouve sa fille mais un père qui rencontre un fils dont il ignorait l'existence, le thème de l'enfant illégitime, ou du mystère lié à la naissance, synthétisant chez Wilde l'obsession du secret inavoué ou de l'hérédité problématique. L'intrigue de la pièce est une caricature de drame bourgeois : une femme retrouve par hasard un ancien amant,

1. Richard Ellmann, *Oscar Wilde*, p. 401.

avec qui elle a eu un enfant que le père, sans savoir qu'il s'agit de son fils, rencontre et apprécie au point de vouloir l'aider à faire sa carrière dans le monde. La mère, toutefois, prisonnière d'une forte relation œdipienne à son fils, craint de le « perdre » et s'évertue, avec succès, à le couper de son père — réduit à l'état de géniteur — d'une façon psychologiquement dommageable, tant et si bien que la pièce, sur fond de mélodrame, s'organise comme la mise en scène du triomphe de la mère non seulement sur le père qu'elle finit par éliminer, mais sur le fils qu'elle convainc de rester vis-à-vis d'elle en situation d'objet. C'est elle qui lui dicte sa loi, et le drame, ponctué d'étincelants mots d'esprit reliés à l'intrigue centrale de façon plus ou moins lâche, est la description de cette dépendance accomplie. Là est la force de la pièce, là est aussi sa faiblesse, *Une femme sans importance* étant plus une démonstration convaincante — les mères sont dangereuses — qu'une œuvre techniquement nouvelle et aboutie. La thématique — peu étrangère à celle du drame bourgeois du XIXe siècle — occupait là encore trop de place pour que Wilde affirmât son originalité, et il fallut attendre les deux comédies suivantes pour percevoir la nouveauté de son propos.

Avec *Un mari idéal* (1895), Wilde connut un autre succès : « Il joue avec tout, avec l'esprit, avec la philosophie, avec le genre dramatique, avec les acteurs et le public, avec le théâtre tout entier », écrivit George Bernard Shaw, enthousiaste. L'intrigue d'*Un mari idéal*, comme celle des deux pièces précédentes, s'organise autour d'un secret, voire d'une faute. Sir Robert Chiltern, le mari idéal du titre, doit sa fortune à une forfaiture : une vingtaine d'années avant qu'il ne devienne un homme politique en vue, il a vendu un secret d'État et l'argent ainsi gagné lui a permis de se lancer avec succès dans le monde. Ce secret est ignoré de tous, à l'exception d'une aventurière, Mrs. Cheveley, incarnation bourgeoise de la femme fatale, qui fait chanter Sir Robert, d'abord indigné puis atterré d'être ainsi rattrapé par son passé. La pièce s'organise donc sur la mise en relation conflictuelle de deux données : le rôle symbolique d'un individu (gentleman, époux irréprochable, pilier de la haute société victorienne, politicien de premier plan) et la réalité interne que dissimule le masque. Structurellement, *Un mari idéal* se conforme aux principes des pièces « bien faites » à la Victorien Sardou[1] : premier acte faisant office d'exposition, complication et péripétie avec l'arrivée sur scène de la femme dangereuse, montée de la tension et crise, résolution et dénouement, grâce au personnage du dandy, Lord Goring, qui, en dépit de son cynisme désabusé, s'emploie avec succès à rétablir le *statu quo* domestique et politique : contre toute attente, le dandy, pourtant par nature individualiste, est donc lui aussi, en fin de compte, garant du bon ordre. Ce n'est pas dans la forme que la pièce est originale, mais plutôt, sur un plan thématique, dans l'idée, peu courante chez Wilde, selon laquelle les forces de destruction peuvent être vaincues par le « bien », quelle que soit la forme que celui-ci revêt. L'écrivain insista sur ce point, en lien avec sa foi dans le triomphe de l'amour, dans un entretien accordé au *Sketch* à propos d'*Un mari idéal* en janvier 1895 :

— À votre avis, qu'est-ce que les critiques ont principalement ignoré dans votre pièce ?
— Toute sa psychologie. La différence qu'il y a entre la façon dont un homme aime une femme et celle dont une femme aime un homme ; la passion qu'éprouvent les femmes à se fabriquer des idéaux (ce qui est leur faiblesse) et la faiblesse d'un homme qui n'ose pas montrer ses imperfections à l'être qu'il aime. La fin du premier acte, la fin du deuxième acte et la scène du premier acte où Lord Goring fait valoir que la vie d'un homme a une plus haute importance que celle d'une femme, pour prendre trois exemples importants, semblent avoir été manqués par la critique. Elle n'a pas réussi à voir leur signification [...]. Les critiques subordonnent l'intérêt psychologique des pièces de théâtre à la simple technique. Dès qu'un dra-

1. Victorien Sardou (1831-1908) est l'auteur de *La Tosca* (1887), pièce plus connue sous la forme du célèbre opéra vériste qu'en tira Giacomo Puccini en 1900, et de *Madame Sans-Gêne* (1893), dont le succès populaire fut également considérable.

> maturge invente une situation ingénieuse, ils le comparent à Sardou, mais Sardou est un artiste. [...] Au troisième acte de *La Tosca*, la scène de la torture, c'est au moyen d'une terrible tragédie humaine qu'il nous émeut, et non par sa connaissance des méthodes théâtrales [1].

Enfin, et là est l'essentiel, sur un plan stylistique, l'originalité de Wilde réside dans le traitement du mot d'esprit et dans le rapport au langage, qui annoncent le chef-d'œuvre à venir, *L'Importance d'être constant*. Dans le même entretien, il met en avant sa conception du théâtre qu'il cherche à libérer de la tyrannie de l'action au profit d'une mise en scène purement langagière, ce qu'il appelle « la chorégraphie des mots » :

> — Vos ennemis disent que vos pièces manquent d'action.
> — Les critiques anglais confondent toujours l'action d'une pièce avec les incidents du mélodrame. J'ai écrit le premier acte d'*Une femme sans importance* pour répondre aux critiques qui disaient que *L'Éventail de lady Windermere* manquait d'action. Dans l'acte en question, il n'y a pas d'action du tout. C'était un acte parfait [2].

Dans cette pièce, l'enchaînement des répliques ne repose que sur une illusion de logique. Ce qui est mis en avant est le seul plaisir du texte, le paradoxe ne cherchant pas à faire surgir la vérité mais à proclamer son autonomie propre à l'instar de tout objet esthétique.

En 1895, année de sa chute, Wilde connut un triomphe mémorable lors de la première de *L'Importance d'être constant*, dont le succès ne s'est depuis jamais démenti, cette pièce étant sans doute l'une des plus drôles du répertoire. L'intrigue reprend une histoire connue : un orphelin, qui ignore tout de ses origines, retrouve sa véritable identité à la suite d'un certain nombre de péripéties, ce qui lui permet de rentrer en possession de son héritage et de se marier. La banalité de l'intrigue est délibérée, Wilde se servant d'elle comme d'un prétexte

---

1. « Un mari idéal », entretien au *Sketch*, Londres, janvier 1895, cité dans *Aristote à l'heure du thé et autres essais*, p. 279-280. **2.** *Ibid.*, p. 279.

pour bâtir son texte. L'insouciance et la légèreté font tout le prix de la pièce. Rien n'y est chargé de la moindre « importance » : la philosophie de *L'Importance d'être constant*, dit un jour Wilde à son ami Robert Ross, c'est « qu'il faut prendre très au sérieux toutes les choses frivoles, et toutes les choses sérieuses de la vie avec une frivolité sincère et étudiée ». Le motif de la double vie, l'un des moteurs de la pièce, est ici source de comique et lieu de satisfactions intenses et innocentes, à l'inverse de ce qui se passe pour Dorian ou pour le « Mari idéal » ; l'un des pires vices des personnages est d'aimer à l'excès, non point son image (comme le fait Dorian Gray), ni le pouvoir social et politique (Sir Robert Chiltern) ou encore son propre plaisir sensuel (Salomé) mais... les sandwiches au concombre. Enfin, dans cet univers où, en fin de compte, rien ne se passe, fumer des cigarettes est considéré comme une activité prenante, voire comme une garantie de respectabilité : « Un homme doit toujours avoir une occupation ou une autre », estime Lady Bracknell, rassurée et ravie d'apprendre que le prétendant de sa fille apprécie le tabac. D'une façon générale, le monde décrit par cette œuvre est un espace de vie protégé de tout danger — tout peut se restaurer et se réparer, y compris (surtout) le passé — parce que cet univers-là est sans événement réel, sans épaisseur existentielle et bien sûr sans densité psychologique. Ce n'est pas qu'il soit creux, bien au contraire, c'est que l'essentiel est ailleurs, dans le souci de couper les mots de ce qu'ils désignent. Le réel est ici réduit à néant et il est remplacé par la seule réalité qui intéresse Wilde, celle du langage. Telle est la raison pour laquelle l'œuvre, en son dénouement, revient à son point de départ : *L'Importance d'être constant* se caractérise par sa pure circularité et par le renversement des catégories logiques ordinaires ; aussi longtemps que les mots « constant » et « Constant » ne coïncident pas, la pièce poursuit sa trajectoire ; quand ils finissent par se superposer, lors de la révélation finale, c'est-à-dire quand la fiction mise en place par les mots devient réalité, alors la pièce peut se clore. Ce n'est alors pas le personnage de Jack qui s'adapte à la réalité mais c'est l'inverse qui se produit, le personnage devenant ce qu'il prétendait être : les mots parviennent à donner corps au réel, mieux à le créer.

L'Importance d'être constant est sans aucun doute la pièce de Wilde la plus accomplie en ce qu'elle s'affranchit de la contingence de l'intrigue, ou de l'anecdote, pour être, comme l'aurait dit Flaubert, une œuvre sur rien. Elle est du style à l'état pur, « le seul authentique opéra verbal écrit en anglais », fit observer le poète W.H. Auden[1]. Que fait en effet le dramaturge ? Il subordonne, dit Auden, tous les éléments constitutifs de la pièce au dialogue qui ne vaut que pour lui-même ; Wilde parvient ainsi à créer un univers verbal au sein duquel les personnages sont déterminés par ce qu'ils disent, l'intrigue n'étant rien d'autre qu'une série d'occasions leur permettant de le faire. Ce que cherche ici l'auteur, et qu'il poursuit depuis toujours, est la mise en place d'un univers qui ne renvoie qu'à lui-même, un peu à la façon de la danse de Salomé, qui ressortit à l'irreprésentable et qui, en fin de compte, n'existe absolument que dans son auto-désignation bien plus que tout ce que l'on peut imaginer sur son compte. Tout ce que les observateurs ou les critiques pourront en dire ne sera que discours, là où le geste sublime — qu'il soit chorégraphie effective ou ballet verbal — doit se suffire à lui-même.

Outre la question de la représentation et de la désignation du réel par le langage, l'interrogation principale de Wilde, dans l'ensemble de son œuvre, porte sur le concept de vérité qu'il ne parvient en fait jamais à définir. Prisonnier de diverses contradictions dont l'une des premières est qu'il s'acharne à définir l'art comme un « vrai mensonge » (dont les fondements théoriques, également intenables, sont d'une part que les mensonges

---

1. W.H. Auden, « An Improbable Life ». Cet article porte sur l'édition de Rupert Hart-Davis de *The Letters of Oscar Wilde*, publié dans *The New Yorker* le 9 mars 1963. Ce texte est repris dans *Forewords and Afterwords*, London : Faber and Faber, 1973 ; voir en particulier, à propos de *The Importance of Being Earnest*, les pages 322-323.

sont vrais et d'autre part que la vérité est mensongère), l'écrivain se situe en un lieu où toute parole porte en elle-même son propre déni. De ce point de vue, l'écrivain Wilde est proche des penseurs de son temps, en particulier de Nietzsche, pour qui savoirs et discours ne sont que des interprétations. Pour Wilde comme pour le philosophe allemand, la pensée est un art du masque et la morale une transposition des passions, « un ajout, un jugement par surcroît que la vie prononce sur elle-même », écrit Nietzsche dans *Par-delà le bien et le mal*. Reste, au milieu des décombres, la foi dans l'art, seul capable d'ouvrir aux hommes la voie du déchiffrement de l'être. Toutefois, sous Apollon et la perfection de l'apparence plastique perce Dionysos, représentation symbolique de ce qui échappe à l'acte de la nomination : c'est alors que le texte wildien « bouge » et que l'on y perçoit du « jeu », dans les deux sens du terme, qu'il s'agisse d'intention ludique ou de l'espace légèrement trop grand au sein duquel la pièce d'un mécanisme ne trouve pas tout à fait sa place. C'est alors également que le sens se refuse, du moins partiellement, et que s'affirme, envers et contre tout, la puissance dionysiaque de la vie ; la nature, se dit Wilde au fond de sa geôle, est une grande artiste, et il s'en est fallu de peu pour que l'artiste à son tour devînt œuvre d'art. Si la pensée de l'époque était celle de la mort, de la décadence et de la corruption, le poète martyrisé savait aussi que, pour supporter la flétrissure tragique du temps, il fallait se réconcilier avec son existence propre, seul acte éthique qui lui restait et qui lui permettait d'affirmer une dernière fois son idéal : croire jusqu'au bout en la littérature, non pas comme révélation d'une ultime vérité ou comme pur éclat mais comme courbe asymptotique, qu'elle soit parabole ou simple allusion, et ainsi tenir sa place d'honneur au festin des mots.

Pascal AQUIEN

POÈMES

« Nous autres Irlandais, nous sommes trop poétiques pour être poètes », se plaisait à dire Wilde. Pour autant, sa production poétique, certes dominée par cette œuvre majeure qu'est *La Ballade de la geôle de Reading*, n'en est pas moins d'une grande ampleur, qu'il s'agisse des poèmes de jeunesse, des poèmes en prose ou encore de *La Sphinge*. Il est d'ailleurs significatif que Wilde ait commencé et terminé sa carrière d'écrivain par la poésie, son désir profond étant de s'affranchir des contraintes du discours et de la fiction pour laisser s'épanouir les mots, les rythmes et les sonorités de façon plus autonome.

Le volume de poèmes intitulé simplement *Poems* parut en 1881 à Londres et à Boston. La page-titre était ornée d'un dessin de Wilde, montrant une tiare papale au-dessus d'une rose ; figuraient également les mots (« *Sub hoc signo vinces* », « Sous ce signe tu vaincras »), la tiare et la rose symbolisant le catholicisme et la franc-maçonnerie, l'intention de Wilde étant probablement de les réconcilier sous l'égide du mot poétique. La critique, pourtant, ne fut guère séduite et les commentaires soulignèrent la dette visible de Wilde à l'égard de ses prédécesseurs, qu'ils fussent anglais (Shakespeare, Philip Sidney, John Donne, Byron, Shelley, Keats, William Morris, Swinburne) ou étrangers (Dante, Gautier) : « C'est un livre traversé d'échos, observa *Punch*, c'est du Swinburne allongé d'eau et, de temps en temps, l'on s'aperçoit que l'auteur n'a pas oublié Mr. Rossetti et Mrs. Browning. » D'autres influences sont également patentes, ainsi celle du peintre Whistler, par exemple dans « Symphonie en jaune ». L'influence première est toutefois celle de Keats : son classicisme sensuel, sa musicalité, son rapport à la mort sont partout visibles. La critique fut toutefois sévère et sans doute aussi bien naïve, puisque Wilde ne cherchait pas, bien au contraire, à dissimuler ses emprunts mais plutôt à les rendre manifestes : la littérature selon Wilde est réécriture du même, il n'y a guère que l'éclairage qui change. On soulignera enfin les liens des poèmes avec le reste de l'œuvre, qu'ils soient d'ordre thématique (le péché, la primauté de l'art, la quête de l'unité, le contraste entre christianisme et hellénisme) ou stylistiques (le goût pour les épithètes colorées, les noms classiques et d'une manière générale pour les mots).

Le volume comportait soixante poèmes dont quelques-uns seulement ont été retenus dans cette édition : les plus représentatifs à la fois pour l'inspiration et pour la manière. A été également retenu dans ce volume le poème intitulé « La Maison de la courtisane », publié dans *The Dramatic Review* en 1885, poème composé à Paris en 1883 après la tournée de conférences sur l'art données par Wilde aux États-Unis. En partie influencé par « Bûchers et tombeaux » *(Émaux et camées)* de Gautier, par « Danse macabre » et « Les Métamorphoses du vampire » *(Les Fleurs du mal)* de Baudelaire et par « Le Palais hanté », poème d'Edgar Poe figurant dans *La Chute de la maison Usher*, « La Maison de la courtisane » est une variation décadente et avouée autour du thème médiéval de la danse macabre sur lequel Wilde reviendra d'ailleurs aux vers 289-324 de *La Ballade de la geôle de Reading*.

Les Poèmes en prose, au nombre de six, furent publiés en 1894 et font partie des compositions les plus originales de Wilde. Le genre lui-même est principalement français et c'est surtout avec *Gaspard de la nuit* d'Aloysius Bertrand (1842), bien sûr suivi des *Petits Poèmes en prose* (1869) de Baudelaire, que le poème en prose prit la forme que nous lui connaissons. Il s'agit d'une prose rythmée et sonore, comme dit Baudelaire, « assez souple et assez heurtée pour s'adapter aux mouvements lyriques de l'âme, aux ondulations de la rêverie, aux soubresauts de la conscience ». Wilde s'en est souvenu, sans oublier pour autant cet ancêtre du poème en prose anglais, discursif et ironique, qu'est *Le Mariage du Ciel et de l'Enfer* (1792) de William Blake et surtout la traduction en anglais de la Bible, dite version du roi Jacques *(King James Version)*, ici largement pastichée. L'originalité de Wilde est d'avoir combiné ces deux aspects du genre et d'avoir adapté celui-ci à son goût pour la subversion et les retournements inattendus. On ajoutera qu'il existe des versions orales de ces contes, Wilde ayant l'habitude de les dire avant de les écrire. Il existe ainsi plusieurs états de ces textes, dont les amis de l'auteur avaient gardé le souvenir (par exemple Henri de Régnier ou Jean Lorrain), et qui furent plus tard rassemblés par Guillot de Saix (« Les Songes merveilleux du dormeur éveillé », Paris, Mercure de France, 1942). Dans son propre *In memoriam*, plus aisément accessible, André Gide transcrit cinq de ces poèmes, tels que Wilde les lui dit.

« La Sphinge », qui fut peut-être commencé à Oxford en 1874 alors que Wilde y était étudiant, fut pour sa plus grande part composé à Paris en 1883 et fit l'objet de révisions jusqu'au début des années 1890 : Wilde ajouta même quatorze vers avant la publication en 1894. À l'origine, Wilde avait commencé son poème en se fondant sur le modèle de l'*In memoriam* de Tennyson (strophes de quatre vers rimant abba). Il y renonça toutefois et préféra scinder les strophes en deux. Aussi le texte définitif est-il fait de quatre-vingt-sept distiques (groupes de deux vers) de seize syllabes, avec dans chaque vers une rime interne : un mot situé en milieu de vers rime avec le dernier mot du vers suivant, et le procédé — qui s'apparente à un tissage — se répète tout au long du poème et contribue ainsi à lui donner l'apparence d'une riche tapisserie.

« La Sphinge » fut publié le 11 juin 1894 par Elkin Mathews and John Lane à Londres et par Copeland and Day à Boston. Le poème est dédié à Marcel Schwob, « avec amitié et admiration ». Les sources principales sont « Le Fardeau de Ninive » de Dante Gabriel Rossetti (1870), qui fait des emprunts à la mythologie égyptienne et à l'Ancien Testament, et *La Tentation de saint Antoine* de Flaubert (1874), très admiré de Wilde qui l'évoque dans « Le Déclin du mensonge ». D'autres sources, enfin, peuvent être évoquées : les poèmes de Baudelaire consacrés aux chats (XXIV, LI et LXVI) dans *Les Fleurs du mal* (1857) et les chapitres XI et XIII de *Mademoiselle de Maupin* (1836), où le héros médite sur la beauté du sphinx. La réception critique fut mitigée. On reprocha dans l'ensemble à Wilde ses artifices fin-de-siècle, et son adaptation du mètre de Tennyson ne fut pas du goût de tout le monde. Le poème n'en est pas moins une entêtante rêverie orientaliste, chatoyante dans ses évocations et enivrée de ses propres mots.

Alors que Wilde se trouvait à Reading, il se produisit un événement qui eut en lui une résonance majeure : une exécution capitale. Celle-ci eut lieu, le 7 juillet 1896, et c'était la première, dans cette prison, depuis dix-huit ans, ce qui explique l'émoi considérable qu'elle suscita chez les détenus. Le supplicié, un militaire âgé d'une trentaine d'années, du nom de Charles Thomas Wooldridge — désigné par les initiales C.T.W. dans la dédicace de *La Ballade de la geôle de Reading* — avait été condamné à mort pour le meurtre prémédité de sa femme infidèle, qu'il avait égorgée sur un chemin de campagne le 29 mars de la même année. C'est ce crime suivi de cette exécution qui furent la source d'inspiration première du poème. *La Ballade de la geôle de Reading* est la dernière œuvre de Wilde, son « chant du cygne », disait-il [1]. Les autres projets littéraires qu'il nourrissait à la même époque n'aboutirent pas, et, peu de temps après son incarcération, il déclara même qu'il n'écrirait plus jamais. Pourtant, quelque temps après sa libération de Reading, Wilde se remit au travail et commença à rédiger son poème à Berneval, en Normandie près de Dieppe, où il s'était installé juste après sa sortie de prison. Le 14 octobre, l'auteur annonça qu'il avait terminé ce qu'il appelait son « grand poème », mais il n'en expliqua pas moins qu'il n'en était pas vraiment satisfait. Il avoua plus tard que le poème était « trop autobiographique et que les expériences vécues sont des

---

1. Lettre à Carlos Blacker, 9 mars 1898, *Lettres d'Oscar Wilde*, t. II, p. 401.

éléments contraires que nous ne devrions jamais laisser nous influencer[1] », et il continua à réviser et à augmenter son texte, auquel il donna finalement un titre, celui que nous connaissons et qui fut probablement suggéré par Robert Ross. *La Ballade de la geôle de Reading* fut enfin publiée le 3 février 1898 par Leonard Smithers.

La Ballade est divisée en six chants et en un certain nombre de sous-sections. Wilde a ici adapté la structure de la ballade traditionnelle, qui connut une très grande vogue aux XVIIIe et XIXe siècles, chaque strophe consistant en six vers rimés. Le narrateur commence ordinairement par le point culminant de l'anecdote qu'il décrit en mêlant récit et dialogue, ce qu'il fait en évitant d'exprimer ses propres sentiments. Dans la mesure où Wilde aspire à une objectivité impersonnelle (la raison pour laquelle il a été lui-même condamné et incarcéré n'apparaît jamais), le choix de la ballade comme forme s'impose tout naturellement à lui, avec ses clichés et ses oppositions simplifiées (d'un côté le bon criminel qui prend la forme romantique du proscrit séduisant ; de l'autre, les hommes de loi et de religion, incarnation de forces répressives et négatives), la présence d'un refrain et de très nombreuses répétitions de mots et de vers. Ce sont autant d'éléments que Wilde, techniquement soucieux de la forme, reprend à son compte et qui prouvent au moins une chose : son poème ne doit pas se lire comme l'expression spontanée d'une émotion ; il est avant tout une mise en mots, et si la douleur n'en est pas exclue, elle n'en est pas moins canalisée, organisée et recentrée.

Les six premières éditions anglaises citent l'auteur sous le seul nom codé de « C.3.3. », en référence au numéro de la cellule occupée par Wilde à Reading. En mars 1899, Smithers lui demanda s'il s'opposait à ce que son nom figurât sur la page de titre sous « C.3.3. » entre parenthèses, et, dans la septième édition, publiée le 23 juin de cette année, le nom de l'artiste fut enfin cité. Henry D. Davray publia en mai 1898 dans le *Mer-*

---

1. Lettre à Frank Harris, fin février 1898, *Lettres*, t. II, p. 392.

cure de France une version française à laquelle le poète s'était personnellement intéressé : un mois plus tôt, en effet, Wilde avait fait au traducteur des commentaires sur des points précis d'interprétation, qui témoignent d'une attention très vive à la lettre du poème[1]. Jusqu'au bout, l'auteur eut avant tout le souci de son texte et de sa qualité littéraire : s'il entend ici témoigner, il tient surtout, comme il l'a toujours fait, à montrer que son inspiration ne s'est pas tarie. Les comptes rendus furent dans l'ensemble favorables au poème, bien que leurs auteurs s'abstinssent de mentionner le nom de l'artiste qu'ils avaient pourtant à l'évidence identifié. C'est surtout l'analyse d'Arthur Symons, dans la *Saturday Review* du 12 mars 1898, que retiendra le lecteur moderne :

> Ce n'est pas vraiment une ballade, écrit-il, mais une sombre rêverie emportée et interrompue ; mais ce qui compte, ce n'est pas l'histoire racontée, c'est la méditation souterraine, ce sont les à-côtés[2].

Symons, sensible à la puissance du non-dit (Wooldridge, c'est Wilde) et à la manière dont celui-ci, paradoxalement, se manifeste dans le poème, rejette l'anecdote et débarrasse Wilde des oripeaux du discours démonstratif et idéologique. Non, *La Ballade de la geôle de Reading* n'est pas — seulement — une dénonciation vigoureuse des conditions de détention à l'époque victorienne, elle dit autre chose qui révèle une vérité universelle : la puissance des forces de destruction (on pourrait parler, en termes psychanalytiques, de pulsion de mort) et la foi en un rachat du mal par le truchement de l'art. Un autre aspect essentiel de cette œuvre est que le sens du texte ne se réduit pas à ce qu'il est convenu d'appeler ses thèmes puisque la page écrite est ici avant tout un lieu où se déploie physiquement une parole vive, avec ses incertitudes, ses bégaiements et ses blancs.

P. A.

---

1. Lettre à Henry D. Davray, avril 1898, *Lettres*, t. II, p. 418. **2.** Cité par Anne Varty, *A Preface to Oscar Wilde*, p. 83.

POÈMES CHOISIS

REQUIESCAT [1]

Marche doucement, elle est là
  Dessous la neige encore,
Et peut entendre — parle bas —
  La marguerite éclore.

Ses cheveux brillants comme l'or
  Sont de rouille ternis,
Elle si jeune et belle alors
  En poussière a fini.

Comme la neige ou le lys blanc,
  À peine savait-elle
Qu'elle était une femme, tant
  Sa vie fut douce et belle.

Cercueil de bois, dalle de pierre,
  Sur sa poitrine enclose ;
Mon cœur s'afflige, solitaire,
  Tandis qu'elle repose.

Silence, elle ne peut entendre
  Ni lyre ni sonnet,
Ma vie est ici, en sol tendre
  Enterrée à jamais.

---

1. La mort en 1867 de sa sœur Isola, âgée de 9 ans, a bouleversé Oscar, de trois ans son aîné. « Requiescat » aurait été écrit à Avignon, en 1875.

SAN MINIATO [1]

Vois, j'ai gravi le flanc de la colline
Jusqu'à la sainte demeure de Dieu,
Le Peintre Angélique y passa radieux [2],
Il vit les cieux grands ouverts qui fascinent,

Et fit trôner sur le premier croissant
La Pure et blanche Reine de la Grâce,
Marie !... Ah, si je pouvais voir ta face,
La mort ne viendrait pas avant longtemps.

Couronnée par Dieu d'épine et de pleur,
Ô mystique épouse ! Ô Mère du Christ !
Mon cœur, lassé d'une existence triste,
Ne chante plus, submergé de douleur.

Couronnée par Dieu de flamme et d'amour !
Couronnée par le Christ, l'Unique Saint !
Écoute !... Le soleil va, je le crains,
Clamer ma honte et mon péché un jour.

---

1. Ce poème fait partie d'une série inspirée par le premier voyage de Wilde en Italie (été 1875), et remplie d'aspirations religieuses. L'église romane de San Miniato del Monte s'élève sur une colline de Florence. 2. Les œuvres du « Peintre Angélique » (Fra Angelico) se trouvent en fait dans le monastère de San Marco, situé au cœur de Florence.

LA TOMBE DE KEATS [1]

Délivré de ce monde injuste, et de sa peine,
Il se repose enfin sous le dais bleu de Dieu,
Emporté quand amour et vie s'ouvraient radieux,
Le plus jeune martyr gît, ici, dans la plaine,

Comme Sébastien, beau et mort, adulte à peine [2].
Nul cyprès sur sa tombe et nul if ténébreux,
Mais la violette, avec de la rosée aux yeux,
Lui tisse, de ses fleurs, une éternelle chaîne.

Toi, le plus fier des cœurs, que le malheur brisa !
Ta lèvre douce — ainsi qu'à Mytilène [3] — enchante !
Toi, le poète-peintre de notre Angleterre !

Ton nom demeurera — écrit sur l'eau naguère [4] ;
Et mes pleurs garderont ta mémoire vivante,
Comme le basilic, qu'Isabelle arrosa [5].

---

1. Après avoir été reçu en audience par le pape, en avril 1877, Wilde se rendit sur la tombe de Keats au cimetière protestant de Rome. Keats, mort de tuberculose à 25 ans, a toujours été admiré par Wilde. **2.** Saint Sébastien était, dans le tableau du Guide, contemplé au musée de Gênes, un bel adolescent percé de flèches. Wilde l'évoque souvent et il se fera appeler, à sa sortie de prison, Sebastian Melmoth. **3.** Mytilène, l'antique Lesbos, fut célèbre, au VIe siècle av. J.-C., pour ses poètes (Sappho et Alcée). **4.** Keats avait demandé qu'on inscrivît sur sa tombe : « Ci-gît celui dont le nom fut écrit sur l'eau. » **5.** Il s'agit du pot de basilic, où Isabella a enfoui la tête de son amant assassiné, et qui arrosé par ses larmes devient feuillu et vert, dans le poème de Keats *Isabella, or the Pot of Basil* (1818).

SONNET

sur le massacre des chrétiens en Bulgarie[1]

Christ, es-tu bien vivant ? Ou tes os desséchés,
Dans le sépulcre en pierre, ont-ils blanchi sans trêve ?
Ta Résurrection ne fut-elle qu'un rêve
De celle qui, t'aimant, racheta ses péchés[2] ?

L'air est horrible, et plein de cris d'homme écorché,
Les prêtres sont tués, qui invoquaient ton nom,
N'entends-tu pas l'amère lamentation
De ceux dont l'enfant gît, sur la dalle couché ?

Viens vers nous, Fils de Dieu ! L'ombre du crime tombe,
Couvrant tout le pays, et, dans ce ciel si noir,
Je vois ta Croix et un Croissant qui la menace !

---

1. Des atrocités commises par les Turcs, en mai 1876, avaient suscité la parution à Londres de deux textes de Gladstone, ancien Premier ministre libéral. Wilde a pris le sonnet de Milton « Sur le dernier massacre au Piémont » pour modèle de son poème, qu'il a envoyé le 14 mai 1877 à Gladstone. Pour le remercier des encouragements reçus, Wilde lui adressa un autre sonnet : « Jour de Pâques ». 2. Dans cette même lettre du 17 mai, il commente ce vers : « l'allusion s'applique évidemment à Marie-Madeleine, la première personne qui vit Notre Seigneur après sa Résurrection et qui en apporta la nouvelle à ses disciples. » Wilde rapproche constamment cette Marie-Madeleine (Jean, 20, 11-18) de la femme de mauvaise vie qui se rachète en arrosant de larmes les pieds de Jésus et en les séchant de ses cheveux (Luc, 7, 47).

Si tu as dit la vérité, brisé la tombe[1],
Viens vers nous, Fils de l'Homme ! et montre ton pouvoir,
Que Mahomet n'ait pas de couronne à Ta Place !

1. Ces vers rappellent les railleries adressées par ses bourreaux à Jésus sur sa croix : « Toi qui détruis le Sanctuaire et en trois jours le rebâtis, sauve-toi toi-même, si tu es fils de Dieu, et descends de la croix ! » (Matthieu, 27, 40).

JOUR DE PÂQUES[1]

Les trompettes d'argent sonnèrent sous le Dôme[2],
Le peuple se jeta sur le sol à genoux ;
Et, porté à bras d'hommes, je vis, devant nous,
Passer comme un grand Dieu, le Seigneur Saint de Rome.

Prêtre, il portait la robe — blanche écume — et comme
Un souverain, drapé dans la pourpre royale,
Sur son front, s'élevaient trois couronnes d'or pâle ;
Le Pape entra chez lui... Superbe décorum !

Et mon cœur remonta jusqu'aux temps reculés,
Vers l'Être errant au bord de la mer solitaire,
Cherchant en vain quelque repos sur cette terre :

« Tout oiseau a son nid, le renard son terrier,
Moi seul, je dois sans cesse errer, meurtrir mes pieds,
Et m'abreuver d'un vin, par mes larmes salé[3]. »

---

1. Inspiré, comme « La Tombe de Keats », par son séjour à Rome (printemps 1877), Wilde montre la fascination qu'exerçaient sur lui les fastes de l'Église catholique et la pompe pontificale. **2.** Le dôme de la basilique Saint-Pierre. **3.** « Jésus lui dit : "Les renards ont des tanières et les oiseaux du ciel ont des nids ; le Fils de l'homme, lui, n'a pas où reposer sa tête" » (Luc, 9, 58).

LA TOMBE DE SHELLEY[1]

Tels des flambeaux éteints près du lit d'un malade,
De maigres cyprès veillent la tombe blanchie ;
La petite chouette ici s'est établie,
La tête d'un lézard point, bijou d'ambre et jade.

Plus loin, s'enflamment les pavots, rouge parade,
Dans la chambre tranquille d'une pyramide,
Un Sphinx antique, en son recoin, veille, rigide,
Sur ce jardin des morts, plaisante promenade.

Qu'il est doux de dormir dans le sein de la Terre,
Mère de l'éternel sommeil avec grandeur,
Mais c'est la tombe sans repos que tu préfères[2],

Dans la caverne bleue, écho des profondeurs,
Ou là où les vaisseaux, dans la nuit sans repère,
Sombrent sur les rochers battus de flots rageurs.

---

1. Wilde vit la tombe de Shelley, le même jour où, visitant le cimetière protestant de Rome, il s'inclina devant celle, voisine, de Keats. Comme ce dernier, Shelley, également admiré par Wilde, mourut jeune, en 1822. Keats a écrit une élégie, *Adonaïs*, sur la mort de Shelley. **2.** Shelley se noya au cours d'une promenade en bateau au large de Viareggio.

À VÉRONE [1]

Ah ! qu'au palais des rois, il est dur de gravir
Les marches, quand on est, comme moi, exilé
Et las, et que le pain est amer et salé,
Tombant de la table du Lévrier [2]... Mourir

Sur les rouges sentiers de la guerre, ou souffrir
Que la Porte à Florence ait mon chef exposé,
Tout vaudrait mieux que vivre, par tout ravalé,
Subissant jusqu'au fond de mon âme un martyre.

« Maudis donc Dieu et meurs [3] : qu'en espérer de mieux ?
Il t'a certe oublié dans le ciel radieux
De sa ville dorée et dans l'éternité. »

---

1. Dante a exercé sur Wilde une fascination qui ne s'est jamais démentie : il le cite fréquemment et revient souvent sur l'exil douloureux du poète, chassé de Florence et obligé de subir les sarcasmes de ses compagnons d'exil, à Vérone, où il a été accueilli par le seigneur della Scala. Wilde évoque cet événement dans une lettre adressée en juin 1875 à sa mère, après sa visite de Padoue, où Dante a séjourné, dans son poème « Ravenne », ville où Dante est mort (III, v. 95) et dans *De profundis*. Le sonnet s'inspire étroitement du passage du chant XVII du *Paradis*, où Dante relate son exil à Vérone. **2.** « Justement les petits chiens mangent des miettes qui tombent de la table de leurs maîtres » (Matthieu, 15, 27). Le « Lévrier », cité par Dante (*Enfer*, I, 101-102) et considéré comme étant un sauveur providentiel, est identifié par des commentateurs, dont Wilde suit la leçon, comme étant Can Grande della Scala, seigneur de Vérone, dont Dante fait d'ailleurs l'éloge dans le *Paradis*. **3.** La femme de Job, que Dieu accable de malheurs, lui dit : « Pourquoi persévérer dans ton indignité ? Maudis donc Dieu et meurs ! » (Job, 2, 4).

Silence : sous les lourds barreaux de ma prison,
Je possède ces biens que nul ne peut m'ôter :
Mon amour, et l'éclat d'étoiles à foison [1].

---

1. « ... L'Amour / Qui meut le soleil et les autres étoiles » (Dante, dernier vers du *Paradis*).

SONNET À LA LIBERTÉ [1]

Je n'aime pas tes fils, car ils ne se soucient
Que de leur triste sort, leurs yeux sont sans espoir,
Leur esprit ne sait rien et ne veut rien savoir,
Mais le rugissement de tes Démocraties,

Tes règnes de Terreur, tes grandes Anarchies,
Viennent — comme la mer — mes fureurs refléter,
Et donnent à ma rage une sœur ! Liberté !
Pour cette seule cause, enchante par tes cris

Mon âme qui attend, sinon les rois pourraient,
Grâce à des fouets sanglants, de viles canonnades,
Dépouiller les nations de leurs plus sacrés droits.

Je reste impassible, et, pourtant, au fond de moi,
Ces Christs qu'on voit mourir au front des barricades [2],
Je suis, en quelque sorte, avec eux, Dieu le sait [3].

---

1. Ce poème appartient à un certain nombre d'écrits de Wilde, où — comme Shelley (*Ode à la Liberté*, 1820) — il dénonce la tyrannie et où il célèbre la démocratie et la liberté, en émettant des réserves sur leurs dérives (sa pièce *Véra, L'Âme de l'homme sous le socialisme...*). **2.** La comparaison des « libertaires » mourant sur les barricades avec le Christ mort sur la croix est fréquente chez Wilde. Comme chez Renan, le Christ est surtout remarquable par son « humanité ». **3.** Ce vers est inspiré par le poème d'Arnold, « À un ami républicain, 1848 », qui commence par : « Dieu le sait, je suis avec vous. »

IMPRESSION DU MATIN [1]

La Tamise nocturne, bleue et or
Se fondit en une harmonie de gris ;
Lourd de foin couleur ocre, un chaland prit
Le large ; un brouillard froid et jaune, alors,

Vint se glisser, frissonnant, sur les piles
Des ponts, et même les murs des maisons
Semblèrent des fantômes ; Saint-Paul, rond
Comme une bulle, émergea de la ville.

Soudain la vie au réveil éclata
De bruits ; les rues s'emplirent de chariots
Venus de la campagne... et un oiseau,
S'envolant vers les toits brillants, chanta.

Mais une femme pâle et solitaire,
Aux cheveux clairs sous le baiser de l'aube,
Flânait à la lueur faible d'un globe,
Sa lèvre était de feu, son cœur de pierre [2].

---

1. Ce poème fait partie d'une série de pièces brèves, dont le titre « Impressions » souligne l'influence « picturale » de Gautier, de Whistler, son disciple en peinture, et des impressionnistes français. **2.** Cette strophe introduit une note « décadente » avec la prostituée, et apparente le poème à « La Maison de la courtisane ». Le « cœur de pierre » est une expression courante chez Wilde.

LE JARDIN DES TUILERIES [1]

L'air d'hiver est de froid perçant,
De froid perçant est le soleil,
Les enfants vifs tournent, pareils
À des paillettes d'or dansant.

Les soldats sont près du kiosque et,
Comme vrais, manœuvrent, défilent,
Ou des brigands aux yeux bleus filent
Se cacher dans le noir bosquet.

Quand la vieille nurse dévore
Son livre, ils vont, sans être épiés,
Lancer leurs bateaux en papier.
Le triton, bronze vert, se tord.

Ils font semblant de s'envoler,
Leur bande court, crie et cahote,
Ils vont — menotte sur menotte —
Grimper sur un tronc désolé.

Moi, à ta place, arbre cruel,
Pour ces enfants qui grimperaient,
Malgré l'hiver, je fleurirais,
Comme au printemps, blanc et bleu ciel [2] !

1. Wilde aimait se promener dans ce jardin, proche de l'hôtel où il descendait à Paris, et très fréquenté à l'époque par les enfants et leurs gouvernantes.
2. On trouve le même thème dans « Le Géant égoïste » ; devenu bon, le géant voit fleurir un arbre dans son jardin en plein hiver.

SONNET
SUR LA VENTE AUX ENCHÈRES DES LETTRES D'AMOUR DE KEATS [1]

Ce sont les lettres qu'écrivit Endymion [2]
À celle qu'il aima de passion secrète.
Maintenant les braillards de la vente s'apprêtent
À enchérir, luttant pour le moindre brouillon ;

Eh, oui ! pour chaque élan du cœur, les marchands font
Leur prix. Ils n'aiment pas l'art — et je m'en inquiète,
Ceux qui brisent le cœur de cristal d'un poète,
Pour que des yeux mesquins le fouillent jusqu'au fond.

N'a-t-on pas raconté qu'il y a fort longtemps,
Des soldats d'une ville d'Orient s'élancèrent,
Avec des torches, dans la nuit, et commencèrent

---

1. Ce sonnet, écrit le 1er mars 1885, la veille de la vente des lettres de Keats à Fanny Brawne, était considéré par Wilde comme « un des meilleurs » composés par lui (*Lettres d'Oscar Wilde*, 1966, t. I, p. 395). Grand admirateur de Keats, Wilde a été très touché par cette vente, comme il l'écrira, en 1897, dans *De profundis*. **2.** Wilde désigne souvent Keats du nom d'Endymion, héros d'un long poème écrit par celui-ci (1818). Endymion fut aimé par la Lune, s'endormit d'un sommeil éternel, restant jeune et aimé à jamais. Wilde a lui aussi écrit un poème intitulé « Endymion » (1881).

À se quereller fort pour d'humbles vêtements,
Et à jouer aux dés l'habit d'un pauvre hère [1],
Ignorant Dieu en Son miracle, ou Son tourment ?

---

1. La comparaison entre le sort des lettres de Keats et celui des habits du Christ est évoquée par Wilde dans une lettre de 1890. Dans *De profundis*, il reprendra la même image, accusant Douglas de l'avoir joué aux dés contre son père et d'avoir perdu.

SYMPHONIE EN JAUNE [1]

Un omnibus franchit le pont,
Comme un papillon jaune et lent,
Et, parfois, surgit un passant,
Agité comme un moucheron.

De lourdes barges sont à quai,
Dans l'ombre, de foin jaune pleines,
Et, jaune écharpe de soie, traîne
Et s'étire un brouillard épais.

Déjà, les feuilles jaune fade
Des ormes du Temple [2] voltigent,
La Tamise est comme une tige
Vert pâle et ondulante en jade.

---

1. Comme « Impression du matin », ce poème, écrit en 1888, rappelle les nombreuses vues de la Tamise du peintre Whistler. **2.** Le Temple, situé au lieu d'un ancien couvent de Templiers, est le siège d'écoles de droit et de cabinets d'hommes de loi. Son jardin s'étend jusqu'au quai de la Tamise, proche du pont des Blackfriars (Dominicains).

LA MAISON DE LA COURTISANE[1]

Dans la rue où nous flânions en silence
Au clair de lune, un bruit de pas de danse
Nous attira vers une maison close.

Il en sortait des cris et des huées ;
Dominant tout, les musiciens jouaient
Très fort, le *Treues Liebes Herz*[2] de Strauss.

Grotesques étranges et mécaniques,
Formant des arabesques fantastiques,
Les ombres vives couraient sur le store.

Les danseurs fantômes, nous les voyions
Virer au son du cor et du violon,
Comme tournoient au vent les feuilles noires.

Tels des pantins actionnés par des fils,
De longs squelettes aux formes fragiles
Se mêlaient, furtifs, à ce lent quadrille.

---

1. Ce poème a été composé à Paris en 1883 et a peut-être été inspiré par la découverte d'une maison de plaisir, lors d'une promenade nocturne. Les commentateurs soulignent sa ressemblance avec « Le Palais hanté », poème de Poe, inséré dans *La Chute de la maison Usher*, comme avec le thème de la danse macabre, repris par Gautier (plusieurs poèmes d'*Émaux et Camées*, dont « Bûchers et tombeaux ») et Baudelaire (« La Danse macabre »). Wilde le reprendra dans *La Ballade de la geôle de Reading*. 2. « Cœur cher et fidèle ». Titre d'une valse de Johann Strauss (1825-1899).

Ils se tenaient par la main, et leur bande
Dansait une imposante sarabande[1] ;
Leur rire aigu fusait comme des trilles.

Une poupée automate, contre elle,
Pressait parfois un amant irréel,
Parfois ils semblaient esquisser un chant.

Et parfois, une horrible marionnette
Se montrait et fumait sa cigarette
Sur le perron, comme un être vivant.

Tourné vers mon amour, je dis alors :
« Les morts s'en vont danser avec les morts,
« La poussière avec la poussière glisse. »

Mais elle n'écoutait que le violon,
Et, me quittant, entra dans la maison :
L'Amour passa dans la maison du vice.

On entendit soudain des dissonances,
Les valseurs se lassèrent de leur danse,
Le tourbillon cessa des ombres vives.

Et dans la longue et silencieuse rue,
L'aube aux sandales d'argent apparut,
Comme une petite fille craintive.

---

1. Ces vers rappellent « Bûchers et tombeaux » de Gautier : « À chaque pas grossit la bande ; / Le jeune au vieux donne la main ; / L'irrésistible sarabande / Met en branle le genre humain... » (*Émaux et Camées*, XXVI, v. 77-80).

LA SPHINGE [1]

Dans un coin sombre de ma chambre, depuis plus longtemps que j'y pense,
Une belle sphinge, en silence, m'observe à travers des jeux d'ombre [2],

Reste impénétrable, immobile, sans se lever, sans mouvement,
Insensible aux lunes d'argent, insensible aux soleils qui roulent.

À l'air gris succède le rouge, le clair de lune en vagues luit,
Jamais à l'aube elle ne fuit ; quand vient le soir, jamais ne bouge.

Passent les nuits et les aurores, elle demeure sur la natte
De Chine, cette étrange chatte, aux yeux de satin frangés d'or.

De cette natte, elle surveille... et sur sa gorge fauve on voit
Frémir sa fourrure de soie jusqu'à la pointe des oreilles.

---

1. On trouve dans « La Sphinge » de nombreux emprunts thématiques et lexicaux à *La Tentation de saint Antoine* de Flaubert : Adonis blessé par un sanglier et gisant dans son catafalque, Ammon, Anubis à tête de chien, Atys qui s'émascule à cause de Cybèle, basilic, chacal, chimère, crocodile, griffon, Isis, mandragores (qui chantent), obélisque, Osiris, onagre, pièces d'or, Thot, tragélaphos, voiles des bateaux ressemblant à des ailes. **2.** La sphinge s'est installée dans la chambre du narrateur, comme le corbeau inquiétant d'Edgar Poe, et provoque, par son attitude, le même rejet final.

Approche-toi, mon charmant sénéchal ! somnolente beauté plastique !
Approche-toi, exquis grotesque[1] ! toi mi-femme mi-animal !

Approche, belle en ta langueur, ma sphinge ! mets ta tête sur mes genoux !
Laisse-moi caresser ce cou et voir ce corps tacheté comme un lynx !

Et laisse-moi toucher ces griffes recourbées de jaune ivoire, et saisir cette queue,
Qui, tel un serpent monstrueux, s'enroule autour des lourdes pattes veloutées !

*

Un millier de longs siècles t'appartiennent, quand moi, j'ai vu à peine vingt étés
À la verte parure, la quitter, pour la livrée bariolée de l'automne[2].

Tu sais lire les hiéroglyphes sur le grès des grands obélisques,
Tu as parlé aux basilics et observé les hippogriffes[3].

Dis, as-tu vu Isis chagrine, auprès d'Osiris[4], à genoux ?
Et l'Égyptienne qui dissout, pour Antoine, sa perle fine,

---

1. Dans les arts décoratifs, bien connus de Wilde, les « grotesques » représentaient des personnages et des animaux bizarrement entrelacés. **2.** Ces deux vers rappellent les vers 279 à 281 de « Ravenne », poème écrit par Wilde après son voyage en Italie en 1877 et couronné en 1878 par le prix Newdigate. **3.** Le basilic est un reptile fabuleux, avec une tête et des ailes de coq. Son souffle ou son regard sont mortels. L'hippogriffe, mi-cheval mi-griffon, a été imaginé par le poète italien Boiardo (1430-1494) et repris par l'Arioste : monture fantastique comme le Pégase antique. **4.** La déesse égyptienne Isis pleure son époux Osiris, que son frère a assassiné. Elle va rassembler ses membres dispersés pour le faire revivre. La sphinge sera invitée à procéder de même avec les fragments épars d'Ammon qu'elle a aimé (v. 121-124).

Puis boit le vin fou du joyau, en se penchant, par feinte révérence,
Pour voir le proconsul immense tirer un thon séché de l'eau[1] ?

Étais-tu là pour voir Cypris embrasser Adonis, pâle en son catafalque[2] ?
Dis, as-tu suivi Amenalk[3], qui fut le Dieu d'Héliopolis ?

Conversé avec Thot, et entendu Io pleurant aux lunaires cornes[4] ?
Et connu les rois peints qui dorment, dans leur pyramide étendus ?

*

Lève tes yeux de satin noir, tels des coussins où l'on se plonge !
Viens à mes pieds, ma fantastique sphinge ! et dis-moi tous les chants de ta mémoire !

---

1. Pline l'Ancien rapporte que Cléopâtre fit fondre une de ses deux plus belles perles dans du vinaigre, qu'elle but, pour éblouir Antoine par sa magnificence. L'autre épisode est fourni par Plutarque, dans « La Vie d'Antoine » (*Vie des hommes illustres*, XXVI, Paris : Gallimard, Bibl. de la Pléiade, t. II, p. 891) : Antoine, humilié d'avoir, en présence de Cléopâtre, pêché à la ligne et de n'avoir rien pris, avait ordonné à un de ses pêcheurs d'aller attacher, en secret, à son hameçon un gros poisson pris auparavant. Cléopâtre fit semblant de ne rien voir, mais, le lendemain, elle fit accrocher à l'hameçon d'Antoine un poisson salé et séché qui, tiré hors de l'eau, déclencha le rire de l'assistance. **2.** « Cypris », la « Cyprienne », est Aphrodite, vénérée dans l'île de Chypre. Elle aima Adonis, tué à la chasse par un sanglier, et fut inconsolable de sa mort. **3.** Amenalk, choisi par Wilde pour rimer avec « catafalque », est mis pour Ammon, seigneur de Thèbes et dieu des Égyptiens, avec son disque (solaire) et ses cornes de bélier (« le dieu cornu », v. 81). **4.** Thot, dieu égyptien, avait un corps d'homme et une tête d'ibis. Ses caractéristiques (créateur de l'écriture, juge des âmes, magicien, messager des dieux...) l'ont fait assimiler à Hermès. Son lieu de culte était Khmounou (Hermopolis). Son animal sacré était le babouin ou cynocéphale. Io, séduite par Zeus et transformée en génisse blanche, finit par régner en Égypte, où elle fut adorée sous le nom d'Isis. Isis était aussi représentée sous la forme d'une vache (ou d'une femme à tête de vache) soutenant le symbole de la lune.

Chante pour moi la Vierge juive : avec l'Enfant-Dieu, elle erra,
Dans le désert tu les guidas, afin qu'ils dorment à ton ombre[1].

Chante le soir vert, embaumant, où tu as, tapie sur la rive,
Pu entendre Antinoüs rire dans la barque d'or d'Hadrien[2],

Et te désaltérer dans l'onde et voir d'un œil avide, ardent,
Le corps d'ivoire du superbe adolescent, esclave aux lèvres de grenade[3] !

Chante encore le Labyrinthe et son taureau qui avait double aspect[4] !
Chante la nuit où tu rampais dans le temple, le long des plinthes ;

Dans la pourpre des corridors, l'ibis écarlate volait,
Criant de peur[5] ; une horrible rosée coulait des tristes mandragores[6] ;

---

1. Wilde évoque sans doute un tableau du peintre français L.O. Merson (1846-1920), *Repos en Égypte* (1879). Ce tableau montre la Vierge et l'Enfant se reposant, lors de leur fuite en Égypte, entre les pattes du Sphinx ; il avait fait sensation et avait été largement reproduit par la gravure. Wilde a pu ainsi le connaître facilement. Ce tableau se trouve au musée des Beaux-Arts Jules-Chéret de Nice. 2. Antinoüs, favori de l'empereur Hadrien et mort noyé dans le Nil, est fréquemment cité par Wilde. 3. La grenade fascinait Wilde par sa couleur rouge et par le symbole de luxe et de sensualité qu'il y voyait. 4. Le Minotaure, né des amours de Pasiphaé et d'un taureau, avait un corps d'homme et une tête de taureau. Enfermé dans le labyrinthe, construit par Dédale pour Minos, roi de Crète, il fut tué par Thésée. 5. L'ibis était l'oiseau sacré de l'ancienne Égypte, voué au dieu Thot. En fait, son plumage était blanc, la tête, le cou et la queue noirs. C'est l'ibis de l'Amérique tropicale et subtropicale qui est « écarlate ». On trouve déjà cette erreur au chapitre XIV du *Portrait de Dorian Gray*, quand celui-ci rêve, en lisant « L'Obélisque de Paris » dans *Émaux et Camées* de Gautier, à « des ibis roses et rouges » (Gautier n'y évoque que des ibis « roses »). 6. On disait que la mandragore, plante maléfique, rappelait la forme d'un être humain et poussait un cri lugubre quand on l'arrachait du sol. Elle était réputée pousser au pied des gibets et se nourrir du sperme des pendus.

Somnolent, le grand crocodile, dans son bassin, mêlait ses larmes à la vase,
Arrachait les joyaux fixés à ses oreilles, puis retournait, se dandinant, au Nil[1] ;

Et les prêtres te maudissaient, quand tu enlevas leur serpent[2],
Pour assouvir ta passion, sous les palmiers qui frissonnaient.

*

Qui furent tes amants ? Qui, pour toi, a lutté dans la poussière ?
Qui t'a poussée à la luxure ? Qui fut, chaque jour, ton galant ?

Les lézards géants venaient-ils, dans les roseaux, se glisser à tes pieds ?
Et les griffons aux larges flancs d'acier[3] sautaient-ils dans ta couche vile ?

Les monstrueux hippopotames se coulaient-ils auprès de ton corps dans la brume ?
Et les dragons aux écailles d'argent se tordaient-ils de passion, à ta vue ?

De la tombe en brique lycienne, quelle chimère[4] vint, horrible,
Avec ses têtes et flammes terribles, faire naître en ton sein de nouvelles merveilles ?

---

1. Le crocodile était un animal sacré en Égypte, représentant le dieu Sobek. Hérodote rapporte que, dans certaines villes, on choisissait un crocodile qu'on apprivoisait ; on lui mettait aux oreilles des pendants en pierres artificielles ou en or, aux pattes de devant des bracelets... À sa mort, on l'ensevelissait, après l'avoir embaumé (*Histoires*, II, 69). **2.** Le serpent, animal sacré, représentait la déesse Ouadjet. **3.** Le griffon était un animal fabuleux ayant la tête et les ailes de l'aigle et l'arrière-train du lion. **4.** La chimère, monstre d'Asie Mineure (Lycie) lançant des flammes, était représentée avec deux ou trois têtes (chèvre, lion, serpent). L'excitation « volcanique » de la chimère s'oppose à la placidité du sphinx dans *La Tentation de saint Antoine* de Flaubert.

*

As-tu fait en secret des quêtes immorales, ramené une Néréide dans ta chambre,
Lovée dans une écume d'ambre, avec des seins étranges de cristal ?

Allais-tu, marchant sur les flots, jusqu'à la brune Sidonienne[1],
T'enquérir de Léviathan, Léviathan ou Béhémoth[2] ?

Ou, quand le soleil se cachait, allais-tu, gravissant la colline aux cactus,
Rejoindre ton noir Éthiopien au corps brillant comme du jais ?

Alors que les esquifs en terre cuite s'échouaient dans les gris marais du Nil,
Au crépuscule, alors que les chauves-souris voletaient alentour des triglyphes du temple,

Te glissais-tu jusqu'à la berge humide, pour traverser le lac silencieux à la nage,
Et, pénétrant sous la voûte en secret, faire ton lupanar de cette pyramide,

Tant que des sarcophages noirs, les morts surgissaient tous, fardés et momifiés ?
Ou bien, dans ta couche, as-tu attiré le tragélaphos aux cornes d'ivoire[3] ?

As-tu aimé le dieu des mouches, qui tourmenta les Hébreux et qui fut

---

1. Sidon, port de Phénicie (Liban actuel), était le lieu de culte de la déesse Ashtart (voir v. 68). **2.** Ces deux monstres, tels qu'ils sont décrits dans le Livre de Job (40, 15 à 41, 26), seraient respectivement le crocodile et l'hippopotame. **3.** Animal fabuleux mi-bouc mi-cerf.

Éclaboussé de vin jusqu'à la taille ? ou Pasht aux yeux de béryl vert [1] ?

Ou ce jeune dieu, le Tyrien, plus amoureux que la colombe d'Astaroth [2] ?
As-tu aimé le dieu de l'Assyrien [3],

Dont les ailes, semblables à d'étranges lames de talc diaphane, surmontaient la tête de faucon,
Peinte en argent et vermillon, avec des bandes d'orichalque [4] ?

Apis, au colosse pareil, a-t-il mis à tes pieds, en sautant de son char,
De grandes fleurs de nénuphar aux parfum et couleur de miel [5] ?

*

Que ton sourire est secret et subtil ! N'as-tu donc aimé nul d'entre eux ? Je sais que non,
Pour amant tu as eu le grand Ammon, qui couchait près de toi, au bord du Nil !

---

1. Wilde est quelque peu confus dans ses citations. S'il a voulu évoquer le fléau des mouches qui s'est abattu sur l'Égypte (Exode, 8, 17-28), ce sont non les Hébreux, mais les Égyptiens, leurs persécuteurs, qui en ont été frappés. Un « Baal Zebub » (Baal des mouches), autrement nommé « Béelzéboul... prince des démons », est bien cité dans la Bible (II, Rois, 1, 6, et Matthieu, 12, 24), mais il n'est question ni de fléau des mouches, ni de persécution des Hébreux, ni de vin éclaboussant... Pasht (ou Pacht ou Pakhet) est une déesse égyptienne à tête de félin. 2. Le jeune Tyrien est Adonis. La déesse phénicienne Astaroth (Ashtart) a été nommée Astarté par les Grecs qui l'ont assimilée à Aphrodite. La colombe est associée à l'amour et à sa déesse. 3. Le dieu des Assyriens, Assur, est représenté ici, comme Horus, avec une tête et des ailes de faucon. 4. L'orichalque était, dans l'Antiquité grecque, un métal fabuleux très précieux. 5. Apis était le taureau sacré, incarnation de Ptah, dieu de la ville de Memphis, en Égypte. Wilde le représente ici comme un être colossal. N'y aurait-il pas quelque confusion avec Hâpî, nom égyptien du dieu Nil, homme plantureux, qui pouvait offrir des nénuphars ?

Pris dans la vase, les chevaux du fleuve[1] poussaient à son approche de grands cris,
Il sentait le galbanum de Syrie[2], recouvert de nard et de thym.

Il longeait la rive du fleuve — grand navire aux voiles d'argent —
Il marchait à grands pas, fendant les eaux, tout armé de beauté, et les eaux refluaient.

Il marchait à grands pas dans le désert de sable ; il atteignait le val où tu dormais ;
Il attendait jusqu'à l'aurore, et touchait alors tes seins noirs.

Sur sa lèvre ta lèvre en flamme s'est pressée, et tu l'as asservi, le dieu cornu ;
Tu t'es, debout derrière son trône, tenue, l'appelant de son nom secret[3].

Tu lui as murmuré de monstrueux oracles, dans ses oreilles vastes comme des cavernes ;
Avec le sang des taureaux et des chèvres, tu lui as enseigné de monstrueux miracles.

Le pâle Ammon fut ton amant ! et le Nil vaporeux ta chambre !
Avec ton fin sourire à la courbe archaïque, tu scrutais son amour dans tous ses mouvements.

*

Des huiles de Syrie son front était brillant ; et, déployés comme une tente en plein midi,

---

1. Les hippopotames. 2. Le *galbanum* était une résine odorante provenant d'une plante ombellifère de Syrie. Ammon était « riche en parfums » et son odeur était agréable aux dieux. 3. Les pouvoirs magiques des dieux égyptiens étaient liés à leur nom secret et étaient donc perdus, quand le nom était connu.

Ses membres de marbre rendaient la lune pâle et le jour éclatant.

Ses cheveux longs de neuf coudées étaient jaunes comme la gemme,
Que les marchands du Kurdistan ramènent, dans un ourlet de leur habit cachée[1].

Sa face ressemblait au moût spumeux sur la cuve du vin nouveau ;
Nulle mer n'aurait pu ajouter du saphir au parfait azur de ses yeux.

Son cou puissant et doux et blanc comme du lait montrait la fine trame de veines bleutées ;
D'étranges perles, tels des cristaux de rosée, étaient brodées sur la soie qui flottait.

*

Sur son piédestal en nacre et en porphyre, il éblouissait qui voulait le voir,
Car scintillait, sur son torse d'ivoire, la merveilleuse émeraude océane,

Ce mystique joyau, reflet du clair de lune, qu'un plongeur dans les grottes de Colchide
Avait trouvé au fond des vagues les plus sombres, et remis en Colchide à la magicienne[2].

---

1. Cette gemme est sans doute le saphir jaune, provenant alors de l'Afghanistan et non du Kurdistan. **2.** L'émeraude était censée avoir des vertus magiques. La Colchide était un royaume situé au bord de la mer Noire, au sud du Caucase. Médée, qui en était la magicienne, aida les Argonautes à conquérir la Toison d'or.

Devant sa galère dorée, couraient des corybantes nus, ornés de pampres[1] ;
Des files d'éléphants se balançaient, s'agenouillaient pour traîner son grand char,

Et des files de noirs Nubiens transportaient sa litière alors qu'il marchait vite,
Descendant l'allée de granit, entre les éventails de paon qui s'inclinaient.

Les marchands rapportaient la stéatite de Sidon[2], dans leurs vaisseaux bariolés ;
La moindre coupe à ses lèvres portée était taillée dans une chrysolite[3].

Les marchands lui livraient, dans des coffres de cèdre encordés, de riches parures ;
Les seigneurs de Memphis portaient sa traîne ; les jeunes rois étaient heureux d'être ses hôtes.

Mille prêtres au crâne rasé, nuit et jour, se prosternaient devant l'autel d'Ammon,
Mille lampes brillantes vacillaient dans le temple sculpté d'Ammon, — et, maintenant,

L'impur serpent et la vipère tachetée, avec leurs petits, vont, rampant de pierre en pierre,
Car le temple est en ruine et le grand monolithe de marbre rose[4] est couché sur le sol !

---

1. Les corybantes étaient en Phrygie (Asie Mineure centrale) les prêtres de la déesse Cybèle. **2.** L'Égypte faisait venir de Sidon (v. 55) du bois (sapin, cèdre) ; la stéatite était une pierre utilisée notamment en Mésopotamie pour faire des vases. Des perles en cette matière ont également été trouvées en Égypte (tombes de Badari). **3.** Le mot chrysolite, ou chrysobéryl jaune, est souvent employé pour désigner une pierre précieuse de couleur dorée (topaze...). **4.** Dans la riche collection égyptienne du British Museum, Wilde avait pu voir une colossale tête de granit rouge, attribuée maintenant à Aménophis III.

L'onagre ou le chacal trotteur sont étalés au seuil des portes qui chancellent ;
Les farouches satyres s'interpellent au milieu des amas de tambours cannelés.

Sur le sommet des ruines qui s'empilent, le singe à face bleue d'Horus s'assied[1],
Et baragouine, alors que le figuier disloque les piliers du péristyle.

*

Le dieu gît en fragments épars ; cachée au fond du sable que le vent soulève,
J'ai vu sa main de granit gigantesque, crispée encore en un vain désespoir[2].

Et mainte caravane errante de noirs majestueux dans leurs châles de soie,
Au milieu du désert, s'arrête avec effroi devant ce cou que nul ne peut étreindre.

Et maint Bédouin barbu abaisse un coin du burnous aux raies jaunes,
Pour admirer les muscles de titan de ton paladin de jadis.

*

Va chercher ses fragments dans les marais, et lave-les à la rosée du soir,

---

1. Le singe cynocéphale est l'animal sacré de Thot et aussi de Hâpî, fils d'Horus, non d'Horus lui-même. **2.** La statue colossale rappelle celle d'Ozymandias, décrite dans le sonnet de Shelley qui porte ce nom (1817). La description du dieu gisant en fragments épars dans les marais, comme Osiris, doit inciter la sphinge à suivre l'exemple d'Isis : rassembler ces fragments, pour en reformer un corps qui sera embaumé, enroulé dans du lin et de la pourpre, fardé et ressuscité.

Puis, de ces morceaux assemblés, recrée ton amant mutilé !

Va les chercher où ils reposent solitaires, puis de ces morceaux désunis,
Recrée ton compagnon meurtri ! Éveille encore de folles passions dans la pierre insensible !

Charme d'hymnes syriens sa faible oreille, il aimait ton corps ! Ô sois bonne !
Verse du nard sur ses cheveux, enroule sur ses membres des bandes de lin douces !

Va couronner son front de pièces ciselées ! teinter sa lèvre pâle avec de rouges fruits !
Et tisser pour ses flancs amaigris de la pourpre et de la pourpre encore pour ses reins décharnés !

*

Pars pour l'Égypte ! Sois sans crainte, va ! Car il n'y eut jamais qu'un seul Dieu qui mourut,
Qu'un Dieu qui Se laissa percer le flanc par une lance de soldat[1].

Mais ceux-là, tes amants, ne sont pas morts. Près de la porte de cent coudées, trône
Anubis à face de chien[2], superbe, avec des lis du Nil pour ton front qu'il décore.

Et toujours, de son siège de porphyre, le farouche Memnon[3] fixe l'espace vide,

---

1. Le Christ sur la croix (Jean, 19, 34-37). **2.** Anubis, dieu égyptien des morts, est représenté avec un corps d'homme et une tête de chacal (ou de chien) peinte en noir. **3.** Memnon aurait régné sur les Éthiopiens et participé, aux côtés de son frère Priam, à la guerre de Troie (*Odyssée*, IV, 187 et XI, 522). À Thèbes, en Égypte, une des statues élevées par Amenotep III portait le nom de « Colosse de Memnon » ; lorsque les premiers rayons frap-

De ses yeux sans paupières, et crie vers toi, chaque matin que le jour vient jaunir.

Et le dieu Nil à la corne brisée [1] repose dans son lit de noir limon,
Et, jusqu'à ce que tu arrives, n'épandra pas ses eaux sur les blés desséchés.

Tes amants, je le sais, ne sont pas morts. Ils vont se relever pour entendre ta voix,
Taper sur leurs cymbales et, pleins de joie, accourir pour baiser ta bouche ! Alors,

Donne des ailes à tes flottes ! des chevaux à ton char d'ébène !
Et retourne au Nil que tu aimes ! Ou, si tu es lassée de divinités mortes,

Suis la trace d'un lion errant dans la plaine couleur de cuivre,
Rattrape-le, empoigne sa crinière, et prie-le d'être ton amant !

Allonge-toi sur l'herbe près de lui, et plante tes dents blanches dans sa gorge,
Et, quand tu entendras son cri de mort, fouette alors tes longs flancs d'airain poli,

Et prends pour compagnon un tigre aux flancs d'ambre de noir striés,
Monte sur sa croupe dorée et franchis en triomphe la porte de Thèbes,

Qu'avec lui, dans les jeux de l'amour, tu t'ébattes, et quand il se détourne et gronde, prêt à mordre ;

---

paient la statue, elle émettait une musique mélodieuse, comme pour saluer la lumière de sa mère, l'Aurore (Tacite, *Annales*, II, 61).

1. Les Égyptiens avaient fait du Nil bienfaiteur un dieu. Dans un marbre antique, conservé au musée du Vatican, il est représenté tenant à la main droite une corne d'abondance.

Déchire-le de tes griffes de jaspe ! écrase-le contre tes seins d'agate !

*

Tu t'attardes, pourquoi ? Va-t'en ! je suis las de tes airs maussades ;
Las de ton regard toujours fixe, de ta magnificence somnolente.

Ton souffle horrible et lourd fait vaciller la flamme de ma lampe,
Et sur mon front je sens la rosée moite, affreuse et de la nuit et de la mort.

Tes yeux, pareils aux lunes fantastiques, frissonnent sur un lac stagnant,
Ta langue — écarlate serpent — danse une fantasque musique,

Ton pouls rythme des chants empoisonnés, ta gueule noire est comme un trou
Laissé par une torche ou une braise sur des tapisseries sarrasinoises.

Va-t'en ! Par la porte de l'Occident, fuient les étoiles couleur de soufre !
Va-t'en ! ou il sera trop tard peut-être, pour monter dans leurs chars silencieux d'argent !

Vois ! l'aurore frissonne autour des grises tours au cadran d'or, et la pluie, ruisselant
Sur chaque vitre taillée en diamant, de larmes voile un pâle jour[1].

---

1. Les commentateurs y voient une description d'Oxford, ce que la « cellule d'étudiant », deux vers plus loin, confirme.

Quelle furie aux tresses de serpent, sortie, droit de l'enfer, obscène et grossière en ses gestes,
A fui la reine ensommeillée dans les pavots [1], et t'a conduite à ma cellule d'étudiant ?

*

Quel spectre du péché, de voix et chant privé, s'est glissé à travers les voiles de la nuit,
Et, voyant mon cierge qui luit, a frappé à la porte et t'a priée d'entrer ?

N'est-il pas d'autres êtres plus maudits que moi, et plus que moi par la lèpre blanchis ?
L'Abana, le Pharphar [2] seraient-ils donc taris, que tu viennes ici, pour étancher ta soif ?

Hors d'ici, répugnant mystère ! Animal hideux, hors d'ici !
Tu éveilles en moi tous les sens de la bête, tu fais de moi ce que je ne voudrais pas être.

Tu fais de ma croyance une imposture vaine, tu suscites les pires fantasmes des sens,
Atys au couteau plein de sang s'est montré meilleur que moi-même [3].

Perfide Sphinge ! perfide Sphinge ! Près des roseaux du Styx, le vieux Charon, appuyé sur sa rame,

---

1. Wilde s'est inspiré de l'*Enfer* de Dante (IX, 38-53), où sont évoquées les furies qui ont « pour cheveux des serpents » et Perséphone (Proserpine), l'épouse d'Hadès (Pluton), qui règne sur la nuit, la mort et le sommeil (ce qui peut expliquer les pavots). **2.** Ces deux fleuves traversant Damas sont cités dans la Bible (II, Rois, 5). **3.** Atys (ou Attis) était, dans la tradition transmise par Ovide, un bel adolescent aimé par la déesse Cybèle, qui voulait en faire le gardien de son temple, à condition qu'il garderait sa virginité. Atys ayant succombé aux charmes d'une nymphe, Cybèle le frappa de folie et il s'émascula (Ovide, *Fastes*, IV, 223).

Attend mon obole[1]. Toi, va devant, laisse-moi à mon crucifix,

Dont le pâle fardeau, accablé de chagrin, promène sur le monde un regard las, et pleure
Pour chaque âme qui meurt, et pleure pour chaque âme en vain.

1. Charon recevait une obole pour aider le défunt à traverser le Styx, l'un des fleuves de l'Enfer.

POÈMES EN PROSE

L'ARTISTE [1]

Un soir, le désir vint en son âme de modeler une image du *plaisir qui ne dure qu'un moment*. Et il s'en alla par le monde chercher du bronze. Car il ne pouvait penser qu'en bronze.

Mais tout le bronze du monde entier avait disparu ; et nulle part dans le monde entier ne pouvait se trouver aucun bronze, sinon celui de l'image de *la douleur qui dure pour jamais*.

Or, cette image, il l'avait lui-même et de ses propres mains modelée et l'avait placée sur la tombe de la seule chose qu'il eût aimée en sa vie. Sur la tombe de la chose morte qu'il avait le plus aimée, il avait placé cette image, façonnée par lui, pour qu'elle fût un signe de l'amour de l'homme, qui ne meurt pas, et un symbole de la douleur de l'homme, qui dure pour jamais. Et dans le monde entier, il n'y avait pas d'autre bronze, sinon le bronze de cette image.

Et il prit l'image qu'il avait façonnée et la mit dans une grande fournaise et la livra aux flammes.

Et du bronze de l'image de *la douleur qui dure pour jamais*, il fit une image du *plaisir qui ne dure qu'un moment*.

---

1. Publié dans *The Fortnightly Review* (juillet 1894). Dans *De profundis*, Wilde dit de ce poème qu'il est une préfiguration de son destin tragique.

LE FAISEUR DE BIEN [1]

C'était la nuit et Il était seul. Et Il vit au loin les murs d'une cité circulaire et marcha vers la cité.

Et quand Il en fut proche, Il entendit dans la cité le bruit des pieds de la joie et le rire de la bouche du plaisir et le son bruyant de bien des luths.

Et Il frappa à la porte et certains des gardiens lui ouvrirent.

Et Il vit une maison qui était de marbre et avait en façade de beaux piliers de marbre. Aux piliers étaient suspendues des guirlandes et, dedans et dehors, il y avait des torches de cèdre. Et Il entra dans la maison.

Et quand Il eut traversé la salle de chalcédoine et la salle de jaspe, et qu'Il eut gagné la longue salle du festin, Il vit, étendu sur un lit teint de pourpre marine, un homme dont les cheveux étaient couronnés de roses et dont les lèvres étaient rouges de vin.

Et Il vint derrière l'homme et lui toucha l'épaule et lui dit :

— Pourquoi vivez-vous ainsi ?

Et le jeune homme se retourna et Le reconnut et, répondant, Lui dit :

— Mais j'étais un lépreux jadis et vous m'avez guéri. Comment vivrais-je autrement ?

Et Il sortit de la maison et s'en vint de nouveau dans la rue.

Et, peu d'instants après, Il vit une femme dont le visage et les vêtements étaient peints et dont les pieds étaient chaussés de perles. Et derrière elle, à pas lents, venait, comme un chasseur, un jeune homme qui portait un manteau bicolore. Or, le visage de la femme était pareil au beau visage d'une idole et les yeux du jeune homme étincelaient de convoitise.

Et Il suivit d'un pas rapide et toucha la main du jeune homme et lui dit :

— Pourquoi regardez-vous ainsi cette femme ?

---

1. Publié dans *The Fortnightly Review* (juillet 1894).

Et le jeune homme se retourna et Le reconnut et dit :

— Mais j'étais aveugle autrefois et vous m'avez rendu la vue. Que pourrais-je regarder d'autre ?

Et Il courut en avant et toucha le vêtement peint de la femme et lui dit :

— N'est-il pas d'autre voie où marcher que tu t'en ailles par celle du péché ?

Et la femme se retourna et Le reconnut et dit :

— Mais vous m'avez pardonné mes péchés, et cette voie est délectable.

Et Il sortit de la cité.

Et quand Il fut hors de la cité, Il vit, assis au bord du chemin, un jeune homme qui pleurait.

Et Il alla vers lui et toucha les longues boucles de sa chevelure et lui dit :

— Pourquoi pleurez-vous ?

Et le jeune homme releva les yeux et Le reconnut et dit :

— Mais j'étais mort et vous m'avez ressuscité d'entre les morts. Que puis-je faire, sinon pleurer ?

LE DISCIPLE [1]

Quand Narcisse mourut, l'étang de son plaisir devint, d'une coupe d'eaux douces, une coupe de larmes salées, et les Oréades [2] vinrent en pleurant à travers les bois pour dire des chansons à l'étang et le consoler.

Et quand elles virent que l'étang était devenu, d'une coupe d'eaux douces, une coupe de larmes salées, elles dénouèrent les tresses vertes de leur chevelure et crièrent à l'étang et lui dirent :

1. Publié dans *The Spirit Lamp* (juin 1893). Ce texte est une version ironique du mythe de Narcisse (cher à Wilde), ici inversé. 2. Nymphes des montagnes et des grottes.

— Nous ne sommes pas surprises que vous pleuriez ainsi Narcisse, il était si beau !

— Narcisse était donc beau ? dit l'étang.

— Qui peut le savoir mieux que vous ? répondirent les Oréades. Près de nous il passait sans s'arrêter, mais vous, il vous cherchait et se couchait sur votre rive et baissait ses yeux vers vous et, dans le miroir de votre onde, il mirait sa beauté.

Et l'étang répondit :

— Mais j'aimais Narcisse parce que, lorsqu'il se couchait sur ma rive et baissait les yeux vers moi, dans le miroir de ses yeux je voyais toujours le reflet de ma beauté.

LE MAÎTRE [1]

Quand les ténèbres vinrent sur la terre, Joseph d'Arimathie, ayant allumé une torche de bois de pin, descendit de la colline dans la vallée. Car il avait affaire en sa maison.

Agenouillé sur les durs cailloux de la vallée de la Désolation, il vit un jeune homme qui était nu et qui pleurait. Sa chevelure était de la couleur du miel, et son corps était comme une fleur blanche ; mais il avait blessé son corps à des épines, et sur ses cheveux il avait mis des cendres en couronne.

Celui qui avait de grands biens dit au jeune homme qui était nu :

— Je ne m'étonne pas que votre douleur soit si grande, car certainement c'était un juste.

Le jeune homme répondit :

— Ce n'est pas sur lui que je pleure, mais sur moi. Moi aussi, j'ai changé l'eau en vin et j'ai guéri le lépreux et j'ai rendu la

1. Publié dans *The Fortnightly Review* (juillet 1894). Ce texte se fonde, comme le précédent, sur le principe du retournement inattendu : ce n'est pas Jésus que pleure le jeune homme mais sa propre incapacité à avoir fait aussi bien que lui !

vue à l'aveugle. J'ai marché sur les eaux et, de ceux qui habitent dans les tombes, j'ai chassé les démons. J'ai nourri les affamés dans le désert où il n'y avait pas de nourriture et j'ai fait se lever les morts de leurs maisons étroites ; et, à mon ordre, et devant une grande multitude, s'est desséché un figuier stérile. Toutes les choses que cet homme a faites, moi aussi je les ai faites, et cependant on ne m'a pas crucifié.

LA MAISON DU JUGEMENT[1]

Et il y eut un silence dans la maison du Jugement. Et l'Homme vint nu devant Dieu.

Et Dieu ouvrit le Livre de la vie de l'Homme.

Et Dieu dit à l'Homme :

— Ta vie a été mauvaise et tu t'es montré cruel envers ceux qui avaient besoin de secours, et à ceux qui manquaient d'appui, tu as été amer et dur de cœur. Le pauvre t'a fait appel et tu n'as pas écouté, et tes oreilles ont été closes au cri de Mon affligé. Tu as gardé pour toi ton héritage et tu as envoyé les renards dans la vigne du champ de ton voisin. Tu as pris le pain des enfants et tu l'as donné à manger aux chiens, et Mes lépreux qui vivaient dans les marais et étaient en paix et Me louaient, tu les as chassés sur les grandes routes ; et sur Ma terre, la terre dont Je t'ai formé, tu as répandu le sang innocent.

Et l'Homme répondit et dit :

— Oui, ainsi j'ai agi.

Et Dieu ouvrit encore le Livre de la vie de l'Homme.

Et Dieu dit à l'Homme :

— Ta vie a été mauvaise, et la beauté que J'ai révélée, tu l'as recherchée, et le bien que J'ai caché, tu as passé auprès. Les

---

1. Publié dans *The Spirit Lamp* (juin 1893). Wilde s'est inspiré d'un conte publié dans *Ancient Legends, Mystic Charms, and Superstitions of Ireland* (1888), textes et histoires rassemblés par Lady Wilde, sa mère.

murs de ta chambre étaient peints d'images, et du lit de tes abominations tu te levais au son des flûtes. Tu as bâti sept autels aux péchés que J'ai soufferts et tu as mangé de ce qui ne doit pas se manger, et la pourpre de ton vêtement était brodée des trois signes de la honte. Tes idoles n'étaient ni d'or ni d'argent qui durent, mais de chair qui meurt. Tu as teint leur chevelure avec des parfums et mis dans leurs mains des grenades. Tu as teint leurs pieds de safran et déployé devant eux des tapis. Avec de l'antimoine tu as teint leurs paupières et tu as enduit leurs corps de myrrhe. Tu t'es prosterné à terre devant elles, et les trônes de tes idoles étaient placés dans le soleil. Tu as montré au soleil ta honte et ta folie à la lune.

Et l'Homme répondit et dit :

— Oui, ainsi j'ai agi.

Et, une troisième fois, Dieu ouvrit le Livre de la vie de l'Homme.

Et Dieu dit à l'Homme :

— Mauvaise a été ta vie, et pour le mal, tu exigeais le bien, et pour l'iniquité, la bonté. Les mains qui t'ont nourri, tu les as blessées, et les mamelles que tu as sucées, tu les as méprisées. Celui qui venait t'apporter de l'eau est reparti avec sa soif, et les hors-la-loi qui t'ont caché sous leurs tentes, tu les as trahis avant l'aube. Ton ennemi qui t'épargna, tu l'as fait tomber dans une embuscade, et ton ami qui marchait avec toi, tu l'as vendu pour une somme d'argent, et à ceux qui t'apportaient l'amour tu as toujours donné la débauche en retour.

Et l'Homme répondit et dit :

— Oui, ainsi j'ai agi.

Et Dieu ferma le Livre de la vie de l'Homme et dit :

— Certainement Je t'enverrai en enfer. Ce n'est qu'en enfer que Je t'enverrai.

Et l'Homme s'écria :

— Tu ne le peux pas.

Et Dieu dit à l'Homme :

— Pourquoi ne puis-Je t'envoyer en enfer et pour quelle raison ?

— Parce que je n'ai jamais cessé d'y vivre, répondit l'Homme.

Et il y eut un silence dans la maison du Jugement.

Et, après un moment, Dieu parla et dit à l'Homme :

— Voyant que Je ne puis t'envoyer en enfer, Je t'enverrai au ciel.

Et l'Homme s'écria :

— Tu ne le peux pas.

Et Dieu dit à l'Homme :

— Pourquoi ne puis-Je t'envoyer au ciel et pour quelle raison ?

— Parce que jamais et nulle part je n'ai pu l'imaginer.

Et il y eut un silence dans la maison du Jugement.

LE MAÎTRE DE SAGESSE [1]

Dès son enfance, il avait été comme un homme empli de la parfaite connaissance de Dieu, et même alors qu'il n'était qu'un adolescent, un grand nombre de saints aussi bien que certaines saintes femmes qui habitaient la libre cité de sa naissance s'étaient vus saisis d'un grand étonnement par la grave sagesse de ses réponses.

Et quand ses parents lui eurent donné la robe et l'anneau de virilité, il les baisa et les quitta et s'en alla dans le monde afin de lui parler de Dieu. Car il y avait, en ce temps-là, bien des gens dans le monde qui ne connaissaient Dieu d'aucune manière ou n'avaient de Lui qu'une connaissance imparfaite ou adoraient de faux dieux qui demeuraient dans les bocages et n'avaient aucun souci de leurs adorateurs.

Et il tourna son visage vers le soleil et se mit en chemin, les pieds dépourvus de sandales, et portant à sa ceinture un sac de cuir et une petite gourde d'argile cuite.

1. Publié dans *The Fortnightly Review* (juillet 1894).

Et tout en marchant sur la grande route, il était plein de la joie qui vient de la parfaite connaissance de Dieu, et il chantait, sans s'arrêter, des louanges à Dieu ; et après un temps il atteignit une terre étrange où se trouvaient de nombreuses villes.

Et il traversa onze villes. Et de ces villes, il y en avait qui se trouvaient en des vallées, et d'autres étaient sur les rives de grands fleuves, et d'autres étaient posées sur des collines. Et dans chaque ville il trouva un disciple qui l'aima et le suivit, et une grande multitude de gens aussi le suivirent de chaque ville, et la connaissance de Dieu se répandit dans toute cette terre, et un grand nombre de chefs furent convertis, et les prêtres des temples où il y avait des idoles trouvèrent que la moitié de leur gain était partie, et quand ils battaient sur leurs tambours à midi, presque personne ne venait avec des paons ou avec des offrandes de chair comme cela avait été la coutume de la terre avant sa venue.

Pourtant, plus les gens le suivaient, et plus grand était le nombre de ses disciples, plus grande devenait sa tristesse. Et il ne savait pourquoi sa tristesse était si grande. Car il parlait toujours de Dieu, et avec la plénitude de la parfaite connaissance de Dieu que Lui-même lui avait donnée.

Et, un soir, il sortit de la onzième ville, qui était une ville d'Arménie, et ses disciples et une grande foule le suivirent, et il gravit une montagne et s'assit sur un rocher qui était sur la montagne, et ses disciples se tinrent en cercle autour de lui, et la multitude s'agenouilla dans la vallée.

Et il inclina sa tête dans ses mains et pleura, et dit à son âme :

— Pourquoi suis-je plein de tristesse et de crainte, et pourquoi chacun de mes disciples est-il un ennemi qui marche en plein jour ?

Et son âme lui répondit et dit :

— Dieu t'a rempli de la parfaite connaissance de Lui-même, et tu as livré cette connaissance aux autres. La perle de grand prix, tu l'as fragmentée, et tu as partagé en deux le vêtement sans couture. Celui qui livre la sagesse se vole lui-même. Il est pareil à celui qui donne son trésor à un voleur. Est-ce que Dieu n'est pas plus sage que toi ? Qui es-tu pour livrer le secret que Dieu t'a confié ? J'étais riche autrefois et tu m'as faite pauvre. Autrefois je voyais Dieu, et maintenant tu me l'as caché.

Et il pleura de nouveau, car il sut que son âme lui disait la vérité, et qu'il avait livré aux autres la parfaite connaissance de Dieu, et qu'il était comme un qui se cramponne aux pans de la robe de Dieu, et que sa foi le quittait en raison du nombre de ceux qui croyaient en lui.

Et il se dit : « Je ne parlerai plus de Dieu. Celui qui livre la sagesse se vole lui-même. »

Et, après l'espace de quelques heures, ses disciples s'approchèrent de lui et lui dirent :

— Maître, parle-nous de Dieu, car tu as la parfaite connaissance de Dieu et nul homme autre que toi n'a cette connaissance.

Et il leur répondit et dit :

— Je vous parlerai de toutes les choses qui sont dans le ciel et sur la terre, mais de Dieu je ne vous parlerai pas. Ni maintenant, ni en n'importe quel temps, je ne vous parlerai de Dieu.

Et ils furent irrités contre lui et lui dirent :

— Tu nous as conduits dans le désert pour que nous t'écoutions. Nous renverras-tu affamés, nous et la grande multitude que tu as fait te suivre ?

Et il leur répondit et dit :

— Je ne vous parlerai pas de Dieu.

Et la multitude murmura contre lui et lui dit :

— Tu nous as conduits dans le désert et tu ne nous as donné à manger aucune nourriture. Parle-nous de Dieu et cela nous suffira.

Mais il ne leur dit nulle parole en réponse. Car il savait que, s'il leur parlait de Dieu, il livrerait son trésor.

Et ses disciples s'en allèrent tristement, et la multitude de peuple s'en retourna vers ses demeures. Et beaucoup moururent en chemin.

Et quand il fut seul, il se leva et tourna son visage vers la lune, et voyagea pendant sept lunes, ne parlant à aucun homme et ne faisant aucune réponse. Et, quand la septième lune eut décliné, il atteignit un désert qui est le désert du Grand Fleuve. Et ayant trouvé une caverne jadis habitée par un centaure, il la prit pour le lieu de sa demeure et se fit, pour y coucher, une natte de roseaux et devint un ermite. Et, à toute heure, l'ermite louait Dieu d'avoir souffert qu'il gardât quelque connaissance de Lui et de Sa grandeur merveilleuse.

Or, un soir que l'ermite était assis devant la caverne dont il avait fait le lieu de sa demeure, il vit un jeune homme au méchant et beau visage qui passait près de lui, vêtu comme un pauvre et les mains vides. Chaque soir, les mains vides, il passait, et chaque matin, il revenait les mains pleines de pourpre et de perles. C'était un voleur et il pillait les caravanes des marchands.

Et l'ermite le regarda et eut pitié de lui. Mais il ne lui dit pas un mot. Car il savait que celui qui prononce une parole perd sa foi.

Et, un matin, comme le jeune homme s'en revenait, les mains pleines de pourpre et de perles, il s'arrêta et fronça les sourcils et trépigna sur le sable, et dit à l'ermite :

— Pourquoi me regardez-vous toujours de cette façon quand je passe ? Qu'est donc ce que je vois dans vos yeux ? Car nul homme auparavant ne m'a regardé ainsi. Et cela m'est une épine et un tourment.

Et l'ermite lui répondit et lui dit :

— Ce que vous voyez en mes yeux est la pitié. La pitié est ce qui de mes yeux vous regarde.

Et le jeune homme eut un rire de mépris et cria d'un ton amer à l'ermite, et lui dit :

— J'ai dans mes mains de la pourpre et des perles, et vous n'avez qu'une natte de roseaux pour y coucher. Quelle pitié auriez-vous de moi ? Et pour quelle raison avez-vous cette pitié ?

— J'ai pitié de vous, dit l'ermite, parce que vous n'avez pas connaissance de Dieu.

— Est-ce une chose précieuse, cette connaissance de Dieu ?

demanda le jeune homme, et il s'approcha tout près de l'entrée de la caverne.

— Elle est plus précieuse que toute la pourpre et toutes les perles du monde entier, répondit l'ermite.

— Et vous la possédez ? dit le jeune voleur, et il s'approcha plus près encore.

— Oui, autrefois, répondit l'ermite, je possédais la parfaite connaissance de Dieu. Mais, dans ma folie, je m'en suis défait et je l'ai partagée avec d'autres. Pourtant, maintenant, même ce qu'il m'en demeure est plus précieux pour moi que la pourpre et les perles.

Et quand le jeune voleur entendit cela, il jeta la pourpre et les perles qu'il tenait en ses mains et, tirant une épée tranchante d'acier courbé, il dit à l'ermite :

— Donnez-moi sur-le-champ cette connaissance de Dieu que vous possédez ou je vous égorge sûrement. Comment ne tuerais-je pas celui qui a un trésor plus grand que mon trésor ?

Et l'ermite ouvrit ses bras et dit :

— Ne vaudrait-il pas mieux pour moi d'aller dans les secrets tabernacles de Dieu et de le louer, que de vivre dans le monde et n'avoir pas sa connaissance ? Égorgez-moi, si tel est votre désir, mais je ne livrerai pas ma connaissance de Dieu.

Et le jeune voleur se mit à genoux et l'implora, mais l'ermite ne voulut pas lui parler de Dieu, ni lui donner son trésor. Et le jeune voleur se releva et dit à l'ermite :

— Qu'il soit fait comme vous le voulez. Quant à moi, j'irai dans la ville des Sept Péchés, qui n'est qu'à trois jours de marche de ce lieu, et pour ma pourpre on me donnera du plaisir, et pour mes perles on me vendra de la joie.

Et il reprit la pourpre et les perles.

Et l'ermite poussa un cri et le suivit et l'implora. Pendant l'espace de trois jours, il suivit le jeune voleur sur la route et le supplia de revenir et de ne pas entrer dans la ville des Sept Péchés.

Et, de temps en temps, le jeune voleur se retournait vers l'ermite et l'appelait et disait :

— Voulez-vous me donner cette connaissance de Dieu qui est plus précieuse que la pourpre et les perles ? si vous me la donnez, je n'entrerai pas dans la ville.

Et toujours l'ermite répondait :

— Tout ce que j'ai, je te le donnerai, sauf cette seule chose. Car celle-là, il ne m'est pas permis de la livrer.

Et au crépuscule du troisième jour, ils arrivèrent tout près des grandes portes écarlates de la ville des Sept Péchés, et de la ville venait le bruit d'un rire énorme.

Et le jeune voleur eut un rire en réponse, et il vint pour heurter la porte. Et comme il essayait, l'ermite accourut et le saisit par le pan de son vêtement, et lui dit :

— Tendez vos mains et mettez vos bras à mon cou et rapprochez votre oreille de mes lèvres, et je vous donnerai ce qui me reste de la connaissance de Dieu.

Et le jeune voleur s'arrêta.

Et quand l'ermite eut livré sa connaissance de Dieu, il tomba sur le sol et pleura, et une grande obscurité le cacha de la ville et du jeune voleur, si bien qu'il ne les vit plus.

Et comme il gisait là pleurant, il sentit que Quelqu'un se tenait près de lui, et Celui qui se tenait près de lui avait des pieds d'airain et des cheveux comme de la laine fine. Et il releva l'ermite et lui dit :

— Avant cette heure, tu as eu la parfaite connaissance de Dieu. Maintenant tu auras le parfait amour de Dieu. Pourquoi pleures-tu ?

Et il lui donna un baiser.

LA BALLADE DE LA GEÔLE DE READING

IN MEMORIAM
C.T.W.
JADIS CAVALIER DE LA GARDE ROYALE
DÉCÉDÉ DANS LA PRISON ROYALE DE READING
BERKSHIRE
7 JUILLET 1896 [1]

I

Il n'avait plus sa tunique écarlate [2] :
  Rouge est le sang, rouge le vin,
Et quand au lit de la morte on le prit

---

1. Cette dédicace fut remaniée à plusieurs reprises. Wilde avait tout d'abord eu l'intention de dissimuler le nom véritable du condamné sous de fausses initiales. Il préféra en fin de compte rendre à l'homme son identité, C.T.W. pour Charles Thomas Wooldridge. **2.** La tunique de ce garde qui appartenait au corps des Royal Horse Guards (surnommés « the Blues ») n'était pas rouge mais bleu nuit ; seuls le col et les manchettes étaient rouges. Cette entorse à la vérité s'explique aisément par au moins deux raisons. Premièrement, Wilde songea très certainement au manteau rouge dont les soldats romains recouvrent les épaules du Christ, la « chlamyde écarlate » (manteau large et flottant porté par les soldats) dont parle saint Matthieu (Matthieu 27, 27) ; deuxièmement, le rouge était la couleur préférée de Wilde (et de sa mère), couleur du sang, couleur de la vie et de la mort, omniprésente dans son œuvre. Cette couleur a également une fonction métaphorique. Voir, par exemple, « Le Déclin du mensonge », *Intentions* : « [L'Art] crée et détruit une multitude d'univers et, au moyen d'un fil écarlate [« a scarlet thread »], peut attraper la lune. »

Le vin, le sang tachaient ses mains,
— La pauvre morte qu'il avait aimée
Avant d'en être l'assassin.

Il avançait parmi les prévenus
Dans un costume gris-poussière,
Coiffé d'une casquette de cricket,
Sa démarche semblait légère,
Mais jamais homme n'avait regardé
Si passionnément la lumière.

Mais jamais homme n'avait regardé,
Avec ces yeux pleins de passion,
Ce petit pan de bleu que nomment ciel
Les détenus de la prison,
Et tout nuage en ses voiles d'argent
Qui dérivait à l'horizon.

J'allais avec d'autres âmes en peine,
Dans l'autre préau de la cour,
Me demandant ce qu'il avait commis,
Faute vénielle ou crime lourd,
Quand une voix a murmuré derrière :
« *Ce gars-là s'ra pendu un jour.* »

Doux Christ ! Les murs de la prison eux-mêmes
Soudain semblèrent vaciller ;
Et sur ma tête le ciel se plaqua
Comme un brûlant casque d'acier[1],
Et bien qu'aussi je fusse une âme en peine,
Ma peine alors je l'oubliai.

---

1. On peut voir dans cette image, avec B. Fehr (*Studien zu Oscar Wildes Gedichten*, Berlin, Mayer & Müller, 1918, p. 204), une allusion au *Dit du Vieux Marin* de Coleridge, II, vers 29 : « Dans un brûlant ciel d'airain, / Le soleil ensanglanté / Se levait au-dessus des mâts ».

Car je savais quelle pensée chassée
Hâtait son pas et la raison
Qui le faisait regarder la lumière,
Avec ces yeux pleins de passion ;
Cet homme avait tué ce qu'il aimait,
La mort serait sa punition[1].

....

Chacun de nous, pourtant, tue ce qu'il aime[2],
— Que cette phrase en nous se grave :
Les uns le tuent avec un dur regard,
D'autres avec des mots suaves[3],
C'est avec un baiser que tue le lâche[4],
Avec l'épée que tue le brave !

Les uns tuent leur amour quand ils sont jeunes,
Et les autres quand ils sont vieux ;
Et l'un étrangle avec les mains de l'Or,
Et l'autre avec les mains du Feu ;
Le charitable use d'un couteau, car
Le mort refroidit vite et mieux.

Amour trop bref, amour qui s'éternise,
Qu'on vend, qu'on achète à plaisir[5] ;
L'un accomplit son crime avec des larmes,

---

1. Cf. Genèse, 9, 6 : « Qui répand le sang de l'homme, par l'homme son sang sera répandu. » **2.** Cf. Shakespeare, *Le Marchand de Venise*, IV, 1, v. 66-67 : « *Bassanio* : Est-ce que tous les hommes tuent les êtres qu'ils n'aiment point ? *Shylock* : Est-ce qu'on hait un être qu'on ne veut pas tuer ? » **3.** Sans doute une allusion aux scènes violentes que Lord Alfred Douglas faisait à Wilde (voir, par exemple, dans *De profundis* : « tu as fait une scène si affreuse, si pénible, que je t'ai dit qu'il nous fallait nous séparer » ; « tu te mis à répéter la même scène avec une violence renouvelée et une plus grande agressivité » ; « les odieuses scènes auxquelles tu semblais prendre un si grand plaisir »). **4.** Allusion au baiser donné par Judas à Jésus juste avant l'arrestation de celui-ci par les soldats romains (Matthieu, 26, 49). **5.** Cf. *Lettres d'Oscar Wilde*, 1966, t. II, p. 547 : « Comme il est mal d'acheter l'amour et comme il est mal de le vendre » (lettre à Robert Ross, 14 mai 1900). Wilde fréquentait des garçons prostitués, ce qui fut l'une des causes de sa chute.

Et l'autre agit sans un soupir :
Mais si chacun de nous tue ce qu'il aime,
Chacun n'a pas à en mourir.

Il n'en meurt pas d'une mort infamante
Par un jour de sombre disgrâce,
Il ne sent pas de corde autour du cou
Ni de cagoule sur la face,
Ni ce vide où soudain tombent les pieds,
Quand le plancher de bois s'efface.

....

Point ne s'assied près des hommes muets,
Chargés, nuit et jour, de l'épier[1],
Et de l'épier quand il se force aux larmes
Ou qu'il s'efforce de prier ;
Et de l'épier de peur qu'il ne dérobe
À cette geôle son gibier.

Il ne s'éveille pas entouré d'ombres
Terribles à voir, un matin :
L'Aumônier qui frissonne en blanc surplis,
Le Shérif austère et chagrin,
Le Gouverneur en habit noir brillant,
Face jaunâtre du Destin[2].

Il ne se lève pas pour enfiler
L'habit de bagne, tout penaud,

---

1. Les prisonniers, qui n'avaient pas le droit de s'adresser la parole, étaient soumis à la surveillance silencieuse et permanente de leurs gardiens.
2. Dans une lettre adressée à Leonard Smithers (19 novembre 1897), *Lettres d'Oscar Wilde*, t. II, p. 358, Wilde dit au contraire du gouverneur de la prison, très porté sur l'alcool, qu'il avait une « grosse figure rouge » et qu'il « ne pouvait avoir la "figure jaune" du condamné ». Le changement de couleur s'explique par la crainte de trop charger le portrait de l'homme (l'éditeur craignait un procès en diffamation) ; en outre, le choix du jaune, couleur de la bile, fait du personnage un être plein de ressentiment ; le gouverneur est également, par son apparence, comme un mort vivant vidé de la sève (du sang rouge) de la vie.

Pendant qu'un Médecin grossier scrute et
Note chaque trouble nouveau,
Tenant sa montre dont les doux tic-tac
Sont autant de coups de marteau.

Il ne sent pas cette soif écœurante,
Ce sable dans la gorge, avant
Que le bourreau n'ouvre la porte sourde,
Ne s'avance avec ses gros gants,
Et ne le lie avec les trois lanières[1],
— Qu'il n'ait plus soif dorénavant.

Il ne s'incline pas pour écouter
Le chant de l'office des morts,
Et tandis que l'angoisse de son âme
Lui confirme qu'il vit encor,
Il ne voit pas son cercueil, en entrant
Dans le hangar, hideux décor[2].

Il ne suit pas des yeux le ciel qui fuit
À travers un carré de glace ;
Il ne prie pas d'une lèvre d'argile
Pour que ce cauchemar s'efface,
Et ne sent pas que frissonne sa joue
Sous le baiser de Caïaphas[3].

---

1. Juste avant sa pendaison, le condamné avait les poignets, les coudes et les genoux ligotés par des lanières de cuir. **2.** Dans une lettre à Robert Ross du 8 octobre 1897 (*Lettres d'Oscar Wilde*, t. II, p. 326), Wilde s'attarde longuement sur ce « hangar » : « [...] le hangar dans lequel on pend les condamnés est une petite baraque à toit de verre, semblable à un studio de photographe sur la plage de Margate. Pendant dix-huit mois j'ai cru que c'était vraiment un studio où l'on photographiait des prisonniers. Il n'est pas d'adjectif pour le décrire. Je le qualifie de "hideux" parce qu'il me le devint quand j'appris à quoi il servait. » **3.** Caïaphas ou Caïphe : grand prêtre qui condamna Jésus (Matthieu, 26, 65 ; Jean, 18, 14 : « Caïphe était celui qui avait donné ce conseil aux Juifs : "Mieux vaut qu'un seul homme meure pour le peuple." »). Quoi qu'il en soit, ce n'est pas Caïphe mais Judas qui donna à Jésus le baiser félon.

II

Nous l'avons vu dans la cour, six semaines,
Dans son costume gris-poussière,
Coiffé de sa casquette de cricket,
Sa démarche semblait légère,
Mais jamais homme n'avait regardé
Si passionnément la lumière.

Mais jamais homme n'avait regardé,
Avec ces yeux pleins de passion,
Ce petit pan de bleu que nomment ciel
Les détenus de la prison,
Et tout nuage entraînant dans sa fuite
Les brins mêlés de sa toison.

Il ne se tordait pas les mains, ainsi
Qu'un insensé, osant vouloir
Que l'Espérance, enfant maudit, s'élève
Dans le caveau du Désespoir :
Regarder le soleil lui suffisait
Et l'air frais du matin à boire.

Il ne se tordait pas les mains, pas plus
Qu'il n'avait larme ni chagrin,
Il buvait l'air comme s'il contenait
Quelque remède souverain ;
À pleine bouche, il buvait le soleil
Comme s'il eût été du vin[1] !

Les autres âmes en peine et moi-même,
Dans l'autre préau de la cour,
Ne savions plus si nous avions commis
Faute vénielle ou crime lourd,

---

1. Cf. *Le Portrait de Dorian Gray*, chap. II : « Lord Henry gagna le jardin. Il y trouva Dorian Gray, le visage blotti contre les grappes fraîches d'un lilas, et se grisant de leur parfum comme d'un vin capiteux. »

Nous regardions, comme accablés, cet homme
Qui serait pendu un beau jour.

Le voir passer nous paraissait étrange
D'une démarche si légère,
Étrange aussi de le voir regarder
Si passionnément la lumière,
Étrange enfin de penser qu'il paierait
Une dette extraordinaire.

....

Le chêne et l'orme ont un charmant feuillage
Que le printemps épanouit,
Mais l'arbre du gibet, quel triste objet,
Par les serpents moitié détruit !
Et — vert ou pas — un homme y finira,
Avant que l'arbre n'ait de fruits[1].

La haute place est le trône de grâce[2]
Auquel aspire tout mortel ;
Mais qui voudrait, de chanvre cravaté,
Juché sur un gibet cruel,
Voir, à travers un collier d'assassin,
Pour la dernière fois le ciel ?

Danser est doux au son des violons,
Quand la Vie et l'Amour sont clairs ;
Danser au son des flûtes et des luths

---

1. Les chênes et les ormes, dont on avait au préalable coupé les feuilles, servaient (avant l'invention de la potence moderne) à pendre les condamnés. La vipère est un symbole du mal évident : Wilde se réfère en outre à une croyance populaire selon laquelle un arbre dont les racines sont mordues par une vipère voit ses feuilles et ses fruits détruits pour une saison entière. Le « bois sec » et le « bois vert » sont empruntés à saint Luc (Luc, 23, 31) : « Car si l'on fait cela avec le bois vert, avec le sec qu'arrivera-t-il ? » Dans cette phrase de saint Luc, le bois vert représente la parole régénérante de Jésus, et le bois sec le peuple juif. **2.** Allusion au « trône glorieux » de Dieu (Dante, *Paradis*, XXXII).

Est un passe-temps qui doit plaire ;
Mais point n'est doux de sentir un pied fou
Agilement danser en l'air !

Avec des yeux étonnés et curieux,
Nous l'observions, jour après jour,
Nous demandant si chacun d'entre nous
Ne suivrait pas le même cours,
Car nul ne sait vers quel ardent Enfer
L'âme aveugle erre sans retour.

Un jour enfin on ne vit plus le mort
Aller parmi les prévenus,
Et je compris que dans le box — enclos
Sinistre — il avait comparu.
Et que dans ce doux monde du Seigneur,
Je ne le verrai jamais plus.

Tels deux vaisseaux battus par la tempête,
Nous nous étions tous deux croisés,
Mais sans un signe et sans une parole :
Nous n'avions rien à échanger,
Nous rencontrant non dans la Sainte Nuit[1],
Mais dans le jour noir de péché.

Nous étions tous les deux des réprouvés[2]
Qu'entourait un mur de prison :
Que de son cœur le monde avait exclus

---

1. Allusion à un vers extrêmement célèbre de *The Theologian's Tale* de Longfellow (1874) : « Ships that pass in the night, and speak with each other in passing... » (« Des navires qui se croisent dans la nuit et se parlent en se croisant... »). Par ailleurs, la référence au mythe du vaisseau fantôme ne fait pas de doute. **2.** Wilde commente ce mot dans une lettre d'avril 1898 adressée à son traducteur, Henry D. Davray (*Lettres d'Oscar Wilde*, t. II, p. 418 : « Est-ce que "réprouvé" est bon pour *outcast* ? "Déshérité" ne vaudrait-il pas mieux ? Lord Byron était un *outcast*. »). Il n'est toutefois pas sûr que la proposition de Wilde soit préférable.

Et Dieu de Sa compassion ;
Le trébuchet, qui guette le Péché
Nous avait piégés sans façon[1].

III

La cour des Endettés a du pavé
Rude et de hauts murs suintants,
Or c'était là qu'il venait prendre l'air
Sous un ciel de plomb étouffant,
Accompagné de deux Gardiens, de peur
Qu'il ne mourût avant son temps.

Ou bien il s'asseyait près de ces hommes
Chargés nuit et jour de l'épier,
Et de l'épier quand il se lève en larmes
Ou qu'il se courbe pour prier,
Et de l'épier de peur qu'il ne dérobe
À leur échafaud son gibier.

Le Gouverneur était très à cheval
Sur les clauses du Règlement ;
Pour le Docteur, la Mort n'était qu'un fait
Prouvé scientifiquement,
Et l'Aumônier passait deux fois par jour,
Et remettait un document.

Deux fois par jour, il allumait sa pipe
Et buvait sa chope de bière ;
Son âme était résolue et n'avait

---

1. Le mot « trébuchet » (« gin ») est un emprunt probable à A.C. Swinburne, « Laus Veneris », strophe 68, vers 272 : « And lo, one springe and you are fast in hell, / Fast as the gin's grip of a wayfarer » (« Voyez plutôt, un piège, et l'on est prisonnier de l'enfer, prisonnier comme un voyageur piégé par un trébuchet »).

Nulle place où la peur se terre ;
Même il disait souvent être content
Que le bourreau bientôt s'affaire.

Mais nul Gardien n'osait lui demander
La raison de ces mots fantasques :
Car celui qui, par le sort, est requis
De surveiller la moindre frasque
Doit se poser un verrou sur les lèvres,
De son visage faire un masque[1].

Car il pourrait s'émouvoir et tenter
De consoler ou de distraire ;
Et que ferait cette Humaine Pitié
Pour l'Assassin dans son Repaire ?
Quel mot de grâce, en une telle place,
Pourrait aider l'âme d'un frère ?

....

Nous, d'un pas lourd, nous tanguions dans la cour,
Nous dansions la Folle Parade
Mais qu'importait : on savait qu'on était
Du Diable même la Brigade ;
Et pieds de plomb et têtes rases font
Une joyeuse mascarade.

Avec des ongles cassés et sanglants,
Nous mettions la corde en lambeaux[2] ;

---

1. L'association entre le visage et le masque (qui dissimule et révèle en même temps) est chez Wilde un leitmotiv. Cf. par exemple « La critique est un art » : « L'homme est le moins lui-même lorsqu'il parle en son nom propre. Donnez-lui un masque et il vous dira la vérité » ; « Le Déclin du mensonge » : « En fait, l'intérêt que présentent les gens du monde [...] réside dans le masque que chacun porte, non dans la réalité qui se cache derrière ce masque », ou *L'Éventail de Lady Windermere* : « De nos jours, être intelligible, c'est être démasqué. » **2.** Travail de peine traditionnellement imposé aux prisonniers ; ceux-ci devaient tirer l'étoupe de vieux cordages goudronnés, qui servait ensuite à colmater les coursives des bateaux. Cette tâche très pénible blessait cruellement les doigts de ceux à qui elle était imposée.

Notre cohorte nettoyait les portes
Et faisait briller les barreaux ;
En rang, penchés, nous lavions les planchers,
Tout en entrechoquant les seaux.

Nous cassions les cailloux, cousions les sacs[1],
Faisions tourner la drille à main[2],
Heurtions les pots, gueulions les hymnes faux,
Et transpirions sur le moulin[3],
Mais dans le cœur de chacun la Terreur
Poursuivait calme son chemin.

Si calme était que les jours se traînaient,
— Vagues que freine l'algue verte —
Nous avions oublié qu'un sort amer
Conduit fous et gueux à leur perte,
Jusqu'au jour où, revenant de corvée,
Nous vîmes une tombe ouverte.

Bouche béante, un trou jaune attendait
Une proie vivante à son tour,
La boue même criait sa soif de sang[4]
Au sol altéré de la cour ;
Nous sûmes donc qu'avant l'aurore blonde
On pendrait quelqu'un haut et court.

---

1. Coudre les sacs postaux et casser des cailloux faisaient partie des tâches des prisonniers. **2.** Cylindre de métal sur pieds qui, actionné par une manivelle, permettait de recueillir du sable dans des godets. Ce travail fastidieux et très improductif était absurde et épuisant. **3.** « Heurtions les pots » : voir le commentaire de Wilde sur ces mots, in *Lettres d'Oscar Wilde*, tome II, p. 417, lettre du 30 mars 1898 adressée à Robert Ross : « J'ai vu hier la traduction qu'a faite Davray de la *Geôle de Reading* et je l'ai parcourue en partie avec lui. C'est une œuvre très difficile à traduire car, par malchance et chose curieuse, Davray n'a jamais vécu en prison, de sorte qu'il en ignore les termes. "We banged the tins" devint : "On battait le fer-blanc !" ». Le « moulin » : vaste roue dont la circonférence était divisée en marches sur lesquelles se tenait le prisonnier. Celui-ci devait les gravir indéfiniment. Cette punition absurde fut abolie en 1898. **4.** Cf. Genèse, 4, 10 : « Yahvé dit [à Caïn] : "Qu'as-tu fait ! La voix du sang de ton frère crie vers moi du sol." »

Nous rentrâmes tout droit, l'âme obsédée
  Par le Destin, l'Horreur, la Mort ;
Avec son sac, on vit dans les ténèbres
  Le bourreau cheminer dehors ;
Glissé dans sa tombe numérotée[1]
  Chacun trembla de tout son corps.

....

Cette nuit-là, les corridors déserts
  S'emplirent de spectres affreux ;
Dans la cité de fer, du bas au faîte
  Glissaient des pas silencieux,
Et contre les barreaux voleurs d'étoiles,
  De blancs visages curieux.

Lui reposait, comme un homme repose
  Et rêve dans un joli pré ;
Et les Gardiens, voyant un tel sommeil,
  Ne comprenaient pas, sidérés
Qu'on pût dormir avec ce doux plaisir,
  Quand le bourreau était tout près...

Mais nul sommeil pour ceux qui vont pleurer
  Et qui jamais n'ont eu de pleur[2] :
Aussi nous — dupes, fourbes et coquins,
  Nous fûmes sans fin des veilleurs,
En chaque crâne, avec ses mains de peine,
  Un autre fit ramper sa peur.

Hélas ! Sentir en soi vibrer la faute
  D'autrui nous a bouleversés !

---

1. Les prisonniers étaient maintenus dans la solitude dans des cellules numérotées. Celle de Wilde était la C.3.3. (c'est-à-dire la troisième cellule située au troisième étage du bloc C). **2.** Cf. Matthieu, 5, 6 : « Heureux ceux qui sont dans le deuil, parce qu'ils seront consolés » ; dans *De profundis*, Wilde incite Lord Alfred Douglas à pleurer, prétendant que « c'est la seule chose qui puisse [le] sauver ».

Car le mortel glaive du Mal[1] nous a,
Jusqu'à sa garde, transpercés,
Nos pleurs coulaient, comme du plomb fondu,
Pour le sang qu'un autre a versé.

Chaussés de feutre, les Gardiens frôlaient
Nos portes aux pesants verrous,
Et découvraient, d'un œil intimidé,
De grises formes à genoux :
Pourquoi ces gens, jamais vus en prière,
Se mettaient à prier, d'un coup ?

Toute la nuit, à genoux, en prière,
Fous, nous avons veillé le corps !
Les vapeurs floues de minuit tremblaient comme
Les panaches du char des morts[2],
Et comme un vin amer sur une éponge[3]

---

1. Les objets tranchants et coupants sont légion chez Wilde (les mots de Lord Henry sont comparés à des flèches, et saint Sébastien, beau jeune homme transpercé de flèches et figure majeure de l'imaginaire homosexuel, est une représentation récurrente dans son œuvre). « Poignarder ma jeunesse d'une arme sans merci [...] / [...] je jure / Que point n'aime cela », écrit Wilde dans un poème de jeunesse, « Taedium Vitae ». Dorian Gray, pour sa part, a peur du vieillissement et de la laideur, crainte qu'il exprime à l'aide de la métaphore du poignard (« À cette pensée, un éclair de douleur le transperça comme un coup de poignard »), et c'est bien un couteau qui le tue effectivement à la fin du roman. Wilde revient enfin sur l'image de la lame tranchante dans *De profundis* : « Tu dois lire cette lettre tout au long, bien que chaque mot puisse être comme le thermocautère du chirurgien qui brûle la chair délicate ou le scalpel qui la fait saigner. » **2.** Les corbillards étaient ornés de plumes noires aux quatre coins de leur toit. **3.** Une éponge imbibée de vinaigre fut tendue à Jésus crucifié (Matthieu, 27, 48 ; Jean, 19, 29). On considère généralement ce geste comme une humiliation et un supplice supplémentaires imposés au Christ en croix ; le sens (semble-t-il ignoré de Wilde) de cet acte est toutefois autre : cette potion aigre à base de vin était réputée stupéfiante et devait, non pas tourmenter le supplicié un peu plus encore, mais au contraire lui venir en aide. Aussi le refus de Jésus de boire ce breuvage doit-il s'interpréter non comme un signe de répulsion ou comme un sursaut de dignité de la part du supplicié offensé mais comme le désir de rester lucide jusqu'au bout.

Était la saveur du Remords.

....

Le coq chanta, le coq gris, le coq rouge[1],
Mais ne brillait aucun rayon ;
Les formes torses de la Peur rampaient
Autour des coins où nous gisions,
Et les esprits malins errant la nuit
Jouaient pour nous à leur façon[2].

Ils glissaient vite, ils glissaient à la suite,
Tels des passants dans le brouillard,
Narguaient la lune en mille et mille et une
Figures de danse avec art[3],
Et d'un pas noble, en des grâces ignobles,
Les spectres venaient sans retard.

Grimace, rire, on les voyait venir,
Frêles ombres, main dans la main,
Dansant, dansant en fantomale bande

---

1. Allusion aux reniements de Pierre qui, après l'arrestation de Jésus, refusa, de peur d'être arrêté, de reconnaître qu'il était l'un des disciples ; voir Matthieu, 26, 69-75 : « Et Pierre se souvint de la parole de Jésus, qui avait dit : "Avant qu'un coq ne chante, trois fois tu me renieras." » **2.** Le thème de la danse macabre (qui illustre l'idée que tous les hommes sont égaux devant la mort) apparaît sous la forme d'une sarabande spectrale dans *Le Dit du Vieux Marin* de Coleridge et dans « La Maison de la courtisane », poème publié par Wilde en 1885. Wilde a sans doute songé aux squelettes dansant dans « Bûchers et Tombeaux » de Théophile Gautier (*Émaux et Camées*, 1835) ainsi qu'à « La Danse macabre » et aux « Métamorphoses du vampire » de Baudelaire (*Les Fleurs du Mal*, 1857). Parmi les autres sources, on peut citer à la suite de Karl Beckson un poème d'Edgar Poe, « Le Palais hanté », inclus dans la nouvelle *La Chute de la maison Usher*. Le motif de la danse macabre apparaît ailleurs chez Wilde, ainsi dans « L'Anniversaire de l'Infante » : « [dans la salle du trône] se trouvait un cabinet d'ébène noir, incrusté de plaques d'ivoire, sur lequel les personnages de la *Danse macabre* de Holbein avaient été gravés, disait-on, de la main de l'illustre maître lui-même ». **3.** Wilde emploie le mot « rigadoon » (« rigaudon » en français). Il s'agit d'une danse d'origine française, très vive et très gaie, en vogue aux XVIIe et XVIIIe siècles.

Une sarabande sans fin ;
Que d'arabesques faisaient ces grotesques[1],
Tel le vent sur le sable fin !

Pirouettant comme des marionnettes
Dansaient sur la pointe à merveille ;
Mais au-dessus de la ronde les flûtes
De la Peur sonnaient dans l'oreille ;
Ils chantaient fort, et ils chantaient encore,
Chantaient pour que le mort s'éveille.

Criaient : « *Ho ! Ho ! le monde est vaste et beau,*
Mais un fer au pied rend boiteux !
Certes jeter une ou deux fois les dés[2]
Est un des plus élégants jeux,
Mais contre le Péché, qui peut gagner
Dans le sombre Édifice Honteux ! »

Ils n'avaient rien, ces pitres, d'aérien,
Sans cesse en train de sautiller,
Pour ceux qui traînent leur vie dans les chaînes
Et dont les pieds sont prisonniers.
Ah ! Plaies du Christ ! Ils étaient bien vivants,
Affreux à nos yeux effrayés !

Et tout autour valsaient, tournaient toujours,
Viraient en minaudantes paires ;
À pas menus de petites vertus,
Ils longeaient l'escalier de pierre ;
D'un rire doux et d'une œillade, tous
Nous assistaient dans nos prières.

---

1. Ce vers est un écho de « La Maison de la courtisane » (strophe 6).
2. Le jeu de dés apparaît également dans *Le Dit du Vieux Marin* (III, vers 54-56) de Coleridge, ainsi que dans le sonnet « Sur la vente aux enchères des lettres d'amour de Keats » et dans *De profundis*, où Douglas est accusé d'avoir joué aux dés avec son père l'âme de l'écrivain.

Vers le matin, le vent se mit à geindre
Mais tout restait noir dans le ciel ;
Sur son métier géant, la nuit finit
De tisser tous ses fils pareils ;
Et, comme nous priions, monta la peur
De la Justice du Soleil.

Le vent qui geint s'en vint errer autour
Du mur de la prison en pleurs,
Et nous sentions tourner chaque minute
Comme une roue avec lenteur.
Mais qu'avions-nous donc fait, vent gémissant,
Pour avoir cet Annonciateur[1] ?

Enfin, comme un treillis de plomb œuvré,
Je vis l'ombre de mes barreaux
Se projeter face à mon lit de planches
Sur le mur blanchi à la chaux
Et je sentis rougeoyer en ce monde
L'aube terrible du Très-Haut.

Six heures juste, on balaie sa cellule,
À sept heures, c'est calme encor,
Mais une aile puissante et frémissante
Fait tout vibrer dans son essor[2],
Un vent de glace est entré dans la place
Avec le Seigneur de la Mort.

Il n'entra pas en pourpre d'apparat,
Ni sur un blanc cheval monté[3].

---

1. Le mot anglais est « seneschal » ; sous l'Ancien Régime, le sénéchal était un officier de justice. **2.** L'image des ailes de la mort apparaît dans une lettre de 1894 (*Lettres*, t. I, p. 455), dans *Le Portrait de Dorian Gray* et dans *Salomé* (*Iokanaan* : « J'entends dans le palais le battement des ailes de la mort. » *Hérode* : « Et j'entends dans l'air quelque chose comme un battement d'ailes, comme un battement d'ailes gigantesques »). Ces ailes mortifères font penser à l'Ange exterminateur de l'Exode (Exode, 12, 23) ; voir aussi Samuel, 24, 16-17 ; Rois, 19, 35 ; Hébreux, 11, 28 ; I Corinthiens, 10, 10. **3.** Cf. Apocalypse, 19, 11-14.

La corde lisse et la planche à coulisse
Suffisent pour vous cravater ;
Corde infâme à la main, le Héraut vint
Secrètement exécuter.

Nous étions comme des gens qui tâtonnent
Dans un immonde marais noir ;
Nous n'osions pas soupirer de prière
Ou notre angoisse laisser voir ;
Au fond de nous, il était un cadavre,
Et ce cadavre était l'Espoir.

Car la Justice implacable de l'Homme
Suit sans détour sa route aride,
Frappe le faible et frappe aussi le fort,
Elle marche, dure, impavide ;
Et d'un talon de fer, frappe le fort,
La monstrueuse parricide[1] !

Nous attendions que sonnent les huit coups[2] ;
De soif nos langues s'épaissirent ;
Car les huit coups sont les coups du Destin
Qui désignent l'homme à maudire,
Et le Destin va prendre un nœud coulant
Pour le meilleur homme et le pire.

Nous n'avions rien à faire que d'attendre
Que le signal vînt à son tour[3] ;
Rochers de pierre en un val solitaire
Nous demeurions muets et gourds ;

---

1. Wilde était très satisfait de cette strophe (voir *Lettres d'Oscar Wilde*, t. II, p. 335 : « La propagande, que je désire faire, commence là »). **2.** C'est à huit heures du matin qu'avaient lieu, en semaine, les exécutions capitales. **3.** Ce signal est celui de la cloche de l'église St. Lawrence de Reading. Elle commençait à sonner un quart d'heure avant l'exécution et continuait encore quelque temps après.

Mais tous les cœurs battaient à coups pressés
Comme un fou bat sur un tambour !

Avec fracas, notre horloge frappa
L'air glacé de la geôle entière,
D'où s'éleva un long gémissement
D'impuissance qui désespère,
Pareil au cri dont tremblent les marais,
Cri d'un lépreux dans sa tanière.

Et comme on voit les faits les plus horribles
Dans le cristal d'un rêve enclos,
On vit la corde poisseuse de chanvre
Accrochée au noir soliveau,
On entendit la prière étranglée
En hurlement par le garrot.

Et la douleur qui brisa tant son cœur
Qu'il eut ce cri amer et fort[1],
Les regrets fous et les sueurs de sang[2],
Je les sentis comme en mon corps ;
Puisque celui qui vit plus d'une vie
Doit mourir de plus d'une mort.

IV

On ne dit pas d'office à la chapelle,
Le jour où un homme est pendu :
L'aumônier a le cœur trop chaviré
Ou le visage morfondu,

---

1. Ce cri est une invention de Wilde ; il rappelle évidemment celui du Christ juste avant sa mort (Luc, 23, 46). Voir également Genèse, 27, 34 (le cri d'Ésaü). **2.** Cf. Luc 22, 44 : « Et, entré en agonie, il [Jésus] priait de façon plus ardente, et sa sueur devint comme des caillots de sang qui descendaient jusqu'à terre. »

Ou dans ses yeux est écrit ce que nul
  D'entre nous ne doit avoir vu.

Ainsi, jusqu'à ce que sonnât la cloche
  À midi, nous fûmes bouclés,
Puis les Gardiens ouvrirent les cellules
  Aux aguets, en claquant leurs clefs ;
Chacun sortit, descendant pesamment,
  Hors de son Enfer isolé.

Dans le doux air du Seigneur nous allions,
  Mais non pas comme à l'ordinaire,
Car tel visage était pâle de peur,
  Tel autre gris comme la terre,
Et jamais hommes tristes n'avaient vu
  Si passionnément la lumière.

Jamais des hommes tristes n'avaient vu,
  Avec ces yeux pleins de passion,
Ce petit pan de bleu que nomment ciel
  Les détenus de la prison,
Et tout nuage insouciant qui passe,
  Joyeux et libre vagabond.

Mais parmi nous, il se trouvait des hommes
  Qui cheminaient la tête basse,
Sachant que, si chacun avait son dû,
  Ils devaient mourir à sa place ;
Car lui n'avait tué qu'une vivante,
  Eux tué l'homme qui trépasse.

Or c'est pécher deux fois que d'éveiller
  Une âme morte à son chagrin,
De l'extirper d'un suaire taché,
  De la faire saigner sans fin,

De la faire saigner en larges gouttes
De la faire saigner en vain[1] !

....

Singes ou clowns, en monstrueux habits
De flèches torses étoilés[2],
Silencieux, nous tournions et tournions,
Dans la cour d'asphalte coulé,
Silencieux nous tournions et tournions,
Aucun de nous n'osait parler.

Silencieux, nous tournions et tournions,
Et jusqu'au fond des cerveaux creux,
Le souvenir d'affreux événements
S'engouffrait comme un vent affreux,
Devant ces hommes, l'Horreur plastronnait,
La Terreur rampait derrière eux !

....

Les Gardiens paradaient de long en large,
Surveillant leur bestial troupeau ;
Leur uniforme était tout flambant neuf,
Celui des dimanches, le beau,
Mais nous savions ce qu'ils venaient de faire
À leurs souliers blanchis de chaux[3].

Car où s'ouvrait une tombe béante,
De tombe il ne demeurait guère,

---

1. Cf. « La Sphinge », vers 174. **2.** Les flèches, qui apparaissaient effectivement sur l'uniforme des forçats, font songer à celles du martyre de saint Sébastien, l'une des figures identificatoires majeures de Wilde. On rappellera que l'un des tableaux préférés de l'écrivain était le *Saint Sébastien* du Guide, et que Wilde, qui prit le pseudonyme de Sebastian au début de son exil en France, évoque le saint dans un poème, « La Tombe de Keats ». La description des prisonniers sous la forme de bouffons grotesques est également présente dans *De profundis*. **3.** La chaux vive versée sur un cadavre permettait, croyait-on, de le brûler. Elle produisait parfois l'effet inverse, comme on s'en est rendu compte en exhumant le corps intact d'un supplicié à la prison de Pentonville en 1965.

Près de l'horrible mur de la prison,
  Qu'un peu de sable et de la terre,
Et qu'un petit amas de chaux ardente,
  Afin que l'homme ait son suaire.

Parce qu'il a, ce pauvre homme, un suaire
  Que l'on accorde à très peu d'âmes,
Enfoui au fond d'une cour de prison,
  Nu comme est nu le plus infâme,
Il gît, chargé d'un fer à chaque pied,
  Enveloppé d'un drap de flamme !

Et tout le temps, la chaux ardente ronge
  La chair et les os, tour à tour,
Ronge les os cassants la nuit durant,
  Et la chair tendre tout le jour,
Ronge tantôt la chair et tantôt l'os,
  Mais ronge le cœur sans recours.

....

Trois ans durant, on ne verra, ici,
  Ni semaille ni coup de pioche,
Trois ans durant, ce lieu maudit sera
  Stérile et nu comme une roche[1],
Et jettera vers le ciel étonné
  Un regard fixe et sans reproche.

Ils croient qu'un cœur d'assassin corromprait
  La moindre graine de pervenche.
Erreur ! La douce terre du Seigneur,
  Plus qu'on ne pense, est douce et franche,

---

1. Cf. la fin du « Pêcheur et son âme » : « Il bénit toutes les choses du monde de Dieu, et le peuple fut rempli de joie et d'émerveillement. Pourtant, jamais plus, dans le coin du champ des foulons, il ne poussa des fleurs d'aucune sorte, mais le champ demeura stérile comme avant ».

La rose rouge y fleurirait plus rouge
Et plus blanche la rose blanche[1].

Sorte une rose rouge de sa bouche,
Sorte une blanche de son cœur !
Qui peut savoir par quelle étrange voie
Se manifeste le Seigneur,
Puisque l'épieu du pèlerin donna
À la vue du Pape une fleur[2] ?

Mais rose blanc de lait ni rose rouge
Ne peuvent fleurir en prison ;
Tout ce qu'ils nous accordent en ce lieu
N'est que cailloux, silex, tessons ;
Or, on le sait, le désespoir des simples
Attend des fleurs la guérison.

Ainsi jamais rose pourpre ni blanche
Ne laisseront choir leurs pétales,
Sur cette langue de terre et de boue
Qui près du mur hideux s'étale,
Pour dire aux détenus : le Fils de Dieu
Mourut pour tous de mort brutale.

....

Bien que l'horrible mur de la prison
Le cerne toujours et l'épie,
Et qu'un esprit, la nuit, ne puisse errer,

1. Wilde reprend la symbolique de la rose blanche, associée à la pureté virginale, présente chez Dante (*Paradis*, XXX-XXXIII). La rose rouge est traditionnellement le symbole de l'amour. Elle représente aussi, dans la symbolique chrétienne, le sang de Jésus et donc l'amour céleste. Sur la symbolique très riche de la rose, qu'elle soit rouge ou blanche, voir l'*Encyclopédie des symboles*, Le Livre de Poche / La Pochothèque, pp. 584 et suivantes.
2. L'image du bâton — *a priori* stérile — qui fleurit est présente dans le *Tannhäuser* de Wagner (III, 3), et Wilde y fait allusion dans une lettre à Robert Ross (16 avril 1900). Wilde mentionne également l'opéra de Wagner dans *Le Portrait de Dorian Gray* et dans « La critique est un art ».

Avec un fer qui l'estropie,
Et qu'un esprit ne puisse que pleurer,
Gisant dans cette terre impie,

Il est en paix — ce pauvre malheureux —
En paix ou sur le point de l'être,
Il n'a plus rien qui l'affole, ni Peur
Qui puisse en plein jour apparaître,
Car dans la Terre obscure où il repose,
Lune ou Soleil, rien ne pénètre.

On le pendit comme on pend une bête,
On ne sonna pas même un glas,
Qui aurait pu apaiser, un instant,
L'angoisse de cette âme-là,
Mais on le dépendit et, dans un trou,
Bien vite on le dissimula.

Et les Gardiens lui ôtèrent ses hardes
Et l'abandonnèrent aux mouches ;
Ils se moquèrent de son cou meurtri,
De ses yeux fixes et farouches ;
Puis, en riant, tassèrent le suaire
Où le forçat désormais couche.

L'aumônier n'alla pas s'agenouiller
Sur cette tombe sans honneur,
Ni la marquer de cette Sainte Croix,
Que le Christ offrit au pécheur,
Parce que l'homme était un de ces hommes
Pour qui le Christ vint en sauveur.

Mais tout est bien ; il n'a fait que franchir
Le terme à la vie assigné [1] ;

---

1. Cf. *Hamlet*, acte III, scène 1, vers 79-80.

Les pleurs d'autrui rempliront pour lui l'urne
Jadis brisée de la Pitié,
Puisque les réprouvés suivront son deuil,
Réprouvés toujours endeuillés[1].

V

Je ne sais pas si les Lois sont fondées,
Ou si les Lois sont sans raison,
Tout ce qu'on sait, captif, c'est que le mur
Est solide en cette prison,
Que chaque jour est long comme une année,
Une année dont les jours sont longs.

Mais moi je sais : toute loi que les hommes
Font pour l'Homme, depuis ce temps
Où l'Homme le premier tua son frère,
Où commencèrent les tourments,
Chasse le grain et conserve la paille,
À travers le pire des vans[2].

Je sais aussi — et comme il serait sage
De l'apprendre à la terre entière —
Que ces prisons que bâtissent les hommes,
La honte les bâtit de pierres
Et de barreaux, de peur que le Christ voie

---

1. À l'origine, cette strophe devait être la dernière du poème. Pour des raisons didactiques (la « propagande » dont parle Wilde dans sa lettre adressée à Robert Ross le 19 octobre 1897), l'écrivain choisit de ne pas s'en tenir là. C'est cette strophe qui est gravée sur le tombeau de Wilde érigé par Jacob Epstein au cimetière du Père-Lachaise à Paris. **2.** Cf. *Salomé* ; c'est Iokanaan qui parle : « Quoiqu'elle ne se repentira jamais, mais restera dans ses abominations, dites-lui de venir, car le Seigneur a son fléau dans sa main. » Cf. Matthieu, 3, 12 : « Il [Jésus] a la pelle à vanner dans sa main, et il nettoiera son aire, et il ramassera son blé dans le grenier ; quant aux balles, il les consumera dans un feu qui ne s'éteint pas. »

Comme l'homme estropie son frère.

De ces barreaux ils ternissent la lune,
Et masquent le soleil glorieux ;
Ils ont raison de cacher leur Enfer,
Car ce qu'ils font, ni Fils de Dieu
Ni fils de l'Homme ne devraient le voir,
Tant ce qu'ils y font est odieux.

....

Pire méfait, comme herbe empoisonnée,
En prison s'épanouit bien,
C'est seulement ce qui est bon dans l'Homme
Qui se flétrit, réduit à rien ;
La pâle Angoisse auprès du portail veille,
Le Désespoir en est Gardien.

Ils privent tant l'enfant transi de peur
Qu'il est nuit et jour en sanglots[1],
Battent le faible et se rient de l'ancien
Qui grisonne et fouettent le sot,
Rendant les uns déments et tous méchants
Et nul ne peut dire un seul mot.

Chaque cellule étroite qu'on occupe
N'est que sale et sombre latrine[2],
Le puant souffle de la Mort vivante
À chaque lucarne assassine ;
Sauf le Désir, tout est réduit en poudre,
Broyé par l'Humaine machine.

Cette eau saumâtre que nous buvons laisse
Au fond un dépôt écœurant,

---

1. Sur la dureté de la prison et l'incarcération des enfants, voir la lettre que Wilde a adressée au *Daily Chronicle* le 28 mai 1897, *Lettres d'Oscar Wilde*, t. II, pp. 209 et suivantes. **2.** Voir *Lettres d'Oscar Wilde*, t. II, p. 299 : « J'ai réussi à insérer le mot "latrine" qui fait le meilleur effet. »

Le pain amer pesé sur la balance
   Est de craie et de chaux craquant[1],
Et le Sommeil jamais couché se traîne,
   L'œil hagard, implorant le Temps.

....

Bien que Faim maigre et verte Soif se battent
   Comme aspic vipère poursuit[2],
Nous nous moquons de ce que nous mangeons :
   Ce qui nous glace et nous détruit,
C'est que la pierre transportée le jour
   Devienne notre cœur la nuit[3].

Avec minuit toujours au fond du cœur,
   Le crépuscule pour voisin,
Nous travaillons à la drille, à la corde,
   Chacun dans son Enfer distinct,
Et le silence est plus terrible encore
   Que le son des cloches d'airain.

Jamais de voix humaine qui s'approche
   Pour dire une parole aimable ;
L'œil qui épie à travers le judas
   Est sévère et impitoyable ;
Tous nous oublient, nous nous sentons pourrir
   Âme et corps, pourrir, misérables.

---

1. Il était courant, à l'époque, d'adjoindre de la craie et de la chaux à la farine du pain. Dès 1850, Lord Tennyson avait dénoncé cette pratique néfaste dans *Maud*. **2.** La vipère et l'aspic sont évoqués dans Isaïe, 11, 8 (« Le nourrisson jouera près du repaire de l'aspic, et dans le trou de la vipère l'enfant à peine sevré avancera la main ») et dans les Psaumes, 91, 13 (« Sur le lion et l'aspic tu marcheras »). Dans une lettre du 17 mai 1897, adressée à Reginald Turner, Wilde dit « tourner en rond avec une vipère dans le cœur et un aspic sur la langue » (*Lettres d'Oscar Wilde*, t. II, p. 193). **3.** Le cœur de pierre est un motif récurrent chez Wilde, dans ses poèmes, son théâtre et dans ses contes (cf. « Le Prince heureux », « Le Pêcheur et son âme » et *De profundis*). La source religieuse principale est à rechercher dans les Psaumes, 51, 19 : « D'un cœur brisé, contrit, Dieu, tu n'as point mépris. »

Se rouille ainsi la chaîne de la Vie
Du dégradé, du solitaire :
Un homme jure, un autre fond en pleurs,
Et certains ne font que se taire ;
Mais douces sont les Lois de l'Éternel,
Qui brisent même un cœur de pierre.

....

Tout cœur humain qui se brise en prison,
Dans la cellule ou bien dehors,
Ressemble au vase brisé qui offrit
À notre Seigneur son trésor,
Et qui remplit la bauge du lépreux
D'un parfum plus précieux que l'or[1].

Heureux ceux dont le cœur se brise et gagne
La paix du pardon recherché !
Sinon, comment refaire sa vie droite,
Purifier l'âme du péché ?
Comment — sinon d'un cœur brisé — le Christ
Pourrait-il alors approcher ?

Lui, dont les yeux sont fixes et farouches
Et dont le cou rouge est meurtri,
Attend les saintes mains qui emportèrent
Le Larron jusqu'en Paradis[2] ;
Et pour un cœur brisé qui se repent
Le Seigneur n'aura nul mépris[3].

Il lui permit de vivre trois semaines,
L'homme en rouge qui lit la Loi,

---

1. Wilde désigne ce parfum sous le nom de « nard ». Le nard est une plante qui servait à fabriquer des onguents aromatiques. C'est ce parfum que répand une pécheresse sur les pieds de Jésus en brisant un vase précieux (Jean 12, 3). Voir aussi Luc, 7, 36-50 et Marc, 14, 3. Cet épisode est également cité dans *De profundis*. **2.** Cf. Luc, 23, 43 ; ce vers fait allusion au pardon accordé par le Christ en croix au bon larron qui, contrairement à l'autre malfaiteur crucifié à sa gauche, a foi en lui : « En vérité je te le dis : aujourd'hui, avec moi, tu seras au Paradis. » **3.** Cf. Psaumes, 51, 19.

Trois petites semaines pour qu'il pût
  Guérir son âme en désarroi,
Et purifier de ses taches de sang
  La main qui tint le couteau froid.

De pleurs de sang il purifia la main
  Qui brandit l'arme du malheur ;
Car seul le sang peut effacer le sang
  Et seuls peuvent guérir les pleurs,
La tache rouge de Caïn[1] devint
  Le sceau du Christ — pure blancheur[2].

VI

Dans la prison de Reading, à Reading
  On peut voir une fosse infâme,
C'est là que gît un misérable humain
  Dévoré par des dents de flamme ;
Il gît, roulé dans un drap qui le brûle
  Sans même un nom pour sa pauvre âme.

Tant que le Christ n'appelle pas les morts,
  Qu'on le laisse en paix y dormir ;
Point n'est besoin de répandre des larmes
  Ou de pousser de longs soupirs :

---

1. Caïn, qui tua son frère Abel, est considéré comme le premier meurtrier. Dieu, toutefois, ne le condamna pas à mort ; au contraire, il imprima à celui-ci une marque interdisant à tout homme de le tuer (Genèse, 4, 11-16 : « Et Yahvé mit un signe sur Caïn pour que ne le frappe pas quiconque le rencontrerait »). **2.** Cf. Isaïe, 1, 18 : « Si vos péchés sont comme l'écarlate, qu'ils deviennent blancs comme la neige ; s'ils sont rouges comme la pourpre, qu'ils deviennent comme la laine. » Voir aussi II Corinthiens, 1, 22 : « C'est Dieu qui nous a marqués d'un sceau et a mis dans nos cœurs les arrhes de l'esprit. » Ces mots sont ceux que cite Basil à Dorian juste avant que celui-ci ne le tue (chapitre XIII du *Portrait de Dorian Gray*).

Cet homme avait tué ce qu'il aimait,
Cet homme devait donc mourir.

Et nous tuons, tous, ce que nous aimons,
— Que cette phrase en nous se grave :
Les uns le tuent avec un dur regard,
D'autres avec des mots suaves,
C'est avec un baiser que tue le lâche,
Avec l'épée que tue le brave !

CONTES ET RÉCITS

C'est en mai 1888, date de parution de son premier recueil de contes, que Wilde connut la gloire pour la première fois. C'est en effet avec *Le Prince heureux et autres contes* que vint le succès, considérable, Wilde ayant enfin trouvé sa voie, et sa voix, avec un genre littéraire qui faisait résonner en lui de multiples échos. Ce genre lui était en effet familier : sa mère, fervente nationaliste, avait rassemblé et publié, des années auparavant, un certain nombre de contes irlandais sous le pseudonyme de Speranza[1], et, de son côté, le père de Wilde avait rédigé un petit livre sur le folklore et les superstitions populaires de son pays. De plus, les contes étaient alors très appréciés du public : les éditions Andrew Lang lancèrent sur le marché britannique, en 1889, une collection de contes de fées qui connut un succès considérable.

Publié en mai 1888, *Le Prince heureux et autres contes* (« Le Prince heureux », « Le Rossignol et la rose », « Le Géant égoïste », « L'Ami dévoué », « La Fusée remarquable ») fut le premier succès de librairie de Wilde. L'accueil de la critique fut excellent, et, le 12 juin 1888, l'esthète et critique d'art Walter Pater (1839-1894) écrivit à l'auteur une lettre enthousiaste. Il y exprimait son admiration, en particulier pour « Le Géant égoïste » dont il disait qu'il « était parfait en son genre », et, en général, pour les qualités stylistiques du recueil, écrit, selon lui, en « pur anglais ». Publié en 1891, *Une maison de grenades* (« Le Jeune Roi », « L'Anniversaire de l'Infante », « Le Pêcheur et son âme » et « L'Enfant-Étoile »)

1. Lady Wilde (Speranza), *Ancient Legends, Mystic Charms, and Superstitions of Ireland*, Boston : Ticknor and Co., 1887 ; London : Ward and Downey, 1888.

n'eut pas le succès du *Prince heureux et autres contes*, sans doute en raison de sa tonalité, très différente de celle du premier volume, plus inquiétante et morbide et moins conforme à l'idée que l'on peut se faire du conte pour enfants.

Parmi ces contes, on distinguera ceux qui relèvent du merveilleux *stricto sensu* et qui comprennent de nombreux éléments surnaturels païens (événements extraordinaires, métamorphoses, objets magiques, etc.). Wilde, toutefois, ne respecte pas de façon rigide cette convention puisque l'inspiration chrétienne occupe une place souvent centrale dans un certain nombre de textes ; on citera pour exemple « Le Prince heureux », « Le Géant égoïste », « Le Jeune Roi », « Le Pêcheur et son âme » et « L'Enfant-Étoile ». D'autres histoires mettent en scène des animaux, tels « Le Rossignol et la rose », « L'Ami dévoué » et « La Fusée remarquable », au ton satirique. Le conte prend alors des allures de fable, et les animaux s'expriment comme s'ils étaient des personnages de salon, dont ils sont les caricatures patentes. Une dernière catégorie enfin, qui est proche de la précédente, est celle des contes de mœurs. Ceux-ci non seulement malmènent les puissants et les institutions établies mais encore ils font fi de la morale. Il leur arrive ainsi de railler les faibles et les valeurs ordinairement reconnues et célébrées, qu'il s'agisse des règles sociales mais aussi des convenances, voire de vertus bourgeoises comme l'honnêteté ou de valeurs tels le courage et l'ardeur au travail. On trouve un exemple de cette démarche satirique dans « L'Ami dévoué », qui dénonce avec force l'hypocrisie du riche mais aussi la confondante sottise et l'aveuglement de la victime, le petit Hans, dont le courage est moins respectable que consternant. « La Fusée remarquable » offre un autre exemple de texte satirique, mais cette fois-ci, c'est la vanité qui est fustigée, celle de la fusée du titre, représentation à peine dissimulée de ce que Wilde considérait comme les prétentions de son ancien ami, le peintre américain James Whistler (1834-1903), avec qui il s'était brouillé de façon spectaculaire [1].

---

1. L'association de Whistler avec la fusée s'explique par le fait que le peintre avait composé *Nocturne en noir et or — La Fusée qui retombe* en 1875.

Les contes de Wilde ont été fortement influencés par l'œuvre de Hans Christian Andersen (1805-1875), dont de nombreuses traductions en langue anglaise étaient alors disponibles. Ce point n'échappa pas à ses lecteurs, et le critique anonyme — et élogieux — de l'*Atheneum* du 1er septembre 1888 compara Wilde à l'écrivain danois. Si les frères Grimm (Jakob : 1785-1863 ; Wilhelm : 1786-1859) rassemblèrent des contes populaires en faisant œuvre avant tout de philologues et de spécialistes du folklore [1], Andersen, et plus tard Wilde, considérait le genre comme une forme libre, simple point de départ à partir duquel l'imagination était censée se déployer hors de toute contrainte. Cette caractéristique explique le succès considérable dont jouissent les contes de Wilde encore de nos jours, de même que le grand nombre d'éditions pour enfants, généralement illustrées, dont ils font l'objet.

Outre les contes à proprement parler, on distingue une seconde catégorie de textes où abondent déguisements, coups de théâtre et, en général, dénouements heureux plus ou moins improbables. Dans ce groupe, auquel appartiennent « Le Crime de Lord Arthur Savile », « Le Sphinx sans secret », « Le Millionnaire modèle », une œuvre a un statut à part : « Le Fantôme des Canterville », en raison de son ambiguïté, ce texte étant à la fois un conte, une fable, une satire, voire, dans sa façon de jouer avec les ingrédients du roman gothique (spectres, châteaux hantés, couloirs sombres et chaînes grinçantes), un pastiche.

« Le Crime de Lord Arthur Savile » parut pour la première fois dans la *Court and Society Review* (11, 18 et 25 mai 1887), avec pour sous-titre « Étude de chiromancie ». Quelque temps

---

Ce tableau décrit la trajectoire d'une fusée, depuis son lancement jusqu'à son explosion et sa chute. Lors de l'exposition de cette toile à la Grosvenor Gallery en 1877, celle-ci fut comparée par John Ruskin à un « pot de peinture » jeté à la face du public, ce qui valut à l'esthète et critique d'art, plus tard très admiré de Wilde, d'être poursuivi par le peintre en diffamation. (Voir *Whistler*, catalogue de l'exposition du musée d'Orsay, Paris : Éditions de la Réunion des musées nationaux, 1995, p. 137-138).

1. On doit également aux frères Grimm une *Histoire de la langue allemande* (1848) et un *Dictionnaire allemand* (1852-1858).

plus tard, en 1891, Wilde réunit dans un même volume, sous le titre *Le Crime de Lord Arthur Savile et autres histoires*, « Le Crime de Lord Arthur Savile » (dont il modifia le sous-titre puisque « Étude sur le devoir », plus ironique, remplaça « Étude sur la chiromancie »), « Le Sphinx sans secret », « Le Fantôme des Canterville », « Le Millionnaire modèle » et *Le Portrait de Mr. W.H.*, tous ces textes ayant été également publiés séparément dans des revues en 1887. L'accueil de la critique ne fut guère chaleureux, et le poète W.B. Yeats lui-même, qui pourtant admirait Wilde, eut des mots sévères pour ce recueil dont il ne percevait pas l'originalité [1].

« Le Crime de Lord Arthur Savile » est dans une large mesure une histoire policière que l'on aurait retournée comme un gant : ce n'est pas sur la recherche d'un criminel qu'elle se fonde, mais sur celle d'un crime qu'un meurtrier potentiel cherche à tout prix à commettre pour accomplir sa destinée qu'un chiromancien a lue dans les lignes de sa main. Le héros de cette histoire parfaitement immorale pourra ainsi faire ce qu'il estime être son « devoir », Wilde s'amusant à jouer jusqu'à l'absurde avec les clichés (par exemple avec le proverbe selon lequel « le bonheur des uns fait le malheur des autres ») comme avec les conventions et avec les principes éthiques (le « devoir accompli » étant l'une des grandes vertus victoriennes). Toutefois, l'histoire, en dépit de son cynisme apparent, n'est jamais cruelle, et la veine comique est sa caractéristique principale. Bien que Lord Arthur finisse par trouver une victime, il n'a en effet rien d'un tueur pervers en quête de crimes gratuits : Lord Arthur est plutôt comparable à un enfant qui s'amuserait avec un théâtre d'ombres ou encore avec des marionnettes. Quant au monde dans lequel il évolue, il n'est pas la grande scène victorienne avec ses lumières scintillantes et ses ombres maléfiques : c'est plutôt là encore à un terrain de jeu qu'il faudrait le comparer, voire à un échiquier. Certaines pièces sont à prendre, et c'est la mise en échec ultime, réjouissante et jamais inquiétante, qui assure le bonheur du joueur gagnant. Un autre

1. W.B. Yeats, *The United Ireland*, 26 septembre 1891.

aspect, intéressant pour le lecteur moderne, est l'ingéniosité de la construction narrative, la conclusion de l'histoire éclairant rétrospectivement son point de départ, et en particulier la raison pour laquelle le chiromancien était tellement effrayé de révéler ce qu'il avait lu dans la main du jeune homme : sa propre mort, c'est-à-dire la fin de l'histoire. En concluant son histoire par la mort du devin, Wilde bâtit ainsi un récit circulaire, distrayant comme une ronde et rassurant comme une démonstration.

« Le Sphinx sans secret » fut publié pour la première fois dans *The World*, le 25 mai 1887, sous le titre de « Lady Alroy ». La comparaison de la femme avec un sphinx n'est pas propre à Wilde puisque si l'idée est banale (l'association de la femme et de l'énigme étant courante en littérature comme dans le discours courant) on trouve de plus l'expression « Les femmes sont des sphinx sans secret » chez Schopenhauer et chez Baudelaire qui, dans *Notes nouvelles sur Edgar Poe* (1857), parle de « ce sphinx sans énigme ». Wilde réutilise la formule dans *Le Portrait de Dorian Gray* (au chapitre XVII, Lord Henry dit des femmes qu'elles sont « des sphinx sans secret ») ainsi que dans *Une femme sans importance* (à la question que lui pose Mrs. Allonby, Lord Illingworth fait la même réponse ; Mrs. Allonby : Comment définiriez-vous les femmes ? Lord Illingworth : Comme des sphinx sans secret). On sait également que l'un des plus grands poèmes de Wilde a pour titre « La Sphinge » (1894), qu'il avait commencé à composer au moment où il rédigeait cette histoire, et que l'écrivain surnommait « Sphinx » son amie Ada Leverson. Au début de la nouvelle, Lord Murchison montre au narrateur une photographie représentant une femme « pittoresque », c'est-à-dire « digne d'être peinte ou portraiturée ». Il faut entendre qu'elle n'est guère à ses yeux qu'un portrait vivant, c'est-à-dire la projection des fantasmes de qui la regarde, avant d'être une personne. Aussi, ce que révélera la fin de l'histoire, c'est qu'en fait, derrière la belle façade de cette femme prétendument mystérieuse, il n'y avait rien à voir : certes, le sphinx est bel et bien sans secret (la femme, apprend-on, s'entourait de mystères pour se créer un personnage auquel elle finissait par croire), mais plus encore, Wilde a réussi à écrire une histoire sur un être sans histoires, à créer une intrigue sur rien, c'est-à-dire à affirmer encore une fois la séparation de l'art et du réel.

Comme « Le Crime de Lord Arthur Savile », « Le Fantôme des Canterville » (publié pour la première fois dans *The Court and Society Review* des 23 février et 2 mars 1887) se fonde sur le principe de l'inversion : ce n'est plus un spectre qui terrorise des êtres humains, ce sont des enfants qui terrifient un spectre. Deux caractéristiques principales sont à retenir : tout d'abord, la nature satirique de ce conte. Wilde raille les Américains et leur matérialisme, à qui il reproche d'être irrespectueux de l'imaginaire et, par conséquent, de ne faire nul cas de la poésie. Cette satire des États-Unis trouvera d'autres développements dans *Le Portrait de Dorian Gray* et dans *Une femme sans importance*. Mais Wilde ne s'en tient pas là et ne perd jamais de vue sa seconde cible, cette fois-ci britannique : il brocarde ainsi le spiritualisme, à la mode à Londres dans la deuxième moitié du XIXe siècle, en particulier dans les cercles de l'aristocratie à qui cette histoire était en fait destinée, à en juger d'après la revue où elle fut publiée [1].

L'intrigue du « Millionnaire modèle » (*The World*, 22 juin 1887) est simple et toute la nouvelle se fonde sur la question de l'illusion de la surface et des apparences. On notera que cette idée est présente dans l'effet de miroir produit par la phrase finale : « Les modèles millionnaires, fit observer Alan, sont assez rares ; mais, grand Dieu, les millionnaires modèles le sont encore davantage ! » De quoi s'agit-il ici ? Du portrait du modèle millionnaire devenu millionnaire modèle et de la bonté des riches ? de ce qui, dans l'art, fige et éternise le vivant ? ou, par le biais du renversement des mots, du seul renversement de l'image spéculaire destiné à montrer qu'il y a de l'autre là où on ne s'y attend pas, de l'autre parfaitement superposé à la

1. La *Court and Society Review* était une revue mondaine très prisée de l'aristocratie.

face visible des choses ? Rien ici ne se passe comme le lecteur pourrait s'y attendre : ainsi, pour jouer sur l'attente et la surprise, la nouvelle commence par une description du personnage de Hughie Erskine, sorte de portrait-médaillon. Pourtant ce n'est pas lui le modèle, mais un être d'apparence ignoble, qui se présente néanmoins comme un tableau vivant avant même d'être peint : « Une trouvaille, mon cher, un Vélasquez vivant ! » Là encore la nature imite l'art, étrange brouillage dont on a un autre aperçu au début du *Portrait de Dorian Gray* : alors que Dorian et Lord Henry sortent de l'atelier, Basil dit vouloir rester en compagnie du Dorian réel, c'est-à-dire du tableau, ce qui pose la question de la vérité de la représentation : l'art est plus vrai que la vie.

On notera par ailleurs que le prénom du jeune homme (« Hugh », homonyme de « hew » qui signifie « tailler la pierre ») est significatif : il fait de lui une image à la fois bien découpée et bien taillée dans la matière, sorte de cristal non problématique dont l'*alter ego* mystérieux sera Willie Hughes dans *Le Portrait de Mr. W.H.* Le lien entre les deux textes est également souligné par la récurrence d'un autre nom propre : Erskine, patronyme de Hughie, est le nom de l'un des personnages principaux du *Portrait de Mr. W.H.* Ce nom vaut qu'on s'y arrête, le rapprochement entre « Erskine » et « skin » (peau, en anglais) étant inévitable et significatif dans des textes où tout parle de surface, surface de la toile, surface de la peau (celle du faux mendiant) où s'inscrivent les marques du temps et que Wilde compare à un parchemin fripé. L'image est parlante : la peau est le support d'un texte, le corps est une surface à interpréter, et la peinture, comme toute œuvre d'art, restitue non pas le réel mais le sens. De cela, Wilde s'est souvenu dans les dernières lignes du *Portrait de Dorian Gray* pour décrire à la fois la transfiguration de l'art (le portrait de Dorian a retrouvé toute sa splendeur) et celui de la chute du sujet dans l'autre monde de la traversée du fantasme : « Son visage était flétri, ridé, repoussant », lit-on à la fin du roman.

P. A.

LE PRINCE HEUREUX ET AUTRE CONTES[1] (1888)

1. *Le Prince heureux et autres contes* est le premier volume de contes de Wilde. À en croire la lettre qu'il avait adressée à Harry Melvill en juin 1888, Wilde considérait ce conte comme le « meilleur » (*Lettres d'Oscar Wilde*, Paris, Gallimard, 2 vol., 1966, t. I, p. 274). La raison de ce jugement est développée dans une autre lettre, adressée par Wilde à l'éditeur Smithers peu de temps après : « En écrivant ce conte, j'ai essayé de traiter un problème moderne tragique sous une forme qui vise à être délicate et imaginative. C'est une réaction contre le caractère purement imitatif de l'art moderne. Alors que notre littérature s'entiche d'emboucher de bruyantes trompettes, je ne peux qu'être ravi qu'une oreille [celle de Smithers] ait pris soin d'écouter la musique ténue d'un faible roseau » (lettre du 13 juillet 1888, *Lettres*, t. I, p. 275).

LE PRINCE HEUREUX

À Carlos Blacker[1].

Dominant la ville, sur une haute colonne, se dressait la statue du Prince heureux. Il était d'or de tous côtés, couvert de minces feuilles d'or fin ; ses yeux étaient deux saphirs brillants, et un gros rubis rouge luisait sur la poignée de son épée.

Il était vraiment très admiré. « Il est aussi beau qu'un coq de girouette », fit observer l'un des conseillers municipaux, qui désirait acquérir la réputation d'un homme de goût. « Mais pas tout à fait aussi utile », ajouta-t-il, craignant qu'on le jugeât peu pratique, ce qu'en réalité il n'était point.

« Pourquoi ne peux-tu pas faire comme le Prince heureux ? demanda une mère sensée à son petit garçon qui pleurait pour avoir la lune. Il ne viendrait pas à l'idée du Prince heureux de pleurer pour avoir quoi que ce soit.

— Je suis content qu'il y ait au monde quelqu'un de tout à fait heureux, murmura un homme déçu, en contemplant la statue merveilleuse.

— Il ressemble exactement à un ange, dirent les enfants de l'Assistance, comme ils sortaient de la cathédrale, vêtus de leurs manteaux écarlates et de leurs tabliers blancs tout propres.

— Comment le savez-vous ? dit le maître de mathématiques. Vous n'en avez jamais vu.

---

1. Carlos Blacker (1859-1928) : Anglais connu pour ses goûts excentriques (il avait appris l'hébreu afin de converser avec Dieu après sa mort). Wilde l'avait rencontré à Paris ; devenus amis, ils se brouillèrent toutefois en 1898.

— Ah ! mais si, nous en avons vu, dans nos rêves », répondirent les enfants. Et le maître de mathématiques fronça les sourcils et prit un air fort sévère, car il n'approuvait point que les enfants fissent des rêves.

Un soir passa au-dessus de la ville un petit Passereau. Ses amis étaient partis pour l'Égypte voilà six semaines, mais il s'était attardé parce qu'il était amoureux de la plus belle Canne de jonc. Il avait fait sa connaissance au début du printemps, alors qu'il descendait la rivière à la poursuite d'un gros papillon jaune, et il avait été si vivement attiré par la taille gracile de la Canne de jonc qu'il s'était arrêté pour lui parler.

« Vous aimerai-je ? » dit le Passereau, qui aimait à aller droit au fait, et la Canne lui fit un profond salut. Alors il vola en cercle autour d'elle, frôlant l'eau de ses ailes et traçant des ondes argentées. Ce fut ainsi qu'il fit sa cour, qui dura tout l'été.

« C'est un attachement ridicule, gazouillèrent les autres Passereaux ; elle est sans le sou et a bien trop de parents. » Et, en effet, la rivière était toute pleine de Roseaux. Puis, quand vint l'automne, ils s'envolèrent tous.

Après qu'ils furent partis, le Passereau se sentit solitaire, et commença à se lasser de son amoureuse. « Elle n'a aucune conversation, dit-il, et je crains qu'elle ne soit volage, car elle flirte constamment avec la brise. » Et certes, chaque fois que la brise soufflait, la Canne faisait les révérences les plus gracieuses. « Je reconnais qu'elle a le sens de l'intérieur, reprit-il, mais j'aime les voyages, et il faudrait donc que mon épouse les aimât aussi. »

« Voudriez-vous partir avec moi ? » lui dit-il finalement.

Mais la Canne hocha la tête, car elle était très attachée à son foyer.

« Vous vous êtes jouée de moi, s'écria-t-il. Je pars pour les pyramides. Au revoir ! » Et il s'envola.

Il vola toute la journée et, le soir, il arriva à la ville. « Où vais-je descendre ? dit-il. J'espère que la ville a fait des préparatifs. »

Il aperçut alors la statue sur la haute colonne.

« C'est là que je vais descendre, s'écria-t-il ; c'est très bien situé, et il y a beaucoup d'air. » Et il se percha juste entre les pieds du Prince heureux.

« J'ai une chambre en or », se dit-il doucement à lui-même en jetant un coup d'œil circulaire, et il se disposa à s'endormir ; mais juste au moment où il mettait sa tête sous son aile, il lui tomba sur le corps une grosse goutte d'eau.

« Comme c'est curieux ! s'écria-t-il, il n'y a pas un seul nuage dans le ciel, les étoiles sont claires et brillantes, et pourtant il pleut. Le climat du nord de l'Europe est vraiment épouvantable. La Canne de jonc aimait la pluie, mais c'était simplement là un trait de son égoïsme. »

Puis une autre goutte tomba.

« À quoi bon une statue si elle est incapable de protéger de la pluie ? dit-il. Il va falloir que je cherche une bonne souche de cheminée. » Et il résolut de s'en aller.

Mais avant qu'il eût déployé ses ailes, une troisième goutte tomba, et il leva les yeux, et vit... Ah ! que vit-il ?

Les yeux du Prince heureux étaient pleins de larmes, et les larmes coulaient le long de ses joues dorées. Son visage était si beau, sous le clair de lune, que le petit Passereau fut saisi de pitié.

« Qui êtes-vous ? dit-il.

— Je suis le Prince heureux.

— Alors pourquoi pleurez-vous ? demanda le Passereau. Vous m'avez complètement inondé.

— Lorsque j'étais en vie et que je possédais un cœur humain, répondit la statue, je ne savais pas ce qu'étaient les larmes, car j'habitais le palais de Sans-Souci [1], où le chagrin n'a pas le droit d'entrer. Dans la journée, je jouais avec mes compagnons dans le jardin et, le soir, je conduisais la danse dans la grande salle. Autour du jardin courait un mur très élevé, mais je n'eus jamais le désir de demander ce qui s'étendait au-delà, car tout ce qui m'entourait était tellement beau. Mes courtisans m'appelaient le Prince heureux, et certes j'étais heureux, si le plaisir est le bon-

1. Nom du palais du roi de Prusse Frédéric II (1712-1786) à Potsdam, près de Berlin.

heur. J'ai vécu ainsi et je suis mort ainsi. Et maintenant, on m'a installé ici, à une telle hauteur que je vois toute la laideur et toute la misère de ma ville, et, bien que mon cœur soit de plomb, je ne puis m'empêcher de pleurer. »

« Comment ! Il n'est pas en or massif ? » se dit le Passereau à lui-même. Il était trop poli pour faire à haute voix des remarques personnelles.

« Là-bas au loin, reprit la statue, d'une voix basse et musicale, là-bas au loin, dans une petite rue, il y a une pauvre maison. L'une des fenêtres est ouverte, et je vois au travers une femme assise à une table. Son visage est maigre et fatigué, et elle a les mains rugueuses et rouges, toutes piquées par l'aiguille, car c'est une couturière. Elle brode des fleurs de la Passion sur une robe de satin pour la toilette de la plus belle des demoiselles d'honneur de la reine, lors du prochain bal de la cour. Dans un lit, dans l'angle de la pièce, son petit garçon est couché, malade. Il a la fièvre, et demande des oranges. Sa mère n'a rien à lui donner, que l'eau de la rivière ; aussi pleure-t-il. Passereau, Passereau, petit Passereau, ne veux-tu pas lui porter le rubis de la poignée de mon épée ? Mes pieds sont attachés à ce piédestal, et je ne puis bouger.

— On m'attend en Égypte, dit le Passereau[1]. Mes amis remontent et descendent le Nil, et parlent aux grosses fleurs de lotus. Bientôt ils vont s'endormir dans le tombeau du grand roi. Le roi est là en personne, dans son cercueil bariolé. Il est enveloppé de linge jaune, et embaumé avec des épices. Autour de son cou il y a une chaîne de jade vert pâle, et ses mains sont pareilles à des feuilles flétries.

— Passereau, Passereau, petit Passereau, dit le Prince, ne veux-tu pas rester auprès de moi une nuit, et me servir de messager ? Le petit a tellement soif, et la mère est si triste !

— Je crois bien que je n'aime pas les garçons, répondit le

---

1. Cette référence à l'Égypte est fondée sur le poème de Théophile Gautier, « Ce que disent les hirondelles », *Émaux et Camées*. Gautier évoque les oiseaux qui nichent dans le temple de Baalbek au Liban et sur la seconde cataracte du Nil.

Passereau. L'été dernier, alors que j'habitais près de la rivière, il y avait deux gamins grossiers, les fils du meunier, qui me lançaient constamment des pierres. Ils ne m'ont jamais touché, bien entendu ; nous autres passereaux, nous volons beaucoup trop bien pour cela, et d'ailleurs, je descends d'une famille renommée pour son agilité ; mais enfin, c'est un signe de manque de respect. »

Mais le Prince heureux prit un air tellement triste que le petit Passereau en eut de la peine : « Il fait très froid ici, dit-il ; mais je resterai auprès de vous une nuit, et je vous servirai de messager.

— Merci, petit Passereau », dit le Prince.

Alors le Passereau enleva le gros rubis de l'épée du Prince, et s'envola, le tenant dans son bec, par-dessus les toits de la ville.

Il passa à côté de la tour de la cathédrale, où étaient sculptés les anges en marbre blanc. Il passa à côté du palais, et entendit des accords de danse. Une belle jeune fille sortit sur le balcon avec son amoureux. « Comme les étoiles sont merveilleuses, dit-il, et combien est merveilleux le pouvoir de l'amour !

— J'espère que ma robe sera prête à temps pour le bal de la cour, répondit-elle. J'ai donné ordre qu'on y brode des fleurs de la Passion ; mais les couturières sont tellement paresseuses... »

Il passa au-dessus de la rivière, et vit les lanternes suspendues aux mâts des bateaux. Il passa au-dessus du ghetto, et vit les vieux Juifs marchandant entre eux, et pesant de l'argent sur des balances de cuivre. Enfin il arriva à la pauvre maison et y jeta un coup d'œil. Le petit garçon s'agitait fiévreusement sur son lit, et la mère s'était endormie, tellement elle était fatiguée. Il entra en sautillant, et posa le gros rubis sur la table, à côté du dé de la femme. Puis il voleta doucement autour du lit, éventant de ses ailes le front de l'enfant. « Comme j'ai frais, dit le petit garçon, je dois aller mieux. » Et il s'assoupit en un sommeil délicieux.

Le Passereau retourna alors auprès du Prince heureux, et lui dit ce qu'il avait fait. « C'est bizarre, fit-il observer, mais je me sens maintenant tout réchauffé, bien qu'il fasse si froid.

— C'est parce que tu as fait une bonne action », dit le Prince.

Et le petit Passereau se mit à réfléchir, sur quoi il s'endormit. Penser lui donnait toujours sommeil.

Quand le jour parut, il s'envola à la rivière et prit un bain. « Quel phénomène remarquable ! dit le professeur d'ornithologie, alors qu'il passait sur le pont. Un passereau en hiver ! » Et il écrivit une longue lettre à ce sujet au journal local. Tout le monde la cita : elle était tellement pleine de mots auxquels on ne comprenait rien.

« Ce soir, je pars pour l'Égypte », dit le Passereau. Et il se sentit tout joyeux à cette perspective. Il visita tous les monuments publics et resta assis longtemps au sommet de la flèche de l'église. Partout où il alla, les Moineaux piaillaient joyeusement, et se disaient l'un à l'autre : « Quel étranger distingué ! » Aussi s'amusa-t-il beaucoup.

Quand la lune se leva, il retourna auprès du Prince heureux. « Avez-vous quelque commission pour l'Égypte ? demanda-t-il. Je pars à l'instant.

— Passereau, Passereau, petit Passereau, dit le Prince, ne veux-tu pas rester auprès de moi une nuit de plus ?

— On m'attend en Égypte, répondit le Passereau. Demain mes amis voleront jusqu'à la deuxième cataracte. Le Cheval marin est là, accroupi parmi les roseaux, et sur un grand trône de granit est assis le dieu Memnon. Toute la nuit il contemple les étoiles, et quand paraît l'astre du matin, il pousse un cri de joie, puis il reste silencieux[1]. À midi, les lions jaunes descendent au bord de l'eau pour boire. Ils ont des yeux pareils à des béryls verts[2], et leur rugissement est plus bruyant que le fracas de la cataracte.

---

1. Dans l'Antiquité, jusqu'à ce qu'elle fût restaurée par l'empereur Septime Sévère en l'an 170, la statue de Memnon (en fait le pharaon Aménophis III) avait la réputation d'émettre des sons musicaux dès qu'elle était touchée par les premiers rayons du soleil. Ces sons étaient réputés être la voix de Memnon (héros de la guerre de Troie, roi des Éthiopiens) qui saluait sa mère, l'Aurore. Wilde y fait allusion dans *La Sphinge*. **2.** Pierres précieuses vert pâle.

— Passereau, Passereau, petit Passereau, dit le Prince, au loin, là-bas, dans la ville, je vois un jeune homme dans une mansarde. Il est penché sur un bureau couvert de papiers, et dans un verre à côté de lui il y a un bouquet de violettes fanées. Ses cheveux sont bruns et frisés, ses lèvres sont rouges comme une grenade, et il a de grands yeux rêveurs. Il essaie de terminer une pièce pour le directeur du théâtre, mais il fait trop froid pour qu'il puisse écrire davantage. Il n'y a pas de feu dans l'âtre et il est tout affaibli par la faim.

— Je resterai encore une nuit auprès de vous, dit le Passereau, qui avait vraiment bon cœur. Faut-il que je lui porte un autre rubis ?

— Hélas ! Je n'ai plus de rubis à présent, dit le Prince. Il ne me reste plus que mes yeux. Ils sont en saphirs rares, qui ont été apportés de l'Inde il y a mille ans. Arraches-en un et porte-le-lui. Il le vendra au bijoutier, il achètera de la nourriture et du bois pour se chauffer, et finira sa pièce.

— Cher Prince, dit le Passereau, je ne puis faire cela. »

Et il se mit à pleurer.

« Passereau, Passereau, petit Passereau, dit le Prince, fais ce que je t'ordonne. »

Alors le Passereau arracha un œil au Prince, et s'envola jusqu'à la mansarde de l'étudiant. Il était bien facile de s'y introduire, car il y avait un trou dans la toiture. Il s'y précipita, et entra dans la chambre. Le jeune homme avait la tête enfouie dans les mains, de sorte qu'il n'entendit pas le battement des ailes de l'oiseau ; et lorsqu'il leva les yeux, il trouva le splendide saphir posé sur les violettes fanées.

« On commence à m'apprécier, s'écria-t-il. Voici qui provient de quelque admirateur fervent. À présent, je puis terminer ma pièce. »

Et il eut l'air tout à fait heureux.

Le lendemain, le Passereau descendit jusqu'au port. Il se percha sur le mât d'un grand bateau, et regarda les matelots qui retiraient de la cale, au moyen de cordes, de gros coffres. « Ho ! hisse ! » criaient-ils à mesure que chaque coffre apparaissait. « Je m'en vais en Égypte », cria le Passereau. Mais personne n'y fit attention, et quand la lune se leva, il retourna auprès du Prince heureux.

« Je viens vous dire au revoir, cria-t-il.

— Passereau, Passereau, petit Passereau, dit le Prince, ne veux-tu pas rester encore une nuit auprès de moi ?

— C'est l'hiver, répondit le Passereau, et la neige glaciale sera bientôt là. En Égypte, le soleil est chaud sur les palmiers verts, et les crocodiles sont allongés dans la vase et jettent autour d'eux des regards paresseux. Mes compagnons sont en train de construire un nid dans le temple de Baalbek[1], et les tourterelles roses et blanches les regardent, et roucoulent entre elles. Cher Prince, il faut que je vous quitte, mais je ne vous oublierai jamais, et, au printemps prochain, je vous rapporterai deux bijoux magnifiques pour remplacer ceux que vous avez donnés. Le rubis sera plus rouge qu'une rose rouge, et le saphir sera bleu comme la vaste mer.

— En bas sur la place, dit le Prince heureux, se tient une petite marchande d'allumettes. Elle a laissé tomber ses allumettes dans le ruisseau, et elles sont tout abîmées. Son père la battra si elle ne rapporte pas d'argent à la maison, et elle pleure. Elle n'a ni bas ni souliers, et sa petite tête est nue. Arrache-moi l'autre œil, et donne-le-lui, et son père ne la battra pas.

— Je resterai encore une nuit auprès de vous, dit le Passereau, mais je ne puis vous arracher l'œil. Vous seriez alors complètement aveugle.

— Passereau, Passereau, petit Passereau, dit le Prince, fais ce que je t'ordonne. »

Alors il arracha au Prince son autre œil, et s'élança vers le sol en l'emportant. Il descendit en planant auprès de la marchande d'allumettes et lui glissa le joyau dans la paume de la main.

« Quel joli morceau de verre ! » s'écria la petite fille. Et elle rentra chez elle en courant, toute rieuse.

---

1. Le temple de Baalbek se trouvait à Héliopolis en Syrie (maintenant au Liban). Wilde confond ici deux cités portant le même nom, l'une située en Asie Mineure, l'autre en Égypte.

Alors le Passereau retourna auprès du Prince. « Vous êtes aveugle, à présent, dit-il. Aussi resterai-je toujours avec vous.

— Non, petit Passereau, dit le pauvre Prince, il faut partir pour l'Égypte.

— Je resterai toujours auprès de vous », dit le Passereau.

Et il dormit aux pieds du Prince.

Toute la journée du lendemain, il resta perché sur l'épaule du Prince, et lui conta ce qu'il avait vu dans des pays étranges. Il lui parla des ibis rouges, qui se tiennent debout en longues files sur les bords du Nil, et attrapent des poissons d'or avec leur bec ; du Sphinx, qui est aussi vieux que le monde lui-même, et habite au désert, et qui sait tout ; des marchands, qui vont lentement à côté de leurs chameaux, et portent des chapelets d'ambre dans la main ; du roi des montagnes de la Lune [1], qui est noir comme l'ébène, et adore un gros cristal ; du grand serpent vert qui dort dans un palmier, et possède vingt prêtres qui le nourrissent de galettes de miel ; et des Pygmées qui naviguent sur un vaste lac, à bord de grandes feuilles plates, et sont toujours en guerre avec les papillons.

« Cher petit Passereau, dit le Prince, tu me parles de choses merveilleuses, mais ce qui est plus merveilleux que toutes choses, c'est la souffrance des hommes et des femmes. Il n'est pas de mystère aussi grand que la misère. Vole au-dessus de ma ville, petit Passereau, et dis-moi ce que tu y auras vu. »

Le Passereau vola donc au-dessus de la grande ville, et vit les riches qui s'amusaient joyeusement dans leurs maisons, magnifiques, tandis que les mendiants étaient assis près de leurs portes. Il alla dans les ruelles sombres, et vit les visages blêmes d'enfants affamés regardant distraitement du côté des rues noires. Sous l'arche d'un pont, deux petits enfants étaient couchés dans les bras l'un de l'autre pour essayer de se réchauffer mutuellement.

« Comme nous avons faim ! disaient-ils.

---

1. Chaîne de montagnes située dans l'Ouganda actuel.

— Il ne faut pas coucher ici », cria le veilleur. Et ils s'en allèrent sous la pluie.

Alors il revint et conta au Prince ce qu'il avait vu.

« Je suis couvert d'or fin, dit le Prince. Il faut l'enlever, feuille par feuille, et le donner à mes pauvres ; les vivants croient toujours que l'or pourra les rendre heureux. »

Feuille à feuille, le Passereau enleva l'or fin, jusqu'à ce que le Prince heureux eût pris un aspect tout terne et gris. Feuille à feuille, il porta l'or fin aux pauvres, et les visages des enfants devenaient plus roses, et ils riaient et jouaient gaiement dans la rue. « Nous avons du pain, à présent ! » s'écriaient-ils.

Puis vint la neige, et après la neige vint la gelée. Les rues semblaient faites d'argent, tellement elles étaient brillantes et étincelantes ; de longues stalactites de glace, semblables à des poignards de cristal, pendaient aux gouttières des toitures des maisons ; tout le monde sortait emmitouflé de fourrure, et les petits garçons portaient des casquettes écarlates et patinaient sur la glace.

Le pauvre petit Passereau eut de plus en plus froid, mais il ne voulait pas quitter le Prince : il l'aimait trop. Il ramassait des miettes devant la porte de la boulangerie quand le boulanger ne regardait pas, et essayait de se réchauffer en battant des ailes.

Mais à la fin il sut qu'il allait mourir. Il eut juste assez de force pour voler encore une fois jusqu'à l'épaule du Prince.

« Au revoir, cher Prince, murmura-t-il. Voulez-vous me permettre de vous baiser la main ?

— Je suis content que tu partes pour l'Égypte, petit Passereau, dit le Prince. Tu es resté ici trop longtemps ; mais il faut m'embrasser sur les lèvres, car je t'aime.

— Ce n'est pas en Égypte que je vais, dit le Passereau. Je vais dans la maison de la Mort. La Mort est la sœur du Sommeil, n'est-ce pas ? »

Et il baisa le Prince heureux sur les lèvres, et tomba mort à ses pieds.

Au même instant, un craquement bizarre retentit à l'intérieur de la statue, comme si quelque chose s'était brisé. En vérité, le cœur de plomb s'était cassé net en deux[1]. Oui, il gelait terriblement.

Le lendemain matin, de bonne heure, le maire se promenait en bas sur la place, en compagnie des conseillers municipaux. Comme ils passaient devant la colonne, il leva les yeux sur la statue : « Mon Dieu ! Comme le Prince heureux a l'air déguenillé ! dit-il.

— Bien déguenillé, en effet ! » s'écrièrent les conseillers municipaux, qui étaient toujours de l'avis du maire. Et ils vinrent l'examiner.

« Le rubis est tombé de son épée, ses yeux ont disparu, et il n'est plus doré, dit le maire. En fait, il ne vaut guère mieux qu'un mendiant !

— Guère mieux qu'un mendiant ! dirent les conseillers municipaux.

— Et voici bel et bien un oiseau mort à ses pieds ! reprit le maire. Il faudra vraiment promulguer un arrêté interdisant aux oiseaux de mourir ici. »

Et le secrétaire de la mairie prit note de cette proposition.

Alors on démolit la statue du Prince heureux. « Comme il n'est plus beau, il n'est plus utile », dit le professeur d'art à l'université.

On fit alors fondre la statue dans un fourneau de forge, et le maire convoqua le conseil afin de décider de ce qu'on ferait du métal. « Il nous faut une autre statue, bien entendu, dit-il, et ce sera une statue de moi.

— De moi ! » dit chacun des conseillers municipaux. Et ils se disputèrent. La dernière fois que j'ai entendu parler d'eux, ils se disputaient encore.

« Comme c'est étrange ! dit le contremaître de la fonderie.

---

1. Le thème du cœur brisé parcourt toute l'œuvre de Wilde. Voir, par exemple, « Le Rossignol et la rose » (« Elle ne fera aucune attention à moi, et mon cœur se brisera ») ou encore « L'Anniversaire de l'Infante » (« *Mi bella Princesa*, votre amusant petit nain ne dansera plus jamais. [...] Parce que son cœur s'est brisé »).

Ce cœur de plomb brisé ne fond pas dans le fourneau. Il faut le jeter. » Et on le jeta sur un tas d'ordures, où gisait également le Passereau mort.

« Apportez-moi les deux objets les plus précieux de la ville », dit Dieu à l'un de Ses anges. Et l'ange Lui apporta le cœur de plomb et l'oiseau mort.

« Tu as bien choisi, dit Dieu, car dans Mon jardin du Paradis, ce petit oiseau chantera à tout jamais, et dans Ma ville d'or, le Prince heureux dira Mes louanges. »

LE ROSSIGNOL ET LA ROSE[1]

« Elle m'a dit qu'elle danserait avec moi si je lui apportais des roses rouges, s'écria le jeune Étudiant. Mais dans tout mon jardin il n'y a pas de rose rouge. »

De son nid dans le chêne vert le Rossignol l'entendit, et le regarda à travers le feuillage et s'étonna.

« Pas de rose rouge dans tout mon jardin, s'écria l'Étudiant, et ses beaux yeux s'emplirent de larmes. Ah ! de quelles petites choses dépend le bonheur ! J'ai lu tout ce que les sages ont écrit, et tous les secrets de la philosophie sont à moi, et pourtant, faute d'une rose rouge, ma vie est malheureuse[2].

— Voici enfin un véritable amoureux, dit le Rossignol. Nuit après nuit je l'ai chanté, quoique je ne le connusse pas ; nuit après nuit j'ai dit son histoire aux étoiles, et maintenant je le

---

1. L'amour du rossignol pour la rose est une constante dans la mythologie persane. Wilde a abondamment commenté ce conte, qu'il considérait comme le plus « travaillé » (lettre à Harry Melvill, juin 1888, *Lettres*, t. I, p. 274) : « [L'Étudiant] me paraît un jeune homme bien frivole à peu près aussi médiocre que la jeune fille qu'il prétend aimer. Le véritable amoureux — s'il y en a un — c'est le Rossignol. Lui, au moins, incarne le romanesque alors que l'Étudiant et la jeune fille, comme la plupart d'entre nous, en sont indignes. Enfin, telle est mon opinion, mais j'aime à croire qu'il y a plusieurs sens à ce récit : en l'écrivant (ainsi que mes autres contes) je n'ai pas commencé par avoir une idée à laquelle donner une forme, mais une forme que je me suis efforcé de rendre assez belle pour qu'elle conserve ses secrets et ses réponses » (lettre à Thomas Hutchinson, 13 juillet 1888, *Lettres*, t. I, p. 130). Le caractère déplaisant des deux personnages n'a que peu de rapport avec celui des amoureux, tels qu'ils sont ordinairement décrits dans les contes et légendes où, toujours *a priori* sympathiques, ils doivent traverser diverses épreuves avant de se retrouver et de s'épouser. **2.** Cf. Mallarmé : « La chair est triste, hélas ! et j'ai lu tous les livres » (« Brise marine »).

vois. Sa chevelure est sombre comme la fleur de l'hyacinthe, et ses lèvres sont rouges comme la rose de son désir ; mais la passion a rendu son visage pareil au pâle ivoire et le chagrin a mis son empreinte sur son front [1].

— Le prince donne un bal demain soir, murmura le jeune Étudiant, et mon amour sera de la compagnie. Si je lui apporte une rose rouge, elle dansera avec moi jusqu'à l'aube. Si je lui apporte une rose rouge, je la tiendrai dans mes bras, et elle posera sa tête sur mon épaule, et ma main enserrera la sienne. Mais il n'y a pas de rose rouge dans mon jardin, et je serai donc assis seul, et elle passera devant moi. Elle ne fera aucune attention à moi, et mon cœur se brisera.

— Voici vraiment le véritable amoureux, dit le Rossignol. Ce que je chante, il le souffre ; ce qui est joie pour moi, pour lui est douleur. L'amour vraiment est merveilleux. Il est plus précieux que les émeraudes et plus cher que les fines opales. Ni perles ni grenades ne peuvent l'acheter, et on ne l'étale pas dans les marchés. Les négociants ne peuvent en faire emplette, et on ne peut lui donner son poids d'or.

— Les musiciens seront assis dans leur galerie, dit le jeune Étudiant, et joueront sur leurs instruments à cordes, et mon amour dansera au son de la harpe et du violon. Elle dansera si légèrement que ses pieds ne toucheront pas le plancher, et les courtisans aux gais costumes s'empresseront autour d'elle. Mais avec moi elle ne dansera pas, car je n'ai pas de rose rouge à lui donner. » Et il se jeta sur l'herbe et enfouit son visage dans ses mains et pleura.

« Pourquoi pleure-t-il ? demanda un petit Lézard vert, en passant vivement près de lui, la queue en l'air.

— Pourquoi, en effet ? dit un Papillon qui voletait après un rayon de soleil.

---

1. On comparera avec les descriptions de Iokanaan dans *Salomé* (1892) ; c'est la princesse qui parle : « Tes cheveux sont comme les cèdres du Liban [...]. Ta bouche est comme une branche de corail [...]. »

L'allusion à la fleur de l'hyacinthe est classique : d'après la mythologie grecque, cette fleur naquit du sang du prince troyen Hyacinthe, tué accidentellement par Apollon.

— Oui, pourquoi ? chuchota une Pâquerette à sa voisine, d'une voix basse et douce.

— Il pleure pour une rose rouge, dit le Rossignol.

— Pour une rose rouge ! s'écrièrent-ils. Comme c'est ridicule ! » Et le petit Lézard, qui était quelque peu cynique, rit tout haut.

Mais le Rossignol comprenait le secret de la douleur de l'Étudiant, et resta silencieux dans le chêne, et pensa au mystère de l'amour.

Soudain il étendit ses brunes ailes pour s'envoler, et prit son essor dans les airs. Il traversa le bocage comme une ombre, et comme une ombre il passa sur le jardin.

Au milieu de la pelouse s'élevait un beau Rosier, et dès qu'il le vit il s'abattit sur une branche.

« Donne-moi une rose rouge, s'écria-t-il, et je te chanterai ma plus douce chanson. »

Mais l'Arbre secoua la tête.

« Mes roses sont blanches, répondit-il, blanches comme l'écume de la mer et plus blanches que la neige sur la montagne. Mais va voir mon frère qui croît au pied du vieux cadran solaire, et peut-être te donnera-t-il ce que tu désires. »

Le Rossignol vola donc vers le Rosier qui croissait au pied du vieux cadran solaire.

« Donne-moi une rose rouge, s'écria-t-il, et je te chanterai ma plus douce chanson. »

Mais l'Arbre secoua la tête.

« Mes roses sont jaunes, répondit-il, jaunes comme la chevelure de la sirène assise sur son trône d'ambre, et plus jaunes que l'asphodèle qui fleurit dans le pré avant que le faucheur ne vienne avec sa faux. Mais va voir mon frère qui croît sous la fenêtre de l'Étudiant, et peut-être te donnera-t-il ce que tu désires. »

Le Rossignol vola donc vers le Rosier qui croissait sous la fenêtre de l'Étudiant.

« Donne-moi une rose rouge, s'écria-t-il, et je te chanterai ma plus douce chanson. »

Mais l'Arbre secoua la tête.

« Mes roses sont rouges, répondit-il, rouges comme les pattes de la colombe, et plus rouges que les grands éventails de corail qui s'agitent sans cesse dans la caverne de l'océan. Mais l'hiver a glacé mes veines, et le gel a brûlé mes boutons, et la tempête a cassé mes branches, et je n'aurai pas de roses de toute cette année.

— Une seule rose rouge est tout ce que je désire, s'écria le Rossignol, rien qu'une rose rouge ! N'est-il pas de moyen par lequel je puisse l'obtenir ?

— Il y a un moyen, répondit l'Arbre. Mais il est si terrible que je n'ose pas te le dire.

— Dis-le-moi, fit le Rossignol, je n'ai pas peur.

— Si tu désires une rose rouge, dit l'Arbre, tu dois la créer avec de la musique au clair de lune et la teindre du sang de ton propre cœur[1]. Tu dois chanter pour moi, ton sein contre une épine. Toute la nuit tu dois chanter pour moi, et l'épine doit te percer le cœur, et le sang de ta vie doit couler dans mes veines et devenir mien.

— La mort est un bien grand prix à payer pour une rose rouge, cria le Rossignol, et la vie est très chère à tous. Il est agréable de rester dans le bois vert et de regarder le Soleil dans son chariot d'or et la Lune dans son chariot de perle. Douce est la senteur de l'aubépine, et douces sont les campanules qui se cachent dans la vallée, et la bruyère qui ondule sur la colline. Pourtant l'amour est meilleur que la vie, et qu'est le cœur d'un oiseau comparé au cœur d'un homme ? »

---

1. La phrase « tu dois la créer avec de la musique au clair de lune » est une allusion à Amphion, fils de Zeus, qui aurait bâti la ville de Thèbes en jouant de la flûte et de la lyre. La seule harmonie de sa musique aurait eu un pouvoir surnaturel tel que les pierres des murailles se seraient mises spontanément en place. Tennyson a écrit un poème, « Amphion », sur ce thème.

L'association de la rose et du sang est classique ; selon la mythologie grecque, la rose serait issue du sang d'Adonis, amant d'Aphrodite blessé à mort. Selon l'*Encyclopédie des symboles*, « la rose devint alors le symbole de l'amour qui parfois vainc la mort, et celui de la renaissance » (Le Livre de Poche, « La Pochothèque », Paris, 1997, p. 584).

Il étendit donc ses brunes ailes pour s'envoler, et prit son essor dans les airs. Il survola le jardin comme une ombre, et comme une ombre passa dans le bocage.

Le jeune Étudiant était encore étendu sur l'herbe, où il l'avait laissé, et les larmes n'étaient pas encore séchées dans ses beaux yeux.

« Sois heureux, cria le Rossignol, sois heureux ; tu auras ta rose rouge. Je la créerai de la musique au clair de la lune, et la teindrai du sang de mon propre cœur. Tout ce que je te demande en retour, c'est d'être un véritable amoureux, car l'amour est plus sage que la philosophie, quoique celle-ci soit sage, et plus fort que la puissance, quoique celle-ci soit forte. Couleur de flamme sont ses ailes, et coloré comme la flamme est son corps. Ses lèvres sont sucrées comme le miel, et son souffle est comme de l'encens. »

L'Étudiant regarda, de l'herbe où il était couché, et écouta, mais il ne put comprendre ce que lui disait le Rossignol, car il ne savait que les choses qui sont écrites dans les livres.

Mais le Chêne comprit, et se sentit triste, car il aimait beaucoup le petit Rossignol qui avait bâti son nid dans ses branches.

« Chante-moi une dernière chanson, murmura-t-il, je me sentirai bien seul quand tu seras parti. »

Le Rossignol chanta donc au Chêne, et sa voix était comme de l'eau qui jaillit, pétillante, d'une jarre d'argent.

Quand il eut achevé sa chanson, l'Étudiant se leva et tira un carnet et un crayon de sa poche.

« Il a de la forme, se dit-il en quittant le bocage, cela on ne peut le nier ; mais a-t-il du sentiment ? Je crains que non. En fait, il est comme la plupart des artistes, il a du style, sans aucune sincérité[1]. Il ne se sacrifierait pas pour autrui. Il ne pense qu'à la musique, et chacun sait que les arts sont égoïstes.

---

1. Voir, dans *L'Importance d'être constant* (acte III), le commentaire de Gwendolen : « Dans les affaires de la plus grande importance, c'est le style, et non la sincérité, qui importe par-dessus tout. » Wilde s'en prend ici aux jugements superficiels des critiques incapables d'évaluer la sincérité d'une œuvre.

Pourtant il faut admettre qu'il a quelques belles notes dans sa voix. Quel dommage qu'elles ne veuillent rien dire, qu'elles ne soient d'aucune utilité pratique. » Et il entra dans sa chambre, et se coucha sur son étroite paillasse, et se mit à penser à son amour, et après quelque temps il s'endormit.

Et quand la Lune brilla dans les cieux, le Rossignol vola vers le Rosier, et pressa son sein contre l'épine. Toute la nuit il chanta, le sein contre l'épine, et la froide Lune cristalline s'inclina pour l'écouter. Toute la nuit il chanta, et l'épine pénétra de plus en plus dans son sein, et le sang de sa vie s'en écoula.

Il chanta d'abord la naissance de l'amour dans le cœur d'un garçon et d'une fille. Et à la plus haute branche du Rosier fleurit une merveilleuse rose, pétale par pétale, selon qu'une chanson suivait une chanson. Pâle fut-elle d'abord, comme la brume suspendue sur la rivière — pâle comme les pieds du matin, et argentée comme les ailes de l'aurore. Comme l'ombre d'une rose dans un miroir d'argent [1], comme l'ombre d'une rose dans un étang, telle était la rose qui fleurissait à la plus haute branche de l'Arbre.

Mais l'Arbre cria au Rossignol de presser plus fort contre l'épine. « Presse plus fort, petit Rossignol, cria l'Arbre, ou le jour viendra avant que la rose soit achevée. »

Le Rossignol pressa donc plus fort contre l'épine, et son chant s'éleva, s'éleva, car il chantait la naissance de la passion dans le cœur d'un homme et d'une vierge.

Une délicate rougeur vint aux pétales de la rose, comme la rougeur au visage du fiancé quand il baise les lèvres de la fiancée. Mais l'épine n'avait pas encore atteint son cœur et le cœur de la rose resta blanc, car seul le sang d'un rossignol peut empourprer le cœur d'une rose.

Et l'Arbre cria au Rossignol de presser plus fort contre l'épine.

---

1. Cette image sera reprise presque mot pour mot dans *Salomé* ; c'est le jeune Syrien qui parle : « Elle [Salomé] ressemble au reflet d'une rose blanche dans un miroir d'argent. » Wilde se sert de la même image dans *Le Portrait de Dorian Gray* pour décrire Sibyl Vane.

« Presse plus fort, petit Rossignol, cria l'Arbre, ou le jour viendra avant que la rose soit achevée. »

Le Rossignol pressa donc plus fort contre l'épine, et l'épine lui toucha le cœur, et un farouche frisson de douleur le déchira. Amère, amère était sa douleur, et de plus en plus sauvage s'élevait sa chanson, car il chantait l'amour qui s'accomplit dans la Mort, l'amour qui ne meurt pas dans la tombe.

Et la merveilleuse rose devint pourpre, comme la rose du ciel oriental. Pourpre était la ceinture de pétales, et pourpre comme un rubis était le cœur.

Mais la voix du Rossignol s'affaiblit, et ses petites ailes se mirent à battre, et un voile lui couvrit les yeux. De plus en plus faible était son chant, et il sentait quelque chose dans sa gorge qui l'étouffait.

Alors il exhala son dernier souffle de musique. La blanche Lune l'entendit, et elle en oublia l'aube, et s'attarda dans le ciel. La rose rouge l'entendit, et elle en trembla tout entière d'extase, et ouvrit ses pétales à l'air froid du matin. Écho le porta jusqu'à sa caverne violette dans les montagnes, et tira de leurs rêves les bergers endormis[1]. Il flotta jusqu'aux roseaux de la rivière, qui portèrent son message à la mer.

« Vois ! vois ! cria l'Arbre. La rose est maintenant achevée ! » Mais le Rossignol ne fit pas de réponse, car il gisait mort dans l'herbe haute, l'épine dans son cœur.

Et à midi l'Étudiant ouvrit sa fenêtre et regarda au-dehors.

« Quelle chance extraordinaire, s'écria-t-il, voici une rose rouge ! Je n'ai jamais vu rose pareille dans toute ma vie. Elle est si belle que je suis sûr qu'elle a un long nom latin. » Et il se pencha et la cueillit.

Alors il mit son chapeau, et courut à la maison du professeur, la rose à la main.

La fille du professeur était assise sur le seuil, enroulant de la

1. La nymphe Écho, privée de la parole, ne pouvait que répéter la fin d'un mot ou d'un son. Elle est également mentionnée dans « L'Anniversaire de l'Infante » et dans « Le Crime de Lord Arthur Savile »

soie bleue autour d'une bobine, et son petit chien était couché à ses pieds.

« Vous m'avez dit que vous danseriez avec moi si je vous apportais une rose rouge, cria l'Étudiant. Voici la rose la plus rouge du monde. Vous la porterez ce soir contre votre cœur, et pendant que nous danserons ensemble elle vous dira combien je vous aime. »

Mais la jeune fille fronça le sourcil.

« Je crains qu'elle n'aille pas avec ma robe, répondit-elle. Et d'ailleurs, le neveu du chambellan m'a envoyé de vrais bijoux, et chacun sait que les bijoux coûtent beaucoup plus cher que les fleurs.

— Eh bien ! ma parole, vous êtes bien ingrate », dit l'Étudiant avec colère. Et il jeta la rose dans la rue, où elle tomba dans le ruisseau et où la roue d'une charrette passa sur elle.

« Ingrate ? dit la jeune fille. Je vous dis, moi, que vous êtes très grossier ; et après tout, qui êtes-vous ? Rien de plus qu'un Étudiant. Je crois même que vous n'avez pas de boucles d'argent à vos souliers, comme en a le neveu du chambellan. » Et elle se leva de sa chaise et entra dans la maison.

« Que l'amour est stupide, dit l'Étudiant en s'en allant. Il n'est pas moitié aussi utile que la logique, car il ne prouve rien, et vous parle tout le temps de choses qui n'arriveront pas, et vous fait croire à des choses qui ne sont pas vraies. En vérité, il n'est pas pratique, et comme à notre époque le tout est d'être pratique, je me remettrai à la philosophie, et j'étudierai la métaphysique. »

Il retourna donc à sa chambre, tira un gros livre poussiéreux, et se mit à lire.

LE GÉANT ÉGOÏSTE[1]

Tous les après-midi, en revenant de l'école, les enfants avaient coutume d'aller jouer dans le jardin du Géant.

C'était un grand jardin délicieux, avec de l'herbe verte et tendre. Çà et là jaillissaient du gazon de belles fleurs pareilles à des étoiles, et il y avait douze pêchers qui, à la saison du printemps, s'épanouissaient en délicates corolles de rose et de perle, et portaient des fruits savoureux à l'automne. Les oiseaux perchés sur les arbres chantaient si doucement que les enfants s'arrêtaient de jouer pour les écouter. « Comme nous sommes heureux, ici ! » criaient-ils l'un à l'autre.

Un jour le Géant revint. Il était allé voir son ami l'Ogre de Cornouailles[2], et il était resté avec lui pendant sept ans. Lorsque les sept années furent passées, il eut épuisé tout ce qu'il avait à dire, car sa conversation était limitée, et il résolut de retourner dans son château. En arrivant, il aperçut les enfants qui jouaient dans le jardin.

« Que faites-vous là ? » cria-t-il avec une très grosse voix, et les enfants s'enfuirent. « Mon jardin est mon jardin à moi, dit le Géant. Tout le monde peut bien le comprendre, et je ne permettrai d'y jouer à personne qu'à moi. »

Alors il bâtit un mur élevé tout autour, et y mit une pancarte où il avait écrit :

---

1. Ce conte fut traduit par Marcel Schwob en 1891. Il est sans doute l'un des plus populaires de Wilde et celui, de tout le recueil, qui s'adresse le plus manifestement à des enfants. **2.** Comté de Grande-Bretagne, situé à l'extrémité sud-ouest du pays.

DÉFENSE D'ENTRER
SOUS PEINE
DE POURSUITES

C'était un Géant très égoïste.

Les pauvres enfants n'avaient plus d'endroit où jouer. Ils essayèrent de jouer sur la route ; mais la route était très poussiéreuse et pleine de cailloux durs, et ils ne l'aimèrent pas. Ils prirent l'habitude de se promener autour de la haute muraille, quand la classe était finie, et parlaient du beau jardin qu'elle enfermait. « Comme nous étions heureux, là-bas ! » se disaient-ils l'un à l'autre.

Puis le Printemps vint, et sur tout le pays il y eut de petites fleurs et de petits oiseaux. Mais dans le jardin du Géant égoïste régnait encore l'hiver. Les oiseaux ne se souciaient pas d'y chanter, puisque les enfants n'y étaient plus, et les arbres oubliaient de fleurir. Un jour une belle fleur leva la tête au-dessus de l'herbe ; mais quand elle vit la pancarte elle plaignit les enfants si fort qu'elle se reglissa en terre et s'endormit. Les seuls qui se réjouirent furent la Neige et le Givre. « Le Printemps a oublié ce jardin, crièrent-ils. Nous allons y vivre tout le long de l'année ! » La Neige couvrit l'herbe avec son grand manteau blanc, et le Givre peignit tous les arbres couleur d'argent. Puis ils invitèrent le Vent du Nord à demeurer avec eux, et il vint. Il était emmitouflé de fourrures, rugissait toute la journée par le jardin et soufflait sur les cheminées pour les renverser. « Voilà un délicieux séjour, dit-il. Nous allons prier la Grêle de nous rendre visite. » Alors la Grêle arriva. Chaque jour, pendant trois heures, elle trépignait sur le toit du château, jusqu'à ce qu'elle eût brisé presque toutes les ardoises ; puis elle se mettait à courir tout autour du jardin. Elle était vêtue de gris ; et son haleine était semblable à la glace.

« Je ne puis comprendre pourquoi le Printemps tarde à venir ! dit le Géant égoïste, tandis que, assis à sa fenêtre, il examinait son froid jardin blanc. J'espère que le temps va changer. »

Mais le Printemps ne vint jamais, ni l'Été. L'Automne donna des fruits d'or à tous les jardins ; mais il n'en donna pas au jardin du Géant. « Il est trop égoïste », dit l'Automne. Ainsi l'Hiver y demeurait toujours, et le Vent du Nord, et la Grêle, et le Givre — et la Neige dansait parmi les arbres.

Un matin, comme le Géant était couché tout éveillé dans son lit, il entendit une délicieuse musique. Elle était si douce à ses oreilles qu'il pensa que ce devaient être les musiciens du roi qui passaient. En réalité ce n'était qu'un petit passereau qui chantait devant sa fenêtre ; mais il y avait si longtemps qu'il n'avait entendu chanter d'oiseau dans son jardin que cette musique lui parut la plus belle du monde. Alors la Grêle s'arrêta de danser au-dessus de sa tête et le Vent du Nord cessa de rugir, et un parfum exquis s'exhala vers lui par la fenêtre ouverte. « Je crois que le Printemps est enfin venu », dit le Géant. Et il sauta du lit pour regarder.

Et que vit-il ?

Il vit un spectacle très merveilleux. Les enfants s'étaient faufilés par un petit trou dans le mur, et ils étaient assis sur les branches des arbres. Dans tous les arbres qu'il pouvait voir, il y avait un petit enfant. Et les arbres se réjouissaient tant de leur retour qu'ils s'étaient couverts de fleurs et qu'ils balançaient doucement leurs bras au-dessus de la tête des petits. Les oiseaux voletaient et gazouillaient de délices ; les fleurs regardaient à travers l'herbe verte, et riaient. La scène était exquise ; mais dans un coin régnait encore l'Hiver. C'était le coin le plus éloigné du jardin, et un petit enfant s'y tenait. Il était si jeune qu'il ne pouvait atteindre les branches de l'arbre ; et il tournait autour, en pleurant amèrement. Le pauvre arbre était encore tout couvert de Givre et de Neige, et le Vent du Nord soufflait et rugissait au-dessus. « Grimpe, petit enfant », disait l'arbre, en courbant ses branches aussi bas qu'il pouvait ; mais l'enfant était trop petit.

Et le cœur du Géant s'émut, pendant qu'il regardait. « Comme j'ai été égoïste, disait-il. Je vois maintenant pourquoi le Printemps ne voulait pas revenir. Je vais mettre ce pauvre petit sur la cime de l'arbre ; puis je renverserai le mur, et mon jardin servira aux jeux des enfants pour toujours. » Il était vraiment affligé de ce qu'il avait fait.

Alors il descendit tout doucement et ouvrit lentement la porte du perron et sortit dans le jardin. Mais quand les enfants le virent, ils furent si effrayés qu'ils s'enfuirent tous, et le jardin redevint hiver. Seul, le pauvre petit ne s'enfuit pas ; car ses yeux étaient si pleins de larmes qu'il n'avait pas vu venir le Géant. Et le Géant se glissa derrière lui, et le prit tendrement dans sa main, et le mit dans l'arbre. Et l'arbre fleurit aussitôt, et les oiseaux vinrent y chanter, et l'enfant étendit ses deux bras et les jeta au cou du Géant et l'embrassa. Et les autres petits, lorsqu'ils virent que le Géant n'était plus méchant, revinrent en courant, et avec eux vint le Printemps. « Ce jardin est à vous maintenant, petits enfants », dit le Géant. Et il prit une grande hache et démolit la muraille. Et les gens qui allaient au marché vers midi aperçurent que le Géant jouait avec les enfants dans le plus beau jardin qu'ils eussent jamais vu.

Tout le long du jour ils jouèrent, et le soir, ils vinrent dire au revoir au Géant.

« Mais où est votre petit camarade, dit-il, l'enfant que j'ai mis dans l'arbre ? » C'était lui que le Géant aimait le mieux, parce qu'il l'avait embrassé.

« Nous ne savons pas, répondirent les enfants. Il est parti.

— Il faut lui dire de ne pas manquer de venir ici demain », dit le Géant. Mais les enfants assurèrent qu'ils ne savaient pas où demeurait le petit, et qu'ils ne l'avaient jamais vu auparavant, et le Géant devint très triste.

Tous les après-midi, quand la classe était passée, les enfants venaient jouer avec le Géant. Mais on ne revit plus le tout-petit que le Géant aimait. Le Géant était très bon pour les enfants ; et cependant il regrettait son premier petit ami et en parlait souvent. « Comme je voudrais le voir ! » disait-il.

Des années passèrent, et le Géant devint très vieux et très faible. Il ne pouvait plus jouer ; il restait assis dans un immense fauteuil, regardait s'amuser les enfants et admirait son jardin.

« J'ai beaucoup de belles fleurs, disait-il ; mais les plus belles sont les enfants. »

Un matin d'hiver, il s'était mis devant sa fenêtre en s'habillant. Il ne haïssait plus l'Hiver, sachant que ce n'était point autre chose que le Printemps endormi, et que les fleurs se reposaient.

Soudain il se frotta les yeux de surprise, et regarda, et regarda. Certes la vue était miraculeuse. Au coin le plus écarté du jardin, il y avait un arbre tout couvert d'exquises fleurs blanches. Ses rameaux étaient d'or ; des fruits d'argent y pendaient, et au-dessous se tenait le petit enfant que le Géant avait aimé.

Le Géant descendit l'escalier en grande joie et sortit dans le jardin. Il traversa l'herbe en hâte et arriva près de l'enfant. Et lorsqu'il fut arrivé tout près, son visage devint rouge de colère, et il dit : « Qui a osé te blesser ? » Car sur les paumes des mains de l'enfant étaient les marques de deux clous, et les marques de deux clous étaient sur ses pieds.

« Qui a osé te blesser ? cria le Géant. Dis-le-moi, et je prendrai ma grande épée pour le tuer.

— Garde-t'en, répondit l'enfant. Ce sont les blessures de l'amour[1].

— Qui es-tu ? » dit le Géant. Et un étrange respect le saisit, et il s'agenouilla devant le petit enfant.

Et l'enfant sourit au Géant et lui dit : « Autrefois tu m'as laissé jouer dans ton jardin ; aujourd'hui tu viendras avec moi dans mon jardin, qui est le Paradis. »

Et quand les enfants, cet après-midi-là, entrèrent en courant, ils trouvèrent le Géant étendu mort sous l'arbre tout couvert de fleurs blanches.

---

1. L'allusion aux blessures du Christ est transparente ; l'originalité de Wilde est toutefois de représenter l'Enfant Jésus comme étant *déjà* blessé, alors que c'est bien sûr Jésus adulte qui sera supplicié.

L'AMI DÉVOUÉ [1]

Un matin, le vieux Rat d'eau sortit la tête hors de son trou. Il avait des yeux brillants, le regard en vrille, et une moustache grise toute raide, et sa queue ressemblait à un long bout de caoutchouc noir. Les petits canards nageaient dans la mare, ayant tout à fait l'air d'une bande de canaris jaunes, et leur mère, qui était d'un blanc sans mélange et avait des pattes véritablement rouges, essayait de leur apprendre à se tenir debout sur la tête, dans l'eau.

« Vous ne ferez jamais partie de la bonne société si vous ne savez pas vous tenir debout sur la tête », leur disait-elle constamment. Et, à tout moment, elle leur montrait comment il fallait s'y prendre. Mais les petits canards ne faisaient nullement attention à elle. Ils étaient tellement jeunes qu'ils ne savaient même pas quel avantage il y a à être reçu dans la bonne société.

« Quels enfants désobéissants ! s'écria le vieux Rat d'eau. Ils mériteraient vraiment de se noyer.

— Nullement, répondit la Cane, il faut bien que tout le monde fasse ses débuts, et les parents ne sauraient être trop patients.

— Ah ! Je n'entends rien aux sentiments des parents, dit le Rat d'eau. La famille, ce n'est pas mon fait. Je ne me suis jamais marié, voyez-vous, et j'ai bien l'intention de n'en jamais rien faire. L'amour, c'est très joli, dans son genre, mais l'amitié, c'est bien plus élevé. Vraiment, je ne connais rien au monde qui soit plus noble ou plus rare qu'une amitié dévouée.

---

1. Ce conte passe pour être en partie autobiographique, Wilde ayant souvent eu à pâtir de l'infidélité de ses amis, du temps de sa gloire et, bien sûr, ultérieurement, lors de son procès et de son emprisonnement.

— Et quelle idée vous faites-vous, s'il vous plaît, des devoirs d'un ami dévoué ? demanda un Verdier [1] qui s'était perché sur un saule tout proche, et qui avait surpris la conversation.

— Oui, voilà précisément ce que je voudrais savoir », dit la Cane, et elle nagea jusqu'à l'autre bout de la mare, et se mit debout sur la tête, afin de donner un bon exemple à ses enfants.

« Quelle question stupide ! s'écria le Rat d'eau. Je demanderais à mon ami dévoué de m'être dévoué, bien entendu.

— Et qu'est-ce que vous feriez en retour ? dit le petit oiseau, se balançant sur un rameau d'argent, et agitant ses ailes minuscules.

— Je ne vous comprends pas, répondit le Rat d'eau.

— Permettez-moi de vous conter là-dessus une histoire, dit le Verdier.

— Est-ce que l'histoire me concerne ? demanda le Rat d'eau. Si oui, je veux bien l'écouter, car j'aime beaucoup la littérature d'imagination.

— Elle vous est applicable », répondit le Verdier. Et il descendit, et, se posant sur la rive, il conta l'histoire de l'ami dévoué.

« Il était une fois, dit le Verdier, un honnête petit compagnon qui s'appelait Hans [2].

— Était-il très distingué ? demanda le Rat d'eau.

— Non, répondit le Verdier, je ne crois pas qu'il fût du tout distingué, si ce n'est qu'il avait bon cœur, et une drôle de figure ronde qui respirait la bonne humeur. Il habitait une toute petite maisonnette, où il vivait tout seul, et il travaillait tous les jours dans son jardin. Dans tout le pays il n'y avait pas de jardin aussi charmant que le sien. Il y poussait des œillets de poète, des giroflées, des bourses-à-pasteur, des perce-neige. Il y avait là des roses incarnates, des roses jaunes, des crocus lilas et or, des violettes pourprées et blanches. L'ancolie et la cardamine,

---

1. Passereau à gros bec et au plumage vert. 2. On rapprochera ce nom de celui du jeune Hansel dans le célèbre conte de Grimm « Hansel et Gretel ». Hans est également le premier prénom d'Andersen.

la marjolaine et le basilic sauvage, le coucou et la fleur de lis, l'asphodèle et l'œillet y fleurissaient dans l'ordre voulu à mesure que passaient les mois, une fleur prenant la place d'une autre, si bien qu'il y avait toujours de belles choses à voir, et des parfums agréables à sentir[1].

« Le petit Hans avait beaucoup d'amis, mais l'ami le plus dévoué de tous était le gros Hugh, le Meunier. En fait, le riche Meunier était tellement dévoué envers le petit Hans, qu'il ne passait jamais devant son jardin sans se pencher par-dessus le mur pour cueillir un gros bouquet, ou une poignée d'herbes odoriférantes, ou pour emplir ses poches de prunes ou de cerises si c'était la saison des fruits.

« "Des amis véritables doivent avoir tout en commun", disait le Meunier, et le petit Hans inclinait la tête et souriait, et se sentait tout fier d'avoir un ami imbu d'idées aussi nobles.

« Parfois, certes, les voisins trouvaient étrange que le riche Meunier ne donnât jamais rien en retour au petit Hans, bien qu'il eût cent sacs de farine mis en réserve dans son moulin, et six vaches à lait, et un gros troupeau de moutons à la toison laineuse ; mais Hans ne se torturait jamais le cerveau au sujet de ces choses-là, et rien ne lui donnait plus de plaisir que d'écouter toutes les choses merveilleuses que disait le Meunier touchant l'altruisme de l'amitié véritable.

« Le petit Hans continuait donc à travailler dans son jardin. Pendant le printemps, l'été et l'automne, il était très heureux, mais quand venait l'hiver, et qu'il n'avait ni fruits ni fleurs à porter au marché, il souffrait beaucoup du froid et de la faim, et il lui fallait souvent se coucher sans autre souper que quelques poires séchées ou quelques noix bien dures. En hiver, aussi, il était extrêmement solitaire, car le Meunier ne venait jamais le voir en cette saison.

« "Il est parfaitement inutile que j'aille voir le petit Hans tant que la neige persiste, disait le Meunier à sa femme, car quand les gens ont des ennuis il faut les laisser tranquilles, et ne pas

---

1. Les fleurs sont énumérées pour le seul plaisir de dire leur nom, sans aucun souci de vraisemblance horticole.

les importuner par des visites. Tel est, du moins, mon sentiment en ce qui concerne l'amitié, et je suis bien sûr que j'ai raison. J'attendrai donc que le printemps soit venu ; je lui ferai alors une visite, et il pourra me donner un gros panier de primevères, ce qui lui fera bien plaisir.

« — Tu es certainement fort prévenant pour les autres, répondit sa femme, du fond de son fauteuil confortable devant le grand feu où flambaient des bûches de pin, fort prévenant, certes. C'est un vrai plaisir de t'entendre parler de l'amitié. Je suis bien sûre que le pasteur lui-même serait incapable de dire d'aussi belles choses que toi, bien qu'il habite une maison à trois étages, et qu'il porte un anneau d'or au petit doigt.

« — Mais ne pourrions-nous pas demander au petit Hans de venir jusqu'ici ? dit le plus jeune des fils du Meunier. Si le petit Hans a des ennuis, je lui donnerai la moitié de mon porridge et je lui montrerai mes lapins blancs.

« — Que tu es sot, mon petit ! s'écria le Meunier. Je ne vois vraiment pas quelle utilité il y a à t'envoyer à l'école. Tu m'as vraiment l'air de ne rien y apprendre. Voyons, si le petit Hans venait chez nous, et s'il voyait notre feu bien chaud, et notre bon souper, et notre grand tonneau de vin rouge, il pourrait devenir envieux, et l'envie est une chose bien terrible, qui gâterait le caractère de n'importe qui. Je ne veux certes pas laisser gâter le caractère de Hans. Je suis son meilleur ami, et je veux toujours veiller sur lui, et m'assurer qu'il ne soit pas induit en tentation. D'ailleurs, si Hans venait ici, il pourrait me demander de lui céder de la farine à crédit, et cela, je ne pourrais pas le faire. La farine est une chose, et l'amitié en est une autre, et il ne faut pas les confondre. Voyons, ces deux mots s'écrivent différemment, et n'ont pas du tout le même sens. Tout le monde est capable de comprendre ça !

« — Comme tu parles bien ! dit la femme du Meunier en se versant un grand verre de bière chaude. Vraiment j'ai sommeil. C'est comme si l'on était à l'église.

« — Beaucoup de gens agissent bien, répondit le Meunier, mais il y a fort peu de gens qui parlent bien, ce qui montre que, des deux, parler est de beaucoup le plus difficile, et de beaucoup le plus élevé[1]."

« Et il lança par-dessus la table un regard sévère à son petit garçon, qui éprouva tant de honte qu'il baissa la tête, et devint tout rouge, et se mit à pleurer, si bien que ses larmes tombèrent dans sa tasse de thé. Toutefois, il était si jeune qu'il faut que vous l'excusiez.

— Est-ce là la fin de l'histoire ? demanda le Rat d'eau.

— Bien sûr que non, répondit le Verdier, c'est le commencement.

— Alors, vous n'êtes pas du tout à la page, dit le Rat d'eau. Tout bon conteur, à notre époque, commence par la fin, passe alors au commencement, et conclut par le milieu. C'est là la méthode nouvelle. J'ai appris tout cela l'autre jour, de la bouche d'un critique qui se promenait autour de la mare avec un jeune homme. Il en a parlé fort longuement, et je suis certain qu'il devait avoir raison, car il avait des lunettes bleues et un crâne chauve, et chaque fois que le jeune homme faisait une observation quelconque, il répondait toujours : "Peuh !" Mais poursuivez donc votre histoire, je vous prie. Le Meunier me plaît énormément. J'ai moi-même toutes sortes de beaux sentiments, aussi il y a beaucoup de points communs entre nous.

— Eh bien, dit le Verdier, sautillant tantôt sur une patte et tantôt sur l'autre, dès que l'hiver fut fini, et que les primevères commencèrent à ouvrir leurs pâles étoiles jaunes, le Meunier dit à sa femme qu'il irait voir le petit Hans.

« "Ah ! comme tu as bon cœur ! s'écria sa femme. Tu penses constamment aux autres. Et n'oublie pas d'emporter le grand panier pour les fleurs."

« Le Meunier lia donc les ailes du moulin à vent par une forte chaîne de fer, et descendit le coteau avec le panier au bras.

« "Bonjour, petit Hans, dit le Meunier.

---

1. Wilde reprendra cette idée dans « La critique est un art » (*Intentions*) : « Il est plus difficile de parler d'une chose que de la faire, et [...] ne rien faire est la chose la plus difficile du monde. »

« — Bonjour, dit Hans, s'appuyant sur sa bêche, le visage ouvert en un large sourire.

« — Et comment t'es-tu trouvé au cours de tout l'hiver ? dit le Meunier.

« — Ma foi, s'écria Hans, c'est vraiment très aimable à toi de me le demander, très aimable, en vérité. À dire vrai, il m'a été assez pénible, mais voici le printemps revenu, et je suis très heureux, et toutes mes fleurs vont très bien.

« — Nous avons parlé de toi, Hans, dit le Meunier, et nous nous demandions comment tu allais.

« — Ç'a été très aimable à vous, dit Hans. J'avais presque peur que vous ne m'eussiez oublié.

« — Hans, tu m'étonnes ! dit le Meunier. L'amitié n'oublie jamais. Voilà ce qu'elle a de merveilleux, mais j'ai peur que tu ne comprennes pas la poésie de la vie. Comme tes primevères ont l'air ravissantes, à propos !

« — Elles sont en effet bien ravissantes, dit Hans, et il est bien heureux pour moi que j'en aie tant. Je vais les porter au marché pour les vendre à la fille du bourgmestre, et je rachèterai ma brouette avec cet argent.

« — Racheter ta brouette ? Comment ! Tu l'aurais donc vendue ? En voilà une sottise !

« — Mon Dieu, en vérité, dit Hans, c'est ce que j'ai été obligé de faire. L'hiver, n'est-ce pas, a été un fort mauvais moment pour moi, et je n'avais vraiment plus d'argent du tout pour acheter du pain. Alors j'ai vendu d'abord les boutons d'argent de mon habit des dimanches, puis j'ai vendu ma chaîne d'argent, après quoi j'ai vendu ma grosse pipe, et enfin j'ai vendu ma brouette. Mais je vais maintenant racheter tout cela.

« — Hans, dit le Meunier, je vais te donner ma brouette. Elle n'est pas en très bon état ; à la vérité, l'un des côtés a disparu, et il y a quelque chose de cassé dans les rayons ; mais malgré cela je vais t'en faire cadeau. Je sais que c'est très généreux de ma part, et que bien des gens me jugeraient extrêmement sot de m'en séparer, mais je ne suis pas comme tous les autres, moi. J'estime que la générosité est l'essence de l'amitié, et d'ailleurs, j'ai, pour mon usage personnel, une brouette neuve. Oui, tu peux te tranquilliser, je vais te donner ma brouette.

« — Ah ! vraiment, voilà qui est généreux de ta part, dit le petit Hans, et sa drôle de figure toute ronde rayonna de plaisir. Je pourrai facilement la réparer, car j'ai dans la maison une planche de bois.

« — Une planche de bois ! dit le Meunier. Mais c'est précisément ce dont j'ai besoin pour la toiture de ma grange. Elle a un grand trou, et le grain sera tout humide si je ne le bouche pas. Quelle chance, que tu en aies parlé ! C'est bien remarquable, comme une bonne action en engendre toujours une autre. Je t'ai donné ma brouette, et maintenant, tu vas me donner ta planche. Bien entendu, la brouette vaut beaucoup plus que la planche, mais l'amitié véritable ne remarque jamais les choses de ce genre. Va donc la chercher tout de suite, je te prie, et je me mettrai à l'œuvre à ma grange aujourd'hui même.

« — Comment donc", s'écria le petit Hans, et il courut au hangar et en tira la planche.

« "Ce n'est pas une bien grande planche, dit le Meunier, la regardant, et je crois bien qu'après que j'aurai réparé la toiture de ma grange, il n'en restera rien pour ta réparation de la brouette ; mais cela, bien entendu, ce n'est pas ma faute. Et maintenant que je t'ai donné ma brouette, je suis certain qu'il te plairait de me donner quelques fleurs en retour. Voici le panier, et surtout, remplis-le bien jusqu'au bord.

« — Jusqu'au bord ? dit le petit Hans, avec un peu de tristesse, car c'était, à vrai dire, un très grand panier, et il savait que, s'il le remplissait, il ne lui resterait plus de fleurs pour le marché, et il désirait vivement rentrer en possession de ses boutons.

« — Ma foi, répondit le Meunier, comme je t'ai donné ma brouette, il me semble que ce n'est pas grand-chose de te demander quelques fleurs. Il se peut que je me trompe, mais j'aurais cru que l'amitié, l'amitié véritable, était absolument vierge d'égoïsme, quel qu'il soit.

« — Mon cher ami, mon meilleur ami, s'écria le petit Hans, toutes les fleurs de mon jardin sont à ta disposition. J'aime mieux, en toute saison, ta bonne opinion que mes boutons d'argent." Et il courut cueillir toutes ses plus jolies primevères, et remplit le panier du Meunier.

« "Au revoir, petit Hans, dit le Meunier, remontant le coteau avec la planche sur l'épaule et le grand panier à la main.

« — Au revoir", dit le petit Hans. Et il se mit à bêcher tout joyeusement, tellement il était content au sujet de la brouette.

« Le lendemain il était occupé à clouer des tiges de chèvrefeuille sur le porche, lorsqu'il entendit la voix du Meunier qui l'appelait de la route. Il sauta donc à bas de l'échelle, courut au fond du jardin et regarda par-dessus le mur.

« Le Meunier était là, chargé d'un gros sac de farine qu'il portait sur son dos.

« "Cher petit Hans, dit le Meunier, ne voudrais-tu pas me porter au marché ce sac de farine ?

« — Oh ! je regrette beaucoup, dit Hans, mais je suis vraiment très occupé aujourd'hui. Il faut que je cloue toutes mes plantes grimpantes, que j'arrose toutes mes fleurs, et que je passe tout mon gazon au rouleau.

« — Ma foi, dit le Meunier, il me semble, étant donné que je vais te faire cadeau de ma brouette, que c'est un manque d'amitié de ta part de refuser.

« — Oh ! ne dis pas cela, s'écria le petit Hans, je ne voudrais pour rien au monde être coupable d'un manque d'amitié." Et il rentra en courant pour prendre sa casquette, et partit péniblement, avec le gros sac sur les épaules.

« La journée était très chaude et la route était très poussiéreuse, et avant que Hans eût atteint la dixième borne kilométrique, il fut tellement fatigué qu'il fut obligé de s'asseoir pour se reposer. Néanmoins, il poursuivit bravement son chemin, et il arriva enfin au marché. Après y avoir attendu quelque temps, il vendit le sac de farine moyennant un fort bon prix, puis il rentra tout de suite chez lui, car il avait peur, s'il s'attardait trop, de rencontrer des voleurs sur sa route.

« "Ç'a été, certes, une journée pénible, se dit le petit Hans en se couchant, mais je suis content de ne pas avoir opposé un refus au Meunier, car il est mon meilleur ami et, d'ailleurs, il va me donner sa brouette."

« Le lendemain matin, de bonne heure, le Meunier descendit pour recevoir l'argent de son sac de farine, mais le petit Hans était tellement fatigué qu'il était encore au lit.

« "Ma parole, dit le Meunier, tu es bien paresseux ! Vraiment, étant donné que je vais te faire cadeau de ma brouette, il me semble que tu pourrais travailler plus dur. L'oisiveté est grand péché, et je n'aime certes pas qu'aucun de mes amis soit oisif ou paresseux. Il ne faut pas m'en vouloir si je te dis franchement ma façon de penser. Bien entendu, il ne me viendrait pas à l'idée de le faire si je n'étais pas ton ami. Mais à quoi bon l'amitié, si l'on ne peut dire exactement ce que l'on pense ? N'importe qui peut dire des choses charmantes, et essayer de plaire et de flatter, mais un ami véritable dit toujours des choses désagréables, et ne se gêne pas pour faire de la peine. Voire, si c'est vraiment un ami sincère, il préfère cela, car il sait qu'il fait alors du bien.

« — Je suis réellement désolé, dit le petit Hans, se frottant les yeux et tirant son bonnet de nuit, mais j'étais tellement fatigué que je me suis dit que je resterais un peu au lit, pour écouter le chant des oiseaux. Sais-tu que je travaille toujours mieux après avoir entendu chanter les oiseaux ?

« — Eh bien, j'en suis ravi, dit le Meunier, donnant au petit Hans une tape dans le dos, car je désire que tu montes au moulin aussitôt que tu seras habillé, pour réparer la toiture de ma grange."

« Le pauvre petit Hans avait grand-hâte d'aller travailler dans son jardin, car ses fleurs n'avaient pas été arrosées depuis deux jours, mais il lui déplaisait d'opposer un refus au Meunier, car celui-ci était pour lui un si bon ami.

« "Crois-tu que ce serait un manque d'amitié de ma part si je disais que je suis très occupé ? demanda-t-il d'une voix craintive et timide.

« — Ma foi, répondit le Meunier, je ne crois pas que ce soit grand-chose à te demander, étant donné que je vais te faire cadeau de ma brouette ; mais, bien entendu, si tu refuses, j'irai le faire moi-même.

« — Oh ! pour rien au monde !" s'écria le petit Hans. Et il sauta à bas du lit, s'habilla et monta à la grange.

« Il y travailla toute la journée, jusqu'au coucher du soleil ; et au coucher du soleil le Meunier vint voir où il en était.

« "As-tu enfin réparé le trou dans la toiture, petit Hans ? cria le Meunier d'un ton joyeux.

« — Il est complètement réparé, répondit le petit Hans, descendant de l'échelle.

« — Ah ! s'écria le Meunier, il n'y a pas de travail aussi agréable que le travail qu'on fait pour autrui.

« — C'est vraiment un grand privilège de t'entendre parler, répondit le petit Hans, s'asseyant et s'épongeant le front. Un très grand privilège. Mais, hélas, je crois bien que je n'aurai jamais de belles idées comme toi.

« — Oh ! elles te viendront, dit le Meunier, mais il faut te donner plus de mal. À présent, tu n'as que la pratique de l'amitié ; un jour, tu en auras également la théorie.

« — Crois-tu vraiment que je l'aurai ? demanda le petit Hans.

« — Je n'ai aucun doute là-dessus, répondit le Meunier. Mais, maintenant que tu as réparé la toiture, tu ferais bien de rentrer chez toi te reposer, car je désire que tu mènes mes moutons à la montagne, demain."

« Le pauvre petit Hans eut peur d'élever à cela la moindre objection et, le lendemain, de bon matin, le Meunier amena ses moutons à sa maisonnette, et Hans partit avec eux pour la montagne. Il lui fallut la journée entière pour y aller et en revenir ; et, quand il fut rentré, il était tellement fatigué qu'il s'endormit dans son fauteuil et ne se réveilla qu'en plein jour.

« "Comme je vais passer agréablement mon temps, dans mon jardin !" dit-il, et il se mit immédiatement au travail.

« Mais, par un concours bizarre de circonstances, il ne put jamais s'occuper de ses fleurs, car son ami le Meunier venait constamment le voir pour lui faire faire de longues courses, ou pour obtenir qu'il l'aidât au moulin. Le petit Hans était fort désolé par moments, car il avait peur que ses fleurs ne crussent qu'il les avait oubliées, mais il se consolait en songeant que le

Meunier était son meilleur ami. "D'ailleurs, disait-il, il va me donner sa brouette, et c'est là un acte de générosité pure."

« C'est ainsi que le petit Hans continua de travailler pour le Meunier, et le Meunier dit toutes sortes de belles choses sur l'amitié, que Hans inscrivait dans un calepin et relisait le soir, car il était fort instruit.

« Or il se trouva qu'un soir le petit Hans était assis au coin de son feu, lorsqu'un coup violent retentit à la porte. C'était une nuit véritablement déchaînée, et le vent soufflait et mugissait d'une façon si terrible autour de la maison qu'il crut d'abord que ce n'était que la tempête. Mais on frappa un second coup, puis un troisième, plus fort que les autres.

« "C'est quelque pauvre voyageur", se dit le petit Hans, tout en courant à la porte.

« Le Meunier était là, tenant d'une main une lanterne et de l'autre un gros bâton.

« "Mon petit Hans, s'écria le Meunier, il m'arrive un gros ennui. Mon petit garçon est tombé d'une échelle et s'est fait mal, et je vais chercher le docteur. Mais il habite tellement loin, et la nuit est si mauvaise, qu'il m'est venu à l'idée à l'instant qu'il vaudrait beaucoup mieux que tu y ailles à ma place. Tu sais que je vais te donner ma brouette, de sorte qu'il n'est qu'équitable que tu fasses quelque chose pour moi en retour.

« — Comment donc, s'écria le petit Hans, je considère même comme un compliment que tu te sois adressé à moi, et je vais me mettre en route immédiatement. Mais il faut que tu me prêtes ta lanterne, car la nuit est tellement noire que j'aurais peur de tomber dans le fossé.

« — Je regrette vivement, répondit le Meunier, mais c'est ma lanterne neuve, et ce serait pour moi une grosse perte s'il lui arrivait quelque chose.

« — Eh bien, tant pis, je m'en passerai", s'écria le petit Hans. Et il décrocha sa grosse pelisse et son bonnet écarlate bien chaud, s'enveloppa la gorge d'un cache-nez, et se mit en route.

« Quelle tempête épouvantable il faisait ! La nuit était tellement noire que le petit Hans y voyait à peine, et le vent était si violent qu'il pouvait tout juste se tenir debout. Mais il était très courageux et, après avoir marché environ trois heures, il arriva à la maison du médecin, et frappa à la porte.

« "Qui est là ? cria-t-il, passant la tête par la fenêtre de sa chambre à coucher.

« — Le petit Hans, docteur.

« — Qu'est-ce que tu veux, petit Hans ?

« — Le fils du Meunier est tombé d'une échelle et s'est fait mal ; et le Meunier désire que vous y alliez tout de suite.

« — Entendu !" dit le médecin. Et il fit préparer son cheval, ses grosses bottes et sa lanterne ; puis il descendit, et partit dans la direction de la maison du Meunier, tandis que le petit Hans suivait péniblement à pied.

« Mais la tempête se fit de plus en plus violente, et la pluie tomba à torrents, si bien que le petit Hans fut incapable de voir où il allait, ou de suivre à la même allure que le cheval. En fin de compte, il ne retrouva plus son chemin, et s'égara dans la lande qui était un endroit très dangereux, car il était plein de fondrières, et le pauvre petit Hans s'y noya. Le lendemain des chevriers trouvèrent son cadavre, flottant au milieu d'une grande fondrière, et ils le portèrent à sa maisonnette.

« Tout le monde alla à l'enterrement du petit Hans, car il était très estimé, et ce fut le Meunier qui mena le deuil.

« "Comme j'étais son meilleur ami, dit le Meunier, il n'est que juste que j'aie la meilleure place."

« Et il marcha en tête de la procession, enveloppé d'un long manteau noir, et à chaque instant il s'essuyait les yeux avec un grand mouchoir.

« "La mort du petit Hans est incontestablement une grande perte pour tout le monde, dit le Forgeron, quand les obsèques furent terminées, et alors qu'ils étaient tous assis à l'aise à l'auberge, buvant du vin parfumé et mangeant des gâteaux sucrés.

« — Une grande perte pour moi, tout au moins, répondit le Meunier. En somme, je lui avais pratiquement fait cadeau de ma brouette, et à présent je ne sais vraiment pas qu'en faire. Elle m'encombre considérablement la maison, et elle est en tellement mauvais état que je n'en tirerais rien si je la vendais. Certainement, je prendrai bien soin de ne plus jamais faire de cadeau. On souffre toujours de s'être montré généreux."

— Eh bien ? dit le Rat d'eau, au bout d'un long silence.

— Eh bien, c'est fini, dit le Verdier.

— Mais qu'est-il advenu du Meunier ? demanda le Rat d'eau.

— Oh ! je n'en sais vraiment rien, répondit le Verdier. Et je vous assure que cela m'est égal.

— Il est bien évident que vous ne possédez aucun don de sympathie dans votre caractère, dit le Rat d'eau.

— Je crains que vous ne saisissiez pas très bien la morale de l'histoire, fit observer le Verdier.

— La... quoi ? vociféra le Rat d'eau.

— La morale.

— Vous ne voulez pas dire que l'histoire a une morale ?

— Certainement, dit le Verdier.

— Ma foi, dit le Rat d'eau, d'un ton fort courroucé, j'estime vraiment que vous auriez dû me dire cela avant de commencer. Si vous aviez agi ainsi, je ne vous aurais certainement pas écouté ; en vérité, j'aurais dit "Peuh !" comme le critique. Enfin, je peux le dire maintenant. » Et il cria « Peuh ! » à pleine voix, agita la queue, et rentra dans son trou.

« Et comment trouvez-vous le Rat d'eau ? demanda la Cane, qui arriva à la nage quelques minutes après. Il a bien des qualités, mais, pour ma part, j'ai des sentiments de mère, et je ne puis jamais voir un célibataire endurci sans que mes yeux se mouillent de larmes.

— J'ai bien peur de l'avoir agacé, répondit le Verdier. À vrai dire, je lui ai conté une histoire comportant une morale.

— Ah ! c'est toujours là une chose fort dangereuse », dit la Cane.

Et je partage absolument son avis [1].

---

1. Wilde se moque ici du souci qu'avaient les Victoriens d'attribuer une finalité morale à la littérature ; cf., dans *Le Portrait de Dorian Gray,* la « Préface » de Wilde : « Il n'existe pas de livre moral ou immoral. Les livres sont bien ou mal écrits. C'est tout. »

LA FUSÉE REMARQUABLE[1]

Le fils du roi allait se marier, et il y avait, en conséquence, des réjouissances générales. Il avait attendu sa fiancée toute une année, et enfin elle était arrivée. C'était une princesse russe, qui avait accompli tout le trajet depuis la lointaine Finlande dans un traîneau attelé de six rennes. Le traîneau avait la forme d'un grand cygne d'or, et entre les ailes du cygne était étendue la petite princesse elle-même. Son long manteau d'hermine lui tombait jusqu'aux pieds ; elle avait sur la tête une toque minuscule en tissu d'argent, et elle était pâle comme le palais des Neiges où elle avait toujours vécu. Elle était tellement pâle, tandis qu'elle passait en traîneau dans les rues, que tout le monde s'émerveillait. « Elle est pareille à une rose blanche ! » s'écriait-on de toutes parts. Et on lui jetait des fleurs du haut des balcons.

À la grille du château, le prince attendait pour la recevoir. Il avait des yeux violets et songeurs, et ses cheveux étaient semblables à de l'or fin. Lorsqu'il la vit, il mit un genou en terre, et lui baisa la main.

« Votre portrait était beau, murmura-t-il, mais vous êtes plus belle que votre portrait. » Et la petite princesse rougit.

« Elle ressemblait auparavant à une rose blanche, dit un jeune page à son voisin. Mais elle est maintenant pareille à une rose rouge. » Et toute la Cour fut ravie.

Pendant les trois jours qui suivirent, tout le monde allait

---

1. Ce conte est un texte à clés, la fusée étant une représentation du peintre Whistler, ancien ami de Wilde, qui s'en prend ici à ce qu'il considérait comme la vanité de cet artiste, que pourtant il admirait.

répétant : « Rose blanche, rose rouge : rose rouge, rose blanche[1]. » Et le roi donna l'ordre que les appointements du page fussent doublés. Comme il ne recevait pas d'appointements du tout, cela ne lui servit pas à grand-chose, mais on considéra cet ordre comme un grand honneur, et il fut dûment publié dans *La Gazette de la Cour*.

Quand les trois jours furent écoulés, le mariage fut célébré. Ce fut une cérémonie magnifique, et le marié et la mariée passèrent en se donnant la main sous un dais de velours pourpre brodé de petites perles. Puis il y eut un banquet officiel, qui dura cinq heures. Le prince et la princesse étaient assis au haut de la salle d'honneur, et burent dans une coupe de cristal transparent. Seuls les amants fidèles pouvaient boire dans cette coupe, car si des lèvres menteuses la touchaient, elle devenait grise, se ternissait, s'assombrissait.

« Il est bien clair qu'ils s'aiment, dit le petit page, clair comme cristal ! » Et le roi lui doubla de nouveau ses appointements.

« Quel bonheur ! » s'écrièrent tous les courtisans.

Après le banquet il devait y avoir un bal. Le marié et la mariée devaient danser ensemble la danse des roses, et le roi avait promis de jouer de la flûte. Il en jouait très mal, mais personne n'avait jamais osé le lui dire, parce qu'il était le roi. À la vérité, il ne connaissait que deux airs, et n'était jamais bien certain de celui des deux qu'il jouait ; mais cela n'avait aucune importance, car, quoi qu'il fît, chacun s'écriait : « Charmant ! Charmant ! »

Le dernier numéro du programme était un grand feu d'artifice, que l'on devait tirer à minuit précis. La petite princesse n'avait, de sa vie, vu de feu d'artifice ; aussi le roi avait-il ordonné que le pyrotechnicien[2] royal fût de service le jour de son mariage.

« Comment est-ce, un feu d'artifice ? avait-elle demandé au prince, un matin, tandis qu'elle se promenait sur la terrasse.

---

1. On peut penser aux noms des deux personnages principaux du conte des frères Grimm, « Blanche-Neige et Rose-Rouge ». **2.** Technicien spécialisé dans les feux d'artifice.

— Cela ressemble à l'aurore boréale [1], dit le roi, qui répondait toujours aux questions posées aux autres, sauf que c'est beaucoup plus naturel. Je les préfère, pour mon compte, aux étoiles, parce qu'on sait toujours quand ils vont apparaître, et ils sont aussi ravissants que les airs de flûte que je joue. Il faut certes que vous voyiez cela. »

Aussi avait-on installé à l'extrémité du jardin du roi une grande estrade, et aussitôt que le pyrotechnicien royal eut tout disposé à sa place convenable, les pièces d'artifice se mirent à causer entre elles.

« Le monde est incontestablement très beau, s'écria un petit Pétard. Regardez donc ces tulipes jaunes. Vraiment ! Si c'étaient des gerbes véritables, elles ne sauraient être plus ravissantes. Je suis bien content d'avoir voyagé. Les voyages forment merveilleusement l'esprit, et vous débarrassent de tous vos préjugés.

— Le jardin du roi, ce n'est pas le monde, petit sot de Pétard, dit une grosse Chandelle romaine. Le monde est une chose énorme, et il te faudrait trois jours pour le voir à fond.

— N'importe quel endroit que nous aimons est, pour nous, le monde, s'écria un Soleil pensif, qui avait été fixé dès son jeune âge à une vieille boîte en sapin, et se targuait de son cœur brisé. Mais l'amour n'est plus à la mode ; les poètes l'ont tué. Ils ont tant écrit là-dessus que personne ne veut plus les croire, et je n'en suis pas étonné. L'amour sincère souffre et reste silencieux. Je me souviens moi-même qu'un jour... Mais peu importe, à présent. La passion est une chose du passé.

— Quelle bêtise ! dit la Chandelle romaine. La passion ne meurt jamais. Elle est comme la lune, elle vit à jamais. Le marié et la mariée, par exemple, s'aiment très tendrement. J'ai appris toute leur histoire ce matin, par une cartouche en papier brun, qui se trouvait dans le même tiroir que moi, et connaissait les dernières nouvelles de la cour. »

Mais le Soleil hocha la tête. « La passion est morte, la passion est morte, la passion est morte », murmura-t-il. Il était de ces

---

1. Phénomène lumineux atmosphérique, qui se manifeste aux latitudes élevées.

gens qui croient que, si l'on dit et redit souvent la même chose, elle finit par devenir vraie.

Soudain, l'on entendit un toussotement sec et vif, et toutes les pièces se retournèrent.

Il provenait d'une haute Fusée à l'air hautain, qui était attachée à l'extrémité d'un long bâton. Elle toussait toujours avant de faire aucune remarque, de façon à attirer l'attention.

« Hum ! hum ! » fit-elle, et tout le monde tendit l'oreille, à l'exception du pauvre Soleil, qui hochait toujours la tête et murmurait : « La passion est morte. »

« Silence ! silence ! » s'écria une gerbe. Elle était quelque peu politicienne, et avait toujours joué un rôle de premier plan dans les élections locales, de sorte qu'elle connaissait les expressions parlementaires qu'il convenait d'employer.

« Tout à fait morte », susurra le Soleil, et il s'endormit.

Dès que se fut rétabli un silence parfait, la Fusée toussa une troisième fois, et commença. Elle parlait d'une voix très basse et distincte, comme si elle dictait ses Mémoires, et regardait constamment par-dessus l'épaule de la personne à qui elle s'adressait. Au vrai, elle avait des façons tout à fait distinguées.

« Comme il est heureux pour le fils du roi, fit-elle observer, qu'il doive se marier précisément le jour où l'on doit me faire partir. Vraiment, si la chose avait été concertée d'avance, elle n'aurait pas pu mieux tomber pour lui ; mais les princes ont toujours de la chance.

— Eh bien, ma foi ! dit le petit Pétard, moi, je croyais que c'était juste l'inverse, et qu'on devait nous faire partir en l'honneur du prince.

— Il se peut qu'il en soit ainsi pour vous, répondit-elle. À vrai dire, je n'en doute pas, mais, pour moi, c'est différent. Je suis une Fusée très remarquable, et je descends de parents remarquables. Mon père était le Soleil le plus célèbre de son époque, et il était renommé pour la grâce avec laquelle il dansait. Lorsqu'il donna sa grande représentation publique, il tourna dix-neuf fois sur lui-même avant de s'éteindre, et à chaque tour il lança en l'air sept étoiles roses. Il avait trois pieds et demi de diamètre, et était constitué de poudre de toute première qualité. Ma mère était une Fusée comme moi, et d'origine française. Elle vola tellement haut que l'on crut qu'elle ne redescendrait plus. Elle le fit, pourtant, car elle était d'une nature aimable, et elle effectua une descente fort brillante, parmi une averse de pluie d'or. Les journaux rendirent compte de son exploit en termes très flatteurs. *La Gazette de la Cour* alla même jusqu'à la qualifier de triomphe de l'art pylotechnique.

— Vous voulez dire pyrotechnique, pyrotechnique, dit un Feu de Bengale [1]. Je sais que c'est pyrotechnique, car je l'ai vu écrit sur ma boîte.

— Eh, mais c'est bien pylotechnique que j'ai dit », répondit la Fusée, d'un ton sévère. Et le Feu de Bengale se sentit si humilié qu'il se mit aussitôt à brutaliser les petits Pétards, afin de montrer qu'il était encore une personne d'une certaine importance.

« Je disais donc, reprit la Fusée, je disais donc... Qu'est-ce que je disais ?

— Vous parliez de vous-même, répondit la Chandelle romaine.

— Bien entendu, je savais que je traitais d'un sujet intéressant quand on m'a si grossièrement interrompue. Je déteste la grossièreté et le manque de convenances, quels qu'ils soient, car je suis extrêmement sensible. Il n'est personne, dans le monde entier, qui soit aussi sensible que moi — cela, j'en suis absolument certaine.

— Qu'est-ce qu'une personne sensible ? dit la Gerbe à la Chandelle romaine.

— C'est une personne qui, parce qu'elle a elle-même des cors, marche toujours sur les doigts de pied des autres », répondit la Chandelle romaine à voix très basse. Et la Gerbe faillit éclater de rire.

« Qu'avez-vous donc à rire ? demanda la Fusée. Je ne ris pas, moi.

---

1. Fusée de couleur bleue, souvent utilisée comme signal.

— Je ris parce que je suis heureuse, répondit la Gerbe.

— C'est là une raison bien égoïste, dit la Fusée d'un ton courroucé. Quel droit avez-vous d'être heureuse ? Vous devriez penser aux autres. À la vérité, vous devriez penser à moi. Moi, je pense toujours à moi, et je demande à tous les autres d'en faire autant. C'est cela qu'on appelle la sympathie. C'est une belle vertu, et je la possède à un degré élevé. Imaginez, par exemple, qu'il m'arrive quelque chose, ce soir : quel malheur ce serait pour tout le monde ! Le prince et la princesse ne seraient plus jamais heureux ; toute leur vie conjugale serait gâchée ; et quant au roi, je sais qu'il ne s'en consolerait jamais. Vraiment, quand je songe à l'importance de ma situation, je suis émue presque jusqu'aux larmes.

— Si vous voulez donner du plaisir aux autres, cria la Chandelle romaine, vous feriez mieux de ne pas vous mouiller.

— Certainement, s'écria le Feu de Bengale, qui avait à présent retrouvé un peu de gaieté ; c'est là du sens commun.

— Du sens commun, vraiment ! dit la Fusée, indignée. Vous oubliez que je suis fort peu commune, et très remarquable ! Voyons, n'importe qui peut avoir du sens commun, pourvu qu'il n'ait pas d'imagination, mais moi, j'ai de l'imagination, car je ne pense jamais aux choses telles qu'elles sont ; j'y pense toujours comme étant toutes différentes. Quant à ne pas me mouiller, il n'y a évidemment personne ici qui soit le moins du monde capable d'apprécier une nature émotive. Heureusement pour moi, cela m'est égal. La seule chose qui vous soutienne dans l'existence, c'est la conscience de l'immense infériorité de tous les autres, et c'est là un sentiment que j'ai toujours cultivé. Mais aucun de vous n'a de cœur. Vous êtes tous là à rire et à vous amuser, absolument comme si le prince et la princesse ne venaient pas de se marier.

— Ma foi, s'écria un petit Ballon lumineux, pourquoi pas ? C'est une circonstance fort joyeuse, et quand je m'élèverai dans l'air, j'ai l'intention de la raconter tout entière aux étoiles. Vous les verrez scintiller quand je leur parlerai de la jolie mariée.

— Ah ! quel point de vue trivial ! dit la Fusée. Mais c'est bien ce à quoi je m'attendais. Vous n'avez rien dans la tête : vous êtes creux et vide. Car enfin, il se peut que le prince et la princesse aillent vivre dans un pays où il y aura une rivière profonde, et peut-être auront-ils un fils unique, un petit garçon aux cheveux blonds et aux yeux violets comme le prince lui-même ; et peut-être, quelque jour, ira-t-il se promener avec sa nourrice ; et peut-être sa nourrice s'endormira-t-elle sous un grand sureau ; et peut-être le petit garçon tombera-t-il dans la rivière profonde et s'y noiera-t-il. Quel malheur épouvantable ! Pauvres gens : perdre leur fils unique ! C'est vraiment par trop affreux ! Je ne m'en consolerai jamais !

— Mais ils n'ont pas perdu leur fils unique, dit la Chandelle romaine. Il ne leur est pas arrivé le moindre malheur.

— Je n'ai jamais dit qu'ils l'eussent perdu, répondit la Fusée. J'ai dit qu'ils pourraient le perdre. S'ils avaient perdu leur fils unique, il serait inutile d'épiloguer davantage sur l'affaire. Je déteste les gens qui se lamentent au sujet des malheurs. Mais quand je pense qu'ils pourraient perdre leur fils unique, j'en suis certes fort affectée.

— Vous l'êtes, incontestablement ! s'écria le Feu de Bengale. En vérité, vous êtes bien la personne la plus affectée que j'aie jamais rencontrée.

— Vous, vous êtes la personne la plus grossière que j'aie jamais rencontrée, dit la Fusée, et vous êtes incapable de comprendre mon amitié pour le prince.

— Comment, mais vous ne le connaissez même pas ! gronda la Chandelle romaine.

— Je n'ai jamais dit que je le connusse, répondit la Fusée. Il est probable que, si je le connaissais, je ne serais nullement liée d'amitié avec lui. C'est une chose fort dangereuse que de connaître ses amis.

— Vraiment, vous feriez mieux de ne pas vous mouiller, dit le Ballon lumineux. C'est là la chose importante.

— Très importante pour vous, je n'en doute pas, répondit la Fusée, mais moi, je pleurerai si cela me plaît. » Et elle fondit bel et bien en larmes authentiques, qui coulèrent le long de son support comme des gouttes de pluie, et faillirent noyer deux petits scarabées, qui songeaient justement à s'établir ensemble en ménage, et cherchaient un endroit agréable et bien sec pour y résider.

« Il faut qu'elle ait une nature vraiment romantique, dit le Soleil, car elle pleure alors qu'il n'y a absolument pas de quoi pleurer. »

Et il poussa un soupir profond, et pensa à la boîte en sapin.

Mais la Chandelle romaine et le Feu de Bengale furent tout indignés, et répétèrent continuellement : « Quelle blague ! Quelle blague ! » à pleine voix. Ils étaient extrêmement pratiques, et chaque fois qu'une chose leur déplaisait, ils la traitaient de blague.

La lune se leva alors, pareille à un merveilleux écusson d'argent ; et les étoiles commencèrent à briller, et les sons d'une musique arrivèrent du palais.

Le prince et la princesse menaient la danse. Ils dansaient d'une façon si ravissante que les grands lis blancs se hasardèrent à lancer un coup d'œil par la fenêtre pour les regarder, et les grands coquelicots rouges balancèrent la tête en battant la mesure.

Puis dix heures sonnèrent, puis onze, et puis minuit, et au dernier coup de minuit tout le monde sortit sur la terrasse, et le roi appela le pyrotechnicien royal.

« Commencez le feu d'artifice », dit le roi. Et le pyrotechnicien royal s'inclina bien bas, et marcha jusqu'au fond du jardin. Il était accompagné de six aides, portant chacun une torche allumée au bout d'une longue perche.

Ce fut certes un spectacle magnifique.

« Fzzz ! Fzzz ! » fit le Soleil, en tournant et se retournant sur lui-même. « Boum ! Boum ! » fit la Chandelle romaine. Puis les Pétards se mirent à danser de toutes parts, et les Feux de Bengale donnèrent à toutes choses un aspect rouge. « Au revoir », cria le Ballon lumineux, s'éloignant dans les airs et laissant tomber de toutes petites étincelles bleues. « Paf ! Paf ! » répondirent les Gerbes qui s'amusaient énormément. Tous eurent beaucoup de succès, sauf la Fusée remarquable. Elle était tellement humide à force d'avoir pleuré qu'elle fut absolument incapable de partir. Ce qu'il y avait de meilleur en elle, c'était la poudre, et celle-ci était tellement mouillée de larmes qu'elle ne servit à rien. Tous ses parents pauvres, à qui elle refusait toujours d'adresser la parole, si ce n'est avec un air méprisant, s'élancèrent dans le ciel comme des fleurs d'or merveilleuses avec des bourgeons de feu. « Bravo ! Bravo ! » s'écria la Cour. Et la petite princesse se mit à rire de plaisir.

« Je suppose qu'on me réserve pour quelque grande occasion, dit la Fusée. Voilà sans doute ce que cela signifie. » Et elle avait l'air plus arrogant que jamais.

Le lendemain, les ouvriers vinrent tout ranger. « C'est manifestement une députation, dit la Fusée. Je vais les recevoir avec la dignité qui convient. » Et elle leva le nez en l'air, et se mit à froncer les sourcils d'un air sévère, comme si elle réfléchissait à quelque sujet très important. Mais ils ne firent pas la moindre attention à elle jusqu'au moment où ils furent sur le point de partir. L'un d'eux l'aperçut alors : « Tiens ! s'écria-t-il, quelle mauvaise fusée ! » et il la lança par-dessus le mur, dans le fossé.

« *Mauvaise* Fusée ? *Mauvaise* Fusée ? dit-elle, tandis qu'elle tourbillonnait dans l'air. Impossible ! *Merveilleuse* Fusée — c'est cela qu'a dit cet homme. *Mauvaise* et *merveilleuse* ont très sensiblement le même son — ils sont même souvent identiques. » Et elle tomba dans la boue.

« On n'est pas très bien ici, fit-elle, mais c'est sans doute quelque station thermale à la mode, et l'on m'y a envoyée pour me rétablir. J'ai certainement les nerfs fort ébranlés, et j'ai besoin de repos. »

Alors une petite Grenouille, aux yeux pareils à des pierres précieuses, et au manteau vert tacheté, arriva à la nage auprès d'elle.

« Une nouvelle arrivée, à ce que je vois ! dit la Grenouille. Ma foi, tout compte fait, rien ne vaut la boue. Qu'on me donne un temps pluvieux et un fossé, et je suis aux anges. Croyez-vous qu'il va pleuvoir cet après-midi ? Moi, je l'espère bien, mais le ciel est tout bleu et sans nuages. Quel dommage !

— Hum ! hum ! fit la Fusée, et elle se mit à tousser.

— Quelle voix ravissante vous avez ! s'écria la Grenouille. Vraiment, elle ressemble tout à fait à un coassement, et le coassement est, bien entendu, le son le plus musical qui soit au monde. Vous entendrez ce soir notre club de chant. Nous nous installons dans la vieille mare aux canards, tout près de la maison du fermier, et dès que la lune se lève, nous commençons. C'est un tel enchantement que tout le monde reste éveillé pour nous écouter. En vérité, pas plus tard qu'hier, j'ai entendu la femme du fermier qui disait à sa mère qu'elle ne pouvait pas fermer l'œil de la nuit, à cause de nous. C'est bien agréable de sentir qu'on est ainsi appréciée de tout le monde.

— Hum ! hum ! » dit la Fusée avec colère. Elle était fort contrariée de ne pouvoir placer un mot.

« Voix ravissante, certes ! reprit la Grenouille. J'espère que vous viendrez nous voir dans la mare aux canards. Je m'en vais à la recherche de mes filles. J'ai six filles délicieuses, et j'ai tellement peur que le Brochet ne les rencontre ! C'est un véritable monstre, qui n'aurait aucune hésitation à en faire son petit déjeuner ! Allons, au revoir, j'ai beaucoup aimé notre conversation, je vous assure.

— Conversation, en vérité ! dit la Fusée. C'est vous qui avez parlé tout le temps ! Ce n'est pas là une conversation.

— Il faut bien que quelqu'un écoute, répondit la Grenouille, et j'aime que ce soit moi qui fasse tous les frais de la conversation. Cela fait gagner du temps et empêche les discussions.

— Mais moi, j'aime cela, les discussions, dit la Fusée.

— J'espère que non, dit la Grenouille, d'un ton suffisant. Les discussions, c'est extrêmement vulgaire, car tout le monde, dans la bonne société, a exactement les mêmes opinions. Au revoir, pour la deuxième fois ; j'aperçois au loin mes filles. » Et la petite Grenouille s'en alla à la nage.

« Vous êtes une personne fort irritante, dit la Fusée, et fort mal élevée. Je déteste les gens qui parlent d'eux-mêmes, comme vous le faites, alors qu'on désire parler de soi, comme c'est mon cas. C'est ce que j'appelle de l'égoïsme, et l'égoïsme est une chose absolument détestable, surtout à l'égard de quelqu'un qui possède mon tempérament, car je suis bien connue pour ma nature pleine de sympathie. En fait, il vous faudrait prendre exemple sur moi ; il vous serait impossible d'avoir un meilleur modèle. Maintenant que vous en avez l'occasion, vous feriez bien d'en profiter, car je vais retourner quasi immédiatement à la Cour. Je suis fort appréciée à la Cour ; en vérité, le prince et la princesse ont été mariés hier en mon honneur. Bien entendu, vous ne connaissez rien à toutes ces questions, car vous êtes provinciale.

— Il est inutile de lui parler, dit une Libellule, qui était assise au sommet d'un gros roseau brun. Absolument inutile, car elle est partie.

— Eh bien, c'est tant pis pour elle et non pour moi, répondit la Fusée. Je ne vais pas m'arrêter de parler, sous le prétexte qu'elle ne fait pas attention à ce que je dis. J'aime à m'entendre parler. C'est l'un de mes plus grands plaisirs. J'ai souvent de longues conversations, toute seule, et je suis si intelligente que, parfois, je ne comprends pas un traître mot à ce que je dis [1].

— Alors, vous devriez certes faire des conférences de philosophie », dit la Libellule. Et elle étendit une paire de ravissantes ailes de gaze, et disparut dans le ciel.

« Comme elle est sotte, vraiment, de ne pas rester ici ! dit la Fusée. Je suis sûre qu'elle n'a pas souvent une occasion pareille de se perfectionner l'esprit. Enfin, cela m'est tout à fait égal. Un génie comme le mien est sûr d'être apprécié quelque jour. » Et elle s'enfonça un peu plus profondément dans la boue.

Au bout de quelque temps, un gros Canard blanc la rejoignit en nageant. Il avait les pattes jaunes et les pieds palmés, et on le considérait comme particulièrement beau à cause de son dandinement.

« Couac, couac, couac ! dit-il. Quelle drôle de forme vous

---

1. Cf., dans *Un mari idéal* (acte III), la conversation suivante entre Lord Caversham et son fils Lord Goring : « — Est-ce que vraiment vous comprenez toujours ce que vous dites, monsieur ?

— Oui, mon père, quand j'écoute attentivement. »

avez ! Puis-je vous demander si vous êtes comme cela de naissance, ou si c'est le résultat d'un accident ?

— Il est fort manifeste que vous avez toujours vécu à la campagne, répondit la Fusée, sinon vous sauriez qui je suis. Enfin, j'excuse votre ignorance. Il serait injuste d'attendre des autres qu'ils soient aussi remarquables qu'on l'est soi-même. Vous serez sans doute surpris d'apprendre que je sais voler en l'air, et retomber en une averse de pluie d'or.

— Cela ne m'épate guère, dit le Canard, car je ne vois pas en quoi c'est utile à qui que ce soit. Mais si vous saviez labourer les champs, comme le bœuf, ou tirer un chariot, comme le cheval, ou garder les moutons, comme le chien de berger, ce serait quelque chose.

— Mon brave, s'écria la Fusée, d'un ton très arrogant, je vois que vous appartenez aux classes inférieures. Une personne de ma position sociale n'est jamais utile. Nous possédons certains talents, et c'est plus que suffisant. Je n'ai personnellement aucune sympathie pour l'industrie, quelle qu'elle soit, et surtout pour les industries du genre que vous paraissez recommander. En vérité, j'ai toujours été d'avis que le travail pénible est simplement le refuge des gens qui n'ont absolument rien à faire [1].

— Ma foi, dit le Canard, qui était d'un caractère fort pacifique et ne se disputait jamais avec personne, nous avons tous des goûts différents. J'espère, du moins, que vous allez vous établir ici pour y habiter.

— Oh ! mais pas le moins du monde ! s'écria la Fusée. Je suis simplement en visite, une passante distinguée. À vrai dire, je trouve cet endroit assez ennuyeux. Il n'y a ici ni société ni solitude. En fait, c'est très "banlieue". Je vais probablement retourner à la Cour, car je sais que je suis destinée à faire sensation dans le monde.

— J'avais, de mon côté, songé à entrer dans la vie publique, jadis, fit observer le Canard. Il y a tant de choses qui ont besoin

1. Cf. *Formules et maximes à l'usage des jeunes gens* (1894) : « L'oisiveté est la condition de la perfection. »

d'être réformées ! J'ai même présidé une réunion, il y a quelque temps, et nous avons voté des résolutions condamnant tout ce qui ne nous plaisait pas. Toutefois, il ne semble pas qu'elles aient eu beaucoup d'effet. À présent, je suis dans mon foyer, et je m'occupe de ma famille.

— Moi, je suis faite pour la vie publique, dit la Fusée, et il en est de même de tous mes parents, même des plus humbles d'entre eux. Chaque fois que nous paraissons, nous suscitons beaucoup d'attention. Je n'ai pas effectivement paru en ce qui me concerne personnellement, mais quand je le ferai, ce sera un spectacle magnifique. Quant à la vie de famille, elle vous fait vieillir rapidement, et elle détourne l'esprit des choses supérieures.

— Ah ! les choses supérieures de la vie, comme elles sont belles ! dit le Canard. Et cela me rappelle que j'ai une faim... ! » Et il s'éloigna à la nage, descendant le courant, en disant : « Couac, couac, couac ! »

« Revenez ! Revenez donc ! glapit la Fusée. J'ai beaucoup de choses à vous dire. » Mais le Canard ne fit nulle attention à elle. « Je suis contente qu'il soit parti, se dit-elle, il a l'esprit nettement bourgeois. » Et elle s'enfonça encore un peu plus profondément dans la vase, et se mit à songer à la solitude du génie, lorsque tout à coup deux petits garçons en blouse blanche arrivèrent en dévalant le long de la berge, portant une bouilloire et quelques fagots.

« Ce doit être la députation », dit la Fusée. Et elle s'efforça de prendre un air fort digne. « Tiens ! s'écria l'un des gamins, regarde donc ce vieux bâton ! Je me demande comment il est venu là. » Et il tira la Fusée du fond du fossé.

« *Vieux* Bâton ! dit la Fusée. Impossible ! *Pieux* Bâton — voilà ce qu'il a dit. Pieux Bâton, c'est très flatteur. En vérité, il me prend pour l'un des dignitaires de la Cour [1] !

1. L'anglais joue sur les mots « old stick » et « gold stick » ; « gold stick » fait allusion au bâton d'ébène couronné d'or porté lors des cérémonies officielles par un colonel dignitaire de la Cour d'Angleterre, chargé de veiller sur la personne du souverain.

— Mettons-le dans le feu ! dit l'autre gamin. Il servira à faire bouillir notre eau. »

Et ils empilèrent les fagots en un tas, sur lequel ils déposèrent la Fusée, et allumèrent le feu.

« Voilà qui est magnifique ! s'écria la Fusée. Ils vont me faire partir en plein jour, de façon que tout le monde puisse me voir.

— Nous allons faire un somme, à présent, dirent-ils, et quand nous nous réveillerons, l'eau aura bouilli. » Et ils s'étendirent sur l'herbe, et fermèrent les yeux.

La Fusée était très humide, si bien qu'elle mit longtemps à brûler. Enfin, pourtant, le feu l'enflamma.

« Voilà que je vais partir ! » s'écria-t-elle, et elle se raidit toute droite. « Je sais que j'irai bien plus haut que les étoiles, bien plus haut que la lune, bien plus haut que le soleil. Oui, j'irai tellement haut que... »

Fzzz ! Fzzz ! Fzzz ! Et elle monta tout droit dans l'air.

« Ravissant ! s'écria-t-elle. Je vais continuer comme cela, à tout jamais. Quel succès ! »

Mais personne ne la vit.

Puis elle commença à éprouver par tout le corps une sensation curieuse de démangeaison.

« Maintenant, je vais exploser, s'écria-t-elle. Je vais mettre le feu au monde entier, et je ferai un tel bruit que personne ne parlera d'autre chose pendant toute une année » Et, incontestablement, elle explosa. *Plaf ! Plaf ! Plaf !* fit la poudre. Cela ne faisait aucun doute.

Mais personne ne l'entendit, pas même les deux petits garçons, car ils étaient profondément endormis.

Tout ce qui restait d'elle à ce moment, c'était le bâton, et celui-ci retomba sur le dos d'une Oie qui se promenait au bord du fossé.

« Mon Dieu ! s'écria l'Oie. Voilà qu'il va pleuvoir des bâtons ! » et elle se précipita dans l'eau.

« Je savais que je ferais une sensation énorme », haleta la Fusée, et elle s'éteignit.

UNE MAISON DE GRENADES[1]
(1891)

1. Le titre peut s'expliquer par le goût personnel de Wilde pour la grenade ; ce fruit a également une valeur symbolique associée à la fois à la sensualité (et à l'exotisme alors très prisé) et à l'Antiquité : fruit des Enfers, la grenade devint dans l'iconographie chrétienne le fruit de la résurrection et de la renaissance. On remarquera par ailleurs que sur la couverture de la première édition figure un paon, symbole, certes, de Junon (les yeux sur les plumes symbolisent la vigilance de la déesse), mais surtout, comme la grenade, d'éternité : la chair du paon, censée ne pas pouvoir se corrompre, finit par devenir le symbole de la résurrection transfigurante du corps.

Chacune des quatre histoires est dédiée à une grande dame et l'intégralité du recueil à « Constance Mary Wilde », femme de l'écrivain.

LE JEUNE ROI

À Margaret, Lady Brooke[1].

C'était le soir, la veille du jour fixé pour son couronnement, et le jeune roi était assis, seul, dans sa chambre splendide. Ses courtisans avaient tous pris congé de lui, s'inclinant jusqu'au sol, conformément à l'usage cérémonieux de l'époque, et s'étaient retirés dans la grande salle du palais, pour recevoir quelques toutes dernières leçons du professeur d'étiquette ; car il en était, parmi eux, qui avaient encore des façons toutes naturelles, ce qui, chez un courtisan — il est à peine besoin que je le dise —, constitue une faute très grave.

L'adolescent — car il n'était qu'un adolescent âgé de seize ans seulement — ne fut pas fâché de leur départ, et il s'était jeté avec un profond soupir de soulagement sur les coussins moelleux de son divan brodé, où il resta étendu, les yeux égarés et la bouche ouverte, pareil à un faune[2] brun des bois, ou à quelque jeune animal de la forêt récemment pris au piège par les chasseurs.

Et, en effet, c'étaient les chasseurs qui l'avaient trouvé, tombant sur lui par hasard alors que, les membres nus et le pipeau à la main, il suivait le troupeau du pauvre chevrier qui l'avait

---

1. Margaret de Windt (1849-1936) avait épousé en 1869 Sir Charles Johnson Brooke, deuxième rajah de Sarawak. Wilde l'avait rencontrée, semble-t-il, à Paris en 1891. **2.** Dans la mythologie grecque, divinité champêtre à l'image de Pan. Les faunes sont représentés avec des cornes et des pattes de chèvre.

élevé, et dont il s'était toujours imaginé être le fils. Enfant de la fille unique du vieux roi, né d'un mariage secret avec un homme fort au-dessous d'elle par sa condition — un étranger, disaient les uns, qui, par l'extraordinaire magie avec laquelle il jouait du luth, s'était fait aimer de la jeune princesse ; tandis que d'autres parlaient d'un artiste de Rimini, à qui la princesse avait fait beaucoup d'honneur, trop, peut-être, et qui avait soudain disparu de la ville, laissant inachevé son travail dans la cathédrale —, il avait, âgé de huit jours seulement, été enlevé à sa mère, pendant qu'elle dormait, et remis à la garde d'un paysan et de sa femme, qui n'avaient point d'enfants à eux, et habitaient une partie éloignée de la forêt, à plus d'une journée de cheval de la ville. La douleur, ou la peste, suivant la déclaration du médecin de la cour — ou, comme le chuchotaient d'aucuns, un poison italien rapide administré dans une coupe de vin épicé —, fit mourir, moins d'une heure après qu'elle se fut réveillée, la pâle jeune femme qui lui avait donné le jour ; et au moment où l'homme de confiance qui portait l'enfant en travers de son arçon descendait de son cheval fourbu et frappait à la porte grossière de la cabane du paysan, on descendait le corps de la princesse dans une tombe ouverte qui avait été creusée dans un cimetière désert, au-delà des portes de la ville, tombe où, disait-on, gisait également un autre cadavre, celui d'un jeune homme d'une beauté merveilleuse et étrangère, qui avait les mains attachées dans le dos avec une corde nouée, et la poitrine tailladée de nombreuses blessures toutes rouges.

Tel était, du moins, le récit que l'on se chuchotait à l'oreille. Ce qui est certain, c'est que le vieux roi, sur son lit de mort, soit qu'il fût mû par le remords de son grave péché, soit qu'il désirât simplement que le royaume ne sortît pas de sa lignée, avait fait venir l'adolescent et, en présence du conseil, l'avait reconnu pour héritier.

Et il semble que, dès le premier instant de sa reconnaissance, il ait manifesté cette passion étrange pour la beauté qui était destinée à exercer une influence si considérable sur sa vie. Ceux qui l'accompagnèrent à l'appartement qui lui avait été assigné parlèrent souvent du cri de plaisir qui s'échappa de ses lèvres lorsqu'il vit les habits délicats et les riches bijoux qui avaient été préparés pour lui, et de la joie presque féroce avec laquelle il avait rejeté sa grossière tunique de cuir et son manteau de peau de mouton au poil rude. Certes, la liberté de la vie dans la forêt lui manquait parfois, et il avait toujours tendance à s'irriter des languissantes cérémonies de cour qui occupaient une si grande partie de chaque journée ; mais le palais merveilleux —*Joyeuse*[1], c'est ainsi qu'on l'appelait —, dont il se trouvait à présent le seigneur, lui paraissait être un monde nouveau, tout fraîchement façonné pour son plaisir ; et dès qu'il pouvait s'échapper de la table du conseil ou de la salle d'audience, il descendait en courant le grand escalier aux lions de bronze doré et aux marches de porphyre brillant, et errait de pièce en pièce et de couloir en couloir, comme quelqu'un qui cherche à trouver dans la beauté un antidote à la douleur, une espèce de guérison à la maladie.

Au cours de ces voyages de découverte, comme il les appelait — et c'étaient effectivement pour lui de véritables voyages à travers un pays merveilleux —, il était parfois accompagné des pages de la Cour, minces et blonds, aux manteaux flottants et aux rubans qui voltigeaient gaiement ; mais, la plupart du temps, il était seul, car il sentait, par quelque vif instinct qui était presque une divination, que les secrets de l'art s'apprennent mieux dans le secret, et que la beauté, comme la sagesse, aime l'adorateur solitaire.

On contait à son sujet, à cette époque, bien des histoires curieuses. On disait qu'un gros bourgmestre, qui était venu faire un discours ronflant de la part des citoyens de la ville, l'avait aperçu agenouillé en adoration véritable devant un grand tableau qu'on venait d'apporter de Venise, et qui semblait annoncer le culte de quelques dieux nouveaux. Une autre

1. Ce nom reprend celui du duc Anne de Joyeuse (1561-1587), favori d'Henri III de France qui l'aima et le couvrit d'honneurs. Le choix de ce nom donne une indication sur la nature des plaisirs recherchés par le jeune roi parmi les courtisans.

fois, on l'avait perdu de vue pendant plusieurs heures, et après des recherches prolongées on l'avait découvert dans une petite chambre de l'une des tourelles septentrionales du palais, les yeux fixés, comme en extase, sur un joyau grec où était gravée la forme d'Adonis [1]. On l'avait vu, disait la rumeur, pressant ses lèvres chaudes sur le front de marbre d'une statue antique qui avait été découverte dans le lit de la rivière lors de la construction du pont de pierre, et sur laquelle était gravé le nom de l'esclave bithynien d'Hadrien [2]. Il avait passé une nuit entière à noter l'effet du clair de lune sur une image d'argent d'Endymion [3].

Tous les matériaux rares et coûteux possédaient certainement pour lui un attrait considérable, et, dans son ardeur à les acquérir, il avait envoyé au loin de nombreux marchands, les uns pour faire le commerce de l'ambre avec les grossières populations des pêcheurs des mers du Nord ; d'autres en Égypte pour chercher cette curieuse turquoise verte qu'on ne trouve que dans les tombeaux des rois, et qui possède, dit-on, des propriétés magiques ; d'autres en Perse, à la recherche de tapis de soie et de poteries peintes ; et d'autres dans l'Inde, pour acheter de la gaze et de l'ivoire teinté, des pierres de lune et des bracelets de jade, du bois de santal, des émaux bleus, et des châles de laine fine.

---

1. Dans la mythologie grecque, jeune homme d'une grande beauté, aimé d'Aphrodite. Tué par un sanglier, il fut ramené à la vie par Zeus, sur la demande de la déesse, et passa dès lors une partie de l'année sur terre, l'autre aux Enfers. Pour cette raison, il devint le symbole de la vie, de la nature et du renouveau. Le mythe a été repris par Shakespeare dans son poème « Vénus et Adonis ». **2.** Antinoüs : favori de l'empereur Hadrien et incarnation parfaite de la beauté masculine, il se noya dans le Nil en 122 apr. J.-C. ; l'empereur l'éleva alors au rang des dieux, lui fit bâtir un temple et fonda la ville d'Antinoë à sa mémoire. Wilde y fait très souvent allusion dans son œuvre, par exemple dans *Le Portrait de Dorian Gray* (chapitres I et X) et dans *Le Portrait de Mr. W.H.* **3.** Endymion : beau berger aimé de Séléné (la lune) qui obtint pour lui de Zeus le sommeil éternel, ce qui lui permettait de rejoindre son amant chaque nuit. Le célèbre poème de John Keats, « Endymion » (1818), avait largement contribué à faire connaître ce mythe. Wilde écrivit à son tour un poème intitulé « Endymion ».

Mais ce qui l'avait occupé plus que toute chose, c'était la robe qu'il devait porter lors de son couronnement — robe en tissu lamé or —, et la couronne constellée de rubis, et le sceptre garni de rangs et de cercles de perles. C'était même à cela qu'il songeait ce soir, étendu sur son divan luxueux, contemplant la grosse bûche de pin qui se consumait dans l'âtre ouvert. Les dessins, qui étaient l'œuvre des artistes les plus célèbres de l'époque, lui avaient été soumis bien des mois auparavant, et il avait ordonné que les artisans peinassent nuit et jour pour les exécuter, et que l'on cherchât par toute la terre des joyaux qui fussent dignes de leur ouvrage. Il se vit en imagination debout devant le maître-autel de la cathédrale, vêtu des beaux habits de roi, et un sourire s'esquissa et s'attarda sur ses lèvres d'adolescent, illuminant d'un éclat brillant ses yeux sombres de forestier.

Au bout de quelque temps il se leva de son divan et, s'appuyant contre la voûte sculptée de la cheminée, jeta un regard circulaire dans la pièce faiblement éclairée. Les murs étaient tendus de tapisseries somptueuses représentant le Triomphe de la Beauté. Une grande armoire, incrustée d'agate et de lapis-lazuli, occupait l'un des angles, et en face de la fenêtre se dressait une vitrine curieusement ouvragée, avec des panneaux laqués garnis de mosaïque de poudre d'or, dans laquelle étaient posés des gobelets délicats de verre de Venise, et une coupe d'onyx aux veines sombres. Sur la couverture en soie du lit étaient brodés de pâles coquelicots qu'on eût dit tombés des mains lasses du sommeil, et de hauts montants d'ivoire cannelé soutenaient le baldaquin de velours, d'où s'échappaient de grosses touffes de plumes d'autruche, semblables à de l'écume blanche, éclaboussant l'argent pâli du plafond cloisonné. Un Narcisse[1] rieur, en bronze verdi, tenait au-dessus de sa tête un

---

1. Dans la mythologie grecque, beau jeune homme séduit par sa propre image reflétée dans une fontaine. Il est généralement plus désespéré que « rieur » (il ne peut saisir et embrasser son reflet). Wilde s'est amusé à retourner le mythe dans son poème en prose « Le Disciple » : c'est l'eau qui est heureuse de voir sa propre beauté reflétée dans les yeux de Narcisse !

miroir poli. Sur la table était posée une coupe plate en améthyste.

Au-dehors, il voyait l'énorme coupole de la cathédrale, suspendue comme une bulle au-dessus des maisons noyées d'ombre, et les sentinelles fatiguées faisant les cent pas sur la terrasse brumeuse au bord de la rivière. Au loin, dans un verger, chantait un rossignol. Un léger parfum de jasmin lui parvenait par la fenêtre ouverte. Il ramena d'un geste de la main ses boucles brunes qui tombaient sur son front, et, prenant un luth, laissa errer ses doigts sur les cordes. Ses paupières alourdies s'abaissèrent, et il fut saisi d'une langueur étrange. Jamais encore il n'avait ressenti aussi vivement, ni avec une joie aussi exquise, la magie et le mystère des belles choses.

Lorsque minuit sonna au clocher, il appela et ses pages entrèrent pour le dévêtir en grande pompe, lui versant de l'eau de rose sur les mains, et parsemant de fleurs son oreiller. Quelques instants après qu'ils eurent quitté la pièce, il s'endormit.

Et, tandis qu'il dormait, il fit un rêve ; et ce rêve, le voici.

Il lui semblait être debout dans un long grenier bas, parmi le bruissement et le fracas de nombreux métiers à tisser. Un faible jour filtrait, à travers les fenêtres grillagées, et lui laissait voir les formes décharnées des tisserands penchés sur leurs châssis. Des enfants pâles et maladifs étaient accroupis sur les énormes traverses. Quand les navettes avançaient dans la trame, ils soulevaient les lourds battants, et quand les navettes s'arrêtaient, ils laissaient retomber les battants et pressaient les fils l'un contre l'autre. Leurs visages étaient tendus par la faim, et leurs mains grêles étaient toutes secouées de tremblements. Des femmes hagardes étaient assises devant une table où elles cousaient. Une odeur horrible emplissait toute la pièce. L'air était vicié et lourd, et les murs suintaient et dégouttaient d'humidité.

Le jeune roi alla à l'un des tisserands, se tint à côté de lui, et l'observa.

Le tisserand le regarda avec colère, et dit :

« Pourquoi m'observes-tu ? Es-tu un espion envoyé ici par notre maître ?

— Qui est ton maître ? demanda le jeune roi.

— Notre maître ! s'écria le tisserand avec amertume. C'est un homme comme moi. En fait il n'y a entre nous que cette différence — qu'il porte de beaux habits, alors que je suis vêtu de haillons, et qu'alors que je suis affaibli par la faim, il souffre de l'excès de nourriture.

— Nous sommes dans un pays libre, dit le jeune roi, et tu n'es l'esclave de personne.

— Dans la guerre, répondit le tisserand, les forts réduisent les faibles en esclavage, et en temps de paix, ce sont les riches qui réduisent en esclavage les pauvres. Il nous faut travailler pour vivre, et ils nous donnent des salaires si misérables que nous périssons. Nous travaillons pour eux toute la journée, et ils entassent de l'or dans leurs coffres, et nos enfants dépérissent avant l'heure, et le visage de celles que nous aimons devient dur et mauvais. C'est nous qui foulons les raisins, et c'est un autre qui boit le vin. C'est nous qui semons le blé et notre propre table est vide. Nous avons des chaînes, bien que nul œil ne les voie ; et nous sommes esclaves, bien qu'on nous appelle libres.

— En est-il ainsi de tout le monde ? demanda le jeune roi.

— Il en est ainsi de nous tous, répondit le tisserand, des jeunes comme des vieux, des femmes comme des hommes, des petits enfants comme de ceux qui sont chargés d'années. Les marchands nous pressurent, et nous sommes contraints de faire ce qu'ils ordonnent. Le prêtre passe et dit son chapelet ; et nul ne se soucie de nous. Par nos sentiers sans soleil se glisse la Pauvreté aux yeux affamés, et le Péché au visage bouffi la suit de près. La Misère nous réveille le matin, et la Honte est assise auprès de nous, le soir. Mais que t'importent ces choses ? Tu n'es pas l'un de nous. Ton visage est trop heureux. » Et il se détourna avec une grimace sombre, et lança la navette en travers du métier ; et le jeune roi vit qu'elle était enfilée d'un fil d'or.

Et il fut saisi d'une grande terreur, et il dit au tisserand :

« Qu'est-ce que cette robe que tu tisses ?

— C'est la robe destinée au couronnement du jeune roi, répondit-il ; mais que t'importe ? »

Et le jeune roi poussa un grand cri et se réveilla ; et voilà qu'il était dans sa chambre, et il vit par la fenêtre la grande lune couleur de miel suspendue dans l'air sombre.

Et il se rendormit, et fit un rêve ; et son rêve, le voici.

Il lui semblait être couché sur le pont d'une énorme galère que faisaient mouvoir à la rame cent esclaves. Sur un tapis, à côté de lui, était assis le patron de la galère. Il était noir comme l'ébène, et son turban était de soie cramoisie. De grosses boucles en argent tendaient les lobes épais de ses oreilles, et il tenait dans ses mains une balance d'ivoire.

Les esclaves étaient nus, sauf un pagne en haillons, et chaque homme était enchaîné à son voisin. Le soleil torride et brillant dardait ses rayons sur eux, et les nègres allaient et venaient en courant le long de la coursive [1], pour les cingler de leurs fouets de cuir. Ils étendaient leurs bras maigres et tiraient les lourdes rames à travers l'eau. L'écume salée jaillissait du plat des avirons.

Enfin ils atteignirent une petite baie, et commencèrent à la sonder. Une brise légère soufflait, venant de la terre, et couvrait le pont et la grande voile latine [2] d'une fine poussière rouge. Trois Arabes montés sur des onagres [3] surgirent et leur décochèrent leurs sagaies. Le patron de la galère prit dans sa main un arc bariolé, et transperça l'un d'eux d'une flèche à la gorge. Il tomba lourdement dans les flots, et ses compagnons s'enfuirent au galop. Une femme enveloppée d'un voile jaune les suivit, au pas lent d'un chameau, jetant de temps à autre un regard en arrière sur le cadavre.

Dès qu'ils eurent jeté l'ancre et amené la voile, les nègres

1. Étroit couloir à l'intérieur d'un navire. 2. Voile triangulaire fixée au mât à un angle d'environ 45°. 3. Ânes sauvages de grande taille.

descendirent dans la cale, et en rapportèrent une longue échelle de corde, lourdement lestée de plomb. Le patron de la galère la lança par-dessus le plat-bord, et en attacha les bouts à deux étançons de fer. Puis les nègres saisirent le plus jeune des esclaves, dont ils ôtèrent les fers ; après quoi ils lui emplirent de cire les narines et les oreilles et lui attachèrent une grosse pierre à la ceinture. Il descendit l'échelle péniblement et disparut dans la mer. Quelques bulles s'élevèrent de l'endroit où il s'était enfoncé. Des esclaves se penchèrent avec curiosité par-dessus le plat-bord. À la proue de la galère était assis un charmeur de requins, qui frappait un tambour à coups monotones.

Au bout de quelque temps, le plongeur remonta hors de l'eau et s'accrocha, tout haletant, à l'échelle, tenant une perle dans sa main droite. Les nègres la lui arrachèrent et le repoussèrent dans l'eau. Les esclaves s'endormirent sur leurs rames.

Mainte et mainte fois il remonta, et chaque fois il rapporta une perle magnifique. Le patron de la galère les pesait et les mettait dans un petit sac de cuir vert.

Le jeune roi essaya de parler, mais sa langue semblait collée au palais, et ses lèvres refusaient de bouger. Les nègres bavardaient entre eux, et se mirent à se disputer au sujet d'un collier de grains brillants. Deux grues firent des vols circulaires autour du vaisseau.

Puis le plongeur remonta une dernière fois, et la perle qu'il rapporta était plus belle que toutes les perles d'Ormuz [1], car elle avait la forme de la pleine lune, et était plus blanche que l'étoile du matin. Mais son visage était étrangement pâle, et lorsqu'il s'abattit sur le pont le sang jaillit de ses oreilles et de ses narines. Il eut quelques frémissements, puis il resta immobile. Les nègres haussèrent les épaules, et jetèrent le cadavre par-dessus bord.

Et le patron de la galère se mit à rire et, étendant le bras, il prit la perle ; lorsqu'il la vit, il la pressa sur son front et s'inclina.

---

1. Ville autrefois prospère, sise sur une île rocheuse, en Perse, sur le détroit d'Ormuz qui sépare le golfe Persique de la mer d'Oman. Milton y fait allusion dans *Paradis perdu*, II, 2.

« Elle sera, dit-il, pour le sceptre du jeune roi. » Et il fit signe aux nègres de lever l'ancre.

En entendant cela, le jeune roi poussa un grand cri, et se réveilla ; et il vit par la fenêtre les longs doigts gris de l'aube qui s'agrippaient aux étoiles pâlissantes.

Et il se rendormit, et fit un rêve ; et son rêve, le voici.

Il lui semblait qu'il errait à travers une forêt sombre, où étaient suspendus des fruits étranges et de splendides fleurs vénéneuses. Les vipères lui lançaient leur sifflement tandis qu'il passait, et les perroquets éclatants volaient en criant d'une branche à l'autre. Des tortues gigantesques dormaient sur la vase chaude. Les arbres étaient pleins de singes et de paons.

Il continua à marcher bien longtemps, jusqu'à ce qu'il eût atteint la lisière de la forêt, où il vit une multitude d'hommes qui travaillaient dans le lit d'une rivière asséchée. Comme des fourmis, ils grimpaient à flanc de montagne. Ils creusaient des puits profonds dans la terre, et y descendaient. Les uns fendaient les rochers avec d'énormes haches ; d'autres fouillaient dans le sable. Ils arrachaient les cactus par les racines, et piétinaient les fleurs écarlates. Ils étaient affairés, s'interpellant les uns les autres, et aucun ne restait oisif.

Des profondeurs sombres d'une caverne, la Mort et l'Avarice les observaient, et la Mort dit :

« Je suis lasse ; donne-m'en un tiers, et laisse-moi partir. »

Mais l'Avarice secoua la tête.

« Ce sont mes serviteurs », répondit-elle.

Et la Mort lui dit :

« Que tiens-tu dans la main ?

— J'ai trois grains de blé, répondit-elle ; mais que t'importe ?

— Donne-m'en un, dit la Mort, pour que je le plante en mon jardin ; un seul, et je m'en irai.

— Je ne te donnerai rien », dit l'Avarice, et elle cacha sa main dans le pli de son vêtement.

Et la Mort se mit à rire, et prit une coupe qu'elle trempa dans une flaque d'eau, et, de la coupe, s'éleva une Fièvre froide. Elle s'avança parmi la multitude, et un tiers des hommes s'abattirent, morts. Une brume froide suivit sur ses traces, et les serpents d'eau glissaient à ses côtés.

Et quand l'Avarice vit qu'un tiers de la multitude était morte, elle se frappa la poitrine et pleura. Elle battit son sein stérile, et sa voix retentit :

« Tu as tué un tiers de mes serviteurs, s'écria-t-elle, va-t'en ! Il y a la guerre dans les montagnes de Tartarie[1], et les rois des deux partis t'appellent. Les Afghans ont immolé le bœuf noir, et marchent à la bataille. Ils ont frappé leurs boucliers de leurs lances, et ont coiffé leurs casques de fer. Que t'est ma vallée, pour que tu t'y attardes ? Va-t'en, et ne reviens plus ici !

— Non, répondit la Mort : tant que tu ne m'auras pas donné un grain de blé, je ne partirai point. »

Mais l'Avarice referma la main, et serra les dents. « Je ne te donnerai rien », murmura-t-elle.

Et la Mort se mit à rire ; elle ramassa une pierre noire, qu'elle lança dans la forêt, et d'un taillis de ciguë sauvage s'éleva la Fièvre chaude, avec une robe de flamme. Elle s'avança parmi la multitude et les toucha, et tous ceux qu'elle touchait mouraient. L'herbe se flétrissait sous ses pieds tandis qu'elle marchait.

Et l'Avarice frissonna et se couvrit la tête de cendres.

« Tu es cruelle, s'écria-t-elle, tu es cruelle. Il y a la famine dans les cités de l'Inde, closes de murailles, et les citernes de Samarkand sont à sec. Il y a la famine dans les cités d'Égypte, closes de murailles, et les sauterelles sont venues du désert. Le Nil n'a pas inondé ses rives, et les prêtres ont maudit Isis et Osiris[2]. Va-t'en auprès de ceux qui ont besoin de toi, et laisse-moi, ainsi que mes serviteurs.

---

1. Au Moyen Âge, pays des Mongols et des Tartares d'Asie centrale. La Tartarie est associée à Gengis Khan et donc à la plus extrême violence guerrière. **2.** Isis était la déesse égyptienne du ciel et Osiris, son époux, le dieu de la fertilité et du monde souterrain.

— Non, répondit la Mort : tant que tu ne m'auras pas donné un grain de blé, je ne partirai point.

— Je ne te donnerai rien », dit l'Avarice.

Et la Mort se remit de nouveau à rire, et siffla entre ses doigts, et une femme arriva, volant dans les airs. Le mot « peste » était écrit sur son front, et un vol de maigres vautours tourbillonnaient autour d'elle. Elle couvrit la vallée de ses ailes, et pas un homme ne resta vivant.

Et l'Avarice s'enfuit en hurlant par la forêt, tandis que la Mort sautait sur son cheval rouge et partait au galop, d'un galop plus rapide que le vent[1].

Et de la vase qui tapissait le fond de la vallée sortirent en rampant des dragons et d'horribles bêtes couvertes d'écailles, et les chacals arrivèrent en trottinant le long du sable, reniflant l'air.

Et le jeune roi pleura, et dit :

« Qu'étaient ces hommes, et que cherchaient-ils ?

— Des rubis pour une couronne de roi », répondit quelqu'un qui était debout derrière lui.

Le jeune roi sursauta, et, se retournant, il vit un homme vêtu d'un habit de pèlerin et qui tenait dans sa main un miroir d'argent.

Et il pâlit, et dit :

« Pour quel roi ? »

Et le pèlerin répondit :

« Regarde dans ce miroir, et tu le verras. »

Et il regarda dans le miroir, et, apercevant son propre visage, il poussa un grand cri et se réveilla ; et le soleil brillant pénétrait à flots dans sa chambre, et des arbres du jardin et des bosquets les oiseaux lançaient leurs chants.

Le chambellan et les hauts dignitaires de l'État vinrent lui adresser leurs hommages, et les pages lui apportèrent la robe

1. Wilde s'inspire, dans cette description, de l'Apocalypse de saint Jean.

en tissu lamé or et posèrent devant lui la couronne et le sceptre.

Et le jeune roi regarda ces objets, et ils étaient beaux. Ils étaient plus beaux que tout ce qu'il avait jamais vu. Mais il se souvint de ses rêves, et il dit à ses seigneurs : « Emportez ces objets, car je ne veux point m'en vêtir. »

Et les courtisans furent surpris, et quelques-uns d'entre eux se mirent à rire, car ils croyaient qu'il plaisantait.

Mais il leur parla de nouveau, et avec sévérité :

« Emportez ces objets, dit-il, et cachez-les à mes yeux. Bien que ce soit le jour de mon couronnement, je ne les porterai pas. Car c'est sur le métier de la douleur, et par les mains blafardes de la souffrance, qu'a été tissée la robe que voici. Il y a du sang dans le cœur du rubis, et la mort dans le cœur de la perle. » Et il leur conta ses trois rêves.

Lorsque les courtisans les eurent entendus, ils se regardèrent et murmurèrent, disant :

« Sûrement, il est fou ; car qu'est-ce qu'un rêve, sinon un rêve, et une vision, sinon une vision ? Ce ne sont pas là des choses réelles, dont il faille se soucier. Et que nous importe, à nous, la vie de ceux qui travaillent pour nous ? Un homme ne mangera-t-il point de pain, tant qu'il n'aura vu le semeur, et ne boira-t-il point de vin, tant qu'il n'aura parlé au vigneron ? »

Et le chambellan parla au jeune roi, et dit :

« Seigneur, je vous conjure d'écarter ces sombres pensées qui vous assaillent, de vêtir cette belle robe, et de vous coiffer de cette couronne. Car comment saura-t-on que vous êtes roi, si vous ne portez pas les atours d'un roi ? »

Et le jeune roi le dévisagea.

« En est-il ainsi, en vérité ? interrogea-t-il. Ne me reconnaîtront-ils pas comme roi si je ne porte pas des atours de roi ?

— Ils ne vous reconnaîtront point, Seigneur, s'écria le chambellan.

— J'avais cru qu'il y avait des hommes ayant un air royal, répondit-il, mais il se peut qu'il en soit ainsi que tu le dis. Et pourtant, je ne porterai point cette robe, et je ne serai point ceint de cette couronne, mais c'est tel que je suis arrivé au palais que j'en veux sortir. »

Et il leur ordonna à tous de le laisser, à l'exception d'un page qu'il gardait pour compagnon, garçon plus jeune que lui d'une année. Il le retint à son service et, quand il se fut baigné dans l'eau claire, il ouvrit un grand bahut peint, d'où il tira la tunique de cuir et le gros manteau de peau de mouton qu'il avait portés alors qu'il gardait sur la montagne les chèvres velues du chevrier. Il les revêtit, et prit dans sa main son grossier bâton de pâtre.

Le petit page ouvrit ses grands yeux bleus, pleins d'étonnement, et lui dit en souriant : « Seigneur, je vois votre robe et votre sceptre, mais où est votre couronne ? »

Et le jeune roi arracha une branche d'églantier sauvage qui grimpait au balcon ; il la recourba pour en faire un cercle et se la posa sur la tête.

« Voici quelle sera ma couronne », répondit-il.

Et, ainsi vêtu, il sortit de sa chambre et entra dans la salle d'honneur, où les nobles l'attendaient.

Et les nobles se gaussèrent de lui, et quelques-uns d'entre eux lui crièrent :

« Seigneur, le peuple attend son roi, et vous leur montrez un mendiant. »

Et d'autres exhalèrent leur courroux, disant :

« Il fait rejaillir la honte sur notre État, et est indigne d'être notre maître. »

Mais il ne leur répondit mot et passa son chemin ; il descendit l'escalier de porphyre éclatant, franchit les portes de bronze, et monta à cheval et partit vers la cathédrale, le petit page courant à côté de lui.

Et les gens du peuple se mirent à rire, et dirent : « C'est le bouffon du roi qui passe. » Et ils se moquèrent de lui.

Et il arrêta sa monture, et dit : « Non, je suis le roi. » Et il leur conta ses trois rêves.

Un homme sortit de la foule, et lui parla avec amertume, disant :

« Sire, ne sais-tu pas que c'est du luxe des riches que sort la vie des pauvres ? C'est par votre pompe que nous sommes nourris, et vos vices nous donnent du pain. Il est pénible de travailler pour un maître, mais il est plus pénible encore de n'avoir point de maître pour qui l'on puisse travailler. T'imagines-tu que ce sont les corbeaux qui nous nourriront ? Et quel remède as-tu pour ces choses ? Diras-tu à l'acheteur : “Tu achèteras pour telle somme”, et au vendeur : “Tu vendras à tel prix” ? Je ne le pense point. Aussi, retourne à ton palais et revêts ta pourpre et ton linge fin. Qu'as-tu à faire avec nous, et avec ce que nous souffrons ?

— Les riches et les pauvres ne sont-ils pas frères ? demanda le jeune roi.

— Oui, répondit l'homme, et le nom du frère riche, c'est Caïn. »

Et les yeux du jeune roi s'emplirent de larmes, et il continua sa route au milieu des murmures du peuple, et le petit page prit peur, et l'abandonna.

Et lorsqu'il arriva au grand portail de la cathédrale, les soldats baissèrent leurs hallebardes d'un geste menaçant, en disant :

« Que viens-tu chercher ici ? Nul n'entre par cette porte, sauf le roi. »

Et son visage rougit de colère, et il leur dit :

« Je suis le roi. »

Et il écarta leurs hallebardes et entra.

Et lorsque le vieil évêque le vit venir dans ses habits de chevrier, il se leva, plein d'étonnement, de son trône, alla au-devant de lui, et lui dit :

« Mon fils, sont-ce là les atours d'un roi ? Et de quelle couronne te ceindrai-je le front, et quel sceptre te placerai-je dans la main ? Cette journée doit être pour toi un jour de joie, et non un jour d'humiliation.

— Faut-il que la joie porte ce qu'a façonné la douleur ? » dit le jeune roi. Et il lui conta ses trois rêves.

Et lorsque l'évêque les eut entendus, il fronça les sourcils, et dit :

« Mon fils, je suis un vieillard et dans l'hiver de mes jours, et je sais qu'il se fait bien des mauvaises choses dans ce vaste monde. Les féroces voleurs descendent des montagnes, et emportent les petits enfants, qu'ils vendent aux Maures. Les lions sont à l'affût des caravanes, et bondissent sur les chameaux. Le sanglier sauvage déracine le blé dans la vallée, et les renards rongent les vignes sur le coteau. Les pirates dévastent le rivage de la mer et brûlent les bateaux des pêcheurs, à qui ils enlèvent leurs filets. Dans les marais salés vivent les lépreux ; ils ont des maisons de roseaux tressés, et nul ne peut s'approcher d'eux. Les mendiants errent par les cités, et partagent leur nourriture avec les chiens. Peux-tu faire en sorte que ces choses ne soient point ? Partageras-tu ton lit avec le lépreux, et assiéras-tu le mendiant à ta table ? Le lion fera-t-il ce que tu lui commanderas, et le sanglier sauvage t'obéira-t-il ? Celui qui créa la misère n'est-il pas plus sage que toi ? C'est pourquoi je ne te loue point de ce que tu as fait, mais je te prie de rentrer au palais et de prendre un visage réjoui, et de mettre les vêtements qui conviennent à un roi ; et je ceindrai ton front de la couronne d'or, et je te mettrai dans la main le sceptre de perles. Quant à tes rêves, n'y pense plus. Le fardeau de ce monde est trop lourd pour qu'un seul homme le porte, et la douleur de ce monde est trop grande pour qu'un seul cœur la supporte.

— C'est toi qui dis cela, dans cette maison ? » dit le jeune roi. Et il passa devant l'évêque, et gravissant les marches de l'autel, se tint debout devant l'image du Christ.

Il se tint devant l'image du Christ, et à sa droite et à sa gauche se trouvaient les vases d'or merveilleux, le calice contenant le vin doré et la burette pleine d'huile sainte. Il s'agenouilla devant l'image du Christ, et les grands cierges brûlaient d'une lueur éclatante à côté du tabernacle constellé de pierreries, et la fumée de l'encens s'enroulait en minces volutes bleues sous la coupole. Il baissa la tête en prière, et les prêtres vêtus de leurs chapes rigides s'écartèrent doucement de l'autel.

Et soudain s'éleva, de la rue au-dehors, un tumulte farouche, et les nobles entrèrent, l'épée tirée, panache au vent, brandissant leurs boucliers d'acier poli.

« Où est-il, ce rêveur[1] ? s'écrièrent-ils. Où est-il, ce roi, qui est accoutré comme un mendiant — ce gamin qui fait jaillir la honte sur notre État ? Oui, nous allons le tuer, car il est indigne de régner sur nous. »

Et le jeune roi baissa de nouveau la tête, et pria, et quand il eut fini sa prière, il se redressa, et, se retournant, il les dévisagea avec tristesse.

Et voilà qu'à travers les vitraux la lumière du soleil ruissela sur lui, et les rayons du soleil l'enveloppèrent d'une robe lamée plus belle que celle qui avait été confectionnée pour son plaisir. Le bâton mort se couvrit de fleurs[2], et porta des lys plus blancs que des perles. L'épine sèche fleurit, et porta des roses plus rouges que des rubis. Plus blancs que des perles fines étaient les lys, et leurs tiges étaient d'argent brillant. Plus rouges que des pourpres rubis étaient les roses, et leurs pétales étaient d'or battu.

Il était là, debout, vêtu des atours d'un roi, et la porte du tabernacle gemmé de pierreries s'ouvrit brusquement, et les multiples facettes cristallines de l'ostensoir dardèrent une lumière merveilleuse et mystique. Il était là, debout, vêtu des atours d'un roi, et la gloire de Dieu emplissait la cathédrale, et les saints dans leurs niches sculptées parurent se mouvoir. Vêtu des beaux atours d'un roi, il se tenait devant eux, et l'orgue fit retentir sa musique, et les trompettes sonnèrent de leurs instruments, et les enfants de chœur chantèrent.

Et le peuple tomba à genoux, saisi de respect, et les nobles

---

1. En anglais « dreamer of dreams », emprunt à un poème de William Morris, *The Earthly Paradise (Le Paradis terrestre)* ; le poète s'y décrit comme un « rêveur de rêves » qui résiste toutefois à la tentation d'améliorer le monde. **2.** Allusion à la légende de Tannhäuser, rendue célèbre par l'opéra de Richard Wagner (1845). Tannhäuser, amoureux de Vénus, se voit refuser l'absolution par le pape tant que la crosse de ce dernier ne fleurira pas. La floraison se produit, bien sûr, à la fin de l'opéra, et le jeune homme est absous. A.C. Swinburne dans *Laus Veneris* (1868) et Matthew Arnold dans *The Neckan* (1869) avaient mentionné cette légende qu'aimait beaucoup Wilde : il y fait allusion dans trois lettres, et, dans *De profundis*, il associe explicitement Tannhäuser au Christ.

remirent leur épée au fourreau pour lui rendre hommage, et le visage de l'évêque devint pâle et ses mains furent prises d'un tremblement.

« Un plus grand que moi t'a couronné », s'écria-t-il. Et il s'agenouilla devant lui.

Et le jeune roi descendit du maître-autel, et rentra chez lui au milieu de la foule. Mais nul n'osait regarder son visage, car il était pareil au visage d'un ange.

L'ANNIVERSAIRE DE L'INFANTE [1]

À Mrs. William H. Grenfell, de Laplow Court [2].

C'était l'anniversaire de l'Infante. Elle venait d'avoir douze ans et le soleil brillait d'un éclat radieux sur les jardins du palais.

Quoiqu'elle fût une vraie princesse et l'Infante d'Espagne, elle n'avait qu'un anniversaire par an, tout comme les enfants des plus pauvres gens, de sorte que c'était naturellement une chose des plus importantes pour tout le pays qu'il fît très beau ce jour-là. Et vraiment la journée était très belle. Les grandes tulipes rayées se redressaient sur leurs tiges, comme de longues rangées de soldats, et lançaient aux roses, à travers le gazon, des regards de défi comme pour leur dire : « Nous sommes tout aussi belles que vous à présent ! » Les papillons pourpres voltigeaient de tous côtés, les ailes chargées de poussière d'or, visitant toutes les fleurs les unes après les autres ; les petits lézards grimpaient le long des crevasses des murs et venaient se chauffer aux rayons du soleil ; les grenades, dont la chaleur faisait ouvrir et éclater les fruits, montraient leur cœur rouge sang. Les citrons jaune pâle eux-mêmes, suspendus en profu-

---

1. Titre donné à la fille puînée du roi d'Espagne. **2.** Fille du diplomate et poète Julian Fane et petite-fille du onzième comte de Westmorland. Elle faisait partie de la haute société londonienne et avait épousé en 1887 William Grenfell (devenu plus tard Lord Desborough) ; leur fils, le poète Julian Grenfell, fut tué pendant la Première Guerre mondiale.

sion aux treilles à demi effondrées et le long des sombres arceaux, semblaient emprunter une teinte plus riche à l'éclatante lumière du soleil ; les magnolias ouvraient leurs grandes fleurs en forme de doigts d'ivoire et remplissaient l'air d'un parfum lourd et doux.

La petite princesse se promenait sur la terrasse avec ses compagnons et jouait à cache-cache autour des grands vases de pierre et des vieilles statues couvertes par la mousse. Les jours ordinaires, il ne lui était permis de jouer qu'avec les enfants de son rang, il lui fallait donc jouer toute seule ; mais le jour de son anniversaire était une exception et le roi avait donné des ordres pour qu'elle invitât ceux de ses jeunes amis qu'elle aimait le mieux à venir se divertir avec elle. Ils avaient une certaine grâce pleine de majesté, tous ces sveltes enfants espagnols jouant çà et là : les garçons avec leurs grands chapeaux à plumes et leurs manteaux courts et flottants ; les petites filles relevant les longues traînes de leurs robes de brocart et abritant leurs yeux contre les rayons du soleil derrière de grands éventails noir et argent. Mais l'Infante était la plus gracieuse de toutes et c'était elle qui était habillée avec le plus de goût, selon la mode assez chargée du temps. Sa robe était de satin gris ; la jupe et les manches bouffantes étaient richement brodées d'argent et le corsage raide garni de rangs de perles fines. Deux minuscules pantoufles ornées de gros nœuds de ruban roses sortaient de dessous sa robe quand elle marchait. Son grand éventail de gaze rose était bordé de perles et, dans ses cheveux qui s'étalaient comme une auréole d'or terni autour de sa petite figure pâle, elle avait posé une belle rose blanche[1].

D'une des fenêtres du palais, le roi, triste et mélancolique, les regardait. Derrière lui se tenait son frère, don Pedro d'Ara-

1. Cette description fait songer aux œuvres de Vélasquez, qu'aimait beaucoup Wilde ; on pense plus précisément aux *Ménines* (1656), célèbre tableau représentant l'Infante Maria Teresa, fille de Philippe IV, entourée de ses suivantes et de nains de cour. Selon Vyvyan Holland, fils de Wilde, l'écrivain aurait été frappé par le visage peu avenant de la princesse.

gon, qu'il haïssait ; son confesseur, le Grand Inquisiteur[1] de Grenade, était assis à ses côtés. Le roi était encore plus triste qu'à l'ordinaire, car, regardant l'Infante s'incliner avec une gravité enfantine devant les courtisans rassemblés, ou rire derrière son éventail de la sévère duchesse d'Albuquerque qui l'accompagnait toujours, il pensait à la jeune reine, sa mère, qui, si peu de temps auparavant — du moins, cela lui semblait ainsi —, était venue du gai pays de France et avait langui au milieu des sombres splendeurs de la cour d'Espagne pour mourir dix mois après la naissance de son enfant, sans avoir vu fleurir deux fois les amandiers dans le verger, ni cueilli les fruits de la seconde année sur le vieux figuier au tronc noueux qui s'élevait au milieu de la grande cour, où l'herbe croissait à présent. Son amour pour elle avait été si grand qu'il n'avait pas même permis à la tombe de la lui cacher. Elle avait été embaumée par un médecin maure, auquel, en retour de ce service, on avait accordé la vie, car il avait été condamné à mort, disait-on, par le Saint-Office pour hérésie et suspicion de pratiques magiques ; le corps de la jeune reine reposait toujours en sa bière dans la chapelle de marbre noir du palais, tel que les moines l'y avaient déposé par une venteuse journée de mars, environ douze années auparavant. Une fois par mois, le roi, enveloppé d'un sombre manteau, une lanterne sourde à la main, venait s'agenouiller près d'elle et l'appelait tout haut : « *Mi reina ! Mi reina !* » Et, quelquefois, outrepassant l'étiquette cérémonieuse qui en Espagne règle dans le détail les moindres actions de la vie et met des bornes même à la douleur d'un roi, il saisissait ses mains pâles couvertes de pierreries, dans un accès de douleur extrême, irraisonnée, et s'efforçait de réveiller par ses baisers passionnés le froid visage fardé.

---

1. Selon le *Petit Robert*, chef suprême de l'Inquisition, « juridiction ecclésiastique d'exception instituée par le pape Grégoire IX pour la répression, dans toute la chrétienté, des crimes d'hérésie et d'apostasie, des faits de sorcellerie et de magie, active du XIIIe au XVIe siècle ». Le Grand Inquisiteur était un personnage particulièrement redouté (voir, par exemple, le traitement de ce personnage dans l'opéra de Verdi, *Don Carlos* [1867], qui lui consacre une scène impressionnante acte IV, sc. 1).

Il lui semblait, aujourd'hui, la voir à nouveau, telle qu'il l'avait vue pour la première fois au palais de Fontainebleau, alors qu'il n'avait que quinze ans et qu'elle était encore plus jeune. Ils avaient été solennellement fiancés à cette occasion par le nonce du pape[1], en présence du roi de France et de toute la Cour, puis il était retourné à l'Escurial[2], emportant avec lui une petite boucle de cheveux blonds et le souvenir de deux lèvres enfantines se courbant pour lui baiser la main au moment où il montait en voiture. Plus tard le mariage avait suivi, célébré en hâte à Burgos, petite ville de la frontière entre les deux pays, et la grande entrée publique à Madrid avec la célébration accoutumée d'une grand-messe dans l'église d'Atocha et un autodafé[3] plus solennel qu'à l'ordinaire, dans lequel plus de trois cents hérétiques, parmi lesquels bon nombre d'Anglais, avaient été livrés au bras séculier pour être brûlés.

Certes il l'avait aimée passionnément et pour le plus grand malheur de son pays, pensaient beaucoup de gens, car l'Espagne était alors en guerre avec l'Angleterre pour la possession de l'empire du Nouveau Monde. À peine lui permettait-il de s'éloigner de sa vue ; pour elle il avait oublié ou paraissait avoir oublié toutes les graves affaires d'État ; et avec ce terrible aveuglement dont la passion frappe ses esclaves, il n'avait pas remarqué que les cérémonies compliquées par lesquelles il cherchait à lui plaire ne faisaient qu'aggraver l'étrange maladie dont elle souffrait. Après sa mort, il avait été pendant quelque temps comme privé de raison. Il n'y a pas de doute qu'il n'eût officiellement abdiqué et se fût retiré dans le grand monastère des trappistes[4] à Grenade, dont il était déjà le prieur titulaire,

---

1. Ambassadeur du Saint-Siège. **2.** Palais et monastère d'Espagne situé au nord-ouest de Madrid. C'est dans ce palais, très austère, que sont enterrés les rois et les reines d'Espagne. **3.** Mot à mot : acte de foi. Lors de cette cérémonie, les hérétiques condamnés au bûcher par l'Inquisition étaient invités à faire un acte de foi pour être pardonnés par Dieu. **4.** Les moines trappistes observent la règle — particulièrement rigoureuse — de la Trappe (instituée en 1664 par Rancé, abbé de Notre-Dame de la Trappe à Soligny près de Mortagne), qui impose le silence absolu à ses membres. Voir la *Vie de Rancé* de Chateaubriand (1844).

s'il n'avait été effrayé de laisser la petite Infante à la merci de son frère dont la cruauté, même en Espagne, était notoire et que beaucoup de gens soupçonnaient d'avoir causé la mort de la reine au moyen d'une paire de gants empoisonnés qu'il lui avait offerte à l'occasion de sa visite à son château d'Aragon. Même après l'expiration des trois années de deuil public qu'il avait ordonnées dans tous ses États par un édit royal, il n'avait jamais permis à ses ministres de lui parler d'une nouvelle alliance et, quand l'empereur lui-même lui avait fait offrir en mariage la main de la charmante archiduchesse de Bohême, sa nièce, il avait ordonné aux ambassadeurs de dire à leur maître que le roi d'Espagne était déjà marié avec la Douleur et que, bien que ce fût une épouse stérile, il l'aimait mieux que la Beauté, réponse qui avait coûté à sa couronne les plus riches provinces des Pays-Bas, qui, peu après, à l'instigation de l'empereur, se révoltèrent contre lui, sous la direction de quelques fanatiques de l'Église réformée.

Sa vie maritale tout entière, avec ses joies si brillantes, si exaltantes et les terribles angoisses de sa fin soudaine, semblait se représenter devant lui alors qu'il regardait ce jour-là l'Infante jouer sur la terrasse. Elle avait toute la pétulance charmante de la reine, la même façon volontaire de redresser la tête, la même bouche aux beaux et fiers contours, le même merveilleux sourire — *vrai sourire de France** [1], véritablement — quand, de temps en temps, elle levait les yeux vers la fenêtre ou qu'elle tendait sa petite main à baiser aux solennels gentilshommes espagnols. Mais le joyeux rire des enfants déchirait les oreilles du roi et ce brillant et impitoyable soleil semblait se moquer de sa douleur en même temps qu'une forte et étrange odeur d'aromates, semblables à ceux dont se servent les embaumeurs, paraissait imprégner — n'était-ce point une illusion ? — l'air pur du matin. Il se couvrit le visage de ses mains et, lorsque

1. La mère de l'Infante est une princesse française de la famille de Bourbon. — Les mots ou expressions en italique suivis d'un astérisque sont en français dans le texte original.

l'Infante releva les yeux, les rideaux étaient tirés et le roi avait disparu.

Elle fit une petite *moue** de désappointement et haussa les épaules. Assurément il aurait bien pu rester avec elle le jour de son anniversaire. Qu'importaient les ennuyeuses affaires d'État ? Était-il encore retourné dans cette lugubre chapelle où les cierges brûlaient toujours, mais où il ne lui était jamais permis d'entrer ? Que c'était bête de sa part, alors que le soleil était si beau et si radieux et que tout le monde était si heureux ! En outre, il manquerait l'imitation de corrida pour laquelle les trompettes retentissaient déjà, sans parler du spectacle de marionnettes et de bien d'autres belles choses. Son oncle et le Grand Inquisiteur étaient bien plus sensés. Ils étaient descendus sur la terrasse et lui adressaient leurs plus beaux compliments. Aussi redressa-t-elle sa jolie tête et, prenant don Pedro par la main, elle descendit lentement les degrés pour se diriger vers une grande tente de soie rouge que l'on avait dressée à l'extrémité du jardin, les autres enfants suivant dans un ordre de préséance très strictement observé, ceux dont les noms étaient les plus longs marchant les premiers.

Un cortège de petits garçons nobles en costumes de « toréadors » de fantaisie sortit pour venir à sa rencontre, et le jeune comte de Terra-Nova, un adolescent d'environ quatorze ans, merveilleusement beau, se découvrant avec toute la grâce d'un hidalgo[1] et d'un grand d'Espagne de naissance, la conduisit solennellement à un petit trône en or et ivoire placé sous un dais élevé au-dessus de l'arène. Les enfants se groupèrent tout autour en agitant leurs grands éventails et en se parlant tout bas, tandis que don Pedro et le Grand Inquisiteur, restés à l'entrée, les regardaient en riant. La duchesse elle-même — la camarera-mayor[2], comme on l'appelait —, grande femme mai-

---

1. Membre de la petite noblesse espagnole. L'association des termes « hidalgo » et « grand d'Espagne » est extrêmement contestable puisque ces deux mots se réfèrent à des conditions fort différentes (très petite noblesse d'un côté, très haute noblesse de l'autre). **2.** Gardienne de la garde-robe de la reine d'Espagne.

gre, aux traits durs, avec une fraise jaune, n'avait pas l'air tout à fait aussi revêche que d'ordinaire et quelque chose comme un sourire glacial flotta sur son visage ridé et crispa ses lèvres minces et pâles.

Ce fut certes une merveilleuse corrida et l'Infante la trouva beaucoup plus belle que la grande course de taureaux qu'on l'avait menée voir à Séville, à l'occasion de la visite du duc de Parme à son père. Quelques-uns des petits garçons caracolaient sur des chevaux de bois richement caparaçonnés, en brandissant de longues javelines ornées de banderoles de rubans aux couleurs éclatantes ; d'autres allaient à pied en agitant leurs manteaux écarlates devant le taureau, puis sautaient légèrement par-dessus la barrière lorsqu'il les chargeait ; quant au taureau lui-même, il ressemblait tout à fait à un véritable taureau, quoiqu'il ne se composât que d'une carcasse d'osier recouverte d'une peau et qu'il insistât parfois pour faire le tour de l'arène sur ses jambes de derrière, ce qu'un véritable taureau n'aurait jamais songé à faire. Le combat fut si bien conduit que les enfants, très émus, montèrent sur les bancs en agitant leurs mouchoirs de dentelle et en criant : « *Bravo toro ! Bravo toro !* » absolument comme des grandes personnes. Enfin cependant après une lutte prolongée, durant laquelle plusieurs chevaux de bois furent encornés de part en part et leurs cavaliers désarçonnés, le jeune comte de Terra-Nova abattit le taureau à ses pieds et, après avoir obtenu de l'Infante la permission de lui donner le *coup de grâce**, il plongea son épée de bois dans la gorge de l'animal avec tant de violence que la tête se détacha et laissa voir la petite figure rieuse du jeune monsieur de Lorraine, fils de l'ambassadeur de France à Madrid.

Les combattants quittèrent alors l'arène au milieu des applaudissements, les chevaux de bois morts furent solennellement traînés hors de l'enceinte par deux pages maures en livrées jaune et noir, et, après un court intermède, pendant lequel un équilibriste français donna une représentation sur la corde raide, des marionnettes italiennes parurent dans la tragédie semi-classique de *Sophonisbe*[1], sur la scène d'un petit théâtre construit pour la circonstance. Elles jouèrent si bien et leurs gestes étaient si parfaitement naturels qu'à la fin de la pièce les yeux de l'Infante étaient obscurcis par les larmes. Plusieurs autres enfants pleuraient tellement qu'il fallut les consoler avec des bonbons et le Grand Inquisiteur lui-même était si ému qu'il ne put s'empêcher de dire à don Pedro qu'il semblait intolérable que des objets tout simplement confectionnés en bois et en cire coloriés, et mus mécaniquement par des fils, pussent être si malheureux et sujets à tant d'infortunes.

Un jongleur africain leur succéda et apporta une grande corbeille plate recouverte d'un drap rouge qu'il plaça au centre de l'arène, puis il tira de son turban une singulière flûte de roseau et souffla dedans. Au bout de quelque temps, le drap commença à remuer et, comme la flûte devenait de plus en plus aiguë, deux serpents vert et or sortirent leurs bizarres têtes cunéiformes et se dressèrent lentement en se balançant suivant le rythme de la musique comme un roseau se balance dans l'eau. Les enfants, cependant, furent assez effrayés par leurs têtes mouchetées et leurs langues vives et pointues ; ils se réjouirent bien plus quand le jongleur fit sortir du sable un petit oranger couvert de jolies fleurs blanches et de grappes de véritables fruits ; mais lorsqu'il prit l'éventail de la petite fille de la marquise de Las Torres et qu'il le changea en un oiseau bleu qui se mit à voltiger tout autour de la tente et à chanter, leur joie et leur étonnement ne connurent point de bornes. Le menuet solennel exécuté par les petits danseurs de l'église de Notre-Dame del Pilar fut également charmant. L'Infante n'avait jamais vu encore cette étonnante cérémonie qui a lieu tous les ans au mois de mai devant le grand autel de la Vierge, et en son honneur ; en fait, aucun des membres de la famille royale d'Espagne n'était entré dans la grande cathédrale de Saragosse

1. Fille du général carthaginois Hasdrubal, épouse de Syphax, roi de Numidie, Sophonisbe s'empoisonna pour ne pas figurer dans le triomphe de Scipion l'Africain. Son sort inspira de nombreux dramaturges, dont Mairet (1634), Corneille (1663), Voltaire (1770) et Alfieri (1784).

depuis qu'un prêtre fou, soupçonné par beaucoup d'avoir été soudoyé par Élisabeth d'Angleterre, avait tenté d'administrer une hostie empoisonnée au prince des Asturies[1]. Elle n'avait donc connaissance de la *danse de Notre-Dame**, comme on l'appelait, que par ouï-dire, et c'était certainement un beau spectacle. Les petits danseurs portaient des costumes de cour à l'ancienne mode, en velours blanc, et leurs curieux chapeaux à trois cornes étaient bordés de galons d'argent et surmontés d'énormes plumes d'autruche, et quand ils allaient et venaient, sous la lumière du soleil, la blancheur éblouissante de leurs costumes était rendue encore plus frappante par le contraste de leurs visages basanés et de leurs longs cheveux noirs. Tout le monde était fasciné par la dignité et le sérieux avec lesquels ils accomplissaient les figures compliquées de la danse et par la grâce étudiée de leurs gestes lents et la majesté de leurs saluts. Lorsqu'ils eurent terminé leur représentation et ôté leurs grands chapeaux à plumes devant l'Infante, elle leur rendit leur révérence avec beaucoup de courtoisie et fit vœu d'envoyer un gros cierge de cire à la châsse de Notre-Dame del Pilar pour la remercier du plaisir qu'elle lui avait procuré.

Une troupe de beaux Égyptiens — comme on appelait alors les Bohémiens — s'avancèrent dans l'arène et, s'asseyant en rond, les jambes croisées, se mirent à jouer doucement de leurs cithares en remuant leurs corps en cadence et en chantant presque entre leurs dents un air lent et mélancolique. Lorsqu'ils aperçurent don Pedro, ils le regardèrent d'un air menaçant et plusieurs d'entre eux eurent l'air effrayé, car quelques semaines auparavant seulement, il avait fait pendre pour sorcellerie, sur la place du marché de Séville, deux hommes de leur tribu, mais la jolie Infante les charma quand ils virent ses grands yeux bleus les regarder par-dessus son éventail, et ils sentirent qu'une aussi charmante créature ne saurait jamais être cruelle pour personne. Ils continuèrent donc à jouer très doucement et à toucher à peine les cordes de leurs cithares avec leurs

1. Titre porté par le prince héritier d'Espagne depuis 1388.

grands ongles effilés, et leurs têtes se mirent à vaciller comme s'ils allaient s'endormir. Soudain, poussant un cri tellement strident que tous les enfants tressaillirent et que don Pedro porta la main sur la poignée d'agate de sa dague, ils sautèrent sur leurs pieds et se mirent à tourner comme des fous autour de l'enceinte, à frapper sur leurs tambourins et à chanter un chant d'amour sauvage dans leur langue gutturale et bizarre. Puis, sur un nouveau signal, ils se précipitèrent par terre et y restèrent parfaitement immobiles, le silence n'étant interrompu que par le sourd roulement des cithares. Après avoir répété le même exercice à diverses reprises, ils disparurent un moment et revinrent, conduisant à la chaîne un gros ours au poil hérissé et portant sur leurs épaules des petits singes de Barbarie. L'ours se tint sur la tête avec le plus grand sérieux et les singes desséchés exécutèrent toutes sortes de tours amusants avec deux petits Bohémiens qui paraissaient être leurs maîtres ; ils se battirent avec de petites épées, tirèrent des coups de fusil, et firent l'exercice du soldat tout comme un vrai garde du corps du roi. Les Bohémiens obtinrent réellement un grand succès.

Mais la partie la plus amusante de tous les divertissements de la matinée fut incontestablement la danse du petit nain. Lorsqu'il arriva en trébuchant dans l'arène, se dandinant sur ses jambes torses et branlant son énorme tête difforme de tous les côtés, les enfants poussèrent des hurlements de joie et l'Infante elle-même rit tellement que la camarera fut obligée de lui rappeler que, bien qu'il y eût eu beaucoup de précédents en Espagne que la fille d'un roi eût pleuré devant ses égaux, il n'y en avait aucun d'une princesse de sang royal s'amusant autant devant ses inférieurs par la naissance. Cependant le nain était réellement irrésistible, et même à la cour d'Espagne, de tout temps renommée pour son amour raffiné pour l'horrible, jamais on n'avait vu un petit monstre aussi fantastique. C'était aussi sa première apparition. Il n'avait été découvert que la veille, courant comme un sauvage au milieu de la forêt, par deux seigneurs qui chassaient par hasard dans une partie reculée des grands bois de chênes-lièges qui entouraient la ville, et ils l'avaient emporté au palais pour faire une surprise à l'Infante, son père, pauvre charbonnier, ayant tout naturellement été enchanté de se débarrasser d'un enfant aussi laid et aussi inutile. Peut-être ce qu'il y avait de plus amusant en lui, c'était sa complète inconscience de son apparence grotesque. Il paraissait, en effet, parfaitement heureux et de la meilleure humeur du monde. Lorsque les enfants riaient, il riait aussi librement et aussi joyeusement qu'eux, et, à la fin de chaque danse, il leur faisait à tous les révérences les plus comiques, leur souriant et leur faisant des signes de tête absolument comme s'il eût été réellement l'un d'eux et non pas un petit être difforme que la Nature, dans un moment de méchante humeur, avait façonné pour servir de risée aux autres. Quant à l'Infante, elle le fascinait absolument. Il ne la quittait pas des yeux et semblait ne danser que pour elle ; et, lorsque à la fin de la représentation, se rappelant qu'elle avait vu les grandes dames de la Cour jeter des bouquets à Caffarelli, le célèbre soprano italien que le pape avait envoyé de sa propre chapelle à Madrid pour qu'il guérît le roi de sa mélancolie par la douceur de sa voix[1], elle ôta de ses cheveux la belle rose blanche et, moitié par plaisanterie et moitié pour taquiner la camarera, elle la lui jeta à travers l'arène avec son plus gracieux sourire. Il prit la chose tout à fait au sérieux et, pressant la fleur sur ses grosses lèvres épaisses, il mit la main sur son cœur et un genou à terre devant elle, avec un rire allant d'une oreille à l'autre et ses petits yeux brillants étincelant de plaisir.

Cette démonstration bouleversa tellement la gravité de l'Infante qu'elle continua à rire longtemps après que le petit nain fut sorti en courant de l'arène et exprima à son oncle le désir que la danse fût immédiatement recommencée. Néanmoins, la camarera, sous prétexte que le soleil était trop chaud, décida qu'il valait mieux que Son Altesse rentrât immédiatement au

1. Gaetano Majorano Caffarelli (1710-1783), castrat italien acclamé dans toute l'Europe et très apprécié du roi Philippe V, sujet à la fin de son règne à de très graves crises de mélancolie que le chant de Caffarelli avait, dit-on, le pouvoir de soigner.

palais où un magnifique goûter était préparé pour elle, y compris un vrai gâteau d'anniversaire orné de ses initiales dessinées sur le dessus en sucre blanc, le tout surmonté d'un joli drapeau d'argent. L'Infante se leva donc avec beaucoup de dignité et, après avoir donné l'ordre que le petit nain revînt danser devant elle après l'heure de la sieste et exprimé au jeune comte de Terra-Nova ses remerciements pour son charmant accueil, elle retourna dans ses appartements, suivie des enfants, dans le même ordre que lorsqu'ils étaient venus.

Or, quand le petit nain entendit dire qu'il devait danser une seconde fois devant l'Infante, et à sa demande expresse, il en fut si fier qu'il courut au jardin couvrir la rose blanche de baisers, dans une absurde extase et en faisant les gestes de ravissement les plus ridicules et les plus gauches.

Les Fleurs s'indignèrent de le voir oser ainsi envahir leur beau domaine et, lorsqu'elles le virent gambader dans les allées et agiter les bras au-dessus de sa tête d'une manière aussi ridicule, elles ne purent contenir plus longtemps leurs sentiments.

« Il est vraiment trop laid pour qu'il lui soit permis de jouer dans un endroit où nous sommes, crièrent les Tulipes.

— Il devrait boire du jus de pavot et aller dormir pendant mille ans, dirent les grands Glaïeuls vermeils tout gonflés de colère.

— C'est un véritable monstre ! vociférait le Cactus. Voyez comme il est tordu et ramassé ! Sa tête est complètement hors de proportion avec ses jambes. Vraiment il me hérisse et, s'il s'approche de moi, je le piquerai avec mes épines.

— Et encore il m'a pris une de mes plus belles fleurs !... s'écria le Rosier blanc. Je l'ai donnée moi-même ce matin à l'Infante, comme cadeau d'anniversaire, et il la lui a volée ! » Et il se mit à crier à tue-tête : « Voleur ! voleur ! voleur !... »

Les Géraniums rouges eux-mêmes, qui, habituellement, ne prennent pas de grands airs et passent pour avoir beaucoup de parents pauvres, firent une grimace de dégoût en le voyant, et, lorsque les Violettes firent observer modestement que, quoiqu'il fût certainement très laid, ce n'était pourtant pas sa faute, ils répondirent, avec beaucoup de justesse, que c'était là son principal défaut et que ce n'était pas une raison pour admirer un individu parce qu'il était incurable. Et en effet quelques Violettes elles-mêmes convinrent que le petit nain étalait sa laideur presque avec ostentation et qu'il aurait fait preuve de meilleur goût en ayant l'air triste ou au moins pensif, au lieu de sauter d'un air si joyeux et de prendre toutes ces attitudes plus sottes et plus grotesques les unes que les autres.

Quant au vieux Cadran solaire qui était un individu extrêmement remarquable et qui avait autrefois marqué l'heure du jour ni plus ni moins qu'à l'empereur Charles Quint[1] lui-même, il fut tellement abasourdi par l'apparition du petit nain qu'il en oublia presque de marquer deux minutes entières avec son grand doigt d'ombre, et ne put s'empêcher de dire au grand Paon blanc comme du lait, qui se chauffait au soleil sur la balustrade, que tout le monde savait que les enfants des rois étaient rois et que les enfants des charbonniers étaient charbonniers, et qu'il était absurde de prétendre le contraire, affirmation que le Paon approuva entièrement en se mettant à crier : « Certainement, certainement ! » d'une voix si perçante et si rauque que les Poissons rouges qui nageaient dans le bassin du jet d'eau mirent tous la tête dehors et demandèrent ce qui se passait aux gros Tritons[2] de pierre.

Mais pourtant les Oiseaux l'aimaient. Ils l'avaient vu souvent dans la forêt, danser comme un elfe en courant après les feuilles tourbillonnantes ou, accroupi dans le tronc d'un vieux chêne, partageant ses noisettes avec les Écureuils. Ils ne s'inquiétaient pas le moins du monde qu'il fût laid. Et puis le Rossignol lui-même, qui chantait si mélodieusement, le soir, dans les bosquets d'orangers que parfois la Lune se penchait pour l'écouter, n'était pas très beau à voir après tout. D'ailleurs, il avait été bon pour eux durant ce terrible hiver, alors qu'il n'y avait plus de baies sur les arbres et que la terre était dure

---

1. Empereur germanique, roi d'Espagne sous le nom de Charles Ier de 1516 à 1555. 2. Triton était le fils de Poséidon, dieu de la mer, et de la nymphe Amphitrite. Les Tritons sont des divinités marines, mi-hommes, mi-poissons.

comme du fer, que les loups étaient descendus jusqu'aux portes mêmes de la ville pour chercher leur nourriture, il ne les avait jamais oubliés, mais leur avait toujours donné des miettes de son petit morceau de pain noir et partagé avec eux son pauvre déjeuner quel qu'il fût.

Aussi s'empressèrent-ils de voltiger autour de lui, frôlant ses joues de leurs ailes en passant, gazouillant entre eux, et le petit nain était si enchanté qu'il ne put s'empêcher de leur montrer la belle rose blanche et de leur dire que l'Infante la lui avait donnée elle-même parce qu'elle l'aimait.

Ils ne comprirent pas un seul mot de ce qu'il disait, mais cela ne faisait rien, car ils penchèrent leurs petites têtes de côté et prirent un air grave, ce qui vaut tout autant que de comprendre les choses et ce qui est beaucoup plus facile.

Les Lézards, aussi, l'avaient pris en grande amitié et, lorsque, fatigué de courir, il se couchait sur l'herbe pour se reposer, ils venaient jouer et gambader autour de lui pour tâcher de l'amuser du mieux qu'ils pouvaient.

« Tout le monde ne peut pas être beau comme un lézard, disaient-ils, ce serait trop demander. Et, bien qu'il paraisse absurde de le dire, il n'est vraiment pas si laid, en définitive, pourvu évidemment qu'on ferme les yeux et qu'on ne le regarde pas. »

Les Lézards étaient extrêmement philosophes par nature et passaient souvent des heures à réfléchir tous ensemble, quand il n'y avait rien de mieux à faire ou quand le temps était trop pluvieux pour sortir.

Cependant les Fleurs étaient fort contrariées de leur conduite et de celle des Oiseaux.

« Cela montre bien, disaient-elles, quel effet vulgaire produisent toutes ces courses et ces vols. Les gens bien élevés restent toujours exactement à la même place, comme nous le faisons. Jamais personne ne nous voit sautiller le long des allées ni galoper comme des folles sur le gazon à la poursuite des mouches. Quand nous avons besoin de changer d'air, nous envoyons chercher le jardinier et il nous porte sur une autre plate-bande.

Voilà qui est digne et voilà ce qui doit être. Mais les Oiseaux et les Lézards n'ont pas le sens du repos et, bien sûr, les Oiseaux n'ont pas même d'adresse fixe. Ce sont de véritables vagabonds comme les Bohémiens et on devrait les traiter exactement de la même manière. » Là-dessus, elles levèrent le nez, prirent un air très hautain, et furent ravies quand, au bout de quelque temps, elles virent le petit nain sortir du gazon et se diriger vers le palais, en traversant la terrasse.

« On devrait certainement l'enfermer pour le reste de sa vie, dirent-elles. Voyez donc son dos tout bossu et ses jambes torses ! » Et elles se mirent à ricaner.

Mais le petit nain ne savait rien de tout cela. Il aimait énormément les Oiseaux et les Lézards et trouvait que les Fleurs étaient les choses les plus merveilleuses du monde, à l'exception, naturellement, de l'Infante, qui lui avait donné la belle rose blanche et qui l'aimait, ce qui faisait une grande différence. Comme il aurait souhaité s'en aller avec elle ! Elle l'aurait mis à sa droite, elle lui aurait souri, il ne l'aurait jamais quittée, mais aurait fait d'elle sa compagne de jeu et lui aurait appris toutes sortes de jolis tours. Car, quoiqu'il ne fût jamais entré de sa vie dans un palais, il savait une foule de choses merveilleuses. Il savait confectionner des petites cages de jonc pour y faire chanter les cigales et assembler de longues tiges de bambou pour en former la flûte que Pan aimait à entendre [1]. Il connaissait le cri de tous les oiseaux et pouvait appeler les sansonnets du sommet des arbres et le héron du bord de l'étang. Il connaissait la piste de tous les animaux et aurait suivi le lièvre rien qu'à la délicate empreinte de ses pas et le sanglier aux feuilles piétinées. Il savait toutes les danses du vent : la danse folle en vêtement rouge, pendant l'automne, la danse légère en sandales bleues au-dessus des blés, la danse avec les blancs flocons de neige pendant l'hiver, et la danse de la floraison au printemps à travers les vergers. Il savait où les ramiers construisent leurs nids, et un jour que l'oiseleur avait pris les

1. Dieu des bergers d'Arcadie, mi-homme mi-bouc, dieu de la fertilité doué d'une puissance sexuelle peu commune, il est l'inventeur de la syrinx, ou flûte de Pan, instrument fait de roseaux de longueur décroissante.

parents au piège, il avait emporté les petits et leur avait construit un petit pigeonnier dans la fente d'un orme étêté. Ils étaient tout à fait apprivoisés et venaient chaque matin manger dans sa main. Elle les aimerait ainsi que les lapins qui bondissaient dans les grandes fougères, les geais avec leurs plumes aux reflets métalliques et leurs becs noirs, les hérissons qui se roulaient en boules piquantes et les grandes et sages tortues qui rampaient gravement de tous côtés, en branlant la tête et en rongeant les feuilles nouvelles. Oui, il faudrait certainement qu'elle vînt dans la forêt pour jouer avec lui. Il lui donnerait son petit lit et il veillerait par la fenêtre jusqu'à l'aube, pour empêcher les grands bœufs sauvages de venir lui faire du mal ou les loups affamés de se glisser près de la chaumière. Et à l'aube, il frapperait aux volets pour l'éveiller et ils courraient et danseraient toute la journée. La forêt du reste n'était pas du tout un lieu solitaire. Quelquefois un évêque la traversait sur sa mule blanche en lisant dans un livre enluminé. D'autres fois, les fauconniers passaient par là en bonnets de velours vert et en culottes de peau de daim, leurs faucons encapuchonnés sur le poing. Au temps des vendanges, c'étaient les fouleurs de raisin, aux mains et aux pieds rouge pourpre, couronnés de feuilles de lierre luisantes et portant des outres pleines de vin ; les charbonniers s'asseyaient le soir autour de leurs grands brasiers, surveillant les bûches sèches qui brûlaient lentement dans le feu, faisant rôtir des châtaignes dans les cendres, puis les brigands sortaient de leurs cavernes et venaient festoyer avec eux. Une fois, aussi, il avait vu une grande procession défiler sur la route poudreuse de Tolède. Les moines marchaient en avant en chantant doucement, portant de riches bannières et des croix d'or, puis, après eux, recouverts de cuirasses d'argent, avec des hallebardes et des piques, venaient les soldats, et au milieu d'eux s'avançaient trois hommes pieds nus, couverts de robes jaunes étranges sur lesquelles étaient peintes de fantastiques figures, et portant des cierges allumés dans leurs mains. Il y avait certainement beaucoup de choses à voir dans la forêt et, quand elle serait lasse, il trouverait pour elle un banc de mousse bien douce où il la porterait dans ses bras, car il était très fort, quoiqu'il sût qu'il n'était pas grand. Il lui ferait un collier de baies de bryone rouge qui seraient tout aussi jolies que les blanches qu'elle portait sur sa robe, et, quand elle en serait fatiguée, elle pourrait les jeter et il lui en trouverait d'autres. Il lui apporterait des cupules de glands et des anémones couvertes de rosée et de jolis vers luisants qui seraient les étoiles de ses blonds cheveux dorés.

Mais où donc était-elle ? Il le demanda à la rose blanche qui ne lui répondit pas. Tout le palais paraissait endormi et, là même où les volets n'étaient pas fermés, on avait tiré d'épais rideaux derrière les fenêtres pour écarter la lumière du jour. Il erra de tous les côtés, cherchant une entrée, et il avisa enfin une petite porte secrète restée ouverte. Il s'y glissa et se trouva dans une salle splendide, beaucoup plus splendide, il en avait peur, que la forêt ; il y avait des dorures partout et le plancher lui-même était composé de grandes pierres de couleur, ajustées ensemble de manière à former un dessin géométrique. Mais la petite Infante n'était pas là, il n'y avait que quelques belles statues blanches, qui le regardaient du haut de leurs piédestaux de jaspe, avec des yeux mornes et vides et des lèvres étrangement souriantes.

À l'extrémité de cette salle pendait un rideau de velours noir richement brodé et parsemé de soleils et d'étoiles, emblèmes favoris du roi, brodés sur la couleur qu'il préférait. Peut-être se cachait-elle derrière ! Dans tous les cas il allait y voir.

Il se glissa donc doucement à travers la salle et souleva le rideau. Non, il n'y avait qu'une autre pièce, mais bien plus jolie, pensa-t-il, que celle qu'il venait de quitter. Les murs étaient tendus d'une tapisserie faite à l'aiguille, représentant une chasse avec ses nombreux personnages ; c'était l'œuvre de quelques artistes flamands qui avaient passé plus de sept ans à sa composition. Cette pièce avait été autrefois la chambre de *Jean le Fou** [1], comme on l'appelait, ce roi fou si épris de la

---

1. Le nom de ce roi est une invention de Wilde ; il se peut qu'il ait fait un amalgame entre les noms de Jeanne la Folle, reine de Castille (1479-1555), et de Jean sans Peur, duc de Bourgogne (1371-1419). Le père de Jean sans Peur, Philippe II le Hardi, et sa mère, Marguerite de Flandres, protégeaient

chasse qu'il avait toujours essayé, dans son délire, de monter les grands chevaux qui se cabraient, d'abattre le cerf sur lequel bondissaient les grands chiens, et, en sonnant de sa trompe de chasse, de porter des coups de sa dague au pauvre daim qui s'enfuyait. Cette chambre servait maintenant de salle de conseil et sur la table du milieu se trouvaient les portefeuilles rouges des ministres, portant frappée l'empreinte des tulipes d'or d'Espagne, les armes et les emblèmes de la maison de Habsbourg[1].

Le petit nain, tout émerveillé, regardait autour de lui et était à demi effrayé de se trouver là. Les étranges cavaliers muets qui galopaient avec tant de rapidité à travers les longues clairières, sans faire aucun bruit, lui faisaient l'effet de ressembler à ces terribles fantômes dont il avait entendu parler les charbonniers — les Comprachos —, qui ne chassent que la nuit et qui, s'ils rencontrent un homme, le changent en biche et le chassent. Mais il pensa à la jolie Infante et reprit courage. Il voulait la trouver seule et lui dire que lui aussi il l'aimait. Peut-être était-elle dans la chambre voisine.

Il traversa la chambre sur de moelleux tapis mauresques et ouvrit la porte. Non ! Elle n'était pas là non plus. La pièce était complètement vide.

C'était une salle du trône, servant à la réception des ambassadeurs étrangers, quand le roi, ce qui récemment n'était pas arrivé souvent, consentait à leur accorder une audience personnelle. La salle même dans laquelle, bien des années auparavant, des envoyés étaient apparus, venus d'Angleterre pour négocier le mariage de leur reine, à cette époque l'une des souveraines catholiques d'Europe, avec le fils aîné de l'empereur[2]. Les tentures étaient en cuir de Cordoue doré, et un lustre pesant et

---

les tapissiers flamands, dont les œuvres étaient très appréciées de l'aristocratie de l'époque.

1. Charles Quint (Charles Ier d'Espagne) fut le premier Habsbourg (dynastie qui régna sur l'Autriche de 1278 à 1918) à monter sur le trône d'Espagne.

2. Il s'agit du mariage de la reine Marie Tudor d'Angleterre, fille (catholique) d'Henri VIII et de Catherine d'Aragon, avec Philippe II, roi d'Espagne, en 1554.

doré, avec des branches pour trois cents chandelles de cire, était suspendu au plafond noir et blanc. Sous un grand dais de drap d'or, sur lequel étaient brodés en semences de perles les lions et les tours de Castille, se dressait le trône lui-même, recouvert d'un voile somptueux de velours noir constellé de tulipes d'argent et richement frangé d'argent et de perles. Sur la seconde marche du trône était posé le petit siège de l'Infante, avec son coussin de drap tissé d'argent, et au-dessous, et au-delà de la limite du dais, il y avait le fauteuil du nonce du pape, qui seul avait le droit de s'asseoir en présence du roi lors d'une cérémonie publique quelconque, et dont le chapeau de cardinal, avec ses glands écarlates emmêlés, était posé sur un *tabouret** pourpre, devant le siège. Sur le mur, en face du trône, était suspendu un portrait grandeur nature de Charles Quint en costume de chasse, avec un gros dogue à son côté, et un tableau représentant Philippe II recevant l'hommage des Pays-Bas occupait le milieu de l'autre mur. Entre les fenêtres était posé un bahut noir en ébène, incrusté de plaques d'ivoire, sur lesquelles étaient gravés les personnages de la *Danse macabre* de Holbein[1] — gravures exécutées, disait-on, par la main même de ce maître renommé.

Mais le petit nain ne s'inquiétait guère de toute cette magnificence. Il n'aurait pas donné sa rose pour toutes les perles du dais, ni un seul de ses pétales blancs pour le trône lui-même. Ce qu'il voulait, c'était voir l'Infante avant qu'elle descendît au pavillon pour lui demander de s'en aller avec lui quand il aurait fini de danser. Là, dans le palais, l'air était renfermé et lourd, tandis que dans la forêt le vent soufflait librement et la lumière du soleil écartait distraitement de ses doigts d'or les feuilles tremblantes. Il y avait des fleurs aussi, dans la forêt, non pas aussi belles, peut-être, que les fleurs du jardin, mais plus délicieusement parfumées. Les jacinthes, au commencement du

---

1. Série de gravures sur bois exécutées en 1515 par Hans Holbein le Jeune, peintre, dessinateur et graveur allemand (1497-1543). L'une de ses œuvres les plus célèbres est le *Portrait des ambassadeurs français*, qui laisse apparaître en premier plan l'anamorphose d'un crâne humain.

printemps, inondaient de leurs grappes bleues les fraîches clairières et les buttes gazonnées ; les primevères jaunes se pressaient en petits groupes au pied des troncs noueux des chênes, ainsi que les brillantes chélidoines, la véronique bleue, et les iris lilas et jaunes. Il y avait des chatons gris aux noisetiers et les digitales s'inclinaient sous le poids des abeilles entassées dans leurs corolles tigrées. Le marronnier était couvert de grappes d'étoiles blanches et l'aubépine de ses charmantes petites lunes pâles. Oui, sûrement elle viendrait si seulement il pouvait la trouver ! Elle viendrait avec lui dans la belle forêt, et toute la journée il danserait pour son plaisir. Un sourire illumina ses yeux et il passa dans l'autre salle.

De toutes les pièces, celle-ci était la plus somptueuse et la plus belle. Les murs étaient recouverts d'un damas de Lucques[1] à fleurs roses, garni d'oiseaux et constellé de délicates fleurs d'argent ; les meubles étaient d'argent massif, festonnés de guirlandes fleuries, où se balançaient des cupidons ; devant les deux vastes cheminées étaient posés de larges paravents brodés de perroquets et de paons, et le sol, qui était d'onyx vert marin, semblait s'étendre bien loin, bien loin là-bas. Mais il n'était pas seul. Comme il restait dans l'ombre de l'entrée, à l'extrémité de la pièce, il aperçut une petite figure qui l'observait. Son cœur trembla, un cri de joie s'échappa de ses lèvres, et il s'avança au grand jour. En même temps, la petite figure fit aussi un mouvement en avant et il la vit distinctement.

L'Infante ! C'était un monstre, le monstre le plus grotesque

---

1. Ville d'Italie, située en Toscane. La description qui suit est inspirée de l'ouvrage d'Ernest Lefébure, *Broderies et dentelles* (1887), traduit en anglais sous le titre de *Embroidery and Lace*. Wilde avait fait un compte rendu de ce livre pour *Woman's World* en décembre 1888. Dans le chapitre XI du *Portrait de Dorian Gray*, Wilde se servira de nouveau très abondamment du livre de Lefébure (comme de son propre article) pour décrire les broderies et les tapisseries auxquelles s'intéresse Dorian, en quête de nouvelles sensations esthétiques.

Le damas (de Damas, ville de Syrie) est une « étoffe tissée dont le dessin apparaît à l'endroit en satin sur fond de taffetas et à l'envers en taffetas sur fond de satin » (*Petit Robert*).

qu'il eût jamais vu. Non pas proportionné comme l'étaient les autres gens, mais bossu, les jambes torses, avec une énorme tête branlante, et une crinière de cheveux noirs. Le petit nain fronça le sourcil, le monstre le fronça également. Il rit et l'autre rit comme lui en s'appuyant les mains sur les côtés comme il le faisait lui-même. Il lui fit une révérence moqueuse et l'autre la lui rendit. Il fit quelques pas en avant et l'autre vint à sa rencontre, imitant tous les pas qu'il faisait et s'arrêtant quand il s'arrêtait. Il poussa des cris de joie, se précipita en avant, étendit la main, et la main du monstre toucha la sienne, mais elle était froide comme glace. Il eut peur et ramena sa main, celle du monstre suivit avec rapidité son mouvement. Il essaya d'appuyer, mais il fut arrêté par quelque chose de lisse et de dur. Le visage du monstre était maintenant tout proche du sien et semblait empli de terreur. Il écarta ses cheveux de ses yeux. L'autre l'imita. Il le frappa et reçut coup pour coup. Il l'injuria et l'autre lui faisait de hideuses grimaces. Il recula, l'autre s'éloigna.

Qu'y a-t-il donc ? Il réfléchit un instant et jeta un regard tout autour de la chambre. C'était étrange, mais tout paraissait avoir son double dans cet invisible mur d'eau claire. Oui, chacun des portraits était répété, chacun des canapés était répété. Le Faune endormi couché dans la niche auprès de la porte d'entrée avait un frère jumeau qui sommeillait, et la Vénus d'argent, éclairée par le soleil, tendait les bras à une autre Vénus tout aussi charmante qu'elle.

Était-ce Écho ? Il l'avait appelée un jour dans la vallée et elle lui avait répondu mot pour mot. Se moquait-elle de l'œil comme elle se moquait de la voix ? Pouvait-elle contrefaire un monde et le rendre semblable au monde réel ? L'ombre des objets pouvait-elle avoir la couleur, la vie et le mouvement ? Était-ce ?...

Il tressaillit et, tirant de son sein la belle rose blanche, il se retourna et la baisa. Le monstre avait aussi une rose toute semblable, pétale pour pétale ! Il la couvrait des mêmes baisers et la pressait sur son cœur avec d'horribles gestes.

Quand la vérité se fit enfin jour, il poussa un cri perçant de désespoir et tomba par terre en sanglotant. C'était donc lui qui était bossu et difforme, horrible à voir et grotesque. C'était lui-même qui était le monstre, et tous les enfants s'étaient moqués de lui, et la petite princesse, lui qui avait cru qu'elle l'aimait... elle aussi, s'était tout simplement moquée de sa laideur et s'était amusée de ses membres tordus. Pourquoi ne l'avait-on pas laissé dans la forêt, où il n'y avait pas de miroirs pour lui dire combien il était horrible ? Pourquoi son père ne l'avait-il pas tué plutôt que de le vendre pour sa honte ? Des larmes brûlantes coulaient le long de ses joues et il déchira la rose blanche. Le monstre couché fit de même et lança les pétales flétris en l'air. Le monstre se traîna sur le plancher et, quand il le regarda, il vit que c'était une expression de douleur. Il s'éloigna en rampant, de peur de le voir, et se couvrit la figure de ses mains. Il se traîna dans l'ombre, comme un animal blessé, et y resta à gémir.

À ce moment l'Infante entra par la porte-fenêtre ouverte avec ses compagnons, et quand ils virent le vilain petit nain étendu par terre et frappant le plancher de ses poings fermés de la façon la plus extraordinaire et exagérée, ils éclatèrent de rire et se rangèrent tout autour de lui pour le regarder.

« Sa danse était bien amusante, dit l'Infante, mais sa manière de jouer la comédie est encore plus drôle. Il joue vraiment presque aussi bien que les marionnettes, seulement, bien entendu, il n'est pas tout à fait aussi naturel. » Elle agita son grand éventail et applaudit.

Mais le petit nain ne regarda pas et ses sanglots devinrent de plus en plus faibles, puis tout à coup il poussa un soupir étrange, appuya sa main sur son côté, et demeura immobile.

« C'est superbe, dit l'Infante, après un instant de silence, mais à présent il faut danser pour moi.

— Oui, crièrent tous les enfants, il faut se lever et danser, car tu es aussi adroit que les singes de Barbarie et beaucoup plus ridicule. »

Mais le petit nain ne répondit pas.

Alors l'Infante frappa du pied et appela son oncle qui se promenait sur la terrasse avec le chambellan, tout en lisant des dépêches qui venaient d'arriver du Mexique où le Saint-Office avait été récemment établi.

« Mon vilain petit nain boude, cria-t-elle, il faut venir le réveiller, lui donner le fouet, et lui dire de danser pour moi. »

Ils se regardèrent en souriant et entrèrent tranquillement, puis don Pedro se baissa et frappa le nain sur la joue avec son gant brodé.

« Il faut danser, petit monstre, lui dit-il. Il faut danser. L'infante d'Espagne et des Indes [1] désire qu'on l'amuse. »

Mais le petit nain ne bougea pas.

« Il faut envoyer chercher le fouetteur », dit don Pedro d'un air ennuyé, en retournant sur la terrasse. Mais le chambellan avait l'air grave : il s'agenouilla près du petit nain et mit sa main sur son cœur. Après quelques instants il haussa les épaules, se releva, et après avoir fait une profonde révérence, il dit à l'Infante :

« *Mi bella Princesa*, votre amusant petit nain ne dansera plus jamais. C'est dommage, il est si laid qu'il aurait peut-être fait sourire le roi.

— Pourquoi ne dansera-t-il plus ? dit l'Infante en riant.

— Parce que son cœur s'est brisé », répondit le chambellan.

L'Infante fronça le sourcil et ses jolies petites lèvres roses prirent une expression de charmant dédain.

« Qu'à l'avenir ceux qui viennent jouer avec moi n'aient pas de cœur », s'écria-t-elle en s'élançant en courant dans le jardin.

---

1. Les Indes désignent les Indes occidentales, c'est-à-dire les territoires d'Amérique alors sous domination espagnole.

LE PÊCHEUR ET SON ÂME

À S.A.S. Alice,
princesse de Monaco[1].

Tous les soirs le jeune pêcheur partait en mer, et lançait ses filets à l'eau.

Quand le vent soufflait de terre, il n'attrapait rien, ou tout au plus peu de chose, car c'était un vent cruel aux ailes noires, et les vagues brutales se soulevaient à sa rencontre. Mais quand le vent soufflait vers le rivage, les poissons arrivaient des profondeurs, et nageaient jusque dans les mailles de ses filets ; et il les portait au marché pour les vendre.

Tous les soirs, il partait en mer ; et, un soir, le filet était si lourd qu'il eut grand-peine à le tirer dans son bateau. Et il se mit à rire, se disant : « J'ai sûrement pris tous les poissons qui nagent, ou attrapé quelque monstre stupide qui paraîtra merveilleux aux hommes, ou quelque objet horrible que désirera la grande reine. » Et, mettant en œuvre toute sa force, il tira sur les cordes grossières, jusqu'à ce que, pareilles à des filets d'émail bleu sur le pourtour d'un vase de bronze, les longues veines lui saillissent sur les bras. Il tira sur les cordages grêles, et le cercle des flotteurs de liège se rapprocha de plus en plus, et le filet se souleva enfin jusqu'à la surface de l'eau.

---

1. Alice Heine (1858-1925), petite-fille du poète allemand Heinrich Heine, veuve du duc de Richelieu, avait épousé le prince Albert de Monaco en 1889. Wilde avait, semble-t-il, rencontré la princesse, protectrice des arts, en 1891 à Paris.

Mais il ne renfermait nul poisson, ni aucun monstre ni objet horrible, rien qu'une petite sirène, profondément endormie.

Sa chevelure était pareille à une toison d'or ruisselante, et chacun de ses cheveux était comme un fil d'or fin dans une coupe de verre. Son corps était d'ivoire blanc, et sa queue, d'argent et de perle. D'argent et de perle était sa queue, et les algues vertes de la mer s'y enroulaient ; et semblables à des coquillages marins étaient ses oreilles, et ses lèvres étaient pareilles au corail des lagunes. Les vagues froides s'élançaient pour recouvrir ses seins tout froids, et le sel étincelait sur ses paupières.

Elle était si belle qu'en la voyant le jeune pêcheur fut saisi d'émerveillement, et il étendit la main pour tirer le filet tout près de lui ; se penchant sur le plat-bord, il la saisit dans ses bras. Et lorsqu'il la toucha, elle poussa un cri semblable à celui d'une mouette effarouchée, et se réveilla ; elle le dévisagea de l'améthyste mauve de ses yeux, prise de terreur, et se débattit afin de s'échapper. Mais il la tint serrée contre lui, et ne lui permit pas de partir.

Et lorsqu'elle vit qu'elle ne pouvait lui échapper d'aucune façon, elle se mit à pleurer, et dit :

« Je te supplie de me laisser partir, car je suis la fille unique d'un roi, et mon père est âgé et vit tout seul. »

Mais le jeune pêcheur répondit :

« Je ne te laisserai pas partir, à moins que tu ne me fasses promesse de venir chanter pour moi chaque fois que je t'appellerai, car les poissons sont ravis d'entendre le chant des hôtes de la mer, et ainsi mes filets seront pleins.

— Me laisseras-tu partir, en toute vérité, si je te fais cette promesse ? s'écria la sirène.

— En toute vérité, je te laisserai partir », dit le jeune pêcheur.

Alors, elle lui fit la promesse qu'il désirait, et la scella du serment des hôtes de la mer. Et il desserra l'étreinte de ses bras, et elle s'enfonça dans l'eau, tremblant d'une peur étrange.

Tous les soirs, le jeune pêcheur partit en mer, et appela la sirène, et elle sortit de l'eau et chanta pour lui. Les dauphins nageaient en cercle autour d'elle, et les mouettes sauvages tourbillonnaient au-dessus de sa tête.

Et elle chantait une chanson merveilleuse. Car elle chantait les hôtes de la mer, qui poussent leurs troupeaux de caverne en caverne, et portent leurs petits sur leurs épaules ; les Tritons[1] qui ont une longue barbe verte et la poitrine velue, et qui soufflent dans des conques enroulées quand passe le roi ; le palais du roi, qui est tout en ambre, surmonté d'un toit d'émeraude transparente et pavé de perles brillantes ; les jardins de la mer, où les grands éventails en filigrane[2] de corail se balancent toute la journée, où les poissons s'élancent comme des oiseaux d'argent, où les anémones s'accrochent aux rochers, et où les œillets bourgeonnent parmi le sable jaune et strié. Elle chantait les grosses baleines qui descendent des mers septentrionales et portent des petits glaçons accrochés à leurs nageoires ; les sirènes qui content des choses si merveilleuses que les marchands sont obligés de se boucher les oreilles avec de la cire, de peur de les entendre et de bondir dans les flots et de s'y noyer ; les galères coulées, avec leurs grands mâts, les marins figés s'agrippant aux agrès, et les maquereaux entrant et sortant à la nage par les hublots ouverts ; les petites bernacles qui sont de grandes voyageuses et s'accrochent à la quille des navires qui font le tour du monde ; les seiches qui vivent dans les flancs des falaises et étendent leurs longs bras noirs, et qui peuvent faire venir la nuit quand elles le veulent. Elle chanta le nautile[3] qui possède un bateau à lui, creusé dans une opale et piloté au moyen d'une voile de soie ; les bienheureux hommes de la mer, qui jouent de la harpe et endorment le grand Kraken[4] sous le charme de leurs accents ; les petits enfants qui attrapent les marsouins glissants et chevauchent en riant sur leur dos ; les

1. Voir « L'Anniversaire de l'Infante », note 2, p. 229. 2. « Ouvrage fait de fils de métal (argent, or), de fils de verre, entrelacés et soudés » (*Petit Robert*). 3. Mollusque à coquille spiralée. 4. Monstre marin mythique des légendes scandinaves.

sirènes qui sont étendues dans l'écume blanche, et tendent les bras aux marins ; les lions de mer aux défenses recourbées, et les chevaux marins à la crinière flottante.

Et tandis qu'elle chantait, tous les thons arrivaient des profondeurs des flots pour l'écouter ; et le jeune pêcheur lançait ses filets tout autour d'eux et les attrapait, et il en prenait d'autres avec un harpon. Et quand son bateau était bien chargé, la sirène s'enfonçait dans la mer, en lui souriant.

Pourtant, elle ne voulut jamais s'approcher de lui pour qu'il pût la toucher. Bien souvent il l'appela et la supplia, mais elle ne le voulut pas ; et lorsqu'il essaya de la saisir, elle plongea dans l'eau comme eût pu plonger un phoque, et il ne la revit plus ce jour-là. Et chaque jour le son de sa voix devint plus doux à ses oreilles. Sa voix était si douce, qu'il en oublia ses filets et ses ruses, et ne se soucia plus de son métier. Les thons aux nageoires de vermillon et aux yeux d'or saillants passaient par bancs entiers, mais il n'y prenait pas garde. Son harpon gisait à son côté, inoccupé, et ses paniers d'osier tressé étaient vides. Les lèvres entrouvertes, les yeux vagues d'émerveillement, il restait assis dans son bateau sans rien faire, écoutant, jusqu'à ce que les brumes marines l'enveloppassent lentement, et que la lune errante eût teint d'argent ses membres hâlés.

Et un soir il l'appela, et dit :

« Petite sirène, petite sirène, je t'aime. Prends-moi pour époux, car je t'aime. »

Mais la sirène hocha la tête :

« Tu as une âme humaine, répondit-elle. Si seulement tu consentais à renvoyer ton âme, alors je pourrais t'aimer. »

Et le jeune pêcheur se dit : « À quoi me sert mon âme ? Je ne peux la voir. Je ne puis la toucher. Je ne la connais pas. Certes, je vais la renvoyer, et je connaîtrai un grand bonheur. » Et un cri de joie s'échappa de ses lèvres, et, se dressant debout dans le bateau bariolé, il tendit les bras vers la sirène :

« Je vais renvoyer mon âme, lui cria-t-il, et tu seras ma femme, et je serai ton époux ; et nous habiterons ensemble les profondeurs de la mer ; et tout ce que tu as chanté, tu me le montreras, et je ferai tout ce que tu désireras, et nos vies ne seront pas séparées. »

Et la petite sirène se mit à rire de plaisir, et se cacha le visage dans les mains.

« Mais comment vais-je renvoyer mon âme ? s'écria le jeune pêcheur. Dis-moi comment faire, et aussitôt, ce sera fait.

— Hélas ! je n'en sais rien, dit la petite sirène, les hôtes de la mer n'ont point d'âme. » Et elle s'enfonça dans les profondeurs des flots, en lui lançant un regard chargé de regrets.

Or le lendemain matin, de bonne heure, avant que le soleil eût dépassé d'un empan le sommet de la colline, le jeune pêcheur se rendit à la maison du prêtre et frappa trois fois à la porte.

Le novice regarda à travers le guichet, et quand il vit qui était là, il tira le verrou, et lui dit : « Entre. »

Et le jeune pêcheur entra dans la maison, s'agenouilla sur les roseaux odorants dont le sol était garni, et, interpellant le prêtre qui lisait les Saintes Écritures, il lui dit :

« Mon père, je suis amoureux de l'une des filles des hôtes de la mer, et mon âme m'empêche de combler mon désir. Dis-moi comment je puis renvoyer mon âme, car, en vérité, je n'en ai nul besoin. De quelle utilité est pour moi mon âme ? Je ne peux la voir. Je ne puis la toucher. Je ne la connais pas. »

Et le prêtre se frappa la poitrine, et répondit :

« Hélas, hélas, tu es fou, ou bien tu as mangé de quelque herbe vénéneuse, car l'âme est la partie la plus noble de l'homme, et nous a été donnée par Dieu afin que nous nous en servions noblement. Il n'est rien de plus précieux qu'une âme humaine, et nulle chose terrestre ne peut lui être comparée. Elle vaut tout l'or qui existe dans le monde, et est plus précieuse que les rubis des rois. En conséquence, mon fils, ne pense plus à cette affaire, car c'est un péché pour lequel il n'y a point de pardon. Et quant aux hôtes de la mer, ils sont perdus, et ceux qui voudraient avoir commerce avec eux sont perdus, eux aussi. Ils sont comme les bêtes des champs, qui ne distinguent point le bien du mal, et le Seigneur n'est point mort pour eux. »

Les yeux du pêcheur s'emplirent de larmes lorsqu'il entendit les paroles amères du prêtre, et il se mit debout et lui dit :

« Mon père, les faunes vivent dans la forêt et se réjouissent, et sur les rochers sont assis les hommes de la mer avec leurs harpes d'or rouge. Permets-moi d'être comme eux, je t'en conjure, car leurs jours sont pareils à ceux des fleurs. Et quant à mon âme, en quoi me profite-t-elle, mon âme, si elle s'interpose entre moi et l'objet que j'aime ?

— L'amour du corps est vil, s'écria le prêtre, plissant le front, et vils et mauvais sont les choses païennes à qui Dieu permet d'errer par Son monde. Maudits soient les faunes des bois, et maudits les chanteurs de la mer ! Je les ai entendus, la nuit, et ils ont cherché à m'attirer loin de mes prières. Ils frappent à la fenêtre, et se mettent à rire. Ils me murmurent aux oreilles le récit de leurs joies dangereuses. Ils me tentent et, quand je veux prier, ils me font des grimaces. Ils sont perdus, te dis-je, ils sont perdus. Pour eux il n'y a ni paradis ni enfer, et ils ne loueront le nom de Dieu ni dans l'un, ni dans l'autre.

— Mon père, s'écria le jeune pêcheur, tu ne sais ce que tu dis. Un jour, dans mon filet, j'ai attrapé la fille d'un roi. Elle est plus belle que l'étoile du matin, et plus blanche que la lune. Pour son corps, je donnerais mon âme, et pour son amour, j'abandonnerais le ciel. Dis-moi ce que je te demande, et laisse-moi aller en paix.

— Va-t'en ! Va-t'en ! s'écria le prêtre. Ton amante est perdue, et tu te perdras avec elle. » Et il ne lui donna point de bénédiction, mais le chassa de sa porte.

Et le jeune pêcheur descendit à la place du marché, et il marchait lentement, et la tête baissée, comme quelqu'un qui a du chagrin.

Et quand les marchands le virent venir, ils se mirent à murmurer entre eux, et l'un d'eux vint au-devant de lui, l'appela par son nom, et lui dit :

« Qu'as-tu à vendre ?

— Je veux te vendre mon âme, répondit-il, je te prie de me l'acheter, car j'en suis las. À quoi me sert mon âme ? Je ne peux la voir. Je ne puis la toucher. Je ne la connais pas. »

Mais les marchands se moquèrent de lui, et dirent : « À quoi peut nous servir l'âme d'un homme ? Elle ne vaut pas une pièce d'argent écornée. Vends-nous ton corps pour te faire esclave, et nous te vêtirons de pourpre marine, nous te passerons au doigt un anneau, et nous ferons de toi le mignon de la grande reine. Mais ne parle point d'âme, car pour nous elle n'est rien, et elle n'a nulle valeur pour notre service. »

Et le jeune pêcheur se dit à lui-même : « Comme c'est étrange ! Le prêtre me dit que l'âme vaut tout l'or du monde, et les marchands disent qu'elle ne vaut pas une pièce d'argent écornée. » Et il quitta le marché, et descendit au bord de la mer, et se mit à réfléchir sur ce qu'il devait faire.

Et à midi il se souvint que l'un de ses compagnons, qui était ramasseur de salicornes[1], lui avait parlé d'une certaine jeune sorcière qui habitait une caverne à l'entrée de la baie, et qui était très adroite dans ses sorcelleries. Et il partit en courant, tellement il était désireux de se débarrasser de son âme, et une nuée de poussière le suivit tandis qu'il filait sur le sable du rivage. Par une démangeaison dans la paume de sa main, la jeune sorcière apprit sa venue, et elle se mit à rire, et dénoua ses cheveux roux. Sa chevelure rousse tombant tout autour d'elle, elle se tint debout à l'ouverture de la caverne, et elle tenait dans la main une touffe de ciguë sauvage qui commençait à fleurir.

« Qu'est-ce qui te manque ? Qu'est-ce qui te manque ? s'écria-t-elle, lorsqu'il arriva, haletant, en haut de la pente et s'inclina devant elle. Du poisson pour ton filet, quand le vent est mauvais ? J'ai un petit pipeau de roseau, et quand j'y souffle, les mulets arrivent à pleine nage dans la baie. Mais il vaut son prix, joli garçon, il vaut son prix. Qu'est-ce qui te manque ? Qu'est-ce qui te manque ? Une tempête pour naufrager les bateaux, et pour amener au rivage les coffres pleins de riches trésors ? J'ai plus de tempêtes que n'en possède le vent, car celui que je sers est plus grand que le vent, et avec un tamis et un seau d'eau je

---

1. Plante comestible qui pousse dans les terrains salés et dont la cendre fournit de la soude.

puis envoyer les grandes galères au fond de la mer. Mais il faut me payer mon prix, joli garçon, il faut me payer mon prix. Qu'est-ce qui te manque ? Qu'est-ce qui te manque ? Je connais une fleur qui croît dans la vallée ; nul ne la connaît, sauf moi. Elle a des pétales pourpres, une étoile au cœur, et son suc est blanc comme du lait. Si tu touchais avec cette fleur les lèvres dures de la reine, elle te suivrait par tout le vaste monde. Elle quitterait le lit du roi, et elle te suivrait par tout le vaste monde. Mais cela vaut son prix, joli garçon, cela vaut son prix. Je peux broyer un crapaud dans un mortier, en faire un bouillon, et remuer le bouillon avec la main d'un mort. Asperges-en ton ennemi pendant qu'il dort, et il se changera en une vipère noire, et sa propre mère le tuera. Avec une roue je puis tirer la lune du ciel, et dans un cristal je puis te montrer la Mort. Qu'est-ce qui te manque ? Qu'est-ce qui te manque ? Dis-moi quel est ton désir, et je te le donnerai, et tu me paieras le prix, joli garçon, tu me paieras le prix.

— Mon désir ne s'attache qu'à une petite chose, dit le jeune pêcheur, et pourtant le prêtre s'est mis en colère contre moi, et m'a chassé. Je ne désire qu'une petite chose, et les marchands se sont moqués de moi, et me l'ont refusée. C'est pourquoi je suis venu auprès de toi, bien que les hommes te nomment mauvaise, et, quel que soit ton prix, je le paierai.

— Que désires-tu ? demanda la sorcière, s'approchant de lui.

— Je désire me défaire de mon âme », répondit le jeune pêcheur.

La sorcière pâlit, frissonna, et se cacha la figure dans son manteau bleu.

« Joli garçon, joli garçon, murmura-t-elle, c'est là une chose terrible à faire. »

Il secoua ses boucles brunes et se mit à rire.

« Mon âme ne m'est rien, répondit-il. Je ne peux la voir. Je ne puis la toucher. Je ne la connais pas.

— Que me donneras-tu si je te renseigne ? demanda la sorcière, abaissant sur lui ses beaux yeux.

— Cinq pièces d'or, dit-il, et mes filets, et la maison de

roseaux tressés où j'habite, et le bateau bariolé dans lequel je vogue. Dis-moi seulement comment je puis me débarrasser de mon âme, et je te donnerai tout ce que je possède. »

Elle eut un rire moqueur à son adresse, et le frappa de la touffe de ciguë.

« Je sais changer en or les feuilles de l'automne, répondit-elle, et je puis faire des pâles rayons de lune tissu d'argent, si je le veux. Celui que je sers est plus riche que tous les rois de ce monde, et possède leurs domaines.

— Que faut-il donc que je te donne, s'écria-t-il, si ton prix n'est ni l'or ni l'argent ? »

La sorcière lui caressa les cheveux de sa main fine et blanche.

« Il faut que tu danses avec moi, joli garçon », murmura-t-elle. Et elle lui sourit tout en parlant.

« Rien que cela ? » s'écria le jeune pêcheur, plein d'étonnement. Et il se remit debout.

« Rien que cela », répondit-elle. Et elle lui sourit de nouveau.

« Eh bien, au coucher du soleil, en quelque lieu secret, nous danserons ensemble, dit-il, et après que nous aurons dansé tu me diras la chose que je désire savoir. »

Elle secoua la tête. « Quand la lune sera pleine, quand la lune sera pleine », murmura-t-elle. Puis elle jeta prudemment un regard autour d'elle et tendit l'oreille. Un oiseau bleu s'éleva en criant de son nid et vola en cercle au-dessus des dunes, et trois oiseaux tachetés firent un bruissement parmi l'épaisse herbe grise, et s'appelèrent en sifflant. Il n'y avait point d'autre bruit, sauf celui d'une vague roulant les galets lisses, au bas de la falaise. Aussi tendit-elle la main, et l'attira-t-elle près d'elle, lui mettant ses lèvres sèches tout contre l'oreille.

« Ce soir, il faudra que tu viennes au haut de la montagne, chuchota-t-elle. C'est jour de sabbat et Il sera là. »

Le jeune pêcheur tressaillit et la regarda, et elle découvrit ses dents blanches et se mit à rire.

« Qui est-il, celui dont tu parles ? interrogea-t-il.

— Peu importe, répondit-elle. Vas-y ce soir, tiens-toi sous les branches du charme et attends ma venue. Si un chien noir court à toi, frappe-le d'une verge de saule, et il s'en ira. Si un hibou te parle, ne lui réponds point. Quand la lune sera pleine, je serai auprès de toi et nous danserons ensemble sur l'herbe.

— Mais jures-tu de me dire comment je pourrai me défaire de mon âme ? » demanda-t-il.

Elle sortit au soleil et ses cheveux roux ondulèrent au souffle du vent.

« Par les sabots du bouc, je le jure, répondit-elle.

— Tu es la meilleure des sorcières, s'écria le jeune pêcheur, et assurément je danserai avec toi ce soir au haut de la montagne. J'aurais préféré, certes, que tu m'eusses demandé soit de l'or, soit de l'argent. Mais tel qu'est ton prix, tu l'auras, car ce n'est qu'une petite chose. » Et il souleva sa casquette, inclina la tête pour la saluer et s'en retourna en courant à la ville, plein d'une grande joie.

Et la sorcière l'observa pendant qu'il s'en allait, et lorsqu'il se fut éloigné hors de sa vue elle rentra dans sa caverne ; ayant tiré un miroir d'une boîte de cèdre sculpté, elle le posa sur un cadre, et fit brûler devant lui de la verveine sur un feu de charbon de bois, et darda ses regards à travers les tourbillons de fumée. Au bout de quelque temps, elle serra les poings, prise de colère.

« Il aurait dû m'appartenir, murmura-t-elle, je suis aussi belle qu'elle. »

Ce soir-là, quand la lune fut levée, le jeune pêcheur monta au sommet de la montagne, et se tint debout sous les branches du charme. Semblable à un bouclier de métal poli, la mer s'étendait à ses pieds, et les ombres des barques de pêche se mouvaient dans la petite baie. Un gros hibou, aux yeux de soufre jaune, l'appela par son nom, mais il ne lui répondit rien. Un chien noir courut sur lui en grondant. Il le frappa d'une verge de saule, et il s'en alla en geignant.

À minuit, arrivèrent dans l'air les sorcières, pareilles à un vol de chauves-souris. « Pouah ! s'écrièrent-elles en atterrissant, il y a ici quelqu'un que nous ne connaissons pas ! » Et elles reniflèrent de tous côtés, et jacassèrent entre elles, en se faisant des signes. La dernière de toutes, arriva la jeune sorcière, les cheveux roux flottant au vent. Elle portait une robe de tissu d'or brodé d'ocelles de paon, et elle avait sur la tête un petit bonnet de velours vert.

« Où est-il, où est-il ? » hurlèrent les sorcières en la voyant. Mais elle se contenta de rire, et, courant au charme et prenant le pêcheur par la main, elle l'emmena dans le clair de lune et se mit à danser.

Ils tournoyèrent et tourbillonnèrent, et la jeune sorcière sauta tellement haut qu'il aperçut les talons écarlates de ses souliers. Puis arriva en plein sur les danseurs le bruit du galop d'un cheval, mais nul cheval n'était visible et il eut peur.

« Plus vite ! » s'écria la sorcière, et elle lui lança les bras autour du cou, et il sentit sur son visage son haleine chaude. « Plus vite, plus vite ! » cria-t-elle. Et il sembla au pêcheur que la terre tournoyait sous ses pieds ; son cerveau se troubla et il fut saisi d'une forte terreur, comme si quelque chose de sinistre l'observait, et enfin il se rendit compte que, dans l'ombre d'un rocher, il y avait une forme qui n'y était pas précédemment.

C'était un homme vêtu d'un costume de velours noir, coupé à la mode espagnole. Son visage était d'une pâleur étrange, mais ses lèvres étaient pareilles à une hautaine fleur rouge. Il paraissait fatigué, et s'adossait, jouant nonchalamment avec le manche de son poignard. Sur l'herbe, à côté de lui, gisait un chapeau à plumes, ainsi qu'une paire de gants de cheval aux manchettes de dentelle dorée et brodés de semences de perles disposées en un dessin curieux. Un court manteau doublé de fourrure lui tombait des épaules, et ses mains blanches et délicates étaient ornées de bagues. Des paupières lourdes lui retombaient sur les yeux.

Le jeune pêcheur l'observa, comme quelqu'un qui serait pris dans un sortilège. Enfin, leurs regards se croisèrent, et où qu'il dansât, il lui sembla que les yeux de cet homme étaient fixés sur lui. Il entendit rire la sorcière, et il la prit par la taille et la fit tourbillonner follement.

Tout à coup, un chien aboya dans le bois, et les danseuses s'arrêtèrent et, s'avançant deux par deux, s'agenouillèrent et baisèrent les mains de l'homme. Pendant qu'elles faisaient ainsi, un léger sourire erra sur ses lèvres hautaines, comme lorsque l'aile d'un oiseau effleure l'eau et la ride. Mais il y avait du dédain. Il continua à regarder le jeune pêcheur.

« Viens ! Allons rendre hommage », chuchota la sorcière. Et elle le conduisit vers lui, et il fut pris d'un grand désir de faire ce dont elle le priait, si bien qu'il la suivit. Mais quand il arriva auprès de lui, et sans savoir pourquoi, il fit sur sa poitrine le signe de la croix, et prononça le nom sacré.

À peine l'eut-il fait, que les sorcières poussèrent des cris de faucon et s'envolèrent, et que le visage blême qui l'avait observé tressaillit d'un spasme de douleur. L'homme s'en fut dans un petit bois, et siffla. Un petit cheval harnaché d'argent accourut à sa rencontre. Sautant en selle, il se retourna, et regarda tristement le jeune pêcheur.

Et la sorcière aux cheveux roux essaya aussi de s'envoler, mais le pêcheur la saisit par les poignets et la tint serrée.

« Lâche-moi, s'écria-t-elle, et laisse-moi partir. Car tu as nommé ce qui ne doit pas être nommé, et fait le signe qui ne doit pas être regardé.

— Non, répondit-il, je ne te lâcherai point, que tu ne m'aies dit le secret.

— Quel secret ? dit la sorcière, luttant avec lui comme un chat sauvage, et se mordant les lèvres tachées d'écume.

— Tu le sais », répondit-il.

Ses yeux verts comme l'herbe s'obscurcirent sous les larmes et elle dit au pêcheur :

« Demande-moi n'importe quoi, mais pas cela ! »

Il se mit à rire et la tint encore plus serrée.

Et lorsqu'elle vit qu'elle ne pouvait pas se dégager, elle lui murmura :

« Certes, je suis aussi belle que les filles de la mer, et aussi bien faite que celles qui habitent les flots bleus. » Et elle se coucha sur lui et mit son visage tout près de celui du pêcheur.

Mais il la repoussa en fronçant les sourcils, et lui dit :

« Si tu ne tiens pas la promesse que tu m'as faite, je te tuerai comme une sorcière fourbe. »

Son teint devint gris comme une fleur de l'arbre de Judée [1] et elle frissonna.

« Soit, murmura-t-elle. C'est ton âme, et non la mienne. Fais-en ce que tu voudras. » Et elle prit à sa ceinture un petit couteau qui avait un manche en peau de vipère verte, et le lui donna.

« À quoi cela me servira-t-il ? » lui demanda-t-il, surpris.

Elle resta quelques instants silencieuse, et un air de terreur se répandit sur son visage. Puis elle rejeta en arrière les cheveux qui lui tombaient sur le front et, avec un sourire étrange, elle lui dit :

« Ce que les hommes appellent l'ombre du corps, ce n'est pas l'ombre du corps, mais c'est le corps de l'âme. Tiens-toi sur le rivage de la mer en tournant le dos à la lune, et découpe d'autour de tes pieds, au couteau, ton ombre qui est le corps de ton âme ; ordonne alors à ton âme de te quitter, et elle le fera. »

Le jeune pêcheur fut pris d'un tremblement.

« Est-ce vrai ? murmura-t-il.

— C'est vrai, et je voudrais ne t'en avoir rien dit », cria-t-elle. Et elle s'accrocha à ses genoux en pleurant.

Il l'éloigna de lui, et la laissa dans l'herbe épaisse ; allant jusqu'au bord de la montagne, il mit le couteau à sa ceinture et commença la descente.

Et son âme qui était en lui l'interpella, disant :

« Hélas ! Voilà tant d'années que j'habite avec toi et que je suis ta servante. Ne me renvoie pas maintenant, car quel mal t'ai-je fait ? »

Et le jeune pêcheur se mit à rire.

« Tu ne m'as fait aucun mal, mais je n'ai nul besoin de toi, répondit-il. Le monde est vaste, et il y a aussi le ciel, et l'enfer, et cette maison de crépuscule vague qui s'étend entre eux. Va

1. Les fleurs de cet arbre sont en fait mauves.

où tu voudras, mais ne me dérange point, car mon amour m'appelle. »

Et son âme le supplia, implorant sa pitié, mais il ne l'écouta pas, et sauta de roc en roc, car il avait le pied assuré comme une chèvre sauvage, et il atteignit enfin le sol uni et le rivage jaune de la mer.

Les membres bronzés et le corps bien découplé, semblable à une statue grecque, il se tint debout sur le sable, tournant le dos à la lune ; et hors de l'écume apparaissaient des bras blancs qui lui faisaient signe, et hors des vagues s'élevaient des formes confuses qui lui rendaient hommage. Devant lui s'allongeait son ombre, qui était le corps de son âme, et derrière lui était suspendue la lune, dans l'air couleur de miel.

Et son âme lui dit :

« Si réellement il faut que tu me chasses d'auprès de toi, ne m'envoie pas au loin sans cœur. Le monde est cruel : donne-moi ton cœur pour que je l'emporte. »

Il rejeta la tête en arrière et sourit :

« Avec quoi aimerais-je mon amour, si je te donnais mon cœur ? cria-t-il.

— Ah ! sois clément, dit son âme. Donne-moi ton cœur, car le monde est bien cruel, et j'ai peur.

— Mon cœur appartient à mon amour, répondit-il, aussi, ne t'attarde pas, mais va-t'en.

— Ne dois-je point aimer aussi, moi ? demanda son âme.

— Va-t'en, car je n'ai nul besoin de toi », s'écria le jeune pêcheur.

Et il prit le petit couteau à manche en peau de vipère verte, et coupa son ombre qu'il détacha autour de ses pieds, si bien qu'elle se leva et se dressa devant lui, et le regarda ; et elle était toute semblable à lui.

Il se recula, et remit le couteau à sa ceinture ; et il fut saisi d'un sentiment de terreur.

« Va-t'en, murmura-t-il, et que je ne voie plus ton visage.

— Ah ! mais il faudra que nous nous retrouvions », dit l'âme.

Sa voix était basse et semblable à un son de flûte, et ses lèvres remuaient à peine cependant qu'elle parlait.

« Comment nous retrouverons-nous ? s'écria le jeune pêcheur. Tu ne veux pas me suivre dans les profondeurs de la mer ?

— Une fois par an je viendrai en ce lieu, et je t'appellerai, dit l'âme. Il se peut que tu aies besoin de moi.

— Quel besoin puis-je avoir de toi ? s'écria le jeune pêcheur. Mais qu'il en soit selon ta volonté. » Et il plongea dans l'eau, et les Tritons sonnèrent de leurs trompes, et la petite sirène s'éleva à sa rencontre, lui mit les bras autour du cou, et le baisa sur la bouche.

Et l'âme resta debout sur la plage solitaire et le regarda. Et quand ils se furent enfoncés dans la mer, elle s'éloigna en pleurant par les marais.

Et lorsqu'un an se fut écoulé, l'âme descendit jusqu'au rivage de la mer et appela le jeune pêcheur, qui apparut hors des profondeurs et dit :

« Pourquoi m'appelles-tu ? »

Et l'âme répondit :

« Viens plus près de moi, que je puisse parler avec toi, car j'ai vu des choses merveilleuses. »

Il se rapprocha donc et, allongé dans l'eau peu profonde, il appuya la tête contre sa main, et écouta.

Et l'âme lui dit :

« Quand je t'ai quitté, je me suis tournée vers l'Est, et je me suis mise en route. De l'Est provient tout ce qui est sage. J'ai marché six jours, et, le matin du septième jour, je suis arrivée à une montagne qui est dans le pays des Tartares[1]. Je me suis assise à l'ombre d'un tamaris pour m'abriter du soleil. La terre était sèche et brûlée par la chaleur. Les gens allaient et venaient par la plaine, comme des mouches sur un disque de cuivre poli.

1. Voir « Le Jeune Roi », note 1, p. 209.

« À l'heure de midi, un nuage de poussière s'éleva sur le bord plat de la terre. Quand les Tartares l'aperçurent, ils tendirent leurs arcs bariolés, et, ayant enfourché leurs petits chevaux, galopèrent à sa rencontre. Les femmes s'enfuirent en hurlant vers les chariots, et se cachèrent derrière les rideaux de feutre.

« Au crépuscule, les Tartares revinrent, mais il en manquait cinq, et parmi ceux qui étaient revenus, un bon nombre avaient été blessés. Ils attelèrent leurs chevaux aux chariots, et s'enfuirent bien vite. Trois chacals sortirent d'une caverne et les suivirent des yeux. Puis ils reniflèrent l'air avec leurs narines, et s'en allèrent au trot dans la direction opposée.

« Lorsque la lune se leva, je vis un feu de camp qui brûlait dans la plaine, et je m'y dirigeai. Un groupe de marchands était assis alentour, sur des tapis. Leurs chameaux étaient attachés derrière eux, et les nègres qui étaient leurs serviteurs dressaient sur le sable des tentes de cuir tanné, et édifiaient une haute muraille de cactus.

« Comme je m'approchais d'eux, le chef des marchands se leva en tirant son sabre, et me demanda ce que je faisais là.

« Je lui répondis que j'étais prince dans mon pays, et que je m'étais échappé des mains des Tartares, qui avaient cherché à faire de moi leur esclave. Le chef sourit, et me montra cinq têtes fichées sur de longs épieux de bambou.

« Puis il me demanda qui était le prophète de Dieu, et je lui répondis : Mahomet.

« Lorsqu'il entendit le nom du faux prophète, il s'inclina, me prit par la main, et m'assit à côté de lui. Un nègre nous apporta du lait de jument dans une écuelle de bois, et un morceau d'agneau rôti.

« À l'aube, nous nous mîmes en route. Je montais un chameau roux à côté du chef, et un coureur nous précédait, portant une lance. Les guerriers étaient de part et d'autre, et les mulets venaient derrière, avec les marchandises. Il y avait quarante chameaux dans la caravane, et les mulets étaient au nombre de deux fois quarante.

« Nous allâmes du pays des Tartares au pays de ceux qui maudissent la Lune. Nous vîmes les griffons[1] qui gardent leur or sur les rochers blancs, et les dragons couverts d'écailles qui dorment dans leurs antres. En franchissant les montagnes, nous retînmes notre souffle de peur que les avalanches ne s'abattissent sur nous, et chacun de nous se mit devant les yeux un voile de gaze. Lorsque nous traversâmes les vallées, les Pygmées, du creux des arbres, nous décochèrent des flèches, et, la nuit, nous entendîmes les sauvages battre leurs tambours. Quand nous arrivâmes à la tour des singes, nous leur présentâmes des fruits, et ils ne nous firent point de mal. Quand nous arrivâmes à la tour des serpents, nous leur donnâmes du lait tiède dans des bols d'airain, et ils nous laissèrent passer. Trois fois, au cours de notre voyage, nous parvînmes aux bords de l'Oxus[2]. Nous le traversâmes sur des radeaux de bois avec de grosses outres de cuir gonflées. Les chevaux du fleuve firent rage contre nous et essayèrent de nous tuer. En les voyant, les chameaux tremblèrent.

« Les rois de chaque ville prélevèrent sur nous des péages, mais ne nous permirent pas de pénétrer à l'intérieur des portes. Ils nous lancèrent du pain par-dessus les murailles, de petites galettes de maïs cuites dans le miel, et des gâteaux de farine fine fourrés de dattes. Pour chaque centaine de paniers nous leur donnâmes une perle d'ambre.

« Quand les habitants des villages nous voyaient arriver, ils empoisonnaient les puits et s'enfuyaient au sommet des montagnes. Nous nous sommes battus avec les Magadae, qui naissent vieux, deviennent de plus en plus jeunes d'année en année, et meurent quand ils sont devenus petits enfants ; avec les Laktroi, qui se disent fils des tigres, et se badigeonnent de jaune et de noir ; avec les Aurantes, qui inhument leurs morts au sommet des arbres, et qui vivent dans des cavernes sombres, de peur que le soleil, qui est leur dieu, ne les tue ; avec les Krimniens, qui adorent un crocodile, lui donnent des boucles d'oreilles vertes comme le gazon, et le nourrissent de beurre et de pou-

1. Animaux mythiques à tête et ailes d'aigle, dont le reste du corps est celui d'un lion. **2.** Ancien nom de l'Amou-Daria, fleuve d'Asie centrale.

lets frais ; avec les Agazonbae, qui ont des visages de chien ; et avec les Sibans[1], qui ont des pieds de cheval, et courent plus vite que des chevaux. Un tiers de notre bande mourut dans les combats, et un tiers périt de privations. Les autres murmurèrent contre moi, disant que je leur portais malheur. Je pris une vipère à cornes sous une pierre, et m'en laissai piquer. Quand ils virent que je n'avais aucun mal, ils prirent peur.

« Au cours du quatrième mois nous arrivâmes à la ville d'Illel. Il faisait nuit quand nous parvînmes au bosquet qui s'étend au-dehors de ses murs, et l'air était étouffant, car la Lune traversait le Scorpion. Nous cueillîmes les grenades mûres aux arbres, les brisâmes, et en bûmes le jus sucré. Puis nous nous couchâmes sur nos tapis pour attendre l'aube.

« Et à l'aube nous nous levâmes et frappâmes à la porte de la ville. Elle était œuvrée en bronze rouge, et sculptée de dragons marins et de dragons ailés. Les gardes nous regardèrent du haut des remparts et nous demandèrent ce que nous voulions. L'interprète de la caravane répondit que nous venions de l'île de Syrie avec beaucoup de marchandises. Ils prirent des otages, et nous dirent qu'ils nous ouvriraient les portes à midi, nous priant d'attendre jusqu'à cette heure.

« À l'heure de midi, ils ouvrirent la porte, et lorsque nous entrâmes, les gens sortirent en foule des maisons pour nous voir, et un héraut parcourut la ville, criant à travers une conque. Nous nous tînmes sur la place du marché, et les nègres défirent les ballots de tissus imprimés et ouvrirent les coffres de sycomore sculptés. Et lorsqu'ils eurent accompli cette tâche, les marchands étalèrent alors leurs marchandises étranges, le lin ciré d'Égypte et le lin bariolé du pays des Éthiopiens, les éponges pourprées de Tyr et les tentures bleues de Sidon[2], les coupes d'ambre froid, les fins récipients de verre, et les vases

---

1. Ce nom, de même que Magadae, Laktroi, Krimniens, Aurantes et Agazonbae, est inventé par Wilde. **2.** Tyr : cité phénicienne dont la prospérité reposait sur la fabrication de la pourpre et du verre. Sidon : cité phénicienne, port de la Méditerranée orientale et ville prospère à l'époque hellénistique et romaine.

curieux d'argile brûlée. Du toit d'une maison, un groupe de femmes nous observaient. L'une d'elles portait un masque de cuir doré.

« Et le premier jour, les prêtres vinrent faire du troc avec nous, et le second jour vinrent les nobles, et le troisième jour, les artisans et les esclaves. Et telle est leur coutume avec tous les marchands, tant qu'ils séjournent dans la ville.

« Et nous y séjournâmes la durée d'une lune ; et quand la lune fut à son déclin, je fus pris de lassitude et m'en allai à l'aventure par les rues de la ville, et j'arrivai au jardin de son dieu. Les prêtres en robes jaunes allaient et venaient en silence parmi les arbres verts, et sur un dallage en marbre noir s'élevait la maison couleur pourpre dans laquelle le dieu avait sa demeure. Ses portes étaient de laque scintillante, et décorées de taureaux et de paons en relief, en or ouvragé et poli. Les tuiles étaient de porcelaine verte comme la mer, et l'avancée du toit était festonnée de clochettes. Quand les colombes blanches passaient, dans leur vol, elles frappaient les clochettes de leurs ailes et les faisaient tinter.

« Devant le temple il y avait un bassin d'eau limpide pavé d'onyx veiné. Je m'étendis à son bord, et de mes doigts pâles je touchai les larges feuilles. L'un des prêtres vint vers moi et se tint derrière moi. Il avait des sandales aux pieds, l'une de peau de serpent souple, et l'autre de plumes d'oiseaux. Sur sa tête était une mitre en feutre noir décorée de croissants d'argent. Sa robe était tissée de sept teintes de jaune, et ses cheveux crépus étaient teints à l'antimoine.

« Au bout de quelques instants il me parla, et me demanda ce que je désirais.

« Je lui dis que je désirais voir le dieu.

« "Le dieu est à la chasse, dit le prêtre, en me dévisageant d'un air étrange avec ses petits yeux obliques.

« — Dis-moi dans quelle forêt, j'irai avec lui", répondis-je.

« Il passa ses longs ongles pointus dans les franges souples de sa tunique.

« "Le dieu est endormi, murmura-t-il.

« — Dis-moi sur quelle couche, et je veillerai à son côté, répondis-je.

« — Le dieu est au festin, s'écria-t-il.

« — Si le vin est doux, je le boirai avec lui, et s'il est amer, je le boirai aussi avec lui", fis-je en réponse.

« Il baissa la tête, plein d'étonnement, et, me prenant par la main, il me fit lever et me mena dans le temple.

« Et dans la première chambre je vis une idole assise sur un trône de jaspe bordé de grosses perles d'Orient. Elle était taillée dans l'ébène, et sa taille était celle d'un homme. Elle avait sur le front un rubis, et une huile épaisse tombait goutte à goutte de ses cheveux sur ses cuisses. Ses pieds étaient rouges du sang d'un chevreau récemment tué, et ses reins étaient entourés d'une ceinture de cuivre incrustée de sept béryls.

« Et je dis au prêtre : "Est-ce là le dieu ?" Et il me répondit : "C'est là le dieu.

« — Montre-moi le dieu, m'écriai-je, sinon je te tuerai." Et je lui touchai la main, qui se flétrit.

« Et le prêtre me supplia, disant : "Que mon seigneur guérisse son serviteur, et je lui montrerai le dieu."

« Alors je soufflai mon haleine sur sa main, qui redevint comme avant, et il se mit à trembler, et me mena dans la seconde chambre, où je vis une idole debout sur un lotus en jade garni de grosses émeraudes. Elle était taillée dans l'ivoire, et sa taille était deux fois celle d'un homme. Elle avait sur le front une chrysolite, et sa poitrine était barbouillée de myrrhe et de cannelle. Dans une de ses mains elle tenait un sceptre à crosse en jade, et dans l'autre, un cristal rond. Elle portait des cothurnes de bronze, et son cou épais était entouré d'un cercle de sélénites.

« Et je dis au prêtre : "Est-ce là le dieu ?" Et il me répondit : "C'est là le dieu !

« — Montre-moi le dieu, m'écriai-je, sinon je te tuerai." Et je lui touchai les yeux, et ils furent frappés de cécité.

« Et le prêtre me supplia, disant : "Que mon seigneur guérisse son serviteur, et je lui montrerai le dieu."

« Alors je soufflai mon haleine sur ses yeux, qui recouvrèrent la vue, et il se remit à trembler, et me mena dans la tierce chambre, où — ô merveille ! — il n'y avait point d'idole, ni d'image d'aucune sorte, mais seulement un miroir de métal rond posé sur un autel de pierre.

« Et je dis au prêtre : "Où est le dieu ?"

« Et il me répondit : "Il n'y a point de dieu, sinon ce miroir que tu vois, car c'est là le miroir de la sagesse. Il reflète toutes choses qui sont au ciel et sur la terre, hormis seulement le visage de celui qui y regarde. Il ne le reflète point, afin que celui qui y regarde puisse être sage. Il y a bien d'autres miroirs, mais ce sont des miroirs d'opinion. Celui-ci seul est le miroir de la sagesse. Et ceux qui le possèdent savent tout, et rien ne leur est caché. Ceux qui ne le possèdent pas n'ont pas de sagesse. C'est pourquoi c'est le dieu, et nous l'adorons."

« Et je regardai dans le miroir, et il en fut ainsi qu'il me l'avait dit.

« Et je fis une chose étrange, mais peu importe ce que je fis, car dans une vallée qui n'est qu'à une journée de marche de ce lieu j'ai caché le miroir de la sagesse. Permets-moi seulement de rentrer en toi et d'être ta servante, et tu seras plus sage que tous les sages, et la sagesse sera à toi. Souffre que je rentre en toi, et nul ne sera aussi sage que toi. »

Mais le jeune pêcheur se mit à rire.

« L'amour vaut mieux que la sagesse, s'écria-t-il, et la petite sirène m'aime.

— Non, non, il n'y a rien de mieux que la sagesse, dit l'âme.

— L'amour vaut mieux », répondit le jeune pêcheur, et il plongea au profond des flots, et l'âme s'éloigna en pleurant par les marais.

Et lorsque la seconde année se fut écoulée, l'âme descendit jusqu'au rivage de la mer, et appela le jeune pêcheur, qui apparut hors des profondeurs, et dit :

« Pourquoi m'appelles-tu ? »

Et l'âme répondit :

« Viens plus près de moi, que je puisse parler avec toi, car j'ai vu des choses merveilleuses. »

Il se rapprocha donc et, allongé dans l'eau peu profonde, il appuya sa tête contre sa main, et écouta.

Et l'âme lui dit :

« Quand je t'ai quitté, je me suis tournée vers le Sud, et je me suis mise en route. Du Sud provient tout ce qui est précieux. J'ai cheminé six jours le long des grand-routes qui mènent à la cité d'Ashter, le long des grand-routes poudreuses et teintes en rouge que suivent d'ordinaire les pèlerins ; et, le matin du septième jour, je levai les yeux, et voilà qu'apparut à mes pieds la cité, car elle est dans une vallée.

« Il y a neuf portes à cette cité, et devant chacune des portes se dresse un cheval de bronze qui hennit quand les Bédouins descendent des montagnes. Les murs sont doublés de cuivre, et les tours de guet ont une toiture d'airain. Dans chaque tour se tient un archet, un arc à la main. Au lever du soleil il frappe d'une flèche sur un gong, et au coucher du soleil il souffle dans une trompe de corne.

« Quand je cherchai à y pénétrer, les gardes m'arrêtèrent et me demandèrent qui j'étais. Je répondis que j'étais un derviche, en route pour la cité de La Mecque, où il y a un voile vert sur lequel le Coran a été brodé en lettres d'argent par la main des anges. Ils furent remplis d'étonnement, et me supplièrent d'entrer.

« À l'intérieur tout est semblable à un bazar. Assurément, tu aurais dû y être avec moi. En travers des rues étroites, les lanternes de papier riantes flottent comme de gros papillons. Quand le vent souffle sur les toitures, elles se soulèvent et retombent comme le font des bulles bariolées. Devant leurs étals sont assis des marchands sur des tapis de soie. Ils ont une barbe noire et toute droite, et leurs turbans sont couverts de sequins d'or, et ils font glisser entre leurs doigts frais de longs chapelets d'ambre et de noyaux de pêche ciselés. Les uns vendent du galbanum et du nard[1], et des parfums curieux des îles de la mer des

---

1. Le galbanum est une résine, le nard un baume aromatique. Wilde fait allusion au nard dans *Le Portrait de Dorian Gray*.

Indes, et l'huile épaisse des roses rouges, la myrrhe, et de petites fleurs de girofle en forme de clous. Quand on s'arrête pour leur parler, ils jettent des pincées d'encens sur un brasier de charbon de bois, et parfument l'air. Je vis un Syrien qui tenait dans ses mains une canne mince comme un roseau. Il en sortait des filets de fumée grise, et son odeur, en brûlant, était pareille à l'odeur de l'amande rose au printemps. D'autres vendent des bracelets d'argent rehaussés sur toute leur surface de turquoises bleues et crémeuses, et des anneaux de cheville en fil de bronze frangés de petites perles, des griffes de tigre serties d'or, et des griffes de ce chat doré, le léopard, également serties d'or, et des boucles d'oreilles en émeraude percée, et des bagues creusées dans le jade. Des maisons de thé[1] arrive le son de la guitare, et les fumeurs d'opium au visage blanc et souriant contemplent les passants.

« Vraiment, tu aurais dû être avec moi. Les marchands de vin jouent des coudes à travers la foule, avec de grosses outres sur les épaules. La plupart d'entre eux vendent le vin de Chiraz[2], qui est doux comme le miel. Ils le servent dans de petites coupes de métal, qu'ils parsèment de pétales de roses. Sur la place du marché se tiennent les fruitiers, qui vendent toutes sortes de fruits : des figues mûres, à la chair pourpre et meurtrie, des melons sentant le musc et jaunes comme des topazes, des cédrats et des pommes roses et des grappes de raisins blancs, des oranges rondes et rouges comme de l'or, et des citrons ovales d'or vert. Une fois j'ai vu passer un éléphant. Sa trompe était bariolée de vermillon et de safran, et il avait sur les oreilles un filet en corde de soie cramoisie. Il s'arrêta devant l'une des boutiques et se mit à manger des oranges, mais le marchand se contenta de rire. Tu ne saurais croire comme c'est là un peuple étrange. Quand ils sont joyeux, ils vont chez les marchands d'oiseaux et leur achètent un oiseau en cage, qu'ils mettent en liberté afin que leur joie soit plus grande, et quand ils sont

---

1. Dans les pays d'Orient, échoppes où l'on peut consommer du thé et des nourritures légères. **2.** Ville de Perse située non loin des ruines de Persépolis.

tristes, ils se flagellent avec des épines, afin que leur chagrin ne s'amoindrisse point.

« Un soir je rencontrai des nègres qui portaient un lourd palanquin [1] à travers le bazar. Il était de bambou doré, et les perches en étaient laquées de vermillon et constellées de paons en bronze. Les fenêtres étaient tendues de minces voiles de mousseline brodés d'ailes de scarabée et de minuscules perles, et, à son passage, une Circassienne [2] au visage pâle regarda au-dehors et me sourit. Je suivis le palanquin et les nègres pressèrent le pas et se renfrognèrent. Mais je ne m'en souciai pas. Je me sentis envahir d'une curiosité intense.

« Enfin ils s'arrêtèrent devant une maison blanche et carrée. Elle n'avait pas de fenêtres — rien qu'une petite porte, semblable à la porte d'un tombeau. Ils déposèrent le palanquin et frappèrent trois fois avec un marteau de cuivre. Un Arménien vêtu d'un caftan [3] de cuir vert jeta un coup d'œil par le guichet, et, en les voyant, ouvrit la porte et étendit un tapis par terre, puis la femme descendit. Au moment où elle entrait, elle se retourna et me sourit de nouveau. Je n'avais jamais vu personne d'aussi pâle.

« Quand la lune se leva, je retournai au même endroit et cherchai la maison, mais elle n'était plus là. En voyant cela, je sus qui était cette femme, et pourquoi elle m'avait souri.

« Certainement, tu aurais dû être avec moi. Le jour de la fête de la nouvelle lune, le jeune empereur sortit de son palais et se rendit à la mosquée pour prier. Ses cheveux et sa barbe étaient teints avec des pétales de roses, et ses joues étaient poudrées d'une fine poudre d'or. La plante de ses pieds et la paume de ses mains étaient jaunes de safran.

« À l'aube, il sortit de son palais, vêtu d'une robe d'argent, et au coucher du soleil il y rentra, vêtu d'une robe d'or. Les gens se prosternèrent sur le sol et se cachèrent le visage, mais moi, je ne voulus point le faire. J'étais debout à côté de l'étal d'un

---

1. Litière portée à bras d'hommes pour les personnes de qualité dans les pays orientaux. 2. Originaire de Circassie, région du Caucase. 3. Vêtement ample et long porté dans les pays d'Orient.

marchand de dattes, et j'attendis. Quand l'empereur m'aperçut, il leva ses sourcils fardés et s'arrêta. Je me tins immobile, et ne lui fis point de révérence. Le peuple s'émerveilla de ma témérité, et me conseilla de fuir hors de la ville. Je ne l'écoutai pas, mais allai m'asseoir avec les vendeurs de dieux étrangers, qui, en raison de leur profession, sont détestés. Quand je leur eus dit ce que j'avais fait, ils me donnèrent chacun un dieu et me prièrent de les laisser.

« Ce soir-là, tandis que j'étais allongée sur un coussin dans la maison de thé qui se trouve dans la rue des Grenades, les gardes de l'empereur entrèrent et me conduisirent au palais. À mesure que j'avançais, ils fermèrent chaque porte sur moi, et la barrèrent d'une chaîne. À l'intérieur il y avait une vaste cour, avec une arcade qui en faisait tout le tour. Les murs étaient d'albâtre blanc, incrusté çà et là de briques bleues et vertes. Les piliers étaient de marbre vert, et le sol était pavé d'une espèce de marbre de la teinte des fleurs de pêcher. Je n'avais encore jamais rien vu de semblable.

« Tandis que je traversais la cour, deux femmes voilées me regardèrent du haut d'un balcon et me lancèrent des malédictions. Les gardes pressèrent le pas, et les hampes de leurs lances résonnèrent sur le pavé poli. Ils ouvrirent une porte d'ivoire ouvragé, et je me trouvai dans un jardin irrigué avec sept terrasses. Il était planté de tulipes en coupes, de belles-de-jour et d'aloès[1] aux reflets argentés. Semblable à un grêle roseau de cristal, un jet d'eau était suspendu dans l'air assombri. Les cyprès ressemblaient à des torches consumées. De l'un d'entre eux sortait un chant de rossignol.

« Au bout du jardin se dressait un petit pavillon. Comme nous nous en approchions, il en sortit deux eunuques qui s'avancèrent à notre rencontre. Leurs corps obèses se balançaient tandis qu'ils marchaient, et ils me lancèrent, de leurs yeux aux paupières jaunes, des regards chargés de curiosité. L'un d'eux attira à part le capitaine de la garde, et lui parla à

1. Plante exotique au jus amer utilisé en médecine.

voix basse. L'autre continua à mâchonner des pastilles parfumées, qu'il tirait, d'un geste plein d'affectation, d'une boîte ovale d'émail lilas.

« Au bout de quelques instants, le capitaine de la garde renvoya les soldats. Ils retournèrent au palais, les eunuques les suivant lentement, et cueillant en passant les mûres sucrées aux arbres. À un moment, le plus âgé des deux se retourna et me lança un sourire méchant.

« Puis le capitaine de la garde me fit signe de me diriger vers l'entrée du pavillon. J'avançai sans trembler et, écartant le lourd rideau, j'y entrai.

« Le jeune empereur était étendu sur un divan de peaux de lion teintes, et avait un faucon perché sur son poignet. Derrière lui se tenait un Nubien au torse bronzé, nu jusqu'à la ceinture, avec de lourds anneaux suspendus à ses oreilles fendues. Sur une table, à côté de lui, était posé un puissant cimeterre d'acier.

« Lorsque l'empereur m'aperçut, il fronça les sourcils, et me dit : "Comment t'appelles-tu ? Ne sais-tu point que je suis l'empereur de cette ville ?" Mais je ne lui répondis rien.

« Il dirigea son doigt vers le cimeterre. Le Nubien s'en saisit, et, se précipitant en avant, m'en frappa très violemment. La lame me passa à travers le corps, et ne me fit aucun mal. L'homme tomba à plat ventre par terre, et lorsqu'il se releva, ses dents s'entrechoquant de terreur, il se cacha derrière le divan.

« L'empereur se mit debout d'un bond, et, prenant une lance sur un râtelier d'armes, il me la décocha. Je l'attrapai au vol, et brisai la hampe en deux morceaux. Il me lança une flèche, mais je levai les mains et elle s'arrêta au milieu de sa course. Puis il tira un poignard d'une ceinture de cuir blanc, et trancha la gorge du Nubien, de peur que l'esclave ne contât son déshonneur. L'homme se tordit comme un serpent qu'on a piétiné, et une écume rouge s'échappa en mousse de ses lèvres.

« Dès qu'il fut mort, l'empereur se tourna vers moi, et lorsqu'il eut essuyé avec une petite serviette de soie pourpre et brodée la sueur qui lui perlait sur le front, il me dit : “Es-tu un prophète, que je ne puisse te blesser, ou le fils d’un prophète, que je ne puisse te faire nul mal ? Je t’ordonne de quitter ma ville cette nuit, car pendant que tu y séjournes, je n’en suis plus le seigneur.”

« Et je lui répondis : “Je partirai, moyennant la moitié de ton trésor. Donne-moi la moitié de ton trésor, et je m’en irai.”

« Il me prit par la main, et me mena dehors, dans le jardin. Quand le capitaine de la garde me vit, il fut étonné. Quand les eunuques me virent, leurs genoux se mirent à flageoler, et ils tombèrent à terre, saisis de peur.

« Il y a dans le palais une chambre qui a huit murs de porphyre rouge et un plafond garni d’écailles de bronze d’où pendent des lampes. L’empereur toucha l’un des murs, et il s’ouvrit ; et nous pénétrâmes dans un couloir éclairé de torches nombreuses. Dans des niches, de chaque côté, se dressaient de grosses jarres à vin remplies à ras bord de pièces d’argent. Quand nous arrivâmes au centre du couloir, l’empereur prononça le mot qui ne doit pas être prononcé, et une porte de granit noir s’ouvrit, mue par un ressort secret, et il se mit la main devant le visage, de peur que ses yeux ne fussent éblouis.

« Tu ne saurais croire quel lieu merveilleux c’était là. Il y avait d’énormes carapaces de tortues pleines de perles, et des grosses pierres de lune creusées dans lesquelles on avait empilé des rubis rouges. L’or était tassé dans des coffres en peau d’éléphant, et la poudre d’or dans des outres de cuir. Il y avait des opales dans des coupes de cristal, et des saphirs dans des coupes de jade. Des émeraudes vertes toutes rondes étaient rangées en ordre sur de minces plaques d’ivoire, et dans un coin il y avait des sacs de soie, remplis, les uns de turquoises, et les autres de béryls. Les cornes d’ivoire étaient bourrées d’améthystes pourprées, et les cornes de bronze, de calcédoines et de sardoines. Les piliers, qui étaient de cèdre, étaient tendus de guirlandes de pierres-de-lynx jaunes. Dans les boucliers plats et ovales il y avait des escarboucles[1] couleur de vin et couleur

1. Grenats rouge foncé.

d'herbe. Et je ne t'ai encore dit que le dixième de ce qu'il y avait là.

« Et quand l'empereur eut retiré les mains de devant son visage, il me dit : "C'est ici ma chambre au trésor, et la moitié de ce qu'elle contient est à toi, comme je te l'ai promis. Et je te donnerai des chameaux et des chameliers, et ils obéiront à tes ordres et emporteront ta part du trésor dans n'importe quelle partie du monde où tu désireras te rendre. Et cela sera fait cette nuit, car je ne voudrais point que le soleil, qui est mon père, pût voir qu'il y a dans ma ville un homme que je ne puis tuer."

« Mais je lui répondis : "L'or qui est ici est à toi, et l'argent est également à toi, ainsi que sont à toi les joyaux précieux et les objets de prix. Quant à moi, je n'en ai nul besoin. Et je ne te prendrai rien, que ce petit anneau que tu portes à ce doigt de ta main."

« Et l'empereur fronça les sourcils : "Ce n'est qu'un anneau de plomb, s'écria-t-il, et il est sans valeur. Prends donc la moitié de mon trésor, et éloigne-toi de ma ville.

« — Non, répondis-je, je ne veux rien prendre, que cet anneau de plomb, car je sais ce qui y est inscrit, et pour quel usage."

« Et l'empereur se mit à trembler, et me supplia, disant : "Prends la totalité du trésor, et éloigne-toi de ma ville. La moitié qui est à moi sera tienne également."

« Et je fis une chose étrange, mais peu importe ce que je fis, car dans une caverne qui n'est qu'à une journée de marche de ce lieu, j'ai caché l'anneau des richesses. Il n'est qu'à une journée de marche de ce lieu, et il attend ta venue. Celui qui possède cet anneau est plus riche que tous les rois du monde. Viens donc le prendre, et les richesses du monde seront à toi. »

Mais le jeune pêcheur se mit à rire.

« L'amour vaut mieux que les richesses, s'écria-t-il, et la petite sirène m'aime.

— Non, non, il n'y a rien de mieux que les richesses, dit l'âme.

— L'amour vaut mieux », répondit le jeune pêcheur, et il plongea au profond des flots, et l'âme s'éloigna en pleurant par les marais.

Et lorsque la troisième année se fut écoulée, l'âme descendit jusqu'au rivage de la mer, et appela le jeune pêcheur, qui apparut hors des profondeurs, et dit :

« Pourquoi m'appelles-tu ? »

Et l'âme répondit :

« Viens plus près de moi, que je puisse parler avec toi, car j'ai vu des choses merveilleuses. »

Il se rapprocha donc et, allongé dans l'eau peu profonde, il appuya sa tête contre sa main, et écouta.

Et l'âme lui dit :

« Dans une ville que je connais il y a une auberge qui s'élève au bord d'une rivière. Je m'y suis assise avec des marins qui buvaient de deux vins de couleurs différentes, et mangeaient du pain fait avec de l'orge, et de petits poissons salés marinés avec des feuilles de laurier et du vinaigre. Et tandis que nous étions assis en devisant gaiement, voilà qu'entra auprès de nous un vieillard portant un tapis de cuir et un luth muni de deux cornes d'ambre. Et lorsqu'il eut étalé le tapis sur le sol, il frappa d'une plume les cordes métalliques de son luth, et une jeune fille au visage voilé entra en courant et se mit à danser devant nous. Son visage était voilé d'un voile de gaze, mais ses pieds étaient nus. Oui, ses pieds étaient nus, et ils couraient sur le tapis comme de petits pigeons blancs. Je n'ai jamais rien vu d'aussi merveilleux, et la ville où elle danse n'est qu'à une journée de marche de ce lieu. »

Or, quand le jeune pêcheur entendit les paroles que prononçait son âme, il se souvint que la petite sirène n'avait pas de pieds et ne pouvait point danser. Et il fut pris d'un violent désir, et il se dit : « Il ne s'agit que d'une journée de marche, et je pourrai retourner auprès de mon amour » ; et il se mit à rire, se leva dans l'eau peu profonde, et marcha vers le rivage.

Et lorsqu'il eut atteint le rivage à sec, il rit de nouveau, et tendit les bras à son âme. Aussitôt, son âme poussa un grand cri de joie, et courut à sa rencontre, et rentra en lui ; et le jeune pêcheur vit, étendue devant lui sur le sable, cette ombre du corps qui est le corps de l'âme.

Et son âme lui dit : « Ne nous attardons pas, et partons tout de suite, car les dieux de la mer sont jaloux, et ont des monstres qui obéissent à leur volonté. »

Ils se hâtèrent donc, et toute cette nuit-là ils marchèrent sous la lumière de la lune, et toute la journée du lendemain ils marchèrent sous la lumière du soleil, et au soir de ce jour ils arrivèrent à une ville.

Et le jeune pêcheur dit à son âme :

« Est-ce là la ville où danse celle dont tu m'as parlé ? »

Et son âme lui répondit :

« Ce n'est pas cette ville, mais une autre. Néanmoins, entrons-y. »

Ils y entrèrent donc, et passèrent parmi les rues, et, en passant dans la rue des Bijoutiers, le jeune pêcheur aperçut une belle coupe d'argent exposée dans une boutique. Et son âme lui dit :

« Prends donc cette coupe d'argent et cache-la. »

Il prit donc la coupe et la cacha dans les plis de sa tunique, et ils se dépêchèrent de sortir de la ville.

Et après qu'ils se furent éloignés à une lieue de la ville, le jeune pêcheur fronça les sourcils et jeta la coupe, et dit à son âme :

« Pourquoi m'as-tu dit de prendre cette coupe et de la cacher, car cela a été là une mauvaise action à accomplir ? »

Mais son âme lui répondit :

« Sois en paix, sois en paix. »

Et, le soir du second jour, ils arrivèrent à une ville, et le jeune pêcheur dit à son âme :

« Est-ce là la ville où danse celle dont tu m'as parlé ? »

Et son âme lui répondit :

« Ce n'est pas cette ville, mais une autre. Néanmoins, entrons-y. »

Ils y entrèrent donc, et passèrent parmi les rues, et, en passant dans la rue des Vendeurs de sandales, le jeune pêcheur vit un enfant debout à côté d'une jarre d'eau. Et son âme lui dit :

« Frappe cet enfant. »

Alors il frappa l'enfant jusqu'à ce qu'il se mît à pleurer, et, cela fait, ils se dépêchèrent de sortir de la ville.

Et, après qu'ils se furent éloignés à une lieue de la ville, le jeune pêcheur fut pris de colère, et dit à son âme : « Pourquoi m'as-tu dit de frapper cet enfant, car cela a été là une mauvaise action à accomplir ? »

Mais son âme lui répondit : « Sois en paix, sois en paix. »

Et le soir du troisième jour, ils arrivèrent à une ville, et le jeune pêcheur dit à son âme : « Est-ce là la ville où danse celle dont tu m'as parlé ? »

Et son âme lui répondit : « Il se peut que ce soit en cette ville ; aussi, entrons-y. »

Ils y entrèrent donc, et passèrent parmi les rues, mais nulle part le jeune pêcheur ne put trouver la rivière ni l'auberge qui était à côté. Et les gens de la ville le dévisagèrent avec curiosité, et il prit peur, et dit à son âme : « Partons, car celle qui danse avec ses pieds blancs n'est pas ici. »

Mais son âme répondit : « Non, non, restons, car la nuit est sombre, et il y aura des voleurs sur la route. »

Il s'assit donc sur la place du marché, et se reposa ; et au bout de quelque temps il passa un marchand encapuchonné qui avait un manteau en drap de Tartarie, et portait une lanterne de corne percée à l'extrémité d'un bambou rapporté. Et le marchand lui dit : « Pourquoi es-tu assis sur la place du marché, alors que les boutiques sont fermées et les ballots cordés ? »

Et le jeune pêcheur lui répondit : « Je ne trouve point d'auberge dans cette ville, et je n'ai nul parent qui puisse me donner un abri.

— Ne sommes-nous pas tous parents ? dit le marchand. Et n'est-ce pas un seul Dieu qui nous a faits ? C'est pourquoi viens-t'en avec moi, car j'ai une chambre d'invité. »

Alors le jeune pêcheur se leva et suivit le marchand dans sa maison. Et lorsqu'il eut traversé un jardin de grenadiers et pénétré dans la maison, le marchand lui apporta de l'eau de rose dans un plat de cuivre afin qu'il se lavât les mains, et des melons mûrs pour qu'il apaisât sa soif, et lui présenta un bol de riz et un morceau de chevreau rôti.

Et après qu'il eut fini, le marchand le conduisit à la chambre, et l'invita à dormir en paix. Et le jeune pêcheur le remercia, baisa l'anneau qu'il portait à la main, et s'étendit sur les tapis de poil de chèvre teint. Et quand il eut tiré sur lui une couverture de laine noire d'agneau, il s'endormit.

Et, trois heures avant l'aube, et alors qu'il faisait encore nuit, son âme le réveilla et lui dit : « Lève-toi et va dans la chambre du marchand, dans la chambre même où il dort ; tue-le, et prends-lui son or, car nous en avons besoin. »

Et le jeune pêcheur se leva et se glissa vers la chambre du marchand ; au-dessus des pieds du marchand était posé un sabre recourbé, et le plateau à côté du marchand contenait neuf bourses d'or. Et il étendit la main et toucha le sabre, et lorsqu'il le toucha le marchand tressaillit et s'éveilla, et, se mettant debout d'un bond, saisit lui-même le sabre et cria au jeune pêcheur :

« Est-ce que tu rends le mal pour le bien, et paies-tu par une effusion de sang la bonté que je t'ai témoignée ? »

Et son âme dit au jeune pêcheur :

« Frappe-le. » Et il le frappa si fort qu'il s'évanouit ; il saisit alors les neuf bourses d'or, et s'enfuit rapidement à travers le jardin des grenadiers, et tourna son visage vers l'astre qui est l'étoile du matin.

Et lorsqu'ils se furent éloignés à une lieue de la ville, le jeune pêcheur se frappa la poitrine, et dit à son âme :

« Pourquoi m'as-tu ordonné de tuer le marchand et de prendre son or ? Assurément, tu es mauvaise. »

Mais son âme lui répondit : « Sois en paix, sois en paix.

— Non, s'écria le jeune pêcheur, je ne puis être en paix, car tout ce que tu m'as fait faire m'est odieux. Toi aussi, tu m'es odieuse, et je t'ordonne de me dire pourquoi tu en as agi ainsi avec moi. »

Et son âme lui répondit : « Quand tu m'as envoyée courir le monde, tu ne m'as point donné de cœur ; c'est pourquoi j'ai appris à faire toutes ces choses, et à les aimer.

— Que dis-tu ? murmura le jeune pêcheur.

— Tu le sais, répondit son âme, tu le sais bien. As-tu oublié que tu ne m'as point donné de cœur ? Je gage que non. Ainsi donc, ne te fais point de souci, ni pour toi, ni pour moi, mais sois en paix, car il n'est point de souffrance que tu ne donneras, ni de plaisir que tu ne recevras. »

Et lorsque le jeune pêcheur entendit ces paroles, il se mit à trembler, et dit à son âme : « Non, non, tu es mauvaise, tu m'as fait oublier mon amour, tu m'as tenté, et tu as porté mes pas dans les voies du péché. »

Et son âme lui répondit : « Tu n'as pas oublié que, lorsque tu m'as envoyée courir le monde, tu n'as point voulu me donner de cœur. Viens, allons dans une autre ville, et amusons-nous, car nous avons neuf bourses d'or. »

Mais le jeune pêcheur prit les neuf bourses d'or, les jeta à terre, et les piétina.

« Non, non, s'écria-t-il, je ne veux plus avoir commerce avec toi, et je ne veux plus aller avec toi nulle part, mais, de même que je t'ai renvoyée précédemment, je vais te renvoyer à présent, car tu ne m'as fait nul bien. » Et il tourna le dos à la lune et, avec le petit couteau à manche de peau de vipère verte, il s'efforça de détacher de ses pieds cette ombre du corps qui est le corps de l'âme.

Pourtant, son âme ne le quitta nullement, ni ne prêta nulle attention à son commandement, mais lui dit : « L'enchantement que la sorcière t'a indiqué ne te sert plus à rien, car je ne puis te quitter, de même que tu ne peux me chasser. Une fois au cours de sa vie, un homme peut renvoyer son âme, mais celui qui reçoit son âme en retour doit la garder avec lui à jamais, et c'est là son châtiment et sa récompense. »

Et le jeune pêcheur pâlit et serra les poings, et s'écria : « C'était une fausse sorcière, pour ne m'avoir point dit cela.

— Non, répondit son âme, mais elle a été fidèle à Celui qu'elle adore, et dont elle sera à jamais la servante. »

Et lorsque le pêcheur sut qu'il ne pouvait plus se débarrasser de son âme, et que c'était une âme mauvaise et qui demeurerait toujours avec lui, il s'écroula par terre en pleurant avec amertume.

Et lorsqu'il fit jour, le jeune pêcheur se leva et dit à son âme : « Je vais m'attacher les mains afin de ne pas pouvoir exécuter tes commandements, et fermer mes lèvres afin de ne pas pouvoir dire tes paroles, et retourner aux lieux où celle que j'aime demeure. Oui, c'est à la mer que je veux retourner, et à la petite baie où elle a l'habitude de chanter, et je l'appellerai et lui dirai le mal que j'ai fait et le mal que tu as opéré sur moi. »

Et son âme le tenta, et dit : « Qui est-elle, ton aimée, pour que tu retournes auprès d'elle ? Le monde en a de bien plus belles. Il y a les danseuses de Samaris, qui dansent à la façon de toutes sortes d'oiseaux et de bêtes. Leurs pieds sont teints au henné [1], et elles ont dans les mains de petits grelots de cuivre. Elles rient en dansant, et leur rire est aussi limpide que le rire de l'eau. Viens avec moi, et je te les montrerai. Car qu'as-tu à t'inquiéter du péché ? Ce qui est agréable à manger n'est-il pas fait pour celui qui mange ? Y a-t-il du poison dans ce qui est doux à boire ? Ne t'inquiète point, mais viens avec moi dans une autre ville. Il y a une petite ville toute proche, dans laquelle est un jardin de tulipiers. Et dans ce charmant jardin habitent des paons blancs et des paons au poitrail bleu. Leurs queues, quand ils font la roue, sont semblables à des disques d'ivoire et à des disques dorés. Et celle qui les nourrit danse pour leur plaisir, et parfois elle danse sur les mains et à d'autres moments elle danse avec les pieds. Ses

---

1. Plante orientale dont l'écorce et les feuilles fournissent une teinture cosmétique.

yeux sont fardés d'antimoine[1], et ses narines ont la forme des ailes d'une hirondelle. À un crochet dans l'une de ses narines est suspendue une fleur sculptée dans une perle. Elle rit en dansant, et les anneaux d'argent qu'elle a aux chevilles tintent comme des clochettes d'argent. Ainsi donc, ne te fais plus de souci, et viens avec moi dans cette ville. »

Mais le jeune pêcheur ne répondit rien à son âme, et ferma ses lèvres du sceau du silence, et s'attacha les mains avec une corde serrée, et s'en retourna au lieu d'où il était venu, la petite baie même où son aimée avait eu l'habitude de chanter. Et son âme le tenta continuellement en cours de route, mais il ne lui fit point de réponse, ni ne consentit à accomplir aucune des mauvaises actions qu'elle chercha à lui faire faire, si grande était la puissance de l'amour qu'il portait en lui.

Et quand il eut atteint le rivage de la mer, il délia la corde qui lui attachait les mains, et ôta le sceau du silence qui lui fermait les lèvres, et il appela la petite sirène. Elle ne vint pas à son appel, bien qu'il l'appelât tout au long de la journée et qu'il la suppliât.

Et son âme le railla, et dit : « Assurément, tu ne tires de ton amour que peu de joie. Tu ressembles à quelqu'un qui, en temps de disette, verse de l'eau dans un vase brisé. Tu donnes ce que tu possèdes, et l'on ne te donne rien en retour. Il serait préférable pour toi de venir avec moi, car je sais où s'étend la vallée du Plaisir, et quelles choses l'on y accomplit. »

Le jeune pêcheur ne répondit rien à son âme, mais dans une fente de rocher il se construisit une maison de roseaux tressés, et y demeura l'espace d'une année. Et tous les matins il appela la sirène, et chaque jour, à midi, il l'appela encore et, la nuit, il prononça son nom. Pourtant, elle ne sortit jamais de la mer pour venir à sa rencontre, et il ne put la trouver en aucun endroit de la mer, bien qu'il la cherchât dans les cavernes et dans l'eau glauque, dans les flaques laissées par la marée, et dans les puits qui sont au creux des profondeurs.

1. Minéral de couleur blanc argenté utilisé pour le maquillage.

Et son âme le tenta constamment avec le mal, et en lui chuchotant des choses terribles. Pourtant, elle ne put prévaloir contre lui, si grande était la puissance de son amour.

Et après que l'année fut écoulée, l'âme songea, enfouie dans son corps : « J'ai tenté mon maître avec le mal, et son amour est plus puissant que moi. Je vais, à présent, le tenter avec le bien, et il se peut qu'il m'accompagne. »

Elle parla donc au jeune pêcheur, et dit : « Je t'ai parlé de la joie du monde, et tu as fait la sourde oreille. Souffre maintenant que je te parle de la douleur du monde et il se pourra que tu m'écoutes. Car, en vérité, la souffrance est la maîtresse de ce monde, et il n'est personne qui échappe à ses rets. Il en est qui manquent de vêtements, et d'autres qui manquent de pain. Il y a des veuves qui sont assises dans la pourpre, et des veuves qui sont assises en haillons. Les lépreux vont çà et là par les marais, et ils sont cruels les uns envers les autres. Les mendiants vont et viennent sur les grand-routes, et leurs besaces sont vides. Par les rues des villes marche la famine, et la peste est à leurs portes. Viens, allons amender ces choses, et faire en sorte qu'elles ne soient point. Pourquoi t'attarder ici à appeler ton aimée, puisqu'elle ne vient pas à ton appel ? Et qu'est-ce que l'amour, pour que tu y attaches tant de prix ? »

Mais le jeune pêcheur ne lui répondit rien, si grande était la puissance de son amour. Et tous les matins il appela la sirène, et chaque jour, à midi, il l'appela encore, et, la nuit, il prononça son nom. Pourtant, elle ne sortit jamais de la mer pour venir à sa rencontre, et il ne put la trouver en aucun endroit de la mer, bien qu'il la cherchât dans les rivières de la mer, et dans les vallées qui sont sous les vagues, dans la mer que la nuit teint de pourpre, et dans la mer que l'aube laisse grise.

Et après que la deuxième année fut écoulée, l'âme dit au jeune pêcheur, la nuit, et tandis qu'il était assis, tout seul, dans la maison de roseaux tressés : « Vois ! Maintenant, je t'ai tenté avec le mal, et je t'ai tenté avec le bien, et ton amour est plus puissant que moi. C'est pourquoi je ne te tenterai plus, mais je te supplie de me laisser entrer dans ton cœur, afin que je sois unie avec toi, tout comme autrefois.

— Oui, tu peux entrer, dit le jeune pêcheur, car aux jours où, sans cœur, tu as parcouru le monde, tu as dû beaucoup souffrir.

— Hélas ! s'écria son âme, je ne trouve aucun endroit par où entrer, tellement ton cœur est caparaçonné d'amour.

— Pourtant, je voudrais pouvoir t'aider », dit le jeune pêcheur.

Et tandis qu'il parlait, voilà que s'éleva de la mer un grand cri de détresse, le cri même qu'entendent les hommes quand l'un des hôtes de la mer est mort. Et le jeune pêcheur se leva d'un bond, sortit de sa maison de roseaux tressés, et courut au rivage. Et les vagues noires déferlèrent vers la rive, portant avec elles un fardeau qui était plus blanc que l'argent. Il était blanc comme la crête des vagues et, pareil à une fleur, il était ballotté sur les flots. Et la crête blanche l'enleva aux vagues, et l'écume l'enleva aux crêtes blanches, et le rivage le reçut, et, étendu à ses pieds, le jeune pêcheur vit le corps de la petite sirène. Il gisait mort à ses pieds.

Pleurant comme quelqu'un qui est terrassé par la douleur, il se jeta par terre à côté du corps, et il baisa le rouge froid de la bouche, et joua avec l'ambre mouillé des cheveux. Il se jeta sur le sable à côté de lui, pleurant comme quelqu'un qui tremble de joie, et dans ses bras brunis il le pressa sur sa poitrine. Les lèvres étaient froides, mais il les baisa néanmoins [1]. Le miel de ses cheveux était salé, mais le goût lui en fit éprouver une joie amère. Il baisa les paupières closes, et l'embrun farouche qui les recouvrait était moins salé que ses larmes.

Et il se confessa à cette chose morte. Il versa dans le creux de ses oreilles le vin âpre de son récit. Il mit les petites mains autour de son cou, et de ses doigts il toucha le fin roseau de sa gorge. Amère, amère était sa joie, et pleine d'un contentement étrange, sa douleur.

---

1. Ce baiser nécrophile réapparaît dans *Salomé*, lorsque la princesse embrasse la bouche d'Iokanaan, qui vient d'être décapité.

La sombre mer se rapprocha encore, l'écume blanche gémit comme un lépreux. Avec ses griffes blanches d'écume, la mer s'agrippa au rivage. Du palais du roi de la mer arriva de nouveau le cri de détresse et au loin, là-bas, au large, les grands Tritons soufflèrent dans leurs trompes des sons rauques.

« Fuis, fuis, dit son âme, car la mer se rapproche toujours, et si tu t'attardes, elle te tuera. Fuis, car j'ai peur, quand je vois que ton cœur m'est fermé à cause de la grandeur de ton amour. Fuis vers quelque lieu sûr. Certes, tu ne voudrais point m'envoyer sans cœur dans un autre monde ? »

Mais le jeune pêcheur n'écouta point son âme, mais appela la petite sirène et dit : « L'amour vaut mieux que la sagesse, et il est plus précieux que les richesses, et plus beau que les pieds des filles des hommes. Les brasiers ne peuvent le détruire, et les flots ne peuvent l'éteindre. Je t'ai appelée à l'aube, et tu n'es pas venue à mon appel. La lune a entendu ton nom, mais tu n'as prêté nulle attention à moi. Car je t'avais quittée cruellement et m'étais éloigné pour mon malheur. Pourtant, ton amour est toujours demeuré présent en moi, et il a toujours été puissant, et rien n'a prévalu contre lui, bien que j'aie contemplé le mal et contemplé le bien. Et maintenant que tu es morte, je mourrai assurément aussi avec toi. »

Et son âme le conjura de partir, mais il ne le voulut point, si grand était son amour. Et la mer se rapprocha, et essaya de le recouvrir de ses vagues, et lorsqu'il sut que la fin était proche, il baisa de ses lèvres folles les lèvres froides de la sirène, et le cœur qui était en lui se brisa. Et lorsque, à cause de la plénitude de son amour, son cœur se brisa, l'âme y trouva une entrée et y pénétra, et fut unie à lui tout comme autrefois. Et la mer recouvrit le jeune pêcheur de ses vagues.

Et dans la matinée le prêtre sortit pour bénir la mer, car elle avait été agitée. Et avec lui vinrent les moines et les musiciens, et les porteurs de cierges, et les porteurs d'encensoirs, et une foule nombreuse.

Et lorsque le prêtre arriva au rivage, il vit le jeune pêcheur étendu, noyé sur les crêtes des vagues, et serré dans ses bras, il y avait le corps de la petite sirène. Et il recula, fronçant les sourcils ; et, ayant fait le signe de la croix, il s'écria tout haut, disant :

« Je ne bénirai pas la mer, ni rien de ce qui est en elle. Maudits soient les hôtes de la mer, et maudits soient tous ceux qui ont commerce avec eux. Et quant à celui qui, pour l'amour, abandonna Dieu, et ainsi est étendu ici avec son amante tuée par la volonté de Dieu, soulevez son corps et le corps de son amante, et enfouissez-les dans un coin du champ des foulons [1] ; et ne mettez nulle marque au-dessus d'eux, ni de signe d'aucune sorte, afin que personne ne sache le lieu où ils reposent. Car ils furent maudits durant leur vie, et maudits seront-ils aussi dans leur mort. »

Et le peuple fit ce qu'il lui avait ordonné, et dans le coin du champ des foulons, là où ne croissent point d'herbes tendres, on creusa une fosse profonde, et l'on y enfouit les choses mortes.

Et lorsque la troisième année fut écoulée, et un jour qui était un jour saint, le prêtre monta à la chapelle, afin de montrer au peuple les blessures du Seigneur, et de lui parler de la colère de Dieu.

Et lorsqu'il se fut vêtu de ses robes sacerdotales, qu'il fut entré et qu'il se fut courbé devant l'autel, il vit que l'autel était couvert de fleurs étranges qu'on n'avait encore jamais vues nulle part. Elles étaient étranges à regarder, et d'une beauté bizarre ; et leur beauté le troubla, et leur odeur fut douce à ses narines. Et il se sentit joyeux et ne comprit point pourquoi il était joyeux.

Et après qu'il eut ouvert le tabernacle et encensé l'ostensoir qui y était enfermé, après qu'il eut fait voir au peuple la belle

---

1. Cf. Ancien Testament, II Rois, 18, 17 : le champ des foulons, très brièvement évoqué dans la Bible, était situé à l'extérieur des murs de Jérusalem en raison des odeurs nauséabondes qui émanaient des tissus et des cuirs que foulaient et traitaient les esclaves ; de plus, les produits utilisés rendaient le terrain stérile. Il est donc anormal que des fleurs puissent pousser dans un tel lieu (*a priori* infécond), ce qui explique, à la fin du conte, la frayeur du prêtre.

hostie, et qu'il l'eut cachée ensuite derrière le voile des voiles, il se mit à parler au peuple, car il désirait lui parler de la colère de Dieu. Mais la beauté des fleurs blanches le troubla, et leur odeur était douce dans ses narines : et c'est une autre parole qui lui vint aux lèvres, et il ne parla point de la colère de Dieu, mais du Dieu dont le nom est Amour. Et pourquoi il parla ainsi, il n'en savait rien.

Et lorsqu'il eut fini de parler, le peuple pleura, et le prêtre retourna à la sacristie, et ses yeux étaient pleins de larmes. Et les diacres entrèrent et commencèrent à le dévêtir, et lui ôtèrent l'aube et la ceinture, le manipule et l'étole. Et il demeura là comme quelqu'un perdu dans un rêve.

Et après qu'ils l'eurent dévêtu, il les regarda et dit : « Quelles sont ces fleurs qui se dressent sur l'autel, et d'où viennent-elles ? »

Et ils lui répondirent : « Quelles sont ces fleurs, nous n'en savons rien, mais elles proviennent du coin du champ des foulons. » Et le prêtre se prit à trembler, et rentra dans sa maison et pria.

Et au matin, alors que c'était encore l'aube, il sortit avec les moines et les musiciens, et les porteurs de cierges et d'encensoirs, et une foule nombreuse, et arriva au rivage de la mer ; et il bénit la mer, et tous les êtres sauvages qui s'y trouvent. Les faunes aussi, il les bénit, et les petits êtres qui dansent dans les bois, et les êtres aux yeux brillants qui regardent à travers les feuilles. Il bénit toutes les choses du monde de Dieu, et le peuple fut rempli de joie et d'émerveillement. Pourtant, jamais plus, dans le coin du champ des foulons, il ne poussa de fleurs d'aucune sorte, mais le champ demeura stérile comme avant. Et les hôtes de la mer ne revinrent plus dans la baie comme ils avaient eu coutume de le faire, car ils allèrent dans une autre partie de la mer.

L'ENFANT-ÉTOILE

À Miss Margot Tennant[1].

Il était une fois deux pauvres bûcherons qui s'en retournaient chez eux à travers une grande forêt de pins. C'était en hiver, et par une nuit de froid mordant. La neige recouvrait la terre et les branches des arbres d'une couche épaisse ; le gel cassait continuellement, avec un bruit sec, les petites brindilles de part et d'autre de leur chemin, à mesure qu'ils passaient ; et quand ils arrivèrent au torrent de la Montagne, il était suspendu, immobile, dans l'air, car le roi des Glaces l'avait embrassé.

Il faisait tellement froid que les animaux et les oiseaux eux-mêmes n'y comprenaient rien.

« Oouh ! gronda le Loup, en clopinant à travers les broussailles, la queue entre les pattes, il fait un temps parfaitement monstrueux. Pourquoi le gouvernement ne s'en occupe-t-il pas ?

— Tui ! Tui ! Tui ! gazouillèrent les Verdiers[2], la vieille Terre est morte, et on l'a couchée dans son linceul blanc.

— La Terre va se marier, et c'est sa robe d'épousée », se chuchotèrent entre elles les Tourterelles. Leurs petites pattes roses étaient saisies d'engelures, mais elles sentaient qu'il était de leur devoir d'envisager la situation sous un jour romanesque.

---

1. Margot Tennant (1864-1945), amie de Wilde. Elle épousa, en 1894, Herbert Henry Asquith, futur Premier ministre de Grande-Bretagne. **2.** Voir « L'Ami dévoué », note 1, p. 170.

« Bêtises ! grogna le Loup. Je vous dis que tout ça, c'est la faute du gouvernement, et si vous ne me croyez pas, je vous mangerai. » Le Loup avait l'esprit foncièrement pratique, et n'était jamais en peine d'un bon argument.

« Ma foi, pour ma part, dit le Pivert, qui était un philosophe-né, je ne tiens pas les causes matérielles pour des explications. Si une chose est ainsi, elle l'est, et à présent il fait terriblement froid. »

Et vraiment il faisait terriblement froid. Les petits Écureuils, qui habitaient à l'intérieur du grand sapin, se frottaient continuellement le nez l'un contre l'autre pour se tenir chaud, et les Lapins se roulaient en boule dans leurs terriers, et ne se hasardaient même pas à mettre le nez dehors. Les seuls qui paraissaient prendre plaisir étaient les gros Hiboux cornus. Leurs plumes étaient toutes raidies par le givre, mais cela leur était égal, et ils roulaient leurs gros yeux jaunes, et se lançaient de l'un à l'autre leur appel au travers de la forêt : « Tououitt ! Tou-ou ! Tou-ouitt ! Tou-ou ! Quel temps merveilleux nous avons ! »

Les deux bûcherons poursuivirent leur chemin, soufflant vigoureusement dans leurs doigts, et frappant de leurs énormes bottes ferrées la neige plaquée. À un moment ils s'enfoncèrent dans un tas de neige profonde, et en ressortirent tout blancs comme des meuniers quand leurs meules écrasent le grain ; et à un autre moment ils glissèrent sur la glace dure et lisse, là où l'eau du marais était gelée, et leurs fagots tombèrent de leurs balluchons, et ils furent obligés de les ramasser et de les lier à nouveau ; une autre fois, ils crurent s'être égarés, et ils furent saisis d'une terreur épouvantable, car ils savaient que la Neige est cruelle envers ceux qui dorment dans ses bras. Mais ils mirent leur foi en le bon saint Martin, qui veille sur tous les voyageurs, et revinrent sur leurs pas, en marchant avec précaution, et ils atteignirent enfin la lisière de la forêt, et aperçurent, au loin, là-bas, dans la vallée à leurs pieds, les lumières du village où ils habitaient.

Ils furent tellement remplis de joie par leur délivrance qu'ils se mirent à rire tout haut, et la Terre leur parut semblable à une fleur d'argent, et la Lune, à une fleur d'or.

Pourtant, après avoir ri, ils devinrent tristes, car ils se souvinrent de leur pauvreté, et l'un d'eux dit à l'autre :

« Pourquoi nous sommes-nous réjouis, puisque la vie est pour les riches, et non pour les gens tels que nous ? Il eût mieux valu pour nous mourir de froid dans la forêt, ou avoir été assaillis et tués par quelque bête sauvage.

— Vraiment, répondit son compagnon, il est donné beaucoup aux uns, et peu aux autres. L'injustice a présidé au partage de la terre, et rien n'est réparti également, sauf le chagrin. »

Mais tandis qu'ils se lamentaient mutuellement sur leur misère, il arriva cette chose étrange. Il tomba du ciel une étoile très brillante et très belle. Elle dévala en glissant d'un côté du ciel, passant à côté des autres étoiles dans sa course, et, tandis qu'ils l'observaient, émerveillés, elle leur parut s'enfoncer derrière un bouquet de saules qui se dressait tout proche d'une petite bergerie qui n'était guère qu'à un jet de pierre de là.

« Tiens ! Voilà une cruche pleine d'or pour celui qui la trouvera », s'écrièrent-ils. Et ils partirent au pas de course, tant ils étaient désireux d'avoir cet or.

Et l'un d'eux courut plus vite que son compagnon, et le devança ; il se fraya un passage au travers des saules, et sortit de l'autre côté, et — ô merveille ! — il y avait effectivement une chose en or qui gisait sur la neige blanche. Il se hâta donc vers elle et, se baissant, il y posa les mains : c'était un manteau en tissu d'or, curieusement tramé d'étoiles, et enroulé en nombreux plis. Et il cria à son camarade qu'il avait trouvé le trésor tombé du ciel et, quand son camarade l'eut rejoint, ils s'assirent sur la neige, et défirent les plis du manteau afin de pouvoir se partager les pièces d'or. Mais, hélas ! il ne renfermait point d'or, ni d'argent, ni même de trésor d'aucune sorte, mais seulement un petit enfant endormi.

Et l'un d'eux dit à l'autre : « Voilà une fin amère à notre espoir, et nous n'avons pas de chance, car quel profit un homme tire-t-il d'un enfant ? Laissons-le ici, et allons notre chemin, car nous sommes de pauvres gens, et nous avons des enfants à nous, dont nous ne pouvons donner le pain à un autre. »

Mais son compagnon lui répondit : « Non ; ce serait une mauvaise action que de laisser cet enfant périr ici dans la neige, et bien que je sois aussi pauvre que toi, et que j'aie de nombreuses bouches à nourrir, et la marmite presque vide, je l'emporterai cependant à la maison, et ma femme en prendra soin. »

Il souleva donc très tendrement l'enfant, et l'enveloppa du manteau pour le protéger du froid vif, et descendit la montagne vers le village, tandis que son compagnon s'étonnait beaucoup de la folie et de la douceur de son cœur.

Et lorsqu'ils arrivèrent au village, son camarade lui dit :

« Tu as l'enfant : aussi, donne-moi le manteau, car il est juste que nous partagions. »

Mais il lui répondit : « Non, car le manteau n'est ni à moi ni à toi, mais à l'enfant seul. » Et il lui souhaita bon retour sous la garde de Dieu, et alla à sa propre maison et frappa.

Et lorsque sa femme ouvrit la porte et vit que son mari lui était revenu sain et sauf, elle lui passa les bras autour du cou et l'embrassa, et enleva de son dos le tas de fagots, débarrassa ses bottes de la neige qui les recouvrait, et le pria d'entrer.

Mais il lui dit : « J'ai trouvé quelque chose dans la forêt, et je te l'ai rapporté pour que tu en prennes soin », et il ne bougea pas du seuil.

« Qu'est-ce ? s'écria-t-elle. Montre-le-moi, car la maison est vide, et nous avons besoin de bien des choses. » Et il écarta le manteau, et lui montra l'enfant endormi.

« Hélas, bonhomme ! murmura-t-elle, n'avons-nous pas des enfants à nous, qu'il te faille apporter un enfant trouvé pour l'asseoir à notre foyer ? Et qui sait s'il ne nous portera pas malheur ? Et comment l'élèverons-nous ? »

Et elle était en colère contre lui.

« Mais non, car c'est un Enfant-Étoile », répondit-il. Et il lui conta la façon étrange dont il avait été trouvé.

Pourtant elle ne voulut pas s'apaiser, mais se moqua de lui, et lui parla avec colère, criant : « Nos enfants manquent de pain, et nous faudra-t-il nourrir l'enfant d'un autre ? Qui donc se soucie de nous ? Et qui nous donne nourriture ?

— Oh ! mais Dieu se soucie même des moineaux, et les nourrit, répondit-il.

— Les moineaux ne meurent-ils pas de faim en hiver ? demanda-t-elle. Et n'est-ce pas l'hiver, à présent ? » Et l'homme ne répondit rien, mais ne bougea pas du seuil.

Et un vent cruel, venu de la forêt, entra par la porte ouverte, et la fit trembler ; elle frissonna, et lui dit : « Ne veux-tu pas fermer la porte ? Il entre un vent cruel dans la maison, et j'ai froid.

— Dans une maison où il y a un cœur dur, n'entre-t-il pas toujours un vent cruel ? » demanda-t-il. Et la femme ne lui répondit rien, mais s'approcha tout doucement du feu.

Et au bout d'un moment elle se retourna pour le regarder, et elle avait les yeux pleins de larmes. Et il entra bien vite, et lui mit l'enfant dans les bras ; et elle l'embrassa, et le coucha dans un petit lit où reposait le plus jeune de leurs propres enfants. Et, le lendemain, le bûcheron prit le merveilleux manteau d'or et le plaça dans un grand coffre, et sa femme prit un collier d'ambre qui était au cou de l'enfant et le mit également dans le coffre.

C'est ainsi que l'Enfant-Étoile fut élevé avec les enfants du bûcheron, et prit place à table avec eux, et fut leur camarade de jeux. Et, d'année en année, il devint plus beau à voir, si bien que tous ceux qui habitaient le village furent remplis d'émerveillement, car, tandis qu'ils avaient la peau brune et les cheveux noirs, il était, lui, blanc et délicat comme l'ivoire, et ses boucles étaient semblables aux anneaux de l'asphodèle. Ses lèvres, aussi, ressemblaient aux pétales d'une fleur rouge, et ses yeux étaient pareils à des violettes auprès d'une rivière d'eau pure, et son corps tel le narcisse d'un champ où ne vient point le faucheur.

Pourtant, sa beauté le rendit méchant. Car il grandit en devenant orgueilleux, cruel, et égoïste. Les enfants du bûcheron, et les autres enfants du village, il les méprisait, disant qu'ils étaient de basse extraction, alors qu'il était noble, étant né d'une étoile, et il se fit leur maître, et les appela ses serviteurs. Il n'avait point de pitié pour les pauvres, ni pour ceux qui étaient aveugles, ou mutilés, ou affligés d'une manière quelconque, mais il leur jetait des pierres et les chassait sur la grand-route, leur ordonnant d'aller mendier ailleurs leur pain, de sorte que nul, hormis les proscrits, ne revenait jamais à deux fois dans ce village pour y demander l'aumône. En vérité, il était comme celui qui serait épris de la beauté, et se moquait des faibles et des disgraciés, et plaisantait sur eux ; et il était amoureux de lui-même, et, en été, quand les vents étaient calmés, il s'étendait à côté du puits, dans le verger du prêtre, et y contemplait la merveille de son propre visage, et riait du plaisir qu'il éprouvait devant sa propre beauté.

Souvent le bûcheron et sa femme le grondaient.

« Nous ne t'avons point traité comme tu traites ceux qui sont délaissés et qui n'ont personne pour les secourir. Pourquoi es-tu si cruel envers tous ceux qui ont besoin de pitié ? »

Souvent le vieux prêtre le faisait appeler, et essayait de lui enseigner l'amour des êtres vivants, lui disant : « La Mouche est ta sœur. Ne lui fais point de mal[1]. Les oiseaux sauvages qui errent parmi la forêt ont leur liberté. Ne les prends point au piège pour ton plaisir. Dieu a créé l'Orvet et la Taupe, et chacun d'eux a sa place. Qui es-tu, pour porter de la douleur dans le monde de Dieu ? Même le bétail dans les prés chante Sa louange. »

Mais l'Enfant-Étoile n'écoutait point leurs paroles, mais fronçait les sourcils et s'en moquait, et retournait auprès de ses compagnons, qu'il conduisait. Et ses compagnons le suivaient,

---

1. On comparera avec le poème de William Blake, « The Fly » (« La Mouche »), dans les *Songs of Experience* (1794) [*Chants d'expérience*] : « Am not I / A fly like thee ? / Or art not thou / A man like me ? » (Ne suis-je point / Une mouche comme toi ? / Ou n'es-tu point / Un homme comme moi ?).

car il était beau, il avait le pied vif, et savait danser, et souffler dans les pipeaux, et faire de la musique. Et partout où l'Enfant-Étoile les conduisait, ils le suivaient, et tout ce que l'Enfant-Étoile leur ordonnait de faire, ils le faisaient.

Et lorsqu'il transperça d'un roseau pointu les yeux sombres de la Taupe, ils se mirent à rire, et quand il lança des pierres au lépreux, ils rirent aussi. Et en toutes choses il les dirigeait, et leur cœur devint dur, tout comme le sien.

Or, voilà que passa un jour dans le village une pauvre mendiante. Ses vêtements étaient déchirés et en lambeaux, et ses pieds étaient en sang à force d'avoir cheminé sur la route accidentée, et elle était en fort triste état. Et, lasse, elle s'assit sous un marronnier pour se reposer.

Mais lorsque l'Enfant-Étoile l'aperçut, il dit à ses compagnons : « Voyez ! Il y a là une affreuse mendiante assise sous ce bel arbre aux feuilles vertes. Venez : nous allons la chasser d'ici, car elle est laide et disgraciée. »

Alors, il s'approcha d'elle et lui jeta des pierres, et se moqua d'elle ; et elle le regarda, les yeux emplis de terreur, et sans détacher de lui ses regards. Et quand le bûcheron, qui fendait des bûches dans une cour toute proche, vit ce que faisait l'Enfant-Étoile, il accourut et lui fit des reproches, et lui dit : « Assurément, tu as le cœur dur, et tu ne connais point de pitié, car quel mal t'a fait cette pauvre femme, que tu la traites ainsi ? »

Et l'Enfant-Étoile devint tout rouge de colère, et frappa le sol du pied, et dit : « Qui es-tu, toi, pour me questionner au sujet de ce que je fais ? Je ne suis point ton fils, pour t'obéir.

— Tu dis vrai, répondit le bûcheron ; pourtant, je t'ai témoigné de la pitié quand je t'ai trouvé dans la forêt. »

Et lorsque la femme entendit ces mots, elle poussa un grand cri, et perdit connaissance. Et le bûcheron l'emporta chez lui, et sa femme la soigna, et quand elle se remit de l'évanouissement dans lequel elle était tombée, ils lui présentèrent à manger et à boire, et la prièrent de se restaurer.

Mais elle ne voulut ni manger ni boire, mais dit au bûcheron : « N'as-tu pas dit que l'enfant a été trouvé dans la forêt ? Et n'y a-t-il pas de cela dix ans aujourd'hui ? »

Et le bûcheron répondit : « Oui, c'est dans la forêt que je l'ai trouvé, et il y a de cela dix ans aujourd'hui.

— Et quels signes as-tu trouvés sur lui ? s'écria-t-elle. Ne portait-il pas au cou un collier d'ambre ? N'était-il pas enveloppé d'un manteau en tissu d'or brodé d'étoiles ?

— Vraiment, répondit le bûcheron, il en était ainsi que tu le dis. » Et il tira le manteau et le collier d'ambre du coffre où ils reposaient, et les lui montra.

Et lorsqu'elle les vit, elle pleura de joie, et dit : « C'est mon petit enfant que j'ai perdu dans la forêt. Je te prie de le faire venir bien vite, car j'ai erré à sa recherche par tout le vaste monde. »

Le bûcheron et sa femme sortirent donc, et appelèrent l'Enfant-Étoile, lui disant : « Entre dans la maison, et tu y trouveras ta mère, qui t'attend. » Il y entra donc en courant, rempli d'étonnement et d'une grande joie. Mais lorsqu'il vit celle qui l'attendait là, il eut un rire méprisant, et dit :

« Eh bien, où est-elle, ma mère ? Car je ne vois personne, ici, hormis cette vile mendiante. »

Et la femme lui répondit : « Je suis ta mère.

— Tu es folle, de dire cela, s'écria l'Enfant-Étoile avec colère. Je ne suis pas ton fils, car tu es une mendiante, laide, et en haillons. C'est pourquoi, sors d'ici, et que je ne voie plus ton visage affreux !

— Non ! Tu es vraiment mon petit enfant, que j'ai porté dans la forêt, s'écria-t-elle, et elle tomba à genoux, et lui tendit les bras. Les voleurs t'ont enlevé à moi et t'ont laissé pour que tu meures, murmura-t-elle ; mais je t'ai reconnu en t'apercevant, et les signes aussi, je les ai reconnus, le manteau de tissu d'or et le collier d'ambre. Aussi je te demande de venir avec moi, car j'ai erré par tout le vaste monde à ta recherche. Viens avec moi, mon fils, car j'ai besoin de ton amour. »

Mais l'Enfant-Étoile ne bougea point de sa place, il lui ferma les portes de son cœur, et l'on n'entendit plus un son, hormis le bruit de la femme qui pleurait de douleur.

Et enfin il lui parla, et sa voix était dure et amère : « Si, en vérité, tu es ma mère, dit-il, il eût mieux valu rester au loin, et ne point venir me couvrir de honte, je croyais être l'enfant de quelque étoile, et non l'enfant d'une mendiante, comme tu me le dis. C'est pourquoi, sors d'ici, et que je ne te voie plus !

— Hélas, mon fils, s'écria-t-elle, ne veux-tu point m'embrasser avant que je parte ? J'ai tellement souffert pour te retrouver.

— Non, dit l'Enfant-Étoile, tu es trop affreuse à voir, et j'embrasserais, plutôt que toi, la vipère ou le crapaud. »

Alors la femme se leva, et s'en alla dans la forêt, pleurant des larmes amères ; et quand l'Enfant-Étoile vit qu'elle était partie, il fut content, et retourna en courant auprès de ses camarades, afin de jouer avec eux.

Mais lorsqu'ils le virent arriver, ils se moquèrent de lui, disant : « Mais tu es laid comme le crapaud, et aussi repoussant que la vipère. Va-t'en d'ici, car nous ne voulons pas que tu joues avec nous. » Et ils le chassèrent du jardin.

Et l'Enfant-Étoile fronça les sourcils, et se dit à lui-même : « Qu'est-ce là qu'ils me disent ? Je vais aller au puits plein d'eau et j'y regarderai, et il me dira ma beauté. »

Il alla donc au puits plein d'eau et y regarda, et — ô horreur ! — son visage était pareil au visage d'un crapaud, et son corps était couvert d'écailles comme une vipère[1]. Et il se jeta sur l'herbe et pleura, et se dit à lui-même : « Assurément cela m'est arrivé en raison de mon péché. Car j'ai renié ma mère, et l'ai chassée, et j'ai été orgueilleux, et cruel envers elle. C'est pourquoi je vais me mettre à sa recherche par le vaste monde, et je n'aurai de repos que je ne l'aie retrouvée. »

---

1. Ce type de transformation spectaculaire est courant dans les contes ; voir, par exemple, « La Belle et la Bête » de Mme Leprince de Beaumont, « Le Roi-Grenouille » (un prince transformé en grenouille) ou « Blanche-Neige et Rose-Rouge » (un prince transformé en ours) des frères Grimm. Dans ces contes, toutefois, ces métamorphoses se produisent avant même le début de l'histoire ; elles frappent en outre des êtres innocents, victimes d'un maléfice.

Et la petite fille du bûcheron vint à lui, et, lui posant sa main sur l'épaule, elle dit : « Qu'importe, que tu aies perdu ta beauté ? Reste auprès de nous, et je ne me moquerai pas de toi. »

Et il lui dit : « Non, j'ai été cruel envers ma mère, et c'est en châtiment que ce malheur m'a été envoyé. C'est pourquoi il faut que je m'en aille d'ici, et que j'erre par le monde jusqu'à ce que je la retrouve, et qu'elle m'accorde son pardon. »

Aussi s'enfuit-il dans la forêt et cria-t-il à sa mère de venir le rejoindre, mais il n'y eut pas de réponse. Toute la journée il l'appela, et quand le soleil se coucha il s'étendit sur un lit de feuilles, et les oiseaux et les animaux s'enfuirent d'auprès de lui, car ils se souvenaient de sa cruauté, et il fut seul, à l'exception du crapaud qui l'observait, et de la lente vipère qui passa en rampant.

Et, le matin, il se leva, et cueillit quelques baies amères aux arbres et les mangea, et il se remit en route à travers la grande forêt, en pleurant douloureusement. Et il demanda à tous les êtres qu'il rencontrait si par hasard ils avaient vu sa mère.

Il dit à la Taupe :

« Toi, tu peux aller sous terre. Dis-moi, ma mère y est-elle ? »

Et la Taupe répondit :

« Tu m'as aveuglée. Comment le saurais-je ? »

Il dit au Passereau :

« Toi, tu peux voler au-dessus des grands arbres, et tu peux voir tout le vaste monde. Dis-moi, peux-tu voir ma mère ? »

Et le Passereau répondit :

« Tu m'as coupé les ailes pour ton plaisir. Comment volerais-je ? »

Et au petit Écureuil qui vivait dans le sapin et était solitaire, il dit :

« Où est ma mère ? »

Et l'Écureuil répondit :

« Tu as tué la mienne. Cherches-tu à tuer la tienne aussi ? »

Et l'Enfant-Étoile pleura et courba la tête, et implora son pardon auprès des créatures de Dieu, et continua à cheminer à travers la forêt, à la recherche de la mendiante. Et, le troisième jour, il arriva de l'autre côté de la forêt et descendit dans la plaine.

Et quand il traversa les villages, les enfants se moquèrent de lui, et lui lancèrent des pierres, et les paysans ne lui permirent même pas de dormir dans les étables de peur qu'il ne pourrisse le grain engrangé, tellement il était affreux à voir, et leurs journaliers le chassèrent, et il n'y eut personne qui eût pitié de lui. Et il n'entendit parler nulle part de la mendiante qui était sa mère, bien que durant trois années il errât par le monde, et qu'il lui semblât souvent l'apercevoir sur la route devant lui, et qu'il l'appelât, et courût vers elle jusqu'à ce que les silex aigus lui missent les pieds en sang. Mais il ne pouvait la rejoindre, et ceux qui habitaient le long de la route niaient toujours l'avoir vue, ou avoir vu quelqu'un qui lui ressemblât, et ils raillaient son chagrin.

L'espace de trois ans, il erra par le monde, et dans le monde il n'y eut pour lui ni amour, ni humaine tendresse, ni charité, mais ce fut un monde tout pareil à celui qu'il s'était fait en lui-même aux jours de son grand orgueil.

Et, un soir, il arriva à la porte d'une ville entourée de murailles fortifiées, qui s'élevait au bord d'une rivière, et bien qu'il fût las et qu'il eût les pieds meurtris, il voulut y pénétrer. Mais les soldats qui montaient la garde firent tomber leurs hallebardes en travers de l'entrée, et lui dirent avec rudesse : « Que viens-tu faire dans la ville ?

— Je cherche ma mère, répondit-il, et je vous prie de me laisser passer, car il se peut qu'elle soit dans la ville. »

Mais ils se moquèrent de lui, et l'un d'eux agita sa barbe noire, posa son bouclier, et s'écria : « En vérité, ta mère ne sera pas joyeuse quand elle te verra, car tu es plus disgracié que le crapaud du marais ou la vipère qui rampe dans la fondrière. Hors d'ici ! Hors d'ici ! Ta mère ne demeure pas dans cette ville. »

Et un autre, qui tenait à la main une bannière jaune, lui dit : « Qui est ta mère, et pourquoi la cherches-tu ? »

Et il répondit : « Ma mère est une mendiante tout comme

moi, et je l'ai traitée cruellement ; et je vous prie de me laisser passer, afin qu'elle puisse me donner son pardon, si tant est qu'elle demeure en cette ville. » Mais ils ne le voulurent point, et le piquèrent de leurs lances.

Et comme il se détournait en pleurant, un autre, dont l'armure était incrustée de fleurs dorées, et sur le casque duquel était accroupi un lion ailé, arriva auprès d'eux et demanda aux soldats qui était celui qui demandait à entrer. Et ils lui dirent : « C'est un mendiant et le fils d'une mendiante, et nous l'avons chassé.

— Mais non, s'écria-t-il, riant, nous allons le vendre, cet être affreux, pour en faire un esclave, et son prix sera la valeur d'un bol de vin doux. »

Et un vieillard au visage méchant qui passait les héla, et dit : « Moi, je l'achète à ce prix. »

Et quand il eut payé le prix, il prit l'Enfant-Étoile par la main, et le mena dans la ville.

Et après qu'ils eurent passé à travers bien des rues, ils arrivèrent à une petite porte qui était creusée dans un mur recouvert d'un grenadier. Et le vieillard toucha la porte avec un anneau de jaspe gravé, et elle s'ouvrit ; et ils descendirent cinq marches d'airain et pénétrèrent dans un jardin rempli de coquelicots noirs et de jarres vertes en argile cuite. Et le vieillard ôta alors de son turban une écharpe de soie ornée de dessins, et en banda les yeux de l'Enfant-Étoile, qu'il poussa devant lui. Et quand l'écharpe lui fut enlevée des yeux, l'Enfant-Étoile se trouva dans un cachot, qui était éclairé par une lanterne de corne.

Et le vieillard plaça devant lui du pain moisi sur une assiette, et dit : « Mange », et de l'eau saumâtre dans un bol, et dit : « Bois. » Et lorsqu'il eut mangé et bu, le vieillard sortit, fermant la porte derrière lui et l'attachant avec une chaîne de fer.

Et, le lendemain, le vieillard, qui était en réalité le plus subtil des magiciens de Libye et avait appris son art auprès d'un homme qui habitait les tombeaux du Nil, vint le voir, et dit en fronçant les sourcils :

« Dans un bois qui est proche de la porte de cette ville de Giaours [1], il y a trois pièces d'or. L'une est d'or blanc, une autre est d'or jaune, et l'or de la troisième est rouge. Aujourd'hui tu me rapporteras la pièce d'or blanc, et si tu ne la rapportes pas, je te battrai de cent coups de bâton. Va-t'en vite, et au coucher du soleil je t'attendrai à la porte du jardin. Veille bien à rapporter l'or blanc, sinon cela ira mal pour toi, car tu es mon esclave, et je t'ai acheté pour le prix d'un bol de vin doux. »

Et il banda les yeux de l'Enfant-Étoile avec l'écharpe de soie imprimée, et le conduisit à travers la maison, à travers le jardin de coquelicots, et lui fit monter les cinq marches d'airain. Et, ayant ouvert la petite porte avec son anneau, il le laissa dans la rue.

Et l'Enfant-Étoile sortit par la porte de la ville, et arriva au bois dont le Magicien lui avait parlé.

Or, ce bois paraissait très beau à voir du dehors, et semblait être plein d'oiseaux chantant et de fleurs odoriférantes, et l'Enfant-Étoile y entra avec joie. Mais cette beauté ne lui profita guère, car partout où il allait, des ronces et des épines impitoyables surgirent du sol et l'entourèrent, des orties farouches le piquèrent, et le chardon le perça de ses poignards, de sorte qu'il se trouva fort en peine. Et il ne put trouver nulle part la pièce d'or blanc dont avait parlé le Magicien, bien qu'il la cherchât du matin jusqu'à midi, et de midi au coucher du soleil. Et au coucher du soleil il tourna son visage vers sa demeure, en pleurant à chaudes larmes, car il savait quel sort l'attendait.

Mais lorsqu'il eut atteint la lisière du bois, il entendit, sortant d'un taillis, un cri comme quelqu'un qui souffre. Et, oubliant sa propre douleur, il y retourna en courant, et y vit un petit Lièvre pris dans un piège que quelque chasseur avait dressé à son intention.

Et l'Enfant-Étoile eut pitié de lui, et le délivra, et lui dit : « Je

---

1. En Turquie, terme signifiant « incroyants » et désignant les non-musulmans (c'est-à-dire les chrétiens) , « Le Giaour » (1813) est un poème célèbre de Lord Byron.

ne suis moi-même qu'un esclave, et pourtant je puis te donner la liberté. »

Et le Lièvre lui répondit, disant : « Certes, tu m'as donné la liberté, et que te donnerai-je en retour ? »

Et l'Enfant-Étoile lui dit : « Je cherche une pièce d'or blanc, que je ne puis trouver nulle part, et si je ne la rapporte pas, mon maître me battra.

— Viens avec moi, dit le Lièvre, et je t'y conduirai, car je sais où elle est cachée, et dans quel dessein. »

Alors l'Enfant-Étoile alla avec le Lièvre, et — ô merveille ! — dans la fente d'un gros chêne il aperçut la pièce d'or blanc qu'il cherchait. Et il fut tout rempli de joie, et la saisit, et dit au Lièvre : « Le service que je t'ai rendu, tu me l'as largement payé de retour, et la bonté que je t'ai témoignée, tu me l'as rendue au centuple.

— Non, non, répondit le Lièvre, mais tout de même que tu as agi envers moi, ainsi ai-je fait à ton égard. » Et il s'enfuit bien vite, et l'Enfant-Étoile se dirigea vers la ville.

Or, à la porte de la ville était assis un Lépreux. Son visage était couvert d'une cagoule de lin gris, et à travers les ouvertures, ses yeux luisaient comme des tisons rougis. Et lorsqu'il vit l'Enfant-Étoile qui s'approchait, il tapa sur une écuelle en bois, et fit tinter son grelot, et le héla en disant : « Donne-moi une pièce de monnaie, sinon il me faudra mourir de faim. Car on m'a jeté hors de la ville, et il n'y a personne qui ait pitié de moi.

— Hélas ! s'écria l'Enfant-Étoile, je n'ai qu'une pièce de monnaie dans mon sac, et si je ne la rapporte pas à mon maître, il me battra, car je suis son esclave. »

Mais le Lépreux le supplia et le pria, jusqu'à ce que l'Enfant-Étoile eût pitié, et lui donna la pièce d'or blanc.

Et lorsqu'il arriva à la maison du Magicien, le Magicien lui ouvrit et le fit entrer, et lui dit : « As-tu la pièce d'or blanc ? »

Et l'Enfant-Étoile répondit : « Je ne l'ai point. »

Alors le Magicien se précipita sur lui, et le battit, et posa devant lui un plat vide, en disant : « Mange », et un bol vide, en disant : « Bois. »

Et il le rejeta dans le cachot.

Et le lendemain le Magicien vint le voir, et dit : « Si tu ne m'apportes pas aujourd'hui la pièce d'or jaune, je te garderai comme esclave, et je te donnerai trois cents coups de bâton. »

L'Enfant-Étoile alla donc dans le bois, et toute la journée il chercha la pièce d'or jaune, mais il ne put la trouver nulle part. Et au coucher du soleil il s'assit et se mit à pleurer, et tandis qu'il pleurait, le petit Lièvre qu'il avait délivré du piège vint le trouver.

Et le Lièvre lui dit : « Pourquoi pleures-tu ? Et que cherches-tu dans le bois ? »

Et l'Enfant-Étoile répondit : « Je cherche une pièce d'or jaune qui est cachée ici, et si je ne la trouve pas, mon maître me battra, et me gardera comme esclave.

— Suis-moi », cria le Lièvre. Et il courut à travers le bois jusqu'à ce qu'il arrivât à une mare. Et au fond de la mare gisait la pièce d'or jaune.

« Comment te remercierai-je ? dit l'Enfant-Étoile. Car voici la deuxième fois que tu m'as secouru.

— Oh ! mais c'est toi qui as d'abord eu pitié de moi », dit le Lièvre. Et il se sauva bien vite.

Et l'Enfant-Étoile prit la pièce d'or jaune, la mit dans son sac, et se hâta vers la ville. Mais le Lépreux le vit venir, courut au-devant de lui, et s'agenouillant, s'écria : « Donne-moi une pièce de monnaie, sinon je mourrai de faim. »

Et l'Enfant-Étoile lui dit : « Je n'ai dans mon sac qu'une seule pièce d'or jaune, et si je ne la rapporte pas à mon maître, il me battra et me gardera comme esclave. »

Mais le Lépreux le supplia si douloureusement que l'Enfant-Étoile eut pitié de lui, et lui donna la pièce d'or jaune.

Et quand il arriva à la maison du Magicien, celui-ci lui ouvrit, le fit entrer, et lui dit : « As-tu la pièce d'or jaune ? » Et l'Enfant-Étoile lui dit : « Je ne l'ai pas. » Alors le Magicien tomba sur lui, et le battit, et le chargea de chaînes, et le rejeta dans le cachot.

Et le lendemain le Magicien vint le voir, et dit : « Si tu m'apportes la pièce d'or rouge, je te mettrai en liberté, mais si tu ne l'apportes pas, alors je te tuerai. »

L'Enfant-Étoile alla donc dans le bois, et toute la journée il chercha la pièce d'or rouge, mais il ne put la trouver nulle part. Et le soir, il s'assit et pleura, et tandis qu'il pleurait, le petit Lièvre vint le trouver.

Et le Lièvre lui dit : « La pièce d'or rouge est dans la caverne qui est derrière toi. Aussi ne pleure plus, mais réjouis-toi.

— Comment te récompenserai-je ? s'écria l'Enfant-Étoile. Car voici la troisième fois que tu m'as secouru.

— Oh ! mais c'est toi qui as d'abord eu pitié de moi », dit le Lièvre. Et il se sauva bien vite.

Et l'Enfant-Étoile entra dans la caverne, et dans le recoin le plus éloigné il trouva la pièce d'or rouge. Il la mit donc dans son sac, et se hâta vers la ville. Et le Lépreux, le voyant venir, se dressa au centre de la route, le héla, et lui dit : « Donne-moi la pièce d'or rouge, sinon il me faudra mourir. » Et l'Enfant-Étoile eut encore une fois pitié de lui, et lui donna la pièce d'or rouge, en disant : « Ta détresse est plus grande que la mienne. » Pourtant, il avait le cœur lourd, car il savait quel sombre destin l'attendait.

Mais — ô merveille ! — quand il franchit la porte de la ville, les gardes s'inclinèrent devant lui et lui firent hommage, en disant : « Comme notre seigneur est beau ! » et une foule de citoyens les suivit, et s'écria : « Assurément il n'est personne d'aussi beau dans le monde entier ! », si bien que l'Enfant-Étoile pleura, et se dit à lui-même : « Ils se moquent de moi, et se gaussent de ma misère. » Et la foule du peuple rassemblé était telle, qu'il perdit son chemin, et se trouva enfin sur une grande place, où se dressait le palais d'un roi.

Et la porte du palais s'ouvrit, et les prêtres et les hauts fonctionnaires de la ville accoururent au-devant de lui, et ils s'inclinèrent devant lui, disant : « Tu es notre seigneur, celui que nous attendions, et le fils de notre roi. »

Et l'Enfant-Étoile leur répondit, disant : « Je ne suis point le fils d'un roi, mais l'enfant d'une pauvre mendiante. Et comment pouvez-vous dire que je suis beau, car je sais que je suis affreux à voir ? »

Alors, celui dont l'armure était incrustée de fleurs dorées, et sur le casque de qui était accroupi un lion ailé, brandit un bouclier, et s'écria : « Comment mon seigneur peut-il dire qu'il n'est pas beau ? »

Et l'Enfant-Étoile regarda, et — ô merveille ! — son visage était tel qu'il avait été, et sa beauté lui était revenue, et il vit dans ses yeux quelque chose qu'il n'y avait pas vu autrefois.

Et les prêtres et les hauts dignitaires s'agenouillèrent et lui dirent : « Il a été prédit jadis qu'en ce jour viendrait celui qui doit régner sur nous. Que notre seigneur prenne donc cette couronne et ce sceptre, et que, dans sa justice et sa miséricorde, il soit notre roi. »

Mais il leur dit : « Je ne suis pas digne, car j'ai renié la mère qui m'a enfanté, et je ne puis me reposer, que je ne l'aie retrouvée, et obtenu son pardon. Laissez-moi donc partir, car il faut que j'erre de nouveau par le monde, et je ne puis m'attarder ici, bien que vous m'apportiez la couronne et le sceptre. » Et tout en parlant, il tourna son visage vers la rue qui menait à la porte de la ville, et — ô merveille ! — parmi la foule qui se pressait autour des soldats, il aperçut la Mendiante qui était sa mère, et à côté d'elle se tenait le Lépreux qui avait été assis au bord de la route.

Et un cri de joie s'échappa de ses lèvres, et il accourut, et, s'agenouillant, il baisa les plaies des pieds de sa mère, et les mouilla de ses larmes. Il courba la tête dans la poussière, et, sanglotant, comme quelqu'un dont le cœur va se briser, il lui dit : « Mère, je t'ai reniée à l'heure de mon orgueil. Accepte-moi à l'heure de mon humilité. Mère, je t'ai donné de la haine. Donne-moi de l'amour. Mère, je t'ai repoussée. Reçois à présent ton enfant. » Mais la Mendiante ne lui répondit mot.

Et il tendit les mains, et saisit les pieds blancs du Lépreux, et lui dit : « Par trois fois je t'ai fait miséricorde. Demande à ma mère de me parler une fois. » Mais le Lépreux ne lui répondit mot.

Et il sanglota de nouveau, et dit : « Mère, ma souffrance dépasse ce que je puis supporter. Accorde-moi ton pardon, et laisse-moi retourner dans la forêt. » Et la Mendiante lui posa sa main sur la tête, et lui dit : « Lève-toi. »

Et il se releva là où il était prosterné, et les regarda, et — ô merveille ! — ils étaient roi et reine.

Et la reine lui dit : « Voici ton père, que tu as secouru. »

Et le roi dit : « Voici ta mère, dont tu as lavé les pieds avec tes larmes. »

Et ils se jetèrent à son cou et l'embrassèrent, et le conduisirent au palais, le vêtirent de beaux habits, ceignirent sa tête de la couronne, lui posèrent le sceptre dans la main, et il régna sur la ville qui s'élevait au bord de la rivière, et en fut le seigneur. Il fit preuve envers tous de beaucoup de justice et de miséricorde, et il bannit le méchant Magicien, et il envoya au bûcheron et à sa femme beaucoup de riches présents, et il accorda les honneurs à leurs enfants. Et il ne souffrit pas qu'on se montrât cruel envers les oiseaux et les bêtes, mais enseigna l'amour, la tendresse humaine et la charité, et aux pauvres il donna du pain, et à ceux qui étaient nus il donna des vêtements, et la paix et l'abondance se répandirent par le pays.

Mais il ne régna pas longtemps, car grande avait été sa souffrance, et si rigoureux le feu de son épreuve qu'au bout de trois ans il mourut. Et celui qui lui succéda fut mauvais.

LE CRIME DE LORD ARTHUR SAVILE ET AUTRES HISTOIRES [1] (1891)

1. Ces histoires (« Le Crime de Lord Arthur Savile », « Le Sphinx sans secret », « Le Fantôme des Canterville », « Le Millionnaire modèle », *Le Portrait de Mr. W.H.*), publiées séparément dans des revues en 1887, furent rassemblées dans un même volume en 1891. En écrivant ces textes, Wilde semble s'adresser à la Society of the London Season, société mondaine qu'il fréquentait et dont la légèreté l'amusait. Dans ce recueil, l'auteur se moque agréablement des modes de la saison, sans négliger pour autant les questions esthétiques et sociales qui préoccupaient l'opinion au milieu des années 1880.

LE CRIME DE LORD ARTHUR SAVILE [1]

Étude sur le devoir

I

C'était la dernière réception de Lady Windermere [2] avant Pâques, et à Bentinck House il y avait plus de monde qu'à l'ordinaire. Six ministres, membres du Cabinet, y étaient venus au sortir de l'audience du président des Communes, arborant toutes leurs décorations et leurs rubans [3] ; toutes les jolies femmes portaient leurs toilettes les plus chics, et au fond de la galerie de tableaux se tenait la princesse Sophie de Carlsruhe, grosse femme d'aspect tartare, avec de tout petits yeux noirs et des émeraudes merveilleuses, vociférant dans un mauvais français et riant exagérément de tout ce qu'on lui disait. C'était incon-

1. Ce texte parut pour la première fois dans la *Court and Society Review* (11, 18 et 25 mai 1887), avec pour sous-titre « Étude sur la chiromancie ». Il fut republié dans *Le Crime de Lord Arthur Savile et autres histoires* en 1891, avec pour sous-titre « Étude sur le devoir ». Il fut inspiré par un ami de Wilde, Edward Heron-Allen (1861-1943), versé dans la chiromancie et l'astrologie. À la demande de Wilde, Heron-Allen avait fait l'horoscope du fils aîné de l'écrivain, Cyril, peu après sa naissance. Heron-Allen publia *The Cheiromancy of Today (La Chiromancie aujourd'hui)* dans le *Lippincott's Monthly Magazine* de juillet 1890, où parurent également la première version du *Portrait de Dorian Gray* ainsi qu'*Une étude en rouge* d'Arthur Conan Doyle.
2. Wilde reprendra le nom de Lady Windermere dans sa pièce *L'Éventail de Lady Windermere* (1892).
3. Les invités du président de la Chambre des Communes, chambre basse du Parlement, devaient s'habiller en tenue de grand apparat.

testablement un extraordinaire mélange de personnes. De très riches nobles bavardaient sur un ton affable avec des radicaux violents ; des prédicateurs publics côtoyaient des sceptiques éminents ; un véritable essaim d'évêques poursuivait de pièce en pièce une corpulente *prima donna* ; sur l'escalier se tenaient plusieurs membres de l'Académie royale, déguisés en artistes [1] ; et le bruit courait qu'à un certain moment la salle où l'on soupait était absolument bourrée de génies. Bref, c'était l'une des meilleures soirées de Lady Windermere, et la princesse resta jusqu'à près de onze heures et demie.

Dès qu'elle fut partie, Lady Windermere retourna à la galerie de tableaux, où un célèbre économiste politique expliquait solennellement la théorie scientifique de la musique à un virtuose indigné venu de Hongrie, et elle se mit à causer avec la duchesse de Paisley. Elle avait l'air merveilleusement belle avec sa magnifique gorge d'ivoire, ses grands yeux bleus de teinte myosotis, et ses lourdes tresses de cheveux d'or. Ils étaient bien de ton *or pur** [2] — non pas de cette pâle couleur de paille qui usurpe à notre époque le beau nom d'or, mais d'un or pareil à celui tissé de rayons de soleil ou caché dans l'ambre étrange ; et ils encadraient son visage comme l'auréole d'une sainte en y mêlant l'attrait de la pécheresse. C'était un curieux sujet d'étude psychologique. De bonne heure dans la vie elle avait découvert cette vérité importante : que rien ne ressemble autant à l'innocence qu'une imprudence ; et, par une série d'escapades téméraires, dont la moitié était absolument inoffensive, elle avait acquis tous les privilèges d'une personnalité. Elle avait plus d'une fois changé de mari ; en vérité, le *Debrett* [3] indique à son actif trois mariages : mais comme elle n'avait jamais changé d'amant, le monde avait depuis longtemps cessé

---

1. La Royal Academy exposait des œuvres très conventionnelles, souvent jugées médiocres par les critiques, qui lui préféraient la Grosvenor Gallery.
2. Les mots ou expressions en italique suivis d'un astérisque sont en français dans le texte original. 3. Le *Debrett's Peerage, Baronetage, Knightage and Companionage*, publié pour la première fois en 1784, est le bottin mondain de l'aristocratie de Grande-Bretagne et d'Irlande.

de médire sur son compte. Elle avait à présent quarante ans, elle était sans enfants, et elle éprouvait cette passion effrénée du plaisir qui est le secret pour conserver la jeunesse.

Tout à coup, elle jeta par la pièce un regard circulaire et avide, puis dit, de sa voix de contralto :

« Où est mon chiromancien [1] ?

— Votre... quoi, Gladys ? s'écria la duchesse, avec un sursaut involontaire.

— Mon chiromancien, duchesse ; je ne puis vivre sans lui, à présent.

— Chère Gladys ! Vous êtes toujours si originale ! » murmura la duchesse, tout en tâchant de se rappeler ce qu'était un chiromancien, en espérant que ce n'était pas la même chose qu'un manucure [2].

« Il vient examiner mes mains deux fois par semaine, régulièrement, reprit Lady Windermere, et il me dit à ce sujet des choses fort intéressantes. »

« Juste ciel ! se dit la duchesse, c'est donc bien une espèce de manucure. Mais c'est épouvantable ! J'espère au moins que c'est un étranger. Dans ce cas, ce ne serait pas si mal. »

« Il faut absolument que je vous le présente.

— Me le présenter ! s'écria la duchesse. Vous n'allez pas me dire qu'il est ici ? » Et elle se mit à chercher un petit éventail en écaille et un châle de dentelle fort déchiré, de façon à être prête à partir d'un instant à l'autre.

« Bien sûr qu'il est ici ; il ne me viendrait pas à l'idée de donner une soirée sans lui. Il me dit que j'ai une main purement psychique, et que si mon pouce avait été tant soit peu plus court, j'aurais été une pessimiste endurcie et je serais entrée au couvent.

---

1. La chiromancie est l'art de deviner l'avenir par l'analyse, ou la lecture, des lignes de la main. Elle était très à la mode dans les années 1880. **2.** Cette remarque traduit non seulement l'ignorance de la duchesse mais encore son snobisme : personne, dans la haute société de l'époque, n'aurait en effet songé à inviter une personne exerçant une profession libérale (médecin, dentiste et, *a fortiori*, manucure).

— Ah ! je vois ! dit la duchesse, qui se sentait fort soulagée. Il dit la bonne aventure, je suppose ?

— Et la mauvaise, aussi, répondit Lady Windermere, tant qu'on voudra. L'année prochaine, par exemple, je serai en grand danger, tant sur terre que sur mer, de sorte que je vais vivre dans un ballon, et j'y hisserai tous les soirs mon dîner dans un panier. Tout cela est inscrit sur mon petit doigt, ou dans la paume de ma main — je ne me rappelle plus au juste.

— Mais, voyons, c'est là tenter la Providence, Gladys !

— Ma chère duchesse, la Providence est sûrement capable de résister à la tentation, depuis le temps [1] ! J'estime que tout le monde devrait, une fois par mois, se faire lire les lignes de la main, de façon à savoir ce qu'il ne faut pas faire. Bien entendu, on le fait tout de même, mais il est si agréable d'être averti. Cependant, si personne ne va immédiatement chercher Mr. Podgers, il faudra que j'y aille moi-même.

— Permettez-moi d'y aller, Lady Windermere, dit un beau et grand jeune homme, qui était debout près d'elles, écoutant la conversation avec un sourire amusé.

— Je vous remercie mille fois, Lord Arthur ; mais j'ai peur que vous ne le reconnaissiez pas.

— S'il est aussi remarquable que vous le dites, Lady Windermere, je ne pourrai guère le manquer. Dites-moi comment il est, et je vous l'amènerai tout de suite.

— Eh bien, il n'a pas du tout l'air d'un chiromancien. Je veux dire qu'il n'est pas mystérieux ni ésotérique, qu'il n'a rien de romantique. C'est un petit homme corpulent, avec une tête chauve, amusante, et de grosses lunettes à monture d'or ; quelque chose d'intermédiaire entre un médecin de famille et un avoué de province. Je le regrette vivement, mais ce n'est pas ma faute. Les gens sont si agaçants ! Tous mes pianistes ressemblent à des poètes, et tous mes poètes ressemblent à des pianistes. Je me rappelle avoir, la saison dernière, invité à dîner un conspirateur absolument affreux, un homme qui avait fait sau-

---

1. Wilde reprendra cette phrase, mot pour mot, dans *Un mari idéal* (acte III).

ter je ne sais combien de gens, qui était toujours vêtu d'une cotte de mailles et portait un poignard dissimulé dans la manche de sa chemise ; eh bien, savez-vous que, lorsqu'il est venu, il avait l'air d'un vieux curé bien gentil, et qu'il a plaisanté toute la soirée ? Évidemment, il était très amusant, et tout ce que vous voudrez ; mais j'ai été horriblement déçue ; et quand je l'ai interrogé sur la cotte de mailles, il s'est contenté de rire, en disant qu'elle était bien trop froide pour être portée en Angleterre. Ah ! voici Mr. Podgers ! Eh bien, Mr. Podgers, je vous prie de lire l'avenir dans la main de la duchesse de Paisley. Duchesse, il faut retirer votre gant. Non, pas la main gauche, l'autre.

— Ma chère Gladys, je ne pense pas que ce soit très convenable, dit la duchesse, déboutonnant sans conviction un gant de chevreau usé.

— Rien d'intéressant ne l'est jamais, dit Lady Windermere : *on a fait le monde ainsi**. Mais il faut que je vous présente. Duchesse, voici Mr. Podgers, mon chiromancien favori. Monsieur Podgers : la duchesse de Paisley — et si vous dites qu'elle a un mont de la lune plus grand que le mien, je ne croirai plus jamais en vous.

— Je suis sûre, Gladys, qu'il n'y a rien de semblable dans ma main, dit gravement la duchesse.

— Votre Grâce a parfaitement raison, dit Mr. Podgers, lançant un coup d'œil sur la petite main grassouillette aux doigts courts et carrés, le mont de la lune n'est pas développé. La ligne de vie, en revanche, est excellente. Veuillez courber le poignet. Merci. Trois lignes distinctes sur la *rascette** [1] ! Vous vivrez jusqu'à un âge avancé, duchesse, et vous serez extrêmement heureuse. Ambition... très modérée ; ligne d'intelligence, sans exagération ; ligne de cœur...

— Mais oui, soyez indiscret, Mr. Podgers ! s'écria Lady Windermere.

— Rien ne me serait plus agréable, dit Mr. Podgers en s'incli-

---

1. Dans le vocabulaire de la chiromancie, les rascettes sont les lignes qui s'entrecroisent à la jonction du poignet et de la main.

nant, si la duchesse m'en donnait l'occasion ; mais je suis au regret de vous dire que je vois une forte permanence d'affection, combinée à un sentiment puissant du devoir.

— Continuez, je vous en prie, Mr. Podgers, dit la duchesse, d'un air parfaitement satisfait.

— L'économie n'est pas la moindre des vertus de Votre Grâce », reprit Mr. Podgers. Et Lady Windermere éclata de rire.

« L'économie est une fort bonne chose, fit observer la duchesse en se rengorgeant ; quand j'ai épousé Paisley, il avait onze châteaux et ne possédait pas une seule maison qui fût habitable.

— Et maintenant, il a douze maisons, mais ne possède pas un seul château ! s'écria Lady Windermere.

— Ma foi, ma chère, dit la duchesse, j'aime...

— Le confort, dit Mr. Podgers, les aménagements modernes, et l'eau chaude installée dans toutes les chambres. Votre Grâce a parfaitement raison. Le confort est la seule chose que puisse nous donner notre civilisation.

— Vous avez admirablement dévoilé le caractère de la duchesse, Mr. Podgers, et maintenant il faut que vous nous révéliez celui de Lady Flora. » En réponse à un signe de tête de la souriante maîtresse de maison, une grande jeune fille, aux cheveux d'un blond roux d'Écosse et aux larges épaules, s'avança gauchement de derrière le canapé, et tendit une longue main osseuse aux doigts en spatule.

« Ah ! une pianiste ! Je vois, dit Mr. Podgers. Pianiste excellente, mais très peu musicienne, pourrait-on dire. Très réservée, très honnête, et ayant un grand amour des animaux.

— Très juste ! s'écria la duchesse, se tournant vers Lady Windermere, absolument exact ! Flora a deux douzaines de chiens de berger à Macloskie et ferait de notre maison de Londres une ménagerie, si son père la laissait faire.

— Eh bien, mais c'est précisément ce que je fais de ma maison tous les jeudis soir, s'écria Lady Windermere, riant : seulement, j'aime mieux les "lions[1]" que les chiens de berger.

1. Le mot « lion » désignait un homme en vue.

— C'est là votre seule erreur, Lady Windermere, dit Mr. Podgers en s'inclinant pompeusement.

— Si une femme est incapable de faire en sorte que ses erreurs soient charmantes, elle n'est qu'une femelle, répondit-elle. Mais il faut que vous nous déchiffriez encore quelques mains. Tenez, Sir Thomas, montrez donc la vôtre à Mr. Podgers. » Et un vieux monsieur avenant, qui portait un gilet blanc, s'avança et tendit une main épaisse, rugueuse, avec un majeur très long.

« Nature aventureuse. Quatre longs voyages par le passé, et un autre à venir. Avez fait naufrage trois fois. Non, deux fois seulement, mais en danger de naufrage lors de votre prochain voyage. Conservateur convaincu, très ponctuel, et collectionneur passionné de curiosités. Avez été gravement malade entre les âges de seize et de dix-huit ans. Avez hérité d'une fortune vers la trentaine. Avez en aversion les chats et les radicaux.

— Extraordinaire ! s'écria Sir Thomas. Il faut vraiment que vous déchiffriez aussi la main de ma femme.

— De votre seconde femme, dit tranquillement Mr. Podgers, gardant toujours la main de Sir Thomas dans la sienne. De votre seconde femme. J'en serai charmé. » Mais Lady Marvel, femme à l'air mélancolique, avec des cheveux bruns et des cils sentimentaux, refusa absolument de laisser dévoiler en public son passé ou son avenir ; et rien de ce que put faire Lady Windermere ne put inciter M. de Koloff, l'ambassadeur de Russie, seulement à se déganter. En vérité, beaucoup de gens semblaient avoir peur d'affronter le petit homme bizarre au sourire stéréotypé, aux lunettes d'or, et aux yeux brillants et saillants comme des perles de verre ; et lorsqu'il dit à la pauvre Lady Fermor, à haute voix devant tout le monde, qu'elle ne se souciait pas de musique, mais aimait énormément les musiciens, on eut en général le sentiment que la chiromancie est une science fort dangereuse, et qui ne devrait pas être encouragée, sinon en *tête à tête**.

Lord Arthur Savile, cependant, qui ne savait rien de l'histoire malheureuse de Lady Fermor et qui avait observé Mr. Podgers avec beaucoup d'intérêt, fut pénétré d'une curiosité intense et du désir de faire lire sa propre main ; mais, éprouvant quelque timidité à se mettre en avant, il traversa la pièce jusqu'à l'endroit où se tenait Lady Windermere et, en rougissant d'une manière charmante, lui demanda si elle croyait que Mr. Podgers y verrait quelque objection.

« Il n'en verra aucune bien sûr, dit Lady Windermere ; c'est pour cela qu'il est là. Tous mes lions, Lord Arthur, sont des lions savants, et sautent à travers des cerceaux chaque fois que je les en prie. Mais je dois vous avertir d'avance que je raconterai tout à Sybil. Elle doit venir déjeuner avec moi demain, pour causer chapeaux, et si Mr. Podgers découvre que vous avez mauvais caractère, ou une tendance à la goutte, ou une femme habitant Bayswater [1], je lui conterai toute l'affaire par le menu. »

Lord Arthur sourit et hocha la tête :

« Je n'ai pas peur, répondit-il. Sybil me connaît aussi bien que je la connais.

— Ah ! je suis un peu déçue de vous entendre parler ainsi ! Le fondement du mariage, c'est la mutuelle méprise [2]. Non, je ne suis pas du tout cynique — j'ai simplement de l'expérience, ce qui, toutefois, revient à peu près au même. Mr. Podgers, Lord Arthur Savile meurt d'envie de faire lire sa main. Ne lui dites pas qu'il est fiancé à l'une des plus belles jeunes filles de Londres, car cela a paru dans le *Morning Post* [3] il y a un mois.

— Chère Lady Windermere, s'écria la marquise de Jedburgh, permettez donc que Mr. Podgers reste ici un peu plus longtemps. Il vient de me dire que je ferai du théâtre, et cela m'intéresse tellement !

— S'il vous a dit cela, Lady Jedburgh, je vais certainement vous l'enlever. Venez donc par ici tout de suite, Mr. Podgers, et lisez dans la main de Lord Arthur.

---

1. Quartier de Londres, situé au nord de Hyde Park, où logeaient des femmes entretenues du demi-monde. **2.** Wilde a emprunté cette phrase à Henry James (*Portrait d'une dame*, 1881) ; il la reprendra sous une forme légèrement différente dans *Un mari idéal* (acte III). **3.** Le quotidien préféré de la bonne société londonienne.

— Bon, dit Lady Jedburgh, faisant une petite moue en se levant du canapé, si je ne suis pas autorisée à faire du théâtre, il faut qu'on me permette tout au moins de faire partie des spectateurs.

— Bien entendu ; nous allons tous faire partie des spectateurs, dit Lady Windermere. Et maintenant, Mr. Podgers, dites-nous surtout quelque chose de gentil. Lord Arthur est un de mes préférés. »

Mais quand Mr. Podgers vit la main de Lord Arthur, il pâlit bizarrement et ne dit rien. Il parut être parcouru d'un frisson, et ses gros sourcils en broussaille frémirent convulsivement, en saccades furieuses et irritantes, comme il leur était habituel quand il était intrigué ; puis quelques énormes perles de sueur firent irruption sur son front jaune, semblables à une rosée vénéneuse, et ses gros doigts devinrent froids et moites.

Lord Arthur ne manqua pas de remarquer ces signes d'agitation étranges et, pour la première fois de sa vie, il ressentit, pour son compte, de la peur. Son premier mouvement fut de se précipiter hors de la pièce, mais il se retint. Il valait mieux connaître la mauvaise nouvelle, quelle qu'elle fût, que d'être laissé dans cette incertitude affreuse.

« J'attends, Mr. Podgers, dit-il.

— Nous attendons tous ! » s'écria Lady Windermere, à sa manière vive et impatiente. Mais le chiromancien ne fit pas de réponse.

« Je crois qu'Arthur va faire du théâtre, dit Lady Jedburgh, et qu'après votre remontrance Mr. Podgers a peur de le lui dire. »

Tout à coup, Mr. Podgers laissa tomber la main droite de Lord Arthur, et lui agrippa la gauche, se courbant si bas pour l'examiner que la monture en or de ses lunettes parut presque toucher la paume. Un instant, son visage devint un masque blanc d'horreur, mais il reprit vite son sang-froid et, levant les yeux vers Lady Windermere, il dit, avec un sourire contraint :

« C'est la main d'un jeune homme charmant.

— Bien entendu ! répondit Lady Windermere. Mais sera-t-il un mari charmant ? Voilà ce que je désire savoir.

— Tous les jeunes hommes charmants le sont, dit Mr. Podgers.

— À mon avis, un mari ne devrait pas être trop attrayant, murmura Lady Jedburgh, d'un ton pensif. C'est si dangereux !

— Ma chère enfant, ils ne le sont jamais, trop attrayants, s'écria Lady Windermere. Mais ce qu'il me faut, ce sont des détails. Les détails sont les seules choses qui intéressent. Que va-t-il arriver à Lord Arthur ?

— Eh bien, dans les quelques mois qui vont suivre, Lord Arthur va faire un voyage...

— Ah oui, son voyage de noces, bien sûr !

— Et perdre un parent.

— Pas sa sœur, j'espère ? dit Lady Jedburgh, d'un ton apitoyé.

— Certainement pas sa sœur, répondit Mr. Podgers en agitant la main d'un geste désapprobateur. Un parent éloigné, rien de plus.

— Ma foi, je suis abominablement déçue, dit Lady Windermere. Je n'ai absolument rien à dire à Sybil, demain. Personne ne se soucie des parents éloignés, à l'heure actuelle. Ils ont passé de mode voilà des années. Enfin, je suppose qu'elle fera bien de se munir d'une robe de soie noire : cela convient toujours pour l'église, n'est-ce pas ? Et maintenant, allons souper. On aura sûrement tout mangé, mais il se peut que nous trouvions du potage chaud. François faisait d'excellent potage, mais il est si préoccupé de politique, à présent, que je ne me sens jamais bien sûre de lui. J'aimerais que le général Boulanger se tînt tranquille [1] ! Duchesse, je suis sûre que vous êtes fatiguée ?

— Pas du tout, chère Gladys, répondit la duchesse, se dirigeant avec un dandinement vers la porte. Je me suis énormément amusée, et le manucure — je veux dire le chiromancien — est très intéressant. Flora, où peut bien être

1. Le général Boulanger (1837-1891) avait rassemblé autour de lui de nombreux opposants au régime parlementaire qui voulaient faire de lui l'homme fort du pays ; accusé de complot contre l'État, il dut s'enfuir à l'étranger. Il se suicida sur la tombe de sa maîtresse.

mon éventail en écaille ? Oh ! merci, Sir Thomas, merci beaucoup. Et mon châle en dentelle, Flora ? Oh, merci, Sir Thomas, vous êtes bien aimable, en vérité. » Et la digne créature réussit enfin à descendre sans faire tomber plus de deux fois son flacon de parfum.

Pendant tout ce temps, Lord Arthur Savile était resté debout à côté de la cheminée, pénétré de ce même sentiment d'effroi, de cette même sensation écœurante d'un malheur à venir. Il adressa un sourire triste à sa sœur, au moment où elle passait à côté de lui au bras de Lord Plymdale, l'air ravissant dans sa robe de brocart rose et ses perles ; et c'est à peine s'il entendit Lady Windermere lorsqu'elle lui dit de la suivre. Il songeait à Sybil Merton, et l'idée que quelque chose pût venir s'interposer entre eux lui faisait venir les larmes aux yeux.

En le voyant, on eût dit que Némésis avait volé le bouclier de Pallas et lui avait montré la tête de la Gorgone[1]. Il semblait changé en pierre et son visage était pareil à du marbre, dans sa mélancolie. Il avait vécu la vie raffinée et luxueuse d'un jeune homme possédant la naissance et la fortune, une vie exquise, loin des soucis sordides, dans sa belle insouciance juvénile. Et voici que, pour la première fois, il prenait conscience du mystère terrible du destin, de la signification effrayante de la fatalité.

Comme tout cela semblait insensé et monstrueux ! Se pouvait-il que fût inscrit sur sa main — en caractères qu'il était incapable de lire, mais qu'un autre pouvait déchiffrer — quelque effrayant secret, quelque signe rouge sang de crime ? N'y avait-il aucune échappatoire ? Ne serions-nous que des figures d'un jeu d'échecs, mues par une puissance invisible, que des vases que le potier façonne à sa fantaisie pour l'honneur ou la honte ? Sa raison se révoltait contre cette pensée, et pourtant il avait le sentiment que quelque tragédie était suspendue au-dessus de sa tête et qu'il avait soudain été appelé à porter un

1. Némésis : déesse grecque incarnant l'indignation vengeresse des dieux contre la démesure. Pallas (autre nom d'Athéna) portait, fixée sur son bouclier, la tête de Méduse, censée changer en pierre quiconque la regardait.

poids intolérable. Les acteurs ont de la chance ! Ils peuvent choisir de paraître dans une tragédie ou une comédie, de souffrir, d'être joyeux, de rire ou de verser des larmes. Mais, dans la vie réelle, il en va autrement. La plupart des hommes et des femmes sont contraints de jouer des rôles pour lesquels ils ne sont pas faits. Ce sont nos Guildenstern qui nous jouent Hamlet, et nos Hamlet sont obligés de plaisanter comme le prince Hal. Le monde est un théâtre, mais la pièce est mal distribuée [1].

Tout à coup, Mr. Podgers entra dans la pièce. Lorsqu'il aperçut Lord Arthur, il sursauta, et son visage grossier et bouffi prit une couleur vert jaunâtre. Les regards des deux hommes se croisèrent, et pendant un instant il y eut un silence.

« La duchesse a laissé ici un de ses gants, Lord Arthur, et m'a prié de le lui rapporter, dit en fin de compte Mr. Podgers. Ah ! je le vois sur le canapé ! Bonsoir.

— Mr. Podgers, j'insiste pour que vous répondiez franchement à une question que je vais vous poser.

— À un autre moment, Lord Arthur, car la duchesse est inquiète. Je regrette : il faut que je m'en aille.

— Vous ne partirez pas. La duchesse n'est pas pressée.

— Il ne faut pas faire attendre les dames, Lord Arthur, dit Mr. Podgers, avec son sourire alangui. Le beau sexe a tendance à se montrer impatient. »

Les lèvres finement ciselées de Lord Arthur se courbèrent en une expression de vif mépris. La pauvre duchesse lui parut de bien peu d'importance en cet instant. Il traversa la pièce jusqu'à l'endroit où était Mr. Podgers, et tendit la main.

« Dites-moi ce que vous avez vu là, dit-il. Dites-moi la vérité. Il faut que je la connaisse. Je ne suis pas un enfant. »

---

1. Guildenstern est, avec son compagnon Rosencrantz, un personnage mineur d'*Hamlet*. Le prince Hal est le prince de Galles, Henry ; il montera sur le trône sous le nom d'Henry V. La phrase « Le monde est un théâtre » est une allusion au monologue célèbre de Jacques dans *Comme il vous plaira*, qui commence par les mots : « Le monde entier est une scène... »

Les yeux de Mr. Podgers clignèrent derrière ses lunettes à monture d'or, et il se balança maladroitement d'un pied sur l'autre, tandis que ses doigts tripotaient avec nervosité une chaîne de montre magnifique :

« Qu'est-ce qui vous fait croire que j'ai vu dans votre main, Lord Arthur, plus de choses que je ne vous en ai dit ?

— Je le sais, et j'insiste pour que vous me le disiez. Je vous paierai. Je vous donnerai un chèque de cent livres. »

Les yeux verts s'illuminèrent puis redevinrent ternes.

« Guinées ? dit enfin Mr. Podgers, d'une voix basse [1].

— Soit. Je vous enverrai un chèque demain. Quel est votre club ?

— Je n'ai pas de club [2]. C'est-à-dire, pas pour le moment. Mon adresse est..., mais permettez-moi de vous donner ma carte. » Et tirant de la poche de son gilet un carton doré sur tranche, Mr. Podgers le tendit, avec une inclinaison profonde, à Lord Arthur, qui y lut :

MR. SEPTIMUS R. PODGERS
Chiromancien professionnel
103a, West Moon Street.

« Je reçois de dix heures à quatre heures, murmura Mr. Podgers d'un ton mécanique, et j'accorde une réduction aux familles.

— Dépêchez-vous ! » s'écria Lord Arthur, qui avait l'air fort pâle ; et il tendit la main.

Mr. Podgers jeta avec nervosité un regard circulaire, puis tira la lourde portière [3] devant la porte :

« Cela prendra un certain temps, Lord Arthur : vous feriez mieux de vous asseoir.

---

1. La guinée valait vingt et un shillings, soit une livre et un shilling. Podgers augmente donc ainsi ses honoraires ; par ailleurs, les membres des professions libérales se faisaient toujours payer en guinées. **2.** Ne pas avoir de club signifie ne pas faire partie du cercle des gentlemen, ce qui donne une indication sur le statut social de Podgers. **3.** Lourd rideau tendu devant une porte pour prévenir les courants d'air.

— Dépêchez-vous, monsieur ! » s'écria de nouveau Lord Arthur, tapant du pied avec colère sur le parquet poli.

Mr. Podgers sourit, tira de la poche intérieure de son veston une petite loupe, et l'essuya soigneusement avec son mouchoir.

« Je suis prêt », dit-il.

II

Dix minutes plus tard, le visage blême de terreur et les yeux farouches de douleur, Lord Arthur Savile sortit précipitamment de Bentinck House, se frayant un passage parmi la foule des laquais au manteau fourré qui se tenaient autour du large auvent à rayures ; il paraissait ne rien voir ni entendre. La nuit était d'un froid glacial, et la flamme des réverbères disposés tout autour de la place tremblait et vacillait sous le vent mordant ; mais ses mains étaient chaudes de fièvre et son front brûlait comme du feu. Un agent de police le regarda avec curiosité comme il passait, et un mendiant, qui sortit d'un pas traînant de sous une arche pour demander l'aumône, fut effrayé, voyant là une misère plus grande que la sienne. À un moment, il s'arrêta sous un bec de gaz et regarda ses mains. Il lui sembla qu'il y décelait déjà des taches de sang, et un faible cri s'échappa de ses lèvres tremblantes.

Un meurtre ! Voilà ce qu'y avait vu le chiromancien. Un meurtre ! La nuit elle-même paraissait le savoir, et il semblait que le vent désolé le hurlât à son oreille. Les coins sombres de la rue en étaient tout remplis. Il lui ricanait au visage, du haut du toit des maisons.

Il arriva d'abord au parc[1], dont l'ombre boisée semblait le fasciner. Il s'appuya avec lassitude contre le grillage, rafraîchissant son front au contact du métal mouillé et écoutant le

1. Hyde Park.

silence frémissant des arbres. « Un meurtre ! un meurtre ! » répétait-il continuellement, comme si la répétition pouvait affaiblir l'horreur de ce mot. Le son de sa propre voix le fit frissonner, et pourtant il en vint presque à espérer qu'Écho pût l'entendre et réveiller de ses rêves la ville assoupie [1]. Il se sentit pris d'un désir insensé d'arrêter le premier passant venu et de tout lui conter.

Puis, traversant Oxford Street, il erra dans des ruelles étroites et infâmes. Deux femmes au visage fardé se moquèrent de lui à son passage [2]. Du fond d'une cour sombre arriva un bruit de jurons et de coups, suivi de cris aigus, et, blotties sur un seuil humide, il vit les formes bossues de la pauvreté et de la vieillesse. Il fut saisi d'une pitié étrange. Ces enfants du péché et de la misère étaient-ils prédestinés à leur fin, comme lui à la sienne ? Étaient-ils, comme lui, les simples marionnettes d'un spectacle monstrueux ?

Et pourtant, ce n'était pas le mystère, mais la comédie de la souffrance qui le frappa ; son inutilité absolue, sa grotesque absence de signification. Comme tout paraissait incohérent ! Comme tout cela manquait d'harmonie ! Il était stupéfait de la discordance entre l'optimisme superficiel du jour et les faits réels de l'existence. Il était encore très jeune.

Au bout de quelque temps, il se trouva devant l'église de Marylebone. La large rue silencieuse ressemblait à un long ruban d'argent poli, taché çà et là des arabesques sombres que formaient les ombres mouvantes. L'enfilade des lumières des réverbères s'infléchissait là-bas, dans le lointain, et, devant une petite maison entourée d'un mur, stationnait un cabriolet solitaire, dont le cocher dormait à l'intérieur. Il marcha rapidement en direction de Portland Place, se retournant de temps à autre, comme s'il craignait d'être suivi. Au coin de Rich Street se tenaient deux hommes, lisant une petite affiche sur une palissade. Une sensation bizarre de curiosité l'agita, et il traversa la

---

1. Voir « Le Rossignol et la rose », note 1, p. 161. **2.** Les rues situées au nord d'Oxford Street étaient fréquentées par des prostituées, alors très nombreuses à Londres.

chaussée. Comme il se rapprochait, le mot « meurtre », imprimé en lettres noires, frappa son regard. Il sursauta, et sa joue s'empourpra profondément. C'était une annonce offrant une récompense pour toute indication qui amènerait l'arrestation d'un homme de taille moyenne, âgé de trente à quarante ans, coiffé d'un chapeau de feutre mou, portant un manteau noir et un pantalon à carreaux, et marqué d'une cicatrice sur la joue droite. Il la lut et la relut plusieurs fois, et se demanda si le misérable serait jamais appréhendé et comment il avait reçu sa balafre. Un jour, peut-être, son propre nom serait placardé sur les murs de Londres. Un jour, peut-être, sa tête serait également mise à prix.

Cette pensée le rendit malade. Il tourna les talons et pressa le pas dans la nuit.

C'est à peine s'il sut où il alla. Il eut le vague souvenir d'avoir erré parmi un labyrinthe de maisons sordides, et l'aube était brillante quand il se retrouva enfin dans Piccadilly Circus. Comme il rentrait chez lui sans hâte par Belgrave Square, il croisa les énormes charrettes en route pour Covent Garden [1]. Les charretiers en blouse blanche, à la bonne figure hâlée, aux cheveux épais et bouclés, marchaient bravement en faisant claquer leur fouet et en s'interpellant mutuellement de temps à autre ; sur le dos d'un énorme cheval gris, conducteur d'un attelage bruyant, était assis un garçon joufflu, un bouquet de primevères piqué à son chapeau cabossé, s'agrippant de ses petites mains à la crinière, et riant ; les hautes piles de légumes ressemblaient à des blocs de jade sur le ciel matinal — des blocs de jade vert sur les pétales d'une rose merveilleuse. Lord Arthur se sentit bizarrement affecté, sans qu'il eût pu dire pourquoi. Il y avait, dans la beauté délicate de l'aube, quelque chose qui lui parut indiciblement touchant, et il songea à tous les jours qui naissent dans la beauté et se terminent dans la tempête. Ces campagnards, aussi, à la voix rude et bon enfant, avec

---

1. Marché aux fruits, aux légumes et aux fleurs installé à Londres jusqu'en 1971, date à laquelle il fut transféré au sud de la Tamise. On trouve une scène d'errance comparable, au chapitre VII du *Portrait de Dorian Gray*.

leurs façons nonchalantes, quel Londres étrange ils voyaient ! Un Londres libre du péché de la nuit et de la fumée du jour, une ville pâle et fantomale, une ville désolée de tombes ! Il se demanda ce qu'ils en pensaient, s'ils savaient quelque chose de sa splendeur et de sa honte, de ses joies féroces, ardentes, de son horrible avidité, de sa faim horrible, et de tout ce qu'il faisait et détruisait du matin au soir. Il n'était probablement pour eux qu'un marché où ils apportaient leurs fruits pour les vendre, et où ils demeuraient quelques heures au plus, laissant derrière eux les rues encore silencieuses, les maisons encore endormies. Il éprouva du plaisir à les regarder passer. Tout grossiers qu'ils fussent, avec leurs lourds souliers à gros clous et leur démarche maladroite, ils apportaient avec eux un peu de l'Arcadie [1]. Il sentit qu'ils avaient vécu auprès de la Nature, et qu'elle leur avait appris la paix. Il leur envia tout ce qu'ils ne savaient pas.

Lorsqu'il arriva enfin à Belgrave Square, le ciel était d'un bleu pâle et les oiseaux commençaient à gazouiller dans les jardins.

III

Quand Lord Arthur se réveilla, il était midi, et le soleil à son zénith se déversait à flots au travers des rideaux de soie beige de sa chambre. Il se leva et regarda par la fenêtre. Une vague brume de chaleur était suspendue sur la grande ville, et les toits des maisons étaient semblables à de l'argent terni. Dans la verdure miroitante du square, en bas, des enfants voltigeaient comme des papillons blancs et le trottoir était encombré de gens qui se dirigeaient vers le parc. Jamais la vie ne lui avait paru plus charmante, jamais les choses ne lui avaient paru plus lointaines [2].

Son domestique lui apporta alors une tasse de chocolat sur

1. Région de Grèce située au centre du Péloponnèse ; peuplée de bergers, cette région montagneuse a nourri la mythologie grecque, qui y voyait le lieu idéal de la simplicité et du bonheur. 2. Cette description annonce celle de l'atelier de Basil Hallward au tout début du *Portrait de Dorian Gray*.

un plateau. Après qu'il l'eut bue, il écarta une lourde portière de peluche couleur pêche et passa dans la salle de bains. La lumière filtrait doucement d'en haut, tamisée par des plaques minces d'onyx transparent, et l'eau dans la baignoire de marbre luisait comme une pierre de lune. Il s'y plongea bien vite, jusqu'à ce que l'onde froide touche sa gorge et ses cheveux, puis il y plongea complètement la tête, comme s'il avait voulu effacer la tache de quelque souvenir honteux. Lorsqu'il en sortit, il se sentit presque en paix. Les conditions physiques exquises du moment l'avaient dominé, comme il arrive souvent aux natures raffinées, car les sens, comme le feu, peuvent purifier tout comme ils peuvent détruire.

Après le petit déjeuner, il se jeta sur un divan et alluma une cigarette [1]. Sur la cheminée, dans un cadre de brocart ancien et délicat, était posée une grande photographie de Sybil Merton, telle qu'il l'avait vue pour la première fois au bal de Lady Noel. Le petit visage merveilleusement dessiné était légèrement penché de côté, comme si le cou mince, semblable à un roseau, avait peine à supporter le poids de tant de beauté ; les lèvres étaient entrouvertes, paraissant faites pour une douce musique ; et toute la tendre pureté de la jeune fille était là, répandue dans le regard émerveillé des yeux rêveurs. Avec sa douce robe de crêpe de Chine qui la moulait et son grand éventail en forme de feuille, elle ressemblait à l'une de ces figurines délicates que l'on trouve dans les bois d'oliviers près de Tanagra [2] ; et il y avait une touche de grâce dans sa pose et son attitude. Pourtant, elle n'était pas *petite**. Elle était simplement parfaitement proportionnée — chose rare à une époque où tant de femmes sont soit trop grandes, soit insignifiantes.

---

1. Fumer était considéré comme un geste esthétique : dès le deuxième paragraphe du *Portrait de Dorian Gray*, Lord Henry est décrit comme un gros fumeur pour cette seule raison, et Wilde lui-même fumait ostensiblement des cigarettes à bout doré. **2.** Les statuettes de Tanagra sont des figurines de terre cuite datant des IVe et IIIe siècles av. J.-C. ; découvertes dans la région grecque de Béotie au cours du XIXe siècle, elles étaient très recherchées pour leur grâce et leur simplicité. Wilde en possédait une dans sa bibliothèque.

À présent, tandis que Lord Arthur la regardait, il fut pénétré de la pitié terrible que fait naître l'amour. Il eut le sentiment que l'épouser, tant que la fatalité du meurtre était suspendue sur sa propre tête, ce serait une trahison comme celle de Judas, un crime plus noir qu'aucun de ceux qu'avaient jamais rêvés les Borgia [1]. Quel bonheur pouvait-il y avoir pour eux, alors qu'à n'importe quel moment il pourrait être appelé à mettre à exécution la terrible prophétie inscrite dans sa main ? Quel genre d'existence connaîtraient-ils, tant que le Destin tenait encore ce sort affreux sur le plateau de la balance ? Le mariage devait être retardé, coûte que coûte. Cela, il y était fermement résolu. Quelque ardemment qu'il aimât la jeune fille — et le simple contact de ses doigts, quand ils étaient assis l'un à côté de l'autre, faisait frémir tous les nerfs de son corps d'une joie exquise —, il n'en reconnut pas moins nettement où était son devoir ; et il avait pleinement conscience de n'avoir pas le droit de se marier tant qu'il n'aurait pas commis le meurtre. Cela fait, il pourrait affronter l'autel avec Sybil Merton et remettre sa vie entre les mains de la jeune fille, sans terreur de mal agir. Cela fait, il pourrait la prendre dans ses bras, sachant qu'elle n'aurait jamais à rougir de lui, qu'elle n'aurait jamais à baisser la tête sous la honte. Mais il fallait d'abord que la chose fût faite ; et plus tôt ce serait, mieux cela vaudrait pour l'un comme pour l'autre.

Bien des hommes, à sa place, auraient préféré le doux chemin du plaisir aux hauteurs escarpées du devoir ; mais Lord Arthur était trop consciencieux pour placer le plaisir au-dessus des principes. Il y avait, dans son amour, mieux que la simple passion ; et Sybil était pour lui un symbole de tout ce qu'il y a de bon et de noble. Un instant, il éprouva une répugnance naturelle à l'encontre de ce qu'on exigeait qu'il fît, mais elle disparut bientôt. Son cœur lui dit que ce n'était pas un péché, mais un sacrifice ; sa raison lui rappela qu'aucune autre voie ne lui était ouverte. Il avait à choisir entre vivre pour lui-même et

---

1. César Borgia (1476-1507), fils du pape Alexandre VI Borgia et amant de sa sœur Lucrèce, est connu pour ses crimes ; il a, dit-on, inspiré *Le Prince* (1513) à Machiavel.

vivre pour autrui. Si terrible que fût sans nul doute la tâche qui lui était imposée, il savait cependant qu'il ne devait pas permettre à l'égoïsme de triompher de l'amour. Tôt ou tard, nous sommes tous appelés à prendre une décision sur le même problème — la même question nous est posée, à tous. Pour Lord Arthur, elle venait de bonne heure dans sa vie — avant que sa nature eût été corrompue par le cynisme calculateur de l'âge mûr, ou que son cœur fût rongé par l'égotisme sans profondeur qui est à la mode à notre époque ; et il n'éprouvait aucune hésitation sur l'accomplissement de son devoir. Heureusement pour lui, aussi, il n'était pas rêveur ni dilettante. S'il l'avait été, il eût hésité, comme Hamlet, et eût permis à l'irrésolution de détruire son dessein. Mais il était essentiellement pratique. La vie, pour lui, signifiait l'action plutôt que la pensée. Il possédait cette chose la plus rare de toutes : du bon sens.

Les sentiments désordonnés et troubles de la nuit précédente s'étaient à présent dissipés, et ce fut presque avec un sentiment de honte qu'il considéra sa folle errance de rues en rues, sa violente angoisse. La sincérité même de ses souffrances les lui fit paraître, à présent, irréelles. Il se demanda comment il avait pu être assez fou pour extravaguer et divaguer sur l'inévitable. La seule question qui paraissait le préoccuper, c'était de savoir qui il devait faire disparaître ; car il n'était pas sans se rendre compte que le meurtre, comme les religions païennes, exige une victime aussi bien qu'un prêtre. N'étant pas un génie, il n'avait pas d'ennemis, et d'ailleurs il avait l'impression que ce n'était pas le moment de satisfaire une rancune ou une haine personnelle, la mission dans laquelle il était engagé étant une tâche de grande et grave solennité. Aussi dressa-t-il une liste de ses amis et parents sur une feuille de papier à lettres et, après mûre réflexion, se décida-t-il en faveur de Lady Clementina Beauchamp, aimable vieille dame qui habitait Curzon Street[1], et qui était sa cousine maternelle au second degré. Il avait tou-

1. Rue élégante de Londres. Lord Henry habite dans cette rue (*Le Portrait de Dorian Gray*), de même que Mrs. Erlynne (*L'Éventail de Lady Windermere*) et Lord Goring (*Un mari idéal*).

jours beaucoup aimé Lady Clem, comme on l'appelait. Il était lui-même fort riche, ayant hérité de toute la fortune de Lord Rugby lors de sa majorité, et il n'y avait aucune possibilité qu'il tirât de la mort de sa parente un vulgaire avantage financier. En fait, plus il réfléchissait à la question, plus Lady Clem lui parut être la bonne personne ; et, sentant que tout délai serait injuste à l'égard de Sybil, il résolut de prendre immédiatement ses dispositions.

La première chose à faire, c'était, bien entendu, de régler le chiromancien ; il s'assit donc à un petit bureau de Sheraton[1] qui était près de la fenêtre, fit un chèque de cent cinq livres, payable à l'ordre de Mr. Septimus Podgers, et, le mettant sous enveloppe, dit à son valet de chambre de le porter chez ce dernier, dans West Moon Street. Il téléphona ensuite à l'écurie pour faire venir son cabriolet et s'habilla pour sortir. En quittant la pièce, il se retourna pour regarder la photographie de Sybil Merton, puis fit serment que, quoi qu'il advienne, il ne l'instruirait jamais de ce qu'il faisait pour elle, mais garderait toujours bien enfoui dans son cœur le secret de son sacrifice.

En route pour le Buckingham Club, il s'arrêta chez un fleuriste, et envoya à Sybil une magnifique corbeille de narcisses, aux ravissants pétales blancs, et d'adonis éclatants ; dès qu'il fut arrivé au club, il alla tout droit à la bibliothèque, sonna, et ordonna au garçon de lui apporter un soda-citron ainsi qu'un livre de toxicologie. Il avait décidé que le poison était le meilleur moyen à adopter dans cette affaire trouble. Tout ce qui ressemblait à la violence corporelle lui était extrêmement déplaisant et, d'ailleurs, il désirait vivement ne pas assassiner Lady Clementina de quelque manière qui attirât l'attention publique, car il détestait l'idée de devenir le clou des soirées de Lady Windermere, ou de voir figurer son nom dans les entrefilets de vulgaires journaux mondains. Il lui fallait songer aussi au père et à la mère de Sybil, qui étaient des gens un peu vieux jeu, et qui pourraient soulever des objections au mariage

---

1. Thomas Sheraton, ébéniste anglais (1751-1806) au style néo-classique particulièrement raffiné. Son influence fut considérable.

s'il y avait quoi que ce soit qui ressemblât à un scandale, bien qu'il fût convaincu que, s'il leur contait tous les détails de l'affaire, ils seraient les tout premiers à apprécier les motifs qui le poussaient à choisir le poison. Ce procédé était sûr, efficace et silencieux, et éliminait toutes scènes pénibles pour lesquelles, comme la plupart des Anglais, il avait une profonde répugnance.

En ce qui concerne la science des poisons, toutefois, il en était complètement ignorant. Comme le garçon parut totalement incapable de trouver, dans la bibliothèque, autre chose que le *Ruff's Guide* et le *Bailey's Magazine*[1], il examina lui-même les rayons puis tomba finalement sur une édition somptueusement reliée de la *Pharmacopée* et sur un exemplaire de la *Toxicologie* d'Erskine, annotée par Sir Mathew Reid, président du Collège royal des médecins et l'un des membres les plus anciens du Buckingham, où il avait été élu par erreur à la place d'un autre — contretemps qui mit le comité dans une telle fureur que, lorsque le candidat authentique se présenta, on le refusa à l'unanimité. Lord Arthur fut très gêné par les termes techniques employés dans l'un et l'autre de ces deux livres. Il commençait à regretter de n'avoir pas étudié avec plus de soin ses classiques à Oxford lorsque, dans le second volume d'Erskine, il trouva un compte rendu très intéressant et complet sur les propriétés de l'aconitine[2], rédigé en un anglais assez clair. Cela lui parut être exactement le poison qu'il lui fallait. Il était rapide — quasi immédiat, en vérité, dans ses effets —, parfaitement indolore et, pris sous forme d'une capsule de gélatine, ce qui était le mode indiqué par Sir Mathew, n'était nullement désagréable au goût. Aussi inscrivit-il en note, sur sa manchette, la quantité nécessaire pour une dose mortelle ; puis il remit les livres en place, et remonta lentement

1. Le *Ruff's Guide to the Turf* et le *Bailey's Magazine of Sports and Pastimes* sont deux journaux sportifs de l'époque, que les gentlemen pouvaient consulter dans leurs clubs. 2. L'aconitine est un poison mortel qui peut être utilisé dans les préparations médicinales. Il est dérivé de l'aconit, plante vénéneuse de la famille des renonculacées.

St James Street, pour entrer chez Pestle et Humbey, les grands pharmaciens. Mr. Pestle, qui servait toujours personnellement l'aristocratie, fut assez surpris en prenant la commande et, sur un ton très respectueux, murmura quelques mots au sujet de la nécessité d'un certificat médical. Toutefois, dès que Lord Arthur lui eut expliqué que c'était pour un gros dogue norvégien dont il était obligé de se défaire, parce qu'il manifestait les signes d'un début de rage et avait déjà mordu deux fois le cocher au mollet, le pharmacien se déclara parfaitement satisfait, complimenta Lord Arthur sur ses connaissances remarquables en toxicologie, puis fit préparer immédiatement l'ordonnance.

Lord Arthur mit la capsule dans une jolie petite *bonbonnière** d'argent qu'il vit dans la vitrine d'un magasin de Bond Street, jeta la déplaisante boîte à pilules de chez Pestle et Humbey, et se fit conduire immédiatement chez Lady Clementina.

« Eh bien, *monsieur le mauvais sujet** ! s'écria la vieille dame lorsqu'il pénétra dans la pièce, pourquoi n'êtes-vous pas venu me voir, depuis tout ce temps ?

— Ma chère Lady Clem, je n'ai pas un instant à moi, dit Lord Arthur en souriant.

— Vous voulez dire, sans doute, que vous vous promenez toute la journée avec Miss Sybil Merton, à acheter des *chiffons** [1] et à raconter n'importe quoi ? Je ne comprends pas qu'on fasse tant de manières à propos de mariage. De mon temps, nous n'aurions jamais songé à roucouler en public — ni d'ailleurs dans l'intimité.

— Je vous assure que je n'ai pas vu Sybil depuis vingt-quatre heures, Lady Clem. Pour autant que je puis m'en rendre compte, elle appartient entièrement à ses modistes.

— Bien entendu ; c'est là la seule raison pour laquelle vous venez voir une vieille femme laide comme moi. Je m'étonne que vous ne fassiez pas votre profit de tels avertissements, vous

---

1. En anglais, le mot « chiffon » n'a pas le même sens qu'en français ; il désigne un tissu léger ou transparent utilisé pour la confection des robes de mariée. Lady Clementina suppose donc que son neveu et Sybil préparent leur mariage.

autres hommes. *On a fait des folies pour moi**, et me voilà, pauvre rhumatisante, avec une perruque et un mauvais caractère. Ah ! si je n'avais pas cette chère Lady Jansen, qui m'envoie tous les plus mauvais romans français qu'elle peut trouver, je crois bien que je ne passerais pas la journée. Les médecins ne servent absolument de rien, si ce n'est à vous tirer des honoraires. Ils ne sont même pas capables de guérir mes brûlures d'estomac.

— Je vous ai apporté pour cela un remède, Lady Clem, dit gravement Lord Arthur. C'est une merveille, inventée par un Américain.

— Je n'aime pas les inventions américaines, Arthur. Cela, j'en suis bien sûre. J'ai lu dernièrement quelques romans américains, et ils étaient absolument vides de sens.

— Oh ! mais ici il n'y a pas le moindre non-sens, Lady Clem ! Je vous assure que c'est un remède parfait. Il faut me promettre de l'essayer. » Sur ce, Lord Arthur tira de sa poche la petite boîte et la lui tendit.

« Enfin, la boîte est charmante, Arthur. C'est un cadeau, sérieusement ? C'est très gentil de votre part. Et c'est là le remède merveilleux ? On dirait un *bonbon**. Je vais le prendre tout de suite.

— Grand Dieu ! Lady Clem, s'écria Lord Arthur, lui saisissant la main, ne le faites pas ! C'est un remède homéopathique et, si vous le preniez sans avoir vos aigreurs, il pourrait vous faire énormément de mal. Attendez d'avoir une crise et prenez-le à ce moment. Vous serez étonnée du résultat.

— Je voudrais le prendre maintenant, dit Lady Clementina, levant à la lumière la petite capsule transparente avec sa bulle flottante d'aconitine liquide. Je suis sûre que c'est délicieux. En vérité, bien que je déteste les médecins, j'adore les médicaments. Enfin, je le conserverai jusqu'à ma prochaine crise.

— Et quand se produira-t-elle ? demanda Lord Arthur avidement. Sera-ce bientôt ?

— Pas d'ici une semaine, j'espère. J'en ai eu une hier, qui m'a fait passer un mauvais moment. Mais on ne sait jamais.

— Vous êtes donc certaine d'en avoir une avant la fin du mois, Lady Clem ?

— Je le crains bien. Mais comme vous êtes plein de sympathie, aujourd'hui, Arthur ! Vraiment, Sybil vous a fait beaucoup de bien. Et maintenant, il faut vous sauver, car je dîne chez des gens très ennuyeux qui ne disent jamais rien de mal. Et je sais que, si je ne puis faire un somme à présent, je ne pourrai pas rester éveillée pendant le dîner. Au revoir, Arthur ; faites mes amitiés à Sybil, et merci mille fois pour le remède américain.

— Vous n'oublierez pas de le prendre, n'est-ce pas, Lady Clem ? dit Lord Arthur, se levant de sa chaise.

— Bien sûr que je ne l'oublierai pas, nigaud ! C'est très aimable à vous de songer à moi, et je vous écrirai pour vous dire s'il m'en faut davantage. »

Lord Arthur quitta la maison plein d'entrain, et avec une sensation de soulagement intense.

Ce soir-là, il eut une entrevue avec Sybil Merton. Il lui dit qu'il se trouvait soudain placé dans une situation terriblement difficile, à laquelle ni l'honneur ni le devoir ne lui permettaient de se dérober. Il lui dit que le mariage devait être ajourné pour le moment car, tant qu'il ne se serait pas débarrassé des complications affreuses dans lesquelles il se trouvait, il n'était pas libre. Il la supplia d'avoir confiance en lui et de n'avoir aucun doute au sujet de l'avenir. Tout s'arrangerait, mais il fallait de la patience.

Cette scène eut lieu dans le jardin d'hiver de la maison de Mr. Merton, à Park Lane, où Lord Arthur avait dîné comme d'habitude. Sybil n'avait jamais paru plus heureuse, et l'espace d'un instant Lord Arthur avait eu la tentation de succomber à la lâcheté, d'écrire à Lady Clementina au sujet de la pilule, et de laisser le mariage suivre son cours comme s'il n'y avait point de Mr. Podgers au monde. Mais ses bons sentiments prirent bientôt le dessus, et même quand Sybil se fut jetée dans ses bras en pleurant, il n'hésita pas. La beauté qui avait ému ses sens avait également touché sa conscience. Il eut le sentiment qu'il serait injuste de gâcher une vie si belle pour quelques mois de plaisir.

Il resta auprès de Sybil jusqu'à près de minuit, la consolant et se laissant consoler par elle en retour. Le lendemain matin, de bonne heure, il partit pour Venise, après avoir écrit à Mr. Merton une lettre ferme et forte au sujet de l'ajournement nécessaire du mariage.

IV

À Venise il rencontra son frère, Lord Surbiton, qui se trouvait être venu de Corfou dans son yacht. Les deux jeunes gens passèrent ensemble quinze jours très agréables. Le matin, ils se promenaient à cheval le long du Lido[1] ou descendaient les verts canaux dans leur longue gondole noire ; l'après-midi, ils recevaient généralement des visites à bord du yacht ; et le soir, ils dînaient au Florian et fumaient des cigarettes innombrables sur la Piazza[2]. Pourtant, Lord Arthur n'était pas heureux. Tous les jours, il lisait la colonne nécrologique du *Times*, s'attendant à y voir annoncée la mort de Lady Clementina ; mais tous les jours il était déçu. Il commença à avoir peur qu'il ne lui fût arrivé un accident et regretta souvent de l'avoir empêchée de prendre l'aconitine, alors qu'elle avait été si impatiente de l'essayer. Les lettres de Sybil aussi, bien qu'elles fussent remplies d'amour, de confiance et de tendresse, étaient souvent d'un ton fort triste, et il lui arrivait parfois de croire qu'il était séparé d'elle à jamais.

Au bout de quinze jours, Lord Surbiton en eut assez de Venise et décida de descendre le long de la côte jusqu'à Ravenne, car il avait entendu dire que la chasse à la bécasse était excellente dans la Pineta[3]. Lord Arthur refusa d'abord absolument de l'accompagner ; mais Surbiton, qu'il aimait beaucoup, finit par le persuader que, s'il restait tout seul à l'hô-

1. Le Lido : l'une des îles de Venise, connue pour ses grandes plages. 2. Le Florian : célèbre café élégant situé sur la place Saint-Marc à Venise ; la Piazza est, bien sûr, la place Saint-Marc. 3. Forêt de pins à Ravenne.

tel Danieli[1], il s'y ennuierait à mourir ; de sorte qu'ils se mirent en route dans la matinée du 15, par un fort vent de nord-est et une mer assez houleuse. La chasse fut excellente, et la vie en liberté au grand air ramena leur couleur aux joues de Lord Arthur. Mais, vers le 22, il se sentit inquiet au sujet de Lady Clementina et, malgré les remontrances de Lord Surbiton, rentra à Venise par le train.

Comme il sortait de sa gondole sur les marches de l'hôtel, le propriétaire vint à lui avec une liasse de télégrammes. Lord Arthur les lui arracha des mains, et les ouvrit en hâte. Tout avait bien réussi. Lady Clementina était morte subitement dans la soirée du 17 !

La première pensée de Lord Arthur fut pour Sybil, et il lui envoya un télégramme annonçant son retour immédiat à Londres. Il ordonna ensuite à son domestique de faire ses valises pour le train de nuit, envoya à ses gondoliers cinq fois leurs gages, puis monta bien vite dans son petit salon, d'un pas léger et plein d'entrain. Il y trouva trois lettres qui l'attendaient. L'une était de Sybil, pleine de sympathie et de condoléances. Les autres provenaient de sa mère et de l'avoué de Lady Clementina. La vieille dame, à ce qu'il paraît, avait dîné chez la duchesse le soir même. Elle avait enchanté tout le monde par son *esprit** et sa vivacité, mais était rentrée chez elle d'assez bonne heure, se plaignant de ses brûlures d'estomac. Le lendemain matin, on l'avait trouvée morte dans son lit, sans qu'elle eût apparemment souffert. On avait fait venir immédiatement Sir Mathew Reid, mais, bien entendu, il n'y avait rien à faire. Elle devait être inhumée le 22, à Beauchamp Chalcote. Quelques jours avant sa mort, elle avait fait son testament : elle laissait à Lord Arthur sa petite maison de Curzon Street, et tous ses meubles, ses effets personnels et ses tableaux, à l'exception de sa collection de miniatures qui devait revenir à sa sœur, Lady Margaret Rufford, et de son collier d'améthystes que devait recevoir Sybil Merton. Ces biens n'avaient pas grande valeur ;

---

1. Le Danieli est l'un des plus grands hôtels de Venise, très apprécié des riches Anglais au XIXe siècle.

mais Mr. Mansfield, l'avoué, désirait très vivement que Lord Arthur rentrât immédiatement, si possible, car il y avait un grand nombre de notes à régler et Lady Clementina n'avait jamais tenu régulièrement ses comptes.

Lord Arthur fut extrêmement touché de la gentillesse de Lady Clementina à son égard. Il se dit que Mr. Podgers en avait beaucoup sur la conscience. Son amour pour Sybil, toutefois, l'emportait sur toute autre considération, et la certitude d'avoir fait son devoir lui donna paix et réconfort. Lorsqu'il arriva à la gare de Charing Cross [1], il se sentait parfaitement heureux.

Les Merton le reçurent très gentiment. Sybil lui fit promettre de ne plus jamais laisser aucun obstacle s'interposer entre eux, et le mariage fut fixé au 7 juin. La vie lui parut de nouveau lumineuse et belle, toute sa joie ancienne lui revint.

Un jour, cependant qu'il parcourait la maison de Curzon Street, en compagnie de l'avoué de Lady Clementina et de Sybil, brûlant des paquets de lettres jaunies et vidant les tiroirs pleins de bric-à-brac, la jeune fille poussa tout à coup un petit cri de ravissement.

« Qu'avez-vous trouvé, Sybil ? dit Lord Arthur, levant les yeux et souriant.

— Cette ravissante petite bonbonnière en argent, Arthur. Elle est originale — hollandaise, n'est-ce pas ? Je vous en prie, donnez-la-moi. Je sais que les améthystes ne m'iront pas avant que j'aie dépassé quatre-vingts ans. »

C'était la boîte qui avait contenu l'aconitine.

Lord Arthur sursauta, et une légère rougeur empourpra sa joue. Il avait presque entièrement oublié ce qu'il avait fait. Ce lui parut être une coïncidence curieuse que Sybil, pour qui il avait enduré toute cette angoisse terrible, se trouvât la première à le lui rappeler.

« Vous pouvez la prendre, bien entendu, Sybil. C'est moi-même qui l'ai donnée à la pauvre Lady Clem.

— Oh ! Merci, Arthur ; et puis-je aussi avoir le *bonbon** ? Je

1. La gare de Charing Cross était le terminus des trains qui venaient du continent.

ne pensais pas que Lady Clementina aimât les sucreries. Je la croyais bien trop intellectuelle. »

Le visage de Lord Arthur prit une pâleur mortelle. Une idée horrible lui traversa l'esprit.

« Le *bonbon**, Sybil ? Que voulez-vous dire ? fit-il d'une voix basse et rauque.

— Il y en a un dans la boîte, et c'est tout. Il a l'air bien vieux, plein de poussière, et je n'ai pas la moindre intention de le manger. Qu'est-ce qu'il y a, Arthur ? Comme vous êtes pâle ! »

Lord Arthur se précipita à travers la pièce et saisit la boîte. Il y avait à l'intérieur la petite capsule ambrée, avec sa bulle de poison. Lady Clementina était donc morte d'une mort naturelle, malgré tout !

Le choc de cette découverte l'abasourdit au point de lui être presque insupportable. Il lança la capsule dans le feu, puis tomba sur le canapé avec un cri de désespoir.

V

Mr. Merton fut très contrarié du second ajournement du mariage, et Lady Julia, qui avait déjà commandé sa robe pour la cérémonie, fit tout ce qui était en son pouvoir pour amener Sybil à rompre les fiançailles. Mais, quelque puissant que fût l'amour de Sybil pour sa mère, elle avait remis toute sa vie entre les mains de Lord Arthur, et rien de ce que put dire Lady Julia ne parvint à ébranler sa foi. Quant à Lord Arthur lui-même, il lui fallut plusieurs jours pour se remettre de sa déception terrible ; pendant quelque temps, il eut les nerfs complètement à vif. Toutefois, son grand bon sens reprit le dessus et son esprit équilibré, pratique ne le laissa pas longtemps en doute sur ce qu'il convenait de faire. Le poison s'étant révélé un échec complet, la dynamite[1], ou quelque autre forme d'explosif, était manifestement le moyen à essayer.

1. À l'époque, invention récente (1867), due au Suédois Alfred Nobel.

En conséquence, il passa en revue la liste de ses amis et parents, puis, après mûre réflexion, il résolut de faire sauter son oncle, le doyen de Chichester. Le doyen, homme de savoir et de grande culture, aimait énormément les pendules ; il en possédait une collection merveilleuse, qui allait du XVe siècle jusqu'à l'époque actuelle ; et il sembla à Lord Arthur que cette manie du bon doyen lui offrait une occasion pour perpétrer son dessein. Où se procurer une machine explosive — c'était, bien entendu, une tout autre question. Le Bottin commercial de Londres ne lui donna pas de renseignement sur ce point, et il se dit qu'il serait fort peu utile d'aller s'informer à Scotland Yard[1], car on n'y semblait jamais rien savoir sur les dynamiteurs, si ce n'est après qu'une explosion avait eu lieu, et même alors on ne savait que fort peu de chose.

Tout à coup, il songea à son ami Rouvaloff, jeune Russe de tendances fort révolutionnaires, qu'il avait rencontré chez Lady Windermere au cours de l'hiver. Le comte Rouvaloff était censé écrire une vie de Pierre le Grand et être venu en Angleterre afin d'étudier les documents relatifs au séjour de ce tsar dans ce pays en qualité de charpentier de bateaux[2], mais on soupçonnait en général qu'il était un agent nihiliste[3]. Il était hors de doute que l'ambassade de Russie ne voyait pas d'un bon œil sa présence à Londres. Lord Arthur eut le sentiment que c'était précisément là l'homme qui convenait à son projet, et se fit conduire un matin au logis de son ami, à Bloomsbury, pour lui demander conseil et assistance.

« Vous vous mettez donc sérieusement à la politique ? » dit le comte Rouvaloff, quand Lord Arthur lui eut exposé l'objet de sa venue ; mais Lord Arthur, qui avait en horreur la vantardise, se sentit obligé de lui avouer qu'il ne s'intéressait pas le moins

---

1. Siège de la police londonienne. **2.** Pierre le Grand s'était effectivement rendu en Angleterre sous une fausse identité pour y étudier la construction navale. **3.** Les nihilistes russes, ou anarchistes, défrayaient alors la chronique, en raison des nombreux attentats qu'ils perpétraient. Wilde leur avait consacré une pièce, *Véra, ou les Nihilistes*, en 1880. Elle fut retirée de l'affiche la veille de la première : l'empereur de Russie, Alexandre II, venait d'être assassiné.

du monde aux questions sociales et désirait simplement la machine explosive pour une affaire de famille, dans laquelle il était seul à être impliqué.

Le comte Rouvaloff le dévisagea quelques instants avec stupéfaction, puis, voyant qu'il parlait tout à fait sérieusement, inscrivit une adresse sur une feuille de papier, y apposa son paraphe, et la lui tendit par-dessus la table.

« On paierait cher, à Scotland Yard, pour connaître cette adresse, mon cher.

— Ils ne l'auront pas ! » s'écria Lord Arthur, en riant. Et, après avoir serré chaleureusement la main du jeune Russe, il descendit l'escalier en courant, examina le papier, puis dit au cocher de le conduire à Soho Square.

Arrivé là, il le congédia et déambula le long de Greek Street, jusqu'à ce qu'il fût parvenu à un endroit dénommé Bayle's Court. Il passa sous l'arche et se trouva dans un cul-de-sac bizarre, qui était apparemment occupé par une blanchisserie française, car tout un réseau de cordes à linge y étaient tendues de maison à maison et des pièces de linge blanc y flottaient dans l'air matinal. Il s'avança tout droit jusqu'au fond, et frappa à une petite maison verte [1]. Au bout d'un certain temps, durant lequel chacune des fenêtres de la cour devint une masse confuse de visages qui l'observaient, la porte fut ouverte par un étranger d'aspect assez peu engageant, qui lui demanda en mauvais anglais ce qu'il désirait. Lord Arthur lui tendit le papier que lui avait donné le comte Rouvaloff. Quand l'homme l'eut vu, il s'inclina et fit entrer Lord Arthur dans un sordide petit salon, au rez-de-chaussée. Au bout de quelques instants, Herr Winckelkopf, comme on l'appelait en Angleterre, entra d'un air

1. Wilde associe la couleur verte à la décadence : « Plume, pinceaux, poison », deuxième essai d'*Intentions*, consacré au criminel Wainewright, a ainsi pour sous-titre « Étude en vert ». Wilde évoque dans les termes suivants l'amour qu'a ce personnage pour la couleur verte, « qui, chez les individus, est toujours la marque d'un tempérament artistique subtil et qui, chez les peuples, est censé[e] dénoter un relâchement, sinon une décadence des mœurs ».

affairé, une serviette fortement tachée de vin autour du cou et une fourchette dans la main gauche.

« Le comte Rouvaloff m'a donné un mot d'introduction pour vous, dit Lord Arthur en s'inclinant, et je désire vivement m'entretenir avec vous, pour affaire. Je m'appelle Smith — Mr. Robert Smith — et je voudrais que vous me fournissiez une pendule explosive.

— Charmé de faire votre connaissance, Lord Arthur, dit le charmant petit Allemand en riant. Ne prenez donc pas un air si alarmé : il est de mon devoir de connaître tout le monde, et je me souviens de vous avoir vu un soir chez Lady Windermere. J'espère que Milady va bien. Cela vous dérangerait-il de vous asseoir avec moi pendant que je finis de déjeuner ? Il y a un excellent *pâté**, et mes amis sont assez aimables pour dire que mon vin du Rhin est meilleur que tous ceux qu'on peut leur servir à l'ambassade d'Allemagne. » Et avant que Lord Arthur ne fût remis de sa surprise d'avoir été reconnu, il se trouva assis dans la salle du fond, dégustant le marcobrünner[1] le plus délicieux dans un verre à vin jaune marqué du chiffre impérial, et bavardant le plus amicalement du monde avec le célèbre conspirateur.

« Les pendules explosives, dit Herr Winckelkopf, ne sont pas de très bons articles pour l'exportation, car, si même elles arrivent à passer à la douane, le service des trains est tellement irrégulier qu'elles se déclenchent en général avant d'être arrivées à destination. Toutefois, si vous en désirez une pour l'usage intérieur, je puis vous fournir un article excellent et vous garantir que vous serez satisfait du résultat. Puis-je vous demander à qui vous la destinez ? Si c'est pour la police ou pour qui que ce soit de Scotland Yard, je regrette vivement, mais je ne puis rien pour vous. Les détectives anglais sont nos meilleurs amis, et j'ai toujours constaté qu'en comptant sur leur stupidité, nous pouvons faire exactement ce qui nous plaît. Je ne saurais me passer d'aucun d'entre eux.

---

1. L'un des grands vins du Rhin, très apprécié de Wilde.

— Je vous assure, dit Lord Arthur, que cette affaire n'a absolument rien à voir avec la police. En vérité, la pendule est destinée au doyen de Chichester.

— Mon Dieu ! je ne me figurais pas que vous en vouliez à tel point à la religion, Lord Arthur. Il y a peu de jeunes gens, à notre époque, qui la prennent à cœur.

— Je crains que vous ne me flattiez, Herr Winckelkopf, dit Lord Arthur en rougissant. Le fait est que je ne connais vraiment rien à la théologie.

— C'est donc une affaire purement privée ?

— Purement privée. »

Herr Winckelkopf haussa les épaules et sortit de la pièce, pour revenir au bout de quelques minutes avec une petite capsule ronde de dynamite, de la dimension approximative d'une pièce de deux sous, et une jolie petite pendule française, surmontée d'une effigie en or moulu représentant la Liberté foulant aux pieds l'hydre du Despotisme.

Le visage de Lord Arthur s'illumina lorsqu'il l'aperçut.

« Voilà exactement ce qu'il me faut ! s'écria-t-il ; et maintenant, dites-moi comment elle se déclenche.

— Ah ! C'est mon secret, répondit Herr Winckelkopf, contemplant son invention avec un air d'orgueil légitime ; dites-moi à quel moment vous désirez qu'elle explose, et je réglerai le mécanisme pour l'instant prescrit.

— Voyons, c'est aujourd'hui mardi et si vous pouviez l'expédier tout de suite...

— C'est impossible ; j'ai beaucoup de travaux importants en cours, pour quelques-uns de mes amis à Moscou. Mais je pourrais l'expédier demain.

— Oh ! ce sera largement suffisant, dit poliment Lord Arthur, si elle est livrée demain soir ou jeudi matin. Quant à l'instant de l'explosion, mettons : vendredi, à midi précis. Le doyen est toujours chez lui à cette heure-là.

— Vendredi, midi », répéta Herr Winckelkopf ; et il en prit dûment note dans un gros registre qui était posé sur un bureau près de la cheminée.

« Et maintenant, dit Lord Arthur, se levant de sa chaise, veuillez me dire ce que je vous dois.

— C'est une affaire si minime, Lord Arthur, que je préfère ne rien vous demander. La dynamite revient à sept shillings et six pence ; la pendule, ce sera trois livres dix shillings, et le port, environ cinq shillings. Je ne suis que trop heureux d'obliger tout ami du comte Rouvaloff.

— Mais pour le dérangement, Herr Winckelkopf.

— Oh ! ce n'est rien ! C'est pour moi un plaisir. Je ne travaille pas pour l'argent ; je vis exclusivement pour mon art [1]. »

Lord Arthur posa quatre livres, deux shillings et six pence sur la table, remercia le petit Allemand de son amabilité et, ayant réussi à décliner une invitation à rencontrer quelques anarchistes au cours d'un thé dînatoire le samedi suivant, il sortit de la maison, puis s'en alla au parc.

Au cours des deux journées qui suivirent, il fut dans un état de très grande excitation et, le vendredi à midi, il se fit conduire au Buckingham pour attendre les nouvelles. Pendant tout l'après-midi, le portier flegmatique afficha continuellement des télégrammes en provenance de diverses régions du pays, et annonçant les résultats de courses de chevaux, les verdicts de procès en divorce, la météo et autres renseignements analogues, tandis que le cliquetis du téléscripteur inscrivait des détails ennuyeux relatifs à une séance de nuit à la Chambre des Communes et à une petite panique au Stock Exchange. À quatre heures arrivèrent les journaux du soir. Lord Arthur disparut dans la bibliothèque en emportant le *Pall Mall*, le *Saint James's*, le *Globe* et l'*Écho* [2], à l'indignation du colonel Goodchild, qui désirait lire les comptes rendus d'un discours qu'il avait fait le matin même à Mansion House, au sujet des missions sud-africaines et de l'avantage qu'on trouverait à ce qu'il y eût des évêques noirs dans chaque province — le colonel ayant,

---

1. L'association de l'art et du crime est le sujet — qui passionnait Wilde — de « Plume, pinceaux, poison ». 2. Les trois premiers étaient libéraux, le quatrième, de même que l'*Evening News*, mentionné plus bas, était conservateur.

pour une raison ou une autre, un préjugé violent à l'encontre de l'*Evening News*. Aucun des journaux, toutefois, ne contenait la moindre allusion à Chichester, et Lord Arthur eut l'impression que l'attentat devait avoir échoué. Ce fut pour lui un coup terrible ; pendant un certain temps, il en fut tout ébranlé. Herr Winckelkopf, qu'il alla voir le lendemain, se confondit en excuses savantes et s'offrit à lui fournir une autre pendule gratuitement ou une caisse de nitroglycérine, à prix coûtant. Mais il avait perdu toute confiance dans les explosifs, et Herr Winckelkopf lui-même reconnut que tout est tellement corrompu, à notre époque, que la dynamite même ne peut être obtenue à l'état pur. Toutefois, le petit Allemand, tout en admettant que quelque chose avait dû marcher de travers dans le mécanisme, n'était pas sans espoir que la pendule pût encore se déclencher, et cita en exemple le cas d'un baromètre qu'il avait un jour envoyé au gouverneur militaire d'Odessa, et qui, bien qu'étant réglé pour faire explosion au bout de dix jours, ne l'avait fait qu'au bout d'un délai de l'ordre de trois mois. Il était bien exact que, lorsqu'il fit effectivement explosion, il réussit simplement à faire sauter en mille morceaux une servante, le gouverneur ayant quitté la ville six semaines auparavant ; mais cela prouvait du moins que la dynamite, en tant que force destructrice, était, lorsqu'elle était commandée par un mécanisme, un agent puissant, quoique manquant un peu de ponctualité. Lord Arthur fut un peu consolé par cette réflexion, mais là encore il était destiné à éprouver une déception, car deux jours plus tard, comme il montait l'escalier, la duchesse l'appela auprès d'elle, dans son boudoir, et lui montra une lettre qu'elle venait de recevoir de la résidence du doyen.

« Jane écrit des lettres charmantes, dit la duchesse. Il faut vraiment que vous lisiez sa dernière. Elle vaut largement les romans que nous envoie Mudie[1]. »

Lord Arthur saisit la lettre qu'elle tenait à la main. Elle était libellée comme suit :

---

1. Bibliothèque de prêt fondée par Charles Edward Mudie en 1842. Les souscripteurs recevaient les dernières parutions.

« Résidence du Doyen, Chichester, le 27 mai.

« Ma bien chère tante,

« Je vous remercie vivement de la flanelle pour la Dorcas Society[1], ainsi que du guingan. Je partage entièrement votre avis et trouve qu'il est absurde de leur part de vouloir porter de jolies choses, mais tout le monde est tellement radical et irréligieux, à notre époque, qu'il est difficile de leur faire comprendre qu'ils ont tort d'essayer de s'habiller comme les classes supérieures. Je ne sais véritablement pas où cela nous mènera ! Comme papa dit souvent dans ses sermons, nous vivons à une époque de manque de foi.

« Nous nous sommes bien amusés d'une pendule qu'un admirateur inconnu a envoyée à papa jeudi dernier. Elle est arrivée de Londres dans une boîte en bois, tout port payé ; et papa a le sentiment qu'elle a dû être envoyée par quelqu'un qui avait lu son admirable sermon : "La licence est-elle la liberté ?" car la pendule était surmontée de l'effigie d'une femme, coiffée de ce que papa a appelé le bonnet de la Liberté[2]. Personnellement, la coiffure ne m'a pas paru très seyante, mais papa a dit qu'elle était historique, je suppose que tout cela va très bien. Parker l'a déballée, et papa l'a posée sur le manteau de la cheminée, dans la bibliothèque ; c'est là que nous nous tenions tous, vendredi matin, lorsque, au moment précis où la pendule a sonné midi, nous avons entendu un ronronnement, un peu de fumée s'est échappée du piédestal, la déesse de la Liberté est tombée et s'est cassé le nez sur le garde-feu[3] ! Maria était véritablement alarmée, mais tout cela avait l'air si ridicule que James et moi, nous avons été pris de fou rire, et que papa

---

1. Association charitable qui fournissait des vêtements aux indigents. Dorcas est le nom d'une femme mentionnée dans le Nouveau Testament (également appelée Tabitha), « riche des œuvres bonnes et des aumônes qu'elle faisait » (Actes des Apôtres, 9, 36). 2. Bonnet porté par les Jacobins pendant la Révolution française. 3. Le premier centenaire de la Révolution avait été célébré en 1889, soit deux ans avant la parution du *Crime de Lord Arthur Savile et autres histoires*, et, à cette occasion, la France avait offert aux États-Unis la statue de la Liberté, visible à l'entrée du port de New York.

lui-même s'en est amusé. Quand nous avons examiné le cadeau, nous avons constaté que c'est une espèce de pendule à réveil et que, si on la règle pour une heure déterminée, en disposant un peu de poudre avec une amorce sous un petit marteau, elle fait explosion chaque fois qu'on le désire. Papa a dit qu'elle ne devait pas rester dans la bibliothèque, car elle fait du bruit ; aussi, Reggie l'a-t-il emportée dans la salle d'étude, et il ne s'occupe plus d'autre chose que de faire de petites explosions d'un bout à l'autre de la journée. Croyez-vous qu'Arthur aimerait à en avoir une comme cadeau de mariage ? Je suppose qu'elles sont fort à la mode à Londres. Papa a dit qu'elles feront sans doute beaucoup de bien, car elles font voir que la Liberté ne peut durer, et qu'elle doit tomber. Papa dit que la Liberté a été inventée à l'époque de la Révolution française. Comme cela semble épouvantable !

« Il faut maintenant que je m'en aille à la Dorcas, où je leur lirai votre lettre si instructive. Comme votre idée est juste, ma chère tante : avec le rang qu'ils occupent dans la vie, ils doivent porter des choses peu seyantes. J'avoue que c'est absurde, ce souci qu'ils ont de s'habiller, alors qu'il y a tant de choses plus importantes dans ce monde, et dans l'autre. Je suis bien contente que votre robe en popeline à fleurs ait eu tant de succès, et que votre dentelle n'ait pas été déchirée. Je mettrai, pour aller mercredi chez l'évêque, la robe de satin jaune que vous avez eu la gentillesse de me donner. Je pense que ce sera bien. Y mettriez-vous des nœuds de ruban, ou non ? Jennings me dit que tout le monde porte des nœuds de ruban, à présent, et qu'il faut que le jupon soit tuyauté. Reggie vient de faire une nouvelle explosion, et papa a décrété qu'il fallait reléguer la pendule à l'écurie. Je crois qu'elle ne plaît plus à papa autant qu'au début, bien qu'il soit flatté de ce qu'on lui ait envoyé un jouet aussi joli et aussi ingénieux. Cela prouve qu'on lit ses sermons et qu'on en fait son profit.

« Papa vous envoie son bon souvenir, auquel s'associent aussi James, Reggie et Maria ; et, espérant que la goutte de l'oncle Cecil va mieux, je vous prie de me croire, ma chère tante,

« Votre nièce toujours bien affectueuse,

« Jane Percy.

« *P. S. :* Répondez-moi, je vous en prie, au sujet des nœuds de ruban. Jennings assure qu'ils sont à la mode. »

Lord Arthur prit un air tellement sérieux et malheureux à la lecture de cette lettre, que la duchesse éclata de rire.

« Mon cher Arthur, s'écria-t-elle, je ne vous montrerai plus jamais de lettre d'une jeune fille ! Mais que faut-il que je lui dise, au sujet de la pendule ? Cela m'a l'air d'être une invention excellente, et, pour ma part, j'aimerais bien en avoir une.

— Cela ne m'emballe guère », dit Lord Arthur, avec un sourire triste ; et, après avoir embrassé sa mère, il sortit de la pièce.

Quand il fut monté chez lui, il se jeta sur un canapé, et ses yeux s'emplirent de larmes. Il avait fait de son mieux pour commettre ce meurtre, mais dans l'un et l'autre cas il avait échoué — et sans qu'il y eût faute de sa part. Il s'était efforcé de faire son devoir, mais il semblait que le destin lui-même l'eût trahi. Il fut accablé de voir la stérilité des bonnes intentions, la futilité qu'il y a à essayer d'être vertueux. Peut-être vaudrait-il mieux rompre complètement le mariage. Sybil en souffrirait, il est vrai, mais la souffrance ne saurait véritablement gâcher une nature aussi noble que la sienne. Quant à lui, qu'importe ? Il y a toujours quelque guerre dans laquelle un homme peut mourir, quelque cause à laquelle il peut donner sa vie, et, puisque la vie n'avait plus de plaisir pour lui, la mort n'avait nulle terreur. Que le destin s'accomplisse ! Il ne ferait rien pour l'aider.

À sept heures et demie, il s'habilla et se rendit au club. Surbiton s'y trouvait avec un groupe de jeunes gens, et il fut obligé de dîner avec eux. Leur conversation triviale et leurs plaisanteries inutiles ne l'intéressaient pas ; aussitôt le café servi, il les quitta, prétextant quelque rendez-vous imaginaire pour s'échapper. Au moment où il sortait du club, le portier lui tendit une lettre. Elle était de Herr Winckelkopf, le priant d'aller le voir le lendemain soir, pour examiner un parapluie qui explosait dès qu'on l'ouvrait. C'était la toute dernière invention qui arrivait à l'instant de Genève. Il déchira la lettre. Il avait résolu de ne plus tenter d'expériences. Il erra alors à l'aventure, descendant jusqu'au quai de la Tamise, et resta assis plusieurs heures au bord du fleuve. La lune, tel l'œil d'un lion, l'observait à travers une crinière de nuages fauves, et des étoiles innombrables parsemaient la voûte profonde, pareilles à de la poudre d'or éparpillée sur un dôme pourpre. De temps à autre, un chaland balançait dans l'eau trouble, puis s'éloignait, emporté par le courant ; et les feux du chemin de fer changeaient du vert au rouge à mesure que les trains passaient en hurlant sur le pont. Au bout d'un certain temps, minuit sonna lourdement à la haute tour de Westminster, et, à chaque coup de la cloche sonore, la nuit parut trembler. Puis les feux du chemin de fer s'éteignirent, ne laissant luire qu'une lanterne solitaire, semblable à un énorme rubis sur un mât géant, et le grondement de la ville s'affaiblit.

À deux heures, il se leva et déambula vers Blackfriars. Comme tout paraissait irréel ! Comme tout ressemblait à un rêve étrange ! Les maisons, de l'autre côté du fleuve, semblaient faites d'obscurité. On eût dit que l'argent et l'ombre avaient façonné le monde à neuf. L'énorme dôme de Saint-Paul était suspendu comme une bulle dans les ténèbres.

En arrivant près de l'Aiguille de Cléopâtre [1], il vit un homme penché au-dessus du parapet, et comme il se rapprochait davantage, l'homme leva les yeux, la lumière d'un réverbère lui tombant sur le visage.

C'était Mr. Podgers, le chiromancien ! Nul ne pouvait se méprendre sur le visage bouffi et flasque, les lunettes à monture d'or, le faible et doucereux sourire, la bouche sensuelle.

Lord Arthur s'arrêta. Une idée lumineuse lui traversa l'esprit comme un éclair, et il le rejoignit doucement par-derrière. En

1. Obélisque de granit rose datant de 1460 av. J.-C., offert au peuple britannique en 1819 en signe de gratitude pour avoir chassé Napoléon d'Égypte. Il fut érigé en 1878 sur les bords de la Tamise.

un instant, il saisit Mr. Podgers par les jambes et le précipita dans la Tamise. Il y eut un juron grossier, un « plouf » pesant, puis tout redevint silencieux. Lord Arthur jeta un regard inquiet par-dessus le parapet, mais ne vit nulle trace du chiromancien, à l'exception d'un chapeau haut de forme tournoyant dans les remous éclairés par la lune. Au bout d'un certain temps il s'enfonça, lui aussi, et aucune trace de Mr. Podgers ne resta visible. À un moment il lui sembla apercevoir la silhouette massive et contrefaite qui s'efforçait d'atteindre l'escalier à côté du pont, et un sentiment affreux d'échec s'empara de lui ; mais la chose se révéla être un simple reflet et, lorsque la lune reparut, sortant de derrière un nuage, elle s'évanouit. Enfin, il paraissait avoir accompli le décret du destin. Il poussa un profond soupir de soulagement, et le nom de Sybil lui monta aux lèvres.

« Avez-vous laissé tomber quelque chose, monsieur ? » dit soudain une voix derrière lui.

Il se retourna et aperçut un agent de police, portant une lanterne.

« Rien d'important », répondit-il en souriant ; et, hélant un cabriolet qui passait, il y sauta et dit au cocher de le conduire à Belgrave Square.

Au cours des quelques jours qui suivirent, il balança entre l'espoir et la peur. Il y eut des moments où il s'attendait presque à voir Mr. Podgers entrer dans la pièce, et pourtant, à d'autres instants, il avait l'impression que le destin ne saurait être aussi injuste envers lui. Deux fois, il se rendit chez le chiromancien, dans West Moon Street, mais il ne put se résoudre à appuyer sur le bouton de la sonnette. Il désirait ardemment la certitude, et il en avait peur.

Elle arriva enfin. Il était dans le fumoir du club, où il prenait le thé et écoutait avec lassitude le compte rendu que lui faisait Surbiton de la dernière chanson comique du Gaiety[1], lorsque le garçon entra, apportant les journaux du soir. Il prit le *Saint*

1. Théâtre du West End où l'on donnait principalement des opérettes ou des spectacles musicaux.

James's et le feuilleta distraitement, lorsque ce titre étrange attira son regard :

« SUICIDE D'UN CHIROMANCIEN. »

Il pâlit de surexcitation et se mit à lire. L'entrefilet disait ceci :

« Hier matin, à sept heures, le cadavre de Mr. Septimus R. Podgers, l'éminent chiromancien, a été drossé sur le rivage, à Greenwich, juste en face du Ship Hotel. On était sans nouvelles du pauvre homme depuis quelques jours, et dans le monde de la chiromancie l'on éprouvait une inquiétude sérieuse au sujet de sa sécurité. On suppose qu'il s'est suicidé sous l'influence d'un dérangement mental temporaire, causé par le surmenage, et un jugement en ce sens a été rendu cet après-midi par le coroner. Mr. Podgers venait de mettre la dernière main à un traité intitulé *La Main humaine*, qui doit être publié sous peu et sollicitera sans doute intensément l'attention. Le défunt était âgé de soixante-cinq ans, et ne semble pas avoir laissé de famille. »

Lord Arthur se précipita hors du club, tenant toujours à la main le journal, à la stupéfaction intense du portier qui essaya en vain de l'arrêter. Il se fit conduire immédiatement à Park Lane. Sybil l'aperçut par la fenêtre et quelque chose lui fit pressentir qu'il était porteur d'une bonne nouvelle. Elle descendit en courant au-devant de lui, et lorsqu'elle vit son visage, elle sut que tout allait bien.

« Ma chère Sybil, s'écria Lord Arthur, marions-nous dès demain !

— Quel fou vous êtes ! Voyons, le gâteau n'est même pas encore commandé ! » dit Sybil, riant au travers de ses larmes.

VI

Quand le mariage eut lieu, quelque trois semaines plus tard, l'église Saint Peter fut remplie par une foule de gens chics. Le service fut célébré de la façon la plus impressionnante par le doyen de Chichester, et tout le monde fut d'accord pour dire qu'on n'avait jamais vu un plus beau couple que le marié et la mariée. Mais ils étaient mieux encore que beaux — ils étaient heureux. Jamais un seul instant Lord Arthur ne regretta tout ce qu'il avait souffert pour l'amour de Sybil, et elle, de son côté, lui fit don des meilleures choses qu'une femme puisse donner à un homme quel qu'il soit : l'adoration, la tendresse et l'amour. Pour eux, la poésie ne fut point tuée par la réalité. Ils continuèrent toujours à se sentir jeunes.

Quelques années plus tard, alors qu'ils avaient deux beaux enfants, Lady Windermere descendit chez eux à Alton Priory, vieille demeure délicieuse qui avait été le cadeau de mariage du duc à son fils. Un après-midi, alors qu'elle était assise auprès de Lady Arthur sous un tilleul du jardin, regardant le petit garçon et la petite fille qui jouaient le long de l'allée des rosiers, pareils à des rayons de soleil capricieux, elle prit tout à coup la main de son hôtesse dans la sienne et dit : « Êtes-vous heureuse, Sybil ?

— Chère Lady Windermere, bien entendu, je suis heureuse. Ne l'êtes-vous donc pas ?

— Je n'ai pas le temps d'être heureuse, Sybil. Je me sens toujours portée vers la dernière personne qu'on m'a présentée ; mais, en général, dès que je connais les gens, je m'en fatigue.

— Vos lions ne vous satisfont donc pas, Lady Windermere ?

— Ma foi, non ! Les lions ne valent que pour une saison. Dès que leur crinière est coupée, ils deviennent les êtres les plus ternes qui soient. D'ailleurs, ils se conduisent fort mal si l'on se montre vraiment gentil envers eux. Vous vous souvenez de cet affreux Mr. Podgers ? C'était un abominable imposteur. Bien entendu, cela je ne m'en souciais nullement, et même quand il a cherché à m'emprunter de l'argent, je lui ai pardonné ; mais je n'ai pas pu admettre qu'il me fît des déclarations d'amour. Il m'a bel et bien fait prendre en horreur la chiromancie. Je m'occupe à présent de télépathie. C'est beaucoup plus amusant.

— Il ne faut pas dire du mal de la chiromancie dans cette maison, Lady Windermere ; c'est le seul sujet sur lequel Arthur n'aime pas qu'on plaisante. Je vous assure qu'il la prend très au sérieux.

— Vous ne prétendez pas me dire qu'il y croit, Sybil ?

— Demandez-le-lui, Lady Windermere, le voici. » Lord Arthur arrivait du bas du jardin, portant à la main un gros bouquet de roses jaunes, accompagné de ses enfants qui gambadaient autour de lui.

« Lord Arthur ?

— Oui, Lady Windermere.

— Vous n'allez pas me dire que vous croyez à la chiromancie ?

— Bien entendu, j'y crois, dit le jeune homme en souriant.

— Mais pourquoi ?

— Parce que je lui dois tout le bonheur de ma vie, murmura-t-il en se jetant dans un fauteuil d'osier.

— Mon cher Lord Arthur, qu'est-ce donc que vous lui devez ?

— Sybil, répondit-il, tendant les roses à sa femme, et plongeant le regard dans ses yeux violets.

— Quelle bêtise ! s'écria Lady Windermere. Je n'ai jamais entendu pareille bêtise. »

LE SPHINX SANS SECRET[1]

Eau-forte[2]

J'étais assis, un après-midi, à la terrasse du café de la Paix, contemplant la splendeur et la misère de la vie parisienne, et m'émerveillant, tout en buvant lentement mon vermouth, du panorama étrange d'orgueil et de pauvreté qui défilait devant mes yeux, lorsque j'entendis quelqu'un qui m'appelait par mon nom. Je me retournai, et j'aperçus Lord Murchison. Nous ne nous étions pas revus depuis le collège, il y avait près de dix ans, de sorte que je fus ravi de le retrouver, et nous échangeâmes une poignée de main chaleureuse. À Oxford, nous avions été très liés. Je l'ai beaucoup aimé. Il était si beau, si ardent, si noble. Nous disions de lui qu'il serait le meilleur des hommes s'il ne disait pas toujours la vérité, mais je crois qu'au fond

---

1. Ce texte fut d'abord publié sous le titre de « Lady Alroy » dans le *World* en mai 1887. L'expression « Les femmes sont des sphinx sans secret » est empruntée à Schopenhauer. De son côté, dans *Notes nouvelles sur Edgar Poe* (1857), Baudelaire parle de « ce sphinx sans énigme ». Wilde réutilise la formule dans *Le Portrait de Dorian Gray* (au chapitre XVII, Lord Henry dit des femmes qu'elles sont « des sphinx sans secret »), ainsi que dans *Une femme sans importance* (à la question que lui pose Mrs. Allonby sur ce que sont les femmes, Lord Illingworth fait la même réponse ; « *Mrs. Allonby* : Comment définiriez-vous les femmes ? *Lord Illingworth* : Comme des sphinx sans secret »). On rappellera que l'un des plus grands poèmes de Wilde a pour titre « La Sphinge » (1894) et que Wilde surnommait « Sphinx » son amie Ada Leverson. **2.** Le sous-titre reflète le désir de Wilde de ne pas cloisonner les arts et de souligner les liens entre la littérature et la peinture ; ce genre de sous-titre est fréquent dans sa poésie.

nous l'admirions tous davantage pour sa franchise. Je le trouvai bien changé. Il avait l'air inquiet, préoccupé et semblait douter de quelque chose. Je sentais bien que ce ne pouvait être le scepticisme moderne, car Murchison était le plus convaincu des Tories, et croyait au Pentateuque [1] aussi fermement qu'il croyait à la Chambre des Lords. J'en conclus donc qu'il s'agissait d'une femme, et lui demandai s'il était marié, à présent.

« Je ne comprends pas suffisamment bien les femmes, répondit-il.

— Mon cher Gerald, dis-je, les femmes sont faites pour être aimées, et non pour être comprises.

— Je ne puis aimer, là où je ne puis avoir confiance, répondit-il.

— Je crois que tu as un mystère dans ta vie, Gerald, m'écriai-je. Raconte-moi cela.

— Faisons un tour en voiture, répondit-il, il y a trop de monde ici. Non, pas une voiture jaune, n'importe quelle autre couleur : tiens, celle-là, vert foncé, fera l'affaire. » Et quelques instants après, nous descendions les boulevards au trot dans la direction de la Madeleine.

« Où allons-nous ? dis-je.

— Oh ! n'importe où, où tu voudras ! répondit-il — au restaurant du Bois [2] ; nous y dînerons, et tu me raconteras tout de toi.

— Je veux d'abord que tu me parles de toi, dis-je. Dis ton mystère. »

Il tira de sa poche un petit étui de maroquin à fermeture d'argent, et me le tendit. Je l'ouvris. À l'intérieur, il y avait la photographie d'une femme. Elle était grande et mince, et étrangement pittoresque avec ses grands yeux vagues et ses cheveux défaits.

---

1. Les cinq premiers livres de l'Ancien Testament. Au cours du XIXe siècle, leur authenticité a été contestée (en particulier celle de la Genèse) par un certain nombre de spécialistes. Seuls l'Église catholique et les Anglicans les plus conservateurs (dont, par conséquent, Lord Murchison) avaient foi en eux. **2.** Le bois de Boulogne, près de Paris.

Elle ressemblait à une voyante, et était enveloppée de riches fourrures.

« Que penses-tu de ce visage ? dit-il. Est-il sincère ? »

Je l'examinai avec soin. Il me parut être le visage de quelqu'un qui aurait un secret, mais que ce secret fût bon ou mauvais, là-dessus il m'était impossible de me prononcer. Sa beauté était une beauté façonnée de mystères — une beauté psychologique, et non plastique — et le léger sourire qui ne faisait qu'effleurer les lèvres était bien trop subtil pour être véritablement doux.

« Eh bien ! s'écria-t-il avec impatience, qu'en dis-tu ?

— C'est la Joconde en fourrure [1], répondis-je. Raconte-moi toute ton histoire.

— Pas maintenant, dit-il, après le dîner. » Et il se mit à parler d'autre chose.

Lorsque le garçon nous apporta le café et les cigarettes, je rappelai à Gerald sa promesse. Il se leva de sa chaise, arpenta

---

1. On pense à *La Vénus à la fourrure*, de Leopold Sacher-Masoch (1870), dont le personnage de Wanda incarne l'amour cruel et pervers. Par ailleurs, l'allusion à la Joconde n'est pas fortuite car le personnage de Monna Lisa était très à la mode dans la seconde moitié du XIXe siècle. On trouve trace de cet intérêt dans le *Journal* des Goncourt, à la date du 11 mars 1860 : « Toutes les femmes sont des énigmes mais celle-ci est la plus indéchiffrable de toutes. Elle ressemble à son regard qui n'est jamais en place et dans lequel passent, brouillés en une seconde, les regards divers de la femme. [...] On croirait voir en elle une Violante, une de ces courtisanes du XVIe siècle, un de ces êtres instinctifs et déréglés qui portent comme un masque d'enchantement le sourire plein de nuit de la Joconde. » Treize ans plus tard, l'un des maîtres de Wilde, Walter Pater, consacra au mystérieux modèle de Vinci une description saisissante (dans *La Renaissance*, 1873) ; en 1884, dans *Le Vice suprême*, Péladan évoque un personnage de femme fatale qui affiche « un sourire à la Lise » quand un homme lui déclare son amour, et il revient sur la Joconde dans ces quelques vers significatifs : « Fidèle à ton vice monstrueux, ô fille du Vinci, Muse / Dépravante de l'esthétique du mal, ton sourire peut s'effacer sur la toile, / Il est fac-similé dans mon cœur. » À la fin du XIXe siècle le nom de la Joconde finit par devenir pour certains le synonyme de « courtisane » ; voir, par exemple, *Monsieur de Phocas* de Jean Lorrain (1901) : « Dire que j'ai aimé, moi aussi, ces petites bêtes malfaisantes, ces fausses *Primavera*, ces *Joconde* au rabais des ateliers de peintres et de brasseries d'esthètes, ces fleurs en fil d'archal de Montparnasse et de Levallois-Perret. »

deux ou trois fois la pièce de long en large et, s'enfonçant dans un fauteuil, me conta l'histoire que voici :

« Un soir, dit-il, je descendais à pied Bond Street, vers cinq heures. Il y avait un terrible embouteillage, et la circulation était presque arrêtée. Près du trottoir stationnait un petit coupé jaune qui, pour une raison ou pour une autre, attira mon attention. Au moment où je passais à sa hauteur, il y avait à la portière, regardant au-dehors, le visage que je t'ai montré cet après-midi. Il me fascina immédiatement. J'y pensai toute la nuit et le lendemain. J'errai de long en large dans ce satané Row [1], scrutant toutes les voitures et attendant le coupé jaune ; mais je ne pus trouver *ma belle inconnue**, et en fin de compte je commençai à croire qu'elle était un simple rêve. Environ une semaine plus tard, je dînai chez Mme de Rastail. Le dîner était prévu pour huit heures, mais à huit heures et demie nous attendions encore au salon. Finalement, le domestique ouvrit la porte et annonça Lady Alroy. C'était la femme que j'avais cherchée. Elle entra très lentement, semblable à un rayon de lune en dentelle grise, et à mon ravissement ce fut moi qu'on pria de lui offrir le bras pour la conduire à table. Après que nous nous fûmes assis, je dis, fort innocemment : "Je crois vous avoir aperçue dans Bond Street, il y a quelque temps, Lady Alroy." Elle devint toute pâle, et me dit à voix basse : "Je vous en prie, ne parlez pas si haut ; on pourrait vous entendre." Je me sentis malheureux d'avoir fait un si mauvais début, et me plongeai avec témérité dans le sujet des comédies françaises. Elle parla très peu, toujours de cette voix basse et musicale, et il semblait qu'elle eût peur que quelqu'un fût aux écoutes. Je tombai passionnément, stupidement amoureux, et l'atmosphère indéfinissable de mystère qui l'entourait excita ma curiosité la plus ardente. Tandis qu'elle prenait congé, ce qu'elle fit peu de temps après la fin du dîner, je lui demandai si je pouvais lui rendre visite. Elle hésita un instant, lança un coup d'œil pour voir s'il n'y avait personne à proximité de nous, et dit alors :

---

1. Rotten Row, lieu de promenade à la mode dans Hyde Park.

“Oui, demain, à cinq heures moins le quart.” Je priai Mme de Rastail de me renseigner sur elle ; mais tout ce que je pus apprendre, c’est qu’elle était veuve et possédait une maison magnifique dans Park Lane ; et comme quelque docte raseur commençait une dissertation sur les veuves, qui démontreraient que seul le plus résistant des conjoints survit, je pris congé, puis rentrai chez moi.

« Le lendemain, j’arrivai à Park Lane à l’heure dite, mais le maître d’hôtel me dit que Lady Alroy venait de sortir. Je me rendis au club, très malheureux et perplexe, et après avoir longuement réfléchi, je lui écrivis une lettre lui demandant si elle me permettait de courir ma chance quelque autre après-midi. Je restai plusieurs jours sans réponse, mais enfin je reçus un petit mot disant qu’elle serait chez elle dimanche à quatre heures, et portant ce post-scriptum extraordinaire : “Je vous en prie, ne m’écrivez plus ici ; je vous expliquerai cela quand je vous verrai.” Le dimanche, elle me reçut et fut absolument charmante ; mais au moment où je pris congé, elle me supplia, si je devais lui écrire de nouveau, d’adresser ma lettre à Mrs. Knox, aux bons soins de la bibliothèque Whittaker, Green Street. “Il y a des raisons, dit-elle, pour lesquelles je ne puis recevoir de lettre chez moi.”

« Durant toute la saison je la vis beaucoup, et l’atmosphère de mystère ne l’abandonna jamais. Je me disais quelquefois qu’elle était au pouvoir d’un homme, mais elle semblait si inaccessible que je me refusais à le croire. Il m’était vraiment très difficile d’arriver à une conclusion quelle qu’elle fût, car elle ressemblait à l’un de ces étranges cristaux que l’on voit dans les musées, qui sont transparents à un moment donné et se troublent l’instant d’après. Enfin, je résolus de lui demander d’être ma femme : j’en avais assez, de ce secret incessant qu’elle imposait à toutes mes visites et aux quelques lettres que je lui adressais. Je lui écrivis à la bibliothèque pour lui demander si elle pouvait me recevoir le lundi suivant à six heures. Elle répondit oui, et je fus transporté au septième ciel. J’étais fou d’elle : en dépit du mystère, pensais-je à cette époque — en raison du mystère, je le vois à présent. Non ; c'est la femme elle-même que j'aimais. Le mystère m'inquiétait, m'affolait. Pourquoi le hasard m'a-t-il mis sur ses traces ?

— Tu l'as donc découvert ? m'écriai-je.

— J'en ai peur, répondit-il. Tu pourras juger par toi-même.

« Quand arriva le lundi, j'allai déjeuner chez mon oncle, et vers quatre heures je me trouvai dans Marylebone Road. Mon oncle, comme tu le sais, habite Regent's Park. Je voulais rejoindre Piccadilly, et je pris un raccourci, à travers des petites rues sordides. Tout à coup j'aperçus devant moi Lady Alroy, sous des voiles épais, et marchant très vite. Quand elle arriva à la dernière maison de la rue, elle monta les marches, tira une clef, ouvrit la porte et entra. Voici le mystère ! me dis-je ; et je m'avançai bien vite pour examiner la maison. Elle me parut être un de ces immeubles qui servent à la location de chambres meublées. Sur les marches de l'entrée, il y avait son mouchoir, qu'elle avait laissé tomber. Je le ramassai et le mis dans ma poche. Puis je me mis à réfléchir à ce qu'il convenait de faire. J'arrivai à cette conclusion que je n'avais nul droit à l'espionner, et je me fis conduire au club. À six heures, je lui fis ma visite. Elle était étendue sur un canapé, vêtue d'une robe en tissu lamé d'argent fermée par une étrange pierre de lune qu'elle portait toujours. Elle était absolument ravissante. "Comme je suis contente de vous voir, dit-elle. Je ne suis pas sortie de la journée." Je la dévisageai avec stupéfaction, et, tirant de ma poche le mouchoir, je le lui tendis. "Vous avez laissé tomber ceci dans Cumnor Street cet après-midi, Lady Alroy", dis-je avec beaucoup de calme. Elle me regarda avec terreur, mais n'essaya pas de prendre le mouchoir. "Qu'y faisiez-vous ? demandai-je. — De quel droit me questionnez-vous ? répondit-elle. — Du droit d'un homme qui vous aime, repartis-je. Je suis venu ici pour vous demander d'être ma femme." Elle se cacha le visage dans ses mains et éclata en larmes. "Il faut que vous me le disiez", continuai-je. Elle se leva et, me regardant bien en face, dit : "Lord Murchison, il n'y a rien à vous dire. — Vous êtes allée retrouver quelqu'un !

m'écriai-je. C'est là votre mystère." Elle pâlit affreusement et dit : "Je ne suis allée retrouver personne. — Vous ne pouvez donc pas dire la vérité ? m'écriai-je. — Je l'ai dite", répondit-elle. J'étais fou, insensé ; je ne me rappelle plus mes paroles, mais je lui dis des choses terribles. Finalement, je me précipitai hors de la maison. Elle m'adressa une lettre le lendemain ; je la lui renvoyai sans l'ouvrir, et je partis pour la Norvège avec Alan Colville. Au bout d'un mois je revins, et la première chose que je lus dans le *Morning Post*, ce fut la mort de Lady Alroy. Elle avait pris froid à l'opéra, et était morte au bout de cinq jours, de congestion pulmonaire. Je m'enfermai chez moi et ne vis personne. Je l'avais tant aimée ! Je l'avais aimée si follement ! Dieux, comme j'avais aimé cette femme !

— Tu es allé dans la rue en question, tu as vu la maison ? dis-je.

— Oui, répondit-il.

« Un jour, je suis allé à Cumnor Street. Je n'ai pas pu m'en empêcher ; j'étais torturé par le doute. Je frappai à la porte, et une femme d'aspect convenable m'ouvrit. Je lui demandai si elle avait des chambres à louer. "Ma foi, monsieur, répondit-elle, les salons sont censés être loués ; mais voilà trois mois que je n'ai vu la dame, et comme le loyer n'est pas payé, vous pouvez les prendre. — Est-ce cette dame-là ? dis-je, lui montrant la photographie. — C'est bien elle, il n'y a pas d'erreur, s'écria-t-elle ; quand doit-elle revenir, monsieur ? — Cette dame est morte, répondis-je. — Oh ! monsieur, j'espère que non ! dit la femme ; elle était ma meilleure locataire. Elle me payait régulièrement, simplement pour s'asseoir de temps à autre dans mes salons.

« — Elle recevait quelqu'un ici ?" dis-je. Mais la femme m'assura qu'il n'en était rien, qu'elle venait toujours seule et ne voyait personne. "Que diable faisait-elle ici ? m'écriai-je. — Elle s'asseyait simplement dans le salon, monsieur, lisant des livres, et quelquefois elle prenait le thé", répondit la femme. Je ne sus que dire, si bien que je lui donnai un peu d'argent et m'en allai. Et, maintenant, qu'est-ce que tout cela signifiait, à ton avis ? Tu ne crois pas que cette femme disait la vérité ?

— Si, je le crois.

— Alors, pourquoi Lady Alroy y allait-elle ?

— Mon cher Gerald, répondis-je, Lady Alroy était simplement une femme qui avait la manie du mystère. Elle a loué ces chambres pour le plaisir d'y aller, avec son voile baissé, et en s'imaginant qu'elle était une héroïne [1]. Elle avait la passion du secret, mais elle était simplement, pour sa part, un sphinx sans secret.

— C'est vraiment là ton avis ?

— J'en suis sûr », répondis-je.

Il tira de sa poche l'étui de maroquin, l'ouvrit et regarda la photographie. « Je me le demande », dit-il enfin.

1. Lady Alroy est une nouvelle Madame Bovary, toute à ses rêveries romanesques.

LE FANTÔME DES CANTERVILLE[1]

Fantaisie hylo-idéaliste[2]

I

Lorsque Mr. Hiram B. Otis, le ministre américain, acheta le domaine de Canterville Chase, tout le monde lui dit qu'il faisait une bêtise énorme, car il n'y avait pas le moindre doute que le manoir fût hanté. En fait Lord Canterville, lui-même scrupuleusement pointilleux en matière d'honneur, avait estimé de son devoir d'en parler à Mr. Otis quand ils en arrivèrent à discuter les conditions de la vente.

« Nous n'avons plus voulu habiter l'endroit, dit Lord Canterville, depuis que ma grand-tante, la duchesse douairière[3] de Bolton, a été effrayée au point de s'évanouir, elle ne s'en est jamais bien remise, du fait que deux mains de squelette se sont posées sur ses épaules au moment où elle s'habillait pour le dîner. Et je me sens obligé de vous dire, Mr. Otis, que le spectre a été vu par diverses personnes de ma famille actuellement en

---

1. Cette histoire fut tout d'abord publiée sous forme de feuilleton dans les numéros de février et mars 1887 de la *Court and Society Review*, très prisée de l'aristocratie britannique. **2.** Selon l'hylo-idéalisme (*hylo*, du grec *hulê* : bois, matière) la réalité appartient à l'objet de la croyance : si l'on croit en telle ou telle chose, c'est qu'elle existe. Wilde s'amuse ici de ceux qui croient aux fantômes et des nombreuses histoires qui leur sont consacrées. **3.** Une douairière est une veuve jouissant d'un douaire, c'est-à-dire du droit de jouir des biens de son mari défunt.

vie, ainsi que par le recteur de la paroisse, le révérend Augustus Dampier, qui est diplômé de King's College de Cambridge. Après cet accident malencontreux survenu à la duchesse, aucun de nos jeunes domestiques n'a voulu rester auprès de nous, et il est arrivé souvent à Lady Canterville de passer des nuits presque blanches, en raison des bruits mystérieux provenant du couloir et de la bibliothèque.

— Lord Canterville, répondit le ministre, je suis prêt à prendre le mobilier et le fantôme à leur valeur estimée. Je viens d'un pays moderne, où nous avons tout ce que l'argent peut acheter ; et, avec notre remuante jeunesse qui agite le Vieux Monde, lui enlève ses meilleures actrices et ses cantatrices de marque, je pense que, si tant est qu'il y eût un fantôme en Europe, nous l'aurions bien vite chez nous, dans un de nos musées publics, ou en tournée pour l'exhiber.

— Je crains que le fantôme n'existe bel et bien, dit Lord Canterville en souriant, bien qu'il puisse avoir résisté aux propositions de vos imprésarios entreprenants. Il est connu depuis trois siècles, depuis 1584, en fait, et il fait toujours son apparition avant la mort d'un membre de notre famille.

— Ma foi, il en est de même du médecin de famille, Lord Canterville. Mais, de spectres, il n'en existe pas, monsieur, et j'imagine que les lois de la nature ne vont pas être suspendues pour l'aristocratie britannique.

— Vous êtes certainement très "nature", en Amérique [1], répondit Lord Canterville, qui ne comprit pas très bien la dernière observation de Mr. Otis, et si vous ne voyez pas d'inconvénient à la présence d'un fantôme dans la maison, tout va bien. Mais vous voudrez bien vous souvenir que je vous ai averti. »

Quelques semaines après cet entretien, l'acquisition fut effectuée, et à la fin de la saison le ministre et sa famille s'installèrent à Canterville Chase. Mrs. Otis, qui sous le nom de Miss Lucretia R. Tappan, de West 53 Street, avait été une

---

1. Ce jugement sur les Américains, êtres de nature plutôt que de culture selon Lord Canterville, revient dans *Le Portrait de Dorian Gray* et dans *Une femme sans importance*.

beauté célèbre de New York, était à présent une fort belle femme, entre deux âges, avec de beaux yeux et un profil superbe. Beaucoup d'Américaines, lorsqu'elles quittent leur pays, affectent d'avoir une maladie chronique en pensant que c'est une forme de raffinement européen ; mais Mrs. Otis n'était jamais tombée dans cette erreur. Elle avait une constitution magnifique, et l'instinct animal tenait chez elle une grande place. En fait, par beaucoup de côtés, elle était tout à fait anglaise et elle constituait un excellent exemple de ce fait que nous avons vraiment tout en commun avec l'Amérique, hormis, bien entendu, la langue. Son fils aîné, prénommé Washington par ses parents dans un instant de patriotisme, qu'il ne cessait de regretter, était un jeune homme aux cheveux blonds, assez beau garçon, qui avait gagné sa place dans la diplomatie américaine en ouvrant le bal au casino de Newport durant trois saisons consécutives ; et même à Londres, il était connu comme excellent danseur. Les gardénias et l'aristocratie étaient ses seules faiblesses. Pour tout le reste, il était extrêmement sensé. Miss Virginia E. Otis était une fillette de quinze ans, souple et charmante comme un faon, avec une belle liberté dans ses grands yeux bleus. C'était une amazone remarquable, et elle avait un jour fait la course sur son poney avec le vieux Lord Bilton, parcourant deux fois tout le circuit du parc et gagnant d'une longueur et demie, juste en face de la statue d'Achille, au grand ravissement du jeune duc de Cheshire, qui avait sur-le-champ demandé sa main, et avait été renvoyé le soir même à Eton par ses tuteurs, en versant des torrents de larmes. Après Virginia venaient les jumeaux, qu'on appelait habituellement les *Stars and Stripes*[1], car ils recevaient constamment des corrections. C'étaient des garçons charmants et, à l'exception du digne ministre, les seuls républicains authentiques de la famille.

Canterville Chase étant situé à onze kilomètres d'Ascot, la gare

1. Ces mots désignent la bannière étoilée, c'est-à-dire le drapeau des États-Unis. « Stripe » signifie aussi « coup de fouet »

de chemin de fer la plus proche, Mr. Otis avait télégraphié pour qu'une voiture les attende, et ils se mirent en route pleins d'entrain. C'était une splendide soirée de juillet ; l'air était empli de l'odeur des pins. De temps à autre, ils entendaient un pigeon ramier roucouler ou apercevaient, profondément tapi parmi les fougères bruissantes, le poitrail bruni du faisan. Les petits écureuils les observaient du haut des hêtres tandis qu'ils passaient, et les lapins s'enfuyaient à travers les fourrés et par-dessus les tertres moussus, la queue blanche dressée en l'air. Lorsqu'ils pénétrèrent dans l'avenue de Canterville Chase, toutefois, le ciel se couvrit de nuages, un calme bizarre parut s'emparer de l'atmosphère, un grand vol de corneilles passa silencieusement au-dessus de leurs têtes, et, avant qu'ils n'eussent atteint la maison, il était tombé quelques grosses gouttes de pluie.

Debout sur le perron, pour les recevoir, se tenait une vieille femme, soigneusement vêtue de soie noire, avec un bonnet et un tablier blancs. C'était Mrs. Umney, la gouvernante, que Mr. Otis, devant l'insistance de Lady Canterville, avait consenti à conserver dans sa situation antérieure. Elle leur fit à chacun une profonde révérence, à mesure qu'ils descendaient de voiture, et dit, d'une voix curieusement démodée : « Je vous souhaite la bienvenue à Canterville Chase. » À sa suite, ils traversèrent le beau vestibule Tudor et entrèrent dans la bibliothèque, pièce longue et basse, lambrissée de chêne noir, au fond de laquelle il y avait une grande fenêtre à vitrail. Ils y trouvèrent le thé servi, puis, après s'être débarrassés de leurs manteaux, ils s'assirent et se mirent à regarder alentour, tandis que Mrs. Umney les servait.

Tout à coup, Mrs. Otis aperçut une tache rouge sombre sur le parquet, tout près de la cheminée, et, sans la moindre idée de ce qu'elle signifiait réellement, elle dit à Mrs. Umney : « Je crains qu'on ait répandu là quelque chose.

— Oui, Madame, répondit la vieille gouvernante, d'une voix assourdie, on a répandu du sang en cet endroit [1].

---

1. On montre encore un endroit semblable au château de Holyrood House à Édimbourg, à l'emplacement précis, dit-on, où fut assassiné David Rizzio,

— C'est horrible ! s'écria Mrs. Otis. Je n'aime pas du tout les taches de sang dans la salle de séjour. Il faut la nettoyer tout de suite. »

La vieille femme sourit, puis répondit de la même voix sourde et mystérieuse : « C'est le sang de Lady Eleanore de Canterville, qui fut assassinée en cet endroit même par son mari, Sir Simon de Canterville, en 1575. Sir Simon lui survécut neuf ans, et disparut tout à coup dans des circonstances très mystérieuses. Son corps n'a jamais été découvert, mais son esprit, coupable, hante encore le manoir. Cette tache de sang a été très admirée par les touristes et autres, et il est impossible de l'enlever.

— Tout ça, c'est de la blague ! s'écria Washington Otis ; le super-détergent Pinkerton, le meilleur détachant, enlèvera ça en un rien de temps[1]. » Et avant que la gouvernante épouvantée n'eût eu le temps d'intervenir, il était tombé à genoux et frottait rapidement le parquet avec un petit bâton de ce qui ressemblait à un cosmétique noir. Au bout de quelques instants, on ne voyait plus aucune trace de la tache de sang.

« Je savais bien que le Pinkerton en viendrait à bout ! » s'écria-t-il triomphalement, comme il se tournait vers sa famille pleine d'admiration ; mais à peine eut-il prononcé ces mots, qu'un éclair terrible illumina la pièce sombre : un horrible coup de tonnerre les fit tous bondir, et Mrs. Umney s'évanouit.

« Quel climat monstrueux ! dit avec calme le ministre américain, tout en allumant un long cigare. Je parie que le vieux pays est tellement surpeuplé qu'il n'y a pas assez de beau temps pour tout le monde. J'ai toujours été d'avis que l'émigration est la seule chose qui convienne à l'Angleterre.

— Mon cher Hiram, s'écria Mrs. Otis, que pouvons-nous faire d'une femme qui s'évanouit ?

— Il faut le lui retenir sur ses gages, comme la casse, répon-

---

musicien au service de Marie Stuart. Wilde s'amuse de ces frissons à bon marché.

1. Allusion probable à l'Américain Allan Pinkerton (1819-1884), fondateur d'une célèbre agence de détectives privés.

dit le ministre ; après cela, elle ne s'évanouira plus. » Au bout de quelques instants, Mrs. Umney revint à elle. On ne pouvait douter, cependant, qu'elle était extrêmement inquiète, et elle avertit sévèrement Mr. Otis de prendre garde aux malheurs à venir.

« J'ai vu, de mes yeux, Monsieur, des choses, dit-elle, qui feraient dresser les cheveux sur la tête de n'importe quel chrétien, et nombreuses sont les nuits où je n'ai pas fermé l'œil à cause des choses épouvantables qui se passent ici. » Mr. Otis et sa femme assurèrent chaleureusement l'honnête vieille qu'ils n'avaient pas peur des fantômes ; puis, après avoir invoqué les bénédictions de la Providence sur son nouveau maître et sa nouvelle maîtresse, et jeté les bases d'une augmentation d'appointements, la vieille gouvernante s'en alla d'un pas mal assuré vers sa chambre.

II

L'orage se déchaîna toute la nuit, mais il ne se produisit rien de notable. Toutefois, le lendemain matin, lorsqu'ils descendirent pour le petit déjeuner, ils retrouvèrent la terrible tache de sang sur le parquet. « Je ne crois pas que ce soit la faute du super-détergent, dit Washington, je l'ai essayé sur tout. Ce doit être le fantôme. » Il effaça donc une seconde fois la tache, mais le lendemain matin elle reparut encore. Le matin du troisième jour elle était là, bien que la bibliothèque eût été fermée à clef pour la nuit par Mr. Otis lui-même et qu'il eût monté la clef à l'étage. Toute la famille fut dès lors très intéressée par cet événement ; Mr. Otis commença à soupçonner qu'il avait été trop dogmatique dans sa dénégation de l'existence des fantômes, Mrs. Otis manifesta son intention de faire partie de la Société psychique, et Washington prépara une longue lettre à Messrs. Myers et Podmore[1], au sujet de la « permanence des

---

1. Myers et Podmore avaient fondé, en 1882, la Société de Recherches Psychiques.

taches sanglantes lorsqu'elles se rattachent à un crime ». Cette nuit-là, tous les doutes relatifs à l'existence objective des phantasmes furent levés à tout jamais.

La journée avait été chaude et ensoleillée ; et, à la fraîcheur du soir, toute la famille alla faire une promenade en voiture. Ils ne rentrèrent qu'à neuf heures, et prirent alors un souper léger. Il ne fut absolument pas question de fantômes dans la conversation, de sorte qu'il n'y avait même pas ces conditions initiales d'attente réceptive qui précèdent si souvent la manifestation de phénomènes psychiques. Les sujets dont il fut question, ainsi que je l'ai appris par la suite de la bouche de Mr. Otis, furent simplement de ceux qui constituent la conversation habituelle des Américains cultivés — tels que l'immense supériorité, comme actrice, de Miss Fanny Davenport sur Sarah Bernhardt [1] ; la difficulté qu'il y avait à se procurer des épis de maïs vert, des galettes de sarrasin et de la semoule de maïs, même dans les meilleures maisons anglaises ; l'importance de Boston dans le développement de l'âme mondiale ; les avantages du système de vérification des bagages dans les voyages en chemin de fer ; et la douceur de l'accent de New York, en comparaison du parler traînard de Londres. On ne fit aucune référence au surnaturel, ni aucune allusion à Sir Simon de Canterville. À onze heures la famille se retira, et dès onze heures et demie toutes les lumières étaient éteintes. Quelque temps après, Mr. Otis fut réveillé par un bruit bizarre dans le couloir, à l'extérieur de sa chambre. On eût dit un tintement de métal, et il semblait se rapprocher de moment en moment. Il se leva immédiatement, frotta une allumette et regarda l'heure. Il était exactement une heure. Il était très calme, et se tâta le pouls, qui n'était nullement fébrile. Le bruit étrange se poursuivait, et il entendit en même temps distinctement un bruit de pas. Il chaussa ses pantoufles, prit dans son nécessaire de toilette une petite fiole oblongue, puis ouvrit la porte. Juste en face de lui

---

1. Fanny Davenport : actrice américaine alors très célèbre. Wilde avait une admiration immense pour Sarah Bernhardt, ce qui signifie qu'il rejette le jugement des Américains sur la supériorité de Fanny Davenport.

il vit, au pâle clair de lune, un vieillard d'aspect terrible[1]. Il avait des yeux pareils à des charbons incandescents ; une longue chevelure grise lui tombait sur les épaules en tresses emmêlées ; ses vêtements, d'une coupe ancienne, étaient sales et déchiquetés ; de lourdes menottes et des fers rouillés lui pendaient aux poignets et aux chevilles.

« Cher monsieur, dit Mr. Otis, permettez-moi vraiment d'insister auprès de vous pour que vous huiliez ces chaînes : je vous ai apporté à cette fin un petit flacon de lubrifiant Soleil levant Tammany[2]. On le dit efficace dès la première application, et il y a, sur l'emballage, plusieurs témoignages provenant de quelques-uns de nos théologiens les plus éminents. Je le laisse ici pour vous, à côté des chandeliers, et je me ferai un plaisir de vous en fournir encore au cas où vous en auriez besoin. » Sur ces mots, le ministre des États-Unis posa le flacon sur une table de marbre et, fermant sa porte, se retira dans sa chambre pour se reposer.

Un instant, le spectre des Canterville demeura absolument immobile, dans un accès d'indignation bien naturelle ; puis, jetant violemment le flacon sur le parquet poli, il s'enfuit le long du couloir en poussant des gémissements sourds et en émettant une lueur verdâtre et fantomale. Mais, au moment précis où il atteignit le haut du grand escalier de chêne, une porte s'ouvrit brusquement : deux petites formes blanches apparurent et un gros oreiller lui frôla la tête en sifflant. Il n'y avait manifestement pas de temps à perdre ; aussi, adoptant à la hâte, comme moyen d'évasion, la quatrième dimension de l'espace, disparut-il à travers le lambris, et la maison devint absolument silencieuse.

Dès qu'il eut atteint un petit cabinet secret dans l'aile gauche, il s'appuya contre un rayon de lune pour reprendre haleine, et se mit à essayer de faire le point de sa situation. Jamais, au cours d'une carrière brillante et ininterrompue de trois cents ans, il n'avait été aussi grossièrement insulté. Il songea à la

1. Allusion à un vers de la *Vita nuova* (III, 3) de Dante. 2. Tammany Hall : siège du comité exécutif du Parti démocrate à New York.

duchesse douairière, qu'il avait fait s'évanouir au moment où elle se tenait debout devant son miroir avec ses dentelles et ses diamants ; aux quatre servantes, qui avaient été saisies d'une crise d'hystérie alors qu'il leur avait seulement ri au nez à travers les rideaux de l'une des chambres d'invités ; au recteur de la paroisse, dont il avait soufflé la bougie tandis qu'il sortait de la bibliothèque, un soir, à une heure avancée, et qui avait été depuis lors soigné par Sir William Gull [1], car il était devenu la victime exemplaire des désordres nerveux ; et à la vieille Mme de Trémouillac, qui, s'étant réveillée un matin de bonne heure et ayant aperçu un squelette assis dans un fauteuil auprès du feu et lisant son journal intime, avait dû garder le lit pendant six semaines avec une fièvre cérébrale, et qui, après sa guérison, s'était réconciliée avec l'Église, puis avait rompu ses relations avec ce sceptique notoire, M. de Voltaire. Il se rappela cette nuit terrible où l'abominable Lord Canterville avait été trouvé étouffant dans son cabinet de toilette, le valet de carreau fiché à mi-chemin dans la gorge, et où il avait avoué, juste avant de mourir, qu'il avait gagné à Charles James Fox, chez Crockford [2], en trichant, cinquante mille livres au moyen de cette même carte, puis avait juré que le fantôme la lui avait fait avaler. Tous ses grands triomphes lui revinrent en mémoire, depuis le maître d'hôtel qui s'était tué d'un coup de pistolet dans l'office parce qu'il avait vu une main verte frappant au carreau, jusqu'à la belle Lady Stutfield qui fut toujours contrainte de porter un ruban de velours noir autour de la gorge pour cacher la brûlure de cinq doigts sur sa peau blanche, et qui finit par se noyer dans l'étang aux carpes à l'extrémité de l'allée du roi. Avec l'égotisme enthousiaste du véritable artiste, il passa en revue ses exploits les plus célèbres et eut un sourire amer à son adresse en se remémorant sa dernière apparition comme « Ruben le Rouge », ou le « Nourrisson étranglé », son

---

1. Sir William Gull (1816-1890), médecin et clinicien anglais de renom.
2. Charles James Fox (1749-1806), homme politique et brillant orateur anglais ; Crockford était le nom d'une maison de jeu, ouverte en 1827 à Londres, soit dix-neuf ans après la mort de Fox !

début comme « Gédéon le Jaune, le suceur de sang de Bexley Moor », et le succès prodigieux qu'il avait obtenu, par une splendide soirée de juillet, simplement en jouant aux quilles avec ses propres ossements sur le court de tennis gazonné. Et après tout cela, quelques misérables Américains modernes devaient venir lui offrir le lubrifiant Soleil levant et lui lancer des oreillers à la tête ! C'était absolument intolérable. D'ailleurs, aucun fantôme de l'histoire n'avait jamais été traité ainsi. Aussi résolut-il de se venger, et il demeura jusqu'au jour dans une attitude de méditation profonde.

III

Le lendemain matin, quand les membres de la famille Otis se retrouvèrent au petit déjeuner, ils parlèrent assez longuement du fantôme. Le ministre des États-Unis fut naturellement un peu contrarié de constater que son cadeau n'avait pas été accepté. « Je ne désire pas faire au fantôme une injure personnelle ; et je dois avouer qu'étant donné le temps qu'il a passé dans la maison, j'estime qu'il n'est pas du tout poli de lui lancer des oreillers. » Remarque fort juste, que les jumeaux, je regrette d'avoir à le dire, accueillirent avec des éclats de rire. « D'autre part, reprit-il, s'il refuse véritablement de se servir du lubrifiant Soleil levant, il faudra que nous lui enlevions ses chaînes. Il serait absolument impossible de dormir, avec un tel bruit dans le couloir. »

Pendant le reste de la semaine, toutefois, ils ne furent plus dérangés, la seule chose qui suscitât quelque attention étant le renouvellement constant de la tache de sang sur le parquet de la bibliothèque. C'était une chose très étrange, car la porte était toujours fermée à clef, le soir, par Mr. Otis, et les fenêtres étaient tenues soigneusement closes. La couleur changeante de la tache suscita, aussi, beaucoup de commentaires. Certains jours, au matin, elle était d'un rouge sombre (presque indien) ; puis elle était de teinte vermillon, devenait d'un pourpre généreux, et un jour qu'ils étaient descendus pour la prière familiale, selon les rites simples de la Libre Église américaine épiscopalienne réformée[1], ils la trouvèrent d'un éclatant vert émeraude. Ces changements kaléidoscopiques amusèrent naturellement beaucoup toute la bande, et les paris étaient librement ouverts, à ce sujet, tous les soirs. La seule personne qui ne participât point à la plaisanterie était la petite Virginia, qui, pour quelque raison inexpliquée, était toujours passablement contrariée à la vue de la tache de sang, et qui faillit pleurer le jour où elle était vert émeraude.

La seconde apparition du fantôme eut lieu le dimanche soir. Peu après être allés se coucher, ils furent soudain alarmés par un fracas épouvantable dans le vestibule. Étant redescendus précipitamment, ils constatèrent qu'une énorme armure ancienne s'était détachée de son socle et était tombée sur le dallage, tandis qu'assis dans un fauteuil à haut dossier, le fantôme des Canterville se frottait les genoux, le visage empreint d'une expression de souffrance immense. Les jumeaux, qui avaient emporté leurs sarbacanes, lui décochèrent immédiatement deux boulettes, avec cette précision dans le pointage qui ne peut être obtenue que par une pratique longue et attentive sur son professeur — cependant que le ministre des États-Unis le menaçait de son revolver et le sommait, conformément à l'étiquette californienne, de lever les mains ! Le fantôme se dressa d'un sursaut, avec un hurlement sauvage de colère, et passa au travers d'eux comme une brume, éteignant au passage la bougie de Washington Otis, ce qui les laissa tous dans l'obscurité complète. Lorsqu'il arriva au haut de l'escalier, il reprit ses esprits et résolut de lancer son célèbre éclat de rire démoniaque. Il l'avait, en plus d'une circonstance, trouvé extrêmement utile. On dit que ce rire avait, en une seule nuit, rendu blanche la perruque de Lord Raker[2], et il avait certainement été cause que trois des institutri-

1. Église anglicane implantée dans les pays anglophones. Son nom provient du fait qu'elle a conservé la hiérarchie des évêques (par opposition à l'église presbytérienne) bien qu'elle ne reconnaisse pas l'autorité du pape.
2. Dans *L'Importance d'être constant* (acte I), ce sont les cheveux de Lady Harbury qui, de chagrin, à la suite de la mort de son époux, « sont devenus entièrement blonds » !

ces françaises de Lady Canterville avaient donné congé avant d'avoir terminé leur premier mois. Il lança donc son rire le plus horrible, tant que le vieux toit voûté en retentit tout entier ; mais à peine le dernier éclat se fut-il amorti qu'une porte s'ouvrit et que Mrs. Otis sortit de sa chambre, vêtue d'un peignoir bleu ciel. « Votre santé me paraît vraiment laisser à désirer, dit-elle ; je vous ai apporté un flacon de teinture du Dr Dobell. Si c'est une indigestion, vous constaterez que c'est un remède tout à fait excellent. » Le fantôme lui lança des regards furieux, et se prépara à se transformer en un gros chien noir, prouesse qui lui avait valu une juste renommée et à laquelle le médecin de la famille avait toujours attribué l'idiotie permanente de l'oncle de Lord Canterville, l'Honorable Thomas Horton. Toutefois, un bruit de pas se rapprochant le fit hésiter dans son dessein féroce, et il se contenta de devenir légèrement phosphorescent puis disparut avec un profond gémissement lugubre, juste au moment où les jumeaux l'avaient rejoint.

En arrivant à sa chambre, il perdit totalement contenance et devint la proie de l'agitation la plus violente. La vulgarité des jumeaux et le matérialisme grossier de Mrs. Otis étaient, bien entendu, extrêmement désagréables ; mais ce qui, à dire vrai, le contrariait le plus, c'est qu'il avait été incapable de revêtir l'armure. Il avait espéré que même des Américains modernes frémiraient à la vue d'un spectre en armure, ne serait-ce, à défaut de raison plus sensée, que par respect pour leur poète national Longfellow[1], dont la gracieuse et charmante poésie lui avait permis de passer le temps, pendant que les Canterville étaient à Londres. D'ailleurs, c'était sa propre armure. Il l'avait portée avec beaucoup de succès au tournoi de Kenilworth, et elle lui avait valu les compliments les plus vifs de la Reine vierge elle-même[2]. Pourtant, quand il l'avait mise, il avait été complè-

---

1. Allusion à « The Skeleton in Armour », poème de Henry Wadsworth Longfellow (1807-1882), que Wilde avait rencontré lors de son séjour aux États-Unis en 1882. **2.** Élisabeth Ire (1558-1603), ainsi surnommée parce que, bien qu'elle eût des amants (le comte d'Essex, par exemple), elle ne se maria jamais. C'est en son honneur que l'État américain de Virginie fut ainsi baptisé.

tement écrasé par le poids de l'énorme cuirasse et du casque d'acier, puis était tombé lourdement sur le sol dallé, s'écorchant sérieusement les deux genoux et se meurtrissant les jointures de la main droite.

Durant quelques jours après ces événements il fut extrêmement malade, et il ne quitta sa chambre que pour assurer l'entretien de la tache de sang. Cependant, à force de soins, il guérit et résolut de faire une troisième tentative en vue d'effrayer le ministre des États-Unis et sa famille. Il choisit le vendredi 17 août pour effectuer son apparition, et employa la majeure partie de cette journée à passer en revue sa garde-robe, se décidant finalement pour un grand chapeau mou avec une plume rouge, un linceul plissé aux poignets et au col, et un poignard rouillé. Vers le soir, il y eut une pluie violente ; le vent était tellement fort que toutes les fenêtres et les portes de la vieille maison en tremblaient et claquaient. En fait, c'était le temps qu'il aimait. Voici quel était son plan de campagne. Il devait se rendre sans bruit dans la chambre de Washington Otis, lui baragouiner quelque chose d'inintelligible du pied du lit, et s'enfoncer par trois fois le poignard dans la gorge aux sons d'une musique lente. Il en voulait tout particulièrement à Washington, car il savait fort bien que c'était lui qui avait l'habitude d'effacer la célèbre tache de sang des Canterville, au moyen du super-détergent Pinkerton. Ayant ainsi amené le jouvenceau téméraire et imprudent à un état de terreur abjecte, il devait alors se rendre dans la chambre occupée par le ministre des États-Unis et sa femme, et là, poser une main moite sur le front de Mrs. Otis, cependant qu'il susurrerait avec un sifflement, à l'oreille de son mari, les secrets effroyables du charnier. En ce qui concerne la petite Virginia, il ne s'était pas entièrement décidé. Elle ne l'avait jamais insulté d'aucune façon, et elle était jolie et douce. Quelques gémissements sourds issus de la penderie, pensait-il, seraient largement suffisants, et si cela ne réussissait pas à la réveiller, il pourrait tirer le couvre-lit avec des gestes saccadés. Quant aux jumeaux, il était absolument décidé à leur donner une leçon. La première chose à faire c'était, bien entendu, de s'asseoir sur leur poitrine, de façon à produire la sensation étouffante de cauchemar. Puis, comme leurs lits étaient tout près l'un de l'autre, se tenir debout entre les deux, sous la forme d'un cadavre vert et froid comme la glace, jusqu'à ce qu'ils fussent paralysés de peur ; enfin rejeter le linceul et ramper dans la pièce avec des ossements tout blanchis et un seul œil qu'il ferait rouler dans son orbite — tenant ainsi le rôle de « Marc le Muet, ou le Squelette du suicidé », rôle qui avait en plus d'une circonstance produit un effet sensationnel, et qu'il considérait comme valant largement le célèbre « Martin le Maniaque, ou le Mystère masqué ».

À dix heures et demie, il entendit la famille qui allait se coucher. Pendant quelque temps, il fut dérangé par des éclats de rire déchaînés des jumeaux qui, avec la gaieté insouciante des écoliers, s'amusaient manifestement avant de se retirer pour la nuit ; mais à onze heures et quart, tout était silencieux, et, aux douze coups de minuit, il se mit en route. La chouette battait des ailes contre les vitres, le corbeau croassait du haut du vieil if, et le vent tournait en gémissant autour de la maison comme une âme en peine ; mais la famille Otis dormait sans se douter du destin qui l'attendait, et, dominant de haut la pluie et le vent, il entendait le ronflement régulier du ministre des États-Unis. Il sortit furtivement de derrière le lambris, avec un sourire méchant aux coins de sa bouche cruelle et ridée, et la lune se voila la face sous un nuage tandis qu'il se glissait devant la grande fenêtre en saillie où ses armes, et celles de son épouse assassinée, étaient blasonnées en azur et or. Il poursuivit son chemin sans bruit, pareil à une ombre mauvaise, et l'obscurité elle-même semblait l'avoir en horreur tandis qu'il s'avançait. À un moment, il crut entendre quelque chose qui l'appelait, et il s'arrêta ; mais ce n'était que l'aboiement d'un chien de la ferme rouge, et il continua à marcher, en murmurant d'étranges jurons du XVIe siècle et brandissant à tout instant le poignard rouillé dans l'air de minuit. Enfin, il atteignit l'angle du couloir qui menait à la chambre de l'infortuné Washington. Un instant il s'y arrêta, cependant que le vent faisait voler ses longues boucles grises autour de sa tête et tordait en plis grotesques et fantastiques l'horreur sans nom du linceul du mort. Puis l'horloge sonna le quart, et il se dit que l'heure était venue. Il rit pour lui-même, et tourna le coin du couloir ; mais à peine l'eut-il fait, qu'il recula avec un gémissement pitoyable de terreur et cacha son visage blême dans ses longues mains osseuses. Juste en face de lui se dressait un fantôme horrible, immobile comme une statue de pierre et monstrueux comme le rêve d'un dément ! Sa tête était chauve et brunie, son visage, rond, gras et blanc ; un rire hideux semblait lui avoir tordu les traits en une grimace éternelle. Des yeux s'échappait une lumière écarlate, la bouche était un large puits de feu, et un vêtement hideux, pareil au sien, enveloppait de ses neiges silencieuses la forme titanesque. Sur sa poitrine était un écriteau portant une inscription étrange en caractères antiques, et cela ressemblait à une banderole de honte, au rappel d'horribles fautes, à une liste de crimes effroyables et, dans sa main droite, l'apparition brandissait un glaive d'acier brillant.

N'ayant encore jamais vu de fantôme, il fut naturellement fort épouvanté et, après un second coup d'œil lancé en hâte au spectre effrayant, il s'enfuit puis regagna sa chambre, se prenant les jambes dans son long linceul pendant qu'il dévalait le long du couloir, et laissant tomber, en fin de compte, le poignard rouillé dans les bottes du ministre, où il fut retrouvé le lendemain matin par le maître d'hôtel. Une fois dans l'intimité de son appartement, il se jeta sur un petit grabat et enfouit son visage sous les draps. Au bout de quelque temps, toutefois, le vieux courage des Canterville reprit ses droits, et il résolut d'aller parler à l'autre fantôme dès qu'il ferait jour. Aussi, dès que l'aube eut commencé d'argenter les collines, il retourna vers l'endroit où il avait d'abord aperçu le spectre menaçant, ayant le sentiment qu'après tout deux spectres valaient mieux qu'un seul, et que, grâce à l'aide de son nouvel ami, il pourrait en toute sécurité se colleter avec les jumeaux. En y arrivant, cependant, un spectacle terrible s'offrit à sa vue. Quelque chose était arrivé au fantôme, car la lumière s'était totalement évanouie de ses yeux creux, le glaive luisant était tombé de sa main, et il s'appuyait au mur dans une attitude raide et incommode. Il s'élança en avant et le saisit dans ses bras, lorsque, à son horreur, la tête se détacha et roula à terre, le corps se coucha, et il s'aperçut qu'il étreignait un rideau de lit en coton blanc, tandis qu'un balai, un hachoir de cuisine et un navet creux étaient étendus à ses pieds ! Incapable de comprendre cette transformation curieuse, il agrippa le placard avec une hâte fébrile, et il y lut, à la lumière grisaillante et matinale, ces mots effrayants :

Fantôme Otis
Seul spectre véritable et original
Méfiez-vous des contrefaçons,
Tous les autres sont faux.

Comme un éclair, la vérité se fit jour dans son esprit. On s'était moqué de lui, il avait été joué, floué ! La vieille expression des Canterville passa dans ses yeux ; il serra ses mâchoires édentées et, levant ses mains flétries bien au-dessus de sa tête, il jura, selon la phraséologie pittoresque de la vieille école, que quand Chantecler[1] aurait fait retentir par deux fois son cor joyeux, l'action sanglante s'accomplirait et le Meurtre se mettrait en chemin, de ses pieds silencieux.

À peine eut-il terminé ce serment effroyable que, du haut du toit aux tuiles rouges d'une ferme lointaine, un coq chanta. Il partit d'un long rire, bas et amer, et attendit. D'heure en heure, il prolongea son attente ; mais le coq, pour quelque raison étrange, ne chanta plus. Enfin, à sept heures et demie, l'arrivée des servantes le contraignit à abandonner son effrayante veille, et il regagna doucement sa chambre, songeant à son vain espoir

1. Nom du coq dans le *Roman de Renart* (fin XIIe-début XIIIe siècle) et dans « Le Conte du prêtre de nonnains » (« The Nonnes Priestes Tale ») dans les *Contes de Cantorbéry* de Chaucer (1340-1400). Edmond Rostand écrivit une pièce de théâtre intitulée *Chantecler* (dont le héros est le coq) en 1910.

et à son dessein contrecarré. Là, il consulta plusieurs livres de chevalerie ancienne, qu'il affectionnait beaucoup, et constata que, chaque fois qu'on avait fait usage de son serment, Chantecler avait toujours chanté une seconde fois. « Que le diable emporte le maudit volatile, murmura-t-il. À l'époque, je l'aurais embroché avec ma forte lance et je l'aurais fait chanter pour moi jusque dans la mort. » Il se retira alors dans un confortable cercueil de plomb, où il demeura jusqu'au soir.

IV

Le lendemain, le spectre se sentit très faible et fatigué. La surexcitation terrible des quatre dernières semaines commençait à porter ses fruits. Ses nerfs étaient complètement à vif et il sursautait au moindre bruit. Durant cinq jours, il garda la chambre, et se décida enfin à abandonner la question de la tache de sang sur le parquet de la bibliothèque. Puisque la famille Otis n'en voulait pas, c'est que manifestement elle ne la méritait point. C'étaient évidemment des matérialistes, habitués à un monde vulgairement positif et tout à fait incapables d'apprécier la valeur symbolique des phénomènes sensibles. La question des apparitions de fantômes et du développement des corps astraux était, bien entendu, une chose toute différente, et qu'il ne contrôlait pas du tout. Il était de son devoir solennel d'apparaître dans le couloir une fois par semaine et de lancer des cris inarticulés, du fond de la grande fenêtre en saillie, le premier et le troisième mercredi de chaque mois ; et il ne voyait pas comment il pourrait se dérober honorablement à ses obligations. Il est exact que sa vie avait été fort mauvaise, mais, d'autre part, il était très consciencieux pour tout ce qui touche au surnaturel. Aussi traversa-t-il le couloir, chacun des trois samedis suivants, comme d'habitude, entre minuit et trois heures, en prenant toutes les précautions possibles pour n'être ni vu ni entendu. Il ôta ses bottes, posa les pieds aussi légèrement que possible sur les vieilles lames de parquet vermoulues, s'enveloppa d'un vaste manteau de velours noir, et prit soin de se servir du lubrifiant Soleil levant pour huiler ses chaînes. Je dois avouer que c'est avec beaucoup de difficultés qu'il se décida à adopter ce dernier mode de protection. Un soir, cependant, tandis que la famille était en train de dîner, il se glissa dans la chambre de Mr. Otis et emporta le flacon. Il se sentit d'abord un peu humilié, mais, par la suite, il fut assez avisé pour se rendre compte que cette invention n'était pas sans présenter de grands avantages et, dans une certaine mesure, elle fut utile à son dessein. Malgré tout, cependant, on ne le laissa pas en paix. Des ficelles étaient continuellement tendues en travers du couloir, sur lesquelles il trébuchait dans l'obscurité. Et un jour, alors qu'il s'était vêtu pour le rôle d'« Isaac le Noir, ou le Chasseur des bois de Hogley », il fit une chute grave, pour avoir marché sur une pente savonnée que les jumeaux avaient installée de l'entrée de la chambre aux tapisseries jusqu'au sommet de l'escalier de chêne. Cette dernière insulte le mit dans une rage telle, qu'il résolut de rétablir sa dignité ; et il se décida à rendre visite aux jeunes Etoniens insolents la nuit suivante, dans son rôle célèbre de « Théobald le Téméraire, ou le Comte sans tête ».

Il y avait plus de soixante-dix ans qu'il n'avait paru sous ce déguisement, exactement depuis qu'il avait, par ce moyen, tellement effrayé la jolie Lady Barbara Modish, qu'elle avait soudain rompu ses fiançailles avec le grand-père de l'actuel Lord Canterville, pour s'enfuir à Gretna Green [1] avec le beau Jack Castleton, déclarant que rien au monde ne l'inciterait à s'allier à une famille qui permettait à un fantôme aussi horrible de déambuler sur la terrasse, au crépuscule. Le pauvre Jack fut plus tard tué en duel, d'un coup de pistolet, par Lord Canter-

1. Gretna Green, village écossais, situé à environ un kilomètre de la frontière avec l'Angleterre. C'est là que se mariaient les jeunes gens contre l'assentiment de leurs parents, la loi écossaise d'alors considérant comme valide un mariage simplement déclaré devant témoins. C'était le forgeron du village qui se chargeait de la cérémonie. Ces pratiques furent déclarées illégales en 1940.

ville, sur le pré communal de Wandsworth, et Lady Barbara mourut de chagrin à Tunbridge Wells[1] avant que l'année ne fût écoulée : cela avait donc été, à tout point de vue, un grand succès. Toutefois, ce rôle nécessitait un maquillage extrêmement difficile, s'il m'est permis d'employer une telle expression théâtrale à propos de l'un des plus grands mystères du surnaturel, ou, pour faire usage d'un terme plus scientifique, du monde supranaturel ; et il lui fallut largement trois heures pour faire ses préparatifs. Enfin tout fut prêt, et il fut très content de son aspect. Les grosses bottes de cheval en cuir qui convenaient au costume étaient bien un tantinet trop grandes pour lui, et il ne put trouver que l'un des deux pistolets d'arçon ; mais, dans l'ensemble, il fut pleinement satisfait, et, à une heure et quart, il se glissa hors de la boiserie, puis descendit tout doucement le couloir. En arrivant à la chambre occupée par les jumeaux — nommée, je dois le dire, chambre bleue, en raison de la couleur de ses tentures —, il trouva la porte entrebâillée. Désirant faire une entrée marquante, il l'ouvrit toute grande, lorsqu'un lourd seau d'eau tomba en plein sur lui, le trempant jusqu'aux os et manquant, de quelques centimètres seulement, son épaule gauche. Au même instant, il entendit des éclats de rire étouffés provenant du lit à colonnes. Le choc qu'en ressentit son système nerveux fut si grand qu'il s'enfuit dans sa chambre à toutes jambes, et le lendemain il fut immobilisé par un gros rhume. La seule chose qui le consolât, dans toute l'affaire, c'est le fait qu'il n'eût pas emporté sa tête, car s'il l'avait eue les conséquences auraient pu être très graves.

Il renonça dès lors à tout espoir d'effrayer jamais cette grossière famille américaine, et se contenta, en général, de rôder le long des couloirs, chaussé de pantoufles, avec un épais cache-nez rouge autour de la gorge, de peur des courants d'air, et une petite arquebuse, pour le cas où il serait attaqué par les jumeaux. Le coup final qu'il reçut se produisit le 19 septembre.

---

1. Wandsworth : « borough » de Londres, situé au sud de la Tamise. Tunbridge Wells (ou Royal Tunbridge Wells) : ville résidentielle très élégante sise dans le Kent.

Il était descendu dans l'entrée, se sentant assuré que là, du moins, il ne serait pas agressé, et s'amusait à faire des réflexions satiriques sur les grandes photographies, par Saroni [1], du ministre des États-Unis et de sa femme, qui avaient à présent pris la place des portraits de famille des Canterville. Il était vêtu simplement mais proprement d'un linceul, souillé par la terre de cimetière ; il s'était attaché la mâchoire avec une bande de linge jaune, et portait une petite lanterne et une pelle de fossoyeur. Au vrai, il était costumé pour le rôle de « Jonas sans tombe, ou le Voleur de cadavres de Chertsey Barn », une de ses créations les plus remarquables, et l'une de celles dont les Canterville avaient toutes les raisons de se souvenir, car c'était là l'origine véritable de leur querelle avec leur voisin, Lord Rufford. Il était environ deux heures et quart du matin, et, pour autant qu'il pouvait s'en rendre compte, nul ne remuait. Cependant, tandis qu'il se dirigeait lentement vers la bibliothèque pour voir s'il restait quelques traces de la tache de sang, deux formes bondirent tout à coup sur lui du fond d'un coin sombre, agitant violemment les bras au-dessus de la tête et lui hurlant « Hou ! » à l'oreille.

Saisi de panique, ce qui, vu les circonstances, était bien naturel, il se précipita dans l'escalier, mais trouva Washington Otis qui l'y attendait, muni de la pompe du jardin ; se trouvant ainsi encerclé de toutes parts par ses ennemis, et presque aux abois, il disparut dans le gros poêle de fonte qui, heureusement pour lui, n'était pas allumé, et il fut obligé de rentrer chez lui par les conduits et les cheminées, arrivant dans sa chambre dans un état affreux de saleté, de désordre et de désespoir.

Après cela, on ne le vit plus en expédition nocturne. Les jumeaux se tinrent en embuscade à plusieurs reprises pour le surprendre et parsemèrent les couloirs de coques de noix tous les soirs, à la grande gêne de leurs parents et des domestiques ;

1. Napoleon Sarony et non, comme l'écrit Wilde, Saroni (1821-1896) : photographe d'origine canadienne, très connu pour ses photos d'acteurs et d'actrices ; il fit une vingtaine de portraits photographiques de Wilde au début et à la fin de la tournée américaine de l'écrivain en 1882.

mais ce fut en vain. Il était bien manifeste qu'il se sentait tellement blessé dans ses sentiments, qu'il refusait de paraître. Mr. Otis, en conséquence, se remit à son important travail sur l'histoire du parti démocrate, auquel il se consacrait depuis plusieurs années ; Mrs. Otis organisa un merveilleux déjeuner de fruits de mer, qui emplit de stupéfaction tout le comté ; les gamins s'adonnèrent à des parties de lacrosse, d'euchre, de poker, et autres jeux nationaux américains [1] ; et Virginia parcourut les chemins sur son poney, accompagnée par le jeune duc de Cheshire, qui était venu passer la dernière semaine de ses vacances à Canterville Chase. Il fut généralement admis que le fantôme était parti et Mr. Otis écrivit une lettre à cet effet à Lord Canterville, qui, en réponse, exprima la grande satisfaction que lui causait cette nouvelle, puis adressa toutes ses félicitations à la digne épouse du ministre.

Les Otis, cependant, se trompaient, car le fantôme était toujours dans la maison ; et bien qu'il fût maintenant presque invalide, il n'était nullement disposé à en rester là, tout spécialement parce qu'il avait appris que, parmi les invités, se trouvait le jeune duc de Cheshire, dont le grand-oncle, Lord Francis Stilton, avait un jour parié cent guinées [2] avec le colonel Carbury qu'il ferait une partie de dés avec le fantôme des Canterville, et que l'on retrouva le lendemain matin étendu sur le parquet de la salle de jeu, dans un tel état d'impotence paralytique que, bien qu'il vécût jusqu'à un âge avancé, il ne fut plus capable de dire autre chose que « double-six ». L'histoire s'ébruita à l'époque, bien que, naturellement, par respect envers les deux familles, on eût fait tout son possible pour l'étouffer ; et l'on trouvera un récit détaillé de tous les événements qui s'y rattachent dans le troisième volume des *Souvenirs du Prince Régent et de ses amis*, de Lord Tattle. Le fantôme était donc naturellement très désireux de montrer qu'il n'avait pas perdu son influence sur les Stilton, avec qui, en vérité, il

1. Lacrosse : jeu de raquettes (d'origine indienne) opposant sur un terrain en plein air deux équipes de dix joueurs. Le poker et l'euchre sont deux jeux de cartes. 2. Voir « Le Crime de Lord Arthur Savile », note 1, p. 313.

était apparenté de loin, sa propre cousine germaine ayant épousé en secondes noces le sieur de Bulkeley, de qui, comme chacun sait, descend toute la lignée des ducs de Cheshire. Aussi, prit-il ses dispositions pour apparaître devant le petit amoureux de Virginia sous la forme de sa célèbre création : « Le Moine vampire, ou le Bénédictin blafard » — vision tellement horrible que lorsque la vieille Lady Startup en fut témoin, ce qui arriva un soir fatal de la Saint-Sylvestre, en l'an 1764, elle se mit à pousser des cris perçants, qui se terminèrent par une apoplexie violente ; si bien qu'elle mourut au bout de trois jours, après avoir déshérité les Canterville, qui étaient ses parents les plus proches, et laissé tout son argent à son pharmacien de Londres... Au dernier moment, toutefois, la terreur que lui inspiraient les jumeaux l'empêcha de quitter sa chambre, et le petit duc dormit en paix sous le grand baldaquin emplumé de la chambre royale, et rêva de Virginia.

V

Quelques jours après ces événements, Virginia et son cavalier aux cheveux bouclés se promenèrent à cheval par les prés de Brockley, où elle déchira tellement ses vêtements en traversant une haie qu'elle résolut, en rentrant, de monter par l'escalier dérobé afin qu'on ne la vît pas. Comme elle passait en courant devant la chambre aux tapisseries, dont la porte se trouvait être ouverte, elle pensa voir quelqu'un dans la pièce, et, croyant que c'était la femme de chambre de sa mère, qui s'y installait parfois avec son ouvrage, elle y entra pour lui demander de faire une reprise à sa jupe. Mais, à son immense surprise, c'était le spectre des Canterville en personne ! Il était assis à la fenêtre, contemplant l'or pâlissant des arbres qui flottait dans l'air et les feuilles rouges qui dansaient follement dans la longue allée. Sa tête était appuyée contre sa main, et toute son attitude exprimait une dépression extrême. Il avait l'air si abandonné et en si piteux état, que la petite Virginia, dont la première pensée avait été de s'enfuir et de s'enfermer à clef dans sa chambre, fut remplie de pitié et résolut d'essayer de le réconforter. Sa démarche était si légère, et si profonde la mélancolie du fantôme, qu'il ne s'aperçut pas de sa présence avant qu'elle ne lui eût parlé.

« Je suis désolée pour vous, dit-elle, mes frères rentrent demain à Eton et alors, si vous vous conduisez bien, personne ne vous ennuiera.

— Il est absurde de me demander de me bien conduire, répondit-il, se retournant vers la jolie fillette qui avait osé lui adresser la parole. Absolument absurde. Il faut que je secoue mes chaînes, et que je gémisse à travers les trous des serrures, et que j'erre pendant la nuit, si c'est là ce que vous voulez dire. C'est ma seule raison d'être.

— Ce n'est pas une raison d'être, et vous savez que vous avez été très méchant. Mrs. Umney nous a dit, le jour même de notre arrivée, que vous aviez tué votre femme.

— Oh ! je le reconnais volontiers, dit le spectre d'un ton pétulant, mais c'était là une pure affaire de famille, qui ne regardait personne d'autre.

— C'est très mal de tuer qui que ce soit, dit Virginia, qui avait par moments une charmante gravité, héritée de quelque vieil ancêtre de la Nouvelle-Angleterre.

— Oh ! je déteste la sévérité facile de l'éthique abstraite ! Ma femme était très laide, elle ne faisait jamais empeser convenablement les fraises de ma collerette et ne connaissait rien en cuisine[1]. Voyons ! Je me souviens d'un daim que j'avais abattu dans les bois de Hogley, magnifique, et savez-vous comment elle l'a fait servir sur la table ? Enfin, peu importe, à présent, car tout cela est passé ; et je ne crois pas que cela ait été bien gentil de la part de ses frères de me faire mourir de faim, quand bien même je l'aurais tuée.

— Mourir de faim ? Oh ! monsieur le fantôme — je veux

---

1. Ce thème (tuer pour une raison futile) revient dans « Plume, pinceaux, poison » (*Intentions*) : Wainewright assassine une femme qui a le tort d'avoir de grosses chevilles.

dire, Sir Simon —, avez-vous faim ? J'ai un sandwich dans mon sac. Le voulez-vous ?

— Non, merci. Je ne mange jamais rien, à présent ; mais c'est bien aimable à vous, néanmoins, et vous êtes beaucoup plus gentille que le reste de votre affreuse famille, grossière, vulgaire, et malhonnête !

— Assez ! s'écria Virginia, frappant du pied le parquet. C'est vous qui êtes grossier, affreux et vulgaire ; et quant à la malhonnêteté, vous savez très bien que vous avez volé les couleurs dans ma boîte pour essayer de raviver cette ridicule tache de sang dans la bibliothèque. Vous avez commencé par prendre tous mes rouges, y compris le vermillon, et je n'ai plus pu faire de couchers de soleil ; puis vous avez pris le vert émeraude et le jaune de chrome, et finalement il ne m'est plus rien resté que l'indigo et le blanc de Chine, si bien que je n'ai pu faire rien d'autre que des clairs de lune, qui sont toujours déprimants à regarder et ne sont pas faciles du tout à peindre. Je ne vous ai jamais dénoncé, bien que j'aie été très ennuyée, et tout l'ensemble a été très ridicule : car qui a jamais entendu parler de sang vert émeraude ?

— Ma foi, en somme, dit le fantôme, d'un ton assez soumis, que pouvais-je faire ? C'est une chose difficile que de se procurer du sang, à notre époque, et puisque votre frère est à l'origine de toute l'affaire avec son super-détergent, je n'ai vu aucune raison de ne pas m'approprier vos couleurs. Quant à la teinte, c'est une affaire de goût : les Canterville ont du sang bleu, par exemple — le plus bleu qui soit en Angleterre ; mais je sais que, vous autres Américains, vous ne vous intéressez pas aux choses de ce genre.

— Vous n'en savez absolument rien, et ce que vous auriez de mieux à faire, ce serait d'émigrer pour vous cultiver l'esprit. Mon père ne sera que trop heureux de vous faire entrer librement, et bien qu'il y ait des droits élevés sur les spiritueux de toute nature, il n'y aura pas de difficulté à la douane, les fonctionnaires y sont tous démocrates. Une fois à New York, vous aurez certainement beaucoup de succès. Je connais des tas de gens qui donneraient cent mille dollars pour avoir un grand-père, et bien plus encore pour avoir un fantôme de famille.

— Je crois que cela ne me plairait pas, l'Amérique.

— Sans doute parce que nous n'avons pas de ruines ni de curiosités, dit Virginia d'un ton satirique.

— Pas de ruines ? Pas de curiosités ? répondit le spectre. Vous avez votre marine et vos façons [1].

— Bonsoir. Je vais aller demander à papa d'obtenir pour les jumeaux huit jours de congé supplémentaire.

— Je vous en prie, ne partez pas, mademoiselle Virginia ! s'écria-t-il. Je suis si solitaire et si malheureux — et je ne sais vraiment que faire ! Je voudrais m'endormir, et je ne le puis pas.

— C'est complètement absurde ! Vous n'avez tout simplement qu'à vous mettre au lit et à souffler la bougie. Il est très difficile, parfois, de rester éveillé, en particulier à l'église, mais il n'y a absolument aucune difficulté à s'endormir. Voyons, les bébés eux-mêmes savent faire cela, et ils ne sont pas très malins.

— Il y a trois cents ans que je n'ai pas dormi », dit-il tristement. Et les beaux yeux bleus de Virginia s'ouvrirent, pleins d'étonnement. « Oui, je n'ai pas dormi depuis trois cents ans, et je suis si fatigué ! »

Virginia devint toute grave, et ses petites lèvres frémirent, pareilles à des pétales de rose. Elle s'approcha de lui et, s'agenouillant tout contre lui, leva les yeux sur son vieux visage flétri.

---

1. Wilde reprend cette plaisanterie dans *Une femme sans importance* (acte II) :

« *Lady Caroline* : J'ai entendu dire, Miss Worsley, qu'il y a un grand nombre de choses que vous n'avez pas en Amérique. Il paraît que vous n'avez ni ruines ni curiosités.

Mrs. Allonby : Sottises ! Ils ont leurs mères et leurs façons.

Hester Worsley : L'aristocratie britannique nous fournit nos curiosités, Lady Caroline. Elles nous arrivent régulièrement chaque été par bateaux, et nous demandent en mariage juste après avoir débarqué ! »

« Pauvre, pauvre fantôme, murmura-t-elle ; n'avez-vous nul endroit où vous puissiez dormir ?

— Loin, là-bas, au-delà des bois de pins, répondit-il, d'une voix basse et rêveuse, il y a un petit jardin. L'herbe y croît, longue et drue ; il y a là les grosses étoiles blanches de la fleur de ciguë, et le rossignol y chante toute la nuit. Toute la nuit, il chante, et la lune froide et cristalline y pose ses regards ; et l'if étend ses bras géants au-dessus des dormeurs[1]. »

Les yeux de Virginia s'embuèrent de larmes, et elle se cacha la tête dans les mains.

« Vous voulez dire le jardin de la Mort, chuchota-t-elle.

— Oui, la Mort. La Mort doit être belle ! Reposer dans la terre molle et brune, tandis que les herbes ondulent au-dessus de votre tête, et écouter le silence. N'avoir pas d'hier et pas de demain. Oublier le temps, pardonner la vie, être en paix. Vous pouvez m'aider. Vous pouvez m'ouvrir le portail de la maison de la Mort, car l'Amour est toujours avec vous, et l'Amour est plus fort que la Mort[2]. »

Virginia se mit à trembler ; elle fut parcourue d'un frisson glacial, et pendant quelques instants il y eut un silence. Elle avait l'impression d'être au milieu d'un rêve terrible.

Puis le fantôme se remit à parler, et sa voix ressemblait aux soupirs du vent :

« Avez-vous lu la vieille prophétie sur la fenêtre de la bibliothèque ?

— Oh ! souvent ! s'écria la fillette, levant les yeux, je la connais très bien. Elle est peinte en drôles de lettres noires, et elle est difficile à lire. Il n'y a que six vers :

Quand la fille aux cheveux d'or aura arraché
Les mots d'une prière aux lèvres du péché,
Quand l'amandier stérile aura repris ses charmes,

---

1. La ciguë, plante très toxique, est traditionnellement associée à la mort (Socrate s'empoisonna à la ciguë). Le rossignol est un symbole romantique associé à l'art et à l'oubli. **2.** Voir Cantique des Cantiques, 8, 6 : « L'Amour est fort comme la Mort. »

Et qu'un petit enfant aura donné ses larmes,
Alors, cette maison redeviendra tranquille
Et la paix reviendra sur les Canterville.

« Mais je ne sais pas ce qu'ils signifient.

— Ils signifient, dit-il tristement, qu'il faut que vous pleuriez avec moi mes péchés parce que je n'ai point de larmes, et que vous priiez avec moi pour mon âme parce que je n'ai point de foi, et alors, si vous avez toujours été douce, sage et gentille, l'ange de la Mort aura pitié de moi. Vous verrez des formes effrayantes dans l'obscurité, et des voix mauvaises vous parleront à l'oreille ; mais elles ne vous feront pas de mal, car contre la pureté d'un petit enfant, les puissances de l'enfer ne peuvent rien. »

Virginia ne répondit rien, et le spectre se tordit les mains en désespoir farouche tandis qu'il abaissait son regard sur la tête penchée et dorée de la fillette. Tout à coup elle se redressa, toute pâle, avec une lueur étrange dans les yeux. « Je n'ai pas peur, dit-elle avec fermeté, et je demanderai à l'ange d'avoir pitié de vous. »

Il se leva de son siège avec un petit cri de joie, puis, lui prenant la main, se pencha sur elle avec une grâce d'un autre temps, et la baisa. Il avait les doigts froids comme de la glace et les lèvres brûlantes comme du feu, mais Virginia n'hésita pas, tandis qu'il lui faisait traverser la pièce tamisée d'ombre. Sur les tapisseries vertes et fanées, étaient brodés de petits chasseurs. Ils sonnaient de leurs cors garnis d'aiguillettes et, de leurs petites mains, lui faisaient signe de revenir. « Reviens, petite Virginia ! criaient-ils, reviens ! » Mais le fantôme lui agrippa la main plus étroitement, et elle ferma les yeux pour ne pas les voir. Des animaux horribles, à la queue de lézard et aux yeux globuleux, lui murmuraient de la cheminée sculptée, en lui faisant des clins d'œil : « Prends garde, petite Virginia, prends garde ! Il se peut que nous ne te revoyions plus jamais ! » Mais le fantôme accéléra sa marche sans heurt, et Virginia ne les écouta pas. Quand ils eurent atteint le fond de la pièce, il s'arrêta et murmura quelques mots qu'elle fut incapable de comprendre. Elle ouvrit les yeux et vit le mur qui s'évanouissait lentement comme une brume et, devant elle, une grande caverne noire. Un vent froid et mordant les enveloppa, et elle sentit quelque chose qui tirait sa robe. « Vite, vite, s'écria le fantôme, sinon il sera trop tard ! » Et, en un instant, la boiserie s'était refermée sur eux, et la chambre aux tapisseries était vide.

VI

Une dizaine de minutes plus tard, la cloche sonna pour le thé, et, comme Virginia ne descendait pas, Mrs. Otis envoya un des laquais la prévenir. Il revint au bout d'un moment, disant qu'il ne trouvait nulle part Miss Virginia. Comme elle avait l'habitude de sortir tous les soirs au jardin afin de cueillir des fleurs pour orner la table, au dîner, Mrs. Otis ne fut pas inquiète tout d'abord, mais lorsque six heures sonnèrent, sans que parût Virginia, elle fut vraiment inquiète et envoya les garçons à sa recherche, cependant qu'elle-même, avec Mr. Otis, fouillait chacune des pièces de la maison. À six heures et demie les garçons rentrèrent, disant qu'ils ne trouvaient nulle part trace de leur sœur. Ils étaient tous, à présent, dans un état de violente surexcitation et ne savaient que faire, lorsque Mr. Otis se rappela tout à coup qu'il avait, à quelques jours de là, autorisé une bande de Gitans à camper dans le parc. Aussi se mit-il immédiatement en route pour Blackfell Hollow, où il savait qu'ils se trouvaient, accompagné de son fils aîné et de deux des valets de ferme. Le petit duc de Cheshire, qui était absolument fou d'inquiétude, supplia instamment qu'on lui permît d'y aller, lui aussi ; mais Mr. Otis ne voulut pas l'y autoriser, car il craignait l'éventualité d'une bagarre. En arrivant sur les lieux, toutefois, il constata que les Gitans étaient partis, et il était manifeste que leur départ avait été assez soudain, car le feu était encore allumé et plusieurs assiettes jonchaient l'herbe. Ayant dépêché Washington et les deux hommes pour fouiller les environs, il se hâta de rentrer à la maison, et envoya des télégrammes à tous les inspecteurs de police de la région, leur disant de rechercher une fillette qui avait été enlevée par des vagabonds ou des Gitans. Il fit alors seller son cheval, et après avoir insisté pour que sa femme et les trois garçons se missent à table pour dîner, il s'éloigna le long de la route d'Ascot avec un palefrenier. À peine, cependant, eut-il parcouru deux ou trois kilomètres, qu'il entendit quelqu'un qui galopait derrière lui pour le rejoindre et, se retournant, il vit le petit duc qui arrivait sur son poney, le sang aux joues, et sans chapeau. « Je regrette vivement, Mr. Otis, haleta le gamin, mais il m'est impossible de dîner tant que Virginia est perdue. Je vous en supplie, ne me grondez pas ; si vous aviez autorisé nos fiançailles, l'an dernier, nous n'aurions jamais eu tout ce tracas. Vous n'allez pas me renvoyer, dites ? Je ne peux pas partir ! Je ne le veux pas ! »

Le ministre ne put s'empêcher de sourire en voyant le jeune et charmant garnement, et fut vivement touché du dévouement qu'il témoignait envers Virginia ; aussi, se penchant sur son cheval, lui tapota-t-il l'épaule avec bonté, et il dit : « Bon, Cecil, puisque vous ne voulez pas rentrer, je suppose qu'il faut que vous m'accompagniez ; mais il faut que je vous trouve un chapeau à Ascot.

— Oh ! peu importe mon chapeau ! C'est Virginia qu'il me faut ! » s'écria le petit duc en riant, et ils se dirigèrent au galop vers la gare du chemin de fer.

Mr. Otis s'y enquit auprès du chef de gare pour savoir si l'on n'avait pas vu, sur le quai, une personne répondant au signalement de Virginia ; mais il ne put en avoir aucune nouvelle. Toutefois, le chef de gare télégraphia sur toute la ligne et lui donna l'assurance qu'on exercerait une surveillance sérieuse pour la retrouver ; après avoir acheté un chapeau pour le petit duc, chez un drapier qui mettait les volets à sa devanture, Mr. Otis poursuivit sa route jusqu'à Bexley, village situé à quelque six kilomètres de là, et qui, lui dit-on, était un lieu de ralliement bien connu des Gitans, car il y avait un vaste pré communal tout proche. Là, ils firent lever l'agent de police local, mais ne purent lui tirer aucun renseignement, et, après avoir parcouru à cheval toute l'étendue du pré, ils firent prendre à leurs montures le chemin du retour, puis arrivèrent à Canterville Chase vers onze heures, recrus de fatigue et presque au désespoir. Ils trouvèrent Washington et les jumeaux qui les attendaient à la loge d'entrée, munis de lanternes, car l'avenue était très sombre. On n'avait découvert aucune trace de Virginia. Les Gitans avaient été rejoints dans les prairies de Brockley, mais elle n'était pas avec eux ; ils expliquèrent leur brusque départ en disant qu'ils s'étaient trompés sur la date de la foire de Chorton, et étaient partis précipitamment, de peur d'y arriver trop tard. Ils avaient même été très peinés d'apprendre la disparition de Virginia, car ils étaient reconnaissants à Mr. Otis de les avoir autorisés à camper dans son parc, et quatre d'entre eux étaient restés pour prendre part aux recherches. On avait dragué l'étang aux carpes, et tout le domaine avait été fouillé à fond, mais sans résultat. Il était évident que, pour cette nuit-là tout au moins, Virginia était perdue pour eux ; et c'est dans un état d'abattement des plus profonds que Mr. Otis et ses garçons se dirigèrent à pied vers la maison, suivis du palefrenier conduisant les deux chevaux et le poney. Dans l'entrée, ils trouvèrent un groupe de serviteurs effrayés et, étendue sur un canapé dans la bibliothèque, la pauvre Mrs. Otis, presque folle de terreur et d'inquiétude, se faisant poser sur le front des compresses d'eau de Cologne par la vieille gouvernante. Mr. Otis insista sur-le-champ pour qu'elle mangeât quelque chose et commanda qu'on servît à souper à tout le monde. Ce fut un repas mélancolique, car à peu près personne ne dit mot, et les jumeaux eux-mêmes étaient consternés et abattus, car ils aimaient beaucoup leur sœur. Lorsqu'ils eurent fini, Mr. Otis, en dépit des supplications du petit duc, leur ordonna à tous d'aller se coucher, disant qu'on ne pouvait rien faire de plus ce soir-là et qu'il télégraphierait dès le matin à Scotland Yard pour qu'on envoyât immédiatement un détective sur les lieux. Juste au moment où ils sortaient de la salle à manger, minuit commença à sonner au clocher, et lorsque retentit le dernier coup, ils entendirent un fracas et un cri perçant ; un coup de tonnerre épouvantable ébranla la maison, les sons d'une musique irréelle flottèrent dans l'air, un panneau au sommet de l'escalier s'enfonça brusquement dans le mur avec un bruit violent, et la petite Virginia, très pâle et toute blanche, sortit sur le palier, portant dans sa main une cassette. Dans l'instant, ils se précipitèrent tous sur elle. Mrs. Otis l'étreignit passionnément dans ses bras, le duc la couvrit de baisers violents, et les jumeaux exécutèrent une sauvage danse guerrière autour du groupe.

« Grand Dieu ! mon enfant, où étais-tu passée ? dit Mr. Otis, avec un peu de colère, croyant qu'elle leur avait fait une farce stupide. Cecil et moi, nous avons battu la campagne à ta recherche, et ta mère était morte de peur. Il ne faut plus jouer de tours semblables !

— Sauf au fantôme ! sauf au fantôme ! hurlèrent les jumeaux, tout en gambadant en tous sens.

— Ma chérie, Dieu soit loué, on t'a retrouvée ! Il ne faudra plus jamais me quitter, murmura Mrs. Otis, tandis qu'elle embrassait l'enfant tremblante et démêlait ses cheveux dorés.

— Papa, dit Virginia avec calme, j'étais avec le fantôme. Il est mort, et il faut que vous veniez le voir. Il avait été bien méchant, mais il a regretté sincèrement tout ce qu'il avait fait, et il m'a donné, avant de mourir, cette boîte de bijoux magnifiques. »

Toute la famille la dévisagea, muette de stupéfaction, mais elle était parfaitement grave et sérieuse ; puis, se retournant, elle les conduisit, par l'ouverture de la boiserie, le long d'un étroit couloir secret, Washington fermant la marche avec une bougie allumée qu'il avait prise sur la table. Ils arrivèrent finalement à une grande porte de chêne, garnie de clous rouillés. Quand Virginia la toucha, elle bascula sur ses gonds, et ils se trouvèrent dans une petite pièce basse, au plafond voûté, avec une fenêtre minuscule et munie de barreaux. Encastré dans le mur, il y avait un énorme anneau de fer, auquel était enchaîné un squelette, étendu de tout son long sur le sol de pierre, et qui paraissait essayer de saisir, de ses longs doigts décharnés, un plat et une cruche à eau de forme démodée, qui étaient placés juste hors de sa portée. La cruche avait évidemment été remplie d'eau, jadis, car elle était recouverte à l'intérieur d'une moisissure verte. Il n'y avait rien sur le plat, si ce n'est de la poussière amoncelée. Virginia s'agenouilla à côté du squelette et, joignant ses petites mains, se mit à prier silencieusement cependant que les autres contemplaient, saisis d'étonnement, la tragédie terrible dont le secret leur était à présent révélé.

« Tiens ! s'écria tout à coup l'un des jumeaux qui avait regardé par la fenêtre pour essayer de découvrir dans quelle aile de la maison la chambre était située. Tiens ! le vieil amandier tout desséché a fleuri ! Je vois distinctement les fleurs, au clair de lune.

— Dieu lui a pardonné, dit gravement Virginia, se relevant, et son visage parut s'illuminer d'une lumière splendide.

— Quel ange vous êtes ! » s'écria le jeune duc, et il lui passa le bras autour du cou, puis l'embrassa.

VII

Quatre jours après ces curieux incidents, une procession funèbre partit de Canterville Chase vers onze heures du soir. Le corbillard était traîné par huit chevaux noirs, dont chacun portait sur la tête une grosse touffe de plumes d'autruche ondulantes, et le cercueil de plomb était recouvert d'un somptueux drap de pourpre, sur lequel était brodé en or l'écusson des Canterville. À côté du corbillard et des voitures marchaient les domestiques, portant des torches allumées, et toute la procession était merveilleusement impressionnante. Lord Canterville conduisait le deuil, étant venu tout exprès du pays de Galles pour assister aux obsèques, et il avait pris place dans la première voiture avec la petite Virginia. Puis venaient le ministre des États-Unis et sa femme, puis Washington et les trois garçons, et dans la dernière voiture se trouvait Mrs. Umney. On était convenu que, comme elle avait été effrayée par le fantôme durant plus de cinquante années de sa vie, elle avait le droit de l'accompagner à sa dernière demeure. Une fosse profonde avait été creusée dans l'angle du cimetière, juste sous le vieil if, et l'office funèbre fut dit d'une manière fort impressionnante par le révérend Augustus Dampier. La cérémonie terminée, les domestiques, conformément au vieil usage conservé dans la famille des Canterville, éteignirent leurs torches, et, au moment où le cercueil était descendu dans la tombe, Virginia s'avança et y déposa une grande croix faite avec des fleurs d'amandier blanches et roses. Au même instant, la lune sortit de derrière un nuage et inonda de son silence argenté le petit cimetière ; du fond d'un boqueteau lointain, un rossignol se mit à chanter. Elle songea à la description, que lui avait faite le fantôme, du jardin de la Mort, ses yeux s'embuèrent de larmes, et c'est à peine si elle prononça une parole au cours du trajet de retour.

Le lendemain matin, avant que Lord Canterville ne fût reparti pour Londres, Mr. Otis eut un entretien avec lui au sujet des bijoux que le fantôme avait donnés à Virginia. Ils étaient absolument magnifiques, en particulier certain collier de rubis avec une vieille monture vénitienne, qui était véritablement un spécimen superbe de travail du XVIe siècle, et leur valeur était si considérable que Mr. Otis se sentit gêné, se demandant s'il pouvait permettre à sa fille de les accepter.

« Lord Canterville, dit-il, je sais que dans ce pays les objets aussi bien que les terres sont des biens inaliénables[1], et il me paraît parfaitement évident que ces joyaux sont, ou devraient être, des biens d'héritage de votre famille. Je me vois obligé, en conséquence, de vous prier de les emporter à Londres et de les considérer simplement comme une portion de vos biens, qui vous a été restituée dans certaines circonstances étranges. Quant à ma fille, elle n'est qu'une enfant, et elle ne témoigne encore, je suis heureux de le dire, que peu d'intérêt à de semblables accessoires d'un luxe inutile. J'ai appris également par Mrs. Otis, qui, je puis le dire, s'y connaît assez bien en matière

1. Des biens inaliénables ne peuvent être cédés.

d'art — car elle a eu l'avantage de passer plusieurs hivers à Boston étant jeune fille —, que ces bijoux sont d'une grande valeur et atteindraient un prix considérable si on les mettait en vente. Dans ces conditions, Lord Canterville, je suis persuadé que vous reconnaîtrez qu'il me serait absolument impossible d'admettre qu'ils demeurent en la possession d'un membre de ma famille, quel qu'il soit ; et puis, toutes ces breloques, ces vains jouets, quelque convenables ou nécessaires qu'ils soient à la dignité de l'aristocratie britannique, seraient complètement déplacés chez ceux qui ont été élevés dans les principes sévères et, je crois, immortels de la simplicité républicaine. Peut-être devrais-je ajouter que Virginia est très désireuse que vous lui permettiez de conserver la boîte, à titre de souvenir de votre ancêtre infortuné mais fourvoyé. Comme elle est extrêmement vieille, et par suite en assez mauvais état d'entretien, il vous paraîtra peut-être convenable d'accéder à cette requête. Pour ma part, j'avoue que je suis fort surpris de voir un de mes enfants exprimer de l'intérêt pour les choses médiévales, et je ne puis me l'expliquer que par le fait que Virginia est née dans l'un de vos faubourgs de Londres, peu après que Mrs. Otis fut revenue d'un court voyage à Athènes. »

Lord Canterville écouta avec beaucoup de gravité le discours du digne ministre, tirant de temps à autre sa moustache grise afin de dissimuler un sourire involontaire. Lorsque Mr. Otis eut terminé, il lui serra cordialement la main et dit :

« Cher monsieur, votre charmante petite fille a rendu à mon malheureux ancêtre, Sir Simon, un service très important, et ma famille et moi, nous avons une lourde dette envers elle pour le courage et la merveilleuse bravoure dont elle a fait preuve. Les bijoux sont manifestement à elle et, par Dieu ! je crois que si j'avais le cœur assez sec pour les lui enlever, le vieux scélérat aurait quitté sa tombe d'ici quinze jours et me ferait une vie d'enfer ! Quant à l'héritage, rien n'est héritage qui n'ait été mentionné comme tel dans un testament ou un document juridique, et l'existence de ces bijoux est restée totalement inconnue. Je vous assure que je n'ai pas plus de droits sur eux que votre maître d'hôtel, et quand Miss Virginia sera adulte je pense qu'elle sera contente d'avoir de jolies choses à porter. D'ailleurs, vous oubliez, Mr. Otis, que vous avez pris les meubles et le fantôme à leur valeur estimée et tout ce qui a appartenu au fantôme est passé aussitôt en votre possession, car, quelque activité que Sir Simon ait pu manifester dans le couloir, la nuit, au point de vue juridique il était effectivement mort, et vous avez acquis ses biens par un achat régulier. »

Mr. Otis fut fort contrarié du refus de Lord Canterville et le pria de reconsidérer sa décision, mais l'aimable pair tint bon, et amena en fin de compte le ministre à permettre à sa fille de garder le présent que lui avait fait le spectre. Et quand, au printemps de 1890, la jeune duchesse de Cheshire fut présentée à la Cour lors de la première réception de la reine, à l'occasion de son mariage, ses bijoux firent l'admiration générale. Car Virginia reçut la couronne ducale, qui est la récompense de toutes les bonnes petites filles américaines, et épousa son jeune amoureux dès qu'il atteignit sa majorité [1]. Ils étaient tous les deux si charmants, et ils s'aimaient tellement, que tout le monde fut ravi de ce mariage, sauf la vieille marquise de Dumbleton qui avait essayé de s'approprier le duc pour une de ses sept filles non mariées et avait donné dans cette intention pas moins de trois grands dîners coûteux, et — chose étrange à dire — Mr. Otis lui-même. Mr. Otis aimait beaucoup le jeune duc, à titre personnel, mais, théoriquement, il était opposé aux titres, ou, pour se servir de ses propres paroles, « n'était pas sans appréhension que, parmi les influences amollissantes d'une aristocratie avide de plaisirs, les principes authentiques de la simplicité républicaine ne fussent oubliés ». Toutefois, ses objections furent complètement écartées, et je crois que lorsqu'il défila le long de la nef de l'église Saint George, dans Hano-

---

1. L'idée est reprise dans *Une femme sans importance* (acte I) : « Ces jeunes Américaines emportent tous les bons partis. Pourquoi donc ne restent-elles pas dans leur pays ? »

ver Square, avec sa fille appuyée à son bras, il n'y avait pas, par toute l'Angleterre, d'homme plus fier que lui.

Le duc et la duchesse, quand la lune de miel fut passée, se rendirent à Canterville Chase et, le lendemain de leur arrivée, ils firent une promenade, l'après-midi, au cimetière solitaire proche des bois de pins. Il y avait eu de grosses difficultés, au début, au sujet de l'épitaphe à inscrire sur la tombe de Sir Simon, mais on avait décidé, en fin de compte, d'y graver simplement les initiales du vieux gentilhomme, avec le verset de la fenêtre de la bibliothèque. La duchesse avait apporté des roses magnifiques, qu'elle effeuilla sur la tombe, et après qu'ils s'y furent arrêtés quelque temps, ils entrèrent dans le sanctuaire en ruine de l'ancienne abbaye. La duchesse s'y assit sur un pilier écroulé, tandis que son mari s'étendait à ses pieds, fumant une cigarette et levant ses regards sur ses beaux yeux. Tout à coup il jeta sa cigarette, lui prit la main et dit : « Virginia, une femme ne doit pas avoir de secrets pour son mari.

— Mon cher Cecil, je n'ai pas de secrets pour toi !

— Mais si, tu en as un, répondit-il en souriant : tu ne m'as jamais dit ce qui t'est arrivé quand tu étais enfermée avec le fantôme.

— Je ne l'ai jamais dit à personne, dit gravement Virginia.

— Je le sais, mais tu pourrais me le dire à moi.

— Je t'en prie, ne me le demande pas, Cecil, je ne puis te le dire. Pauvre Sir Simon ! Je lui dois beaucoup. Oui, ne ris pas, Cecil, c'est vrai. Il m'a fait voir ce qu'est la vie, ce que signifie la mort, et pourquoi l'amour est plus puissant que l'un et l'autre. »

Le duc se leva et embrassa sa femme avec amour.

« Tu peux garder ton secret tant que j'aurai ton cœur, murmura-t-il.

— Cela, tu l'as toujours eu, Cecil.

— Et tu le diras quelque jour à nos enfants, n'est-ce pas ? »

Virginia rougit.

LE MILLIONNAIRE MODÈLE [1]

Note admirative

À moins d'être riche, il est absolument inutile d'être un garçon charmant. Le romanesque est le privilège des riches, et non la profession des chômeurs. Les pauvres devraient être pratiques et prosaïques. Il vaut mieux avoir un revenu assuré que d'être plein d'attraits. Ce sont là les grandes vérités de la vie moderne, dont Hughie Erskine [2] ne s'était jamais rendu compte. Pauvre Hughie ! Intellectuellement, il nous faut l'avouer, il ne comptait guère. Il ne disait jamais rien de brillant ni de méchant. Mais, en revanche, il était merveilleusement beau avec ses cheveux bruns frisés, son profil bien dessiné et ses yeux gris. Il était aussi apprécié des hommes que des femmes, et il avait tous les talents, hormis celui de gagner de l'argent. Son père lui avait légué son sabre de cavalerie et une *Histoire de la guerre péninsulaire* [3] en quinze volumes. Hughie accrocha celui-là au-dessus de son miroir, plaça celle-ci sur un

---

1. L'histoire du « Millionnaire modèle » est fondée sur une anecdote authentique : le baron James Meyer de Rothschild avait posé en mendiant pour Delacroix, et l'assistant du peintre avait fait l'aumône au modèle, ce qui lui avait valu le lendemain une énorme récompense. **2.** Wilde reprendra le nom de Erskine dans *Le Portrait de Mr. W.H.* **3.** Il s'agit vraisemblablement de l'*Histoire de la guerre du Péloponnèse* de Thucydide, d'une très grande modernité dans son analyse des faits historiques.

rayon, entre le *Ruff's Guide* et le *Bailey's Magazine*[1], et vécut de la pension annuelle de deux cents livres que lui allouait une vieille tante. Il avait tout essayé. Il avait joué en Bourse durant six mois ; mais que pouvait faire un papillon perdu parmi des requins ? Il avait été marchand de thé en gros, pendant un peu plus longtemps, mais s'était vite fatigué du pekoe et du souchong[2]. Puis il avait tâté de la vente du xérès sec. Cela ne marcha pas ; le xérès était un peu trop sec. En fin de compte, il ne fut plus rien qu'un jeune homme charmant et inutile, avec un profil parfait et sans profession[3].

Pour compliquer les choses, il était amoureux. La jeune fille qu'il aimait était Laura Merton, la fille d'un colonel en retraite qui avait perdu sa bonne humeur et sa digestion aux Indes et n'avait jamais pu retrouver l'une ni l'autre. Laura l'adorait, et il était tout prêt à baiser les cordons de ses souliers. C'était le plus beau couple de Londres, et ils n'avaient pas, à eux deux, un sou vaillant. Le colonel aimait beaucoup Hughie, mais ne voulait pas entendre parler de fiançailles.

« Venez me trouver, mon garçon, quand vous aurez dix mille livres à vous, et nous verrons cela », avait-il l'habitude de dire et Hughie avait l'air bien sombre ces jours-là, et était obligé d'aller trouver Laura pour qu'elle le consolât.

Un matin, alors qu'il se dirigeait vers Holland Park, où habitaient les Merton, il entra en passant voir un de ses grands amis, Alan Trevor. Trevor était peintre. Sans doute, c'est là une chose à laquelle peu de gens échappent, de nos jours. Mais il était également artiste, et les artistes sont assez rares. C'était un garçon étrange et rude, au visage couvert de taches de rousseur et portant une barbe rousse en broussaille. Néanmoins, quand il prenait le pinceau en main, c'était un véritable maître et ses

---

1. Voir « Le Crime de Lord Arthur Savile », note 1, p. 322. **2.** Deux sortes de thé couramment consommées. **3.** La phrase sera reprise dans *Formules et maximes à l'usage des jeunes gens* (1894) : « Il y a quelque chose de tragique dans la quantité impressionnante de jeunes gens qui, aujourd'hui, en Angleterre, débutent dans la vie avec un profil irréprochable et finissent par choisir une profession utile. »

tableaux étaient très recherchés. Il s'était senti vivement attiré vers Hughie, d'abord, il faut le reconnaître, en raison de son charme. « Les seules personnes que devrait connaître un peintre, avait-il l'habitude de dire, ce sont les gens qui sont *bêtes** et beaux, des gens qui sont un plaisir artistique à contempler et un repos intellectuel quand on leur parle. Les dandies et les élégantes mènent le monde, ou du moins ils le devraient[1]. » Néanmoins, après qu'il eut mieux fait connaissance avec Hughie, il l'apprécia tout autant pour son esprit éveillé, son entrain que pour sa nature généreuse et hardie, et il lui avait accordé l'*entrée** permanente de son atelier.

En entrant, Hughie trouva Trevor occupé à mettre la dernière main à un merveilleux portrait, grandeur nature, de mendiant. Le mendiant lui-même était debout sur une estrade surélevée, dans un coin de l'atelier. C'était un vieillard desséché, avec un visage pareil à un parchemin ridé, et une expression absolument pitoyable. Sur ses épaules était jeté un manteau brun grossier, tout déguenillé et en haillons, ses gros souliers étaient rapiécés et mal réparés, et d'une main il s'appuyait sur un vulgaire bâton, tandis que de l'autre il tendait son chapeau cabossé pour demander l'aumône.

« Quel modèle étonnant ! murmura Hughie en serrant la main de son ami.

— Un modèle étonnant ? cria Trevor à pleine voix. Pense donc ! Des mendiants comme lui, on n'en rencontre pas tous les jours. *Une trouvaille, mon cher** ; un Vélasquez vivant ! bon Dieu ! Quelle eau-forte Rembrandt en aurait faite !

— Pauvre vieux ! dit Hughie ; comme il a l'air misérable ! Mais je suppose que, pour vous autres peintres, son visage constitue sa fortune ?

— Certainement, répondit Trevor. Tu ne veux pas qu'un mendiant ait l'air heureux, dis !

---

1. Cf. *Une femme sans importance*, acte III (Lord Illingworth : « L'avenir appartient au dandy ») et *Quelques maximes pour l'instruction des personnes trop instruites* : « Le dandysme est l'affirmation de l'absolue modernité de la beauté. »

— Combien touche un modèle pour poser ? demanda Hughie, tandis qu'il s'installait confortablement dans un divan.

— Un shilling l'heure.

— Et combien touches-tu pour ton tableau, Alan ?

— Oh ! pour celui-ci, je recevrai deux mille !

— Livres ?

— Guinées. Les peintres, les poètes et les médecins reçoivent toujours des guinées.

— Eh bien, je trouve que les modèles devraient toucher un pourcentage ! s'écria Hughie, en riant ; ils travaillent bien aussi dur que vous.

— Bêtises, bêtises ! Voyons, songe donc au mal qu'il faut se donner, rien que pour appliquer la peinture sur la toile — et puis on reste debout toute la journée devant son chevalet ! C'est bien facile pour toi de parler, Hughie, mais je t'assure qu'il y a des moments où l'Art atteint à la dignité d'un travail manuel. Mais il ne faut pas bavarder ; j'ai à faire. Fume une cigarette, et tiens-toi tranquille. »

Au bout de quelque temps la servante entra, et dit à Trevor que l'encadreur désirait lui parler.

« Ne te sauve pas, Hughie, dit-il en sortant, je reviens tout de suite. »

Le vieux mendiant profita de l'absence de Trevor pour se reposer un moment sur un banc de bois qui se trouvait derrière lui. Il avait l'air si abandonné et si misérable que Hughie ne put s'empêcher de le plaindre, et tâta ses poches pour voir ce qu'il avait d'argent sur lui. Tout ce qu'il put trouver, ce fut un souverain. « Pauvre vieux, songea-t-il, il en a plus besoin que moi, mais cela signifie que je n'utiliserai pas les transports pendant quinze jours. » Puis il traversa l'atelier et glissa la pièce d'or dans la main du mendiant.

Le vieillard sursauta, et un léger sourire passa sur ses lèvres flétries. « Merci, monsieur, dit-il, merci bien. »

Puis Trevor arriva, et Hughie prit congé de lui, en rougissant un peu de ce qu'il avait fait. Il passa la journée avec Laura, se fit gronder d'une façon charmante pour son extravagance et fut obligé de rentrer chez lui à pied.

Ce soir-là, il entra au Palette Club vers onze heures, et trouva Trevor assis tout seul au fumoir, buvant du vin du Rhin à l'eau de Seltz.

« Eh bien, Alan, as-tu réussi à terminer ton tableau ? dit-il en allumant sa cigarette.

— Terminé et encadré, mon vieux ! répondit Trevor ; et, à propos, tu as fait une conquête. Ce vieux modèle que tu as vu ne jure plus que par toi. J'ai été obligé de lui parler de toi en détail, de lui dire qui tu es, où tu habites, quel est ton revenu, quels sont tes projets.

— Mon cher Alan, s'écria Hughie, je vais probablement le trouver m'attendant, quand je rentrerai. Mais, bien sûr, tu plaisantes. Pauvre diable ! Je voudrais pouvoir faire quelque chose pour lui. Je trouve épouvantable que quelqu'un soit aussi misérable. J'ai des tas de vieux vêtements chez moi — crois-tu qu'il en voudrait quelques-uns ? Ses haillons tombaient en loques !

— Mais il est splendide avec, dit Trevor. Je ne voudrais, pour rien au monde, le peindre en redingote. Ce que tu appelles les haillons, moi je l'appelle romanesque. Ce qui te semble pauvreté, c'est pour moi le pittoresque. Néanmoins, je lui ferai part de ton offre.

— Alan, dit Hughie d'un ton sérieux, vous autres peintres, vous n'avez pas de cœur.

— Le cœur d'un artiste, c'est sa tête, répondit Trevor ; et d'ailleurs, notre rôle, c'est de rendre le monde tel que nous le voyons, et non de réformer ce que nous en connaissons. *À chacun son métier**. Et maintenant, dis-moi comment va Laura. Le vieux modèle s'est vivement intéressé à elle.

— Tu ne vas pas me dire que tu lui as parlé d'elle ? dit Hughie.

— Mais certainement. Il connaît tout de l'implacable colonel, de la ravissante Laura, et des dix mille livres.

— Tu as raconté ma vie privée à ce vieux clochard ? s'écria Hughie, rougissant violemment et paraissant très en colère.

— Mon cher, dit Trevor en souriant, ce vieux clochard, comme tu l'appelles, est l'un des hommes les plus riches d'Europe. Il pourrait acheter tout Londres demain sans se mettre à découvert. Il possède une maison dans toutes les capitales, dîne dans de la vaisselle d'or, et peut empêcher quand il lui plaît la Russie d'entrer en guerre.

— Que diable veux-tu dire ? s'écria Hughie.

— Ce que je dis, dit Trevor. Le vieillard que tu as vu aujourd'hui dans l'atelier, c'était le baron Hausberg. C'est un de mes grands amis, il m'achète tous mes tableaux et travaux et m'a passé commande, il y a un mois, pour que je le peigne en mendiant. *Que voulez-vous ? La fantaisie d'un millionnaire**. Et je dois avouer qu'il avait fière allure, avec ses haillons — ou peut-être devrais-je dire : avec mes haillons, car c'est un vieux costume que j'ai acheté en Espagne.

— Le baron Hausberg ! s'écria Hughie. Tonnerre ! je lui ai donné un souverain ! » Et il s'affala dans un fauteuil, vivant portrait de la consternation.

« Tu lui as donné un souverain ! cria Trevor, qui s'esclaffa de rire. Mon cher, tu ne le reverras jamais. *Son affaire, c'est l'argent des autres**.

— Tu aurais pu me prévenir, Alan, dit Hughie d'un ton boudeur, et m'empêcher de faire l'imbécile à ce point.

— Ma foi, d'abord, Hughie, dit Trevor, il ne m'est jamais venu à l'idée que tu distribuais l'aumône avec autant d'insouciance. Je comprends que tu embrasses un joli modèle, mais donner une livre à un modèle laid, non ! D'ailleurs, à dire vrai, je n'étais là pour personne aujourd'hui, et quand tu es entré, je ne savais pas si cela plairait à Hausberg que je révèle son nom. Il n'était pas en grande tenue, tu sais.

— Il doit me prendre pour un idiot !

— Pas du tout. Il était d'une excellente humeur après ton départ ; il gloussait continuellement et frottait ses vieilles mains ridées l'une contre l'autre. Je ne parvenais pas à comprendre pourquoi il s'intéressait tellement à toi et tenait tant à être renseigné sur ton compte, mais à présent je saisis tout. Il va placer pour toi le souverain que tu lui as donné, il t'en paiera les intérêts tous les six mois, et il aura une histoire épatante à servir après le dîner.

— Je suis un pauvre diable malchanceux, grommela Hughie. Ce que j'ai de mieux à faire, c'est d'aller me coucher ; et, mon cher Alan, il ne faut raconter cela à personne. Je n'oserais plus me montrer dans le Row[1].

— Jamais de la vie ! Cette histoire est tout à l'honneur de ton esprit philanthropique, Hughie. Et ne te sauve pas. Prends encore une cigarette, et tu pourras parler de Laura à cœur joie. »

Malgré tout, Hughie ne voulut pas rester, mais rentra chez lui à pied, se sentant très malheureux, et il laissa Alan Trevor en train de rire.

Le lendemain matin, tandis qu'il prenait son déjeuner, la servante lui apporta une carte, sur laquelle étaient écrits ces mots : « Monsieur Gustave Naudin, *de la part** de M. le baron Hausberg. » « Il vient sans doute me demander des excuses », se dit Hughie, et il dit à la servante de faire monter le visiteur.

Un vieux monsieur, qui avait des lunettes d'or et des cheveux gris, entra dans la pièce, puis dit avec un léger accent français : « Ai-je l'honneur de parler à M. Erskine ? »

Hughie s'inclina.

« Je viens de la part du baron Hausberg, reprit-il. Le baron...

— Je vous prie, monsieur, de vouloir bien lui présenter mes excuses les plus sincères, bégaya Hughie.

— Le baron, dit le vieillard avec un sourire, m'a chargé de vous remettre cette lettre. » Et il lui tendit une enveloppe cachetée.

Elle portait à l'extérieur ces mots : « Cadeau de noces à Hughie Erskine et à Laura Merton, de la part d'un vieux mendiant. » Et il y avait à l'intérieur un chèque de dix mille livres.

---

1. Rotten Row : lieu de promenade à la mode dans Hyde Park.

Au mariage, Alan Trevor fut garçon d'honneur, et le baron fit un discours au repas de noces.

« Les modèles millionnaires, fit observer Alan, sont assez rares ; mais, grand Dieu, les millionnaires modèles le sont encore davantage ! »

LE PORTRAIT DE DORIAN GRAY

Lors de son voyage aux États-Unis en 1882, Wilde avait rencontré un certain J.Mr. Stoddart, directeur d'une revue, le *Lippincott's Monthly Magazine*. Quelques années plus tard, en septembre 1889, ils se retrouvèrent à Londres et Stoddart eut l'idée d'inviter Wilde en compagnie de Sir Arthur Conan Doyle. Il suggéra alors aux deux auteurs de lui remettre une œuvre originale, qu'il s'engageait à publier, et Wilde, séduit par le projet, lui fit parvenir son manuscrit au printemps suivant. Conan Doyle, quant à lui, composa *Une étude en rouge*, acte de naissance de Sherlock Holmes.

Le Portrait de Dorian Gray, qui était à l'origine une nouvelle inspirée en partie par *La Peau de chagrin* de Balzac et *À rebours* de Huysmans, parut une première fois le 20 juin 1890 et fut repris sous forme de livre en avril 1891 avec une préface de Wilde, quelques modifications ponctuelles et six chapitres supplémentaires (III, V, XV, XVI, XVII et XVIII). Ce roman n'est pas fondamentalement éloigné de certains écrits précédents de Wilde, la relation entre l'artiste et son modèle ayant déjà été explorée — sous une forme, il est vrai, moins approfondie — dans « Le Millionnaire modèle » ; la question du déterminisme se trouve en germe dans « Le Crime de Lord Arthur Savile » et, dans ses moments les plus graves (la révélation mystérieuse, et dont on ne saura jamais rien, apportée par le spectre à la jeune fille dans un cabinet secret), « Le Fantôme des Canterville », qui relève également du genre fantastique, annonce l'inquiétante étrangeté du *Portrait de Dorian Gray*. Les thèmes développés par Wilde sont d'ailleurs fréquents dans la littérature du XIXe siècle, qu'il s'agisse de *La Peau de chagrin* de Balzac, du *Portrait ovale* d'Edgar Poe, du *Cas étrange du Dr Jekyll et Mr. Hyde* de

Stevenson et du décadentisme fin-de-siècle. L'œuvre du poète A.C. Swinburne (1837-1909), déjà, met en avant la défense de la sensation et de l'expérience, la fascination pour la beauté cruelle et pour les dérèglements de tous les sens. De ce point de vue, Wilde illustre l'opinion de ceux qui, tel son ami, le critique et poète symboliste Arthur Symons (1865-1945), voyaient dans ce qu'il était convenu d'appeler la décadence « une maladie aussi belle qu'intéressante ». Le thème du portrait magique n'est d'ailleurs pas propre à Wilde et on pourra se référer à l'étude de Kerry Powell, « Tom, Dick, and Dorian Gray : Magic-Picture Mania in Late Victorian Fiction » inventaire (presque) exhaustif de ses prédécesseurs [1], les critiques rivalisant d'ingéniosité pour trouver de nouvelles « sources ». Cette recherche a le mérite paradoxal de minorer l'originalité du roman pour mieux en souligner la puissance : le texte, en effet, résiste à toute tentative de n'y voir que l'avatar chatoyant d'une idée usée. Quoi qu'il en soit, la dégradation du portrait s'inscrit parfaitement dans ce contexte esthétique et idéologique où la beauté et la laideur se fécondent l'une l'autre pour donner naissance à des monstres séduisants. L'un des aspects de cette interdépendance est de nature éthique, l'autre de nature esthétique, si l'on considère qu'à la beauté et à la laideur correspondent, sur le plan de la morale et des comportements, le bien et le mal. Un autre grand axe thématique, évidemment lié à ce qui précède, est la question du double exploitée dans le roman avec originalité et dont Freud, dans « L'Inquiétante étrangeté » fait une analyse célèbre, ici pertinente :

> [...] le double était à l'origine une assurance contre la disparition du moi, un « démenti énergique de la puissance de la mort » (O. Rank), et il est probable que l'âme « immortelle » a été le premier double du corps. [...] Mais ces représentations ont poussé sur le terrain de l'amour illimité de soi, celui du narcissisme primaire, lequel domine la vie psychique de l'enfant comme du primitif ; avec

---

1. Kerry Powell, « Tom, Dick, and Dorian Gray : Magic Picture Mania in Late Victorian Fiction », *Philological Quarterly* 62, 1983, p. 147-170.

> le dépassement de cette phase, le signe dont est affecté le double se modifie ; d'assurance de survie qu'il était, il devient l'inquiétant [*unheimlich*] signe avant-coureur de la mort[1].

La publication du *Portrait* suscita des réactions mitigées. Walter Pater en fit l'éloge dans un article du *Bookman*. Le poète W.B. Yeats, à son tour, dans *United Ireland* (26 septembre 1891) considéra que *Dorian Gray* était « un livre merveilleux » ; enfin, Mallarmé, qui avait rencontré Wilde à Paris et qui lui fit parvenir un message flatteur, ne fut pas avare d'éloges :

> J'achève le livre, un des seuls qui puissent émouvoir, vu que d'une rêverie essentielle et des parfums d'âmes les plus étranges s'est fait son orage. Redevenir poignant à travers l'inouï raffinement d'intellect, et humain, en une pareille perverse atmosphère de beauté, est un miracle que vous accomplissez et selon quel emploi de tous les arts de l'écrivain !
> "It was the portrait that had done everything." Ce portrait en pied, inquiétant, d'un Dorian Gray, hantera, mais écrit, étant devenu livre lui-même[2].

La plus grande partie des critiques furent cependant hostiles. Le *Scots Observer, The Daily Chronicle* et *The St. James's Gazette* s'en prirent violemment à l'auteur et les injures fleurirent : « lascif et ésotérique », « stupide et vulgaire », voire « répugnant » sont des appréciations qui s'égrenèrent çà et là, l'auteur de l'article de *The Daily Chronicle* en profitant de surcroît pour exprimer sa francophobie en vilipendant l'influence de « la littérature lépreuse des Décadents français » sur ce livre « empoisonné » et « chargé des odeurs méphitiques de la putréfaction morale et spirituelle » : l'unique roman de Wilde, comme avant lui *Les Fleurs du Mal* ou *Madame Bovary*, n'était plus une œuvre, c'était une preuve de dépravation.

À ces critiques souvent expéditives, Wilde répondit parfois

---

1. Sigmund Freud, « L'inquiétante étrangeté », *L'Inquiétante Étrangeté et autres essais*, Paris, « Folio/Essais » : Gallimard, 1988, p. 237. **2.** Lettre du 10 nov. 1891, Mallarmé, *Correspondance*, t. IV, p. 327-328, Gallimard, 1973.

par la provocation. Il louangea par exemple l'immoralité de certains de ses personnages qui lui semblaient offrir de plus larges possibilités dans le champ romanesque. C'est ainsi que, dans la réponse qu'il adressa au rédacteur en chef de la *St. James's Gazette*, il soutint que le mal était « intéressant », ce qui ne fit qu'aggraver son cas. Cette stratégie de défense et illustration du « péché » et des supposées déviances ne se révélant guère efficace, Wilde changea de tactique. Il affirma que son roman visait à rendre compte du danger des débordements, en particulier lorsqu'ils se fondent sur une esthétique de vie censée les justifier. En d'autres termes, son roman dénoncerait la tentation de faire de l'esthétique une fin en soi, position d'autant plus étrange — si l'on doit véritablement la prendre au sérieux — qu'elle est en contradiction avec les aphorismes de la Préface du *Portrait*. Wilde, qui n'en était pas à un paradoxe près, se prétendit même certain « qu'en fin de compte on le reconnaîtra [*Le Portrait de Dorian Gray*] pour une véritable œuvre d'art imprégnée d'une puissante leçon de morale »[1]. Cette affirmation rappelle la fausse humilité des préfaces du Grand Siècle, visant à montrer les passions à des fins d'édification. Le « procédé » possède donc des lettres de noblesse, et l'on peut penser que Wilde l'avait certainement à l'esprit.

Quels que soient ses mérites éthiques, ce roman est par ailleurs et dans une large mesure une réflexion sur la représentation. Toute réflexion sur le portrait en littérature est liée à la problématique complexe de la présence absente, puisque, avec le portrait littéraire, l'auteur donne à voir ce qui n'existe pas visuellement. En outre, en cette fin de XIXe siècle, la question de l'authenticité de ce que l'artiste restitue aux yeux du lecteur ou du public est au cœur des débats esthétiques. D'un côté, les admirateurs de Zola concevaient la littérature comme une copie clinique du monde. C'est une conception contre laquelle Wilde s'élève avec force dans *Intentions* (1891), où il dénonce

1. Lettre à Arthur Fish (début juillet 1890), *Lettres d'Oscar Wilde*, t. I, *op. cit.*, p. 327.

l'illusion d'une restitution authentique du réel. De l'autre côté, à l'opposé du naturalisme, le symbolisme, auquel Wilde rend hommage dans la Préface du *Portrait de Dorian Gray* (« Tout art est à la fois surface et symbole »), se nourrit de nostalgies mélancoliques en célébrant le culte de l'art, souvent teinté d'ésotérisme. Pour le symbolisme, comme pour Wilde, la beauté est une valeur absolue, distincte du vrai et du bien. Mais surtout, les symbolistes mettent en évidence la crise de l'idée de représentation : les signes prennent la place de ce qu'ils désignent, et l'expérience (de la perception, par exemple) s'efface derrière les moyens de l'analyser et, à l'autre pôle, derrière son idéalisation. La représentation annule partiellement le réel et consacre l'autonomie des signes : les mots, la poésie, le langage ne renvoient plus qu'à eux-mêmes, parfois à la source d'un sens immanent, parfois aussi, et à l'opposé, à leur auto-fétichisation par le biais de la seule esthétique. Dans ce cas, peut-on se demander, que montre ou que donne à voir le roman si ce n'est lui-même vu à travers son propre prisme ?

La réponse de Wilde s'inscrit dans les courants de pensée de l'époque. Plein de défiance à l'endroit de l'ésotérisme vers lequel, lui semblait-il, tendait le symbolisme, il était au moins sûr d'une chose : l'art n'est pas un miroir ; de plus, estime-t-il à la suite de Gautier (voir la *Préface* de *Mademoiselle de Maupin*) et de Whistler, l'art est inutile ; enfin, la forme détermine le contenu et non le contraire. Wilde renverse ainsi à son tour la proposition d'Hippolyte Taine (ce n'est pas l'époque qui modèle l'art, mais l'art qui donne à l'époque son caractère) et il rend à l'art le pouvoir que les poètes romantiques lui attribuaient : celui de légiférer. Wilde revendique ainsi l'esthétisme, estimant dans « Le Déclin du mensonge » que l'art n'exprime jamais rien d'autre que lui-même. L'écrivain est l'artiste suprême : le poète est le maître des mots, ce dont Wilde rend compte dans l'abondance — parfois gratuite, ainsi dans le chapitre XI du roman — de descriptions et de choix lexicaux qui ne valent parfois que pour le « plaisir du texte » qui s'y manifeste.

Dans *Le Portrait de Dorian Gray*, en outre, Wilde pousse plus avant sa réflexion sur le brouillage de la frontière entre le vivant et la représentation, puisque, dans l'économie du récit, « tuer » le portrait revient à tuer le modèle : le tableau c'est l'homme, c'est aussi le texte d'une conscience obsédée par la peur de vieillir. Mais le tableau est également un texte écrit. Le portrait n'est pas que la projection naïve de l'âme, il est également la représentation à la fois plastique et imaginaire du travail de l'écrivain, confronté au travail douloureux que suppose l'acte scriptural. La signature de Basil est tracée en lettres vermillon parce que le labeur de l'artiste le contraint à s'écorcher vif pour s'offrir en pâture à son art : le satyre Marsyas, écorché par Apollon, est l'une des figures favorites de Wilde sur laquelle il revient sans cesse. En même temps, au chapitre II, Lord Henry fait observer que le portrait est admirablement ressemblant : comment peut-il être réaliste et contenir en même temps le secret de Basil ? La réponse, qui rejoint la réflexion amorcée sur la question de l'écriture, est que l'image représentée, de même que tous les signes qui sont donnés à voir ou à lire, effectue un va-et-vient entre l'extériorité de l'œuvre devenue publique et l'intériorité du peintre : le portrait dit une vérité, celle de l'objet perçu, dont le rendu n'a toutefois de valeur artistique que s'il est le révélateur de ce qui a sens pour l'artiste.

P.A.

PRÉFACE

L'artiste est un créateur de beauté.

Révéler l'art et cacher l'artiste, tel est le but de l'art.

Le critique est celui qui peut transposer d'une autre manière ou traduire en éléments nouveaux son impression de la beauté.

La forme de critique la plus haute, comme aussi la plus basse, est une espèce d'autobiographie.

Ceux qui trouvent aux belles œuvres de vilaines significations sont corrompus sans être élégants. C'est une faute.

Ceux qui trouvent aux belles œuvres de belles significations sont les esprits cultivés. Pour ceux-là, il y a l'espérance.

Ils sont les élus pour qui les belles choses n'ont d'autre sens que leur beauté.

L'appellation de livre moral ou immoral ne répond à rien. Un livre est bien écrit ou mal écrit. Et c'est tout.

L'aversion du XIX*e* *siècle pour le réalisme, c'est la rage de Caliban*[1] *reconnaissant son image dans un miroir.*

L'aversion du XIX*e* *siècle pour le romantisme, c'est la rage de Caliban ne reconnaissant pas son image dans un miroir.*

La vie morale de l'homme est un des sujets que traite l'artiste, mais la moralité de l'art consiste dans le parfait usage d'un instrument imparfait.

---

1. Personnage fruste et monstrueux (dont le nom est l'anagramme probable de « cannibale ») dans *La Tempête* de Shakespeare.

L'artiste n'entend rien prouver. Tout se prouve, même ce qui est vrai.

L'artiste n'a pas de préférences morales. Une préférence morale, chez l'artiste, est un maniérisme de style impardonnable.

L'artiste n'est jamais malsain. L'artiste peut tout exprimer.

La pensée et le langage sont, pour l'artiste, les instruments de son art.

Au point de vue de la forme, le modèle de tous les arts est celui du musicien. Au point de vue du sentiment, le modèle est le talent de l'acteur.

Tout art est à la fois surface et symbole.

Ceux qui plongent sous la surface, le font à leurs risques et périls.

Ceux qui sondent le symbole, le font à leurs risques et périls.

En réalité, c'est le spectateur, et non la vie que l'art reflète.

La diversité d'opinion sur une œuvre d'art indique que l'œuvre est neuve, complexe, et vivante.

Où les critiques ne s'entendent pas, l'artiste est d'accord avec lui-même.

On peut pardonner à un homme de faire œuvre utile, tant qu'il s'abstient de l'admirer. Pour faire œuvre inutile, il n'est d'autre excuse que de l'admirer infiniment.

Tout art est complètement inutile.

Oscar Wilde.

CHAPITRE PREMIER

Le riche parfum des roses embaumait l'atelier et quand la légère brise d'été remuait les arbres du jardin, il venait, par la porte ouverte, une lourde odeur de lilas ou l'arôme plus délicat des aubépines rougissantes.

Du coin du sofa où il était allongé sur des coussins de cuir persan, et tout en fumant, selon son habitude, d'innombrables cigarettes, Lord Henry Wotton apercevait la rayonnante floraison d'un cytise, dont les grappes de miel et les flexibles rameaux semblaient écrasés sous le poids flamboyant de leur propre beauté. Par instants, des vols d'oiseaux projetaient leurs ombres fantastiques sur les hauts rideaux de tussor[1] tirés devant la fenêtre aux larges baies, et produisaient momentanément une sorte d'effet japonais. Et Lord Henry songeait à ces peintres de Tokyo[2], aux visages de jade pâle, dont tout l'effort tendait, dans un art fatalement immobile, à donner la sensation de la vitesse du mouvement. Dans un bourdonnement maussade, des abeilles s'évertuaient à fendre les hautes herbes mûres, et s'obstinaient dans une ronde monotone, autour des urnes dorées et poudreuses d'un chèvrefeuille solitaire ; et leur murmure alourdissait encore une accablante paix. Les bruits confus de Londres arrivaient, pareils aux notes bourdonnantes d'un orgue éloigné.

Au milieu de la pièce se dressait, sur un haut chevalet, le por-

---

1. Soie sauvage indienne. **2.** Allusion au japonisme à la mode au XIXe siècle. Voir la « petite table japonaise » au chapitre II.

trait en pied d'un jeune homme d'une extraordinaire beauté ; et, face au portrait, à légère distance, l'artiste lui-même était assis, ce Basil Hallward, dont la disparition soudaine, il y a quelques années, émut si fort la société et donna lieu à tant d'étranges suppositions.

Le peintre contemplait la gracieuse et avenante figure si habilement rendue par son pinceau. Un sourire satisfait vint éclairer ses traits et parut vouloir s'y attarder. Mais, brusquement, l'artiste se redressa, les yeux clos, les doigts posés sur les paupières, comme s'il cherchait à emprisonner dans son cerveau quelque rêve étrange, dont il redoutait de se dégager.

« Mon cher Basil, prononça, lentement Lord Henry, ce portrait est votre chef-d'œuvre, la plus belle chose que vous ayez jamais faite. Il faut absolument l'envoyer à la Grosvenor, l'an prochain. L'Académie[1] est trop vaste et trop vulgaire. Chaque fois que j'y suis allé, il y avait tant de monde que je n'ai pu voir les tableaux, ce qui est exécrable, ou bien tant de tableaux que je n'ai pu voir le monde, ce qui est encore pire. Vraiment, il n'y a d'acceptable que la Grosvenor.

— Je ne l'enverrai, je crois, ni là ni ailleurs, répondit le peintre, en rejetant la tête en arrière, par un tic bizarre dont ses amis d'Oxford s'étaient tant de fois divertis. Non, je ne l'exposerai nulle part. »

Lord Henry leva les yeux et l'examina avec stupeur, à travers les minces anneaux de fumée bleue qui montaient de sa cigarette opiacée, et tordaient capricieusement leurs volutes.

« Vous ne l'exposerez nulle part ? Et pourquoi, mon cher ? Avez-vous au moins une raison ? Quels originaux vous êtes, vous autres, peintres ! Vous faites tout au monde pour gagner la célébrité ; et, sitôt conquise, on dirait qu'il vous tarde d'en être délivrés. En quoi vous êtes bien fous. Car, s'il est au monde rien de plus fâcheux que d'être quelqu'un dont on parle, c'est assurément d'être quelqu'un dont on ne parle pas. Un pareil

---

1. La *Royal Academy of Painting, Sculpture and Architecture*, aux tendances conservatrices, avait été fondée en 1769 à Haymarket, près de Piccadilly Circus.

portrait vous mettrait en Angleterre bien au-dessus de tous les jeunes, et rendrait jaloux tous les vieux — si toutefois les vieux sont capables d'une émotion quelconque.

— Je sais que vous allez rire de moi, répondit Basil. Et pourtant, je ne saurais exposer ce tableau. J'y ai mis trop de moi-même. »

Avec un éclat de rire, Lord Henry s'allongea sur le sofa.

« Riez. C'était prévu. Mais ce que j'ai dit n'en reste pas moins vrai.

— Mis là trop de vous-même ! Ma parole, Basil, je ne vous croyais pas si fat. Pour moi, j'ai beau considérer vos traits vigoureux et rudes, vos cheveux noirs comme le charbon, je n'arrive pas à saisir la moindre ressemblance entre vous et ce jeune Adonis, qu'on dirait fait d'ivoire et de feuilles de roses. Mon cher Basil, c'est un Narcisse [1], tandis que vous ! Vous avez une expression hautement intellectuelle et tout le reste. Mais la beauté, la beauté réelle, finit où commence l'expression intellectuelle. L'intelligence est, par sa nature, une sorte d'hypertrophie ; elle détruit fatalement l'harmonie d'un visage. Dès qu'une personne se met à penser, elle devient tout nez, tout front, ou je ne sais quoi d'horrible. Regardez les hommes éminents dans n'importe quelle branche du savoir. Ils sont tous parfaitement hideux. Excepté, bien entendu, les gens d'Église. Mais c'est que les gens d'Église ne pensent point. Un évêque répète, à quatre-vingts ans, les paroles qu'il a apprises quand il en avait vingt ; la conséquence naturelle en est qu'il conserve toujours un aspect absolument délicieux. Votre jeune ami, ce mystérieux adolescent dont vous me taisez le nom, mais dont

---

1. Figures mythologiques de l'Antiquité. Adonis, célèbre pour sa beauté, fut recueilli par Aphrodite, puis Perséphone. La reine des Enfers s'éprit du jeune garçon et refusa de le rendre, ce qui suscita la jalousie d'Aphrodite, déesse de l'Amour, et d'autres dieux. La fin d'Adonis fut tragique. Narcisse, également d'une grande beauté, fut lui aussi la victime d'une vengeance divine pour avoir rejeté l'amour de la nymphe Écho. Il tomba amoureux de son reflet dans une fontaine, et dépérit. Ces comparaisons expliquent la future description de Dorian comme un « jeune martyr grec » et annoncent déjà sa fin tragique.

le portrait me fascine étrangement, jamais il ne pense. J'en ai l'intime conviction. C'est une belle créature sans cervelle, qu'on voudrait avoir toujours devant soi, l'hiver, quand il n'y a plus de fleurs à regarder, l'été, quand nous avons besoin de rafraîchir notre intelligence. Ne vous flattez pas, Basil ; vous ne lui ressemblez pas le moins du monde.

— Vous m'avez mal compris, Harry, répondit l'artiste. Il est clair que je ne lui ressemble pas. Je le sais de reste. Bien plus, je serais désolé d'avoir sa beauté. Vous haussez les épaules ? Pourtant je vous parle sincèrement. Une fatalité s'attache à toute supériorité de l'esprit ou du corps, cette même fatalité qu'on voit, à travers l'histoire, s'élancer sur les pas mal assurés des rois. Mieux vaut ne pas différer de ses compagnons. Les laiderons et les sots ont la meilleure part en ce monde. Ils peuvent s'asseoir à l'aise et bayer au spectacle. S'ils ignorent le triomphe, en revanche, l'épreuve de la défaite leur est épargnée. Ils vivent, comme nous devrions vivre tous, tranquilles, insouciants, impassibles. Ils ne causent la ruine de personne et personne ne renverse leur fortune. Mais vous, Harry, parce que vous avez le rang et la richesse ; et moi, pour ce qui a pu m'échoir d'intelligence et de talent ; et Dorian Gray, à cause de sa rare beauté : nous aurons tous les trois à souffrir, et à souffrir terriblement, des présents que nous ont faits les dieux.

— Dorian Gray ? Est-ce là son nom ? demanda Lord Henry accourant du fond de l'atelier vers Basil Hallward.

— Oui, c'est son nom. Je m'étais promis de ne pas vous le dire.

— Mais pourquoi ?

— Je ne me l'explique pas. Quand les gens me plaisent infiniment, je ne confie jamais leurs noms à personne, comme si c'était quelque peu les trahir. J'en suis venu à aimer le secret. Je ne vois que ce moyen de mettre dans l'existence moderne un peu de mystère et d'enchantement ; la chose la plus commune, dès qu'on nous la cache, devient un délice. Maintenant, quand je quitte Londres, je ne dis plus chez moi où je vais, cela m'enlèverait tout plaisir. C'est une sotte habitude, j'en conviens ; du moins agrémente-t-elle la vie d'une dose appréciable de romanesque. Mais tout cela doit vous paraître bien fou ?

— Nullement, répondit Lord Henry, nullement, mon cher Basil. Oublieriez-vous que je suis marié ? C'est l'unique charme du mariage, de ménager une vie de tromperie absolument nécessaire aux deux parties. Je ne sais jamais où est ma femme et ma femme ne sait jamais ce que je fais. S'il nous arrive de nous rencontrer — car, à l'occasion, nous dînons ensemble dehors ou rendons visite au vieux Duc — vous ne sauriez croire de quel air sérieux nous nous racontons les plus folles histoires. Dans cet ordre d'idées, ma femme m'est supérieure. Jamais elle n'est embarrassée par les dates, je le suis toujours. Mais elle a beau me prendre en défaut, elle ne s'emporte pas. Je le souhaiterais parfois. Mais elle se contente de rire de moi.

— Je n'aime pas vous entendre parler sur ce ton de votre vie conjugale, Harry, dit Basil Hallward, tout en gagnant la porte qui menait au jardin. Je suis persuadé d'ailleurs que vous êtes un excellent mari, mais que vous rougissez de vos propres vertus. Vous êtes vraiment singulier ! Vous ne dites jamais une parole qui soit morale et ne faites jamais une action qui soit mauvaise. Votre cynisme n'est qu'une pose.

— Le naturel aussi est une pose, et la pose la plus agaçante de toutes », s'exclama en riant Lord Henry.

Et les deux jeunes hommes sortirent ensemble dans le jardin et se réfugièrent sur un long siège de bambou, à l'ombre épaisse d'un buisson de lauriers. Les rayons du soleil glissaient sur les feuilles vernissées. Dans le gazon tremblaient des marguerites blanches.

Après un silence, Lord Henry tira sa montre :

« Mon cher Basil, murmura-t-il, je regrette d'avoir à vous quitter. Mais avant de partir, puis-je vous demander de répondre à ma question de tout à l'heure ?

— Quelle question ? fit le peintre, sans détacher les yeux du sol.

— Vous le savez bien.

— Mais non, Harry.

— Soit. Je vais parler clairement. Expliquez-moi pourquoi vous ne voulez pas exposer le portrait de Dorian Gray. Et dites-moi bien la vraie raison.

— La vraie raison, je vous l'ai dite.

— Allons donc ! Vous avez prétendu qu'il y avait trop de vous-même dans ce portrait. C'est de l'enfantillage.

— Harry, repartit Basil Hallward, fixant son interlocuteur, tout portrait qu'on peint avec âme est un portrait, non du modèle, mais de l'artiste. Le modèle n'est qu'un hasard et qu'un prétexte. Ce n'est pas lui qui se trouve révélé par le peintre ; c'est le peintre qui se révèle lui-même sur la toile qu'il colorie. La raison pour laquelle je n'exposerai pas ce portrait, c'est que je crains d'y avoir trahi le secret de mon âme. »

Avec un rire, Lord Henry demanda :

« Et quel est ce secret ?

— Je vais vous le dire », fit Hallward, dont le visage trahissait le trouble.

L'enveloppant du regard, son compagnon déclara :

« Je vous écoute avidement, Basil.

— Oh ! ce que j'ai à dire est peu de chose, Harry ; et je crains bien que vous n'ayez peine à le comprendre ; peut-être aussi, peine à le croire. »

Lord Henry sourit, se pencha, cueillit dans l'herbe une marguerite aux pétales rosés, et l'examinant :

« Je suis absolument sûr que je comprendrai, répliqua-t-il, les yeux fixés sur le petit disque d'or à blanche collerette ; quant à croire, sachez que je puis croire toutes choses, pourvu qu'elles soient franchement incroyables. »

Une brise passa, détachant des arbres quelques fleurs ; et les lourdes grappes des lilas balancèrent dans l'air alangui leurs pléiades d'étoiles. Contre le mur, une sauterelle stridulante se mit à crisser ; et près d'eux, une libellule, longue et mince comme un fil bleu, palpita sur ses ailes de gaze brune.

Dans l'attente curieuse de ce qui allait venir, il semblait à Lord Henry qu'il entendît battre le cœur de Basil.

« Voici l'histoire, dans sa simplicité, dit enfin le peintre. Il y a deux mois, je me trouvais à une grande soirée chez Lady Brandon. Nous autres, malheureux artistes, nous devons ainsi, de temps en temps, nous exhiber dans le monde, pour rappeler au public que nous ne sommes pas tout à fait des sauvages. Avec un habit et une cravate blanche, me disiez-vous un jour, n'importe qui, même un agent de change, peut faire figure de civilisé. J'étais dans le salon depuis dix minutes peut-être, conversant avec d'imposantes douairières trop parées et d'ennuyeux académiciens, quand tout à coup j'eus l'intuition d'être regardé. Je me tournai à demi et, pour la première fois, je vis Dorian Gray. Lorsque nos regards se rencontrèrent, je me sentis pâlir. Une étrange terreur s'empara de moi. De toute évidence, je me trouvais en présence d'un être d'un tel charme personnel que, si je cédais à la fascination, mes sens, mon cœur, mon art lui-même, tout serait subjugué. Je n'avais nulle envie de subir une influence étrangère. Vous savez, Harry, combien je suis naturellement indépendant. J'ai toujours été mon seul maître, ou plutôt je l'avais toujours été jusqu'à ma rencontre avec Dorian Gray. Aussi... Mais comment vous expliquer ce que je ressentis ? Quelque chose me disait qu'une crise imminente et redoutable allait troubler ma vie. J'avais cette étrange sensation que le Destin venait à moi, porteur de joies exquises et d'exquises douleurs. J'eus peur et pris le parti de quitter le salon. Ce ne fut pas la conscience qui me dicta cette conduite ; ce fut je ne sais quelle lâcheté. Je ne me glorifie point de cet essai de fuite.

— Conscience et lâcheté, c'est au fond la même chose, Basil. La conscience est la raison sociale de la firme. Voilà tout.

— Je n'en crois rien, Harry ; ni vous non plus, je pense. Quoi qu'il en soit, pour un motif ou pour un autre — par orgueil peut-être, car j'étais alors fort orgueilleux —, il est de fait que je me précipitai vers la porte. Là, naturellement, je tombai sur Lady Brandon : "Vous n'allez pas si tôt vous sauver, Mr. Hallward ?", cria-t-elle à tue-tête. Vous connaissez sa voix singulièrement perçante ?

— Oui, Lady Brandon a tout du paon, excepté la beauté,

dit Lord Henry, effeuillant la marguerite de ses longs doigts nerveux.

— J'eus beau faire, je ne pus lui échapper. Elle me présenta à des Altesses royales, puis à des personnages chamarrés de croix et de jarretières, puis à des matrones à hautes tiares et à nez de perruche. À tous, elle parlait de moi comme de son plus cher ami. Je ne l'avais jamais rencontrée qu'une fois, mais elle s'était juré de faire de moi le lion [1] de la soirée. Un de mes tableaux venait alors, ce me semble, de remporter un grand succès ; en tout cas, les journaux à deux sous en avaient beaucoup parlé, ce qui est, au XIXe siècle, le critère de l'immortalité. Soudain je me trouvai face à face avec le jeune homme dont la personnalité m'avait si étrangement ému. Nous étions tout proches l'un de l'autre, presque à nous toucher. De nouveau nos regards se rencontrèrent. Étourdiment, je priai Lady Brandon de me présenter. Mais après tout, peut-être fût-ce moins l'effet d'une étourderie que d'un inévitable destin. Présentés ou non, nous nous serions parlé, j'en suis sûr. Dorian, dans la suite, me fit le même aveu. Il avait senti, comme moi, que nous étions appelés à nous connaître.

— Et quel croquis Lady Brandon vous fit-elle de ce jeune homme ? Je sais qu'elle a la manie de donner en quelques mots un *précis* [2] de tous ses invités. Il me souvient qu'un jour, me présentant à un vieux gentleman, truculent, cramoisi, enrubanné de tous les ordres imaginables, elle me chuchota à l'oreille, en une sorte d'aparté tragique que tout le salon ne pouvait manquer d'entendre, des confidences absolument stupéfiantes. Pensez si je déguerpis ! J'aime à deviner les gens moi-même. Mais Lady Brandon en use à l'égard de ses hôtes, exactement comme un commissaire priseur à l'égard de ses marchandises. Elle les décrit tout de travers, ou bien n'en laisse rien ignorer, excepté ce qu'on voudrait savoir.

---

1. Au sens de « vedette ». Le terme, qui désignait souvent des jeunes hommes de lettres prometteurs, était à la mode au XIXe siècle. **2.** En français dans le texte.

— Pauvre Lady Brandon, vous n'êtes pas tendre pour elle, Harry ! fit simplement Hallward.

— Mon cher ami, elle a tenté de fonder un *salon* [1] et n'a réussi qu'à ouvrir un restaurant. Comment pourrais-je l'admirer ? Mais, dites-moi, que vous servit-elle sur le jeune Dorian Gray ?

— Oh ! quelque chose dans ce genre : “Charmant garçon !... Étions inséparables, sa pauvre mère et moi !... Complètement oublié ce qu'il fait !... Rien du tout, j'ai bien peur... Ah ! si, il joue du piano... Du piano ou du violon, cher Mr. Gray ?” Malgré nous, nos deux rires fusèrent. Et du coup nous devînmes amis.

— L'amitié peut commencer plus mal et ne saurait mieux finir que dans un rire », fit le jeune lord, cueillant une nouvelle marguerite.

Hallward secoua la tête :

« Harry, murmura-t-il, vous ne comprenez pas ce qu'est, en pareil cas, l'amitié ou la haine. Vous, vous aimez tout le monde ; autant dire que vous n'aimez personne.

— Mais c'est une horrible injustice ! s'écria Lord Henry, rejetant son chapeau en arrière et regardant en l'air de légers nuages qui, pareils aux écheveaux emmêlés d'une soie blanche et lustrée, fuyaient sous la coupole turquoise du ciel d'été. Oui, une horrible injustice ! Je fais grande différence entre les gens. Je choisis mes amis pour leur belle mine, mes connaissances pour leur belle renommée, et mes ennemis pour leur bel esprit. On ne saurait être trop circonspect dans le choix de ses ennemis. Je n'en ai pas un qui soit un sot. Tous ont une certaine valeur intellectuelle, ce qui fait qu'ils savent tous m'apprécier. Est-ce là trop de fatuité de ma part ? Oui, c'est un peu fat, sans doute.

— Je le croirais assez, Harry. Mais, si je m'applique la règle de vos classements, je ne suis pour vous qu'une simple connaissance.

1. En français dans le texte.

— Mon cher Basil, vous êtes pour moi beaucoup plus qu'une connaissance.

— Et beaucoup moins qu'un ami. Mettons une sorte de frère.

— Oh ! les frères ! Je me soucie bien des frères !... Mon frère aîné ne veut pas mourir, et mes cadets ne font que cela.

— Harry ! s'exclama Hallward, le regard sévère.

— Mon cher, ne me prenez pas trop au sérieux. Mais je n'y peux rien, je déteste mes proches. Cela vient sans doute de ce qu'on a peine à souffrir chez d'autres ses propres défauts. Je comprends à merveille la rage de la démocratie anglaise contre ce qu'elle appelle les vices des hautes classes. Les masses sont d'avis que l'ivrognerie, la sottise et la débauche devraient rester leur seule propriété ; et dès que l'un de nous s'avilit, c'est comme s'il braconnait sur leurs terres. Quand ce pauvre Southwark comparut devant la Cour des Divorces [1], l'indignation du peuple toucha vraiment au sublime. Et pourtant, je ne crois pas que dix pour cent des prolétaires vivent correctement.

— Je ne puis souscrire à une seule bribe de ce discours ; bien plus, Harry, je gagerais que vous-même n'en croyez pas un mot. »

Lord Henry caressa sa barbe brune, taillée en pointe, et, de sa canne d'ébène ornée de glands, tapota le bout de sa bottine vernie.

« Ah ! que vous êtes bien anglais, Basil ! Voilà deux fois que vous me faites cette remarque. Avancez une idée devant un pur Anglais — ce qui est toujours risqué — jamais il ne s'avisera d'examiner si l'idée est vraie ou fausse. Il n'attachera d'importance qu'à discerner si vous y croyez vous-même. La valeur d'une idée n'a pourtant rien à voir avec la conviction de celui qui l'exprime. Bien mieux : moins le défenseur est sincère, et plus l'idée a chance d'être purement intellectuelle, car elle ne reflète en ce cas ni ses intérêts, ni ses désirs, ni ses préjugés. Mais nous n'allons pas discuter politique, sociologie ou méta-

1. Le tribunal du *Divorce Court* avait été fondé en 1857 pour simplifier la procédure de divorce.

physique. J'aime les personnes bien plus que les principes. Revenons plutôt à Dorian Gray. Le voyez-vous souvent ?

— Oui, tous les jours. Si je restais un jour sans le voir, je serais malheureux. Il m'est absolument indispensable.

— Voilà qui me surprend ! Je croyais que vous n'aviez rien à cœur, que votre art.

— C'est que tout mon art, désormais, c'est lui, prononça gravement le peintre. Il m'arrive de penser qu'il n'y a, dans l'histoire du monde, que deux faits vraiment dignes de faire époque. Le premier est l'apparition, dans l'Art, d'une technique nouvelle ; le second est l'apparition, dans l'Art également, d'un type nouveau. Ce qu'a été pour les Vénitiens l'invention de la peinture à l'huile, le visage d'Antinoüs [1] l'a été pour les derniers sculpteurs grecs, et le visage de Dorian Gray le sera quelque jour pour moi. Non pas seulement que je peigne d'après lui, dessine d'après lui, esquisse d'après lui. J'ai fait tout cela sans doute. Mais il est pour moi bien plus qu'un motif ou un modèle vivant. Je ne veux pas dire que je sois mécontent de ce que j'ai tiré de lui, ni que sa beauté soit telle que l'Art ne puisse la rendre : et je reconnais volontiers que depuis ma rencontre avec Dorian Gray, les œuvres que j'ai faites sont belles ; oui, les plus belles de ma vie. Mais par une influence curieuse — je me demande si vous me comprendrez ! —, sa personnalité même m'a suggéré une manière d'art tout à fait imprévue, un style entièrement nouveau. Je n'ai plus ni la même vision, ni la même conception des choses. Il m'est loisible maintenant de recréer la vie, selon des rythmes qui naguère m'étaient insaisissables. De qui donc est cette parole : "Un rêve de beauté en des jours de pensée ?" Je ne sais plus. Mais voilà bien ce qu'a été pour moi Dorian Gray. La seule présence visible de cet adolescent — car, à mes yeux, il n'est guère qu'un adolescent, malgré ses vingt ans passés ! — oui, sa seule présence visible... Mais

---

1. Jeune homme grec fameux pour sa beauté. Aimé de l'empereur Hadrien, il se noya dans le Nil, près de Besa, en 122 après J.-C. Hadrien fit dresser un temple et fonda la ville d'Antinoé en sa mémoire. Wilde le cite dans « Le Jeune Roi », *Le Prince heureux et autres contes*.

j'ai bien peur que vous ne puissiez comprendre ce que tout cela signifie !... Inconsciemment, Dorian me fournit les traits d'une école nouvelle, d'une école où se retrouvera toute la flamme de l'inspiration grecque. L'harmonie de l'âme et du corps, quelle merveille ! Dans notre folie, nous avons séparé ces deux composants, et nous avons inventé un réalisme qui est vulgaire et un idéalisme qui est creux. Si vous saviez, Harry, ce qu'est pour moi Dorian Gray ! Vous rappelez-vous ce paysage qu'Agnew[1] offrit de me payer si cher, mais dont je ne voulus pas me séparer ? C'est, de toutes mes œuvres, l'une des meilleures. Or, savez-vous pourquoi ? Parce que, tandis que je peignais cette toile, Dorian Gray était assis à mon côté. De lui à moi s'exerçait une influence subtile ; et, pour la première fois de ma vie, dans de simples frondaisons, me fut révélée cette magie que j'appelais sans cesse et qui se dérobait toujours.

— Basil, voilà qui est extraordinaire ! Il faut que je voie ce Dorian Gray. »

Hallward se leva de son siège et se mit à arpenter le jardin. Il ne tarda guère à revenir.

« Harry, dit-il, Dorian m'est simplement un motif artistique. Il se peut que rien ne vous frappe en lui. Moi, j'y découvre un monde. Jamais il n'est plus présent dans mon œuvre que lorsque son image même n'y figure point. Comme je vous l'ai dit, il me suggère une manière nouvelle. Je le retrouve dans la courbe de certaines lignes, dans la grâce et la subtilité de certaines couleurs. Et c'est tout.

— Alors, demanda Lord Henry, pourquoi ne pas exposer son portrait ?

— Parce que, sans le vouloir, j'y ai mis l'expression de mon étrange idolâtrie d'artiste. Certes, je me suis toujours gardé de la trahir devant Dorian. Il l'ignore absolument. Il l'ignorera toujours. Mais le monde pourrait la deviner. Or, je n'entends pas mettre mon âme à nu sous les yeux d'un public inquisiteur et

---

1. Sir William Agnew (1825-1910), célèbre marchand de tableaux de Bond Street à Londres.

vil. Jamais mon cœur ne battra sous son microscope. Il y a là trop de moi-même, Harry, beaucoup trop de moi-même.

— Les poètes, mon cher, n'ont pas tant de scrupules. Ils savent combien l'intimité aide au succès et que, de nos jours, un cœur brisé se tire à maintes éditions.

— C'est en quoi je les déteste, s'écria Hallward. Un artiste doit créer de belles choses, mais sans y rien mettre de sa propre vie. De nos jours, on traite l'art comme s'il n'était qu'une des formes naturelles de l'autobiographie. Nous avons perdu le sens abstrait de la beauté. Je veux, quelque jour, en apporter la révélation au monde. Et voilà pourquoi le monde ne verra jamais mon portrait de Dorian Gray.

— À mon avis, vous avez tort, Basil, mais je n'argumenterai pas contre vous. Il n'y a, pour argumenter que les désespérés de l'esprit. Dites-moi, Dorian Gray vous aime-t-il passionnément ? »

Le peintre réfléchit quelques instants, puis répondit :

« Il m'aime. Je suis sûr qu'il m'aime. Il est vrai que je l'encense éperdument. Je trouve un singulier plaisir à certaines louanges dont je sens la folie, et que je regrette, à peine échappées. En général, il est charmant avec moi, et nous restons dans mon atelier à deviser des choses les plus diverses. Il y a des jours, en revanche, où il se montre terriblement inconsidéré, où l'on dirait qu'il prend un réel plaisir à me faire de la peine. Je sens alors, Harry, que j'ai donné toute mon âme à un être qui ne la traite guère autrement qu'une fleur à passer à sa boutonnière, un bout de décoration d'où tirer gloriole, la vaine parure d'un jour d'été.

— Les jours d'été sont bien longs, murmura Lord Henry. Peut-être sentirez-vous la lassitude avant Dorian. Si triste que soit cette pensée, il est hors de doute que le Génie dure plus longtemps que la Beauté. C'est du reste l'explication de notre effort à tous vers la haute culture. Dans la lutte féroce pour la vie, nous sentons le besoin d'une force qui demeure ; et nous nous remplissons l'esprit d'un tas de niaiseries, dans le vain espoir d'assurer notre prestige. Le monsieur qui sait tout à fond : voilà l'idéal d'aujourd'hui. Et pourtant, quelle horreur que l'esprit du monsieur qui sait tout à fond ! On dirait la boutique d'un marchand de bric-à-brac. Ce n'est que poussière et monstruosités, et tout y est coté au-dessus de sa valeur. Je crois, quand même, que vous serez lassé le premier. Un beau jour, vous regarderez votre ami et il vous paraîtra que ses lignes ne sont plus aussi impeccables, ou bien quelque chose vous choquera dans la nuance de son teint, ou que sais-je encore ? Vous lui en voudrez amèrement, au fond du cœur ; et, de bonne foi, vous estimerez indigne sa conduite envers vous. À sa prochaine visite, vous n'aurez plus pour lui que froideur et indifférence. Le plus triste est que, de ce jour, vous ne serez plus le même homme. Car c'est un vrai roman que vous venez de me conter : appelons-le, si vous voulez, un roman artistique. Or, le fâcheux d'un roman vécu, quel qu'il soit, c'est qu'il nous laisse, en fin de compte, si peu romanesque !

— Harry, ne parlez pas ainsi. Tant que je vivrai, je resterai sous le charme de Dorian Gray. Vous ne pouvez comprendre ce que je ressens. Vous êtes trop volage.

— Mais, mon cher Basil, c'est justement pour cela que je puis le comprendre. Ceux qui sont fidèles ne connaissent de l'amour que sa trivialité ; ce sont les infidèles, qui en connaissent les tragédies. »

Et, frottant une allumette contre un délicat étui d'argent, Lord Henry se mit à fumer une cigarette, de l'air fier et satisfait d'un homme qui, dans une phrase, vient de résumer l'univers.

Des moineaux piailleurs s'agitaient dans le feuillage laqué des lierres, et les ombres bleues des nuages se poursuivaient sur le gazon, comme des hirondelles. Qu'il faisait bon dans ce jardin ! Et combien les émotions des gens étaient délicieuses, — infiniment plus délicieuses, lui semblait-il, que leurs idées ! L'observation de son âme et les passions de ses amis, telles étaient les deux fascinations de sa vie. Et dans un silence amusé, il se représentait le goûter fastidieux que cette longue visite à Basil Hallward lui avait fait manquer. S'il était allé chez sa tante, il y eût fatalement trouvé Lord Goodbody, et toute la conversation aurait roulé sur l'assistance aux pauvres et sur la nécessité de construire des maisons modèles. Chacun aurait exalté les vertus que sa condition le dispensait de pratiquer dans la vie. Les riches auraient vanté les bienfaits de l'économie, et les oisifs éloquemment disserté sur la dignité du travail. Quel bonheur d'avoir échappé à tout cela !

Comme il pensait à sa tante, une idée le frappa tout à coup. Se tournant vers Hallward, il lui dit :

« Mon cher ami, enfin je me rappelle !

— Que vous rappelez-vous, Harry ?

— Je me rappelle où j'ai entendu parler de Dorian Gray.

— Où était-ce ? demanda Hallward, dont les sourcils se froncèrent légèrement.

— Oh ! Basil, ne prenez pas cet air courroucé. C'était chez ma tante, Lady Agatha. Elle m'annonça un jour qu'elle venait de découvrir un jeune homme extraordinaire, qui allait lui prêter son concours pour les œuvres dans l'East End[1]. Elle ajouta qu'il se nommait Dorian Gray. Mais je dois dire qu'elle ne souffla mot de sa beauté physique. Les femmes, tout au moins les honnêtes femmes, ne savent pas apprécier la beauté physique. Elle me dit qu'il était très sérieux et qu'il avait une belle nature. Je m'imaginai aussitôt un pauvre diable à lunettes, aux cheveux longs et plats, criblé de taches de rousseur et promenant deux pieds interminables. Que n'ai-je su alors qu'il était votre ami !

— Je me félicite que vous l'ayez ignoré, Harry.

— Mais pourquoi ?

— Parce que je ne tiens pas à ce que vous l'approchiez.

— Vous ne tenez pas à ce que je l'approche ?

— Non.

— Mr. Dorian Gray est dans l'atelier de monsieur, annonça le domestique venu au jardin.

---

1. Partie de Londres, à l'est de la City. Ce quartier commercial et industriel était habité au XIXe siècle par une population généralement pauvre, d'où les œuvres charitables de Lady Agatha. La proximité des docks et du port de Londres en faisait une zone mal famée et dangereuse.

— Cette fois, vous serez bien forcé de me présenter », ricana Lord Henry.

Le peintre se tourna vers son visiteur, debout dans le soleil aveuglant.

« Parker, vous prierez Mr. Gray d'attendre. Je viens dans un moment. »

L'homme s'inclina et remonta l'allée.

Alors, les yeux fixés sur Lord Henry, Basil Hallward supplia :

« Dorian Gray est mon plus cher ami. C'est une belle et candide nature. Votre tante ne vous a rien dit de lui qui ne soit strictement vrai. Ne le gâtez pas. N'essayez pas sur lui votre influence. Elle serait mauvaise. Le monde est vaste et renferme nombre de créatures admirables. Ne m'enlevez pas la seule personne qui donne à mon art tout ce qu'il a de charme. Ma vie, en tant qu'artiste, repose sur Dorian. Songez-y, Harry. Ne trompez pas ma confiance ! »

Il parlait avec une extrême lenteur, comme si chaque parole arrachée de sa poitrine lui eût coûté un effort.

« Quelles sornettes me contez-vous là ? » fit Lord Henry, dans un sourire.

Et prenant Hallward par le bras, il le fit rentrer presque malgré lui.

CHAPITRE II

Dès l'entrée, ils aperçurent Dorian Gray. Il était au piano, le dos tourné, et feuilletait un recueil de Schumann : *Les Scènes de la Forêt* [1].

« Basil, s'écria-t-il, vous me prêterez ces mélodies, que je les apprenne. Elles sont ravissantes.

— Entendu, Dorian, si vous posez bien aujourd'hui.

---

1. Cette œuvre pour piano de Robert Schumann (*Waldszene*), op. 82, fut composée en 1849.

— Oh ! non, je suis las de poser, et je n'ai que faire de mon portrait grandeur nature ! » répondit le jeune homme, en virant sur le tabouret de piano, d'un mouvement brusque et décidé.

À la vue de Lord Henry, une légère rougeur lui monta au visage. D'un bond, il fut debout.

« Excusez-moi, Basil. Je ne vous savais pas en compagnie.

— Mon cher Dorian, je vous présente Lord Henry Wotton, un vieil ami d'Oxford. Je venais justement de lui parler de vous comme d'un modèle incomparable, et voilà que vous avez tout gâté !

— Sauf pourtant le plaisir que me donne votre rencontre, Mr. Gray, dit Lord Henry, s'avançant et lui tendant la main. Ma tante m'a souvent parlé de vous. Vous êtes un de ses favoris et aussi, je le crains, une de ses victimes.

— Lady Agatha m'a rayé de ses papiers ! répondit Dorian, prenant drôlement une mine contrite. J'avais promis de l'accompagner, mardi dernier, à certain club de Whitechapel[1], et je n'y ai plus pensé du tout. Nous devions jouer ensemble un duo, et même trois duos, je crois. Je me demande ce qu'elle va me dire. C'est au point que je n'ose aller la voir.

— Oh ! je me charge de vous réconcilier avec ma tante. Elle vous veut beaucoup de bien. D'ailleurs, je ne pense pas que votre oubli ait eu grande importance. Il est probable que les auditeurs se sont imaginé tout de même entendre un duo. Quand ma tante Agatha est au piano, elle fait largement du bruit pour deux.

— Voilà qui est assez méchant pour elle, et peu flatteur pour moi », observa Dorian, en riant.

Lord Henry le regardait. Oui, sans conteste, il était beau, merveilleusement beau, avec ses lèvres vermeilles et finement arquées, ses yeux bleus si francs, sa chevelure aux boucles dorées. Son visage avait une expression qui inspirait aussitôt la confiance. Il reflétait la pureté à la fois candide et ardente de

---

1. Quartier pauvre de l'East End, où avaient été créés plusieurs clubs philanthropiques. C'est dans ce même quartier qu'éclata, en 1888, l'affaire Jack l'Éventreur.

la jeunesse. On sentait que cet adolescent s'était gardé sans tache, à l'abri du monde. Comment s'étonner de l'adoration de Basil Hallward ?

« Vous êtes trop charmant, Mr. Gray, pour vous adonner à la philanthropie, beaucoup trop charmant. »

Et Lord Henry, s'étendant sur le sofa, ouvrit son étui à cigarettes.

Le peintre, pendant ce temps, avait fait sa palette et préparé ses pinceaux. Il semblait ennuyé. Quand il entendit la dernière réflexion de Lord Henry, il lui lança un regard, hésita une seconde, et dit :

« Harry, je voudrais finir ce portrait aujourd'hui. Puis-je, sans vous blesser, vous demander de nous laisser seuls ? »

Lord Henry eut un sourire, et se tournant vers Dorian Gray, demanda :

« Dois-je partir, Mr. Gray ?

— De grâce, n'en faites rien, Lord Henry ! Je vois que Basil est dans un de ses jours de mauvaise humeur, et je ne puis le souffrir, quand il est maussade. D'ailleurs, vous avez à m'expliquer pourquoi la philanthropie n'est pas faite pour moi.

— Non, je recule devant cette explication, Mr. Gray. C'est un sujet si aride que je serais forcé d'en parler avec gravité. Mais je me garderai bien de partir quand vous me demandez de rester. Sérieusement, Basil, vous ne m'en voudrez pas ? Vous m'avez dit et redit qu'il vous plaît qu'on bavarde avec vos modèles. »

Hallward se mordit la lèvre.

« Si tel est le bon plaisir de Dorian, j'en conviens, vous ne pouvez que demeurer. Les caprices de Dorian ont force de loi pour tous, excepté pour lui-même. »

Lord Henry prit son chapeau et ses gants.

« Votre insistance m'est sensible, Basil. Mais vraiment, il faut que je m'en aille. J'ai un rendez-vous à l'"Orléans"[1]. Au revoir,

---

1. Petit club du quartier de St. James, que fréquentait Lord Queensberry, père de Lord Alfred Douglas. Il était réputé pour sa cuisine et ses vins.

Mr. Gray. Venez me voir un après-midi, Curzon Street[1]. Je suis presque toujours chez moi vers cinq heures. Annoncez-moi votre visite par un petit mot. Je serais désolé de vous manquer.

— Basil, s'écria Dorian Gray, si Lord Henry Wotton s'en va, je m'en vais aussi. Vous ne desserrez pas les lèvres tant que vous êtes à vos pinceaux, et je ne sais rien d'ennuyeux comme d'être là, planté sur une estrade, à prendre des airs gracieux. Demandez-lui de rester. J'y tiens absolument.

— Restez, Harry, pour contenter Dorian Gray, et pour me faire plaisir, dit Hallward, les yeux fixés sur le portrait. C'est absolument vrai : je ne parle jamais quand je travaille, pas plus que je n'écoute ; et ce doit être mortellement ennuyeux pour mes pauvres modèles. Restez, je vous en prie.

— Et mon rendez-vous à l'"Orléans" ? »

Le peintre se mit à rire.

« Je ne pense pas que vous en soyez bien en peine. Rasseyez-vous, Harry. Et maintenant, Dorian, grimpez sur l'estrade ; ne remuez pas trop, et ne faites aucune attention à ce que vous dira notre Lord. C'est un homme qui a très mauvaise influence sur tous ses amis, moi seul excepté. »

Avec des airs de jeune martyr grec, Dorian Gray monta sur l'estrade et fit une petite *moue*[2] à Lord Henry qui déjà lui plaisait beaucoup. Il ressemblait si peu à Basil ! De l'un à l'autre, quel délicieux contraste ! Et sa voix était si belle ! Au bout de quelques instants, il lui dit :

« Est-ce vrai que vous exercez une très mauvaise influence, Lord Henry ? Aussi mauvaise que le prétend Basil ? Toute influence est immorale ; oui, scientifiquement immorale.

— Mais pourquoi ?

— Parce que, influencer quelqu'un, c'est lui donner son âme. Quiconque est influencé n'agite plus ses propres pensées, ne brûle plus de ses propres passions. Ses vertus ne lui appartiennent pas vraiment. Ses péchés — s'il exista jamais rien de tel — sont pareillement d'emprunt. Il devient l'écho d'une

1. Rue élégante située dans Mayfair. 2. En français dans le texte.

musique étrangère, il joue un rôle composé pour un autre. Se développer soi-même : tel est le but de la vie. C'est pour s'épanouir pleinement que chacun de nous est ici-bas. De nos jours on a peur de soi-même. Personne qui n'ait oublié le devoir primordial, le devoir qui oblige chacun envers soi-même. Certes les gens sont charitables. Ils nourrissent les affamés, vêtent les gueux. Mais cependant leur âme est famélique et nue. Le courage a déserté notre race, si tant est que nous ayons jamais été courageux. La crainte de la société, qui est le fondement de la morale, la crainte de Dieu, qui est le secret de la religion : voilà les deux principes qui nous gouvernent. Et pourtant...

— Tournez la tête un peu plus à droite, Dorian, comme un enfant bien sage, demanda le peintre, tout à son travail, entièrement captivé par une expression qu'il observait, pour la première fois, sur le visage de l'adolescent.

— Et pourtant, continua Lord Henry, de sa voix grave et harmonieuse, en dessinant de la main ce geste onduleux qui n'était qu'à lui et qu'il avait eu dès le collège d'Eton [1], et pourtant, je crois que si un seul homme osait vivre sa vie pleine et entière, s'il osait manifester tous ses sentiments, exprimer toutes ses pensées, réaliser tous ses rêves, le monde en recevrait un tel renouveau de joie, que nous oublierions toutes les insanités du Moyen Âge, pour revenir à l'idéal hellène [2] — peut-être même à je ne sais quoi de plus beau et de plus complet que l'idéal hellène. Mais, le plus brave de nous a peur de son moi. La coutume sauvage de la mutilation a son prolongement tragique dans ce renoncement personnel qui désenchante notre vie. Nous portons la peine de nos résistances. Tout désir que nous cherchons à étouffer, couve en notre esprit et nous empoisonne. Que le corps pèche une bonne fois, et c'en est fait de son péché, car l'action a une vertu purificatrice. Il n'en reste rien, que le souvenir d'un plaisir ou la volupté d'un regret. Le seul moyen de se délivrer de la tentation, c'est d'y céder. Résis-

---

1. L'une des plus prestigieuses *public schools* d'Angleterre. 2. Grec.

tez-y, et votre âme languira, tourmentée du désir malsain de ce qu'elle-même s'est interdit, consumée de l'âpre envie de ce que ses lois monstrueuses ont rendu monstrueux et illicite. Les grands événements du monde, a-t-on dit, se passent dans le cerveau. C'est aussi dans le cerveau, et dans le cerveau seul, que se passent les grands péchés du monde. Vous-même, Mr. Gray, encore tout fleuri des roses vermeilles de la jeunesse et des roses blanches de l'enfance, vous avez senti des ardeurs qui vous ont effrayé ; conçu des pensées qui vous ont glacé d'horreur ; de tels rêves ont hanté vos veilles et vos nuits, que leur seule évocation vous ferait monter le rouge au visage.

— Assez ! balbutia Dorian Gray, assez ! vous me bouleversez. Je ne sais que dire. Il y aurait une réponse à vous faire, mais je ne la trouve pas. Ne parlez plus. Laissez-moi réfléchir, ou plutôt, m'efforcer de ne pas réfléchir. »

Il demeura, près de dix minutes, immobile, les lèvres entrouvertes, les yeux étincelants. Confusément, il sentait agir en lui des influences toutes nouvelles, mais qui, pensait-il, émanaient pourtant de lui seul. Les quelques paroles de l'ami de Basil — paroles dites au hasard, sans doute, et paradoxales à plaisir — avaient touché en lui une corde secrète, jusqu'alors ineffleurée, qui maintenant vibrait et palpitait d'étranges frémissements.

La musique l'avait remué de cette même façon. La musique l'avait troublé, maintes fois. Seulement la musique était inarticulée. Ce n'était pas un nouveau monde, mais plutôt un second chaos qu'elle créait en nous. Mais les mots, les simples mots ! Qu'ils étaient redoutables ! Qu'ils étaient clairs, aigus et cruels ! On ne pouvait leur échapper. Et d'autre part, ils étaient pleins d'une subtile magie. Ils semblaient à leur gré donner même à l'informe une forme plastique, jouir en propre d'une musique aussi douce que celle de la viole ou du luth ! Les simples mots ! Était-il rien au monde d'aussi réel ?

Oui, certaines heures de son enfance lui étaient restées longtemps incompréhensibles. Il les comprenait maintenant. Tout à coup, la vie prenait à ses yeux des splendeurs embrasées. À travers quelles flammes il avait marché ! Et comment n'en avait-il pas eu conscience ?

Avec un fin sourire, Lord Henry l'observait. Il connaissait à merveille ces moments psychologiques où il faut faire silence. Il se sentait vivement intéressé. Surpris de l'impression soudaine qu'avaient produite ses paroles et se rappelant comment une lecture lui avait, à seize ans, révélé tout un monde de choses ignorées, il se demandait si Dorian ne traversait pas, à cette même minute, une épreuve semblable. Il avait innocemment lancé une flèche en l'air. Aurait-elle touché le but ? En vérité, ce jeune homme était fascinant !

Cependant, à touches larges et hardies, Basil n'arrêtait pas de peindre, avec cette parfaite sûreté et cette délicatesse achevée qui, tout au moins en art, supposent toujours la force. Il ne remarquait pas le silence.

« Basil, s'écria tout à coup Dorian Gray, je suis fatigué de me tenir debout. Il faut que j'aille m'asseoir au jardin. L'air est étouffant ici.

— Excusez-moi, mon pauvre ami. Quand je suis à mes pinceaux, j'oublie tout le reste. Jamais d'ailleurs vous n'aviez si bien posé. Vous avez gardé une immobilité parfaite. Et j'ai saisi l'effet que je voulais : les lèvres mi-closes, la flamme vive du regard. Je me demande ce que Harry a bien pu vous dire pour vous donner cette merveilleuse expression. Sans doute vous a-t-il fait des compliments ? Gardez-vous bien de croire une seule de ses paroles.

— Il ne m'a pas fait, je vous assure, le moindre compliment. Et c'est pour cela peut-être que je ne crois rien de ce qu'il m'a dit. »

Enveloppant le jeune homme d'un regard rêveur et langoureux, Lord Henry protesta :

« Soyez franc. Tout ce que j'ai dit, vous le croyez. Je vous accompagne au jardin. Il fait une chaleur intenable dans cet atelier. De grâce, Basil, faites-nous servir à boire quelque chose de glacé, quelque chose à la fraise.

— Bien volontiers, Harry. Voudriez-vous sonner ? Dès que

Parker viendra, je lui dirai ce que vous désirez. Je reste pour achever ce fond. J'irai vous rejoindre plus tard. Ne retenez pas Dorian trop longtemps. Je me sens en veine de peindre aujourd'hui, comme jamais. Ce portrait sera mon chef-d'œuvre. Tel qu'il est, c'est déjà mon chef-d'œuvre. »

Lord Henry gagna le jardin. Il y trouva Dorian Gray, le visage blotti contre les grappes fraîches d'un lilas, et se grisant de leur parfum comme d'un vin capiteux. Il vint tout près de lui, et lui mettant la main sur l'épaule :

« Voilà qui est sagement agir, murmura-t-il. Rien, si ce n'est les sens, ne peut guérir l'âme, de même que rien, si ce n'est l'âme, ne peut guérir les sens. »

Le jeune homme tressaillit et se redressa. Il était tête nue ; la ramure avait rebroussé ses boucles rebelles et mêlé tous les fils de sa chevelure d'or. Ses yeux apeurés s'ouvraient, agrandis comme ceux des dormeurs qu'on réveille en sursaut ; ses fines narines frémissaient et, sous le coup d'une émotion secrète, ses lèvres tremblantes avaient perdu leur écarlate.

« Oui, poursuivit Lord Henry, c'est un des grands secrets de la vie : guérir l'âme par les sens, guérir les sens par l'âme. Vous êtes une étonnante créature. Vous savez plus de choses que vous n'en croyez savoir, et aussi bien vous connaissez moins de choses que vous n'aspirez à en connaître. »

Dorian Gray fronça les sourcils et détourna la tête. Il ne pouvait se défendre d'aimer ce grand et beau jeune homme, debout près de lui. Sa figure romanesque, son teint olivâtre, son air de lassitude, l'attiraient à l'envi. Sa voix grave et dolente exerçait sur lui une véritable fascination. Ses mains ellesmêmes, fraîches et blanches comme des fleurs, avaient un charme étrange. Leurs mouvements rythmés s'ajoutaient comme une musique à ses paroles : on eût dit qu'elles avaient leur langage. Pourtant Dorian avait peur de lui, et honte d'avoir peur. Il avait donc fallu qu'un étranger vînt le révéler à lui-même ? Depuis des mois il fréquentait Basil Hallward, sans que cette amitié eût rien changé en lui. Puis soudain, quelqu'un avait croisé sa route et d'un mot lui avait découvert le mystère de la vie. Mais, après tout, de quoi s'effrayait-il ? S'il eût été collégien ou fillette, à la bonne heure ! Ses craintes étaient ridicules.

« Allons nous asseoir à l'ombre, proposa Lord Henry. Parker vient de servir les rafraîchissements. D'ailleurs si vous restez exposé à ce soleil de feu, il gâtera votre visage et Basil ne voudra plus vous peindre. Non, vous n'avez pas le droit de vous laisser brunir. Ce ne serait pas joli !

— Eh ! qu'importe ? s'exclama gaiement Dorian Gray, en prenant place sur le banc, tout au fond du jardin.

— Il importe beaucoup pour vous, Mr. Gray.

— Pourquoi ?

— Parce que vous possédez la plus merveilleuse jeunesse, et que la jeunesse est le seul bien digne d'envie.

— Je n'ai pas cette impression.

— Non, vous n'avez pas cette impression pour le moment. Mais un jour viendra où vous serez vieux, laid, décrépit, où la pensée aura labouré votre front de ses sillons arides, et la passion flétri vos lèvres de ses odieux tisons ; ce jour-là vous l'aurez cette impression, dans toute son horreur. À présent, où que vous alliez, votre charme rayonne sur le monde. En sera-t-il ainsi toujours ?... Vous avez un visage d'une extraordinaire beauté, Mr. Gray. Ne froncez pas les sourcils. C'est un fait. Or la Beauté est une des formes du Génie. Que dis-je ? Elle surpasse même le Génie, n'ayant pas comme lui à se démontrer. Elle est une des réalités suprêmes de ce monde, comme l'éclat du soleil, comme l'éveil du printemps, comme le reflet dans une eau sombre de cette conque d'argent qu'on appelle la lune. La Beauté ne se discute pas. Elle règne de droit divin. Elle fait prince quiconque la possède. Vous souriez ? Ah ! vous ne sourirez plus, quand vous l'aurez perdue. On dit parfois que la Beauté est toute superficielle. Peut-être. Moins superficielle, en tout cas, que la Pensée. À mon sens, la Beauté est la merveille des merveilles. Il n'y a que les esprits légers pour ne pas juger sur les apparences. Le vrai mystère du monde est le visible, et non l'invisible... Oui, Mr. Gray, les dieux vous ont été bienveillants. Mais, ce qu'ils donnent, les dieux sont prompts à le reprendre. Vous n'avez que bien peu d'années à jouir vraiment, parfaitement et pleinement, de la vie. Votre jeunesse s'en ira, votre beauté avec elle, et vous découvrirez tout à coup qu'il faudra faire votre deuil des triomphes, ou bien vous contenter de triomphes médiocres, rendus plus amers que des défaites par le souvenir glorieux du passé. Chaque mois qui s'évanouit vous rapproche d'une horrible épouvante. Le Temps vous jalouse et guerroie contre vos lis et vos roses. Un jour votre teint sera blême, vos joues hâves, vos yeux ternes. Vous souffrirez abominablement. Ah ! tant que la jeunesse est à vous, demandez-lui tout ce qu'elle peut donner. Ne dissipez pas l'or de vos jours. N'allez pas écouter des fadaises, rêver le soulagement d'irrémédiables infortunes, vous consacrer au service d'êtres vils, ignorants et vulgaires. Voyez là le rêve maladif, le faux idéal de notre temps. Vivez ! Vivez la vie merveilleuse qui est en vous ! Que rien de votre être ne soit perdu. Soyez sans cesse à l'affût de sensations nouvelles. Ne reculez devant rien !... Un nouvel hédonisme [1] ; voilà ce qu'attend notre siècle. Pourquoi n'en seriez-vous pas le visible symbole ? Riche de tels dons personnels, il n'est rien que vous ne puissiez faire. Pour une saison, le monde est à vous. Dès l'instant où je vous rencontrai, je compris que vous n'aviez pleinement conscience ni du prodige que vous êtes, ni du prodige que vous pourriez être. Tant de choses me charmaient en vous, que je me sentis impérieusement poussé à vous parler un peu de vous-même. Quelle catastrophe, pensais-je, si tant d'attraits allaient être perdus ! Il est si court, le temps que durera votre jeunesse ! Hélas ! il est si court ! Les simples fleurs de la colline se fanent, mais pour refleurir. Ce cytise, quand juin reviendra, sera blond tout comme aujourd'hui. Dans un mois, cette clématite sera couverte d'étoiles de pourpre, et d'année en année les mêmes étoiles de pourpre illumineront la nuit glauque de son feuillage. Mais nous, jamais nous ne retrouverons la jeunesse. Le pouls,

---

1. Doctrine qui prend pour principe de la morale la recherche du plaisir et de la satisfaction (du grec *hedonê*, plaisir).

qui bat à vingt ans d'une fièvre joyeuse, peu à peu se ralentit. Nos membres fléchissent, nos sens se délabrent. Nous ne sommes plus bientôt que de hideuses marionnettes qu'obsède le souvenir des passions dont nous eûmes sottement peur, et des tentations exquises auxquelles nous n'eûmes pas le courage de céder. La jeunesse ! la jeunesse ! Il n'y a rien, absolument rien au monde, que la jeunesse ! »

Dorian Gray, les yeux dilatés, écoutait avec étonnement. La branche de lilas qu'il tenait à la main tomba sur le gravier. Une blonde abeille vint, en bourdonnant, voltiger quelque temps alentour, puis se mit à grimper, de fleur en fleur, aux flancs ovales du petit globe étoilé. Dorian l'observa avec l'étrange intérêt que nous prenons aux choses les plus banales, alors que des choses de haute importance nous préoccupent, qu'une émotion indéfinissable nous trouble, ou qu'une pensée, jugée effrayante, assiège notre esprit et sollicite notre acquiescement. L'abeille ne tarda pas à reprendre son vol. Dorian la vit se glisser dans le calice pastellisé d'un volubilis tyrien. La fleur parut tressaillir, puis doucement se balança sur sa tige.

Tout à coup le peintre se montra au seuil de l'atelier et, gesticulant nerveusement, leur fit signe de rentrer. Ils se tournèrent l'un vers l'autre et sourirent.

« Je vous attends, leur criait-il. Revenez. La lumière est incomparable. Rien ne vous empêche de transporter ici vos rafraîchissements. »

Ils se levèrent et lentement descendirent l'allée. Deux papillons vert et blanc voltigèrent près d'eux, et sur le poirier, à l'angle du jardin, une grive se mit à chanter.

« Êtes-vous content de m'avoir rencontré, Mr. Gray ? demanda Lord Henry, les yeux sur le jeune homme.

— Oui, je suis content, maintenant. Mais qui sait si je le serai toujours ?

— Toujours ! Voilà un mot terrible. Je ne l'entends jamais sans un frisson. Les femmes ont la rage de l'employer. Elles gâtent toutes les aventures à vouloir qu'elles durent toujours. C'est d'ailleurs un mot vide de sens. La seule différence entre un simple caprice et une passion éternelle, c'est que le caprice dure un peu plus longtemps ! »

Comme ils entraient dans l'atelier, Dorian Gray posa la main sur le bras de Lord Henry, et rougissant de sa propre hardiesse :

« S'il en est ainsi, murmura-t-il, faisons de notre amitié un caprice ! » Puis il monta sur l'estrade et reprit la pose.

Renversé dans un large fauteuil d'osier, Lord Henry l'observait. Rien ne troublait le silence, que les frôlements légers du pinceau sur la toile et, de temps à autre, un bruit de pas, quand Basil Hallward prenait du recul pour mieux juger de son travail. Dans les rayons obliques qui filtraient par l'ouverture de la porte, la poussière tourbillonnait en grains dorés. Sur toutes choses semblait traîner le violent parfum des roses.

Au bout d'un quart d'heure environ, Hallward s'arrêta de peindre, regarda longuement Dorian Gray, longuement le portrait, puis, mordillant la pointe d'un de ses pinceaux et fronçant les sourcils :

« Cette fois, c'est fini ! » s'écria-t-il. Et, se courbant, il mit sa signature au coin gauche de la toile, en hautes lettres vermillon.

Lord Henry vint examiner le tableau. Assurément c'était une merveilleuse œuvre d'art, et c'était aussi un merveilleux portrait, saisissant de ressemblance.

« Mes plus sincères félicitations, mon cher ami. Ce portrait est le plus beau des temps modernes. Approchez, Mr. Gray. Venez vous contempler vous-même. »

Le jeune homme tressaillit, comme tiré d'un rêve, et descendant de l'estrade, interrogea :

« Est-ce vraiment fini ?

— Oui, tout à fait, répondit le peintre. Et vous avez remarquablement posé aujourd'hui. Je ne puis assez vous remercier.

— Mais c'est à moi que vous êtes redevable de cette sagesse, intervint Lord Henry. N'est-ce pas, Mr. Gray ? »

Dorian avança lentement, sans répondre. Arrivé au chevalet, il se tourna vers son portrait, eut un léger sursaut et ne put se défendre de rougir de plaisir. Une lueur joyeuse s'alluma dans ses yeux, comme si, pour la première fois, il venait de se reconnaître. Il restait là, cloué par la surprise, sachant à peine que Basil lui parlait, laissant glisser les mots sans les comprendre. Le rayonnement de sa propre beauté l'éclairait comme une révélation. Jamais avant ce jour elle ne l'avait pénétré. Dans les compliments de Basil il n'avait voulu voir que l'exagération charmante de l'amitié. Il les avait écoutés, pris en riant, puis oubliés. Ils étaient restés sans influence sur lui. Mais alors était survenu Lord Henry Wotton, avec son étrange panégyrique[1] de la jeunesse, puis le terrible rappel de sa brièveté. Cette conversation l'avait aussitôt frappé et maintenant que l'extase l'immobilisait devant l'image de sa propre beauté, voici que dans une clarté fulgurante, il en saisissait toute la vérité. Oui, un jour viendrait où son visage serait creusé de rides et flétri, ses yeux vagues et éteints, la grâce de ses lignes alourdie et faussée. L'écarlate s'effacerait de ses lèvres et ses cheveux perdraient leur or fluide. La vie, à mesure qu'elle formerait son âme, déformerait son corps. Il lui faudrait devenir horrible, hideux, grotesque.

À cette pensée, il se sentit transpercé d'une douleur aiguë comme une lame, un frisson le secoua jusqu'en ses fibres les plus secrètes. Ses yeux prirent un bleu sombre d'améthyste et s'embuèrent de larmes. Il lui semblait qu'une main de glace s'était posée sur son cœur.

« Le portrait ne vous plaît-il pas ? demanda enfin Hallward, un peu piqué par le silence du jeune homme et ne sachant à quoi l'attribuer.

— Naturellement il lui plaît, dit Lord Henry. À qui ne plairait-il pas ? C'est une des maîtresses pièces de l'art moderne. Je vous en donnerai ce que vous voudrez, mais je tiens à l'avoir.

— Je n'en suis pas le propriétaire, Harry.

— Et à qui donc appartient-il ?

— Mais, à Dorian, répondit le peintre.

— Voilà un garçon qui peut s'estimer heureux.

— Oh ! quelle pitié ! murmura Dorian Gray, les yeux encore

1. Discours louangeur.

fixés sur son portrait. Quelle pitié ! Je deviendrai vieux, horrible, repoussant. Et cette peinture restera toujours jeune. Elle ne sera jamais plus âgée que ce jour de juin. Oh ! que n'est-ce le contraire ! Que n'est-ce à moi de rester toujours jeune, au portrait de vieillir ! Pour ce miracle, je donnerais tout. En vérité, il n'y a rien au monde que je ne fusse prêt à sacrifier ! Pour ce miracle, je donnerais mon âme.

— Voilà un arrangement qui ne vous conviendrait guère, Basil, fit en riant Lord Henry. Il serait plutôt fâcheux pour votre œuvre.

— Je m'y refuserais avec la dernière énergie », assura Hallward.

Dorian Gray se retourna vers lui et dit, en le fixant :

« Je crois, en effet, que vous refuseriez, Basil. Vous préférez votre art à vos amis. Je ne compte pas plus pour vous qu'une figurine de bronze vert. À vrai dire, je compte à peine autant. »

Le peintre le regarda, stupéfait. Ce langage était si peu celui de Dorian, qu'était-il donc arrivé ? Le jeune homme paraissait vraiment irrité. Le sang lui montait au visage et ses joues étaient en feu.

« Oui, poursuivit-il, vous faites de moi moins de cas que de votre Hermès d'ivoire ou de votre Faune [1] d'argent. Eux, vous les aimerez toujours. Moi, combien de temps vous plairai-je ? Jusqu'à ma première ride, sans doute. Je sais maintenant qu'en perdant la beauté, petite ou grande, on perd tout. C'est à votre peinture que je dois cette leçon. Lord Henry a parfaitement raison. La jeunesse est le seul bien qui vaille. Au premier signe de décrépitude, je me tuerai. »

Hallward, devenu pâle, le saisit par la main :

« Dorian, Dorian, s'écria-t-il, ne parlez pas ainsi. Je n'ai jamais eu et je ne retrouverai jamais un ami tel que vous. Voyons, vous

---

1. Le dieu Hermès était vénéré par les Grecs comme patron des orateurs, comme inventeur de l'alphabet, de la musique, de l'astronomie, des poids et mesures, de la gymnastique. Le Faune était une divinité champêtre associée à la fertilité, plus tard identifiée au dieu Pan. Son corps velu, ses pieds fourchus et ses longues oreilles en pointe lui donnaient un aspect animal.

n'allez pas jalouser des objets matériels, que vous surpassez tous en beauté ?

— Je suis jaloux de toute beauté qui ne meurt pas. Je suis jaloux du portrait que vous avez fait de moi. Pourquoi garderait-il ce que je dois perdre ? Chaque minute qui passe ajoute à son charme ce qu'elle ravit au mien. Oh ! que n'est-ce le contraire ! Si le portrait pouvait changer et moi rester tel qu'aujourd'hui ! Qu'aviez-vous besoin de le peindre, ce portrait, dont l'ironie, la cruelle ironie, ne tardera pas à me poursuivre ? »

Des larmes brûlantes jaillirent de ses yeux. Il arracha sa main à l'étreinte de Basil et, tombant sur le sofa, enfouit son visage dans les coussins, comme pour une prière.

« Harry, voilà votre œuvre ! » dit le peintre amèrement.

Lord Henry haussa les épaules :

« Voilà le vrai Dorian Gray, tout simplement.

— Oh ! non pas !

— Admettons. Mais, en tout cas, je n'y suis pour rien.

— Vous auriez dû partir, quand je vous le demandais, murmura Basil.

— Je ne suis resté que sur votre demande, repartit Lord Henry.

— Harry, je ne veux pas me quereller à la fois avec mes deux meilleurs amis ; mais, à vous deux, vous me rendez haïssable la plus parfaite de mes œuvres, et je m'en vais la détruire. Qu'est-ce, après tout, qu'un peu de toile et de couleur ? Je ne souffrirai pas que ce portrait vienne gâter nos trois existences. »

Dorian Gray leva hors des coussins sa tête blonde et, les traits défaits, les yeux rougis de larmes, observa Basil. Le peintre alla droit à sa grande table de bois blanc, devant la fenêtre à large rideau. Que faisait-il donc ? Ses doigts couraient dans le fouillis des pinceaux séchés et des tubes d'étain. Que cherchait-il ainsi ? Oui, c'était cette fine lame d'acier flexible, le long couteau à palette. Et l'ayant enfin trouvé, il s'apprêtait à éventrer la toile.

Étouffant ses sanglots, le jeune homme bondit de la couche, courut à Hallward, lui arracha le couteau des mains et le lança au fond de l'atelier.

« Oh ! non, Basil. Oh ! non ! ce serait un meurtre !

— Je suis charmé de vous voir apprécier enfin mon tableau, Dorian, dit froidement le peintre, à peine revenu de sa surprise. Je n'osais plus y compter.

— L'apprécier, dites-vous ? Mais je l'adore, Basil. Je sens qu'il fait partie de moi-même.

— Eh bien, mon cher, sitôt que vous serez sec, on vous vernira, on vous encadrera, on vous portera à domicile ; et là, vous ferez de vous-même tout ce que bon vous semblera. »

Et traversant la pièce, il sonna pour le thé.

« Vous prendrez bien le thé, Dorian ? Et vous aussi, Harry ? À moins que ce plaisir ne vous paraisse trop simple.

— Mais je raffole des plaisirs simples, dit Lord Henry, c'est le dernier refuge des âmes compliquées. En revanche, je n'aime pas le drame, excepté sur la scène. Vous êtes vraiment trop absurdes, tous les deux ! Qui donc s'est avisé de définir l'homme un animal raisonnable ? Voilà bien la définition la plus prématurée qu'on ait jamais risquée. L'homme est tout ce qu'on voudra, mais non pas raisonnable. Et j'en suis fort aise, après tout. Pourtant, mes chers amis, je ne voudrais pas que ce portrait fût entre vous une cause de chamaillerie. Vous feriez mieux de me le céder, Basil. Ce méchant garçon n'y tient guère, et moi, j'en ai une envie folle.

— Si vous le donnez à un autre que moi, Basil, je ne vous le pardonnerai jamais, s'écria Dorian Gray. Et je ne permets à personne de me traiter de méchant garçon.

— Vous savez bien que le portrait est à vous, Dorian. Avant même de le peindre, je vous l'avais donné.

— Et vous savez aussi, dit Lord Henry, que vous venez d'être un peu méchant, Mr. Gray, et vous ne pouvez trouver mauvais qu'on vous rappelle votre extrême jeunesse.

— Je l'aurais trouvé fort mauvais ce matin, Lord Henry.

— Ce matin, oui ; mais, depuis, vous avez vécu. »

On frappa à la porte. Le maître d'hôtel entra et déposa sur une petite table japonaise le plateau préparé pour le thé. Il y eut un tintement de tasses et de soucoupes ; une bouilloire cannelée de Géorgie chantonna. Deux plats de Chine en forme de globe furent apportés par un jeune valet. Dorian Gray alla verser le thé. À pas lents les deux hommes s'approchèrent de la table et jetèrent un coup d'œil sous les couvercles chinois.

« Si nous allions au théâtre ce soir, proposa Lord Henry. On doit bien jouer, ici ou là, quelque chose d'intéressant. J'ai promis de dîner chez White [1], mais comme c'est avec un vieil ami, je n'ai qu'à lui télégraphier que je suis malade, ou qu'une nouvelle invitation m'empêche de venir. L'excuse, je crois, serait assez gentille, et présenterait tout l'imprévu de la candeur.

— C'est une telle corvée de se mettre en habit ! grommela Hallward. Et, l'habit endossé, c'est une telle horreur !

— Oui, répondit rêveusement Lord Henry, le costume du XIXe siècle est odieux. Il est trop sombre, trop attristant. Le péché est, du reste, la seule note de couleur vive qui subsiste dans la vie moderne.

— Harry, vous ne devriez pas dire des choses pareilles devant Dorian.

— Devant quel Dorian ? Celui qui nous sert présentement le thé ? Ou celui du portrait ?

— Devant aucun des deux.

— J'aimerais beaucoup aller au théâtre avec vous, Lord Henry, fit le jeune homme.

— Vous viendrez donc. C'est entendu. Et vous aussi, Basil ? N'est-ce pas ?

— Réellement, ce n'est pas possible. Il vaut mieux que je reste. J'ai trop à faire.

— Eh bien ! nous irons seuls tous les deux, Mr. Gray.

— Cela me ferait tant de plaisir ! »

Le peintre se mordit les lèvres et, la tasse à la main, marcha vers le portrait.

« Je resterai avec le vrai Dorian, dit-il tristement.

— Est-ce bien le vrai Dorian ? s'écria l'original du portrait, s'avançant à son tour. Suis-je réellement comme lui ?

---

1. Club fondé en 1693, dans le quartier de St. James. Wilde le fréquentait.

— Oui, tout à fait comme lui.

— Que c'est curieux !

— Vous l'êtes du moins en apparence. Mais lui, il ne changera jamais, soupira Hallward. C'est bien quelque chose.

— Que d'histoires pour cette fidélité !... s'écria Lord Henry. Pourtant, même en amour, c'est une question purement physiologique. Notre volonté n'a rien à y voir. Les jeunes gens voudraient être fidèles et ne le sont pas ; les vieux voudraient être infidèles et ne le peuvent plus. Voilà tout ce qu'on peut dire.

— Dorian, n'allez pas au théâtre ce soir, supplia Hallward. Restez. Nous dînerons ensemble.

— Impossible, Basil.

— Pourquoi ?

— J'ai promis à Lord Wotton de l'accompagner.

— Il ne vous saura aucun gré de tenir vos promesses. Lui-même viole constamment les siennes. Je vous en prie, n'y allez pas. »

Dorian Gray secoua la tête en riant.

« Je vous en conjure », insista Basil.

Le jeune homme eut une hésitation. Il se tourna vers Lord Henry qui, resté près de la table, les observait tous deux avec un sourire amusé. Puis il répondit :

« Décidément, Basil, j'irai au théâtre.

— Fort bien, dit Hallward, revenant vers le plateau pour y poser sa tasse. Il est assez tard, et si vous devez vous habiller, vous n'avez pas de temps à perdre. Au revoir, Harry. Au revoir, Dorian. Revenez me voir bientôt. Voulez-vous demain ?

— Certainement.

— Vous n'oublierez pas ?

— Mais non ! cria Dorian.

— Et vous... Harry !

— Eh bien, Basil ?

— Rappelez-vous ce que je vous ai demandé au jardin, ce matin.

— J'ai tout oublié.

— Je me fie à vous.

— Si je pouvais seulement me fier à moi-même ! dit en riant Lord Henry. Venez, Mr. Gray. Ma voiture est en bas et je puis vous mettre à votre porte. Au revoir, Basil. Je vous dois un après-midi délicieux. »

Quand la porte se fut refermée derrière eux, le peintre s'abattit sur le divan, et son visage prit une expression de souffrance.

CHAPITRE III

Dès midi et demi, le lendemain, Lord Henry Wotton s'en fut, en flânant, de Curzon Street à l'Albany[1], voir son oncle, Lord Fermor. C'était un vieux célibataire, fort plaisant, bien qu'un peu brusque. Les gens du peuple, ne tirant pas de lui grand profit, le traitaient d'égoïste ; mais les gens du monde le disaient généreux, car il régalait ceux qui l'amusaient. Son père avait été notre ambassadeur à Madrid, du temps qu'Isabelle était jeune et bien avant qu'on ne parlât de Prim[2]. Mais cédant un jour à un mouvement de dépit, il avait quitté la carrière diplomatique, fâché qu'on ne lui eût pas offert l'ambassade de Paris, pour laquelle il s'estimait tout désigné par sa naissance, sa paresse, le bel anglais de ses dépêches et son amour désordonné du plaisir. Le fils, qui faisait fonction de secrétaire, avait démissionné en même temps que le père. Le geste fut trouvé un peu étourdi. Mais, à quelques mois de là, devenu héritier du titre, Lord Fermor s'était consacré tout entier à l'art éminemment aristocratique de ne rien faire sur terre. Il possédait à Londres deux beaux hôtels, mais préférait vivre en appartement, trouvant le souci moindre, et c'est à son club qu'il pre-

1. Immeuble situé près de Piccadilly. Il était habité par de riches célibataires. Byron y vécut. 2. Juan Prim (1814-1870), général espagnol qui s'était opposé à la tyrannie d'Isabelle II, reine d'Espagne entre 1833 et 1868. Devenu l'homme le plus puissant de son pays en 1868, il mourut assassiné à Madrid.

nait presque tous ses repas. Il s'occupait un peu de ses houillères des Midlands[1], alléguant, pour s'excuser de cette tare industrielle, qu'un gentleman ne retirait de ses charbons d'autre bénéfice que de pouvoir entretenir d'honnêtes feux de bois à son propre foyer. En politique, il était conservateur, aussi longtemps du moins que les Conservateurs n'étaient pas au pouvoir, car, de ce jour, il leur reprochait crûment de n'être qu'un tas de radicaux. Il était un demi-dieu pour son valet qui le régentait à sa guise, et un être terrifiant pour la plupart de ses proches, qu'il entendait régenter à son tour. Un tel homme n'avait pu voir le jour qu'en Angleterre, et il ne cessait d'envoyer l'Angleterre au diable. Ses principes étaient surannés, mais ses préjugés ne laissaient pas d'être assez plausibles.

Lord Henry trouva son oncle assis dans sa chambre. En simple veston de chasse, il fumait un long cigare et lisait le *Times* en grognant.

« C'est vous, Harry ? dit le vieux gentleman. Eh ! qui vous amène de si bon matin ? Je croyais qu'un dandy de votre espèce ne se levait jamais avant deux heures et n'était guère visible avant cinq.

— Pur effet de l'amour familial, oncle George, je vous le jure ! J'ai quelque chose à vous demander.

— De l'argent, je suppose, dit Lord Fermor, faisant la grimace. Asseyez-vous et contez-moi ça. Les jeunes gens aujourd'hui s'imaginent que l'argent est tout.

— Oui, murmura Lord Henry, et avec l'âge ils en deviennent tout à fait sûrs. Mais non, je n'ai pas besoin d'argent. Seuls, les gens qui paient leurs dettes ont de ces besoins-là, oncle George, et moi, je ne paie jamais les miennes. Le crédit est le capital des cadets de famille, et l'on peut vivre, là-dessus, assez gentiment. D'ailleurs, je m'adresse toujours aux fournisseurs de Dartmoor : de cette façon j'ai la paix assurée. Non, ce que je viens chercher, c'est un renseignement ; pas un renseignement utile, bien sûr ; un renseignement inutile.

---

1. Région du centre de l'Angleterre, alors riche en charbon.

— Fort bien, Harry. Je puis vous dire tout ce qui se trouve dans les journaux officiels [1], bien qu'on y écrive aujourd'hui pas mal de sottises. Du temps que j'étais diplomate, nous faisions beaucoup mieux. Mais il paraît qu'on entre maintenant dans la carrière par voie d'examen. Allez vous étonner, après cela ! Les examens, monsieur, du premier au dernier, ne sont qu'une vaste blague. Quiconque est gentleman en sait toujours assez ; et à tout autre qu'un gentleman la science ne peut être que nuisible.

— Mr. Dorian Gray ne figure pas aux Livres Bleus, oncle George, fit placidement Lord Henry.

— Mr. Dorian Gray ? Qui est-ce ? demanda Lord Fermor, en fronçant ses sourcils chenus et broussailleux.

— C'est là ce que je viens vous demander, oncle George. Ou, plus exactement, je sais qui est Dorian Gray. Il est le petit-fils du dernier Lord Kelso. Sa mère était une Devereux : Lady Margaret Devereux. C'est sur sa mère que je voudrais vous interroger. Comment était-elle ? Qui avait-elle épousé ? De votre temps, vous avez connu tout le monde, ou peu s'en faut : sans doute la connaissiez-vous, elle aussi. Mr. Gray m'intéresse beaucoup en ce moment. Nous venons de faire connaissance.

— Le petit-fils de Lord Kelso, répétait le vieux gentleman, le petit-fils de Lord Kelso !... Eh ! oui, j'ai intimement connu sa mère. Je crois même que je me trouvais à son baptême. Cette Margaret Devereux était une jeune fille d'une extraordinaire beauté. Tous les hommes pensèrent devenir enragés le jour où elle s'enfuit en compagnie d'un jeune homme sans le sou, un garçon de rien, monsieur, officier subalterne dans un régiment d'infanterie, ou quelque chose d'approchant. Oui, je me rappelle toute l'histoire comme si elle datait d'hier. Le pauvre diable fut tué en duel à Spa [2], quelques mois après son mariage, et il courut, à ce sujet, d'assez vilains bruits. On raconta que Kelso avait soudoyé un aventurier belge, une ignoble brute,

---

1. Journaux où étaient consignés les débats du Parlement et du Conseil Privé. 2. Station thermale belge alors fréquentée par la haute société européenne.

pour insulter publiquement son gendre ; qu'il l'avait payé, oui, monsieur, payé pour cette besogne ; et que le spadassin avait embroché son adversaire sans plus de façon qu'un simple pigeonneau. L'affaire fut étouffée, mais au Club, sambleu, Kelso resta un bon bout de temps à manger seul sa côtelette. Il ramena sa fille avec lui, m'a-t-on dit, mais jamais, depuis lors, elle ne lui adressa la parole. Oui, ce fut une vilaine affaire. À son tour, la jeune femme mourut dans l'année. Elle aurait laissé un fils, me dites-vous ? Il ne m'en souvenait pas. Quelle tournure a-t-il, ce garçon ? S'il ressemble à sa mère, il doit être bien joli.

— Oui, très joli, approuva Lord Henry.

— Espérons qu'il tombera en bonnes mains, continua le vieillard. Il aura le gros sac si Kelso a fait pour lui ce qu'il devait. Sa mère aussi avait de la fortune. Elle avait hérité, par son grand-père, tous les biens des Selby. Ce grand-père détestait Kelso. Il le jugeait un vilain ladre. Ce qu'il était en effet. Il vint à Madrid durant mon séjour. Ma parole, j'eus honte de lui. La reine me demanda plusieurs fois quel était ce seigneur anglais qui ne payait jamais un cocher sans se quereller. On en fit des gorges chaudes. Je n'osai d'un mois reparaître à la cour. Espérons qu'il aura mieux traité son petit-fils qu'autrefois les cochers de fiacre.

— J'ignore, répondit Lord Henry. J'imagine qu'il sera à l'aise un jour. Il n'est pas encore majeur. Mais il a Selby. Je le tiens de sa bouche... Ainsi, sa mère était très jolie ?

— Margaret Devereux était l'une des plus ravissantes créatures que j'aie vues de ma vie, Harry. Quel motif put bien l'amener à se conduire comme elle le fit, je n'ai jamais pu le comprendre. Elle n'avait, pour se marier, que l'embarras du choix. Carlington l'aimait à la folie. Elle était assez romanesque, comme toutes les femmes dans cette famille. Les hommes y étaient bien insignifiants, mais les femmes, morbleu, de pures merveilles ! Carlington se traîna à ses genoux. Il me l'a conté lui-même. Elle ne fit qu'en rire. Et pourtant tout ce qu'il y avait de jeunes filles à Londres couraient alors après lui. À propos de sots mariages. Harry, qu'est-ce que me raconte votre père : que Dartmoor veut épouser une Américaine ? Ne trouverait-il plus nos jeunes Anglaises assez bien pour lui ?

— Les mariages américains sont, en ce moment, très à la mode, oncle George.

— Je soutiendrai les femmes anglaises contre l'univers, Harry, dit Lord Fermor, frappant la table du poing.

— Les Américaines ont la cote.

— Elles ne durent pas, m'a-t-on dit, murmura l'oncle.

— La course de fond les fatigue, mais elles n'ont pas leurs pareilles pour le steeple-chase. Elles attrapent tout au vol. Je ne crois pas que Dartmoor ait des chances sérieuses.

— Que font ses parents ? grommela le vieux gentleman. Qui sait même si elle en a ? »

Lord Henry secoua la tête :

« Les Américaines, fit-il, mettent autant d'adresse à cacher leurs parents que les Anglaises à cacher leur passé. »

Et il se leva pour partir.

« Ce sont, j'imagine, des marchands de conserves de porc.

— Je le souhaite pour Dartmoor, oncle George. En Amérique, la conserve de porc est, dit-on, ce qui rapporte le plus après la politique.

— Est-elle jolie ?

— Elle se comporte comme si elle était belle. La plupart des Américaines font de même. C'est le secret de leur charme.

— Eh ! que ne restent-elles dans leur Amérique ? Elles ne cessent de nous dire que c'est le paradis des femmes.

— Justement, dit Lord Henry. C'est pour cela qu'elles ont, comme Ève, une si furieuse envie d'en sortir. Au revoir, oncle George. Je serai en retard pour déjeuner si je m'arrête plus longtemps. Merci pour vos bons renseignements. J'aime à tout savoir sur mes nouveaux amis, et rien sur mes anciens.

— Où déjeunez-vous, Harry ?

— Chez tante Agatha. Je me suis invité avec Mr. Gray. C'est son dernier *protégé* [1].

1. En français dans le texte.

— Hum ! Harry, dites donc à votre tante Agatha de ne plus m'assommer de ses demandes pour les œuvres. J'en suis excédé. La bonne dame semble croire vraiment que je n'ai rien d'autre à faire que signer des chèques pour ses sottes lubies.

— Entendu, oncle George, je le lui dirai ; mais ce sera peine inutile. Les philanthropes ont perdu toute notion d'humanité. C'est leur marque distinctive. »

Le vieux gentleman approuva d'un grognement et sonna le domestique. Lord Henry, franchissant une basse arcade, déboucha dans Burlington Street et se dirigea vers Berkeley Square.

Telle était donc l'histoire de la naissance de Dorian Gray. Si crûment qu'elle eût été contée, elle l'avait pourtant impressionné, tant elle ressemblait à quelque étrange roman, d'allure presque moderne. Une belle femme sacrifiant tout à son fol amour. Un bonheur de quelques semaines à peine, brisé net par un crime hideux et perfide. Des mois de muette agonie, puis un petit être naissant dans la douleur. La mère enlevée par la mort, l'enfant seul désormais au foyer d'un vieillard tyrannique et sans cœur. Oui, c'était un fond de tableau intéressant. Il faisait ressortir le jeune homme et, si possible, accentuait encore sa parfaite beauté. Derrière tout ce qui est exquis, on trouve du tragique. Pour l'éclosion de la plus humble fleur, il a fallu des mondes en travail... Combien il avait été charmant, au dîner de la veille, assis en face de lui, au Club, une flamme dans les yeux, sur les lèvres un sourire de plaisir craintif, les abat-jour pourpres avivant encore l'incarnat du tendre et merveilleux visage. À lui parler, on croyait jouer d'un violon divin. Il vibrait sous l'archet, sensible au moindre appel, au moindre frémissement... C'était un jeu captivant à l'extrême, que d'exercer ainsi son influence. Existait-il volupté comparable ? Projeter son âme dans une forme gracieuse, et la laisser s'y fixer un instant ; émettre ses propres idées, pour qu'un écho vous les renvoie, accompagnées de l'exquise musique de la jeunesse et de la passion ; diffuser en autrui sa propre sensibilité, à la façon d'un fluide subtil ou d'un rare parfum : il y avait là une joie réelle, la joie la plus complète peut-être que nous laisse un siècle étroit et banal, bassement charnel en ses plaisirs, bassement vulgaire en ses aspirations. Et quel type merveilleux d'humanité réalisait cet adolescent, qu'un heureux hasard lui avait fait rencontrer dans l'atelier de Basil ! Il serait aisé, en tout cas, de l'amener à ce type idéal. Il avait la grâce, la candide pureté de l'enfance, et cette beauté dont les marbres grecs nous ont gardé l'image. Que ne pouvait-on faire de lui ? Il serait au gré de l'animateur, ou un Titan[1], ou un hochet. Quelle pitié que tant de beauté dût se faner un jour !... Et Basil ? Qu'il était captivant, lui aussi, au point de vue psychologique ! Cette nouvelle forme d'art, cette vision nouvelle de la vie, suggérée par la seule présence visible d'un être qui ne soupçonne rien de tout le mystère ; cette divinité silencieuse qui hante le clair-obscur des bois, qui erre invisible à travers champs, et qui tout à coup se manifeste en sa blancheur de Dryade[2] et sans le moindre effroi, parce que en l'âme de celui qui la cherchait s'est faite soudain l'illumination merveilleuse qui, seule, laisse apparaître les êtres merveilleux ; les simples apparences et figures des choses s'affinant pour ainsi dire et prenant une valeur symbolique, comme si elles-mêmes n'étaient que la figure d'une réalité plus haute : combien tout cela était étrange ! Il se rappelait une théorie presque semblable dans le passé. N'était-ce pas Platon, cet artiste de la pensée, qui le premier l'avait exposée ? N'était-ce pas Buonarotti[3] qui l'avait sculptée dans le marbre polychrome d'une suite de sonnets ? Mais qu'elle reparût dans notre siècle, là était l'étrangeté !... Oui, il s'efforcerait d'être pour Dorian Gray ce que l'adolescent avait été, sans le savoir, pour le créateur du merveilleux portrait. Il chercherait à la dominer. N'était-ce pas déjà fait à demi ? Il amènerait cette âme merveilleuse à se perdre dans la sienne. Quelque chose le fascinait dans ce fils de l'Amour et de la Mort.

---

1. Les Titans étaient des géants de la mythologie grecque. **2.** Les Dryades étaient des nymphes peuplant et protégeant les forêts de chênes sacrées dans la mythologie grecque. **3.** Michel-Ange (Michelangelo Buonarotti, 1475-1564), le sculpteur, peintre et poète italien, qui était homosexuel. Wilde y fera allusion au chapitre X. L'un des chapitres de *La Renaissance*, de Pater, est consacré à la poésie de Michel-Ange.

Tout à coup il s'arrêta et regarda autour de lui. Il s'aperçut qu'il avait dépassé, de quelques maisons, la porte de sa tante et, riant en lui-même, il revint sur ses pas. Quand il entra dans la pénombre du vestibule, le maître d'hôtel lui dit qu'on était à table. Il abandonna à l'un des valets de pied sa canne et son chapeau et passa dans la salle à manger.

« En retard, comme toujours, Harry ! » lui cria sa tante, avec un hochement de tête réprobateur.

Après une excuse banale, il prit place à côté d'elle et fit du regard le tour des invités. D'un bout de la table, Dorian, rougissant de plaisir, le salua timidement. En face, était la duchesse de Harley. Cette dame, aimée de quiconque l'approchait, pour sa bonne humeur et son bon caractère, présentait ces proportions architecturales imposantes que les historiens contemporains, quand ils parlent de femmes autres que des duchesses, décrivent sous le nom d'obésité. À sa droite était assis Sir Thomas Burdon, membre du Parlement. Radical[1] à la remorque de son leader dans la vie publique, et, dans la vie privée, à la remorque des meilleurs cuisiniers, dînant avec les conservateurs et votant avec les libéraux, selon une règle sage et bien connue. Elle avait à sa gauche Mr. Erskine[2] de Treadley, vieux gentleman très agréable et très instruit, mais qui avait contracté l'habitude fâcheuse du silence, ayant dès trente ans, comme il l'expliquait un jour à Lady Agatha, complètement épuisé tout ce qu'il avait à dire. Lord Henry avait lui-même pour voisine Mrs. Vandeleur, une des plus vieilles amies de sa tante, une sainte entre toutes les femmes, mais si horriblement fagotée qu'elle faisait songer à un livre de messe mal relié. Heureusement pour Lord Henry, elle avait comme autre voisin Lord Faudel, homme fort intelligent dans sa médiocre sphère, ni jeune ni vieux, aussi chauve qu'une déclaration ministérielle à la Chambre des Communes ; c'était avec lui que la dame conversait, sans se départir de cette solennelle gravité qui est l'impar-

---

1. Les Radicaux appartenaient à l'aile gauche du parti Libéral. **2.** Le nom est celui d'un des principaux personnages du *Portrait de Mr. W.H.*

donnable tort de toutes les saintes personnes — avait-il déclaré un jour — et dont pas une n'est tout à fait exempte.

« Lord Henry, nous parlions de ce pauvre Dartmoor, lança la duchesse à travers la table, avec un signe de tête charmant. Croyez-vous qu'il veuille sérieusement épouser cette jeune et séduisante personne ?

— Oui, duchesse, je crois la jeune personne tout à fait décidée à demander sa main.

— Quelle abomination ! s'écria Lady Agatha. En vérité, quelqu'un devrait s'interposer.

— Je sais de la meilleure source, fit Sir Thomas Burdon méprisant, que son père tient un magasin de tissus américains.

— Mon oncle a déjà suggéré qu'il s'agissait de conserves de porc, Sir Thomas.

— Des tissus américains ! Mais qu'est-ce que ces gens-là peuvent bien tisser ? interrogea la duchesse, d'un ton de surprise marquée, deux larges mains levées au ciel.

— Ils tissent d'interminables romans », répondit Lord Henry, tout en se servant un morceau de caille.

La duchesse parut déconcertée.

« Ne vous tourmentez pas, ma chère, lui glissa Lady Agatha. Mon neveu ne prend jamais rien de ce qu'il dit au sérieux.

— Quand fut découverte l'Amérique », commença une voix.

C'était le membre radical qui se lançait dans un cours d'histoire. Comme tous ceux qui veulent épuiser un sujet, il épuisa la patience de ses auditeurs. La duchesse, poussant un soupir et exerçant son droit reconnu d'interruption, s'écria :

« Plût au Ciel qu'elle n'eût jamais été découverte ! Les chances de nos filles sont aujourd'hui fort réduites. C'est souverainement injuste !

— Peut-être, après tout, l'Amérique n'a-t-elle jamais été découverte, insinua Mr. Erskine. Pour ma part je croirais assez que nous sommes simplement sur sa piste.

— Oh ! pardon ! répondit la duchesse, perplexe. J'ai vu moi-même des spécimens de ses habitantes. Et je dois avouer qu'elles sont, en général, extrêmement jolies. Et, de plus, fort bien habillées. Elles commandent toutes leurs toilettes à Paris. Je voudrais bien pouvoir en faire autant.

— On dit qu'à leur mort, les bons Américains s'en vont à Paris, gloussa Sir Thomas, qui collectionnait toutes les vieilles défroques de l'humour.

— Est-il possible ? Et les mauvais Américains, demanda la duchesse, où s'en vont-ils, à leur mort ?

— Ils s'en vont en Amérique », murmura Lord Henry.

Sir Thomas prit un air sévère :

« Je crains que votre neveu ne soit prévenu contre ce grand pays, dit-il à Lady Agatha. Je l'ai parcouru en entier, dans des voitures que les administrateurs, extrêmement civils en pareil cas, mettaient à notre disposition. Je vous assure qu'un tour dans ce pays a de quoi vous instruire.

— Eh ! quoi ? ne peut-on s'instruire maintenant sans aller à Chicago ? questionna plaintivement Mr. Erskine. Je ne me sens plus de force à entreprendre le voyage. »

Sir Thomas eut un geste large :

« Mr. Erskine de Treadley loge l'univers dans sa bibliothèque. Mais nous autres, gens pratiques, nous aimons mieux voir les choses mêmes que nous en rapporter à des lectures. Les Américains sont un peuple extrêmement intéressant. Ils sont la raison même. C'est là, je crois, leur caractère distinctif. Oui, Mr. Erskine, la raison même. Je puis vous assurer qu'il n'y a pas trace de fantaisie chez les Américains.

— Mais c'est à faire frémir ! s'écria Lord Henry. J'admets à la rigueur la force brutale, mais la raison brutale ne peut se tolérer. Je trouve déloyal d'y recourir. C'est frapper l'adversaire au-dessous de la ligne d'intelligence.

— Je ne vous comprends pas, dit Sir Thomas, devenu pourpre.

— Moi, je vous comprends, Lord Henry, murmura Mr. Erskine, dans un sourire.

— Les paradoxes peuvent passer dans une certaine mesure, reprit le baronnet.

— Était-ce là un paradoxe ? demanda Mr. Erskine. Il ne

m'avait pas paru. C'est possible, après tout. Le chemin des paradoxes est le chemin du vrai. Pour éprouver la Réalité, il faut la voir sur la corde raide. On ne juge bien des Vérités que lorsqu'elles se font acrobates.

— Bonté divine ! lança Lady Agatha. Quels raisonnements vous tenez, vous autres hommes ! Sincèrement, je n'arrive même pas à saisir ce dont vous parlez. Vous savez, Harry, je suis furieuse contre vous. Pourquoi cherchez-vous à persuader notre charmant Mr. Dorian Gray de laisser là l'East End ? Je vous assure qu'il nous rendrait des services inappréciables. On serait ravi de l'entendre jouer.

— J'aime mieux qu'il joue pour moi », déclara gaiement Lord Henry. Et, tout au bout de la table, un joyeux regard répondit au sien.

« Mais il y a de telles misères à Whitechapel ! insista Lady Agatha.

— J'ai de la sympathie pour tout ce qu'il vous plaira, excepté la misère, dit Lord Henry, en haussant les épaules. Là, je ne peux plus sympathiser. C'est trop laid, trop horrible, trop déprimant. Il y a quelque chose de singulièrement morbide dans la sympathie de notre époque pour la douleur. C'est à l'éclat, à la beauté, à l'ivresse de la vie qu'on devrait s'attacher. Mais de ses maux, moins on parlera, mieux cela vaudra.

— L'East End n'en pose pas moins un grave problème ! déclara Sir Thomas, branlant la tête avec componction.

— D'accord, répondit le jeune homme. Il pose le problème de l'esclavage ; et nous pensons le résoudre en amusant les esclaves ! »

Le regardant fixement, l'homme d'État demanda :

« Quels seraient donc, selon vous, les changements désirables ? »

Dans un éclat de rire, Lord Henry répondit :

« Oh ! moi, je ne désire rien changer en Angleterre, hormis le climat. Non, je me contente de regarder en philosophe. Mais devant ce XIXe siècle qu'ont mené à la banqueroute ses folles dépenses de sympathie, je serais d'avis d'en appeler à la

Science pour qu'elle nous remette dans le droit chemin. C'est le mérite de la science, d'être exempte d'émotions.

— Mais nous avons de si lourdes responsabilités ! risqua timidement Mrs. Vandeleur.

— Terriblement lourdes !... » reprit en écho Lady Agatha. Lord Henry se tourna vers Mr. Erskine :

« L'humanité se prend trop au sérieux. C'est le péché originel de notre monde. Si l'homme des cavernes avait su rire, le cours de l'histoire eût été changé.

— Vous, au moins, vous êtes réconfortant, gazouilla la duchesse. Jusqu'ici, chaque fois que je venais chez votre chère tante, je me sentais un peu coupable de ne pas m'intéresser le moins du monde à l'East End. Désormais, je pourrai la regarder en face sans rougir.

— Une légère rougeur n'a rien que de charmant, duchesse, observa Lord Henry.

— Oui, mais seulement sur un jeune visage, répondit-elle. Quand une vieille femme comme moi rougit, c'est un très mauvais signe. Ah ! Lord Henry, vous devriez bien me dire comment redevenir jeune ! »

Il réfléchit un instant. Puis, la regardant par-dessus la table, il demanda :

« Vous rappelleriez-vous, duchesse, une grosse folie que vous auriez commise dans vos jeunes années ?

— Bien plus d'une, je le crains, confessa-t-elle.

— Eh bien, recommencez à les commettre toutes ! dit-il gravement. Qui veut retrouver sa jeunesse, n'a qu'à reprendre ses folies.

— Oh ! la délicieuse théorie ! s'exclama-t-elle. Je m'en vais la mettre en pratique, sans faute.

— Dangereuse théorie ! » laissa tomber Sir Thomas, de ses lèvres serrées.

Lady Agatha secoua la tête, mais ne put se défendre de trouver l'idée amusante.

Mr. Erskine écoutait.

« Oui, continua Lord Henry, c'est un des grands secrets de la vie. Aujourd'hui la plupart des gens se consument dans je ne sais quelle sagesse terre à terre et découvrent, quand il n'en est plus temps, que les folies sont les seules choses qu'on ne regrette jamais. »

Un rire courut parmi les convives.

Il jouait avec l'idée, s'échauffait peu à peu. Il l'agitait au vent, déployait ses aspects divers ; la laissait s'échapper, mais pour la reprendre ; la colorait de tous les feux de la fantaisie, lui prêtait les ailes du paradoxe. L'éloge de la folie, à mesure qu'il parlait, atteignait les hauteurs de la philosophie, et la Philosophie elle-même devenait jeune. Prise à la musique folle du Plaisir, dans l'envol d'une robe teinte du jus des grappes et le front ceint de lierre, on pouvait l'imaginer dansant, comme une bacchante, au clair sommet des collines de la vie, et reprochant au lent Silène sa sobriété. Les Faits fuyaient devant elle, comme les hôtes effarés d'une forêt. Dans le vaste pressoir où trône le sage Omar [1], ses pieds blancs foulaient les grappes dont le jus déferlait en vagues rouges et bouillonnantes contre ses jambes nues, et se brisait en écume de feu contre les flancs noirs, trempés et glissants de la cuve. C'était une extraordinaire improvisation. Lord Henry sentait les regards de Dorian Gray posés sur lui, et cette pensée, qu'au nombre de ses auditeurs se trouvait l'adolescent dont il rêvait de séduire l'âme ardente, semblait aviver son esprit, colorer son imagination. Il fut éblouissant, prestigieux, irrésistible. Les auditeurs, hors d'eux-mêmes, suivaient en riant la flûte de l'enchanteur. Pas un instant Dorian Gray ne le quitta des yeux. Il était là, comme hypnotisé. Les sourires sur ses lèvres succédaient aux sourires, et l'étonnement, au fond de ses yeux, prenait une gravité pensive.

Enfin, couverte de la livrée du jour, la Réalité réintégra la salle, sous la forme d'un domestique, et annonça que la voiture

---

1. Omar Khayyam, poète persan du XIe siècle, auteur des célèbres *Rubayat*. Edward FitzGerald les fit paraître comme des traductions en 1859, alors qu'il s'agissait en partie d'une habile contrefaçon. Le recueil eut un énorme succès en Angleterre. L'inspiration en est à la fois mystique et hédoniste. Borges y consacre un essai dans *Enquêtes* (1925).

de la duchesse était avancée. La duchesse, se tordant les mains et jouant le désespoir, s'écria :

« Quel dommage ! Il faut que je parte ! Je dois prendre mon mari au Club et le mener aux Willis's Rooms [1] pour présider quelque absurde meeting. Si j'arrive en retard il sera sûrement furieux et je n'ai pas aujourd'hui le chapeau qu'il faut pour une scène : celui-ci est bien trop fragile, un mot rude suffirait à le démolir. Ainsi je me sauve, chère Agatha. Au revoir, Lord Henry. Vous êtes on ne peut plus délicieux et affreusement pervers. En vérité vos aperçus me laissent rêveuse. Venez dîner avec nous un de ces soirs. Mardi ? Êtes-vous libre mardi ?

— Pour vous, duchesse, à qui ne renoncerais-je pas ? dit-il en s'inclinant.

— Voilà qui est très gentil et très mal de votre part, répondit-elle. Ainsi ne manquez pas de venir. »

Et elle opéra une sortie pompeuse, suivie de Lady Agatha et des autres dames.

Quand Lord Henry se fut rassis, Mr. Erskine, contournant la table, vint s'asseoir près de lui et, lui touchant le bras, demanda :

« Vous parlez comme un livre. Pourquoi n'écrivez-vous pas ?

— J'ai bien trop de plaisir à lire pour me donner la peine d'écrire, Mr. Erskine. J'aimerais pourtant écrire un roman, un roman beau comme un tapis de Perse, et non moins irréel. Mais il n'y a pas de public lettré en Angleterre : on n'y lit que les journaux, les manuels et les encyclopédies. De tous les peuples du globe, nul n'a le sens du beau littéraire moins développé que le peuple anglais.

— J'ai bien peur que vous n'ayez raison, répondit Mr. Erskine. Un temps fut où moi aussi j'avais quelques visées littéraires, mais j'y ai renoncé depuis longtemps. Et maintenant, mon cher et jeune ami — car vous me permettrez bien de vous donner ce nom — puis-je vous demander si vous pensez sérieusement tout ce que vous avez dit pendant le déjeuner ?

---

1. Restaurant élégant fondé en 1765 dans le quartier St. James. Wilde le fréquentait. On y donnait des concerts et des bals.

— Je ne sais plus du tout ce que j'ai pu dire, déclara Lord Henry, souriant. Était-ce donc bien pervers ?

— Oui, tout à fait. Au point que je vous regarde comme un homme extrêmement dangereux. S'il arrive quelque malheur à notre bonne duchesse, c'est vous que nous tiendrons pour le grand responsable. Mais j'aurais plaisir à causer avec vous sur la vie. J'appartiens à une génération qui était assommante. Un jour où vous serez las de Londres, venez à Treadley m'exposer votre philosophie du plaisir, tout en dégustant un admirable bourgogne dont je suis l'heureux possesseur.

— Je serai ravi. C'est une grande faveur qu'une visite à Treadley, avec l'attrait d'un tel hôte et d'une telle bibliothèque.

— Vous en compléterez le charme, répondit le vieux gentleman, dans un salut courtois. Et maintenant, je cours prendre congé de votre excellente tante ! On m'attend à l'Athenaeum [1]. C'est l'heure où nous y dormons.

— Tous en chœur, Mr. Erskine ?

— Les quarante au complet, dans quarante fauteuils. Nous nous entraînons pour une Académie anglaise des Belles-Lettres [2]. »

Lord Henry eut un éclat de rire et se leva.

« Je vais au Parc », annonça-t-il.

Comme il passait la porte, Dorian Gray lui toucha le bras :

« Permettez-moi de vous accompagner, murmura-t-il.

— Mais je croyais que vous aviez promis une visite à Basil, répondit Lord Henry.

— J'aimerais mieux aller avec vous. Oui, j'y tiens absolument. Ne me refusez pas. Et promettez-moi de parler, tout le temps de la promenade. Personne ne parle comme vous. C'est une merveille.

— Non, j'ai assez parlé pour aujourd'hui, dit Lord Henry souriant. Je n'ai qu'une envie pour le quart d'heure : regarder vivre les gens. Venez regarder avec moi, si le cœur vous en dit. »

---

1. Club célèbre du quartier St. James, fréquenté par des personnalités en vue. **2.** Allusion à l'Académie française des Lettres, fondée en 1629.

CHAPITRE IV

Un mois s'était écoulé. Dorian Gray, venu l'après-midi chez Lord Henry, à sa maison de Mayfair, était installé dans un luxueux fauteuil de la bibliothèque. C'était une petite pièce tout à fait plaisante en son genre, avec ses hautes boiseries de chêne couleur olive, sa frise aux tons crème, son plafond rehaussé de moulures, et son tapis de feutre brique, garni de carpettes persanes à longues franges de soie. Sur une mignonne table en bois de rose se dressait une statuette de Clodion[1], à côté reposait à plat un exemplaire des *Cent Nouvelles*[2], relié par Clovis Eve[3] à l'intention de Marguerite de Valois[4] et fleuronné des marguerites d'or que cette reine avait choisies pour emblème. La cheminée était ornée de grands vases de Chine bleus et de tulipes perroquets. Par la fenêtre, aux vitraux finement cloisonnés, coulait à flots la lumière abricotée d'un jour d'été londonien.

Lord Henry n'était pas encore rentré. Comme toujours, il était en retard. C'était chez lui un principe. Il professait que la ponctualité est une voleuse de temps. Aussi l'adolescent paraissait-il assez boudeur. D'une main distraite il tournait les pages d'un livre : un *Manon Lescaut*[5] richement illustré, trouvé dans l'une des bibliothèques. Le solennel et monotone tic-tac d'une pendule Louis XIV l'agaçait. À plusieurs reprises, il fut tenté de partir.

Enfin il entendit un pas au-dehors et la porte s'ouvrit.

---

1. Claude Michel, dit Clodion, sculpteur français (1738-1814) principalement associé au mouvement rococo. **2.** *Les Cent Nouvelles nouvelles* est un recueil de contes faisant l'apologie de l'hédonisme avec des accents licencieux ou libertins. Il fut composé dans l'entourage de Philippe le Bon, duc de Bourgogne, et publié en 1462. **3.** Clovis Eve devint relieur officiel de la cour de France en 1584. Il était connu pour ses reliures en maroquin rouge ornées de fleurs de lys. **4.** Reine de Navarre, dite la reine Margot (1553-1615). Épouse de Henri de Navarre et célèbre pour sa beauté, elle est l'héroïne du roman *La Reine Margot*, d'Alexandre Dumas. **5.** *Histoire du Chevalier des Grieux et de Manon Lescaut*, roman de l'abbé Prévost (1731).

« Que vous êtes en retard, Harry ! murmura-t-il.

— J'ai bien peur que ce ne soit pas Harry, Mr. Gray », répondit une voix perçante.

Le temps d'un regard, et il fut debout :

« Veuillez m'excuser. Je pensais...

— Vous pensiez que c'était mon mari. C'est seulement sa femme. Vous me pardonnerez de me présenter moi-même. Je vous connais fort bien, par vos photographies. Mon mari en a, je crois, dix-sept !

— Oh ! non, Lady Henry, pas dix-sept !

— Mettons dix-huit alors. Et je vous ai vu avec lui, l'autre soir, à l'Opéra. »

Elle scandait ses paroles d'un rire nerveux, et ne détachait pas de Dorian le regard trouble de ses yeux de myosotis. C'était une curieuse femme, dont toutes les toilettes semblaient dessinées dans la colère et portées dans la tempête. Il était rare qu'elle ne fût pas amourachée de quelqu'un ; mais comme on ne la payait jamais de retour, elle avait gardé toutes ses illusions. Elle visait au pittoresque et n'atteignait qu'à l'incohérence. Elle s'appelait Victoria. Elle avait la manie, nettement accusée, de courir les églises.

« Ce devait être à *Lohengrin*, Lady Henry.

— Oui, c'était à ce cher *Lohengrin*[1]. Je préfère la musique de Wagner à toute autre. Elle est si bruyante qu'on peut causer tout le temps sans que personne vous entende. C'est un précieux avantage. N'est-ce pas votre avis, Mr. Gray ? »

Le même rire nerveux, saccadé, s'échappa de ses lèvres minces, et ses doigts se prirent à jouer avec un coupe-papier d'écaille.

Dorian hocha la tête en souriant.

« Mon avis ? J'ai bien peur que non, Lady Henry. Jamais je ne parle pendant une audition, du moins si la musique est bonne, car lorsqu'elle est mauvaise, c'est un devoir de la noyer sous un flot de paroles.

1. Cet opéra de Richard Wagner date de 1850.

— Ah ! c'est là une idée de Harry, n'est-ce pas, Mr. Gray ? Les idées de Harry m'arrivent toujours par ses amis. Je n'ai que ce moyen de les connaître. Gardez-vous bien de croire que je n'aime pas la bonne musique. J'en raffole, mais j'en ai peur. Elle me rend trop romanesque. J'ai littéralement adoré des pianistes, parfois deux en même temps, au dire de Harry. Je ne sais pas ce que je leur trouve. C'est peut-être parce qu'ils sont étrangers. Car ils le sont tous, n'est-ce pas ? Même ceux qui sont nés en Angleterre ne tardent guère à devenir étrangers. Quelle habileté de leur part ! Et pour l'art, quel hommage flatteur ! C'est le reconnaître tout à fait cosmopolite, n'est-ce pas ? Vous n'êtes, je crois, jamais venu à mes soirées, Mr. Gray ? Il faudra venir. Je ne puis m'offrir d'orchidées, mais je n'épargne rien pour avoir des étrangers. Ils mettent tant de pittoresque dans un salon. Mais voici Harry. Harry, je suis entrée pour vous chercher, pour vous demander quelque chose — je ne sais plus quoi — et j'ai trouvé ici Mr. Gray. Nous venons d'avoir sur la musique la causerie la plus charmante. Nos idées sont tout à fait les mêmes : ou plutôt, non, tout à fait différentes, je crois. Mais votre ami s'est montré on ne peut plus aimable. Je suis enchantée de l'avoir vu.

— Et moi, ravi, ma chère, absolument ravi, dit Lord Henry, relevant le double croissant de ses sourcils bruns et regardant le groupe avec un sourire amusé. Désolé d'être en retard, Dorian. Je suis allé dans Wardour Street, où m'attirait un vieux brocart, et j'ai dû marchander pendant des heures. Aujourd'hui les gens savent le prix de tout et ne connaissent la valeur de rien.

— Je vais avoir le regret de vous quitter, annonça Lady Henry, coupant de son rire brusque et niais un silence un peu gêné. J'ai promis à la duchesse d'aller en voiture avec elle. Au revoir, Mr. Gray. Au revoir, Harry. Vous dînez en ville, je suppose ? Moi aussi. Vous verrai-je chez Lady Thornbury ?

— Mais certainement, ma chère », dit Lord Henry l'accompagnant vers la porte.

Pareille à un oiseau de paradis qui aurait passé la nuit sous la pluie, elle prit son envol, laissant dans la pièce un léger parfum de frangipane. Alors il alluma une cigarette et s'étendit sur le sofa.

« N'épousez jamais une femme aux cheveux paille, Dorian, dit-il après quelques bouffées.

— Pourquoi, Harry ?

— Parce qu'elles sont trop sentimentales.

— Mais j'aime les personnes sentimentales.

— Mieux encore, ne vous mariez jamais, Dorian. Les hommes se marient par fatigue, les femmes par curiosité : tous sont déçus.

— Il y a peu d'apparence que je me marie, mon cher. Je suis trop amoureux. C'est un de vos aphorismes. Je suis en train de l'expérimenter, comme d'ailleurs tout ce que vous dites.

— De qui êtes-vous amoureux ? demanda Lord Henry, après un silence.

— D'une actrice », répondit le jeune homme, rougissant.

Lord Henry haussa les épaules :

« C'est un *début* [1] bien banal.

— Vous changeriez de langage, si vous la voyiez, Harry.

— Qui est-ce ?

— Elle se nomme Sibyl Vane.

— Jamais entendu parler.

— Ni vous, ni personne. Mais croyez bien qu'on en parlera un jour. C'est un génie.

— Il n'y a pas de génies féminins, mon cher. Les femmes forment un sexe purement décoratif. Elles n'ont jamais rien à dire, mais elles le disent d'une façon charmante. La femme représente le triomphe de la matière sur l'esprit, comme l'homme représente le triomphe de l'esprit sur la morale.

— Harry, voulez-vous bien vous taire !

— Mon cher Dorian, c'est la pure vérité. En ce moment je suis plongé dans l'analyse des femmes ; je parle donc en connaissance de cause. Le sujet n'est pas aussi impénétrable que

---

1. En français dans le texte.

je l'avais craint tout d'abord. Je ne trouve, en définitive, que deux espèces de femmes : les simples, et les fardées. Les premières sont fort utiles. Qui veut passer pour un homme respectable n'a qu'à les mener souper. Les secondes, en revanche, sont tout à fait charmantes. Sur un point, pourtant, elles se trompent. Elles se fardent pour tâcher de paraître jeunes. Nos grand-mères se fardaient pour tâcher de causer brillamment. Dans ce temps-là le rouge et l'esprit allaient de pair. Mais que cela est loin de nous ! Aujourd'hui, pourvu qu'elle arrive à paraître de dix ans plus jeune que sa fille, la femme est au comble de ses vœux. On ne cause plus. Il n'y a que cinq femmes à Londres dont la conversation soit désirable. Et encore, sur les cinq, deux ne pourraient se montrer dans la bonne société. N'importe. Parlez-moi de votre femme-génie. Depuis quand la connaissez-vous ?

— Vos aperçus m'épouvantent, Harry.

— Laissons cela. Depuis quand la connaissez-vous ?

— Depuis trois semaines environ.

— Et où l'avez-vous rencontrée ?

— Je vais tout vous dire, Harry. Mais il faudra m'écouter sans ironie. Car, en fin de compte, rien de tout cela ne serait advenu si je ne vous avais rencontré. Vous m'avez rempli d'un désir farouche de connaître entièrement la vie. Bien des jours après notre première rencontre, je ne sais quel feu courait encore dans mes veines. Je ne pouvais plus me promener au Parc ni flâner dans Piccadilly, sans observer tous les passants et chercher, dans ma curiosité folle, à deviner leur genre de vie. Certains me fascinaient. D'autres me glaçaient d'épouvante. Des poisons exquis flottaient dans l'air. J'étais avide de sensations... Or, un soir, vers sept heures, je résolus de partir en quête d'aventure. Je sentais que Londres, notre Londres gris et monstrueux, avec ses myriades d'habitants, ses pécheurs sordides et ses splendides péchés — pour reprendre une de vos phrases — me réservait une aubaine. Je me faisais mille imaginations. Le seul danger m'était déjà un délice. Je me rappelais ce que vous m'aviez dit, au cours de l'inoubliable soirée où nous dînâmes ensemble pour la première fois : que la recherche de la beauté est le vrai secret de la vie. Je ne sais quel pressentiment me fit sortir et marcher vers l'est, où je ne tardai guère à me perdre dans un labyrinthe de rues infectes et d'affreux squares, sans même une pelouse. Vers les huit heures et demie, je passai près d'un absurde petit théâtre, qu'incendiaient de gros becs de gaz et de rutilantes affiches. Un affreux Juif, arborant le plus étonnant gilet que j'aie vu de ma vie, se tenait à l'entrée, un vil cigare aux lèvres. Ses cheveux retombaient en boucles graisseuses et un énorme diamant flamboyait sur son plastron maculé. « Une loge, Mylord ? » fit-il en me voyant. Et il ôta son chapeau d'un air de somptueuse servilité. Je ne sais quoi dans cet homme me divertissait. C'était un tel monstre ! Riez de moi, si vous voulez, mais j'entrai et payai bel et bien une guinée pour une loge d'avant-scène. J'en suis encore à me demander ce qui me décida. Et pourtant, mon cher Harry, si je n'étais entré, j'aurais manqué le plus beau roman de ma vie. Voilà, vous riez de moi. Vous êtes insupportable.

— Non, Dorian, je ne ris pas ; ou si je ris, du moins n'est-ce pas de vous. Mais que parlez-vous du plus beau roman de votre vie ? C'est « premier roman » qu'il faudrait dire. Vous serez toujours aimé et vous serez toujours amoureux de l'amour. La *grande passion*[1] est le privilège de ceux qui n'ont rien à faire. C'est, dans un pays, l'unique raison d'être des classes désœuvrées. N'ayez crainte, d'exquises aventures vous attendent. Ce n'est là qu'un commencement.

— Me croyez-vous donc si superficiel ? s'emporta Dorian Gray.

— Non, je vous crois, au contraire, assez profond.

— Qu'entendez-vous par là ?

— Mon cher ami, les gens vraiment superficiels sont ceux qui aiment une seule fois dans leur vie. Ce qu'ils appellent leur loyauté, leur fidélité, je l'appelle, moi, léthargie, routine ou manque d'imagination. La fidélité est dans la vie sentimentale

1. En français dans le texte.

ce qu'est la fixité des idées dans la vie intellectuelle : un pur aveu de faillite. La fidélité ! Il faudra pourtant que je l'analyse un jour. L'amour de la propriété y entre pour une part. Que de choses nous mettrions au rebut, si nous ne craignions pas de les voir ramassées par autrui. Mais je ne veux pas vous interrompre. Dites-moi la suite de votre histoire.

— Me voilà donc installé, tout seul, dans une horrible petite loge, sous l'implacable regard du plus vulgaire des rideaux de scène. De ma loge fermée, je me pris à inspecter la salle. Ce n'était que mauvais goût, un déballage de petits amours et de cornes d'abondance, quelque chose comme un gâteau de noces de troisième classe. Les galeries et le parterre étaient assez garnis, mais les deux rangs crasseux des fauteuils d'orchestre étaient absolument vides, et c'est tout juste s'il y avait une personne à ce qu'ils osent peut-être appeler les places élégantes de balcon. Des vendeuses circulaient, offrant des oranges et de la bière au gingembre ; il se faisait une incroyable consommation de noix.

— On devait se croire transporté aux plus beaux jours du Drame anglais.

— Tout à fait cela, j'imagine ; en tout cas, fort attristant. J'en étais à me demander ce que diable j'étais venu faire là, quand mes regards tombèrent sur l'affiche. Devinez quelle pièce on donnait, Harry ?

— Sans doute, *Le Jeune Idiot ou Sot mais innocent*[1]. Nos parents faisaient leurs délices de ce genre de pièces. Plus je vis, Dorian, et plus vivement je sens que ce qui suffisait à nos pères, ne nous suffit plus aujourd'hui. En art comme en politique, *les grands-pères ont toujours tort*[2].

— Cette fois le spectacle nous aurait suffi, Harry. C'était *Roméo et Juliette*. J'éprouvais bien, je l'avoue, quelque malaise, à l'idée de voir jouer du Shakespeare en un tel lieu. Mais en même temps, je me sentais pris d'une sorte de curiosité. À tout hasard, je résolus d'assister au premier acte. Un détestable orchestre, qu'un jeune Israélite conduisait au son d'un piano

1. Le titre est inventé par Wilde, mais s'inspire des mélodrames donnés alors à Londres. 2. En français dans le texte.

fêlé, faillit me mettre en fuite. Enfin le rideau se leva et l'on commença la pièce. Roméo était un gros homme d'âge respectable, les sourcils grimés au noir de bouchon, une voix rauque de tragédie et la rondeur d'un tonneau de bière. Mercutio n'était guère moins mauvais. Le rôle était tenu par un comédien de bas étage, qui l'assaisonnait de mots de son cru et paraissait au mieux avec le parterre. Ils étaient grotesques, l'un et l'autre, autant que les décors. Tout cela semblait sortir d'une baraque de village. Mais Juliette, Harry ! Figurez-vous une jeune fille de dix-sept ans, à peine, un visage gracieux comme la fleur, une petite tête grecque où les cheveux enroulés tordaient leurs nattes brunes, des yeux tels que des puits d'amour, profonds et violets, et des lèvres semblables à des pétales de rose. De ma vie, je n'avais vu rien d'aussi adorable. Vous m'avez dit un jour que vous étiez insensible aux effets pathétiques, mais que la beauté, la pure beauté, pouvait remplir vos yeux de larmes. Eh bien, sachez-le, Harry, je n'arrivais plus à voir la jeune fille à travers le voile de mes pleurs. Et sa voix ! Jamais je n'avais entendu voix pareille. Très grave tout d'abord, avec des notes pleines et caressantes, que l'oreille, semblait-il, recueillait une à une ; bientôt elle se faisait plus claire et prenait des sons de flûte ou de hautbois lointain. Dans la scène du jardin elle avait toute l'extase frémissante de la nuit, quand, un peu avant l'aurore, chantent les rossignols. Puis, à d'autres moments, on y sentait vibrer la passion sauvage des violons. Vous savez combien peut nous remuer une voix. Votre voix et la voix de Sibyl Vane restent pour moi deux caresses inoubliables. Dès que je ferme les yeux, je les entends, et chacune d'elles me tient un différent langage. Je ne sais à laquelle me rendre. Pourquoi n'aimerais-je pas Sibyl ? Je l'aime, Harry, je l'aime. Elle est toute ma vie. Jour après jour, je vais la voir jouer. Un soir elle est Rosalinde et, le soir suivant, elle est Imogène[1]. Je l'ai vue mourir

---

1. Rosalinde est l'héroïne de *Comme il vous plaira*, Imogène, celle de *Cymbeline*. Il ne faut pas oublier qu'à l'époque élisabéthaine, les rôles féminins étaient tenus par de jeunes hommes, ce qui replace la passion de Dorian pour Sibyl dans le cadre ici masqué du travestissement et de l'homosexualité :

dans l'horreur ténébreuse d'une tombe italienne, du poison respiré aux lèvres de son amant. Mes yeux l'ont suivie, alors qu'elle errait dans la forêt d'Ardenne, travestie en joli page, portant hauts-de-chausses, pourpoint et toque gracieuse. Elle a été la folle qui se présente devant un roi coupable, lui donnant à porter de la rue et à goûter des herbes amères. Elle a été l'innocente, et les mains noires de la jalousie ont broyé sa gorge de roseau [1]. Je l'ai vue à travers tous les âges et sous tous les costumes. Jamais les femmes ordinaires ne donnent l'essor à notre imagination. Elles ne sortent pas de leur siècle. Aucune magie ne les transfigure. Il est aussi aisé de connaître leur âme que leur coiffure. Rien en elles qu'on ne puisse pénétrer. Pas une qui soit mystérieuse. Le matin, elles montent à cheval au Parc ; l'après-midi, courent les thés et babillent. Toutes, elles ont le même sourire stéréotypé et les belles manières du jour. Elles sont claires et banales. Mais les actrices ! Oh ! combien les actrices sont différentes ! Que ne m'aviez-vous dit, Harry, qu'une seule femme, l'actrice, méritait d'être aimée ?

— C'est que j'en ai tant aimées, Dorian !

— Oui, mais d'une odieuse espèce, aux cheveux teints, aux traits fardés.

— Ne décriez pas trop les cheveux teints et les traits fardés. Ils ont parfois un bien grand charme, dit Lord Henry.

— Je regrette à présent de vous avoir parlé de Sibyl Vane.

— Mais vous ne pouviez éviter de m'en parler, Dorian. Toute la vie, vous me conterez par le menu vos faits et gestes.

— Je crois que vous avez raison, Harry. Je ne puis rien vous taire. Vous exercez sur moi une curieuse influence. Si jamais je commettais un crime, je viendrais tout droit vous le confesser. Et vous sauriez me comprendre.

---

voir la première partie du *Portrait de Mr. W.H.*, où ces rôles sont attribués à Willie Hughes.

1. Trois nouvelles allusions à Shakespeare dans ces trois phrases : Rosalinde est déguisée en jeune homme dans la forêt d'Ardenne, Ophélie, dans *Hamlet*, devient folle et s'associe aux plantes (la « rue » est ici une plante à fleurs jaunes), Desdémone, dans *Othello*, est victime de la jalousie morbide de son époux, le Maure Othello.

— Indomptables rayons du soleil de la vie, vos semblables, Dorian, ne commettent point de crimes. Je vous suis fort obligé, néanmoins, du compliment. Et maintenant, dites-moi... — Soyez assez gentil pour me passer les allumettes. Merci. — Quelles sont exactement vos relations avec Sibyl Vane ? »

Dorian Gray se leva d'un bond, les joues empourprées, les yeux étincelants :

« Harry, Sibyl Vane est sacrée.

— Seules, les choses sacrées méritent qu'on porte la main sur elles, Dorian, dit Lord Henry, d'un ton étrange, une pointe d'émotion dans la voix. Mais pourquoi vous offenser de mes paroles ? Je suppose bien qu'un jour ou l'autre elle sera toute à vous. Quand on aime, on commence toujours par se tromper soi-même, et toujours on finit par tromper son idole. C'est ce que le monde appelle un roman. Je suppose, en tout cas, que la connaissance est faite ?

— Certainement, je connais Sibyl. Le premier soir où je fus à son théâtre, cette horreur de vieux Juif assiégea ma loge, sitôt la représentation finie, et s'offrit à me mener dans les coulisses pour me présenter à Juliette. Je l'aurais tué. Je lui répondis que Juliette était morte depuis des centaines d'années et que son corps reposait à Vérone dans un tombeau de marbre. À en juger par son regard ébahi, l'homme s'imagina sûrement que j'avais pris trop de champagne, ou pis encore.

— Cela ne m'étonne pas.

— Puis il me demanda si j'écrivais dans les journaux. Je lui répondis que je ne les lisais même pas. Cette déclaration parut fort le désappointer. Il me confia que les critiques dramatiques étaient tous ligués contre lui, et d'ailleurs, du premier au dernier, tous à vendre.

— Je ne serais pas surpris qu'il eût raison sur ce point ; mais la plupart d'entre eux, d'après leur mine, ne doivent pas coûter bien cher.

— Mon Juif, à ce qu'il semble, les trouvait encore au-dessus de ses moyens, dit Dorian, en riant. Cependant les derniers feux du théâtre s'éteignaient. Il fallait sortir. Le vieux essaya de me glisser des cigares dont il faisait grand éloge. Je déclinai l'invite. Naturellement je revins le lendemain soir. Le maître du lieu, dès qu'il me vit, me salua jusqu'à terre et me qualifia de généreux protecteur des Arts. C'était la dernière des brutes, en dépit de son inconcevable amour pour Shakespeare. Il me dit un jour, avec un visible orgueil, que ses cinq banqueroutes étaient dues au "Barde", comme il s'obstinait à l'appeler. Il semblait voir là un titre de gloire.

— C'en était un, mon cher Dorian. Alors que tant de gens font faillite pour avoir effrontément spéculé sur la prose de la vie, se ruiner pour la poésie est un grand honneur. Mais quand donc eûtes-vous avec Miss Sibyl Vane votre premier entretien ?

— Le troisième soir. Elle venait de jouer Rosalinde. Je ne pus éviter d'aller à sa loge. Je lui avais lancé des fleurs et elle m'avait remercié d'un regard ; du moins je me le figurais. Le vieux Juif me pressa plus que jamais. Il semblait vouloir à toute force m'entraîner dans les coulisses. Je me laissai donc faire. Mais je n'éprouvais pas le besoin de la connaître. N'est-ce pas curieux ?

— Non, je ne trouve pas.

— Comment cela, mon cher Harry ?

— Je m'expliquerai une autre fois. Pour le moment, c'est l'histoire de la jeune fille qui m'intéresse.

— Sibyl ? Oh ! elle fut si timide et si gentille. Il y a en elle je ne sais quoi d'enfantin. Ses yeux s'ouvrirent tout grands d'étonnement quand je lui dis ce que je pensais de son jeu. Elle semblait ne pas même soupçonner son talent. Nous étions, je crois, un peu troublés tous les deux. Et pendant que nous restions là à nous regarder, comme deux enfants, le vieux Juif riait de toutes ses dents au seuil du foyer poudreux, et nous enguirlandait de ses plus beaux discours. Il affectait de me donner du Mylord. Et comme je protestais que je n'étais rien de tel, Sibyl me dit simplement : "Vous avez plutôt l'air d'un prince. C'est cela. Je vous appellerai le Prince Charmant."

— Ma parole, Dorian, Miss Sibyl sait tourner un compliment.

— Vous ne la comprenez pas, Harry. Elle ne voyait en moi qu'un personnage de théâtre. Elle ne connaît rien de la vie. Elle habite avec sa mère, une femme dolente et fanée qui, le premier soir, drapée dans une sorte de peignoir magenta [1], faisait le rôle de Lady Capulet [2], et qui a tout l'air d'avoir connu des jours meilleurs.

— Je connais cet air-là. Il m'attriste, murmura Lord Henry, examinant ses bagues.

— Le Juif ne demandait qu'à me conter l'histoire de la vieille, mais je lui déclarai qu'elle ne m'intéressait nullement.

— Je vous approuve. Les tragédies des autres sont toujours d'une banalité désespérante.

— Sibyl est la seule créature dont je me soucie. Que m'importent ses origines ? De sa tête fine à ses pieds mignons, tout en elle n'est-il pas absolument divin ? Je vais la voir jouer chaque soir et chaque soir elle m'apparaît plus merveilleuse.

— C'est pour cette raison, sans doute, que jamais plus vous ne dînez avec moi ? Je pensais bien que vous étiez retenu par quelque belle aventure. Seulement ce n'est pas tout à fait celle-là que j'attendais.

— Mon cher Harry, nous ne sommes pas restés un jour sans déjeuner ou dîner ensemble et je vous ai accompagné plusieurs fois à l'Opéra, dit Dorian, ouvrant de grands yeux bleus, tout étonnés.

— Vous n'arrivez jamais que très tard.

— C'est vrai. Je ne puis me passer d'aller voir jouer Sibyl, s'écria-t-il, ne fût-ce que pendant un acte. J'ai soif de sa présence. Et quand je songe à l'âme surprenante qui vit cachée dans ce petit corps d'ivoire, je me sens pénétré de respect et de crainte.

— Vous dînerez bien avec moi ce soir, Dorian. Voulez-vous ? »

Il secoua la tête.

« Ce soir, elle est Imogène, expliqua-t-il. Et demain soir, elle sera Juliette.

— Quand donc est-elle Sibyl Vane ?

---

1. C'est-à-dire rouge foncé. 2. Mère de Juliette dans *Roméo et Juliette*.

— Jamais.

— Je vous en félicite...

— Que vous êtes méchant ! Elle est, à elle seule, toutes les grandes héroïnes du monde. Elle est plus qu'une simple individualité. Vous avez beau rire, je vous répète qu'elle a du génie. Je l'aime et je veux gagner son amour. Vous qui savez tous les secrets de la vie, dites-moi par quel enchantement me faire aimer de Sibyl Vane ? Je veux rendre Roméo jaloux. Je veux que les grands amants du passé entendent l'éclat de notre joie et soient pris de tristesse. Je veux que le souffle de notre passion ranime leur poussière et tire du sommeil leur cendre torturée. Ah ! Dieu ! Quelle adoration j'ai pour elle, Harry ! »

Tout en parlant il se promenait de long en large dans la pièce. Des taches écarlates empourpraient ses joues fiévreuses. Il était follement exalté.

Lord Henry prenait un secret plaisir à l'observer. Quelle différence entre le Dorian d'aujourd'hui et l'adolescent timide et craintif de leur première rencontre chez Basil Hallward ! Comme une fleur, sa nature s'était épanouie, empourprée du feu des corolles. Furtivement son âme avait quitté ses retraites cachées, et le Désir était venu à sa rencontre.

Enfin Lord Henry demanda :

« Et maintenant, quels sont vos projets ?

— Je voudrais, un de ces soirs, vous mener la voir jouer, vous et Basil. Le résultat ne m'inspire pas la moindre inquiétude. À coup sûr, vous reconnaîtrez son génie. Alors, nous l'arracherons des griffes du vieux Juif. Elle lui est liée par un engagement de trois ans, dont il reste encore deux ans et huit mois à courir. Il va de soi que je devrai payer un dédit. L'affaire une fois réglée, je louerai un théâtre du West End[1] et je la produirai dans le cadre voulu. Elle ensorcellera l'univers, autant qu'elle m'a ensorcelé moi-même.

— Voilà qui n'est guère possible, mon bel ami.

— Elle le fera, vous dis-je. Car, à côté du talent, du plus beau

1. À l'opposé de l'East End, quartier élégant de Londres où se trouvent les grands théâtres.

talent naturel, il y a chez elle cette autre force, la personnalité, et vous m'avez dit maintes fois que notre époque obéit non plus aux principes, mais aux personnalités.

— Soit. Quel jour irons-nous ?

— Voyons... C'est aujourd'hui mardi. Disons demain. Elle jouera Juliette.

— C'est parfait. À huit heures, au Bristol. Je passerai prendre Basil.

— Oh ! non, Harry, pas à huit heures. À six heures et demie, si vous voulez bien. Il faut être là-bas avant le lever du rideau et ne pas manquer de la voir au premier acte, quand elle rencontre Roméo.

— À six heures et demie ! Quelle heure saugrenue ! Je croirai prendre un thé complet ou lire un roman anglais. Il faut attendre au moins sept heures. Un gentleman ne dîne pas avant sept heures. Verrez-vous Basil d'ici-là ou dois-je lui écrire ?

— Ce cher Basil ! De toute la semaine je ne l'ai même pas entrevu. Je suis d'autant plus inexcusable qu'il m'a envoyé mon portrait dans un cadre absolument merveilleux, dessiné tout exprès pour moi, et que, vous l'avouerai-je ? cette peinture, d'un mois déjà plus jeune que moi-même, si elle m'inspire quelque jalousie, me jette surtout dans le ravissement. Je ne tiens pas à le voir seul. Ses propos m'irritent. Il me donne de bons conseils. »

Lord Henry eut un sourire.

« Les gens ont la rage de vous donner ce dont ils ont eux-mêmes le plus besoin. C'est ce que j'appellerai l'insondable abîme de la générosité.

— Certes, Basil est le meilleur camarade du monde, mais je le trouve un tantinet philistin. Cela m'est apparu depuis que je vous connais, Harry.

— Voyez-vous, mon cher ami, tout ce qu'il y a de charmant en lui, Basil le fait passer dans ses œuvres, si bien qu'il ne lui reste, pour la vie réelle, que ses préjugés, ses principes et son gros bon sens. Les seuls artistes à qui j'aie trouvé un charme personnel étaient de mauvais artistes. Les vrais artistes ne respirent que dans leur œuvre ; leur personne est dès lors d'une parfaite insignifiance. Il n'existe pas de créature moins poétique que le grand poète, le poète vraiment supérieur. Par contre, les poètes de second ordre sont la séduction même. Plus leur poésie est mauvaise plus ils se montrent pittoresques. Du seul fait qu'un homme a publié un recueil de médiocres sonnets, il devient irrésistible. Il vit la poésie qu'il ne peut écrire. Les autres écrivent la poésie qu'ils n'osent vivre.

— Je ne sais, Harry, si telle est bien la réalité », dit Dorian.

Et, prenant sur la table un large flacon de cristal doré, il humecta son mouchoir d'un peu de parfum.

« Cela doit être, puisque vous le dites. Sur ce, je pars. Imogène m'attend. Vous n'oublierez pas, demain ? Au revoir. »

Dès que Dorian eut quitté la pièce, Lord Henry ferma ses lourdes paupières et se prit à songer. Peu de personnes, assurément, l'avaient captivé autant que Dorian Gray. Pourtant c'était sans ombre de contrariété ou de jalousie qu'il le voyait follement épris ailleurs. Il s'en réjouissait plutôt : l'adolescent n'en serait que plus intéressant à étudier. La méthode des sciences naturelles l'avait toujours enthousiasmé, mais non leur sujet habituel qu'il trouvait trivial et sans importance. C'est ce qui l'avait amené à faire de la vivisection, d'abord sur lui-même, et enfin sur les autres. La vie humaine était, à ses yeux, le seul objet qui méritât d'être étudié. En comparaison, tout le reste était sans valeur. À la vérité, dans cette observation de la vie, penché sur le creuset des plaisirs et des peines, l'opérateur ne pouvait se couvrir le visage d'un masque de verre ; rien n'empêchait les vapeurs sulfureuses de troubler son cerveau, de souiller son imagination de monstrueuses fantaisies et de rêves informes. Il existait des poisons si subtils qu'on n'en pouvait surprendre les effets sans, au préalable, en braver la souffrance ; et de si étranges maladies qu'il fallait en subir les atteintes pour en pénétrer la nature. Mais en retour, que la récompense était belle ! De quelles merveilles se peuplait l'univers ! Noter l'inflexible et curieuse logique de la passion, la vie émotive et nuancée de l'intelligence ; observer leurs points de contact et de divergence, leurs conditions d'harmonie et de dissonance : c'étaient autant de délices. Et qu'en importait le prix ? Jamais on ne paie trop cher une sensation.

Il le savait bien — et cette pensée allumait un joyeux éclair dans ses yeux d'un brun d'agate — c'était sous l'impression de paroles de sa bouche, d'harmonieuses paroles rythmées d'une voix harmonieuse, que l'âme de Dorian Gray s'était tournée vers cette claire jeune fille et l'avait saluée de son adoration. Dans une large mesure cet adolescent était sa création. Il lui avait apporté la précocité. N'était-ce donc rien ? La grande masse des gens devaient attendre que la vie leur découvrît ses secrets ; seuls, quelques rares élus se voyaient instruits des mystères de la vie, avant que le voile fût écarté. Parfois cette initiation était due aux arts, et surtout à l'art littéraire, qui s'adresse directement aux passions et à l'intellect. Mais, à l'occasion, une personnalité complexe prenait la place et assumait la fonction de l'art, devenait elle-même à sa façon une véritable œuvre d'art ; car, tout comme la poésie, la sculpture ou la peinture, la vie a ses chefs-d'œuvre précieux.

Oui, l'adolescent était précoce. Il rentrait sa moisson quand le printemps régnait encore. Il avait en lui l'élan passionné de la jeunesse, mais peu à peu s'y mêlait la réflexion consciente. C'était plaisir de l'observer. Beauté du visage et beauté de l'âme, tout en lui appelait l'admiration. Peu importait où menait ce jeu et quelle en serait la conclusion fatale. Il en était de Dorian comme de ces aimables héros de théâtre dont les joies nous semblent étrangères et lointaines, tandis que leurs chagrins remuent en nous le sens de la beauté et nous éblouissent comme des roses de feu.

L'âme et le corps, le corps et l'âme, quel double mystère ! L'âme n'allait point sans quelque matérialisme et le corps avait ses moments de spiritualité. Les sens pouvaient s'affiner, l'intelligence s'avilir. Qui pourrait dire où s'arrêtent les impulsions de la chair, où commencent les impulsions de l'esprit ? Combien étaient superficielles et arbitraires les définitions du commun des psychologues et qu'il était difficile de se prononcer entre les prétentions des diverses écoles. L'âme est-elle un fantôme habitant la maison du péché ? Ou bien le corps se fond-il vraiment dans l'âme, comme le pensait Giordano Bruno [1] ? Mystère, la séparation de l'esprit et de la matière, et mystère, pareillement, leur union.

Il commençait à se demander si l'on arriverait jamais à faire de la psychologie une science absolument exacte, capable de nous révéler jusqu'au dernier ressort de la vie. Il faudrait, en attendant, se méprendre invariablement sur soi-même et ne comprendre que bien rarement autrui. L'expérience restait sans valeur dans le domaine moral. Elle n'était que nom dont les humains baptisent leurs bévues. Les moralistes, en général, l'ont regardée comme une sorte de guide. Ils ont revendiqué pour elle, dans la formation du caractère, une influence morale appréciable ; ils l'ont louée d'être celle qui nous enseigne ce qu'il faut faire et nous montre ce qu'il faut éviter. Mais non, il n'y a dans l'expérience aucune force déterminante. Pas plus que la conscience, elle n'est un principe d'action. En somme, elle n'établit qu'une chose : que l'avenir, pour chacun de nous, a chance de ressembler au passé et que le péché, commis une première fois dans l'amertume, se renouvelle maintes fois dans l'allégresse.

Il lui paraissait évident que seule la méthode expérimentale le conduirait à l'analyse scientifique des passions ; et Dorian Gray était vraiment le sujet rêvé ; il semblait promettre d'abondants et précieux résultats. Sa folle et brusque passion pour Sibyl Vane constituait un phénomène psychologique d'un haut intérêt. Sans doute la curiosité y entrait-elle pour beaucoup, la curiosité et le désir de sensations nouvelles ; ce n'était point une passion simple, mais, au contraire, des plus complexes. Ce que l'adolescence y versait d'instinctive sensualité s'était trans-

1. Giordano Bruno (1548-1600) : philosophe italien panthéiste qui concevait l'univers comme infini et complexe, avec Dieu comme force unifiante. Accusé d'hérésie, il fut brûlé vif à Rome, sur le Campo dei Fiori. Le discours de Lord Henry reprend les idées de Pater dans « Giordano Bruno », article publié dans la *Fortnightly Review* d'août 1889.

formé par un travail de l'imagination et métamorphosé jusqu'à paraître au jeune homme lui-même, étranger aux sens ; et le danger n'en était que plus grand. Ce sont en effet les passions dont nous méconnaissons l'origine qui nous tyrannisent le plus. Et les influences qui s'exercent sur nous avec le moins de force sont celles dont nous saisissons la nature. Que de fois il arrive qu'en croyant expérimenter sur autrui, nous expérimentons en réalité sur nous-mêmes.

Lord Henry fut tiré de cette longue rêverie par un coup frappé à la porte. Son valet venait le prévenir qu'il était temps de s'habiller pour le dîner. Il se leva et regarda dans la rue. La magie d'un coucher de soleil avait embrasé d'or vermeil les plus hautes fenêtres des maisons d'en face. Les vitres brillaient comme les plaques d'un métal ardent. Là-haut, le ciel semblait une rose fanée. Lord Henry songea à son ami, à cette vie colorée de tous les feux de la jeunesse et il se demanda comment tout cela devait finir.

En rentrant chez lui, vers minuit et demi, il trouva une dépêche sur la table du vestibule. Il l'ouvrit, vit qu'elle venait de Dorian Gray : il lui faisait part de ses fiançailles avec Sibyl Vane.

CHAPITRE V

« Oh ! Maman, maman, que je suis heureuse ! » dit la jeune fille dans un murmure. Et son visage chercha, pour s'y blottir, le giron de la femme lasse et fanée qui, le dos tourné au jour cru de la fenêtre, occupait l'unique fauteuil du minable salon. « Que je suis heureuse ! reprit-elle. Et toi aussi, petite mère, dis-moi que tu es heureuse ! »

Mrs. Vane tressaillit et, posant sur la tête de sa fille des mains maigres, blanches de fard :

« Heureuse ? répéta-t-elle. Je ne suis heureuse que lorsque je te vois en scène. La scène ! Tu ne devrais songer qu'à cela.

Mr. Isaacs a été bien bon pour nous et nous lui devons de l'argent. »

La jeune fille releva la tête et fit la moue.

« De l'argent, petite mère ? Eh ! qu'importe l'argent ! Mieux vaut l'amour que la fortune.

— Mr. Isaacs nous a avancé cinquante livres pour payer nos dettes et habiller James proprement. Il ne faut pas l'oublier, Sibyl. Cinquante livres, c'est une grosse somme. Mr. Isaacs a été pour nous d'une extrême obligeance.

— Mr. Isaacs n'est pas un gentleman. Il me parle sur un ton que je déteste, déclara la jeune fille. Et, se levant, elle s'approcha de la fenêtre.

— Je ne sais, en vérité, ce que nous deviendrions sans lui », se lamenta la mère.

Sibyl Vane secoua la tête et déclara rieuse :

« Nous n'avons plus besoin de lui, maman. Désormais, c'est le Prince Charmant qui veille sur nos destinées. »

Elle se tut un instant. Un afflux de sang rose gonflait ses veines et colorait ses joues. Un souffle animé ouvrait la corolle de ses lèvres frémissantes. Le vent brûlant de la passion semblait l'envelopper toute et gonfler les plis gracieux de sa robe.

« Je l'aime ! acheva-t-elle simplement.

— Quelle folie ! mon enfant, quelle folie ! » lança la mère. Cette phrase de perroquet fut toute sa réponse. Et le geste de ses doigts crochus, chargés de faux bijoux, achevait de rendre grotesques les pauvres paroles.

De nouveau le rire de la jeune fille perla. La gaieté d'un oiseau en cage chantait dans sa voix. Ses yeux, conscients de la mélodie, y répondirent par leur éclat, puis se fermèrent un instant, comme pour cacher leur secret. Quand ils se rouvrirent, la brume d'un rêve les voilait.

Du fond de son fauteuil râpé, la Sagesse aux lèvres pincées lui parlait, conseillant la prudence, récitant ce manuel de lâcheté dont l'auteur s'affuble du nom de sens commun. La jeune fille n'écoutait pas. Elle errait librement dans sa prison d'amour. Son prince, le Prince Charmant, était avec elle. Elle avait demandé à la Mémoire de le lui rendre. Elle avait envoyé son âme à sa recherche, et son âme le lui avait ramené. Derechef elle sentait sur sa bouche le feu de son baiser, sur ses paupières la tiédeur de son haleine.

Alors la Sagesse changea de méthode et de langage. Il faudrait épier, chercher à savoir. Ce jeune homme était riche peut-être. Dans ce cas, rien n'empêcherait de songer au mariage. Contre la conque de la petite oreille déferlèrent les vagues de la prudence mondaine. De toutes parts volèrent les flèches de la ruse. Sibyl voyait remuer les lèvres minces, et souriait.

Soudain, elle éprouva le besoin de parler. Ce silence plein de paroles la troublait.

« Maman, maman, éclata-t-elle, d'où vient qu'il m'aime tant ? Moi, je sais pourquoi je l'aime. Je l'aime parce qu'il est le portrait vivant de l'Amour, tel qu'on se l'imagine. Mais lui, que voit-il donc en moi ? Je ne suis pas digne de lui. Et pourtant, sans que je puisse me l'expliquer, j'ai beau me sentir si fort au-dessous de lui, je ne me sens pas humble. Je me sens fière, terriblement fière. Dis-moi, maman, est-ce que tu aimais mon père comme j'aime le Prince Charmant ? »

La vieille femme devint blême sous la poudre grossière qui barbouillait ses joues, et ses lèvres parcheminées se contractèrent dans un spasme douloureux. Sibyl eut un élan vers elle, noua ses bras à son cou, la couvrit de baisers.

« Pardon, maman, pardon ! Je sais qu'il t'en coûte toujours de parler de notre père. Mais cette peine, n'est-ce pas, vient uniquement de ce que tu l'as tant aimé ? Ne prends pas cette mine chagrine. Je suis heureuse aujourd'hui comme tu l'étais, il y a vingt ans. Et si tu voulais, je serais heureuse pour toujours.

— Mon enfant, tu es bien trop jeune pour songer à l'amour. D'ailleurs, que sais-tu de ce jeune homme ? Rien, pas même son nom. Tout cela tombe bien mal à propos. Et vraiment, je tiens à te le faire observer, alors que James part pour l'Australie et que j'ai tant à penser, tu aurais pu m'épargner ce souci. Mais enfin, comme je te l'ai déjà dit, s'il est riche...

— Ah ! maman, maman, consens à mon bonheur. »

Mrs. Vane l'enveloppa d'un regard ; puis, d'un de ces gestes faux et dramatiques qui deviennent si souvent comme une seconde nature chez les acteurs, elle la serra dans ses bras. À ce moment, la porte s'ouvrit et un grand garçon à tignasse brune entra dans la pièce. Ses traits étaient lourds, ses pieds et ses mains énormes, ses mouvements assez gauches. Il n'avait rien de la finesse de sa sœur. On aurait eu peine à deviner l'étroite parenté qui existait entre eux. Mrs. Vane tourna les yeux vers le nouveau venu et élargit son sourire. Dans sa pensée, son fils avait la noble mission de représenter le public. Le *tableau* [1] elle n'en doutait pas, était intéressant.

« Tu garderas peut-être quelques baisers pour moi, Sibyl, fit le jeune homme sur un ton d'aimable reproche.

— Pour toi, Jim ? Mais tu n'aimes pas qu'on t'embrasse, répondit-elle. Tu es mon gros ours sauvage ! » Et, courant à lui, elle l'étreignit à l'étouffer.

James Vane arrêta sur sa sœur un regard de tendresse :

« Veux-tu venir avec moi faire un tour de promenade, Sibyl ? Il est probable que je ne reverrai jamais cette horreur de Londres. Et certes, je n'y tiens pas.

— Mon enfant, ne prononce pas de ces affreuses paroles ! » murmura Mrs. Vane, reprenant, avec un soupir, des oripeaux de théâtre qu'elle se mit à rapiécer. Elle était un peu désappointée et regrettait que son fils ne fût pas venu se joindre à leur groupe pour en compléter l'effet théâtral.

« Mais, maman, pourquoi pas ? J'ai parlé en toute sincérité.

— Tu me fais de la peine, mon fils. J'ai le ferme espoir que tu reviendras d'Australie dans la situation d'un homme opulent. J'imagine qu'il n'y a pas trace de société aux colonies, rien du moins qui mérite ce nom. En sorte qu'il te faudra bien, après fortune faite, revenir à Londres jouer ton personnage.

— La société, marmotta le jeune homme, qu'ai-je besoin de la connaître ? Si j'ai l'envie de gagner quelque argent, c'est pour vous arracher, toi et Sibyl, à cette vie de théâtre que je hais !

1. En français dans le texte.

— Oh ! Jim, dit Sibyl en riant, tu n'es pas flatteur ! Mais, bien vrai, tu veux que nous allions nous promener tous deux ? Quel bonheur ! Je m'étais figuré que tu irais dire adieu à quelques amis, à Tom Hardy qui t'a donné cette affreuse pipe, ou à Ned Langton qui s'esclaffe de te la voir fumer. Que tu es gentil de m'avoir réservé ton dernier après-midi. Où irons-nous ? Si nous allions au Parc ?

— Je suis trop râpé, répondit-il, assombri. Le Parc, c'est bon pour les beaux messieurs !

— Quelles sottises, mon bon Jim ! » murmura-t-elle, en caressant la manche de son veston.

Il hésita un moment.

« Eh bien, soit ! dit-il enfin ; mais ne sois pas trop longue à t'habiller. »

Elle bondit hors de la pièce. On l'entendit grimper l'escalier en chantant. Ses petits pas sonnèrent dans la chambre haute.

Lui se mit à arpenter le salon. Après deux ou trois tours, il se tourna vers le fauteuil où sa mère se tenait immobile.

« Maman, demanda-t-il, mes affaires sont-elles prêtes ?

— Toutes prêtes, James », répondit-elle sans lever les yeux de son ouvrage.

Depuis quelques mois, elle se sentait gênée, sitôt qu'elle était seule en face de ce fils rude et farouche. Leurs regards se croisaient-ils, un trouble secret envahissait son âme frivole. Elle en était à se demander s'il ne soupçonnait rien. Le silence — car son fils n'avait pas ajouté une parole — lui devint intolérable. Elle se prit à gémir. Les femmes se défendent en attaquant, et leurs attaques sont faites d'étranges et brusques capitulations.

« J'espère. James, que tu seras content de ta vie de marin, commença-t-elle. En tout cas, tu ne dois pas oublier que c'est toi-même qui l'as choisie. Il ne tenait qu'à toi-même d'entrer chez un avoué. Les avoués sont d'un rang très honorable, et souvent, à la campagne, dînent dans les meilleures familles.

— J'ai horreur des clercs et des études, répliqua-t-il. Mais tu as parfaitement raison. J'ai choisi moi-même la vie qui me plaisait. Je n'ai rien à dire, sinon : veille sur Sibyl ! Prends bien garde qu'il ne lui arrive rien de fâcheux. Maman, il faudra que tu veilles sur elle !

— Voilà, vraiment, un singulier langage, James. Il va de soi que je veille sur Sibyl.

— Tous les soirs, m'a-t-on dit, un gentleman vient la voir au théâtre et s'entretient avec elle dans les coulisses. Est-ce vrai ? Et que signifie cette conduite ?

— Tu parles là de choses que tu ne peux comprendre, James. Dans notre profession, nous sommes habituées à ce qu'on nous prodigue les hommages les plus flatteurs. Moi-même, que de gerbes de fleurs n'ai-je pas reçues autrefois ! On savait apprécier, alors, le talent des artistes. Quant à Sibyl, j'ignore encore si son attachement est sérieux ou non. Mais il est hors de doute que le jeune homme en question est un parfait gentleman. Il est toujours d'une politesse exquise envers moi. De plus, il a tout l'air d'être riche et les fleurs qu'il envoie sont ravissantes.

— N'empêche que vous ne savez même pas son nom, fit la voix rude du jeune homme.

— En effet, répondit la mère de l'air le plus tranquille du monde, jusqu'ici il ne nous a pas révélé son vrai nom. Je trouve cela tout à fait romanesque de sa part. Il appartient probablement à l'aristocratie. »

James Vane se mordit la lèvre :

« Veille sur Sibyl, maman, veille bien sur elle ! insista-t-il.

— Vraiment, mon fils, tu me fais beaucoup de chagrin. Sibyl est toujours placée sous ma garde vigilante. Mais si ce gentleman est riche, je ne vois pas pourquoi elle repousserait son alliance. Je suis convaincue que c'est un jeune aristocrate. Il en a toute la mine, c'est indéniable. Qui sait s'il n'y a pas là pour Sibyl la perspective du plus brillant mariage ? Ils feraient un couple charmant. Il est d'une beauté vraiment remarquable ; tout le monde en est frappé. »

Le jeune homme, se parlant à lui-même, marmotta quelques mots et, de ses gros doigts, tambourina contre les vitres. Comme il se retournait, prêt à reprendre la parole, la porte s'ouvrit et, en coup de vent, Sibyl entra.

« Quels airs graves vous avez tous les deux ! s'écria-t-elle. Eh ! que se passe-t-il ?

— Rien, répondit James. Il faut bien, j'imagine, être sérieux quelquefois. Au revoir, maman. Je dînerai à cinq heures. Tout est emballé, sauf mes chemises. Sois donc sans inquiétude.

— Au revoir, mon fils ! » répondit-elle, avec un salut d'une solennité contrainte.

Elle était fort tourmentée du ton qu'il avait pris pour lui parler et, dans son regard, quelque chose lui avait fait peur.

« Un baiser, petite mère », fit Sibyl. Les jeunes lèvres en fleur se posèrent sur la joue flétrie, réchauffant sa pauvre chair glacée.

« Mon enfant, mon enfant ! » cria Mrs. Vane, les yeux au plafond, en quête d'une galerie imaginaire.

« Viens, Sibyl ! » appela le frère, impatienté. Il avait en horreur l'affectation théâtrale de sa mère.

Ils sortirent, et, dans une lumière dont les jeux vacillaient au vent, descendirent la morne Euston Road[1]. Les passants toisaient ce garçon lourd et morose, mal pris dans ses habits grossiers, et s'étonnaient de le voir accompagner une jeune fille si jolie et si fine d'aspect. On eût dit un vulgaire jardinier se promenant avec une rose.

Jim fronçait les sourcils, chaque fois qu'il surprenait de ces regards inquisiteurs. Il avait cette horreur d'être dévisagé que le génie connaît sur le tard, et qui n'abandonne jamais le vulgaire. Sibyl, cependant, ne se doutait même pas de l'effet qu'elle produisait. Son amour lui montait aux lèvres en rires joyeux. Elle pensait au Prince Charmant, et pour caresser d'autant mieux sa pensée, se gardait de parler de lui. Son babillage n'avait trait qu'à Jim, au navire qui allait l'emporter, aux mines d'or qu'il devait sûrement découvrir, à la fabuleuse héritière dont il sauverait la vie, en triomphant des méchants brigands à chemises rouges. Car, certes, il ne resterait pas matelot, ni

1. Quartier populaire du nord de Londres.

subrécargue[1], ni rien de ce qu'il serait au début. Oh ! non ! L'existence du marin est trop épouvantable. S'imagine-t-on cette réclusion dans une horrible coque que les croupes monstrueuses des vagues cherchent à envahir, tandis que l'ouragan renverse les mâts, déchire les voiles en lanières échevelées et hurlantes. Il débarquerait à Melbourne, après d'honnêtes adieux au capitaine, et s'en irait tout droit aux districts aurifères[2]. En moins d'une semaine, il mettrait la main sur une énorme pépite d'or pur, la plus énorme pépite jamais découverte, qu'il ramènerait à la côte dans un fourgon gardé par six gendarmes à cheval. Trois fois, les brigands de la brousse les attaqueraient et seraient repoussés. On en ferait un horrible carnage. Ou plutôt, non. Pour rien au monde il ne devait aller aux mines d'or, ces horribles lieux où les hommes s'enivrent, se tuent à l'envi dans les tavernes et disent de telles grossièretés. Il serait un gentil éleveur de moutons ; et c'est en rentrant chez lui, sur sa monture, qu'un beau soir, il verrait un voleur enlever sur un cheval noir la charmante héritière : il leur donnerait la chasse et la délivrerait. Naturellement elle s'éprendrait d'amour pour lui, et lui pour elle ; ils s'épouseraient, rentreraient en Angleterre et vivraient à Londres dans un magnifique hôtel. Oui, de merveilleuses aventures l'attendaient. À condition toutefois de se bien conduire, de ne jamais céder à la colère, et de ne pas dépenser follement son argent. Elle n'avait qu'un an de plus que lui, mais une tout autre expérience de la vie. Il devait aussi lui écrire sans faute à chaque courrier, et dire tous les soirs sa prière avant de s'endormir. Dieu, qui était si bon, veillerait sur lui. Elle aussi prierait pour l'absent. Il reviendrait, avant peu d'années, comblé de richesses et de joies.

Le jeune homme, l'air maussade, l'écoutait sans rien dire. Il souffrait cruellement de quitter la maison.

---

1. Dans la marine, personne qui a autorité sur la cargaison du navire qu'elle surveille au nom du propriétaire. **2.** Aurifères : riches en or. En 1851, de l'or fut découvert en Australie (Nouvelles Galles du Sud), d'où un afflux d'immigrants. L'expatriation en Australie pour y faire fortune ou expier un péché est déjà présente chez Dickens, dans *David Copperfield*.

Ce n'était pourtant point cette seule pensée qui le rendait sombre et morose. Bien que très inexpérimenté, il avait le vif sentiment du danger que courait Sibyl. Elle n'avait rien d'heureux à attendre de ce jeune dandy qui lui faisait la cour. C'était un gentleman. À ce seul titre, il le haïssait d'une haine étrange, instinctive, qu'il ne pouvait s'expliquer et qui grondait en lui d'autant plus impérieuse. Il savait également combien sa mère était légère et frivole ; il voyait là un péril immense pour Sibyl, pour le bonheur de Sibyl. Les enfants commencent par aimer leurs parents ; devenus grands ils les jugent ; quelquefois ils leur pardonnent.

Sa mère ! Une question qu'il avait à lui poser obsédait son esprit ; depuis des mois, il y songeait en silence. Une phrase attrapée au vol, au théâtre, un chuchotement sarcastique venu à ses oreilles, un soir qu'il attendait à l'entrée des artistes, avait déchaîné en lui toute une meute d'horribles pensées. Ce souvenir le cinglait comme un coup de cravache en pleine figure. Ses sourcils se rapprochèrent, creusant un profond sillon, et, dans une contraction douloureuse, il se mordit la lèvre.

« Jim, s'écria Sibyl, tu n'écoutes pas un mot de ce que je dis, et je suis en train de dresser les plans d'avenir les plus délicieux. De grâce, dis-moi quelque chose.

— Que veux-tu que je dise ?

— Mais que tu seras un brave garçon et que tu ne nous oublieras pas », répondit-elle, en lui souriant.

Il haussa les épaules.

« Moi, vous oublier, Sibyl ? Il est plus probable que vous m'oublierez les premières. »

Elle rougit.

« Que veux-tu dire, Jim ? interrogea-t-elle.

— J'apprends que tu as un nouvel ami. Qui est-ce ? Pourquoi ne m'en as-tu jamais parlé ? Crois-tu qu'il te veuille du bien ?

— Assez, Jim ! s'écria-t-elle. Ne dis pas un mot contre lui. Je l'aime.

— Oui, et tu ne connais même pas son nom ! répliqua-t-il. Qui est-ce ? J'ai bien le droit de le savoir.

— Il s'appelle le Prince Charmant. Ne trouves-tu pas le nom joli ? Grand enfant, va ! Il ne faudra plus l'oublier. Si tu voyais seulement mon Prince, tu le proclamerais le plus merveilleux des mortels. Vous ferez connaissance, un jour, à ton retour d'Australie. Je suis sûre qu'il te plaira beaucoup. Tout le monde le trouve aimable, et moi... je l'aime ! Que ne peux-tu venir au théâtre ce soir ! Il sera là, et je jouerai Juliette. Oh ! comme je vais jouer ! Songe un peu, Jim : être amoureuse et jouer Juliette ! Le savoir là, tout près, et jouer pour son enchantement ! Je me demande si je ne vais pas effrayer l'assistance, l'effrayer ou la ravir. Aimer, c'est se surpasser. Cet exécrable et pauvre Mr. Isaacs va hurler au génie à tous les traînards de sa buvette. Il me prêchait déjà comme un dogme ; ce soir, je le sens, il m'annoncera comme une révélation. Et tout cela, c'est à lui que je le dois, à lui seul, mon Prince Charmant, mon magique amoureux, mon dieu de toutes grâces. Je suis bien pauvre à côté de lui. Pauvre ? Eh ! qu'importe ? Quand la pauvreté se faufile par la porte, d'un coup d'aile l'amour entre par la fenêtre. Qui donc rajeunira nos proverbes ? On les fit en hiver, et c'est maintenant l'été. Que dis-je ? C'est pour moi le printemps, une vraie farandole de fleurs dans le bleu du ciel. »

James objecta, malveillant :

« C'est un gentleman !

— Un prince ! rectifia la voix musicale. Que te faut-il de plus ?

— Il fera de toi son esclave.

— Mais je frissonne à l'idée de rester libre.

— Je t'en prie, méfie-toi de lui.

— Le voir, c'est l'adorer ; le connaître, c'est lui donner sa foi.

— Sibyl, cet homme t'a rendue folle ! »

Elle se mit à rire et lui prit le bras :

« Mon bon vieux Jim, tu me sermonnes comme si tu avais cent ans. Ton tour viendra d'être amoureux. Ce jour-là, tu verras ce que c'est. Quitte-moi cet air maussade. Ne devrais-tu pas te réjouir en songeant que, malgré ton départ, tu vas me laisser plus heureuse que je ne fus jamais. La vie nous a été dure à tous deux, affreusement dure et difficile. Mais désormais, ce sera bien différent. Tu pars pour un nouveau monde, et moi j'ai découvert le mien... Voici deux chaises libres : asseyons-nous et regardons passer les gens chic ! »

Ils s'installèrent parmi une foule de spectateurs. Les massifs de tulipes flambaient, à travers la promenade, comme des cercles de feu palpitants. Une poussière blanche — un léger nuage de poudre d'iris, eût-on dit — flottait dans l'air embrasé. Les ombrelles aux vives couleurs virevoltaient, montaient et descendaient, pareilles à de monstrueux papillons.

Elle amena son frère à parler de lui-même, de ses espoirs, de ses projets. Son verbe était lent, difficultueux. Ils se renvoyaient les mots comme les joueurs, dans une partie, se renvoient les jetons. Sibyl se sentait oppressée. Elle n'arrivait pas à lui communiquer sa joie. Rien ne lui faisait écho. Tout au plus amenait-elle un pâle sourire aux coins de cette bouche amère. Elle en vint bientôt à garder le silence. Tout à coup, elle entrevit une chevelure d'or, des lèvres rieuses : Dorian Gray passait, avec deux dames, en voiture découverte.

D'un bond, elle fut debout :

« Le voilà ! s'écria-t-elle.

— Qui ? demanda Jim Vane.

— Le Prince Charmant », répondit-elle, suivant des yeux la victoria.

À son tour, il s'était levé. L'empoignant rudement par le bras, il lui criait :

« Montre vite. Lequel est-ce ? Indique-le-moi. Je veux absolument le voir. »

Mais, à ce moment, l'attelage du duc de Berwick vint faire écran ; et quand, de nouveau, l'horizon fut libre, la voiture était sortie du Parc.

« Il est parti ! soupira tristement Sibyl. Quel dommage que tu ne l'aies pas vu !

— Oui, vraiment, quel dommage ! Car aussi vrai qu'il est un Dieu dans le ciel, si jamais il t'outrage, je le tue. »

Elle le regarda, terrifiée. Il répéta sa menace. Les mots fendaient l'air, comme une dague. Déjà les gens autour d'eux écoutaient, intrigués. Tout contre Sibyl, une dame eut un petit rire.

« Viens, Jim, partons ! » murmura-t-elle.

Il la suivit, tête haute, à travers la foule, content d'avoir fait cet éclat. Quand ils eurent atteint la statue d'Achille [1], Sibyl se retourna. La même pitié qui se lisait dans ses yeux lui mit le rire aux lèvres. Et, secouant la tête :

« C'est insensé, Jim, absolument insensé ! Un simple accès de mauvaise humeur, je le sais. Mais comment peux-tu proférer des horreurs pareilles ? Tu ne sais ce que tu dis. Tu n'es qu'un vilain jaloux. Ah ! si tu pouvais tomber amoureux ! L'amour inspire la bonté, et tes paroles étaient si méchantes !

— J'ai seize ans, répondit-il, et je sais à qui j'en ai. Notre mère n'est pour toi d'aucun secours. Elle est incapable de veiller sur toi. Ah ! si je pouvais renoncer à ce départ pour l'Australie ! Je ne sais ce qui me retient de tout planter là ! Je le ferais, certes, si mon engagement n'était déjà signé.

— Allons, Jim, ne sois pas si sombre ! Tu me rappelles quelque personnage de ces mélodrames idiots où maman aimait tant à jouer. Je n'ai nulle envie de me quereller avec toi. Je viens de le voir, et le voir, c'est le parfait bonheur. Non, pas de dispute ! Je suis bien sûre, d'ailleurs, que jamais tu ne feras le moindre mal à quelqu'un que j'aime. N'est-ce pas, Jim ?

— Aussi longtemps que tu l'aimeras, c'est possible, répondit-il, farouche.

— Mais je l'aimerai toujours, s'écria-t-elle.

— Et lui ?

— Lui aussi m'aimera toujours.

— Il ne fera pas mal ! »

Elle eut un recul. Puis elle se mit à rire et lui prit le bras. Décidément, ce n'était qu'un enfant.

---

1. Cette statue, que Wilde qualifie d'« atroce » dans *Un mari idéal*, fut érigée en 1822 à partir de canons pris à la France lors des guerres napoléoniennes. Elle se trouve dans Hyde Park.

À Marble Arch[1], ils prirent un omnibus qui les déposa dans Euston Road, tout près de leur pauvre logis. Il était cinq heures passées, et Sibyl, avant d'aller jouer, ne manquait jamais de s'étendre deux bonnes heures. Jim exigea qu'elle fît comme d'habitude. Il préférait d'ailleurs lui dire adieu tant que sa mère n'était pas là. Car, à coup sûr, elle ferait une scène, et il détestait les scènes de tout genre.

Ce fut donc dans la chambre même de Sibyl qu'ils se séparèrent. Le cœur du jeune homme était plein de jalousie, plein d'une haine féroce et mortelle contre l'étranger qui était venu, lui semblait-il, se jeter entre eux deux. Mais à peine eut-il senti les bras aimés se nouer à son cou et les doigts caressants se perdre dans ses cheveux, qu'il s'attendrit et mit dans ses baisers la plus sincère affection. Il redescendit, les yeux pleins de larmes.

Sa mère l'attendait en bas. Dès qu'il entra, elle lui reprocha son inexactitude. Il s'assit, sans répondre, devant son maigre repas. Les mouches bourdonnaient autour de la table et se traînaient sur la nappe malpropre. À travers le sourd grondement des omnibus et le tintamarre des fiacres, la même voix ne cessait de ronronner à ses oreilles, consumant une à une les minutes qui lui restaient.

Bientôt il écarta son assiette et se cacha la tête dans les mains. Il sentait qu'il avait le droit de savoir. On aurait dû le lui dire bien avant ce jour, si c'était ce qu'il soupçonnait. Sa mère l'observait, écrasée d'inquiétude. Ses lèvres laissaient tomber des paroles machinales. Ses doigts pétrissaient un mouchoir de dentelle tout déchiré. Quand sonnèrent six heures, Jim se leva, alla droit à la porte. Là, il se retourna vers sa mère. Leurs regards se rencontrèrent. Dans les yeux maternels, il lut un appel désespéré à la pitié. Une rage le prit.

« Mère, j'ai quelque chose à te demander », fit-il.

Elle promena ses regards par la chambre, sans souffler mot.

---

1. Monument situé dans Hyde Park. Son style imite celui de l'Arc de Constantin à Rome.

« Dis-moi la vérité. J'ai le droit de la connaître. Étais-tu mariée avec mon père ? »

Elle poussa un long soupir, un soupir de soulagement. Le moment terrible, le moment que, depuis des semaines et des mois, elle redoutait nuit et jour, enfin il était venu : et, chose étrange, elle n'éprouvait aucune terreur. Dans une certaine mesure, c'était pour elle une déception. Cette question directe, sans élégance, ne comportait qu'une réponse directe. La situation n'avait pas été savamment amenée. C'était brutal. Elle avait l'illusion d'une répétition ratée.

« Non, répondit-elle, ébahie devant la rude simplicité de la vie.

— Alors, mon père était une canaille ! » s'emporta le jeune homme, les poings crispés.

Elle secoua la tête.

« Je savais qu'il n'était pas libre. Nous nous aimions passionnément tous deux. S'il avait vécu, il aurait pourvu à tous nos besoins. Ne l'accuse pas, mon fils. C'était ton père, et c'était un gentleman. Il appartenait à une haute famille. »

Un juron s'échappa de ses lèvres.

« Peu importe pour moi, s'écria-t-il, mais qu'à aucun prix Sibyl... C'est un gentleman, n'est-ce pas ? qui lui fait la cour : tel du moins il se prétend. De haute famille aussi, je suppose ! »

À cette minute, l'infortunée ne put se défendre d'une horrible sensation de honte. Elle courba le front et, d'une main convulsive, s'essuya les yeux.

« Sibyl a une mère, balbutia-t-elle. Moi, je n'avais plus la mienne. »

Le jeune homme fut touché. Il vint à elle et, se penchant, lui donna un baiser.

« Cette question sur mon père t'a chagrinée. J'en suis navré, mais je ne pouvais l'éviter. Maintenant il faut que je parte. Adieu. Songe que tu n'as plus qu'une enfant sur qui veiller. Et si jamais cet individu en use mal avec ma sœur, tu peux m'en croire, je saurai vite qui il est, je retrouverai sa piste, et je le tuerai comme un chien. Ça, je le jure. »

À l'outrance folle de cette menace, aux gestes passionnés qui l'accompagnaient, à la rage de ces phrases mélodramatiques, il parut à la comédienne que la vie reprenait de son éclat. Elle se retrouvait dans son atmosphère habituelle. Elle respira plus librement et, pour la première fois depuis bien des mois, elle admira vraiment son fils. Elle aurait eu plaisir à filer la scène dans ce mode pathétique, mais il l'arrêta net. Il fallait descendre les malles, songer aux couvertures. Le souillon du logis n'arrêtait plus d'entrer et de sortir. On dut marchander le cocher. Bref, de vulgaires détails absorbèrent les précieux instants. Et ce fut désappointée une fois encore, que, de la fenêtre, elle agita son pauvre mouchoir de dentelle vers la voiture qui emportait son fils. Il était clair qu'une occasion unique venait d'être manquée. Pour s'en consoler, elle fit entendre à Sibyl quelle vie de désolation allait être la sienne, maintenant qu'elle n'aurait plus qu'une enfant sur qui veiller. Elle se rappelait la phrase. Le tour lui en avait plu. De la menace, elle ne souffla mot. Certes, l'expression en avait été vigoureuse et dramatique. Elle se disait qu'un jour ils en riraient bien, tous ensemble.

CHAPITRE VI

« Vous savez sans doute la nouvelle, Basil ? »

Ce fut par ces mots que Lord Henry salua, ce soir-là, Hallward, quand on l'introduisit dans un petit salon réservé du Bristol, où un dîner de trois couverts était préparé.

« Mais non, Harry, répondit l'artiste, remettant au garçon qui s'inclinait, son chapeau et son pardessus. De quoi s'agit-il ? Pas de politique, j'espère ? Rien ne m'y intéresse. Il n'y a pas une tête à peindre dans toute la Chambre des Communes : un bon nombre, en revanche, gagneraient à être blanchies.

— Dorian Gray est fiancé ! » dit Lord Henry, surveillant l'effet de ses paroles.

Hallward sursauta, puis fronça les sourcils :

« Dorian fiancé ! Non, ce n'est pas possible !

— C'est la pure vérité.

— Mais avec qui ?

— Avec je ne sais au juste quelle petite actrice.

— Voilà ce que je ne puis croire. Dorian est trop raisonnable.

— Dorian est en effet bien trop sage, mon cher Basil, pour ne pas faire quelque folie de temps à autre.

— Mais le mariage n'est tout de même pas une folie qu'on puisse faire de temps à autre, Harry.

— Sauf en Amérique, répliqua tranquillement Lord Henry. Mais je n'ai pas parlé de mariage. J'ai parlé de fiançailles. La différence est grande. J'ai de mon mariage un souvenir très net, mais pas la moindre souvenance de mes fiançailles. Je serais porté à croire que je n'ai jamais été fiancé.

— Mais songez à la naissance de Dorian, à son rang, à sa fortune. Une alliance si fort au-dessous de lui serait insensée.

— Si vous voulez qu'il épouse cette jeune fille, voilà tout juste ce qu'il faut lui dire, Basil. Après cela il n'hésitera plus. Quand un homme commet quelque sottise incompréhensible, c'est toujours sous la dictée des plus nobles motifs.

— Au moins, est-ce une jeune fille honnête, Harry ? Je ne voudrais pas voir Dorian se lier à quelque vile créature, capable d'abaisser son caractère et d'étouffer son intelligence.

— Oh ! elle est mieux qu'honnête, elle est belle, murmura Lord Henry, sirotant un vermouth aux oranges amères. Dorian affirme qu'elle est ravissante et il est rare qu'il se trompe en pareille matière. Votre portrait a singulièrement aiguisé son sens de la beauté physique. C'est là, entre bien d'autres, l'un des heureux effets de votre œuvre. D'ailleurs, nous allons voir l'enchanteresse ce soir même, à moins que le jeune Dorian n'ait oublié le rendez-vous.

— Vous êtes sérieux ?

— On ne peut plus sérieux, Basil. Je me trouverais bien à plaindre, si je devais jamais être plus sérieux qu'en ce moment.

— Approuveriez-vous cette folie, Harry ? demanda le peintre, marchant avec agitation et se mordant les lèvres. Non, vous ne pouvez l'approuver. C'est l'engouement d'un jeune écervelé.

— Voilà beau jour que je n'approuve ni ne désapprouve plus rien sur terre. C'est une trop sotte attitude à prendre en face de la vie. Nous ne sommes pas au monde pour afficher nos préjugés moraux. Je ne m'attache jamais à ce que disent les gens quelconques et ne me mêle jamais de ce que font les gens charmants. Quand une personne me séduit, sous quelque jour qu'il lui plaise de se montrer, je suis invariablement ravi. Une belle jeune fille joue le rôle de Juliette : Dorian Gray s'en éprend et s'offre à l'épouser. Pourquoi pas ? Il épouserait Messaline [1] qu'il n'en serait pas moins intéressant. Vous savez que je ne suis pas un champion du mariage. Il a le grand tort de tuer en nous l'égoïsme. Sans l'égoïsme, les gens sont incolores. Ils manquent de personnalité. Quelques individus, pourtant, du fait du mariage, deviennent plus complexes. Ils gardent leur « moi » primitif et lui ajoutent une collection de « moi » supplémentaires. Forcés par là de mener une vie multiple, ils deviennent supérieurement organisés : or, atteindre à une organisation supérieure, n'est-ce pas l'objet même de la vie humaine ? En outre, toute expérience a son prix et, quelque grief qu'on ait contre le mariage, on ne saurait lui refuser d'être une expérience. Je souhaite que Dorian Gray fasse de cette jeune fille sa femme, qu'il l'adore pendant six mois avec ferveur, puis qu'il se laisse tout à coup séduire par quelque autre beauté. Ce serait un sujet d'étude admirable.

— Vous ne pensez pas un mot de tout ce que vous venez de dire, Harry, convenez-en. Si Dorian gâchait sa vie, personne n'en aurait plus de chagrin que vous. Vous valez mieux que vous ne prétendez. »

Lord Henry se mit à rire :

« Nous ne sommes si enclins à bien juger autrui que parce

---

1. Femme de l'empereur Claude (dont elle eut Octavie et Britannicus), connue pour ses débauches. Elle fut mise à mort par Claude en 48 après J.-C. pour avoir épousé l'un de ses amants.

que nous tremblons pour nous-mêmes. Le fondement de l'optimisme est la pure terreur. Nous nous estimons généreux de prêter au voisin des vertus dont nous escomptons le bénéfice. Nous vantons notre banquier pour qu'il nous fasse large crédit : nous découvrons des qualités au voleur de grand chemin, nous flattant qu'il épargnera nos poches. Je pense absolument tout ce que j'ai dit. L'optimisme m'inspire un souverain mépris. Et que parlez-vous de vie gâchée ? Il n'est de vie gâchée que celle dont on arrête l'essor. Pour abîmer un être, il n'y a qu'à le réformer. Je vous accorde pourtant qu'un mariage serait insensé. Mais il y a, entre hommes et femmes, d'autres liens, et de plus attachants, que le mariage. Je ne manquerai certainement pas d'y engager Dorian. Ils ont l'agrément d'être fashionables [1]. Mais voici notre Dorian en personne. Il pourra vous en dire plus long que moi.

— Mon cher Harry, mon cher Basil, vite, félicitez-moi tous deux, fit l'adolescent, rejetant de ses épaules un manteau doublé de soie, et tendant la main tour à tour à ses amis. Jamais je n'ai été si heureux. C'est inattendu, j'en conviens, comme tout ce qui est vraiment délicieux. Et pourtant il me semble que ma vie entière n'a été qu'une longue aspiration vers cet unique bonheur. »

Rose d'émotion et de plaisir, son visage rayonnait d'une merveilleuse beauté.

« J'espère que vous serez toujours très heureux, Dorian, dit Hallward. Mais je vous en veux un peu de ne pas m'avoir annoncé vos fiançailles. Harry a bien été prévenu.

— Et moi, je vous en veux d'être en retard pour le dîner, interrompit Lord Henry, la main posée sur l'épaule du jeune homme et joignant le sourire aux paroles. Venez. Mettons-nous à table et voyons ce que vaut le nouveau chef du Bristol. Vous nous conterez par le menu comment tout cela est arrivé.

— Vraiment, je n'aurai pas grand-chose à vous raconter, protesta Dorian, comme ils prenaient place à la petite table ronde.

---

1. À la mode. Ce mot anglais était utilisé au XIXe siècle pour désigner les dandys.

Voici les simples faits. Sitôt que je vous eus quitté hier soir, Harry, je m'habillai et m'en fus dîner à ce petit restaurant italien de Rupert Street[1], que vous m'avez fait connaître. À huit heures, je me rendis au théâtre. Sibyl jouait Rosalinde. Inutile de vous dire que les décors étaient épouvantables et l'Orlando grotesque. Mais Sibyl ! Je voudrais que vous l'eussiez vue. Ce fut un véritable enchantement, quand elle parut dans ses habits de page, avec son pourpoint de velours mousse à manches cannelle, ses fins hauts-de-chausses marron aux jarretières en croix, son gentil chaperon vert, qu'ornait une plume de faucon fixée par un bijou, et son mantelet à capuchon doublé de grenat. Jamais elle ne m'avait semblé plus exquise. Elle avait toute la grâce délicate de cette statuette de Tanagra[2] qui orne votre atelier, Basil. Les boucles de sa chevelure encadraient son visage, comme des feuilles sombres une rose pâle. Quant à son jeu... Mais à quoi bon ? Vous la verrez ce soir. Vraiment elle est née artiste. De ma misérable loge, j'écoutais, ravi jusqu'à l'extase. Je ne songeais plus que je vivais à Londres, en plein XIXe siècle. J'avais rejoint là-bas ma bien-aimée, dans une forêt cachée à tout regard humain. Après la représentation, j'allai trouver Sibyl dans sa loge et nous causâmes. Tout à coup, comme nous étions assis l'un près de l'autre, ses yeux prirent une expression que jamais encore je n'y avais lue. Mes lèvres montèrent vers ses lèvres. Nos bouches s'unirent dans un baiser. Ce que je sentis dans cet instant, je renonce à vous le décrire. Il me sembla que ma vie s'était ramassée, toute, en un point idéal de joie visible et rose. Sibyl tremblait de tout son être, comme frissonne un blanc narcisse. Puis soudain, se jetant à genoux, elle me baisa les mains. Je sais bien que je ne devrais pas vous dire tout cela, mais je ne puis me retenir. Nos fiançailles, il va de soi, sont un secret absolu. Sibyl n'en a même pas parlé à sa mère. Je me demande ce que vont dire mes tuteurs. Lord Radley sera sûrement furieux. Mais qu'importe ? Dans

---

1. Rue de Soho, où se trouvaient des restaurants bon marché tenus par des Français. **2.** Ces statuettes en terre cuite retrouvées en Béotie étaient très recherchées.

moins d'un an je serai majeur et donc libre de faire ce qui me plaira. Dites-moi, Basil, n'ai-je pas eu raison d'aller cueillir l'amour en pleine poésie et me choisir une femme dans les pièces de Shakespeare ? Des lèvres auxquelles Shakespeare apprit à parler, ont murmuré leur secret à mon oreille. Les bras de Rosalinde m'ont enlacé. Mon baiser s'est posé sur les lèvres de Juliette.

— Oui, Dorian, je crois que vous avez raison, dit lentement Hallward.

— L'avez-vous vue aujourd'hui ? » interrogea Lord Henry.

Dorian Gray secoua la tête.

« Je l'ai laissée dans la forêt d'Ardenne. Je vais la retrouver dans un jardin de Vérone. »

À petites gorgées, d'un air méditatif, Lord Henry buvait son champagne.

« À quel moment précis prononçâtes-vous le mot de mariage, Dorian ? Et en quels termes vous répondit-elle ? Peut-être ne vous en souvient-il pas ?

— Mon cher Harry, je n'ai pas traité cette question comme on conduit une affaire ; je n'ai fait à Sibyl aucune proposition formelle. Je lui ai déclaré que je l'aimais et elle a protesté qu'elle n'était pas digne d'être ma femme. Pas digne ! Mais à côté d'elle, l'univers entier ne compte plus pour moi.

— Les femmes sont singulièrement pratiques, murmura Lord Henry, bien plus pratiques que nous. Dans de pareilles conjonctures nous oublions souvent de parler mariage ; elles se chargent toujours de nous y faire penser. »

Hallward, lui touchant le bras, s'exclama :

« Assez, Harry. Vous offensez Dorian. Il n'est pas comme les autres hommes. Pour rien au monde il ne voudrait causer le malheur d'âme qui vive. Il est bien trop délicat. »

Du regard, Lord Henry interrogea le jeune convive :

« Rien de ma part n'offense jamais Dorian, répliqua-t-il. J'ai posé cette question pour la meilleure raison possible — la seule, à vrai dire, qui rende une question excusable — par simple curiosité. D'après une mienne théorie, c'est toujours la femme qui propose le mariage à l'homme, et non l'homme à la femme. Excepté toutefois dans la classe moyenne. Mais la classe moyenne n'a rien de moderne. »

Dorian Gray hocha la tête, en riant :

« Vous êtes incorrigible, Harry. N'importe ! Il est impossible de se fâcher avec vous. Lorsque vous aurez vu Sibyl, vous conviendrez que, pour la tromper, il faudrait être une brute, une brute sans cœur. Je ne saurais comprendre, d'ailleurs, qu'un homme puisse songer à déshonorer celle qu'il aime. J'aime Sibyl Vane. Je voudrais la placer sur un piédestal d'or, et voir l'univers prosterné devant la femme que j'ai choisie. Qu'est-ce que le mariage ? Un vœu irrévocable. Vous le raillez à ce titre. Non, ne raillez plus. J'entends que ce vœu irrévocable m'enchaîne à Sibyl. Sa confiance me rend fidèle, sa foi me rend vertueux. Dès que je suis auprès d'elle, je regrette tout ce que m'ont appris vos leçons. Je deviens différent de ce que vous m'avez connu. Je suis métamorphosé. D'un simple attouchement de sa petite main, Sibyl Vane me fait vous oublier, vous et toutes vos théories si fausses, si fascinantes, si délétères et si délicieuses.

— Lesquelles donc ? interrogea Lord Henry, prenant un peu de salade.

— Mais vos théories sur la vie, vos théories sur l'amour, vos théories sur le plaisir ; en fait, toutes vos théories, Harry.

— Le plaisir est la seule chose qui mérite qu'on lui consacre une théorie, prononça la voix lente et mélodieuse. Je n'oserais pourtant revendiquer en propre ma théorie du plaisir. L'honneur en revient à la Nature et non pas à moi. Le plaisir est le témoignage de la Nature, sa marque d'approbation. Quand nous sommes heureux, nous sommes toujours bons, mais quand nous sommes bons, nous ne sommes pas toujours heureux.

— Eh ! qu'entendez-vous par être bon ? fit Basil Hallward.

— Oui, répéta Dorian, se renversant dans sa chaise pour mieux voir Lord Henry, derrière les lourdes grappes d'iris pourprés qui se dressaient au milieu de la table. Qu'entendez-vous par être bon, Harry ?

— Être bon, c'est vivre en harmonie avec soi-même, répondit-il, effleurant de ses doigts pâles et fuselés la tige frêle de son verre. Il y a discordance dès qu'on est contraint de s'harmoniser avec autrui. La vie personnelle, voilà l'affaire importante. Quant à la vie du voisin, quiconque veut jouer au fat ou au puritain peut se mêler de lui appliquer ses vues morales, mais elle ne vous concerne en rien. Et notez que l'individualisme vise aux fins les plus hautes. La moralité moderne consiste à accepter l'idéal de l'époque. Or, j'estime que, pour tout homme cultivé, accepter l'idéal de son époque, c'est faire acte d'immoralité révoltante.

— Mais, Harry, insinua le peintre, nul ne peut vivre uniquement pour soi-même, sans avoir à le payer terriblement cher.

— Oui, tout se paie trop cher de nos jours. À mon sens, la réelle tragédie du pauvre, c'est qu'il ne peut rien se permettre que le seul renoncement. Les beaux péchés comme les beaux objets sont le privilège du riche.

— Il faut payer d'une autre rançon que l'argent.

— Quelle autre rançon, Basil ?

— Mais, j'imagine, le remords, la souffrance, et... ma foi ! la conscience de sa dégradation. »

Lord Henry haussa les épaules :

« Mon cher, l'art du Moyen Âge est charmant, mais les émotions du Moyen Âge, bien démodées ! Cela sert encore, je sais, dans les fictions. Mais justement, on ne fait usage en fiction que de choses hors d'usage en réalité. Croyez-moi, jamais un civilisé ne regrettera un plaisir, pas plus qu'un barbare ne se doutera jamais de ce qu'est un plaisir.

— Moi, je sais, lança Dorian Gray. Le plaisir, c'est adorer quelqu'un.

— Cela vaut mieux, en tout cas, que d'être adoré, riposta Lord Henry jouant avec des fruits. Être adoré est un supplice. Les femmes nous traitent exactement comme l'humanité traite ses dieux. Elles nous révèrent et nous sollicitent sans répit de faire quelque chose pour elles.

— Mais tout ce qu'elles nous demandent, murmura gravement le jeune homme, elles ont, si je ne me trompe, commencé par nous le donner. Elles créent l'amour dans nos cœurs. Elles ont bien le droit d'être aimées en retour.

— Voilà qui est tout à fait vrai, Dorian, approuva Hallward.

— Rien n'est jamais tout à fait vrai, dit Lord Henry.

— Pardon ! interjecta Dorian. Vous admettez bien que les femmes nous donnent l'or le plus pur de leur vie ?

— Il se peut, soupira-t-il ; mais elles ne manquent jamais ensuite de nous en réclamer la monnaie, en toutes petites pièces. Là est l'ennui. Les femmes, comme l'a dit un Français de beaucoup d'esprit, nous inspirent des chefs-d'œuvre qu'elles nous empêchent toujours de réaliser.

— Harry, vous êtes exécrable. Je ne sais pourquoi je vous aime tant.

— Vous m'aimerez toujours, Dorian, répliqua-t-il. Mais dites-moi, mes amis, prendrez-vous du café ? Garçon, apportez-nous du café, de la fine champagne et des cigarettes. Non, pas de cigarettes, j'ai ce qu'il faut... Basil, je ne supporterai pas que vous fumiez le cigare. Prenez une cigarette. La cigarette est le parfait exemple d'un parfait plaisir. C'est une chose exquise et qui nous laisse inassouvis. Que désirer de plus ?... Oui, Dorian, vous raffolerez toujours de moi. J'incarne à vos yeux tous les péchés que vous n'avez osé commettre.

— Harry, quelles sornettes nous débitez-vous là ? s'écria le jeune homme, prenant du feu à la gueule enflammée d'un dragon d'argent, que le garçon venait de poser sur la table. Partons pour le théâtre. Quand Sibyl paraîtra sur la scène, votre idéal de la vie changera. Elle vous apportera un frisson que jamais encore vous n'avez éprouvé.

— J'ai tout éprouvé, prononça Lord Henry, le regard plein de lassitude. Mais une émotion nouvelle me trouvera toujours prêt. J'ai bien peur, toutefois, qu'il n'en existe plus, du moins pour moi. Qui sait, pourtant ! Votre jeune merveille me remuera peut-être. J'aime l'art théâtral. Il est singulièrement plus réel que la vie. Partons. Je vous prends avec moi, Dorian. Excusez-moi, mon cher Basil, mais il n'y a place que pour deux dans le coupé. Vous nous suivrez en fiacre. »

Ils se levèrent de table, mirent leurs pardessus, tout en avalant, debout, leurs dernières gorgées de café. Soucieux, le peintre gardait le silence. La tristesse le poignait. Il ne pouvait prendre son parti de ce mariage, et pourtant il le jugeait encore préférable à tant d'autres choses qui auraient pu arriver. Ils ne tardèrent pas à descendre. Comme il était convenu, Hallward s'installa seul dans sa voiture. Il regardait filer devant lui les lumières étincelantes du petit coupé. Une étrange sensation d'abandon le gagnait. Jamais plus, il le sentait bien, Dorian Gray ne serait pour lui tout ce qu'il avait été dans le passé. La vie était venue les séparer... Ses yeux s'obscurcirent. Il ne vit plus qu'à travers un brouillard les rues animées et éblouissantes. Quand, arrivé devant le théâtre, le fiacre s'arrêta, Basil se sentait vieilli de plusieurs années.

CHAPITRE VII

Ce soir-là, pour une raison quelconque, le théâtre était bondé, et ce fut le visage rayonnant, la bouche fendue jusqu'aux oreilles par un onctueux et tremblotant sourire, que le directeur, le gras Israélite, vint les recevoir sur le seuil. Il les accompagna jusqu'à leur loge, avec des démonstrations d'humilité pompeuses, joignant aux gestes larges de ses mains charnues et couvertes de bijoux, de grands éclats de voix. Jamais Dorian ne l'avait tant haï. Il lui semblait rencontrer Caliban, quand il était en quête de Miranda[1]. Lord Henry, en revanche, le trouvait plutôt sympathique. Il le prétendit du moins, et voulut à toute force lui serrer la main, se déclarant flatté de rencontrer un homme qui avait découvert un vrai génie et s'était ruiné pour un poète. Quant à Hallward, il s'amusait à observer les têtes du parterre. La chaleur était suffocante, et le large soleil

1. Jeune fille tenue recluse sur l'île de *La Tempête*.

du lustre flambait, tel un monstrueux dahlia aux pétales de flamme jaune. Les jeunes gens des galeries avaient quitté vestons et gilets, qu'ils laissaient pendre aux balustrades. Ils s'interpellaient d'une extrémité de la salle à l'autre, et partageaient des oranges avec les filles en toilettes criardes assises à leurs côtés. Des femmes riaient au parterre. Leurs voix montaient, odieusement aigres et discordantes. Des bruits venaient du bar, où les bouchons sautaient.

« Drôle d'endroit où venir dénicher une déesse ! remarqua Lord Henry.

— Oui ! répondit Dorian Gray. C'est ici pourtant que je l'ai trouvée, et elle est divine au-delà de tout ce qui existe. Dès qu'elle jouera, vous oublierez le reste. Ces gens eux-mêmes, ces êtres vulgaires et grossiers, aux traits rugueux, aux gestes brutaux, deviennent tout différents dès qu'elle est en scène. Ils se tiennent silencieux et la contemplent. Elle leur commande à son gré les rires ou les larmes. Elle les fait vibrer comme des violons. Elle les spiritualise à ce point qu'on les sent de la même chair et du même sang que soi-même.

— De la même chair et du même sang que soi-même ! Oh ! j'espère que non ! s'écria Lord Henry, la lorgnette braquée sur les occupants des galeries.

— Ne l'écoutez pas, Dorian, dit le peintre. Je comprends votre pensée et j'ai foi dans cette jeune fille. Quiconque est aimé de vous ne peut manquer d'être admirable ; et pour exercer l'influence que vous dites, il faut qu'une femme soit vraiment belle et noble. Spiritualiser son temps : certes, la tâche est enviable. Si cette jeune fille peut donner une âme à ceux qui vivaient sans âme, si elle peut éveiller le sens de la beauté chez des êtres dont l'existence était sordide et laide, si elle peut les dépouiller de leur égoïsme et leur prêter des larmes pour d'autres chagrins que les leurs, elle est digne de votre adoration, digne de l'adoration universelle. Et vous avez raison de l'épouser. Ce n'était pas mon avis tout d'abord, mais maintenant je l'admets. Les dieux ont fait Sibyl pour vous. Sans elle, vous étiez condamné à rester incomplet.

— Merci, Basil, répondit Dorian, lui serrant la main. J'étais sûr que vous sauriez me comprendre. Harry est trop cynique, il me fait peur. Ah ! voici l'orchestre ! Un vrai supplice, mais pour cinq minutes à peine. Après quoi le rideau se lèvera, et vous verrez celle à qui je vais donner toute ma vie, celle à qui j'ai donné déjà tout ce qu'il y a de bon en moi. »

Un quart d'heure plus tard, saluée d'applaudissements à tout rompre, Sibyl Vane entrait en scène. C'était, sans conteste, une ravissante créature, l'une des plus ravissantes qu'il eût jamais vues, s'avouait Lord Henry. Sa grâce timide, ses yeux étonnés, avaient quelque chose du faon. Une légère rougeur — le reflet d'une rose dans un miroir d'argent — lui vint aux joues, quand elle leva les yeux sur la salle enthousiaste et bondée. Elle recula de quelques pas et ses lèvres eurent un frisson. Basil Hallward se leva et se mit à applaudir. Immobile sur son fauteuil et comme perdu dans un rêve, Dorian Gray ne la quittait pas des yeux. Lord Henry, l'examinant à la lorgnette, murmurait : « Charmante ! Charmante ! »

La scène représentait le hall de la maison des Capulet. Roméo, déguisé en pèlerin, venait d'entrer avec Mercutio et ses autres amis. L'orchestre, vaille que vaille, attaqua quelques mesures de musique et le bal commença. Dans cette foule d'acteurs gauches et mal costumés, Sibyl Vane se mouvait comme une créature supérieure. Son corps flexible se pliait à la danse ainsi qu'une plante à l'onde qui la berce. Les lignes harmonieuses de sa gorge étaient celles d'un lis blanc. Ses mains semblaient de frais ivoire.

Cependant elle était étrangement apathique. Elle ne montrait aucun signe de joie quand ses regards se posaient sur Roméo. Les quelques mots qu'elle avait à dire :

Bon pèlerin, c'est trop accuser votre main
Pour un geste courtois. Elles-mêmes, les saintes,
En guise de baiser, au pieux pèlerin
Accordent que leurs mains par ses mains soient étreintes [1].

---

1. *Roméo et Juliette*, acte I, scène 5.

elle les débitait — comme le bref dialogue qui suit — d'une façon toute conventionnelle. La voix était exquise, mais l'intonation déplorable. C'était d'un éclat faux. Les vers y perdaient toute vie. On ne sentait plus rien de vrai dans la passion.

Dorian Gray, qui l'observait, pâlit. Il était surpris, inquiet. Ses deux amis n'osaient parler. Sibyl leur paraissait dénuée de tout talent. Ils étaient affreusement déçus.

Convaincus toutefois qu'on ne juge vraiment une Juliette qu'au deuxième acte, dans la scène du balcon, ils se réservèrent jusque-là. Si elle y échouait, sa nullité serait avérée.

Certes ce fut une vision charmante quand elle s'avança dans la clarté lunaire. Sa grâce était indéniable. Mais le convenu de son jeu ne se pouvait souffrir et ne faisait que s'accentuer. Son geste était ridiculement théâtral. L'emphase boursouflait chacune de ses paroles. Ce beau passage :

> La nuit sur mon visage a mis son masque sombre,
> Sans quoi tu me verrais d'un trouble virginal
> Rougir, pour tant d'aveux osés dans la pénombre [1].

fut déclamé avec la pénible correction d'une écolière répétant la leçon d'un maître de second ordre.

Quand elle se pencha au balcon et qu'elle en vint à ces vers admirables :

> Bien qu'heureuse par toi d'un espoir ineffable,
> Je ne puis, cette nuit, goûter tout mon bonheur,
> Trop brusque, trop étrange et subit, trop semblable
> À l'éclair, dont s'allume et s'éteint la lueur
> Avant que notre bouche ait pu dire : « Il éclaire. »
> Bonne nuit, doux ami. Lors du revoir prochain.
> L'été, de ce bouton d'amour, aura su faire
> Une fleur éclatante et suave. À demain [2].

---

1. *Ibid.*, acte II, scène 2. **2.** *Ibid.*

elle les débita comme s'ils n'avaient eu pour elle aucun sens. Non pas qu'elle fût nerveuse. Bien loin de là, elle se possédait admirablement. L'artiste était mauvaise, voilà tout. On ne pouvait imaginer faillite plus complète. Il n'était pas jusqu'aux vulgaires et frustes auditeurs du parterre et des galeries qui ne cessassent de s'intéresser à la pièce. Ils s'agitaient, parlaient haut, commençaient à siffler. Derrière les fauteuils du balcon, le directeur juif frappait du pied et jurait de rage. La seule personne qui parût impassible était la jeune fille.

À la fin du second acte, ce fut une tempête de sifflets. Lord Henry se leva et mit son pardessus.

« Dorian, fit-il, elle est bien belle, mais elle ne sait pas jouer. Allons-nous-en.

— Je veux voir toute la pièce, répondit le jeune homme, d'une voix rude et amère. Je regrette infiniment de vous avoir faire perdre une soirée, Harry. Excusez-moi tous les deux.

— Mon cher Dorian, j'ai idée que Miss Vane est souffrante, dit Hallward. Nous reviendrons un autre soir.

— Plût au Ciel qu'elle fût souffrante ! reprit Dorian. Mais non, elle me paraît tout bonnement froide et insensible. C'est une complète métamorphose. Grande artiste hier soir, elle n'est plus aujourd'hui qu'une banale et médiocre cabotine.

— Ne parlez pas sur ce ton d'une personne que vous aimez, Dorian. L'Amour est une plus grande merveille que l'Art.

— Ce sont pourtant deux simples jeux d'imitation, remarqua Lord Henry. Mais, partons ! Dorian, il ne faut pas que vous restiez ici plus longtemps. Il n'est pas bon pour le moral de voir du mauvais théâtre. Je ne suppose pas d'ailleurs que vous comptiez laisser votre femme sur les planches. Que peut vous faire, dès lors, qu'elle joue Juliette comme une poupée de bois ? Elle est très jolie, et si elle ne connaît pas plus la vie que son métier d'actrice, vous lui devrez des heures exquises. Il n'y a que deux sortes de gens vraiment attrayants : ceux qui savent absolument tout et ceux qui ne savent absolument rien. Juste Ciel ! mon bon ami, ne prenez pas cet air tragique ! Le secret, pour rester toujours jeune, est de ne jamais accueillir une émotion disgracieuse. Venez avec nous au Club. Nous grillerons des cigarettes et boirons à la beauté de Sibyl Vane. Car elle est belle. Que vous faut-il de plus ?

— Harry, laissez-moi ! s'écria le jeune homme. J'ai besoin d'être seul. Partez aussi, Basil. Ne comprenez-vous pas que mon cœur se brise ? »

Ses yeux s'emplissaient de larmes brûlantes. Ses lèvres tremblaient. Il courut au fond de la loge et, blotti dans une encoignure, des deux mains se voila le visage.

« Retirons-nous, Basil », dit Lord Henry, une tendresse étrange dans la voix. Et les deux hommes sortirent.

Quelques instants plus tard, les feux de la rampe s'allumèrent et le rideau se leva sur le troisième acte. Dorian Gray retourna s'asseoir, pâle, hautain, détaché. La pièce se traînant, semblait interminable. La moitié des spectateurs sortirent, frappant le plancher de leurs lourds brodequins et riant à pleine gorge. C'était un fiasco complet. Le dernier acte se déroula devant des banquettes presque vides. Un ricanement et quelques huées saluèrent la chute du rideau.

Sitôt la représentation finie, Dorian Gray traversa les coulisses et courut au foyer. Sibyl s'y trouvait seule, le visage triomphant. Ses yeux brillaient d'une flamme adorable. Un rayonnement émanait d'elle. Ses lèvres entrouvertes riaient à un secret d'elle seule connu.

Quand Dorian entra, Sibyl le regarda avec une expression d'allégresse infinie.

« Dorian, s'écria-t-elle, ai-je assez mal joué ce soir !

— Horriblement ! répondit-il. Et, stupéfait, il la regardait. Horriblement ! C'était à fuir. Seriez-vous souffrante ? Vous ne pouvez concevoir ce qu'a été votre jeu. Vous ne pouvez concevoir ce que j'ai souffert.

— Dorian, répondit-elle, arrêtant sur ce nom la lente musique de sa voix, comme s'il eût été plus doux que le miel aux pétales pourprés de sa bouche, Dorian, vous auriez dû comprendre. Mais, à présent, vous avez compris, n'est-ce pas ?

— Compris quoi ? demanda-t-il impatienté.

— Pourquoi j'ai été si mauvaise, ce soir. Pourquoi je serai toujours mauvaise. Pourquoi désormais je ne jouerai jamais bien. »

Il haussa les épaules.

« Je veux croire que vous êtes souffrante. Vous ne devriez pas jouer en pareil cas. Vous vous rendez grotesque. Mes amis étaient excédés. J'étais excédé moi-même. »

Transportée de joie, heureuse jusqu'à l'extase, elle ne l'écoutait même pas.

« Dorian, Dorian, s'écria-t-elle, avant de vous connaître, jouer était toute ma vie. Je ne respirais que pour la scène. Tout m'y semblait réel. J'étais un soir Rosalinde, le soir suivant Portia. La joie de Béatrice était ma joie ; les douleurs de Cordelia, mes douleurs[1]. Ma foi était sans bornes. Les gens vulgaires qui jouaient avec moi me semblaient des dieux. Les décors étaient mon univers. Je ne connaissais que des ombres et je les prenais pour la réalité. Mais vous êtes venu, ô mon bel amour, et vous avez tiré mon âme de sa prison. Vous m'avez révélé la réalité vivante. Ce soir, pour la première fois, j'ai vu nettement le vide, le convenu et le grotesque de la vaine parade où, depuis si longtemps, je jouais mon rôle. Ce soir, pour la première fois, j'ai découvert que Roméo était hideux, vieux et fardé, que le clair de lune dans le jardin était truqué, que la mise en scène était vulgaire, que les paroles mises sur mes lèvres étaient mensongères, qu'elles n'étaient pas mes paroles à moi, qu'elles n'exprimaient pas ce que j'avais à dire. C'est que vous m'aviez apporté une réalité plus haute, une réalité dont l'art n'est qu'un reflet. Vous m'aviez fait comprendre ce qu'est l'amour, le réel amour. Mon bien-aimé, mon bien-aimé ! Prince Charmant ! Prince de la Vie ! Je n'ai plus que dégoût pour les ombres. Quel art approchera jamais de ce que vous êtes pour moi ? Qu'ai-je à faire à présent de ces jeux de marionnettes ? Ce soir, en scène, je ne pouvais m'expliquer que tout mon art se fût envolé. Je m'étais promis d'être admirable. Et voilà que je ne pouvais rien faire. Soudain le jour se fit en mon âme, et je compris. Ce fut

---

1. Héroïnes shakespeariennes : Portia du *Marchand de Venise*, Béatrice de *Beaucoup de bruit pour rien*, Cordelia du *Roi Lear*.

une révélation exquise. Les spectateurs avaient beau siffler, je souriais. Pouvaient-ils s'imaginer un amour comme le nôtre ? Emmenez-moi, Dorian, emmenez-moi avec vous quelque part où nous soyons bien seuls. Je hais le théâtre. Peut-être pourrais-je jouer une passion dont j'ignorerais le trouble, mais je ne puis jouer celle qui me brûle de tous ses feux. Oh ! Dorian, Dorian, vous comprenez tout maintenant. Quand même je le pourrais, ne serait-ce pas me profaner que de jouer l'amoureuse ? Vous m'avez éclairée sur moi-même. »

Dorian se jeta sur le sofa, et, détournant le visage :

« Vous avez tué mon amour ! » gémit-il.

Étonnée, elle le regarda et se mit à rire. Il garda le silence. Elle vint à lui, de ses doigts délicats lui caressa les cheveux. Elle s'agenouilla, lui prit les mains qu'elle pressa contre ses lèvres. Dorian se dégagea, secoué d'un long frisson.

Puis il se leva et marcha vers la porte.

« Oui, s'écria-t-il, vous avez tué mon amour. Naguère vous enchantiez mon imagination. Vous ne piquez même plus ma curiosité. Vous n'avez plus la moindre action sur moi. Je vous aimais pour vos dons merveilleux, pour votre génie, votre pénétration ; je vous aimais parce que vous incarniez les rêves des grands poètes et prêtiez un corps et un visage aux fantômes éthérés de l'Art. Tout cela, vous l'avez rejeté. Vous êtes insignifiante et niaise. Grand Dieu ! Par quel égarement ai-je pu vous aimer ? Ai-je été assez fou ! Désormais, vous n'êtes plus rien pour moi. Je ne veux plus jamais vous revoir. Je ne veux plus jamais penser à vous. Je ne veux plus jamais prononcer votre nom. Ah ! si vous saviez de quel prix vous m'étiez naguère ! Oui, naguère encore, je... Mais non, ce souvenir me fait trop mal. Je voudrais que jamais mon regard ne se fût arrêté sur vous. Vous avez gâté le roman de ma vie. Combien peu vous connaissez l'amour pour prétendre qu'il étouffe votre art. Sans votre art, vous n'existez plus. Gloire, splendeur, magnificence, j'allais tout vous donner. L'univers vous aurait adulée, vous auriez porté mon nom. Et qu'êtes-vous, maintenant ? Une actrice de troisième ordre, au joli visage. »

La jeune fille pâlit et se mit à trembler. Tordant ses mains jointes, et d'une voix qui semblait s'accrocher dans la gorge :

« Dorian, murmura-t-elle, vous ne parlez pas sérieusement ? Vous jouez un personnage ?

— Moi, jouer ? Non, je vous laisse cet emploi. Vous le tenez si bien ! » répondit-il avec amertume.

Sibyl se releva. La plus lamentable douleur se lisait sur son visage. Elle traversa la pièce, vint à Dorian et, la main légèrement posée sur son bras, voulut lire dans ses yeux. Il la repoussa durement :

« Ne me touchez pas ! »

Avec un sourd gémissement, elle se jeta à ses pieds et resta là, comme une fleur écrasée.

« Dorian, Dorian, soupira-t-elle, ne m'abandonnez pas ! Je suis navrée d'avoir mal joué. Tout le temps de la pièce, je ne pensais qu'à vous. Mais je m'y remettrai, je vous le promets, je m'y remettrai. J'ai découvert si brusquement que je vous aimais. Peut-être l'aurais-je toujours ignoré, sans votre baiser, sans le baiser de nos lèvres unies. Ce baiser, rendez-le-moi, mon amour. Ne m'abandonnez pas ! Ce serait au-dessus de mes forces. Oh ! ne m'abandonnez pas ! Mon frère... Non, ce n'est rien. Il parlait en l'air, pour plaisanter... Mais vous, de grâce, pardonnez-moi cette défaillance d'un soir. Je travaillerai tant pour arriver à mieux faire ! Serez-vous sans pitié parce que je vous aime plus que tout au monde ? Et c'est la seule fois que je n'ai pas su vous plaire. Pourtant vous avez raison, Dorian. J'aurais dû me montrer plus artiste. J'ai été folle, mais je ne me possédais plus. Oh ! ne m'abandonnez pas, ne m'abandonnez pas ! »

Étouffée de sanglots convulsifs, elle se coucha sur le parquet, comme une bête blessée. Dorian Gray abaissa sur elle le regard de ses beaux yeux et ses lèvres arquées exprimèrent un indicible dédain. Les émotions des gens qu'on a cessé d'aimer paraissent toujours un peu ridicules. Il trouvait Sibyl Vane risiblement mélodramatique. Ses larmes et ses sanglots l'agaçaient.

« Je m'en vais, dit-il enfin, d'une voix claire et tranquille. Je ne voudrais pas vous faire de peine, mais ne comptez pas me revoir. Vous m'avez déçu. »

Elle pleurait en silence. Sans rien répondre, elle se traîna jusqu'à lui. Ses petites mains tendues ramèrent au hasard, comme cherchant à le saisir. Il tourna les talons et disparut. Quelques moments après, il était hors du théâtre.

Où le menèrent ses pas, il eût été bien en peine de le dire. Il se souvenait seulement d'avoir erré par des rues vaguement éclairées, rasant des porches bas et sombres et d'inquiétants logis. Des femmes l'avaient appelé, la voix rauque, le rire canaille. Il avait frôlé des ivrognes qui maugréaient et marmottaient tout bas, comme des singes monstrueux. Il avait vu de bizarres enfants grouiller à certaines portes et, du fond de cours obscures, lui étaient arrivés des cris perçants et d'horribles blasphèmes.

Comme le jour commençait à poindre, il se trouva près de Covent Garden [1]. L'ombre levait ses voiles et, rose des premières lueurs de l'aube, le ciel s'arrondissait en perle parfaite. De grandes charrettes, pleines de lis balancés, descendaient lentement l'avenue luisante et déserte. L'air était saturé du parfum des fleurs, et leur beauté semblait apporter au jeune homme un calmant pour sa douleur. Il poursuivit jusqu'au marché et regarda décharger les voitures. Un charretier en blouse blanche lui offrit des cerises. Il les accepta avec un merci, n'en revint pas de voir refuser son argent, puis, distraitement, se mit à les manger. Cueillies en pleine nuit, la lune les avait glacées. Une longue file de jeunes garçons, portant des mannes de tulipes panachées, des corbeilles de roses jaunes et de roses rouges, passa devant lui, se faufilant entre les monceaux de légumes d'un vert de jade. Sous le portique, aux piliers gris pâlis par le soleil, une bande de filles, crottées et nu-tête, attendaient, en

---

1. On trouve un passage similaire à la fin de la seconde section du *Crime de Lord Arthur Savile*. Covent Garden était connu pour sa place à arcades conçue par Inigo Jones (1631), son marché, ses cafés, et sa vie nocturne.

flânant, la fin de la criée. D'autres se massaient aux portes battantes du Café de la Piazza. Les lourds chevaux de trait glissaient et tapaient du pied sur les pavés raboteux, secouant leurs harnais à sonnailles. Des charretiers dormaient, couchés sur des tas de sacs. Pattes roses et col irisé, des pigeons couraient çà et là, picorant des graines.

Au bout d'un peu de temps, il héla un fiacre qui le ramena chez lui. Il s'attarda quelques instants sur le seuil, examinant le square silencieux, aux fenêtres mornes et closes, aux jalousies ajourées et guetteuses.

Sur le ciel, maintenant de pure opale, les toits se détachaient dans un miroitement d'argent. D'une cheminée en face, la fumée montait en légère spirale et déroulait dans l'air nacré son ruban mauve.

Au plafond du grand hall d'entrée pendait, éclairant les panneaux de vieux chêne, une énorme lanterne vénitienne, dépouille dorée de quelque gondole ducale. Trois jets de lumière vacillants y brûlaient encore. On eût dit de légers pétales bleus, bordés de flamme blanche. Dorian les éteignit, jeta sur la table son chapeau et son manteau, puis traversa la bibliothèque pour gagner la porte de sa chambre à coucher. C'était, au rez-de-chaussée, une vaste pièce octogonale que, cédant à ses jeunes goûts de luxe, il venait de faire décorer à sa fantaisie et tendre de curieuses tapisseries Renaissance, retrouvées en tas dans une mansarde condamnée de Selby Royal. Il allait tourner la poignée, quand son regard tomba sur le portrait qu'avait fait de lui Basil Hallward. Il recula, d'un mouvement de surprise, puis entra dans sa chambre, la mine préoccupée. Sa boutonnière détachée, il parut hésiter. Enfin, revenant sur ses pas, il rentra dans la bibliothèque, marcha droit au portrait et l'examina. Dans le jour éteint et dompté que les stores de soie crème laissaient filtrer à regret, la figure lui apparut légèrement changée. L'expression ne semblait plus la même. On eût dit que la bouche était marquée d'une nuance de cruauté. C'était vraiment étrange.

Il se tourna vers la fenêtre et alla lever le store. Les feux de l'aurore emplirent la chambre et chassèrent les ombres spectrales dans les recoins obscurs où elles se blottirent, frissonnantes. Mais l'étrange expression qu'il avait notée dans le portrait semblait flotter encore sur le visage et même s'y être accentuée. À la lumière chaude et vibrante du jour, il vit les lignes cruelles de la bouche aussi clairement que s'il se fût penché sur un miroir après quelque forfait.

Il tressaillit et, prenant sur la table une glace ovale qu'encadraient de petits cupidons [1] d'ivoire — l'un des nombreux présents de Lord Henry — il en consulta fébrilement les profondeurs polies. Pas trace de l'horrible ligne ! Rien ne déformait ses lèvres vermeilles. Que signifiait ce prodige ?

Il se frotta les yeux, vint tout près du portrait et de nouveau l'examina. À bien regarder, la peinture en elle-même n'offrait pas la moindre altération ; et pourtant, il n'en pouvait douter, l'expression avait entièrement changé. Ce n'était point une simple imagination de son cerveau. Le fait était là, d'une redoutable évidence.

Il se jeta sur un fauteuil et se mit à réfléchir. Tout à coup, comme dans un éclair, il se rappela les paroles qu'il avait proférées dans l'atelier, le jour où Basil avait fini la toile. Oui, il s'en souvenait parfaitement. Il avait formulé un vœu insensé : rester toujours jeune, tandis que vieillirait le portrait ; garder l'éclat de sa beauté, tandis que le visage peint sur la toile assumerait le fardeau de ses passions et de ses péchés ; il avait souhaité que le tableau fût flétri des stigmates de la souffrance et de la pensée, tandis que lui-même garderait intacte la fleur délicate et la grâce d'une adolescence alors à son prime éveil. Mais assurément, son désir n'avait pu être exaucé. Ces choses-là sont impossibles. Il semblait monstrueux d'y seulement penser. Et pourtant le portrait était là, devant lui, la bouche marquée d'une nuance de cruauté.

De cruauté ? Avait-il donc été cruel ? C'était la faute de Sibyl

1. La présence des cupidons, ou amours (Cupidon était le dieu de l'Amour) est une preuve supplémentaire des relations entre Dorian et Lord Henry.

et non la sienne. Il avait rêvé d'elle comme d'une grande artiste et, parce qu'il l'avait crue géniale, lui avait donné son amour. Or, voici qu'elle l'avait déçu. Elle s'était montrée insignifiante et indigne. Malgré tout, il sentait un immense regret l'envahir, quand il se la représentait couchée à ses pieds, sanglotant comme une enfant. Il se rappelait avec quelle froideur il l'avait observée. Pourquoi la nature l'avait-elle ainsi fait ? Pourquoi lui avait-elle octroyé une telle âme ? D'ailleurs il avait souffert, lui aussi. Pendant les trois mortelles heures de la représentation, il avait enduré des siècles de souffrance, des âges et des âges de torture. Sa vie valait bien celle de Sibyl. Elle l'avait un instant meurtri, s'il l'avait blessée pour toujours. Du reste les femmes sont mieux adaptées que l'homme à la douleur. Elles vivent d'émotions, ne pensent qu'aux émotions. Quand elles prennent des amants, c'est uniquement pour avoir sujet de faire des scènes. Lord Henry le lui avait dit, et Lord Henry connaissait les femmes. Pourquoi se tourmenter de Sibyl Vane ? Désormais elle n'existait plus pour lui.

Mais le portrait ? Que fallait-il en penser ? Il détenait le secret de sa vie et racontait son histoire. Il lui avait appris à aimer sa beauté. Allait-il lui apprendre à maudire son âme ? Comment oser, désormais, le regarder ?

Mais non, tout cela n'était qu'une illusion due au trouble de ses sens. L'horrible nuit qu'il venait de passer traînait des fantômes après elle. Subitement s'était formée sur son cerveau cette petite tache écarlate qui cause la démence. La peinture n'avait pas changé. C'était folie de le croire.

Pourtant le portrait, avec son beau visage abîmé et son cruel sourire, était là qui le regardait. Ses cheveux brillants étincelaient aux premiers feux du jour. Ses yeux bleus croisaient les siens. Dorian se sentit pris d'une immense pitié, non pour sa personne, mais pour son image. Déjà elle avait changé ; elle changerait bien davantage encore. Ses ors grisonneraient, fanés. Ses roses, rouges et blanches, se flétriraient. À chaque péché commis, une tache viendrait souiller et détruire sa beauté. Eh bien, il s'abstiendrait de tout péché. Ce portrait, immuable ou changé, lui serait l'emblème visible de la conscience. Il résisterait aux tentations. Il cesserait de voir Lord Henry, d'écouter, en tout cas, ses théories subtiles et empoisonnées, car c'étaient elles qui, les premières, dans le jardin de Basil, avaient éveillé en lui la passion d'irréalisables chimères. Il retournerait vers Sibyl Vane, lui demanderait pardon, l'épouserait, tâcherait de l'aimer encore. Oui, c'était là le devoir. Sans doute avait-elle souffert plus que lui. La pauvrette ! Quel égoïsme il lui avait montré et quelle cruauté ! Mais Sibyl recommencerait à exercer sur lui l'ancienne fascination. Ils seraient heureux ensemble. Sa vie, avec elle, serait belle et pure.

Il se leva de son fauteuil, tira un large écran devant le portrait qu'il ne put regarder sans un frisson. « Non, c'est horrible ! » balbutia-t-il. Il s'en fut ouvrir la porte-fenêtre et sortit. Une fois sur la pelouse, il respira largement. L'air frais du matin sembla chasser toutes ses noires passions. Il ne pensa plus qu'à Sibyl. Un faible écho lui venait de l'amour passé. Il répéta maintes et maintes fois le nom de la jeune fille. Dans le jardin baigné de rosée, les oiseaux chantaient. On eût dit qu'ils parlaient d'elle aux fleurs.

CHAPITRE VIII

Il ne s'éveilla que bien après midi. Plusieurs fois, le valet de chambre, surpris d'un sommeil si prolongé, était venu voir doucement si son jeune maître remuait. Finalement la sonnette retentit. Victor entra sans bruit, apportant une tasse de thé et une pile de lettres sur un petit plateau de vieux Sèvres, et ouvrit les rideaux de satin olive, doublés de bleu éteint, qui fermaient les trois hautes fenêtres.

« Mr. a dormi longtemps, ce matin ! fit-il, souriant.

— Quelle heure est-il, Victor ? demanda Dorian Gray, encore assoupi.

— Une heure et quart, monsieur.

— Quoi ! si tard ? » Il se dressa sur son séant, avala quelques gorgées de thé et prit son courrier. Une des lettres, apportée le matin par exprès, était de Lord Henry. Il hésita un instant, puis la mit de côté. Il ouvrit distraitement les autres. C'était la collection habituelle de cartes, invitations à dîner, entrées d'expositions particulières, programmes de concerts de charité et autres papiers du même genre que, chaque matin, pendant la « saison », les jeunes gens du monde voient pleuvoir sur leur tête. Il y avait aussi la note d'un nécessaire de toilette Louis XV, en argent ciselé : assez lourde facture, qu'il n'avait pas encore eu le courage d'envoyer à ses tuteurs, gens extrêmement retardataires, auxquels il échappait que nous vivons dans un temps où le superflu est seul indispensable. Enfin diverses missives, fort poliment tournées, venaient de prêteurs de Jermyn Street [1], qui s'offraient à faire toutes avances, dans les plus courts délais et au taux le plus raisonnable.

Au bout de dix minutes environ, il se leva et, s'enveloppant d'un riche peignoir de cachemire aux broderies de soie, passa dans sa salle de bain, pavée d'onyx. L'eau froide le rafraîchit après ce long sommeil. Il semblait avoir tout oublié des événements de la nuit. Une ou deux fois pourtant, il eut la vague sensation d'avoir participé à une étrange tragédie, mais dans l'irréalité d'un rêve.

Dès qu'il fut habillé, il gagna la bibliothèque et s'attabla devant un léger déjeuner à la française, servi sur une petite table ronde, près d'une fenêtre ouverte. Il faisait délicieux. L'air tiède était saturé de parfums. Une abeille entra et tourna, en bourdonnant, autour du vase bleu dragon, garni de roses jaune soufre, que Dorian avait devant lui. Il se sentait parfaitement heureux.

Tout à coup ses regards tombèrent sur l'écran dont il avait masqué le portrait. Il eut un frisson.

« Trop frais pour monsieur ? demanda le valet, posant une omelette sur la table. Je ferme la fenêtre ? »

Dorian secoua la tête.

1. Rue connue pour ses usuriers.

« Je n'ai pas froid », murmura-t-il.

Était-il bien vrai que le portrait eût changé ? Ou bien l'imagination seule lui avait-elle fait voir un air méchant où n'était qu'une expression joyeuse ? Sûrement une peinture ne pouvait se transformer. C'était absurde. La bonne histoire à conter un jour à Basil ! Et comme elle le ferait sourire !

Pourtant il avait le souvenir le plus net de toute la scène. D'abord dans un vague crépuscule, puis à la clarté de l'aube, il avait saisi cette nuance de cruauté au bord des lèvres contractées. Il redoutait presque le moment où le valet quitterait la pièce. Il savait qu'il ne pourrait s'empêcher, sitôt seul, d'examiner le portrait. La certitude lui faisait peur. Quand le domestique, ayant posé café et cigarettes, tourna les talons, il eut une violente envie de lui dire de rester. Déjà la porte se refermait, quand il le rappela. Le valet reparut, attendant les ordres. Dorian le fixa un moment, puis soupira : « Je n'y suis pour personne, Victor. » Le domestique s'inclina et sortit.

Alors il se leva de table, alluma une cigarette et se jeta sur un divan aux luxueux coussins qui faisait face à l'écran. Cet écran ancien, frappé et façonné dans un cuir doré de Cordoue, était d'un dessin Louis XIV un peu trop fleuri. Dorian se mit à l'examiner curieusement, se demandant si jamais, avant ce jour, il avait abrité le secret d'une vie humaine.

Après tout, fallait-il l'écarter ? Pourquoi ne pas le laisser en place ? À quoi bon savoir ? Si le phénomène était vrai, il était terrifiant. S'il n'était pas vrai, pourquoi s'en tourmenter ? Oui ; mais si quelque hasard, si la fatalité allait vouloir que des yeux étrangers découvrissent, derrière l'écran, l'horrible déformation ? Que devenir ! Que faire, si dans une de ses visites Basil Hallward demandait à revoir son tableau ? Et la requête était inévitable. Non, mieux valait se rendre compte sur-le-champ. Tout, plutôt que cette affreuse incertitude.

Il se leva et ferma les deux portes à clef. Ainsi, du moins, serait-il seul pour inspecter le masque où se lisait sa honte. Il repoussa l'écran et se vit face à face. C'était bien vrai. Le portrait avait changé.

Que de fois dans la suite il devait se rappeler ce moment, et jamais sans surprise ! Ce fut avec un sentiment de curiosité presque scientifique qu'il se prit tout d'abord à considérer l'image. Il ne pouvait croire qu'un tel changement s'y fût produit. Et pourtant c'était un fait. Existait-il donc quelque subtile affinité entre son âme, à lui, et les atomes chimiques qui se groupaient sur la toile en formes et en couleurs ? Ces atomes réalisaient-ils ce que pensait son âme ? Pouvaient-ils donner corps à ses rêves ? Ou bien le prodige dépendait-il d'une autre cause encore plus terrible ? Dorian frissonna et sentit la peur l'envahir. Regagnant le canapé, il s'y jeta, les yeux fixés sur le portrait, le cœur serré d'effroi.

D'une chose pourtant il se sentait redevable au portrait ; il lui devait la pleine conscience de son injustice, de sa cruauté, envers Sibyl Vane. Et cela, il n'était pas trop tard pour le réparer : Sibyl pouvait encore devenir sa femme. Soumis à une influence supérieure, son romanesque et égoïste amour se transformerait en une passion plus noble. Ce portrait, qu'il tenait de Basil Hallward, le guiderait à travers la vie : il serait pour lui ce qu'est pour certains la sainteté, pour d'autres la conscience, et pour nous tous la crainte de Dieu. Encore existait-il des narcotiques pour endormir le remords, des drogues capables d'étouffer doucement le sens moral. Tandis qu'ici s'offrait un clair symbole de la dégradation due au péché, un signe toujours présent de la ruine qui menace les âmes.

Trois heures sonnèrent, puis quatre, puis la demie tinta son double carillon. Dorian Gray ne fit pas un mouvement. Il s'efforçait de rassembler les fils écarlates de la vie et d'en tisser un dessin ; il recherchait sa route, égaré qu'il était dans le labyrinthe sanglant de la passion. Il ne savait que faire, il ne savait que penser. Il finit par s'installer à son bureau et écrivit une lettre brûlante à la jeune fille qu'il avait aimée, implorant son pardon et s'accusant de démence. Il couvrit mainte et mainte page de mots éperdus de regret, de mots de douleur plus éperdus encore. Il y a certaine volupté à s'accuser soi-même. Dès que nous nous blâmons, il nous semble que personne d'autre n'a plus le droit de le faire. C'est la confession, non le prêtre, qui nous absout. Quand Dorian eut fini sa lettre, il se sentit pardonné.

Soudain, il entendit qu'on frappait à la porte et reconnut au-dehors la voix de Lord Henry :

« Mon cher Dorian, je veux absolument vous voir. Ouvrez vite. Vous êtes insupportable de vous enfermer de la sorte. »

Dorian s'abstint d'abord de répondre et n'eut garde de faire un mouvement. Les coups redoublèrent, se firent plus impérieux. Décidément, mieux valait ouvrir à Lord Henry ; lui exposer ses plans de vie nouvelle ; se quereller avec lui, si la querelle s'imposait : rompre si la rupture était inévitable.

D'un bond il fut debout ; il courut à l'écran, masqua le portrait, puis ouvrit la porte.

« Je suis navré de tout ce qui est arrivé, Dorian, déclara en entrant Lord Henry. Mais, croyez-moi, n'y pensez pas trop.

— À Sibyl Vane ? demanda le jeune homme.

— Naturellement, répondit Lord Henry qui, déjà plongé dans un fauteuil, retirait lentement ses gants jaunes. À certain point de vue, c'est horrible ; mais enfin, vous n'y êtes pour rien. Dites-moi, êtes-vous allé la voir dans les coulisses, après la représentation ?

— Oui.

— J'en étais sûr. Et vous lui avez fait une scène ?

— Oui, j'ai été brutal, Harry, odieusement brutal. Mais tout cela est fini. Je ne regrette rien de ce qui est arrivé. J'y aurai gagné de mieux me connaître.

— Ah ! Dorian, que je suis content que vous preniez ainsi la chose ! J'avais peur de vous trouver abîmé dans le remords, arrachant de désespoir vos beaux cheveux bouclés.

— J'ai passé par tout cela, fit Dorian, secouant la tête en souriant. Maintenant, je suis parfaitement heureux. J'ai découvert en quoi consiste la conscience. Elle n'est pas ce que vous me disiez, mais ce qu'il y a de plus divin en nous. Ne vous en moquez plus, Harry, tout au moins devant moi. Je veux changer de vie. Je ne puis songer sans horreur à l'affreuse laideur de mon âme.

— Voilà, pour la morale, une base artistique et tout à fait charmante. Mes félicitations, mon cher Dorian. Seulement, dites-moi, par où allez-vous commencer ?

— Par épouser Sibyl Vane.

— Épouser Sibyl Vane ! s'exclama Lord Henry. Debout, déconcerté, stupéfait, il dévisageait le jeune homme. Mais, mon pauvre ami...

— Je sais, Harry, ce que vous allez me dire : quelque énormité sur le mariage. Eh bien, non. Ne me tenez plus jamais pareil langage. Il y a deux jours, j'ai promis à Sibyl Vane de l'épouser. Je n'entends pas lui manquer de parole. Elle sera ma femme.

— Votre femme, Dorian ? N'auriez-vous donc pas reçu ma lettre ? Ce matin, je vous ai écrit un mot que j'ai fait porter par mon domestique...

— Votre lettre ? Ah ! oui, je me rappelle. Je ne l'ai pas encore lue. J'ai craint que son contenu ne fût pas tout à fait pour me plaire. Avec vos épigrammes, vous mettez la vie en lambeaux.

— Ainsi, vous ne savez rien ?

— Que voulez-vous dire ? »

Lord Henry traversa la pièce et, s'asseyant près de Dorian, lui prit les deux mains, qu'il tint serrées dans les siennes.

« Dorian, fit-il, ma lettre... Ne vous effrayez pas !... ma lettre était pour vous dire que Sibyl Vane est morte ! »

Un cri navré jaillit des lèvres de Dorian. Brusquement il se leva, et ses mains s'arrachèrent à l'étreinte de Lord Henry.

« Morte ! Sibyl morte ! Ce n'est pas vrai. C'est un odieux mensonge. Vous êtes sans pitié, Harry !

— C'est absolument vrai, Dorian ! assura gravement Lord Henry. La nouvelle était, ce matin, dans tous les journaux. Je vous ai vite écrit pour vous demander de ne recevoir personne avant de m'avoir vu. Il y aura fatalement une enquête : il ne faut pas que vous y soyez mêlé. Une affaire comme celle-là lance un homme à Paris. Mais à Londres les préjugés sont trop forts. Ici, on ne doit jamais faire ses *débuts*[1] par un scandale : il faut

1. En français dans le texte.

réserver cela pour l'intérêt de ses vieux jours. J'espère qu'on ne sait pas votre nom, au théâtre ? Non ? Alors tout va bien. Et personne ne vous a-t-il vu vous rendre à sa loge ? Ce point est capital. »

Dorian resta quelque temps sans répondre, comme hébété par l'épouvante. Il finit par bégayer d'une voix étouffée :

« Harry, vous avez parlé d'enquête. Que vouliez-vous dire ? Sibyl se serait-elle... ? Oh ! Harry, je n'y tiens plus. Parlez. Dites-moi tout, bien vite.

— Je suis convaincu, Dorian, que cette mort n'a pas été accidentelle, bien qu'on la puisse présenter sous ce jour au public. Il paraîtrait qu'à peine sortie du théâtre avec sa mère, vers minuit et demi, Sibyl fit semblant d'avoir oublié quelque chose là-haut. On l'attendit quelque temps, mais elle ne revint pas. Bref, on la trouva morte sur le plancher de sa loge. Elle avait avalé étourdiment quelqu'un de leurs horribles fards de théâtre, je ne sais quoi au juste, mais un composé où il devait entrer de l'acide prussique ou du blanc de céruse, plutôt de l'acide prussique, car il semble bien qu'elle soit morte instantanément.

— Harry, Harry, c'est épouvantable ! s'écria le jeune homme.

— Certes, c'est toute une tragédie, mais vous ne devez pas y être mêlé. D'après le *Standard*, la petite avait dix-sept ans. Je l'aurais crue encore plus jeune. Elle paraissait si enfant et semblait connaître si peu la scène ! Dorian, il ne faut pas que cette aventure ébranle vos nerfs ! Venez dîner avec moi, je vous en prie. Nous irons ensuite à l'Opéra. C'est la Patti [1] qui chante ce soir ; tout Londres sera là. Vous pourrez venir dans la loge de ma sœur. Elle aura quelques jolies invitées.

— Ainsi, j'ai assassiné Sibyl Vane ! murmura Dorian Gray. Je l'ai assassinée, aussi sûrement que si ma lame avait tranché sa petite gorge. Et les roses n'en sont pas moins belles. Et, dans mon jardin, les oiseaux chantent tout aussi gaiement. Et ce soir, je dîne avec vous ; après quoi, ce sera l'Opéra ; puis, quelque souper, j'imagine. La vie est, en vérité, trop tragique ! Si j'avais

---

1. Adelina Patti (1843-1919), cantatrice née à Madrid qui se produisit à Londres pour la première fois en 1861.

lu pareille aventure dans un livre, je crois, Harry, que j'en aurais sangloté. Mais aujourd'hui, en face d'un drame bien réel et qui me touche en personne, j'éprouve je ne sais quelle stupeur à quoi ne suffisent plus les larmes. Voici la première lettre d'amour vraiment passionnée que j'aie écrite de ma vie. Or, n'est-ce pas étrange ? Cette première lettre d'ardent amour, c'est à une jeune morte que je l'aurai adressée. Peuvent-ils sentir, je me le demande, ces êtres pâles et silencieux que nous nommons les morts ? Sibyl, peut-elle sentir ? Peut-elle savoir ? Peut-elle entendre ? Oh ! comme je l'aimais, Harry ! Il me semble, hélas ! qu'il y a de cela des années. Elle était tout pour moi. Alors vint l'horrible soirée — hier, seulement hier ! — où elle joua si mal que mon cœur pensa se briser. Elle m'expliqua tout ensuite. Ce fut extrêmement pathétique. Pourtant je ne fus pas ému le moins du monde. Je ne croyais plus à son talent. Mais bientôt une chose arriva qui me fit peur — une chose que je ne puis vous dire, et vraiment effroyable. Je me promis de revenir à Sibyl. Je sentais que j'avais mal agi. Et la voilà morte ! Mon Dieu ! Mon Dieu ! Dites-moi, Harry, que dois-je faire ? Vous ne soupçonnez pas le danger qui m'assaille, et nulle part je ne vois un appui. Seule, Sibyl aurait pu me sauver. Elle n'avait pas le droit de se tuer. Quel égoïsme de sa part ! »

Lord Henry tira une cigarette d'un élégant étui et sortit de sa poche un porte-allumettes rehaussé d'or.

« Mon cher Dorian, expliqua-t-il, une femme n'a qu'un moyen de réformer un homme : l'ennuyer à tel point que la vie perde pour lui tout son charme. En épousant Sibyl, vous auriez fait votre malheur. Certes, vous l'auriez traitée avec bonté. On peut toujours témoigner de la bonté aux gens dont on n'a cure. Mais elle n'eût guère tardé à découvrir que vous n'aviez qu'indifférence pour elle. Et quand une femme découvre la froideur de son mari, ou bien elle se fagote à faire peur, ou bien elle arbore des chapeaux vraiment élégants que lui paie le mari d'une autre femme. Je ne dis rien de la mésalliance, qui eût été abjecte et que, pour ma part, je n'aurais pu admettre ; mais, de toute façon, soyez sûr que cette union eût été un désastre.

— C'est en effet très probable, balbutia le jeune homme, allant et venant par la chambre, le visage horriblement pâle. Mais je considérais que c'était mon devoir. Ce n'est pas ma faute si l'affreuse tragédie m'a empêché de l'accomplir. Il me souvient de vous avoir entendu dire, un jour, qu'une fatalité poursuit les bonnes résolutions et veut qu'on les prenne toujours trop tard. Tel a été sûrement le cas des miennes.

— Les bonnes résolutions ne sont que d'inutiles efforts pour contrarier les lois scientifiques. Elles ont leur source dans notre seule vanité. Leur résultat est absolument nul. Elles nous donnent, de temps à autre, quelques-unes de ces riches et stériles émotions qui ne sont pas sans charme pour les âmes faibles. Voilà tout ce qu'on peut dire en leur faveur. Ce sont des chèques tirés sur une banque où l'on n'a pas de compte ouvert. »

Dorian Gray vint s'asseoir près de Lord Henry.

« D'où vient, s'écria-t-il, que je ne puisse m'attendrir sur cette tragédie autant que je le voudrais ? Pourtant, je ne me crois pas sans cœur. Que vous en semble ?

— Vous avez commis bien trop de sottises depuis quinze jours, pour que je le suppose, Dorian », répondit Lord Henry, avec son doux et mélancolique sourire.

Dorian fronça les sourcils :

« Harry, répliqua-t-il, je ne goûte pas beaucoup votre commentaire, mais je suis content que vous ne me preniez pas pour un sans-cœur. Je n'ai rien d'un tel monstre. Je le sais pertinemment. Et pourtant, je dois le reconnaître, cette catastrophe ne m'émeut pas autant qu'il conviendrait. Elle m'apparaît simplement comme le merveilleux dénouement d'une pièce merveilleuse. Elle atteint à la terrifiante beauté d'une tragédie grecque, une tragédie où j'aurais joué un grand rôle, mais d'où je sortirais sans blessure.

— Le cas est intéressant, fit Lord Henry, qui trouvait un plaisir raffiné à faire vibrer l'inconscient égoïsme du jeune homme. Oui, extrêmement intéressant. En voici, je crois bien, la véritable explication. Il arrive souvent que les drames réels de la vie se présentent à nous de façon si peu artistique, qu'ils nous choquent par leur violence grossière, leur incohérence absolue, leur manque affligeant de signification, leur défaut complet de style. Ils nous affectent exactement comme nous affecte la vulgarité. Nous n'en recevons qu'une impression de force brutale, contre laquelle nous nous révoltons. Quelquefois, cependant, une tragédie renfermant des éléments de beauté artistique traverse notre vie. Si ces éléments de beauté se dégagent, tout naturellement notre sens des effets dramatiques est mis en éveil. Nous découvrons bientôt que d'acteurs nous sommes devenus spectateurs ; ou plutôt, les deux à la fois. Nous nous observons nous-mêmes, et le prodigieux spectacle nous captive. En somme, dans le cas qui nous occupe, qu'est-il arrivé ? Une femme s'est tuée, parce qu'elle vous aimait. Que n'ai-je eu dans ma vie une aventure comme celle-là ! Elle m'aurait rendu amoureux de l'amour pour le reste de mon existence. Les personnes qui m'ont adoré — il n'y en a pas eu beaucoup, mais quelques-unes tout de même — se sont obstinées à vivre bien au-delà du terme de mon amour pour elles ou de leur amour pour moi. Elles sont devenues grasses et ennuyeuses et, quand je les rencontre, elles se lancent aussitôt dans les réminiscences. Ah ! cette infernale mémoire des femmes ! Quel épouvantail ! Et quelle stagnation complète de l'intelligence elle trahit ! Nous devrions garder la couleur de la vie, mais ne jamais nous souvenir des détails. Les détails sont toujours vulgaires.

— Il faudra que je sème des pavots[1] dans mon jardin, soupira Dorian.

— Rien de moins nécessaire ! reprit son compagnon. La vie a toujours des pavots dans ses mains. Il peut arriver cependant que les choses traînent en longueur. Une fois, j'ai porté des violettes à ma boutonnière pendant toute une saison ; façon de deuil artistique, à cause d'un roman qui ne voulait pas mourir.

1. Le pavot et l'opium sont associés à l'oubli.

Finalement pourtant il mourut. Je ne sais plus trop ce qui le tua. Ce fut, je crois bien, la proposition de sacrifier le monde pour moi. Ces moments-là sont toujours épouvantables. L'horreur de l'éternité vous saisit. Eh bien, le croirez-vous ? L'autre semaine, dînant chez Lady Hampshire, je me suis trouvé le voisin de table de la dame en question. J'eus beau faire, il fallut qu'elle reprît toute l'histoire, et déterrât le passé, et ratissât l'avenir. Mon amour dormait enseveli sous les asphodèles [1]. Elle le ramenait au jour, et protestait que j'avais fait le désespoir de sa vie. La vérité m'oblige à dire qu'elle montra un appétit féroce, en sorte que je n'eus pas la moindre anxiété. Mais peut-on manquer de goût à ce point ? Le seul charme du passé, c'est qu'il est le passé. Mais les femmes ne savent jamais quand le rideau est tombé. Elles veulent toujours un sixième acte. C'est quand l'intérêt de la pièce est épuisé qu'elles demandent le plus fort qu'on la prolonge. Si on les écoutait, toute comédie aurait un dénouement tragique, et toute tragédie s'achèverait en farce. Elles sont délicieusement artificielles, mais elles n'ont aucun sens de l'art. Vous êtes plus favorisé que moi, Dorian. Aucune des femmes que j'ai connues n'aurait fait pour moi ce que Sibyl Vane vient de faire pour vous. Le commun des femmes se console toujours. À cette fin, certaines ont recours aux couleurs sentimentales. Ne vous fiez jamais, quel que soit leur âge, aux femmes qui s'habillent en mauve [2] ; ni aux femmes qui, passé trente-cinq ans, restent toquées des rubans roses. C'est un signe infaillible : elles ont une histoire. D'autres trouvent un grand réconfort dans la découverte soudaine des mérites de leurs maris. Elles étalent sous vos yeux leur félicité conjugale, comme si c'était le plus séduisant des péchés. Il en est d'autres que console la religion : ses mystères ont le charme d'un flirt, me disait un jour l'une d'elles ; et je le conçois parfaitement. Rien d'ailleurs ne nous rend plus vains que de nous entendre dire que nous sommes des pécheurs. La conscience fait de nous

---

1. Fleur des morts chez les Grecs. **2.** Allusion probable à Lady Wilde, mère de l'écrivain, qui aimait à se draper d'étoffes cramoisies.

des égoïstes [1]. En vérité, il n'y a pas de limite aux consolations qu'offre aux femmes la vie moderne. Encore n'ai-je pas mentionné la plus importante de toutes.

— Laquelle, Harry ? fit langoureusement Dorian.

— Peuh ! la consolation tout indiquée : prendre l'amant d'une autre femme quand on a perdu le sien. Dans la bonne société ce procédé ne manque jamais de blanchir une femme. Mais combien Sibyl Vane devait peu ressembler à toutes ces femmes que nous coudoyons. Sa mort m'apparaît dans un rayonnement de beauté absolue. Je me félicite de vivre dans un siècle capable de tels prodiges. Ils nous font croire à la réalité de choses que tous nous prenons bien à la légère, comme le sentiment, la passion et l'amour.

— Mais vous oubliez mon horrible cruauté envers elle.

— Il n'y a rien au monde, j'en ai bien peur, que les femmes apprécient autant que la cruauté, la franche cruauté. Elles ont des instincts étrangement primitifs. Nous les avons émancipées ; elles n'en restent pas moins des esclaves en quête d'un maître. Elles aiment à se sentir dominées. Je gage que vous avez été magnifique. Je ne vous ai jamais vu sous l'empire d'une vraie colère, mais j'imagine très bien quel air charmant vous deviez avoir. Cependant, Dorian, je songe tout à coup à une parole que vous m'avez dite avant-hier. Sur le moment je crus à une simple fantaisie. J'en saisis maintenant la profonde vérité. Elle donne la clef de toute l'affaire.

— Que vous ai-je dit, Harry ?

— Ceci : que Sibyl Vane incarnait à vos yeux toutes les héroïnes de l'amour. Un soir, elle était Desdémone ; un autre soir, Ophélie ; elle ne mourait dans le personnage de Juliette, que pour revivre dans celui d'Imogène.

— Elle ne revivra plus jamais ! soupira Dorian cachant à deux mains son visage.

— Non, elle ne revivra plus ! Elle a joué son dernier rôle. Mais cette mort solitaire dans le faux luxe d'une loge, regardez-

---

1. Écho du célèbre monologue d'Hamlet : « Et c'est ainsi que la conscience fait de chacun de nous un couard » (acte III, scène 1).

la comme un simple fragment d'une étrange et lugubre tragédie jacobénne, comme une scène tirée de Webster, de Ford ou de Cyril Tourneur[1]. Cette jeune fille n'a pas réellement vécu, elle n'a pu réellement mourir. Pour vous, du moins, elle n'était qu'un rêve ; une apparition qui traversait les pièces de Shakespeare et les enchantait de sa présence ; un roseau, d'où la musique de Shakespeare s'exhalait plus harmonieuse encore et plus riche d'allégresse. Dès la première rencontre avec le monde réel, elle fut décevante, elle fut déçue ; alors elle s'en alla. Pleurez, tant qu'il vous plaît, sur la triste Ophélie. On a étranglé Cordelia : couvrez-vous les cheveux de cendre. Maudissez le Ciel, puisque la fille de Brabantio[2] n'est plus. Mais ne gaspillez pas vos larmes sur Sibyl Vane. Elle était moins réelle que ces fantômes. »

Il y eut un silence. Le soir obscurcissait la chambre. Sans bruit, avec leurs pieds d'argent, les ombres entraient, venant du jardin. Les couleurs pâlissantes se détachaient languissamment des choses.

Après quelques instants, Dorian Gray releva la tête :

« Vous m'avez éclairé sur moi-même, Harry, murmura-t-il. Et il eut comme un soupir de soulagement. Tout ce que vous venez de me dire, j'en avais le sentiment, mais je n'osais me l'avouer, je ne savais comment le définir. Comme vous me connaissez à fond ! Ne parlons plus de ce qui est arrivé. J'aurai eu là une étonnante aventure, voilà tout. Je me demande si la vie me réserve rien d'aussi merveilleux ?

— La vie, mon cher Dorian, vous réserve tout ce qu'on peut imaginer. Avec une beauté pareille, à quoi ne pouvez-vous prétendre ?

— Mais supposons, Harry, que je devienne décharné, vieux, ridé ? Qu'arriverait-il, dans ce cas ?

— Oh ! dans ce cas ! dit Lord Henry, se levant pour partir,

---

1. John Webster (1580-1624), John Ford (1586-1640) et Cyril Tourneur (1575-1626) sont connus pour leurs tragédies souvent sanglantes, comme respectivement *La Duchesse de Malfi*, *Dommage qu'elle soit une putain*, ou *La Tragédie du vengeur*. **2.** Desdémone dans *Othello*.

dans ce cas, vous auriez à enlever vos conquêtes de haute lutte. Pour l'instant, on les amène à vos pieds. Dorian, il faut garder votre beauté. Nous vivons dans un âge qui lit trop pour être sage, et qui pense trop pour être beau. Vous nous êtes indispensable. Et maintenant, vous feriez bien d'aller vous habiller pour descendre au Club. Nous ne sommes pas précisément en avance.

— J'irai plutôt vous rejoindre à l'Opéra, Harry. Je me sens trop fatigué pour avaler quoi que ce soit. Quel est le numéro de la loge de votre sœur ?

— Vingt-sept, je crois. C'est aux premières. Vous verrez le nom sur la porte. Mais vous me désolez de ne pas venir dîner.

— Je ne m'en sens pas le courage, fit tristement Dorian. Merci infiniment pour toutes vos bonnes paroles, Harry. Vous êtes, sans conteste, mon meilleur ami. Personne que vous ne m'a jamais si bien compris.

— Notre amitié ne fait que commencer, Dorian, répondit Lord Henry, en lui serrant la main. Au revoir. J'espère que vous serez là avant neuf heures et demie. N'oubliez pas : c'est la Patti qui chante. »

La porte à peine refermée, Dorian Gray sonna et, quelques minutes plus tard, Victor apporta les lampes et baissa les stores. Dorian, impatient de le voir sortir, trouvait qu'il mettait à toute chose un temps interminable.

Dès qu'il fut seul dans la pièce, il courut écarter l'écran. Non, pas d'altération nouvelle dans le portrait ! Il avait connu la mort de Sibyl Vane avant que lui-même en eût été informé. Il avait conscience des événements de la vie, dès qu'ils se produisaient. Certainement, la cruauté perverse qui viciait les lignes harmonieuses de la bouche avait dû apparaître à l'instant précis où Sibyl avalait le mystérieux poison. À moins pourtant que le portrait, méprisant les effets extérieurs, ne se bornât à lire ce qui se passait dans l'âme. Dorian inclinait à le croire. Il espérait qu'un jour ou l'autre, il verrait le changement s'opérer sous ses yeux ; et cet espoir le faisait frissonner.

Pauvre Sibyl ! Quel roman que le sien ! Bien souvent elle

avait mimé la mort sur les planches. Et voilà que la mort l'avait saisie et emportée avec elle. Comment avait-elle joué cette affreuse dernière scène ? L'avait-elle maudit en mourant ? Non, elle était morte d'amour pour lui. Désormais, l'amour lui devenait une chose sacrée. Sibyl avait tout expié en s'immolant. Il voulait oublier combien elle l'avait fait souffrir durant cette horrible soirée, au théâtre. Quand il songerait à elle, ce serait comme à une étrange figure tragique, envoyée sur la scène de ce monde pour y faire resplendir la suprême réalité de l'amour. Une étrange figure tragique ? Des larmes lui venaient aux yeux au souvenir de son visage d'enfant, de ses façons vives et capricieuses, de sa grâce inquiète et frémissante. Il les essuya brusquement et de nouveau regarda le portrait.

Il sentit que l'heure était venue de choisir sa voie. Mais son choix n'était-il pas arrêté d'avance ? Oui, la vie avait prononcé pour lui, la vie et l'infinie curiosité qui l'attirait vers elle. L'éternelle jeunesse, l'insatiable passion, les plaisirs secrets et raffinés, les joies délirantes, les péchés plus délirants encore : il connaîtrait toutes ces délices. Sur le portrait retomberait le poids de sa honte. Voilà tout.

Une sensation douloureuse l'étreignit, à la pensée que ce joli visage, peint sur la toile, était voué à la profanation. Un jour, par gaminerie, jouant au Narcisse, il avait baisé, ou plutôt feint de baiser, ces lèvres éclatantes, qui maintenant lui souriaient d'un si amer sourire. Des matinées entières, il s'était immobilisé devant ce portrait, s'émerveillant de sa beauté, bien près, par moments, d'en tomber amoureux. Et maintenant, chaque fois qu'il céderait à ses désirs, l'image allait-elle se modifier ? Allait-elle devenir un objet monstrueux et repoussant qu'il faudrait cacher au fond d'une chambre fermée à double tour, qu'il faudrait dérober aux rayons du soleil dont la caresse d'or avait embrasé tant de fois cette ondoyante et merveilleuse chevelure ? Quelle pitié ! vraiment, quelle pitié [1] !

1. Nouvelle allusion à *Othello* : « Oh ! Iago ! quel malheur, Iago ! » (acte IV, scène 1).

Un moment, il eut envie de prier, de demander qu'entre lui et le portrait cessât l'horrible sympathie. Le changement qu'une prière avait obtenu, peut-être une prière obtiendrait-elle qu'il fût effacé. Et cependant qui donc, pour peu qu'il connût la vie, rejetterait le moyen de rester toujours jeune, si étrange que fût ce moyen et si gros qu'il parût de conséquences fatales ? D'ailleurs le phénomène était-il réellement soumis à son pouvoir ? Était-ce bien la prière qui avait amené cette substitution ? Tout ne serait-il pas dû plutôt à l'action mystérieuse de quelque loi physique ? La pensée agit sur l'organisme vivant : n'agirait-elle pas aussi sur les substances brutes et inorganiques ? Bien plus, en dehors même de toute pensée et de tout désir conscient, qui sait si les choses qui nous entourent ne vibrent pas à l'unisson de nos humeurs et de nos passions, l'atome conviant l'atome aux secrètes voluptés de rapprochements étranges ? Du reste, peu importait la cause. Jamais plus il ne tenterait par la prière les puissances redoutables. Si le portrait devait changer, il changerait, voilà tout. À quoi bon scruter, trop avant, le mystère ?

Il se contenterait de l'observer avec un intense plaisir. Il pourrait ainsi pénétrer jusqu'aux derniers replis de son âme. Ce portrait serait pour lui le plus magique des miroirs. C'est à lui qu'il avait dû la révélation de son corps, il lui devrait de même la révélation de son âme. Et quand l'hiver atteindrait le portrait, lui, il en serait encore à cette heure des saisons où le printemps tressaille aux approches de l'été. Quand le sang déserterait ce visage, ne laissant sur la toile qu'un masque de craie blafarde, aux yeux plombés, lui il garderait encore la magie de sa fraîche jeunesse. Pas une fleur de sa grâce ne se fanerait. Pas une pulsation de sa vie ne se ralentirait. Comme les dieux de la Grèce, il serait fort, et léger, et joyeux. Que lui importait la destinée de l'image peinte sur la toile ? Lui, il serait épargné. Tout était là.

Avec un sourire, il ramena l'écran à son ancienne place, et passa dans sa chambre à coucher où son valet l'attendait. Une heure plus tard il était à l'Opéra. Au dossier de son fauteuil, s'appuyait Lord Henry.

CHAPITRE IX

Le lendemain matin, tandis qu'il déjeunait, on introduisit Basil Hallward dans la bibliothèque.

« Que je suis content de vous trouver, Dorian, fit-il d'une voix grave. Je suis déjà venu hier soir. On m'a dit que vous étiez à l'Opéra. J'ai bien compris que ce n'était pas possible. Mais que n'aviez-vous laissé un mot, indiquant le vrai but de votre sortie ! J'ai passé une affreuse soirée, redoutant presque qu'une seconde tragédie n'eût suivi la première. Vraiment vous auriez pu me télégraphier, sitôt averti. C'est bien par hasard qu'ayant pris au Club une dernière édition du *Globe*, j'y lus la nouvelle. J'accourus vite ici. Vous étiez absent, ce qui me désola. Je ne saurais vous dire combien cette catastrophe me déchire le cœur. Je comprends tout ce que vous devez souffrir ! Mais où étiez-vous donc ? Sans doute près de la pauvre mère ? Un instant j'ai songé à vous y rejoindre. Les journaux donnaient l'adresse. C'est dans Euston Road, n'est-ce pas ? Mais j'ai craint de remuer une douleur que je ne pouvais alléger. Pauvre femme ! Dans quel état elle doit être ! Et c'était son unique enfant ! Que dit-elle de tout ce drame ?

— Mon cher Basil, comment le saurais-je ? murmura Dorian Gray, portant à ses lèvres, de l'air d'un homme agacé au plus haut point, un verre de Venise à perles dorées, coupe fragile où pétillait un vin d'or pâle. J'étais à l'Opéra. Je regrette que vous n'y soyez pas venu. J'ai vu là, pour la première fois, Lady Gwendolen, la sœur de Harry. Nous étions dans sa loge. C'est une femme absolument charmante. Et la Patti a divinement chanté. Quant à ces horreurs, ne m'en parlez pas ! Une chose dont on ne parle pas n'a jamais existé. C'est l'expression seule qui donne la réalité aux choses, comme dit Harry. Sachez pourtant que Sibyl n'était pas l'unique enfant de cette femme. Il lui reste un fils, un garçon charmant, je crois. Mais il n'est pas acteur. Il est marin, ou quelque chose d'approchant. Et maintenant, Basil, parlons de vous. Dites-moi ce que vous êtes en train de peindre.

— Vous étiez à l'Opéra ? dit très lentement Hallward, dont la voix tremblait d'une émotion douloureuse. Vous étiez à l'Opéra, tandis que Sibyl Vane gisait morte dans un logis sordide ? Et vous me parlez tranquillement de la beauté d'autres femmes, du chant divin de la Patti, quand la jeune fille que vous aimiez ne repose pas encore dans la paix de la tombe ? Mais songez donc aux horreurs qui attendent ce petit corps candide !

— Assez, Basil. Je ne veux pas entendre ce langage, s'écria Dorian, brusquement debout. Pourquoi me parler de ces choses ? Ce qui est fait est fait. Ce qui est passé est passé.

— Vous appelez hier le passé ?

— La longueur du temps a-t-elle rien à y voir ? Seuls les faibles mettent des années à s'affranchir d'une émotion. Celui qui est maître de soi peut étouffer un chagrin aussi aisément qu'inventer un plaisir. Je ne veux pas être à la merci de mes émotions. J'entends m'en servir, en jouir, et les dompter.

— Dorian, mais c'est affreux ! On vous a complètement changé. En apparence, vous êtes resté l'admirable adolescent qui venait chaque jour poser chez moi pour son portrait. Mais alors vous étiez simple, naturel, affectueux. Il n'était pas au monde créature moins corrompue. Et maintenant, je ne sais ce qui vous est arrivé. Vous parlez comme si vous n'aviez ni cœur ni pitié. Tout cela est dû à l'influence de Harry. Je le vois trop bien. »

Le jeune homme devint pourpre. Il alla se mettre à la fenêtre et, quelque temps, regarda le jardin, très vert, miroitant, baigné de soleil.

« Je dois beaucoup à Harry, déclara-t-il enfin, certainement plus qu'à vous, Basil, qui ne m'avez appris que la fatuité.

— J'en suis assez puni, Dorian, ou bien je le serai quelque jour.

— Je ne sais ce que vous entendez par là, Basil, fit-il, en se retournant. Je ne sais ce que vous voulez. Que demandez-vous, enfin ?

— Je voudrais retrouver le Dorian Gray d'autrefois, celui que j'aimais à peindre », soupira tristement l'artiste.

L'adolescent s'approcha et, lui mettant la main sur l'épaule :

« Basil, dit-il, vous êtes venu trop tard. Hier, quand j'ai appris que Sibyl Vane s'était tuée...

— Tuée ? Juste Ciel ! En est-on sûr ? s'écria Hallward, fixant sur Dorian un regard d'épouvante.

— Mon cher Basil, vous n'avez pu croire que ce fût là un vulgaire accident ? Évidemment, elle s'est tuée. »

Hallward se cacha le visage dans les mains.

« C'est épouvantable ! murmura-t-il, secoué d'un long frisson.

— Non, répondit Dorian, je ne vois là rien d'épouvantable. C'est un des grands drames romantiques de ce temps. En général, les gens de théâtre mènent la vie la plus banale. Ce sont de bons maris, de fidèles épouses, bref d'ennuyeux personnages. Vous voyez ce que je veux dire, la vertu bourgeoise et autres fadaises du même genre. Combien Sibyl a été différente ! Elle a vécu sa plus belle tragédie. Constamment, elle a fait figure d'héroïne. Le dernier soir où elle parut en scène — le soir où vous l'avez vue — elle joua mal, parce qu'elle venait de découvrir la réalité de l'amour. Mais quand le néant lui en fut révélé, elle mourut comme aurait pu mourir Juliette. Elle se réfugia de nouveau dans les régions de l'art. Il y a en elle quelque chose de la martyre. Sa mort a l'inutilité touchante et la beauté superflue du martyre. Mais, encore une fois, n'allez pas croire que je n'aie point souffert. Si vous étiez venu hier, à un moment donné, vers cinq heures et demie, je crois, ou six heures moins un quart, vous m'auriez trouvé tout en larmes. Harry, qui était là et qui, par le fait, venait de m'apporter la nouvelle, n'eut pas idée de ce que j'endurais. Ma peine fut immense. Puis cela passa. Je suis incapable de renouveler une émotion. Nul ne le peut, à moins d'être un sentimental. Vous êtes par trop injuste, Basil. Vous venez me voir pour me consoler. L'intention est charmante. Vous me trouvez consolé et vous entrez en fureur. Que voilà bien les gens compatissants ! Vous me faites songer à une histoire que me contait Harry. Un philanthrope avait passé vingt ans de sa vie à poursuivre le redressement d'un tort ou l'amendement d'une loi inique

— je ne sais plus bien exactement. — Il y réussit à la fin. Alors son désespoir passa tout ce qu'on peut imaginer. Ne sachant plus à quoi se prendre, mourant presque d'ennui, il devint complètement misanthrope. Mon bon Basil, si vous voulez me consoler, apprenez-moi plutôt à oublier ce qui s'est passé ; aidez-moi, du moins, à l'envisager sous un angle artistique convenable. N'est-ce pas Gautier qui se plaisait à écrire sur la *consolation des Arts* [1] ? Je me rappelle être tombé sur cette phrase exquise, un jour que je feuilletais dans votre atelier un petit volume gainé de vélin. Voyez-vous, je ne ressemble pas à ce jeune homme dont vous me parliez, lors de notre séjour à Marlow, et qui déclarait que le satin jaune pouvait consoler de toutes les misères de la vie. J'aime les beaux objets qu'on peut toucher et manier. Vieux brocarts, bronzes verts, laques, ivoires sculptés, jolis intérieurs, luxe, richesse, tout cela, certes, est plein de ressources. Mais combien j'estime plus précieux le tempérament artistique, qui naît de ces trésors ou, tout au moins, s'y révèle. Se faire le spectateur de sa propre vie, comme dit Harry, c'est échapper à toutes les souffrances de la vie. Je vois que vous êtes surpris de m'entendre tenir ce langage. Vous ne soupçonnez pas combien je me suis développé. J'étais un écolier quand vous m'avez connu. Maintenant je suis un homme. J'ai d'autres passions, d'autres rêves, d'autres idées. Je suis tout différent, mais vous ne m'en aimerez pas moins. Je suis changé, mais vous resterez toujours mon ami. Il est vrai, je raffole de Harry. Mais je reconnais que vous valez mieux que lui. Non que vous soyez plus viril — vous avez trop peur de la vie — mais vous êtes meilleur. Puis, nous avons été si heureux ensemble ! Ne m'abandonnez pas, Basil, et épargnez-moi toute querelle. Je suis ce que je suis. Et tout est dit. »

Le peintre se sentit étrangement remué. Sa tendresse était infinie pour cet adolescent dont la personnalité avait marqué le tournant décisif de son art. Il ne put se résoudre à le blâmer plus longtemps. Après tout, son indifférence n'était peut-être

---

1. En français dans le texte. Cette expression est citée par Pater dans *La Renaissance*.

qu'une humeur passagère. Il y avait en lui tant de rares qualités, tant de nobles aspirations !

« Eh bien, soit ! Dorian, dit-il enfin avec un sourire triste. Passé ce jour, je ne vous parlerai plus de l'horrible drame. J'espère seulement que votre nom ne sera pas mêlé à cette affaire. L'enquête a lieu cet après-midi. Vous a-t-on convoqué ? »

À ce mot d'« enquête », Dorian hocha la tête et parut contrarié. Tout ce qu'évoquait ce terme était si vulgaire, si brutal !

« Personne ne sait mon nom, répondit-il.

— Mais elle, sans doute le connaissait-elle ?

— Mon nom de baptême seulement, et encore suis-je bien sûr qu'elle ne l'a redit à personne. Elle me racontait, un jour, que son entourage avait bien envie de savoir qui j'étais, mais qu'à tous elle répondait, sans varier, que je m'appelais le Prince Charmant. C'était gentil de sa part. Vous devriez me faire un croquis de Sibyl, Basil. J'aimerais conserver d'elle autre chose encore que le souvenir de quelques baisers et de quelques paroles haletantes et émues.

— Je tâcherai de faire quelque chose, Dorian, si cela doit vous être agréable. Mais en retour, promettez-moi de venir poser, comme autrefois, dans mon atelier. Je ne fais plus rien de bon, sans vous.

— Jamais je ne reviendrai poser. Basil. C'est impossible ! » s'écria-t-il, dans un mouvement de recul.

Le peintre le regarda, surpris :

« Quel enfantillage, mon cher Dorian ! Serait-ce que vous n'aimez pas le portrait que j'ai fait de vous ? Mais où est-il donc ? Pourquoi cet écran qui le masque ? Laissez-moi le regarder. C'est d'emblée ce que j'ai fait de mieux. Enlevez cet écran, Dorian. C'est une honte de laisser votre domestique cacher ainsi mon œuvre. Il m'avait bien semblé, en entrant, que la pièce n'avait plus le même aspect.

— Mon domestique n'y est pour rien, Basil. Vous imaginez-vous que je lui laisse le soin d'arranger ma chambre ? Mes fleurs quelquefois, et c'est tout. Non, le responsable, c'est moi. La lumière tombait trop vive sur le portrait.

— Trop vive ! Ah ! ça, non, mon cher. Cette place lui convient à merveille. Laissez-moi le voir. »

Et Hallward se dirigea vers le coin mystérieux.

Dorian ne put retenir un cri d'épouvante. Il se précipita entre le peintre et l'écran.

« Non, Basil, dit-il, très pâle, il ne faut pas que vous regardiez. Je m'y oppose.

— Ne pas regarder une de mes œuvres ! Parlez-vous sérieusement ? Et pourquoi ne la regarderais-je pas ? demanda Hallward en riant.

— Si vous tentez de le faire, Basil, sur mon honneur, je ne vous parle plus de ma vie. Ce que je dis là est très sérieux. Je ne vous donnerai aucune explication, vous ne m'en demanderez aucune. Mais retenez-le bien : si vous touchez cet écran, tout est fini entre nous. »

Hallward resta comme foudroyé. Il fixait sur Dorian Gray un regard de complète stupéfaction. Jamais encore il ne l'avait vu dans cet état. Il était pâle de colère. Ses mains se crispaient. Ses pupilles dilatées semblaient deux disques de flamme bleue. Il tremblait de tous ses membres.

« Dorian...

— Non, ne parlez pas !

— Mais qu'avez-vous donc ? C'est bien, je ne regarderai pas le portrait, puisque cela vous contrarie, dit sèchement Basil. Et tournant les talons, il alla vers la fenêtre. Mais enfin je trouve un peu ridicule de ne pouvoir regarder l'un de mes tableaux ; d'autant plus que je dois l'exposer à Paris, cet automne. J'aurai vraisemblablement à le revernir pour la circonstance. Il faudra donc bien que je le voie un jour. Pourquoi pas aujourd'hui ?

— L'exposer ? Vous voulez l'exposer ? » s'exclama Dorian Gray.

Une étrange terreur l'envahissait. Eh ! quoi ! Son secret serait livré au public ? Les gens s'arrêteraient, bouche bée, devant le mystère de sa vie ? Non, c'était impossible. Vite, il fallait parer au danger — mais comment ?...

« Oui, confirma le peintre, je compte l'exposer. Vous n'y

voyez, je pense, aucun inconvénient ? Georges Petit veut ouvrir la première semaine d'octobre, rue de Sèze[1], une exposition particulière où seront réunies toutes mes meilleures toiles. Le portrait ne vous sera enlevé qu'un mois. Vous vous en passerez bien pour ce peu de temps, j'imagine ; d'autant mieux que vous ne serez sûrement pas à Londres à l'époque. Si vous le tenez toujours derrière un écran, vous devez en faire assez peu de cas. »

Dorian Gray se passa la main sur le front. Des gouttes de sueur y perlaient. Il se sentit menacé d'un horrible danger.

« Vous me disiez, il y a un mois, que vous ne l'exposeriez jamais. Pourquoi avez-vous changé d'avis ? Vous autres gens soi-disant invariables, vous avez autant de caprices que tout le monde. La seule différence est que vos caprices ne riment à rien. Vous ne pouvez avoir oublié avec quelle solennité vous m'assuriez que rien sur terre ne vous déciderait à l'exposer nulle part. Vous teniez exactement le même langage à Harry. »

Il s'arrêta net, une lueur dans les yeux. Il venait de se rappeler que Lord Henry lui avait dit un jour, mi-sérieux, mi-plaisant : « Si vous voulez passer un singulier quart d'heure, demandez donc à Basil pourquoi il n'exposera jamais votre portrait. Il m'a donné ses raisons et ç'a été une révélation pour moi. » Qui sait ? Peut-être Basil avait-il aussi son secret. S'il essayait de l'interroger ?

Il vint donc tout près de lui et le regardant bien en face :

« Basil, dit-il, nous avons chacun notre secret. Confiez-moi le vôtre et je vous dirai le mien. Pour quel motif refusiez-vous d'exposer mon portrait ? »

Le peintre frissonna malgré lui.

« Si je vous le disais. Dorian, vous m'aimeriez peut-être moins, et certainement vous ririez de moi. Or, de votre part, ces deux attitudes me seraient cruelles. Si vous tenez à ce que je ne voie plus le portrait, je le veux bien. J'aurai toujours la ressource de vous regarder vous-même. S'il vous plaît que ma

1. Galerie située entre la Madeleine et le boulevard des Capucines. Créée en 1882, elle exposa les Impressionnistes.

plus belle œuvre reste cachée au monde, j'y consens. Votre amitié m'est plus chère que tout renom et que toute gloire.

— Non, Basil, insista Dorian Gray. Il faut me dire pourquoi. N'ai-je pas un peu le droit de le savoir ? »

Ses craintes s'étaient dissipées. La curiosité avait pris leur place. Il était résolu à pénétrer le secret de Basil Hallward.

« Asseyez-vous, Dorian, dit le peintre, visiblement troublé. Asseyez-vous, et répondez d'abord à cette seule question. Avez-vous observé dans le portrait quelque chose d'étrange ? quelque chose qui, probablement, ne vous avait pas frappé au début, mais qui s'est révélé tout à coup à vos yeux ?

— Basil ! » s'écria le jeune homme. Et ses mains tremblantes s'accrochèrent aux bras du fauteuil. Et ses yeux fixèrent sur Basil leur épouvante folle.

« Vous l'avez observé, je vois. Ne parlez pas. Écoutez d'abord ce que j'ai à vous dire. Du jour où je vous rencontrai, Dorian, toute votre personne exerça sur moi la plus extraordinaire influence. Cœur, intelligence, activité, mon être entier subit votre empire. Vous devîntes pour moi l'incarnation visible de l'invisible idéal dont le souvenir, tel un rêve exquis, hante nos cerveaux d'artistes. Je vous adorai. Dès que vous parliez à quelqu'un, j'étais jaloux. J'aurais voulu que vous fussiez tout à moi. Je n'étais heureux qu'avec vous. Quand vous étiez parti, je vous retrouvais encore dans mon art.

« À la vérité, je ne vous ai jamais rien dit de ce sentiment. Je ne le pouvais pas. Vous ne l'auriez pas compris. À peine le comprenais-je moi-même. Je savais seulement que j'avais vu la perfection face à face et que l'univers revêtait à mes yeux une beauté merveilleuse — trop merveilleuse peut-être, car de telles adorations sont pleines de dangers : danger de les perdre, danger non moindre de les garder.

« Les semaines passaient et, de plus en plus, je m'absorbais en vous. Puis vint un développement nouveau. Je vous avais peint sous la gracieuse armure du Troyen Pâris [1] ; puis en Adonis chas-

---

1. Pressé de désigner la plus belle des trois déesses (Aphrodite, Athéna, Héra), Pâris offrit la pomme de Discorde à la première, qui lui avait promis

seur, armé d'un épieu poli[1]. Je vous avais représenté, couronné de larges fleurs de lotus, assis à la proue de la barque d'Hadrien[2], regardant par-delà le Nil trouble et verdâtre. Je vous avais montré dans un paysage grec, penché sur un lac tranquille, contemplant la merveille de votre visage dans le miroir d'argent des eaux silencieuses[3]. Toutes ces compositions avaient gardé le caractère impersonnel, idéal et lointain, dont l'art ne devrait jamais se départir. Mais un jour — jour fatal, suis-je parfois tenté de croire ! — je me déterminai à faire de vous un portrait incomparable, à vous peindre au naturel, non plus dans des costumes du temps passé, mais vêtu comme tous les jours, en homme de notre temps. Fut-ce le réalisme du procédé ou le pur sortilège de votre personne ainsi contemplée hors de toute brume et sans voile ? Je ne pourrais dire. Mais je sais que, durant mon travail, à chaque coup de pinceau, à chaque touche de couleur, j'avais l'impression de trahir mon secret. Je tremblais que mon idolâtrie ne devînt visible à tous. Oui, Dorian, je sentais que mon œuvre était trop parlante, que j'y avais mis trop de moi-même. Ce fut pour cela que je résolus de ne jamais laisser exposer cette peinture. Vous en fûtes un peu chagriné, mais vous ne pouviez comprendre alors toute l'importance que j'y attachais. Harry, à qui j'en parlai, ne fit qu'en rire ; ce qui, de lui, n'importait guère. Mais une fois tout fini, quand je demeurai seul devant le portrait, je fus certain d'être dans le vrai.

« Quelques jours plus tard, on l'enleva de mon atelier ; je fus délivré de sa présence et de son intolérable fascination. Alors, je m'en voulus, comme d'une pure folie, d'être allé me figurer que j'avais vu sur la toile autre chose que l'extrême beauté de votre visage et l'habileté de mon pinceau. Maintenant encore, je ne puis m'empêcher d'estimer qu'on a tort de croire que la passion ressentie par le créateur puisse jamais se lire vraiment

---

la plus belle des femmes. Pâris enleva Hélène, femme du roi de Sparte Ménélas, et provoqua la guerre de Troie.

1. On notera la connotation phallique de ce détail, qui confirme la nature de l'intérêt de Basil pour Dorian. 2. Allusion à Antinoüs. 3. Allusion à Narcisse.

dans l'œuvre qu'il crée. L'art est toujours plus abstrait que nous n'imaginons. La forme et la couleur nous parlent de forme et de couleur, et tout s'arrête là. Je me dis souvent que l'art cache l'artiste plus sûrement qu'il ne le révèle. Voilà pourquoi, quand m'arriva cette offre de Paris, je décidai de faire de votre portrait le morceau principal de mon exposition, sans même songer à un refus possible de votre part. Mais à présent, je me rends compte que vous avez raison : il ne faut pas qu'on voie ce portrait. Vous ne m'en voudrez pas, Dorian, de ce que je viens de vous raconter. Comme je le disais un jour à Harry, n'êtes-vous pas fait pour qu'on vous adore ? »

Dorian Gray respira à l'aise. Ses joues reprirent leurs couleurs. Un sourire flotta sur ses lèvres. Tout danger était écarté. Pour cette fois, il était sauvé. Pourtant il ne pouvait se défendre, devant cette étrange confession, d'une immense pitié pour le peintre. Il se demandait si jamais il serait ainsi subjugué lui-même par la personnalité d'un ami. Lord Henry avait le charme d'une très dangereuse perversion, mais rien de plus. Il était trop cérébral et trop cynique pour qu'on pût l'aimer follement. Quelqu'un viendrait-il un jour lui inspirer cette idolâtrie mystérieuse ? Était-ce là l'une des surprises que lui réservait la vie ?

« Je n'en reviens pas. Dorian, reprit Hallward. Ainsi vous avez noté l'étrangeté du portrait ? Mais en êtes-vous bien sûr ?

— J'ai vu quelque chose, répondit-il, quelque chose qui m'a paru très curieux.

— Vous pouvez bien maintenant me laisser regarder. »

Dorian secoua la tête.

« Ne me demandez pas cela, Basil. Je ne veux à aucun prix vous voir devant cette toile.

— Vous y consentirez sûrement, un jour ou l'autre.

— Jamais.

— Après tout, peut-être avez-vous raison. Au revoir, Dorian. Vous êtes la seule personne qui ait jamais exercé sur mon art une réelle influence. Tout ce que j'ai fait de bon, c'est à vous que je le dois. Ah ! si vous saviez au prix de quel effort j'ai pu vous avouer tout ce que je viens de dire !

— Mais, mon cher Basil, fit Dorian, que m'avez-vous dit ? Tout juste que vous ressentiez pour moi une admiration excessive. Ce n'est pas même un compliment.

— Aussi n'était-ce pas un compliment, dans ma pensée, mais une confession. Maintenant qu'elle est faite, il me semble qu'un peu de moi-même s'est en allé. Peut-être ne devrait-on jamais traduire en paroles un sentiment d'adoration.

— Si c'était une confession, elle a été tout à fait décevante.

— À quoi donc vous attendiez-vous, Dorian ? Vous n'avez, je suppose, rien vu de plus dans le portrait ? C'est bien tout ce qu'on y voyait ?

— Oui, c'est tout ce qu'on y voyait. Pourquoi cette question ? Et maintenant, il ne faudra plus parler de m'adorer. C'est folie. Vous et moi, nous sommes amis, Basil, et c'est ce que nous devrons rester toujours.

— Vous avez trouvé Harry, dit tristement le peintre.

— Oh ! Harry ! s'écria, dans un éclat de rire, l'adolescent. Harry passe ses journées à dire des choses incroyables, et ses soirées à en faire d'invraisemblables ! Tout à fait le genre de vie qui me plairait. Et pourtant je ne crois pas que, dans mes ennuis, ce serait à Harry que j'aurais recours. Je viendrais plutôt vers vous, Basil.

— Vous recommencerez à poser pour moi ?

— Impossible.

— Par ce refus, Dorian, vous brisez ma vie d'artiste. Nul ne rencontre deux fois l'idéal. Combien peu le rencontrent même une fois.

— Je ne puis vous donner d'explication. Basil, mais il ne faut plus que je pose devant vous. Il y a dans un portrait je ne sais quelle fatalité. Il a une vie en soi. Je viendrai chez vous prendre le thé. Ce sera tout aussi agréable.

— Et même, je le crains, plus agréable pour vous ! murmura mélancoliquement Hallward. Allons, au revoir. Je suis désolé de n'avoir pu jeter un coup d'œil sur ma peinture. Mais il n'y a rien à faire. Je comprends parfaitement ce que vous ressentez ! »

En le voyant quitter la pièce, Dorian Gray ne put réprimer un sourire. Pauvre Basil ! Qu'il était loin de soupçonner la véritable raison ! Et n'était-ce pas étrange ? Loin d'avoir eu à livrer son propre secret, il avait réussi, comme par hasard, à extorquer celui de son ami. Que de choses éclairait cette singulière confession ! Les accès de folle jalousie du peintre, sa sauvage adoration, ses louanges extravagantes, ses réticences mystérieuses, il comprenait tout maintenant, non sans une secrète angoisse. Il pressentait du tragique dans une amitié à ce point teintée de romanesque.

Il soupira, puis sonna. Il fallait, coûte que coûte, cacher le portrait dans quelque réduit et ne plus courir le risque d'être découvert. Quelle folie de l'avoir laissé, ne fût-ce qu'une heure, dans une salle où tous ses amis avaient accès !

CHAPITRE X

Quand le domestique entra. Dorian scruta sa physionomie, se demandant s'il n'avait pas eu la curiosité de regarder derrière l'écran. Absolument impassible, le valet attendait les ordres. Dorian alluma une cigarette, puis se dirigea vers la glace dont il observa les jeux. Les traits de Victor s'y reflétaient en pleine lumière. On eût dit le masque serein de la soumission servile. Rien là qui justifiât la moindre crainte. Mieux valait cependant rester sur ses gardes.

Parlant très posément, il le pria d'aller dire à la gouvernante qu'il désirait la voir, puis de se rendre chez l'encadreur pour lui demander d'envoyer sur-le-champ deux de ses ouvriers. Il lui sembla bien que Victor, en sortant, laissait errer ses regards du côté de l'écran. Mais ce n'était sans doute qu'une idée.

Quelques instants plus tard, vêtue d'une robe de soie noire, et de mitaines de fil couvrant à l'ancienne mode ses mains ridées, Mrs. Leaf entra prestement dans la bibliothèque. Il lui demanda la clef de la salle d'étude.

« De la vieille salle d'étude, Mr. Dorian ? s'exclama-t-elle. Mais elle est noire de poussière. Il faudra que je la fasse nettoyer et mettre en ordre avant votre visite. Elle n'est pas en état d'être montrée, monsieur, absolument pas.

— Je ne vous demande pas de la faire mettre en ordre, ma bonne Leaf. Je demande simplement la clef.

— Mais, monsieur, vous serez couvert de toiles d'araignées si vous y entrez. Songez donc. Il y a plus de cinq ans qu'elle n'a été ouverte, pas depuis la mort de Sa Seigneurie. »

Il tressaillit au rappel de ce grand-père dont il avait gardé un souvenir exécrable.

« N'importe ! répondit-il. Je veux simplement revoir l'endroit. Rien de plus. Donnez-moi la clef.

— La voici, monsieur, dit la vieille dame, promenant dans son trousseau des doigts incertains et tremblants. La voici. Une minute, le temps de la tirer du trousseau. Mais vous ne songez pas à vivre là-haut, monsieur, quand vous avez ici une installation si confortable ?

— Mais non, mais non ! lança-t-il, impatienté. Merci ma bonne Leaf. C'est parfait. »

Elle s'attarda quelques instants, bavarda sur une menue question de ménage. Il lui dit, en soupirant, de faire ce qu'elle jugerait le mieux. Elle se retira, le visage radieux.

La porte refermée, Dorian mit la clef dans sa poche et, des yeux, parcourut la chambre. Son regard tomba sur une draperie de satin pourpre, surchargée de broderies d'or, admirable travail vénitien de la fin du XVIIe siècle, que son grand-père avait trouvée dans un couvent, aux environs de Bologne. Voilà qui envelopperait parfaitement l'horrible objet. Peut-être cette draperie avait-elle déjà servi bien souvent de drap mortuaire. Ce qu'elle aurait à couvrir, cette fois, était en proie à une corruption bien particulière, pire que celle de la mort, et destinée à engendrer des horreurs, sans cependant jamais mourir. Sur cette peinture, ses péchés exerceraient l'office des vers sur le cadavre. Ils en attaqueraient la beauté, ils en rongeraient la grâce, ils en feraient, à force de souillures, un objet de dégoût, mais qui subsisterait quand même et resterait toujours vivant.

Il eut un frisson et regretta un instant de ne s'être pas ouvert à Basil du vrai motif qui l'avait poussé à cacher le portrait. Basil l'eût aidé à se défendre contre l'influence de Lord Henry, contre les influences plus délétères encore qui provenaient de sa propre nature. Dans l'amour que lui portait l'artiste — car c'était bel et bien de l'amour — rien qui ne fût noble et intellectuel. Ce n'était pas cette admiration purement physique de la beauté, qui naît des sens et qui meurt, une fois les sens repus. C'était l'amour tel que l'avaient éprouvé Michel-Ange, et Montaigne, et Winckelmann, et Shakespeare[1] lui-même. Oui, Basil aurait pu le sauver. Mais il était déjà trop tard. Effacer le passé, on le pouvait toujours : c'était une affaire de regret, de désaveu, d'oubli. Mais on n'évitait pas l'avenir. Des passions fermentaient en lui, dont rien n'empêcherait l'explosion redoutable ; des rêves le hantaient, dont les visions perverses se réaliseraient fatalement.

Il enleva du sofa la grande draperie de pourpre et d'or qui le couvrait et, la tenant à deux mains, passa derrière l'écran. Sur la toile, le visage avait-il accentué sa dégradation ? Non, il ne lui parut pas qu'il eût changé davantage. D'où venait donc qu'il lui inspirât une haine encore plus intense ? Cheveux d'or, yeux d'azur, lèvres de rose, tout était là, intact. L'expression seule s'était modifiée. Et c'était d'une cruauté atroce. Auprès de ce qu'il lisait là de reproche et de blâme, combien les remontrances de Basil, à propos de Sibyl Vane, avaient été anodines, combien légères et de peu d'importance ! Là, son âme même, émergeant de la toile, le dévisageait et l'appelait à son tribunal. Douloureusement affecté, il jeta sur la peinture le voile somptueux. Au même instant, on frappa à la porte. Comme il revenait devant l'écran, le domestique entra :

« Les personnes sont là, monsieur. »

---

1. Allusions aux amitiés masculines et à l'homosexualité. Le cas de Shakespeare est longuement évoqué dans *Le Portrait de Mr. W.H.*

Il sentit qu'il fallait au plus vite éloigner ce valet, ne pas lui laisser voir où l'on chambrait le portrait. Il y avait dans son air quelque chose de sournois ; le soupçon et la traîtrise se lisaient dans ses yeux. Dorian, s'asseyant à son bureau, griffonna deux lignes : il demandait à Lord Henry de lui renvoyer par le porteur quelque chose à lire et lui rappelait qu'ils avaient rendez-vous le soir même, à huit heures quinze.

« Vous attendrez la réponse, dit-il, en remettant le billet. Faites entrer ces hommes. »

Deux ou trois minutes plus tard, on frappa de nouveau à la porte, et le célèbre encadreur de South Audley Street, Mr. Hubbard en personne, s'avança, assisté d'un jeune compagnon de mine assez grossière. Mr. Hubbard était un petit homme au teint fleuri, aux favoris fauves, dont l'enthousiasme artistique était considérablement refroidi par l'insolvabilité invétérée de la plupart des artistes qui traitaient avec lui. En général, il ne sortait pas de sa boutique. Il laissait venir à lui les gens. Mais il dérogeait toujours à cette règle en faveur de Dorian Gray, dont le charme indéfinissable agissait sur tout le monde, dont la seule vue était déjà un plaisir.

« Que puis-je pour vous servir, Mr. Gray ? demanda-t-il, en frottant ses grosses mains couvertes de taches de rousseur. Je me suis fait un honneur de venir moi-même vers vous. Je viens justement, monsieur, de mettre la main sur un cadre de toute beauté. Une trouvaille que j'ai faite dans une vente. Du Florence ancien. Ça sort de Fonthill [1], je crois. Conviendrait admirablement pour un sujet religieux, Mr. Gray.

— Je regrette bien que vous ayez pris la peine de venir vous-même, Mr. Hubbard. Je ne manquerai certainement pas d'entrer voir le cadre, bien que je ne donne plus beaucoup dans l'art religieux. Mais, pour aujourd'hui, il ne s'agit que d'une peinture à me porter tout là-haut dans la maison. Comme c'est assez lourd, je me suis permis de vous demander deux de vos hommes pour cette besogne.

---

1. Fonthill était la demeure de William Beckford (1760-1844), l'auteur de *Vathek*. Elle était construite en style néo-gothique.

— Ce n'est nullement une peine, Mr. Gray. Je suis ravi de tout ce qui peut vous obliger. Laquelle est-ce de ces œuvres d'art, monsieur ?

— Celle-ci, répondit Dorian, retirant l'écran. Pouvez-vous transporter le tout, cadre et draperie, sans rien déranger ? Il ne faudrait pas me l'érafler en montant.

— Cela ira tout seul, monsieur », déclara le joyeux encadreur. Et il se mit, avec l'aide de son ouvrier, à dégager le tableau des longues chaînes qui le tenaient suspendu. « Et maintenant, Mr. Gray, où devons-nous le porter ?

— Je vous montre le chemin, Mr. Hubbard. Veuillez me suivre. Non, passez devant, peut-être cela vaudra-t-il mieux. J'ose à peine vous dire que c'est au dernier étage. Nous monterons par l'escalier d'honneur, où nous serons plus au large. »

Il ouvrit la porte aux deux hommes qui sortirent dans le hall et commencèrent la montée. Le cadre, très ornementé, faisait du tableau une masse des plus volumineuses ; et à diverses reprises, malgré les protestations obséquieuses de Mr. Hubbard, qui avait horreur, comme tout bon boutiquier, de voir un gentleman faire quelque chose d'utile, Dorian dut venir à la rescousse et donner un coup de main.

« C'est quelque chose à porter, monsieur ! » haleta le petit homme, quand ils débouchèrent sur le dernier palier. Et il épongea son front luisant.

« C'est un peu lourd, j'en conviens », murmura Dorian, ouvrant d'un tour de clef la porte de la chambre où le secret de sa vie allait être gardé et son âme cachée à tous les yeux.

Cette pièce lui avait servi, enfant, de salle de jeu ; un peu plus grand, de salle d'étude. Depuis lors — il y avait bien quatre ans de cela — jamais il n'y était rentré. C'était une vaste chambre, d'harmonieuses proportions, aménagée par Lord Kelso, à l'intention spéciale de son petit-fils, que, pour sa ressemblance avec sa mère et diverses autres causes, il avait toujours honni et tenu à l'écart. Elle ne parut guère changée à Dorian. Le grand *cassone*[1] italien, où tant de fois il s'était caché petit garçon,

1. Coffre ou bahut, en italien dans le texte.

était toujours là, avec les peintures fantastiques de ses panneaux et l'or terni de ses moulures. La même bibliothèque en bois de satiné contenait ses livres de classe, aux pages cornées. Au mur pendait encore cette même tapisserie des Flandres, toute déchirée, où l'on voyait le vieux roi et la reine jouant aux échecs dans un jardin, tandis qu'une troupe de fauconniers à cheval paradaient alentour, portant à leurs poings armés de gantelets les oiseaux chaperonnés. Comme il se rappelait nettement tout ce décor ! Il regardait à la ronde, et les heures de son enfance solitaire accouraient toutes. La pureté sans tache de ses jeunes années lui revint en mémoire ; il sentit toute l'horreur d'avoir à cacher le fatal portrait justement à cette place. Comme il se doutait peu, aux jours d'alors, de ce que lui réservait la vie !

Mais c'était la seule pièce de la maison vraiment à l'abri des regards indiscrets. Il en avait la clef, nul n'y entrerait que lui. Sous son voile de pourpre, la figure peinte aurait beau devenir bestiale, flasque, immonde. Qu'importait désormais ? Personne ne s'en apercevrait. Lui-même, il ne le verrait pas. Pourquoi, en effet, surveillerait-il la hideuse corruption de son âme ? Ne lui suffirait-il pas de garder la jeunesse ? Peut-être, d'ailleurs, reviendrait-il un jour à des sentiments plus nobles. Il n'y avait aucune raison pour que l'avenir fût plein d'autant d'ignominie ! Quelque amour, survenant dans sa vie, ne pouvait-il le purifier, le défendre contre ces péchés qui déjà semblaient palpiter en chair et en esprit, contre ces péchés étranges que nul n'a décrits et que leur propre mystère environne de charme et de subtilité ? Un jour viendrait, peut-être, où l'expression cruelle de la bouche écarlate et sensitive ayant disparu, il pourrait montrer au monde le chef-d'œuvre de Basil Hallward.

Mais non, c'était impossible. D'heure en heure, de semaine en semaine, sur la toile l'image vieillissait. Échappât-elle même à la hideur du péché, la hideur de l'âge ne lui serait pas épargnée. Les joues se feraient creuses ou alourdies. Des pattes-d'oie s'étaleraient, jaunâtres, et mettraient leur laideur autour des yeux flétris. Les cheveux perdraient leur lustre. La bouche, aux lèvres rentrées ou pendantes, deviendrait niaise ou brutale, comme toutes les bouches de vieillards. Avec cela, un cou ridé, des mains froides striées de veines bleues, un corps démoli, toutes les tares qu'il se rappelait chez ce grand-père si dur à son enfance. Il fallait cacher le portrait. Le mal était sans remède.

« Entrez-le, je vous prie, Mr. Hubbard, dit-il d'une voix lasse, en se retournant vers l'encadreur. Je regrette de vous avoir fait ainsi attendre. Je songeais à autre chose.

— Un peu de repos n'est jamais pour déplaire, Mr. Gray ! répondit le petit homme, qui n'arrivait pas à reprendre haleine. Où le placerons-nous monsieur ?

— Oh ! n'importe où. Ici, ça va. Inutile de le suspendre. Appuyez-le simplement contre le mur. Merci.

— Peut-on regarder cette œuvre d'art, monsieur ? »

Dorian eut un sursaut.

« Non, rien d'intéressant pour vous, Mr. Hubbard, dit-il, les yeux rivés sur l'homme, prêt à bondir sur lui et à le terrasser s'il osait soulever la fastueuse tenture qui voilait le secret de sa vie. Je n'ai plus besoin de vous pour le moment. Il ne me reste qu'à vous remercier d'avoir bien voulu vous déranger.

— Nullement, nullement. Toujours à votre entière disposition, Mr. Gray. »

Et Mr. Hubbard descendit lentement l'escalier. Son aide, derrière lui, se retournait pour regarder Dorian ; et sur ses traits rudes et disgracieux se lisait une admiration craintive. Jamais il n'avait vu semblable merveille.

Quand le bruit des pas se fut éteint, Dorian ferma la porte et retira la clef. Il était tranquille, maintenant. Personne ne surprendrait jamais l'horrible prodige. Nul œil que le sien ne verrait l'image de sa honte.

De retour à la bibliothèque, il nota que cinq heures venaient juste de sonner et que le thé se trouvait déjà servi. Sur une petite table d'un bois sombre et parfumé, tout incrustée de nacre — présent de Lady Radley, femme de son tuteur, gentille malade professionnelle qui avait passé le dernier hiver au Caire — étaient posés un billet de Lord Henry et un livre à couverture jaune, au titre un peu déchiré, aux tranches défraîchies. Bien en vue, sur le plateau à thé, s'étalait une troisième édition de la *St. James's Gazette*[1]. Évidemment Victor était rentré. Qui sait s'il n'avait pas croisé les deux hommes dans le hall, au moment de leur sortie, et tiré d'eux des renseignements sur ce qu'ils venaient de faire ? Certainement l'absence du portrait ne lui échapperait pas, s'il ne l'avait déjà remarquée en installant le thé. L'écran n'avait pas été ramené devant le mur ; le vide du panneau sautait aux yeux. Et dire qu'une nuit peut-être il surprendrait ce valet grimpant sans bruit les escaliers et cherchant à forcer la porte de la chambre haute ! Quelle horreur d'avoir un espion chez soi ! Des histoires lui revenaient, de gens riches, soumis, leur vie durant, au chantage de domestiques qui avaient lu une lettre, surpris une conversation, dérobé une carte mentionnant une adresse, trouvé sous un oreiller une fleur fanée ou un lambeau de dentelle froissée.

Il soupira et, s'étant versé un peu de thé, ouvrit le billet de Lord Henry, un simple mot pour dire qu'il envoyait, avec le journal du soir, un livre ayant chance de l'intéresser, et qu'il se trouverait au Club à huit heures quinze. Il prit ensuite la *St. James's Gazette* qu'il parcourut nonchalamment. À la page cinq, une marque au crayon rouge attira son attention sur le paragraphe suivant :

« *Enquête sur une actrice.* — Il a été procédé ce matin, Taverne de la Cloche, Hoxton Road, par Mr. Dandy, coroner du district, à une enquête sur le décès de Sibyl Vane, jeune actrice récemment engagée au Royal Théâtre d'Holborn. La mort a été déclarée accidentelle. La pauvre mère, entourée de la plus vive sympathie, s'est montrée fort émue au cours de sa déposition et pendant le rapport du docteur Birrell, médecin chargé de l'autopsie. »

Dorian fronça les sourcils et, traversant la pièce, déchira en deux le journal dont il dispersa les morceaux. Que tout cela

1. Quotidien londonien. Wilde polémiqua avec lui lors de la parution du *Portrait*.

était donc laid ! Et quelle odieuse réalité la laideur prêtait aux choses. Il en voulait un peu à Lord Henry de lui avoir envoyé ce compte rendu. En tout cas, quelle sottise de l'avoir marqué au crayon rouge ! Peut-être Victor l'avait-il lu. Il savait plus d'anglais qu'il n'en fallait pour cela.

Et peut-être, l'ayant lu, des soupçons avaient-ils germé dans son esprit. Mais qu'importait, après tout ? Qu'avait à voir Dorian Gray dans la mort de Sibyl Vane ? Pourquoi l'ombre d'une crainte ? Il ne l'avait pas tuée, n'est-ce pas ?

Ses regards tombèrent sur le volume jaune. Curieux de savoir ce que lui envoyait Lord Henry, il s'approcha du petit guéridon octogonal aux reflets nacrés, qui lui avait toujours paru le travail d'étranges abeilles d'Égypte, ciseleuses d'argent. Il y prit le volume, se jeta dans un fauteuil et se mit à tourner les pages. Au bout de quelques minutes, il était captivé par sa lecture. C'était le livre le plus étrange qu'il eût jamais lu. Il lui semblait voir tous les péchés du monde défiler devant lui, dans les plus beaux atours, et jouer la pantomime sur de doux airs de flûte. Bien des choses, jusque-là vaguement soupçonnées encore, écartaient lentement leurs voiles.

C'était un roman sans intrigue, à un seul personnage. Tout s'y ramenait à l'étude psychologique d'un jeune Parisien qui consacrait l'effort de sa vie à s'imprégner, en plein XIXe siècle, de toutes les passions, de tous les modes de pensée des âges antérieurs, et cherchait, en quelque sorte, à résumer en lui-même les diverses mentalités par où était passé l'esprit humain, aimant, pour leur artificialité même, ces renoncements que des sots ont appelés vertus, aussi bien que ces révoltes instinctives que des sages appellent encore péchés. Il était écrit dans ce style curieusement ciselé, à la fois scintillant et obscur, plein d'argot, d'archaïsmes, de termes techniques et de savantes périphrases, qui caractérise les œuvres de quelques-uns des plus parfaits artistes parmi les symbolistes français. On y trouvait des métaphores non moins monstrueuses que des orchidées et d'un coloris tout aussi subtil. La vie des sens y était décrite en termes de philosophie mystique. On ne savait plus bien, par moments, si on lisait les extases spirituelles d'un saint du Moyen Âge ou les confessions morbides d'un pécheur moderne. C'était un livre empoisonné. Autour de ses pages flottait un lourd parfum d'encens qui troublait le cerveau. La cadence même des phrases, la subtile monotonie de leur musique, toute pleine de rythmes, déterminaient dans l'esprit du jeune homme, au fur et à mesure des chapitres, une sorte d'engourdissement, une rêverie maladive qui lui enlevait toute conscience de la tombée du jour et du glissement furtif des ombres.

Par les fenêtres filtrait la lumière d'un ciel sans nuage, aux tons de bronze vert, où ne perçait encore qu'une étoile solitaire. À la lueur de ce crépuscule, il poursuivit sa lecture, jusqu'à ce qu'il ne fût plus possible de rien distinguer. Alors seulement, bien que son valet l'eût prévenu plusieurs fois de l'heure tardive, il se leva et, passant dans la chambre à côté, posa le volume sur une petite table florentine, son meuble de chevet. Puis il s'habilla pour dîner.

Il était près de neuf heures quand il arriva au Club. Il y trouva Lord Henry, seul au fumoir, l'air extrêmement contrarié.

« Je suis désolé, Harry, s'excusa-t-il, mais, en vérité, c'est votre faute, entièrement votre faute. Votre livre de tantôt m'a fasciné à tel point que j'ai perdu toute notion de l'heure.

— Oui, je pensais bien qu'il vous plairait, répliqua l'hôte, se levant de son fauteuil.

— Je n'ai pas dit qu'il me plaisait, Harry. J'ai dit qu'il me fascinait. C'est bien différent.

— Tiens ! Vous avez découvert cela ? » murmura Lord Henry. Et ils passèrent dans la salle à manger.

CHAPITRE XI

Pendant des années, Dorian Gray ne put s'arracher à l'influence de ce livre. Plus exactement, peut-être, disons qu'il n'essaya jamais de s'y soustraire. Il fit venir de Paris jusqu'à neuf exemplaires de l'édition originale, sur grand papier ; et, par des reliures de tons différents, il tenta de les assortir à ses diverses humeurs, aux caprices changeants d'une sensibilité sur laquelle il semblait parfois bien près d'avoir perdu tout contrôle. Le héros du roman, ce jeune et étonnant Parisien en qui le tempérament romantique et les goûts scientifiques formaient un si curieux mélange, lui devint comme une figure prophétique de lui-même. Le livre entier lui parut contenir l'histoire de sa propre vie, racontée avant d'avoir été vécue.

Sur un point, pourtant, sa fortune l'emportait sur celle du héros imaginaire. Dorian, et pour cause, ignorait complètement cette crainte un peu grotesque — peut-être entre-t-il dans toute joie, et certainement dans tout plaisir, un peu de cruauté — dès qu'il relisait la dernière partie du livre, où se trouvaient décrits d'une façon tragique, et non sans quelque emphase, le chagrin et le désespoir d'un homme qui a perdu ce qu'il prisait le plus hautement dans ses semblables et dans tout l'univers.

Car cette beauté merveilleuse, qui avait séduit Basil Hallward et tant d'autres, semblait ne devoir jamais le quitter. À tel point qu'en le voyant, les gens mêmes qui avaient entendu contre lui les pires accusations ne pouvaient plus rien croire qui fût à sa honte : d'étranges rumeurs pourtant couraient parfois dans Londres à son sujet et défrayaient la chronique des cercles. Il avait toujours son air d'adolescent qui s'est gardé des souillures du monde. Les hommes, dès qu'il paraissait, arrêtaient leurs propos grossiers. Ils lisaient comme un reproche dans la pureté de son visage. Sa seule présence leur rappelait l'innocence perdue. Tous se demandaient comment un être si attirant et si gracieux avait pu échapper à la corruption d'une époque à la fois vile et sensuelle.

Souvent, à la suite d'une de ces longues et mystérieuses absences qui inspiraient à ses amis, vrais ou prétendus, les plus étranges soupçons, Dorian, revenu chez lui, montait furtivement à la chambre close, ouvrait la porte dont la clef désormais ne le quittait plus ; et là, se campant, un miroir à la main, devant la peinture de Basil Hallward, il regardait tantôt la figure vieillie et méchante du portrait, tantôt le jeune et radieux visage dont la glace polie lui renvoyait le sourire. La violence même du contraste avivait en lui le sens du plaisir. Il s'éprenait de plus en plus de sa propre beauté et, de plus en plus, s'intéressait à la corruption de son âme. Il examinait avec un soin minutieux, parfois avec une monstrueuse et sombre volupté, les lignes hideuses qui flétrissaient le front plissé et rampaient tout autour des lèvres lourdes et sensuelles, se demandant laquelle l'emportait en horreur, de l'empreinte du péché ou de l'empreinte de l'âge. Il lui arrivait de placer ses mains, si blanches, près des mains rugueuses et boursouflées du portrait, et de sourire. Il plaisantait ce corps difforme et ces jambes fléchissantes.

À certains moments pourtant, la nuit surtout, quand l'insomnie le tenait éveillé — soit dans sa chambre délicatement parfumée, soit dans le sordide cabinet d'une taverne mal famée du quartier des Docks où il avait pris l'habitude de se rendre, déguisé et sous un faux nom — il se prenait à penser qu'il causait la ruine de son âme. Alors une grande pitié l'envahissait, d'autant plus poignante qu'elle était foncièrement égoïste. Mais de tels moments étaient rares. Sa curiosité de la vie, d'abord éveillée par Lord Henry au cours de leur entretien dans le jardin d'Hallward, semblait croître à mesure qu'il la satisfaisait. Plus il savait, plus il désirait savoir. La pâture qu'il jetait à ses folles fringales ne servait qu'à les rendre plus exigeantes.

Néanmoins, il gardait encore quelque contrainte et, en tout cas, le souci de ses obligations mondaines. Une ou deux fois par mois, l'hiver, et chaque mercredi soir, durant la saison, sa belle demeure s'ouvrait à la société, et il engageait les musiciens les plus célèbres du moment pour charmer ses invités des surprises de leur art. Ses petits dîners, que Lord Henry l'aidait toujours à organiser, étaient réputés, tant pour l'heureux choix et l'habile distribution des convives que pour la décoration de la table, où le goût le plus exquis présidait à l'agencement subtil et harmonieux des fleurs exotiques, du linge brodé, de l'antique vaisselle d'or et d'argent. À dire vrai, bien des hommes, surtout parmi les plus jeunes, reconnaissaient ou croyaient reconnaître en Dorian Gray la vivante réalisation d'un idéal maintes fois entrevu dans leurs rêves d'Eton ou d'Oxford : un idéal conciliant le meilleur de la culture de l'humaniste avec toute la grâce, la distinction et la parfaite politesse d'un citoyen du monde. À leurs yeux, Dorian se rangeait parmi ces mortels que Dante nous montre ambitieux « de se hausser jusqu'à la perfection par le culte de la beauté »[1]. Il était, comme Gautier, « un homme pour qui le monde visible existe »[2].

Assurément, la Vie était pour lui le premier et le plus grand de tous les arts ; à celui-là tous les autres n'étaient guère qu'une introduction. La Mode qui, pour un temps, confère à la fantaisie pure un caractère d'universalité, et le Dandysme qui, à sa façon, vise à défendre l'absolu modernisme de la Beauté, exercèrent sur lui une attirance bien naturelle. Ses façons de s'habiller, les originalités qu'il affectait à l'occasion, avaient une influence marquée sur la jeunesse dorée des bals de Mayfair et des clubs de Pall Mall. Les élégants le copiaient en tout, et c'était à qui reproduirait l'insaisissable charme de gracieux raffinements de toilette, auxquels, pour sa part, il n'attachait qu'une importance relative.

Car, s'il n'était que trop disposé à accepter le rôle qui s'était offert à lui, sitôt sa majorité ; s'il trouvait un réel et subtil plaisir à penser qu'il pouvait fort bien devenir pour le Londres de son temps ce que jadis, sous Néron, l'auteur du *Satyricon* avait été pour la Rome impériale ; pourtant, au fond du cœur, il se sen-

---

1. En réalité, ces mots ne sont pas de Dante, mais portent la trace du roman de Pater, *Marius l'Épicurien*. **2.** Voir *Mademoiselle de Maupin*, chap. VIII. L'expression « le monde visible » vient du *Journal* des Goncourt (1er mai 1857).

tait de plus hautes aspirations que celle d'être un simple *arbiter elegantiarum*[1], et d'avoir à décider sur le port d'un bijou, le nœud d'une cravate, le jeu d'une canne. Il avait l'ambition d'élaborer un nouveau plan de vie, qui s'inspirerait d'une philosophie raisonnée, de principes rigoureusement enchaînés, et dont le suprême achèvement serait la spiritualisation des sens.

Le culte des sens a été souvent décrié, et à juste titre : un instinct naturel inspire aux hommes la terreur de passions et de sensations qui leur semblent plus fortes qu'eux-mêmes, et qu'ils ont conscience de partager avec les formes inférieures du monde organique. Mais Dorian Gray estimait que la vraie nature des sens n'avait jamais été bien comprise, qu'ils avaient gardé leur animalité sauvage uniquement parce qu'on avait voulu les soumettre par la famine ou les tuer à force de souffrance, au lieu de chercher à en faire les éléments d'une spiritualité nouvelle, ayant pour trait dominant une sûre divination de la beauté. Quand il considérait la marche de l'homme à travers l'Histoire, il était poursuivi par une impression d'irréparable dommage. Que de choses on avait sacrifiées, et combien vainement ! Des privations sauvages, obstinées, des formes monstrueuses de martyre et d'immolation de soi, nées de la peur, avaient abouti à une dégradation plus épouvantable que la dégradation tout imaginaire qu'avaient voulu fuir de pauvres ignorants : la Nature, dans sa merveilleuse ironie, avait amené les anachorètes[2] à vivre dans le désert, mêlés aux animaux sauvages ; aux ermites, elle avait donné pour compagnons les bêtes des champs.

Oui, bientôt, selon la prophétie de Lord Henry, un nouvel hédonisme allait paraître qui transformerait la vie et la sauverait de ce puritanisme rêche et grimaçant dont notre époque voit le curieux réveil. Certes, l'hédonisme accueillerait les services

---

1. Pétrone (Caius Petronius Arbiter, mort en 65 après J.-C.) était l'auteur du *Satyricon*, roman qui raconte la vie d'un jeune débauché dans la Rome impériale. Sous Néron, il était surnommé *arbiter elegantiarum*, l'arbitre du bon goût. L'expression est donnée en latin dans le texte. **2.** Religieux contemplatif qui se retire dans la solitude.

de l'intelligence, mais il rejetterait toute théorie et tout système impliquant le sacrifice d'un mode quelconque d'expérience passionnelle. Son but serait l'expérience même et non les fruits de l'expérience, si remplis fussent-ils de douceur ou d'amertume. Ni de l'ascétisme qui mortifie les sens, ni du vulgaire libertinage qui les hébète, il ne voudrait rien entendre. Mais il enseignerait à l'homme à se concentrer dans les moments d'une vie qui n'est elle-même qu'un moment.

Qui de nous ne s'est éveillé parfois avant l'aurore, soit au sortir d'une de ces nuits sans rêve qui feraient presque aimer la mort, soit après quelque nuit d'épouvante et d'ivresse monstrueuse, hantée pour notre cerveau de fantômes plus terribles que toute réalité et grouillant de cette vie intense qui marque tous les grotesques et fait le charme impérissable de l'art gothique — cet art dont il semblerait qu'il est vraiment spécial aux esprits tourmentés du mal de rêverie ? Lentement, des doigts pâles glissent dans les rideaux qui semblent s'agiter. Imprécises et fantasmagoriques, les ombres muettes gagnent en rampant les coins de la chambre et s'y blottissent. Au-dehors, c'est l'éveil des oiseaux dans les branches, le bruit des hommes se rendant au travail, les soupirs et les sanglots du vent descendu des collines et qui erre autour de la maison silencieuse, comme s'il hésitait entre la crainte d'en éveiller les hôtes endormis et le devoir de tirer le sommeil de sa grotte empourprée. Voile après voile, se lève la gaze fine de la pénombre et, par degrés, les choses reprennent leurs formes et leurs couleurs : nous assistons au travail de l'aurore lorsqu'elle reconstruit le monde sur l'antique modèle. Les pâles miroirs retrouvent leur vie mimée. Les flambeaux éteints sont à leur place de la veille et, près d'eux, reposent encore le livre à demi coupé de nos dernières études, la fleur montée rapportée du bal, la lettre que nous n'osâmes lire peut-être, ou que nous lûmes trop souvent. Rien ne semble changé. Du sein des ombres irréelles de la nuit, c'est la vie réelle qui revient sous ses traits familiers. Il nous faut la reprendre où nous l'avions laissée. Alors nous envahit le sentiment pénible d'avoir à relancer notre énergie dans le même cercle fastidieux d'habitudes stéréotypées. Ou bien c'est un désir fou d'ouvrir quelque matin les paupières sur un monde refait à neuf, durant la nuit, pour notre plus grande joie ; un monde où les êtres auraient d'autres formes et d'autres couleurs, seraient transformés, cacheraient des secrets nouveaux ; un monde dans lequel le passé n'aurait plus ou presque plus de place, et en tout cas ne survivrait que dépouillé de toute forme consciente d'obligation et de regret ; car, d'une joie même, le souvenir a son amertume, et le rappel d'un plaisir n'est jamais sans douleur.

Créer des mondes irréels comme ceux-là semblait à Dorian le vrai but, l'un tout au moins des vrais buts de la vie. Dans sa chasse aux sensations à la fois neuves et exquises, toutes renfermant cette part d'étrangeté sans quoi il n'est point de rêve, il lui arrivait souvent d'adopter des façons de penser qu'il savait complètement étrangères à sa nature ; il s'abandonnait à leur subtile influence ; puis, une fois saisie leur teinte, pour ainsi dire, et satisfaite sa curiosité d'esprit, il les abandonnait avec cette curieuse indifférence qui, loin d'exclure l'ardeur vraie du tempérament, en est souvent une condition, d'après certains psychologues modernes.

Le bruit courut un moment qu'il allait entrer dans l'Église catholique romaine ; et le fait est que ses rites eurent toujours beaucoup d'attrait pour lui. Le sacrifice quotidien, plus saisissant en vérité que tous les sacrifices du monde antique, le remuait autant par son défi superbe à l'évidence des sens que par la simplicité primitive de ses éléments et par tout ce qu'il y a d'éternellement poignant dans la grande tragédie humaine qu'il cherche à symboliser. Il aimait à s'agenouiller sur les dalles de marbre froid et à suivre tous les mouvements du prêtre, en ses vêtements raides et fleuris, quand, de ses mains blanches, il écartait lentement le voile du tabernacle, ou bien élevait très haut l'ostensoir à chapelle orfévri contenant la pâle hostie que si volontiers, parfois, on reconnaîtrait pour le *panis cœlestis*[1], pour le vrai pain des anges ; ou encore quand, revêtu des

1. En latin dans le texte.

habits de la passion du Christ, il rompait l'hostie dans le calice et pour ses péchés se frappait la poitrine. Les encensoirs fumants que des enfants, graves sous la dentelle et la pourpre, balançaient dans l'air comme de grandes fleurs dorées, exerçaient sur lui une subtile fascination. Il ne se retirait guère sans jeter un regard d'étonnement sur les noirs confessionnaux, mordu du désir de s'asseoir dans leur demi-obscurité, pour entendre hommes et femmes conter à voix basse la véridique histoire de leur vie.

Mais jamais il ne commit l'erreur d'arrêter son développement intellectuel par l'acceptation formelle d'un système et d'un credo ; ni de prendre pour une maison où abriter sa vie une auberge tout au plus suffisante pour y passer une nuit, ou même quelques heures d'une nuit oubliée des étoiles et de la lune voyageuse. Il y eut une période où le mysticisme l'attira par sa merveilleuse puissance à parer d'étrangeté les choses les plus communes, et par le subtil antinomianisme [1] dont il semble inséparable. Puis il pencha vers les doctrines matérialistes du darwinisme allemand [2], trouva un indicible plaisir à rapporter les pensées et les passions humaines à telle cellule grise du cerveau, tel nerf blanchâtre du corps, et se plut à admettre que l'esprit fût absolument dépendant de certains états, sains ou morbides, pathologiques ou normaux, de l'organisme. Mais, nous l'avons déjà noté, jamais aucune théorie de la vie ne compta vraiment pour lui, en regard de la vie elle-même. Il était intimement pénétré de la stérilité de toute spéculation intellectuelle, dès qu'on la sépare de l'action et de l'expérience. Il estimait que les sens, tout autant que l'âme, ont des mystères spirituels à nous révéler.

C'est ainsi qu'il étudia quelque temps les parfums [3], s'initiant

---

1. Doctrine prônant un rejet avoué de l'obéissance morale. On trouve ici l'écho de la Conclusion de *La Renaissance* de Pater. **2.** Allusion à la doctrine évolutionniste de Charles Darwin (*De l'origine des espèces au moyen de la sélection naturelle*, 1859), qui influença Ernst Erich Haeckel en Allemagne à partir de 1862. Le mot « darwinisme » est donné en allemand par Wilde (*Darwinismus*) dans le texte original. **3.** Dorian copie ici des Esseintes dans *À Rebours* (chap. X).

aux secrets de leur fabrication, distillant les huiles aromatiques et brûlant les gommes odorantes de l'Orient. Il entrevit qu'il n'est pas un seul état d'esprit qui n'ait son correspondant dans la vie sensorielle, et il s'attacha à découvrir la vraie nature de ces rapports : par quelle vertu l'encens nous porte au mysticisme, l'ambre aux passions de l'amour, par quels effluves les violettes réveillent en nous le souvenir des amours défuntes, et d'où vient que le musc trouble le cerveau et le sampac l'imagination. Il essaya maintes fois d'établir une vraie psychologie des parfums, d'analyser les diverses influences des racines aux senteurs douces, des fleurs chargées d'un troublant pollen, des baumes aromatiques, des bois sombres et odoriférants, du nard indien qui débilite, de l'hovénia qui affole les hommes, et de l'aloès qui peut, dit-on, délivrer l'âme de la mélancolie.

À une autre époque, il se consacra tout entier à la musique. Dans une vaste chambre aux fenêtres treillissées, au plafond rouge et or, aux murs laqués vert olive, il donna de curieux concerts, où de folles gypsies tiraient de leurs petites cithares une musique presque sauvage, où de graves Tunisiens, en châles jaunes, pinçaient les cordes tendues de luths monstrueux, tandis que des nègres grimaçants tapaient, à coups monotones, sur leurs tambours de cuivre et que de secs Indiens[1] enturbannés, accroupis sur des nattes écarlates, soufflant dans de longues flûtes de roseau ou de bronze, charmaient ou feignaient de charmer de grands serpents à capuchon et d'horribles vipères cornues. Il y avait des moments où les rudes intervalles et les criantes dissonances de ces musiques barbares avaient prise sur lui, alors que ni la grâce de Schubert, ni l'adorable tristesse de Chopin, ni même les puissantes harmonies de Beethoven n'arrivaient à captiver son oreille. Il avait rassemblé de toutes les parties du monde les plus étranges instruments qu'on pût trouver, soit dans les tombeaux des peuples disparus, soit chez les rares tribus sauvages échappées au contact des civilisations d'Occident ; et sa joie était de les manier et d'essayer d'en

1. Wilde reprend ici, parfois mot pour mot, le chapitre « The American Indians » du livre de Carl Engel, *Musical Instruments*.

jouer. Il possédait le mystérieux *juruparis* des Indiens du Rio Negro, que les femmes ne sont pas admises à regarder et que les jeunes gens eux-mêmes ne peuvent voir qu'après l'épreuve du jeûne et de la flagellation. Il avait les jarres de terre des Péruviens, d'où l'on tire des cris perçants d'oiseaux ; des flûtes d'os humains, comme celles qu'entendit au Chili Alfonso de Ovalle [1] ; les jaspes verts sonnants qu'on trouve près de Cuzco et qui donnent une note d'une douceur singulière. Il avait aussi des gourdes peintes, remplies de cailloux, qui, lorsqu'on les secouait, rendaient un bruit de crécelle ; et la longue *clarin* des Mexicains dont on joue, non pas en soufflant, mais en humant l'air ; et le *ture* rauque des tribus de l'Amazone, dont sonnent les sentinelles, juchées tout le long du jour sur de hauts arbres, et qui s'entend, dit-on, à trois lieues de distance ; et le *teponaztli*, qui se compose de deux languettes de bois vibrantes, et que l'on frappe avec des baguettes enduites au préalable d'une gomme élastique provenant du suc laiteux de certaines plantes ; et les *yotl* des Aztèques, sortes de grelots suspendus en grappes comme des raisins ; et encore un énorme tambour cylindrique, couvert de grandes peaux de serpents : Bernal Diaz [2], qui en vit un semblable lorsqu'il entra avec Cortés dans le temple du Mexique, nous a laissé une saisissante description de sa lugubre résonance. Séduit par le caractère fantastique de ces instruments, Dorian trouvait un singulier plaisir à songer que l'Art, tout comme la Nature, possède ses monstres aux formes bestiales et à la voix hideuse. Cependant il ne tardait guère à s'en fatiguer. Il revenait alors occuper sa loge à l'Opéra, seul ou avec Lord Henry. L'audition de *Tannhäuser* [3] le jetait dans le ravissement : il découvrait dans le prélude de ce chef-d'œuvre une interprétation de la tragédie même de son âme.

---

1. Jésuite chilien (1601-1651). Il est l'auteur d'une *Histoire du royaume du Chili et des missions qu'y a fondées la Société de Jésus*. **2.** Bernal Diaz del Castillo (1500-1581) : conquistador qui participa à la conquête du Mexique avec Cortés. Il laissa une *Histoire véridique de la conquête de la Nouvelle-Espagne* qui fut traduite en français par le poète José-Maria de Heredia. **3.** Opéra de Wagner (1845), dont Wilde appréciait tout particulièrement l'ouverture.

À un autre moment il se mit à étudier les pierres précieuses. On le vit, dans un bal costumé, paraître en Anne de Joyeuse [1], grand amiral de France, sous un habit couvert de cinq cent soixante perles. Pendant des années ce goût fut chez lui une hantise, et l'on peut bien affirmer qu'il ne lui passa jamais. Il consacrait souvent des journées entières à classer et reclasser dans leurs casiers les diverses gemmes de sa collection [2] entre autres, le chrysobéryl vert olive, qui tire sur le rouge à la lueur des lampes ; la cymophane, que traverse une ligne d'argent ; le péridot, vert pistache ; les topazes, où brillent l'incarnat de la rose et l'or du vin ; les escarboucles, rouges comme le feu, dont les étoiles jettent quatre rais tremblants ; la pierre de cinnamome, à l'éclat de flamme ; les spinelles orange et violets ; et les améthystes, aux couches de rubis et de saphir alternées. Il aimait l'or rouge de la pierre de soleil, la blancheur perlée de la pierre de lune, et l'arc-en-ciel brisé de la laiteuse opale. Il avait fait venir d'Amsterdam trois émeraudes, d'une grosseur et d'une richesse de ton extraordinaires, et possédait une turquoise de *la vieille roche* [3] que lui enviaient tous les connaisseurs.

Concernant ces mêmes pierres précieuses [4], il découvrit de fantastiques histoires. La *Clericalis Disciplina* d'Alphonso fait mention d'un serpent dont les yeux étaient d'hyacinthe véritable ; et la légende d'Alexandre veut que le Conquérant d'Émathie ait trouvé dans la vallée du Jourdain des serpents « sur l'échine desquels poussaient des colliers de vraies émeraudes ». Philostrate raconte qu'il y avait une gemme dans le cerveau du Dragon, et qu'il suffisait « de présenter au monstre des lettres d'or et une robe de pourpre » pour le plonger dans un sommeil magique et l'égorger sans peine. Selon le grand alchimiste

1. Anne de Joyeuse (1561-1587) était le favori d'Henri III. 2. On retrouve les mêmes pierres associées aux mêmes adjectifs dans le livre de A.H. Church, *Les Pierres précieuses* (1882), que Wilde pille ici. 3. En français dans le texte. Signifie ici « ancien et réputé ». 4. Dans les trois paragraphes suivants, tous les détails, les personnages et les informations sont tirés du livre de William Jones, *Histoire et Mystère des pierres précieuses* (1880).

Pierre de Boniface, le diamant rendait invisible, et l'agate de l'Inde, éloquent. La cornaline apaisait la colère, l'hyacinthe provoquait le sommeil et l'améthyste dissipait les fumées du vin. Le grenat chassait les démons et l'hydropicus décolorait la lune. L'éclat de la sélénitis croissait et décroissait avec la lune. Le meloceus, qui découvrait les voleurs, ne cédait qu'au sang de chevreau. Leonardus Camillus avait vu une pierre blanche, tirée du cerveau d'un crapaud fraîchement tué, et qui était un antidote certain contre les poisons. Le bézoard qu'on trouvait dans le cœur de la gazelle d'Arabie, avait le pouvoir magique de guérir de la peste. Selon Démocrite, l'aspilate qui était dans le nid de certains oiseaux d'Arabie, préservait ceux qui la portaient de tout danger du feu.

Le roi de Ceylan, lors de son couronnement, parcourait à cheval toute la ville, un gros rubis à la main. Le palais du Prêtre-Jean avait des portes « faites de sarde, où était gravée la corne du serpent cornu, si bien que personne ne pouvait y introduire de poison ». Sur le faîte étaient deux pommes d'or enfermant deux escarboucles : « ainsi l'or brillait le jour et les escarboucles la nuit ». L'étrange roman de Lodge, *Une perle d'Amérique*, explique que, dans la chambre de la reine, « à travers de clairs miroirs de chrysolithes, d'escarboucles, de saphirs et de vertes émeraudes, on pouvait contempler, enchâssées dans l'argent, toutes les chastes dames du monde ». Marco Polo conte qu'il a vu les habitants de Zipangu placer des perles roses dans la bouche des morts. Un monstre marin, amoureux d'une perle, dévora le plongeur qui l'avait prise et portée au roi Péroz et, pendant huit lunes, se lamenta sur cet enlèvement. Quand ledit roi fut attiré par les Huns dans une grande fosse, il jeta la perle au loin, raconte Procope, et personne ne put jamais la retrouver, bien que l'empereur Anastase en eût promis cinq cents livres d'or monnayé. Le roi de Malabar aurait montré à certain Vénitien un rosaire de trois cent quatre perles, une en l'honneur de chacun des dieux qu'il adorait.

Quand le duc de Valentinois, fils d'Alexandre VI, vint rendre visite au roi de France Louis XII, son cheval, au dire de Brantôme, fléchissait sous les feuilles d'or et son chapeau portait deux rangs de rubis aux feux éblouissants. Charles d'Angleterre montait avec des étriers garnis de quatre cent vingt et un diamants. Richard II avait une cotte couverte de rubis balais, laquelle on estimait à trente mille marcs. Henry VIII, se rendant à la Tour avant son couronnement, portait, d'après la description de Hall, « une tunique d'or bosselé dont le devant était orné de diamants et autres pierres précieuses : à son col pendait un baudrier de gros rubis balais ». Les favoris de Jacques Ier portaient en boucles d'oreilles des émeraudes montées sur filigrane d'or. Édouard II donna à Piers Gaveston une armure complète en or rouge relevé de jacinthes, un collier de roses d'or ornées de turquoises et un casque *parsemé*[1] de perles. Henry II portait des gants enrichis de pierreries et qui lui montaient jusqu'au coude ; son gantelet de fauconnerie était attaché par douze rubis et cinquante-deux grosses perles d'Orient. Charles le Téméraire, dernier duc de Bourgogne de la race des Valois, avait un chapeau ducal garni de perles piriformes et orné de saphirs.

Quelle vie exquise que cette vie d'autrefois ! Quelle magnificence dans son décor, dans ses solennités ! Rien qu'à en lire la description, qui ne serait émerveillé de ce luxe disparu ?

Dorian tourna ensuite sa curiosité vers les broderies et les tapisseries[2] que les peuples de l'Europe du Nord employèrent, en guise de fresques, au décor de leurs froids logis. À mesure qu'il explorait le sujet — avec son habituelle et prodigieuse aisance à se laisser absorber, sur le moment, par tout ce qu'il faisait — il éprouvait une sorte de tristesse à constater quels ravages exerce le Temps sur les plus ravissantes merveilles. Lui, du moins, il échappait à cette fatalité. Les étés avaient beau succéder aux étés, des générations de jonquilles d'or s'épanouir et mourir, et les nuits d'horreur répéter l'histoire de leurs abominations, aucun changement ne s'accusait en lui. Il n'était

1. En français dans le texte. 2. De nouveau, Wilde plagie, dans les deux paragraphes qui suivent, un livre spécialisé : cette fois *Broderies et Dentelles* (1887) d'Ernest Lefébure.

point d'hiver pour flétrir son visage et ternir la fleur de sa fraîche beauté. Quel contraste avec ces objets de fragile matière ! Où donc sont-ils disparus ? Où donc est la grande robe safran que, dans un combat, les dieux disputèrent aux géants, et que de brunes jouvencelles avaient tissée pour la joie d'Athéna ? Qu'est devenu l'immense velarium tendu par Néron au-dessus du Colisée de Rome, ce titanesque pavillon de pourpre où l'on voyait représentés les cieux étoilés et Apollon conduisant un char attelé de blancs coursiers aux rênes d'or ? Qu'il eût aimé voir les curieuses serviettes de table, brodées pour le Prêtre du Soleil, où s'étalaient toutes les friandises et tous les mets qu'on peut souhaiter pour un festin ! Et le drap mortuaire du roi Chilpéric, avec ses trois cents abeilles d'or. Et ces robes fantastiques, contre lesquelles fulminait l'évêque de Pont, représentant « des lions, des panthères, des ours, des chiens, des forêts, des rochers, des chasseurs, bref, tout ce qu'un peintre peut copier de la nature ». Et ce pourpoint que jadis porta Charles d'Orléans, sur les manches duquel étaient brodées les strophes de la chanson : *Madame, je suis tout joyeux*[1], avec la musique dessinée au fil d'or au-dessus des paroles, chacune des notes — carrées en ce temps-là — formée de quatre perles. Il avait lu comment, au palais de Reims, on prépara, pour recevoir la reine Jeanne de Bourgogne, une chambre décorée « de treize cent vingt et un perroquets faits au point de broderie et blasonnés aux armes du roi, plus cinq cent soixante et un papillons dont les ailes étaient ornées, en même façon, des armes de la reine, le tout fait en or ». Catherine de Médicis s'était fait faire un lit de deuil en velours noir parsemé de croissants et de soleils. Les rideaux en étaient de damas, historiés de couronnes et de guirlandes de feuillage sur fond d'or et d'argent, et brodés sur toute la lisière de motifs de perles. Contre les murs de la chambre, les devises de la reine pendaient en longues rangées, découpées en velours noir sur drap d'argent. Louis XIV avait, dans son appartement, des cariatides hautes de quinze pieds,

1. En français dans le texte.

en broderies d'or. Le lit de parade de Sobieski, roi de Pologne, était fait d'un brocart d'or de Smyrne, où des turquoises dessinaient des versets du Coran ; les supports en étaient de vermeil, richement ciselés et ornés à profusion de médaillons d'émail et de pierreries ; il avait été pris aux Turcs campés devant Vienne, et l'étendard de Mahomet avait flotté sous l'étincelante dorure de son baldaquin.

Ainsi, pendant une année entière, Dorian ne cessa de réunir les plus beaux spécimens de tissus et de broderies qu'il put trouver. Il se procura ces délicates mousselines de Delhi, finement brochées de palmettes d'or et incrustées d'ailes chatoyantes de scarabées ; et ces gazes du Deccan, si diaphanes qu'on les appelle, en Orient : « air tissé », « eau courante », « rosée du soir ». Il possédait aussi de curieuses draperies javanaises à personnages ; d'artistiques tentures jaunes de la Chine : des livres aux reliures de satin fauve et de belle soie bleue, ornementées de *fleurs de lys*, d'oiseaux, ou de vignettes ; des voiles de *lacis*[1] au point de Hongrie, des brocarts siciliens, de rigides velours espagnols, des broderies de Géorgie avec leurs sequins dorés, et des *foukousas*[2] japonais, riches de leurs ors verdâtres et de leurs oiseaux aux merveilleux plumages.

Sa passion n'était pas moins marquée pour les ornements ecclésiastiques et tout ce qui regarde le service de l'Église. Dans de longs coffres de cèdre, qui garnissaient la galerie ouest de sa demeure, il avait rassemblé quantité de beaux et rares spécimens de ce qui est, réellement, la parure de l'épouse du Christ, contrainte à cacher sous la pourpre, les bijoux et le fin linon son corps blême et macéré, son corps consumé par la souffrance volontaire et couvert des blessures de sa propre pénitence. Il possédait une chape magnifique, en soie cramoisie damassée d'or, où des grenades vermeilles répétaient un motif stylisé de fleurs à six pétales, cantonnées de pommes de pin héraldiques en broderie de perles fines. Les orfrois étaient divisés en panneaux représentant les épisodes de la vie de la

1. Ces deux mots sont en français dans le texte. 2. Étoffes de soie brodées.

Vierge, et, sur le chaperon, la scène du Couronnement était brodée en soies multicolores. C'était un ouvrage italien du XVe siècle. Une autre chape était de velours vert, avec une broderie de feuilles d'acanthe groupées en forme de cœur d'où, hautes sur tige, de blanches fleurs s'élançaient, rendues en tous leurs détails au moyen de fils d'argent et de cristaux colorés. Le fermail portait une tête de séraphin brodée en haut relief au fil d'or. Les orfrois étaient d'un damas de soie rouge et or constellé des médaillons d'une foule de saints et de martyrs, parmi lesquels saint Sébastien[1]. Il avait aussi des chasubles de soie couleur d'ambre, de soie bleue et de brocart vermeil, de soie jaune damassée et de drap d'or représentant la Passion et le Crucifiement du Christ, brodées de lions, paons et autres emblèmes ; des dalmatiques de satin blanc, de damas de soie rose, décorées de tulipes, de dauphins et de *fleurs de lys*[2] ; des devants d'autel de velours cramoisi et de lin bleu ; nombre de corporaux, de voiles de calice, et de suaires. Les offices mystiques auxquels servaient ces divers objets faisaient appel à son imagination.

Car ces trésors divers qu'il rassemblait dans sa jolie demeure n'étaient autre chose pour lui qu'un moyen d'oubli, une façon d'échapper pour quelque temps à une terreur dont il craignait parfois de ne pouvoir soutenir la violence. Contre les murs de la salle, maintenant solitaire et fermée, où s'étaient écoulés tant de jours de son enfance, il avait suspendu de ses propres mains le terrible portrait, dont les traits changeants lui présentaient la réelle dégradation de sa vie ; et, devant l'image, il avait drapé, en façon de rideau, l'antique suaire de pourpre et d'or. Il restait parfois plusieurs semaines sans remonter à cette chambre, oublieux de la hideuse peinture, revenu à sa belle insouciance et à sa folle gaieté, repris tout entier par la passion de vivre. Puis brusquement, une nuit, à la dérobée, il sortait de chez lui,

---

1. L'un des tableaux favoris de Wilde était le *Saint Sébastien* du peintre italien Guido Reni, dit Le Guide (XVIIe siècle). **2.** En français dans le texte.

gagnait Blue Gate Fields[1] et ses horribles bouges, où il restait des jours et des jours, jusqu'à ce qu'on l'en chassât. Au retour, il s'asseyait devant le portrait, tantôt le maudissant et s'exécrant lui-même, tantôt, au contraire, débordant de cet orgueil d'individualisme qui entre pour moitié dans la séduction du péché, et souriant avec un secret plaisir au disgracieux fantôme sur qui retombait le fardeau qui aurait dû lui échoir.

Au bout de quelques années, tout long séjour hors d'Angleterre lui devint insupportable. Il renonça à la villa qu'il partageait à Trouville avec Lord Henry, aussi bien qu'à la petite maison blanche d'Alger[2], toute close de murs, où ils avaient passé plusieurs hivers ensemble. Il détestait se séparer du portrait qui tenait une telle place dans sa vie ; et, de plus, il redoutait qu'on ne réussît, en son absence, à pénétrer dans la chambre mystérieuse, en dépit des barres éprouvées qu'il avait fait poser sur la porte.

Il savait parfaitement que rien n'y parlerait à des intrus. À la vérité, le portrait, sous son masque de turpitude et de laideur, continuait à lui ressembler d'une manière frappante ; mais que pouvait révéler cette ressemblance ? Il se rirait un peu de qui lui en ferait grief. Cette peinture n'était pas son œuvre. Qu'avait-il à voir dans son expression, si basse et si méprisable fût-elle ? Il pourrait même tout raconter, qu'on ne le croirait pas.

Et cependant il avait peur. Parfois, au cours de villégiatures dans son vaste domaine du Nottinghamshire, où il recevait les jeunes gens élégants de sa caste, ses compagnons préférés, et étonnait le comté par le luxe effréné et l'éblouissante splendeur de son train de vie, il lui arrivait de quitter brusquement ses invités et de courir à Londres pour s'assurer que nul n'avait enfoncé la porte et que le portrait était toujours là. S'il avait

---

1. Quartier mal famé dans l'East End. **2.** Trouville était à la mode dans la haute société, de l'été à l'automne. Alger l'était l'hiver, notamment parmi les riches homosexuels anglais et américains. Wilde et Douglas s'y rendirent en janvier 1895. Ils y rencontrèrent Gide.

été volé ? Cette seule idée le glaçait d'épouvante. Alors, à coup sûr, le monde connaîtrait son secret. Qui sait s'il ne s'en doutait pas déjà ?

Car si Dorian exerçait une séduction sur bien des gens, à beaucoup d'autres il n'inspirait que méfiance. Il se vit presque évincé par un club du West End, alors que naissance, position sociale, tout le qualifiait pour en devenir membre ; et l'on racontait qu'un de ses amis l'ayant un jour fait entrer dans le fumoir de Churchill, aussitôt le duc de Berwick et un autre gentleman avaient affecté de se lever et de sortir. D'étranges histoires couraient sur son compte, depuis qu'il avait passé la vingt-cinquième année. On prétendait l'avoir vu se quereller avec des matelots étrangers dans un bouge perdu de Whitechapel ; il fréquentait, disait-on, des voleurs et des faux monnayeurs et était initié aux mystères de leur profession. Ses inexplicables absences étaient notoires, et quand il faisait sa réapparition dans la bonne société, les hommes chuchotaient dans les coins, le croisaient en ricanant ou le tenaient sous leurs regards froidement inquisiteurs, comme s'ils s'étaient juré de pénétrer son secret.

Il ne prêtait naturellement aucune attention à ces sortes d'insolences, à ces manques d'égards calculés ; et la plupart des gens estimaient que la franche bonhomie de ses manières, l'ingénuité charmante de son sourire, la grâce infinie de cette miraculeuse jeunesse qui semblait se refuser à le quitter jamais, étaient à elles seules une réponse suffisante à ce qu'ils appelaient les calomnies répandues contre lui. On n'en remarquait pas moins que, parmi ses compagnons, plusieurs qui avaient été des plus liés avec lui, n'avaient guère tardé à paraître le fuir. On voyait, dans les salons, des femmes qui l'avaient éperdument aimé, qui pour lui avaient bravé la censure et défié les convenances, pâlir de honte et d'horreur si Dorian venait à entrer.

Mais les scandales qu'on allait chuchotant ne faisaient qu'accroître à bien des yeux son étrange et dangereux charme. Sa grande fortune aussi lui était un gage de sécurité. La société, tout au moins la société civilisée, n'accorde jamais une foi très empressée au mal qu'on peut dire de gens riches et séduisants. Elle sent d'instinct que les belles manières importent plus que les bonnes mœurs et, dans son opinion, la plus haute respectabilité est loin de valoir la possession d'un bon *chef*[1]. C'est, en somme, une piètre consolation d'apprendre que l'hôte chez qui on a mal dîné, ou bu un vin médiocre, est irréprochable dans sa vie privée. Toutes les vertus cardinales ne sauraient racheter des *entrées*[2] moitié froides, comme l'observait Lord Henry, un jour qu'on débattait ce sujet, et les arguments ne manqueraient sans doute pas en faveur de sa thèse. Car les règles de la bonne société sont ou devraient être les mêmes que celles des beaux-arts. D'absolue nécessité, la forme y est requise. On y voudrait la solennité d'une cérémonie, avec tout ce qu'elle comporte d'artificialité ; autant de conventions que dans les pièces romantiques, mais avec l'esprit et la beauté qui en font le charme. Le manque de sincérité est-il donc une chose si terrible ? Je ne le pense pas. C'est simplement une méthode qui nous permet de multiplier nos personnalités.

Telle, en tout cas, était l'opinion de Dorian Gray. Il s'étonnait volontiers des vues de certains psychologues, assez naïfs pour concevoir le Moi humain comme un être simple, permanent, de tout repos, d'une seule et même essence. Selon lui, l'homme était un être doué de myriades de vies et de myriades de sensations, une créature complexe et multiforme, portant en elle-même d'étranges héritages de pensée et de passion, infectée jusque dans sa chair des monstrueuses maladies de générations défuntes. À sa maison de campagne, il allait volontiers rêver dans la galerie nue et froide des portraits de famille. Il se plaisait à examiner les traits variés de ces ancêtres dont le sang coulait dans ses veines. C'était, ici, Philip Herbert, dont Francis Osborne, dans ses *Mémoires sur les règnes de la reine Élisabeth et du roi Jacques*, nous apprend qu'il fut « cajolé de

1. En français dans le texte. 2. En français dans le texte.

la cour pour sa jolie figure, laquelle ne lui demeura guère [1] ». Était-ce la vie du jeune Herbert qu'il menait parfois ? Quelque germe étrange et empoisonné s'était-il transmis d'organisme en organisme pour se glisser enfin dans son propre corps ? Était-ce l'obscur souvenir de cette grâce trop tôt flétrie qui l'avait poussé si subitement et sans cause appréciable à formuler, dans l'atelier de Basil, la folle prière qui avait changé toute sa vie ? Ici, vêtu d'un pourpoint rouge brodé de vermeil, d'un surtout enrichi de pierreries, en collerette et manchettes à franges d'or, se tenait Sir Anthony Sherard, debout, ses armes d'argent et de sable à ses pieds. Que lui avait légué cet homme ? À l'amant de Jeanne de Naples devait-il quelque héritage de péché et de honte ? Vivait-il simplement, en actions, les rêves que le défunt n'avait osé réaliser ? Ici, sortant d'une toile pâlie, souriait Lady Élisabeth Devereux, en bonnet de gaze, corsage de perles et manches à crevés roses. À la main droite elle tenait une fleur et, de la gauche, caressait les roses blanches et incarnates d'un collier d'émail. Sur une table, près d'elle, reposaient une mandoline et une pomme. De larges rosettes vertes couvraient ses petits souliers pointus. Dorian connaissait sa vie et les étranges histoires qu'on racontait de ses amoureux. Avait-il en lui-même un peu de son tempérament ? Les yeux en amande, aux lourdes paupières, semblaient le regarder d'étrange façon. Et George Willoughby, avec sa perruque poudrée et ses mouches fantastiques ? Comme il semblait mauvais ! Son visage était sombre, et l'on eût dit ses lèvres sensuelles tordues par le dédain. Des poignets de fine dentelle retombaient sur ses mains jaunes et maigres, surchargées de bagues. Petit-maître du XVIIIe siècle, il avait été, dans sa jeunesse, l'ami de Lord Ferrars. Et le second Lord Berkenham, compagnon du Prince régent dans ses jours les plus débridés, et l'un des témoins de son mariage secret avec Mrs. Fitzherbert ? Qu'il était fier et qu'il était beau, sous ses boucles châtain clair, dans sa pose insolente ! Quelles passions lui avait-il léguées ? Le monde l'avait tenu pour infâme. Il

1. Philip Herbert, comte de Montgomery (1584-1650) était le favori de Jacques Ier. Les *Mémoires* d'Osborne datent de 1658.

avait présidé les orgies de Carlton House. L'étoile de la Jarretière[1] scintillait sur sa poitrine. À côté du sien pendait le portrait de son épouse, pauvre femme pâlotte, aux lèvres minces, de noir vêtue. De celle-là aussi le sang coulait dans ses veines. Que tout cela semblait donc étrange ! Et sa mère, avec ce visage qui rappelait Lady Hamilton[2], avec ces lèvres fraîches et humectées de vin ? Certes, il savait ce qu'il tenait d'elle : la beauté et la passion de la beauté d'autrui. Elle lui riait, dans sa robe ouverte de bacchante. Des feuilles de vigne ornaient ses cheveux. Un flot pourpre s'épandait de la coupe qu'elle tenait à la main. Les tons chair de la peinture avaient pâli, mais les yeux étaient restés merveilleux de profondeur et d'éclat. Ils semblaient le suivre de place en place.

Outre nos aïeux de race, nous possédons des ancêtres littéraires, dont le type et le tempérament sont encore plus voisins des nôtres, et l'influence sur nous plus clairement définie. À certaines heures, il apparaissait à Dorian que l'histoire entière du monde n'était autre chose que le récit de sa propre vie, non telle qu'il l'avait réellement vécue et dans ses menues circonstances, mais telle que l'avait créée son imagination, telle qu'elle s'était déroulée dans son cerveau et dans ses désirs. Il avait l'impression de les avoir tous connus, ces étranges et terribles personnages qui avaient traversé la scène du monde, faisant du péché une telle merveille et prêtant au mal tant de subtilité. Il lui semblait que leurs existences, d'une façon indéfinissable, avaient été la sienne.

Le héros du merveilleux roman qui avait exercé tant d'influence sur sa vie avait eu, lui aussi, de ces étranges imaginations. Il racontait, au chapitre VII, comment, couronné de laurier, pour que la foudre ne pût le frapper, il avait été Tibère, assis dans les jardins de Caprée et lisant les abominables livres d'Élephantis, tandis qu'autour de lui, nains et paons faisaient la roue et que le joueur de flûte raillait le thuriféraire et ses coups d'encensoir. Devenu Caligula, en compagnie de cochers

---

1. Le prestigieux ordre de la Jarretière fut fondé en 1346 par Édouard III.
2. Lady Hamilton (1765-1815) était la maîtresse de Lord Nelson.

en tunique verte et dans leurs écuries, il avait fait l'orgie et soupé dans une mangeoire d'ivoire, près d'un cheval au front ceint de pierreries. Domitien, il avait erré dans une galerie garnie de miroirs de marbre, cherchant d'un œil hagard le reflet du glaive qui devait finir ses jours, et accablé de cet ennui, de ce terrible *tædium vitæ*[1], qui assaille ceux à qui la vie ne refuse rien. Il avait observé à travers une claire émeraude les sanglantes boucheries du cirque, puis, dans une litière de perles et de pourpre que traînaient des mules ferrées d'argent, regagnant la Maison Dorée par la rue des Grenades, il avait entendu crier sur son passage : « Salut, César Néron. » Héliogabale enfin, mêlé aux femmes et le visage couvert de fards, il avait filé la quenouille ; et, faisant venir la Lune de Carthage, dans un mariage mystique, il l'avait donnée au Soleil[2].

Dorian ne se lassait pas de lire et de relire ce fantastique chapitre et les deux suivants, qui retraçaient, à la façon de curieuses tapisseries ou d'émaux habilement travaillés, les belles et redoutables images de ceux dont le Vice, le Sang de l'Ennui, avaient fait des monstres ou des fous[3]. Philippe, duc de Milan, qui tua sa femme et lui teignit la bouche d'un poison écarlate, pour que l'amant suçât la mort aux lèvres mortes de l'adorée. Pierre Barbi, le Vénitien, connu sous le nom de Paul II, qui voulut, dans sa vanité, prendre le titre de *Formosus*[4], et dont la tiare, estimée deux cent mille florins, fut achetée au prix d'un horrible péché. Gian Maria Visconti, qui lançait sa meute à la chasse d'hommes vivants et qui, assassiné, fut enseveli sous les roses par une fille de joie qui l'avait aimé. Le Borgia, sur son cheval blanc, escorté du Fratricide, et le manteau souillé du sang de Perotto. Pietro Riario, le jeune archevêque de Florence, fils et mignon de Sixte IV, dont la beauté

1. Littéralement, « dégoût de la vie ». L'expression, en latin dans le texte, est également le titre d'un poème de Wilde. 2. Pour cette évocation des empereurs romains, Wilde s'est largement inspiré des *Vies des douze Césars* de Suétone, des *Annales* de Tacite, et de Huysmans. 3. Pour l'évocation qui suit, Wilde s'est inspiré de *La Renaissance en Italie* de John Addington Symonds (1875-1886, 7 vol.) 4. Littéralement, « le beau » ou « le bel. » Le mot est donné en latin dans le texte.

n'avait d'égale que la débauche, celui qui reçut Léonore d'Aragon dans un pavillon de soie blanche et cramoisie, plein de nymphes et de centaures, et qui dora un jeune garçon pour qu'il remplît l'office de Ganymède ou d'Hylas [1] au festin. Ezzelin, dont rien ne pouvait guérir la mélancolie, sauf le spectacle de la mort, et qui avait la passion du sang vermeil, comme d'autres la passion du vin rouge ; fils du Diable, disait-on, il avait triché avec son père aux dés, dans une partie dont son âme était l'enjeu. Giambattista Cibo, qui prit par dérision le nom d'Innocent, et qu'un docteur juif ranima en infusant dans ses veines engourdies le sang de trois jeunes hommes, Sigismond Malatesta, amant d'Isotta et seigneur de Rimini, que Rome brûla en effigie comme ennemi de Dieu et des hommes, qui étrangla Polyssena avec une serviette, servit à Ginevra d'Este du poison dans une coupe d'émeraude et, en l'honneur d'une passion infâme, éleva une église païenne pour le culte chrétien. Charles VI, si éperdument épris de la femme de son frère qu'un lépreux lui prédit la démence approchante ; plus tard, le cerveau malade et l'esprit égaré, rien ne pouvait l'apaiser que des cartes sarrasines représentant l'Amour, la Mort et la Folie. C'était encore, le pourpoint brodé, la toque enrichie de pierreries, les cheveux bouclés comme des feuilles d'acanthe, Griffonetto Baglioni, qui mit à mort Astorre et sa fiancée, Simonetto et son page, mais dont la beauté était telle que, tandis qu'il expirait sur la place jaune de Pérouse, ceux mêmes qui l'avaient haï ne pouvaient retenir leurs larmes et qu'Atalanta, qui l'avait maudit, voulut le bénir.

Tous ces personnages exerçaient sur Dorian une horrible attirance. Il les voyait la nuit, et le jour ils troublaient son imagination. La Renaissance recourait à d'étranges modes d'empoisonnement, par le casque, la torche enflammée, le gant brodé, l'éventail orfévri, la boule de senteur dorée, le collier d'ambre. Dorian Gray avait été empoisonné par un livre. À certains

---

1. Figures mythologiques de jeunes hommes enlevés par les dieux pour leur beauté, le premier par Zeus, le second par Héraklès.

moments, le Mal n'était plus à ses yeux qu'un moyen de réaliser sa conception de la Beauté.

CHAPITRE XII

C'était un 9 novembre, la veille de son trente-huitième[1] anniversaire, comme il se le rappela bien souvent par la suite.

Il sortait de chez Lord Henry, où il avait dîné, et, par une nuit froide et brumeuse, emmitouflé dans d'épaisses fourrures, regagnait son logis. Il pouvait être onze heures. À l'angle de Grosvenor Square et de South Audley Street, dans le brouillard, un homme le croisa. Il marchait à vive allure, le col de son ulster[2] gris relevé, un sac de voyage à la main. Dorian le reconnut. C'était Basil Hallward. Saisi d'une peur étrange, inexplicable, il fit mine de ne l'avoir pas vu et pressa le pas vers sa demeure.

Mais Hallward, lui, l'avait aperçu. Dorian l'entendit s'arrêter d'abord sur le trottoir, puis s'élancer à sa poursuite. Quelques instants après, une main s'abattait sur son bras.

« Dorian ! Quelle chance inespérée ! Je sors de votre bibliothèque où je vous attendais dès neuf heures. Par pitié pour votre valet qui tombait de fatigue, j'ai fini par me retirer en lui recommandant d'aller dormir. Je prends le train de minuit pour Paris. Je tenais beaucoup à vous voir avant mon départ. Quand vous êtes passé près de moi, il m'a bien semblé que c'était vous, ou plutôt votre pelisse de fourrure. Pourtant je n'en étais pas sûr. Ne m'aviez-vous pas reconnu, non plus ?

— Dans ce brouillard, mon cher Basil ? Je n'arrive même pas à reconnaître Grosvenor Square. Je crois que ma maison se

---

1. « Trente-deuxième » dans la première version du *Portrait* : Wilde corrigea ce détail, qui faisait trop nettement allusion à l'âge où il avait eu ses premières relations homosexuelles. 2. Long manteau taillé dans une étoffe grossière.

trouve par là quelque part ; mais je n'en voudrais pas jurer. Quel dommage que vous partiez ! Je ne vous ai pas vu depuis des siècles. Vous reviendrez bientôt, je pense ?

— Non, je quitte l'Angleterre pour six mois. J'ai l'intention de prendre un atelier à Paris, et de n'en sortir qu'une fois achevé un grand tableau que j'ai en tête. Mais ce n'est pas de moi que je voulais vous parler. Nous voici à votre porte. Entrons un moment. J'ai quelque chose à vous dire.

— J'en suis ravi. Seulement, n'allez-vous pas manquer votre train ? » fit Dorian Gray, placide. Et, montant quelques marches, d'un tour de clef il ouvrit la porte.

La lueur d'un réverbère perçait avec peine le brouillard. Hallward consulta sa montre.

« J'ai du temps à revendre, répondit-il. Le train ne part qu'à minuit quinze, et il est tout juste onze heures. À dire vrai, quand je vous ai rencontré, j'étais en route pour le Club. J'allais vous y chercher. Voyez-vous, je ne serai pas retardé par les bagages ; mes gros colis sont déjà partis. Ce sac est tout ce que j'emporte avec moi et je puis aisément gagner Victoria [1] en vingt minutes. »

Dorian Gray le regarda et sourit.

« Quelle tenue de voyage pour un peintre à la mode ! Un sac Gladstone [2] et un ulster ! Entrez vite, que le brouillard ne pénètre pas ! Et gardez-vous bien de me parler de choses sérieuses. Plus rien n'est sérieux de nos jours. Plus rien du moins ne devrait l'être. »

Secouant la tête, Hallward entra. Il suivit Dorian dans la bibliothèque. Un feu de bois brûlait à belles flammes dans le large foyer. Les lampes étaient allumées et sur une petite table de marqueterie s'offrait, large ouverte, une cave à liqueurs hollandaise en vieil argent, avec des siphons d'eau de Seltz et de grands verres de cristal taillé.

« Vous le voyez, Dorian, votre domestique m'avait installé

---

1. La gare Victoria, à Londres. Le fait que l'épouse de Lord Henry porte le même nom que la reine d'Angleterre et que la gare du même nom est bien sûr un clin d'œil de la part de Wilde. **2.** Sac de voyage.

comme chez moi. Il m'a donné tout ce que je pouvais souhaiter, y compris vos meilleures cigarettes à bouts dorés. C'est une créature des plus hospitalières. Je le préfère bien au Français qui vous servait autrefois. Mais, à propos, qu'est-il donc devenu ? »

Dorian haussa les épaules :

« Je crois qu'il a épousé la femme de chambre de Lady Radley et qu'il l'a établie à Paris comme couturière anglaise. *L'anglomanie*[1], paraît-il, est en ce moment fort à la mode en France. Entre nous, c'est assez niais, n'est-ce pas ? Non, voyez-vous, ce n'était pas du tout un mauvais domestique. Je n'ai jamais pu me faire à lui, mais en somme je n'avais rien à lui reprocher. On s'imagine parfois des choses ridicules. Il m'était réellement dévoué. Il a paru tout triste de me quitter. Encore un peu de brandy à l'eau de Seltz ? Ou du vin du Rhin à l'eau de Seltz ? Pour ma part, c'est ce que je prends toujours. Il y en a sûrement dans la chambre à côté.

— Merci, je ne veux plus rien », dit le peintre.

Et, se débarrassant de son chapeau et de son pardessus, il les jeta sur le sac de voyage, dans un coin de la chambre.

« Et maintenant, mon cher ami, j'ai à vous parler sérieusement. Ne prenez pas cet air revêche. Ma tâche en deviendrait par trop embarrassante.

— De quoi s'agit-il ? s'exclama Dorian avec sa vivacité habituelle, en se laissant tomber sur le canapé. Pas de moi, j'espère. Je suis excédé de ma personne, ce soir. Ah ! si je pouvais la changer pour une autre !

— Il s'agit de vous, répondit Hallward de sa voix la plus grave. Et ce que j'ai à vous dire ne peut se taire. Je ne vous tiendrai qu'une petite demi-heure. »

Dorian eut un soupir et alluma une cigarette :

« Une demi-heure ! gémit-il.

— Ce n'est pas beaucoup vous demander, Dorian, d'autant que votre seul intérêt dictera mes paroles. Il est bon, je crois,

1. En français dans le texte.

que vous sachiez que tout Londres dit de vous les pires horreurs.

— Je n'ai nulle envie d'en rien savoir. J'aime les scandales qui touchent le prochain, mais les scandales qui me concernent moi-même ne m'intéressent pas. Il leur manque le charme de la nouveauté.

— Ils devraient vous intéresser, Dorian. Tout gentleman s'intéresse à son bon renom. Vous ne pouvez vouloir qu'on parle de vous comme d'un être vil et dégradé. Sans doute vous avez la naissance, la fortune et autres avantages de ce genre. Mais la naissance et la fortune ne sont pas tout. Remarquez que je ne crois rien de ces racontars. Du moins ne puis-je plus y croire, quand je vous vois. Le péché s'inscrit de lui-même sur le visage d'un homme. On ne saurait le dissimuler. On parle quelquefois de vices cachés. Il n'en existe pas. Les vices des méchants se révèlent dans les lignes de la bouche, dans la lourdeur des paupières, dans le galbe même de la main. L'an dernier, quelqu'un que je ne nommerai pas, mais que vous connaissez bien, vint me prier de faire son portrait. Jamais encore je n'avais vu cet homme ni entendu rien dire de lui, bien que j'en aie appris long depuis lors. Il m'offrit un prix extravagant. Je refusai de le peindre. Quelque chose dans la forme de ses doigts me faisait horreur. Je sais aujourd'hui que toutes mes suppositions étaient fondées. La vie de cet homme est effroyable. Mais de vous, Dorian, de vous qui m'offrez ce visage ouvert, innocent, candide, cette jeunesse intacte et merveilleuse, comment pourrais-je croire rien de mal ? Et pourtant je vous vois bien rarement, vous ne venez plus jamais à mon atelier. Quand je suis loin de vous et que j'entends les abominations qu'on débite sur votre compte, je ne sais trop que dire. D'où vient, Dorian, qu'un homme comme le duc de Berwick quitte le salon du Club quand vous y entrez ? Et pourquoi, dans Londres, tant de gentlemen ne vont-ils jamais chez vous, pas plus qu'ils ne vous invitent chez eux ? Vous étiez autrefois l'ami de Lord Staveley. Je dînais avec lui la semaine dernière. Au cours de la conversation, votre nom fut prononcé à propos des miniatures prêtées par vous à l'exposition du Dudley[1]. Staveley, fronçant les lèvres, déclara qu'il se pouvait que vous eussiez les goûts les plus artistiques, mais que vous étiez un homme tel qu'on devrait interdire à toute jeune fille pure de vous connaître et à toute femme chaste de s'asseoir dans une pièce où vous respirez. Je lui fis observer que j'étais de vos amis et lui demandai ce qu'il voulait dire par là. Il me l'expliqua. Il me l'expliqua ouvertement, devant tout le monde. J'entendis des choses horribles. D'où vient que votre amitié soit ainsi fatale aux jeunes gens ? Un malheureux garçon d'un régiment de la Garde s'est suicidé : vous étiez son grand ami. Sir Henry Ashton a dû quitter l'Angleterre avec un nom déshonoré : vous étiez son inséparable. Et que penser d'Adrian Singleton et de sa fin tragique ? Que penser du fils unique de Lord Kent et de sa carrière brisée ? Hier, j'ai rencontré son père dans St. James's Street : il avait l'air accablé de honte et de chagrin. Et que dire du jeune duc de Perth ? À quelle existence n'en est-il pas réduit ? Quel gentleman accepterait d'être vu en sa compagnie ?

— Taisez-vous, Basil ! Vous parlez d'affaires dont vous ignorez le premier mot, dit Dorian Gray, se mordant les lèvres et parlant sur un ton de souverain mépris. Vous me demandez pourquoi Berwick sort d'un salon quand j'y entre ? C'est que je connais tout de sa vie et non qu'il sache rien de la mienne. Avec le sang qui coule dans ses veines, comment le voudriez-vous sans tare ? Vous me questionnez sur Henry Ashton et sur le jeune Perth ? Est-ce de moi qu'ils ont appris, l'un ses vices, l'autre sa débauche ? Si le fils de Kent, niaisement, va prendre sa femme dans le ruisseau, en quoi cela me regarde-t-il ? Si Adrian Singleton imite, au bas d'un effet, la signature d'un ami, suis-je donc son gardien ? Je sais comme on jase en Angleterre. Attablés au milieu de leurs grossiers convives, nos bourgeois font parade de leurs préjugés moraux et se racontent à mi-voix ce qu'ils appellent les dérèglements de leurs supérieurs, essayant ainsi de se donner l'air de fréquenter le beau monde

1. Galerie de peinture de Piccadilly créée par Lord Dudley en 1850. Whistler y exposait ses toiles.

et d'être au mieux avec les gens qu'ils diffament. Dans ce pays, c'est assez qu'un homme ait de la distinction et de l'esprit pour que les langues vulgaires déblatèrent contre lui. Or, quelle vie mènent ces prétendus champions de la morale ? Mon cher ami, vous oubliez que nous sommes dans la patrie même de l'hypocrisie.

— Là n'est pas la question, Dorian, déclara Hallward. L'Angleterre, je le sais, est assez perverse et la société anglaise pleine d'errements. Pour cette raison même je vous souhaitais une âme exquise. Cette âme, vous ne l'avez pas eue. On a le droit de juger un homme à l'influence qu'il exerce sur ses amis. Les vôtres semblent perdre à l'envi tout sentiment d'honneur, de bonté, de décence. Vous leur avez versé la folie du plaisir. Ils sont descendus jusqu'aux abîmes. C'est vous qui les avez menés là. Oui, vous les avez menés à cette ruine ! Et pourtant vous pouvez sourire comme vous souriez présentement. Vous avez fait pis encore. Harry et vous, je le sais, vous êtes inséparables. Cette seule raison, à défaut de toute autre, n'aurait-elle pas dû vous empêcher de faire de sa sœur la fable de la ville ?

— Prenez garde, Basil. Vous allez trop loin.

— Je dois parler et vous devez m'écouter. Vous m'écouterez. Quand Lady Gwendolen vous rencontra, jamais encore l'ombre d'un scandale ne l'avait effleurée. Aujourd'hui, trouvez dans Londres une seule femme convenable qui ose se montrer au Parc dans sa calèche. À ses propres enfants il a fallu interdire de vivre avec elle. Il court sur vous bien d'autres rumeurs encore. On vous aurait vu sortir, à l'aube, de maisons infâmes, vous glisser à la dérobée, sous un déguisement, dans les bouges les plus immondes de Londres. Ces histoires sont-elles vraies ? Se peut-il qu'elles soient vraies ? La première fois que je les entendis, je ne fis qu'en rire. Quand je les entends maintenant, elles me donnent le frisson. Que faut-il croire de la vie qu'on mènerait à votre maison de campagne ? Dorian, vous ne soupçonnez pas tout ce qu'on dit de vous. Je ne prétendrai point que je ne veux pas vous sermonner. Harry, je me rappelle, nous disait un jour que tout curé amateur s'annonce par cette déclaration préalable, puis s'empresse de violer sa promesse. Je veux vous sermonner. Je veux vous voir mener une vie qui vous assure l'universel respect. Je veux que vous ayez un nom sans tache, une réputation inattaquable. Je veux que vous brisiez avec d'ignobles êtres dont vous faites vos compagnons. Ne haussez pas ainsi les épaules. Ne m'opposez pas cette insouciance. Vous exercez une prodigieuse séduction. Que ce soit pour le bien, non pour le mal. On dit que vous corrompez quiconque devient votre intime et qu'il suffit que vous passiez le seuil d'une maison pour que le déshonneur, sous une forme ou une autre, y entre à votre suite. Est-ce à tort ou à raison ? Je ne sais. Et comment le saurais-je ? Mais voilà ce qu'on dit de vous. Certains faits qu'on m'a racontés semblent impossibles à mettre en doute. Lord Gloucester était, à Oxford, l'un de mes plus chers amis. Il m'a montré une lettre que lui écrivit sa femme, alors qu'elle agonisait, solitaire, dans sa villa de Menton. Votre nom se trouvait mêlé à la confession la plus effrayante que j'aie jamais lue de ma vie. J'ai protesté que c'était absurde, que je vous connaissais à fond, que vous étiez incapable d'une chose pareille. Moi, vous connaître ? Est-ce que vraiment je vous connais ? Avant de pouvoir l'affirmer, il me faudrait voir votre âme !

— Voir mon âme ! murmura Dorian Gray, soudain debout et blême de frayeur.

— Oui, confirma gravement Hallward, d'une voix pleine de tristesse. Oui, voir votre âme ! Mais cela n'est possible qu'à Dieu. »

Un rire amer et sarcastique jaillit des lèvres du jeune homme.

« Vous la verrez de vos yeux ce soir même, s'écria-t-il. Et, prenant une lampe sur la table : Venez ! C'est votre propre ouvrage. Pourquoi ne vous le montrerais-je pas ? Vous pourrez ensuite conter à l'univers toute l'aventure, si le cœur vous en dit. Personne ne voudra vous croire. Et d'ailleurs, ceux qui vous croiraient ne m'en aimeraient que davantage. Mieux que vous, qui en dissertez si fastidieusement, je connais mon époque. Venez, vous dis-je. C'est assez discourir sur la corruption. Vous allez à l'instant la contempler face à face. »

Un orgueil insensé frémissait dans chacune de ses paroles. D'un geste impertinent et puéril, il piétinait nerveusement le plancher. Dans son cœur montait une joie monstrueuse, à cette pensée qu'un autre allait partager son secret, et que celui-là même qui avait peint le portrait, source de tant de honte, serait accablé, le restant de ses jours, du souvenir hideux de son œuvre.

« Oui, poursuivit-il, tout près de Basil cette fois, et soutenant fermement le regard de ses yeux sévères, je vais vous montrer mon âme. Vous allez voir ce qui, d'après vous, n'est visible qu'à Dieu. »

Hallward eut un sursaut.

« Dorian, s'écria-t-il, pourquoi ce blasphème ? Gardez-vous de tels propos. Ils sont horribles et d'ailleurs n'ont aucun sens.

— Vous croyez ? persifla-t-il encore.

— J'en suis sûr. Quant à ce que j'ai dit ce soir, je l'ai dit dans votre intérêt. Vous savez quel ami dévoué vous avez toujours eu en moi !

— Ne me touchez pas. Achevez ce que vous aviez à me dire. »

Une vive douleur tortura le visage du peintre. Il se tut un instant, puis sentit sourdre en lui une immense pitié. Après tout, de quel droit venait-il scruter la vie de Dorian Gray ? Pour peu qu'il eût fait le dixième de ce qu'on lui prêtait, comme il avait dû souffrir ! Alors il se redressa, s'approcha du foyer et resta là, debout, à contempler les bûches qui s'y consumaient, avec leurs pellicules de cendres givrées et leurs noyaux de flammes palpitantes.

« Je vous attends, Basil », fit la voix haute et nette du jeune homme.

L'artiste se retourna.

« Il me reste à vous dire ceci, déclara-t-il. Je veux une réponse aux terribles accusations qu'on porte contre vous. Si vous me déclarez qu'elles sont absolument fausses, du commencement à la fin, je vous croirai. Justifiez-vous, Dorian, justifiez-vous. Ne voyez-vous donc pas quel supplice j'endure ? De grâce, que je n'entende pas de votre bouche que vous êtes méchant, corrompu, méprisable ! »

Dorian Gray sourit. Un pli dédaigneux marqua ses lèvres.

« Venez là-haut, Basil, dit-il avec calme. Je tiens, au jour le jour, le mémorial de ma vie. Jamais il ne sort de la chambre où je l'écris. Venez avec moi et je vous le montrerai.

— J'irai, si vous le désirez, Dorian. Je vois que j'ai manqué mon train. C'est d'ailleurs sans importance. Je puis partir demain. Mais ne me demandez pas de lire quoi que ce soit cette nuit. Tout ce que je voudrais, c'est une simple réponse à ma question.

— Cette réponse vous sera donnée là-haut. Ici c'est impossible. Vous n'en aurez pas à lire bien long. »

CHAPITRE XIII

Il sortit de la chambre et commença l'ascension, suivi de près par Basil Hallward. Ils marchaient furtivement, comme on le fait d'instinct la nuit. La lampe projetait sur le mur et l'escalier des ombres fantastiques. Le vent, qui venait de s'élever, secouait quelques fenêtres.

Au dernier étage, Dorian posa la lampe sur le plancher et mit la clef dans la serrure. Avant d'ouvrir, il questionna à voix basse :

« Vous tenez toujours à savoir, Basil ?

— Oui.

— J'en suis ravi », conclut-il, dans un sourire.

Puis, plutôt rudement, il ajouta :

« Personne au monde autant que vous n'a le droit de tout connaître sur moi. Votre rôle dans ma vie a été bien plus grand que vous ne pensez. »

Prenant alors la lampe, il ouvrit la porte et entra. Un courant d'air glacial les enveloppa et la lumière s'agrandit un instant en une flamme orange sombre. Dorian frissonna.

« Fermez la porte derrière vous », murmura-t-il, comme il posait la lampe sur la table.

Visiblement étonné, Hallward regardait autour de lui.

Tout indiquait une chambre inhabitée depuis des années. Sauf une chaise et une table, elle ne contenait rien d'autre en apparence, qu'une tapisserie des Flandres fanée, un cadre derrière un rideau, un vieux *cassone* italien et une bibliothèque presque vide. Il nota, tandis que Dorian allumait sur la cheminée une bougie consumée à demi, que toute la pièce était couverte de poussière et que le tapis tombait en loques. Une souris s'enfuit, effarée, derrière la boiserie. Une odeur de moisi flottait dans l'air humide.

« Ainsi, Basil, vous croyez qu'il n'est donné qu'à Dieu de voir les âmes ? Tirez ce rideau et vous verrez la mienne. »

La voix qui parlait était froide et cruelle.

« Ou bien vous êtes fou, Dorian, fit Hallward, fronçant les sourcils, ou bien vous jouez une comédie.

— Vous ne voulez pas ? Il faudra donc que je m'en charge moi-même ! » dit le jeune homme. Et, déchirant le rideau, il l'arracha de sa tringle et le jeta par terre.

Un cri d'horreur s'échappa des lèvres du peintre à la vue du hideux visage qui, dans le clair-obscur, grimaçait sur la toile. L'expression en était telle qu'il fut empli de dégoût et de haine. Ciel ! ce visage était celui de Dorian Gray. Tant d'horreur qui s'y mêlait n'avait pu détruire entièrement sa beauté merveilleuse. De l'or restait dans les cheveux éclaircis, du carmin sur les lèvres sensuelles. Les yeux éteints gardaient en partie leur ravissant azur. Ni les narines exquises de ciselure, ni le cou d'une plastique sans défaut, n'avaient perdu tout à fait leurs nobles lignes. Oui, c'était bien Dorian. Mais de qui était le tableau ? Il lui semblait reconnaître son propre coup de pinceau ; et le cadre était bien le même qu'il avait dessiné. Une crainte monstrueuse l'assaillit, sans qu'il pût s'en défendre. Il saisit la lumière, l'approcha du portrait. Dans le coin, à gauche, son nom se détachait en hautes lettres vermillon.

Il voulut croire à quelque odieuse parodie, à quelque ignoble et infâme dérision. Jamais il n'avait peint pareil visage. Et pourtant, c'était bien son tableau. Il le reconnaissait maintenant. Il lui sembla que tout le feu de ses veines s'était transformé soudain en une glace immobile. C'était son tableau. Comment y rien comprendre ? D'où venait qu'il eût ainsi changé ? Il se retourna, fixant sur Dorian Gray des yeux de fièvre. Sa bouche était contractée, sa langue sèche à ne pouvoir articuler un son. Il se passa la main sur le front. Une sueur froide y perlait.

Appuyé contre la cheminée, le jeune homme l'observait avec l'étrange expression qu'on voit, au spectacle, sur le visage des gens que captive le jeu d'un grand artiste. Rien qui décelât une véritable peine ou une joie véritable. Le simple intérêt du spectateur — et tout au plus, dans les yeux, une lueur de triomphe. Ayant retiré la fleur qu'il portait à la boutonnière, il en aspirait ou feignait d'en aspirer le parfum.

« Que veut dire tout ceci ? éclata enfin Hallward, d'une voix qui résonna, stridente et singulière, à ses propres oreilles.

— Voilà bien des années, quand je n'étais encore qu'un adolescent, commença Dorian, écrasant la fleur dans sa main, vous m'avez rencontré, grisé de flatteries, rendu vain de mon joli visage. Un jour vous m'avez présenté à un de vos amis qui m'a révélé la merveille de la jeunesse, puis vous avez achevé un portrait de moi qui m'a révélé la merveille de la beauté. Dans un moment de folie, dont je ne saurais dire encore si je le regrette ou non, je formulai un souhait, que vous appelleriez peut-être une prière...

— J'en ai gardé le souvenir ! Mais non, c'est une chose impossible !... Cette chambre est humide. La moisissure aura gagné la toile. Ou bien les couleurs dont je me servais contenaient quelque poison minéral, quelque impureté maudite... Je vous le répète, c'est une chose impossible !

— Bah ! Qu'y a-t-il d'impossible ? » murmura le jeune homme.

Et, gagnant la fenêtre, il s'appuya le front contre la vitre froide et embrumée.

« Vous m'aviez dit l'avoir détruit.

— Erreur. C'est lui qui m'a détruit.

— Je ne puis croire que ce soit là mon tableau.

— Eh quoi ! Vous n'y retrouvez pas votre idéal ?

— Mon idéal, comme vous l'appelez...

— Comme vous l'appeliez alors.

—... Mon idéal n'offrait pas trace de corruption, pas trace d'ignominie. Vous incarniez pour moi une perfection que jamais plus je ne retrouverai. Tandis que ce visage est celui d'un satyre.

— C'est le visage de mon âme.

— Seigneur ! Est-ce là l'objet que j'ai pu adorer ? Ses yeux sont d'un démon !

— Chacun de nous porte en soi le ciel et l'enfer », s'écria Dorian Gray avec un geste de désespoir farouche.

Hallward revint au portrait, qu'il regarda attentivement.

« Grand Dieu ! Si cette image est vraie, si c'est là ce que vous avez fait de votre vie, il faut que vous soyez encore plus dépravé que ne l'imaginent vos détracteurs. »

Levant la bougie, il se reprit à examiner la toile. La surface en paraissait intacte, telle qu'au sortir de ses mains. C'était du dedans, apparemment, que provenait l'horrible pourriture. Par quelque étrange phénomène de vie intérieure, la lèpre du péché rongeait lentement le portrait. La décomposition d'un cadavre au fond de la tombe humide offre moins d'épouvante.

Sa main trembla et la bougie tomba du chandelier sur le plancher. Elle y gisait dans sa cire fondante. Il posa le pied dessus et l'éteignit. Puis il se laissa choir sur la chaise branlante qui touchait la table et se cacha le visage dans les mains.

« Bonté divine ! Quelle leçon, Dorian ! Quelle terrible leçon ! »

Il n'eut pas de réponse. Mais il entendit que le jeune homme sanglotait à la fenêtre.

« Priez, Dorian, priez ! murmura-t-il. Qu'est-ce donc qu'on nous apprenait à dire dans notre enfance ? « *Ne nous soumets pas à la tentation. Pardonne-nous nos offenses. Lave nos iniquités.* » Redisons ces mots ensemble. La prière de votre orgueil fut exaucée. À son tour sera exaucée la prière de votre repentir.

Je vous ai follement adoré. J'en suis puni. Vous vous êtes adoré follement vous-même. Nous en sommes punis tous les deux. »

Dorian Gray se tourna lentement vers lui et le regarda, les yeux voilés de larmes.

« Il est trop tard, Basil ! murmura-t-il d'une voix tremblante.

— Il n'est jamais trop tard, Dorian. À genoux tous les deux, cherchons à nous rappeler une prière. N'y a-t-il pas, quelque part, ce verset : "Quand vos péchés seraient comme l'écarlate, je les ferais blancs comme la neige ?"

— Ces paroles n'ont plus de sens pour moi.

— Chut ! Ne parlez pas ainsi. Vous avez commis assez de mal dans votre vie. Dieu ! Ne voyez-vous pas quel spectre maudit nous regarde ?... »

Dorian tourna les yeux vers le portrait. Et soudain, voici qu'une insurmontable haine pour Basil s'empara de lui, comme suggérée par l'image ou murmurée à son oreille par la bouche grimaçante.

Une rage folle de bête traquée bouillonna en lui, et il détesta l'homme qui était là, assis à cette table, comme jamais il n'avait haï de sa vie. Ses yeux cherchèrent, farouches. Là-bas, en face, sur le coffre peint, quelque chose brillait. Son regard s'y fixa. Oui, il savait. C'était un couteau qu'il avait monté quelques jours auparavant pour couper une corde, puis oublié de redescendre. Il s'en approcha lentement, frôlant Hallward au passage. Sitôt qu'il fut derrière le peintre, il saisit l'arme et se retourna. Hallward remua sur sa chaise, comme pour se lever. Dorian bondit sur lui et planta le couteau dans la grosse artère qui se trouve derrière l'oreille, écrasant contre la table la tête du malheureux et frappant à coups redoublés.

Il y eut un gémissement sourd et l'horrible plainte de ceux qu'étouffe le sang. À trois reprises les bras allongés se dressèrent convulsivement, agitant dans l'air leurs mains grotesques aux doigts raidis. Deux fois encore il frappa, mais l'homme ne bougea plus. Quelque chose se mit à ruisseler sur le plancher. Il attendit un peu, sans relâcher encore son étreinte. Puis il jeta le couteau sur la table et écouta.

Il n'entendit rien, sinon, goutte à goutte, le sang qui tombait, tombait sur le tapis chauve. Il ouvrit la porte, sortit sur le palier. La maison était absolument tranquille. Personne ne bougeait. Il resta quelques secondes penché sur la balustrade, fouillant du regard le puits noir et vertigineux des ténèbres. Puis il enleva la clef, rentra dans la chambre et cette fois s'y enferma.

L'autre était toujours là, mi-assis sur la chaise, mi-prostré sur la table, la tête penchée, le dos arrondi, les bras fantastiquement longs. N'eût été au cou cette entaille rouge et déchiquetée, sur la table cette mare lentement grandissante de sang noir et caillé, on aurait dit un homme simplement endormi.

Comme tout cela avait été vite fait ! Et quel calme étrange il sentait en lui ! Il alla ouvrir la fenêtre et sortit sur le balcon. Le vent avait chassé le brouillard. Le ciel ressemblait maintenant à une queue de paon monstrueuse, constellée de myriades d'yeux d'or. Il regarda en bas le policeman qui faisait sa ronde et dardait sur le pas des logis silencieux les longs rayons de sa lanterne. Au coin d'une rue, la tache cramoisie d'un cab en maraude brilla, puis s'évanouit. Une femme, au châle défait, glissant lentement au ras des grilles, cheminait incertaine. Elle s'arrêtait, de temps en temps, et jetait un regard en arrière. Une fois, elle se mit à chanter d'une voix rauque. Le policeman vint à elle et lui dit quelques mots. Elle ricana et s'en fut, de son pas chancelant. Une aigre rafale balaya le square. Les flammes des réverbères vacillèrent et bleuirent. Les arbres balancèrent la sombre armature de leurs branches sans feuilles. Dorian grelotta. Il rentra et ferma la fenêtre.

Puis il gagna la porte, tourna la clef et ouvrit. Il ne jeta pas même un regard sur sa victime. Ne pas réaliser la situation, tout le secret était là. Désormais, l'ami qui avait peint le fatal portrait, cause de tant de misères, était hors de sa vie. Cela suffisait.

Soudain il pensa à la lampe. Spécimen assez curieux d'art mauresque, elle était en argent mat, incrustée d'arabesques d'acier bruni et ornée de grosses turquoises. Que le domestique en notât l'absence, et ce seraient toutes sortes de questions. Il hésita un instant, puis retourna la prendre sur la table.

Il ne put éviter de voir le cadavre. Quelle saisissante immobilité ! Et que ses longues mains étaient horriblement blanches ! On eût dit une affreuse image de cire.

Il referma la porte et doucement descendit l'escalier. La boiserie craquait, d'un craquement pareil à un cri de douleur. Plusieurs fois, Dorian s'arrêta, prêtant l'oreille. Non, tout dormait. C'était simplement le bruit de ses pas.

Quand il rentra dans la bibliothèque, il vit dans un coin le sac de voyage et le pardessus. Vite, il fallait les cacher, n'importe où. Ouvrant un placard secret, dissimulé dans la boiserie, le même où il gardait ses curieux travestissements, il y serra les fâcheux objets. Il lui serait facile de les brûler plus tard. Il tira sa montre. Il était deux heures moins vingt.

Il s'assit et se mit à penser. Chaque année, chaque mois presque, des gens, en Angleterre, étaient pendus pour ce qu'il venait de faire là. Depuis quelque temps la folie du meurtre était dans l'air. Une étoile sanglante s'était sans doute trop approchée de la terre... En somme, existait-il une seule preuve contre lui ? Basil Hallward était sorti de cette maison à onze heures. Personne ne l'avait vu rentrer la seconde fois. Presque tous les domestiques étaient à Selby Royal. Son valet était couché... Paris ! Évidemment. C'était à Paris qu'était allé Basil — et par le train de minuit, comme il l'avait annoncé. Vu ses accès d'étrange sauvagerie, il s'écoulerait des mois avant que les premiers soupçons ne s'élevassent. Des mois ! Bien avant cela, il aurait fait tout disparaître.

Subitement une inspiration lui vint. Il remit sa pelisse, son chapeau et pénétra dans le vestibule. Là, il s'arrêta, ayant entendu sur le trottoir le pas lent et martelé du policeman et vu se refléter dans les vitres la lueur de sa lanterne. Retenant son souffle, il attendit.

Après quelques instants, il leva le loquet, sortit sans bruit et referma très doucement la porte. Puis il sonna. Au bout de cinq minutes environ, il vit paraître son valet, à demi habillé et l'air tout endormi.

« Je regrette bien d'avoir dû vous réveiller, Francis, dit-il en franchissant le seuil, mais j'avais oublié ma clef. Quelle heure est-il ?

— Deux heures dix, monsieur, répondit le domestique, consultant la pendule d'un œil clignotant.

— Deux heures dix ! Il est horriblement tard ! Demain, il faudra me réveiller à neuf heures. J'ai quelque chose à faire.

— Très bien, monsieur.

— Il n'est venu personne, ce soir ?

— Mr. Hallward, monsieur. Il est resté jusqu'à onze heures, puis est allé prendre son train.

— Oh ! que je regrette de ne l'avoir pas vu ! A-t-il laissé un mot ?

— Non, monsieur, mais il fait dire à Mr. qu'il lui écrira de Paris, s'il ne l'a pas trouvé au Club.

— Je vous remercie, Francis. N'oubliez pas de me réveiller à neuf heures.

— Non, monsieur. »

Le domestique s'éloigna par le corridor, dans un glissement feutré.

Dorian jeta sur la table son chapeau, sa pelisse, et regagna la bibliothèque. Il s'y promena de long en large un quart d'heure, se mordant les lèvres, réfléchissant. Puis il prit sur un rayon le Bottin, qu'il se mit à feuilleter. « *Alan Campbell, 152, Hertford Street, Mayfair.* » Oui, c'était là l'homme qu'il lui fallait.

CHAPITRE XIV

Le lendemain matin, à neuf heures, Francis entra, portant sur un plateau une tasse de chocolat. Il ouvrit les persiennes. Dorian, couché sur le côté droit, une main sous la joue, dormait paisiblement, pareil à un jeune garçon se reposant de la fatigue ou de l'étude.

Il fallut pour l'éveiller que son valet lui touchât deux fois l'épaule. Quand il ouvrit les yeux, un léger sourire vint errer sur ses lèvres, comme au sortir d'un rêve délicieux. Il n'avait pourtant point rêvé. Aucune image ni de joie ni de peine n'avait troublé sa nuit. Mais la jeunesse sourit ainsi sans cause. C'est un de ses plus grands charmes.

Se soulevant à demi, il s'accouda et but son chocolat à petites gorgées. Un doux soleil de novembre entrait à flots dans la pièce. Le ciel était limpide, l'air pénétré d'une bienfaisante chaleur. On eût dit presque un matin de mai.

Peu à peu, les événements de la dernière nuit, silencieux fantômes aux traînées de sang, reprirent possession de son esprit et s'y dressèrent dans une terrible clarté. Il tressaillit au souvenir de tout ce qu'il avait souffert ; et l'étrange sentiment de haine qui lui avait fait tuer Basil Hallward, assis tranquillement sur une chaise, l'envahit derechef et l'anima d'une froide colère. Le mort était encore là-haut, d'ailleurs, à sa même place, maintenant baignée de soleil. Ce devait être épouvantable. Il est de ces hideurs faites pour les ténèbres et non pour le jour.

Il comprit qu'à trop songer à ce drame, il tomberait malade ou deviendrait fou. Il existe des péchés dont le souvenir, plus que l'accomplissement, fait le charme : d'étranges triomphes qui flattent l'orgueil plus encore que la passion et suscitent dans l'esprit plus de joie que n'en reçurent ou n'en recevront jamais les sens. Mais ce péché-là n'était pas du nombre. Il se classait parmi les souvenirs qu'il faut chasser de sa pensée, endormir de pavots, étouffer vite, si l'on ne veut soi-même en être étouffé.

Il entendit sonner neuf heures et demie. Il se passa la main sur le front, se leva sans plus tarder et apporta à sa toilette encore plus de soin qu'à l'ordinaire, s'appliquant à choisir sa cravate et son épingle, changeant de bagues plusieurs fois. Il mit aussi une grande lenteur à déjeuner, goûtant les divers plats, entretenant son valet de chambre de livrées nouvelles auxquelles il songeait pour ses gens de Selby, dépouillant sa correspondance. Quelques-unes des lettres le firent sourire.

Trois l'ennuyèrent. Il y en eut une qu'il relut plusieurs fois, puis déchira, l'air un peu contrarié. « L'odieuse chose qu'une mémoire de femme ! » avait dit un jour Lord Henry.

Sa tasse de café noir vidée, il s'essuya lentement les lèvres avec sa serviette, fit signe au domestique d'attendre et, s'installant à son bureau, écrivit deux lettres. Il glissa l'une dans sa poche, tendit l'autre au valet.

« Portez-moi cela, tout droit, 152, Hertford Street, Francis ; et si Mr. Campbell est en voyage, prenez son adresse. »

Sitôt seul il alluma une cigarette et se mit à esquisser, sur un bout de papier, des fleurs d'abord et des motifs d'architecture, puis des figures humaines. Il remarqua soudain que les visages ainsi tracés offraient tous une ressemblance fantastique avec Basil Hallward. Il se rembrunit et, se levant, alla prendre dans sa bibliothèque le premier tome venu. Il était bien décidé à ne pas songer un instant à ce qui s'était passé, avant d'y être absolument contraint.

Quand il se fut allongé sur le sofa, il regarda le titre du livre : c'était *Émaux et Camées*, de Gautier — un exemplaire sur Japon de l'édition Charpentier, avec l'eau-forte de Jacquemart [1]. La reliure était de maroquin vert citron, ornée au petit fer d'un treillis doré et de grenades pointillées. Il tenait ce volume d'Adrian Singleton. Il tourna les premières pages et tomba sur le poème consacré à la main de Lacenaire, la main froide et toute jaune,

« Du supplice encor mal lavée »,

avec son duvet roux et ses « doigts de faune [2] ». Il jeta un regard sur ses doigts à lui, blancs et effilés, sans pouvoir se défendre

---

1. L'édition d'*Émaux et Camées* (1852) que fit paraître l'éditeur Charpentier en 1881 contenait une gravure de Jacquemart de Hesdin, artiste du XIVe siècle. 2. Il s'agit, dans *Émaux et Camées*, du deuxième poème d'« Études de mains », consacré à la main de l'assassin Lacenaire (1800-1836), auquel Dorian s'identifie lui-même.

d'un léger frisson. Il poursuivit, pour s'arrêter bientôt à ces adorables strophes sur Venise :

Sur une gamme chromatique,
Le sein de perles ruisselant,
La Vénus de l'Adriatique
Sort de l'eau son corps rose et blanc.

Les dômes, sur l'azur des ondes,
Suivant la phrase au pur contour,
S'enflent comme des gorges rondes
Que soulève un soupir d'amour.

L'esquif aborde et me dépose,
Jetant son amarre au pilier,
Devant une façade rose,
Sur le marbre d'un escalier.

Oh ! les strophes exquises ! On ne saurait les lire sans glisser en pensée sur les canaux verdâtres de la cité rose et perlée, assis dans la noire gondole à proue d'argent, sous les rideaux à traîne. Les lignes pures de ces vers évoquaient pour lui les belles lignes bleu turquoise qui font escorte à qui descend vers le Lido [1]. Les éclairs de leurs vives couleurs lui rappelaient les reflets de ces oiseaux à gorge d'iris et d'opale qui voltigent autour des alvéoles du haut campanile [2], ou bien se promènent, avec une grâce si majestueuse, sous les sombres et poudreuses arcades. Mollement allongé et les yeux mi-clos, il ne pouvait se lasser de redire tout bas :

Devant une façade rose,
Sur le marbre d'un escalier.

---

1. Le Lido : l'une des îles de la lagune vénitienne. Les vers de Gautier qui précèdent et qui suivent sont cités en français dans le texte de Wilde.
2. Clocher qui domine la place Saint-Marc.

Dans ces deux vers, Venise tenait toute[1]. Il se rappelait l'automne qu'il y avait passé et certain amour tout rempli de délirantes et délicieuses folies. Le romanesque peut fleurir en tous lieux. Mais Venise, comme Oxford, en reste le cadre rêvé. Or, pour le vrai romantique, le cadre est tout ou presque tout. Pendant une partie du séjour, Basil avait été son hôte et s'était pris pour le Tintoret d'un enthousiasme éperdu. Pauvre Basil ! Pouvait-on concevoir plus horrible trépas !

Il soupira, puis reprit le volume et tâcha d'oublier. Il lut ce que disent les hirondelles qui, à Smyrne, entrent et sortent du petit café, où les Hadjis accroupis comptent leurs grains d'ambre, où les marchands enturbannés fument leurs longs chibouks à glands et, sérieux, devisent[2]. Il lut les plaintes de l'Obélisque de la place de la Concorde, qui pleure, avec des larmes de granit, sur la solitude d'un exil sans soleil, et soupire après le retour aux bords brûlants du Nil couvert de lotus, où demeurent les sphinx, les ibis roses, les blancs gypaètes aux serres d'or, et les crocodiles aux petits yeux de béryl qui se traînent sur le limon vert en feu[3]. Il s'attarda longtemps à ces vers qui, transposant en musique un marbre aux baisers maudits, chantent la curieuse statue que Gautier compare à une voix de contralto, le *monstre charmant*[4] qu'on voit couché au Louvre, dans la salle de porphyre. Mais à la longue il laissa le livre tomber de ses mains. Il se sentait nerveux, pris d'un horrible accès de terreur. Que devenir si Alan Campbell allait être absent d'Angleterre ? Son retour pourrait tarder de longs jours. Ou bien, peut-être refuserait-il de répondre à son appel ! Que faire, en ce cas ? Chaque minute avait une importance capitale.

Ils avaient été très amis, cinq ans plus tôt ; en fait presque inséparables. Puis, brusquement, leur intimité avait pris fin. Et

---

1. Allusion au dernier vers de la strophe 7 des « Variations sur le carnaval de Venise » (« Sur les lagunes ») : « Tout Venise vit dans cet air ». **2.** Cette phrase fait allusion au poème « Ce que disent les hirondelles : chanson d'automne. » **3.** Voir « L'Obélisque de Paris », dans « Nostalgies d'Obélisques », toujours dans *Émaux et Camées*. **4.** En français dans le texte. L'expression est tirée du poème « Contralto », qui décrit la statue de l'Hermaphrodite exposée au Louvre.

depuis lors, quand ils se rencontraient dans le monde, Dorian Gray seul souriait ; Alan Campbell, jamais.

C'était un jeune homme extrêmement intelligent, bien qu'il n'appréciât guère les arts plastiques et ne goutât les beautés de la poésie que dans la faible mesure où Dorian Gray lui en avait ouvert le sens. Les sciences étaient la grande passion de son esprit. À Cambridge, il avait consacré le plus clair de son temps à travailler au Laboratoire, et avait figuré en bon rang, pour les sciences naturelles, à l'examen de fin d'année. D'ailleurs il continuait de se livrer à l'étude de la chimie : il avait un laboratoire à lui, où il s'enfermait du matin au soir, au grand chagrin de sa mère qui eût rêvé de le voir entrer au Parlement et s'imaginait vaguement qu'un chimiste était un préparateur d'ordonnances. Excellent musicien, toutefois, il jouait du violon et du piano comme bien peu d'amateurs. C'était ce goût de la musique qui les avait d'abord rapprochés, lui et Dorian Gray, sans compter l'indéfinissable attraction que Dorian exerçait quand il voulait, et parfois même à son insu. Ils s'étaient rencontrés chez Lady Berkshire, le soir où y joua Rubinstein [1]. De ce jour, on les vit continuellement ensemble à l'Opéra et partout où l'on faisait de bonne musique. Leur intimité dura dix-huit mois. Campbell ne quittait plus Selby Royal ou Grosvenor Square. Pour lui, comme pour tant d'autres, Dorian Gray incarnait tout ce que la vie pouvait avoir de plus rare et de plus fascinant. Y eut-il entre eux quelque querelle ? Personne n'en sut jamais rien. Mais on remarqua tout à coup qu'à peine se parlaient-ils quand ils se rencontraient, et que Campbell paraissait toujours quitter hâtivement les réunions où se trouvait Dorian Gray. De plus, Alan avait beaucoup changé : par moments il montrait une mélancolie singulière ; il semblait avoir pris la musique en horreur, n'en voulait plus entendre, n'en jouait plus lui-même, alléguant comme excuse, quand on l'en priait, qu'il était trop absorbé par la science pour trouver le temps de s'exercer. Et

1. Anton Grigorowitz Rubinstein (1830-1894), compositeur et pianiste russe célèbre au XIXe siècle.

c'était absolument vrai. De jour en jour il se plongeait davantage dans la biologie, et son nom commençait à paraître dans les revues scientifiques à propos d'expériences fort curieuses.

Tel était l'homme qu'attendait Dorian. À chaque seconde il regardait la pendule. À mesure que les minutes passaient, son agitation s'exaspérait. Se levant enfin, il se prit à aller et venir par la chambre, tel un joli fauve en cage, à longues foulées silencieuses. Ses mains étaient étrangement froides.

L'attente lui devenait insupportable. Il lui semblait que le temps se traînait avec une lourdeur de plomb, tandis que lui-même était emporté par de monstrueuses rafales vers les bords déchiquetés d'une crevasse béante ou d'un noir précipice. Là, il savait ce qui l'attendait ; mieux encore, il le voyait et, frissonnant, écrasait de ses mains moites ses paupières en feu, comme s'il eût tenté d'aveugler son cerveau même ou de refouler ses prunelles tout au fond de leur orbite. Vain effort. Le cerveau avait son propre aliment, dont il se repaissait. L'imagination, affolée par la peur, se tordait comme un être à la torture, se démenait comme une affreuse marionnette sur les tréteaux, grimaçait derrière des masques changeants. Puis, tout à coup, le temps pour lui arrêta sa marche. Oui, le temps cessa son rampement aveugle et essoufflé. Et, le temps une fois mort, d'horribles pensées s'élancèrent en avant, tirèrent de la tombe un effroyable avenir qu'elles montrèrent à Dorian. Il le regarda et, devant tant d'horreur, demeura pétrifié.

Enfin la porte s'ouvrit, le domestique entra. Dorian tourna vers lui des yeux brillants et l'entendit annoncer :

« Mr. Campbell, monsieur. »

Un soupir de soulagement s'échappa de ses lèvres brûlées et sur ses joues les couleurs reparurent.

« Priez-le d'entrer immédiatement, Francis. »

Il se sentait redevenu lui-même. C'en était fait de sa lâcheté passagère.

Le valet s'inclina et sortit. Presque aussitôt, Alan Campbell parut, le visage sévère, pâle un peu, d'une pâleur qu'accentuaient ses cheveux de jais et ses noirs sourcils.

« Alan, que c'est aimable à vous ! Je vous remercie d'être venu.

— Je m'étais promis de ne plus entrer jamais dans cette maison, Gray. Mais vous avez parlé de question de vie ou de mort. »

Sa voix était dure, froide. Il parlait avec une lenteur calculée. Le mépris était visible dans le regard scrutateur qu'il attachait sur Dorian. Les mains dans les poches de son pardessus d'astrakan, rien ne marquait qu'il eût entendu les mots d'accueil qui l'avaient salué.

« Oui, c'est une question de vie ou de mort, Alan, et pour plus d'une personne. Asseyez-vous. »

Campbell s'assit d'un côté de la table, Dorian en face de lui. Leurs regards se croisèrent. Celui de Dorian était chargé d'une infinie pitié. Tant il comprenait la cruauté sauvage de ce qu'il allait faire !

Après un temps de silence contraint, il se pencha par-dessus la table et, guettant sur les traits de l'homme qu'il avait mandé l'impression produite par chacune de ses paroles, dit avec le plus grand calme :

« Alan, dans une chambre fermée à clef, au dernier étage de cette maison, dans une chambre où personne que moi n'entre jamais, un homme mort est assis à une table. Sa mort remonte à dix heures. Non, ne bougez pas et ne me regardez pas ainsi ! Je ne vous dirai ni qui est cet homme, ni pourquoi, ni comment il est mort. Cela ne vous regarde en rien. Votre seul rôle sera...

— Arrêtez, Gray. Je n'ai pas à en savoir plus long. Peu m'importe la vérité ou le mensonge de ce que vous venez de me dire. À aucun prix je ne veux être mêlé à votre vie. Gardez pour vous vos horribles secrets. Ils n'ont plus rien qui m'intéresse.

— Alan, vous devrez pourtant vous y intéresser. À celui-ci tout au moins. J'en suis bien peiné pour vous, Alan. Mais je ne puis m'en tirer par moi-même. Vous êtes le seul homme capable de me sauver. Force m'est donc de vous immiscer dans cette affaire. Je n'ai pas le choix. Alan, vous êtes versé dans les sciences. Vous connaissez la chimie et tout ce qui s'en rapproche. Vous avez fait maintes expériences. Ce que j'attends de vous, c'est que vous détruisiez l'homme qui est là-haut et que vous le détruisiez si bien qu'il n'en reste pas trace. Personne ne l'a vu entrer vivant dans la maison. On le croit à Paris présentement. Nul ne s'inquiétera de sa disparition avant des mois. Quand on s'en inquiétera, je ne veux plus qu'il se trouve ici le moindre indice de son passage. À vous, Alan, à vous de changer cet homme et tout ce qui est sur lui en une poignée de cendres que je puisse semer au vent.

— Vous êtes fou, Dorian.

— Ah ! j'attendais qu'il vous plût de m'appeler Dorian !

— Vous êtes fou, vous dis-je, fou d'attendre de moi que je lève un doigt pour vous secourir, fou de me faire cette confession monstrueuse. Je ne tremperai point dans cette affaire, quelle qu'elle soit. Pensez-vous donc que je vais risquer pour vous ma réputation ? Si vous en êtes venu à cette œuvre de démon, que m'importe ?

— C'est un suicide, Alan.

— J'aime mieux cela. Mais ce suicide, qui l'a provoqué ? Vous, je suppose bien.

— Refusez-vous encore de me rendre ce service ?

— Certes, je refuse. Je ne veux en rien me mêler de cette affaire. Je me ris du déshonneur qui peut en retomber sur vous. Vous l'aurez pleinement mérité. Je ne serais pas fâché de vous voir honni, honni de l'univers. Eh quoi ! C'est à moi, le moins désigné des mortels, que vous osez demander d'être complice de telles horreurs ? J'aurais cru que vous connaissiez mieux le cœur humain. Votre ami Lord Henry vous a peut-être appris bien des choses, mais peu de psychologie, vraiment. Rien ne me décidera à faire un pas pour vous venir en aide. Vous avez mal choisi votre homme. Adressez-vous à quelqu'un de vos amis. Ne recourez pas à moi.

— Alan, c'est un meurtre. Je l'ai tué. Si vous saviez à quel point il m'avait fait souffrir ! Quelle que soit ma vie, c'est à lui, bien plus qu'à Lord Henry, qu'il en faut imputer la noblesse ou la vilenie. Je veux bien qu'il l'ait fait sans le vouloir : le résultat n'en a pas moins été le même.

— Un meurtre ! Dieu du ciel ! Dorian, en êtes-vous venu là ? Je ne vous dénoncerai pas. Ce n'est pas mon affaire. D'ailleurs, sans que j'intervienne, vous ne pouvez manquer d'être arrêté. Nul ne commet de crime sans se trahir par quelque maladresse. Mais je ne serai pour rien dans ce drame.

— Vous y serez pour quelque chose. Il le faut. Attendez, attendez un moment. Écoutez-moi. De grâce, écoutez-moi, Alan. Je ne vous demande pas autre chose, en somme, que de procéder à une sorte d'expérience scientifique. Dans les amphithéâtres et dans les morgues, vous faites bien, sans vous émouvoir, les plus horribles besognes. Si, dans une salle de dissection hideuse ou dans un fétide laboratoire, vous trouviez cet homme étendu sur une table de plomb munie de gouttières pour l'écoulement du sang, vous ne verriez plus en lui qu'un admirable sujet. Vous ne remueriez pas un cil. Rien, dans vos agissements, ne vous paraîtrait répréhensible. Il est probable, au contraire, que vous estimeriez servir l'humanité, grossir la somme de nos connaissances, satisfaire une noble curiosité d'esprit ou obéir à quelque sentiment de ce genre. Or, qu'y a-t-il, dans ce que je vous demande, que vous n'ayez déjà fait maintes fois ? En vérité, détruire un corps ne doit pas atteindre à l'horreur de vos travaux courants. Songez, Alan, que ces restes constituent la seule preuve qu'il y ait contre moi. Si on les découvre, je suis perdu. Et sûrement on les découvrira si vous ne me venez en aide.

— Je n'ai pas le moindre désir de vous venir en aide. Vous l'oubliez. Votre cas me laisse parfaitement indifférent et ne me regarde en rien.

— Alan, je vous en prie. Voyez en quelle situation je me trouve. Juste avant votre arrivée, j'ai cru défaillir d'épouvante. Peut-être, vous aussi, connaîtrez-vous l'épouvante, un jour. Mais non, laissez cela. Examinez ma requête du seul point de vue scientifique. Vous ne recherchez pas d'où proviennent les cadavres sur lesquels vous expérimentez. Agissez de même dans le cas présent. Je vous en ai déjà trop dit. Mais faites cela pour moi, je vous en prie. Autrefois, Alan, nous étions amis.

— N'évoquez pas ces jours-là, Dorian. Ils sont morts.

— Il arrive que les morts s'attardent parmi nous. Celui de là-haut ne s'en ira point. Il demeure assis à sa table, la tête courbée, les bras étendus. Alan, Alan, si vous ne venez à mon secours, je suis perdu. Songez qu'on me pendra, Alan. Ne comprenez-vous pas ? On me pendra pour ce que j'ai fait.

— À quoi bon prolonger cette scène ? Je vous refuse absolument mon concours. C'est folie d'oser même me le demander.

— Vous refusez ?

— Oui.

— Je vous en supplie, Alan.

— Inutile. »

Alors la même lueur de pitié reparut dans les yeux de Dorian Gray. Il étendit la main, prit une feuille de papier, écrivit quelques lignes. Il relut deux fois le billet, le plia soigneusement et le fit glisser vers l'autre bord de la table. Après quoi il se leva et s'en fut à la fenêtre.

Campbell, surpris, regarda Dorian, prit le billet, l'ouvrit. Comme il lisait, une pâleur effrayante envahit son visage. Il se renversa sur sa chaise. Il se sentait mal, horriblement. Il lui semblait que son cœur battait dans le vide, battait à se rompre.

Après deux ou trois minutes d'un terrible silence, Dorian vint se placer derrière Alan. Et, lui posant la main sur l'épaule :

« J'en suis navré pour vous, Alan, mais vous ne m'avez pas laissé d'autre solution. J'ai une lettre toute prête. La voici. Vous voyez l'adresse. Si vous me refusez votre aide, je serai forcé de l'envoyer. Et je l'enverrai. Vous savez ce qui en résultera. Mais vous me prêterez assistance. Vous ne pouvez plus refuser. J'ai cherché à vous épargner. Vous me rendrez bien cette justice. Mais vous êtes resté sévère, inflexible, blessant. Vous m'avez traité comme aucun homme n'avait encore osé le faire — en tout cas aucun homme aujourd'hui vivant. J'ai tout supporté. À mon tour maintenant de dicter mes conditions. »

Campbell se cacha le visage dans les mains et fut secoué d'un long frisson.

« Oui, mon tour est venu de dicter mes conditions, Alan.

Vous les connaissez déjà. Rien que de très simple. Allons, ne vous mettez pas dans cet état de fièvre. Il faut que la chose soit faite. Osez la regarder en face et faites vite. »

Une plainte s'échappa des lèvres de Campbell. Tout son corps se mit à trembler. Le tic-tac de la pendule, sur la cheminée, scanda le temps pour lui en autant d'atomes d'agonie qui, l'un après l'autre, l'écrasaient d'une mortelle horreur. Il croyait sentir à son front l'étreinte lentement resserrée d'un carcan de fer, comme si déjà s'était abattu sur lui l'opprobre dont on le menaçait. La main qui touchait son épaule lui pesait comme une main de plomb. C'était un faix intolérable, à vous broyer un homme.

« Vite, Alan, décidez-vous.

— Je ne peux pas faire cela, protesta-t-il machinalement, comme si les mots avaient pu changer les faits.

— Il le faut. Vous n'avez pas le choix. Ne tardez pas davantage. »

Campbell hésita un moment, puis s'enquit :

« Est-ce qu'il y a du feu dans cette chambre ?

— Oui, une cheminée au gaz, à plaques d'amiante.

— Il faudra que je retourne chez moi, prendre le nécessaire dans mon laboratoire.

— Non, Alan. Sous aucun prétexte je ne vous laisse sortir. Expliquez par lettre ce que vous désirez. Mon domestique sautera en cab et vous rapportera le tout. »

Campbell griffonna quelques lignes qu'il sécha, puis il prépara une enveloppe à l'adresse de son aide. Dorian ayant pris le billet, le lut attentivement, sonna son valet et lui confia le message, avec ordre de rapporter au plus vite ce qu'on lui remettrait.

Au bruit que fit en se refermant la porte du hall, Campbell tressaillit nerveusement. Il quitta sa chaise et s'approcha de la cheminée. Une sorte de fièvre le faisait grelotter. Les deux hommes restèrent près de vingt minutes sans prononcer une parole. Une mouche emplissait la pièce de son bourdonnement. Chaque tic-tac de la pendule semblait un coup de marteau.

Le carillon sonna une heure. Campbell s'étant retourné vers Dorian, le vit les yeux baignés de larmes. Et telle était la noble pureté de ce visage en pleurs, qu'il en ressentait une rage.

« Vous êtes un misérable, le plus infâme des misérables ! gronda-t-il d'une voix sourde.

— Chut ! Alan. Vous m'avez sauvé la vie !

— Sauvé la vie ! Juste Ciel ! La belle vie que voilà ! De corruption en corruption vous en êtes arrivé au crime. En me résignant à ce que je vais faire, à ce que vous m'imposez de faire, ce n'est certes pas à votre vie que je songe.

— Ah ! Alan, murmura Dorian dans un soupir, que n'avez-vous pour moi la millième partie de la pitié que je ressens pour vous ! »

Tout en parlant, il s'était tourné vers la fenêtre et laissait errer son regard sur le jardin. Campbell ne répondit pas.

Dix minutes plus tard, on frappait à la porte et le domestique entrait, portant un grand coffret d'acajou plein de produits chimiques, un long rouleau de fil d'acier platiné et deux crampons de fer d'une forme étrange.

« Dois-je tout déposer ici, monsieur ? demanda-t-il à Campbell.

— Oui, répondit Dorian. Et si j'osais, je vous chargerais encore d'une commission, Francis. Comment s'appelle donc ce fleuriste de Richmond[1] qui me fournit en orchidées pour Selby ?

— Harden, monsieur.

— Ah ! oui, Harden. Allez donc sans retard à Richmond. Voyez Harden en personne et priez-le d'envoyer le double d'orchidées commandées. Qu'il en mette le moins de blanches possible. Ou plutôt, pas de blanches du tout. Il fait un temps délicieux, Francis, et Richmond est un endroit charmant. Sans quoi je n'aurais pas voulu vous donner cette peine.

— Ce n'est pas une peine, monsieur. À quelle heure dois-je revenir ? »

---

1. Ville située au nord-ouest de Londres, au bord de la Tamise.

Dorian se tourna vers Campbell :

« Combien de temps prendra votre expérience, Alan ? » demanda-t-il d'une voix calme, indifférente.

La présence d'un tiers dans la pièce lui rendait un incroyable sang-froid.

Campbell fronça les sourcils et se mordit les lèvres.

« À peu près cinq heures, répondit-il.

— Alors, il suffira que vous soyez de retour à sept heures et demie, Francis. Ou plutôt, attendez. Préparez simplement mon habit. Et vous pourrez disposer de votre soirée. Comme je ne dîne pas à la maison, je n'aurai nullement besoin de vous.

— Merci, monsieur », dit le valet. Puis il se retira.

« Et maintenant, Alan, pas une minute à perdre. Que ce coffret est donc lourd ! Je m'en charge. Vous, prenez le reste. »

La parole était brève, le ton impérieux. Campbell se sentit subjugué. Ils quittèrent la pièce ensemble.

Au dernier étage, Dorian prit la clef, la tourna dans la serrure. Puis il s'arrêta. Sa vue se troublait, il frissonnait.

« Je ne sais si j'aurai la force d'entrer, Alan, murmura-t-il.

— À votre aise ! Je n'ai que faire de vous », répondit froidement Campbell.

Dorian entrouvrit la porte. Ce faisant, il vit en plein soleil son portrait qui le dévisageait ; et devant, gisant sur le parquet, le rideau déchiré. Il se rappela que, la nuit précédente, il avait négligé, pour la première fois de sa vie, de voiler la peinture maudite. Il s'élançait déjà pour le faire, quand il recula, frissonnant.

Quelle était cette odieuse rosée rouge dont l'éclat humide scintillait sur l'une des mains comme une sueur de sang sortie de la toile ? Oh ! l'épouvantable vision ! plus épouvantable encore, lui sembla-t-il sur le moment, que l'homme silencieux qu'il savait affaissé sur cette table et dont l'ombre grotesque, difforme, se dessinait sur le tapis souillé, lui montrait assez qu'il n'avait pas bougé, qu'il était toujours là, tel qu'il l'y avait laissé.

Il poussa un profond soupir, ouvrit un peu plus la porte et, détournant la tête, fermant les yeux à demi, s'avança d'un pas rapide, bien décidé à ne pas regarder une seule fois le mort. Puis se baissant, il saisit la draperie de pourpre et d'or qu'il jeta vivement sur le tableau.

Ensuite il resta là, n'osant se retourner, et se mit à regarder la broderie compliquée qu'il avait devant les yeux. Il entendit Campbell apporter dans la chambre le lourd coffret, les crampons de fer, tout ce qu'il avait envoyé quérir pour sa sinistre besogne. Il se demanda si Alan et Basil s'étaient jamais rencontrés et, dans ce cas, ce qu'ils avaient pu penser l'un de l'autre.

« Maintenant, laissez-moi ! » commanda, derrière lui, une voix sombre.

Il fit volte-face et sortit précipitamment, sans rien voir, sinon que le mort avait été redressé sur sa chaise et que Campbell examinait de près le visage jaunâtre et luisant. De l'escalier, il entendit la clef tourner dans la serrure.

Il était bien plus de sept heures, lorsque Campbell redescendit trouver Dorian. Il était pâle, mais absolument calme.

« J'ai fait ce que vous m'avez demandé, murmura-t-il. Et maintenant adieu. Nous ne devons plus nous revoir.

— Vous m'avez sauvé de la mort, Alan. Je ne l'oublierai jamais ! » dit simplement Dorian.

Campbell sitôt parti, Dorian Gray monta. Une horrible odeur d'acide nitrique emplissait la chambre. Mais ce qui était assis naguère à la table avait disparu.

CHAPITRE XV

Le même soir, à huit heures et demie, habillé à ravir, un gros bouquet de violettes de parme à la boutonnière, Dorian Gray était introduit dans le salon de Lady Narborough par des valets respectueusement inclinés. Ses nerfs se crispaient sous son front et il se sentait d'une agitation extrême. Il n'en baisa pas moins la main de l'hôtesse avec sa grâce et son aisance accoutumées. Peut-être ne paraît-on jamais si parfaitement à l'aise que lorsqu'on joue un rôle. Personne assurément, voyant ce soir-là Dorian Gray, n'aurait pu s'imaginer qu'il venait de passer par une tragédie égale en horreur à toutes celles de son temps. Il n'était pas possible que ces doigts si délicats eussent brandi le couteau de l'assassin, que de ces lèvres souriantes un cri d'horreur fût monté vers le ciel et vers Dieu. Lui-même s'étonnait de se comporter avec tant de calme et goûtait par moments l'intense et terrible plaisir de mener double vie.

C'était une réunion peu nombreuse, organisée hâtivement par Lady Narborough, femme d'une haute intelligence, qui gardait encore, se plaisait à dire Lord Henry, d'appréciables restes de sa remarquable laideur. Autrefois parfaite épouse d'un de nos plus fastidieux ambassadeurs, elle avait décemment enterré ce mari sous un mausolée de marbre dessiné de sa propre main, puis avait marié ses filles à de riches gentlemen, d'âge plutôt mûr ; et maintenant, elle se consacrait aux plaisirs du roman français, de la cuisine française, et de l'esprit français, quand il passait à portée.

Dorian était un de ses grands favoris. Elle lui répétait, à tout propos, qu'elle était ravie de ne l'avoir pas connu alors qu'elle était jeune. « Sans aucun doute, mon cher, je me serais toquée de vous, expliquait-elle, et j'aurais lancé mon bonnet par-dessus les moulins. Ma chance a voulu qu'il ne fût pas question de vous à l'époque. Nos bonnets, d'ailleurs, étaient alors si peu seyants, et les grandes ailes des moulins si occupées à tourner au vent, que je n'eus pas même un flirt. Tout cela, par la faute de Narborough. Le cher homme était affreusement myope, et quel plaisir voulez-vous prendre à tromper un mari qui ne voit jamais rien ? »

Ses invités, ce soir-là, n'étaient guère divertissants. Abritée derrière un méchant éventail, elle expliquait à Dorian qu'une de ses filles lui était tombée à l'improviste, en vue d'un vrai séjour, et, pour comble d'abomination, traînant son mari avec elle.

« Je trouve cela très indiscret de sa part, mon cher, murmurait-elle. Il est vrai que je villégiature chez eux chaque été, en revenant de Hombourg[1], mais une vieille femme comme moi a besoin de changer d'air ; puis il faut bien que j'aille un peu les réveiller ! Vous ne sauriez croire quelle existence ils mènent dans leur trou. C'est la vie campagnarde dans toute sa splendeur : ils se lèvent tôt le matin, n'ayant guère à penser. Ils n'ont pas eu un seul scandale dans le pays depuis le temps de la reine Élisabeth, si bien qu'ils somnolent tous après dîner. Vous ne les aurez, ni lui ni elle, pour voisins. Je vous ai mis à côté de moi, pour me divertir. »

Dorian Gray remercia d'un gracieux compliment et fit, du regard, le tour du salon. C'était, à coup sûr, une réunion bien terne. Deux des figures s'offraient à lui pour la première fois. Dans les autres, il reconnut : Ernest Harrowden, une de ces médiocrités entre deux âges, comme il en pullule dans les clubs londoniens, de ces gens à qui l'on ne connaît pas d'ennemis mais que tous leurs amis détestent cordialement ; Lady Ruxton, une femme de quarante-sept ans, au nez aquilin, trop parée, toujours s'efforçant de paraître compromise, mais si exceptionnellement dépourvue d'attraits que personne, à son grand dépit, n'arrivait à croire du mal d'elle ; Mrs. Erlynne, entreprenante petite nullité, au zézaiement délicieux, aux cheveux d'un rouge vénitien ; Lady Alice Chapman, la fille de l'hôtesse, gauche et fade personne, une de ces figures britanniques absolument typiques qu'il suffit de voir une fois pour ne plus se les rappeler jamais ; et son mari, un homme aux joues rouges et aux favoris blancs, qui s'imaginait, comme tant de ses pareils, qu'une jovialité incohérente peut faire passer sur un manque complet d'idées.

Dorian regrettait presque d'être venu, quand Lady Narborough, levant les yeux vers la grande pendule en bronze doré qui étalait ses prétentieuses volutes sur la cheminée drapée de mauve, s'écria :

« À quoi pense ce monstre d'Henry Wotton de se faire ainsi

---

1. Bad Homburg, située près de Francfort-sur-le-Main, était une station thermale à la mode.

attendre ? J'ai fait passer chez lui ce matin, à tout hasard, et il s'est engagé sur l'honneur à ne pas me faire faux bond. »

Harry serait là. C'était une consolation. Quand la porte s'ouvrit et qu'il entendit la voix lente et harmonieuse envelopper de son charme une excuse mensongère, tout sentiment d'ennui le quitta.

Au dîner, cependant, il ne put rien manger. Il laissa passer les plats l'un après l'autre, sans y toucher. « C'est faire injure à ce pauvre Adolphe qui a composé le *menu*[1] tout exprès pour vous », ne cessait de lui reprocher Lady Narborough. Lord Henry, de son côté, l'observait discrètement, intrigué par son silence et son air absorbé. De temps en temps, le maître d'hôtel remplissait sa coupe de champagne. Il la vidait aussitôt, et sa soif n'en paraissait que plus ardente.

« Dorian, dit enfin Lord Henry, comme on passait le *chaud-froid*[2] », qu'avez-vous donc ce soir ? Vous paraissez tout abattu.

— Parions qu'il est amoureux, s'écria Lady Narborough, et qu'il n'ose me l'avouer, de peur de me rendre jalouse. Il a raison, car je le serais terriblement.

— Chère Lady Narborough, murmura Dorian avec un sourire, je n'ai pas été amoureux de toute la semaine : non, pas une fois depuis que Mrs. de Ferrol a quitté Londres.

— Comment des hommes peuvent-ils s'éprendre de cette femme ? s'écria la vieille dame. En vérité, je n'arrive pas à le comprendre.

— C'est tout bonnement qu'elle se rappelle vous avoir connue petite fille, Lady Narborough, dit Lord Henry. Nous l'aimions comme le trait d'union entre nous et vous quand vous étiez en robes courtes.

— Non, Lord Henry, elle ne se rappelle pas du tout mes robes courtes. Mais moi je me souviens parfaitement de l'avoir vue à Vienne, il y a de cela trente ans, et *décolletée*[3] dans ce temps-là, à un point !...

— *Décolletée*, elle l'est toujours, répondit-il, prenant une

---

1. En français dans le texte. **2.** En français dans le texte. Il s'agit d'une volaille en gelée. **3.** En français dans le texte.

olive du bout de ses doigts effilés. Et quand elle est en grande toilette, on dirait *l'édition de luxe*[1] d'un mauvais roman français. C'est une femme vraiment singulière et pleine de surprises. Elle pousse à un degré rare l'attachement familial. À la mort de son troisième mari, ses cheveux, à force de chagrin, sont devenus dorés.

— S'il est permis, Harry ! fit Dorian.

— L'explication est romantique à souhait, s'écria l'hôtesse amusée. Mais comment, son troisième mari ? Vous ne voulez pourtant pas dire que Ferrol serait le quatrième ?

— Mais certainement, Lady Narborough.

— Je n'en crois pas un mot.

— Eh bien, demandez à Mr. Gray, l'un de ses amis les plus intimes.

— Est-ce vrai, Mr. Gray ?

— Elle-même me l'a maintes fois assuré, Lady Narborough, répondit Dorian. Et comme un jour je lui demandais si, à l'exemple de Marguerite de Navarre, elle portait, pendus à sa ceinture, leurs cœurs embaumés, elle me dit que non, vu que pas un, dans le nombre, n'avait eu le moindre cœur.

— Quatre maris ! Ma parole, c'est *trop de zèle*.

— *Trop d'audace*[2] ! C'est ce que je lui dis souvent, fit Dorian.

— Oh ! pour cela, audacieuse à ne reculer devant rien, mon cher. Et Ferrol, comment est-il ? Je ne le connais pas.

— Les maris des très belles femmes appartiennent tous à la classe des criminels », dit Lord Henry, vidant lentement son verre.

Lady Narborough le frappa de son éventail :

« Lord Henry, je ne m'étonne pas que le monde vous déclare si méchant.

— Quel monde parle ainsi de moi ? demanda Lord Henry, les yeux levés au ciel. Ce ne peut être que l'autre monde, car avec ce monde-ci je fais le meilleur ménage.

---

1. En français dans le texte. 2. Les deux expressions sont en français dans le texte.

— Je ne connais personne qui ne vous dise méchant ! » déclara la vieille dame, en branlant la tête.

Lord Henry parut se recueillir quelques instants.

« Je ne sais rien de plus monstrueux, éclata-t-il enfin, que cette façon qu'ont aujourd'hui les gens de dire contre vous, dès que vous tournez le dos, des choses absolument et entièrement vraies.

— N'est-ce pas qu'il est incorrigible ? s'écria Dorian, en se renversant dans sa chaise.

— Je l'espère bien, dit l'hôtesse, rieuse. Mais vraiment, à voir l'adoration ridicule que vous avez tous pour cette Mrs. de Ferrol, l'envie me prend de me remarier pour avoir aussi la vogue.

— Vous ne vous remarierez jamais, Lady Narborough, déclara Lord Henry. Vous avez été bien trop heureuse. Quand une femme se remarie, c'est qu'elle détestait son premier mari. Quand un homme se remarie, c'est qu'il adorait sa première femme. Les femmes essaient leur chance, les hommes risquent la leur.

— Narborough n'était pas parfait, objecta la vieille dame.

— Parfait, vous ne l'auriez pas aimé, chère madame, riposta Lord Henry. Les femmes nous aiment pour nos défauts. Si nous en avons une somme convenable, elles nous pardonnent tout, même d'être intelligents. Je crains qu'après cette parole vous ne m'invitiez plus jamais à dîner, Lady Narborough. Et pourtant, c'est la vérité.

— Naturellement, c'est la vérité. Si nous ne vous aimions pas pour vos défauts, que deviendriez-vous tous ? Pas un de vous ne se marierait. Vous ne seriez plus qu'un tas d'infortunés célibataires. Ce qui, d'ailleurs, ne vous changerait pas beaucoup. Car aujourd'hui tous les hommes mariés vivent en célibataires, et tous les célibataires en hommes mariés.

— *Fin de siècle*, murmura Lord Henry.

— *Fin de globe*, enchérit l'hôtesse.

— Plût au Ciel que ce fût la *fin du globe* [1] ! dit Dorian. La vie est une grande désillusion.

---

1. Ces mots sont en français dans le texte.

— Oh ! mon cher, s'écria Lady Narborough, en mettant ses gants, n'allez pas me dire que vous avez épuisé la vie. Quand un homme parle ainsi, la chose est connue, c'est que la vie l'a épuisé. Lord Henry est un être dépravé, et moi je regrette parfois de ne l'avoir pas été assez ; mais vous, Dorian, vous êtes fait pour être bon. Vous paraissez si bon. Il faudra que je vous trouve une gentille femme. N'est-ce pas votre avis, Lord Henry ? Mr. Gray devrait se marier.

— Je ne cesse de le lui dire, Lady Narborough, fit Lord Henry, en s'inclinant.

— Eh bien, nous lui chercherons une fiancée digne de lui. Dès ce soir je parcourrai attentivement le « Debrett »[1] et dresserai une liste de toutes les jeunes filles bonnes à marier.

— Avec leur âge, Lady Narborough ? demanda Dorian.

— Naturellement, avec leur âge, légèrement revu et corrigé. Mais ne faisons rien précipitamment. Je veux combiner ce que le *Morning Post*[2] appelle une alliance assortie, et j'entends faire deux heureux.

— Que d'absurdités on débite sur les mariages heureux ! s'écria Lord Henry. Un homme peut être heureux avec n'importe quelle femme, à condition de ne pas l'aimer.

— Ah ! quel cynique vous faites ! observa la vieille dame, reculant sa chaise et faisant signe à Lady Ruxton. Il faudra revenir bientôt dîner avec moi. Vous êtes vraiment un admirable tonique, bien supérieur à ceux que m'ordonne Sir Andrew. Vous n'aurez qu'à me dire quels gens vous désirez rencontrer. Je veux que ce soit une réunion charmante.

— J'aime les hommes qui ont un avenir et les femmes qui ont un passé, répondit-il. Mais peut-être estimerez-vous que vous n'auriez, à ce compte, que des jupons !

— J'en ai bien peur, fit-elle en riant. Et elle se leva. Mille pardons, ma chère Lady Ruxton, reprit-elle, je n'avais pas vu que votre cigarette n'était pas finie.

---

1. *Debrett's Peerage* est l'annuaire ou l'almanach officiel de l'aristocratie anglaise et irlandaise. 2. Quotidien conservateur de Londres.

— Ne vous tourmentez pas, Lady Narborough. Je fume beaucoup trop. Je veux me restreindre, à l'avenir.

— De grâce, n'en faites rien, Lady Ruxton, dit Lord Henry. La modération est une chose fatale. Assez est mauvais comme un repas. Trop est bon comme un festin. »

Lady Ruxton le regarda avec curiosité.

« Venez un après-midi m'expliquer cela, Lord Henry. La théorie me paraît séduisante, murmura-t-elle, tout en gagnant majestueusement la porte.

— Et maintenant, messieurs, ne vous éternisez pas dans votre politique et vos scandales, cria du seuil Lady Narborough, ou bien nous sommes sûres de nous chamailler là-haut ! »

Les hommes se mirent à rire. Mr. Chapman, solennel, émigra d'une extrémité de la table à l'autre. Dorian Gray vint s'asseoir près de Lord Henry. Aussitôt, Mr. Chapman, d'une voix retentissante, se mit à pérorer sur la situation à la Chambre des Communes. Il accablait de son gros rire le parti adverse. Le mot *doctrinaire*[1], mot qui sème l'épouvante dans tout cerveau britannique, coupait de temps en temps ses explosions. Un préfixe d'allitération lui servait d'ornement oratoire. Il hissait l'*Union Jack*[2] au pinacle de la Pensée. Dans l'héréditaire stupidité de la race, qu'il appelait drôlement l'inaltérable bon sens anglais, il saluait le plus sûr rempart de la société.

Un sourire moqueur errait sur les lèvres de Lord Henry. Se tournant vers Dorian :

« Dites-moi, mon cher, vous sentez-vous mieux ? demanda-t-il. Vous m'aviez l'air plutôt déprimé pendant le repas.

— Je vais très bien, Harry. Un peu de fatigue. Voilà tout.

— Que vous étiez donc charmant, hier soir ! Notre petite duchesse est toute conquise. Elle compte aller à Selby, me dit-elle.

— Elle m'a promis d'y venir le vingt.

---

1. Nom donné sous la Restauration aux hommes politiques dont les idées mi-libérales et mi-conservatrices reposaient sur une doctrine abstraite jugée comme telle dangereuse par les Anglais. 2. Surnom familier donné au drapeau britannique.

— Est-ce que Monmouth y sera aussi ?

— Mais bien sûr, Harry.

— Il m'agace terriblement, presque autant qu'il ennuie sa femme. Elle, par contre, est bien intelligente, trop intelligente pour son sexe. Il lui manque l'indéfinissable charme de la fragilité. Ce sont les pieds d'argile qui donnent du prix à la statue d'or. Ses petits pieds à elle sont exquis, mais ils n'ont rien à voir avec l'argile ; ce sont, si vous voulez, de jolis pieds de porcelaine blanche. Ils ont passé par le feu, et ce que le feu ne détruit pas, il le durcit. C'est une femme experte.

— Depuis quand est-elle mariée ? demanda Dorian.

— Depuis une éternité, à l'en croire. Depuis une dizaine d'années, selon l'almanach nobiliaire. Mais je conçois que dix ans avec Monmouth lui aient paru longs comme l'éternité. Qui aurez-vous encore ?

— Oh ! les Willoughby, Lord Rugby et sa femme, puis notre hôtesse, et Geoffroy Clouston, la bande habituelle. J'ai aussi invité Lord Grotrian.

— Celui-là me plaît, dit Lord Henry. Beaucoup de gens sont d'un autre avis, mais je le trouve charmant. Il rachète une mise parfois ultra recherchée par une éducation toujours ultra raffinée. C'est un vrai type d'homme moderne.

— Je ne sais s'il pourra venir, Harry. Il est question pour lui d'accompagner son père à Monte-Carlo.

— Ah ! quelle plaie que les parents ! Tâchez de le décider. À propos, Dorian, vous êtes parti bien tôt, hier soir. Avant onze heures. Qu'êtes-vous devenu en nous quittant ? Êtes-vous retourné droit au gîte ? »

Dorian lui jeta un regard rapide et fronça les sourcils.

« Non, Harry, dit-il enfin. Je ne suis rentré chez moi que vers trois heures.

— Vous êtes allé au Club ?

— Oui », répondit-il.

Puis, se mordant les lèvres :

« Non, je me trompe. Je ne suis pas allé au Club. Je me suis promené sans but. Je ne sais plus bien ce que j'ai fait. Que vous êtes donc curieux, Harry ! Vous voulez toujours savoir ce qu'on fait. Pour mon compte, je voudrais toujours l'oublier. Je suis rentré à deux heures et demie, si vous tenez à l'heure exacte. J'avais oublié de prendre ma clef, et mon domestique a dû venir m'ouvrir. S'il vous faut un témoignage à l'appui de ce que j'avance, vous pourrez le questionner. »

Lord Henry haussa les épaules.

« Mon pauvre ami, comme si j'y attachais la moindre importance ! Montons au salon. Pas de sherry, non, merci, Mr. Chapman. Vous avez quelque chose, Dorian. Dites-moi ce qui vous est arrivé. Vous n'êtes pas dans votre état normal, ce soir.

— Laissez-moi, Harry. Je suis irritable et de mauvaise humeur. J'irai vous voir demain ou après-demain. Présentez mes excuses à Lady Narborough. Je ne monterai pas. Je vais rentrer. Il faut que je rentre.

— Fort bien, Dorian. Je compte sur vous demain, à l'heure du thé. La duchesse sera là.

— Je tâcherai de venir, Harry. »

Et il sortit.

Tout en cheminant vers sa demeure, Dorian s'aperçut que le sentiment de terreur qu'il pensait avoir étouffé avait de nouveau surgi en lui. Quelques questions indifférentes de Harry lui avaient fait perdre un instant tout sang-froid ; or, il avait encore besoin de sang-froid. Il lui restait à détruire divers objets compromettants. Il tressaillit. La seule pensée d'avoir à les toucher lui était odieuse. Pourtant, il le fallait. Il s'en rendait compte. Et dès qu'il se fut enfermé dans sa bibliothèque, il ouvrit le placard secret où il avait jeté hâtivement le manteau et le sac de voyage de Basil Hallward. Un grand feu flambait. Il y ajouta une bûche. Une horrible odeur de vêtements roussis et de cuir grillé se dégagea. Il lui fallut trois quarts d'heure pour tout consumer. À la fin, il crut défaillir de malaise. Il alluma des pastilles algériennes dans une cassolette de cuivre ajouré et se baigna le front et les mains d'un vinaigre de toilette frais et musqué.

Tout à coup il tressaillit. Ses yeux s'allumèrent d'un feu

bizarre. Il se mordit nerveusement la lèvre. Entre deux fenêtres se dressait un large cabinet florentin en ébène incrustée d'ivoire et de lapis bleu. Ses regards s'y fixèrent, comme si ce meuble l'eût à la fois fasciné et terrifié, comme s'il eût contenu quelque objet d'ardente convoitise et pourtant maudit. Son souffle haletait. Un désir fou montait en lui. Il alluma une cigarette qu'il rejeta aussitôt. Peu à peu ses paupières s'abaissèrent, à ce point que la longue frange des cils vint effleurer la joue. Mais son regard ne quittait pas le cabinet. Enfin, se levant du sofa où il était allongé, il marcha droit au meuble, l'ouvrit, fit jouer quelque ressort caché. Un tiroir triangulaire apparut lentement. D'un geste instinctif, Dorian tendit la main, la plongea, saisit l'objet désiré. C'était un coffret chinois, en laque noire poudrée d'or, d'un merveilleux travail. Les côtés représentaient des vagues sinueuses ; les cordons de soie étaient ornés de bagues de cristal et de glands de fil d'or tressés. Il l'ouvrit. Il contenait une pâte verte, d'un éclat de cire, d'une odeur singulièrement lourde et tenace.

Il hésita quelques instants, les traits figés dans un sourire étrange. Puis, avec un frisson, bien qu'il fît dans la pièce une chaleur étouffante, il se redressa et regarda l'heure à la pendule. Elle marquait minuit moins vingt. Il reposa la boîte dans le cabinet dont les portes se refermèrent, et s'en fut dans sa chambre à coucher. Comme minuit égrenait ses notes de bronze dans le ciel obscur, Dorian Gray, vêtu d'habits communs, un cache-nez autour du cou, sortit doucement de son logis. Dans Bond Street il trouva un cab attelé d'un bon cheval. Il le héla et, d'une voix sourde, jeta une adresse au cocher.

L'homme secoua la tête :

« C'est trop loin pour moi, fit-il.

— Tenez, je vous donne un souverain, dit Dorian. Et vous en aurez un deuxième, si vous allez vite.

— Parfait, monsieur, répondit l'autre. Vous y serez dans une heure. »

Il empocha la pièce d'or, fit tourner bride à son cheval et partit grand train vers la Tamise.

CHAPITRE XVI

Une pluie froide commençait à tomber et les réverbères brouillés n'avaient plus, dans la bruine, qu'une lueur blafarde. Autour des cabarets, dont c'était la clôture, hommes et femmes se dispersaient en groupes indistincts. De quelques bars montaient d'ignobles rires. Des ivrognes, dans d'autres, braillaient et vociféraient.

Renversé au fond du cab, le chapeau ramené sur le front, Dorian Gray laissait errer des regards distraits sur les pires laideurs de la grande cité. De temps en temps il se répétait à lui-même ces mots que lui avait dits Lord Henry, le jour de leur première rencontre : « Guérir l'âme par les sens, guérir les sens par l'âme. » Oui, c'était là le grand remède. Il l'avait employé souvent ; cette fois encore il y aurait recours. Il est des fumeries d'opium où l'on peut acheter l'oubli, d'horribles bouges où le souvenir des vieux péchés s'efface dans la frénésie de péchés nouveaux.

Bas dans le ciel, pareille à un crâne jauni, apparaissait la lune. De temps à autre quelque gros nuage informe tendait vers elle un bras interminable et la masquait. Les becs de gaz se faisaient de plus en plus rares, les rues de plus en plus étroites et sombres. Le cocher se trompa de chemin et dut revenir un demi-mille en arrière. L'eau des flaques éclaboussait le cheval fumant. Les vitres latérales du cab étaient voilées d'une brume grisâtre.

« Guérir l'âme par les sens, guérir les sens par l'âme ! » Comme ces mots carillonnaient à son oreille ! Certes, son âme était malade à mourir. Les sens pouvaient-ils vraiment la guérir ? Le sang innocent avait été versé. Était-il rien qui pût expier un tel crime ? Non ; la faute, cette fois, passait tout rachat. Mais à défaut de l'impossible pardon, il restait du moins l'oubli. Coûte que coûte, il oublierait, il effacerait ce souvenir, il l'écraserait comme on écrase la vipère qui vient de mordre. Après tout, de quel droit Basil lui avait-il tenu pareil langage ? Qui l'avait chargé de juger ainsi les autres ? Il avait eu des paroles horribles, odieuses, intolérables.

Péniblement le cab avançait, d'un train qui semblait se ralentir à chaque pas. Dorian, ouvrant la trappe, cria au cocher d'aller plus vite. L'horrible désir de l'opium commençait à le tenailler. Sa gorge était en feu ; ses mains fines se tordaient convulsivement. Il frappa le cheval d'un furieux coup de canne. Le cocher se prit à rire et donna du fouet. Dorian rit à son tour, et l'homme se tut.

Quel interminable trajet ! Les rues faisaient penser à la toile noire d'une lente araignée. Cette monotonie devenait accablante, et le brouillard étant venu à s'épaissir, Dorian prit peur.

Ils longèrent des briqueteries désertes. Là, le brouillard moins épais laissait voir d'étranges fours en forme de bouteille et l'éventail orangé de leurs langues de feu. Un chien aboya, comme ils passaient, et tout là-bas, dans la nuit, monta le cri d'une mouette vagabonde. Le cheval, ayant trébuché dans une ornière, fit un écart et prit le galop.

Bientôt ils quittèrent la route argileuse et reprirent leur course bruyante par des rues mal pavées. Les fenêtres, presque toutes, étaient noires ; çà et là, pourtant, quelque lampe allumée projetait contre les stores des silhouettes fantastiques. Dorian les observait avec curiosité. Elles se mouvaient comme de monstrueuses marionnettes, gesticulaient comme des êtres vivants. Il se prit à les haïr. Une rage sourde était dans son cœur. Comme ils tournaient au coin d'une rue, une femme les apostropha de l'embrasure d'une porte, et deux hommes coururent après le cab l'espace d'une centaine de yards. Le cocher les chassa à coups de fouet.

On dit que la passion fait tourner la pensée dans un cercle. Et de fait, ce fut un nombre incalculable de fois que Dorian Gray sassa et ressassa sur ses lèvres nerveusement mordues, les mots subtils qui parlaient des sens et de l'âme, finissant par y trouver l'expression parfaite de son humeur, et justifiant, par l'assentiment de son esprit, des passions qu'un désaveu n'eût d'ailleurs pas empêchées de régner en maîtresses. De cellule en cellule, l'idée fixe envahissait son cerveau ; et le désir farouche de vivre, le plus formidable des instincts de l'homme, excitait jusqu'aux dernières fibres de ses nerfs frémissants. La laideur qui jadis lui avait paru odieuse parce qu'elle accusait trop le réalisme des choses, lui devenait chère maintenant pour cette même raison. La laideur était la seule réalité. Les grossières querelles, les tavernes ignobles, la violence crue de la débauche, la bassesse même des voleurs et des parias étaient plus vivantes, plus riches d'émotions intenses et vraies que les charmantes figures de l'Art et les ombres rêveuses de la Poésie. C'était bien là ce qu'il lui fallait pour atteindre l'oubli. Dans trois jours, il serait délivré.

Soudain, d'une brusque secousse, l'homme arrêta son cheval au bout d'une ruelle sombre. Par-dessus les toits des maisons basses et l'enchevêtrement des cheminées se dressaient de sombres mâts de navires. Des guirlandes de brume blanche pendaient aux vergues, tels des fantômes de voiles.

« N'est-ce pas tout près d'ici, monsieur ? » demanda par la trappe une voix rauque.

Dorian tressaillit et scruta la pénombre :

« Arrêtez-moi là », répondit-il.

Vite il sortit du cab, donna au cocher la seconde pièce promise et, pressant le pas, se dirigea vers le quai. Çà et là une lanterne brillait à la poupe de quelque gros navire marchand. La lumière tremblait dans l'eau des flaques et s'y brisait en éclats. Une lueur rouge venait d'un steamer en partance qui faisait du charbon. La chaussée visqueuse luisait comme un mackintosh mouillé.

Il prit à gauche et se hâta, jetant parfois un regard en arrière pour voir si personne ne le suivait. Au bout de sept à huit minutes, il atteignit une sordide masure enclavée entre deux maigres usines. À une des fenêtres supérieures brûlait une lampe. Il s'arrêta, frappa d'une façon convenue.

Il entendit bientôt des pas dans le couloir, puis le bruit d'une chaîne qu'on décrochait. La porte s'ouvrit doucement, et il entra, sans dire une parole à l'informe paquet humain qui s'effaçait dans l'ombre pour lui livrer passage. Au fond du corridor pendait un rideau vert tout déchiré qu'agitait violemment la rafale entrée du dehors avec le visiteur. Il écarta la tenture et pénétra dans une longue pièce basse qui avait tout l'air d'une ancienne salle de bal d'infime catégorie. Contre les murs, à distances égales, flambaient en sifflant d'aveuglants becs de gaz, dont l'image se reflétait, ternie et déformée, dans autant de glaces, noires de taches de mouches. Derrière les jets de flamme, la tôle ondulée de réflecteurs graisseux arrondissait ses disques miroitants. Le plancher était couvert d'une sciure de bois jaune d'ocre, piétinée par endroits jusqu'à n'être qu'une boue, et maculée de larges cercles de boisson répandue. Des Malais, accroupis près d'un réchaud de braise, jouaient avec des jetons en os et parlaient en découvrant leurs dents blanches. À l'écart, la tête enfouie dans les bras, un matelot somnolait, vautré sur une table ; et, debout devant le comptoir aux peintures criardes qui tenait tout un côté de la pièce, deux créatures hâves se moquaient d'un vieux en train de brosser ses manches d'un air de profond dégoût. « Il croit que les fourmis rouges lui courent dessus ! » ricana l'une des femmes, comme Dorian passait. L'homme tourna vers elle des yeux d'épouvante et se mit à pleurnicher.

Au fond de la salle, un petit escalier montait à une chambre enténébrée. Comme il en franchissait les trois marches branlantes, Dorian reconnut le lourd parfum de l'opium. Il l'aspira largement et ses narines palpitèrent de plaisir. À son entrée, un jeune homme aux cheveux d'or soyeux, qui, penché sur une lampe, allumait une longue pipe mince, leva les yeux et lui fit un salut hésitant.

« Vous ici, Adrian ? murmura Dorian.

— Où serais-je ailleurs ? répondit-il languissamment. Plus un camarade ne daigne me parler.

— Je croyais que vous aviez quitté l'Angleterre ?

— Non. Darlington ne me fera pas d'ennuis. Mon frère a fini par payer le billet. George non plus ne veut plus me voir. Cela m'est égal, ajouta-t-il en soupirant. Tant qu'on a cette drogue, on n'a pas besoin d'amis. Je n'ai eu que trop d'amis, peut-être ! »

Dorian tressaillit et regarda, à la ronde, sur leurs matelas dépenaillés, tous ces fantoches aux poses invraisemblables. Leurs jambes repliées, leurs bouches bées, leurs yeux dilatés et éteints le fascinaient. Il savait dans quels paradis étranges ces êtres souffraient et quels mornes enfers leur livraient le secret de voluptés nouvelles. Ils étaient plus heureux que lui dans la prison de sa pensée, aux griffes du souvenir qui, tel un mal horrible, lui rongeait l'âme. Par moments, il croyait voir fixés sur lui les yeux de Basil. Malgré tout, il sentit qu'il ne pourrait demeurer là. La présence d'Adrian Singleton le gênait. Il lui fallait un endroit où personne ne le connût. Il eût voulu sortir de lui-même.

« Je m'en vais à l'autre boîte, dit-il après un silence.

— Sur le quai ?

— Oui.

— Vous êtes sûr d'y retrouver cette enragée ! On ne veut plus d'elle ici. »

Dorian haussa les épaules :

« Je suis écœuré des femmes qui aiment. Celles qui haïssent sont bien plus intéressantes. Puis, la drogue est meilleure là-bas.

— Oh ! sensiblement la même.

— Je la trouve préférable. Venez-vous prendre quelque chose ? J'ai soif.

— Je n'ai besoin de rien, murmura le jeune homme.

— Venez tout de même. »

Adrian Singleton se leva paresseusement et suivit Dorian au bar. Un métis en turban rapiécé et pardessus minable, les ayant salués d'un hideux sourire, posa devant eux un flacon de brandy et deux verres. D'un air câlin, les deux femmes s'approchèrent et essayèrent de lier conversation. Dorian leur tourna le dos et dit à mi-voix quelques paroles à Singleton. Un sourire, tortueux comme un kriss malais [1], contracta les traits d'une des femmes.

---

1. Poignard à lame sinueuse.

« Nous sommes bien fier, ce soir ! ricana-t-elle.

— Pour l'amour de Dieu, laissez-moi tranquille ! s'écria Dorian, trépignant de rage. Que voulez-vous ? De l'argent ? En voici. Et ne me parlez plus jamais. »

Deux étincelles rouges flamboyèrent un moment dans les yeux brouillés de la malheureuse, puis s'éteignirent, laissant le regard morne et vitreux. Elle hocha la tête et, d'une main rapace, rafla les pièces sur le comptoir. Sa compagne la regardait d'un œil jaloux.

« C'est inutile ! soupira Adrian. Je n'ai pas envie de revenir sur mes pas. À quoi bon ? Je suis très bien ici.

— Si vous avez besoin de quoi que ce soit, écrivez-moi. Voulez-vous ? demanda Dorian, après un court silence.

— Peut-être.

— Alors, bonsoir.

— Bonsoir », répondit le jeune homme, remontant les marches et essuyant d'un mouchoir ses lèvres tirées.

Dorian, la figure douloureuse, se dirigea vers la porte. Déjà il écartait le rideau, quand un atroce ricanement jaillit des lèvres peintes de la femme qui avait ramassé l'argent.

« Tiens, le vendu au diable qui s'en va ! fit-elle d'une voix rauque, entre deux hoquets.

— Maudite femme, ne m'appelez pas ainsi ! » protesta-t-il.

Elle fit claquer ses doigts.

« C'est Prince Charmant, hein, le petit nom qui vous plaît ? » hurla-t-elle à ses trousses.

À ces paroles, le matelot qui somnolait se leva d'un bond, promenant autour de lui des regards sauvages. Il entendit se refermer la porte du couloir. Il s'élança, comme sur une piste.

Dorian Gray suivait le quai, pressant le pas sous la petite pluie fine. Sa rencontre avec Adrian Singleton l'avait remué d'étrange façon et il se demandait si, véritablement, il avait causé la ruine de cette jeune existence, comme Basil Hallward avait eu l'infamie de le lui reprocher. Il se mordit les lèvres. Ses yeux, pour quelques secondes, s'emplirent de tristesse. Mais, après tout, de quoi s'inquiétait-il ? Nos jours sont trop courts pour qu'on aille se charger des fautes du prochain. Chacun vit pour soi et acquitte, pour son compte, la rançon de la vie. Quel malheur seulement qu'il faille expier tant de fois l'unique erreur de vivre ! Vraiment, nous avons à payer, à payer encore, à payer toujours. Dans son commerce avec l'homme, le Destin n'arrête jamais ses comptes.

Il y a des moments, nous disent les psychologues, où l'amour du péché, de ce que le monde appelle le péché, s'empare de l'être à tel point que chaque fibre du corps, chaque cellule du cerveau, semble la proie d'inexorables impulsions. Hommes et femmes, alors, perdent tout libre arbitre. Ils se meuvent vers leur but fatal, comme se meuvent des automates. Toute faculté de choisir leur est enlevée. Leur conscience est morte, ou sinon, juste assez vivante pour donner de l'attrait à la rébellion, du charme à la désobéissance. Car tout péché, les théologiens ne se lassent pas de nous le rappeler, est péché de désobéissance. Quand le superbe Esprit du mal, l'Étoile du matin, tomba du ciel, ce fut sous l'étendard de la révolte.

Endurci, tendu vers le mal, l'esprit souillé, l'âme assoiffée de rébellion, Dorian Gray, dans son impatience, hâtait de plus en plus le pas. Il venait de tourner brusquement sous un passage voûté, traverse qu'il empruntait souvent pour se rendre à ce mauvais lieu, quand tout à coup il se sentit saisi par-derrière et, avant toute défense possible, acculé au mur, étranglé par une main brutale.

Il lutta désespérément et par un effort suprême rompit l'horrible étreinte des doigts qui l'enserraient. À la même seconde, il perçut la manœuvre d'un revolver, l'éclair d'un canon poli tourné vers son visage et, noyée dans l'ombre, la forme courte et trapue de son assaillant.

« Que voulez-vous ? demanda-t-il, haletant.

— Paix ! fit l'homme. Pas un mouvement, ou je tire.

— Mais vous êtes fou. Que vous ai-je fait ?

— Vous avez brisé la vie de Sibyl Vane, et Sibyl Vane était ma sœur. Elle s'est tuée. Je le sais. Et c'est vous qui êtes cause de sa mort. J'ai juré, en revanche, que je vous tuerais. Depuis des années je vous cherche. Je n'avais aucun point de repère, aucun indice. Les deux seules personnes qui auraient pu vous décrire étaient mortes. Je ne savais rien de vous, sauf le petit nom d'amitié qu'elle vous donnait. Tout à l'heure, bien par hasard, il a frappé mon oreille. Recommandez votre âme à Dieu, car vous allez mourir. »

Dorian Gray défaillait de peur.

« Je ne l'ai jamais connue, balbutia-t-il. Jamais je n'ai entendu parler d'elle. Vous perdez la raison.

— Mieux vaudrait confesser votre faute ; car, aussi vrai que je suis James Vane, vous allez mourir. »

Il y eut un moment tragique. Dorian ne savait que dire ni que faire.

« À genoux ! grogna l'homme. Je vous donne une minute, pas plus, pour songer à votre âme. J'embarque ce soir pour l'Inde et je dois, auparavant, m'acquitter de cette besogne. Une minute. Et c'est tout. »

Les bras de Dorian fléchirent. La peur le paralysait. Que faire ? Soudainement une lueur d'espoir farouche jaillit dans son cerveau.

« Arrêtez ! cria-t-il. Depuis combien de temps est morte votre sœur ? Vite, dites-moi ?

— Depuis dix-huit ans. Mais pourquoi cette question ? Qu'importe le nombre des années ?

— Dix-huit ans ! éclata Dorian Gray d'une voix triomphante et le rire aux lèvres. Dix-huit ans ! Menez-moi sous cette lampe et regardez mon visage. »

James Vane hésita d'abord, ne saisissant pas. Puis il prit Dorian Gray et l'entraîna hors de la voûte.

Toute faible et agitée du vent que fût le flamme du réverbère, elle suffit pourtant à montrer au matelot quelle abominable erreur il venait apparemment de commettre. Car cet homme qu'il avait voulu tuer portait sur le visage toute la fraîcheur de l'adolescence et la pureté sans tache de la prime jeunesse. Il ne lui parut guère compter plus de vingt printemps, à peu de chose près l'âge de sa sœur lors de leurs derniers adieux, tant d'années en arrière. De toute évidence, ce n'était pas là le meurtrier de Sibyl.

Il lâcha prise et recula.

« Dieu de Dieu ! s'écria-t-il. Et dire que j'allais vous tuer ! »

Dorian Gray respira avec force. Puis, couvrant l'homme d'un regard sévère :

« Malheureux ! Vous avez failli commettre un horrible crime. Que cela vous serve de leçon ! Ne cherchez plus à vous venger vous-même !

— Pardonnez-moi, monsieur, murmura James Vane. J'ai fait erreur. Un mot saisi au vol dans cette maudite taverne m'a lancé sur une fausse piste.

— Croyez-moi. Rentrez chez vous et déposez cette arme, sinon il vous arrivera malheur », dit Dorian.

Et, tournant les talons, il descendit lentement la rue.

Pétrifié d'horreur. James Vane restait là, cloué au trottoir. Tout son corps tremblait. Mais bientôt une ombre noire qui s'était glissée le long du mur ruisselant de pluie déboucha dans la lumière et s'approcha de lui à pas de loup. Il sentit qu'on lui touchait le bras et se tourna brusquement : c'était une des femmes qui, tout à l'heure, buvaient au bar.

« Que ne l'avez-vous assassiné ? fit-elle d'une voix sifflante, ses traits hâves touchant presque la figure du marin. Quand vous vous êtes élancé de chez Daly, j'ai compris que vous partiez à sa poursuite. Sot que vous êtes ! Il fallait le tuer. Il a de l'argent en masse et il n'y a pas plus méchant.

— Cet homme n'est pas celui que je cherche, répondit-il, et je ne cours pas après une bourse. Je cours après une vie. L'homme à qui j'en veux à mort doit avoir aujourd'hui une quarantaine d'années. Celui-ci est presque un enfant. Dieu merci, son sang n'a pas souillé ma main. »

La femme eut un rire amer.

« Presque un enfant ! railla-t-elle. N'empêche, mon bel ami, qu'il y a dix-huit ans tout près que le Prince Charmant a fait de moi ce que je suis.

— Vous mentez ! » lança James Vane.

Levant la main vers le ciel :

« Je jure devant Dieu que c'est la vérité.

— Devant Dieu ?

— Que je tombe muette, si je mens ! C'est le plus méchant homme de tous ceux qui viennent ici. On dit qu'il s'est vendu au diable pour un joli visage. Depuis le jour où je l'ai rencontré, voilà tantôt dix-huit ans, il n'a pas changé, pour ainsi dire. Moi, c'est une autre chanson ! ajouta-t-elle avec un regard mélancolique.

— Jurez-le.

— Je le jure ! firent, comme un écho enroué, les lèvres minces. Mais ne me vendez pas ! J'ai peur de lui. Donnez-moi quelques sous, de quoi payer ma chambre pour la nuit. »

Blasphémant de rage, il la planta là pour courir au premier tournant ; mais Dorian Gray avait disparu. Quand il reporta ses regards en arrière, la femme, à son tour, s'était évanouie.

CHAPITRE XVII

Une semaine plus tard, Dorian Gray, assis dans la serre de Selby Royal, conversait avec la jolie duchesse de Monmouth qui figurait au nombre des invités, ainsi que son mari, sexagénaire visiblement affaibli. C'était l'heure du thé. Sur la table, une grosse lampe voilée de dentelle éclairait d'une lumière ambrée le service de fine porcelaine et d'argent bosselé. La duchesse faisait les honneurs. Ses mains blanches erraient délicatement parmi les tasses, tandis que ses lèvres charnues et vermeilles souriaient de ce que lui chuchotait Dorian. Renversé dans un fauteuil d'osier drapé de soie, Lord Henry les observait tous deux. Lady Narborough, assise sur un divan fleur de pêcher, feignait d'écouter la description que lui faisait le duc du dernier coléoptère brésilien ajouté à sa collection. Trois jeunes gens, vêtus d'élégants smokings, offraient des gâteaux à quelques-unes des dames. La réunion comptait douze personnes et l'on attendait de nouveaux arrivants pour le lendemain.

« De quoi parlez-vous ? demanda Lord Henry s'approchant doucement de la table et posant sa tasse. J'espère, Gladys, que Dorian vous a mise au courant de mon projet de tout rebaptiser. C'est une idée délicieuse.

— Mais je n'ai pas envie d'être rebaptisée, Harry, protesta la duchesse, levant vers lui ses yeux magnifiques. Je suis enchantée de mon nom de baptême et je gagerais que Mr. Gray l'est également du sien.

— Ma chère Gladys, pour rien au monde je ne changerais vos deux noms. Ils sont l'un et l'autre parfaits. Je pensais plus particulièrement aux fleurs. Hier, je cueille une orchidée pour ma boutonnière. C'était une vraie merveille, toute semée de taches, émouvante comme les sept péchés mortels. J'ai l'étourderie d'en demander le nom à un jardinier. Il me répond que c'est un joli spécimen de *Robinsoniana*, ou quelque horreur de ce genre. C'est la triste vérité. Nous avons perdu la faculté de donner de jolis noms aux choses. Les noms, mais c'est tout. Pour ma part, je ne critique jamais les faits. Mes seules critiques vont aux mots. Voilà pourquoi je hais, en littérature, le réalisme vulgaire. Un homme capable d'appeler une bêche une bêche devrait être condamné à s'en servir. Il n'est bon qu'à cela.

— Comment donc allons-nous vous appeler, Harry ?

— Il se nomme Prince Paradoxe, dit Dorian.

— Je le reconnais dans un éclair, s'écria la duchesse.

— Je ne veux pas de ce nom-là ! fit Lord Henry, qui se laissa tomber en riant sur un siège. On n'échappe pas à une étiquette. Je refuse le titre.

— Les souverains ne doivent pas abdiquer, laissèrent tomber, comme un avis, les jolies lèvres.

— Ainsi vous voulez que je défende le trône ?

— Oui.

— Je donne les vérités de demain.

— Je préfère les erreurs du jour présent, répondit-elle.

— Vous me désarmez, Gladys.

— De votre bouclier, mais non de votre lance.

— Je ne m'attaque jamais à la Beauté, dit-il. Et sa main eut un salut gracieux.

— C'est là votre tort, Harry, croyez-moi. Vous faites bien trop de cas de la beauté.

— Pouvez-vous bien dire cela ! J'estime, il est vrai, qu'il vaut mieux être beau que bon ; mais, en revanche, plus que personne, je suis prêt à reconnaître qu'il vaut mieux être bon que laid.

— La laideur serait donc l'un des sept péchés mortels ? s'écria la duchesse. Que devient votre comparaison de l'orchidée ?

— La laideur, Gladys, est une des sept vertus mortelles. En bonne conservatrice, vous n'avez pas le droit de les déprécier. C'est à la bière, à la Bible et aux sept vertus mortelles que notre Angleterre doit d'être ce qu'elle est.

— Votre pays ne vous plairait-il pas ? demanda-t-elle.

— J'y passe ma vie.

— Pour le censurer plus à votre aise.

— Ferais-je mieux, à votre avis, d'adopter sur lui le verdict de l'Europe ?

— Que dit-on de nous sur le continent ?

— Que Tartuffe a émigré en Angleterre et qu'il y tient boutique [1].

— Ce trait vous appartient-il, Harry ?

— Je vous le cède.

— Je n'en aurais pas le placement. Il est trop vrai.

— Soyez sans crainte. Nos compatriotes ne reconnaissent jamais un portrait.

— Ils sont pratiques.

— Plus madrés que pratiques. Quand ils établissent leur grand livre, ils balancent la stupidité par la richesse et le vice par l'hypocrisie.

— Nous avons fait pourtant de grandes choses.

— De grandes choses se sont imposées à nous, Gladys.

---

1. Allusion à la pièce de Molière (1664) et à la formule de Napoléon, selon laquelle l'Angleterre est un pays de boutiquiers.

— Nous en avons porté le fardeau.

— Oui, tout juste jusqu'au Stock Exchange. »

Secouant la tête, elle s'écria :

« J'ai foi dans notre race.

— Elle représente la survivance d'un élan.

— Elle a son progrès.

— La décadence m'attire davantage.

— Comment jugez-vous l'Art ?

— C'est une maladie.

— L'Amour ?

— Une illusion.

— La Religion ?

— Le succédané mondain de la Croyance.

— Vous êtes un sceptique.

— Non pas. Le Scepticisme est le commencement de la Foi.

— Qu'êtes-vous donc ?

— Définir, c'est limiter.

— Donnez-moi un fil conducteur.

— Les fils se brisent. Vous resteriez égarée dans le labyrinthe.

— Vous m'étourdissez. Parlons de quelque autre personne.

— Le maître de céans est un délicieux sujet de conversation. Voilà des années, on le baptisa du nom de « Prince Charmant ».

— Ah ! n'évoquez pas ce souvenir ! s'exclama Dorian Gray.

— Notre hôte, ce soir, est d'humeur plutôt maussade, observa la duchesse, rougissante. Il s'imagine, je crois, que Monmouth m'a épousée par pure raison scientifique, comme le plus joli spécimen qui se soit offert à lui de papillon moderne.

— J'espère, duchesse, qu'il n'ira pas jusqu'à vous piquer des épingles dans le corps ? badina Dorian.

— Oh ! c'est ce que fait déjà ma camériste, quand elle se fâche contre moi.

— Mais à quel propos peut-elle bien se fâcher contre vous, duchesse ?

— Pour les motifs les plus futiles, je vous assure, Mr. Gray. Le plus souvent, parce que je rentre à neuf heures moins dix et que je prétends être habillée pour huit heures et demie.

— Que voilà donc une fille déraisonnable ! Vous devriez lui donner congé !

— Je n'ose pas, Mr. Gray. Songez, elle crée des chapeaux pour moi ! Vous rappelez-vous celui que je portais à la garden-party, chez Lady Hilstone ? Pas du tout, mais c'est gentil à vous de faire semblant ! Eh bien, c'est elle qui me l'a fait, avec rien. Tous les chapeaux chic sont faits de rien.

— Comme toutes les bonnes réputations, Gladys, intervint Lord Henry. Chaque fois qu'on produit un effet, on se donne un ennemi. Il faut rester médiocre pour être populaire.

— Pas auprès des femmes, dit la duchesse avec un geste de dénégation. Et les femmes mènent le monde. Je vous assure que nous avons horreur de la médiocrité. Quelqu'un l'a dit : "Nous autres, femmes, nous aimons avec les oreilles, comme vous aimez avec les yeux, vous autres hommes, si tant est que vous aimiez jamais !"

— Il me semble que nous ne faisons que cela tout le temps, murmura Dorian.

— Autant dire que vous n'aimez jamais vraiment, Mr. Gray, repartit la duchesse avec une tristesse moqueuse.

— Ma chère Gladys, s'écria Lord Henry, comment pouvez-vous tenir ce langage ? L'amour vit de répétition et c'est en se répétant que, d'instinct, il se convertit en art. D'ailleurs chaque nouvel amour est l'unique amour de sa vie. Le changement d'objet n'altère pas l'unité de la passion. Il ne fait que l'intensifier. Chacun de nous, dans son existence, a tout au plus une grande aventure, et le secret de la vie est de reproduire cette aventure le plus souvent possible.

— Même si elle nous a blessés, Harry ? demanda la duchesse après un silence.

— Surtout si elle nous a blessés », répondit Lord Henry.

La duchesse, se tournant vers Dorian Gray, le regarda, les yeux emplis d'une expression curieuse.

« Qu'en pensez-vous, Mr. Gray ? » interrogea-t-elle.

Dorian eut un moment d'hésitation. Puis, rejetant la tête en arrière, il déclara dans un rire :

« Je suis toujours de l'avis de Harry, duchesse.

— Même quand il a tort ?

— Harry n'a jamais tort.

— Et cette philosophie vous rend-elle heureux ?

— Je n'ai jamais cherché le bonheur. Qu'a-t-on besoin de bonheur ? J'ai cherché le plaisir.

— Et vous l'avez trouvé, Mr. Gray ?

— Souvent. Trop souvent. »

La duchesse poussa un soupir.

« Moi je cherche la paix, dit-elle, et si je ne vais m'habiller, je ne l'aurai pas ce soir.

— Attendez que je vous cueille quelques orchidées, duchesse, fit Dorian, qui se leva et s'en fut vers le fond de la serre.

— Vous flirtez outrageusement avec lui, dit Lord Henry à sa cousine. Vous devriez prendre garde. Il est très séduisant.

— S'il ne l'était pas, où serait la lutte ?

— Grecque contre Grec, alors ?

— Je suis du côté des Troyens. Ils combattaient pour une femme.

— Ils furent vaincus.

— Il y a des maux pires que la captivité, répondit-elle.

— Vous galopez, la bride sur le cou.

— La vitesse est la vie, riposta-t-elle.

— Je noterai cela, ce soir, dans mon journal.

— Que noterez-vous ?

— Qu'enfant brûlé aime le feu.

— La flamme ne m'a pas même léchée. Mes ailes sont intactes.

— Pour vous servir à tout, excepté la fuite.

— Le courage a passé des hommes aux femmes. C'est pour nous une sensation nouvelle.

— Vous avez une rivale.

— Qui ? »

Il se mit à rire.

« Lady Narborough, fit-il mystérieusement. Elle a pour lui une véritable adoration.

— Vous me glacez de frayeur. Tout appel à l'Antiquité nous est fatal, à nous autres, romantiques.

— Romanticistes ! La méthode scientifique n'a plus de secret pour vous.

— Les hommes nous ont instruites.

— Mais non pas expliquées. »

Elle lui lança ce défi :

« Définissez notre sexe.

— Des sphinx sans secret. »

Elle le regarda, souriante. Puis :

« Mr. Gray est bien long, fit-elle. Si nous allions à son secours. Je ne lui ai même pas dit de quelle couleur serait ma robe.

— C'est à vous d'assortir votre robe à ses fleurs, Gladys.

— Ce serait une capitulation prématurée.

— L'art romantique commence par l'apogée.

— J'entends me garder une chance de retraite.

— À la façon des Parthes [1].

— Ils ont trouvé le salut dans le désert. Ce serait au-dessus de mes forces.

— Les femmes n'ont pas toujours le choix », répondit-il.

Mais à peine achevait-il la phrase que du fond de la serre vint un gémissement étouffé, puis le bruit sourd d'une lourde chute. D'un bond, tout le monde fut debout. La duchesse resta figée d'horreur. Lord Henry, les yeux dilatés d'inquiétude, se précipita entre les branches pendantes des palmiers. Dorian Gray, le visage contre le sol carrelé, gisait évanoui, dans une pose de mort. Vite on le transporta dans le salon bleu, où on l'étendit sur l'un des sofas. Il revint à lui presque aussitôt et, regardant avec des yeux effarés :

« Qu'est-il arrivé ? demanda-t-il. Ah ! je me rappelle. Suis-je en sûreté ici, Harry ? »

---

1. Allusion aux cavaliers parthes de l'Antiquité qui faisaient semblant de fuir pour déconcerter leurs ennemis, puis se retournaient brusquement pour décocher leurs flèches.

Il se mit à trembler.

« Mon cher Dorian, répondit Lord Henry, vous vous êtes simplement évanoui. Voilà tout. Peut-être vous étiez-vous trop fatigué. Vous feriez mieux de ne pas venir dîner. Je vous remplacerai.

— Non, non, je descendrai, fit-il, se levant avec effort. J'aime mieux cela. Je ne veux pas rester seul. »

Il passa dans sa chambre et s'y habilla.

À table, il se montra d'une gaieté follement insouciante ; mais, de temps à autre, il sentait un frisson d'épouvante lui courir par tout le corps, quand il se souvenait d'avoir vu, aplati comme un mouchoir blanc contre les vitres de la serre, le visage guetteur de James Vane.

CHAPITRE XVIII

Le lendemain, il ne quitta pas la maison. Il demeura presque tout le temps dans sa chambre, en proie à une crainte farouche de la mort, indifférent pourtant à la vie. La conscience d'être pourchassé, guetté, traqué, lui devenait une obsession. Pour peu que la tapisserie remuât au vent, il frissonnait. Les feuilles mortes qui venaient battre les vitraux lui paraissaient un symbole de ses résolutions envolées, de ses regrets éperdus. Il ne pouvait clore les paupières sans revoir une figure de matelot l'épiant à travers une vitre embrumée, sans sentir la main de l'Épouvante lui étreindre le cœur.

Mais ne se pouvait-il pas que son imagination seule eût évoqué la vengeance du sein des ténèbres et dressé devant lui les hideux fantômes du châtiment ? Si la vie réelle est un chaos, en revanche une terrible logique gouverne l'imagination. C'est l'imagination qui lance le remords à la poursuite du péché. C'est l'imagination qui donne au crime son odieuse progéniture. Dans le simple monde des faits, les méchants ne sont point punis, les bons ne sont point récompensés. Le succès couronne les forts, la défaite écrase les faibles. Et c'est tout. D'ailleurs un étranger n'aurait pu rôder autour de la maison sans être vu des domestiques ou des gardes. Et si les jardiniers avaient relevé dans les parterres des empreintes de pas, ils l'en auraient averti. Oui, tout s'était passé dans sa seule imagination. Le frère de Sibyl n'était nullement revenu pour le tuer. Il voguait bien loin, à bord d'un navire qui l'emmenait sombrer en quelque mer d'orage. De ce côté-là, du moins, rien à redouter. Eh quoi ? Son agresseur ne savait même pas qui il était et ne le saurait jamais. Le masque de la jeunesse l'avait sauvé.

Mais dans l'hypothèse d'une pure illusion, quelle horreur de penser que la conscience pouvait évoquer d'aussi redoutables fantômes, leur donner forme visible, les faire se mouvoir. Quelle existence allait être la sienne si, nuit et jour, les ombres de son crime devaient ainsi le regarder de leurs coins silencieux, se jouer de lui du fond de leurs retraites, se pencher à son oreille au milieu même des festins, et de leurs doigts frigides venir troubler son sommeil. À peine cette pensée eût-elle envahi son cerveau qu'il pâlit d'épouvante et que l'air lui parut s'être soudain glacé. Oh ! l'heure d'aveugle folie que celle où il avait tué son ami ! Combien était hallucinant le seul souvenir de la scène ! Il la revoyait toute. Pas un des affreux détails qui ne lui revînt, empreint d'une horreur nouvelle. Échappée du noir cachot du temps, terrifiante et de rouge vêtue, se dressait l'image de sa faute. Quand, à six heures, Lord Henry entra, il le trouva qui pleurait, comme quelqu'un dont le cœur se brise.

Le troisième jour seulement il osa s'aventurer dehors. L'air pur de ce matin d'hiver, où flottait l'odeur des pins, sembla lui rendre sa gaieté et son ardent besoin de vivre. Et ce n'était pas du seul concours des circonstances physiques que lui venait ce revirement. Son être aussi s'était révolté contre l'excès d'une angoisse qui prétendait mutiler, détruire sa parfaite sérénité. Il en est toujours ainsi des natures subtiles et raffinées. Il faut que leurs passions ploient ou broient, qu'elles choisissent de tuer ou de mourir. Seules ont la vie longue les peines légères et les légères amours. Les amours et les peines profondes succombent à leur propre plénitude. D'ailleurs, Dorian, convaincu maintenant d'avoir été le jouet d'une imagination terrorisée, ne songeait plus à ses craintes passées qu'avec une pitié mêlée de dédain.

Après le petit déjeuner, il se promena une heure dans le jardin avec la duchesse, puis traversa le parc en voiture pour rejoindre la chasse. Un givre craquant, pareil à du sel, blanchissait le gazon. Le ciel semblait une coupe de métal bleu renversée. Une mince pellicule de glace bordait le lac uni où croissaient des roseaux. À l'angle du bois de pins, il aperçut le frère de la duchesse, Sir Geoffrey Clouston, qui retirait de son fusil deux cartouches brûlées. Il sauta de voiture, renvoya le groom avec l'attelage et rejoignit son hôte à travers les fougères flétries et les rudes broussailles.

« Avez-vous fait bonne chasse, Geoffrey ? demanda-t-il.

— Pas fameuse, Dorian. Je crois que les oiseaux ont presque tous gagné les champs. Espérons qu'après déjeuner ça ira mieux en terrain neuf. »

Dorian marchait lentement à côté du chasseur. L'air vif et embaumé, les teintes brunes et rouges dont s'éclairait le bois, les cris rauques que, de temps en temps, poussaient les rabatteurs, puis le bruit sec des coups de fusil, tout l'enchantait, le grisait d'une sensation de liberté délicieuse. Il était repris par l'entière insouciance du bonheur et la suprême indifférence de la joie.

Tout à coup, d'une touffe épaisse de vieux gazon, à quelque vingt mètres devant eux, dressant ses oreilles bordées de noir, bondissant sur ses longues pattes de derrière, un lièvre s'élança. Il piquait vers un taillis d'aunes. Sir Geoffrey mit en joue, mais il y avait une telle grâce dans les mouvements de l'animal, que Dorian, charmé, cria bien vite :

« Ne tirez pas, Geoffrey. Laissez-le vivre !

— Quelle plaisanterie, Dorian ! » ricana son compagnon. Et, comme le lièvre sautait dans le taillis, il fit feu.

Deux cris fendirent l'air : le cri, vraiment affreux, d'un lièvre mis à mal ; le cri, plus déchirant encore, d'un homme à l'agonie.

« Juste Ciel ! J'ai touché un rabatteur ! s'écria Sir Geoffrey. Mais aussi, quel idiot de venir se mettre devant les fusils ! Hé ! là-bas, cessez la chasse ! lança-t-il à tue-tête. Un homme est blessé ! »

Le garde principal accourut, bâton en main, s'effarant :

« Où cela, monsieur ? Où est-il ? »

Et le feu cessa sur toute la ligne.

« Ici, répondit, furieux, Sir Geoffrey, s'élançant vers le taillis. Comment ne retenez-vous pas vos hommes en arrière ? Voilà ma chasse gâtée pour aujourd'hui. »

Dorian les vit pénétrer dans le bouquet d'aunes, balayant devant eux les branches courbées et flexibles. Ils en ressortirent presque aussitôt, traînant un corps qu'ils amenaient au grand jour. Le malheur semblait s'attacher à ses pas. Il entendit Sir Geoffrey demander si l'homme était tout à fait mort, et le garde de répondre par l'affirmative. Le bois lui parut s'être peuplé tout à coup de visages. Des myriades de pas y résonnaient, des voix l'emplissaient d'un sourd bourdonnement. Au-dessus de sa tête, se débattant dans la ramure, un grand faisan doré prit son vol.

Après quelques minutes qui, dans son état d'agitation, lui semblèrent de longues heures de torture, il sentit une main se poser sur son épaule. Il tressaillit, se retourna.

« Dorian, demanda Lord Henry, ne ferais-je pas mieux de leur dire que, pour aujourd'hui, la chasse est arrêtée ? La continuer ferait mauvais effet.

— C'est pour toujours que je la voudrais arrêtée, Harry ! répondit-il amèrement. Tout y est répugnant et cruel. Est-ce que l'homme est tout à fait... ? »

Il n'osait achever la phrase.

« J'en ai bien peur, répondit Lord Henry. Il a reçu toute la charge en pleine poitrine. La mort a dû être presque instantanée. Mais venez, retournons à la maison. »

Prenant la direction de l'avenue, ils firent près de cinquante mètres, côte à côte, sans prononcer une parole. Dorian enfin, les yeux levés vers Lord Henry, lui dit, avec un long soupir :

« C'est un mauvais présage, Harry, un bien mauvais présage.

— Quoi donc ? demanda Lord Henry. Ah ! cet accident, j'imagine. Mon cher ami, nul n'y peut rien. La faute en est toute à cet imprudent. Pourquoi venir se mettre devant les fusils ? En tout cas, ni vous ni moi ne sommes en cause. Pour Geoffrey, c'est désagréable, j'en conviens. Il est toujours fâcheux de cribler de balles des rabatteurs. Les gens en concluent que vous êtes mauvais tireur. Or, ce n'est pas le cas de Geoffrey, qui vise fort bien. Mais à quoi bon parler de cela ? »

Dorian secoua la tête.

« C'est un mauvais présage, Harry. J'en ai le pressentiment, il va arriver quelque chose d'horrible à quelqu'un de nous. À moi peut-être ! » acheva-t-il, se passant la main sur les yeux d'un geste de souffrance.

Son compagnon se mit à rire.

« Il n'est qu'une chose horrible en ce monde, Dorian, un seul péché irrémissible, l'ennui. Mais nous n'en risquons guère les atteintes, à moins que nos compagnons ne ressassent cette histoire pendant le dîner. Il faudra que je les prévienne que c'est un sujet interdit. Quant aux présages, est-ce que les présages existent ? Le Destin ne nous envoie pas ses hérauts. Il est trop sage ou trop cruel pour cela. D'ailleurs, que pourrait-il bien vous arriver, Dorian ? N'avez-vous pas tout ce qu'un homme peut désirer au monde ? Il n'est personne qui ne fût ravi d'échanger son sort contre le vôtre.

— Il n'est personne dont je n'échangerais le sort contre le mien, Harry. Ne riez pas ainsi. Je parle sérieusement. Ce pauvre paysan qui vient de mourir est plus heureux que moi. Je n'ai pas peur de la Mort. Ce qui me terrifie, c'est l'approche de la Mort. Il me semble que ses ailes monstrueuses battent autour de moi, dans l'air accablant. Ciel ! ne voyez-vous pas remuer un homme, là-bas, derrière ces arbres ? Il me guette, il m'attend au passage. »

Lord Henry regarda dans la direction qu'indiquait, tremblante, la main gantée.

« En effet, dit-il avec un sourire, je vois le jardinier posté pour vous attendre. Sans doute veut-il vous demander quelles fleurs vous désirez ce soir pour la table. Que vous êtes donc ridiculement nerveux, mon cher ami ! Il faudra que je vous mène voir mon docteur, dès notre retour à Londres. »

Dorian poussa un soupir de soulagement en voyant venir le jardinier. L'homme mit la main à son chapeau, regarda quelque temps Lord Henry d'un air d'hésitation, puis se décida à tirer une lettre qu'il tendit à son maître.

« Sa Grâce m'a dit d'attendre la réponse », murmura-t-il.

Dorian mit la lettre dans sa poche.

« Informez Sa Grâce que je rentre », dit-il froidement.

L'homme fit demi-tour et s'empressa de remonter vers la maison.

« Quelle rage ont les femmes de faire des choses dangereuses ! remarqua en riant Lord Henry. C'est une des qualités que j'admire le plus en elles. Une femme flirtera avec le premier venu, pourvu qu'elle sente les regards sur elle.

— Et vous, Harry, quelle rage vous avez de dire des choses dangereuses ! Cette fois, vous faites fausse route. J'ai beaucoup d'estime pour la duchesse, mais point d'amour.

— Comme la duchesse a pour vous beaucoup d'amour et moins d'estime, vous voilà parfaitement assortis.

— C'est pure médisance, Harry ! Et la médisance manque toujours de fondement.

— Le fondement de toute médisance est une inconvenante certitude ! répliqua Lord Henry, allumant une cigarette.

— Qui ne sacrifieriez-vous au plaisir d'une épigramme, Harry ?

— Le monde ne demande pas mieux que de marcher à l'autel, répondit-il.

— Je voudrais bien pouvoir aimer ! s'écria Dorian, d'une voix où tremblait une profonde émotion. Mais il semble que j'aie perdu toute passion et oublié tout désir. Je vis trop concentré en moi-même. Ma personne m'est devenue un fardeau. Je voudrais m'échapper, partir, oublier. Quelle sotte idée d'être venu ici ! J'ai bien envie de télégraphier à Harvey de préparer le yacht. Sur un yacht, on est à l'abri.

— À l'abri de quoi, Dorian ? Vous avez quelque tourment. Pourquoi ne pas me le confier ? Je vous serais un appui, vous le savez bien.

— Je ne puis vous dire, Harry, répondit la voix triste. Je crois d'ailleurs que ce n'est qu'un caprice de mon imagination. Ce pénible accident m'a bouleversé. J'ai l'affreux pressentiment qu'il pourrait bien m'arriver quelque chose dans le même genre.

— Mais c'est absurde !

— Je veux l'espérer. Pourtant, je ne puis me défendre de cette impression. Ah ! voici la duchesse. On dirait Artémis en costume tailleur. Vous voyez, duchesse, nous voilà revenus !

— On m'a tout raconté, Mr. Gray, répondit-elle. Ce pauvre Geoffrey est terriblement bouleversé. Et vous lui aviez demandé, paraît-il, de ne pas tirer sur ce lièvre. Est-ce curieux !

— Oui, tout à fait curieux. J'ignore ce qui me fit le prier ainsi. Un pur caprice, sans doute. C'était la plus jolie bête qu'on pût voir. Mais je suis désolé qu'on vous ait parlé de cet accident. C'est un sujet atroce.

— Simplement un sujet ennuyeux, intervint Lord Henry, un sujet dépourvu de toute valeur psychologique. À la bonne heure, si Geoffrey l'avait fait exprès. Combien alors il serait intéressant ! J'aimerais connaître quelqu'un qui eût commis un vrai meurtre.

— Vous êtes odieux, Harry ! protesta la duchesse. N'est-ce pas, Mr. Gray ? Harry ! Mr. Gray se trouve encore mal. Le voilà qui s'évanouit. »

Dorian se redressa avec effort et sourit.

« Ce n'est rien, duchesse, murmura-t-il. J'ai les nerfs dans un état abominable. Voilà tout. Peut-être ai-je trop marché ce matin. Je n'ai pas entendu ce qu'a dit Lord Henry. Était-ce très mal ? Vous me conterez cela un autre jour. Je crois qu'il faut que j'aille m'étendre un peu. Vous voudrez bien m'excuser, n'est-ce pas ? »

Ils étaient au pied du grand escalier qui menait de la serre à la terrasse. Quand la porte vitrée se fut refermée sur Dorian, Lord Henry, tournant vers la duchesse ses yeux langoureux, demanda :

« Êtes-vous sérieusement éprise de lui ? »

Elle resta quelque temps sans répondre, contemplant le paysage.

« Je voudrais bien le savoir moi-même ! » fit-elle enfin.

Il secoua la tête.

« Une pareille science serait fatale. C'est l'incertitude qui nous charme. Tout devient merveilleux dans la brume.

— On peut y perdre son chemin.

— Tout chemin, ma chère Gladys, aboutit au même point.

— Et quel est-il ?

— La désillusion.

— Ça été mon début dans la vie, soupira-t-elle.

— Il vous est venu couronné.

— Je suis lasse des feuilles de fraisier[1].

— Elles vous vont à merveille.

— En public seulement.

— Vous les regretteriez, dit Lord Henry.

— Pas un pétale ne me quittera.

— Monmouth a des oreilles.

— La vieillesse n'entend pas clair.

— N'a-t-il jamais été jaloux ?

— Plût au Ciel qu'il l'eût été ! »

Lord Henry, comme en quête de quelque objet, promena par terre un lent regard.

« Que cherchez-vous ? demanda-t-elle.

— La mouche de votre fleuret, qui vient de tomber.

— Il me reste le masque, fit-elle, rieuse.

— Vos yeux n'en sont que plus jolis », répliqua-t-il.

---

1. En Angleterre, la couronne ducale est rehaussée de feuilles de fraisier.

Elle rit de nouveau. Ses dents brillèrent, comme de petites graines blanches dans un fruit écarlate.

Là-haut, cependant, étendu sur un sofa dans sa chambre, Dorian Gray sentait la terreur le glacer jusqu'en ses dernières fibres. La vie lui était soudain devenue un odieux, un insupportable fardeau. Dans l'affreux trépas du pauvre rabatteur, tué d'un coup de feu, en plein taillis, comme une bête fauve, il avait cru voir l'image prophétique de sa propre mort. Peu s'en était fallu qu'il ne s'évanouît quand Lord Henry avait, en plaisantant, lancé sa boutade cynique.

À cinq heures, il sonna son domestique et lui commanda de faire les malles pour rentrer à Londres par l'express de nuit. Le coupé aurait à l'attendre à huit heures et demie. Il était bien résolu à ne pas dormir une nuit de plus à Selby Royal. C'était un lieu de mauvais augure. La mort s'y promenait en plein jour. L'herbe de la forêt était souillée de sang.

Il griffonna un billet à l'adresse de Lord Henry, l'avertissant qu'il s'en allait consulter son docteur et le priant de veiller en son absence au plaisir de ses invités. Comme il le mettait sous enveloppe, on frappa à la porte. Son valet venait l'informer que le garde-chasse demandait à le voir. Il fronça les sourcils et se mordit la lèvre.

« Envoyez-le-moi », murmura-t-il après une courte hésitation.

Dès que l'homme entra, Dorian prit dans un tiroir son carnet de chèques et l'étala sur la table.

« Vous venez sans doute à propos du lamentable accident de ce matin, Thornton ? dit-il, le porte-plume aux doigts.

— Oui, monsieur, répondit le garde.

— Le pauvre garçon était-il marié ? Avait-il quelque charge de famille ? interrogea Dorian, l'air excédé. En ce cas, je ne voudrais pas laisser les siens dans le besoin et je leur enverrai la somme que vous croirez nécessaire.

— Nous ne savons pas qui est cet homme, monsieur. C'est pour cela que j'ai pris la liberté de venir vous déranger.

— Comment, vous ne savez pas ? fit indolemment Dorian. Que voulez-vous dire ? N'était-ce pas un de vos rabatteurs ?

— Non, monsieur. Je ne l'avais jamais vu avant ce jour. On dirait un matelot, monsieur. »

Dorian laissa tomber la plume. Il lui sembla que son cœur, subitement, avait cessé de battre.

« Un matelot ? cria-t-il. Vous avez bien dit un matelot ?

— Oui, monsieur. Il a tout à fait l'air d'une espèce de marin : tatoué sur les deux bras et autres signes de ce genre.

— N'a-t-on rien trouvé sur lui ? s'enquit Dorian, penché vers le garde et les yeux dilatés. Pas un papier donnant son nom ?

— Rien qu'un peu d'argent, bien peu, monsieur, et un revolver à six coups. Mais pas trace de nom. Un homme d'honnête apparence, monsieur, mais de condition grossière. À notre idée, une sorte de matelot ! »

Dorian se leva d'un bond. Un farouche espoir s'offrait à lui. Il s'y cramponna désespérément.

« Où est le corps ? s'écria-t-il. Vite, j'ai hâte de le voir.

— Il est dans une étable vide de la ferme, monsieur. Les gens n'aiment pas à avoir de ces choses-là dans leurs maisons. Un cadavre, on dit que ça porte malheur.

— À la ferme ! Retournez vite m'y attendre. Dites à un palefrenier de seller mon cheval. Non, laissez. J'irai le prendre à l'écurie. Ce sera du temps gagné. »

Moins d'un quart d'heure après, Dorian galopait à toute vitesse sur la longue avenue. Les arbres semblaient défiler devant lui comme une procession de spectres, et d'étranges ombres s'étendre en travers de sa route. Devant un poteau blanc, sa jument fit un écart et faillit le désarçonner. Il la cingla d'un coup de cravache en pleine encolure. Elle partit dans le noir comme une flèche. Les pierres volaient sous ses sabots.

Il atteignit enfin la ferme. Deux valets flânaient dans la cour. Il sauta de selle et jeta les rênes à l'un d'eux. De l'étable la plus éloignée s'échappait une faible lumière. Un mystérieux instinct l'avertit que là était le corps. Il s'élança vers la porte et mit la main sur le loquet.

Il hésita quelque peu, se sentant à deux doigts d'une décou·

verte d'où dépendait le bonheur ou le malheur de sa vie. Puis il ouvrit brusquement et entra.

Dans un coin, tout au fond, sur un tas de sacs, gisait le cadavre d'un homme vêtu d'une grosse chemise et d'un pantalon bleu. Un mouchoir maculé recouvrait le visage. À côté du mort, une chandelle baveuse brûlait dans un goulot de bouteille.

Dorian Gray frissonna. Il sentit qu'il ne pourrait jamais, de sa propre main, écarter le mouchoir. Il appela un des garçons de ferme, qui vint aussitôt.

« Enlevez ce linge qui cache la figure. Je veux la voir ! » dit-il, s'accrochant, pour ne pas tomber, au montant de la porte.

Dès que ce fut fait, il s'avança de quelques pas. Un cri de joie jaillit de ses lèvres. Cet homme, tué dans le taillis, c'était James Vane.

Il resta quelques minutes à considérer le cadavre. Pendant le retour, ses yeux étaient pleins de larmes : il savait qu'il était sauvé.

CHAPITRE XIX

« Ne venez pas me raconter que vous voulez être meilleur [1] ! protesta Lord Henry, dont les doigts blancs plongeaient dans un bol de cuivre rouge plein d'eau de rose. Vous êtes parfait. Gardez-vous bien de changer. »

Dorian Gray hocha la tête.

« Non, Harry. J'ai dans ma vie trop d'horribles méfaits. Je n'en veux plus commettre. J'ai commencé mes bonnes actions hier.

— Où étiez-vous, hier ?

---

1. Écho de la Préface de *Mademoiselle de Maupin* : « Mon Dieu ! Que c'est une sotte chose que cette prétendue perfectibilité du genre humain dont on rebat les oreilles ! »

— À la campagne, Harry, retiré dans une petite auberge.

— Mais, mon cher, fit Lord Henry souriant, qui ne serait vertueux à la campagne ? On n'y rencontre aucune tentation. C'est pour cela que les gens qui vivent loin des villes n'ont rien de civilisé. La civilisation n'est point, tant s'en faut, d'accès facile. L'homme n'a que deux moyens d'y atteindre : la haute culture et la corruption. Faute d'avoir l'une ou l'autre à leur portée, les campagnards croupissent.

— Culture et corruption ! répéta Dorian. Les deux m'ont été quelque peu familières. Je trouve épouvantable aujourd'hui qu'il faille les trouver toujours accouplées. Car j'ai un nouvel idéal, Harry. Je vais changer de vie. Je crois avoir un peu changé déjà.

— Vous ne m'avez pas encore dit quelle a été votre bonne action. Je crois même qu'il s'agissait de plusieurs ! » rappela Lord Henry, cependant qu'il renversait dans son assiette une petite pyramide de fraises cramoisies et grenues, sur lesquelles, d'une cuiller à conque tamisée, il fit neiger du sucre blanc.

« À vous, Harry, je peux la confier, mais à nul autre je ne parlerais de cette histoire. J'ai épargné une jeune fille. Cela paraît fat, mais vous comprenez le sens de mes paroles. Elle était idéalement belle et ressemblait d'étrange façon à Sibyl Vane. Ce fut là, je crois, ce qui m'attira tout d'abord vers elle. Vous vous rappelez bien Sibyl ? Que tout cela semble déjà loin ! Bien sûr, Hetty n'était pas de notre monde. C'était une simple villageoise. Mais, en vérité, je l'aimais. Oui, je l'aimais, sans l'ombre d'un doute. Pendant ce merveilleux mois de mai dont nous venons de jouir, j'allais la voir, deux ou trois fois la semaine, à la campagne. Hier elle vint au-devant de moi, dans un petit verger. Les fleurs de pommier pleuvaient dans ses cheveux et elle riait. Nous devions fuir ensemble, ce matin, à l'aurore. Tout à coup je résolus de laisser là cette fleur, intacte, comme je l'avais trouvée.

— J'imagine qu'une émotion aussi neuve a dû vous faire tressaillir de réel plaisir, Dorian, interrompit Lord Henry. Mais laissez-moi achever votre idylle. Vous avez donné de bons conseils à la mignonne et lui avez brisé le cœur. Voilà le début de votre réforme.

— Harry, vous êtes exécrable. Ne me dites pas de ces atrocités. Le cœur de Hetty n'est pas brisé. Certes elle a pleuré, et que sais-je encore ! Mais elle n'a pas à rougir de honte. Elle peut vivre, comme Perdita, dans son jardin de menthes et de soucis.

— Et pleurer sur un Florizel[1] sans foi ! ricana Lord Henry, se renversant dans son fauteuil. Mon cher Dorian, vous avez vraiment des inspirations d'un enfantillage bien curieux. Vous imaginez-vous que cette jeune fille, désormais, pourra se contenter de quelqu'un de son rang ? Mettons qu'elle épouse un jour quelque rude charretier ou quelque rustre grimaçant : le seul fait de vous avoir connu, de vous avoir aimé, lui fera mépriser son mari et la rendra malheureuse. Du point de vue moral, je ne puis dire que j'admire beaucoup votre grand sacrifice. Même pour un coup d'essai, c'est pauvre. D'ailleurs qui vous dit que, dans ce moment même, Hetty ne flotte pas dans quelque étang plein de reflets d'étoiles, environnée de gracieux nénuphars, ainsi qu'Ophélie[2] ?

— Vous êtes insupportable, Harry. Vous riez de tout, puis suggérez les plus noires tragédies. Je regrette maintenant de m'être ouvert à vous. Mais vous avez beau dire, je suis sûr d'avoir agi comme je le devais. Pauvre Hetty ! Ce matin, passant à cheval près de la ferme, je l'ai vue à sa fenêtre, le visage pâle, comme un brin de jasmin. N'en parlons plus. N'essayez pas de me persuader que la première bonne action que j'aie faite depuis des années, le premier petit effort vers l'abnégation dont il me souvienne, soit une sorte de péché. Je veux être bon. Je vais l'être incessamment. Et maintenant, parlez-moi un peu de vous. Quoi de nouveau en ville ? Il y a je ne sais combien de jours que je ne suis allé au Club.

---

1. Allusion à Perdita et Florizel, le jeune couple du *Conte d'hiver* de Shakespeare. 2. Allusion au suicide d'Ophélie dans *Hamlet*, qu'on retrouve flottant sur la rivière où elle s'est noyée.

— On y commente toujours la disparition de ce pauvre Basil.

— J'aurais pensé qu'on en était las, depuis le temps ! dit Dorian, se versant du vin, les sourcils légèrement froncés.

— Mais, mon cher, il n'y a guère que six semaines qu'on en parle, et le public britannique n'a pas une vigueur cérébrale à renouveler ses propos plus d'une fois par trimestre. La chance l'a d'ailleurs bien servi ces derniers temps. Mon divorce, pour commencer, puis le suicide d'Alan Campbell. Et maintenant, la mystérieuse disparition d'un artiste. Scotland Yard persiste à reconnaître le pauvre Basil dans l'homme à l'ulster gris qui partit pour Paris, le 9 novembre, au train de minuit ; la police française soutient, de son côté, que Basil n'est certainement pas descendu à Paris. Il y a des chances pour que d'ici quinze jours, nous entendions dire qu'on l'a vu à San Francisco. Car, chose étrange, quelqu'un vient-il à disparaître, on ne manque jamais de le voir à San Francisco. Quelle charmante ville ce doit être, ainsi dotée de toutes les attractions de l'autre monde !

— À votre avis, qu'est-il arrivé à Basil ? demanda Dorian, levant vers la lumière son verre de bourgogne et surpris de pouvoir parler si tranquillement de ce sujet.

— Je n'en ai pas la moindre idée. Si Basil entend se cacher, ce n'est pas mon affaire. S'il est mort, je ne tiens pas à penser à lui. La mort est la seule chose au monde qui me terrifie. Je la hais.

— Pourquoi ? demanda Dorian d'un ton lassé.

— Parce que, répondit Lord Henry, ouvrant un flacon de sels dont il promena le treillis doré sous ses narines, parce que, de nos jours, on peut survivre à tout, sauf à cela. La mort et la vulgarité sont, au XIXe siècle, les deux seuls faits qui défient toute explication. Allons prendre le café dans la salle de musique, Dorian. Je voudrais entendre du Chopin. L'homme qui m'a enlevé ma femme le jouait délicieusement. Pauvre Victoria ! Je l'aimais vraiment beaucoup. La maison me paraît plutôt vide sans elle. La vie conjugale n'est, je le sais, qu'une habitude, une mauvaise habitude ! Mais voilà, on ne perd pas sans regret même ses pires habitudes. Qui sait ? Ce sont peut-être celles qu'on regrette le plus. Elles forment une part si essentielle de notre personnalité ! »

Dorian, sans rien dire, se leva de table, passa dans le salon voisin, se mit au piano et laissa courir ses doigts sur l'ivoire blanc et noir des touches. Quand le café fut servi, il s'arrêta et, se tournant vers Lord Henry :

« Ne vous est-il jamais venu à l'idée, demanda-t-il, que Basil avait pu être assassiné ? »

Lord Henry étouffa un bâillement.

« Basil était très populaire et ne portait jamais qu'une montre Waterbury[1]. Pourquoi l'aurait-on assassiné ? Il n'était pas assez intelligent pour avoir des ennemis. Il avait, c'est entendu, un merveilleux talent de peintre. Mais on peut peindre comme Velasquez et n'en être pas moins le plus terne des hommes. Basil était vraiment un peu terne. Il ne m'a intéressé qu'une fois dans sa vie, lorsqu'il me confia, voilà bien des années, qu'il avait pour vous une adoration folle et que vous étiez le motif dominant de son art.

— J'avais la plus grande affection pour Basil, fit Dorian avec un accent de tristesse. Mais ne dit-on pas qu'il a été tué ?

— Oh ! quelques journaux le prétendent. Mais le fait me paraît bien improbable. Je sais qu'il y a d'horribles coupe-gorge à Paris, mais Basil n'était pas homme à s'y aventurer. Il n'avait aucune curiosité. C'était son grand défaut.

— Que diriez-vous, Harry, si je vous assurais que j'ai assassiné Basil ? » lança Dorian.

Et ses yeux, fixement, observèrent son ami.

« Je penserais, mon cher, que vous prenez une pose qui ne vous va pas. Tout crime est vulgaire, de même que toute vulgarité est criminelle. Ce n'est pas vous qui commettrez jamais un crime, Dorian. Tant pis si mes paroles blessent votre vanité,

---

1. Montre de poche sans valeur, fabriquée aux États-Unis.

mais je vous assure que j'ai raison. Le crime est l'apanage des plus basses classes. Je ne les en blâme pas le moins du monde. J'imagine que le crime est pour elles ce que l'Art est pour nous : une manière, tout simplement, de se donner des sensations rares.

— Une manière de se donner des sensations ! Croyez-vous donc qu'un homme qui aurait commis un meurtre serait capable de le recommencer ? Ne venez pas me dire cela !

— Bah ! déclara Lord Henry dans un éclat de rire, tout devient plaisir dès qu'on le fait trop souvent. C'est un des secrets les plus importants de la vie. Toutefois je croirais assez que le meurtre est toujours une sottise. On ne devrait jamais rien faire qu'on ne puisse conter après dîner. Mais laissons là ce pauvre Basil. Je serais ravi de pouvoir lui prêter la belle fin romantique que vous suggérez, mais je n'y arrive pas. J'imagine plutôt qu'il sera tombé dans la Seine du haut d'un omnibus et que le conducteur aura étouffé le scandale. Oui, c'est ainsi qu'il a dû mourir. Je le vois très bien flottant sur le dos dans les eaux mornes et verdâtres, cependant qu'au-dessus de son corps passent les lourds chalands et que de longues herbes s'accrochent à ses cheveux. Si je vous disais que je ne crois pas qu'il eût fait grand-chose de bon désormais. Ces dix dernières années, sa peinture avait bien faibli. »

Dorian poussa un long soupir. Lentement, Lord Henry s'en fut à l'autre bout de la pièce gratter la tête d'un curieux perroquet de Java, oiseau de belle taille, plumes grises, crête et queue roses, qui se balançait sur un perchoir de bambou. Au contact des doigts fuselés, il abaissa la blanche pellicule de ses paupières plissées sur le glacis de ses yeux noirs, avec un dodelinement berceur.

« Oui, reprit Lord Henry, sortant de sa poche un fin mouchoir et revenant vers Dorian, sa peinture était en pleine décadence. Quelque chose semblait l'avoir quittée. Elle avait perdu son idéal. Du jour où vous cessâtes, vous et lui, d'être de grands amis, il cessa d'être un grand artiste. Quelle a été la raison de votre rupture ? Basil vous ennuyait sans doute ? En ce cas, il ne vous l'aura jamais pardonné. C'est l'habitude des gens assommants. À propos, qu'est donc devenu son merveilleux portrait de vous ? Je ne l'ai jamais revu, ce me semble, depuis son achèvement. Ah ! je me rappelle. Vous m'avez raconté, voilà bien des années, que vous l'aviez envoyé à Selby et qu'en route il avait été volé ou perdu. Ne l'avez-vous pas retrouvé ? Quel dommage ! Vraiment c'était un pur chef-d'œuvre. Il m'en souvient, j'avais voulu l'acheter. Je m'en féliciterais aujourd'hui. C'était du Basil de la meilleure période. Depuis lors, son œuvre a présenté ce curieux mélange de mauvaise peinture et de bonnes intentions qui vous fait sacrer aussitôt grand représentant de l'art britannique. Avez-vous essayé de le retrouver par annonces ? Vous devriez bien.

— Je ne sais plus, dit Dorian. J'ai dû le faire. Mais la vérité est qu'il ne m'a jamais plu beaucoup. Je regrette d'avoir posé pour ce portrait. Le seul souvenir m'en est odieux. Pourquoi m'en reparlez-vous ? Sa vue me rappelait chaque fois ces vers étranges d'une tragédie, de *Hamlet*, je crois ; vous savez :

> Un visage sans cœur,
> Telle la peinture d'un chagrin [1].

Oui, c'était tout à fait cela. »

Lord Henry se mit à rire :

« À l'homme qui veut faire de la vie un art, le cerveau tient lieu de cœur », observa-t-il, en se laissant tomber sur un fauteuil.

Au piano, Dorian Gray secoua la tête et préluda doucement.

« Telle la peinture d'un chagrin, répétait-il, un visage sans cœur. »

L'autre, renversé dans son fauteuil, les yeux mi-clos, le regardait.

« À propos, Dorian, fit-il après un silence, que sert à l'homme

---

1. *Hamlet*, acte IV, scène 7. Ces vers, qui associent la peinture et le visage, sont bien sûr prémonitoires.

de gagner l'univers, s'il vient — quelle était donc la fin ? — s'il vient à perdre son âme ? »[1]

La musique grinça, Dorian bondit et regardant, effaré, son ami :

« Pourquoi me demandez-vous cela, Harry ? fit-il.

— Mon cher ami, dit Lord Henry, levant les sourcils de surprise, je vous le demande parce que j'ai pensé que vous pourriez peut-être me fournir une réponse. Voilà tout. Dimanche dernier, je traversais le Parc. Près de Marble Arch[2] un petit cercle de gens assez râpés écoutaient, debout, quelque vulgaire prêcheur en plein air. Je l'entendis, comme je passais, qui hurlait cette question à son auditoire. Elle me frappa comme assez dramatique. Londres fourmille ainsi de scènes pittoresques. Un dimanche pluvieux, un bizarre chrétien en mackintosh, un groupe de visages étiolés et blafards sous un toit disjoint de parapluies ruisselants, une merveilleuse phrase lancée, stridente, jusqu'au ciel, par des lèvres hystériques : en vérité, c'était parfait dans son genre, tout à fait suggestif. J'ai failli dire au prophète que l'Art a une âme, mais que l'homme n'en a point. Il ne m'aurait pas compris, j'en ai peur.

— Ne vous moquez pas, Harry. L'âme est une terrible réalité. On peut l'acheter, la vendre, l'échanger. On peut l'empoisonner ou la rendre parfaite. Il y a une âme en chacun de nous. Je le sais.

— En êtes-vous tout à fait sûr, Dorian ?

— Oui, tout à fait.

— Oh ! alors ce doit être une illusion. Les choses dont on se croit tout à fait sûr ne sont jamais vraies. Telle est la fatalité de la Foi et la leçon de la Poésie. Mais que vous voilà donc sérieux ! Non, laissez là cette gravité ! Que nous importent, à vous et à moi, les superstitions de notre époque ? N'avons-nous

---

1. Voir l'Évangile selon saint Marc : « Et que sert-il à un homme de gagner tout le monde, s'il perd son âme ? » (VIII, 36). **2.** Au « Speaker's Corner » (« Coin des orateurs ») de Hyde Park, n'importe qui peut prendre la parole et haranguer la foule.

pas cessé de croire à l'âme ? Jouez-moi un *Nocturne*[1], Dorian, et, tout en jouant, contez-moi tout bas comment vous avez su garder votre jeunesse. Vous devez avoir un secret. Je n'ai que dix ans de plus que vous, et je suis ridé, ravagé, jauni. Vraiment, Dorian, vous êtes étonnant. Jamais votre mine ne fut plus charmante que ce soir. Vous me rappelez le premier jour où je vous vis. Vous étiez un peu impudent, très timide, absolument extraordinaire. Vous avez changé, naturellement, mais pas d'apparence. Vous devriez bien me dire votre secret. Pour retrouver la jeunesse, je ferais tout au monde, hormis prendre de l'exercice, me lever de bonne heure et devenir respectable. La jeunesse ! Il n'est rien de tel. On la dit ignorante. Quelle absurdité ! Les gens beaucoup plus jeunes que moi sont les seuls dont j'écoute les opinions avec quelque respect. Il me semble qu'ils m'ont dépassé. La vie leur a révélé ses plus récentes merveilles. Quant aux vieillards, je les contredis toujours. C'est chez moi un principe. Si vous leur demandez ce qu'ils pensent d'un événement arrivé la veille, ils vous exhibent solennellement des opinions qui avaient cours en dix-huit cent vingt, du temps que les hommes portaient des bas, croyaient à tout et ne savaient rien... Quel admirable morceau vous jouez là ! Je me demande si Chopin ne l'aurait pas écrit à Majorque[2], tandis que la mer enveloppait la villa de ses gémissements et que l'écume salée venait se briser contre les vitres. C'est d'un romantisme merveilleux. Quelle bénédiction qu'il nous reste un art qui ne soit pas d'imitation ! Ne vous arrêtez pas. J'ai besoin de musique, ce soir. Je me figure que vous êtes le jeune Apollon, et moi Marsyas qui écoute. Moi aussi, Dorian, j'ai mes chagrins secrets, insoupçonnés même de vous. Le dramatique de la vieillesse, ce n'est pas qu'on se fait vieux, c'est qu'on reste jeune. Mon ingénuité me confond parfois. Ah ! Dorian, que vous êtes heureux ! Quel enchantement a été votre vie ! Vous

---

1. Les vingt *Nocturnes* de Chopin, souvent d'une tonalité tourmentée, sont contemporains du déclenchement de la maladie qui allait l'emporter.
2. Allusion au séjour de George Sand et du compositeur aux îles Baléares (1838).

avez, à longs traits, vidé toutes les coupes. Vous avez écrasé contre votre palais les raisins de la vigne. Rien ne vous est demeuré caché ! Et tout a glissé sur vous comme les sons d'une musique. Vous n'avez pas la moindre flétrissure. Vous êtes le même, toujours.

— Je ne suis pas le même, Harry.

— Si, vous êtes le même. Je ne sais ce que sera le reste de votre vie. Gardez-vous de la gâter par de vains renoncements. Vous êtes, à l'heure actuelle, un être parfait. N'allez pas vous mutiler ! Jusqu'ici vous n'avez pas une faille. Pourquoi branler la tête ? Vous savez bien que vous êtes tel que je dis. Et pourtant, Dorian, ne vous y trompez pas. Ce n'est ni la volonté, ni le désir, qui gouverne notre vie. La vie est une question de nerfs, de fibres, de cellules lentement formées où la pensée se cache, où la passion blottit ses rêves. En vain pensez-vous les braver et vous croyez-vous fort. Telle tonalité dans une chambre ou dans un ciel matinal, tel parfum autrefois bien cher et qui nous rapporte de subtils souvenirs, tel vers d'un poème oublié qu'on vient à relire, telle phrase d'un morceau de musique qu'on ne jouait plus depuis longtemps, sachez-le bien, Dorian, ce sont des impressions de ce genre qui décident de notre vie. Browning a écrit là-dessus quelque part[1]. Mais nos propres sens suffisent bien à nous le faire imaginer. Il y a des moments où une odeur de lilas blanc qui flotte dans l'air me force à revivre le mois le plus étrange de ma vie. Que ne puis-je changer d'existence avec vous, Dorian ! Le monde a dit bien du mal de nous deux, mais il n'a cessé de vous adorer. Il vous adore encore. Vous incarnez le type d'homme que cherche notre époque et qu'elle a peur d'avoir trouvé. Je suis ravi que vous n'ayez jamais rien fait, jamais sculpté une statue, jamais peint un tableau, jamais produit quoi que ce soit en dehors de vous-même. La vie a été votre seul art. Vous vous êtes mis vous-même en musique. Vos jours ont été vos sonnets. »

---

1. Allusion au poème de Robert Browning, « Bishop's Blougram's Apology » (dans *Men and Women*, 1855).

Dorian quitta le piano et, se passant la main dans les cheveux :

« Oui, murmura-t-il, ma vie a été exquise, mais je ne veux plus mener la même vie, Harry. Et vous avez tort de me débiter ces extravagances. Vous ne savez pas tout de ma vie. Si vous saviez tout, vous-même vous vous détourneriez de moi. Vous riez. Non, ne riez pas.

— Pourquoi vous être arrêté de jouer, Dorian ? Remettez-vous au piano et recommencez pour moi ce *Nocturne*. Voyez cette large lune, aux tons de miel, suspendue dans le ciel ombreux. Elle attend que vous la charmiez ; si vous jouez, elle va descendre plus proche de la terre. Vous ne voulez pas ? Eh bien, allons au Club. Cette soirée a été délicieuse. Achevons-la délicieusement. Je sais quelqu'un, au White, qui grille d'envie de vous connaître : le jeune Lord Poole, le fils aîné de Bournemouth. Il s'applique déjà à copier vos cravates et voudrait vous être présenté. Il est tout à fait charmant. Il vous rappelle un peu.

— J'espère que non, dit Dorian, le regard attristé. Mais je me sens fatigué ce soir, Harry. Je n'irai pas au Club. Il est presque onze heures et je veux me coucher tôt.

— Restez encore. Vous n'avez jamais joué aussi bien que ce soir. Il y avait dans votre jeu je ne sais quoi d'extraordinaire, plus d'expression que vous n'en aviez mis jamais.

— C'est l'effet de mes bonnes résolutions, répondit-il, souriant. J'ai déjà un peu changé.

— Vous ne sauriez changer à mon égard, Dorian, fit Lord Henry. Vous et moi, nous serons toujours amis.

— Pourtant vous m'avez empoisonné jadis avec un livre. Je ne devrais pas vous le pardonner. Harry, promettez-moi de ne plus jamais prêter ce livre à personne. Il est malfaisant.

— Mon cher, vous vous mettez pour tout de bon à faire de la morale. Vous ne tarderez pas à vous en aller, à la façon des convertis et des revivalistes [1], prêchant contre tous les péchés

---

1. Le revivalisme est un mouvement religieux protestant fondé sur le réveil de la foi.

dont vous êtes rassasié. Vous êtes trop exquis pour un tel rôle, Dorian. D'ailleurs ce serait peine perdue. Vous et moi, nous sommes ce que nous sommes, et nous serons ce que nous avons à être. Mais qu'on soit empoisonné par un livre, non, cela ne s'est jamais vu. L'Art n'a aucune influence sur l'action. Il annihile le désir d'agir. Il est superbement stérile. Les livres que le monde appelle immoraux sont ceux qui lui montrent sa propre ignominie. Voilà tout. Mais nous n'allons pas entamer une discussion littéraire. Revenez me voir demain. Je dois monter à cheval à onze heures. Nous pourrions aller ensemble. Je vous ferais déjeuner ensuite avec Lady Branksome. C'est une femme charmante. Elle serait heureuse d'avoir votre avis sur des tapisseries qu'elle veut acheter. Ne manquez pas de venir. Et si nous allions plutôt déjeuner chez notre petite duchesse ? Elle se plaint de ne plus jamais vous voir. Seriez-vous fatigué de Gladys ? Je m'y attendais. Elle est exaspérante avec son docte langage. En tout cas, soyez ici à onze heures.

— Je me demande si je dois venir, Harry.

— Certainement. Le Parc est exquis en ce moment. Je crois bien que les lilas n'ont jamais été si beaux depuis l'année où je vous ai connu.

— Très bien. Je serai ici à onze heures, dit Dorian. Bonne nuit, Harry. »

Arrivé à la porte, il hésita un instant, comme s'il avait eu quelque chose de plus à dire. Puis il soupira et sortit.

CHAPITRE XX

Il faisait une nuit délicieuse, si tiède qu'il jeta son pardessus sur le bras et ne mit même pas autour du cou son foulard de soie. Comme il regagnait lentement sa demeure, cigarette allumée, deux jeunes hommes en tenue de soirée le croisèrent. Il entendit l'un d'eux chuchoter : « C'est Dorian Gray. » Il se rappela quel plaisir il ressentait autrefois, quand les gens le désignaient d'un geste, le couvaient d'un regard ou s'entretenaient de lui. Il était las maintenant d'entendre son nom. La moitié du charme du petit village où il était tant de fois allé ces derniers temps venait de ce que personne ne l'y connaissait. À la jeune fille qu'il avait séduite, il s'était plu à répéter qu'il était pauvre, et elle l'avait cru. Il lui avait dit, un jour, qu'il était méchant ; elle n'avait fait qu'en rire, déclarant que les méchants étaient toujours très vieux et très laids. Oh ! ce rire clair de Hetty ! C'était à croire qu'une grive chantait. Et qu'elle était jolie, avec ses robes de cotonnade et ses larges chapeaux ! Certes, absolument ignorante, mais riche de tout ce qu'il avait perdu.

Quand il arriva chez lui, il trouva son domestique qui l'attendait. Il l'envoya se coucher, se jeta sur le sofa de la bibliothèque et se prit à songer aux propos de Lord Henry.

Était-il vrai qu'il fût impossible de changer de vie ? Un ardent désir le ramenait vers la pureté sans tache de son enfance — son enfance couronnée de roses blanches, comme Lord Henry l'avait un jour dépeinte. Oui, sans doute, il s'était couvert de souillures, il avait rempli son esprit d'immondices, il avait jeté l'horreur en pâture à son imagination. Il avait exercé autour de lui une pernicieuse influence, prenant à jouer ce rôle une exécrable joie. Et de tant de vies qui avaient croisé la sienne, c'étaient les plus belles et les plus riches de promesses qu'il avait entraînées à l'ignominie. Mais tout ce mal était-il irréparable ? Ne restait-il pour lui plus d'espérance ?

Ah ! qu'il déplorait le prodigieux moment d'orgueil et de passion où il avait demandé, dans une folle prière, que le fardeau de ses jours retombât sur le portrait, tandis qu'il garderait en sa chair la splendeur sans tache d'une éternelle jeunesse. Toutes ses déchéances avaient eu là leur source. Mieux eût valu pour lui que chacune de ses fautes eût entraîné une infaillible et prompte punition. Il y a dans le châtiment une vertu purificatrice. Ce n'est pas cette prière : « Pardonne-nous nos offenses », mais bien ce cri : « Frappe-nous pour nos iniquités », que l'homme devrait faire monter vers un Dieu parfaitement juste.

Dorian avait sur sa table le miroir merveilleusement ciselé que Lord Henry lui avait offert, voilà déjà tant d'années ; les cupidons qui l'encadraient de leurs membres blancs riaient, tout comme autrefois. Il le prit, ainsi qu'il avait fait dans l'horrible nuit où le premier changement lui était apparu dans le fatal portrait. Les yeux voilés de pleurs, il se mira dans son cercle poli. Un jour, quelqu'un qui l'avait furieusement aimé, lui avait écrit une lettre folle finissant par ces mots d'idolâtrie : « Le monde est changé, parce que vous êtes fait d'ivoire et d'or. Les courbes de vos lèvres renouvellent l'histoire. » Ces phrases lui revinrent à l'esprit ; longtemps il se les répéta tout bas. Puis soudain, maudissant sa beauté, il lança le miroir à terre et en écrasa sous le talon les débris d'argent. C'était sa beauté qui l'avait perdu, sa beauté et cette jeunesse qu'avait implorée sa prière. N'eût été ce double privilège, peut-être sa vie fût-elle demeurée sans tache. La beauté n'avait été pour lui qu'un masque, sa jeunesse qu'une dérision. Et qu'était-ce que la jeunesse, vue sous le meilleur jour ? Une saison verte, sans maturité, la saison des humeurs capricieuses et des pensers languissants. Pourquoi en avait-il revêtu la livrée ? La jeunesse l'avait perdu.

Mais ne valait-il pas mieux laisser là le passé ? Nul n'y peut rien changer. Que ne songeait-il plutôt à lui-même et à l'avenir ? James Vane était enfoui dans une tombe anonyme du cimetière de Selby. Alan Campbell s'était tué, une nuit, dans son laboratoire, mais sans avoir rien révélé du secret qu'il lui avait fallu connaître. Le très vif émoi causé par la disparition de Basil Hallward ne tarderait pas à se calmer. Déjà il allait s'affaiblissant. De là, non plus, absolument rien à craindre. En vérité, ce n'était point la mort de Basil Hallward qui troublait le plus sa pensée. Non, c'était la mort vivante de son âme. Basil avait peint le portrait qui avait gâté sa vie entière. Il ne pouvait le lui pardonner. C'était ce portrait qui avait causé tout le mal. Basil avait eu beau lui faire d'intolérables remontrances, il avait tout supporté patiemment. S'il l'avait assassiné, c'était dans un moment de folie. Pour Alan Campbell, son suicide avait été spontané, librement choisi. Il en était innocent.

Une vie nouvelle ! Cela seul lui importait maintenant. Il l'appelait de tous ses vœux. Sûrement il y était entré déjà. Ne venait-il pas d'épargner une créature candide ? Jamais plus il ne chercherait à séduire l'innocence. Il voulait être bon.

À cette pensée de Hetty Merton, il se demanda tout à coup si là-haut, dans la chambre mystérieuse, le portrait n'aurait pas un peu changé. Assurément il ne devait plus être aussi horrible. Qui sait si, par une vie pure, il ne serait pas possible de le délivrer complètement du masque des passions mauvaises ? Quelques signes déjà n'auraient-ils pas disparu ? Il voulut aller voir.

Il prit la lampe sur la table et, sans bruit, gravit l'escalier. Comme il enlevait les barres qui condamnaient la porte, un sourire joyeux vint éclairer la jeunesse magique de son visage et se jouer un instant sur ses lèvres. Oui, il serait vertueux, et l'horrible toile qu'il avait dû cacher n'aurait plus rien qui inspirât la terreur. Déjà il se sentait délivré de ce cauchemar.

Il entra doucement, s'enferma, comme il faisait d'habitude, et écarta la tenture de pourpre, qui masquait le portrait. Un cri de douleur et de rage lui échappa. Aucun changement n'était visible, si ce n'est dans les yeux une expression nouvelle de ruse, et, près de la bouche, la ride tourmentée de l'hypocrisie. C'était le même objet repoussant, devenu, si possible, plus repoussant encore. La tache écarlate qui souillait la main semblait briller davantage et mieux figurer un sang frais répandu. Alors, il se mit à trembler. Eh quoi ! N'était-ce donc que par vanité qu'il avait fait sa bonne action ? Ou bien par besoin de sensations nouvelles, comme l'avait insinué Lord Henry avec un sourire moqueur ? Ou bien encore avait-il simplement obéi à cette passion de jouer un personnage qui nous élève parfois au-dessus de nous-mêmes ? Un peu tout cela peut-être. Mais pourquoi la tache rouge s'était-elle élargie ? Elle paraissait s'être étendue, comme une horrible lèpre, le long des doigts ridés. Sur les pieds aussi, du sang couvrait la peinture, comme si des gouttes étaient tombées. Et l'on voyait maintenant du sang jusque sur l'autre main, qui, celle-là, n'avait point touché le couteau. Était-ce à dire qu'il devait avouer ? Se livrer lui-même et être mis à mort ? Il eut un ricanement. L'idée lui sembla monstrueuse. D'ailleurs, s'il avouait, qui voudrait le croire ? De l'homme assassiné on ne retrouverait pas trace. Tout ce qu'il avait sur lui avait été détruit. Dorian avait brûlé lui-même les objets restés en bas. On le déclarerait fou, tout simplement. Et s'il persistait dans ses dires, on l'enfermerait. Et pourtant, son devoir était de faire des aveux, de s'offrir au mépris public et d'expier sous les regards de tous. Il est un Dieu qui commande aux hommes de confesser leurs fautes à la face de la terre aussi bien que du ciel. Il aurait beau faire ; rien ne le purifierait, tant qu'il n'aurait pas avoué son crime. Son crime ? Il leva les épaules. La mort de Basil Hallward lui paraissait une mince affaire. Il songeait à Hetty Merton. C'était décidément un miroir bien injuste que ce miroir de son âme, ce portrait qu'il avait sous les yeux. Vanité ? Curiosité ? Hypocrisie ? N'y avait-il eu rien de plus dans son abnégation ? Si fait, quelque autre chose encore. Du moins le croyait-il. Mais qui pourrait dire ?...

Non, rien de plus. Par vanité, il avait épargné Hetty. Par hypocrisie, il avait mis le masque de la vertu. Par curiosité, il avait fait l'essai du renoncement. Voilà qu'il s'en rendait compte.

Mais est-ce que ce meurtre allait le poursuivre toute la vie ? Est-ce que le passé allait l'accabler pour toujours ? Allait-il être obligé d'avouer ? Cela, jamais. Il ne restait plus contre lui qu'un élément de preuve. Oui, le portrait constituait une sorte de preuve. Il le détruirait donc. Pourquoi même l'avait-il gardé si longtemps ? Il avait pris plaisir autrefois à en observer les changements, à le regarder vieillir. Mais, depuis peu, c'en était bien fini de cette délectation. En revanche, ses nuits avaient été sans sommeil. Et ses villégiatures s'étaient passées dans l'épouvante, à trembler qu'un autre œil que le sien ne vît l'affreux prodige. Ce portrait avait jeté sur ses passions un voile de mélancolie et assombri, de son seul fantôme, bien des moments de joie. Il avait été pour lui comme une conscience. Oui, une vraie conscience. Sa destruction s'imposait.

Regardant autour de lui, Dorian vit le couteau dont il avait frappé Basil Hallward. Il l'avait nettoyé maintes fois, jusqu'à ce que la moindre tache en eût disparu. L'arme luisait, nette, étincelante. Elle avait tué le peintre, elle tuerait de même l'œuvre de son pinceau et tout ce qu'elle enfermait de mystère. Elle tuerait le passé et, quand le passé serait mort, Dorian serait délivré. Elle tuerait cette toile monstrueuse où vivait une âme, et les hideux avertissements cesseraient : il pourrait vivre en paix.

Il saisit la lame et transperça le portrait.

Un cri se fit entendre, puis un craquement. Telle fut l'horreur de ce cri d'agonie que les serviteurs s'éveillèrent d'effroi et sortirent de leurs chambres. Deux gentlemen qui traversaient le square s'arrêtèrent et levèrent les yeux vers cette belle demeure. Ils s'en furent à la recherche d'un agent de police qu'ils ramenèrent avec eux. Il sonna plusieurs fois. Personne ne répondit. Sauf une fenêtre éclairée au dernier étage, la maison était entièrement plongée dans les ténèbres. L'agent de police attendit un peu, puis se retira sous un portique voisin où il se tint en observation.

« À qui est cette maison, monsieur l'agent ? demanda le plus vieux des gentlemen.

— À Mr. Dorian Gray, monsieur », répondit le policier.

Les deux passants échangèrent un regard et s'éloignèrent en ricanant. L'un d'eux était l'oncle de Sir Henry Ashton.

À l'intérieur du logis, dans la partie réservée au service, les domestiques, à demi vêtus, se concertaient à voix basse. La vieille Leaf pleurait et se tordait les mains. Francis était pâle comme un mort.

Au bout d'un quart d'heure environ, ayant pris avec lui le cocher et l'un des valets de pied, il se décida à monter. Ils frappèrent à la porte ; pas de réponse. Ils appelèrent ; silence absolu. Enfin, après de vains efforts pour enfoncer la porte, ils montèrent sur le toit et, de là, descendirent sur le balcon. Les fenêtres, dont les serrures étaient vieilles, cédèrent aisément.

En entrant, ils virent contre le mur un splendide portrait de leur maître, tel que, la veille encore, ils l'avaient vu lui-même, dans tout l'éclat de sa jeunesse exquise et de sa merveilleuse beauté. Sur le parquet, un homme en habit de soirée gisait, un couteau dans le cœur. Son visage était flétri, ridé, repoussant. Ce ne fut qu'à l'examen de ses bagues qu'ils le reconnurent.

ESSAIS

LE PORTRAIT DE Mr. W.H.

Il existe deux états de cette œuvre, une version courte, ici choisie, et une version augmentée. Wilde avait tout d'abord songé à publier le premier état du *Portrait* aux côtés de « Plume, pinceaux, poison » et du « Déclin du mensonge » sous le titre général d'*Intentions*. En fin de compte, il préféra publier *Le Portrait de Mr. W.H.* en édition séparée, et, en 1890, au moment de la composition définitive d'*Intentions*, il décida de remplacer *Le Portrait de Mr. W.H.* par « La critique est un art », texte plus théorique qui développe une idée, déjà présente dans *Le Portrait de Mr. W.H.*, selon laquelle il est nécessaire d'analyser les œuvres d'art les unes en liaison avec les autres : elles sont en effet, selon lui, toutes interdépendantes, les unes suscitant et inspirant celles qui leur font suite.

La première version du *Portrait de Mr. W.H.* fut publiée en juillet 1889 par le *Blackwood's Edinburgh Magazine*, et la critique accueillit le texte avec tiédeur. La seconde version, terminée trois ans plus tard, aurait dû paraître chez John Lane et Charles Elkin Mathews mais l'éditeur se rétracta, et elle ne fut pas publiée. Bien pire, elle disparut, et le manuscrit ne fut retrouvé qu'en 1920. La première édition britannique, due à Vyvyan Holland, fils aîné de l'écrivain, ne parut qu'en 1958 chez Methuen. Deux fois plus longue que la première, cette version est moins réussie : les très nombreuses citations de Shakespeare ralentissent le récit, et la question de l'homosexualité du dramaturge prend l'allure d'un plaidoyer personnel appuyé. Désireux d'ancrer sa démonstration dans la culture classique afin de légitimer son propos, Wilde procède à de longs développements sur l'hellénisme et le néoplatonisme, c'est-à-dire implicitement sur l'homosexualité. Le lecteur, cependant, s'ennuie et préfère le caractère incisif du premier état.

Le Portrait de Mr. W.H., réflexion sur l'œuvre d'art et la littérature et enquête sur l'identité d'un inspirateur supposé de Shakespeare, n'est pas moins remarquable que « Le Millionnaire modèle ». La première question qui se pose à la lecture de ce texte hybride, mi-essai, mi-nouvelle, est de savoir pourquoi Wilde l'a écrit. Une première raison est que le XIXe siècle s'intéressait aux Sonnets de Shakespeare et à l'identité de leur inspirateur entouré de mystère. Les sonnets sont dédiés à un certain « Mr. W.H. », et l'identité de ce personnage suscitait de nombreuses conjectures. Selon l'hypothèse la plus courante, le dédicataire était le comte de Southampton, Henry Wriothesley, en raison de ses initiales. On citait également William Herbert, comte de Pembroke. Il existe d'autres suppositions encore, certaines très fantaisistes, et Wilde désira à son tour offrir sa propre interprétation. Cependant, au lieu de rassembler des preuves objectivement incontestables, il choisit une forme romanesque : seul le jeu des hypothèses le séduit, la valeur d'un texte résidant selon lui dans la capacité à poser des questions, non dans le choix de solutions toujours incertaines.

Le Portrait de Mr. W.H. est également une histoire de faux et de mensonges, et cette question de l'illusion et du leurre est au centre de son œuvre tout entière. Le tableau est un faux, le suicide d'Erskine également : même la mort est truquée. Wilde est même allé plus loin encore dans la construction de l'illusion et dans le jeu avec les faux-semblants puisque, en mai 1889, il demanda au peintre Charles Ricketts d'exécuter pour lui le portrait de Willie Hughes, ce que l'artiste accepta de faire. « Ce portrait n'a rien d'un faux : c'est un authentique Clouet de la valeur la plus nettement authentique. C'est absurde, à vous et à Shannon, d'essayer de me piper ! Croyez-vous que je ne reconnaisse pas le pinceau du maître ou ne sois pas bon juge en cadres[1] ? »

1. *Lettres d'Oscar Wilde*, p. 138.

lui écrivit Wilde à la réception du tableau. Et la frontière entre le vrai et le faux de s'évanouir une fois encore jusqu'à ce que le retour du réel rétablît la vérité au moins sur un plan financier : lorsque les biens de l'écrivain furent éparpillés lors d'une vente aux enchères le 24 avril 1895, le tableau fut vendu pour rien.

Les ambiguïtés concernent également le récit. Le genre, tout d'abord, n'est pas clairement défini puisque *Le Portrait de Mr. W.H.* hésite entre la pure fantaisie, la glose littéraire et le jeu de piste policier. Wilde entoure de mystère l'identité des personnages principaux qui sont à peine esquissés. De plus, le narrateur et Erskine sont capables de changer radicalement d'opinion selon leur humeur, et en ce sens *Le Portrait de Mr. W.H.* annonce « Le Maître de sagesse » (1894) : dans ce texte, le prosélyte qui convainc autrui perd alors immanquablement la foi ; en outre, comme « Le Sphinx sans secret » l'avait déjà montré, pour Wilde les personnes qui cultivent le mystère sont celles qui ont le moins de consistance. Ensuite, les notions mêmes de preuve et d'authenticité sont fortement contestées. Wilde peut ainsi inviter le lecteur à ne pas prendre son propre texte au sérieux, ce qu'il résume dans la phrase suivante : « Il faut croire en Willie Hughes. Je crois presque en lui moi-même [1]. »

INTENTIONS

Intentions, composé de quatre textes extrêmement différents (« Le Déclin du mensonge », « Plume, pinceaux, poison », « La critique est un art » et « La Vérité des masques »), fut publié le 2 mai 1891, soit quelques jours seulement avant la parution de la seconde version du *Portrait de Dorian Gray*. Le titre est trompeur puisqu'il laisse entendre que l'auteur compte exposer et décrire ses principes esthétiques ; ce que la lecture révèle au contraire est que les essais sont pétris de contradictions et

1. Richard Ellmann, *Oscar Wilde*, p. 328.

qu'il est par conséquent impossible d'y définir une ligne directrice. Pourquoi, dans ce cas, avoir choisi ce titre ? Par ironie, sans doute : dans « La critique est un art », Wilde va même jusqu'à affirmer que « [C]'est toujours avec les meilleures intentions que l'on produit les plus mauvais ouvrages », ce qui est une façon de porter un jugement critique sur son propre livre. Par ailleurs, Wilde connaissait bien le livre de Walter Pater, *Appréciations*, publié en 1890, sur lequel il avait fait un compte rendu en mars 1890 et dont le titre avait de toute évidence retenu son attention. L'influence de Pater va d'ailleurs bien plus loin puisque *Intentions* n'aurait sans doute pas existé si Pater n'avait écrit *La Renaissance*, dont l'esprit et la lettre traversent le livre de Wilde [1].

Deux des essais d'*Intentions* se présentent sous forme de dialogue, et celui-ci est au moins autant une conversation à peine cryptée entre Wilde et son aîné qu'un dialogue (plus ou moins inspiré — du moins dans la forme et dans le désir de pousser l'interlocuteur jusque dans ses contradictions — de ceux de Platon) entre les deux personnages fictifs de Cyril et Vivian. On entend également dans le titre de Wilde le mot « impressions », concept fondamental dans la pensée de Pater et dans ses analyses esthétiques. Pour lui, en effet, « la première condition pour voir l'objet tel qu'il est vraiment, c'est de connaître l'impression reçue telle qu'elle est vraiment » et Wilde souscrit en grande partie à ce primat de la subjectivité.

Dans le premier essai, « Le Déclin du mensonge », initialement publié dans la revue *The Nineteenth Century* en janvier 1889, Wilde fustige le naturalisme de Zola qui, selon lui, préfère la rigueur scientifique à l'imagination. Wilde, pour sa part, rejette cette ingérence de la vie dans l'art et toute prétention à la vérité et par conséquent à la sincérité. Cela explique le titre et la teneur de l'essai qui se prononce en faveur des masques et des mensonges, ce qui est pour Wilde une façon de défendre le pouvoir de l'imagination.

1. Sur *La Renaissance*, voir Préface, p. 31.

« Plume, pinceaux, poison » fut publié pour la première fois en 1889 dans la *Fortnightly Review*, revue de Frank Harris ; dans le même numéro parurent un texte de Swinburne sur Victor Hugo, un de John Addington Symonds sur la poésie victorienne, un autre enfin d'Edmund Gosse sur Ibsen. L'essai de Wilde, quant à lui, est consacré, non pas à un grand créateur mais au personnage de Wainewright, faussaire, criminel et artiste. Wilde s'intéressait à Wainewright pour diverses raisons mais surtout parce que l'illégalité et le rejet des conventions suscitaient sa curiosité ; de plus, le XIXe siècle finissant se passionnait pour la criminalité : l'affaire Jack l'Éventreur avait ainsi défrayé la chronique en 1888. En outre, Wilde fut séduit par la double vie de ce personnage dans lequel il pouvait voir une sorte d'*alter ego* : Wainewright est un esthète et un dandy qui « a cherché à être quelqu'un plutôt qu'à faire quelque chose ». Enfin, l'écrivain est fasciné par le rapport qu'il perçoit chez ce personnage entre le péché et la création artistique : l'art de Wainewright est marqué par ses crimes, problématique féconde qui annonçe celle du *Portrait de Dorian Gray*.

« La critique est un art » s'intitulait initialement « Fonction et valeur véritables de la critique » et avait été publié sous ce titre dans les numéros de juillet et septembre 1890 de *The Nineteenth Century*. Wilde cherche à y définir l'essence de la critique et, pour ce faire, multiplie les références à ses prédécesseurs, dont Matthew Arnold pour qui « le but de la critique est de voir l'objet en soi tel qu'il est vraiment », et Walter Pater qui, dans *La Renaissance*, complète cette définition en affirmant : « La première condition pour voir l'objet tel qu'il est vraiment, c'est de connaître l'impression reçue telle qu'elle est vraiment, de la bien distinguer, de la comprendre précisément. » Autrement dit, concentre son attention sur la valeur subjective de la perception, position que Wilde va systématiser dans cet essai : non seulement le dessein de l'artiste, dit-il, est de voir l'objet tel qu'il n'est pas en réalité, mais encore l'objet de la critique est de se servir de l'œuvre pour en faire une nouvelle création.

« La Vérité des masques », enfin, avait été également publié dans *The Nineteenth Century* en mai 1885, sous le titre de « Shakespeare et le costume de scène ». Ce texte, en apparence très différent des trois précédents, est une défense surprenante de l'authenticité historique du costume de scène. Ce que l'on en retiendra, outre son titre qui exprime une certitude sur laquelle Wilde revient sans cesse dans son œuvre (« l'homme est le moins lui-même lorsqu'il parle en son nom propre. Donnez-lui un masque et il vous dira la vérité », explique Wilde dans « La critique est un art »), est en fin de compte sa conclusion, ajoutée en 1891, qui anéantit toute l'argumentation précédente : « Toute vérité, en art, comporte une vérité contraire aussi vraie qu'elle-même ».

Le livre ne connut pas un très grand succès pour diverses raisons. D'une part, Wilde avait déjà exprimé ailleurs des idées similaires à celles qui sont exposées dans *Intentions*, fausse synthèse ou mise au point factice qui ne donnait pas le sentiment d'apporter du nouveau, tant s'en faut. De plus, l'incohérence générale de l'ouvrage sur le plan théorique parut contestable, à la fois au sein de chaque essai et dans l'économie générale du volume. En effet, le propos du quatrième essai, « La Vérité des masques », qui préconise le respect de l'exactitude historique des costumes de théâtre, c'est-à-dire le réalisme, contredit radicalement celui des trois précédents. Enfin, la pensée de Wilde est, d'une manière générale, plus subjective que scientifiquement rigoureuse, et si cette caractéristique contribue au charme de l'ouvrage, elle est également l'une de ses faiblesses.

Si l'on met de côté « La Vérité des masques », on peut toutefois relever de nombreux points communs, sur le plan théorique, dans les trois autres essais, en particulier le souci constant de mettre en place des hiérarchies : Wilde souligne ainsi la supériorité de l'art ornemental sur les autres arts plastiques, de l'imagination sur le réalisme, du critique sur l'artiste, de la littérature sur les autres formes d'art, de l'esthétique sur l'éthique et bien entendu de l'art sur la nature qui, selon lui, n'a pas d'existence en dehors de l'art. D'autres l'avaient bien sûr dit avant lui, ainsi Gautier ou Baudelaire qui affirmait dans le *Salon de 1846* que « la première affaire d'un artiste est de substituer l'homme à la nature et de protester contre elle », et Wilde, à l'instar de Huysmans en cette fin de siècle, reprend cette théorie. Ce faisant, il s'empare de l'histoire littéraire et des leçons du passé afin de poser les jalons de sa propre démarche esthétique pour ses œuvres à venir.

P. A.

LE PORTRAIT DE MR. W. H.

I

J'avais dîné chez Erskine dans sa jolie petite maison du Birdcage Walk[1], et nous étions assis dans la bibliothèque, savourant notre café et nos cigarettes, lorsque la question des supercheries littéraires se présenta par hasard dans la conversation. Il m'est impossible de me rappeler à présent comment il se fit que nous fussions tombés sur ce sujet assez curieux, comme cela se produisit à ce moment ; mais je sais que nous avions eu une longue discussion sur Macpherson, Ireland, et Chatterton[2], et qu'en ce qui concerne ce dernier, j'avais insisté sur ce que ses prétendus faux étaient simplement le résultat de son désir artistique de faire une représentation parfaite ; je prétendais que nous n'avons nul droit de chercher querelle à un artiste au sujet des conditions dans lesquelles il lui plaît de

---

1. Rue élégante de Londres au sud de St. James's Park près du palais de Buckingham. 2. James Macpherson (1736-1796), littérateur écossais, est célèbre pour la publication des *Poèmes d'Ossian*, qu'il prétendait avoir traduits de l'ancienne langue gaélique. William Henry Ireland (1777-1835), écrivain anglais, affirma en 1795 avoir découvert des inédits de Shakespeare, qui dupèrent quelque temps plusieurs critiques de l'époque. Thomas Chatterton (1752-1770) publia des poèmes imités du Moyen Âge qu'il fit passer pour des œuvres de Thomas Rowley, moine et poète (imaginaire) du XVe siècle. Quand l'imposture fut révélée, Chatterton se suicida. Wilde lui consacra une conférence en mars 1888.

présenter son œuvre, et que, tout art étant, dans une certaine mesure, une manière de comédie, une tentative en vue de réaliser sa propre personnalité sur quelque plan imaginatif hors de portée des accidents et des limitations qui nous entravent dans la vie réelle, condamner un artiste en lui reprochant un faux, c'est confondre un problème d'éthique avec un problème d'esthétique.

Erskine, qui était beaucoup plus âgé que moi, et qui m'avait écouté avec la déférence amusée d'un homme de quarante ans, posa tout à coup la main sur mon épaule, et me dit : « Que diriez-vous d'un jeune homme qui aurait une théorie étrange au sujet d'une certaine œuvre d'art, qui aurait foi en sa théorie, et qui commettrait un faux afin de la prouver ?

— Ah ! c'est là une affaire toute différente », répondis-je.

Erskine demeura quelques instants silencieux, contemplant les minces filets de fumée grise qui s'élevaient de sa cigarette. « Oui, dit-il au bout d'un moment, toute différente. »

Il y avait quelque chose dans le ton de sa voix, une légère pointe d'amertume, peut-être, qui suscita ma curiosité. « Avez-vous jamais connu quelqu'un qui ait fait cela ? m'écriai-je.

— Oui, répondit-il, jetant sa cigarette dans le feu, — un de mes grands amis, Cyril Graham [1]. Il était très attachant, et fort ridicule, et il n'avait pas de cœur. Néanmoins, il m'a fait le seul legs que j'aie reçu de ma vie.

— Et quel est-il, ce legs ? » m'écriai-je. Erskine se leva de son siège, et, allant à une haute vitrine incrustée qui était posée entre les deux fenêtres, l'ouvrit, et revint à l'endroit où j'étais assis, tenant à la main une petite peinture sur ce panneau de bois, montée dans un cadre ancien et quelque peu passé de l'époque élisabéthaine.

C'était un portrait en pied d'un jeune homme en costume de la fin du XVIe siècle, debout à côté d'une table, la main droite reposant sur un livre ouvert. Il paraissait avoir environ dix-sept

---

1. Cyril est le prénom du fils aîné de Wilde. Il revient dans « Le Déclin du mensonge » (*Intentions*). Le nom de Graham (Cecil Graham) apparaît dans *L'Éventail de Lady Windermere*.

ans, et était, de toute sa personne, d'une beauté absolument extraordinaire, bien que manifestement un peu efféminée. En vérité, n'eût été le costume et les cheveux coupés court, on eût dit que ce visage, avec ses yeux rêveurs et mélancoliques, et ses lèvres rouges et délicates, était celui d'une jeune fille. Par la facture, et en particulier par la façon dont étaient traitées les mains, cette peinture rappelait la dernière manière de François Clouet [1]. Le pourpoint de velours rouge, aux pointes fantasquement dorées, et le fond bleu paon sur lequel il se détachait si agréablement, et qui lui faisait prendre une valeur de couleur si lumineuse, étaient bien dans le style de Clouet ; et les deux masques représentant la Tragédie et la Comédie, qui étaient suspendus un peu conventionnellement au piédestal de marbre, avaient cette dureté sévère de touche — si différente de la grâce facile des Italiens — que, même à la cour de France, le grand maître flamand n'avait jamais perdue, et qui, en soi, a toujours été une caractéristique du tempérament septentrional.

« C'est une chose charmante, m'écriai-je, mais qui est ce merveilleux jeune homme, dont l'art nous a si heureusement conservé la beauté ?

— Ceci est le portrait de Mr. W. H., dit Erskine, avec un sourire triste. Il se peut que ce fût un effet fortuit de la lumière, mais il me sembla que ses yeux étaient tout luisants de larmes.

— Mr. W. H. ! m'exclamai-je ; qui était Mr. W. H. ?

— Vous ne vous rappelez pas ? répondit-il ; regardez donc le livre sur lequel repose sa main.

— Je vois qu'il y a là quelque chose d'écrit, mais je ne puis le déchiffrer, répondis-je.

— Prenez cette loupe, et essayez de voir », dit Erskine, avec le même sourire triste se jouant toujours aux commissures de ses lèvres.

Je pris la loupe et, approchant un peu la lampe, je commençai

---

1. François Clouet (1510 ?-1572), portraitiste français né à Tours, fils de Jean Clouet (également portraitiste), né à Bruxelles.

à épeler l'écriture biscornue du XVIe siècle. *À l'unique créateur des Sonnets ci-après* [1].

« Grand Dieu ! m'écriai-je, est-ce là le Mr. W. H. de Shakespeare ?

— Cyril Graham le disait, marmotta Erskine.

— Mais cela ne ressemble pas du tout à Lord Pembroke [2], répondis-je. Je connais fort bien les portraits de Penshurst [3]. J'ai fait un séjour près de là, il y a quelques semaines.

— Croyez-vous vraiment que les Sonnets s'adressent à Lord Pembroke ? demanda-t-il.

— J'en suis sûr, répondis-je. Pembroke, Shakespeare, et Mary Fitton [4] sont les trois personnages des Sonnets ; la chose ne fait pas le moindre doute.

— Ma foi, je suis d'accord avec vous, dit Erskine, mais je n'ai pas toujours été de cet avis. J'ai cru jadis — je m'imagine avoir cru — en Cyril Graham et en sa théorie.

— Et quelle était-elle, sa théorie ? demandai-je, regardant le portrait merveilleux, qui avait déjà commencé à exercer sur moi une fascination étrange.

— L'histoire est longue, dit Erskine, m'enlevant le tableau — avec un peu de brusquerie, me sembla-t-il sur le moment —, fort longue, même ; mais s'il vous plaît de l'entendre, je vais vous la conter.

— J'adore les théories sur les Sonnets, m'écriai-je ; mais je ne crois guère possible d'être converti à une idée nouvelle. La question a cessé d'être un mystère pour qui que ce soit. Je m'étonne même qu'elle ait jamais été un mystère.

— Comme je n'y crois pas, à cette théorie, il est peu proba-

---

1. Début de la dédicace des Sonnets de Shakespeare. **2.** William Herbert, comte de Pembroke (1580-1630), dédicataire du premier folio des œuvres de Shakespeare, fut longtemps considéré comme le mystérieux Mr. W. H. **3.** Wilde fait une confusion : Penshurst est le lieu de naissance de Sir Philip Sidney qui y naquit en 1554. Les portraits de Lord Pembroke auxquels songe l'écrivain se trouvent à Wilton, dans le comté du Wiltshire ; ils sont dus à Daniel Mytens et Antoine Van Dyck. **4.** Mary Fitton, maîtresse du comte de Pembroke, a pendant longtemps été considérée comme la « dame brune » (« the Dark Lady ») des Sonnets.

ble que je vous y convertisse, dit Erskine en riant ; mais elle pourra vous intéresser.

— Dites-la-moi, bien entendu, répondis-je. Si elle a seulement la moitié du charme du portrait, je serai plus que satisfait.

— Eh bien, dit Erskine, allumant une cigarette, il faut que je commence par vous parler de Cyril Graham lui-même. Lui et moi, nous étions chez le même maître, à Eton[1]. J'avais un an ou deux de plus que lui, mais nous étions étroitement liés et nous partagions tout notre travail et tous nos jeux. Il y avait, bien entendu, beaucoup plus de jeux que de travail, mais je ne saurais dire que je le regrette. Il est toujours avantageux de n'avoir pas reçu une solide instruction commerciale, et ce que j'appris sur les terrains de jeux, à Eton, m'a été largement aussi utile que tout ce qu'on m'a enseigné à Cambridge. Il faut vous dire que le père et la mère de Cyril étaient morts tous les deux. Ils s'étaient noyés dans un affreux accident de yacht, au large de l'île de Wight. Son père avait été dans la diplomatie, et avait épousé une fille — la fille unique, même — du vieux Lord Crediton, qui devint le tuteur de Cyril après la mort de ses parents. Je ne crois pas que Lord Crediton ait éprouvé beaucoup de tendresse à l'égard de Cyril. Au fond, il n'avait jamais pardonné à sa fille d'avoir épousé un homme dépourvu de titre de noblesse. C'était un vieil aristocrate extraordinaire, qui jurait comme un cocher de fiacre, et avait les façons d'un fermier. Je me souviens de l'avoir vu un jour, à une distribution de prix. Il me parla en bougonnant, me donna un souverain[2], et me dit de ne pas devenir, quand je serais grand, « un sacré radical », comme mon père. Cyril avait fort peu d'affection pour lui, et ne fut que trop heureux de passer la plupart de ses vacances auprès de nous, en Écosse. Ils ne s'entendirent jamais bien, au fond. Cyril le trouvait ours, et lui, trouvait Cyril efféminé. Il l'était, efféminé, je le suppose, pour certaines choses, bien qu'il fût excellent cavalier et escrimeur de premier ordre. En vérité,

1. Eton, la *public school* la plus prestigieuse de Grande-Bretagne, fut fondée par Henry VI en 1440. Elle est située en face du château royal de Windsor.
2. Pièce d'or valant une livre sterling.

il était de première force au fleuret avant d'avoir quitté Eton. Mais il était très lent dans ses façons, passablement vaniteux de sa beauté, et vivement opposé au football. Les deux choses qui lui procuraient réellement du plaisir, c'étaient la poésie et le théâtre. À Eton, il était continuellement occupé à se costumer et à réciter du Shakespeare, et quand il entra à Trinity College[1], il devint, dès son premier trimestre, membre du Club Dramatique d'Amateurs[2]. Je me souviens d'avoir toujours éprouvé de la jalousie à l'égard de la façon dont il jouait la comédie. Je lui étais dévoué, d'une façon absurde — sans doute parce que nous étions tellement différents par certains côtés. Moi, j'étais un garçon plutôt gauche, de santé faible, avec des pieds énormes, et affreusement plein de taches de rousseur. Les taches de rousseur sont héréditaires dans les familles écossaises, tout comme la goutte dans les familles anglaises ; Cyril disait que, des deux, il préférait la goutte ; mais il avait toujours énormément prisé l'aspect personnel, et un jour il fit une conférence devant notre société de débats pour démontrer qu'il valait mieux être beau que vertueux[3]. Il était incontestablement d'une beauté étonnante. Les gens qui ne l'aimaient pas, les philistins[4] et les répétiteurs de l'université, ainsi que les jeunes gens qui faisaient des études de théologie, disaient qu'il était simplement joli garçon ; mais il y avait bien autre chose que de la simple joliesse dans son visage. À mon avis, c'était l'être le plus magnifique que j'aie jamais vu, et rien ne pouvait surpasser la grâce de ses gestes, le charme de ses façons. Il exerçait une fascination sur tous ceux qui méritaient qu'on les charmât, et sur bon nombre de gens qui ne le méritaient pas. Il était souvent volontaire et pétulant, et je trouvais qu'il manquait affreusement de sincérité. Cela tenait, je le crois, principale-

---

1. L'un des grands *colleges* universitaires de Cambridge. **2.** Association d'acteurs amateurs fondée en 1855. À l'origine, les femmes en étaient exclues. **3.** Wilde reprendra cette phrase dans *Le Portrait de Dorian Gray* (chapitre XVII). **4.** Le terme « philistin » caractérise les valeurs petites-bourgeoises (matérialistes et anti-intellectuelles). Il fut utilisé dans ce sens par Thomas Carlyle et repris par Matthew Arnold en 1869 dans *Culture et anarchie*.

ment à son désir excessif de plaire. Pauvre Cyril ! Je lui dis un jour qu'il se satisfaisait de triomphes au rabais, mais il se contenta de rire. Il était horriblement gâté. Tous les gens charmants, j'imagine, le sont. C'est le secret de leur attrait.

« Quoi qu'il en soit, il faut que je vous parle de la façon dont Cyril jouait la comédie. Vous savez qu'aucune actrice n'a le droit de jouer au Club Dramatique d'Amateurs. Du moins, elles ne l'avaient pas, de mon temps. Je ne sais pas ce qu'il en est à présent. Aussi, bien entendu, les rôles de jeunes filles étaient toujours dévolus à Cyril, et quand on monta *Comme il vous plaira*, ce fut lui qui joua Rosalinde [1]. Ce fut un spectacle étonnant. Au vrai, Cyril fut la seule Rosalinde parfaite que j'aie jamais vue. Il serait impossible de vous décrire la beauté, la délicatesse, le raffinement de l'ensemble. La pièce produisit un effet considérable, et l'affreux petit théâtre, tel qu'il était alors, fut bondé tous les soirs [2]. Même quand je lis la pièce à présent, je ne puis m'empêcher de songer à Cyril. Elle aurait pu être écrite pour lui. Le trimestre suivant, il fut reçu bachelier, puis il vint à Londres pour se préparer à la carrière diplomatique. Mais il ne travaillait pas. Il passait ses journées à lire les Sonnets de Shakespeare, et ses soirées au théâtre. Bien entendu, il désirait follement monter sur les planches. Lord Crediton et moi, nous parvînmes à grand-peine à l'en empêcher. Peut-être, s'il avait fait du théâtre, serait-il encore en vie. Il est toujours stupide de donner des conseils, mais donner de bons conseils est une chose absolument désastreuse. J'espère que vous ne tomberez jamais dans cette erreur. Sinon, vous vous en repentirez.

« Donc, pour en arriver au point vraiment intéressant de l'histoire, je reçus un jour une lettre de Cyril me demandant de passer chez lui ce soir-là. Il avait un logement charmant dans Piccadilly, avec vue sur Green Park, et comme j'avais l'habitude d'aller le voir tous les jours, je fus un peu surpris de ce qu'il

---

1. *Comme il vous plaira* est une comédie de Shakespeare (1599) ; Rosalinde, qui en est le personnage féminin principal, est incarnée par Sibyl Vane dans *Le Portrait de Dorian Gray*. **2.** Sibyl Vane triomphe de même dans un théâtre sordide (*Le Portrait de Dorian Gray*, chapitre IV).

eût pris la peine de m'écrire. Bien entendu, je me rendis chez lui, et, en arrivant, je le trouvai dans un état de grande surexcitation. Il me dit qu'il avait enfin trouvé le secret véritable des Sonnets de Shakespeare ; que tous les érudits et les critiques avaient fait complètement fausse route ; et qu'il était le premier qui, opérant exclusivement sur des épreuves intrinsèques, eût découvert l'identité véritable de Mr. W. H. Il était positivement fou de joie, et, pendant longtemps, refusa de me conter son histoire. En fin de compte, il sortit une liasse de notes, prit sur la cheminée son exemplaire des Sonnets, et s'assit pour me débiter une longue conférence sur l'ensemble du sujet.

« Il commença par insister sur ce que le jeune homme à qui Shakespeare adressa ces poèmes étrangement passionnés devait être quelqu'un qui fût un facteur réellement vital dans le développement de son art dramatique, ce que l'on ne pouvait dire ni de Lord Pembroke, ni de Lord Southampton[1]. Et même, qui que ce fût, ce ne pouvait être un homme de haute naissance, ce qui ressortait clairement du sonnet XXV, dans lequel Shakespeare se pose en contraste avec ceux qui sont "les favoris des grands princes" ; il y dit tout franchement :

Que ceux à qui sourit leur astre bienveillant
Se vantent des honneurs et des titres encore, —
Mais moi, pour qui le sort s'est montré moins clément,
Caché, je prends plaisir à cela que j'honore.

et il termine le sonnet en se félicitant de l'humble position de celui qu'il adorait ainsi :

Heureux suis-je donc, moi qui aime et suis aimé
Où je ne puis bouger, ni me voir détrôné.

1. Henry Wriothesley, troisième comte de Southampton (1573-1624), protégea Shakespeare qui lui dédia *Vénus et Adonis* (1593) et *Le Viol de Lucrèce* (1594). Il est considéré par certains comme le mystérieux dédicataire des Sonnets.

« Ce sonnet, au dire de Cyril, serait totalement inintelligible si nous imaginions qu'il était adressé soit au comte de Pembroke, soit au comte de Southampton, qui étaient l'un et l'autre des hommes de la situation la plus haute qui fût en Angleterre, et pleinement qualifiés pour recevoir l'appellation de "grands princes" ; et, pour corroborer son appréciation, il me lut les sonnets CXXIV et CXXV, dans lesquels Shakespeare nous dit que son amour n'est pas "l'enfant des grandeurs", qu'il "ne souffre point en pompe souriante", mais est "édifié loin des hasards malheureux". Je l'écoutai avec beaucoup d'intérêt, car je ne crois pas que cette question ait jamais été soulevée précédemment ; mais la suite fut plus curieuse encore, et me parut, à cette époque, détruire complètement les titres de Pembroke. Nous savons, par Meres [1], que les Sonnets avaient été écrits avant 1598, et le sonnet CIV nous apprend que l'amitié de Shakespeare pour Mr. W. H. avait alors déjà trois ans d'existence. Or, Lord Pembroke, qui naquit en 1580, ne vint à Londres qu'après qu'il eut atteint l'âge de dix-huit ans, c'est-à-dire en 1598, et les relations de Shakespeare avec Mr. W. H. ont dû commencer en 1594, ou au plus tard en 1595. Shakespeare n'a donc pu connaître Lord Pembroke qu'après que les Sonnets eurent été écrits.

« Cyril appela également mon attention sur ce que le père de Pembroke ne mourut qu'en 1601, alors qu'il est évident d'après ce vers :

Tu avais un père... Ah ! que ton fils, donc, le dise [2],

que le père de Mr. W. H. était mort en 1598. D'ailleurs, il est absurde d'imaginer qu'un éditeur quelconque de l'époque — et la préface est de la main de l'éditeur [3] — se serait permis de

---

1. Francis Meres (1565-1647), auteur d'une histoire de la littérature anglaise depuis Chaucer jusqu'à sa propre époque (*Palladis Tamia, Wit's Treasury*, 1598), fut le premier à évoquer les Sonnets, alors inédits. **2.** Sonnet XIII, vers 13-14. **3.** Il s'agit de la célèbre dédicace, signée T. T. (c'est-à-dire Thomas Thorpe).

s'adresser à William Herbert, comte de Pembroke, sous l'appellation de Mr. W. H. ; le cas de Lord Buckhurst, désigné sous l'appellation de Mr. Sackville[1], n'est pas, en réalité, un exemple parallèle, car Lord Buckhurst n'était pas pair, mais simplement fils cadet de pair, avec un titre de courtoisie, et le passage du *Parnasse anglais*, où il est ainsi désigné, n'est pas une dédicace officielle et imposante, mais une simple allusion en passant. Voilà pour Lord Pembroke, dont Cyril démolit facilement les titres prétendus tandis que je l'écoutais dans mon fauteuil, émerveillé. Quant à Lord Southampton, Cyril eut encore moins de difficulté avec lui. Southampton devint, très jeune, l'amant d'Elisabeth Vernon[2], de sorte qu'il n'avait pas besoin qu'on le suppliât de se marier ; il n'était pas beau ; il ne ressemblait pas à sa mère, comme c'était le cas pour Mr. W. H. :

Tu reflètes ta mère, ainsi qu'elle, en toi-même,
Nous rend l'avril charmant de sa pleine beauté[3] ;

et, surtout, il s'appelait, de son nom de baptême, Henry, tandis que les sonnets à calembours (CXXXV et CXLIII) montrent que le prénom de l'ami de Shakespeare était le même que le sien — Will.

« Quant aux autres hypothèses alléguées par des commentateurs malheureux — à savoir : que Mr. W. H. serait une faute d'impression pour : Mr. W. S., signifiant Mr. William Shakespeare ; que "Mr. W. H. all" doit se lire : "Mr. W. Hall" ; que Mr. W. H. serait Mr. William Hathaway ; et qu'il faudrait mettre un point après "wisheth", ce qui ferait de Mr. W. H. l'auteur et non le récipiendaire de la dédicace[4], — Cyril les réfuta en très peu

1. Thomas Sackville (1536-1608) devint Lord Buckhurst en 1567. L'anthologie de Robert Allott, *Le Parnasse anglais*, ici mentionnée, contient des textes de Sackville et fut publiée en 1600. 2. Elisabeth Vernon, cousine du deuxième comte d'Essex, fut la maîtresse de Southampton avant de devenir sa femme. 3. Sonnet III, vers 9-10. 4. William Hall, libraire de son état, aurait contribué à donner le jour (« begetter ») aux Sonnets en servant d'intermédiaire entre leur auteur, Shakespeare, et l'éditeur, Thomas Thorpe, auteur de la dédicace. William Hathaway était le beau-frère de Shakespeare.

de temps ; il est inutile que je répète ses arguments, quoique je me souvienne qu'il m'ait fait éclater de rire en me lisant — non pas dans le texte original, je suis heureux de le dire — quelques extraits d'un commentateur allemand du nom de Barnstorff, qui prétendait avec insistance que Mr. W. H. n'était rien de moins que "Mr. William Himself" [Mr. William en personne] [1]. Il ne voulut pas admettre un seul instant, non plus, que les Sonnets fussent de simples satires sur les ouvrages de Drayton et de John Davies de Hereford [2]. Pour lui, comme pour moi, au surplus, c'étaient des poèmes pleins de signification sérieuse et tragique, tirés du cœur de Shakespeare tordu d'amertume, et rendus doux par le miel de ses lèvres. Encore moins voulut-il admettre qu'ils fussent une simple allégorie philosophique, et que Shakespeare s'adressât ainsi à son Moi idéal, où à l'idéale Virilité, ou à l'Esprit de la Beauté, ou à la Raison, ou au Logos divin, ou à l'Église catholique [3]. Il sentait, comme, certes, je crois que nous le sentons tous, que les Sonnets s'adressent à un individu — à un jeune homme déterminé, dont la personnalité, pour quelque raison, semble avoir empli l'âme de Shakespeare d'une joie terrible et d'un désespoir non moins terrible.

« Ayant ainsi en quelque sorte déblayé le terrain, Cyril me pria de chasser de mon esprit toutes les idées préconçues que j'aurais pu formuler à ce sujet, et d'entendre, en toute équité

---

1. Cette idée est avancée par D. Barnstorff, auteur de *Schlüssel zu Shakespeares Sonnetten* (1860), dont la traduction anglaise (*A Key to Shakespeare's Sonnets*) parut en 1862. **2.** Michael Drayton (1563-1631) est considéré comme un poète médiocre. John Davies of Hereford (1565-1618), qui a abondamment écrit sur des sujets théologiques et philosophiques, est également l'auteur de sonnets, d'épigrammes et d'un long poème, *Le Portrait d'un homme heureux*, célèbre pour ses antithèses et ses jeux de mots. **3.** Ces différents points sont empruntés aux *Sonnets de William Shakespeare* d'Edmund Dowden (1881), ouvrage connu de Wilde. Le mot « logos » signifie « parole » ; dans la philosophie de Platon, il désigne l'Être en tant que source des Idées ; chez les néo-platoniciens, il est l'un des aspects de la divinité ; enfin, dans la théologie chrétienne, saint Jean l'emploie dans son Évangile pour désigner la seconde personne de la Trinité, préexistant à la création du monde et identifiée à Jésus-Christ.

et sans préjugé, sa propre théorie. Le problème, précisa-t-il, est le suivant : qui était ce jeune homme de l'époque de Shakespeare, qui, sans être noble de naissance ni même de nature, fut celui à qui il s'adressa en des termes d'une adoration tellement passionnée, que nous ne pouvons qu'être saisis d'étonnement devant ce culte étrange, et que nous avons presque peur de tourner la clef qui ouvre le mystère du cœur du poète ? Qui était-il, celui dont la beauté physique était telle qu'elle devint véritablement la pierre angulaire de l'art de Shakespeare, la source même de l'inspiration de Shakespeare, l'incarnation même des rêves de Shakespeare ? Le considérer simplement comme l'objet de certains poèmes d'amour, c'est passer à côté de toute la signification de ces poèmes : car l'art dont parle Shakespeare dans les Sonnets n'est point l'art des Sonnets eux-mêmes, qui n'étaient, en vérité, pour lui que des choses fugitives et secrètes — c'est l'art du dramaturge, auquel il fait constamment allusion ; et celui à qui Shakespeare a dit :

Mais tu es tout mon art, et grâce à toi s'avance,
Haute comme un savoir, ma grossière ignorance[1].

Celui à qui il a promis l'immortalité,

Où le souffle est vivant, dans la bouche des hommes[2],

ce n'était assurément nul autre que l'acteur-jouvenceau pour qui il créa Viola et Imogène, Juliette et Rosalinde, Portia et Desdémone, et Cléopâtre elle-même[3]. Telle était la théorie de Cyril, édifiée exclusivement, comme vous le voyez, en partant des Sonnets eux-mêmes, et reposant, pour être acceptée, non pas tant sur des preuves démontrables ou des témoignages formels, mais bien sur une espèce de sens spirituel et artistique,

---

1. Sonnet LXXVIII, vers 13-14. **2.** Sonnet LXXXI, vers 13-14. **3.** Héroïnes de *La Nuit des rois* (Viola), *Cymbeline* (Imogène), *Roméo et Juliette* (Juliette), *Comme il vous plaira* (Rosalinde), *Le Marchand de Venise* (Portia), *Othello* (Desdémone) et *Antoine et Cléopâtre* (Cléopâtre).

au moyen duquel, prétendait-il, et au seul moyen duquel, on pouvait discerner la signification véritable des poèmes. Je me souviens qu'il me dit ce beau sonnet :

Ma Muse, avoir besoin d'inventer un sujet,
Tant que ton souffle est là, qui dans ma poésie
Verse un thème charmant, — toi-même, — trop parfait
Pour qu'un écrit vulgaire, après, s'en rassasie ?
Oh ! sois remercié, si quelque chose en moi
Méritant d'être lu se présente à ta vue :
Car qui donc se tairait, impuissant, devant toi,
Lorsque l'invention s'éclaire à ta venue ?
Sois la dixième Muse, et dix fois plus puissante
Que les neuf d'autrefois qu'invoquent les rimeurs ;
Et celui qui t'invoque, alors, ah ! qu'il enfante
Des rythmes éternels pour le temps qui ne meurt[1] *!*

— en appelant mon attention sur la perfection avec laquelle il corroborait sa théorie ; et, en vérité, il lut tous les Sonnets avec soin, d'un bout à l'autre, et montra — ou crut montrer — que, d'après sa nouvelle explication de leur signification, des choses qui avaient paru obscures, ou vicieuses, ou exagérées, devenaient claires et raisonnables, et de grande importance artistique, comme illustrant la conception qu'avait Shakespeare des rapports véritables existant entre l'art de l'acteur et l'art du dramaturge.

« Il est donc évident qu'il devait y avoir, dans la troupe de Shakespeare, quelque merveilleux acteur-jouvenceau d'une grande beauté, à qui il confiait la personnification de ses nobles héroïnes ; car Shakespeare était un directeur de théâtre professionnel en même temps qu'un poète imaginatif, et Cyril Graham avait bel et bien découvert le nom de l'acteur-jouvenceau. C'était Will, ou, comme il préférait l'appeler, Willie Hughes[2].

---

1. Sonnet XXXVIII, vers 1-12. **2.** Cette identification de W. H. avec Willie Hughes, d'abord proposée par Thomas Tyrwhitt, critique anglais du XVIIIe siècle, fut reprise par Edmund Malone dans son édition des œuvres de Shakespeare (1780).

Le prénom, il le trouva, bien entendu, dans les sonnets à calembours, CXXXV et CXLIII ; le nom de famille était, selon lui, dissimulé dans le huitième vers du sonnet XX, où Mr. W. H. est décrit comme étant :

A man in hew, all Hews *in his controwling*[1].
[Un homme par le teint, maître de tous les teints par le sien.]

« Dans l'édition originale des Sonnets, "Hews" est imprimé avec une majuscule et en italique, ce qui, prétendait-il, montre nettement qu'il y a un jeu de mots voulu ; et son avis est fortement corroboré par ceux des sonnets où se trouvent des calembours sur les mots « use », et « usury ». Bien entendu, je fus immédiatement converti, et Willie Hughes devint pour moi une personne aussi vivante que Shakespeare.

Alors que j'étais seul à réclamer ton aide,
Mon vers seul possédait ton charme qui sourit ;
Mais mon rythme, à présent, chancelle et se flétrit ;
À ma Muse épuisée une autre, hélas ! succède.

« La seule objection que je fisse à cette théorie, c'est que le nom de Willie Hughes ne se rencontre pas dans la liste des acteurs de la troupe de Shakespeare telle qu'elle est imprimée dans le premier « folio[2] ». Cyril, toutefois, fit valoir que l'absence du nom de Willie Hughes sur cette liste corrobore en réalité la théorie, car il est manifeste, d'après le sonnet LXXXVI, que Willie Hughes avait abandonné la troupe de Shakespeare pour jouer dans un théâtre rival, probablement dans quelques-unes des pièces de Chapman[3]. C'est en allusion à cela que,

1. L'identité phonétique des mots « hews » (ou « hues », en français « teintes ») et « Hughes » permet le jeu de mots. 2. Le premier folio regroupa pour la première fois, en 1623, les pièces de Shakespeare. 3. George Chapman (1559 ?-1634), poète dramatique anglais, traducteur d'Homère et de Pétrarque. Il a souvent été considéré comme le « poète rival » dont il est question dans les Sonnets.

dans le grand sonnet sur Chapman, Shakespeare dit à Willie Hughes :

Mais à voir ton visage alimenter son vers,
Le mien, manquant d'étoffe, allait tout de travers[1],

l'expression « à voir ton visage alimenter son vers » se rapportant évidemment à la beauté du jeune acteur, donnant vie et réalité, et un charme surajouté, aux vers de Chapman ; la même idée étant encore mise en avant dans le sonnet LXXIX :

Tant que moi seul j'avais recours à ton aide,
Mon vers seul avait toute la douce grâce ;
Mais à présent mes rythmes gracieux sont flétris,
Et ma Muse malade cède la place à une autre ;

ainsi que dans le sonnet immédiatement précédent, où Shakespeare dit :

Toutes plumes d'autrui possèdent mon usage,
Et dès lors, grâce à toi, vont disperser leurs vers ;

le jeu de mots [« use » = Hughes] étant, bien entendu, manifeste[2], et l'expression « grâce à toi, vont disperser leurs vers » signifiant « grâce à ton aide comme acteur présentent leurs pièces au public ».

« Ce fut une soirée merveilleuse, et nous veillâmes presque jusqu'à l'aube, lisant et relisant les Sonnets. Au bout de quelque temps, cependant, je commençai à me rendre compte qu'avant que cette théorie pût être présentée au monde sous une forme véritablement au point, il était nécessaire de se procurer quelque preuve indépendante au sujet de l'existence de ce jeune acteur, Willie Hughes. Si celle-ci pouvait être établie une fois pour toutes, il ne pourrait y avoir aucune possibilité de doute

---

1. Sonnet LXXXVI, vers 13-14. **2.** En anglais : « Every alien pen hath got my use / And under thee their poesy disperse. »

sur son identité avec Mr. W. H. ; mais à défaut d'une telle preuve, la théorie s'effondrerait. Je soumis cette objection, avec beaucoup de vigueur, à Cyril, qui fut fort contrarié de ce qu'il appelait mon tour d'esprit philistin, et se montra même assez plein d'amertume à ce sujet. Néanmoins, je lui fis promettre que, dans son propre intérêt, il ne publierait pas sa découverte avant de s'être assuré que toute l'affaire ne donnait aucune prise au doute ; et durant des semaines et des semaines nous fouillâmes les registres des églises de la City, les manuscrits d'Alleyn à Dulwich [1], les archives, les papiers du Lord Chambellan [2] — bref, tout ce qui pouvait, selon nous, renfermer quelque allusion à Willie Hughes. Nous ne découvrîmes rien, bien entendu, et, de jour en jour, l'existence de Willie Hughes me parut devenir plus problématique. Cyril était dans un état affreux, et revoyait journellement toute la question, me suppliant d'y croire ; mais j'apercevais l'unique point faible de la théorie, et je refusai d'être convaincu tant que l'existence effective de Willie Hughes, jouvenceau-acteur de l'époque élisabéthaine, n'aurait été établie en dehors de toute possibilité de doute ou de discussion.

« Un jour Cyril quitta Londres pour passer quelque temps chez son grand-père, à ce que je crus à l'époque, mais j'appris plus tard qu'il n'en était rien ; et une quinzaine de jours plus tard je reçus un télégramme de lui, expédié de Warwick [3], me demandant de venir sans faute dîner chez lui ce soir-là, à huit heures. Quand j'y arrivai, il me dit : “Le seul apôtre qui ne méritât pas une preuve, c'est saint Thomas, et saint Thomas fut le seul apôtre qui la reçut [4].” Je lui demandai ce qu'il voulait

1. Edward Alleyn (1566-1626) interpréta avec succès les principaux rôles des pièces de Marlowe, de Shakespeare et de Ben Jonson. Il fonda en 1605 à Dulwich, au sud de Londres, un collège où sont conservées les archives de son beau-père, Philip Henslowe, directeur de théâtre. **2.** Le Lord Chambellan, qui exerçait la fonction de censeur pour la presse et le théâtre, recevait un exemplaire de chaque pièce pour examen préalable. **3.** Shakespeare est né à Stratford-upon-Avon, dans le Warwickshire. **4.** L'apôtre saint Thomas, connu pour son scepticisme, refusa de croire à la résurrection de Jésus avant d'avoir touché ses plaies.

dire. Il me répondit qu'il avait réussi, non seulement à établir l'existence, au XVIe siècle, d'un jouvenceau-acteur du nom de Willie Hughes, mais encore à démontrer, par la preuve la plus concluante, que c'était le Mr. W. H. des Sonnets. Il ne voulut pas m'en dire plus long sur le moment, mais après le dîner il sortit solennellement le tableau que je vous ai montré, et me dit qu'il l'avait découvert, par le plus grand des hasards, cloué sur la paroi d'un vieux bahut qu'il avait acheté dans une ferme du Warwickshire. Le bahut lui-même, qui était un fort beau spécimen de travail élisabéthain, il l'avait, bien entendu, emporté, et au centre du panneau de devant, les initiales W. H. étaient indubitablement gravées. C'est ce monogramme qui avait attiré son attention, et il me dit que ce ne fut qu'après avoir eu le coffre en sa possession depuis plusieurs jours qu'il avait songé à examiner avec soin l'intérieur. Un matin, cependant, il remarqua que l'une des parois du bahut était beaucoup plus épaisse que l'autre, et, y regardant de plus près, il découvrit qu'un panneau peint et encadré y était accolé au moyen de crampons. L'ayant enlevé, il constata que c'était le tableau qui est maintenant là sur le canapé. Il était très sale et couvert de moisissures ; mais il réussit à le nettoyer, et, à sa grande joie, il vit qu'il était tombé, tout à fait par hasard, sur l'objet précis qu'il cherchait. Il avait là un portrait authentique de Mr. W. H., la main posée sur la page dédicatoire des Sonnets, et sur le cadre lui-même on pouvait vaguement apercevoir le nom du jeune homme, inscrit en caractères onciaux[1] noirs sur un fond d'or passé : Master Wil. Hews.

« Ma foi, que pouvais-je répondre ? Il ne m'entra pas un seul instant dans l'idée que Cyril Graham me jouait un tour, ni qu'il essayait de démontrer sa théorie au moyen d'un faux.

— Mais est-ce un faux ? demandai-je.

— Bien entendu, dit Erskine. C'est un faux très bien exécuté, mais ce n'en est pas moins un faux. Il me sembla, sur le moment, que Cyril prenait toute l'affaire avec passablement de

1. Le qualificatif « oncial » désigne des majuscules romaines employées pour les titres d'ouvrages.

calme ; mais je me souvins qu'il m'avait dit plus d'une fois que, quant à lui, il n'avait besoin d'aucune preuve de ce genre, et que la théorie lui paraissait complète sans cela. Je m'étais moqué de lui et lui avais dit que, sans cette preuve, la théorie s'effondrerait ; aussi le félicitai-je chaudement de cette découverte merveilleuse. Nous convînmes alors que le tableau serait gravé ou reproduit en fac-similé, et inséré comme frontispice à l'édition des Sonnets que devait publier Cyril, et durant trois mois, nous nous occupâmes exclusivement de revoir chacun des poèmes vers à vers, jusqu'à ce que nous eussions résolu toutes les difficultés de texte ou de signification. Un jour néfaste, je me trouvais dans la boutique d'un marchand d'estampes dans Holborn [1], lorsque je vis sur le comptoir quelques dessins extrêmement beaux à la pointe d'argent. Ils m'attirèrent à tel point que je les achetai ; et le propriétaire du magasin, un nommé Rawlings, me dit qu'ils avaient été exécutés par un jeune peintre du nom d'Edward Merton, qui était très capable, mais pauvre comme Job. J'allai voir Merton quelques jours après, ayant obtenu son adresse auprès du marchand d'estampes, et je trouvai un jeune homme pâle et intéressant, avec une femme d'un air assez vulgaire — son modèle, comme je l'appris par la suite. Je lui dis combien j'admirais ses dessins, ce dont il parut fort satisfait, et je le priai de me montrer quelques-uns de ses autres tableaux. Comme nous examinions un carton, plein de choses véritablement fort belles — car Merton avait une facture d'une délicatesse ravissante —, j'aperçus tout à coup un dessin du portrait de Mr. W. H. La chose ne faisait pas le moindre doute. C'était presque un fac-similé — à cette seule différence près que les deux masques de la Tragédie et de la Comédie n'étaient pas suspendus à la table de marbre, comme dans le tableau, mais étaient posés par terre aux pieds du jeune homme. “Et cela, où diable l'avez-vous eu ?” dis-je. Il se montra assez embarrassé, et dit : “Oh ! ce n'est rien, je ne savais pas que ce dessin fût dans ce carton. Ce n'est pas une chose de

1. Quartier de Londres situé au nord de la Tamise.

valeur. — C'est celui que tu as fait pour Mr. Cyril Graham, s'écria sa femme, et si monsieur désire l'acheter, qu'il le prenne. — Pour Mr. Cyril Graham ? répétai-je. Est-ce vous qui avez peint le portrait de Mr. W. H. ? — Je ne comprends pas ce que vous voulez dire", répondit-il, rougissant intensément... Bref, toute cette histoire était épouvantable. La femme en révéla tous les détails. Je lui donnai cinq livres en sortant. Il m'est extrêmement pénible de songer actuellement à tout cela ; mais, bien entendu, j'étais furieux. Je partis sur-le-champ pour l'appartement de Cyril, je l'y attendis trois heures avant qu'il ne rentrât, trois heures pendant lesquelles ce mensonge horrible me regardait en plein dans les yeux, et je lui dis que j'avais découvert le faux qu'il avait commis. Il devint tout pâle, et dit : "C'est uniquement pour toi que je l'ai fait. Tu ne voulais te laisser convaincre par aucun autre moyen. Cela n'affecte en rien la vérité de la théorie. — La vérité de la théorie ! m'écriai-je ; moins nous en parlerons, mieux cela vaudra. Tu n'y as même jamais cru toi-même. Si tu y avais cru, tu n'aurais pas commis un faux pour la démontrer." Nous nous lançâmes de grands mots au visage ; ce fut une querelle épouvantable. Sans doute, je fus injuste. Le lendemain matin, il était mort.

— Mort ! m'écriai-je.

— Oui ; il s'était tiré un coup de revolver. Un peu de sang gicla sur le cadre du tableau, juste à l'endroit où était peint le nom. Lorsque j'arrivai — son domestique m'avait fait appeler d'urgence —, la police était déjà sur les lieux. Il avait laissé une lettre pour moi, évidemment écrite sous l'empire de l'agitation et de la détresse spirituelle la plus grande.

— Que renfermait-elle ? demandai-je.

— Oh ! elle disait qu'il croyait d'une façon absolue à Willie Hughes ; que le faux, en ce qui concerne la peinture, avait été commis simplement à titre de concession à mon égard, et n'invalidait en rien la vérité de la théorie ; et qu'afin de me montrer combien ferme et sans défaut était sa foi dans toute cette affaire, il allait offrir sa vie en sacrifice au secret des Sonnets. C'était une lettre absurde et folle. Je me souviens qu'il terminait en disant qu'il me confiait la théorie de Willie Hughes, et qu'il m'appartenait de la présenter au monde, et de livrer le secret du cœur de Shakespeare.

— C'est une histoire fort tragique, m'écriai-je ; mais pourquoi n'avez-vous pas exaucé ses désirs ? »

Erskine haussa les épaules. « Parce que c'est une théorie inadmissible, d'un bout à l'autre, répondit-il.

— Mon cher Erskine, dis-je, me levant de mon siège, vous vous trompez du tout au tout dans toute cette affaire. C'est la seule clef parfaite des Sonnets de Shakespeare qui ait jamais été faite. Elle est complète dans tous ses détails. Moi, j'y crois, à Willie Hughes.

— Ne dites pas cela, fit gravement Erskine ; je crois que cette idée a quelque chose de mortel, et, intellectuellement, elle n'est pas défendable. J'ai approfondi toute la question, et je vous assure que cette théorie est complètement fallacieuse. Elle est plausible, jusqu'à un certain point. Puis elle s'arrête net. Au nom du Ciel, mon petit, ne vous lancez pas dans le sujet de Willie Hughes. Vous y feriez votre malheur.

— Erskine, répondis-je, il est de votre devoir de donner cette théorie au monde. Si vous ne voulez pas le faire, c'est moi qui le ferai. En la gardant secrète, vous lésez le souvenir de Cyril Graham, le plus jeune et le plus magnifique de tous les martyrs de la littérature. Je vous conjure de lui rendre justice. Il est mort pour cette cause — ne souffrez pas qu'il soit mort en vain. »

Erskine me regarda avec stupéfaction. « Vous vous laissez emporter par le caractère sentimental de toute cette histoire, dit-il. Vous oubliez qu'une chose n'est pas nécessairement vraie, parce qu'un homme meurt pour elle. J'aimais énormément Cyril Graham. Sa mort m'a porté un coup terrible. Il m'a fallu des années pour m'en remettre. Je crois même que je ne m'en suis jamais remis. Mais Willie Hughes ? Il n'y a rien, dans cette idée de Willie Hughes. Il n'a jamais existé de personnage de ce nom. Quant à présenter toute l'affaire au monde, le monde croit que Cyril Graham s'est tué accidentellement avec un revolver. La seule preuve de son suicide était contenue dans la lettre qu'il m'a laissée, et cette lettre, le public n'en a jamais entendu parler. Jusqu'à ce jour, Lord Crediton croit que tout cela a été accidentel.

— Cyril Graham a sacrifié sa vie à une grande idée, répondis-je, et si vous ne voulez pas faire connaître son martyre, faites du moins connaître sa foi.

— Sa foi, dit Erskine, était attachée à une chose fausse, à une chose inadmissible, à une chose qu'aucun érudit shakespearien n'accepterait un seul instant. Cette théorie provoquerait des railleries. Ne vous couvrez pas de ridicule, et ne suivez pas une piste qui ne mène à rien. Vous commencez par admettre l'existence de la personne même dont l'existence est ce qu'il faut démontrer. D'ailleurs, chacun sait que les Sonnets ont été adressés à Lord Pembroke. La cause est entendue une fois pour toutes.

— La cause n'est pas entendue ! m'écriai-je. Je vais reprendre la théorie au point où Cyril Graham l'a laissée, et je démontrerai au monde qu'il avait raison.

— Petit nigaud ! dit Erskine. Rentrez donc chez vous : il est plus de deux heures, et ne pensez plus à Willie Hughes. Je regrette de vous en avoir parlé, et je suis vraiment très contrarié de vous avoir converti à une chose à laquelle je ne crois pas.

— Vous m'avez donné la clef du mystère capital de la littérature moderne, répondis-je ; et je n'aurai de cesse, que je ne vous aie amené à reconnaître — que je n'aie amené tout le monde à reconnaître — que Cyril Graham a été le critique shakespearien le plus subtil de notre époque. »

Tandis que je rentrais chez moi en traversant Saint James's Park, l'aube commençait à poindre au-dessus de Londres. Les cygnes blancs étaient endormis sur le lac poli, et le palais sévère paraissait pourpré sur le fond vert pâle du ciel[1]. Je songeai à Cyril Graham, et mes yeux s'emplirent de larmes.

---

1. Cette description fait penser soit à Buckingham Palace, soit à St. James's Palace.

II

Il était plus de midi quand je me réveillai, et le soleil entrait à flots à travers les rideaux de ma chambre, en longs rayons obliques d'or poudreux. Je dis à mon domestique que je n'y étais pour personne ; et, après avoir bu une tasse de chocolat et mangé *un petit pain* [1], je pris sur son rayon mon exemplaire des Sonnets de Shakespeare, et me mis à les relire avec soin. Chacun des poèmes me parut corroborer la théorie de Cyril Graham. J'avais la sensation d'avoir posé la main sur le cœur de Shakespeare, et de compter chacun des battements individuels, chaque pulsation de la passion. Je songeai au merveilleux jouvenceau-acteur, et je vis son visage dans chaque vers.

Deux des sonnets, je m'en souviens, me frappèrent tout particulièrement. Dans le premier, Shakespeare, complimentant Willie Hughes sur la diversité de son jeu, sur la gamme étendue de ses rôles, gamme qui allait de Rosalinde à Juliette, et de Béatrice à Ophélie [2], lui dit :

Quelle est donc ta substance, en quoi donc es-tu fait,
Toi qui sais disposer de milliers de visages ?
Car chacun, oui, chacun, n'a bien qu'un seul aspect,
Et toi, qui n'es qu'un seul, les as tous en partage [3],

vers qui seraient inintelligibles s'ils ne s'adressaient pas à un acteur, car le mot « aspect » avait, à l'époque de Shakespeare, un sens technique se rapportant au théâtre. « Les meilleurs de cette catégorie ne sont que des aspects », dit Thésée, parlant des acteurs dans *Le Songe d'une nuit d'été* [4], et il existe de nombreuses allusions analogues dans la littérature du temps. Ces sonnets faisaient évidemment partie de la série dans laquelle Shakespeare discute de la nature de l'art de l'acteur, et du tempérament étrange et rare qui est essentiel au comédien parfait.

---

1. En français dans le texte. 2. Béatrice est l'héroïne de *Beaucoup de bruit pour rien*, Ophélie celle d'*Hamlet*. Pour Rosalinde et Juliette, voir note 3, p. 672. 3. Sonnet VIII, vers 1-4. 4. Acte V, scène 1, vers 205.

« Comment se fait-il, dit Shakespeare à Willie Hughes, que tu aies un si grand nombre de personnalités ? » après quoi il précise que sa beauté est telle, qu'elle semble réaliser chacune des formes et des phases de la fantaisie, incarner chacun des rêves de l'imagination créatrice — idée qui est développée encore plus complètement dans le sonnet suivant, où débutant par cette belle idée :

Ah ! comme la beauté paraît encore plus belle
Par ce doux ornement que vérité lui donne[1] *!*

Shakespeare nous invite à constater combien la vérité du jeu de l'acteur, la vérité de la présentation visible sur la scène, ajoutent à la merveille de la poésie, donnent la vie à sa beauté, et une réalité effective à sa forme idéale. Et pourtant, dans le sonnet LXVII, Shakespeare adjure Willie Hughes d'abandonner le théâtre, avec ce qu'il a d'artificiel, sa vie de faux-semblants faite de visages fardés et de costumes irréels, ses influences et ses suggestions immorales, son éloignement du monde réel, de nobles actions et de paroles sincères.

Ah ! pourquoi doit-il vivre avec la pourriture,
Prêtant, par sa présence, un charme au sacrilège,
Afin que, grâce à lui, le noir péché s'épure,
Et, s'attachant à lui, le décore et l'allège ?
Pourquoi le fard menteur sur sa joue infidèle,
Mêlant un teint de mort à ses couleurs écloses,
Et la piètre beauté, pourquoi dérobe-t-elle
Le rose en trompe-l'œil, quand il a le vrai rose ?

Il peut sembler étrange qu'un dramaturge de l'envergure de Shakespeare, qui se rendait compte de sa propre perfection en tant qu'artiste, et de son humanité en tant qu'homme sur le plan idéal de la composition et de la représentation dramatiques, ait parlé en tels termes du théâtre ; mais il faut nous rap-

1. Sonnet LIV, vers 1-2.

peler que dans les sonnets CX et CXI Shakespeare nous fait voir qu'il était fatigué, lui aussi, du monde des fantoches, et plein de honte pour avoir fait de lui-même « un bouffon aux yeux de tous ». Le sonnet CXI est particulièrement amer :

Oh ! par amour pour moi gourmande la Fortune,
La coupable déesse auteur de mes péchés,
Qui n'a pas mieux pourvu à ma vie importune
Qu'à vivre du public, sans rien qui soit caché.
Voilà pourquoi mon nom reçut sa flétrissure,
Et pourquoi tout mon être est près de s'imprégner
De son œuvre, — pareil aux mains du teinturier :
Plains-moi, — souhaite-moi que mon âme s'épure !

et il y a, par ailleurs, de nombreux indices du même sentiment, indices que connaissent bien tous ceux qui ont étudié Shakespeare à fond.

Un point m'intrigua énormément à mesure que je lisais les Sonnets, et il me fallut plusieurs jours avant de tomber sur l'interprétation correcte, qui en vérité semble avoir échappé à Cyril Graham lui-même. Je ne comprenais pas comment il se faisait que Shakespeare eût attaché tant d'importance à ce que son jeune ami se mariât. Lui-même s'était marié jeune, et le résultat avait été malheureux, de sorte qu'il n'était pas probable qu'il eût demandé à Willie Hughes de commettre la même erreur. L'acteur-jouvenceau qui personnifiait Rosalinde n'avait rien à gagner au mariage, ni aux passions de la vie réelle. Les sonnets du début, avec leurs étranges supplications pour qu'il eût des enfants, me parurent sonner faux. L'explication de ce mystère se présenta à mon esprit d'une façon tout à fait soudaine, et je la trouvai dans la curieuse dédicace. On se souvient que cette dédicace est libellée ainsi :

À. l'unique. créateur. de.
Ces. Sonnets. ci-après.
Mr. W. H. tout. bonheur.
Et. cette. éternité.

Promise.
Par.
Notre. poète. à jamais vivant.
Sont. Souhaités par.
L'aventurier. qui souhaite tout bien.
Au moment où.
Il se met.
En route.

T. T.

Certains érudits ont supposé que le mot « begetter » (créateur) dans cette dédicace signifie simplement celui qui a fourni les Sonnets à Thomas Thorpe, l'éditeur ; mais cette idée est généralement abandonnée à présent, et les autorités les plus éminentes sont absolument d'accord pour admettre qu'il doit s'entendre dans le sens d'inspirateur, la métaphore étant tirée de l'analogie avec la vie physique. Or je constatai que Shakespeare lui-même emploie la même métaphore tout au long des poèmes, et c'est cela qui me mit sur la bonne voie. Finalement, je fis ma grande découverte. Le mariage que Shakespeare propose à Willies Hughes, c'est d'être « conjoint avec sa Muse », expression qui est explicitement employée dans le sonnet LXXXII, dans lequel, dans l'amertume de son cœur devant la défection du jouvenceau-acteur pour qui il avait écrit ses rôles principaux, et dont la beauté les lui avait même suggérés, il commence sa plainte en disant :

Certes tu n'étais point conjoint avec ma Muse.

Les enfants qu'il le supplie d'engendrer ne sont point des enfants de chair et d'os, mais des enfants plus immortels, dont la gloire ne meurt pas. Tout le cycle des premiers sonnets est simplement l'invitation faite à Willie Hughes de monter sur les planches et de devenir comédien. Cette beauté que tu possèdes, dit-il, est une chose bien stérile et sans profit si elle n'est pas utilisée :

Lorsque quarante hivers ceindront ton front d'enfant,
Creusant dans ta beauté leurs profondes ravines,
Tes atours de jeunesse, admirés, triomphants,
Ne seront que haillons aux lamentables mines.
Si l'on te dit alors : Où donc est ta beauté ?
Où est tout le trésor de tes heures sereines ?
Répondre : au creux profond de tes yeux attristés,
Ce serait honte affreuse, avec louanges vaines[1].

Il faut que tu crées quelque chose en art : mon vers « est à toi, et *né* de toi » ; consens seulement à m'écouter, « et *j'enfanterai* des rythmes éternels pour le temps qui ne meurt »[2], et toi, tu peupleras de formes à ton image le monde imaginaire du théâtre. Ces enfants que tu crées — continue-t-il — ne se faneront point, comme le font les enfants mortels, mais tu vivras en eux et dans mes pièces : consens seulement à

Te faire un autre moi, par amour pur de moi,
Afin que la beauté vive en les tiens ou toi[3] *!*

Je recueillis et rassemblai tous les passages qui me parurent corroborer ce point de vue, et ils produisirent sur moi une impression profonde, et me firent voir combien la théorie de Cyril Graham était en réalité complète. Je vis aussi qu'il était très facile de séparer ceux des vers dans lesquels il parle des Sonnets eux-mêmes, d'avec ceux où il parle de sa grande œuvre dramatique. C'était là un point qui avait échappé à tous les critiques antérieurs à l'époque de Cyril Graham. Et pourtant, c'était l'un des points les plus importants de toute la série de poèmes. Les Sonnets eux-mêmes, Shakespeare y était plus ou moins indifférent. Il ne désirait pas fonder sur eux sa renommée. Ils étaient pour lui sa « Muse légère[4] », comme il les appelle, et n'étaient destinés, ainsi que nous le dit Meres, à

---

1. Sonnet II, vers 1-8. **2.** Respectivement sonnets LXXVIII, vers 10, et XXXVIII, vers 12. **3.** Sonnet X, vers 13-14. **4.** Sonnet XXXVIII, vers 13.

passer qu'à titre privé entre les mains de quelques très rares amis. D'autre part, il avait pleine conscience de la haute valeur artistique de ses pièces, et manifeste une noble confiance en son génie dramatique. Quand il dit à Willie Hughes :

Mais ton été sans fin ne se fanera pas,
Ni ne perdra cette beauté qui te décore ;
La mort ne dira point que tu dors en ses bras,
Toi, qu'en vers éternels le Temps grandit encore :
Tant qu'un homme aura souffle et vision suivie,
Ceci vivra, donnant à ton être survie[1].

l'expression « vers éternels » fait visiblement allusion à l'une de ses pièces qu'il lui envoyait à ce moment, de même que le distique final indique sa confiance en la probabilité que ses pièces seront toujours jouées. Dans son invocation à la Muse dramatique (sonnets C et CI), nous trouvons le même sentiment :

Ô Muse, où es-tu donc, oubliant si longtemps
De parler de l'objet d'où te vient ta puissance ?
Perds-tu donc ta fureur en des chants sans substance,
Obscurcis-tu ta force afin qu'ils soient ardents[2] *?*

s'écrie-t-il, et, se mettant alors à reprocher à la maîtresse de la Tragédie et de la Comédie sa « négligence de la Vérité teinte de Beauté », il dit :

S'il n'a besoin d'éloge, en restes-tu sans voix ?
Vaine excuse, — car c'est bien à toi qu'il incombe
De lui faire survivre à tout l'or d'une tombe,
Et par les temps futurs qu'il soit mis au pavois.
Fais ton office, Muse : apprends de moi comment
Le tendre à l'avenir tel qu'il est à présent[3].

---

1. Sonnet XVIII, vers 9-14. **2.** Sonnet C, vers 1-4. **3.** Sonnet CI, vers 9-14.

Toutefois, c'est peut-être dans le sonnet LV que Shakespeare donne à cette idée son expression la plus pleine. S'imaginer que la « rime enviée » du second vers se rapporte au sonnet lui-même, c'est se méprendre complètement sur ce qu'a voulu dire Shakespeare. Il me semblait qu'il était extrêmement probable, d'après le caractère général du sonnet, qu'il eût en vue une pièce particulière, et que cette pièce n'était autre que *Roméo et Juliette*.

Non, pas même le marbre et les monuments d'or
Des rois, ne survivront à ma rime enviée.
Mais toi, tu y luiras, plus éclatant encore
Que la pierre salie et par le Temps souillée.
Quand la guerre en viendra renverser les statues,
Quand l'émeute en rompra la pierre aux quatre vents,
Ni glaive ardent de Mars, ni feu qui s'évertue,
Ne détruira jamais ton souvenir vivant.
Oui, toi, contre la mort, contre l'oubli total,
Tu sauras t'avancer : ta louange aura place,
Même devant les yeux de l'avenir qui passe
En usant tout ici jusqu'au déclin fatal.
Et jusqu'au grand appel du jour du jugement,
Tu vivras ici-bas, comme aux yeux des amants.

C'était également chose fort propre à susciter la réflexion, que de noter comment, ici comme ailleurs, Shakespeare a promis à Willie Hughes l'immortalité sous une forme qui s'adressait aux yeux des hommes — c'est-à-dire sous une forme spectaculaire, dans une pièce de théâtre qui doit être vue.

Durant quinze jours, je travaillai vigoureusement les Sonnets, ne sortant presque jamais, et refusant toute invitation. Tous les jours il me semblait découvrir quelque chose de nouveau, et Willie Hughes devint pour moi une espèce de présence spirituelle, une personnalité constamment dominatrice. J'en arrivais presque à m'imaginer que je le voyais, debout dans l'ombre de ma chambre, tellement Shakespeare l'avait bien dessiné, avec ses cheveux d'or, sa grâce tendre et pareille à une fleur, ses yeux rêveurs profondément enfoncés dans leurs orbites, ses membres délicats et mobiles, et ses mains blanches comme des lys. Son nom même exerçait sur moi une fascination. Willie Hughes ! Willie Hughes ! Quel son musical cela rendait ! Oui, qui donc, autre que lui, eût pu être le maître-maîtresse de la passion de Shakespeare [1], le seigneur de son amour, à qui il était attaché par les biens du vasselage [2], le mignon délicat du plaisir [3], la rose du monde entier [4], le héraut du printemps [5] arborant le fier accoutrement de la jeunesse, le jouvenceau ravissant qui était une douce musique à entendre [6], et dont la beauté était l'ornement même du cœur de Shakespeare [7], de même qu'elle était la clef de voûte de sa puissance dramatique ? Comme semblait amère, à présent, toute la tragédie de sa désertion et de sa honte ! — honte qu'il avait rendue douce et charmante [8] par la pure magie de sa personnalité, mais qui n'en était pas moins de la honte. Pourtant, puisque Shakespeare lui a pardonné, ne devrions-nous pas lui pardonner, nous aussi ? Je n'avais nulle envie de fouiller, d'un regard indiscret, le mystère de son péché.

L'abandon par Willie Hughes du théâtre de Shakespeare, c'était une autre affaire, et je l'étudiai très longuement. Finalement, j'arrivai à la conclusion que Cyril Graham s'était trompé en prenant Chapman pour le dramaturge rival du sonnet LXXX. C'était évidemment à Marlowe [9] qu'il était fait allusion. À l'époque où furent écrits les Sonnets, une expression telle que « le fier et large envol de son grand vers » n'aurait pas pu être employée à propos des œuvres de Chapman, quelque applicable qu'elle eût pu être au style de ses pièces postérieures de l'époque jacobéenne [10]. Non : Marlowe fut certainement l'écri-

---

1. Sonnet XX, vers 2 (note de l'auteur). **2.** Sonnet XXVI, vers 1 *(id.)*. **3.** Sonnet CXXVI, vers 9 *(id.)*. **4.** Sonnet CIX, vers 13-14 *(id.)*. **5.** Sonnet I, vers 10 *(id.)*. **6.** Sonnet VIII, vers 1 *(id.)*. **7.** Sonnet XXII, vers 6 *(id.)*. **8.** Sonnet XCV, vers 1 *(id.)*. **9.** Christopher Marlowe (1564-1593), dramaturge anglais, auteur de *Tamerlan le Grand*, de *Didon*, de *Édouard II*, du *Juif de Malte* et de *La Vie du Docteur Faustus*. **10.** L'époque jacobéenne est celle du roi Jacques Ier d'Angleterre (1603-1625), fils de Marie Stuart et successeur d'Élisabeth Ire.

vain dramatique rival dont Shakespeare a parlé en termes aussi élogieux ; et ce

Spectre affable et familier
Qui chaque soir le berne avec l'intelligence[1],

c'était le Méphistophélès[2] du *Docteur Faustus.* Sans aucun doute, Marlowe fut fasciné par la beauté et la grâce du jouvenceau-acteur, et l'incita à quitter le Blackfriars Theatre[3], afin qu'il pût jouer le rôle de Gaveston[4] dans son *Édouard II*. Que Shakespeare eût eu, légalement, le droit de garder Willie Hughes parmi sa propre troupe, cela est évident d'après le sonnet LXXXVII, où il dit :

Adieu ! Tu es trop cher pour que je te possède,
Et tu parais savoir fort bien ce que tu vaux.
La charte qui te lie a prévu qu'on te cède ;
Mes droits sont limités à ton être dévot.
Comment te retenir, fors par ta volonté ?
Et pour un tel trésor, où donc est mon mérite ?
Titres me font défaut pour ce don de beauté,
Et mon brevet se tourne à l'encontre, et m'évite.
Tu te donnas à moi sans connaître ton prix,
Ou bien te méprenant sur moi, le donataire ;
Lors, ce superbe don, accru d'être incompris,
Te revient, à présent que tu sais ton mystère.
Ainsi, tu fus à moi dans un rêve irréel :
Endormi, j'étais roi, — réveillé, rien de tel.

---

1. Sonnet LXXXVI, vers 9-10. **2.** Nom du diable venu tenter Faust. Il apparaît dans le *Docteur Faustus* de Marlowe (1601) et fut repris par Goethe pour son propre *Faust*. **3.** Cet ancien couvent de dominicains (littéralement « moines noirs ») servit de salle de théâtre à diverses troupes et, à partir de 1608, à celle de Shakespeare pendant les mois d'hiver. Wilde semble commettre un anachronisme puisque *Édouard II* date de 1592. **4.** Gaveston était le favori et l'amant du roi Édouard II. Cette liaison provoqua la rébellion des Grands du royaume et la mise à mort du monarque, empalé sur un fer rouge.

Mais celui qu'il ne pouvait retenir par amour, il n'a pas voulu le retenir de force. Willie Hughes devint un acteur de la troupe de Lord Pembroke, et, peut-être dans la cour en plein air de la taverne du Taureau Rouge[1], joua le rôle du gracieux mignon d'Édouard II. À la mort de Marlowe, il semble être revenu à Shakespeare, qui, quoi que ses associés aient pu en penser, ne fut pas long à pardonner au jeune acteur sa perversité et sa traîtrise.

Comme Shakespeare, aussi, avait bien dépeint le tempérament du comédien ! Willie Hughes était de ceux

Qui ne font point cela dont ils font le plus montre,
Qui, émouvant autrui, sont eux-mêmes de pierre[2].

Il savait jouer l'amour sur le théâtre, mais était incapable de le ressentir, il savait faire le simulacre de la passion, sans l'éprouver.

Chez bien des gens, l'aspect, l'histoire d'un cœur faux
S'inscrivent en humeurs, froncement, ride étrange[3].

mais chez Willie Hughes, il n'en était pas ainsi. « Mais », dit Shakespeare, dans un sonnet d'idolâtrie folle,

Mais lorsqu'il te créa, le ciel a décrété
Que l'amour resterait sans fin dans ton visage ;
Quels que soient tes pensers, les sauts d'un cœur volage
Ton aspect ne dira que la suavité[4].

Dans son « esprit inconstant[5] » et son « cœur volage », il était facile de reconnaître le manque de sincérité et la traîtrise qui, curieusement, semblent inséparables de la nature artistique, de même que, dans son amour des louanges, on retrouve ce désir

---

1. *Édouard II* fut représenté pour la première fois dans cette ancienne taverne transformée en théâtre. 2. Sonnet XCIV, vers 2-3. 3. Sonnet XCIII, vers 7-8. 4. *Ibid.*, vers 9-12. 5. Sonnet XCII, vers 9.

d'applaudissements immédiats qui caractérise tous les acteurs. Et pourtant, plus heureux en cela que d'autres acteurs, Willie Hughes devait goûter à l'immortalité. Inséparablement rattaché aux pièces de Shakespeare, il devait vivre en elles.

Oui, par ces vers, ton nom aura vie immortelle.
Bien que, disparaissant, moi, je doive mourir ;
C'est un tombeau banal et commun qui m'appelle,
Mais toi, les yeux humains te verront refleurir.
Mes doux vers te feront un noble mausolée,
Que des yeux non créés liront d'un même accord ;
Des langues à venir diront ta destinée
Quand tous les respirants d'aujourd'hui seront morts[1].

Il y avait des allusions innombrables, aussi, au pouvoir de Willie Hughes sur ses spectateurs — les « contempleurs », comme les appelle Shakespeare ; mais la description peut-être la plus parfaite de sa merveilleuse maîtrise de l'art dramatique se trouve dans *La Plainte d'une amante*, où Shakespeare dit de lui :

La plénitude, en lui, de cent choses subtiles,
À la fourbe appliquée, en revêt cent clartés, —
Les brûlantes rougeurs, les larmes inutiles,
Les mortelles pâleurs, il sait, à volonté,
Suivant que l'une ou l'autre a mieux su s'apprêter,
Rougir aux mots pervers, sangloter aux misères,
Ou pâlir, défaillant, aux tragiques mystères.
....
Et sur la pointe, aussi, de sa langue féconde,
Tout genre d'arguments, de questions à sonder,
Toute prompte réplique, ou bien raison profonde,
Veillaient et reposaient, pour mieux l'avantager,
Forçant pleureurs à rire, et rieurs à pleurer.

---

1. Sonnet LXXXI, vers 5-12.

Il avait le parler et l'adresse diverse,
Prenant les passions à sa guise perverse[1].

Je crus, à un moment donné, avoir véritablement trouvé Willie Hughes dans la littérature élisabéthaine. Dans un récit étonnamment pittoresque des derniers jours du grand comte d'Essex[2], son chapelain, Thomas Knell, nous dit que, le soir qui précéda la mort du Comte, « il fist donc venir William Hewes, lequel estoit son musicien, pour jouer de l'espinete[3] et pour chanter. "Joue, dict-il, ma chanson, Will Hewes, et je me la chanteroi à moi-mesme." Ce que fist moult joyeusement, non point comme le cygne sifflant, qui, baissant les yeux, gémit dessus sa fin, ains comme une doulce aloete, et levant les mains et lançant ses regards devers son Dieu, il monta ainsi aux cieux de cristal, et atteignist, de sa langue infatigable, au plus haut des cieux ». Assurément, le jouvenceau qui joua ainsi de l'épinette pour le père mourant de la Stella de Sidney[4] n'était nul autre que le Will Hews à qui Shakespeare dédia les Sonnets, et qui, nous dit-il, était lui-même une douce « musique à entendre ». Pourtant, Lord Essex mourut en 1576, alors que Shakespeare lui-même n'avait que douze ans. Il était donc impossible que son musicien eût été le Mr. W. H. des Sonnets. Peut-être le jeune ami de Shakespeare était-il le fils du joueur de clavecin ? C'était du moins quelque chose, que d'avoir découvert que Will Hews est bien un nom élisabéthain. En vérité, le nom de Hews paraît être rattaché intimement à la musique et au théâtre. La première actrice anglaise fut la ravissante Margaret Hews, que le prince Rupert[5] aima si follement. Qu'y a-t-il de

---

1. L'authenticité de ce poème, publié en 1609 dans le même volume que les *Sonnets*, n'est pas assurée. **2.** Le premier comte d'Essex (mort en 1576), père du célèbre favori de la reine Élisabeth Ire exécuté à la Tour de Londres en 1601. **3.** Instrument de musique de forme rectangulaire, très répandu au XVIIe siècle. **4.** Penelope Devereux, fille du premier comte d'Essex. Elle fut chantée par Sir Philip Sidney (1554-1586) sous le nom de Stella dans ses sonnets. **5.** Robert de Bavière, dit le prince Rupert (1619-1682), fils de Frédéric V, électeur palatin et roi de Bohème, et d'Élisabeth Stuart, sœur du roi d'Angleterre Charles Ier.

plus probable qu'entre elle et le musicien de Lord Essex vienne s'intercaler le jouvenceau-acteur des pièces de Shakespeare ? Mais les preuves, les maillons de la chaîne, où étaient-ils ? Hélas ! je ne pus les trouver. Il me semblait toujours être au bord de la vérification absolue, sans que je pusse véritablement l'atteindre jamais.

La vie de Willie Hughes m'amena bientôt à des songeries sur sa mort. Je me demandais souvent quelle avait été sa fin.

Peut-être avait-il été l'un de ces comédiens anglais qui, en 1604, traversèrent la mer pour aller en Allemagne, et qui jouèrent devant le grand-duc Henri-Jules de Brunswick, lui-même dramaturge de valeur non médiocre, et à la cour de cet étrange Électeur de Brandebourg[1], qui était tellement enamouré de la beauté qu'il acheta, dit-on, moyennant son poids d'ambre, le jeune fils d'un marchand grec ambulant, et qu'il donna des fêtes en l'honneur de son esclave tout au long de cette épouvantable année de famine 1606-1607, alors que l'on mourait de faim dans les rues mêmes de la ville, et que durant sept mois il n'y eut pas de pluie. Nous savons du moins que *Roméo et Juliette* fut représenté à Dresde en 1613, ainsi que *Hamlet* et *Le Roi Lear*, et ce n'est assurément à nul autre que Willie Hughes que fut apporté, en 1615, par la main d'un personnage de la suite de l'ambassadeur d'Angleterre, le masque mortuaire de Shakespeare, pâle souvenir de la disparition du grand poète qui l'avait tant aimé. Certes, il y aurait eu quelque chose de particulièrement approprié dans l'idée que le jouvenceau-acteur, dont la beauté avait été un élément si vital du réalisme et de la fantaisie de l'art de Shakespeare, eût été le premier à apporter en Allemagne la semence de la culture nouvelle, et fût à sa manière le précurseur de cette *Aufklärung*, ou Lumières, du XVIIIe siècle — de ce mouvement magnifique qui, bien que commencé par Lessing et Herder, et amené à sa perfection

---

1. Des acteurs anglais s'étaient sans doute rendus en Allemagne au début du XVIIe siècle et avaient donné une représentation devant le duc de Brunswick-Lüneburg. De même, en 1617, une troupe anglaise s'était produite à la cour de l'électeur de Brandebourg.

pleine et entière par Goethe, fut activé d'une façon non négligeable par un autre acteur — Friedrich Schröder[1] — qui réveilla la conscience populaire, et fit voir, au moyen des passions feintes et des méthodes mimétiques de la scène, le lien intime et vital qui existe entre la vie et la littérature. S'il en fut ainsi — et il n'y avait certes aucune preuve du contraire —, il n'était pas improbable que Willie Hughes fût l'un de ces comédiens anglais (*mimi quidam ex Britannia*[2], comme les appelle la chronique ancienne) qui furent massacrés à Nuremberg, lors d'un brusque soulèvement du peuple, et enterrés secrètement dans un petit vignoble à l'extérieur de la ville, par quelques jeunes gens « qui avaient goûté quelque plaisir à leurs représentations, et dont quelques-uns avaient cherché à être instruits des mystères de cet art nouveau[3] ». Il ne saurait assurément y avoir d'endroit plus approprié, pour celui à qui Shakespeare avait dit : « Tu es tout mon art », que ce petit vignoble hors des murs de la ville. Car n'est-ce point des douleurs de Dionysos que la Tragédie est née[4] ? Le rire léger de la Comédie, avec sa gaieté insouciante et ses vives répliques, n'a-t-il pas été entendu pour la première fois sur les lèvres des vignerons siciliens ? Bien plus : n'est-ce point la pourpre et les taches rouges de l'écume du vin sur le visage et les membres, qui ont donné la première idée du charme et de la fascination des déguisements — le désir de dissimuler sa personnalité, le sentiment de la valeur de l'objectivité se faisant jour ainsi chez les grossiers précurseurs de cet art ? Quoi qu'il en soit, où qu'il repose — que ce soit dans le petit vignoble aux portes de la ville gothique, ou dans quelque cimetière brumeux de Londres, parmi le grondement et la presse de notre grande ville —,nul monument somptueux n'a marqué sa dernière demeure. Son tombeau

---

1. Friedrich Ulrich Schröder (1744-1816), acteur et directeur de théâtre allemand, contribua à faire connaître dans son pays les pièces de Shakespeare. Sa femme, Sophie Burger, fut l'une des plus grandes tragédiennes de son temps. **2.** En latin, « des comédiens venus de Bretagne [c'est-à-dire d'Angleterre] ». **3.** Ces événements dramatiques sont probablement inventés par Wilde. **4.** Cette phrase est empruntée à « Study of Dionysus » de Walter Pater (1876).

véritable, comme l'a vu Shakespeare, c'étaient les vers du poète ; son monument, la permanence du drame. Il en a été de même pour d'autres, dont la beauté avait donné une nouvelle impulsion créatrice à leur époque. Le corps d'ivoire de l'esclave bithynien [1] pourrit dans la vase verte du Nil, et sur les hauteurs jaunes du Céramique [2] est répandue la poussière du jeune Athénien ; mais Antinoüs vit dans la sculpture, et Charmidès [3] dans la philosophie.

III

Au bout de trois semaines, je résolus de lancer un appel pressant à Erskine pour l'amener à rendre justice à la mémoire de Cyril Graham, et à donner au monde son interprétation merveilleuse des Sonnets — la seule interprétation qui expliquât à fond le problème. Je n'ai pas conservé copie de ma lettre, je regrette d'avoir à le dire, et je n'ai pu remettre la main sur l'original ; mais je me souviens d'avoir repassé toute l'affaire en revue, et d'avoir noirci feuille sur feuille de papier avec des réitérations passionnées des arguments et des preuves que mon étude m'avait suggérés. Il me semblait que non seulement je rétablissais Cyril Graham à la place qui lui revenait dans l'histoire littéraire, mais encore que je sauvais l'honneur de Shakespeare lui-même du souvenir pénible d'une intrigue banale. Je mis dans la lettre tout mon enthousiasme. Je mis dans la lettre toute ma foi.

Mais, à la vérité, à peine l'eus-je envoyée, qu'une réaction curieuse s'empara de moi. Il me sembla que j'avais donné à autrui ma capacité à croire à la théorie « Willie Hughes » des Sonnets, que quelque chose s'était évadé hors de moi, en quel-

---

1. Il s'agit d'Antinoüs, favori de l'empereur Hadrien, qui se noya dans le Nil en l'an 122 ap. J.-C. **2.** Quartier d'Athènes, qui tire son nom des nombreuses fabriques de poteries qui s'y étaient installées. **3.** Jeune Athénien qui, selon Platon dans son dialogue éponyme, consacré à la recherche d'une définition de la sagesse, fut l'un des inspirateurs de Socrate.

que sorte, et que toute l'affaire m'était parfaitement indifférente. Qu'est-ce qui était arrivé ? Il est difficile de le dire. Peut-être, en trouvant l'expression parfaite d'une passion, avais-je épuisé la passion elle-même. Les forces émotives, comme les forces de la vie physique, ont leurs limites parfaitement déterminées. Peut-être le simple effort accompli pour convertir quelqu'un à une théorie entraîne-t-il quelque forme de renonciation au pouvoir d'y croire. Peut-être étais-je simplement lassé de toute l'affaire, et, mon enthousiasme s'étant éteint, ma raison était-elle abandonnée à son propre jugement dénué de passion. Quoi qu'il en fût, et je ne saurais prétendre à l'expliquer, il n'y a aucun doute que Willie Hughes devint tout à coup pour moi un simple mythe, un rêve oiseux, l'imagination gamine d'un jeune homme qui, pareil à la plupart des esprits ardents, était plus désireux de convaincre les autres que d'être lui-même convaincu.

Comme j'avais dit à Erskine, dans ma lettre, des choses fort injustes et amères, je résolus d'aller le voir tout de suite, et de lui faire des excuses au sujet de mon attitude. Aussi me fis-je conduire, le lendemain matin, au Birdcage Walk, et je trouvai Erskine installé dans sa bibliothèque, avec le faux portrait de Willie Hughes devant lui.

« Mon cher Erskine ! m'écriai-je, je viens vous faire des excuses.

— Me faire des excuses ? dit-il. Pourquoi donc ?

— Au sujet de ma lettre.

— Vous n'avez rien à regretter dans votre lettre, dit-il. Au contraire, vous m'avez rendu le plus grand service qui fût en votre pouvoir. Vous m'avez montré que la théorie de Cyril Graham est parfaitement plausible.

— Vous ne prétendez pas me dire que vous croyez à Willie Hughes ? m'écriai-je.

— Pourquoi pas ? repartit-il. Vous m'avez démontré la chose. Croyez-vous que je sois incapable d'apprécier la valeur d'une preuve ?

— Mais il n'y en a pas du tout, de preuve, fis-je en gémissant et me laissant tomber dans un fauteuil. Quand je vous ai écrit, j'étais sous l'influence d'un enthousiasme parfaitement stupide. J'avais été ému par l'histoire de la mort de Cyril Graham, fasciné par sa théorie romanesque, captivé par ce que toute cette idée a d'étonnant et de nouveau. Je vois à présent que la théorie est fondée sur une illusion. La seule preuve de l'existence de Willie Hughes, c'est ce portrait devant vous, et ce portrait est un faux. Ne vous laissez pas emporter par le simple sentiment, dans cette affaire. Quoi que le romanesque puisse avoir à dire sur la théorie « Willie Hughes », la raison y oppose un démenti total.

— Je ne vous comprends pas, dit Erskine, me regardant avec stupéfaction. Voyons, vous-même m'avez convaincu, par votre lettre, que Willie Hughes est une réalité absolue. Pourquoi avez-vous changé d'avis ? Ou bien, tout ce que vous venez de me dire, est-ce simplement une plaisanterie ?

— Je suis incapable de vous l'expliquer, répliquai-je, mais je me rends compte, à présent, qu'il n'y a véritablement rien à dire en faveur de l'interprétation de Cyril Graham. Les Sonnets s'adressent à Lord Pembroke. Pour l'amour du Ciel, ne perdez pas votre temps dans une sotte tentative en vue de découvrir un jeune acteur élisabéthain qui n'a jamais existé, et de faire d'un fantoche fantôme le centre du grand cycle des Sonnets de Shakespeare.

— Je vois que vous ne comprenez pas la théorie, répondit-il.

— Mon cher Erskine, m'écriai-je, ne pas la comprendre ! Voyons, j'ai la sensation de l'avoir inventée, moi ! Ma lettre doit tout de même vous montrer que je ne me suis pas contenté de revoir toute la question, mais que j'ai fourni des preuves de toutes sortes. Le seul point faible, c'est qu'elle présuppose l'existence de la personne dont l'existence fait l'objet de la controverse. Si nous admettons qu'il y avait, dans la troupe de Shakespeare, un jeune acteur du nom de Willie Hughes, il n'est pas difficile de faire de lui l'objet des Sonnets. Mais comme nous savons qu'il n'y avait pas d'acteur de ce nom dans la troupe du théâtre du Globe[1], il est oiseux de poursuivre les recherches.

— Mais c'est précisément ce que nous ne savons pas ! dit Erskine. Il est bien exact que son nom ne figure pas sur la liste donnée dans le premier « folio » ; mais, comme Cyril l'a montré, c'est là plutôt un argument en faveur de l'existence de Willie Hughes qu'à son encontre, si l'on se rappelle la façon traîtresse dont il a lâché Shakespeare pour un dramaturge rival. »

Nous discutâmes là-dessus pendant des heures, mais rien de ce que je pus dire ne réussit à faire abjurer à Erskine sa foi dans l'interprétation de Cyril Graham. Il me dit qu'il avait l'intention de consacrer sa vie à la démonstration de la théorie, et qu'il était décidé à rendre justice à la mémoire de Cyril Graham. Je le suppliai, me moquai de lui, l'adjurai, mais ce fut en vain. En fin de compte nous nous séparâmes, non point précisément sur un sentiment de colère, mais certainement avec une ombre entre nous. Il me trouvait léger, je le trouvais sot. Lorsque je retournai chez lui, son domestique me dit qu'il était parti pour l'Allemagne.

Deux ans après, comme j'entrais au club, le portier du vestibule me tendit une lettre munie d'un timbre étranger. Elle était d'Erskine, et écrite de l'hôtel d'Angleterre, à Cannes[2]. Après l'avoir lue, je fus saisi d'horreur, bien que je ne crusse pas absolument qu'il serait assez fou pour mettre son dessein à exécution. La substance de la lettre, c'est qu'il avait essayé, par tous les moyens, de vérifier la théorie « Willie Hughes », et avait échoué, et que, puisque Cyril Graham avait donné sa vie pour cette théorie, il était résolu, quant à lui, à donner également la sienne pour la même cause. La lettre se terminait sur ces mots : « Je crois toujours à Willie Hughes ; et au moment où vous recevrez cette lettre, je serai mort de ma main pour la cause de

1. Le théâtre du Globe fut construit en 1599 dans le quartier de Southwark à Londres. Shakespeare y donnait ses pièces à la belle saison. 2. Cannes et la Côte d'Azur étaient très appréciées des riches touristes britanniques dans la seconde moitié du XIXe siècle.

Willie Hughes : pour sa cause, et pour la cause de Cyril Graham, que j'ai poussé à la mort par mon scepticisme plein de légèreté et mon ignorant manque de foi : la vérité vous a été jadis révélée, et vous l'avez rejetée. Elle vous parvient à présent, teinte du sang de deux existences — ne vous en détournez pas. »

Ce fut un instant horrible. Le chagrin me donnait des nausées, et pourtant je ne pouvais y croire. Mourir pour ses croyances théologiques est bien le pire emploi qu'un homme puisse faire de sa vie — mais mourir pour une théorie littéraire... ! Cela semblait impossible.

Je regardai la date. La lettre datait d'une semaine. Quelque hasard malencontreux m'avait empêché d'aller au club pendant plusieurs jours, sinon j'aurais pu la recevoir à temps pour le sauver. Peut-être n'était-il pas trop tard. Je me fis conduire chez moi, préparai mes bagages, et partis par le train de nuit de Charing Cross [1]. Le voyage fut intolérable. Je croyais que je n'arriverais jamais. Dès que je fus rendu à destination, je me fis conduire à l'hôtel d'Angleterre. On m'y dit qu'Erskine avait été enterré, deux jours plus tôt, dans le cimetière anglais. Toute cette tragédie avait quelque chose d'horriblement grotesque. Je dis un tas de choses incohérentes, et les gens qui étaient dans le vestibule me regardèrent avec curiosité.

Tout à coup Lady Erskine, en grand deuil, traversa le vestibule. Lorsqu'elle m'aperçut, elle vint à moi, murmura quelque chose au sujet de son pauvre fils, et fondit en larmes. Je la menai dans son salon particulier. Un monsieur assez âgé l'y attendait. C'était le médecin anglais.

Nous parlâmes longuement d'Erskine, mais je ne dis pas un mot au sujet de son motif de suicide. Il était manifeste qu'il n'avait rien dit à sa mère touchant la raison qui l'avait poussé à un acte aussi désastreux, aussi dément. Finalement Lady Erskine se leva et dit : « George vous a laissé quelque chose, en

---

1. Charing Cross était la gare londonienne à partir de laquelle se faisaient les liaisons avec la France.

souvenir. C'est un objet qu'il prisait fort. Je vais aller vous le chercher. »

Dès qu'elle eut quitté la pièce, je me tournai vers le médecin, et lui dis :

« Quel coup épouvantable cela a dû être pour Lady Erskine ! Je m'étonne même de le lui voir supporter si bien.

— Oh ! elle savait, depuis des mois, que cela devait arriver, répondit-il.

— Elle le savait depuis des mois ? m'écriai-je. Mais pourquoi ne l'a-t-elle pas empêché ? Pourquoi ne l'a-t-elle pas fait surveiller ? Il devait être fou. »

Le médecin me dévisagea avec étonnement. « Je ne comprends pas ce que vous voulez dire, fit-il.

— Voyons, m'écriai-je, si une mère sait que son fils va se suicider...

— Se suicider ! répondit-il. Ce pauvre Erskine ne s'est pas suicidé. Il est mort de phtisie. Il est venu ici pour y mourir. Dès que je l'eus vu, je savais qu'il n'y avait pas d'espoir. Un poumon était presque perdu, et l'autre était fortement atteint. Trois jours avant sa mort, il m'a demandé s'il y avait quelque espoir. Je lui dis franchement que non, et qu'il n'avait plus que quelques jours à vivre. Il écrivit quelques lettres, et fut tout à fait résigné, conservant sa lucidité jusqu'au bout. »

À ce moment Lady Erskine entra dans la pièce, portant dans sa main le fatal portrait de Willie Hughes. « Quand George était mourant, il m'a supplié de vous donner ceci », dit-elle. Tandis que je le lui prenais des mains, ses larmes coulèrent sur la mienne.

Le tableau est accroché à présent dans ma bibliothèque, où il est fort admiré de mes amis artistes. Ils ont décidé que ce n'est pas un Clouet, mais un Ouvry [1]. Je n'ai jamais eu envie de leur en conter la véritable histoire. Mais parfois, quand je le regarde, je me dis qu'il y a réellement bien des arguments en faveur de la théorie « Willie Hughes » des Sonnets de Shakespeare.

---

1. Si Oudry était le nom d'un peintre de l'école de François Clouet, Ouvry n'est pas un nom de peintre connu.

INTENTIONS

LE DÉCLIN DU MENSONGE

PERSONNAGES : Cyril et Vivian.

SCÈNE : la bibliothèque d'une résidence dans le Nottinghamshire.

CYRIL, *entrant par la porte de la terrasse*. — Mon cher Vivian, ne vous cloîtrez pas toute la journée dans la bibliothèque. L'après-midi est délicieuse et l'air exquis. Les bois se parent d'une brume mauve comme le velouté des prunes. Allons nous allonger sur l'herbe, fumer des cigarettes et jouir de la nature [1].

VIVIAN. — Jouir de la nature ! Voilà un goût que je suis heureux d'avoir bien perdu. On a beau prétendre que l'art nous aide à priser la nature en nous découvrant ses secrets, et qu'une étude attentive de Corot [2] et de Constable [3] nous révèle

---

1. L'exaltation de la Nature et de sa supériorité sur la vie de l'intellect est un des thèmes chers aux romantiques, notamment à William Wordsworth (1770-1850), auquel Cyril fera directement allusion quelques pages plus loin. En refusant de sortir de sa bibliothèque, Vivian se pose donc implicitement en adversaire des romantiques. Quant à la couleur mauve ou pourpre elle tient dans l'œuvre de Wilde, en raison notamment de sa signification religieuse, une place éminente. Dans *Le Portrait de Dorian Gray*, le portrait est caché par une tenture pourpre. **2.** Camille Corot (1796-1875) : peintre paysagiste français. D'abord héritier de la tradition néo-classique du paysage « composé », il s'orienta par la suite vers une technique qui annonce l'impressionnisme. Son *Credo* — « Ne jamais perdre la première impression qui nous a émus » — a pu attirer l'attention de Wilde et le rattacher dans son esprit à Pater. **3.** John Constable (1776-1837) : paysagiste anglais, peintre infatigable de la campagne anglaise, célèbre pour ses études de nuages. Il fut considéré par Delacroix comme le père du paysage français et influença partiellement les impressionnistes.

en elle maints détails qui nous avaient toujours échappé. Ma conviction, à moi, c'est que plus nous nous attachons à l'art, et moins nous goûtons la nature. La véritable révélation de l'art, c'est l'absence de dessein de la nature, ses étranges rudesses, son extraordinaire monotonie, son inachèvement total. Elle n'est certes pas dépourvue de bonnes intentions [1], mais comme le dit Aristote, elle ne sait pas les mener à bien. Quand je regarde un paysage, je ne puis m'empêcher de noter ses défauts. Il importe, au surplus, de nous louer d'une imperfection sans laquelle nous n'aurions pas d'art, puisque l'art représente notre protestation vigoureuse, notre effort héroïque pour remettre la nature dans la bonne voie. Quant à l'infinie variété de la nature, c'est un pur mythe, qui n'a rien à voir avec la nature même, mais naît dans l'imagination, dans la fantaisie ou dans l'aveuglement volontaire de l'homme qui la contemple.

CYRIL. — Soit ! rien ne vous oblige à admirer le paysage. Vous vous allongerez sur l'herbe et fumerez des cigarettes.

VIVIAN. — La Nature n'est pas assez confortable pour cela. L'herbe est dure, humide, bourrée de mottes, et fourmille d'affreux insectes noirs. L'ouvrier le moins habile de Morris [2] vous confectionne un fauteuil plus moelleux que toute la nature.

---

1. Traduction libre d'un passage de *La Politique* d'Aristote (– 384/– 322) : « La nature veut agir, mais n'en a pas le pouvoir » (livre I, ch. 6, 1255-b3). Dès cet instant, Wilde opère donc une distinction entre les modalités du rapport qui unit l'acte en puissance et l'acte effectif au sein de la nature, et celles de ce même rapport au sein de l'art. Pour Wilde, en art, il n'y a pas de décalage entre l'intention et la forme, puisque la forme prise par l'objet d'art révèle au critique les intentions de l'artiste et non l'inverse. **2.** William Morris (1834-1896) révolutionna l'art décoratif anglais, notamment l'ameublement, en fondant avec plusieurs artistes la firme Morris, Marshall, Faulkner and Co, qui devint en 1875 la Morris and Co. Son intérêt pour le socialisme le poussa à fonder la Ligue Socialiste en 1884. Wilde s'est fait l'écho de cette synthèse de convictions politiques et artistiques, propre à Morris, dans « La Renaissance anglaise de l'art », conférence prononcée à New York le 9 janvier 1882 : « Je me rappelle que William Morris a dit un jour : "J'ai essayé de faire en sorte que chacun de mes ouvriers soit un artiste, et quand je dis un artiste, je veux dire un homme." » Wilde reprendra à son compte une partie des idées de Morris dans « L'Âme de l'homme sous le socialisme ».

Elle pâlit devant le mobilier « de la rue qui d'Oxford emprunte le nom », selon l'atroce expression d'un poète qui vous est si cher. Je ne proteste pas : si la nature avait offert à l'homme tout le confort nécessaire, il n'aurait pas inventé l'architecture, et je préfère l'intérieur au plein air. Dans une maison, tout est justes proportions, tout nous est subordonné, tout concourt à nos besoins et à nos plaisirs. L'égotisme même, si nécessaire au sentiment de la dignité humaine, est fils de la vie en intérieur. En plein air, on se sent abstrait et impersonnel, on perd toute individualité. Et puis la nature est si indifférente, si insensible. Quand je me promène dans le parc, je sens bien que je ne lui importe pas plus que ces bêtes qui broutent sur la côte ou que la bardane du fossé. Que la nature exècre l'intelligence, c'est l'évidence même. Rien de plus malsain que la pensée, dont on meurt, au même titre que de toute autre maladie. L'affection heureusement n'est pas contagieuse, en Angleterre tout au moins. Le superbe physique de notre race est fruit de notre stupidité nationale. Puissions-nous conserver durant nombre d'années encore ce solide rempart de notre bonheur ! Je crains seulement pour nous un excès de savoir, en une époque où l'enthousiasme pour l'instruction a précipité vers l'enseignement tout individu qui se sent incapable d'apprendre. Allons, retournez à votre pénible et inconfortable nature, et laissez-moi corriger mes épreuves.

CYRIL. — Vous écrivez un article ! Voilà qui manque un peu de logique, après ce que vous venez de dire.

VIVIAN. — Qui se soucie de la logique ? Les lourdauds et les doctrinaires, les fâcheux qui boivent le calice de l'action jusqu'à la lie, jusqu'à la *reductio ad absurdum* de la pratique. Pas moi. Comme Emerson[1], j'inscris au-dessus de la porte de ma bibliothèque le mot « Caprice ». Au surplus, mon article constitue

1. Ralph Waldo Emerson (1803-1882), poète, essayiste et philosophe américain, fondateur du « transcendantalisme ». En 1836, dans son essai intitulé « Nature », il écrivit que « la Nature est l'incarnation de la pensée », préfigurant ainsi l'idée wildienne selon laquelle la Nature imite l'Art.

vraiment un salutaire et fort utile avertissement. S'il attire l'attention, il peut déterminer une nouvelle Renaissance de l'art.

CYRIL. — De quoi traite-t-il ?

VIVIAN. — Je l'intitule « *Le Déclin du Mensonge. Protestation* ».

CYRIL. — Du mensonge ! J'aurais cru que nos hommes politiques s'entendaient à le faire vivre.

VIVIAN. — Erreur, je vous l'assure. Ils ne peuvent prétendre qu'aux inexactitudes et s'abaissent jusqu'à prouver, à ergoter, à raisonner. Quelle distance de leur tempérament à celui du vrai menteur, avec ses intrépides et franches affirmations, son irresponsabilité superbe, son vigoureux et sain dédain pour toute espèce de preuves. Qu'est-ce qu'un beau mensonge, en somme ? Celui qui est à lui-même sa justification. L'individu qui manque assez d'intelligence pour étayer de preuves son mensonge aurait aussi court de dire la vérité tout de suite. Non, ne me parlez pas des politiciens. On pourrait, à la rigueur, dire un mot en faveur du Barreau. Ses membres ont emprunté le manteau du Sophiste, et leurs feintes ardeurs, leur rhétorique artificielle ont de quoi séduire. De la pire des causes, ils savent faire la meilleure, comme s'ils étaient frais émoulus des écoles léontines, et triomphent de jurys hostiles en leur arrachant l'acquittement de leurs clients, ceux-ci fussent-ils, comme il arrive souvent, clairement et manifestement innocents. Mais ils sont guidés par des considérations prosaïques, n'hésitent pas à se prévaloir de précédents, et laissent, malgré tous leurs efforts, la vérité se faire jour.

Jusqu'aux journaux qui ont dégénéré. On peut, à l'heure actuelle, tabler sur ce qu'ils disent. Aucun doute, à cet égard, pour qui parcourt leurs colonnes. Ce qui est illisible fait toujours l'actualité. Non décidément, rien à faire des avocats ou des journalistes. D'ailleurs, mon plaidoyer a trait au mensonge dans l'art. Voulez-vous que je vous le lise ? Vous pourriez en tirer grand profit.

CYRIL. — À coup sûr, si vous me donnez une cigarette. Merci. À propos, à quelle revue destinez-vous cet article ?

VIVIAN. — À la *Revue rétrospective*[1]. Je crois vous avoir dit que les élus venaient de lui donner un nouvel essor.

CYRIL. — Qu'entendez-vous par les « élus » ?

VIVIAN. — *Les Hédonistes fatigués*. C'est un club dont je fais partie. Nous sommes censés porter, au cours de nos réunions, des roses fanées à la boutonnière et professer une sorte de culte pour Domitien[2]. Je crains que vous ne soyez pas éligible. Vous goûtez trop les plaisirs simples.

CYRIL. — Sans doute serais-je évincé pour excès de vitalité ?

VIVIAN. — Sans doute. Et puis vous êtes un peu vieux. Nous n'admettons pas de membres d'âge normal.

CYRIL. — Vous devez bien vous ennuyer entre vous ?

VIVIAN. — Évidemment : c'est l'un des buts mêmes de notre association. Mais voyons : si vous promettez de ne pas trop interrompre, je vais vous lire mon article.

CYRIL. — Je suis tout attention.

VIVIAN, *lisant d'une voix claire et mélodieuse* :

LE DÉCLIN DU MENSONGE. PROTESTATION.

« Une des principales raisons qui explique la singulière banalité de tant d'écrits contemporains, est, sans contredit, le Déclin du Mensonge en tant qu'art, que science et que plaisir social. Les anciens historiens consignaient comme faits des fictions délicieuses ; le romancier moderne, sous couleur de fiction, nous présente les faits les plus ennuyeux. Il fait du Livre Bleu[3] son idéal de méthode et de style, et explore au microscope un pauvre document humain, un misérable petit coin de la création. On le voit, à la Librairie Nationale ou au British Museum,

---

1. *La Revue rétrospective* (*The Retrospective Review*) parut de 1820 à 1828, puis brièvement de 1853 à 1854. Elle se proposait notamment de montrer que les opinions critiques en art, loin d'être le reflet de critères d'évaluation objectifs, ne sont que l'expression des préjugés du critique. **2.** Domitien (51-96) : empereur romain de 81 à 96, il fut célèbre pour sa cruauté et pour son goût du pouvoir absolu, qui le conduisit à proscrire les historiens. **3.** Nom donné aux rapports des commissions parlementaires. Après s'être attaqué à la rhétorique judiciaire, Vivian s'en prend à présent à la rhétorique politique.

travailler sans vergogne son sujet. Il n'a même pas le courage des idées d'autrui, et s'obstine à si bien recourir à la vie qu'à force d'encyclopédies et d'expérience personnelle, il finit par tomber à plat, entre ses modèles empruntés au cercle de famille ou à la blanchisseuse à la journée, et une si belle accumulation de connaissances utiles, qu'il ne pourra jamais s'en dépêtrer, même en ses heures les plus méditatives.

On ne saurait évaluer le tort causé à la littérature par ce faux idéal contemporain. Libre aux gens de parler négligemment d'un « menteur né », comme ils le font d'un « poète né ». Ils se trompent dans les deux cas, car mensonge et poésie sont des arts, des arts qui ne vont pas sans rapports réciproques, comme Platon l'avait compris [1], et qui réclament un travail assidu et un désintéressement total. Ils comportent leur technique, au même titre que les arts plus matériels de la peinture et de la sculpture, des secrets subtils de forme et de couleur, des tours de main, des méthodes précises. Si le poète se reconnaît à la musique de ses vers, c'est la richesse rythmique de ses affirmations qui révèle le menteur, mais à l'un pas plus qu'à l'autre une inspiration passagère ne peut suffire. Dans ce domaine, comme en d'autres, c'est en forgeant qu'on devient forgeron. Mais tandis que, de nos jours, la mode des poèmes s'est répandue au point qu'il faille bientôt la combattre, la mode du mensonge est presque tombée en discrédit. Plus d'un jeune homme parti dans la vie avec un don naturel d'exagération qui, cultivé par un entourage compréhensif et sympathique, ou par l'imitation des meilleurs modèles, eût pu donner quelque chose de vraiment grand et magnifique, laisse ses talents aller à vau l'eau. Tantôt c'est par mollesse qu'il s'abandonne à des habitudes de sincérité... »

Cyril. — Oh ! mon cher !

---

1. Dans le troisième livre de *La République*, Platon propose de chasser les poètes de la cité idéale car leur art, fondé sur l'imitation, pousse les hommes justes et bons à prendre pour modèle des comportements qui nuisent à leurs fonctions au sein du gouvernement de la ville. Sans le dire, Wilde retourne donc l'argument platonicien à son profit.

VIVIAN. — Ne m'interrompez pas au milieu d'une phrase, je vous prie. « Tantôt c'est par mollesse qu'il s'abandonne à des habitudes de sincérité, tantôt il se met à fréquenter des gens âgés et bien informés. Éventualités également fatales à son imagination, comme elles le seraient à l'imagination de quiconque. Aussi sent-il bientôt pousser en lui une morbide et malsaine propension à dire la vérité, se met-il à vérifier toutes les affirmations faites en sa présence, n'hésite-t-il plus à contredire des gens beaucoup plus jeunes que lui, et finit-il par écrire des romans si bien calqués sur la vie que personne ne saurait croire à leur possibilité. Ceci n'est point un exemple isolé, mais un entre mille, et si l'on ne tente rien pour contrecarrer ou tout au moins pour atténuer notre monstrueuse adoration du fait, l'art deviendra stérile et la beauté désertera le monde.

Mr. Robert Louis Stevenson lui-même, cet adorable maître d'une prose délicate et riche de fantaisie, n'échappe pas à ce vice moderne, car nous ne saurions lui trouver d'autre nom convenable. C'est parfois frustrer un récit de toute vérité que de le faire trop sincère, et la *Flèche noire*[1] manque d'art au point de ne pouvoir se targuer d'un seul anachronisme, tandis que les avatars du Dr Jekyll font fâcheusement penser à une observation de *La Lancette*[2]. Quant à Mr. Rider Haggard[3] qui

---

1. Publié sous forme de livre en 1888, *La Flèche noire* s'inspirait d'un ensemble de lettres écrites au XVe siècle par les Paston, une famille aisée du Norfolk. Considérées comme un document inestimable sur la vie à l'époque de Henry VI (roi d'Angleterre de 1422 à 1461, puis de 1470 à 1471), d'Édouard IV (roi de 1461 à 1470, puis de 1471 à 1483) et de Richard III (roi de 1483 à 1485), elles furent publiées en trois volumes de 1787 à 1823. Mais ce n'est que dans la seconde moitié du XIXe siècle que les originaux furent retrouvés, suscitant l'intérêt de Robert Louis Stevenson (1850-1894). 2. *Docteur Jekyll et Mister Hyde* fut publié en 1886 et connut un succès immédiat. Comme l'indique le début du titre anglais, le récit de Stevenson témoigne de la vogue que connut à la fin du XIXe siècle la littérature médicale, dont le magazine *La Lancette* était le porte-drapeau. *Le Portrait de Dorian Gray* passe pour avoir été inspiré par l'ouvrage de Stevenson. 3. Sir Henry Rider Haggard (1856-1925) : romancier d'aventures, qui écrivit trente-quatre récits de ce genre. Ses œuvres ont pour cadre l'Islande, le Mexique ou l'Afrique.

possède vraiment, ou posséda naguère l'étoffe d'un menteur magnifique, il redoute si fort aujourd'hui d'être soupçonné de génie, qu'avant de nous conter un fait merveilleux, il se sent tenu d'inventer une réminiscence personnelle, et d'en faire, comme s'il craignait de ne pas être cru, une note marginale à notre usage. Et nos autres romanciers ne valent guère mieux. Mr. Henry James[1] rédige des romans comme de douloureux devoirs, et prodigue sur des sujets mesquins et d'imperceptibles points de vue, son style net, ses périodes heureuses, sa satire vive et caustique.

Mr. Hall Caine qui a manifestement des ambitions grandioses, juge suffisant, pour y atteindre, de crier à tue-tête. Il fait tant de bruit que l'on n'entend plus ce qu'il dit. Mr. James Payn est expert dans l'art de cacher ce qui ne vaut pas d'être découvert. Il pourchasse l'évidence avec l'enthousiasme d'un détective myope, et le suspens où il nous tient devient, à la longue, intolérable. Les chevaux du char de Mr. William Black ne montent pas vers le soleil, et se contentent de produire dans le ciel vespéral de violents effets de chromo dont la terreur fait rechercher aux paysans le refuge du patois. Mrs. Oliphant disserte puérilement de vicaires, de parties de tennis, de domestiques, et d'autres sujets insupportables. Mr. Marion Crawford[2] s'est

---

1. Henry James (1843-1916) : romancier d'origine américaine qui passa la majeure partie de son existence en Europe et en Angleterre. Partisan du roman psychologique, il développa sa théorie de l'« unité de vision », appliquée dans *Ce que savait Maisie* (1897), selon laquelle le lecteur ne peut connaître du monde extérieur que ce qu'en perçoit la conscience du protagoniste. Dans une lettre de février 1892 adressée à Mrs. Hugh Bell, James défend *L'Éventail de Lady Windermere* contre les attaques de la critique.
2. Sir Thomas Henry Hall Caine (1853-1931) : auteur de romans à sensation, il fut l'ami de D. G. Rossetti ; James Payn (1830-1898) : auteur de cent romans et de plusieurs recueils d'essais, il écrivit régulièrement dans *Household Words*, l'hebdomadaire que dirigea Charles Dickens de 1850 à 1859 ; William Black (1841-1898) : romancier écossais très prolifique, il contribua à développer l'image sentimentale et romantique de la vie urbaine en Écosse ; Margaret Oliphant (1828-1897), non moins prolifique et écossaise que William Black, connut le succès grâce à ses *Chroniques de Carlingford* en peignant la vie intime des habitants d'une petite localité rurale située près de Londres ; Francis Marion Crawford (1854-1909) écrivit plusieurs romans dont l'action

immolé sur l'autel de la couleur locale. Il fait penser à cette dame d'une comédie française qui ne cesse de parler du « beau ciel d'Italie ». Et par ailleurs il est tombé dans la fâcheuse habitude de proférer des platitudes morales. Il répète avec insistance qu'être bon, c'est être bon, et qu'être méchant, c'est être méchant. Il en devient édifiant à ses heures. Quant à *Robert Elsmere*[1], c'est, à coup sûr, un chef-d'œuvre, un chef-d'œuvre du « genre ennuyeux », c'est-à-dire la seule forme de littérature que les Anglais semblent pleinement goûter. Un jeune homme sensé de mes amis me disait un jour que ce livre lui rappelle les entretiens qui égayent le goûter d'une grave famille méthodiste. Je n'ai aucune peine à le croire, et il faut notre pays pour accueillir pareil ouvrage. L'Angleterre est la patrie des idées mortes. En ce qui concerne cette école de romanciers, dont le nombre ne cesse de croître et pour qui le soleil se lève toujours sur l'East End[2], la seule chose qu'on puisse dire, c'est qu'ils trouvent la vie mal cuite et la laissent crue.

---

se situe dans des contrées lointaines et dont le seul but était selon lui de distraire les lecteurs.

1. Roman paru en 1888 de Mrs. Humphry Ward (1851-1920), nièce de Matthew Arnold. Célèbre dès sa parution, ce roman brosse non seulement un tableau des milieux intellectuels oxoniens à l'époque de Pater mais constitue également un précieux témoignage sur l'impact du Mouvement d'Oxford, qui agita l'Église d'Angleterre entre 1833 et 1845. Ses principaux acteurs furent trois pasteurs, *fellows* de l'Université d'Oxford : John Keble (1792-1866), qui prononça le 14 juillet 1833 un sermon sur « l'Apostasie nationale », considéré comme le point de départ du Mouvement, Richard Hurrell Froude (1803-1836), disciple de Keble, et John Henry Newman (1801-1890), vicaire de St. Mary's et inspirateur spirituel de cette réaction. Leur engagement, dont les *Tracts for the Time* (1833-1841) nous ont conservé la trace écrite, visait à protéger l'Église d'Angleterre des dangers qui pesaient sur elle de l'extérieur comme de l'intérieur. Né au sein de la Haute Église (*High Church*), le Mouvement défendit la théorie selon laquelle l'anglicanisme était une voie médiane entre le catholicisme romain et le protestantisme. La conversion de Newman au catholicisme en 1845 lui porta cependant un coup fatal. Au sein même de l'Église d'Angleterre, le Mouvement suscita parfois une vive hostilité, notamment de la part de Thomas Arnold (1795-1842), le père de Matthew.

2. Quartier populaire londonien, alors que le West End est le quartier chic.

En France, si l'on n'a jamais vu livre aussi résolument ennuyeux que *Robert Elsmere*, les choses ne vont guère mieux. M. Guy de Maupassant, avec son ironie mordante et acérée et son style âpre et incisif, dépouille la vie des pauvres haillons qui la cachent encore pour nous découvrir misères sordides et plaies suppurantes [1]. Il compose des drames lugubres et brefs dont tous les acteurs sont ridicules, et d'amères comédies dont on ne saurait rire, tant elles tirent de larmes. M. Zola, fidèle au principe hautain qu'il énonce, dans un de ses *pronunciamentos* littéraires : « L'homme de génie n'a jamais d'esprit », entend prouver que s'il n'a pas de génie, il sait du moins être assommant. Il y réussit pleinement. Non qu'il manque de force : en certaines de ses pages, dans *Germinal*, entre autres, il y a quelque chose d'épique. Mais son œuvre est entièrement faux d'un bout à l'autre, faux du point de vue de l'art, sinon du point de vue éthique. Pour le moraliste il est parfaitement exact. L'auteur essentiellement véridique, décrit minutieusement les choses. Qu'est-ce que la morale peut demander de plus ? Nous ne sympathisons nullement avec la vertueuse indignation de notre époque contre M. Zola. C'est simplement l'indignation de Tartufe qui se voit démasqué. Mais au nom de l'art, qu'arguer en faveur de l'auteur de *L'Assommoir*, de *Nana* et de *Pot-Bouille* [2] ? Mr. Ruskin dit des personnages de George Eliot qu'ils font songer à des rebuts d'omnibus de banlieue [3]. Ceux de M. Zola sont bien pires encore. Parée de vices affligeants et de plus affli-

1. En 1890, Maupassant avait fait paraître un recueil de nouvelles intitulé *L'Inutile Beauté*. L'image des « plaies suppurantes » évoque toutefois *Nana* (1880), le roman de Zola à la fin duquel l'héroïne est dépeinte gisant sur un oreiller, le visage couvert de « plaies purulentes ». 2. Les trois romans de Zola furent respectivement publiés en 1885, 1877 et 1882. 3. George Eliot (1819-1880), de son vrai nom Mary Ann Evans, est l'auteur de plusieurs romans célèbres de la littérature — *Le Moulin sur la Floss* (1860), *Middlemarch* (1872) et *Daniel Deronda* (1876). Il fallut attendre le milieu du xxe siècle pour que l'importance de son œuvre soit reconnue à sa juste valeur. La phrase de Wilde, empruntée à « La Fiction, en bien, et en mal » (« Fiction, Fair, and Foul ») de John Ruskin, reflète le discrédit dans lequel était tombée George Eliot juste après sa mort.

geantes vertus, leur existence est parfaitement dépourvue d'intérêt, et personne ne se soucie de ce qu'il adviendra d'eux. À la littérature, nous demandons distinction, charme, beauté et imagination. Nous n'avons aucune envie qu'on nous inflige jusqu'à l'écœurement le récit des faits et gestes des basses classes. M. Daudet est plus réconfortant. Il a de l'esprit, une touche légère, et un style agréable. Mais il vient de se suicider, en tant qu'écrivain. Comment s'intéresser encore à Delobelle et à son : « Il faut lutter pour l'art », à Valmajour et à son éternel refrain sur le rossignol, ou au poète aux « mots cruels » de Jack, quand on sait par *Vingt ans de ma vie littéraire* que ces personnages ont été croqués sur le vif[1] ? C'en est assez pour leur faire perdre, du coup, toute leur vitalité, et toutes les qualités dont ils nous semblaient pourvus. Les seuls personnages vrais sont ceux qui n'ont jamais existé, et si un romancier a l'impudeur d'emprunter ses héros à la vie réelle, il doit au moins prétendre les avoir créés, au lieu de se vanter d'une copie servile. C'est la personnalité de l'écrivain qui fait la valeur de ses personnages, et non la manière d'être d'autres individus. Sans quoi le roman n'est pas une œuvre d'art. Quant à M. Paul Bourget[2], le maître du roman psychologique, il s'imagine à tort qu'hommes et femmes de la vie moderne peuvent s'analyser sans fin, au long d'une innombrable série de chapitres. À vrai dire, ce qui nous intéresse chez les gens de la bonne société — et M. Bourget ne sort guère du Faubourg Saint-Germain que pour venir à Londres, — c'est le masque que porte chacun d'eux, et non la vérité cachée derrière le masque. Aveu humiliant : nous som-

---

1. Alphonse Daudet (1840-1897) est aujourd'hui connu comme l'auteur des *Lettres de mon moulin* (1869) et le créateur du personnage de Tartarin de Tarascon. Mais il fut également un adepte du Naturalisme, dont l'influence est attestée par au moins trois romans : *Fromont jeune et Risler aîné* (1874), dans lequel apparaît l'acteur Delobelle, *Numa Roumestan* (1881), d'où est issu Valmajour, un Provençal naïf, et *Jack* (1876), où figure le poète Dargenton. Daudet n'a en revanche laissé aucune œuvre intitulée *Vingt ans de ma vie littéraire*. **2.** Paul Bourget (1852-1935) : auteur de romans et de nouvelles, il fut l'ami de Henry James et écrivit comme lui des romans dont les personnages appartiennent aux classes aisées.

mes tous faits de la même étoffe. Falstaff comporte un peu de Hamlet, Hamlet pas mal de Falstaff[1]. L'obèse chevalier a ses heures de mélancolie, et le jeune prince ses moments d'épaisse jovialité. Ce sont de purs détails qui nous différencient : la mise, la mine, l'accent, les opinions religieuses, la démarche, les manies et autres vétilles du même genre. Plus on analyse les gens, plus s'effacent les raisons de les analyser, puisque tôt ou tard et partout, on arrive à cette affreuse chose appelée nature humaine. Tous ceux qui ont travaillé avec les pauvres ne le savent que trop ; la fraternité humaine n'est pas un vain rêve de poète, mais une humiliante et douloureuse réalité, et l'écrivain qui prétend n'étudier que les classes élevées, se trouve nanti de documents applicables aux vendeurs d'allumettes et aux marchands des quatre-saisons. » En voilà assez sur ce sujet, mon cher Cyril. J'admets volontiers que les romans modernes ont leurs bons côtés. Tout ce que j'ajoute, c'est qu'en règle générale, ils sont parfaitement illisibles.

CYRIL. — Voilà, certes, une bien grave condamnation, qui ne m'empêche pourtant pas de tenir pour injustes certaines de vos critiques. J'aime *Le Juge, La Fille de Heth, Le Disciple* et *Mr. Isaac*[2], et quant à *Robert Elsmere*, c'est un de mes livres favoris. Non que je le tienne pour un ouvrage sérieux. Dans la mesure où il prétend exposer les problèmes que rencontre tout véritable chrétien, il est ridicule et désuet. C'est tout uniment : *Littérature et Dogme* d'Arnold[3], avec la littérature en moins. Il nous paraît aussi vieillot que les *Preuves* de Paley[4] ou la

---

1. Personnage de Shakespeare, qui apparaît dans *Henry IV* (1597) et *Les Joyeuses Commères de Windsor* (1599). Il est aussi gros et enjoué que Hamlet est maigre et mélancolique. **2.** *Le Juge* (1887) : roman de Hall Caine ; *La Fille de Heth* (1871) : roman de William Black ; *Le Disciple* (1889) : roman de Paul Bourget, qui présente certaines similitudes thématiques avec *Le Portrait de Dorian Gray* ; *M. Isaac* (1882) : roman de F. M. Crawford. **3.** *Littérature et Dogme* (1873) : étude de Matthew Arnold sur l'interprétation de la Bible. **4.** Dans les *Preuves du christianisme* (1794), William Paley (1743-1805) voit dans le dessein de la Nature la preuve de l'existence de Dieu.

méthode d'exégèse biblique de Colenso[1]. Rien de moins impressionnant que l'infortuné héros qui annonce pompeusement une aurore depuis longtemps levée, et montre le degré de son incompréhension en cherchant à faire revivre la vieille raison sociale sous un nom nouveau. En revanche, le livre contient d'amusantes caricatures, nombre de citations exquises, et la philosophie de Green[2] sucre d'aimable façon l'amère pilule de la fiction. Mais je m'étonne, je vous l'avoue, de ne vous avoir rien entendu dire de deux romanciers que vous ne quittez guère, Balzac et Georges Meredith. Ce sont bien des réalistes, pourtant ?

VIVIAN. — Ah ! Meredith[3] ! Comment le définir ? Son style, c'est un chaos illuminé d'éclairs. Écrivain, il vient à bout de tout, sauf de la langue ; romancier, il sait tout faire, sauf une histoire ; artiste, il possède tout, sauf l'art. Un personnage de Shakespeare, — Touchstone[4], je crois, — parle d'un individu qui se heurte sans cesse le front à son propre esprit, et ce mot me paraît s'appliquer fort justement à la méthode de Meredith. Au surplus, et quel qu'il puisse être, il n'a rien d'un réaliste. Ou plus précisément, je dirais que c'est un fils de réaliste en froid avec son père. Il s'est, de propos délibéré, converti au romantisme. Il a refusé de ployer le genou devant Baal, et au demeurant, même si son goût ne répugnait pas aux tapageuses affirmations du réalisme, son style suffirait à tenir la vie à distance respectueuse. C'est, à l'entour de son jardin, une haie

---

1. John William Colenso (1814-1883) : théologien anglais qui contesta la vérité historique des Évangiles. Matthew Arnold s'attacha à réfuter sa méthode d'exégèse biblique et s'en prit à lui dans « La Fonction de la critique à l'époque actuelle ». **2.** Probablement Thomas Hill Green (1836-1882), professeur de philosophie morale qui contribua à diffuser la pensée de Hegel en Angleterre. Il apparaît sous les traits de Henry Grey dans *Robert Elsmere*. **3.** George Meredith (1828-1909) : écrivain anglais, auteur notamment de *L'Épreuve de Richard Feverel* (1859) et de *L'Égoïste* (1879). Bien qu'auteur de très nombreux romans, il se considérait avant tout comme un poète, et publia en 1880 un recueil de veine romantique : *Poems and Lyrics of the Joys of Earth*. **4.** Personnage de *Comme il vous plaira* (1599). La citation est empruntée à l'acte II, scène 4, v. 52.

hérissée d'épines et rouge de roses merveilleuses. Quant à Balzac, ce fut un très remarquable mélange du tempérament artiste et de l'esprit scientifique. Celui-ci, il l'a légué à ses disciples ; mais celui-là lui appartient à lui seul. La distance qui sépare un livre tel que *L'Assommoir* de M. Zola des *Illusions Perdues* de Balzac, c'est celle du réalisme sans imagination à la réalité créatrice[1]. « Tous les personnages de Balzac, dit Baudelaire, sont doués de l'ardeur qui l'animait lui-même. Toutes ses fictions ont des couleurs de rêve. Chacun de ses esprits est une arme bourrée de volonté jusqu'à la gueule. Ses marmitons mêmes ont du génie[2]. » La fréquentation assidue de Balzac réduit nos amis vivants à l'état d'ombres, et fait de nos connaissances les ombres d'ombres. Ses personnages ont une existence ardente, couleur de feu. Ils nous subjuguent et défient le scepticisme. Un des drames les plus poignants de ma vie fut la mort de Lucien de Rubempré. C'est un deuil dont je n'ai jamais pu complètement me remettre, dont la pensée me hante en mes heures de plaisir, et que je me rappelle au milieu de mes rêves. Mais Balzac n'est pas plus réaliste qu'Holbein[3]. La vie, il l'a créée, et non copiée. J'admets cependant qu'il faisait trop grand cas de la modernité de la forme, et que, de ce fait, aucun de ses livres ne saurait prendre rang de chef-d'œuvre auprès

1. La comparaison entre Balzac et Zola est directement empruntée à un essai de Swinburne, *Study of Shakespeare* (1879), dans lequel l'auteur, citant lui-même Baudelaire, oppose la réalité pleine d'imagination du premier (« imaginative reality ») au réalisme sans imagination du second (« unimaginative realism »). Wilde s'était déjà servi de la même formule dans un compte rendu critique sur Balzac de 1886. 2. Wilde continue de se citer puisque la remarque de Baudelaire, tirée d'un essai sur Théophile Gautier, figurait déjà dans sa recension de 1886. Mais elle est tronquée, car c'est dans ce texte que Baudelaire parle de Zola et de Balzac. Ce passage du « Déclin du mensonge » offre en conséquence un bel exemple de la façon dont Wilde brouille constamment les limites entre l'original et la citation. 3. Hans Holbein le Jeune (1497/8-1543) devint peintre à la Cour d'Angleterre en 1532 et contribua par ses tableaux à créer l'image publique d'Henry VIII. Le XIXe siècle avait redécouvert Holbein, dont la *Danse macabre* (1515) connut un immense succès.

de *Salammbô*, d'*Henry Esmond*, du *Cloître et du Foyer* ou du *Vicomte de Bragelonne*[1].

CYRIL. — Vous vous élevez donc contre la modernité de la forme ?

VIVIAN. — Absolument. C'est un bien gros prix pour un piètre résultat. Une forme purement moderne est toujours entachée de vulgarité. Et il n'en saurait être autrement. Parce qu'il s'intéresse aux choses qui l'entourent, le public se figure que l'art doit aussi s'intéresser à elles et les prendre pour sujet. Or, le seul fait que le public s'en préoccupe suffit à les disqualifier pour l'art. Comme on l'a dit, les seules choses belles sont celles qui ne nous concernent point. Tant qu'une chose nous est utile ou nécessaire, nous affecte dans un sens quelconque de plaisir ou de peine, s'adresse vivement à notre sympathie ou fait partie intégrante de notre entourage, elle est soustraite au vrai domaine de l'art. Aux sujets adoptés par l'art, il faut que nous soyons plus ou moins indifférents, ou tout au moins ne devons-nous éprouver à leur égard préférences, préventions, ni partialité d'aucune sorte. C'est précisément parce que Hécube ne nous est rien, que sa douleur fournit à la tragédie un si admirable motif[2]. Je ne sais rien, dans toute l'histoire de la littérature, de plus triste que la carrière artistique de Charles Reade. Il écrivit un admirable livre, *Le Cloître et le foyer*, un livre qui surpasse d'autant *Romola* que *Romola* surpasse *Daniel Deronda*[3], et consacra le reste de ses jours à une absurde préoccupation

1. *Henry Esmond* (1852) : roman de William Makepeace Thackeray (1811-1863) ; *Le Cloître et le foyer* (1861) : roman de Charles Reade ; *Le Vicomte de Bragelonne* (1850) : roman d'Alexandre Dumas père (1802-1870). Tous ces romans historiques ont en commun d'allier des scènes purement imaginaires à une précision historique scrupuleuse. 2. Hécube, seconde femme de Priam, qui vit périr presque tous ses enfants (elle en eut de dix-neuf à cinquante selon les différentes sources) pendant la guerre de Troie. Dans la pièce de Shakespeare (acte II, scène II), Hamlet s'émerveille des pleurs que l'un des acteurs verse sur Hécube, dont il vient d'évoquer le sort dans un bref récit en vers. 3. *Romola* (1863) et *Daniel Deronda* (1876) : deux romans de George Eliot, dont le premier constitue la seule tentative faite par l'auteur pour écrire un roman historique.

moderne, à une vaine tentative pour attirer l'attention du public sur l'état de nos prisons et l'administration de nos asiles publics d'aliénés. Dickens, en toute conscience, nous avait déjà suffisamment affligés par ses appels en faveur des victimes de l'Assistance publique[1] ; qu'un Charles Reade, artiste et érudit doué du vrai sentiment de la beauté, se mette, comme un pamphlétaire de quatre sous ou un journaliste à sensation, à dénoncer avec fureur les abus de la vie moderne, il y a vraiment là de quoi faire pleurer les anges. Croyez-moi, mon cher Cyril : la modernité de la forme et du sujet est une erreur absolue et fatale. Nous avons pris la livrée vulgaire de notre époque pour la robe des muses ; nous avons passé dans les rues sordides et les hideux faubourgs de nos villes les jours que nous aurions dû vivre près d'Apollon[2], sur le flanc de la montagne. Nous sommes, à coup sûr, une race dégénérée[3], et nous avons vendu notre droit d'aînesse pour un plat de faits[4].

Cyril. — Il y a du vrai dans ce que vous dites, et quelque goût que l'on prenne à la lecture d'un roman moderne, on éprouve rarement un plaisir artistique à le relire. Peut-être y aurait-il même là une sorte de critère pour définir ce qui appartient ou non à la littérature. Si l'on ne ressent pas de joie à relire maintes et maintes fois un livre, inutile de le lire une seule. Et que dites-vous du retour à la vie et à la nature, cette panacée que l'on ne cesse de nous prôner ?

Vivian. — Je vais vous lire le passage qui traite de ce sujet. Il a sa place un peu plus loin, mais j'y arrive sans tarder : « Écoutez le mot d'ordre de notre époque : Retournons à la vie et à

1. Charles Dickens évoque les dysfonctionnements de l'Assistance publique dans *Oliver Twist* (1838). **2.** Dans la mythologie grecque, dieu de la divination, de la musique et de la poésie. **3.** La vogue que connaissait le terme « dégénération » à la fin du XIXe siècle fut confirmée par la publication en 1895 de *Degeneration* de Max Nordau. Il est caractéristique de la propension manifestée par les écrivains de l'époque à traiter les questions sociales en termes médicaux. **4.** Allusion à l'épisode biblique de la Genèse (XXV : 29-34) dans lequel Jacob achète son droit d'aînesse à son frère Esaü en échange d'un plat de lentilles.

la nature, qui redonnent à l'art une vie nouvelle et, faisant circuler dans ses veines un sang rouge, doteront ses pieds de légèreté et ses mains de force. Hélas ! cette aimable et louable tentative est une erreur, car la nature retarde toujours, et quant à la vie, elle est le dissolvant qui détruit l'art, l'ennemi qui dégrade sa maison. »

CYRIL. — La nature retarde toujours ! Qu'entendez-vous par là ?

VIVIAN. — Cela vous paraît un peu obscur. Je m'explique. Si, par nature, nous entendons l'instinct simple et primitif opposé à la culture volontaire, l'œuvre inspirée par elle sera toujours désuète, vieillotte et surannée. Une touche de naturel et le monde n'est plus qu'harmonie ; deux touches et c'est la fin de toute œuvre d'art. Si, d'autre part, on voit dans la nature l'ensemble des phénomènes extérieurs à l'homme, on ne découvre en elle que ce qu'on lui apporte. Elle ne fournit, d'elle-même, aucune inspiration. Wordsworth put aller aux lacs, sans être pour cela lakiste [1]. Il trouva sous les pierres les sermons qu'il y avait toujours cachés. Il parcourut la région en prêchant, mais c'est en se tournant de nouveau vers la poésie, et non vers la Nature, qu'il produisit une œuvre de qualité. La poésie lui inspira « Laodamia », ses beaux sonnets et la grande ode. La nature nous valut « Marthe Ray », « Peter Bell » et l'invocation à la bêche de Mr. Wilkinson [2] !

CYRIL. — Voilà une opinion qui me paraît discutable. J'incline,

---

1. Sa *Description du paysage des lacs* (1810) valut à Wordsworth d'être considéré comme le chef de file des lakistes (*lake poets*), c'est-à-dire des poètes qui, tels Samuel Taylor Coleridge (1772-1834), Robert Southey (1774-1843) ou Thomas De Quincey (1785-1859), habitaient dans la région des lacs, au nord de l'Angleterre. Le terme fut cependant essentiellement utilisé par la critique française et De Quincey, dans ses *Souvenirs des poètes lakistes anglais* (1834), réfuta l'existence d'une école lakiste. **2.** « Laodamia », « The Thorn » (où figure Martha Ray) et « Peter Bell » sont trois longs poèmes narratifs de Wordsworth ; la grande ode est probablement « Intimations of Immortality from Recollections of Early Childhood » (1806) ; « l'invocation à la bêche » est une allusion à « To the Spade of a Friend ».

pour ma part, à croire « à l'inspiration d'un bois printanier[1] », tout en admettant que la valeur artistique d'une telle inspiration dépende absolument du tempérament qui la subit. Ainsi compris, le retour à la nature ne serait que la découverte d'une grande personnalité. Sans doute m'accorderez-vous cela ? Et maintenant, continuez, je vous prie.

VIVIAN, *lisant*. — « À l'origine de l'art, on trouve la décoration pure, l'œuvre tout imaginaire et désintéressée qui s'inspire d'un monde sans réalité et sans existence[2]. C'est le premier stade. Puis la vie, séduite par cette merveille nouvelle, demande à être admise dans le cercle enchanté. L'Art, usant de la vie comme de matière brute, la recrée, la modèle, et avec une belle indifférence pour les faits, invente, imagine, rêve, et dresse, entre elle-même et la réalité, l'infranchissable barrière du beau style ou du décor idéal. La troisième période commence dès que la vie l'emporte et chasse l'art au désert. C'est la véritable décadence dont nous souffrons aujourd'hui[3].

« Considérons le drame anglais. Primitivement, aux mains des moines, le drame était abstrait, figuré, mythologique. Puis, prenant la vie à son service et adoptant certaines de ses formes extérieures, il créa une race absolument nouvelle, aux douleurs plus terribles qu'aucune douleur humaine, aux joies plus aiguës qu'aucune joie d'amant, aux rages de titans et à la sérénité de dieux, aux vices merveilleux et monstrueux, aux monstrueuses et merveilleuses vertus. Aux êtres, il prêta un langage différent du parler quotidien, une langue débordante de sonorités et de rythmes, grave de cadences solennelles, légère de rêves fantaisistes, orfévrée de mots précieux, ennoblie par une

1. Vers extrait de « The Tables turned » (« Retournement de la situation ») dans lequel un poète romantique incite son ami à se détourner de ses livres pour aller profiter de la Nature. On reconnaît dans ces deux attitudes celles de Cyril et Vivian respectivement. 2. Le désintéressement de l'art est l'une des idées prônées par Matthew Arnold dans « La Fonction de la critique à l'époque actuelle ». 3. *Le Mouvement décadent en littérature* est le titre qu'Arthur Symonds avait d'abord projeté de donner à un ouvrage qui paraîtra finalement en 1899 sous le titre de *Le Mouvement symboliste en littérature*. Cet ouvrage comprend un texte sur Wilde.

diction hautaine. Il vêtit ses enfants de parures étranges, leur donna des masques, et d'un signe fit surgir le monde antique de sa tombe de marbre. Un nouveau César parcourut les rues d'une Rome ressuscitée ; avec des voiles de pourpre et des rameurs obéissant à la flûte, une autre Cléopâtre remonta le fleuve vers Antioche ; vieux mythes, légendes et rêves prirent forme et substance. L'histoire fut entièrement réécrite, et parmi les dramaturges, aucun peut-être n'hésita à reconnaître que l'objet de l'art n'est point simple vérité mais beauté complexe. En quoi ils avaient parfaitement raison. L'Art est vraiment une forme d'exagération, et le choix, qui est son essence même, confère une intensité particulière à ce qu'il illumine.

« La vie vint bientôt détruire cette perfection de forme. Chez Shakespeare déjà, nous pressentons le commencement de la fin. Ce déclin se manifeste, dans ses dernières pièces, par la progressive dislocation du vers blanc, par la prédominance de la prose, par l'excessive importance accordée à la peinture des caractères. Les passages de Shakespeare — et ils sont nombreux, — où le dialogue se fait grossier, vulgaire, boursoufflé, fantastique, voire obscène, sont entièrement dus à l'intrusion de la vie, qui cherche un écho de sa propre voix, et refuse l'intervention du beau style, seul capable d'en rendre le son supportable[1]. Shakespeare est loin d'être sans défauts. Il aime trop s'inspirer directement de la vie et lui emprunter son langage naturel. Il oublie que l'art perd tout, quand il renonce à l'imagination. Goethe dit, quelque part :

In der Beschränkung zeigt sich erst der Meister.

« *C'est en travaillant dans des limites que le maître se révèle* », et la limite en l'espèce, la condition même de l'art, c'est

---

1. La présentation que fait Wilde du déclin historique du drame anglais ressemble par bien des aspects à la description du déclin du théâtre grec faite par Nietzsche dans *La Naissance de la tragédie* (1871). Le philosophe oppose la puissance dionysiaque de la tragédie grecque attique, incarnée par Sophocle ou Eschyle, à la comédie nouvelle attique, représentée par Euripide (– 480/– 406) qui aurait fait passer le peuple des gradins à la scène, faisant alors de la peinture de la vie le nouveau critère du théâtre grec.

le style[1]. Mais je ne veux pas trop insister sur le réalisme de Shakespeare. La *Tempête*[2] est la plus parfaite des palinodies. Tout ce que je voulais prouver, c'est que l'art magnifique des artistes Jacobites et de ceux du temps d'Élisabeth[3] recélait en soi son germe de dissolution, et que, même s'il tirait sa force de l'utilisation de la vie brute, une part de sa force, il lui devait aussi sa faiblesse, pour l'avoir prise comme modèle d'art. La substitution d'une imitation servile à la faculté créatrice, l'abandon de la forme imaginaire devaient fatalement engendrer le mélodrame anglais moderne. Les personnages parlent exactement sur les planches comme ils parleraient dans la rue ; leurs aspirations sont aussi médiocres que leur prononciation ; pris directement à la vie, ils en respectent les vulgarités jusqu'aux plus menus détails : allure, maintien, costume, accent, ils n'ont garde de rien omettre et passeraient inaperçus dans un compartiment de troisième classe. Ce qui n'empêche pas ces pièces d'être parfaitement ennuyeuses, et de ne pas réussir même à donner l'impression de réalité à laquelle elles prétendent, et qui est leur seule raison d'être. En tant que méthode, le réalisme est une faillite complète.

« Ce qui est vrai du drame et du roman ne l'est pas moins de ces arts que nous appelons décoratifs. Toute leur histoire, en Europe, est celle de la lutte entre l'orientalisme, avec son mépris affirmé pour l'imitation[4], son goût pour la convention artistique, son dédain pour toute représentation des choses de la nature, et notre esprit imitatif. Partout où le premier triompha, à Byzance,

---

1. Johann Wolfgang von Goethe (1749-1832) a composé ce vers dans « Nature et Art » (« Natur und Kunst »). **2.** *La Tempête* : l'une des dernières pièces de Shakespeare (1611), dans laquelle figure le personnage de Caliban, utilisé par Wilde dans sa « Préface » au *Portrait de Dorian Gray*. **3.** C'est-à-dire les dramaturges qui écrivirent sous le règne de Jacques Ier (1603-1625) et Élisabeth Ire (1558-1603). Shakespeare est à cheval sur les deux périodes. **4.** « L'orientalisme » est un concept longuement étudié par Pater dans *La Renaissance*. Pour lui, les artistes orientaux se caractérisent par un manque de netteté dans le rendu de leurs sujets. La matière y est à tel point spiritualisée qu'aucune forme n'est à même de l'enfermer dans des limites. Wilde en tire l'idée que l'art oriental se moque de l'imitation.

en Sicile et en Espagne par contact direct, ou dans le reste de l'Europe par l'intermédiaire des Croisades, sont nées de nobles œuvres d'imagination, où les choses visibles de la vie sont modifiées selon les canons artistiques, et où celles qui n'appartiennent pas à la vie sont inventées et façonnées pour ses délices. Partout, au contraire, où l'art est retourné à la nature et à la vie, il est devenu vulgaire, banal, sans intérêt. La tapisserie moderne avec ses effets aériens, sa perspective savante, ses larges pans de ciel vide, son réalisme fidèle et laborieux, ne présente pas ombre de beauté. Les vitraux décorés d'Allemagne sont parfaitement exécrables, et si nous commençons, en Angleterre, à tisser des tapis acceptables, c'est parce que nous sommes revenus à la méthode et à l'inspiration orientales. Nos tapis et nos couvertures d'il y a vingt ans, avec leur affligeante et solennelle sincérité, leur vain respect de la nature, leur sordide copie de sujets matériels sont devenus, pour les Philistins [1] mêmes, des objets de dérision. Un Mahométan cultivé me faisait un jour cette remarque : « À force de vous appliquer à mal interpréter le quatrième commandement, vous autres chrétiens, ne vous êtes-vous jamais avisés de faire servir le second à des fins artistiques [2] ? » C'était fort bien dit, et la vérité, en définitive, c'est que la seule école d'art, c'est l'Art et non la Vie. »

Voici maintenant un autre passage qui me paraît résoudre assez nettement la question :

« Il n'en fut pas toujours ainsi. Rien à dire des poètes qui, malgré l'exception malheureuse de Mr. Wordsworth, sont restés fidèles à leur haute mission, et sont universellement tenus pour gens peu sûrs. Mais dans les œuvres d'Hérodote qui, en dépit des efforts bornés et mesquins de pédants contemporains pour attester la vérité de son histoire, mérite bien le nom de « Père des Mensonges » [3] ; dans les discours de Cicéron et les biogra-

1. Terme fréquemment employé par Matthew Arnold pour désigner la bourgeoisie anglaise et son désintérêt pour l'art. **2.** Passage mystérieux. Le quatrième commandement enjoint d'honorer ses parents, tandis que le second fait obligation de respecter le nom divin. **3.** Hérodote (– 484/– 425) : historien grec qui se fit le chroniqueur de la lutte entre l'Asie

phies de Suétone ; dans le meilleur Tacite ; dans l'*Histoire Naturelle* de Pline ; dans le *Périple* d'Hannon [1] ; dans toutes les anciennes chroniques ; dans les vies des saints, dans Froissart et Sir Thomas Mallory ; dans les voyages de Marco Polo ; dans Olaus Magnus, dans Aldovrandus, et Conrad Lycosthenes, avec son magnifique *Prodigiorum et Ostentorum Chronicon* ; dans les Mémoires de Casanova et l'autobiographie de Benvenuto Cellini ; dans l'*Histoire de la Peste* de Defoe ; dans la *Vie de Johnson* de Boswell ; dans les dépêches de Napoléon et dans les livres de notre Carlyle [2], dont la *Révolution française* est un

---

et l'Europe. Il représente donc dans le domaine de l'histoire ce que Pater incarne dans le domaine de l'art. La dénomination de « Père des Mensonges » est un travestissement de la formule de Cicéron, qui voyait en Hérodote « le Père de l'Histoire ». L'expression évoque également le diable, qui reçoit cette dénomination dans le Nouveau Testament (Jean, VIII : 44).

1. Cicéron (– 106/– 43) : avocat, homme politique et écrivain qui donna à l'éloquence latine ses fondements ; Suétone (70-128) : auteur de biographies anecdotiques des empereurs romains, totalement dépourvues de méthode critique ; Tacite (55-120) : historien latin qui, malgré une volonté morale affichée, forgea une véritable écriture de l'histoire ; Pline l'Ancien (23-79) : auteur d'une encyclopédie des connaissances de son temps, l'*Histoire naturelle* ; le *Périple d'Hannon*, texte peut-être apocryphe, qui relate l'expédition maritime d'un navigateur carthaginois le long des côtes de l'Afrique occidentale. **2.** Les vies des saints : peut-être une allusion à la *Légende dorée* de Jacques de Voragine (1228-1298), célèbre recueil hagiographique du Moyen Âge ; Jean Froissart (1337-1400) : auteur de *Chroniques* (1370-1400) qui constituent un document unique sur la guerre de Cent Ans ; Sir Thomas Malory (1408-1471) : écrivain et chevalier anglais, à qui l'on attribue *La Mort d'Arthur*, dans lequel est relaté le cycle arthurien ; Marco Polo (1254-1324) : voyageur vénitien qui explora l'Asie et rendit compte de ses aventures dans *Le Livre des merveilles du monde* ; Olaus Magnus (1490-1557) : religieux et géographe suédois, qui élabora l'un des premiers ouvrages de géographie sur l'Europe du Nord ; Ulisse Aldovrandus (1522-1605) : botaniste italien auteur de nombreux ouvrages d'histoire naturelle ; Benvenuto Cellini (1500-1571) : orfèvre et sculpteur italien, auteur de Mémoires sur la Rome de Clément VII, la Florence de Cosme de Médicis et la France de François Ier ; Giovanni Giacomo Casanova (1725-1798) : aventurier et libertin italien qui fit dans ses *Mémoires* (ou *Histoire de ma vie*) le portrait de toute la société de la fin du XVIIIe siècle ; l'*Histoire de la peste* (1722) : récit fictif de Daniel Defoe (1660-1731) sur la Grande Peste qui frappa Londres en 1664-1665 ; la *Vie de Johnson* (1791) : biographie de James Boswell (1740-1795) consacrée à l'un de ses plus illustres contemporains, Samuel Johnson (1709-1784), lui-

des plus passionnants romans historiques qu'on ait jamais écrits, chez tous ces écrivains, les faits sont relégués au rang médiocre qui leur revient, ou entièrement exclus, faute d'intérêt. Aujourd'hui, tout cela change. Les faits, non contents de prendre pied dans l'histoire, usurpent le domaine de la fantaisie et envahissent le royaume du roman. Leur contact glacial refroidit tout. Ils salissent l'humanité. Le brutal mercantilisme de l'Amérique, son esprit matériel, son indifférence au côté poétique des choses, son manque d'imagination et d'inaccessibles idéals, sont uniquement dus à ce que ce pays a adopté pour héros national un homme incapable, de son propre aveu, de proférer un mensonge, et l'on ne saurait trop affirmer que l'histoire de George Washington et du cerisier[1] a fait plus de mal, et en un plus court laps de temps, qu'aucun conte moral d'aucune littérature. »

CYRIL. — Mon cher !

VIVIAN. — Je vous le certifie, et le plus amusant, c'est que toute l'histoire n'est qu'un mythe. N'allez pas en inférer, d'ailleurs, que je désespère définitivement de l'avenir artistique de l'Amérique ou de notre pays. Écoutez ceci :

« Nul doute qu'un changement n'intervienne avant la fin de ce siècle. Lassée des entretiens instructifs et fades de ceux qui ne possèdent ni esprit d'exagération ni génie inventif, excédée de ces intelligentes personnes dont toutes les anecdotes sortent de la mémoire, dont les affirmations sont invariablement contenues dans les limites de la vraisemblance, et dont les dires peuvent toujours être corroborés par le premier Philistin venu, la Société se retournera tôt ou tard vers son chef perdu, le

---

même grand amateur de biographies ; Thomas Carlyle (1795-1881) : auteur d'une *Histoire de la Révolution française* (1837) mais aussi d'une réflexion sur l'héroïsme, *Le Héros et le culte des héros* (1841), qui contient un passage sur Napoléon.

1. La légende veut que George Washington (1732-1799), premier président des États-Unis, se soit un jour accusé de la destruction d'un cerisier en ces termes : « Je suis incapable de mentir. C'est moi qui l'ai fait avec ma hachette. »

séduisant et élégant menteur. Quel fut le premier homme qui, sans avoir jamais participé à la chasse sauvage, conta au crépuscule, pour l'émerveillement de ses frères des cavernes, comment il avait fait pour chasser le Mégathérium [1] des profondeurs pourpres de sa grotte de jaspe ou tuer le Mammouth en combat singulier et lui arracher ses défenses dorées, nous ne pouvons le dire, et nul de nos anthropologistes modernes [2], familier d'une science tant vantée n'eut le simple courage de nous en informer. Mais quels qu'aient été son nom et sa race, il fut certainement le véritable fondateur des relations sociales. Car l'unique désir du menteur est de charmer, de plaire, de donner de l'agrément. Il est le véritable soutien d'une société policée, et un dîner sans lui, même dans la demeure des grands, est aussi insipide qu'un débat académique, qu'une conférence de la Société des Gens de Lettres [3], ou qu'une des comédies-bouffes de Mr. Burnand.

« La société ne sera d'ailleurs pas seule à lui faire fête ; l'art, évadé de la prison du réalisme, courra au-devant de lui pour baiser ses belles lèvres menteuses, car le menteur possède seul le grand secret de toutes les manifestations artistiques, et sait seul que la vérité est purement et simplement question de style. Et la Vie — si pauvre, si prévisible, si inintéressante sous sa forme humaine, lasse de se répéter au bénéfice de Mr. Herbert Spencer [4], des historiens scientifiques et des compilateurs de statistiques en général, la vie le suivra docilement et s'efforcera,

---

1. Grand mammifère fossile. **2.** Allusion probable à l'œuvre de Sir James George Frazer (1854-1941), l'un des pionniers de l'anthropologie anglaise. En 1890, il avait fait paraître le premier tome de son monumental ouvrage, *The Golden Bough*. Bien que contesté par la suite, ce livre fut une source inépuisable pour les plus grands poètes du XXe siècle, notamment T. S. Eliot et W. B. Yeats. **3.** La Société des Gens de Lettres fut fondée en 1838 par Louis Denoyers et est toujours active aujourd'hui. **4.** Herbert Spencer (1820-1903) : fondateur de l'évolutionnisme, philosophie inspirée des travaux de Charles Darwin, selon laquelle l'évolution de l'humanité est marquée par une adaptation de plus en plus précise aux conditions changeantes du milieu.

à sa façon simple et sans artifices, de reproduire quelques-unes des merveilles dont il parle.

« Évidemment, il y aura toujours des critiques, pareils à certain rédacteur de la *Saturday Review*[1] pour reprocher gravement à un conteur de contes de fées son insuffisante connaissance de l'histoire naturelle, pour mesurer une œuvre imaginaire à l'aune de leur imagination déficiente, et pour lever d'horreur des mains tachées d'encre si, à l'imitation de sir John Mandeville[2], et sans avoir jamais dépassé la bordure d'ifs de son jardin, quelque honnête gentleman écrit un récit de voyages passionnant, ou compose, comme le grand Raleigh[3], sans rien connaître du passé, une histoire générale du monde. Pour s'excuser, ils s'abriteront derrière le bouclier de celui qui inventa le magicien Prospero, et lui donna pour serviteur Caliban et Ariel, qui entendit les Tritons souffler dans leurs conques autour des récifs de corail de l'Île Enchantée, et les fées chanter dans un bois voisin d'Athènes, qui mena par les landes brumeuses d'Écosse la confuse procession des rois fantômes, et cacha au fond d'une caverne Hécate avec les sœurs sinistres[4].

---

1. La *Saturday Review* fut fondée en 1855 et continua de paraître jusqu'en 1938. Wilde y contribua activement en 1887. **2.** Sir John Mandeville (1300-1372) : écrivain et voyageur anglais, dont l'existence réelle a été contestée au XXe siècle. Son périple en Orient, relaté dans ses *Voyages*, est un mélange d'observations précises et de légendes, et connut un immense succès populaire entre le XVe et le XVIIIe siècle. **3.** Sir Walter Raleigh (1554-1618) : aventurier anglais, favori de la reine Elisabeth Ire, il fut emprisonné sous Jacques Ier. Sa vie fut placée sous le signe de la supercherie, et la mine d'or qu'il prétendait avoir découverte en Guyane, mais qui n'existait pas, lui valut d'être exécuté. En 1614, pendant sa détention à la Tour de Londres, il fit paraître une *Histoire du monde* qui resta inachevée. **4.** Prospero, Caliban et Ariel : trois personnages de *La Tempête*, le premier représentant la synthèse des deux autres, qui incarnent respectivement la nature et l'esprit ; le bois d'Athènes : lieu où se déroule l'essentiel de l'action dans *Le Songe d'une nuit d'été* (1595), comédie féerique de Shakespeare ; les landes brumeuses de l'Écosse sont le lieu où Macbeth, au début de la pièce de Shakespeare qui porte son nom (1605), rencontre les trois sorcières (« les sœurs sinistres »), adoratrices d'Hécate, déesse de la nuit.

Ils invoqueront Shakespeare, comme ils ne manquent jamais de le faire, et citeront le banal passage où l'art présente un miroir à la nature [1], oubliant que ce malheureux aphorisme est précisément lancé par Hamlet pour convaincre ceux qui l'entourent de sa parfaite insanité en matière d'art. »

CYRIL. — Hum ! encore une cigarette, s'il vous plaît.

VIVIAN. — Quoi que vous en pensiez, mon cher, il ne s'agit tout au plus que d'une formule dramatique qui ne traduit pas plus la véritable opinion de Shakespeare sur l'art que les paroles de Iago [2] ne représentent des convictions morales. Maintenant, je termine le passage :

« L'Art trouve en lui-même et non hors de lui sa propre perfection. Nous ne possédons, pour le juger, aucune mesure extrinsèque. C'est un voile plutôt qu'un miroir. Il crée des fleurs que nulle forêt n'abrite, des oiseaux qui ne nichent dans aucun bois. Il fait et défait les mondes, et tire la lune du ciel avec un fil de pourpre. Il possède « des formes plus réelles qu'aucun homme sur terre [3] », et vit dans ces grands archétypes dont les choses ne sont que de funestes copies. La Nature, à ses yeux, n'a ni lois ni uniformité. Il fait à volonté des miracles, et les monstres, à son appel, surgissent des profondeurs. Il commande à l'amandier de fleurir en hiver et à la neige de tomber sur les moissons mûres. À sa voix, la gelée pose son doigt d'argent sur la bouche brûlante de juin et les lions ailés rampent hors de leurs tanières des monts de Lydie. Les dryades, quand il passe, lui lancent un regard du fond de leurs fourrés, et les faunes bruns lui sourient d'un étrange sourire. Il a, pour l'adorer, des dieux à têtes de faucons, et les centaures galopent à ses côtés. »

---

1. Allusion au passage (III, II, v. 22) où Hamlet affirme que la fonction du théâtre, art de l'illusion, est de permettre au vice de se voir tel qu'il est réellement. **2.** Dans *Othello* (1604), Iago pousse le héros à tuer sa femme, Desdémone, en lui faisant croire qu'elle a pour amant Cassio. La perversion morale d'Iago donne sa pleine mesure dans l'acte III, scène 3. **3.** Allusion (I, v. 747) au *Prométhée délivré* (1820) de Shelley (1792-1822). Shelley était féru de néo-platonisme.

CYRIL. — Voilà qui me plaît. J'arrive à comprendre cela. Est-ce tout ?

VIVIAN. — Non ; j'ai encore un passage, purement pratique celui-là, pour proposer quelques méthodes susceptibles de faire revivre l'art perdu du mensonge.

CYRIL. — Permettez-moi d'abord une question. Qu'entendez-vous par ces mots que « la vie, la pauvre, la prévue, l'inintéressante vie humaine », s'efforcera de reproduire les merveilles de l'art ? J'admets parfaitement votre répugnance à laisser traiter l'art de miroir et partant, réduire le génie à l'état de glace brisée. Mais vous ne prétendez pas sérieusement que la vie imite l'art, que la vie soit le miroir, et l'art la réalité ?

VIVIAN. — Mais si ! Quelque paradoxale que la chose puisse paraître, — et je sais le danger des paradoxes —, il n'est pas moins certain que la vie imite bien plus l'art que l'art n'imite la vie. Nous avons tous vu naguère, autour de nous, un type étrange et séduisant de beauté inventé et exalté par deux peintres à l'imagination de poètes, si bien influencer la vie, que l'on ne peut aller dans une exposition ou un salon artistique sans voir, ici l'œil mystique du rêve de Rossetti, la longue gorge d'ivoire, l'étrange mâchoire carrée, la sombre chevelure dénouée qu'il chérissait d'une telle ferveur, là la virginale douceur de *L'Escalier d'or*, la bouche en fleur et le charme fragile du *Laus Amoris*, le pâle visage passionné d'Andromède, les mains déliées, et la souple beauté de Viviane dans *Le Rêve de Merlin*[1]. Et il en fut toujours de même. Un grand artiste invente un type que la vie, comme un éditeur ingénieux, s'efforce de copier et de reproduire sous une forme populaire. Ni Holbein ni Van Dyck[2] ne trouvèrent en Angleterre ce qu'ils nous ont

1. *L'Enchantement de Merlin* (1874) et *L'Escalier d'or* (1880) : deux tableaux d'Edward Burne-Jones ; un troisième, intitulé *Laus Veneris* (1873-1875), pourrait être celui que Wilde désigne sous le titre de *Laus Amoris*.
2. Sir Antony Van Dyck (1599-1641) : peintre flamand, qui s'installa en Angleterre en 1632, où il devint le portraitiste attitré du roi Charles Ier (1600-1649).

donné. Ils apportèrent leurs types, et la vie, avec sa faculté aiguë d'imitation, se chargea de leur fournir des modèles. Voilà ce qu'avait bien compris le vif instinct des Grecs, qui plaçaient dans la chambre conjugale une statue d'Hermès ou d'Apollon, pour que l'épouse donnât le jour à des enfants beaux comme l'œuvre d'art offerte à ses yeux aux heures de volupté et de souffrance [1]. Ils savaient que la vie n'emprunte pas seulement à l'art la spiritualité, la profondeur de pensées ou de sentiments, le tourment ou la paix de l'âme, mais qu'elle peut se façonner selon les lignes mêmes et les couleurs de l'art, mais qu'elle peut reproduire la majesté de Phidias comme la grâce de Praxitèle [2]. D'où leur dédain pour le réalisme, qu'ils repoussaient au nom de considérations purement sociales. Ils estimaient, à juste titre, qu'il sème inévitablement la laideur. Nous tâchons d'améliorer la race, en procurant aux basses classes bon air, lumière, eau pure et d'horribles bâtiments vierges de toute décoration, toutes choses qui donnent la santé, et non la beauté. Pour la beauté, c'est à l'art qu'il faut s'adresser, et les véritables disciples d'un grand artiste ne sont pas ses imitateurs d'atelier, mais ceux qui deviennent pareils à ses œuvres, œuvres de la statuaire grecque ou de la peinture moderne. En un mot, la vie est le meilleur et le seul élève de l'art.

Ce qui est vrai des arts plastiques ne l'est pas moins de la littérature. La preuve la plus évidente et la plus vulgaire nous en est fournie par ces jeunes nigauds qui, au sortir des récits d'aventures de Jack Sheppard ou de Dick Turpin [3] mettent au

---

1. Deux sensations indissociables dans la littérature fin-de-siècle. Voir à ce propos *La Chair, la mort et le diable dans la littérature du XIXe siècle* (1950), de Mario Praz. 2. Phidias (– 495/– 430) : sculpteur grec associé à l'apogée d'Athènes sous le règne de Périclès (– 495/– 429), auteur notamment d'une statue chryséléphantine de Zeus, l'une des Sept Merveilles du monde ; Praxitèle : sculpteur athénien du IVe siècle avant J.-C., célèbre pour sa statue d'Aphrodite. 3. *Jack Sheppard* (1839) : roman de William Harrison Ainsworth (1805-1882) ; Dick Turpin : bandit de grand chemin dont la vie fut romancée dans un autre ouvrage d'Ainsworth, *Rookwood* (1834).

pillage l'étalage d'une malheureuse marchande de pommes, pénètrent par effraction nocturne dans les confiseries, ou épouvantent les vieux gentlemen qui rentrent de leurs bureaux en les assaillant, au fond de ruelles de faubourg, avec des masques noirs et des revolvers vides. Cet intéressant phénomène, toujours consécutif aux éditions nouvelles d'un des livres auxquels je viens de faire allusion, est d'ordinaire attribué à l'influence de la littérature sur l'imagination. Profonde erreur. L'imagination est essentiellement créatrice, et cherche sans cesse une forme nouvelle. Le jeune brigand est l'inévitable fruit de l'instinct imitatif de la vie. Il est le fait, et selon l'habitude du fait, s'efforce de reproduire la fiction. Son exemple se répète, sur une plus vaste échelle, d'un bout à l'autre de la vie. Shakespeare analyse le pessimisme qui caractérise la vie moderne, mais c'est Hamlet qui l'a inventé. Le monde est devenu triste parce qu'une marionnette fut un jour mélancolique. Le nihiliste, cet étrange martyr sans foi, qui monte à l'échafaud sans enthousiasme et meurt pour quelque chose à quoi il ne croit pas, est un pur produit littéraire. Il fut inventé par Tourgueniev et complété par Dostoïevski. Robespierre sortit des pages de Rousseau aussi sûrement que le Palais du Peuple [1] se dresse sur les débris d'un roman. La littérature devance toujours la vie ; elle ne la copie pas, mais la conforme à ses fins. Le dix-neuvième siècle, on le sait, est en grande partie issu du cerveau de Balzac. Nos Lucien de Rubempré, nos Rastignac et nos de Marsay ont fait leurs débuts sur la scène de la *Comédie humaine*. Nous nous contentons d'obéir, avec additions inutiles et renvois aux bas de pages, à la fantaisie, au caprice ou à la vision créatrice d'un grand romancier. J'ai demandé un jour à une amie, qui avait connu de près Thackeray, s'il avait pris à quelque modèle les traits de Becky Sharp. Elle me répondit que

1. Le Palais du Peuple (The People's Palace) : institution créée par le romancier Walter Besant (1836-1901) et située dans l'East End. Elle devait permettre aux classes populaires de se cultiver.

Becky[1] était un personnage fictif, mais que l'idée en avait été en partie fournie à l'écrivain par une institutrice qui habitait aux environs de Kensington Square[2] et servait de dame de compagnie à une vieille richarde égoïste. Je m'enquis de ce qu'était devenue l'institutrice et appris, non sans surprise, que quelques années après la publication de *La Foire aux vanités*, elle s'enfuit avec le neveu de la vieille et défraya pendant quelque temps la chronique, à l'instar de Mrs. Rawdon Crawley, et selon ses méthodes mêmes. Finalement, sa vie tourna mal, elle disparut sur le continent, et on ne la rencontra plus qu'ici ou là, de loin en loin, à Monte-Carlo ou en d'autres villes de jeux. Le noble gentleman dont le même grand psychologue tira le Colonel Newcome, mourut quelques mois après que *Les Newcome* eurent atteint leur quatrième édition, avec le mot : *Adsum* sur les lèvres[3]. Peu après que Mr. Stevenson eut publié son curieux récit de dédoublement, un de mes amis, nommé Mr. Hyde[4], se trouvant dans le nord de Londres, et cherchant une station de chemin de fer, crut prendre un raccourci qui lui fit perdre sa route et se trouva dans un lacis de rues sordides et sinistres. Un peu inquiet, il se mit à marcher d'un pas rapide, quand un enfant, sorti à l'étourdie d'un passage voûté, se précipita dans ses jambes et chut sur le trottoir. Mr. Hyde trébuchant contre le petit corps, le heurta du pied. Terrifié et plus ou moins meurtri, l'enfant poussa de grands cris, et en quelques secondes, la rue se remplit d'individus à mines patibulaires, que les maisons dégorgeaient comme des fourmis. Ils entourèrent mon ami et

---

1. Becky Sharp : personnage de *La Foire aux vanités* (1848), qui intrigue pour se faire accepter dans la bonne société londonienne. Dans le roman, elle s'enfuit avec le neveu de Miss Crawley, l'épouse, puis est répudiée par lui après qu'il l'a découverte en compagnie d'un autre homme. 2. Place de Londres, située à l'ouest de Hyde Park. 3. Le colonel Newman : personnage principal de *Les Newsome*, qui parut en feuilleton entre 1853 et 1855. « Adsum » signifie « Présent », et souligne la dignité militaire du personnage jusque dans ses derniers moments. 4. Dans le récit de Stevenson, le double du docteur, sortant précipitamment de chez lui, heurte une jeune fille et s'apprête à la piétiner lorsque la foule intervient.

lui demandèrent son nom. Il allait le décliner, quand lui revint soudain à la mémoire l'événement initial du roman de Stevenson. Horrifié d'avoir joué au naturel cette scène affreuse, et d'avoir, par mégarde, mais effectivement, accompli ce que le Hyde imaginaire avait fait de propos délibéré, il s'enfuit à toutes jambes. Serré de près, il finit par trouver refuge dans une pharmacie dont la porte était encore ouverte et expliqua au jeune employé qu'il y trouva ce qui s'était vraiment passé. Moyennant une menue somme, la foule humanitaire consentit à se disperser, et dès que la rue fut libre, Mr. Hyde put s'évader. Au sortir de la maison, un nom gravé sur la plaque de cuivre de la porte lui tira l'œil : c'était celui de « Jekyll ». À tout le moins, ç'aurait dû être le cas.

Dans ce cas, l'imitation, pour parfaite qu'elle fut, était purement fortuite. Dans celui que je vais rapporter, elle devient consciente. En 1879, frais émoulu d'Oxford, je rencontrai chez un ambassadeur étranger, une beauté exotique de grâce singulière. Nous devînmes amis, et l'on nous vit partout ensemble. Ce qui m'intéressait le plus chez elle, c'était moins sa beauté que son caractère, ou plutôt cette absence de personnalité réelle. Elle ne semblait posséder, en fait de personnalité, qu'une faculté d'incarnations innombrables. Tantôt elle s'adonnait exclusivement à l'art, transformait son salon en atelier et passait deux ou trois jours par semaine dans les musées et les expositions de peinture. Tantôt, habituée des champs de courses, elle arborait de parfaites tenues d'équitation et ne parlait plus que de turf. Elle abandonna la religion pour le mesmérisme, le mesmérisme pour la politique, la politique pour les émotions puissantes de la philanthropie. Bref, une sorte de Protée, à qui ses transformations ne réussirent pas mieux qu'au prodigieux dieu marin dont se saisit Ulysse[1]. Un jour, une revue française commença la publication d'un roman. À cette

1. Protée : dans le quatrième chant de l'*Odyssée*, c'est Ménélas, roi de Sparte, et non Ulysse, qui se saisit de Protée, dieu des métamorphoses, et lui fait avouer que Zeus est hostile à son retour dans son royaume.

époque, je lisais ce genre d'ouvrages, et je me souviens de l'effet de surprise que me causa la description de l'héroïne. Elle ressemblait si bien à mon amie que je ne pus m'empêcher de lui apporter la revue. Elle se reconnut sans hésitation, et parut fascinée par cette analogie. Disons, en passant, que l'histoire était traduite d'un écrivain russe, qui n'avait certainement pu emprunter à cette dame les traits de son personnage. Quoi qu'il en soit et pour abréger, me trouvant à Venise quelques mois plus tard, et voyant un numéro de la revue dans le salon de lecture de mon hôtel, je l'ouvris pour savoir ce qu'il était advenu de l'héroïne. Triste conclusion, puisque la pauvre fille avait fini par s'enfuir avec un homme qui était en tout point inférieur à elle, tant par la situation sociale que par le caractère et l'intelligence. Écrivant ce même soir à mon amie, pour lui faire part de mon opinion sur Giovanni Bellini [1], les admirables glaces de Florio et la valeur artistique des gondoles, j'ajoutai en *post scriptum* que son double s'était comporté de façon bien niaise. Je ne sais ce qui me poussa à lui dire cela, sinon peut-être une confuse appréhension qu'elle pourrait se conduire de la même façon. Or, avant de recevoir ma lettre, elle s'enfuyait avec un individu qui l'abandonna dans les six mois suivants. Je la revis en 1884 à Paris, où elle demeurait avec sa mère, et lui demandai si l'histoire avait, d'une manière ou d'une autre, déterminé sa conduite. Elle reconnut avoir obéi à une impulsion irrésistible, qui la contraignit à suivre pas à pas l'héroïne dans son étrange et fatale aventure, bien qu'elle eût prévu, avec une terreur véritable, les derniers chapitres du roman. Quand elle les lut, elle se sentit tenue de les mettre en action. Voilà un exemple bien net de cet instinct d'imitation [2] dont je parlais, bien net et bien tragique aussi.

---

1. Giovanni Bellini (1433-1516) : fils de Jacopo Bellini et beau-frère de Mantegna, il a laissé à Venise de nombreuses œuvres, que l'on peut voir notamment à la galerie de l'Académie. **2.** Le terme « instinct » évoque une nouvelle fois Nietzsche qui définit la tragédie grecque comme l'alliance de l'impulsion apollinienne, en référence à Apollon, dieu du rêve et de la forme

Mais laissons là les cas particuliers. L'expérience personnelle est un cercle vicieux et étroit. L'objet de ma démonstration, c'est ce principe général que la vie imite l'art bien plus que l'art n'imite la vie, et je suis certain qu'à la réflexion vous tomberez d'accord avec moi sur ce point. C'est la vie qui tend le miroir à l'art et reproduit quelque type étrange né dans l'imagination du peintre ou du sculpteur, ou donne au rêve de la fiction une forme réelle. Scientifiquement, la base de la vie, — l'énergie de la vie, comme disait Aristote [1], — est simple désir d'expression, et l'art offre toujours les formes diverses au moyen desquelles ce désir peut se réaliser. La vie s'en saisit et en use, serait-ce à son détriment. Des jeunes gens se sont suicidés à l'instar de Rolla [2], ont porté sur eux-mêmes une main homicide, parce que Werther mourut de sa propre main. Songez à ce que nous devons à l'imitation du Christ, comme à l'imitation de César.

CYRIL. — La théorie est certainement curieuse, mais pour la compléter, il faut établir que la nature, est non moins que la vie, une imitation de l'art. Vous sentez-vous de taille à me prouver cela ?

VIVIAN. — Mon cher, je suis de taille à prouver tout ce que vous voudrez.

CYRIL. — La nature copie donc le paysagiste, et crée ses effets d'après lui ?

VIVIAN. — Incontestablement. À qui donc, sinon aux impressionnistes, devons-nous ces admirables brouillards fauves qui se glissent dans nos rues, estompent les becs de gaz, et transforment les maisons en ombres monstrueuses ? À qui, sinon à eux et à leur maître, devons-nous les exquises brumes d'argent qui

---

selon le philosophe allemand, et de l'impulsion dionysiaque, Dionysos étant le dieu de l'ivresse. L'instinct d'imitation dont parle Wilde se situerait donc plutôt dans le domaine apollinien.

1. Dans sa *Métaphysique*, Aristote se sert du terme *energeia* pour désigner le passage de l'acte en puissance à l'acte effectif. Dans la perspective wildienne, l'*energeia* servirait à accomplir la transformation de l'intention en réalité. 2. Héros d'un poème de Musset (1833) qui dilapide sa fortune et, ruiné, décide de se tuer.

rêvent sur notre fleuve et muent en frêles silhouettes de grâce évanescente les ponts incurvés et les barques qui tanguent ! Le changement prodigieux survenu, au cours des dix dernières années, dans le climat de Londres est entièrement dû à cette école d'art. Vous souriez ? Considérez les faits du point de vue scientifique ou métaphysique, et vous conviendrez que j'ai raison. Qu'est-ce, en effet, que la nature ? Ce n'est pas une mère féconde qui nous a enfantés, mais bien une création de notre cerveau ; c'est notre intelligence qui lui donne la vie. Les choses sont parce que nous les voyons, et la réceptivité aussi bien que la forme de notre vision dépendent des arts qui nous ont influencés. Regarder et voir sont choses toutes différentes. On ne voit une chose que lorsqu'on en voit la beauté. C'est alors seulement qu'elle naît à l'existence. De nos jours, les gens voient les brouillards, non parce qu'il y a des brouillards, mais parce que peintres et poètes leur ont appris le charme mystérieux de tels effets. Sans doute y a-t-il eu à Londres des brouillards depuis des siècles. C'est plus que probable, mais personne ne les voyait, de sorte que nous n'en savons rien. Ils n'eurent pas d'existence tant que l'art ne les eut pas inventés. Reconnaissons, d'ailleurs, qu'on en abuse aujourd'hui. Ils servent l'affectation d'une clique dont le réalisme excessif vaut des bronchites aux imbéciles. Où l'homme fin saisit un effet, le sot contracte un rhume. Soyons donc humains, et prions l'art de tourner d'un autre côté ses yeux émerveillés. Il l'a déjà fait, au surplus. Cette blanche lumière frémissante que l'on voit maintenant en France, avec ses taches mauves singulières et ses ombres mobiles et violettes, c'est la dernière fantaisie de l'art, que la nature, il faut l'avouer, reproduit à merveille. Où elle composait des Corot et des Daubigny [1], elle nous offre maintenant d'adorables Monet et des Pissaro enchanteurs. Il y a même des moments, rares à la vérité, mais qui méritent de temps à autre d'être soulignés, où la nature se fait résolument moderne.

---

1. Charles François Daubigny (1817-1878) : ami de Corot, il évolua progressivement vers une peinture qui annonce l'impressionnisme.

Il ne faut évidemment pas trop lui faire confiance, et bien tenir compte de sa triste situation : l'art, satisfait d'avoir obtenu un effet incomparable et unique, passe à d'autres objets, tandis que la nature, oubliant que l'imitation peut devenir la forme la plus blessante de l'insulte, persiste à reproduire cet effet jusqu'à notre satiété. Vous ne trouverez, par exemple, aucun individu cultivé pour parler, à l'heure actuelle, de la beauté du couchant. Les couchers de soleil sont passés de mode, qui date de l'époque où Turner[1] était, en art, le dernier cri, et les admirer est une marque certaine de provincialisme. Ce qui ne les empêche pas de persister. Hier soir, Mrs. Arundel a voulu à toute force m'attirer à la fenêtre, pour me faire contempler le ciel *glorieux*, comme elle disait. Il a bien fallu que je m'exécute, car c'est une de ces Philistines absurdement jolies, à qui l'on ne peut rien refuser. Et qu'avait-elle à me montrer ? Un Turner de seconde classe, un Turner de la mauvaise époque, avec une exagération criante de tous les pires défauts du peintre.

La vie, j'en conviens, tombe très souvent dans les mêmes erreurs. Elle produit ses faux Renés et ses soi-disant Vautrins, comme la nature nous proposa tel jour un Cuyp douteux, et tel autre un Rousseau plus que contestable[2]. Pourtant, de la part de la nature, ce genre de bourdes nous irrite davantage ; ce sont des supercheries si naïves, si évidentes, si inutiles ! Un

---

1. Joseph Mallord William Turner (1775-1851) composa nombre de tableaux dans lesquels prédomine le rendu de l'atmosphère, grâce notamment à l'emploi de couleurs intenses. La référence à ses couchers de soleil fait de lui, dans la logique du discours de Vivian, un peintre aux antipodes de Monet. **2.** René : personnage tourmenté, aux aspirations spirituelles constamment déçues, qui donne son nom à un roman de Chateaubriand, paru en 1805 ; Vautrin : personnage de Balzac, emblème de l'archange déchu, qui apparaît dans trois romans de *La Comédie humaine — Le Père Goriot, Illusions perdues* et *Splendeurs et Misères des courtisanes* (1847) — ainsi que dans un drame de 1840 qui porte son nom ; Cuyp : probablement Albert Cuyp (1620-1691), peintre hollandais célèbre pour ses atmosphères crépusculaires parfois teintées d'onirisme ; Rousseau : probablement Théodore Rousseau (1812-1867), fondateur avec d'autres peintres de l'« école de Barbizon », dont la peinture se caractérise toutefois par un rendu souvent fidèle de la nature.

faux Vautrin peut être plaisant ; un Cuyp douteux est intolérable. Malgré tout, je ne veux pas accabler la nature. Je souhaiterais que la Manche, particulièrement à Hastings, n'eût pas si souvent l'air d'un Henry Moore, avec son gris perlé semé de lueurs jaunes, mais évidemment, quand l'art sera plus varié, la nature le sera aussi. Qu'elle imite l'art, il ne me semble pas que son pire ennemi puisse le nier plus longtemps. C'est son unique point de contact avec l'homme civilisé. Et maintenant, que dites-vous de ma thèse ? L'ai-je soutenue à votre satisfaction ?

CYRIL. — Vous l'avez soutenue à ma confusion, ce qui est préférable. Mais, en admettant même cet étrange instinct d'imitation de la vie et de la nature, vous reconnaîtrez, du moins, que l'art exprime le tempérament de son époque, l'esprit de son temps, les conditions sociales et morales dans lesquelles il baigne et qui président à sa naissance.

VIVIAN. — Pas le moins du monde ! L'art n'exprime jamais que lui-même. Tel est le principe de ma nouvelle esthétique, et c'est cela, plus que le rapport intime entre la forme et la substance sur lequel insiste Mr. Pater, qui fait de la musique le prototype des arts[1]. Naturellement, les peuples et les individus, toujours convaincus, avec cette saine vanité naturelle qui est le secret de l'existence, que les Muses s'entretiennent d'eux, s'efforcent de découvrir, sous la calme dignité de l'art d'imagination, un miroir de leurs passions boueuses, et oublient que le chantre de la vie n'est pas Apollon mais Marsyas[2]. Soustrait à la réalité, les yeux détournés des ombres de la caverne, l'art révèle sa propre perfection, et la foule émerveillée qui guette l'éclosion de la rose aux mille pétales, s'imagine entendre sa propre his-

1. Pour Pater, tous les arts tendent vers la musique parce que celle-ci est indépendante de toute représentation. 2. Dans la mythologie grecque, Marsyas voulut prouver à Apollon que son instrument, la flûte à deux tuyaux, était supérieur à la lyre du dieu. Ce dernier lui prouva le contraire et, pour punir Marsyas, l'écorcha vif. En opposant un musicien au dieu de la forme, Vivian ne fait que redire en termes mythologiques ce qu'il vient d'énoncer en se servant de Pater.

toire, croit découvrir dans la forme nouvelle l'expression de son esprit. Elle se trompe. L'art suprême rejette le fardeau de l'esprit humain et profite plus du moindre procédé, du moindre instrument nouveau que de tout enthousiasme artistique, ou de tout éveil, de toute expression de la conscience humaine. Il se développe purement selon sa propre ligne et n'est symbolique d'aucune époque, car ce sont les époques qui sont ses symboles.

Ceux mêmes qui estiment l'art représentatif du temps, de l'espace et des êtres, ne peuvent méconnaître que plus un art est imitatif, moins il illustre l'esprit de son époque. Les yeux sinistres des empereurs romains, peints sur ce porphyre de mauvaise qualité ou ce jaspe moucheté que les réalistes de l'époque aimaient tant travailler, nous dévisagent, et nous croyons, dans ces lèvres cruelles et ces lourdes mâchoires sensuelles, trouver le secret de la ruine de l'Empire. Erreur. Les vices d'un Tibère[1] ne pouvaient pas plus détruire cette civilisation suprême que les vertus des Antonins n'auraient pu la sauver. C'est pour d'autres raisons, moins intéressantes qu'elle sombra. Et si les sybilles et les prophètes de la Sixtine semblent à certains interpréter cette éclosion nouvelle, cette émancipation intellectuelle que nous appelons Renaissance, comment les rustres et les braillards ivres de l'art flamand nous renseignent-ils sur la grande âme de la Hollande[2] ? Plus un art est abstrait et idéal et mieux il nous révèle le caractère de son siècle. Pour comprendre une nation d'après son art, adressons-nous à son architecture ou à sa musique.

Cyril. — Je suis pleinement d'accord avec vous sur ce point. L'esprit d'une époque trouve sa plus sûre expression dans l'art idéal et abstrait, parce qu'il est lui-même abstrait et idéal. Mais

---

1. Tibère régna de 14 à 37 et fit commettre de nombreux assassinats par l'entremise de son ministre Séjan ; les Antonins sont les empereurs romains qui se succédèrent de 96 à 192 et établirent une période de prospérité et de paix. **2.** Les rustres et les braillards ivres de l'art flamand évoquent les tableaux de Bruegel l'Ancien (1525/30-1569).

par ailleurs, pour saisir l'esprit visible d'une époque, ses traits, si je puis dire, il faut bien nous adresser aux arts d'imitation.

VIVIAN. — Ce n'est pas mon avis. Ce que nous donnent, somme toute, les arts d'imitation, ce sont les styles particuliers d'artistes ou d'écoles. Vous n'imaginez évidemment pas que les gens du Moyen Âge aient jamais ressemblé aux personnages de vitraux ou de tapisseries, aux figures taillées dans le bois et la pierre ou gravées dans le métal, aux enluminures de manuscrits. C'étaient, selon toute vraisemblance, de braves gens très ordinaires, sans rien de remarquable dans la mine, de grotesque ou de fantastique. Le Moyen Âge, tel que l'art nous le révèle, n'est qu'une forme définie de style, et rien ne s'oppose à ce qu'un artiste doué de ce même style ne se manifeste en plein dix-neuvième siècle. Le grand artiste ne voit jamais les choses telles qu'elles sont réellement. Les voir ainsi, ce serait pour lui cesser d'être artiste. Prenez un exemple bien moderne. Vous que je sais amateur d'objets japonais, croyez-vous vraiment qu'il existe des Japonais tels que l'art nous les représente ? Si oui, c'est que vous n'avez jamais rien compris à l'art japonais. Les Japonais sont une création arbitraire et consciente de certains artistes. En plaçant à côté d'un Japonais de l'un ou de l'autre sexe un tableau d'Hokusai[1], d'Hokkei[2], ou de l'un quelconque des artistes de là-bas, vous constateriez qu'il n'y a pas entre eux la plus mince ressemblance. Les véritables habitants du Japon ne diffèrent guère de la moyenne des Anglais, autrement dit, sont extrêmement vulgaires, et ne présentent rien d'extraordinaire ou de curieux. À la vérité, le Japon tout entier est une pure invention, et le pays n'existe pas plus que ses habitants. Un de nos peintres les plus charmants, parti naguère au pays du Chrysanthème, avec l'absurde idée d'y voir des Japonais, vit en tout et pour tout, et trouva à peindre

1. Hokusai (1760-1849) : peintre japonais, célèbre pour ses trente-six vues du Mont Fuji. Peintre du peuple, il a également représenté des personnages dans des attitudes quotidiennes pour illustrer l'*Encyclopédie du dessin* en 15 volumes. 2. Hokkei (1780 — ?) : élève d'Hokusai.

quelques lanternes et des éventails. Il lui fut absolument impossible de découvrir les habitants, comme le démontra de manière si éloquente sa délicieuse exposition de la galerie Dowdeswell. Il ne se doutait pas que les Japonais ne sont, comme je le disais tout à l'heure, qu'un mode de style, qu'une exquise fantaisie artistique. Si donc vous souhaitez admirer un effet japonais, gardez-vous de partir pour Tokyo, comme un simple touriste ; restez ici, absorbez-vous dans l'étude de certains artistes nippons, puis, quand vous serez pénétré de leur style et que vous aurez adopté leur mode imaginaire de vision, allez un après-midi vous asseoir dans le parc [1] ou faire un tour dans Piccadilly ; si vous n'y découvrez pas un effet parfaitement japonais, vous n'en trouverez nulle part ailleurs. Ou encore, pour revenir au passé, voyez les Grecs : pensez-vous que l'art grec nous renseigne jamais sur la mine de ses contemporains ? Vous figurez-vous que les Athéniennes aient en rien ressemblé aux majestueuses figures de la frise du Parthénon, ou aux déesses merveilleuses que nous voyons sur le fronton triangulaire du même monument ? À croire l'art, elles devaient être telles. Mais consultez une autorité, comme Aristophane [2] par exemple. Vous verrez que les Athéniennes portaient corsets serrés et hauts talons, blondissaient leurs cheveux, usaient de poudre et de rouge, et ressemblaient en tout point à la première venue des stupides poupées mondaines ou déchues de nos jours. La vérité, c'est que nous considérons uniquement les siècles passés à la lumière de l'art et que l'art, fort heureusement, ne nous dit jamais la vérité.

CYRIL. — Mais qu'en est-il des portraits modernes de peintres anglais ? Ne ressemblent-ils pas trait pour trait aux personnes qu'ils ont la prétention de représenter ?

VIVIAN. — Tout à fait. Ils leur ressemblent tellement que plus personne ne les croira dans un siècle. Les seuls portraits aux-

---

1. Hyde Park. **2.** Aristophane (– 450/– 386) : auteur de 44 comédies. Dans *L'Assemblée des femmes* (– 392), les femmes d'Athènes s'emparent du gouvernement de la cité et fondent un pouvoir communautariste.

quels il est possible de croire sont ceux dans lesquels l'artiste a mis beaucoup de lui-même et très peu du modèle. Les dessins qu'Holbein a faits d'hommes et de femmes de son époque nous font de l'effet parce qu'ils donnent le sentiment d'être d'une parfaite exactitude. Mais cela tient simplement au fait qu'Holbein force la vie à accepter ses conditions, à se soumettre aux limitations qu'il lui impose, à reproduire un type et à prendre l'apparence qu'il voulait lui donner. C'est le style qui nous fait croire à une chose — le style et rien d'autre. La plupart de nos portraitistes modernes sont voués à l'oubli le plus total. Ils ne peignent jamais ce qu'ils voient. Ils peignent ce que le public voit, et le public ne voit jamais rien.

CYRIL. — Soit ! Et maintenant, j'aimerais vous entendre lire la fin de votre article.

VIVIAN. — Avec plaisir. Je ne sais, à vrai dire, s'il aura aucun écho. Notre siècle est certainement, entre tous, le plus terne et le plus prosaïque. Le sommeil lui-même nous joue des tours et ferme les portes d'ivoire pour ouvrir les portes de corne. Les rêves de l'humanité moyenne de ce pays, tels qu'ils sont relatés dans les deux gros volumes de Mr. Myers et dans les actes de la Société Psychique [1], sont la chose la plus décourageante que l'on puisse imaginer. On ne trouve pas, dans le nombre, un seul beau cauchemar. Ce sont des rêves vulgaires, mesquins, ennuyeux. Quant à l'Église, je ne conçois rien de mieux pour l'éducation d'un pays que l'existence d'une secte dont le rôle est de croire au surnaturel, d'accomplir des miracles quotidiens, et de garder vivante la faculté mythique, si essentielle à l'imagination. Mais dans l'Église anglicane, c'est bien moins la foi que le scepticisme qui assure le succès. Notre Église est la seule où le sceptique ait sa place à l'autel et où saint Thomas [2] soit considéré comme l'apôtre idéal. Nombre de dignes ecclésiastiques vivent et meurent sans laisser la moindre trace d'une

1. Cette société, qui avait essaimé à travers toute l'Europe et en Amérique, s'occupait à consigner des manifestations occultes et organisa de nombreuses séances d'écriture automatique. 2. Selon saint Jean (XX : 24-29), il refuse de croire à la résurrection du Christ avant d'avoir touché ses plaies.

existence qu'ils ont consacrée à des œuvres de charité admirables. Mais qu'un jeune diplômé de nos Universités, plein d'ignorance et de suffisance, monte en chaire pour exprimer ses doutes sur l'arche de Noé, l'âne de Balaam [1] ou l'histoire de Jonas et de la baleine, et la moitié de Londres va courir l'entendre et restera bouche bée devant sa superbe intelligence. La montée du sens commun au sein de l'Église d'Angleterre est un fait bien déplorable. C'est véritablement une honteuse et sotte concession à une forme de réalisme dérisoire, née d'une parfaite ignorance de la psychologie. On veut bien croire à l'impossible, mais jamais à l'improbable. Sur quoi, j'achève mon article :

« Ce qu'il importe de faire, notre véritable devoir, c'est donc de rénover le vieil art du mensonge. Pour l'éducation du public, on peut évidemment attendre beaucoup des amateurs, tant au sein des familles et dans les thés que dans les déjeuners littéraires. Mais il ne s'agit pas de cette espèce légère et gracieuse de mensonge qui devait fleurir dans les dîners crétois. Il y en a beaucoup d'autres. Le mensonge en vue d'obtenir sur-le-champ un avantage personnel quelconque, celui qu'on appelle d'ordinaire « mensonge dans un but moral », et qui ne laisse pas, de nos jours, d'être quelque peu déconsidéré, était fort prisé du monde antique. Ulysse fait rire Athéna « avec ses paroles pleines de ruse », selon l'expression de Mr. William Morris [2], et la gloire du mensonge qui illumine le front pâle des héros sans tache d'Euripide, assigne aussi, parmi les nobles femmes du passé, une place à la jeune épouse d'une des odes les plus exquises d'Horace [3]. Par la suite, nous voyons le simple instinct

---

1. Allusion à l'ânesse à qui Dieu accorda le don de parole pour se plaindre des mauvais traitements de son maître (Nombres, XXII-XXIV) ; Jonas, prophète biblique, fut avalé par un gros poisson dans lequel il passa trois jours et trois nuits avant de revenir à la lumière. **2.** William Morris traduisit l'*Odyssée* en 1887. L'allusion renvoie ici au chant XIII. Ulysse prend ainsi place parmi les nombreux menteurs d'Oscar Wilde. **3.** Horace (– 65/– 8) publia quatre recueils d'odes, où se mêlent thèmes mythologiques, nationaux et personnels.

naturel élevé à la dignité de science raisonnée. Des règles précises furent édictées pour guider les hommes, et une école littéraire importante prit le mensonge pour mot d'ordre. Et vraiment, qui se remémore l'excellent traité de Sanchez [1] sur le sujet ne peut s'empêcher de déplorer que personne ne se soit jamais avisé de publier un abrégé populaire des œuvres de ce grand artiste. *Comment et quand mentir*, ce bréviaire peu coûteux et agréablement présenté serait assuré d'une belle vente et rendrait de vrais services à bien des personnes sérieuses.

« Quant au mensonge destiné à l'amélioration des enfants, base véritable de l'éducation familiale, il subsiste encore chez nous, et ses avantages ont été si admirablement exposés dans les premiers livres de la *République* de Platon, qu'il serait inutile de s'y attarder davantage. C'est un mode de mensonge pour lequel toutes les bonnes mères ont des dispositions remarquables, mais qui reste susceptible de plus larges développements, et que les Conseils de l'Instruction Publique [2] ont fâcheusement négligé.

« Mentir pour un salaire mensuel est, vous le savez, espèce commune dans Fleet Street [3], et la profession de journaliste politique ne va pas sans avantages. C'est pourtant, paraît-il, une activité assez ennuyeuse et qui certainement ne promet guère plus qu'une forme d'obscurité ostentatoire. En somme le seul mode de mensonge qui échappe à toute critique, c'est le mensonge désintéressé [4], le mensonge pour le mensonge, dont la forme la plus pure est, comme je l'ai établi, le mensonge artistique. Ceux qui ne préfèrent pas Platon à la Vérité ne peuvent franchir le seuil de l'Académie [5], et, de la même façon, ceux qui

---

1. Sanchez (1550-1610) : théologien jésuite espagnol et casuiste réputé. Pascal (1623-1662) parle de son opuscule sur le mensonge dans la neuvième des *Provinciales*. 2. Les Conseils de l'Instruction publique avaient été mis en place dans la première réforme réglementant l'instruction primaire en 1870. Selon cette loi, un conseil pouvait être appelé à siéger si les contribuables le réclamaient. 3. Quartier général des organes de presse londoniens. 4. Matthew Arnold avait attaqué les méfaits du journalisme dans un article paru dans la revue *The Nineteenth Century*. 5. École philosophique créée par Platon.

ne préfèrent pas la Beauté à la Vérité ne seront jamais admis dans le sanctuaire de l'art. Le solide et stupide esprit anglais gît dans les sables du désert comme le Sphinx dans la prose merveilleuse de Flaubert [1], et la fantaisie, la Chimère qui danse autour de lui, lui adresse les appels menteurs de sa voix de flûte. Aujourd'hui encore, ses oreilles restent sourdes, mais un jour certainement, un jour où nous serons las à mourir de la banalité du roman moderne, il entendra l'enchanteresse, et tentera de lui emprunter ses ailes.

« Ce jour-là, que pointe l'aube ou que s'empourpre le couchant, quelle sera notre joie à tous ! Les faits seront tenus pour méprisables ; la Vérité inondera ses chaînes de larmes et la Fiction au visage émerveillé nous reviendra. À nos yeux éblouis, l'esprit même du monde se modifiera. Surgis du fond des mers, Behemoth [2] et Léviathan nageront autour des galères à hautes poupes comme on les voit sur les cartes délicieuses d'un temps où les livres de géographie pouvaient se lire. Des dragons parcourront le désert, et de son nid de feu, le phénix montera tout droit vers le ciel. Nous nous saisirons du basilic et verrons la gemme précieuse dans la tête du crapaud. L'Hippogriffe mâchera dans nos écuries son avoine dorée, et planant au-dessus de nos têtes, l'Oiseau Bleu chantera des choses belles et impossibles, des choses adorables et qui n'arrivent point, des choses qui ne sont pas et qui devraient être [3]. Mais avant d'en arriver là, il faut que nous cultivions l'art perdu du mensonge. »

Cyril. — Cultivons-le donc tout de suite. En attendant, et pour éviter toute erreur, je voudrais que vous m'exposiez succinctement les principes de l'esthétique nouvelle.

Vivian. — Les voici : l'art n'exprime jamais que lui-même. Il a

---

1. Allusion à *La Tentation de saint Antoine* (1874). Wilde a lui-même écrit un poème intitulé « La Sphinge » (« The Sphinx »). **2.** Monstre géant décrit dans le livre de Job (XL : 15). **3.** Le phénix : oiseau fabuleux associé au culte du soleil. Il se consume sur un bûcher qu'il a lui-même construit avant de renaître de ses cendres ; le basilic : reptile mythologique qui avait le pouvoir de tuer par son seul regard ; l'hippogriffe : animal ailé fabuleux, moitié cheval, moitié griffon ; l'oiseau bleu : en alchimie, le bleu est la couleur de l'œuvre impossible.

une vie indépendante comme la pensée, et se développe uniquement selon ses propres voies. Il n'est pas fatalement réaliste en une époque de réalisme, ou spiritualiste dans un siècle de foi. Loin d'être une création de son époque, il est, à l'ordinaire, en opposition absolue avec elle, et la seule histoire qu'il nous propose est celle de son propre progrès. Parfois, revenu sur ses pas, il ressuscite quelque forme antique, comme nous le montrent le mouvement archaïsant de l'art grec tardif, et le préraphaëlisme de nos jours. En d'autres temps, il anticipe résolument sur son époque, et produit en un siècle une œuvre qu'il faudra un autre siècle pour comprendre, apprécier et goûter. En aucun cas, il ne reproduit son temps. Conclure de l'art d'une époque à l'époque elle-même c'est la grande erreur de tous les historiens.

Voici le second axiome : tout art faux provient du retour à la vie et à la nature, élevées au rang d'idéaux. La vie et la nature peuvent parfois servir de matériaux à l'art, mais à la condition de s'être, au préalable, conformées aux canons esthétiques. Dès que l'art renonce à l'imagination, il renonce à vivre. En tant que méthode, le réalisme est une faillite absolue, et les deux pierres d'achoppement de l'artiste sont la modernité de la forme et du sujet. À nous, fils du dix-neuvième siècle, tous les siècles pourront fournir un bon sujet d'art, sauf le nôtre. Les seules choses belles sont celles qui ne nous concernent pas. C'est, — concédez-moi le plaisir de me citer moi-même, — parce que Hécube ne nous touche ni de près ni de loin, que sa douleur fournit un si beau sujet de tragédie. En outre, seul ce qui est moderne ne se démode jamais. M. Zola peint pour nous un tableau du Second Empire [1] ? Qui donc se soucie, de nos jours, du Second Empire. Il appartient définitivement au passé. La vie court plus vite que le réalisme, et le roman devance toujours la vie.

Le troisième axiome, c'est que la vie imite bien plus l'art que l'art n'imite la vie. Ceci ne résulte pas seulement de l'instinct imitatif de la vie, mais du fait que le but avoué de la vie est de

---

1. Dans les vingt romans des *Rougon-Macquart* (1871-1893).

trouver sa propre expression et que l'art lui offre certains moyens heureux de réaliser cet effort. Théorie qui, pour n'avoir jamais été soutenue encore, n'est pas moins fructueuse, et éclaire l'histoire de l'art d'une lumière toute nouvelle.

Il s'ensuit, comme corollaire, que la nature visible imite aussi l'art. Les seuls effets qu'elle nous présente sont ceux que nous avons déjà découverts dans la poésie ou la peinture. Tels sont le secret du charme de la nature et l'explication de sa faiblesse.

La conclusion dernière, c'est que le mensonge, affirmation de belles choses inexactes, est le but même de l'art. Je me suis déjà longuement étendu sur ce sujet. Sortons maintenant sur la terrasse où « le paon blanc passe comme un spectre », tandis que l'étoile du soir « baigne d'argent le crépuscule ». Au crépuscule, la nature offre des effets merveilleusement suggestifs et n'est pas sans charme, bien que son principal avantage soit peut-être d'illustrer des citations de poètes. Allons ; c'est assez bavarder.

PLUME, PINCEAUX, POISON

ÉTUDE EN VERT

On a, de tout temps, taxé les artistes et les hommes de lettres d'insuffisance et d'étroitesse d'esprit. Accusation fondée en général et explicable, puisque la concentration même de vue et l'intensité de dessein qui conditionnent le tempérament artistique, constituent une manière de limitation. Aux amoureux de la beauté matérielle, rien d'autre ne semble guère importer. La règle comporte pourtant des exceptions nombreuses : Rubens [1] fut ambassadeur, Goethe conseiller d'état, et Milton secrétaire de Cromwell ; Sophocle remplit des charges civiques dans sa ville ; les humoristes, essayistes et romanciers de l'Amérique moderne ne semblent pas avoir de plus cher désir que de devenir représentants diplomatiques de leur pays, et quant à Thomas Griffiths Wainewright, ami de Charles Lamb [2], et objet de cette courte étude, un tempérament suprêmement artiste ne l'empêcha pas de servir bien d'autres maîtres

---

1. Pierre Paul Rubens (1577-1640) : peintre flamand, il fit de nombreux portraits de cour, notamment un portrait de Jacques Ier (*La Glorification de Jacques Ier*), composé entre 1630 et 1634, alors qu'il était ambassadeur à la Cour d'Angleterre. **2.** Charles Lamb (1775-1834) : contemporain de Coleridge et de Wordsworth, dont il fut l'ami, il a longtemps passé pour être le plus grand critique de son époque. Son ouvrage le plus célèbre a pour titre *Essais d'Elia* (1823). Le pseudonyme d'Elia est l'anagramme de « a lie », « mensonge » en anglais.

que l'art ; poète, peintre, critique d'art, amateur d'objets anciens, prosateur, dilettante et connaisseur en belles et précieuses choses, il fit également preuve de remarquables talents de faussaire, et se montra presque sans rival à notre époque ou en aucune autre dans l'art subtil et secret de l'empoisonneur.

Cet homme remarquable, si habile avec « une plume, un pinceau ou du poison[1] », comme l'a dit avec finesse un poète contemporain, naquit à Chiswick[2] en 1794. Son père était fils d'un avoué renommé de Gray's Inn[3] et Hatton Garden[4], et sa mère était fille du célèbre Dr Griffiths, éditeur et fondateur de la *Revue mensuelle*[5], et associé, dans une autre affaire littéraire, de Thomas Davies[6], le libraire fameux dont Johnson disait que ce n'était pas un libraire, mais « un gentleman qui s'occupait de livres », ami de Goldsmith[7] et Wedgwood[8] et l'un des hommes les plus connus de son époque. Mrs. Wainewright mourut de mort précoce, à vingt et un ans, en le mettant au monde, et un article nécrologique du *Gentleman's Magazine*[9] qui loue « l'amabilité de son caractère et ses nombreux talents », ajoute cette remarque savoureuse, « qu'elle comprenait les écrits de

---

1. Cette expression fut empruntée par Wilde à Swinburne. **2.** Quartier londonien situé à l'ouest de Londres, le long de la Tamise. **3.** L'une des quatre écoles du barreau de Londres, située dans le quartier de Holborn, au nord de la Tamise. **4.** Rue de Londres, parallèle à Gray Inn's Road. **5.** *La Revue mensuelle* (*The Monthly Review*) parut de 1749 à 1845. Fondée par un libraire, Ralph Griffiths, elle se voulait une revue critique de qualité et attira la signature d'écrivains aussi éminents que Richard Brindsley Sheridan (1751-1816) ou Oliver Goldsmith (1728-1774). **6.** Thomas Davies (1712-1785) : acteur et libraire londonien, dont la boutique était située dans Covent Garden. **7.** Oliver Goldsmith : écrivain né en Irlande, auteur notamment du *Vicaire de Wakefield* (1766) et du *Village abandonné* (1770), long poème sur la disparition de la civilisation campagnarde. **8.** Josiah Wedgwood (1730-1795), le premier potier anglais de renom international. L'entreprise qu'il fonda produit aujourd'hui une vaisselle de luxe, mais ses premières créations, de style néo-classique, étaient plutôt destinées à l'usage de tous les jours. **9.** Le *Gentleman's Magazine* parut entre 1731 et 1914, et eut des collaborateurs illustres, dont le Dr Johnson. Au XIXe siècle, la revue publia plusieurs textes de Charles Lamb.

Mr. Locke[1] aussi bien que n'importe quel homme ou femme aujourd'hui ». Le père ne survécut pas longtemps à sa jeune femme, et l'enfant, d'abord élevé par son grand-père, passa en 1803, à la mort de ce dernier, aux mains de son oncle, Georges Edouard Griffiths qu'il devait empoisonner un jour. Son enfance s'écoula à Linden House, une de ces belles demeures géorgiennes[2] de Turnham Green[3] qui ont malheureusement cédé la place aux constructions d'architectes des faubourgs, et dont les merveilleux jardins et le parc boisé développèrent en lui cet amour sincère et passionné de la nature qui ne devait jamais l'abandonner et le rendit si sensible à l'influence spirituelle de la poésie de Wordsworth. Il fut élève de la pension Charles Burney[4], à Hammersmith[5]. Mr. Burney, fils de l'historien de la musique et parent le plus proche du jeune garçon, qui devait devenir son élève, semble avoir été un homme de solide culture ; Mr. Wainewright qui, par la suite, prononçait souvent son nom avec une véritable tendresse, louait en lui le philosophe, l'archéologue et l'admirable professeur qui, tout en appréciant le côté intellectuel de son rôle, n'attachait pas moins d'importance à une précoce éducation morale. C'est sous la férule de Mr. Burney que se manifestèrent ses premières dispositions artistiques, et nous savons par Mr. Hazlitt[6] qu'on a conservé un de ses cahiers de classe, où se manifestent déjà

---

1. John Locke (1632-1704) : philosophe anglais, auteur de trois traités majeurs de la pensée anglaise du XVIIe siècle : *La Lettre sur la tolérance* (1689), un *Essai sur l'entendement humain* (1690) et ses *Traités sur le gouvernement civil* (1690). **2.** Le style géorgien désigne le type d'architecture, d'inspiration classique, qui fleurit sous le règne de George Ier (1714-1727), George II (1727-1760) et George III (1760-1820). **3.** Quartier situé à proximité de Chiswick. **4.** Charles Burney (1757-1817) : fils du compositeur Charles Burney (1726-1814), bibliophile passionné, constitua la plus importante collection de périodiques du XVIIIe siècle (aujourd'hui au British Museum) et collabora à *La Revue mensuelle*. **5.** Quartier situé au nord de Chiswick. **6.** William Carew Hazlitt (1834-1913) : petit-fils de William Hazlitt (1778-1830), il fut un bibliographe de renom et publia notamment une correspondance de Charles Lamb, ainsi que l'ouvrage dont Wilde s'inspire ici, les *Essais de William Griffiths Wainewright* (1880), avec une préface de Hazlitt.

un grand talent et une sensibilité certaine. La peinture fut le premier art qui le séduisit : c'est bien des années après seulement qu'il chercha à s'exprimer par la plume ou le poison.

Avant d'en arriver là, il semble avoir cédé à l'attrait qu'exerce sur les imaginations juvéniles le caractère fabuleux et chevaleresque du métier de soldat. Il entra aux gardes, mais la vie dissolue de ses camarades ne pouvait convenir au tempérament délicat d'un artiste appelé à d'autres destinées, et il se lassa vite du service. « L'art, explique-t-il, en des termes qui émeuvent encore par leur sincérité ardente et leur ferveur singulière, l'Art toucha son renégat ; sous sa haute et pure influence, les brumes pernicieuses se dispersèrent ; mon cœur brûlant et flétri fut rajeuni par un souffle frais, par une jeune, par une simple et belle floraison. Les poèmes de Wordsworth, poursuit-il, contribuèrent fort à apaiser en moi le tourbillon fatalement soulevé par de si soudains changements. Ils m'arrachèrent des larmes de joie et de gratitude. » Il quitta donc l'armée, la vie de caserne et sa brutalité, et les grossiers bavardages de mess, pour retourner à Linden House, avec un appétit nouveau de travail intellectuel. Une grave maladie, pendant laquelle, selon sa propre expression, il se sentit « brisé comme un vase d'argile » l'accabla un certain temps. Malgré son peu d'enclin à faire souffrir les autres, sa nature délicate était elle-même d'une exquise sensibilité à la douleur. Il la redoutait comme un mal qui compromet et endommage la vie, et il semble avoir passé par cette redoutable vallée de tristesse d'où tant de nobles esprits, plus grands sans doute que le sien ne se sont jamais tirés. Mais son jeune âge (il avait à peine vingt-cinq ans) l'arracha bientôt aux « Mortes eaux noires » comme il dit, pour respirer l'air pur de l'humanisme. C'est pendant la convalescence de la maladie qui l'avait conduit aux portes de la mort, qu'il décida de cultiver la littérature. « J'ai dit avec John Woodvill[1], s'écrie-t-il, que ce serait une existence divine d'habiter un tel élément ; de voir, entendre, écrire de belles choses. »

---

1. Tragédie de Charles Lamb (1802). La citation est tirée de l'acte III.

Puissantes et savoureuses délices de la vie
Que n'altère aucune appréhension de mort.

Impossible de ne pas sentir dans ces mots l'âme d'un véritable amant des lettres. « Voir, entendre, écrire de belles choses » tel était son souci.

Scott, l'éditeur du *London Magazine*[1], frappé par le génie du jeune homme ou cédant à l'étrange séduction qu'il exerçait sur tous, lui demanda une série d'articles sur des sujets divers, et Wainewright se mit à collaborer aux journaux de son temps sous nombre de pseudonymes fantaisistes. *Janus Weathercock, Egomet Bonmot*, et *Van Vinkvooms*, tels étaient certains des masques grotesques sous lesquels il lui plaisait de dissimuler son sérieux ou de déployer son enjouement. Un masque est plus révélateur qu'un visage, et les déguisements intensifièrent sa personnalité. Il lui suffit d'un temps incroyablement court pour s'affirmer. Charles Lamb parle de « l'aimable et brillant Wainewright dont la prose est de tout premier ordre ». Nous savons qu'il offrit un petit dîner à Macready, John Forster, Maggin, Talfourd, Sir Wentworth Dilke, le poète John Clare et d'autres encore. À l'imitation de Disraeli[2], il résolut d'éblouir la ville

---

1. *The London Magazine* (1820-1829), fondé par John Scott (qui mourut en 1821) pour se démarquer du *Gentleman's Magazine*, se spécialisa dans la publication de textes de jeunes écrivains (dont la plupart des romantiques).
2. William Charles Macready (1793-1873) : régisseur de théâtre et acteur, qui s'attira la célébrité par ses compositions dans les tragédies de Shakespeare ; John Forster (1812-1876) : ami et biographe de Dickens (lui-même ami de Macready), auquel il consacra une biographie en trois volumes (1872-1874) ; William Maggin (1793-1842) : auteur irlandais, capable d'écrire aussi bien en anglais qu'en grec ou en latin, qui se signala par ses parodies des écrivains les plus célèbres de son époque, dont Disraeli ; Sir Thomas Noon Talfourd (1795-1854) : dramaturge médiocre, dont certaines pièces furent jouées par Macready et qui publia la correspondance de Charles Lamb ; Charles Wentworth Dilke (1789-1864) : observateur de la société anglaise, dont il brossa un état dans ses comptes rendus de voyages, il dirigea des revues telles que l'*Athenaeum* ; John Clare (1793-1864) : poète de la vie rurale anglaise, il est notamment célèbre pour *The Shepherd's Calendar* (1827) ; Benjamin Disraeli (1804-1881) : romancier et homme politique anglais (il fut Premier ministre de la reine Victoria à plusieurs reprises), il était célèbre pour son comporte-

par son élégance ; on connut vite ses bagues merveilleuses, le camée ancien de son épingle de cravate, et ses gants de chevreau jaune citron, où Hazzlitt vit même les marques d'un nouveau genre littéraire. Par ailleurs, son abondante chevelure bouclée, ses beaux yeux et ses exquises mains blanches faisaient de lui un être à part, ce qui constitue une distinction à la fois dangereuse et délicieuse. Il y avait en lui du Lucien de Rubempré et parfois il rappelle Julien Sorel. De Quincey[1] le vit une fois à dîner chez Charles Lamb. « Parmi les convives, tous hommes de lettres, se tenait un assassin », nous dit-il, en expliquant que, mal à l'aise ce jour-là, la vue d'un visage quelconque lui était insupportable ; il n'en regarda pas moins avec curiosité, par-dessus la table, le jeune écrivain qui, sous des manières affectées, semblait cacher tant de sensibilité sincère, et se demande « quelle soudaine poussée d'intérêt » eût modifié son humeur, s'il avait su de quel terrible crime était déjà chargé l'hôte à qui Charles Lamb marquait tant d'attentions.

Sa vie tout entière appartient aux trois talents que lui reconnut Swinburne, et il faut bien admettre que, mis à part ses exploits d'empoisonneur, ce qu'il nous a laissé ne justifie guère sa réputation.

À vrai dire, le Philistin seul mesure un homme à l'aune vulgaire de sa production, et notre jeune dandy cherchait plutôt à être quelqu'un qu'à faire quelque chose. Il savait que la vie elle-même est un art et possède son style propre, au même titre que les arts qui prétendent l'exprimer. Au surplus, son œuvre n'est pas sans intérêt. Nous savons que William Blake[2] s'arrêta

---

ment excentrique, et défraya la chronique en publiant anonymement *Vivian Grey* (1826), histoire d'un jeune homme qui parvient par l'intrigue et la séduction à s'élever jusqu'aux plus hautes sphères du pouvoir.

1. L'une de ses œuvres, *De l'assassinat considéré comme l'un des beaux-arts* (1827), anticipe par bien des aspects le texte de Wilde. 2. William Blake (1757-1827) : poète, dessinateur et graveur anglais, qui s'inspira abondamment de la Bible et notamment de l'Apocalypse pour développer une mythologie personnelle représentant l'esprit humain dans différentes phases de son développement et de son autonomie vis-à-vis de la religion, de la morale et de la société.

un jour à l'Académie Royale devant un de ses tableaux, et le déclara « fort beau ». Ses essais annoncent maintes réalisations que nous avons connues depuis lors, et l'on dirait qu'il a prévu telles de ces déformations de la culture moderne que beaucoup tiennent aujourd'hui pour essentielles. Il écrit sur la Joconde, les premiers poètes français et la Renaissance Italienne. Il aime les pierres grecques, les tapis de Perse, les traductions du temps d'Élisabeth ; *Cupidon et Psyché*[1] et l'*Hypnerotomachie*[2], les belles reliures, les éditions anciennes et les épreuves à grandes marges[3]. Il est très sensible à une noble ambiance, et ne se lasse pas de nous décrire les intérieurs qu'il a ou qu'il aurait voulu habiter. Il éprouva, pour le vert[4], ce goût singulier qui, chez les individus, est toujours la marque d'un tempérament artistique subtil, et qui, chez les peuples, est censé dénoter un relâchement sinon une décadence des mœurs. Comme Baudelaire, il raffolait des chats, et s'abandonnait, avec Gautier, à la fascination « de ce doux monstre de marbre » de l'un et l'autre sexe que nous voyons encore à Florence et au Louvre[5].

Il y a évidemment beaucoup à reprendre dans ses descriptions et ses projets de décoration. S'il ne s'était pas entièrement affranchi du mauvais goût de son époque, il fut du moins l'un des premiers à reconnaître la clef véritable de l'éclectisme esthétique, c'est-à-dire l'harmonie parfaite de toute vraie beauté, sans souci d'époque ou de lieu, d'école ou de style. Il comprenait que pour décorer une pièce, — une pièce d'habita-

---

1. Leurs amours, et notamment les démêlés de Psyché avec Aphrodite, sont relatées dans *L'Âne d'or* d'Apulée et ont été abondamment illustrées tout au long de l'histoire de l'art. 2. Œuvre de l'humaniste de la Renaissance Francesco Colonna (1433-1529), représentant le triomphe de l'amour. 3. Expression empruntée au domaine de l'estampe, probablement synonyme ici d'épreuve de luxe, mais qui désigne en réalité une estampe dont les marges sont importantes. 4. Allusion au sous-titre du texte, « étude en vert », qui reflète le goût des écrivains de la seconde moitié du XIXe siècle pour cette couleur qui symbolisait la décadence et la corruption des mœurs. 5. Baudelaire a écrit un poème intitulé « Les Chats » qui figure dans la section « Spleen et idéal » des *Fleurs du Mal* ; « ce doux monstre de marbre » : allusion à la statue de l'hermaphrodite du Louvre évoquée par Théophile Gautier dans « Contralto » ainsi que dans *Mademoiselle de Maupin* (1836).

tion et non de parade, — point n'est besoin de reconstruction archéologique ou d'exactitude historique. Conviction parfaitement juste, puisque toutes les choses vraiment belles appartiennent à la même époque.

Ainsi, dans sa bibliothèque, telle qu'il la décrit, nous découvrons un délicat vase grec avec d'exquises figures peintes, et le mot καλοσ [1] délicatement tracé sur son argile ; derrière est accrochée une gravure de la *Sibylle de Delphes* de Michel Ange ou de la *Pastorale* de Giorgione. Ici, un fragment de majolique florentine, et là une lampe grossière sortie de quelque vieille tombe romaine. Sur la table, un livre d'heures, « dans une monture de vermeil massif, travaillé d'étrange façon et sertie de petits brillants et rubis », et tout près, « un affreux petit monstre accroupi, peut-être un dieu lare, exhumé des champs ensoleillés de la Sicile riche en blé ». De sombres bronzes antiques s'opposent « au pâle reflet de deux nobles crucifix, l'un taillé dans l'ivoire et l'autre modelé dans la cire ». Et ce sont encore des plateaux en mosaïque de Tassée, une mignonne bonbonnière Louis-Quatorze, avec miniature de Petitot [2], une très précieuse « théière couleur biscuit, ornée de filigrane », un porte-lettres de maroquin citron, et une chaise « vert Pomone ».

On se l'imagine aisément au milieu de ses livres, de ses moulages et de ses gravures, véritable dilettante, connaisseur subtil, feuilletant sa belle collection de Marc-Antonio [3] ou son *Liber studiorum* [4], de Turner, dont il était grand admirateur, examinant à la loupe certaines de ses pierres antiques ou de ses camées : « une tête d'Alexandre sur onyx à double couche », ou « ce superbe Jupiter Aegiochus [5], en haut relief sur cornaline [6] ».

---

1. Mot grec qui signifie « beau ». 2. James Tassie (1735-1799) : graveur écossais célèbre pour ses portraits en médaillons ; Jean Petitot (1607-1691) reproduisit nombre de tableaux du XVIIe siècle sur des émaux. 3. Marc-Antoine (1475-1530) : graveur italien qui contribua, par son important travail de reproduction, à diffuser l'œuvre de grands artistes de la Renaissance tels que Michel-Ange, Dürer ou Raphaël. 4. Littéralement « recueil d'études ». 5. Littéralement Jupiter à l'égide. 6. Le goût des pierres précieuses est une constante de la littérature de la seconde moitié du XIXe siècle, dont témoignent aussi bien le recueil de Théophile Gautier, *Émaux et camées* (1852), que le sonnet de Mallarmé, dit « sonnet en -yx », qui commence par ce vers :

Il fut toute sa vie grand amateur de gravures et laissa aux collectionneurs futurs les plus judicieux conseils. Son goût marqué pour l'art moderne ne lui faisait pas perdre de vue l'importance des reproductions des maîtres du passé, et tout ce qu'il dit de la valeur des moulages de plâtre est remarquable.

Comme critique, il s'occupa tout d'abord des impressions complexes produites par l'œuvre d'art, estimant à juste titre que le premier effet de la critique artistique doit être de bien saisir ses propres impressions [1]. Il n'avait cure des discussions abstraites sur la nature du Beau, et ne connaissait pas encore la méthode historique qui, depuis lors, a produit de si admirables fruits, mais il ne perdit jamais de vue cette vérité essentielle que l'art ne s'adresse d'abord ni à l'intelligence, ni au cœur, mais bien au tempérament artistique ; plus d'une fois, il montra que ce tempérament, ce goût, comme il l'appelle, inconsciemment dirigé et perfectionné par la fréquentation des belles œuvres, finit par former un jugement solide. Évidemment l'art a ses modes, comme le vêtement, et personne peut-être ne sait s'affranchir entièrement des influences de l'habitude ou de la nouveauté. Il n'y parvenait pas plus que d'autres, et il avoue sans réticence toute la difficulté qu'il y a à se faire une juste opinion sur une œuvre contemporaine. Mais, à tout prendre, son goût était bon et sûr. Il admirait Turner et Constable à une époque où ils n'étaient pas, comme aujourd'hui, tenus en estime et comprenait que l'art suprême du paysagiste demande mieux que « simple application et exacte copie ». À propos de la *Scène sur la lande de Norwick* de Crome [2], il fait remarquer « combien l'observation subtile des éléments déchaînés peut prêter d'intérêt à une plaine morne » et critique le paysage populaire de son époque : « simple énumération de collines et

« Ses purs ongles très-haut dédiant leur onyx ». Le chapitre XI du *Portrait de Dorian Gray* se fait l'écho de cette fascination.

1. Expression empruntée à Pater. 2. John Crome (1768-1821) : paysagiste anglais, fortement inspiré par la peinture hollandaise, il est célèbre pour les tableaux de son pays natal (il était né à Norwich, au nord-est de Londres).

de vallons, de souches et d'arbustes, de mares et de prés, de chaumières et de maisons ; sorte de plan ou de carte en couleur, où bourrasques, brumes, halos et arcs-en-ciel, grands rais de lumière filtrant par des déchirures de nuages, tempêtes, lueurs d'étoiles et tous les plus valables accessoires de la vraie peinture font défaut. » Il avait un dédain profond pour le convenu et le banal en art, et s'il se plaisait à traiter Wilkie à dîner, il n'avait pas plus de goût pour les tableaux de Sir David[1] que pour les poèmes de Mr. Crabbe[2]. Il n'éprouvait aucune sympathie pour les tendances imitatives et réalistes de son temps, et ne cache pas que sa grande admiration pour Fuseli[3] tînt surtout au fait que le Suisse ne croyait pas que l'artiste dût peindre seulement ce qu'il voit. Dans un tableau, il recherchait la composition, la beauté et la noblesse de traits, la richesse de coloris et la puissance imaginative. D'ailleurs, il n'était pas doctrinaire. « Je maintiens, dit un de ses excellents aphorismes, qu'aucune œuvre d'art ne saurait être jugée que par des lois tirées d'elle-même[4] ; est elle ou non d'accord avec elle-même, c'est là toute la question ». Et sa critique de peintres aussi différents que Landseer et Martin, Stothard et Etty[5], montre que selon un mot aujourd'hui classique, il s'efforce « de voir l'objet tel qu'il est réellement en soi ».

Au demeurant, ainsi que je l'ai déjà indiqué, il ne se sent jamais tout à fait à l'aise dans la critique d'œuvres contempo-

---

1. Sir David Wilkie (1785-1841) : peintre anglais d'origine écossaise, renommé pour sa peinture populaire. **2.** George Crabbe (1754-1832) : auteur de *The Village* (1783), poème en trois livres d'un réalisme sinistre. **3.** Henry Fuseli : nom anglais de Johann Heinrich Füssli (1741-1825), peintre et écrivain suisse qui a fortement inspiré les artistes anglais, dont William Blake, par ses compositions cauchemardesques. **4.** Idée que reprendra Wilde dans « La critique est un art ». **5.** Sir Edwin Henry Landseer (1802-1873) : initié à la peinture de paysage par sa découverte de l'Écosse, il est toutefois connu pour ses compositions animales ; John Martin (1789-1854) : peintre et graveur anglais, qui illustra nombre de textes célèbres de la littérature anglaise, dont le *Paradis perdu* de Milton, représenté grâce à la technique de la manière noire ; Thomas Stothard (1755-1834) : peintre de genre anglais, qui réalisa les frises de Buckingham Palace ; William Etty (1787-1849) : peintre aussi célèbre pour ses nus que pour ses scènes historiques.

raines. « Le présent[1], écrit-il, me fait l'effet d'une agréable confusion, assez pareille à celle de l'Arioste[2], à une première lecture... Les choses modernes m'éblouissent ; j'ai besoin pour les regarder, du télescope du Temps. Elia se plaint de ne pouvoir évaluer le mérite d'un poème manuscrit, dont au contraire, comme il le dit excellemment, "la typographie décide sans hésitation." Cinquante ans de patine en font autant pour un tableau. » Il préfère s'occuper de Watteau et de Lancret, de Rubens et de Giorgione, de Rembrandt, du Corrège et de Michel Ange[3] ; plus encore de tout ce qui a trait à la Grèce. Le Gothique le touchait fort peu, mais l'art classique et l'art de la Renaissance lui furent toujours chers. Convaincu de ce que notre école anglaise aurait à gagner à l'étude des modèles grecs, il ne se lassa jamais de montrer aux jeunes artistes tout ce que les marbres et les méthodes helléniques comportent de puissances latentes. Dans ses jugements sur les grands maîtres italiens, de Quincey déclare trouver « l'accent de sincérité et de sensibilité naturelle de quelqu'un qui s'est forgé sa propre opinion au lieu de répéter ce qu'il a lu dans les livres. » Le plus haut éloge qu'on puisse lui décerner, c'est qu'il s'efforça de ressusciter le style, en tant que tradition affirmée. Il comprenait, d'ailleurs, que toutes les conférences possibles, tous les

---

1. La critique de l'époque contemporaine est une constante de l'esthétisme de Wilde, qui prône au contraire une sensibilité archéologique, visant à montrer que le moment présent n'est que la trace en surface d'un processus de sédimentation artistique poursuivi à travers les siècles. **2.** L'Arioste (1474-1533) : son *Roland furieux* (1532) est une longue épopée de près de 40 000 vers dont le thème, le combat entre chrétiens et infidèles, sert de prétexte à l'exposition d'une spiritualité païenne, imprégnée des auteurs de l'Antiquité grecque. **3.** Antoine Watteau (1684-1721) s'attacha à la peinture de scènes fugitives, rendues par un trait qui allie la précision des formes et l'onirisme du sujet ; Nicolas Lancret (1690-1743), ami de Watteau, illustra les *Fables* de La Fontaine et composa de nombreux tableaux témoignant de la vie galante sous Louis XV ; Rembrandt (1606-1669) est célèbre pour ses compositions historiques et ses portraits, dans lesquels il manifeste un sens aigu de la perception du visage comme reflet des sentiments du personnage ; Antonio Allegri, dit Le Corrège (1489-1534), étudia le style de Michel-Ange, dont il s'inspira pour ses fresques parmesanes.

congrès et toutes les campagnes pour le progrès des arts, échoueraient à produire pareil résultat. Il faut, disait-il, fort judicieusement, et selon le véritable esprit de Toynbee Hall [1], que le peuple ait constamment les meilleurs modèles sous les yeux.

Rien d'étonnant à ce qu'un peintre comme lui fasse preuve de précision technique dans ses critiques d'art. Il écrit à propos du *Saint Georges délivrant du dragon la princesse égyptienne*, de Tintoret [2] :

> « Rehaussé par le vermillon d'une écharpe, le vigoureux bleu de Prusse de la robe de Sabra se détache sur les pâleurs verdâtres de l'arrière-plan ; ces deux couleurs chaudes éveillent, si l'on peut dire, un écho mineur dans les laques pourpres des étoffes et l'armure bleuâtre du saint, tandis que l'azur vif de la draperie du premier plan s'équilibre parfaitement avec les ombres indigo du bois sauvage qui entoure le château. »

Par ailleurs, il parle avec finesse « d'un délicat Schiavone [3], varié comme un parterre de tulipes, avec ses teintes chaudes rompues », « d'un éclatant portrait du trop rare Maroni, remarquable par sa *morbidezza* », et d'un autre tableau « aux chairs succulentes. »

En général, considérant son impression comme un tout, il s'efforce de la traduire en mots, et cherche, pour ainsi dire, l'équivalent littéraire de l'effet produit sur l'esprit et l'imagination. Il fut un des premiers créateurs de cette « littérature d'art » du dix-neuvième siècle, qui a trouvé en Mr. Ruskin [4] et

---

1. Site du Palais du Peuple (voir note 1, p. 733). **2.** Jacopo Robusti, dit Le Tintoret (1518-1594) travailla presque exclusivement dans sa ville natale de Venise. **3.** Andrea Meldolla, dit Il Schiavone (1518-1563) : peintre maniériste, influencé notamment par Giorgione, dont il grava les œuvres. **4.** John Ruskin (1819-1900) fut le grand critique d'art anglais du XIXe siècle. Son œuvre majeure reste probablement son encyclopédie en cinq volumes, *Modern Painters*, publiée entre 1843 et 1860. En 1870, il obtint une chaire à Oxford, dont il démissionna huit ans plus tard après avoir essuyé de nombreuses attaques. Wilde eut la chance de suivre ses conférences sur l'art et devint par la suite son ami.

Mr. Browning ses deux représentants les plus parfaits. Ses commentaires sur le *Repas italien* de Lancret et sur la « brune jeune fille, éperdue de malice, allongée sur un gazon diapré de pâquerettes » sont à certains égards, tout à fait charmants. Et voici une description de la *Crucifixion* de Rembrandt, bien typique de son style :

« L'ombre, une ombre sinistre, une ombre de suie, baigne toute la scène ; au-dessus de la croix maudite seulement, par une fente horrible du lugubre plafond, un déluge de pluie, une rafale glacée d'eau pâle qui tombe avec violence, répand une atroce lumière spectrale, plus horrible encore que la nuit palpable. Déjà, la terre halète, la sombre croix tremble ! Les vents sont tombés, l'air est stagnant, et un sourd grondement qui commence à rouler, précipite vers le bas de la colline les pas de la foule vile. Les chevaux flairent la terreur qui monte et s'affolent. L'instant s'approche où, à demi déchiré par son propre poids, épuisé par la perte du sang qui coule en étroits ruisseaux de ses veines ouvertes, tempes et poitrine inondées de sueur, et la langue noire desséchée par l'ardente fièvre de mort, Jésus va crier : "J'ai soif !" et où le vinaigre mortel sera porté à ses lèvres.

« Sa tête tombe, et insensible à la croix, le corps sacré oscille. Un trait rouge de flamme zèbre l'air et s'évanouit ; les rochers du Carmel et du Liban se fendent ; la mer enfle, par-dessus les grèves, ses rouleaux noirs. La terre s'ouvre, et les tombes vomissent leurs habitants. Morts et vivants, confondus en groupes monstrueux, se hâtent vers la ville sainte, où de nouveaux prodiges les attendent. Le voile du Temple, le voile inviolable se déchire du haut en bas, et le redoutable sanctuaire qui abrite les mystères d'Israël — l'arche sainte, les tables, et le chandelier à sept branches — s'éclaire d'une lumière surnaturelle aux yeux de la multitude abandonnée de Dieu.

« Rembrandt, fort sagement, n'a jamais *peint* cette esquisse. Elle aurait perdu tout son charme avec cette inquiétante imprécision qui ouvre un si large champ aux rêves d'une imagination perplexe. Elle appartient aujourd'hui à un autre monde ; un sombre abîme nous en sépare ; nous ne pouvons l'approcher qu'en esprit. »

Dans ce passage, écrit, comme le dit l'auteur, « avec terreur et vénération » il y a bien des aspects terrifiants, voire horribles, alliés à certaine rude puissance, ou du moins à certaines violences verbales, que notre époque devrait priser, puisqu'elle en est coutumière. Il est plus plaisant de passer à cette description du *Céphale et Procris* de Jules Romain [1].

« Il faut lire l'Idylle de Moschus, sur la mort de Bion [2] le doux berger, avant de regarder le tableau, ou s'inspirer du tableau pour pénétrer l'élégie. Nous y retrouvons les mêmes images. Pour l'une et l'autre victimes murmurent les hauts bocages et les vallons boisés ; les fleurs exhalent un parfum triste, le rossignol se lamente sur la terre rocailleuse, et l'hirondelle sur les longues et sinueuses vallées ; satyres et faunes voilés de noir gémissent, et les nymphes des fontaines se dissolvent au creux des bois dans les flots de leurs larmes. Les brebis et les chèvres désertent leurs pâturages ; les oréades, lasses d'escalader les plus altiers des inaccessibles rocs, renoncent au chant des pins caressés par les vents ; les dryades se penchent au-dessus des lacis de branchages, et les rivières, qui pleurent le blanc Procris de leurs flots sanglotants,

« Emplissent de leur voix l'océan lointain. »

Les abeilles d'or font silence sur l'Hymette [3] parfumé de thym, où la corne qui sonne le glas de l'amour de l'Aurore [4] ne saura plus dissiper le froid crépuscule. Au premier plan, un sol herbeux, brûlé de soleil, coupé de tertres et de trous, (récifs terrestres où se briseraient des vagues), se hérisse encore de racines traîtresses et de souches d'arbres prématurément abattus, d'où surgissent de frêles pousses vertes. À droite, le terrain s'élève brusquement vers un bois touffu, impénétrable aux étoiles, à l'orée duquel, foudroyé, le roi

---

1. Jules Romain (1492-1546) fut l'élève de Raphaël et décora les loges du Vatican avant de réaliser son œuvre majeure, la décoration du palais du Tè à Mantoue. Céphale et Procris sont deux époux dans la mythologie grecque : leur histoire, empreinte de jalousie, conduit à la mort de la jeune femme, tuée par son mari qui l'avait prise pour un animal lors d'une partie de chasse.
2. Moschus ou Moschos : poète bucolique grec (IIe siècle av. J.-C.) qui s'inspira de l'œuvre de Bion (poète bucolique du siècle précédent) et lui consacra un *Chant funèbre en l'honneur de Bion*.
3. Montagne au sud-est d'Athènes séparant les plaines de l'Attique et de la Mésogée.
4. Éos, personnification de l'Aurore dans la mythologie grecque, est célèbre pour ses amours avec Orion, Céphale ou Tithonos.

de Thessalie[1] tient entre ses genoux le corps d'ivoire qui, un instant plus tôt, fendait de son front lisse les branches rudes, et d'un pas pressé par la jalousie foulait indifféremment épines et fleurs, et qui maintenant gît inerte, lourd, privé de tout mouvement, sauf quand la brise, par dérision, soulève son épaisse chevelure.

« D'entre les troncs serrés, les nymphes éperdues accourent à grands cris,
Et vêtus de peaux, couronnés de guirlandes de lierre, les satyres
S'avancent avec une étrange compassion sur leur face cornue.

« Laelaps[2] gît à terre, et son souffle haletant annonce la mort prochaine. De l'autre côté, ailes basses, l'Amour Vertueux[3] montre le trait fatal à une troupe de sylvains, de béliers et de chèvres, de satyres, de faunes et de faunesses qui serrent leurs petits entre leurs bras tremblants. Ils débouchent de la gauche par un chemin creusé entre le premier plan et un mur ruineux, au sommet duquel une nymphe fait couler de son urne un flot annonciateur de douleurs. Plus loin, un autre personnage féminin s'arrache les cheveux parmi les troncs festonnés de vigne d'un bosquet inculte. Le centre du tableau comprend des prés ombragés, qui dévalent vers une embouchure de rivière ; à l'arrière-plan, c'est "la prodigieuse puissance du flot marin", dont jaillit la radieuse Aurore extinctrice d'étoiles, poussant ses coursiers blancs de sel pour contempler les spasmes mortels de sa rivale. »

Soigneusement revue, cette description serait admirable. L'idée du poème en prose sur un tableau est excellente, et une bonne partie de la littérature contemporaine procède de la même inspiration. En un siècle de laideur et de raison, les arts n'empruntent pas à la vie, mais aux autres arts.

Ses sympathies s'exerçaient en des branches très diverses. Il s'intéressa toujours fort, par exemple, à tout ce qui concernait le théâtre, et insista vigoureusement sur l'importance de l'exactitude archéologique du costume et du décor. « En art, dit-il, dans un de ses essais, tout ce qui vaut d'être fait vaut d'être bien fait », et il montre qu'une fois admise l'intrusion du moin-

---

1. Probablement Erechtheus, père de Procris, qui était cependant roi d'Athènes. **2.** Chien de chasse offert à Procris par Minos. **3.** Allusion à la représentation traditionnelle d'Éros, armé d'un arc et de flèches.

dre anachronisme, il devient difficile de savoir où se situe la limite. En littérature, de même, il était, comme Lord Beaconsfield[1] en une circonstance fameuse, « du côté des anges ». Il fut l'un des premiers à admirer Keats et Shelley. Shelley, « le poète à la sensibilité frémissante », comme il l'appelle. Son admiration pour Wordsworth était sincère et profonde et il sut apprécier William Blake. Une des meilleures planches des « Chants de l'Innocence et de l'Expérience » fut gravée à son intention[2]. Il aimait Alain Chartier[3] et Ronsard, les dramaturges du siècle d'Élisabeth, Chaucer[4], Chapman[5] et Pétrarque[6]. Et pour lui, tous les arts étaient un. « Nos critiques, fait-il observer avec beaucoup de justesse, ne semblent guère s'aviser de l'identité d'origine de la poésie et de la peinture, ni comprendre que tout perfectionnement sérieux dans l'étude d'un art engendre un progrès parallèle dans les autres » ; et par ailleurs, il affirme que l'homme qui n'aime pas Michel Ange, et parle de son admiration pour Milton, trompe ses interlocuteurs ou lui-même. Envers ses collaborateurs du *London Magazine*, il fit toujours montre de la plus parfaite générosité, et à Barry Cornwall, à Allan Cunningham, à Hazlitt, à Elton et Leigh Hunt[7], il décerne

---

1. C'est-à-dire Disraeli. **2.** *Chants de l'Innocence et de l'Expérience* (*Songs of Innocence* [1789] *and Songs of Experience* [1794] : œuvres de William Blake que le poète illustra lui-même de gravures dans lesquelles le texte est entouré de motifs picturaux. **3.** Alain Chartier (1385-1433) : poète courtois, il est notamment l'auteur d'un poème dont s'inspirera Keats : « La Belle Dame sans merci » (1424). **4.** Geoffrey Chaucer (1340-1400) a laissé une œuvre majeure, *Les Contes de Cantorbéry* (1386-1400), ensemble de 24 contes dans lesquels il brosse le portrait de divers pèlerins qui abordent des sujets variés dans leurs récits (le mariage, le diable, etc.). Son œuvre a fortement influencé Blake. **5.** George Chapman (1559-1634) : poète anglais, il se signala par ses traductions d'Homère dont Keats se fera l'écho au XIXe siècle. **6.** Pétrarque (1304-1374) a, dans son *Canzoniere* (commencé vers 1335), jeté les bases de la poésie et de la rhétorique amoureuses pour les trois siècles à venir. Chapman traduisit également Pétrarque. **7.** Barry Cornwall (1787-1874) : auteur dramatique et lyrique anglais, il écrivit une biographie de Lamb, et s'attira un succès d'estime auprès du public par ses pièces, mais dut également subir les attaques de Keats ou de Shelley ; Allan Cunningham (1784-1842) : collaborateur au *London Magazine*, il écrivit des poèmes dans la veine écossaise, dont *Chants d'Écosse* (1825) ; Leigh Hunt (1784-1859) : poète et dramaturge, il fut surtout l'ami des grands écrivains de l'époque, comme Keats et

des éloges amicaux où n'entre aucune méchanceté. Certains de ses portraits de Charles Lamb sont admirables, à leur façon, et avec l'art assumé du vrai comique, empruntent leur style à leur modèle même :

« Que pourrais-je dire de toi que chacun ne sache ? Que tu as une gaîté d'enfant avec une expérience d'homme, et le cœur le plus tendre qui ait jamais fait monter des larmes aux yeux ?

« Avec quel esprit, prenant vos dires à contresens, il affectait une suffisance manifestement absurde. Sa parole sans affectation, condensée comme celle de ses chers auteurs du temps d'Élisabeth, n'allait pas toujours sans obscurité. Ses phrases, comme des pépites d'or, se déployaient en feuilles entières. Il était sans pitié pour les fausses gloires, et ne manquait jamais d'observations caustiques *sur la mode des hommes de génie*. Sir Thomas Browne était un vieil ami à lui, au même titre que Burton et le vieux Fuller. Quand il se sentait des dispositions amoureuses, il badinait avec une incroyable Duchesse à parfum d'in-folio, et se procurait des rêves légers dans les folles comédies de Beaumont et Fletcher[1]. Sur leur œuvre, il trouvait des propos inspirés, mais il fallait le laisser à sa fantaisie ; que, d'aventure, quelqu'un se risquât à critiquer ses favoris, et l'on pouvait s'attendre à le voir interrompre, ou plutôt enchaîner, d'une façon dont on n'eût su dire si elle traduisait incompréhension ou malice. Un soir, où chez C...[2], les deux dramaturges susdits faisaient l'objet d'une conversation passagère, et où M. X. louait la force et

---

Lamb, dont il publia les poèmes et les essais dans deux revues, *The Examiner* et *The Reflector*.

1. Sir Thomas Browne (1605-1682) : médecin de son état, il a publié des essais, dont *Religio Medici* (1642) et *Pseudodoxia Epidemica* (*Vulgar Errors*, 1646), s'attachant dans le second à réfuter les principales erreurs de son époque en opposant la rigueur de son raisonnement aux croyances populaires ; Robert Burton (1577-1640) : auteur de *L'Anatomie de la mélancolie* (1621), dans lequel, sous couvert d'examen médical, il fait la satire du savoir et de l'activité humaine ; Thomas Fuller (1608-1661) : auteur notamment d'une histoire des Anglais célèbres (*The History of the Worthies of England*, 1662), parsemée d'anecdotes célèbres concernant les personnages du siècle précédent ; Francis Beaumont (1584-1616) et John Fletcher (1579-1623) : dramaturges anglais, dont le premier a laissé une œuvre majeure de la première moitié du XVIIe siècle, *Le Chevalier du pilon ardent* (1607), mais qui écrivirent en collaboration plusieurs pièces, comme *Philaster* (1608). **2.** Coleridge.

la hauteur de style d'une comédie (je ne me souviens plus laquelle), quand Elia, le prenant à partie, déclara : « Oh, *cela*, ce n'était rien ; ce sont les passages lyriques qui importaient, les passages lyriques ! »

Il est un côté de sa carrière littéraire qui mérite une mention spéciale. Le journalisme contemporain lui doit presque autant qu'à n'importe quel écrivain des débuts de ce siècle. Précurseur de la prose orientale [1], il se complut dans les épithètes pittoresques et les hyperboles pompeuses. Savoir faire disparaître le sujet sous la somptuosité du style, c'est là l'une des plus grandes réussites dont peut se targuer une école de journalistes de Fleet Street, qui a acquis de l'importance et de la renommée, et c'est cette école dont *James Weathercock* peut, à juste titre, passer pour le fondateur. Il comprit, de même, qu'il était facile, à force d'insistance, d'intéresser le public à sa personne, et dans des articles purement journalistiques, cet extraordinaire jeune homme fait part de ses menus, donne l'adresse de son tailleur, indique ses vins préférés et son état de santé, tout comme s'il rédigeait une chronique hebdomadaire dans une feuille populaire de nos jours. Cette partie la moins estimable de son œuvre devait nécessairement avoir l'influence la plus marquée. Le publiciste contemporain est un homme qui inflige à la communauté le détail des illégalités de sa vie privée.

Comme la plupart des gens artificiels, il avait un grand amour de la nature. « Il y a, dit-il quelque part, trois plaisirs que je tiens en haute estime : m'asseoir paresseusement sur une éminence, en face d'une vaste perspective ; goûter l'ombre d'arbres touffus quand le soleil brille autour de moi ; jouir de la solitude tout en me sentant entouré. Et la nature me donne tout cela. » Il s'en allait à travers bruyères et genêts odorants, et se récitait *L'Ode au soir*, de Collins [2], pour mieux se pénétrer

1. Matthew Arnold, dans ses *Essais critiques* (1865), la définit comme une prose barbare et surchargée. 2. William Collins (1721-1759) : poète obscur aux dires du Dr Johnson, il publia en 1747 ses *Odes sur divers sujets descriptifs et allégoriques*, qui contiennent sa célèbre « Ode au soir », la seule écrite en vers blancs.

de la beauté de l'heure ; il cachait son visage dans des touffes de coucous humides de la rosée de mai ; il proclamait son plaisir à voir au crépuscule, « les vaches à la chaude haleine regagner leur étable », et à entendre « le lointain carillon des clochettes de brebis ». Voici une phrase qui illustre singulièrement son tempérament : « La tubéreuse resplendit sur son froid lit de terre comme un Giorgone solitaire sur un panneau de chêne sombre » ; et un passage qui, à sa manière, ne manque pas de charme :

> « L'herbe courte et tendre s'émaillait de ces fleurs qu'on appelle chez nous pâquerettes, serrées comme les étoiles par une nuit d'été. Le croassement rauque des corneilles tombait, adouci par la distance, d'un sombre bouquet d'ormes, et de temps en temps une voix enfantine s'élevait pour chasser les oiseaux des semailles nouvelles. Les profondeurs bleues avaient la couleur du bleu outre-mer le plus sombre ; nul nuage ne rayait le ciel calme ; au ras de l'horizon seulement, montait un voile ténu de brume chaude, sur lequel se détachait vivement, dans son aveuglante blancheur, le village proche et sa vieille église de pierre. Je pensai à Wordsworth et à ses "Vers écrits en mars" [1]. »

Et maintenant, il sied de ne point oublier que l'aimable jeune homme qui écrivait ces lignes et subissait si bien l'influence de Wordsworth, était aussi, comme je l'ai dit au début de cet essai, un des empoisonneurs les plus subtils et les plus discrets de tous les temps. Comment il se laissa séduire par cette étrange volupté, il ne nous l'a pas dit, et malheureusement le journal où il notait avec minutie les résultats de ses sinistres expériences et les méthodes qu'il adoptait, ne nous est pas parvenu. Même dans ses dernières années, il gardait le silence sur ce sujet, et préférait parler de « L'Excursion » et des « Poèmes fondés sur les affections [2]. » Il n'est guère douteux pourtant que le

---

1. Allusion à « Written in March while Resting on the Bridge at the Foot of Brother's Water », poème de Wordsworth. **2.** « L'Excursion » : long poème narratif de Wordsworth, qui composa ses *Poèmes fondés sur les affections* entre 1798 et 1837.

poison dont il usait n'ait été la strychnine. Dans une des belles bagues dont il était si fier et qui servait à rehausser le dessin délicat de ses mains d'ivoire, il portait des cristaux de noix vomique, poison qui, selon l'un de ses biographes, « est presque sans goût, difficile à déceler, et susceptible de dilutions presque infinies »[1].

Le nombre de ses crimes, estime de Quincey, surpasse de beaucoup ceux qui furent découverts. Supposition sans doute fondée, mais parmi ceux que révéla l'enquête judiciaire, plus d'un mérite déjà qu'on s'y arrête. Sa première victime fut son oncle, Mr. Thomas Griffiths. Il l'empoisonna en 1829, pour entrer en possession de Linden House, domaine auquel il avait toujours été fort attaché. En août 1830, il fit subir le même sort à Mrs. Abercrombie, la mère de sa femme, et en décembre de la même année, empoisonna la charmante Helen Abercrombie sa belle-sœur. On n'a jamais tiré au clair les raisons du meurtre de Mrs. Abercrombie. Peut-être la tua-t-il par caprice, peut-être pour satisfaire le hideux sentiment de puissance qu'il sentait en lui, peut-être parce qu'elle le soupçonnait, peut-être sans raison aucune. Quant au meurtre d'Helen Abercrombie, il fut accompli conjointement par sa femme et lui, dans le but de s'approprier une somme de dix-huit mille livres, montant de diverses assurances sur la vie qu'ils avaient contractées en son nom. Voici les circonstances du crime. Le 10 décembre, lui, sa femme et leur enfant, venus à Londres de Linden House, s'installèrent près de Regent Street, au numéro 12 de Conduit Street. Helen et Madeleine Abercrombie, les deux sœurs, les accompagnaient. Le soir du 14, ils allèrent tous au théâtre, et au cours du souper Helen se sentit indisposée. Le lendemain elle était fort mal en point, et le docteur Locock, de Hanover Square[2], fut appelé à lui donner ses soins. Elle vécut jusqu'au

1. Une nouvelle de Jules Barbey d'Aurevilly (1808-1889), « Le Dessous de cartes d'une partie de whist » (*Les Diaboliques*, 1874), contient une histoire très semblable d'empoisonnement et de bague. 2. Regent Street : artère commerçante de Londres ; Conduit Street relie New Bond Street à Regent Street ; Hanover Square : place résidentielle très huppée, légèrement à l'ouest de Regent Street et au nord de Conduit Street.

lundi 20 ; ce jour-là, après la visite matinale du docteur, Mr. et Mrs. Wainewright lui apportèrent de la gelée de fruits empoisonnée, et partirent se promener. À leur retour, Helen Abercrombie était morte. C'était une jeune fille d'une vingtaine d'années, grande, blonde et pleine de grâce. Un charmant portrait d'elle, fait à la sanguine par son beau-frère, montre à quel point il subissait, en peinture, l'influence de Sir Thomas Lawrence[1], pour qui il avait toujours professé une grande admiration. De Quincey prétend que Mrs. Wainewright n'eut pas connaissance de ce meurtre. Espérons qu'il en fut ainsi. Le criminel veut rester seul et sans complices.

Les compagnies d'assurance soupçonnant la vérité, motivèrent le refus de verser la police par des considérations techniques telles que faux rapport et manque de crédit. Avec un singulier courage, le meurtrier intenta, devant la Chancellerie, une action contre l'*Impériale*[2], et il fut entendu que le jugement rendu vaudrait pour toutes les autres affaires. Il fallut néanmoins cinq ans pour que le procès ait lieu, et après un premier désaccord, les compagnies obtinrent définitivement gain de cause. Le juge, en la circonstance, était Lord Abinger. *Egomet Bonnot* était représenté par Mr. Erle et Sir William Follet, tandis que l'Avocat Général et Sir Frédérick Pollock plaidaient pour l'autre partie. Le plaignant ne put malheureusement assister aux audiences. Le refus des compagnies l'avait placé dans une situation pécuniaire si embarrassante que, quelques mois après le meurtre d'Helen Abercrombie, il fut arrêté pour dettes dans les rues de Londres, au cours d'une sérénade qu'il donnait à la jolie fille d'un de ses amis. L'affaire arrangée, il jugea bientôt prudent de passer à l'étranger, jusqu'au jour où il pourrait s'entendre avec ses créanciers. Il se rendit donc à Boulogne, chez le père de la jeune fille en question, et le

1. Sir Thomas Lawrence (1769-1830) : peintre britannique, qui devint, après la mort de Reynolds, le portraitiste attitré du roi et de l'aristocratie anglaise. 2. La Cour de la Chancellerie : une des subdivisions de la Haute Cour de Justice ; l'*Impériale* : la compagnie d'assurances avec laquelle Wainewright était en procès.

persuada, pendant ce séjour, de contracter à la Compagnie du *Pélican* une assurance vie de trois mille livres. À peine accomplies les formalités nécessaires et signée la police, il jeta quelques cristaux de strychnine dans le café de son ami, un soir qu'ils bavardaient ensemble après dîner. Il ne tira pour sa part aucun profit de cet acte. Il ne cherchait qu'à se venger de la première compagnie qui avait refusé de lui payer le prix du crime. Son ami mourut le lendemain en sa présence, et quittant aussitôt Boulogne pour parcourir et peindre les sites les plus pittoresques de la Bretagne, il finit par passer quelques mois chez un vieux gentilhomme français qui possédait une belle maison de campagne à Saint-Omer[1]. De là il gagna Paris et y demeura plusieurs années ; les uns affirment qu'il y vécut dans le luxe, les autres, « qu'il y rôdait, du poison dans la poche, redouté de tous ceux qui le connaissaient ». En 1837 il rentra furtivement en Angleterre où le ramenait une étrange et folle fascination. Il suivait une femme aimée.

On était en juin ; descendu dans un hôtel de Covent Garden[2], il occupait, au rez-de-chaussée, un salon dont il gardait prudemment les stores baissés, pour n'être pas reconnu. Treize ans auparavant, au temps où il amassait sa belle collection de majoliques et de Marc-Antonio, l'imitation d'une signature de banquier sur une procuration lui avait permis d'entrer en possession d'une partie de l'héritage maternel, qu'il avait fait figurer sur son contrat de mariage. Il n'ignorait pas que le faux avait été découvert et qu'en rentrant en Angleterre, il mettait sa vie en péril. Il y était pourtant revenu. Comment s'en étonner, quand on sait que la femme était très belle, et qu'en outre, elle ne l'aimait pas ?

C'est un pur hasard qui le fit démasquer. Un bruit de la rue attira son attention, et tout à son goût d'artiste pour la vie moderne, il écarta un instant le rideau. Quelqu'un cria, au dehors : « Tiens ! Wainewright, le faussaire ! » C'était Forrester, le limier de Bow-Street.

1. Ville du Pas-de-Calais. 2. Covent Garden fut le quartier du premier commissariat de Londres, situé dans Bow Street.

C'est le 5 juillet qu'il comparut devant la cour d'assises. Voici un compte rendu de l'audience donné par le *Times*[1] :

> « Devant M. le Président Vaughan et le Juge Alderson, a comparu, sous l'inculpation de faux, Mr. Thomas Griffiths Wainewright, âgé de quarante-deux ans. C'est un homme à l'aspect correct, portant moustaches, que le ministère public accuse d'avoir contrefait et touché une procuration de deux mille deux cent cinquante-neuf livres, au détriment du Gouverneur et de la Société de la Banque d'Angleterre[2].
>
> « Le matin, il déclara à M. l'huissier Arabin vouloir réfuter les cinq chefs d'accusation retenus contre lui. Mais, en présence des juges, il demanda l'autorisation de renoncer à son système de défense primitif et plaida coupable pour deux des chefs d'inculpation pour lesquels il n'encourait pas de peine importante.
>
> « L'avocat de la Banque ayant fait observer qu'il y avait trois autres chefs d'accusation, mais que la Banque ne désirait pas verser de sang, le système de l'accusé fut admis, et à la clôture des débats, il fut condamné à la déportation à vie. »

Il fut interné à Newgate[3], en attendant son transfert aux colonies. Dans un passage fantaisiste d'un de ses premiers essais, il s'imaginait « gisant dans une cellule de condamné à mort », pour n'avoir su résister à la tentation de dérober au British Museum quelques Marc-Antonio destinés à compléter sa collection. Pour un homme de son milieu, la sentence prononcée contre lui équivalait à un arrêt de mort. Il s'en plaignit amèrement à ses amis, et fit observer, non sans raison diront certains, que somme toute, l'argent hérité de sa mère lui appartenait, et qu'à tout prendre, le faux avait été commis treize ans auparavant, ce qui, selon sa propre expression, constituait au moins une *circonstance atténuante*. La permanence de la personnalité est un problème métaphysique très subtil auquel la loi

---

1. Quotidien conservateur fondé en 1785 par John Walter. **2.** Elle fut créée en 1694 sous l'impulsion de marchands hollandais. **3.** Prison de Londres, située à proximité de la cathédrale de Saint-Paul, qui fut démolie en 1902.

anglaise donne une solution un peu trop simpliste. Il n'y a pas moins quelque chose de tragique à penser que cette lourde peine lui fut infligée pour ce qui ne constituait assurément pas, — quand on se souvient de son influence néfaste sur la prose journalistique actuelle, — le plus grave de ses crimes.

Pendant son séjour en prison, Dickens, Macready et Hablot Browne [1] le rencontrèrent par hasard. Ils couraient les prisons de Londres, en quête d'effets artistiques, et à Newgate, aperçurent soudain Wainewright. Il leur lança, raconte Forster [2], un regard de défi, mais Macready fut « horrifié de reconnaître un homme qu'il avait côtoyé autrefois et à la table duquel il s'était assis ».

D'autres montrèrent plus de curiosité, et pendant un certain temps, sa cellule fut un lieu de rendez-vous mondains. Nombre d'hommes de lettres y furent visiter leur ancien compagnon. Mais ce n'était déjà plus l'aimable Janus au cœur léger qu'admirait Charles Lamb. Il était devenu parfaitement cynique.

À un agent d'assurances qui venait un jour le voir et hasardait des considérations morales visant à démontrer que le crime ne paye pas, il répondit : « Monsieur, les hommes d'affaires comme vous se lancent dans des spéculations et en acceptent les risques. Certaines réussissent, d'autres échouent. Les miennes ont échoué et les vôtres ont réussi. Voilà la seule différence entre nous, Monsieur. Mais il y a au moins une chose que j'ai réussie jusqu'au bout : j'ai décidé de garder jusqu'à la fin de ma vie une attitude de gentleman. Eh bien j'y suis parvenu. Dans les cellules comme celles-ci, la coutume veut que chacun des occupants procède, à tour de rôle, au nettoyage. Je suis avec un maçon et un balayeur, mais ils ne me présentent jamais le balai ! » Et à un ami qui lui reprochait le meurtre d'Helen Abercrombie, il répondit, avec un haussement d'épaules : « Oui, c'était affreux, mais elle avait de si grosses chevilles ! »

De Newgate, il fut transféré sur le bateau-prison de Ports-

---

1. Hablot Knight Browne (1815-1882) : sous le pseudonyme de Phiz, il a illustré plusieurs romans de Dickens. **2.** John Forster relate cette visite en prison dans sa biographie de Dickens.

mouth, et de là, la *Suzan* le transporta à la Terre de Van Diemen[1] avec trois cents autres forçats. Le voyage semble lui avoir été infiniment déplaisant, et dans une lettre à un ami, il s'élève amèrement contre l'ignominie « pour un compagnon de poètes et d'artistes » de se trouver en contact forcé avec « des rustres campagnards ». On ne saurait s'étonner de le voir appliquer ce terme à ses compagnons d'infortune. Le crime, en Angleterre, est bien rarement le fruit du vice, et se trouve presque toujours engendré par la faim. Il n'y avait sans doute pas un passager à bord pour lui prêter une oreille complaisante ou se montrer même digne d'intérêt psychologique.

Malgré tout, son goût pour l'art ne l'abandonna jamais. À Hobart Town, il monta un atelier, se remit à dessiner et à peindre des portraits à l'huile, fit montre, dans sa conversation et ses manières d'un charme persistant. Il ne renonça pas non plus à ses habitudes d'empoisonneur, et tenta, par deux fois, de se débarrasser de gens qui l'avaient offensé. Mais sans doute avait-il perdu la dextérité nécessaire, puisque ses deux tentatives échouèrent piteusement. Aussi, en 1844, parfaitement excédé de la société tasmanienne, présenta-t-il au gouverneur du pénitencier, Sir John Eardley Wilmot, un mémoire pour réclamer sa liberté. Il se disait « tourmenté par des idées qui cherchent forme et réalisation, empêché d'ajouter à son bagage de savoir, privé de tout entretien profitable ou simplement convenable ». Malgré des arguments si solides, sa requête fut repoussée, et l'ami de Coleridge fit, pour se consoler, appel à ces merveilleux *Paradis artificiels* dont les mangeurs d'opium connaissent seuls les arcanes[2]. Il mourut, en 1853, d'apoplexie ; son unique compagnon était un chat, auquel il témoignait une extraordinaire affection.

Ses crimes semblent avoir exercé sur son art une influence marquée. Ils prêtèrent à son style cette personnalité vigoureuse

---

1. Ancien nom de la Tasmanie, qui servit de colonie pénitentiaire aux Anglais jusqu'en 1853. **2.** *Les Paradis artificiels* (1860) : œuvre de Baudelaire largement inspirée de De Quincey, l'auteur des *Confessions d'un opiomane anglais* (1822 et 1856).

qui faisait probablement défaut à ses premiers ouvrages. Forster rapporte dans une note de sa vie de Dickens, qu'en 1847, Lady Blessington reçut de son frère, le major Power [1], qui occupait un poste à Hobart Town, un portrait de jeune fille dû au pinceau habile du forçat ; elle fit remarquer « qu'il avait fait passer l'expression de sa propre noirceur sur le visage d'une bonne et charmante jeune fille ». M. Zola nous a conté l'histoire d'un meurtrier qui s'adonne à l'art à la suite de son crime, et dont tous les portraits de gens parfaitement respectables, affectent, sous leur impressionnisme verdâtre, une étrange ressemblance avec la victime [2]. Le développement de style de Mr. Wainewright me paraît autrement subtil et suggestif. On se représente assez bien qu'une personnalité intense puisse naître du crime.

Le personnage étrange et séduisant qui, pendant quelques années, éblouit le monde littéraire londonien et fit un début si brillant dans la vie et les arts, est incontestablement un fort intéressant sujet d'étude. Mr. Carew Hazlitt, son plus récent biographe, à qui j'ai emprunté nombre des détails que je viens de consigner, et dont l'opuscule est précieux à plus d'un titre, Mr. Hazlitt avance que son amour de l'art et de la nature n'était que mensonge et affectation. D'autres lui ont refusé toute espèce de talent. C'est là, à mon avis, opinion bien futile, ou tout au moins erreur. Le fait qu'un individu soit un empoisonneur n'enlève rien à la qualité de sa prose. Les vertus domestiques ne font pas la véritable base de l'art, bien que des artistes de second ordre puissent s'en prévaloir. Il est possible que de Quincey ait exagéré son talent de critique, et force m'est de répéter qu'on rencontre, dans ses pages, trop d'éléments familiers, communs, journalistiques, au plus mauvais sens de ce triste mot. Çà et là, il se montre nettement vulgaire dans l'expression et il manque toujours de la sobriété du véritable artiste. Mais c'est à son époque qu'il faut demander compte de

---

1. Margaret Power (1789-1849) : femme de lettres anglaise très célèbre dans la première moitié du XIXe siècle. Elle était comtesse de Blessington.
2. Allusion à *Thérèse Raquin* (1867).

certaines de ses erreurs, et somme toute, une prose que Charles Lamb tenait pour « excellente », n'est pas d'un mince intérêt historique. Qu'il ait eu un amour sincère de l'art et de la nature, cela me semble incontestable. Il n'y a pas d'incompatibilité fondamentale entre le crime et la culture d'esprit. Nous n'allons pas recomposer toute l'histoire au bénéfice de notre sens moral.

Évidemment, il est beaucoup trop proche de notre époque pour que nous puissions formuler sur son compte un jugement purement artistique. On a peine à considérer sans parti pris un homme qui aurait pu empoisonner Lord Tennyson [1], Mr. Gladstone [2] ou le Directeur de Balliol [3]. Mais si nous lui supposons un costume et un langage différents des nôtres, si nous nous le représentons au temps de la Rome impériale, de la Renaissance italienne ou de l'Espagne du dix-septième siècle, en tout autre pays et en tout autre siècle que ce siècle et ce pays-ci, nous nous trouvons en état de formuler sur sa valeur et sa personne un jugement impartial. Je sais que nombre d'historiens ou du moins d'écrivains traitant de sujets historiques se croient tenus encore d'appliquer des jugements moraux à l'histoire, et distribuent le blâme ou la louange avec la solennelle complaisance d'un maître d'école satisfait. Coutume niaise qui montre simplement l'extrême vitalité du sentiment moral, sans cesse fourré là où il n'a que faire. Trouvera-t-on jamais écrivain assez dépourvu de sens historique pour rêver de blâmer Néron, de reprendre Tibère, ou de vitupérer contre César Borgia ? Ces personnages sont devenus des marionnettes de comédie. Ils peuvent nous remplir de terreur, de dégoût ou de stupeur, mais ils ne sauraient nous atteindre. Ils n'ont pas de point de contact avec nous et nous n'avons rien à craindre d'eux. Ils font partie du domaine de l'art et de la science, et ni l'art ni la

---

1. Lord Alfred Tennyson (1809-1892) : l'un des poètes victoriens les plus célèbres du XIXe siècle, ce qui lui valut d'être élu Poète Lauréat à la mort de Wordsworth. **2.** William Ewart Gladstone (1809-1898) : plusieurs fois Premier ministre de la reine Victoria, en alternance avec Disraeli ; il était ami de Tennyson. **3.** Benjamin Jowett.

science ne connaissent l'approbation ou le blâme moral. Peut-être en adviendra-t-il de même, un jour, de l'ami de Charles Lamb. Pour l'instant, il reste encore trop moderne pour avoir droit à cet esprit de curiosité désintéressée auquel nous devons tant d'études charmantes sur les grands criminels de la Renaissance italienne, sous la signature de Mr. John Addington Symonds, de Miss A. Mary F. Robinson, de Miss Vernon Lee [1], et d'autres écrivains distingués. Cependant, l'art ne l'a pas oublié. Il est le héros de *L'Homme traqué* de Dickens, le Varney de la *Lucrèce* de Bulwer [2], et l'on se plaît à penser que le roman a su rendre hommage à l'artisan si habile à manier « plume, pinceaux et poison ». Inspirer le roman, c'est dépasser le fait.

1. John Addington Symonds (1840-1893) : élève de Jowett, il publia des études sur la littérature grecque et italienne et montra de l'intérêt pour l'amour platonique (un euphémisme pour désigner l'homosexualité) ; Agnes Mary Frances Robinson (1856- ?) : poète et femme de lettres, auteur d'ouvrages sur la littérature française ou de traductions d'Euripide ; Vernon Lee (1856-1935) : pseudonyme de Violet Paget, auteur d'essais sur la Renaissance italienne et sur des questions esthétiques. 2. *L'Homme traqué* : nouvelle de Charles Dickens, publiée en 1859 ; *Lucretia* : roman d'Edward George Bulwer Lytton (1803-1873), publié en 1847.

LA CRITIQUE EST UN ART

Avec quelques remarques sur l'importance de ne rien faire.

DIALOGUE

PREMIÈRE PARTIE

PERSONNAGES : Gilbert et Ernest.

SCÈNE : La bibliothèque d'une maison de Picadilly donnant sur Green Park.

GILBERT, *au piano*. — Qu'est-ce qui vous fait rire, mon cher Ernest ?

ERNEST, *levant les yeux*. — Une bien bonne histoire, dans ce volume de souvenirs qui était sur votre table.

GILBERT. — Quel livre ? Ah, je vois. Je ne l'ai pas encore lu. Intéressant ?

ERNEST. — J'en ai tourné les pages avec quelque amusement, pendant que vous jouiez, malgré mon peu de goût pour les livres de souvenirs en général. Ils sont, la plupart du temps, écrits par des gens qui ont perdu la mémoire, ou n'ont rien fait qui vaille d'être relaté. C'est sans doute, d'ailleurs, la raison même de leur popularité, car le public anglais adore entendre s'exprimer la médiocrité.

GILBERT. — Oui, le public a de prodigieux trésors d'indulgence. Il pardonne tout, sauf le génie. Mais je dois avouer que je prise les mémoires. J'en aime la forme autant que le fond. En littérature, le moi est adorable. C'est lui qui nous passionne dans la correspondance d'êtres aussi divers que Cicéron et Balzac, que Flaubert et Berlioz, que Byron et Madame de Sévigné. Chaque fois que nous le rencontrons, ce qui, au reste, est assez rare, nous lui faisons fête et nous ne nous en détachons pas facilement. L'humanité saura toujours gré à Rousseau d'avoir fait ses *Confessions* au monde et non à un prêtre. Quant à Cellini, les nymphes étendues qu'il moula dans le bronze pour le château de François Ier, ou même le Persée vert et or [1] qui, de la Loggia florentine présente à la lune la tête de Gorgone homicide, ne nous valent pas autant de joie que l'autobiographie dans laquelle le suprême gredin de la Renaissance étale les récits de ses splendeurs et de ses hontes. Peu importent les opinions, le caractère, le talent de l'écrivain. Sceptique comme le doux Sire de Montaigne, ou saint comme l'acerbe fils de Monique [2], il suffit qu'il nous révèle ses secrets pour charmer nos oreilles et contraindre nos lèvres au silence. La méthode de pensée que représente le cardinal Newman [3], — si l'on peut appeler de ce nom une méthode qui cherche la solution des problèmes intellectuels dans la négation même de la suprématie de l'intelligence, — ne saurait, à mon sens, et ne doit pas survivre. Et pourtant, le monde ne se lassera jamais de suivre cet esprit troublé dans sa marche de ténèbres en ténèbres.

---

1. Les nymphes étendues : allusion probable à *La Nymphe de Fontainebleau* (1543), que Cellini réalisa alors qu'il était à la cour de François Ier ; le Persée vert et or : évocation de *Persée avec la tête de Méduse* (1553), que l'on peut voir à la loge des Lanzi à Florence. 2. Saint Augustin (354-430), fils de sainte Monique (v. 331-387), a relaté sa conversion au christianisme dans ses *Confessions* (v. 400). 3. L'autobiographie spirituelle du cardinal Newman a pour titre *Apologia pro vita sua* (1846). En 1842, Newman se retira avec des amis à Littlemore, non loin d'Oxford, pour méditer sur l'organisation de l'Église.

L'église solitaire de Littlemore, « où le souffle du matin est humide et où les fidèles sont rares », lui sera toujours chère, et tout homme qui verra fleurir le muflier jaune sur les murs de Trinity College [1], pensera à l'aimable étudiant qui voyait dans l'immuable retour de la fleur une promesse de demeurer à jamais près de la Bienheureuse Mère de ses jours, — prophétie que la Foi, dans sa sagesse ou sa folie, ne laissa point s'accomplir. Oui, l'autobiographie est chose irrésistible. Ce pauvre niais de Pepys, si imbu de lui-même [2], n'a dû qu'à son bavardage sa place parmi les immortels ; sentant que l'indiscrétion fait le meilleur de sa valeur, il gesticule en tout sens et montre à tout venant « cette robe pourpre à longs poils, à boutons et à brandebourgs » qu'il aime tant nous décrire ; parfaitement à son aise, il nous parle, pour son plus grand plaisir, autant que pour le nôtre, du jupon bleu indien qu'il a acheté à sa femme, « de la bonne fressure de porc » et de la « délicieuse fricassée à la française » qu'il goûte tant, de ses parties de boules avec Will Joyce, de ses attentions pour de « jeunes beautés », de ses dominicales récitations d'Hamlet, de ses études de violon et autres occupations indignes ou de mauvais goût. Même dans la vie contemporaine, l'égotisme n'est pas sans charme. Des gens bien ennuyeux quand ils nous parlent du voisin, deviennent presque toujours intéressants quand ils parlent d'eux-mêmes ; si l'on pouvait leur fermer la bouche dès qu'ils se font trop insistants, comme on ferme un livre dont on est las, ils seraient absolument parfaits.

ERNEST. — Il y a beaucoup de poids dans ce *si*, comme dirait Touchstone [3]. Mais vous ne proposez pas sérieusement que

---

1. Le collège d'Oxford où étudia Newman. **2.** Samuel Pepys (1633-1703) : personnage très en vue sous la Restauration, c'est-à-dire la période qui commence avec le retour au pouvoir de Charles II en 1660. Le *Journal* de Pepys débute le 1er janvier 1660 et s'achève le 31 mai 1669, lorsque des problèmes oculaires empêchèrent l'auteur de poursuivre son œuvre. Le XIXe siècle connut plusieurs éditions du *Journal*, dont l'une fut publiée entre 1875 et 1879. **3.** Voir l'acte V, scène 4, de *Comme il vous plaira*.

tout individu se fasse son propre Boswell[1]. Que deviendraient, en pareil cas, nos compilateurs de vies et de souvenirs si consciencieux ?

GILBERT. — Que sont-ils devenus, voulez-vous dire ? Ils sont la peste de l'époque, ni plus ni moins. Chaque homme, de nos jours, a ses disciples, et c'est toujours Judas qui écrit la biographie.

ERNEST. — Mon bon ami !

GILBERT. — Pure vérité, j'en ai peur. Autrefois, on connaissait les héros ; aujourd'hui, on les vulgarise[2]. Les éditions populaires des grands livres peuvent être charmantes, mais les éditions populaires des grands hommes sont détestables.

ERNEST. — Est-il permis de demander à quoi vous faites allusion ?

GILBERT. — À toutes les littératures de seconde classe. Le monde est encombré d'un tas de gens qui, dès que meurt un poète ou un peintre, envahissent la maison mortuaire sur les talons de l'entrepreneur de pompes funèbres, et oublient que le mutisme est le premier devoir du croque-mort. Mais ne parlons pas de ces individus-là. Ce sont les détrousseurs de cadavres de la littérature. L'un prend la poussière, l'autre les cendres ; l'âme reste hors de leur atteinte. Et maintenant, que faut-il vous jouer ? Du Chopin ou du Dvorak ? Une fantaisie de Dvorak ? Il écrit des choses passionnées et curieuses de couleur.

ERNEST. — Non, pas de musique pour l'instant. C'est un art trop abstrait. Et puis, l'autre soir, j'ai eu pour voisine de table la Baronne Bernstein, qui, parfaitement charmante à tous autres égards, a tenu à parler musique comme si la musique était une langue purement allemande. Or, sans rien préjuger de l'essence de la musique, j'affirme avec plaisir qu'elle n'a, ni de près ni de loin, l'accent germanique. Il y a des formes de patriotisme

---

1. Mémorialiste anglais (1740-1795). 2. La vulgarité est un thème important du texte, mais le terme doit s'entendre en son sens étymologique, désignant ce qui s'adresse au peuple. Wilde reviendra sur ce point dans sa critique du journalisme.

vraiment déshonorantes. Non, Gilbert, ne jouez plus. Retournez-vous et parlez-moi. Parlez-moi jusqu'à ce que pénètre dans la chambre l'aube aux blanches mains. Il y a quelque chose de merveilleux dans votre voix.

GILBERT, *se levant*. — Je ne me sens pas, ce soir, en humeur de parler. Vous souriez ? Que c'est indécent ! Je vous assure que je dis vrai. Où sont les cigarettes ? Merci. Quelles fleurs exquises que ces narcisses. On dirait de l'ambre et de l'ivoire. Ils appartiennent à l'art grec de la meilleure époque. Où avez-vous trouvé de quoi rire dans les confessions de ce larmoyant académicien ? Racontez-moi l'histoire. Quand je viens de jouer du Chopin, il me semble que j'ai pleuré sur des fautes que je n'ai jamais commises, et que je me suis apitoyé sur des drames qui ne me concernaient en rien. Voilà l'effet de la musique : elle crée un passé dont on était ignorant et accable de chagrins pour lesquels l'on n'avait pas de larmes. J'imagine volontiers un homme à qui, après une vie parfaitement insignifiante, un morceau de musique singulière entendu par hasard révèle soudain son âme inconnue, riche, à son insu, de terribles épreuves, de joies redoutables, de folles et fabuleuses amours ou de grands sacrifices. Allons, Ernest, racontez-moi votre anecdote. J'ai besoin qu'on m'amuse.

ERNEST. — Oh ! je ne la crois pas très marquante. Mais elle m'a semblé illustrer parfaitement la valeur de notre critique d'art ordinaire. Donc, certaine dame aurait un jour demandé gravement au larmoyant académicien, comme vous dites, si son célèbre tableau : *Soldes de Printemps chez Whiteley*, ou *L'attente du dernier omnibus*, ou quelque autre sujet de ce genre était entièrement peint à la main.

GILBERT. — Il l'était ?

ERNEST. — Vous êtes incorrigible ! Mais, plus sérieusement, à quoi sert la critique d'art ? Pourquoi ne pas laisser à l'artiste la liberté de créer à son gré un monde nouveau, ou de représenter celui que nous connaissons, et dont nous nous lasserions sans doute, si l'Art, avec son goût parfait et son délicat instinct de sélection, ne le purifiait, en quelque sorte pour nous, et ne lui prêtait une éphémère perfection ? Il me semble que l'imagination cherche le calme et travaille mieux dans le silence et la solitude. Pourquoi troubler l'artiste par la clameur stridente de la critique ? Pourquoi ceux qui ne peuvent créer s'arrogent-ils le droit d'estimer la valeur de l'œuvre créatrice ? Qu'en peuvent-ils savoir ? Si une œuvre est facile à comprendre, point n'est besoin d'explications...

GILBERT. — Et si elle est incompréhensible, l'explication est méprisable.

ERNEST. — Je n'ai pas dit cela.

GILBERT. — Vous auriez dû le dire. Il nous reste aujourd'hui si peu de mystères, que nous ne pouvons nous permettre d'en perdre un de plus. Les membres de la *Société Browning*[1], comme les théologiens de la *Ligue pour l'Église élargie*[2], ou les auteurs de la *Collection Walter Scott des Grands écrivains*[3], me semblent perdre beaucoup de temps à vouloir démolir leurs dieux par des explications. À qui espérait trouver en Browning un mystique, ils ont montré qu'il était simplement confus. Où l'on s'imaginait qu'il avait quelque chose de secret, ils ont prouvé qu'il avait surtout peu à dire. Ces remarques s'appliquent seulement à l'incohérence de son œuvre. Cela n'empêche pas, en définitive, l'homme d'être grand. Il n'appartenait pas à l'Olympe, et avait toute l'incomplétude du titan. Il n'avait aucune amplitude de vision, et savait rarement chanter. Son œuvre est gâté par la lutte, la violence et l'effort, et il ne

---

1. *La Société Browning (The Browning Society)* fut fondée en 1881, du vivant de son auteur (1812-1889). **2.** La *Ligue pour l'Église élargie* (*Broad Church Party*) ne désigne pas à proprement parler un mouvement constitué, mais recouvre tous ceux qui, en réaction partielle contre le Mouvement d'Oxford, prônèrent l'ouverture de l'Église d'Angleterre et une plus grande tolérance envers d'autres formes de rituel. William Paley et Thomas Arnold en furent des précurseurs, avant que Benjamin Jowett (1817-1893), professeur de grec à Balliol College, Oxford, ne prenne la relève. Le manifeste le plus célèbre du *Broad Church Party* est un ouvrage intitulé : *Essais et comptes rendus* (1860). **3.** Walter Scott (1771-1832), romancier écossais qui donna au roman historique ses lettres de noblesse, dirigea plusieurs éditions critiques d'écrivains anglais et préfaça, sous le titre de *Vie des romanciers*, une série de romans publiée par l'éditeur Ballantyne entre 1821 et 1824.

passe pas de l'émotion à la forme, mais de la pensée au chaos. Malgré tout, il reste grand. On a voulu en faire un penseur, et c'était certainement un homme qui pensait sans cesse et pensait tout haut ; mais ce n'était pas la pensée qui le séduisait ; c'était ce qui fait bouger la pensée. Il aimait la machine et non ce qu'elle produit. La méthode par quoi le fou parvient à sa folie lui était aussi chère que la suprême sagesse du sage. Il s'intéressait si ardemment au mécanisme subtil de l'intelligence qu'il en arrivait à en mépriser le langage, ou du moins à le regarder comme un moyen d'expression insuffisant. La rime, cet écho adorable, qui, dans la vallée des Muses, fait retentir l'appel et la réponse ; la rime qui, aux mains du véritable artiste, n'est pas seulement un instrument de beauté métrique, mais un instrument spirituel de pensée et de passion ; la rime qui éveille un état d'âme inconnu, imprime un nouveau cours aux pensées, force par la seule douceur et la séduction du son les portes d'or où l'Imagination elle-même avait frappé en vain ; la rime qui fait de la parole humaine un verbe divin ; la rime, seule corde que nous ayons ajoutée à la lyre grecque, devient, entre les mains de Robert Browning, une chose grotesque et difforme, qui fit parfois de lui, en poésie, un histrion de bas étage, ou lui fit trop souvent enfourcher Pégase avec des arrière-pensées. Il arrive que sa monstrueuse musique nous blesse. Lui faut-il, pour la créer, briser les cordes de son luth, il les rompt sans vergogne, et sans le moindre égard pour l'harmonie, et nulle cigale athénienne aux ailes chantantes ne se pose sur l'ivoire pour rendre le mètre plus parfait, ou moins âpre l'intervalle. Il fut grand, malgré tout, et quoiqu'il ait fait de la langue une argile infâme, il sut s'en servir pour créer des hommes et des femmes qui vivent. Il est, depuis Shakespeare, le plus shakespearien des poètes. Là où Shakespeare chantait avec dix mille lèvres, Browning balbutie avec mille bouches [1]. À cette heure même, il me suffit de prononcer son nom, de parler

---

1. Peut-être une allusion au prologue de la deuxième partie de *Henry IV* (1597), dans lequel la rumeur apparaît peinte de multiples bouches.

non contre lui, mais en sa faveur, pour qu'apparaisse le cortège de ses héros. Voici Fra Filippo Lippi, aux joues brûlantes encore d'un ardent baiser de femme. Là, c'est le terrible Saül, avec son turban éclatant de saphirs magnifiques. Et voyez Mildred Tresham, et le moine espagnol que la haine dessèche, et Blougram et Ben Ezra, et l'évêque de Saint-Praxed. Dans ce coin, c'est le hideux enfant de Setebos qui grogne, et Sebald, au bruit du pas de Pippa, regarde le visage hagard d'Ottima, et se prend pour elle, et pour lui, et pour son propre crime, d'une haine furieuse. Pâle comme le blanc satin de son pourpoint, le roi mélancolique regarde de ses yeux rêveurs et perfides le trop loyal Strafford marcher vers l'échafaud, et Andrea frémit d'entendre au jardin le sifflet de son cousin donner le signal à sa femme parfaite [1]. Oui, Browning fut grand. Et quel souvenir laissera-t-il ? Celui d'un poète ? Oh, non ! Ce sera, pour la postérité, un animateur de rêves, le plus puissant créateur de fictions que nous ayons peut-être jamais eu. Son sens dramatique était hors de pair, et s'il ne sut pas résoudre ses problèmes, du moins sut-il les poser. Que demander de plus à l'artiste ? En tant que créateur de personnages, il approche de celui qui inventa Hamlet. Moins confus, il eût pu s'asseoir près de lui. Le seul digne de toucher l'ourlet de sa robe est George Meredith. Meredith est un Browning en prose, comme l'est Browning lui-même, qui se servait du vers pour écrire en prose.

---

1. Tous les noms énumérés par Gilbert évoquent des poèmes précis de Browning : « Fra Lippo Lippi », « Saul », « Soliloquy of the Spanish Cloister », « Bishop Blougram's Apology », « Rabbi Ben Ezra », « The Bishop Orders His Tomb at St. Praxed's Church », « Caliban upon Setebos », « Pippa Passes », *Strafford* (une tragédie) et « Andrea del Sarto ». L'œuvre de Browning reflète les intérêts de Wilde pour au moins deux raisons : d'une part, parce qu'elle contient de nombreuses références aux débats religieux de l'époque et notamment au conflit entre partisans de la *High Church* et partisans de la *Broad Church* ; d'autre part, parce que la technique du monologue dramatique mise au point par Browning, grâce à laquelle différents interlocuteurs, le plus souvent modelés sur des personnages de la Renaissance, multiplient les points de vue sur un même sujet, s'apparente à celle qu'utilise Wilde dans les deux dialogues d'*Intentions*.

ERNEST. — Il y a du vrai dans ce que vous dites, mais un peu seulement. Sur plus d'un point, vous êtes injuste.

GILBERT. — Il est difficile de n'être pas injuste envers ce que l'on aime. Mais revenons à notre question. Que disiez-vous donc ?

ERNEST. — Simplement ceci, que les meilleures époques d'art ne connurent pas de critique [1].

GILBERT. — Voilà une proposition que je crois avoir déjà entendu soutenir, Ernest. Elle a toute la vitalité de l'erreur, et le manque de nouveauté d'un vieil ami.

ERNEST. — Elle n'en est pas moins exacte. Inutile de prendre un air de commisération. Elle est parfaitement exacte : aux meilleures époques d'art, il n'y avait pas de critiques. Le sculpteur taillait dans son bloc de marbre le grand Hermès [2] aux membres blancs qui y dormait. Les modeleurs et les doreurs donnaient fini et patine à la statue que le monde, quand il la voyait, adorait en silence. L'artiste coulait le bronze en fusion dans le moule de sable, et le flot de métal rouge, figé en nobles courbes, prenait l'empreinte d'un corps de dieu. Avec de l'émail ou des gemmes polies, l'artiste donnait la vue aux yeux aveugles. Les cheveux d'hyacinthe ondulaient sous son burin. Et quand, dans la pénombre d'un temple peint à fresques, ou sous un lumineux portique à colonnes, l'enfant de Leto [3] se dressait sur son piédestal, ceux qui passaient par là, ἁβρῶς βαὶνοντες δὶα λαμπροτάτον αἰθέρος, sentaient qu'une influence nouvelle agissait sur leur vie, et regagnaient en rêvant leur demeure, ou puisaient, pour reprendre leur tâche quotidienne, une joie étrange et vivifiante. Ou bien, franchissant les portes de la ville pour gagner la prairie chère aux nymphes où le jeune Phèdre [4] baignait ses pieds, ils s'allongeaient dans l'herbe ten-

---

1. Ernest reprend en la circonstance une idée avancée par Arnold dans « La Fonction de la critique à l'époque actuelle ». **2.** Dieu grec, messager des dieux, identifié dans la mythologie romaine à Mercure. **3.** L'enfant de Léto est Apollon ; plus bas, la phrase en grec signifie « avançant délicatement dans l'air lumineux ». **4.** Allusion au *Phèdre* (v. – 370) de Platon, dialogue sur la nature du beau, au début duquel Socrate conduit le jeune Phèdre à tremper ses pieds dans une source consacrée à des nymphes. Avec *Le*

dre, sous les grands platanes agités par le vent ou *l'agnus castus* en fleurs[1], se prenaient à songer aux splendeurs de la beauté révélée, et se sentaient pénétrés d'une terreur nouvelle. En ces temps, l'artiste était libre. Il prenait l'argile fine au lit de la rivière, et avec un petit instrument d'os ou de bois, la modelait en formes si exquises qu'on les donnait comme jouets aux morts, statuettes que l'on exhume encore des tombes poudreuses sur la colline jaune de Tanagra[2], avec des traces d'or et de rouge pâlis sur leurs lèvres, leurs cheveux et leurs robes. Sur un mur de plâtre frais, il traçait avec du sable fauve, ou un mélange de lait et de safran, l'image de Polyxène[3], fille de Priam, foulant d'un pied las les champs d'asphodèles mauves à cœur blanc, Polyxène « dont les paupières disaient toute la guerre de Troie[4] ». Ou bien, c'est Ulysse qu'il représentait, le sage et subtil voyageur, fermement attaché au mât de son bateau pour pouvoir sans danger écouter le chant des sirènes, ou errant le long du sombre Achéron, où des poissons fantômes glissent sur le lit rocailleux. Il montrait les Perses, avec leurs pantalons et leurs maîtres, fuyant à Marathon[5] devant les Grecs, ou les galères heurtant leurs éperons d'airain dans la petite baie de Salamine. Il dessinait avec un stylet d'argent et du charbon sur le parchemin et l'écorce de cèdre. Il peignait sur de l'ivoire et de la terre cuite rose avec de la cire qu'il dissolvait dans l'huile d'olives et faisait durcir avec des fers chauds. Panneaux de bois, marbre ou toile de lin, sa brosse, en les caressant, en faisait des merveilles, et la vie, devant son image, restait coite et n'osait parler. Toute la vie, à vrai dire, lui

---

Banquet, le *Phèdre* est l'un des deux dialogues platoniciens qui aborde la question de l'homosexualité.

1. Le gattilier, symbole de la chasteté et de la fécondité. Dans le *Phèdre*, cet arbre ombrage la source. 2. Ville de Grèce à l'est de Thèbes, célèbre pour ses figurines de terre cuite fabriquées entre le VIe et le IVe siècle av. J.-C. 3. Aimée d'Achille, selon la légende, elle fut après la guerre de Troie sacrifiée par le fils du guerrier grec, Pyrrhus. 4. Peut-être une allusion à *Hécube* (v. – 424), tragédie d'Euripide. 5. Ville de l'Attique, qui fut le théâtre de la première victoire des Grecs sur les Perses (– 490).

appartenait, depuis le marchand assis dans son échoppe jusqu'au berger de la montagne enroulé dans son manteau ; depuis la nymphe cachée dans ses lauriers et le faune qui souffle à midi dans ses pipeaux, jusqu'au roi que, dans une longue litière à rideaux verts, des esclaves portaient sur leurs épaules luisantes d'huile et éventaient avec des plumes de paon. Des hommes et des femmes passaient devant lui avec des visages de joie ou de peine. À les voir, leur secret devenait sien. La forme et la couleur lui servaient à créer un monde.

Tous les arts précieux lui appartenaient aussi. Il fixait la gemme sur le disque tournant ; l'améthyste se creusait en coupe violette pour Adonis [1], et sur la sardoine veinée couraient Artémis et ses chiens. Il forgeait l'or pour en faire des roses qu'il attachait les unes aux autres en colliers ou en bracelets. Il forgeait l'or en couronnes pour le casque du conquérant, en palmes pour la robe tyrienne, en masques pour les rois morts. Au dos du miroir d'argent, il gravait Thétis [2] portée par ses Néréides, Phèdre malade d'amour [3] avec sa nourrice, Perséphone [4], lasse des souvenirs, fixant des pavots dans sa chevelure [5]. Le potier s'asseyait sous son toit, et de la roue silencieuse le vase montait, comme une fleur, entre ses mains. Il en décorait la base, le col et les anses d'une délicate guirlande de rameaux d'olivier, de feuilles d'acanthe, ou d'un feston souple et délié. Puis il peignait en rouge et en noir des jeunes gens luttant

---

1. Dieu grec, qui fut aimé d'Aphrodite avant d'être tué par un sanglier. Aphrodite obtint de Zeus qu'il le ressuscitât et qu'il puisse vivre pendant une partie de l'année sur terre. **2.** Divinité marine grecque, la plus célèbre des Néréides. Mère d'Achille, elle ne put empêcher sa mort pendant la guerre de Troie. **3.** Épouse de Thésée, elle éprouve un amour coupable pour son beau-fils Hippolyte. **4.** Fille de Zeus et de Déméter, elle fut enlevée aux Enfers par Hadès. Celui-ci dut cependant se plier à l'injonction de Zeus qui ordonna que Perséphone retourne sur terre pendant une partie de l'année. Comme celui d'Adonis, ce mythe est associé au cycle des saisons. **5.** Wilde reprend ici une idée déjà avancée par Arthur Schopenhauer et Friedrich Nietzsche : celle de la puissance consolatrice de l'art, indifférent aux souffrances exprimées par les mythes ou les récits.

ou courant ; des chevaliers revêtus d'armures, avec d'étranges boucliers héraldiques et des visières bizarres, montés sur des chars en forme de conques et penchés sur des chevaux cabrés ; les dieux assis au festin ou accomplissant leurs prodiges ; les héros tout à leur victoire ou à leur affliction. D'autres fois, il représentait, en minces traits de vermillon sur fond blanc, l'époux timide et son épouse, avec Éros voletant autour d'eux, — un Éros pareil aux anges de Donatello [1], un enfant souriant, aux ailes d'or et d'azur. Sur le renflement du vase, il inscrivait un nom d'ami : « Καλοσ Αλκιβιαδησ ou Καλοσ Καρμιδησ nous raconte l'histoire de sa vie [2]. » Sur le bord de la large coupe plate, de même, il dessinait, selon son caprice, le cerf broutant ou le lion au repos. Aphrodite [3], à sa toilette, riait sur le minuscule flacon de parfum, et sur la jarre à vin dansait, sur ses pieds rouges de moût Dionysos, avec son cortège de Ménades aux jambes nues, tandis que, pareil à un satyre, le vieux Silène [4] s'allongeait sur ses outres gonflées ou agitait sa lance magique, enguirlandée de lierre noir et surmontée d'une pomme de pin ciselée.

Et personne ne venait déranger l'artiste dans son travail ; nul bavardage oiseux ne le troublait. Il n'avait pas d'opinion à flatter. Près de l'Illyssus, dit quelque part Arnold, il n'y avait pas

1. Donatello (v. 1386-1466) : le plus grand sculpteur italien du Quattrocento, dont l'œuvre influença des artistes aussi réputés que Mantegna (1431-1506) ou Michel-Ange (1475-1564). 2. Les inscriptions en grec signifient respectivement « le bel (ou le noble) Alcibiade » et « le beau (ou le noble) Charmidès ». Alcibiade (v. – 450/– 404) : général et homme politique grec, neveu de Périclès et favori de Socrate ; Charmidès (v. – 450/ – 404) : nom d'un élève de Socrate, titre d'un dialogue de Platon consacré à la sagesse ainsi que d'un poème de Wilde. 3. Déesse grecque de la beauté et de la fécondité, qui correspond à Vénus dans la mythologie romaine. Pour avoir aidé Pâris à enlever Hélène, elle fut à l'origine de la guerre de Troie. 4. Dionysos : dieu grec du vin et de l'ivresse, dont l'équivalent romain est Bacchus. Les Ménades, ou Bacchantes, sont les suivantes de Dionysos et sont représentées en transe ; Silène : vieillard qui éduqua Dionysos et qui fait, à ce titre, partie de son cortège : au roi Midas qui lui demandait quelle est la sagesse suprême, Silène répondit qu'elle se trouve dans la mort.

d'Higginbottom[1]. Près de l'Illyssus, mon cher Gilbert, il n'y avait pas de stupides congrès artistiques, pour apporter du provincialisme à la province et donner une voix à la médiocrité. Près de l'Illyssus, il n'y avait pas de niaises revues d'art, où des ignares besogneux traitent de ce qu'ils ne peuvent comprendre. Aux rives semées de roseaux de cette mince rivière, nul journalisme ridicule n'accaparait le siège du juge, au lieu de se défendre au banc des accusés. Les Grecs n'avaient pas de critiques d'art.

GILBERT. — Vous parlez délicieusement, Ernest, mais vous avez des idées bien fausses. Je crains que vous n'ayez écouté des gens plus âgés que vous. C'est toujours chose dangereuse, et si vous en prenez l'habitude, c'en sera fait à jamais de votre développement intellectuel. Pour ce qui est du journalisme moderne, je ne me soucie pas de le défendre. Son existence se justifie par le grand principe darwinien de la survivance des espèces les plus vulgaires[2]. Je ne m'occupe que de la littérature.

ERNEST. — Quelle est donc la différence entre le journalisme et la littérature ?

GILBERT. — C'est que le journalisme est illisible, et qu'on ne lit pas les textes littéraires, voilà tout. Maintenant, pour revenir à votre affirmation selon laquelle les Grecs n'avaient pas de critiques d'art, laissez-moi vous dire qu'elle est absolument fausse. Il serait plus juste de dire que les Grecs étaient un peuple de critiques d'art.

ERNEST. — Vraiment ?

GILBERT. — Oui, un peuple de critiques d'art. Je me garderais

---

1. Évocation d'un passage de *La Fonction de la critique à l'époque présente* dans lequel Arnold s'en prend à tous ceux qui cherchent à masquer la réalité de la misère du peuple anglais, en exaltant la grandeur passée du pays. L'Ilyssus est une petite rivière qui coule non loin d'Athènes et qui est mentionnée au début du *Phèdre* de Platon. 2. Charles Darwin (1809-1882) : naturaliste britannique dont l'ouvrage le plus célèbre : *De l'origine des espèces au moyen de la sélection naturelle* (1859) explique la survivance des espèces par le principe de l'adaptation des plus fortes au milieu ambiant. Wilde fait une adaptation très personnelle du darwinisme.

bien, d'ailleurs, d'effacer le tableau, si savoureux mais si faux, que vous venez de tracer des rapports de l'artiste grec avec l'esprit de son époque. Faire une description précise de ce qui n'arriva jamais, ce n'est pas seulement le rôle de l'historien, mais le privilège inaliénable de tout homme de talent et de goût. Je souhaite moins encore parler en professeur : l'érudition est une pose d'ignorant ou une occupation de désœuvré. Quant à ce que l'on appelle conversation instructive, c'est simplement une méthode niaise inventée par des philanthropes plus niais encore pour tâcher de désarmer les justes rancœurs des classes criminelles. Non, laissez-moi vous jouer un morceau bien fou et bien rouge de Dvorak. Les pâles figures de la tapisserie nous sourient, et le sommeil a clos les lourdes paupières de mon Narcisse [1] de bronze. Plus de solennité. Je sais trop bien que nous sommes nés à une époque où les imbéciles seuls sont pris au sérieux, et je vis dans la terreur de n'être pas incompris. Ne me contraignez pas à m'abaisser à vous donner des informations utiles. L'éducation est une admirable chose, mais il est bon de se souvenir, de temps en temps, que rien ne s'enseigne de ce qui vaut d'être su. Par la fente des rideaux, je vois la lune comme un écu rogné. Les étoiles se groupent autour d'elle comme des abeilles dorées. Le ciel est un saphir dur et creux. Allons nous promener dans la nuit. La pensée est chose merveilleuse, mais l'aventure est plus merveilleuse encore. Peut-être allons-nous rencontrer le prince Florizel de Bohème [2] et entendre la belle Cubaine [3] nous dire qu'elle n'est pas ce qu'elle paraît.

ERNEST. — Vous êtes un affreux entêté. J'insiste pour que vous discutiez la question avec moi. Vous avez avancé que les Grecs

---

1. Jeune homme épris du reflet de sa beauté dans une fontaine, et qui meurt pour avoir tenté de le saisir. **2.** Personnage du *Conte d'hiver* (1611) de Shakespeare. Fils de Polixène, roi de Bohème, il tombe amoureux de Perdita, fille du roi de Sicile. La pièce s'achève par le mariage des deux jeunes gens, qui symbolise la restauration de l'ordre. **3.** Peut-être une allusion à un récit de Robert Louis Stevenson (1850-1894) — « La Belle Cubaine » —, publié en 1885.

étaient une race de critiques d'art. Quelle critique nous ont-ils donc laissée ?

GILBERT. — Mon cher, quand bien même aucun morceau de critique d'art ne nous serait parvenu des Grecs ou de l'époque hellénistique, il n'en resterait pas moins exact que les Grecs furent une race de critiques, et qu'ils inventèrent la critique d'art comme ils ont inventé toutes les autres. Car, en définitive, de quoi sommes-nous, avant tout, redevables aux Grecs ? Simplement de l'esprit critique. Et cet esprit qu'ils exerçaient sur des questions de religion et de science, de morale et de métaphysique, de politique et d'éducation, ils l'exerçaient aussi sur des questions d'art, si bien qu'ils nous ont légué, touchant les deux arts suprêmes, le système de critique le plus impeccable que le monde ait jamais connu.

ERNEST. — Quels sont donc ces deux arts suprêmes ?

GILBERT. — La Vie et la Littérature, la vie et la parfaite expression de la vie. Un siècle aussi avili que le nôtre par de faux idéals, ne peut guère concevoir les principes qui régissent la vie selon les Grecs. Quant à leurs principes de littérature, ils sont, en bien des cas, trop subtils pour notre compréhension. Reconnaissant que l'art le plus parfait est celui qui représente le plus fidèlement l'homme sous l'infinie variété de ses aspects, ils élaborèrent, dans une perspective strictement matérielle, une critique du langage, à quoi, avec l'insistance émotionnelle ou raisonnable de notre accent tonique [1], nous ne saurions guère ou pas du tout atteindre ; ils étudiaient, par exemple, le mouvement métrique d'une prose avec autant de précision scientifique qu'un musicien moderne étudie l'harmonie ou le contrepoint, et, — faut-il l'ajouter ? — avec un instinct esthétique beaucoup plus poussé. En quoi ils avaient raison, comme ils avaient raison en toutes choses. Depuis l'invention de l'imprimerie et le développement si préjudiciable de la lecture

1. Contrairement à la métrique française, fondée sur le décompte du nombre de syllabes, la poésie anglaise repose essentiellement sur l'alternance de syllabes accentuées et de syllabes non accentuées.

parmi les basses et moyennes classes de ce pays, on note une tendance sans cesse croissante de l'écrivain à s'adresser aux yeux au détriment de l'ouïe, c'est-à-dire du sens qu'au point de vue de l'art pur, la littérature aurait lieu de flatter d'abord, et dont le plaisir devrait édicter ses lois. L'œuvre même de Mr. Pater, qui est, au demeurant, le maître le plus parfait de la prose anglaise actuelle, ressemble souvent plus à une mosaïque qu'à un passage musical, et paraît, de temps à autre, manquer de cette véritable vie rythmique des mots et de cette belle liberté, de cette richesse d'effets que produit pareille vie rythmique. En somme, nous avons fait de l'art d'écrire un mode défini de composition, et le traitons comme un dessin très soigné. Les Grecs, au contraire, n'y voyaient qu'une méthode de conservation de faits. Ils ne s'attachaient qu'à la valeur du mot parlé, dans ses rapports musicaux et métriques. La voix était l'instrument, et l'oreille le critique. Je me suis dit parfois que l'histoire de la cécité d'Homère pourrait bien être un mythe artistique, inventé à une époque où dominait la critique pour nous rappeler non seulement que le grand poète est toujours un voyant qui voit avec les yeux de l'âme plus qu'avec ceux du corps, mais qu'il est aussi un vrai chanteur, qu'il construit son poème en musique, en répète à satiété chaque vers, jusqu'à ce qu'il en ait trouvé le dessin mélodique, et chante dans la nuit des mots ailés de lumière. Quel que soit, en tout cas, le bien-fondé d'une telle conception, c'est bien aux circonstances de sa cécité, sinon à sa cécité même, que le plus grand poète anglais dut, pour une bonne part, le mouvement majestueux et la splendeur sonore de ses derniers poèmes. Quand Milton ne put plus écrire, il se mit à chanter. Qui songerait à comparer les rythmes de *Comus* à ceux de *Samson Agonistes*, du *Paradis perdu* ou du *Paradis retrouvé*[1] ? Une fois aveugle, Milton ne

1. John Milton (1608-1674) devint complètement aveugle en 1651 mais l'était déjà partiellement depuis 1644. Trois de ses principales œuvres, *Le Paradis perdu* (1667), *Le Paradis reconquis* (1671) et *Samson Agonistes* (1671), sont donc postérieures à sa cécité, alors que des œuvres moins amples telles que *Comus* (1637) sont antérieures à celle-ci.

composa plus qu'en parlant, comme chacun devrait le faire, et le pipeau ou le roseau des jours antiques devint l'orgue puissant aux multiples registres dont la musique sonore et pleine a toute la majesté, sinon la vivacité du poème homérique, seul héritage impérissable de la littérature anglaise, qui domine les siècles, forme immortelle et toujours proche de nous. Oui, l'écriture a fait beaucoup de mal aux écrivains ; il faut revenir au poème parlé, avec l'oreille pour seul juge ; à cette condition, peut-être saurons-nous apprécier certaines des subtilités de l'art grec.

En l'état actuel des choses, il ne faut pas y songer. Une fois que j'ai achevé un morceau de prose que j'ai la modestie de tenir pour exempt de toute faute, l'affreuse terreur m'accable d'avoir pu être assez immoral et assez efféminé pour employer des trochées et des tribraques[1], crime qui valut au brillant, encore qu'un peu paradoxal Hégésias[2], la sévérité tout à fait justifiée d'un savant critique du siècle d'Auguste[3]. Cette pensée me fait frissonner, et quand je pense au charmant écrivain que sa générosité imprudente à l'endroit des masses incultes de ce pays conduisit à proclamer cette doctrine monstrueuse selon laquelle la bonne conduite fait les trois quarts de la vie, je me demande si l'admirable effet de sa prose ne sera pas un jour réduit à néant par la découverte de péons[4] mal disposés.

Ernest. — Ah ! Voilà de l'emballement !

Gilbert. — Peut-on garder son calme quand on s'entend gravement affirmer que les Grecs n'avaient pas de critique d'art ? Dites, si vous le voulez, que le génie constructif des Grecs se noya dans la critique, mais non que la race à laquelle nous devons l'esprit critique ne critiquait pas. N'attendez pas de moi

1. Types de pieds composés respectivement d'une syllabe accentuée suivie d'une syllabe non accentuée (trochée) et de trois syllabes non accentuées (tribraque). 2. Hégésias (v. – 300) : philosophe grec pessimiste qui, doutant que l'homme puisse atteindre le bonheur, préconisait le suicide. 3. Période qui correspond au règne de l'empereur Auguste, âge d'or du classicisme romain. 4. Type de pied dans lequel une syllabe accentuée est suivie de trois non accentuées.

que je fasse le tour de la critique grecque, de Platon à Plotin[1]. La nuit est trop douce pour cela, et si la lune nous entendait, elle se masquerait encore plus le visage de cendres. Songez seulement à cette petite merveille de critique qu'est la *Poétique* d'Aristote[2]. Elle n'est pas parfaite de forme, parce que mal écrite et composée sans doute de notes consignées pour un cours, ou de fragments séparés destinés à un ouvrage plus important, mais au point de vue du sentiment et de la conception générale, elle est unique. L'effet moral de l'art, son rôle dans l'éducation et le développement du caractère avaient déjà été exposés par Platon ; mais ici ce n'est pas dans une perspective morale, mais d'un point de vue purement esthétique qu'Aristote considère l'art. Platon avait évidemment traité nombre de détails : importance de l'unité du sujet, nécessité de l'accord et de l'harmonie, valeur esthétique des apparences, rapports des arts visibles avec le monde extérieur et de la fiction avec le fait. Peut-être fut-il le premier à éveiller au cœur de l'homme ce désir que nous n'avons pas encore satisfait, le désir de connaître les liens exacts qui unissent la Beauté et la Vérité, et la place de la Beauté dans l'ordre intellectuel et moral du Cosmos. Les problèmes du réalisme et de l'idéalisme peuvent, à beaucoup, sembler un peu stériles dans la sphère métaphysique de l'existence abstraite où il les situe, mais si vous les transposez dans le domaine de l'art, vous vous apercevrez qu'ils sont encore vivants et pleins de pensée. Peut-être est-ce comme critique de la Beauté que Platon vivra éternellement ; peut-être est-ce en changeant le nom de son domaine spéculatif que nous découvrirons une vérité nouvelle. Quant à Aristote, il s'occupe surtout, comme Goethe, des manifestations concrètes de

---

1. Plotin (v. 205-270) : philosophe grec, il développa dans ses *Ennéades* une philosophie d'inspiration platonicienne teintée de mysticisme (le néoplatonisme), qui eut une influence profonde sur le développement de la pensée chrétienne au IVe siècle ainsi que sur les philosophes de la Renaissance. **2.** En fait la *Poétique* d'Aristote : ouvrage en deux livres dont l'un seulement nous est parvenu, et qui fonde la littérature sur le principe de l'imitation.

l'art. Traitant, par exemple, de la tragédie, il étudie la matière qu'elle utilise, c'est-à-dire le langage ; son sujet : la vie ; sa méthode : l'action ; les conditions dans lesquelles elle se révèle : les représentations théâtrales ; sa construction logique : l'intrigue ; et son suprême but esthétique : le sentiment de la beauté révélée par la pitié et la terreur. Cette purification, cette spiritualisation de la nature qu'il dénomme χάθαρσις[1], est essentiellement esthétique, comme l'a compris Goethe, et non morale, comme le voulait Lessing[2]. Préoccupé avant tout de l'impression produite par l'œuvre d'art, Aristote cherche à analyser cette impression, à en dégager les sources, à en déterminer l'origine. Physiologiste et psychologue, il sait que la bonne marche d'une fonction dépend de l'énergie. Être capable de passion sans la mettre en œuvre, c'est se rétrécir et se limiter. Le spectacle de la Vie qu'offre la Tragédie chasse du cœur bien des scories dangereuses, et en proposant au jeu des émotions de hauts et nobles objets, élève et purifie l'homme. Elle fait même mieux que le spiritualiser ; elle l'initie à des sentiments nobles qu'il aurait pu sans elle ignorer à jamais. Ce mot de χάθαρσις me semble comporter, en effet, une claire allusion au rite de l'initiation, à supposer même, comme je suis tenté parfois de le croire, que tel ne soit pas son sens unique et véritable.

Ceci n'est, naturellement, qu'un aperçu du livre. Mais vous pouvez juger de la parfaite critique d'art qu'il représente. Il fallait un Grec pour une telle analyse. Au sortir de ces pages, on ne s'étonne plus qu'Alexandrie[3] se soit si passionnément

---

1. *Catharsis* : terme grec qui désigne la purification des passions accomplie par la tragédie. **2.** Gotthold Ephraim Lessing (1729-1781) : critique et dramaturge allemand, il est l'auteur d'un célèbre traité d'esthétique, le *Laokoon* (1766), dans lequel il distingue la représentation picturale, qui vise selon lui à la présentation simultanée d'objets, de la représentation poétique, qui tend à la présentation en séquence d'événements. **3.** Parmi les écrivains de l'école d'Alexandrie, qui connut son heure de gloire entre le IIIe et le IIe siècle av. J.-C., seul Callimaque (v. – 315/v. – 240) a laissé une œuvre critique marquante. Certains de ses principes (refus de l'anachronisme, défense d'une poésie précieuse) entretiennent quelque parenté avec ceux de Wilde.

adonnée à la critique d'art, et que les artistes de l'époque aient tant discuté de manière et de style. Ils débattaient, par exemple, des grandes écoles académiques de peinture, comme celle de Sicyone [1], qui s'efforçait de conserver les traditions pompeuses du mode antique ; sur les écoles réalistes et impressionnistes qui prétendaient reproduire la vie réelle ; sur les éléments de l'idéalisme en peinture, sur la valeur artistique de la forme épique, à une époque aussi moderne que la leur ; sur les sujets les plus propres au tempérament de l'artiste. À vrai dire, je crains que les gens les moins artistes de ce temps-là ne se soient, eux aussi, occupés de littérature et d'art, car les accusations de plagiat étaient incessantes, et de telles accusations sortent soit des lèvres minces et blêmes de l'impuissance, soit de la bouche de ces grotesques qui, ne possédant rien, croient s'acquérir une réputation de richesse, en clamant qu'on les a volés. Et je vous assure bien, mon cher Ernest, que les Grecs péroraient autant sur la peinture qu'on le fait aujourd'hui. Ils avaient leurs expositions publiques et privées, leurs sociétés d'arts décoratifs, leurs écoles préraphaélites et réalistes. Ils faisaient des conférences et des chroniques d'art et produisaient tout comme nous, historiens d'art et archéologues. Mieux : les directeurs de tournées dramatiques emmenaient avec eux leurs critiques, et leur payaient grassement des articles élogieux. En somme, tout ce qui est moderne, dans notre vie, nous vient des Grecs, et tout ce qui est anachronique du Moyen Âge. Ce sont les Grecs qui nous ont légué tout leur système de critique d'art, et nous découvrons la finesse de leur instinct critique dans ce fait que l'art qu'ils critiquaient avec le plus de soin était celui du langage. Car la matière dont usent les peintres et les sculpteurs est pauvre à côté des mots. Les mots n'ont pas seulement une musique aussi douce que celle de la viole et du luth, des

---

1. Ancienne ville du Péloponnèse, détruite et pillée par les Romains. À son apogée cependant, aux environs des VIIe et VIe siècles avant J.-C., elle exportait ses œuvres d'art dans l'ensemble du monde grec. Le sculpteur Scopas et le peintre Apelle contribuèrent à assurer sa renommée au IVe siècle.

couleurs aussi riches et aussi éclatantes que celles qui nous font adorer les toiles des Vénitiens et des Espagnols, une substance aussi dense et aussi plastique que le marbre et le bronze, mais de plus, et seuls, ils possèdent pensée, passion, spiritualité. Les Grecs n'auraient-ils critiqué que le langage, ils n'en resteraient pas moins les premiers critiques d'art du monde. Connaître les principes de l'art le plus haut, c'est connaître les principes de tous les autres.

Mais voici la lune qui se cache derrière un nuage couleur de soufre. Elle brille comme l'œil du lion sous la fauve crinière. Elle a peur que je vous parle de Lucien et de Longin, de Quintilien et de Dionysius, de Fronton et de Pausanias [1], de tous ceux qui, dans le monde antique, ont écrit ou parlé sur l'art. Vaine crainte ! Je suis las de cette expédition dans le trouble et sombre abîme des faits. Je ne veux plus rien connaître que la volupté divine, que l'éphémère μονόχρονος ἡδόνή [2] d'une cigarette. Les cigarettes ont au moins le charme de laisser le désir intact.

ERNEST. — Prenez une des miennes ; elles ne sont pas mauvaises. Je les tiens en droite ligne du Caire. La seule utilité de nos attachés d'ambassade est d'approvisionner leurs amis d'excellent tabac. Et puisque la lune s'est cachée, causons encore un moment. Je veux bien admettre que j'aie eu tort, tout à l'heure.

---

1. Lucien : probablement Lucien de Samosate (v. 125-v. 192), rhéteur grec auteur d'un récit fictif, l'*Histoire vraie*, et des célèbres *Dialogues des morts* ; Longin (v. 213-273) : philosophe et rhéteur grec, à qui l'on attribua pendant longtemps la paternité du *Traité du sublime* ; Quintilien (v. 30-v. 100) : rhéteur latin, auteur de l'*Institution oratoire*, qui propose douze volumes de règles pour l'orateur ; Dionysius (ou Dionysios) : probablement Denys d'Halicarnasse, historien et critique grec du Ier siècle av. J.-C., auteur du *Traité de l'arrangement des mots* et d'une *Étude sur les anciens orateurs* ; Fronton (v. 100-v. 175) : rhéteur latin, auteur des *Éloges de la fumée, de la poussière et de la négligence* ; Pausanias : voyageur romain du IIe siècle, auteur d'une *Description de la Grèce* qui fait le bilan des croyances et des coutumes de l'époque. **2.** L'expression grecque signifie « plaisir de courte durée ». L'hédonisme est une morale fondée sur la recherche du plaisir.

Les Grecs étaient bien, comme vous l'affirmez, un peuple de critiques d'art. Je le reconnais et je les en plains un peu. Car la faculté créatrice est plus haute que la faculté critique. Il n'y a pas de comparaison entre elles.

Gilbert. — Antithèse purement arbitraire. Sans esprit critique, il n'y a pas de création artistique digne de ce nom. Vous parliez, voici un instant, de cet esprit de choix si subtil, de ce délicat instinct de sélection qui permettent à l'artiste de reproduire la vie à notre intention, et de lui donner une perfection momentanée. Or, cet esprit de choix, cette science subtile de l'omission constituent, à proprement parler, la faculté critique, sous l'une de ses formes les plus caractéristiques, et nul ne saurait rien créer en art, sans en être pourvu. Arnold a dit de la littérature que c'est une critique de la vie ; cette définition, si elle n'est pas très heureuse dans la forme, montre au moins l'importance primordiale qu'il accordait à l'élément critique dans toute œuvre créatrice.

Ernest. — J'aurais dû dire que les grands artistes travaillent inconsciemment, et que, selon un mot d'Emerson, me semble-t-il, « ils sont plus sages qu'ils ne s'en doutent ».

Gilbert. — Erreur encore, Ernest. Toute belle œuvre d'imagination est volontaire et réfléchie. Un poète ne chante pas parce qu'il doit chanter, un grand poète, du moins. Le grand poète chante parce qu'il lui plaît de chanter. Il en est, et il en fut toujours ainsi. Nous nous imaginons parfois que les voix qui s'élevèrent, à l'aurore de la poésie, étaient plus simples, plus fraîches et plus naturelles que les nôtres, et que le monde offert aux yeux des premiers poètes et ouvert à leurs pas, possédait une sorte de vertu poétique, propre à passer presque sans changement dans leurs chants. La neige tombe aujourd'hui en couches épaisses sur l'Olympe, dont les flancs escarpés sont dénudés et mornes, mais nous sommes tentés de croire qu'autrefois les pieds blancs des Muses y faisaient tomber la rosée matinale des anémones, et que, le soir, Apollon y venait chanter aux pâtres des vallons. En quoi nous prêtons seulement à d'autres temps ce que nous désirons ou croyons désirer pour le nôtre. Notre sens historique est en défaut[1]. Un siècle qui produit de la poésie est, par cela même, un siècle artificiel, et l'œuvre qui nous paraît le fruit le plus simple et le plus naturel de son époque est toujours le résultat d'un effort volontaire. Croyez-moi, Ernest ; il n'y a pas d'art véritable sans compréhension et sans travail, c'est-à-dire sans esprit critique.

ERNEST. — Je vous comprends, et il y a beaucoup de vrai dans ce que vous dites. Mais vous admettrez bien que les grands poèmes des premiers âges du monde, les poèmes primitifs, collectifs et anonymes sortirent de l'imagination des races plutôt que de celle des individus.

GILBERT. — Non, pas dès qu'ils devenaient poèmes, dès qu'ils prenaient forme de beauté. Sans style, il n'y a pas plus d'art que de style sans unité, et l'unité appartient à l'individu. Il est bien évident qu'Homère connut récits et vieilles ballades, comme Shakespeare se servit, dans son œuvre, de chroniques, de pièces de théâtre et de romans. Mais ce n'était pour lui que matière brute à façonner, et les chants qu'il en tira restent bien à lui, parce qu'il les fit admirables. Ils furent construits avec de la musique.

> « Et partant nullement bâtis,
> Et pourtant bâtis pour toujours. »

Plus on étudie la vie et la littérature, et plus on se convainc que derrière tout ce qui est merveilleux, il y a l'individu, et que ce n'est pas le moment qui fait l'homme, mais l'homme qui fait l'époque. J'incline sérieusement à croire que tous les mythes, toutes les légendes qui nous paraissent nées de la stupeur, de la terreur ou de la fantaisie d'une tribu ou d'une nation, furent, en fait, l'invention d'un esprit particulier. Le nombre singulièrement restreint des mythes me semble corroborer une telle

---

1. Wilde a consacré tout un essai à l'évolution des rapports entre histoire et critique : « Les Origines de la critique historique » (1879), dans lequel il fait du sens historique la première manifestation du lien intime unissant la création à la critique au cours de l'histoire.

conclusion. Mais ne nous égarons pas dans des questions de mythologie comparée. Tenons-nous-en à la critique.

Ce que je veux prouver, en somme, c'est qu'une époque sans critique d'art est une époque où l'art est immobile, hiératique et borné à la reproduction des types connus, ou une époque totalement dépourvue d'art. On a vu des périodes critiques qui ne furent pas créatrices, au sens ordinaire du mot, des siècles où l'esprit de l'homme s'efforça de mettre de l'ordre dans ses trésors, de séparer l'argent de l'or, de dénombrer ses bijoux, et de donner des noms à ses perles. Mais on n'a jamais connu siècle créateur qui ne fût aussi critique. Car c'est l'esprit critique qui invente les formes nouvelles. La création tend à se répéter. C'est à l'instinct critique que nous devons toutes les écoles, tous les moules nouveaux que l'art trouve à sa portée. Pas une des formes encore aujourd'hui proposées à l'art qui ne sorte de l'esprit critique d'Alexandrie, où elles furent toutes inventées, perfectionnées ou stéréotypées. Je ne cite pas seulement Alexandrie parce que c'est là que l'esprit grec prit le plus clairement conscience de lui-même[1], avant d'y sombrer dans le scepticisme et la théologie, mais parce que c'est à cette ville et non à Athènes que Rome demanda des modèles, et que c'est grâce à ce qu'elle conserva de langue latine que la culture put survivre. Lorsque la Renaissance répandit en Europe la littérature grecque, elle trouva, pour ainsi dire, un terrain préparé. Mais laissons là des détails historiques qui sont toujours fastidieux et le plus souvent inexacts, et concluons que d'une façon générale, les diverses formes d'art sortirent de l'esprit critique grec. C'est à lui que nous devons la poésie épique et lyrique, le drame et tous ses prolongements, jusqu'à la comédie burlesque, l'idylle, le roman de chevalerie et le roman d'aventures,

1. Formule typiquement hégélienne, l'art étant pour Hegel un processus historique au moyen duquel l'esprit se détache progressivement de la matière pour parvenir à la conscience de soi. Mais pour Wilde, ce mouvement historique d'ensemble se décompose en une multitude de petites séquences au cours desquelles chaque peuple parvient à la conscience de sa spécificité historique.

l'essai, le dialogue, le discours, la conférence — peut-être ne mérite-t-il pas notre pardon pour celle-ci, — et l'épigramme dans le sens le plus large du terme[1]. Bref, nous lui devons tout, sauf le sonnet, dont pourtant on pourrait trouver dans l'Anthologie[2] quelques formes annonciatrices, — le journalisme américain, dont on ne décèle nulle part aucun exemple, — et la ballade en faux dialecte écossais, dont un de nos plus laborieux écrivains[3] proposait naguère de faire la base d'un effort définitif et unanime pour rendre tout à fait romantiques nos poètes de seconde classe. Toute école nouvelle, dès sa naissance, crie haro contre la critique, comme si elle ne devait pas son existence même au sens critique. Le pur esprit créateur reproduit, mais n'innove pas.

ERNEST. — Vous venez de parler de la critique comme partie essentielle de l'esprit créateur, et je souscris entièrement à votre théorie. Et la critique, en dehors de toute création, qu'en faites-vous ? J'ai la déplorable habitude de lire des revues, et il me semble qu'en général, la critique moderne est parfaitement insignifiante.

GILBERT. — Au même titre que la plupart de nos œuvres créatrices. Médiocrité contre médiocrité, ou incompétence applaudissant l'impuissance, voilà ce que nous offre, de temps à autre, l'activité artistique de l'Angleterre. Pourtant, je suis un peu

1. L'épigramme est une formule brève et incisive, souvent détachable de son contexte pour être transposée dans un autre, qui véhicule un trait d'esprit. L'âge d'or de l'épigramme en Angleterre fut le XVIIIe siècle. 2. L'*Anthologie grecque* est un recueil de près de 6 000 épigrammes écrites par près de trois cents auteurs entre le VIIe siècle avant Jésus-Christ et le Xe siècle de notre ère. Après s'être développée par additions successives, l'anthologie atteignit sa forme définitive grâce à Constantin Céphalas, érudit byzantin, dont la version est restée dans l'histoire sous le nom d'*Anthologie palatine*. Toutefois, ce n'est qu'au XIXe siècle que l'*Anthologie* fut imprimée dans sa version intégrale. La traduction anglaise date de 1864 ; elle est l'œuvre de R. G. Macgregor. 3. Peut-être Robert Burns (1759-1796), écrivain écossais qui rassembla de nombreux volumes de poèmes et d'airs écossais et composa lui-même un recueil : *Poèmes, pour la plupart en langage écossais* (1786), qui lui valut l'admiration des romantiques.

injuste, en l'espèce. La plupart des critiques, — je parle, bien entendu, des critiques de premier plan, qui écrivent dans des revues de qualité, — sont bien autrement cultivés que les auteurs dont ils analysent les œuvres. Rien d'étonnant à cela, d'ailleurs, puisque la critique exige infiniment plus de culture que la création.

ERNEST. — Vraiment ?

GILBERT. — J'en suis sûr. Le premier venu peut écrire un roman en trois volumes. Il suffit, pour cela, d'une ignorance totale de la vie et de la littérature. Pour les critiques, la plus grosse difficulté me paraît celle de garder le sens de la mesure. En l'absence de tout style, on ne voit pas quelle mesure appliquer. Les pauvres en sont sans doute réduits à l'état de chroniqueurs des tribunaux littéraires, de rapporteurs de crimes quotidiens de lèse-art ! On les accuse parfois de ne pas lire jusqu'au bout les ouvrages soumis à leur appréciation. Évidemment, ils ne les lisent pas, ou, du moins, ne devraient pas les lire. Il y aurait de quoi en faire de parfaits misanthropes, ou, — pour emprunter un mot à l'une des jolies étudiantes de Newnham [1], de parfaits femme-anthropes, pour le reste de leurs jours. Ce n'est nullement nécessaire, d'ailleurs. Pour apprécier la qualité et le crû d'un vin, point n'est besoin de boire tout le tonneau. Il est facile de se rendre compte, en une demi-heure, si un livre vaut quelque chose ou non. Six minutes suffisent même à quelqu'un qui a l'instinct de la forme. Pourquoi patauger dans un lourd volume ? On y goûte, et c'est assez, plus qu'assez, me semble-t-il. Je sais que nombre de travailleurs consciencieux, tant en peinture qu'en lettres, sont résolument hostiles à la critique. Ils ont raison, eux aussi, puisque leur œuvre n'a rien à voir avec l'esprit de leur époque, ne nous apporte aucun élément inédit de plaisir, ne hâte aucune éclosion nouvelle de pensée, de passion ou de beauté. Inutile d'en parler ; on la laisse à l'oubli qu'elle mérite.

---

1. Newnham College fut l'un des premiers collèges pour femmes de Cambridge. Créé en 1876, il continue aujourd'hui d'accueillir un public exclusivement féminin.

Ernest. — Je m'excuse de vous interrompre, mon cher, mais il me semble que vous vous laissez emporter un peu loin par votre amour de la critique. Vous me concéderez, je le pense, qu'il est plus difficile de faire une chose que d'en parler ?

Gilbert. — Plus difficile ? Pas du tout ! Vous tombez dans l'erreur commune. Il est bien plus difficile de parler d'une chose que de la faire. Rien de plus évident dans le domaine de la vie quotidienne. Le premier venu peut faire de l'histoire, mais il faut un grand homme pour l'écrire. Il n'y a pas de mode d'action, de forme d'émotion que nous ne partagions avec les plus basses espèces animales, et c'est par le langage seul que nous nous élevons au-dessus d'elles, ou au-dessus les uns des autres, par le langage qui est le père et non l'enfant de la pensée. L'action, croyez-le bien, est toujours facile, et quand elle se présente sous sa forme la plus intolérable, parce que la plus durable, qui est celle du labeur assidu, elle devient simplement le refuge des gens qui n'ont rien à faire. Non, Ernest, ne me parlez pas de l'action. C'est une impulsion aveugle qui dépend d'influences extérieures, et obéit à des mobiles ignorés. Elle est essentiellement incomplète, parce que bornée par les circonstances, et, toujours en désaccord avec son but, reste ignorante de sa propre direction. Fondée sur l'absence d'imagination, elle représente la suprême ressource des gens qui ne savent pas rêver.

Ernest. — Vous jouez avec le monde comme avec une boule de cristal. Vous le tenez dans la main, et le retournez, au gré de votre caprice. Vous vous amusez à réécrire l'histoire.

Gilbert. — Notre seul devoir, vis-à-vis de l'histoire, est de la réécrire. Et ce n'est pas la moindre des tâches réservées à l'esprit critique. Quand nous aurons complètement dégagé les lois scientifiques qui régissent la vie[1], nous nous apercevrons que l'homme d'action est le seul à nourrir plus d'illusions que le rêveur. Il ne connaît, à coup sûr, ni l'origine, ni l'aboutissement de ses gestes. Dans le champ où il croyait avoir semé des épi-

---

1. Allusion probable à la méthode expérimentale de Claude Bernard (1813-1878), qui exerça une influence déterminante sur l'œuvre de Zola, dont *Le Roman expérimental* (1880) porte la trace.

nes, nous récoltons notre vendange, et le figuier[1] qu'il avait planté pour notre joie, est stérile comme le chardon, et plus amer. C'est parce que l'humanité n'a jamais su où elle allait qu'elle a trouvé son chemin.

ERNEST. — Vous jugez donc que, dans le domaine de l'action, un but défini est un leurre ?

GILBERT. — Pire qu'un leurre. Si nous vivions assez longtemps pour voir les conséquences de nos gestes, peut-être ceux qui se tiennent pour bons seraient-ils écœurés par un sourd remords, et ceux que le monde traite de méchants seraient-ils émus de noble joie. La moindre de nos actions passe dans la grande broyeuse de la vie qui peut réduire nos vertus en poussière stérile, ou transformer nos vices en éléments d'une civilisation nouvelle, plus splendide et plus merveilleuse que toutes celles qui l'ont précédée.

Les hommes sont esclaves des mots. Ils fulminent contre le matérialisme comme ils l'appellent, et oublient qu'il n'y a pas de progrès matériel qui n'ait spiritualisé le monde, tandis qu'à l'inverse, il est peu ou prou d'éveils spirituels qui aient manqué d'épuiser les forces universelles, en suscitant espoirs vains, aspirations sans fruit, croyances creuses ou misérables. Ce que l'on nomme Vice[2] est un élément essentiel de progrès, sans lequel le monde stagnerait, perdrait jeunesse et couleur. Par sa curiosité, le Vice ajoute à l'expérience de la race ; par l'exaltation de l'individualité, il nous sauve de la banalité du type. Dans son mépris pour les notions courantes de morale, il se rencontre avec les plus hautes morales. Et quant aux vertus, que sont-elles ? La nature, nous dit M. Renan[3], n'a que faire de la chasteté, et peut-

1. Wilde adopte ici le ton de la parabole biblique. Le figuier est une allusion à l'Évangile selon saint Matthieu (XXIV : 32-35). **2.** Ces propos sont illustrés dans *Le Portrait de Dorian Gray*. **3.** Ernest Renan (1823-1892) consacra l'essentiel de son œuvre à une synthèse du sentiment religieux et de l'analyse scientifique. Sa *Vie de Jésus* (1863), premier volume des *Origines du christianisme* (1863-1883), offre de l'éducation de Jésus une vision lyrique qui accentue l'humanité du personnage.

être est-ce à la honte de Madeleine[1] plus qu'à leur propre pureté, que nos Lucrèces modernes[2] doivent d'être sans tache. La charité, comme sont contraints de le reconnaître ceux mêmes dont elle commande la religion, déclenche une multitude de maux. L'existence même de la conscience, cette faculté que les gens mettent si volontiers en avant, de nos jours, et sont si fiers d'ignorer, est une marque de notre développement imparfait. Il faut qu'elle se confonde avec l'instinct pour que nous gagnions en beauté. Le renoncement est une faiblesse qui entrave tout progrès, et le sacrifice, vestige de mutilations primitives, fait partie de ce vieux culte de la douleur[3] qui eut un rôle si néfaste dans l'histoire du monde, qui fait encore des victimes et possède encore des autels. Les Vertus ! Qui saurait dire en quoi elles consistent ? Pas vous. Ni moi, à coup sûr, ni personne. Notre vanité se trouve bien de la mort du criminel, car si nous le laissions vivre, il pourrait nous montrer ce que nous a rapporté son crime. Mieux vaut, pour sa paix, que le saint subisse le martyre, et échappe ainsi à l'horreur du spectacle de sa moisson.

ERNEST. — Vous voici lancé dans des considérations abstruses. Revenons aux champs plus aimables de la littérature. Que disiez-vous donc ? Qu'il était plus difficile de parler d'une chose que de la faire ?

GILBERT, *après un silence*. — Oui, je crois avoir hasardé cette simple vérité. Et vous admettez, je pense, que j'ai raison. L'homme qui agit est un fantoche ; celui qui décrit est un poète : voilà tout le secret. Il était bien facile, sur les champs sablonneux de la venteuse Ilion[4], de décocher une flèche avec un arc peint, ou de lancer contre le bouclier de peau et de cuivre flamboyant le long épieu à manche de frêne. Il était facile à la reine adultère de déployer pour son seigneur les tapis de

---

1. Dans l'Évangile selon saint Luc (VII : 37), la pécheresse qui parfume les pieds de Jésus. **2.** Lucrèce (morte en – 509) : femme de Tarquin Collatin, elle fut déshonorée par Sextus, et se suicida. **3.** Wilde pourrait avoir emprunté cette idée à Nietzsche qui voit dans l'émergence du christianisme le triomphe de la douleur sur l'instinct de plaisir qui prédominait dans la civilisation grecque antique. **4.** Nom grec de Troie.

Tyr[1], puis quand il reposait dans la baignoire de marbre, de l'emprisonner dans le filet de pourpre, et d'appeler l'amant glabre pour poignarder, à travers les mailles, le cœur qui aurait dû se briser à Aulis[2]. Pour Antigone[3] même, avec la mort l'attendant comme époux, il était facile de gravir la colline, dans l'air empoisonné de midi, et de recouvrir d'une terre bienveillante le misérable corps nu qui gisait sans sépulture.

Mais que dire de ceux qui ont écrit ces récits, qui en ont fait des réalités qui leur ont donné une vie éternelle ? Ne sont-ils pas plus grands que les hommes et les femmes qu'ils chantèrent ? « Hector, le tendre chevalier est mort », et Lucien[4] nous raconte comment Ménippe, voyant dans la pénombre des enfers le crâne blanchissant d'Hélène, s'étonne que pour un si triste objet, tant de galères à éperons aient cinglé sur les eaux, tant de nobles hommes soient tombés, tant de cités hautaines aient été réduites en poussière. Et chaque jour cependant, pareille à un cygne, la fille de Léda vient contempler, du haut des remparts, la marée des combats. Les barbes grises s'émerveillent de sa beauté, à la voir debout près du roi. Dans la chambre d'ivoire teinté, son amant fourbit une élégante armure et peigne le plumet écarlate de son casque. Son mari, accompagné d'un écuyer et d'un page, va de tente en tente. Elle voit sa chevelure flamboyante et entend, ou croit entendre sa voix froide et claire. Dans la cour du palais, le fils de Priam fixe sa cuirasse d'airain. Andromaque a passé les bras autour de son

---

1. Cité phénicienne qui fut le principal port de la Méditerranée orientale jusqu'au VIIIe siècle av. J.-C. La pourpre était l'une de ses principales productions. **2.** Allusion à *Iphigénie à Aulis* (– 405), tragédie d'Euripide, dans laquelle Iphigénie, sur le point d'être sacrifiée par son père, Agamemnon, est sauvée par Artémis qui la transforme en biche. **3.** Tragédie de Sophocle (– 441), dans laquelle l'héroïne qui donne son nom à la pièce rend, malgré l'interdiction du roi Créon, les honneurs funéraires à son frère Polynice, dont le corps gît devant les murs de Thèbes. **4.** Dans ses *Dialogues des morts*, Lucien, écrivain satirique grec, met en scène des philosophes, dont le cynique Ménippe, des puissants et des figures mythologiques qui dialoguent aux Enfers. Hélène est née de l'accouplement de Zeus, métamorphosé en cygne, et de Léda.

cou, et pour ne pas effrayer leur petit enfant, il a posé son casque à terre. Derrière les rideaux brodés de sa tente, Achille paré de vêtements parfumés, regarde sans bouger l'ami de son cœur endosser son armure d'or et d'argent pour courir au combat. D'un coffre aux bizarres sculptures que sa mère Thétis poussa contre le flanc de sa nef, le roi des Myrmidons tire le calice mystique qu'aucune lèvre humaine n'a encore touché ; il y passe du soufre, le rince à l'eau fraîche, puis se lave les mains avant de remplir de vin noir la coupe brunie ; il répand alors sur le sol le sang épais de la grappe, en l'honneur de celui qu'adorent à Dodone [1] des prophètes aux pieds nus ; il le prie, et ne sent pas la vanité de sa prière, puisque sous les coups de deux guerriers troyens, le fils de Priam et Euphorbe, le fils de Panthous, aux boucles nouées d'un fil d'or, Patrocle au cœur de lion, le camarade des camarades, doit trouver la mort. Fantômes, tous ceux-là ? Héros de brumes et de montagnes ? Ombres d'une chanson ? Non, ils sont vivants ! L'action ! Qu'est-ce que l'action ? Elle cesse avec l'impulsion qui lui donna naissance. C'est une vile concession au fait. Le monde est construit par le poète pour le rêveur.

ERNEST. — À vous entendre parler, je serais tenté de le croire.

GILBERT. — Croyez-le sans hésiter. Sur les ruines de Troie, dort le lézard de bronze vert, et le hibou a bâti son nid dans le palais de Priam. Berger et chevrier errent avec leur troupeau par la plaine dénudée, et sur la mer couleur de vin, οἶνοψ πόντος [2], comme dit Homère, où les grandes galères à éperons d'airain et à raies de pourpre s'avançaient en un croissant étincelant, le pêcheur de thon solitaire, assis dans sa petite barque, regarde danser les lièges de son filet. Et pourtant, chaque matin s'ouvrent les portes de la ville ; à pied ou sur leurs chars, les

---

1. Dodone fut le site d'un important culte de Zeus. Dans tout ce passage, Wilde résume l'enchaînement tragique des faits à quelques gestes symboliques incarnés dans les objets et les riches matériaux. Cette technique de la synecdoque (figure de rhétorique qui consiste à prendre la partie pour le tout) est typique du symbolisme. **2.** Expression qu'Homère utilise à plusieurs reprises.

guerriers se rendent au combat et provoquent l'ennemi à travers leur masque de fer. Tout le long du jour, la bataille fait rage, et quand tombe la nuit, les torches s'allument près des tentes, et le fanal brûle dans la grande salle. Ceux qui vivent sur le marbre ou sur la toile ne connaissent de la vie qu'un moment exquis [1], éternel par la beauté, mais limité à un mode de passion ou à un aspect de sérénité. Ceux que le poète fait vivre ont mille et mille mouvements de joie et de terreur, de courage et de désespoir, de plaisir et de souffrance. Les saisons mènent devant eux leur cortège joyeux ou affligé, et les années s'écoulent avec des pas de plomb ou des ailes aux pieds. Ils ont leur jeunesse et leur maturité ; ils sont enfants et se font vieux. L'aurore brille toujours aux yeux de sainte Hélène, telle que Véronèse la vit à sa fenêtre ; dans l'air calme les anges lui apportent le symbole de la douleur divine ; les fraîches brises du matin soulèvent les cheveux d'or sur son front. Sur cette petite colline, aux portes de Florence, où vont s'étendre les amoureux de Giorgione [2], il est toujours midi, un midi si alangui par les soleils d'été que la svelte fille nue peut à peine plonger dans la vasque de marbre sa claire ampoule de verre, et que les longs doigts du joueur de luth reposent paresseusement sur les cordes. Et les nymphes que Corot fait danser en liberté parmi les peupliers argentés de France, ces frêles silhouettes diaphanes dont les pieds blancs frissonnants semblent ne pas toucher l'herbe humide de rosée, c'est dans un éternel crépuscule qu'elles se meuvent. Mais ceux qui peuplent l'épopée, le drame ou le roman, voient mois après mois des lunes nouvelles grandir et s'effacer, comptent les heures de nuit depuis l'étoile du soir jusqu'à celle du matin, et du lever au coucher du soleil assistent à la fuite du jour, avec ses ors et ses ombres. Pour eux, comme pour nous, les fleurs éclosent et se dessèchent, et la Terre, la Déesse aux Tresses vertes, comme

---

1. Un moment exquis : terme cher à Pater dans *La Renaissance*. 2. Peintre italien auquel on attribua longtemps le tableau que semble ici évoquer Wilde : *Le Concert champêtre*, mais qui est en réalité l'œuvre du Titien (1490-1576).

l'appelle Coleridge[1], change de parure pour leur plaire. La statue représente un moment de perfection et l'image peinte sur toile ne possède aucun élément spirituel de croissance ou de changement. Si elles ne savent rien de la mort c'est parce qu'elles savent peu de la vie : les secrets de la mort et de la vie appartiennent à ceux, et à ceux-là seuls que touche la fuite du temps, qui ne possèdent pas seulement le présent mais l'avenir, et qui peuvent s'élever ou tomber d'un passé de gloire ou de honte. Le mouvement, ce problème des arts plastiques, ne trouve de véritable réalisation que dans la littérature. Il faut la littérature pour nous montrer l'élan du corps et l'inquiétude de l'âme.

ERNEST. — Oui, je vois ce que vous voulez dire. Mais puisque vous placez si haut l'artiste créateur, vous devez d'autant rabaisser le critique.

GILBERT. — Pourquoi cela ?

ERNEST. — Parce que tout ce qu'il peut nous donner, c'est l'écho d'une grande musique, c'est l'ombre confuse d'une forme aux contours précis. Peut-être, comme vous le dites, la vie est-elle un chaos, ses martyres sont-ils mesquins et ses héroïnes sans gloire ; peut-être est-ce la fonction de la littérature de créer avec les matériaux grossiers de l'existence actuelle, un monde neuf et plus merveilleux, plus solide et plus sincère que celui qui s'offre aux yeux vulgaires, et par quoi les natures banales s'efforcent d'atteindre à leur perfection. Mais ce monde sorti de l'esprit d'un grand artiste, et créé par sa main, sera chose si parfaite, si complète, que la critique n'y trouvera plus rien à faire. Je comprends parfaitement maintenant et admets volontiers qu'il est bien plus difficile de parler d'une chose que de la faire. Du moins me semble-t-il que cette forte et saine doctrine, si réconfortante pour nous tous, qui devrait être prise pour devise par toutes les Académies littéraires du monde, s'applique seulement aux relations entre l'art et

1. La Déesse aux Tresses vertes : l'expression est empruntée à « L'Hymne à la Terre », poème de Coleridge.

la vie, et non pas à celles qui peuvent exister entre l'art et la critique.

GILBERT. — La critique est elle-même un art. Et de même que la création artistique implique la mise en œuvre de l'esprit critique, sans quoi elle n'existerait point, de même la critique est vraiment créatrice, dans le sens le plus élevé du mot. Elle est, en définitive, à la fois créatrice et indépendante.

ERNEST. — Indépendante ?

GILBERT. — Oui, indépendante. Pas plus que l'œuvre du poète ou du sculpteur, la critique ne se juge au nom de basses mesures d'imitation ou d'analogies. La critique joue le même rôle vis-à-vis de l'œuvre d'art qui lui est soumise que l'artiste en face du monde matériel de la forme et de la couleur, ou de l'invisible royaume de la passion et de la pensée. La perfection de son art n'exige même pas les matériaux les plus fins ; il se sert de ce qui lui tombe sous la main. Et de même que Gustave Flaubert sut faire un chef-d'œuvre classique avec les niaises et sentimentales amours de la sotte épouse d'un petit médecin de campagne, au village crasseux de Yonville-l'Abbaye, près de Rouen, de même, de sujets de faible ou nulle importance, tels que les tableaux de l'Académie Royale de peinture[1], les poèmes de Mr. Lewis Morris[2], les romans de Mr. Georges Ohnet[3] ou les pièces de Mr. Henry Arthur Jones[4], le vrai critique, s'il prend plaisir à perdre ainsi ses facultés de contemplation, peut tirer

---

1. L'Académie Royale de peinture *(The Royal Academy of Arts)* : institution créée en 1768 par George III pour favoriser le développement de l'art anglais. Elle est sise à Piccadilly et accueille régulièrement des expositions d'art anglais. 2. Sir Lewis Morris (1833-1907) : poète mineur qui écrivit des textes dans la veine de Tennyson (1809-1892). Il fut à l'origine de la création de l'université du pays de Galles. 3. Georges Ohnet (1848-1918) : dramaturge et romancier anglais, auteur notamment d'une pièce à succès : *Regina Scarpi* (1875). 4. Henry Arthur Jones (1851-1929) : dramaturge anglais très populaire dans les années 1890. L'année où *Intentions* parut, il composa notamment *La Jeune Danseuse*, comédie dans laquelle il aborde la question du *double standard* victorien, ce code des mœurs qui voulait que les femmes jouissent d'une moins grande liberté que les hommes en matière de conduite morale et sexuelle.

une œuvre d'une beauté intégrale et d'une parfaite subtilité intellectuelle. Et pourquoi pas ? La sottise exerce toujours d'irrésistible façon la verve de l'homme brillant, et la stupidité est la *Bestia Triomphans*, qui fait éternellement sortir la sagesse de son repaire. Pour un artiste aussi créateur que le critique, que signifie le sujet ? Ni plus ni moins que pour le romancier ou le peintre. À leur exemple, il trouve partout des motifs ; c'est à sa façon de les traiter qu'on le juge. Il n'est point d'objet au monde qui ne comporte en soi intérêt ou suggestion.

ERNEST. — Alors, vous croyez que la critique est un art créateur ?

GILBERT. — Pourquoi ne le serait-elle pas ? Elle se sert de matériaux, et leur donne une forme aussi nouvelle que charmante. En dit-on plus de la poésie ? J'appellerais volontiers la critique une création dans une création. Les grands artistes, depuis Homère et Eschyle, jusqu'à Shakespeare et à Keats[1], n'ont pas emprunté leurs sujets directement à la vie, mais se sont adressés aux mythes, aux légendes et aux anciens récits ; de même, le critique emploie des matériaux que d'autres ont, pour ainsi dire, purifiés à son intention, et à quoi ont été déjà ajoutés détails imaginaires et couleurs. On pourrait même avancer que la haute critique, étant la plus pure forme d'impression personnelle, est à sa façon plus créatrice que toute création, puisque, ayant moins de rapports avec aucun objet extérieur, elle trouve en elle-même sa propre raison d'être, et comme l'auraient dit les Grecs, est une fin en soi et pour soi. Elle ne se laisse jamais empêtrer dans les liens de la vraisemblance ; les considérations de probabilité, cette vile concession aux fadaises quotidiennes de la vie privée ou publique, ne l'affectent jamais. On peut en appeler de la fiction aux faits, mais aux jugements de l'âme, il n'est point d'appel.

ERNEST. — De l'âme ?

---

1. John Keats loua Shakespeare notamment pour sa capacité à s'identifier totalement à ses personnages au lieu de vouloir les modeler sur sa propre personnalité, théorie à laquelle il donna le nom de *negative capability*.

GILBERT. — Oui, de l'âme. Car, en réalité, la haute critique n'est que la voix d'une âme. Elle est plus passionnante que l'histoire, car elle ne s'occupe que d'elle-même. Elle est plus délicieuse que la philosophie, car son sujet est concret et non abstrait, défini et non confus. C'est la seule forme admissible d'autobiographie, en ce qu'elle s'occupe des pensées et non des événements, ne s'étend pas sur les incidents matériels et les contingences de la vie physique, mais sur les états d'âme et les passions. Je m'amuse toujours de la sotte vanité de tant d'écrivains et artistes contemporains, qui semblent convaincus que le rôle primordial du critique est de parler de leurs médiocres œuvres. Le mieux que l'on puisse dire, en général, de l'art contemporain, c'est qu'il est à peine moins vulgaire que la réalité. Aussi le critique, avec son sens avisé de la distinction et son sûr instinct de la délicate élégance, détournera-t-il les yeux du chaos et du tumulte quotidiens, pour contempler le miroir d'argent ou regarder à travers le voile, quand même le miroir serait terni et le voile déchiré. Son but unique, c'est de consigner ses propres impressions. C'est pour lui que les tableaux ont été peints, écrit le livre et taillé le marbre.

ERNEST. — Il me semble avoir entendu formuler une autre théorie de la critique.

GILBERT. — En effet ; un homme[1] dont nous vénérons tous la précieuse mémoire, un poète dont les chants, arrachant Proserpine aux plaines de Sicile, firent coucher, sous les pieds blancs de la déesse, les coucous de Cummor, affirme que le véritable but de la critique est de voir l'objet tel qu'il est en soi. Erreur très grave, qui ne tient pas compte de la qualité la plus parfaite de la critique, purement subjective dans son essence, et destinée à révéler son propre secret et non un secret qui lui soit extérieur. Car la plus haute critique ne s'occupe pas de l'expression de l'art, mais de l'impression qu'il produit.

ERNEST. — Vous croyez ?

---

1. Matthew Arnold, qui évoque Cumnor, village à l'ouest d'Oxford, dans « L'Étudiant bohémien » ; Proserpine est la déesse de la fécondité ; la Sicile est le berceau de la pastorale.

GILBERT. — C'est incontestable. Qui se soucie que les opinions de Mr. Ruskin[1] sur Turner soient justes ou non ? Et que nous importe ? Sa prose puissante et majestueuse, si ardente et si colorée, d'une éloquence si noble et d'une ordonnance symphonique si parfaite, si sûre dans le choix délicat du mot et de l'épithète, est une œuvre d'art au moins aussi grande que ces merveilleux couchers de soleil qui pâlissent et se dégradent sur les toiles pourries de la Galerie Nationale[2] ; plus grande même, serait-on parfois tenté de penser, parce qu'avec une perfection égale, elle comporte une beauté plus durable et une plus riche variété d'émotions ; ce sont des dialogues d'âmes que chacune de ces lignes aux longues cadences, aussi débordantes de forme et de couleur que d'éloquence émouvante et claire, que de noble passion et de plus noble pensée, que d'intuition et de souffle poétique ; plus grande, me semble-t-il, au même titre que, des deux arts, la littérature est le plus grand. Et se soucie-t-on davantage que Mr. Pater ait vu dans le portrait de Monna Lisa[3] des choses dont Léonard ne rêva jamais ? Peut-être, comme d'aucuns l'ont avancé, le peintre fut-il seulement l'esclave d'un sourire archaïque, mais pour ma part, je ne puis passer dans les fraîches galeries du Louvre et m'arrêter devant cette étrange figure, « sertie, en ce cirque de rochers fantastiques, dans son cadre de marbre, comme sous quelque faible lueur sous-marine », sans murmurer en moi-même : « Elle est plus vieille que les rochers parmi lesquels elle se situe ; comme

---

1. Dans le premier volume des *Modern Painters*, il prend la défense de Turner, qu'il loue pour avoir été le premier peintre paysagiste anglais à avoir fidèlement reproduit le système de la nature. Ruskin ne dévia jamais de ce *credo*, et continua toute sa vie durant à exalter l'observation directe de la nature aux dépens de l'imitation des grands maîtres de la tradition. **2.** La Galerie Nationale *(The National Portrait Gallery)* fut créée en 1859 pour célébrer, comme son nom l'indique, l'art du portrait. Cette orientation thématique plutôt que formelle lui valut rapidement l'hostilité des tenants de l'art pour l'art tels que Wilde. Il est à noter que Ruskin présida à l'installation des dessins de Turner dans la Galerie. Le bâtiment est situé le long de la partie nord de Trafalgar Square. **3.** Toutes les citations qui suivent sont extraites de l'essai que Walter Pater consacra à *La Joconde* dans *La Renaissance*

le vampire, elle est morte plusieurs fois, pour apprendre les secrets de la tombe ; elle a plongé dans les eaux profondes et en a gardé autour d'elle la pâle lumière ; elle a acheté d'étranges étoffes à des marchands d'Orient ; comme Léda, elle fut la mère d'Hélène de Troie, et comme sainte Anne, la mère de Marie [1] ; mais rien de tout cela ne lui importe plus que le son des lyres et des flûtes, et l'on n'en trouve de rappel que dans la finesse des traits changeants et dans la teinte des mains et des paupières. » Et à mes amis, je dis : « La présence qui surgit si étrangement des eaux exprime mille ans de désirs des hommes. » Et ils me répondent : « Toutes les fins du monde sont tombées sur ce visage qui a des paupières un peu lasses. »

Ainsi le portrait devient pour nous plus merveilleux qu'il ne l'est en réalité ; il nous dévoile un secret dont il reste ignorant, et la musique de la prose mystique est aussi douce à nos oreilles que put l'être celle du joueur de flûte qui prêta aux lèvres de la Joconde ses courbes légères et pernicieuses. Ne me demandez pas ce qu'eût répondu Léonard à qui eût affirmé de son œuvre : « Que toutes les pensées de l'expérience du monde, propres à affiner et à rendre expressive la forme extérieure, y avaient inclus et pétri la sensualité grecque, la luxure romaine, la rêverie du Moyen Âge, avec ses ambitions spirituelles et ses amours romanesques, le retour du monde païen et les crimes des Borgia [2]. » Sans doute eût-il déclaré qu'il ne s'était attaché à aucune de ces choses, mais s'était simplement soucié de certains arrangements de lignes et de masses, et de nouvelles et curieuses harmonies de bleu et de vert. Et voilà précisément la raison qui, des lignes que je viens de citer, fait la plus haute des critiques. Elles ne considèrent l'œuvre d'art

1. Hélène de Troie est née de l'accouplement de Zeus, qui avait pris la forme d'un cygne, et de Léda, une mortelle ; l'Immaculée Conception est le nom théologique de l'enfantement de Marie par Anne, car celle-ci lui donna naissance pure de tout péché, ce qui la distingue des autres êtres humains.

2. Nom d'une célèbre famille romaine, originaire de Borja, près de Saragosse, en Espagne, qui donna à l'Église plusieurs papes, dont Alexandre VI (Rodrigo Borgia, 1431-1503). Son histoire fut marquée par les intrigues politiques et de nombreux assassinats.

que comme le point de départ d'une création nouvelle. Elle ne se borne pas, — supposons-le du moins, pour l'instant, — à découvrir l'intention réelle de l'artiste et à l'accepter comme définitive. En quoi elle a raison, car le sens de toute belle création réside au moins autant dans l'âme qui la contemple que dans celle qui la créa. On pourrait même dire que le spectateur seul lui prête ses milliers de significations, la fait merveilleuse à nos yeux, et la rend si proche de son époque, qu'elle en devient une partie essentielle de nos vies et un symbole de ce que nous désirons ou de ce qu'après l'avoir désiré, nous redoutons peut-être d'obtenir. Plus je tâche de comprendre, Ernest, et plus clairement je me rends compte que la beauté des arts visibles consiste avant tout, comme celle de la musique, en une impression, et qu'elle peut être, ou mieux qu'elle est souvent compromise d'un excès d'intention intellectuelle de la part de l'artiste. Dès qu'elle est achevée, une œuvre prend, pour ainsi dire, une vie indépendante et peut lancer un tout autre message que celui dont on l'avait chargée. Parfois, quand j'entends l'ouverture de *Tannhäuser*[1], je crois voir le beau chevalier marcher d'un pas léger sur l'herbe fleurie et entendre la voix de Vénus qui l'appelle du creux du rocher. Mais d'autres fois, la musique me parle de mille autres choses, de moi et de ma propre vie, de la vie de ceux que j'ai aimés et que je me suis lassé d'aimer, des passions que l'homme a connues, ou de celles qu'il persiste à poursuivre, pour ne les avoir pas connues. Ce soir, elle peut vous pénétrer de cette ερωσ των αδγνατων, de cet *amour de l'impossible*[2] qui frappe comme une folie tant d'hommes qui se croyaient à l'abri des coups du destin, et qui soudain intoxiqués par le poison des désirs sans limites, se lancent à la poursuite de buts intangibles, s'affaiblissent, trébuchent et défaillent. Demain, comme la musique dont nous

---

1. Opéra de Richard Wagner (1813-1883), qui connut quatre versions successives du vivant du compositeur (1845, 1847, 1861, 1875). Le thème de cette œuvre, la lutte de la volupté païenne, incarnée par Vénus, et du renoncement aux passions de la chair, incarné par Élisabeth, est illustré avec force dans l'ouverture. **2.** En français dans le texte.

parlent Aristote et Platon, la noble musique dorienne, elle pourra nous tenir lieu de médecin, nous fournir un remède contre la douleur, guérir l'âme blessée et la mettre en harmonie avec toutes les choses bonnes. Et ce qui est vrai de la musique l'est aussi des autres arts. La beauté a autant de significations que l'homme a d'humeurs [1]. La beauté est le symbole des symboles. Elle révèle tout parce qu'elle n'exprime rien. En se découvrant à nous, elle nous montre l'ardent univers tout entier.

ERNEST. — Mais une œuvre comme celle dont vous venez de parler, est-ce vraiment de la critique ?

GILBERT. — C'est la plus haute forme de critique, car elle ne critique pas seulement une œuvre d'art donnée, mais la beauté même, et remplit de splendeur une forme que l'artiste peut avoir laissée vide, incomprise ou seulement à demi comprise.

ERNEST. — La plus haute critique serait donc plus créatrice que la création, et son objectif principal serait de voir les choses telles qu'elles ne sont pas en réalité ; c'est bien votre théorie, n'est-ce pas ?

GILBERT. — C'est ma théorie, en effet. Pour la critique, l'œuvre d'art, n'est que prétexte à une œuvre propre que rien n'oblige à ressembler à son sujet. La seule caractéristique d'une belle forme [2] est que l'on y peut mettre tout ce que l'on désire, et y voir tout ce que l'on se plaît à y voir ; la beauté qui donne à la création son caractère esthétique et universel, fait du critique un créateur et lui suggère mille détails dont ne s'était pas avisé

---

1. Traduction de l'anglais « moods », qui désigne un état d'âme aux contours imprécis. Ce terme était très en vogue dans la poésie symboliste de la fin du XIXe siècle. 2. L'idée selon laquelle une œuvre d'art atteint un degré de généralité tel qu'elle est susceptible d'englober toutes les expériences humaines sans renvoyer à aucune en particulier avait déjà été avancée par Arthur Schopenhauer dans *Le Monde comme volonté et comme représentation* (1818). À propos de la musique, sujet que Gilbert vient juste d'aborder, Schopenhauer écrit notamment que lorsque nous écoutons une symphonie, « il nous semble voir défiler devant nous tous les événements de la vie et du monde ; pourtant, si nous y réfléchissons, nous ne pouvons découvrir aucune analogie entre les airs exécutés et nos visions ».

celui qui tailla la statue, qui peignit le panneau, qui grava la pierre.

Des gens qui ne comprennent ni la nature de la haute critique, ni le charme du grand art, prétendent quelquefois qu'entre tous les tableaux, le critique préfère analyser les œuvres anecdotiques, ou celles qui ont trait à des scènes tirées de la littérature et de l'histoire. À la vérité, il n'en est rien, parce que des toiles de ce genre sont d'une compréhension trop facile. Elles appartiennent tout au plus à l'illustration, et même considérées sous ce jour, sont décevantes par les limites qu'elles imposent à l'imagination, au lieu de la stimuler. Car le domaine du peintre, comme je vous le disais tout à l'heure, est bien différent de celui du poète. À ce dernier appartient la vie dans sa plénitude totale et absolue, non seulement la beauté que les hommes contemplent, mais celle qu'ils écoutent, non seulement une grâce momentanée de forme et une joie éphémère de couleur, mais tout le monde de la sensation, tout le cycle de la pensée. Le peintre a tellement de contraintes, qu'il lui faut le masque du corps pour sentir le mystère de l'âme, qu'il lui faut des images conventionnelles pour traiter des idées, qu'il lui faut des équivalents physiques pour nous parler de psychologie. Et de quelle insuffisance il fait montre, quand il nous demande de conclure d'un turban de More déchiré à la noble fureur d'Othello, d'un radoteur errant sous la tempête à la sauvage folie de Lear. Et l'on dirait que rien ne peut l'arrêter ! Combien de nos peintres caducs passent-ils leurs mauvaises et misérables existences à braconner sur le domaine des poètes, à défraîchir leurs sujets par maladresse, à s'efforcer de rendre par la forme et la couleur, les merveilles de l'invisible, les splendeurs de l'insoupçonné. Fatalement, leurs tableaux distillent un insupportable ennui. Ils ont rabaissé les arts visibles à l'état d'arts évidents, et entre toutes choses, celle qui vaut le moins d'être regardée est l'évidence. Je ne prétends pas que poètes et peintres ne puissent traiter le même sujet. Ils l'ont toujours fait et continueront à le faire. Mais s'il est licite au poète d'être, à son gré, ou de n'être pas pittoresque, le peintre, lui, doit l'être toujours. Car le peintre est limité, non par ce qu'il voit dans la nature, mais par ce qu'on voit sur sa toile.

Concluez donc, mon cher Ernest, que ce genre de tableau ne saurait vraiment intéresser le critique. Il s'en détournera pour regarder ceux qui le font méditer, rêver, imaginer, qui possèdent le don de la suggestion [1], qui laissent un espoir d'évasion vers un monde plus vaste. On dit parfois que la tragédie d'une vie d'artiste, c'est de ne pouvoir réaliser son idéal. À mon sens, la véritable tragédie, funeste à la plupart des artistes, c'est de réaliser trop bien leur idéal. Un idéal qui prend corps se trouve, du même coup, dépouillé de toute splendeur et de tout mystère, et n'est plus qu'un point de départ pour un idéal nouveau. Voilà ce qui fait de la musique le type parfait de l'art : elle ne livre jamais son dernier secret. Voilà ce qui explique également l'importance des limites imposées à chaque art. Le sculpteur renonce volontiers à la couleur de ses statues, et le peintre au volume réel, parce que de tels abandons suppriment la représentation trop servile de la réalité qui en ferait une simple imitation, et cette concrétisation trop précise de l'idéal qui serait purement intellectuelle. C'est son inachèvement même qui donne à l'art toute la beauté ; il ne s'adresse plus au discernement ou à la raison, mais au seul sentiment esthétique qui, tout en acceptant raison et discernement comme stades de compréhension, les subordonne à l'impression synthétique pure produite par l'œuvre d'art en soi ; il prend tous les éléments émotionnels contenus dans l'œuvre d'art et se sert de leur complexité même pour renforcer d'un charme suprême l'impression définitive. Vous comprenez donc que le véritable critique doive dédaigner ces œuvres trop évidentes qui n'ont qu'un message à transmettre et se font aussitôt muettes et stériles. Ils recherchent, au contraire, tel mode d'art qui suscite rêveries et pensées, et dont la beauté imaginative permet toutes les interprétations et n'en tient aucune pour définitive. Certes, l'œuvre du critique pourra rappeler le modèle qui l'incite au

1. La suggestion, plutôt que la représentation directe, était un autre terme très prisé des symbolistes.

travail, mais cette ressemblance sera celle qui existe entre la nature et l'œuvre de l'artiste, et non l'image reflétée dans le miroir que le peintre de paysage ou de portraits est censé tendre à la nature. Sur les tapis sans fleurs de Perse, tulipes et roses fleurissent et sont exquises, bien qu'elles ne soient représentées ni par des lignes, ni sous formes visibles ; perle et pourpre des conques marines revêtent à Venise les murs de Saint-Marc[1] ; l'or, l'émeraude et le saphir des queues de paon font resplendir de leur somptuosité prodigieuse les voûtes de la chapelle de Ravenne, bien que nul oiseau de Junon ne s'y égare ; ainsi le critique traduit-il un ouvrage en une langue qui fuit l'imitation servile, et dont une part du charme consiste sans doute dans son désaveu même de toute ressemblance ; ce n'est pas seulement la signification de la beauté, mais son mystère qu'il nous dévoile, et lorsqu'il transforme tous les arts en littérature, il résout, une fois pour toutes, le problème de l'unité de l'art.

Mais je vois qu'il est l'heure de souper. Nous allons nous expliquer avec des ortolans et une bouteille de chambertin. Après quoi, nous en viendrons à la question du critique considéré comme interprète.

ERNEST. — Admettriez-vous donc que le critique puisse parfois se permettre de voir les choses telles qu'elles sont[2] ?

GILBERT. — Je n'en suis pas tout à fait sûr. Peut être l'admettrai-je après le souper. Il y a dans le souper une influence singulière.

---

1. Basilique de Venise dont le style s'inspire de l'art byzantin ; la chapelle de Ravenne : probablement le baptistère des orthodoxes, célèbre pour ses mosaïques de style byzantin ; Junon : déesse de la nature féminine, et dont l'emblème est le paon. **2.** La première partie se clôt sur une nouvelle référence à Matthew Arnold.

LA CRITIQUE EST UN ART

Avec quelques remarques sur l'importance de tout discuter.

DIALOGUE

DEUXIÈME PARTIE

PERSONNAGES : les mêmes.
DÉCOR : le même.

ERNEST. — Délicieux, ces ortolans, et parfait ce chambertin. Et maintenant, revenons à notre sujet.

GILBERT. — Ah non, de grâce, pas à notre sujet ! La conversation doit toucher à tout et ne se tenir à rien. Parlons, si vous le voulez, de l'Indignation Morale, de ses Causes et de son Traitement. C'est un sujet que je me propose d'aborder. Ou de cette survivance de Thersite [1] que nous démontrent les journaux comiques, ou de la première idée qui nous passera par la tête.

ERNEST. — Non ; c'est au critique et à la critique que j'en veux. La haute critique, si je vous ai bien compris, ne s'occupe pas

1. Personnage comique de l'*Iliade*, qui fut corrigé à coups de bâton par Ulysse pour avoir fomenté une rébellion au sein de l'armée, et fut tué d'un coup de poing par Achille pour avoir profané le corps de l'Amazone Penthésilée en lui crevant les yeux. Ce personnage railleur et vulgaire reparaît dans *Troïlus et Cressida* (1601) de Shakespeare.

de l'expression de l'art, mais seulement de l'impression qu'il produit ; à la fois créatrice et indépendante, elle devient donc, en somme, un art par elle-même, et est à l'œuvre créatrice ce qu'est cette même œuvre au monde visible de la forme et de la couleur, ou au monde invisible de la passion et de la pensée. Et maintenant, dites-moi : le critique ne peut-il être quelquefois un véritable interprète ?

GILBERT. — Certes, il pourra l'être à son gré. De l'impression synthétique de l'œuvre d'art considérée comme un tout, rien ne l'empêche de passer à l'analyse [1] ou à l'explication de l'œuvre elle-même, et dans ce domaine, que je tiens pour inférieur, il ne laisse pourtant pas encore d'y avoir bien des choses charmantes à dire et à faire. D'ailleurs, on ne cherchera pas toujours à expliquer l'œuvre d'art ; on peut s'efforcer, au contraire, d'en épaissir le mystère, de soulever, à son entour et à celui de l'auteur, ce halo de splendeur qui est cher aux dieux comme aux adorateurs. Les gens du commun sont terriblement tranquilles dans Sion [2]. Ils prennent familièrement les poètes par le bras, et disent d'un ton dégagé : « Pourquoi lire ce qui s'écrit sur Milton et sur Shakespeare ? Nous avons leurs pièces et leurs poèmes. Cela nous suffit. » Or, pour apprécier Milton, il faut, comme le disait un jour le Recteur de Lincoln [3], une érudition profonde. De même, qui veut vraiment comprendre Shakespeare, doit savoir ses rapports avec la Renaissance et la Réforme, avec l'époque d'Élisabeth et celle de Jacques Ier ; il ne peut rien ignorer de la lutte entre les formes classiques traditionnelles et les formes romanesques nouvelles, entre l'école

---

1. Peut-être une allusion à *La Critique de la raison pure* (1781 et 1787) d'Emmanuel Kant (1724-1804), ouvrage dans lequel il distingue les jugements analytiques et les jugements synthétiques et dont la première partie s'intitule « Esthétique transcendantale ». **2.** Nom de la Jérusalem céleste dans la religion chrétienne. Ce passage est une allusion à un mot du prophète Amos dans l'Ancien Testament : « Malheur à ceux qui sont tranquilles dans Sion » (VI : 1). **3.** Mark Paterson (1813-1884), qui fut recteur de Lincoln College à Oxford à partir de 1861 et qui écrivit un ouvrage sur Milton.

de Sydney, de Daniel et de Jonson[1] et l'école de Marlowe[2] et de son plus grand fils spirituel ; il doit connaître les matériaux dont pouvait disposer Shakespeare, la façon dont il les utilisait, les conditions de la production dramatique aux seizième et dix-septième siècles, les limites qu'on lui imposait et ses libertés, la critique littéraire du temps de Shakespeare, ses buts, ses méthodes et ses règles ; il lui faut étudier la formation de la langue anglaise, le vers blanc[3] et le vers rimé dans leurs diverses métamorphoses ; il doit connaître le drame grec, et les liens qui unissent l'art du créateur de Macbeth à celui du créateur d'Agamemnon[4] ; en un mot, il doit unir en pensée le Londres d'Élisabeth à l'Athènes de Périclès, et situer Shakespeare dans l'histoire du drame européen et du drame universel. Oui, le critique sera un interprète, mais il ne traitera pas l'art comme un Sphinx poseur d'énigmes, dont le pauvre secret est vite percé par l'homme aux pieds blessés[5] ignorant de son propre nom. Il le considérera plutôt comme un dieu, dont le rôle est

---

1. Sir Philip Sidney (1554-1586) : homme politique et écrivain anglais, auteur notamment de *L'Arcadie* (1590), œuvre où alternent prose et poésie, ainsi que d'un recueil de sonnets : *Astrophel et Stella* (1591) ; Samuel Daniel (1563-1619) : poète et dramaturge anglais, dont l'œuvre majeure fut *Les Guerres civiles* (1609), épopée en vers consacrée à la guerre des Deux-Roses ; Johnson : Ben(jamin) Jonson (1572-1637), dramaturge anglais auteur de pièces célèbres sous le règne de Jacques Ier, telles que *Volpone* (1605) ou *L'Alchimiste* (1610). Ces trois auteurs ont en commun d'avoir fréquenté Oxford à un moment de leur vie. **2.** Christopher Marlowe (1564-1593) : issu pour sa part de Cambridge, il fut le contemporain et rival de Shakespeare, et écrivit de nombreuses pièces historiques, dont *Tamerlan le Grand* (1587-1588). Ses deux œuvres les plus célèbres sont néanmoins *La Tragique histoire du Dr Faust* (1588) et *Le Juif de Malte* (1589). **3.** Vers anglais non rimé de dix syllabes dans lequel alternent une syllabe non accentuée et une syllabe accentuée (rythme iambique). Apparu dans la deuxième moitié du XVIe siècle, il fut abondamment utilisé par Marlowe et Shakespeare. **4.** Lors de sa tournée américaine de 1882, Wilde assista à une représentation de *Macbeth* ; le rôle de Lady Macbeth était tenu par un prisonnier condamné pour empoisonnement ; *Agamemnon* (– 458) : tragédie d'Eschyle, que Wilde monta à Oxford en 1880. **5.** Traduction littérale du nom d'Œdipe.

d'approfondir le mystère, et le privilège de rendre la majesté plus merveilleuse aux yeux des hommes.

Et ici intervient cette bizarrerie. Le critique sera bien un interprète, mais pas à la façon des hommes qui répètent, sous une autre forme, un message confié à leurs lèvres. C'est par le contact avec l'art des nations étrangères[1] que l'art d'un pays acquiert cette vie propre que nous appelons nationalité, et par un renversement singulier, c'est seulement en exaltant sa personnalité que le critique peut interpréter la personnalité et l'œuvre d'autrui ; par suite, plus il met de personnalité dans son interprétation, plus cette interprétation acquiert de vie, plus elle devient intéressante, persuasive, vraie.

Ernest. — J'aurais cru que la personnalité était, en l'espèce, un élément de gêne.

Gilbert. — Non, certes ; elle est au contraire, l'essence de l'intuition ; pour comprendre les autres, commencez par développer votre personnalité.

Ernest. — À quel résultat arriverai-je ?

Gilbert. — Je vais vous le dire, et j'aurai recours, pour mieux m'expliquer, à des exemples définis. Il me semble que si le critique littéraire vient, sans contestation possible, au premier rang de ses confrères, parce qu'il a un champ d'action plus vaste, des conceptions plus larges et traite d'une matière plus noble, chaque art possède pour ainsi dire un critique qui lui est propre. L'acteur est le critique tout désigné du drame : il montre l'œuvre de l'auteur sous un nouveau jour et selon une méthode particulière. Il part du mot écrit, et l'action, le geste, la voix lui fournissent les moyens de la révélation. Le chanteur, comme le joueur de luth ou de viole, seront critiques musicaux. Le graveur, qui dépouille un tableau de ses belles couleurs, nous en montre, en compensation, et par l'usage même de procédés nouveaux, les qualités profondes de coloris, de tons et de valeurs, et les rapports de volumes, et s'en fait ainsi

1. Argument développé par Arnold dans *La Fonction de la critique à l'époque actuelle*.

le critique, car le critique est celui qui nous fait voir une œuvre d'art sous une forme différente de cette œuvre elle-même, et l'emploi de nouveaux matériaux constitue un élément de critique autant que de création. La sculpture aussi possède son critique naturel, graveur sur pierreries, comme au temps de la Grèce, ou peintre, comme Mantegna[1], qui cherchait à fixer sur la toile la beauté de la ligne plastique et l'harmonie majestueuse des cortèges de bas-reliefs. Or, chez tous ces critiques créateurs, il va sans dire que la personnalité est condition essentielle d'une bonne interprétation. Quand Rubinstein joue l'*Appassionata* de Beethoven[2], c'est lui-même qu'il nous révèle, en même temps que Beethoven, et en ce faisant, il nous livre complètement Beethoven, un Beethoven interprété par une puissante nature d'artiste, et rendu prodigieusement vivant par cette jeune et vibrante personnalité. Même remarque pour un grand acteur qui joue Shakespeare. Son individualité entre tout entière dans son interprétation. On accuse parfois les acteurs de donner leur propre Hamlet et non celui de Shakespeare, et cette erreur, — car c'est bien une erreur —, est partagée, je regrette de le dire, par le charmant et gracieux écrivain qui renonça naguère au tumulte de la littérature pour le calme de la Chambre des Communes ; je veux dire l'auteur d'*Obiter Dicta*[3]. En somme, il n'y a pas d'Hamlet de Shakespeare. Si Hamlet possède un peu de la netteté de l'œuvre d'art, il comporte aussi toute l'obscurité propre à la vie. Il y a autant d'Hamlets que de mélancolies.

ERNEST. — Autant d'Hamlets que de mélancolies ?

GILBERT. — Autant. L'art qui naît de la personnalité ne se

1. Andrea Mantegna peignit de nombreuses compositions religieuses (dont une *Crucifixion* et un *Christ mort*) dans lesquelles les corps ont une densité sculpturale. 2. Anton Rubinstein (1829-1894) : pianiste russe qui composa des oratorios, des concertos pour piano et des symphonies. En 1877, à Londres, Wilde assista à une interprétation de l'*Appassionata* de Beethoven par Rubinstein. 3. Il s'agit d'un volume d'essais écrits par Augustine Birrell (1850-1933), qui devint député à la Chambre des Communes en 1889.

révèle aussi qu'à la personnalité, et c'est de leur rencontre que naît la véritable critique interprétative.

ERNEST. — Alors, le critique considéré comme interprète ne donne pas moins qu'il ne reçoit, et prête autant qu'il emprunte ?

GILBERT. — Il découvrira toujours quelque rapport nouveau entre l'œuvre d'art et notre époque. Il nous rappellera toujours que les grandes œuvres sont des choses vivantes, sont, pour mieux dire, les seules choses qui vivent. Et cela, il le sentira si bien qu'à mesure des progrès de la civilisation et d'une organisation plus parfaite, je suis certain que les esprits cultivés et critiques, de plus en plus dédaigneux de la vie quotidienne, chercheront presque toutes leurs impressions dans le domaine de l'art. Car la vie manque lamentablement de forme, et ses catastrophes s'abattent sur qui ne les a pas méritées. Il y a une horreur grotesque dans ses comédies, et ses tragédies ont des dénouements burlesques. Qui s'en approche est inévitablement blessé. Les choses durent trop ou pas assez.

ERNEST. — Pauvre vie ! Pauvre vie humaine ! N'êtes-vous donc pas touché des larmes dont le poète romain nous dit qu'elles font partie de son essence ?

GILBERT. — Je n'en suis que trop touché, hélas ! Lorsque l'on jette un regard en arrière sur la vie qui fut si intense, si pleine d'émotions, si débordante d'ardeurs, d'extases et de joies, tout fait l'effet d'un rêve et d'une illusion. Quelles sont les choses irréelles, sinon les passions qui nous brûlèrent comme du feu ? Les choses incroyables, sinon celles auxquelles nous crûmes avec ferveur ? Les choses improbables, sinon celles que nous accomplîmes ? Non, Ernest : la vie nous trompe ; elle nous offre un jeu d'ombres, comme un montreur de marionnettes. Le plaisir que nous lui demandons, elle nous l'accorde, avec un arrière-goût d'amertume et de déception. D'une noble affliction qui traverse notre vie, nous pensons qu'elle prêtera à nos jours la majesté rouge de la tragédie, mais elle s'écarte de notre route, en cédant la place à de moins nobles soucis. Et par une aube grise et venteuse, ou un soir parfumé de silence et d'argent, nous retrouvons, avec une stupeur indifférente ou un cœur de pierre une tresse d'or que nous avions un jour follement adorée et couverte de baisers frénétiques.

ERNEST. — La vie n'est donc que tromperie ?

GILBERT. — Au point de vue artistique, c'est incontestable. Et la cause principale de cette faillite, celle qui prête à la vie sa sécurité misérable, c'est l'impossibilité de jamais retrouver exactement une émotion donnée. Il en va autrement dans le monde de l'art ! Derrière vous, sur ce rayon, vous trouverez la *Divine Comédie*[1]. Eh bien, je sais qu'il me suffira de l'ouvrir à telle ou telle page pour éprouver une haine furieuse à l'endroit d'un homme qui ne me fit nul tort, ou brûler d'un grand amour pour un être que je ne verrai jamais. Nul état d'âme, nulle passion que l'Art ne puisse nous faire éprouver. Ceux de nous qui ont démêlé son secret savent à l'avance ce que seront leurs émotions. Nous pouvons choisir notre jour et désigner notre heure. Nous pouvons dire : « Demain à l'aube, nous traverserons, avec le grave Virgile, la sombre vallée de la mort », et le lendemain, l'aube nous trouve dans une forêt obscure, avec le fils de Mantoue à nos côtés. Franchie la porte légendaire fatale à l'espérance, nous contemplons, avec joie ou pitié, l'horreur d'un autre monde. Voici les hypocrites, avec leurs visages fardés, et leurs capuchons de plomb doré. Les voluptueux, poussés par un vent indomptable, nous regardent au passage ; nous voyons l'hérétique déchirer sa chair, et le glouton fouaillé par

---

1. Subdivisé en un prologue et trois parties de trente-trois chants chacune, l'*Enfer*, le *Purgatoire* et le *Paradis*, le poème de Dante narre l'évolution spirituelle du poète, d'abord guidé par Virgile (le fils de Mantoue) jusqu'au tréfonds des neufs cercles de l'Enfer, puis dans son ascension des sept corniches du Purgatoire, avant d'être mené, à travers les neufs ciels du Paradis, jusqu'à l'Empyrée où se trouve Dieu. Dans « La critique est un art », les références à *La Divine Comédie* suivent très fidèlement le plan de l'œuvre : le passage qui va de « Voici les hypocrites » à « Nous tremblons et remontons pour revoir les étoiles » reprend l'*Enfer* ; de « Au pays du Purgatoire » jusqu'à « nous conduit au Paradis céleste », Gilbert parcourt le *Purgatoire* ; enfin le segment qui s'étend de « Du haut de la Lune » jusqu'à « qui meut le soleil et toutes les étoiles » résume le séjour de Dante au *Paradis*.

la pluie. Au bois des Harpies, nous arrachons des branches desséchées aux arbres, dont chaque rameau sombre et empoisonné saigne un sang rouge et pousse des cris amers. Ulysse nous interpelle à travers sa corne de feu, et quand le grand Gibelin se lève de son sépulcre de flammes, l'orgueil qui surmonte la torture de cette couche passe un moment en nous. Dans l'air trouble et rouge volent ceux qui souillèrent le monde de la beauté de leur péché, tandis que dans la fosse des maladies hideuses, hydropique et gonflé comme un luth monstrueux, gît Adam de Brescia le faussaire. Il nous supplie d'écouter le récit de ses misères, et bouche bée, lèvres sèches, nous dit rêver jour et nuit des ruisseaux clairs qui roulent leurs eaux fraîches sur les flancs des collines vertes de Casente. Sinon, le faux Grec de Troie se moque de lui. Il le frappe au visage et leurs voix s'élèvent. Atterrés d'une telle honte, nous ne pouvons nous éloigner, mais Virgile nous rappelle à l'ordre, et nous mène vers la ville fortifiée par les géants où le grand Nemrod souffle dans sa trompe. De terribles spectacles nous attendent, et pour les affronter, nous empruntons à Dante ses vêtements et son cœur. Nous traversons les marais du Styx, et Argenti pour venir à notre barque, sépare les eaux visqueuses. Il nous appelle et nous le repoussons. Son cri d'agonie nous soulage, et Virgile nous félicite de notre amer dédain. Nous passons sur le froid cristal du Cocyte, où les traîtres sont emprisonnés comme des pailles dans un verre. Nous heurtons du pied la tête de Bocco. Il refuse de nous dire son nom, et à pleines mains, nous arrachons les cheveux sur la tête hurlante. Albérigo nous supplie de briser la glace sur son visage, pour qu'il puisse verser quelques larmes. Nous le lui promettons, mais une fois entendu son douloureux récit, infidèles à notre parole, nous nous écartons de lui ; une telle cruauté n'est encore que courtoisie, car c'est suprême vilenie que la miséricorde pour le condamné de Dieu. Sous les dents de Lucifer, nous voyons l'homme qui vendit le Christ, et sous les dents de Lucifer, les hommes qui frappèrent César. Nous tremblons et remontons pour revoir les étoiles.

Au pays du Purgatoire, l'air est plus léger, et la montagne sainte se dresse dans la pure lumière du jour. Il y a de la paix ici pour nous, comme il y a de la paix pour ceux qui doivent y demeurer leur temps assigné. Pâle des poisons de la Maremme, Madonna Pia passe devant nous, et derrière elle vient Ismène, qu'écrase encore le poids de ses afflictions terrestres. Les âmes, l'une après l'autre, nous font participer à leur repentir ou à leur joie. Celui que le deuil de sa femme abreuva de la douce absinthe de la peine nous montre Nella priant sur sa couche solitaire, et de la bouche de Buonconte, nous apprenons qu'une seule larme peut sauver un pécheur à l'agonie. Sordello, le noble et dédaigneux Lombard, nous regarde de loin, comme un lion couché. Mais quand il apprend que Virgile est citoyen de Mantoue, il se jette à son cou, et tombe à ses pieds quand il apprend qu'il a chanté Rome. Dans cette vallée dont l'herbe et les fleurs sont plus belles que l'émeraude taillée et le bois des Indes, et plus brillantes que l'écarlate et l'argent, chantent les anciens rois du monde, mais les lèvres de Rodolphe de Habsbourg ne remuent pas au son de la musique, Philippe de France se bat la poitrine, et Henri d'Angleterre reste assis, seul.

Poursuivant, nous gravissons l'escalier merveilleux ; les étoiles grandissent et la chanson des rois s'affaiblit ; voici enfin les sept arbres d'or et le jardin du Paradis terrestre. Traînée par un griffon, s'avance sur un char une femme au voile blanc, au front ceint d'olivier, au vert manteau, et à la robe couleur de flamme vive. L'ardeur ancienne renaît en nous ; notre sang accéléré bat à coups terribles. Nous reconnaissons Béatrice, la femme adorée. La glace fond autour de notre cœur. Des larmes d'angoisse amères nous échappent, et nous courbons le front jusqu'à terre, car nous sentons que nous avons péché. Nous faisons pénitence ; nous sommes purifiés ; nous buvons à la fontaine du Léthé et nous plongeons dans l'eau d'Eunoë ; puis la maîtresse de notre âme nous conduit au Paradis céleste.

Du haut de la Lune, perle éternelle, le visage de Piccarda Donati se penche sur nous. Sa beauté nous trouble un instant, et quand, pareille à une pierre qui tombe dans l'eau, elle s'éloigne lentement, nos yeux pleins de regrets l'accompagnent. Vénus, la douce planète, est pleine d'amoureux. Cunizza, sœur d'Ezzelin, l'amie chère au cœur de Sordello, s'y trouve, et Folco, le chanteur provençal passionné à qui le regret d'Azalaïs fit déserter le monde, et la Cananéenne débauchée dont l'âme fut la première que racheta le Christ. Dans le soleil, nous voyons Joachim de Flora, et près de lui, Thomas d'Aquin raconte l'histoire de saint François, et Bonaventure celle de saint Dominique. Parmi les ardents rubis de Mars, s'approche Cacciaguida. Il parle de la flèche que décoche l'arc de l'exil, nous dit l'amertume du pain d'autrui, et la raideur de l'escalier dans la maison de l'étranger. Dans Saturne, point d'âmes qui chantent ; celle même qui nous guide n'ose sourire. Sur une échelle d'or, les flammes montent et tombent, et nous contemplons enfin le spectacle de la Rose mystique. Béatrice fixe les yeux sur la face de Dieu, pour ne les en plus détourner. La vision bienheureuse nous est octroyée : nous connaissons l'amour qui meut le soleil et toutes les étoiles.

Ainsi, en nous replongeant six siècles en arrière, nous ne faisons plus qu'un avec le grand Florentin, nous nous agenouillons au même autel que lui, nous partageons ses enthousiasmes et ses mépris. Et si, las des temps passés, nous souhaitons communier avec notre époque, avec ses dégoûts et avec ses souillures, n'y a-t-il pas des livres pour nous faire vivre plus intensément en une heure que la vie ne peut nous faire vivre en vingt années accablantes ? Voyez sous votre main, ce petit volume relié en peau vert Nil, semée de nénuphars d'or, et polie à l'ivoire. C'est le livre qu'aimait Gautier, le chef-d'œuvre de Baudelaire. Ouvrez-le au madrigal triste qui commence par ces mots :

Que m'importe que tu sois sage ?
Sois belle ! Et sois triste [1] !

---

1. *Les Fleurs du Mal*, Le Livre de Poche, p. 196.

et vous vous sentirez épris des larmes comme vous ne le fûtes jamais de la joie. Puis passant au poème de l'homme qui se torture lui-même, laissez sa musique fluide s'insinuer dans votre tête et colorer vos pensées, et pendant un moment, vous deviendrez celui qui écrivit ces vers ; que dis-je, pendant un moment ? Durant maintes nuits arides et glacées par la lune, maints jours stériles et sans soleil, vous serez habité par un désespoir qui ne sera pas le vôtre, et l'angoisse d'un autre rongera votre cœur. Lisez tout le livre ; laissez-le vous dire un seul de ses secrets, et votre âme avide d'en savoir davantage, se gorgera de miel empoisonné, se repentira de crimes étranges dont elle est innocente, et voudra expier les plaisirs terribles qu'elle n'aura jamais connus. Puis, lorsque vous serez las de ces fleurs funestes, tournez-vous vers les fleurs du jardin de Perdita[1] ; rafraîchissez votre front fiévreux dans leur calice humide de rosée, et retrempez dans leur charme votre âme ulcérée. Ou bien, éveillant dans sa tombe oubliée Méléagre[2], le doux Syrien, priez l'amant d'Héliodore[3] de vous faire de la musique, car lui aussi fait passer des fleurs dans son chant, rouge bouquet de grenades, iris qui fleurent le myrte, narcisses et sombres jacinthes bleues, marguerites et marjolaine. Chers lui étaient le parfum vespéral des champs de fèves, le nard odorant qui pousse au flanc des montagnes de Syrie, le thym vert frais, et le charme du calice à vin. Les lèvres de son amour, marchant dans le jardin, lui semblaient plus douces que les pétales du pavot qui assoupit, plus douces que les violettes et aussi odorantes. Ses pieds étaient des lys dressés sur des lys. Le crocus flambant sortait de l'herbe pour la regarder. Pour elle, le frêle narcisse recueillait la pluie froide ; pour elle les anémones

---

1. Personnage du *Conte d'hiver*. **2.** Héros de la mythologie grecque, célèbre pour avoir tué le sanglier que la déesse Artémis avait envoyé au pays de Calydon pour en ravager les champs. Swinburne s'inspira de cet épisode pour écrire *Atalante en Calydon* (1865). **3.** Romancier grec du IIIe siècle av. J.-C., qui relate dans *Les Éthiopiques* les amours fabuleuses de Théagène et Chariclée. Ce roman connut un grand succès au temps de l'Empire byzantin.

oubliaient la caresse des vents de Sicile. Et ni crocus ni anémones ni narcisses ne l'égalaient en beauté.

Étrange chose que ce transfert de l'émotion. Nous souffrons des maladies du poète, et le chanteur nous prête ses douleurs. Des lèvres mortes ont encore pour nous un message, et des cœurs tombés en poussière nous communiquent leur joie. Nous baisons la bouche ensanglantée de Fantine [1], et nous suivons Manon Lescaut à travers l'Océan. Nous partageons la folie amoureuse du Tyrien et la fureur d'Oreste [2]. Il n'y a pas de passion que nous ne puissions sentir, pas de volupté que nous ne puissions éprouver. Et nous choisissons l'heure de notre initiation comme celle de notre liberté. La Vie ! La Vie ! Ne lui demandons ni satisfactions ni connaissances. Elle est rétrécie par les contingences, incohérente dans son langage, sans cette belle concordance de forme et d'esprit, seule propre à satisfaire un tempérament artiste et critique. Elle nous fait payer trop cher sa marchandise, et pour le moindre de ses secrets nous demande un prix monstrueux.

Ernest. — Faut-il donc toujours nous adresser à l'art ?

Gilbert. — Toujours. L'art ne blesse jamais. Les larmes que l'on répand au théâtre sont une image fidèle des émotions exquises et stériles éveillées par l'art. On pleure mais on ne souffre pas, et l'affliction est sans amertume. Dans la vie de l'homme, comme le dit quelque part Spinoza, la douleur représente un passage à une moindre perfection. Or, pour citer encore une fois le grand critique d'art de la Grèce, le chagrin que nous apporte l'art est à la fois purifiant et initiateur. C'est par l'art et par lui seul que nous pouvons prétendre à notre perfection, par l'art et par lui seul que nous pouvons nous garantir des sordides dangers de la vie quotidienne. Ceci d'abord parce que rien de ce que l'on imagine ne vaut d'être fait, et que l'on imagine tout ; et ensuite, parce que les forces

---

1. La mère de Cosette dans *Les Misérables*. **2.** Personnage de la mythologie grecque, qui tua sa mère, Clytemnestre, pour venger le meurtre de son père, Agamemnon, assassiné par celle-ci avec la complicité de son amant, Égisthe.

du domaine émotif, comme celles du domaine physique, ont des limites dans l'espace et l'intensité. On sent jusqu'à un certain point, et pas davantage. Et qu'importe le plaisir dont la vie fait un appât, qu'importe la douleur qu'elle nous envoie pour troubler et mutiler notre âme, si dans la vie de ceux qui n'existèrent jamais, nous trouvons le vrai secret de la joie, si nous réservons nos larmes pour la mort de Cordélia[1] et de la fille de Brabantio[2], qui ne peut jamais mourir.

ERNEST. — Un moment, s'il vous plaît. Il me semble que, dans tout ce que vous venez de dire, il y a quelque chose d'absolument immoral.

GILBERT. — L'art est toujours immoral.

ERNEST. — Toujours ?

GILBERT. — Toujours. Car l'art poursuit l'émotion, tandis que le but de la vie et de cette organisation pratique de la vie que nous appelons société, est l'émotion pour l'action. La société, commencement et base de toute morale, n'a en vue que la concentration de l'énergie humaine ; pour assurer sa survivance et sa solidité, elle demande très justement à chacun de ses membres de contribuer par un labeur productif au bien-être commun, et de travailler à la sueur de son front pour que s'accomplisse la tâche quotidienne. La société pardonne souvent au criminel mais jamais au rêveur, et les émotions vaines et belles que l'art éveille en nous lui paraissent haïssables. Le public est si bien subjugué par la tyrannie de cet affreux idéal social, que dans les expositions et autres lieux accessibles à tous, on vient vous demander d'une voix de stentor : « Qu'est-ce que vous faites ? » alors qu'entre civilisés, la seule question admissible serait celle-ci : « Qu'est-ce que vous pensez ? » Leur intention est certainement bonne, à ces braves gens au visage radieux, et peut-être est-ce la raison même qui les rend si ennuyeux. Mais il faudrait leur apprendre que si la contempla-

---

1. L'une des trois filles du roi Lear, dans la tragédie de Shakespeare (*King Lear*, 1604), la seule qui lui soit fidèle par amour et par devoir. Emprisonnée avec son père, elle meurt de la main d'Edmund, le bâtard de la pièce.
2. Desdémone dans *Othello*.

tion est aux yeux de la société le crime le plus grave imputable à un citoyen, elle est, dans l'opinion des hommes cultivés, la seule occupation qui lui convienne.

ERNEST. — La contemplation ?

GILBERT. — La contemplation. Je vous disais, voici un instant, qu'il est bien plus difficile de parler d'une chose que de la faire. Laissez-moi ajouter que ce qui est bien plus difficile encore, ce qu'il y a de plus difficile au monde, et de plus intellectuel, c'est de ne rien faire du tout. Telle était selon Platon, avec sa passion pour la sagesse, et selon Aristote, avec sa passion pour la science, la forme la plus noble de l'énergie. Tel était l'idéal que proposait aux saints et aux mystiques du Moyen Âge leur passion pour la sainteté.

ERNEST. — Nous sommes donc sur terre pour ne rien faire ?

GILBERT. — C'est pour ne rien faire que l'élu existe. L'action est limitée et relative. Seul, celui qui s'assoit à l'aise pour regarder, celui qui se promène en rêvant dans la solitude, peut envisager l'illimité et l'absolu. Nous qui sommes nés au crépuscule de ce siècle merveilleux, nous avons l'esprit trop cultivé et trop critique, l'intelligence trop déliée, et nous sommes trop curieux de voluptés rares pour accepter, en échange de la vie, des spéculations sur la vie. La *citta divina* nous paraît terne, et la *fruitio Dei* sans saveur[1]. Nos tempéraments modernes ne se contentent pas de métaphysique, et tiennent l'extase religieuse pour chose surannée. Le monde qui fait du philosophe académique un « spectateur de toutes les époques et de toutes les existences », n'est pas un monde idéal, mais un monde d'idées abstraites. De prime abord, le froid des conceptions mathématiques nous y glace. Les palais de la cité de Dieu ne nous sont plus ouverts. Ses portes sont gardées par l'ignorance, et pour les franchir il nous faut renoncer à tout ce que notre nature comporte de plus divin. C'est assez que nos pères aient cru : ils ont épuisé la possibilité de croire en l'espèce, et nous ont

1. Peut-être une allusion à *La Cité de Dieu* (427) de saint Augustin. Le titre latin, que Gilbert traduit ici en italien, est *De civitate Dei*. La *fruitio Dei* est une expression théologique qui signifie « jouissance de Dieu ».

légué le scepticisme qui les épouvantait. S'ils l'avaient exprimé en paroles, il ne ferait pas le fond de notre pensée. Non, Ernest, le saint a fait son temps, et le pécheur a bien plus à nous apprendre. Le philosophe est trop loin de nous, et le mystique nous égare. Qui voudrait échanger, selon le mot de Mr. Pater, la simple courbe d'une feuille de rosier contre cet être intangible et sans forme que prisait tant Platon ? Que nous importent l'Illumination de Philon [1], l'Abîme d'Eckart [2], la Vision de Bohme [3], la révélation même d'un ciel monstrueux aux yeux aveuglés de Swedenborg [4] ? Tout cela ne vaut pas le calice jaune d'un narcisse des prés, ou le plus humble des arts visibles, car si la nature est la matière qui s'efforce de s'exprimer, l'Art est une âme qui s'exprime par le truchement de ses manifestations. Le tempérament esthétique ne s'accommode jamais de l'abstraction. Les Grecs furent une nation d'artistes parce qu'ils n'eurent pas le sentiment de l'infini. Comme Aristote, comme Goethe, au sortir de la lecture de Kant [5], nous cherchons le concret, et le concret seul peut nous satisfaire.

ERNEST. — Alors, que proposez-vous ?

GILBERT. — Il me semble que le développement de l'esprit critique nous permettra de comprendre pleinement la vie collective de la race, en même temps que notre vie propre, et partant de devenir parfaitement modernes, selon le véritable sens du mot modernité. Celui pour qui l'actualité représente seule le temps présent ne sait rien de son époque. Pour com-

---

1. Philon (– 13-54) : philosophe grec d'origine juive, précurseur du néoplatonisme. Son œuvre est un mélange d'exégèse biblique et de traités philosophiques. 2. Maître Eckart (1260-1327) : théologien mystique allemand, qui s'inspira du néoplatonisme dans sa recherche du principe de la génération des êtres. 3. Jakob Boehme (1575-1624) : mystique allemand, il tenta, à la différence des néoplatoniciens, de partir de l'imperfection des êtres pour remonter jusqu'à la perfection divine. 4. Emmanuel Swendenborg (1688-1772) : théosophe suédois, qui prétendit avoir reçu du Christ la mission de fonder une Église et publia des ouvrages dans lesquels il relatait les entretiens qu'il avait eus avec des esprits. Son œuvre eut un grand impact en Angleterre, notamment sur William Blake (1757-1829), ainsi qu'en France sur Balzac, Baudelaire et Nerval. 5. On trouve des réflexions critiques sur le kantisme dans *Les Années d'apprentissage de Wilhelm Meister* (1796).

prendre le dix-neuvième siècle, il faut comprendre tous ceux qui l'ont précédé et ont contribué à sa formation. On ne connaît rien de soi sans tout connaître des autres, sans sympathiser avec toutes les humeurs, sans pouvoir ressusciter tous les modes de vie défunts. Impossible ? Je ne le crois pas. En nous démontrant le mécanisme intime de toute action, et en nous libérant, du même coup, du fardeau gratuit et harassant des responsabilités morales, le principe scientifique de l'hérédité[1] est en quelque sorte devenu la justification de la vie contemplative. Il nous a expliqué que nous ne sommes jamais moins libres que lorsque nous nous efforçons d'agir. Il nous a saisis dans le filet du chasseur et a écrit notre destin sur la mer. Nous ne pouvons nous garder de lui, car il est en nous. Nous ne pouvons le voir que dans un miroir qui reflète l'âme. C'est Némésis[2] sans masque ; c'est la dernière et la plus redoutable des fatalités. C'est le seul dieu dont nous connaissions le nom véritable.

Terrible fantôme qui, dans la vie extérieure et pratique, a frustré notre énergie de spontanéité et notre action de libre choix, mais qui, dans la vie subjective, domaine de l'âme, vient à nous avec des présents plein les mains : tempéraments étranges et susceptibilités raffinées, ardeurs frénétiques et indifférences glaciales, pensées multiples et complexes qui se contredisent, passions en guerre contre elles-mêmes. Si bien que ce n'est pas notre propre vie que nous vivons, mais la vie des morts. L'âme qui habite en nous n'est pas une simple entité spirituelle qui fait notre personnalité, qui s'attache à notre service et se voue à notre joie ; c'est une chose qui passa par des lieux redoutables et vécut dans les sépulcres, qui souffrit de maladies diverses et se chargea de bien des crimes. C'est une chose plus sage que nous, et à la sagesse plus amère que la nôtre. Elle nous remplit d'impossibles désirs, et nous fait poursuivre des buts que nous savons irréalisables.

---

1. L'un des fondements de la littérature naturaliste. **2.** Divinité grecque qui incarne la « Vengeance divine ».

Et pourtant, elle aussi, elle vient à notre aide. Elle nous soustrait à une ambiance que souille la vulgarité, ou dont l'ignoble laideur et les prétentions sordides entravent notre développement spirituel. Elle nous aide à nous évader de notre siècle, et à en affronter d'autres sans nous sentir en exil. Elle nous apprend à mépriser notre expérience pour écouter la voix de plus grands que nous. La douleur de Léopardi[1] vitupérant contre la vie devient notre douleur. Au son des pipeaux de Théocrite[2], nous rions avec les nymphes et les bergers. Sous la peau de loup de Pierre Vidal[3], la meute nous pourchasse, et nous revêtons l'armure de Lancelot[4] pour quitter la chambre de la Reine. Le capuchon d'Abélard[5] nous entend murmurer le secret de notre amour, et nous chantons notre honte sous l'habit souillé de Villon[6]. Nous contemplons l'aurore avec les yeux de Shelley[7], et à nous voir errer avec Endymion[8], la Lune s'éprend de notre jeunesse. Nous éprouvons l'angoisse d'Atys[9], la rage impuissante et les nobles peines du Danois[10]. Ces vies

---

1. Giacomo Leopardi (1798-1837) : écrivain et érudit italien, auteur d'écrits à la tonalité amère et pessimiste, dans lesquels il déplore l'impossibilité pour les écrivains de son époque de produire des œuvres véritablement passionnées et romantiques. **2.** Théocrite (– 315/– 250) : poète grec qui jeta les bases du genre pastoral dans ses *Idylles*. **3.** Poète troubadour languedocien du XIIe siècle. Il aimait si fort sa dernière femme, surnommée la louve, qu'il parcourait les champs vêtu d'une peau de loup, pourchassé par des meutes de chiens. **4.** L'amant de la reine Guenièvre, femme du roi Artus, dont les exploits sont contés par Chrétien de Troyes dans *Lancelot ou le Chevalier à la charrette* (1170). **5.** Pierre Abélard (1079-1142) : théologien et logicien scolastique, il voua toute sa vie une passion intense à Héloïse, l'une de ses élèves, ce qui lui valut d'être émasculé par l'oncle de celle-ci. Devenu abbé, il continua de s'entretenir avec elle par lettres. **6.** L'un de ses poèmes les plus célèbres, la « Ballade des dames du temps jadis », fut traduit par D. G. Rossetti. **7.** Allusion probable au début du deuxième acte du *Prométhée délivré*. **8.** Berger aimé de Séléné (la Lune), auquel il donna cinquante fils. Celle-ci obtint de Zeus le sommeil éternel pour son amant, afin de pouvoir le rejoindre chaque nuit dans une caverne. *Endymion* est le titre d'un célèbre poème de John Keats dans lequel la Lune prend tour à tour l'apparence d'une mortelle (Phoebe) et d'une déesse (Cynthia). Après avoir plongé Endymion dans les brumes de l'illusion, elle l'entraîne finalement dans la vie éternelle. **9.** Berger grec frappé de folie par Cybèle. **10.** Hamlet.

innombrables, c'est l'imagination qui nous permet de les vivre, l'imagination, fille de l'hérédité, expérience concentrée de la race.

Ernest. — Quelle est donc, en tout ceci, la fonction de l'esprit critique ?

Gilbert. — La culture, favorisée par cette transmission d'expériences successives, ne peut être perfectionnée que par l'esprit critique, ou, pour mieux dire, ne fait qu'un avec lui. Car le véritable critique, c'est celui qui porte en lui les rêves, les idées, les sentiments de milliers de générations, à qui nulle forme de pensée n'est étrangère, pour qui nulle impulsion ne reste obscure. Et l'homme cultivé, le vrai, n'est-ce pas celui qui, à force de noble labeur et de choix lucides, a su faire de son instinct un sens intelligent et conscient, qui sait, sans hésitation, élire l'œuvre bonne et rejeter la vulgaire, qui, par comparaisons et rapprochements, pénètre les secrets de style et d'école, qui comprend leur signification et écoute leur voix, celui qui entretient en lui cet esprit de curiosité désintéressée, vraie racine et vraie fleur de la vie intellectuelle, celui qui atteint, de la sorte, à la parfaite clairvoyance et maître « de tout ce qui se pense et se sait de mieux au monde[1] », vit, on peut bien le dire, parmi les immortels.

Oui, Ernest, la vie contemplative, la vie qui ne tend pas à l'action mais à l'*être*, et moins encore à l'*être* qu'au *devenir*, l'esprit critique nous la donne. Ainsi vivent les dieux, soit, comme nous le dit Aristote, méditant sur leur propre perfection, soit, comme les voyait Épicure, observant avec des yeux calmes de spectateurs la tragi-comédie du monde qu'ils ont créé. Nous aussi, nous pourrions vivre comme eux et nous mettre à contempler, avec les émotions convenables, le spectacle varié que nous offrent l'homme et la nature. Nous pourrions nous spiritualiser en nous détachant de l'action, et toucher à la perfection en renonçant à toute énergie. J'ai l'impression que

1. Citation de Matthew Arnold, *Culture et Anarchie* (1869), ch. I.

Browning a pressenti cela. Shakespeare lance Hamlet dans la vie active et lui fait accomplir sa mission par l'effort. Browning aurait pu nous donner un Hamlet qui accomplît la sienne par la pensée. Contingences et événements étaient pour lui sans réalité ou sans signification. Dans la tragédie de la vie, il assignait le premier rôle à l'esprit, et tenait l'action pour le seul élément non dramatique d'une pièce. Pour nous, en tout cas, la βιοσ θεωρητικοσ[1] est le véritable idéal. De la haute tour de la pensée, nous contemplons le monde. Calme, replié sur lui-même, tout en lui, le critique observe la vie, et aucune flèche perdue ne saurait passer entre les joints de son armure. Lui, du moins, est en sûreté. Il a appris à vivre.

Un tel genre de vie serait-il immoral ? Disons amoral, plutôt ; tout art est amoral, en dehors de ces formes d'art voluptueux ou didactique qui poussent à l'action, bonne ou mauvaise. Et toute action appartient au domaine de l'éthique. L'art ne vise qu'à créer des états d'âme. Vous dites que c'est un mode de vie peu réaliste ? Il est, malheureusement pour l'Angleterre, plus difficile que ne l'imagine le Philistin ignorant, de n'être pas réaliste. Pas de pays au monde qui n'ait, autant que le nôtre, besoin d'hommes dénués de sens pratique. Chez nous, la pensée est avilie par une association permanente avec les considérations pratiques. De tous ceux qui s'agitent dans le tumulte et la frénésie de l'existence active, politicien bavard, braillard réformateur social, pauvre prêtre à l'esprit étroit, aveuglé par les souffrances du canton obscur où le sort l'a jeté, en est-il un seul qui puisse, sur quoi que ce soit, formuler un jugement désintéressé ? Pas de profession sans préjugé, pas de carrière sans parti pris. Nous vivons à une époque de surmenés sans éducation, à une époque où l'excès de travail rend les gens parfaitement stupides. Et pour dur que cela paraisse, je ne puis m'empêcher de dire qu'ils méritent leur sort. La plus sûre

1. La *bios thèorètikos* : la vie contemplative, considérée par Aristote, dans son *Éthique à Nicomaque*, comme l'activité la plus élevée de l'homme. Un poème de Wilde porte ce titre.

façon de ne rien savoir de la vie, c'est d'essayer de se rendre utile[1].

ERNEST. — Belle théorie, Gilbert.

GILBERT. — Belle, je n'en suis pas certain, mais qui a du moins le médiocre mérite d'être vraie. Le désir de faire du bien produit une belle moisson de fats, et encore n'est-ce là que le moindre de ses torts. Le fat peut fournir une étude psychologique intéressante, et bien qu'entre toutes les poses, la pose morale soit la plus détestable, c'est déjà quelque chose que d'avoir une pose. C'est admettre clairement la nécessité d'un point de vue défini et raisonné pour considérer la vie. Que l'humanitarisme parte en guerre contre la nature pour assurer la survivance des ratés, voilà de quoi faire exécrer ses faciles vertus par l'homme de science. L'économiste le blâmera de mettre sur le même pied prévoyants et imprévoyants, et d'enlever à la vie la plus forte, parce que la plus vile, de ses incitations au travail. Mais aux yeux du penseur, le véritable tort de la pitié humanitaire, c'est de limiter la connaissance, et de nous mettre ainsi hors d'état de résoudre un seul des problèmes sociaux. Nous nous efforçons, à l'heure actuelle, à force de cajoleries et d'aumônes de retarder la crise prochaine, la révolution qui vient, comme disent nos amis les Fabianistes[2]. Eh bien, crise ou révolution, elle nous trouvera désarmés parce qu'ignorants. Ne nous leurrons pas, Ernest : l'Angleterre ne sera pas civilisée tant qu'elle n'aura pas ajouté l'Utopie à ses possessions. Il y a

---

1. Allusion possible à la théorie de l'utilitarisme, développée notamment par Jeremy Bentham (1748-1832), pour qui la poésie n'avait pas plus de valeur que n'importe quelle autre activité manuelle dans la mesure où elle ne contribue pas plus au bien commun. **2.** La Société Fabienne, fondée en 1884, regroupait des partisans du socialisme hostiles à l'action révolutionnaire. Prenant comme modèle Quintus Fabius Maximus (Fabius Cunctator, le « Temporisateur »), consul romain du IIIe siècle avant Jésus-Christ qui avait vaincu les troupes d'Hannibal au terme d'une guerre d'usure, ils prônaient une conversion progressive de la société aux idées socialistes, notamment par la diffusion de tracts. George Bernard Shaw (1856-1950) en fut l'un des premiers membres. Wilde s'est fait l'écho des théories fabiennes dans « L'Âme de l'homme sous le socialisme ».

plus d'une de ses colonies[1] qu'elle pourrait troquer avec avantage contre un si beau domaine. Ce qu'il nous faut, ce sont des gens assez dépourvus de sens pratique pour voir plus loin que l'instant présent, pour penser plus avant que l'heure présente. Pour conduire le peuple, force est toujours de suivre la populace. Mais pour préparer la venue des dieux, il faut une voix qui crie dans le désert.

Peut-être considérez-vous qu'il y a quelque égoïsme à regarder et à contempler pour la seule joie de contempler et de regarder. Si vous le pensez, ne le dites pas. Il faut une époque aussi égoïste que la nôtre pour déifier le sacrifice. Il faut une époque aussi cupide que la nôtre pour préférer aux nobles qualités de l'esprit ces vertus faciles et sentimentales d'où elle tire un profit immédiat. Et quant à nos modernes philanthropes et humanitaires[2], qui ne cessent de prêcher les devoirs envers le voisin, ils se trompent lourdement. Car le développement de la race dépend du développement de l'individu. Or, dès que l'individu renonce à son idéal de culture, le niveau intellectuel s'abaisse, et toute intelligence menace de sombrer. Rencontrez à dîner un homme qui ait consacré sa vie à son perfectionnement intellectuel, — rare phénomène, de nos jours, mais parfois encore observable —, et vous vous sentirez plus riche, en vous levant de table ; vous aurez conscience d'avoir été touché et anobli par un grand idéal. Mais je vous plains, mon pauvre ami, si vous devez vous trouver à côté d'un homme qui a consacré sa vie à l'éducation d'autrui. Redoutable péril et affreuse ignorance, qui découle fatalement de l'habitude funeste d'étaler des opinions. Quelle étroitesse d'esprit, quelle fatigue pour le malheureux et pour nous que ces répétitions incessantes, que ces insistances fastidieuses ! Quelle négation absolue de tout progrès intellectuel ! Quel cercle vicieux imposé à un esprit !

---

1. En 1900, l'empire britannique comptait près de 370 millions d'habitants, dont 300 millions pour la seule Inde (et 37 millions pour l'Angleterre).
2. Au XIXe siècle en Angleterre, le courant humanitaire se développa principalement sous l'impulsion du mouvement chartiste, ainsi appelé en raison de la « Charte du Peuple », publiée le 8 mai 1838, qui prônait une réforme parlementaire et réclamait l'accès des classes ouvrières au suffrage.

ERNEST. — Quelle véhémence, Gilbert ! Auriez-vous été victime récemment de cette affreuse aventure, comme vous dites ?

GILBERT. — On n'y échappe guère. On prétend quelquefois que le maître d'école est une spécialité étrangère. Plût au ciel qu'il le fût ! Mais il n'est, à tout prendre, que le représentant le plus insignifiant d'une espèce qui envahit notre vie ; si le philanthrope est la plaie de la morale, l'homme que son ardeur à l'éducation d'autrui empêche de songer à la sienne propre est la plaie du domaine intellectuel. Oui, Ernest, le véritable idéal de l'homme est la culture de son esprit. Goethe l'avait compris, et c'est de cela que nous lui sommes plus redevables qu'à quiconque, depuis l'époque hellénique. Les Grecs l'avaient compris avant lui et ils ont laissé en héritage à la pensée moderne leur conception de la vie contemplative et la méthode critique qui permet seule d'y atteindre. C'est cette notion qui fit la grandeur de la Renaissance et nous donna l'humanisme [1]. C'est elle encore qui pourrait assurer l'importance de notre époque, car la véritable faiblesse de l'Angleterre, ce ne sont point ses armements insuffisants ou ses côtes sans défenses, ce n'est pas la pauvreté qui grouille dans des rues sans soleil ou ces ivrognes qui braillent dans des taudis, c'est uniquement le fait qu'elle s'attache à un idéal sentimental et non plus intellectuel.

Je ne nie pas que l'idéal intellectuel soit difficile à atteindre, et moins encore qu'il soit et doive sans doute, pendant nombre d'années encore, rester impopulaire auprès des masses. On s'apitoie facilement sur la souffrance, et l'on a peine à trouver de la sympathie pour la pensée. À vrai dire, la plupart des gens ne se doutent pas de ce que peut vraiment être la pensée : ils se figurent que déclarer une théorie dangereuse, c'est la condamner, alors que c'est en affirmer au contraire la véritable valeur. Une idée qui ne comporte pas de péril ne mérite pas le nom d'idée.

---

1. L'humanisme de la Renaissance désigne le mouvement de retour aux sources de l'Antiquité gréco-latine, favorisé par le développement de l'imprimerie, et le relèvement de l'esprit humain qui devait en résulter.

Ernest. — Vous êtes déconcertant, Gilbert. Après avoir dit que tout art est essentiellement immoral, allez-vous affirmer que toute pensée est, par elle-même, dangereuse ?

Gilbert. — Au point de vue pratique, le fait est indiscutable. La sécurité de la société repose sur l'habitude et l'instinct inconscient, et sa stabilité, en tant qu'organisme sain, est fondée sur la complète absence d'intelligence chez ses membres. La grande majorité des individus, conscients de cette exigence, se rallient tout naturellement à un système bien ordonné, qui les hausse à la dignité de machines[1], et s'élèvent avec fureur contre toute intrusion de l'intelligence dans les problèmes de la vie ; si touchante est leur unanimité, que l'on serait tenté de définir l'homme un animal raisonnable qui perd tout sang-froid, dès que l'on fait appel à sa raison. Mais détournons-nous du domaine pratique, et laissons de côté ces mauvais philanthropes ; mieux vaut les remettre à la miséricorde du sage Chuang-Tsu[2], le philosophe aux yeux bridés de la Rivière Jaune, selon qui de tels touche-à-tout, aussi nocifs que bien intentionnés, ont détruit, chez l'homme, toute vertu simple et spontanée. Sujet fastidieux, au surplus, et qui aiguise mon désir de revenir à celui de la libre critique.

Ernest. — Et de l'intelligence ?

Gilbert. — Évidemment. Vous vous rappelez ce que je vous disais des qualités créatrices du critique, que je tenais pour égales à celles de l'artiste. L'œuvre artistique, affirmais-je, peut avoir pour mérite unique de fournir au critique un mode nouveau de pensée ou de sentiment, auquel donner, avec des moyens d'expression différents, une forme également ou plus

---

1. Dans son ouvrage intitulé *Sign of the Times* (1829), Thomas Carlyle (1795-1881), farouche adversaire de l'utilitarisme et du matérialisme, parle de la dégradation de l'homme engendrée par le développement de la société industrielle, ce qu'il appelle l'âge de la machine (« The Mechanical Age »).
2. Philosophe taoïste du IIIe siècle av. J.-C. Dans un article du *Speaker* du 8 février 1890, Wilde avait rendu compte d'une traduction anglaise de son œuvre. Dans « L'Âme de l'homme sous le socialisme », Wilde évoquera de nouveau la figure du philosophe chinois pour le comparer, en un geste typique de la littérature fin-de-siècle, au Christ.

heureuse, et un aspect plus beau et plus parfait. Cette théorie semblait vous laisser un peu sceptique si, du moins, je ne me suis pas trompé.

ERNEST. — Je ne suis pas absolument sceptique ; je reste seulement convaincu que l'œuvre critique — dont j'admets avec vous qu'elle est bien créatrice —, reste purement subjective, tandis que toute grande œuvre est objective et impersonnelle.

GILBERT. — Entre l'œuvre objective et subjective, la différence n'est pas essentielle, mais purement extérieure et fortuite. Toute création artistique est subjective au premier chef. Le paysage que regardait Corot n'était, comme il le dit lui-même, qu'un état de son âme, et ces grandes figures du drame grec ou anglais qui nous semblent douées d'une existence personnelle ou indépendante du poète qui les a créées, ne représentent, en dernière analyse, que les poètes eux-mêmes, non pas tels qu'ils se croyaient, mais tels qu'ils croyaient ne pas être, et que par une bizarre contradiction, les faisait, pour un moment, cette conviction même. Car nous ne sortons jamais de nous-mêmes, et rien n'existe dans la création, qui n'ait d'abord été dans le créateur. Je dirais même qu'une création est d'autant plus subjective qu'elle nous paraît plus objective. Shakespeare avait peut-être rencontré Rosencranz et Guildenstern [1] dans les rues blanches de Londres, et vu les valets de maisons rivales se provoquer sur les places, mais Hamlet sortit de son âme, et Roméo de son cœur. C'étaient des éléments de sa nature auxquels il donna une forme visible, des impulsions qui s'agitaient si violemment en lui qu'il fut, pour ainsi dire, contraint à les laisser s'épandre, non sur le médiocre plan de la vie réelle, où elles seraient restées étriquées, gênées et imparfaites, mais dans le monde imaginaire où l'amour trouve dans la mort son magnifique épanouissement, où l'on poignarde le curieux [2] à travers une tenture, où l'on se bat sur une tombe fraîche [3], où

1. Personnages secondaires de *Hamlet*, chargés de l'assassiner mais qui périssent finalement en mer. 2. Polonius, poignardé par Hamlet alors qu'il se cache derrière une tenture (acte III, scène 4). 3. Allusion au combat final entre Hamlet et Laertes (acte V, scène 2).

le roi coupable boit son sang[1], où sous la lueur intermittente de la lune, paraît, de rempart en rempart, le fantôme aimé d'un père[2]. L'action, avec toutes ses bornes, n'aurait pas permis à Shakespeare de s'exprimer à sa satisfaction. S'il a pu tout accomplir, c'est parce qu'il ne fit rien ; c'est parce qu'il ne parle jamais de lui dans ses pièces que ses pièces nous le révèlent complètement, et nous montrent même mieux sa véritable nature et son tempérament que ces sonnets étranges et exquis où il met à nu pour les yeux lucides le trésor secret de son cœur. Oui, la forme objective est, en définitive, la plus subjective. L'homme cesse d'être lui-même dès qu'il parle pour son propre compte. Donnez-lui un masque et il vous dira la vérité.

ERNEST. — Alors, s'il se trouve réduit à la forme subjective, le critique ne pourra pas s'exprimer aussi librement que l'artiste, qui dispose aussi des formes objectives et impersonnelles ?

GILBERT. — Je ne vois pas pourquoi. Qu'importe, s'il admet que, sous sa forme la plus haute, la critique ne fait que traduire des états d'âme, et que rien mieux que l'inconséquence ne nous éclaire sur nous-mêmes ? Uniquement fidèle au principe de l'universelle beauté, le critique cherchera partout des impressions neuves, demandera aux diverses écoles le secret de leur charme, s'inclinera, selon les cas, devant des autels nouveaux, ou sourira, s'il en sent le désir, à d'étranges dieux inconnus. Ce que certains individus appellent notre passé leur importe sans doute beaucoup, mais ne nous importe en rien à nous. L'homme qui s'attache à son passé mérite de ne pas avoir d'avenir. Exprimer un état d'âme, c'est en avoir fini avec lui. Vous riez ? Croyez bien pourtant que je dis vrai. Hier, c'est le réalisme qui nous charmait et nous donnait ce frisson nouveau qu'il s'efforçait de faire naître. Nous l'analysions, et nous l'expliquions, et nous nous en lassions. Puis vinrent le lumi-

---

1. Claudius, meurtrier du père de Hamlet, qui meurt sous les coups de Hamlet dans la même scène. C'est en réalité Gertrude, mère de Hamlet remariée à Claudius, qui boit la coupe empoisonnée. **2.** Le fantôme du père, qui apparaît dès l'acte I (scènes 1 et 5), puis dans l'acte III, scène 4, lorsque Hamlet tente de faire voir à sa mère la noirceur de l'âme de Claudius.

niste[1] en peinture, et le symboliste[2] en poésie, après quoi s'éveilla soudain, dans la Russie sanglante, l'esprit du Moyen Âge, cet esprit qui n'est pas d'une époque, mais d'un tempérament, et qui exerça un moment sur nous la séduction terrible de la douleur. Aujourd'hui, c'est au roman que vont tous les suffrages ; les feuilles tremblent dans la vallée, et au flanc mauve des collines, la beauté court sur ses pieds d'or sveltes. Les vieux modes de création s'attardent cependant : les artistes se répètent ou copient leurs voisins avec une insistance accablante. Seule, la critique ne piétine pas, et ses serviteurs ne cessent d'accroître leur bagage.

Au demeurant, rien n'enferme l'artiste dans le domaine de l'expression subjective. Il peut, à son gré, recourir au drame ou à l'épopée ; il peut user du dialogue, à l'exemple de celui qui mit dans la bouche de Milton et de Marvell[3] des propos sur la nature de la comédie et de la tragédie, et qui fit discourir sur les lettres, à l'ombre des chênes de Penshurst[4], Sidney et Lord Brooke. Libre à lui d'adopter le ton du récit, comme aime à le faire Mr. Pater, dont chacun des *Portraits imaginaires*[5] nous présente, sous un masque de fiction, une critique serrée et charmante, et passe ainsi tour à tour en revue le peintre Watteau, la philosophie de Spinoza, les origines païennes de la Renaissance, et avec plus de subtilité encore, la genèse de cette *Aufklärung*[6], de cette aube qui se leva au siècle dernier sur l'Allemagne, et à laquelle l'intelligence moderne doit tant. À coup sûr, le dialogue, cette forme littéraire remarquable qu'ont

---

1. Nom donné à un peintre spécialiste des effets de lumière. 2. Le symbolisme désigne au sens restreint le mouvement dans les arts qui se développa au cours des deux dernières décennies du XIXe siècle et qui explora, en réaction contre le réalisme et le naturalisme, les rapports entre l'esprit et la matière. 3. Andrew Marvell (1621-1678) : poète anglais, qui écrivit notamment un poème laudateur pour la seconde édition du *Paradis perdu* de Milton. 4. La demeure de la famille Sidney, dépeinte par Ben Jonson dans son poème « To Penhurst ». 5. Les *Portraits imaginaires* de Pater, parus en 1887, sont une œuvre qui exalte l'avènement d'un âge d'or formel. 6. Expression allemande qui signifie « Lumières ». Dans la pensée allemande, le siècle des Lumières désigne la période allant de 1700 à 1780, qui fut marquée par la suprématie du rationalisme.

toujours employée les véritables critiques, de Platon à Lucien, de Lucien à Giordano Bruno[1], de Bruno au magnifique vieux païen[2] qui enchantait si bien Carlyle, le dialogue ne saurait jamais, en tant que mode d'expression, perdre son attrait pour les penseurs. Admirable procédé pour se cacher et se manifester à la fois, pour donner corps à toutes les fantaisies et vie à toutes les humeurs. Moyen de faire le tour du sujet, de le montrer sous toutes ses formes, comme un sculpteur fait d'une statue, d'en accuser toute la rigueur et toute la plénitude sans négliger ces détails, ces éclairs tardifs et heureux qui illuminent plus nettement le motif central, en dégagent l'importance, et lui confèrent, en même temps, le charme délicat de l'inattendu.

ERNEST. — Ajoutez qu'il permet au critique de convertir, à son gré, par quelque absurde sophisme, un adversaire imaginaire.

GILBERT. — Convertir les autres, c'est trop facile ; toute la difficulté, c'est de se convertir soi-même. Pour bien savoir ce que l'on croit réellement, il faut parler avec des lèvres étrangères ; pour bien connaître la vérité, il faut imaginer des milliers de mensonges. Qu'est-ce que la vérité ? En matière de religion, c'est seulement l'opinion qui a survécu ; en matière de science, c'est la dernière sensation ; en matière d'art, le dernier état d'âme. Vous voyez donc que le critique dispose d'autant de formes d'expression objectives que l'artiste. Ruskin a, dans ses critiques, usé de la plus imagée des proses, et ses voltefaces, ses contradictions sont superbes ; Browning met la sienne en vers blancs, et sait extorquer leur secret au poète et au peintre ; M. Renan a recours au dialogue, M. Pater à la fiction ; Rossetti traduit en musique de sonnet la couleur de Giorgione et le dessin d'Ingres[3], aussi bien que son dessin et sa couleur à lui, car il sent, avec l'instinct de l'artiste riche de plusieurs modes

---

1. Giordano Bruno (1548-1600) : philosophe italien, qui fut condamné puis brûlé pour avoir défendu le système de Copernic (1473-1543). Il prônait l'unité de l'esprit et de la matière en Dieu. **2.** Goethe, dont Carlyle traduisit *Les Années d'apprentissage de Wilhelm Meister*. **3.** Élève de David, son œuvre, où s'affirme la prééminence de la ligne, est généralement considérée comme l'antithèse de celle de Delacroix, artiste de la couleur.

d'expression, que la littérature est l'art suprême, et qu'il n'est pas de meilleur et de plus efficace instrument que celui des mots.

Ernest. — Maintenant que vous avez établi que le critique peut disposer de toutes les formes objectives, je voudrais que vous me disiez les qualités qui doivent, à votre avis, caractériser la véritable critique.

Gilbert. — Et selon vous, quelles sont-elles ?

Ernest. — Voyons : pour commencer, je dirais que le critique doit être impartial.

Gilbert. — Impartial ! Ah, non ! Pas au sens habituel du mot, en tout cas. On ne juge sans prévention que des choses qui n'intéressent point, et c'est ce qui ôte toute valeur à l'opinion impartiale. Voir les deux côtés d'une question, c'est ne rien voir du tout. L'art est une passion, et dès qu'elle touche à l'art, la pensée se colore fatalement d'émotion ; mobile et fugace, régie par des états d'âme subtils et des spontanéités délicates, elle ne saurait s'astreindre à la rigidité de la formule scientifique ou du dogme théologique. C'est à l'âme que parle l'art, et l'âme est prisonnière de l'esprit aussi bien que du corps. Que l'on n'ait pas de préjugés, soit ! Mais, comme le faisait remarquer, voici cent ans, un grand Français, on ne saurait être sans préférences, et avoir des préférences, c'est cesser d'être juste. Il faut un commissaire-priseur pour admirer également et impartialement toutes les écoles d'art. Non, l'impartialité n'est pas une qualité du véritable critique, ni même une condition de la critique. Toute nouvelle forme d'art avec laquelle nous entrons en contact nous domine, pendant un moment, à l'exclusion des autres. Quelle qu'elle soit, il faut nous abandonner complètement à son charme, pour pouvoir pénétrer son secret. Et force nous est, pour un temps, de ne penser qu'à elle.

Ernest. — Vous m'accorderez, du moins, que le critique doit être raisonnable ?

Gilbert. — Raisonnable ? Ah ! Ernest ! Il y a deux façons de détester l'art : l'une de ne pas l'aimer, simplement ; l'autre de l'aimer avec raison. L'art, comme Platon s'en était aperçu, non sans regret, détermine, chez le spectateur ou l'auditeur, une sorte de folie divine. Il ne naît pas de l'inspiration, mais inspire ses adeptes. Ce n'est pas à la raison qu'il s'adresse. Pour aimer vraiment l'art, il faut l'aimer plus que toute autre chose, et la raison, si on l'écoutait, protesterait contre un tel amour. Il n'y a rien de raisonnable dans le culte de la beauté ; il est trop splendide pour tenir compte de la raison, et ceux dont il conditionne la vie feront toujours au monde l'effet de purs visionnaires.

Ernest. — Il sera, pour le moins, sincère ?

Gilbert. — Un peu de sincérité est chose dangereuse ; beaucoup de sincérité chose fatale. Évidemment, le vrai critique sera sincère dans son culte pour la beauté, mais cette beauté, il la cherchera dans tous les siècles et toutes les écoles, sans jamais s'inféoder à un mode défini de pensée, à une forme stéréotypée de vision. Il se soumettra lui-même à mille métamorphoses, et sera toujours curieux de sensations neuves et de nouveaux points de vue. C'est par des changements perpétuels, et par ces changements seulement, qu'il trouvera son unité. Il ne s'asservira point à ses propres opinions, sachant que dans le monde de l'intelligence, l'esprit n'est que mouvement. L'essence de la pensée, comme celle de la vie, c'est l'accroissement. Ne vous laissez pas effrayer par les mots, Ernest. Ce que le monde tient pour manque de sincérité, n'est qu'une méthode qui multiplie les personnalités.

Ernest. — Je crains de n'avoir pas été très heureux dans mes suggestions.

Gilbert. — Des trois qualités que vous avez citées, deux : la sincérité et l'impartialité, étaient sinon tout à fait, du moins partiellement du ressort de la morale, et la première condition, pour le critique, c'est de reconnaître la séparation totale et absolue entre les domaines de l'art et de la morale. Leur confusion, c'est le chaos. On les confond trop souvent de nos jours, en Angleterre, et si nos puritains modernes n'arrivent pas à détruire les belles choses, leur prodigieuse démangeaison de vertu réussit pourtant à souiller un instant la beauté. C'est dans les journaux, je le constate avec regret, que ces gens-là font entendre leur voix. Je le déplore, parce qu'il y a beaucoup à dire en faveur du journalisme moderne. En nous exprimant l'opinion des gens incultes, il nous fait toucher du doigt l'ignorance des masses. En nous relatant fidèlement les menus faits quotidiens, il nous fait apprécier leur insignifiance. En discutant sans trêve de futilités, il nous fait mieux comprendre les éléments nécessaires à une culture sérieuse. Mais qu'il n'aille pas demander au pauvre Tartuffe des articles sur l'art moderne. C'est vouloir s'abrutir. Pourtant, les articles de Tartuffe et les notes d'un Chadband [1] ont au moins cet avantage, de montrer l'étroitesse du champ sur lequel la morale et les considérations éthiques peuvent prétendre s'exercer. La science n'a rien à voir avec la morale, parce que ses yeux sont fixés sur les vérités éternelles. L'art n'a rien à voir avec la morale, parce que ses yeux sont fixés sur des choses immortelles et sans cesse changeantes. La morale se cantonne dans les sphères les plus basses et les moins intellectuelles.

Mais laissons les puritains déclamatoires ; ils ont leur côté comique. Comment ne pas rire quand le premier venu des journalistes propose gravement de limiter le nombre des sujets réservés à l'artiste [2] ? Ne pourrait-on, sans tarder, imposer des limites aux journaux et à leurs rédacteurs, qui nous servent les détails crus, avilissants et dégoûtants de la vie ? Ils relatent, avec une honteuse avidité, les vilenies de bas individus, et apportent une conscience d'illettrés au récit prosaïque et minutieux des faits et gestes de gens totalement dénués d'intérêt. Quant à l'artiste, qui ne prend les faits de la vie que pour les transformer en beauté, pour en faire des éléments de pitié ou de terreur [3], pour montrer leur couleur, leur mécanisme et leur véritable

---

1. Personnage de *Bleak House* (1852-1853) de Charles Dickens (1812-1870). **2.** Cette accusation se retrouve dans la correspondance de Wilde, où il s'en prend plus explicitement au rédacteur en chef de la *Saint James's Gazette*, qui l'avait attaqué en termes extrêmement virulents à l'occasion de la parution du *Portrait*. **3.** Les deux sentiments que purifie la tragédie grecque selon Aristote.

importance morale, pour bâtir avec eux un monde plus réel que la réalité même, un monde plus noble et plus solide, qui imposera des bornes à son talent ? Pas les apôtres de ce nouveau journalisme qui n'est que la vieille vulgarité amplifiée. Pas les apôtres de ce nouveau puritanisme qui n'est qu'un gémissement hypocrite, et qui écrit aussi mal qu'il parle. La seule idée en est ridicule. Laissons là ces odieuses gens, et revenons aux qualités du véritable critique.

ERNEST. — Quelles sont-elles donc ? Dites-le-moi.

GILBERT. — Le tempérament, tout d'abord ; un tempérament d'une sensibilité exquise à la beauté et aux impressions diverses que nous fait éprouver la beauté. Comment et dans quelles conditions un tempérament de ce genre se manifeste dans la race ou chez l'individu, c'est ce que nous ne rechercherons pas ici. Il nous suffit de savoir qu'il existe, et qu'il y a en nous un sens de la beauté, distinct des autres sens et supérieur à eux, indépendant de la raison et de plus haute portée, séparé de l'âme et de valeur égale, un sens qui incite certains esprits à la création, et d'autres, que je tiens pour plus délicats, à la contemplation. Mais ce sens ne s'épure que dans un entourage choisi. Sans lui, il s'émousse et dépérit. Vous vous souvenez de ce passage charmant[1] où, parlant de l'éducation d'un jeune Grec, Platon insiste sur l'importance primordiale de l'entourage, et recommande d'élever l'enfant parmi de beaux spectacles et des sons harmonieux, pour que la beauté des choses matérielles prépare son âme à la beauté spirituelle. C'est de cette façon que grandit en lui, insensiblement et à son insu, cet amour du beau qui est le but suprême de l'éducation, ainsi que Platon ne se lasse jamais de nous le rappeler. Peu à peu se développe en lui un tempérament qui l'amènera tout naturellement à distinguer le bon du mauvais, à repousser tout ce qui est vulgaire et discordant, à s'éprendre, par goût instinctif, de tout ce qui possède charme, grâce et finesse. Plus tard, par une pente naturelle, cet initial instinct se transforme en une con-

1. *La République* (livre III).

naissance réfléchie et critique, et « celui qui a été pourvu de cette véritable culture intérieure distingue avec netteté et précision les erreurs et les omissions de l'art ou de la nature ; son goût ne le trompe pas ; il loue la beauté, y trouve son plaisir, la reçoit dans son cœur, et en devient plus noble, de même qu'il exècre et blâme la laideur, avant même de savoir se l'expliquer ». Aussi, lorsque plus tard, l'esprit critique[1] s'est formé en lui, « il le reconnaît et le salue comme un ami dont son éducation a fait un familier ». Je n'ai pas besoin de vous dire, Ernest, combien notre Angleterre moderne s'écarte d'un tel idéal, et je vois d'ici le sourire qui illuminerait le visage luisant du Philistin à qui l'on oserait déclarer que le véritable but de l'éducation est l'amour de la beauté et que les meilleures méthodes d'éducation sont le développement du tempérament, la culture du goût et de l'esprit critique.

Et cependant, même chez nous, le décor garde son charme, et peu importe la sottise des professeurs et des pédants à qui peut errer sous les arcades grises de Magdalen College[2], entendre une voix de flûte dans la chapelle de Waynfleete, s'allonger sur la prairie verte, parmi les fritillaires[3], voir le brûlant midi aviver l'or des girouettes, gravir l'escalier de Christ Church College, sous les sombres voûtes du plafond, ou franchir, dans le collège de Saint-John, la porte sculptée du bâtiment de Laud[4]. Ce n'est pas, d'ailleurs, à Oxford ou à Cambridge seulement que peut naître, grandir et se perfectionner le sens de la beauté. Nous assistons, par toute l'Angleterre, à une Renaissance des arts décoratifs[5]. La laideur a fait son temps. Le goût

---

1. En réalité, selon Platon, l'éducation sert à développer la raison. 2. Nom d'un des collèges d'Oxford, qui fut fondé par William Patten Waynfleete. 3. Plante à fleurs décoratives en forme de cloche. 4. Christ Church, Saint John : deux autres collèges d'Oxford ; William Laud (1573-1645) fut nommé archevêque de Cantorbéry par Charles Ier en 1633. La persécution des puritains et des presbytériens à laquelle il se livra lui valut d'être exécuté en 1645. 5. Dans une conférence donnée en février 1882 à Chicago, « Les Arts décoratifs », Wilde avait déjà insisté sur la place de ces arts au sein du mouvement de renaissance esthétique qu'il voyait poindre en Angleterre. Il y insistait notamment sur le rôle de ces arts dans l'éducation des jeunes Anglais.

s'affirme jusque chez les riches, et ceux qui ne sont pas riches ont su se faire des demeures aimables, avenantes, et où il fait bon vivre. Caliban, le pauvre braillard, croit qu'une chose cesse d'exister parce qu'il cesse de lui faire des grimaces. Mais s'il ne se moque plus, c'est pour avoir subi une moquerie plus acérée et plus vive que la sienne, c'est pour avoir été douloureusement réduit au silence, c'est pour avoir senti sceller ses affreuses lèvres tordues. Le meilleur résultat, jusqu'ici, c'est une route dégagée. Il est toujours plus difficile de détruire que de créer, et quand il s'agit de détruire la vulgarité et la bêtise, le courage doit s'armer encore de mépris. Au surplus, la tâche est en bonne voie : nous avons rejeté la laideur ; il nous reste à édifier la beauté. Et bien que le mouvement esthétique incite à la contemplation plus qu'à la création, la force de l'instinct créateur chez le Celte [1], véritable précurseur des arts, pourra dans un proche avenir, éveiller chez nous une Renaissance aussi vigoureuse à sa façon que celle qui éclata, voici des siècles, dans les villes d'Italie.

Pas de doute qu'il ne faille, pour la culture du tempérament, s'adresser aux arts décoratifs, aux arts qui nous touchent, et non à ceux qui nous instruisent. Les tableaux sont incontestablement délicieux à regarder. Certains, du moins. Mais on ne saurait vivre en face d'eux : ils sont trop affirmatifs, trop intelligents ; leur message est trop clair, et leur méthode trop nettement définie. On en extrait trop vite le sens, après quoi ils deviennent ennuyeux comme des parents. Je goûte fort les œuvres de maints impressionnistes de Paris et de Londres. Leur école n'a pas encore renoncé à la finesse et à la distinction. Certaines de leurs dispositions et de leurs harmonies rappellent l'inégalable beauté de cette immortelle « Symphonie en

---

1. Il s'agit là d'une des rares allusions de Wilde à ses origines irlandaises dans *Intentions*. Mais, dans sa correspondance, Wilde fait montre de préoccupations similaires et semble suggérer que la Renaissance celte, qui commençait à se développer en Irlande à la même époque, devait montrer la voie à l'art anglais. Rappelons que l'ouvrage de Matthew Arnold, *Sur l'étude de la littérature celte*, paru en 1867, fut à l'origine de la création d'une chaire d'études celtes à Oxford.

blanc majeur » de Gautier[1], impeccable chef-d'œuvre de composition et de couleur, qui a peut-être inspiré le genre aussi bien que le titre de nombre de leurs meilleures toiles. Aux yeux de gens qui accueillent l'incompétence avec un empressement sympathique, et confondent le bizarre avec le beau, le vulgaire avec le vrai, ils touchent à la perfection. Leurs dessins ont une vivacité d'épigrammes, leurs pastels sont séduisants comme des paradoxes, et quant à leurs portraits, quoi qu'en puisse dire le vulgaire, on ne saurait leur dénier ce charme merveilleux et unique à quoi peut seule prétendre l'œuvre d'imagination pure. Ce qui n'empêche pas les impressionnistes, malgré toute leur valeur et tout leur travail, de ne pas convenir à notre dessein. Je les apprécie. Leur dominante blanche, avec ses variations en mauve, marque une époque dans l'histoire de la couleur. Si le moment ne fait pas l'homme, il fait certainement l'impressionniste, et il y a beaucoup à dire sur l'importance du moment dans l'art, et sur le « monument du moment », comme disait Rossetti[2]. Ils font penser aussi. S'ils n'ont pas ouvert les yeux aux aveugles, ils ont, du moins, donné de grands encouragements aux myopes, et si leurs chefs ont toute l'inexpérience du grand âge, leurs jeunes adeptes sont bien trop avisés pour jamais faire montre de bon sens. Seulement, ils s'obstinent à traiter la peinture comme un mode d'autobiographie à l'usage des illettrés, nous entretiennent sans cesse, sur leurs toiles grossières et grumeleuses, de leurs personnes inutiles et de leurs opinions futiles, et gâtent, par une vulgarité outrecuidante, ce beau mépris de la nature qui est leur plus sûr mérite, et leur seule modestie. On finit par se lasser de l'œuvre d'individus dont l'individualité est toujours bruyante, et le plus souvent sans intérêt.

Il y a plus à dire de cette récente école parisienne des *Archaïcistes*, comme ils s'intitulent, qui, refusant de laisser l'artiste à la merci absolue du temps, ne cherchent pas leur idéal d'art

1. Dans *Émaux et Camées*. 2. Allusion probable à un passage de « Sonnet sur le sonnet », de Dante Gabriel Rossetti, paru en 1881 dans *Ballades et Sonnets*.

dans de simples effets d'atmosphère, et poursuivent avant tout la beauté du dessin et le charme de la couleur ; ils ont renoncé au médiocre réalisme de ceux qui ne peignent que ce qu'ils voient, pour chercher ce qui vaut la peine d'être vu, et le considérer non seulement avec des yeux matériels, mais par cette vision de l'âme dont la portée spirituelle est autrement plus large et les ambitions d'art autrement magnifiques. En tout cas, ils n'ont pas renoncé à ces idées de décoration sans lesquelles il n'est point d'art parfait, et possèdent assez l'instinct du beau pour déplorer ces restrictions stupides, misérables et essentiellement modernes qui ont été fatales à tant d'impressionnistes.

Mais en définitive, l'art avec lequel on peut vivre est l'art véritablement décoratif. C'est le seul qui crée en nous états d'âme et tempérament. La couleur, sans recherche de signification et sans formes trop définies, a mille façons de parler à l'âme. L'harmonie née des proportions délicates de lignes et de volumes, se réfléchit dans l'esprit. Les répétitions de motifs sont reposantes ; les merveilles du dessin exaltent l'imagination. Il y a des éléments latents de culture jusque dans le charme des matériaux employés. Et mieux encore : par son mépris affirmé de la nature en tant qu'idéal de beauté et de la méthode imitative du peintre ordinaire, l'art décoratif prépare à la claire perception de l'œuvre d'imagination, et développe ce sentiment de la forme qui fait l'essence de toute entreprise créatrice ou critique. Car le véritable artiste est celui qui va non du sentiment à la forme, mais de la forme à la pensée et à la passion. Il ne conçoit pas d'abord l'idée pour se dire ensuite : « Je vais en faire un poème de quatorze vers », mais, ému par la beauté du sonnet, se représente certains modes de musique et de rythmes, et trouve dans la forme métrique même les éléments qui l'épouseront pour en faire un tout intellectuel et sensible. De temps en temps, le monde s'indigne contre un charmant poète, parce que, selon le mot stupide et désuet, « il n'a rien à dire ». S'il avait quelque chose à dire, sans doute le dirait-il, et le résultat serait médiocre. C'est précisément parce qu'il n'a pas de message nouveau qu'il peut faire œuvre vraiment belle. Il tire, comme devrait le faire tout artiste, son inspiration de la forme, et de la forme seule. Une passion sincère l'anéantirait. Ce qui tient de la vie ne vaut rien pour l'art. La mauvaise poésie est engendrée par les sentiments profonds. Être naturel, c'est être évident, c'est-à-dire aboutir à la négation de l'art.

ERNEST. — Je me demande si vous croyez ce que vous dites ?

GILBERT. — Pourquoi cela ? Ce n'est pas en art seulement que le corps est l'animateur. Partout, dans la vie, la forme est à l'origine de tout. Les gestes rythmiques et harmonieux de la danse pénètrent l'esprit, selon Platon, d'harmonie et de rythme. La forme est l'aliment de la foi, s'écrie Newman, dans un de ces grands élans de sincérité qui nous le font connaître et admirer. Il voyait juste, bien qu'il ignorât sans doute à quel point il avait raison. On accepte les croyances à force de les entendre répéter, et non pas au nom de la raison. La Forme est tout. Tel est le secret de la vie. Trouvez son expression à votre peine, et votre peine vous deviendra chère ; sachez exprimer votre joie, et vous en décuplerez les délices. Voulez-vous aimer ? Récitez les litanies de l'amour, et les mots créeront le désir d'où le monde s'imagine qu'ils naissent. Avez-vous un chagrin qui vous ronge le cœur ? Trempez-vous dans le langage du chagrin, empruntez-en les termes au Prince Hamlet et à la reine Constance[1], et vous trouverez dans les mots un baume adoucissant, et vous sentirez que la Forme, berceau de la passion, est aussi la tombe de la douleur.

En somme, pour en revenir à l'art, c'est la forme qui crée, autant que le tempérament critique, cet instinct esthétique infaillible qui nous dévoile la beauté profonde des choses. Partez du culte de la forme, et l'art n'aura plus de secrets pour vous. Souvenez-vous aussi que, chez le critique comme chez l'artiste créateur, le tempérament est tout, et que le classement historique des écoles d'art doit se baser sur leur tempérament originel bien plus que sur leur époque d'apparition.

ERNEST. — Vous avez de délicieuses idées sur l'éducation.

---

1. Wilde pense très probablement à la reine Gertrude, à l'acte III, scène 4 de *Hamlet*.

Mais votre critique élevé dans un décor exquis, de quelle influence jouira-t-il ? Croyez-vous vraiment qu'un artiste soit jamais sensible à la critique ?

GILBERT. — L'influence du critique dépendra de sa simple existence. Il sera le représentant des formes impeccables, et c'est en lui que se manifestera la perfection de l'époque. Ne lui assignez pas d'autre fin que sa propre perfection. Tout ce que demande l'intelligence, comme on l'a bien dit, c'est de se sentir vivre. Libre au critique de se souhaiter une influence, mais dans ce cas, ce n'est pas des individus qu'il s'occupera, c'est de l'époque qu'il s'efforcera d'éveiller à la conscience et à la compréhension, en suscitant chez elle des désirs et des appétits neufs, en lui prêtant sa vision élargie et ses états d'âme plus nobles. L'art du jour l'occupera moins que l'art du lendemain et bien moins que celui de la veille, et quant à ces laborieux qui s'appliquent avec tant d'acharnement à leur tâche, en quoi pourront-ils l'intéresser ? Ils s'appliquent de leur mieux et obtiennent de piètres résultats. Ce sont toujours les meilleures intentions qui produisent les plus mauvaises œuvres. D'ailleurs, mon cher, quand un homme atteint la quarantaine, devient membre de l'Académie ou de l'Atheneum Club [1], ou, romancier populaire fameux, fournit les bibliothèques de gares de banlieue, on peut se donner le plaisir de l'exécuter mais pas de le transformer. Ce qui, au surplus, est fort heureux pour lui, car ce serait le pire des châtiments, un châtiment sous sa forme la plus rigoureuse et la plus morale ; un individu subira toutes les peines plutôt que de se corriger, et c'est ce qui explique l'impuissance de toute la société à redresser cet intéressant phénomène qu'on appelle un criminel endurci.

ERNEST. — N'est-il pas possible, malgré tout, que le poète soit le meilleur juge de la poésie et le peintre de la peinture ? Chaque art doit en appeler d'abord à l'artiste qui en fait sa spécialité, et dont le jugement doit primer.

---

1. L'Athenaeum Club fut fondé en 1824 pour accueillir des personnalités éminentes du monde des lettres, des beaux-arts et de la science.

Gilbert. — L'art s'adresse au tempérament de l'artiste et non du technicien. Il est universel et un dans toutes ses manifestations. Bien loin d'être le meilleur des juges en son art, le véritable grand artiste ne sait jamais juger l'œuvre de ses pareils, et sait à peine juger la sienne. La concentration même de vision qui fait l'artiste, rétrécit, par son intensité, ses facultés d'appréciation. L'énergie créatrice le mure dans sa propre prison, et les roues de son char soulèvent autour de lui un nuage de poussière. Les dieux se dissimulent les uns aux autres, et tout ce qu'ils peuvent faire, c'est de reconnaître leurs fidèles.

Ernest. — Vous déniez donc au grand artiste la faculté de reconnaître la beauté d'une œuvre différente de la sienne ?

Gilbert. — Absolument. Wordsworth ne voyait dans *Endymion* qu'une aimable œuvre païenne, et Shelley, tout à son horreur pour l'actualité, restait sourd à la voix de Wordsworth, dont il ne goûtait pas la forme. Byron, ce grand passionné, ce grand homme incomplet, n'appréciait pas plus le poète du nuage que celui du lac, et restait insensible au miraculeux Keats. Le réalisme d'Euripide semblait détestable à Sophocle, qui ne trouvait aucun charme à la chaude musique des sanglots. Milton, avec son sens du grand style, ne comprenait pas plus la manière de Shakespeare que Sir Joshua Reynolds[1] celle de Gainsborough[2]. Ce sont les mauvais artistes qui admirent l'œuvre du voisin, et croient faire montre, en cela, de largeur d'esprit et d'absence de préjugés. Le véritable grand artiste ne peut concevoir, pour faire surgir la vie ou modeler la beauté, d'autres méthodes que les siennes. La création dépense, sur sa propre matière, toute sa faculté critique, et n'en trouve plus

1. Sir Joshua Reynolds (1723-1792) : peintre anglais, premier président de l'Académie royale, il fut le grand portraitiste du XVIIIe siècle, peignant dans un style « héroïque » qui mettait en valeur le statut social et le rôle historique du personnage représenté. 2. Thomas Gainsborough (1727-1788) : peintre et dessinateur britannique, qui se distinguait de Reynolds par l'importance accordée au paysage plutôt qu'aux personnages. Les deux artistes s'opposèrent dans une controverse célèbre autour de la valeur de la couleur bleue en peinture.

l'emploi dans un autre domaine. C'est précisément parce qu'un homme ne peut créer une chose qu'il en est le meilleur juge.

ERNEST. — Vous le croyez vraiment ?

GILBERT. — Vraiment. La création rétrécit, tandis que la contemplation élargit le champ de la vision.

ERNEST. — Et la technique ? Il doit bien y en avoir une pour chacun des arts.

GILBERT. — Évidemment : tout art a sa grammaire et ses matériaux. Chacun peut y puiser, et le plus incapable des artistes peut au moins être correct. Mais, à supposer définitives et certaines les lois qui font la base de l'art, il n'en faut pas moins pour leur donner leur vraie vie et leur beauté intégrale une si grande part d'imagination que chacune d'elles semble en devenir une exception. La technique, à tout prendre, c'est la personnalité, et c'est pour cela même que l'artiste ne peut l'enseigner ou l'élève l'acquérir, tandis que le critique la pénètre. Pour le grand poète, il n'y a qu'une seule espèce de musique, la sienne ; pour le grand peintre, une seule méthode de peinture, celle qu'il emploie. Le critique d'art seul sait apprécier toutes les formes et tous les systèmes et c'est à lui que l'art en appelle.

ERNEST. — Je crois bien avoir posé toutes mes questions. Et force m'est de reconnaître...

GILBERT. — Oh ! Ne me dites pas que j'ai raison ; cela suffit toujours à me faire conclure que j'ai tort.

ERNEST. — Alors je me garderai bien de vous dire si je suis ou non d'accord avec vous. Laissez-moi seulement vous poser une dernière question. Vous m'avez expliqué que la critique est un art créateur. Eh bien, quel avenir lui assignez-vous ?

GILBERT. — Tout l'avenir. Les sujets dont dispose l'inspiration créatrice se font de jour en jour plus rares et plus restreints. La Providence et Mr. Walter Besant [1] n'en ont pas laissé de faciles. Si l'esprit créateur veut continuer à produire, ce sera à la seule

---

1. Walter Besant : critique et romancier anglais qui fonda, outre le Palais du Peuple, la Société des auteurs. On trouve un intéressant résumé de ses positions critiques dans l'essai de Henry James, « L'Art de la fiction » (1884).

condition de se faire plus critique qu'il ne l'est. On a trop parcouru les vieux chemins et les grandes routes poussiéreuses ; trop de passants leur ont enlevé leur charme et cet attrait de nouveauté et de surprise si nécessaire au roman. Pour nous émouvoir, le romancier moderne doit créer un décor absolument nouveau, ou nous découvrir l'âme humaine dans son tréfonds le plus secret. La première de ces conditions est actuellement remplie par Mr. Rudyard Kipling. À lire ses *Simples contes des collines* [1], on se croirait assis à l'ombre des palmiers, devant une humanité qu'illuminent de magnifiques éclairs de vulgarité. Les couleurs éclatantes des bazars éblouissent ; les Anglo-Indiens exténués forment avec leur entourage un merveilleux disparate. L'absence même de style du conteur donne à son récit un réalisme journalistique singulier. Au point de vue littéraire, Mr. Kipling est un génie qui s'exprime en style de concierge. Au point de vue de la vie, c'est un journaliste qui connaît mieux la vulgarité qu'homme ne la connut jamais. Dickens en appréciait l'appareil et la comédie ; Mr. Kipling en sait le drame et le fond. C'est notre plus haute autorité sur une société de médiocres ; il a vu des choses prodigieuses par des trous de serrure, et fait de ses décors de véritables œuvres d'art.

Pour faire jouer devant nous les ressorts secrets de l'âme humaine, nous avons Browning et Meredith. Mais il reste beaucoup à faire dans cette voie. On se plaint parfois que le roman devienne trop morbide. Or, dans le domaine psychologique il ne l'est jamais assez. On n'a encore qu'effleuré la surface de l'âme. Dans une seule cellule grise du cerveau, il y a des secrets plus merveilleux et plus terribles que n'en révèrent les écrivains qui s'efforcent, comme l'auteur de *Le Rouge et le Noir*, de poursuivre l'âme dans ses derniers replis, et de lui faire avouer ses crimes les plus chers. Pourtant, le nombre des décors nouveaux n'est pas infini, et peut-être un excès de recherches analytiques risquerait-il de porter un coup fatal à la faculté créatrice qu'il

---

1. *Simples Contes des collines* (1888) : recueil de nouvelles de Rudyard Kipling (1865-1936), qu'il écrivit alors qu'il était journaliste en Inde. Le titre met l'accent sur le manque d'apprêt du style.

s'évertue à fournir de matériaux nouveaux. J'incline, pour ma part, à tenir la création pour condamnée. Elle est issue d'une impulsion trop primitive, trop naturelle. Quoiqu'il en soit, il est certain que les sujets dont elle dispose vont toujours en diminuant de nombre, tandis que s'élargit le champ de la critique. Pour l'esprit, il y a toujours de nouvelles attitudes et de nouveaux points de vue. Les progrès du monde laissent intacte la nécessité de donner forme au chaos, et jamais plus qu'aujourd'hui ne se fit sentir le besoin de critique. C'est par la critique seule que l'humanité peut prendre la notion du point où elle est parvenue.

Vous m'interrogiez tout à l'heure sur l'utilité de la critique. Autant me demander l'utilité de la pensée ! C'est la critique, comme le montre bien Arnold, qui crée l'atmosphère intellectuelle de son époque. C'est elle encore, comme j'espère l'exposer un jour, qui fait de l'esprit un instrument délicat. Notre système d'éducation surcharge la mémoire d'un fatras de faits décousus, et s'efforce péniblement de dispenser un savoir péniblement acquis. Il apprend aux gens à se souvenir, au lieu de se développer, et ne s'est jamais avisé de faire naître dans les esprits une capacité plus sagace de compréhension ou de discernement. Les Grecs n'y manquaient pas, et la connaissance de leur esprit critique nous montre que si nous disposons de sujets plus vastes et plus variés que les leurs, ils ont créé la seule véritable méthode d'interprétation. L'Angleterre a fait une chose ; elle a inventé et instauré l'opinion publique, ce qui était une façon d'organiser l'ignorance et de l'élever à la dignité de force matérielle. Mais elle a toujours ignoré la sagesse. En tant qu'instrument de pensée, l'esprit anglais est grossier et mal venu. Il faudrait l'avènement de l'esprit critique pour le purifier.

Encore une fois, c'est la critique qui rend possible la culture intellectuelle. Elle agit par concentration, et opère sur la masse encombrante des œuvres créatrices, pour en distiller l'essence. À qui désire garder la moindre notion de forme, comment proposer de se débattre parmi la multitude monstrueuse des livres que le monde a produits, des livres où la pensée balbutie, et où clame l'ignorance ? Le fil qui doit nous guider dans le harassant labyrinthe [1] est aux mains de la critique. Mieux : là où n'existe aucun document, là où nulle histoire ne fut jamais écrite, la critique sait, à l'aide d'un fragment de langage ou d'œuvre d'art, recréer le passé pour notre bénéfice, au même titre que l'homme de science, avec une minuscule parcelle d'os ou une empreinte de pied sur une roche, reconstitue le dragon ailé ou le lézard titanesque dont le pas ébranlait jadis la terre, fait surgir Behemoth [2] de sa caverne ou nager Léviathan sur une mer d'épouvante. La préhistoire dépend du critique philologique et archéologique. C'est lui qui découvre les origines des choses. Les reliefs ordonnés d'une époque induisent souvent en erreur. La critique philologique nous renseigne plus sûrement sur les siècles dont ne nous est parvenu aucun document, que sur ceux dont nous possédons les rouleaux de parchemin. Elle fait pour nous ce que ne font ni la physique ni la métaphysique. Elle nous montre la science de l'esprit au cours de son développement. Elle fait pour nous ce que ne peut faire l'histoire, en nous disant ce que pensait l'homme avant de savoir écrire. Vous m'avez interrogé sur l'influence de la critique ; je crois avoir déjà répondu à cette question, mais voici ce que j'aurais pu ajouter : c'est elle qui fait de nous des citoyens du monde. Pour exposer aux hommes la fraternité humaine, l'école de Manchester [3] leur vantait les avantages commerciaux de la paix. Elle faisait du monde un vulgaire marché pour acheteurs et marchands. Elle s'adressait aux plus bas instincts et n'eut aucun succès. Les guerres se suivirent, et le credo du commerce n'empêcha pas la France et l'Allemagne de se heurter en de sanglantes batailles. D'autres utopistes de nos jours font appel à la

1. Allusion au mythe de Thésée qui délivra Ariane du labyrinthe en utilisant un fil que la jeune femme lui avait donné. 2. Monstres marins bibliques, décrits dans le Livre de Job (XLI : 1-34). 3. L'école de Manchester désigne un groupe d'industriels capitalistes qui, à partir de 1850, tentèrent d'influencer la politique économique du gouvernement et d'accélérer le passage de l'ancien ordre économique, fondé sur la rente foncière, au système du libre-échange.

sensibilité ou aux dogmes sans portée d'une vague morale abstraite. Ils convoquent des Congrès de la Paix pour la joie des cœurs sentimentaux, et lancent des propositions d'arbitrage international, pour la plus grande satisfaction de ceux qui ignorent tout de l'histoire. Non, toute la sensibilité du monde est inopérante : elle est trop mobile, trop soumise aux passions ; et quant à un conseil d'arbitres, auxquels pour le bonheur général de l'humanité, serait dévolu le droit de mettre ses décisions à exécution, il ne servirait pas à grand-chose. Il y a une chose pire que l'Injustice, c'est une Justice sans glaive à la main. Le Droit sans la Force, c'est le Mal[1].

Non ! ni la sensibilité ni l'âpreté au gain ne feront de nous des citoyens du monde. C'est le développement de la critique intellectuelle qui nous haussera seul au-dessus des préjugés de race. Goethe — n'interprétez pas mal mes paroles — était Allemand entre les Allemands. Nul plus que lui ne chérit son pays. Il aimait ses concitoyens et leur servait de guide. Pourtant, quand Napoléon foula de son talon de fer les vignes et les champs de blé germaniques, il ne desserra point les lèvres. « Comment écrire, sans haïr, des chants de haine ? » demandait-il à Eckermann[2], « et comment moi, à qui importent seules la culture ou la barbarie, pourrais-je haïr une des nations les plus cultivées de la terre, et à qui je dois une si grosse part de ce que je sais ? ». Ce mot de Goethe deviendra, à mon sens, le point de départ d'un cosmopolitisme nouveau. La critique aplanira les préjugés de race, en montrant, sous la variété des formes, l'unité de l'esprit humain. Si nous sommes tentés de partir en guerre contre une autre nation, nous nous souviendrons que nous risquons de détruire un élément de notre propre culture, et peut-être le plus important. Tant que la guerre sera tenue pour néfaste, elle gardera sa séduction. Faisons-en une

1. Toute cette fin de paragraphe reprend une théorie de Matthew Arnold, lequel la tenait lui-même du moraliste français Joseph Joubert (1754-1824), selon laquelle la force est légitime dès lors que le droit n'est pas suffisamment affermi. 2. Johann Peter Eckermann (1792-1854) : secrétaire de Goethe à partir de 1822, il a rapporté les entretiens qu'il eut avec lui dans ses *Conversations de Goethe avec Eckermann* (1836-1848).

chose vulgaire, et elle perdra toute popularité. Le changement sera évidemment lent, et personne ne s'en apercevra. On ne dira pas chez nous : « Nous n'allons pas faire la guerre à la France parce que sa prose est parfaite », mais la perfection de la prose française n'empêchera pas moins nos concitoyens de haïr la France. La critique intellectuelle étreindra l'Europe dans des liens bien plus serrés que ceux du négoce ou du sentiment. Elle nous vaudra une paix née de la compréhension.

Ce n'est pas tout, d'ailleurs. Car la critique, faute de jamais admettre aucune position comme définitive, et de se laisser prendre aux futiles mots de passe des sectes et des écoles, fait naître cette sérénité philosophique qui goûte la vérité pour elle-même, et ne la chérit pas moins pour la savoir hors d'atteinte. Combien est rare pareil tempérament en Angleterre et combien s'en fait sentir le besoin ! L'esprit anglais est toujours furieux. Notre intelligence se gaspille en de mesquines et futiles querelles de politiciens de seconde classe ou de théologiens de dernier ordre. Il fallait un homme de science pour nous donner le suprême exemple de cette « douce modération », dont Arnold parlait avec tant de sagesse et hélas ! avec tant d'insuccès. L'auteur de *L'Origine des espèces* avait, du moins, le tempérament philosophique. Mais, à considérer les églises ou les tribunes anglaises, on ne peut éprouver que le mépris de Julien[1], ou l'indifférence de Montaigne. Nous sommes sous la coupe du fanatique, dont la sincérité fait le plus irrémédiable vice. Tout ce qui touche au libre jeu de l'esprit est à peu près inconnu chez nous. On crie contre le vice, comme si c'était le vice, et non la stupidité, qui faisait notre honte. La Sottise est le seul vice véritable.

ERNEST. — Oh ! Quel révolté vous faites !

GILBERT. — Le critique, comme le mystique, est toujours en révolte. Quoi de plus facile que la sagesse, selon le banal idéal

1. Julien (dit l'Apostat, 331-363) : philosophe néoplatonicien, il fut également un brillant général d'armée. À son accession à la tête de l'Empire romain, en 361, il tenta de développer une Église païenne pour faire contrepoids à l'influence grandissante de l'Église chrétienne.

de sagesse ? Il suffit d'une certaine dose de couardise, d'un certain défaut d'imagination, d'une basse passion pour la respectabilité bourgeoise. L'esthétique est plus haute que la morale et fait partie d'une sphère plus spirituelle. Discerner la beauté des choses, voilà le degré suprême auquel nous pouvons prétendre. Le sens de la couleur même concourt mieux au développement de l'individu que le sens du bien et du mal. En fait, l'esthétique est à la morale, dans le domaine de la société, ce que, dans le monde extérieur, la sélection sexuelle est à la sélection naturelle. La morale, comme la sélection naturelle, rend l'existence possible. L'esthétique, comme la sélection sexuelle, en fait une chose charmante et merveilleuse, l'enrichit de formes nouvelles, lui assure progrès, variété et changement. En atteignant à cette culture véritable qui est notre but, nous touchons à cette perfection dont ont rêvé les saints, la perfection des êtres à qui le péché est impossible, non parce qu'ils usent de rigueur ascétique, mais parce qu'ils peuvent suivre tous leurs désirs sans nuire à l'âme, et ne peuvent rien souhaiter qui la souille : leur âme participe si bien de la nature divine, qu'elle transforme en éléments d'expérience élargie, de sensibilité affinée, de modes de pensée nouveaux, des actes ou des passions qui seraient vulgaires chez le vulgaire, ignobles chez l'individu fruste, vils chez l'être avili. Voyez-vous là un danger ? D'accord : toutes les idées, je vous l'ai dit, sont dangereuses. Mais voici la nuit qui s'avance et la lampe qui vacille. J'ai encore un mot à vous dire, cependant. Vous avez accusé le critique de stérilité. Or, si le dix-neuvième siècle représente un tournant de l'histoire, c'est grâce à l'œuvre de deux hommes, Darwin et Renan, critiques, l'un du Livre de la nature, l'autre des Livres de Dieu. Nier ce fait, ce serait méconnaître la signification d'une des époques les plus importantes dans la marche du monde. La création retarde toujours sur son temps. C'est la Critique qui nous guide. L'esprit de critique ne fait qu'un avec l'âme du monde.

ERNEST. — Et l'homme qui possède cet esprit ou que cet esprit possède, ne fera rien, sans doute ?

GILBERT. — Comme la Perséphone de Landor[1], la douce et pensive Perséphone, dont les pieds blancs foulent un tapis d'amaranthes et d'asphodèles, il trouvera son bonheur « dans cette immobilité parfaite, dans ce calme profond qui font pitié aux hommes et dont jouissent les dieux ». Il regardera le monde et pénétrera son secret. En touchant aux choses divines, il deviendra divin. Il aura, et aura seul, une vie parfaite.

ERNEST. — Vous venez de dire bien des choses étranges, Gilbert. À vous croire, il serait plus difficile de parler d'une chose que de la faire, et ne rien faire du tout serait la chose la plus malaisée du monde ; vous déclarez tout art immoral, et toutes pensées dangereuses ; la critique, selon vous, est plus créatrice que la création, et la plus haute critique est celle qui sait découvrir dans l'œuvre d'art ce que l'artiste n'y a pas mis ; vous dites que c'est précisément faute de savoir faire une œuvre qu'un homme en est le meilleur juge, et que le véritable critique est sans justice, sans sincérité et sans raison. Quel rêveur vous faites, mon ami !

GILBERT. — Un rêveur, oui. Car le rêveur est l'homme qui trouve sa route au clair de lune, et pour son châtiment, sait voir l'aube avant le reste du monde.

ERNEST. — Pour son châtiment ?

GILBERT. — Et pour sa récompense. Mais l'aube, la voici. Tirez les rideaux et ouvrez grandes les fenêtres. Cet air du matin est frais. Voici Piccadilly à nos pieds, comme un long ruban d'argent. Voyez ce brouillard mauve au-dessus du parc. Les ombres des maisons sont bleues. Il est trop tard pour dormir. Descendons voir les roses de Covent Garden[2]. Venez ! Je suis fatigué de penser.

---

1. Walter Savage Landor (1775-1864) : poète anglais, il portait à la littérature grecque et latine une admiration qui se fait particulièrement sentir à travers la réécriture en vers de grands mythes grecs qu'il propose dans *Les Helléniques* (1847). **2.** Appelé à l'origine Convent Gardens, ce lieu faisait partie de l'Abbaye de Westminster avant de devenir un important marché de fruits et légumes. À partir du milieu du XVIIIe siècle, Covent Garden devint également le lieu des cafés, des théâtres et des maisons de prostitution.

LA VÉRITÉ DES MASQUES

ESSAI SUR L'ILLUSION [1]

On s'est, en ces derniers temps, élevé avec quelque violence contre les somptuosités de mise en scène qui caractérisent les représentations modernes des pièces shakespeariennes. À en croire les critiques, Shakespeare lui-même se serait montré plus ou moins indifférent aux costumes des acteurs, et dirait sans doute, s'il pouvait voir son *Antoine et Cléopâtre* monté par Mrs Langtry [2], que la pièce et la pièce seule importe, et que tout le reste est futilité. Dans le même ordre d'idée, Lord Lytton [3] a donné au *Dix-neuvième siècle* un article touchant l'exactitude historique du costume, où il établit comme un dogme artistique que l'archéologie n'a rien à voir avec les pièces de Shakespeare, et que tout effort en ce sens est l'une des plus ineptes niaiseries de notre époque de cuistres.

---

1. Ce sous-titre a été rajouté lors de la parution de l'essai dans *Intentions*. De la même façon, Wilde a ajouté le mot « illusion » en plusieurs endroits du texte, ou s'est servi de ce même terme pour remplacer celui de « réalisme », qui figurait dans la version de 1885. 2. Mrs Edward (Lillie) Langtry : égérie du monde artistique londonien, elle devint actrice sur les conseils de Wilde, qui alla jusqu'à écrire un poème en son honneur : « À L. L. » 3. Edward Robert Bulwer Lytton ; l'article qu'il fit paraître dans le numéro de décembre 1884 de *La Revue du dix-neuvième siècle* s'intitulait « Miss Anderson's Juliet » et critiquait en substance le souci d'exactitude historique manifesté dans la mise en scène de *Roméo et Juliette* qui se donnait alors au théâtre du Lyceum.

Je m'occuperai plus tard de cette thèse de Lord Lytton ; quant au dédain que l'on prête à Shakespeare pour la garde-robe théâtrale, il est facile à qui se donne la peine d'étudier sa méthode, de conclure que nul dramaturge français, anglais ou athénien ne demanda autant que lui d'effets d'illusion aux costumes de ses acteurs.

Sachant que tout tempérament artistique est sensible à la beauté du costume, il introduit, à toute occasion, dans ses pièces, danses et masques, pour le simple plaisir qu'elles procurent à l'œil ; on possède encore ses indications de mise en scène pour les trois grandes processions de *Henry VIII*, et l'on y relève un extraordinaire souci du détail [1]. Il décrit jusqu'aux colliers en S, jusqu'aux perles de la chevelure d'Anne Boleyn [2], et cela avec tant de minutie qu'un metteur en scène moderne pourrait, sans aucune peine, représenter ces cortèges comme les voulut le poète. Leur exactitude était telle, qu'un fonctionnaire de la Justice, commentant pour un ami la dernière représentation de la pièce du Théâtre du Globe [3], se plaignit de sa trop criante sincérité, et déplora, notamment, que l'apparition en scène de Chevaliers de la Jarretière [4], avec robe et insignes, fût de nature à jeter le ridicule sur les véritables cérémonies de l'ordre. C'est dans le même esprit que le gouvernement français vient d'interdire au délicieux acteur qu'est M. Christian de

---

1. *Henry VIII* (1613) : drame historique à la rédaction duquel Shakespeare aurait participé mais que l'on attribue pour l'essentiel à John Fletcher. La description des colliers se trouve dans les didascalies de l'acte IV, scène 1. **2.** Anne Boleyn (1504-1536) : le remariage du roi Henry VIII avec celle qui fut un temps la dame d'honneur de Catherine d'Aragon, première épouse du roi, fut à l'origine de l'excommunication de ce dernier par le pape. Anne Boleyn, après avoir donné au roi une héritière (la future Elisabeth Ire), n'en fut pas moins exécutée. **3.** Le Théâtre du Globe (the Globe Theatre) : c'est en 1613, à l'occasion d'une représentation d'*Henry VIII* que ce théâtre, qui abritait la troupe de Shakespeare depuis 1599, brûla. Reconstruit un an plus tard, il fut fermé en 1644. Il vient juste d'être reconstruit sur les berges de la Tamise. **4.** L'Ordre de la Jarretière (the Order of the Garter) est la distinction suprême de la chevalerie anglaise. Le souverain et 31 chevaliers composent cette institution.

paraître en uniforme sur la scène, sous prétexte qu'une caricature de colonel pourrait porter atteinte à la gloire de l'armée française.

Au surplus, si la somptuosité de mise en scène shakespearienne a déclenché les attaques de la critique contemporaine, c'est moins, en général, au nom des tendances démocratiques du réalisme qu'au nom des principes moraux, refuge suprême des gens qui n'ont aucun sentiment de la beauté.

Je ne prétends pas, d'ailleurs, insister sur le fait que Shakespeare appréciait les beaux costumes pour ce qu'ils ajoutent de pittoresque à la poésie, mais souligner qu'il a compris l'importance du costume en tant qu'élément dramatique. Maintes de ses pièces, comme *Mesure pour Mesure, La Nuit des rois, Les Deux Gentilshommes de Vérone, Tout est bien qui finit bien, Cymbeline*, et autres, tirent l'essentiel de leur illusion des costumes divers portés par le héros ou l'héroïne ; la scène délicieuse d'*Henry IV*, sur les miracles modernes de guérison par la foi, perd tout son piquant si Gloster n'est pas en noir et rouge, et le dénouement des *Joyeuses Commères de Windsor* repose sur la couleur de la robe d'Anne Page[1]. Quant à l'usage que Shakespeare fait des déguisements, les exemples en sont innombrables. Posthumus dissimule sa passion sous un habit de paysan, et Edgar son orgueil sous des haillons d'idiot ; Portia porte une robe d'homme de loi, et Rosalinde est accoutrée « de tout point comme un homme » ; la valise de Pisanio transforme Amogène en jeune Fidèle ; Jessica emprunte un vêtement masculin pour fuir la maison paternelle, et Julia, tressant ses cheveux blonds en lacs-d'amour fantaisistes, revêt haut-de-chausses et pourpoint. Henri VIII fait la cour à sa dame sous

1. Le duc de Gloucester (Gloster) est un personnage de *Henry VI*, mais Wilde pense probablement à Glendower, le chevalier gallois qui incarne dans *Henry IV* la vision apocalyptique du monde (d'où son association avec le rouge et le noir) ; Anne Page, dans *Les Joyeuses Commères de Windsor*, est tiraillée entre son père qui veut la faire enlever par son prétendant dans une robe blanche tandis que sa mère la destine à un autre soupirant et la préfère habillée d'une robe verte.

un habit de berger, et Roméo sous un froc de pèlerin ; le prince Hal et Poins, d'abord costumés en voleurs de grands chemins avec complet de bougran, se présentent ensuite sous le tablier blanc et la veste de cuir des garçons de taverne ; et quant à Falstaff, ne le voyons-nous pas sous l'aspect d'un brigand, d'une vieille femme, de Herne le Chasseur, et d'un paquet de linge destiné au lavoir [1] ?

Non moins nombreux les cas où le costume sert à corser la situation dramatique. Après le meurtre de Duncan, Macbeth apparaît en chemise de nuit, comme un homme arraché au sommeil ; Timon achève en haillons la pièce commencée dans la splendeur ; Richard, quand il flatte les citoyens de Londres, promène une armure misérable et rouillée, puis, dès qu'il a accédé au trône dans le sang, se montre couronne en tête, avec saint Georges et Jarretière ; le point culminant de *La Tempête* est celui où Prospero, dépouillant sa robe d'enchanteur, fait quérir par Ariel son chapeau et sa rapière, et se révèle sous les traits du grand-duc italien ; le spectre même d'Hamlet [2] modi-

---

1. Posthumus : personnage de *Cymbeline* ; Edgar : personnage du *Roi Lear* ; Portia : personnage du *Marchand de Venise* qui se déguise en homme de loi pour sauver la vie du marchand Antonio ; Rosalinde : personnage de *Comme il vous plaira* qui doit fuir la ville déguisée en homme ; Pisanio : serviteur de Posthumus dans *Cymbeline*, il est chargé par ce dernier de tuer Imogène, sa femme qu'il accuse d'infidélité, mais il l'enlève déguisée en homme ; Jessica : la fille du juif Shylock dans *Le Marchand de Venise*, qui fuit la demeure paternelle pour se marier avec Lorenzo, un chrétien ; Julia : personnage des *Deux Gentilshommes de Vérone*, qui se déguise en page et entre au service de Proteus, l'un des deux gentilshommes, pour retrouver l'amour perdu de ce dernier ; Hal : fils de Henry IV et futur Henry V, qui se déguise en bandit de grand chemin puis en garçon de taverne pour faire croire à ses compagnons de ribaude (dont Poins) qu'il se désintéresse de la couronne ; Falstaff se déguise en brigand dans *Henry IV* et doit se cacher dans un panier de linge sale pour échapper à la colère des dames dans *Les Joyeuses Commères de Windsor*. **2.** Macbeth : meurtrier de Duncan, le roi d'Écosse, dans la tragédie qui porte son nom ; Timon : jeune noble athénien dans *Timon d'Athènes* (1607), que la ruine conduit à fuir et à mépriser la compagnie des hommes ; Richard : protagoniste de *Richard III* (1592-1593), incarnation de la duplicité machiavélique, qui accède au trône d'Angleterre au prix de nombreuses intrigues ; dans *La Tempête*, Prospero, duc de Milan, a été chassé du pouvoir par son frère Antonio.

fie, au gré des effets qu'il poursuit, son appareil mystique. Pour Juliette enfin, un auteur moderne, la couchant dans son linceul, eût fait de la scène funèbre une scène de simple horreur, tandis que Shakespeare la parant d'un vêtement somptueux, dont la splendeur fait du caveau « une lumineuse salle de fête » et du tombeau une chambre nuptiale, fournit à Roméo le prétexte et le motif de sa tirade sur la beauté triomphant de la mort.

Les plus minces détails, la couleur des bas d'un majordome, la broderie d'un mouchoir de femme, la manche d'un jeune soldat, un chapeau d'élégante, prennent dans Shakespeare une véritable importance, et conditionnent parfois, d'évidente façon, l'intrigue même. Nombre de dramaturges ont eu recours au costume, pour indiquer, de prime abord, au spectateur, le caractère d'un personnage, mais ils y ont rarement réussi comme Shakespeare dans le cas du dandy Parolles, dont, entre parenthèses, un archéologue peut seul comprendre l'accoutrement. Maître et serviteur échangeant leurs effets en scène, marins naufragés se disputant un paquet de riches vêtements, chaudronnier déguisé en duc au cours de son ivresse [1], tous ces jeux de scène illustrent le grand rôle assigné au costume par la comédie, depuis Aristophane, jusqu'à M. Gilbert [2] ; mais nul aussi bien que Shakespeare ne sut, des seuls détails de mise et de parure, tirer autant d'ironie et d'oppositions, autant d'émotion et de pitié, autant d'effets directs et tragiques. Armé de pied en cap, le roi mort s'avance sur les remparts d'Elseneur,

1. La tirade de Roméo se trouve dans la dernière scène de la pièce (acte V, scène 3) ; le dandy Parolles (on notera l'anachronisme de l'appelation) est un personnage falot et pleutre de *Tout est bien qui finit bien* ; l'échange des effets entre maître et serviteur se produit au début de *La Mégère apprivoisée* (1592) ; un paquet de riches vêtements : peut-être une allusion aux « friperies » que se disputent Caliban, Trinculo et Stéphano dans *La Tempête* (acte IV, scène 1) ; le déguisement d'un chaudronnier en duc constitue le début de l'intrigue de *La Mégère apprivoisée*. 2. William Schwenck Gilbert (1836-1911) : d'abord auteur comique, il se tourna rapidement vers la composition de ballades qui lui apportèrent la gloire. À partir de 1869, sa collaboration avec Arthur Sullivan (1842-1900) donna une nouvelle impulsion à sa carrière et tous deux composèrent des opéras comiques qui connurent un immense succès.

parce que tout ne va pas bien au Danemark ; la casaque juive de Shylock est l'un des stigmates qui torturent cette âme blessée et amère ; Arthur, pour implorer la vie, ne trouve pas de meilleur souvenir à évoquer que celui du mouchoir par lui donné à Herbert :

Aurez-vous ce courage ? Quand votre tête n'était que souffrance,
J'ai noué mon mouchoir autour de votre front,
(Le plus beau que j'avais, et qu'une princesse avait tissé pour [moi)
Et jamais je ne vous l'ai réclamé.

Et dans *Comme il vous plaira*, c'est encore le mouchoir d'Orlando, le mouchoir taché de sang, qui jette la première note sombre dans une adorable idylle, et nous montre quelle profondeur de sentiment se cache sous la fantaisie et le rire appliqué de Rosalinde.

La nuit dernière, il était à mon bras et je le baisais.
Puisse-t-il n'avoir été pas dire à mon seigneur
Que j'embrassai jamais rien que lui !

dit en se jouant Imogène, du bracelet perdu qui, déjà parvenu à mi-chemin de Rome, va lui coûter l'amour de son mari. Le petit prince, pendant qu'il se rend à la Tour, joue avec le poignard passé à la ceinture de son oncle ; Duncan, la nuit de son propre meurtre, envoie une bague à Lady Macbeth, et l'anneau de Portia fait de la tragédie du marchand une comédie conjugale [1]. York,

---

1. Citation de *Hamlet* (acte I, scène 2, v. 255) ; c'est dans la scène 1 de l'acte III du *Marchand de Venise* que Shylock parle de sa souffrance ; les paroles d'Arthur, duc de Bretagne, figurent dans l'acte IV, scène 1 (vv. 41-44) du *Roi Jean* (1591-1598) ; celles de Rosalinde sont prononcées dans l'acte IV, scène 3 (vv. 154-155) de *Comme il vous plaira* ; les paroles qu'Imogène adresse à Pisanio proviennent de l'acte II, scène 3 de *Cymbeline* (vv. 145-148) ; c'est le duc d'York, fils cadet du roi Édouard IV, qui demande à jouer avec le poignard de son oncle Richard dans l'acte III, scène 1 de *Richard III* ; c'est en réalité un diamant que Duncan fait parvenir à Lady Macbeth au début de l'acte II, scène 1 de *Macbeth* ; la bague que Portia donne à Bassanio, son

le grand rebelle, meurt avec une couronne de papier sur la tête, et le vêtement d'Hamlet joue le même rôle dans la pièce que la robe de deuil de Chimène dans *Le Cid*. Dans *Jules César*, c'est en montrant le manteau du mort qu'Antoine parvient à l'émotion suprême de son discours :

... Je me rappelle
La première fois que César le revêtit.
C'était un soir d'été dans sa tente,
Le jour où il avait battu les Nerviens : —
Voyez ce trou par où passa le poignard de Cassius,
Et l'accroc que fit l'envieux Casca.
C'est par cet autre que le bien-aimé Brutus le frappa...
Bonnes âmes, quoi, vous pleurez, rien qu'à voir
La robe déchirée de notre César ?

Les fleurs que porte Ophélie sont émouvantes comme des violettes sur une tombe ; l'effet de la course errante de Lear sur la lande trouve dans l'accoutrement du roi fou une inexprimable amplification, et quand Cloten, piqué du contraste qu'une sœur moqueuse souligne entre les vêtements de son frère et ceux de son mari, revêt ce même vêtement, pour tenter contre elle un honteux forfait, nous sentons qu'il n'y a rien chez aucun des réalistes français modernes, rien même dans *Thérèse Raquin*, ce chef-d'œuvre d'horreur, qui atteigne à la terrible et tragique intensité de cette étrange scène de *Cymbeline*[1].

---

futur époux, dans l'acte III, scène 3 du *Marchand de Venise*, reparaît dans ses mains à elle à l'acte V, scène 2 et donne lieu à un quiproquo amoureux.

1. Richard Plantagenêt, duc d'York, la tête ceinte d'une couronne de papier, meurt sous les coups de Clifford et de la reine Margaret dans l'acte I, scène 4 de la troisième partie d'*Henry VI* (1590-1592) ; dans *Le Cid* (1637), Chimène porte le deuil de son père, tout comme dans *Hamlet*, le manteau noir dont Hamlet est vêtu dès sa première apparition (acte I, scène 2) est à la fois le signe de son deuil et le symbole de sa mélancolie ; Antoine prononce l'oraison funèbre de l'empereur assassiné dans l'acte III, scène 1 (vv. 168-174 et 193-194) de *Jules César* (1599) ; la scène de *Hamlet* où Ophélie évoque la mort violente de son père (Polonius, poignardé par Hamlet) en tenant à la main des violettes (symbole de l'éphémère) est la cinquième de l'acte IV ; les quatre premières scènes de l'acte III du *Roi Lear*, au cours desquelles le

Dans le dialogue même, certains des passages les plus vivants ont trait au costume. Les exemples abondent. C'est Rosalinde qui demande :

> Bien qu'habillée en homme, me crois-tu faite pour porter pourpoint et haut de chausses ?

Constance qui gémit :

> Le chagrin a pris la place de mon enfant absent,
> Et remplit de sa forme ses vêtements vides.

Ou le cri aigu d'Élisabeth :

> Ah ! Coupez ce lacet [1] !

L'un des plus beaux effets scéniques que j'aie vus, était celui de Salvini, quand, au dernier acte de *Lear*, arrivé à ce vers :

> Cette plume bouge ; elle vit [2] !

il arrachait la plume du chapeau de Kent, pour l'approcher des lèvres de Cordelia. M. Booth, dont le Lear présentait maints traits de noble passion, arrivait au même effet, en arrachant un duvet de son hermine archéologiquement incorrecte ; mais le jeu de Salvini était, des deux, le plus beau et le plus vrai. Ceux qui ont vu M. Irving dans le dernier acte de *Richard III*, n'ont pas oublié, j'en suis sûr, que la souffrance et la terreur occa-

---

souverain donne libre cours à sa démesure, se déroulent sur la lande et pendant une tempête ; le vêtement d'Imogène devient l'instrument de la vengeance de Cloten à partir de l'acte II, scène 3 de *Cymbeline* ; *Thérèse Raquin*, roman de Zola.

1. Rosalinde : *Comme il vous plaira*, acte III, scène 2, v. 181 ; Constance : *Le Roi Jean*, III, 3, vv. 93 et 97 ; Élisabeth : *Richard III*, acte IV, scène 1, v. 33. **2.** Tomaso Salvini (1829-1915) était un grand acteur shakespearien, qui se produisit plusieurs fois en Angleterre. Les paroles du roi Lear viennent de l'acte V, scène 3, v. 264, lorsque le roi rend un dernier hommage à sa fille défunte.

sionnées par son rêve sont d'autant plus vives que celui-ci fait suite à un moment de calme et de repos [1]. Et ces vers :

Ma visière est-elle plus libre,
Et mon armure complète m'attend-elle sous la tente ?
Veille à ce que ma lance soit solide et pas trop lourde...

prenaient un double sens et rappelaient, à l'auditoire les derniers mots lancés par la mère de Richard à son fils, lors de sa marche sur Bosworth :

Emporte donc avec toi ma plus chaude malédiction ;
Puisse-t-elle, au jour de la bataille, t'accabler
Plus que l'armure complète que tu portes [2] !

Quant aux ressources dont disposait Shakespeare on remarquera que s'il se plaint plus d'une fois de l'exiguïté de la scène où il doit donner ses grandes pièces historiques et du manque de décors qui l'oblige à retrancher plusieurs épisodes qui se déroulent en plein air, il écrit toujours comme un dramaturge libre de puiser dans une garde-robe théâtrale bien fournie, et sûr du soin que ses acteurs apporteront à leur maquillage. De nos jours encore, on ne monte pas sans difficulté la *Comédie des Erreurs* [3], et n'était le hasard pittoresque de la ressemblance entre Miss Ellen Terry [4] et son frère, nous n'aurions pas eu le plaisir d'une représentation intégrale de la *Nuit des Rois*. En fait, pour mettre en scène, selon ses propres indications, toute

---

1. Henry Irving (1838-1905) : grand acteur shakespearien du XIXe siècle, son style se caractérisait par l'emphase du geste et de la parole ; la scène 3 de l'acte V de *Richard III*, à laquelle il est fait ici allusion (vv. 51-52 et 66), se situe au moment où va avoir lieu la bataille entre Richmond et Richard, qui précipitera la défaite de ce dernier. **2.** La malédiction de la duchesse d'York, mère de Richard, est lancée à l'acte IV, scène 4 (vv. 188-190). **3.** *La Comédie des Erreurs* : comédie de Shakespeare (1590). **4.** Ellen Alice Terry (1847-1928) : issue d'une famille d'acteurs, elle épousa E. W. Godwin, dont elle eut deux enfants, et devint membre de la troupe permanente du Lyceum lorsque Irving prit la direction du théâtre, en 1878.

pièce de Shakespeare, il faut un excellent fournisseur d'accessoires et de perruques, un costumier doué du sentiment de la couleur et de la connaissance des tissus, un maquilleur au courant de toutes les méthodes, un maître d'armes, un professeur de danse, et un artiste pour diriger en personne les répétitions. Car Shakespeare ne manque jamais de nous décrire le costume et la mine de ses personnages. « Racine abhorre la réalité, dit quelque part Auguste Vacquerie, il ne daigne pas s'occuper de son costume. Si l'on s'en rapportait aux indications du poète, Agamemnon serait vêtu d'un sceptre et Achille d'une épée ». Avec Shakespeare, il n'en va pas de même ; il nous décrit les costumes de Perdita, de Florizel, d'Autolycus, des Sorcières de *Macbeth*, de l'apothicaire de *Roméo et Juliette*. Il s'étend, à diverses reprises, sur l'accoutrement de son gros chevalier et sur l'extraordinaire habit de mariage de Petrucchio. Rosalinde est grande et doit porter une lance et une petite dague ; Celia est plus petite et doit se brunir le visage, pour paraître hâlée du soleil. Les enfants qui jouent aux fées dans la forêt de Windsor, seront vêtus de blanc et de vert, — attention à l'adresse de la reine Elisabeth, dont c'étaient les couleurs favorites, — et les anges, pour aller trouver Catherine, à Kimbolton, revêtiront des robes blanches, des guirlandes vertes, et des masques dorés. Bottom porte un habit de drap rustique ; Lysandre se distingue d'Obéron par sa robe athénienne, et Launce marche avec des souliers troués. La duchesse de Gloucester se tient debout, dans un blanc linceul, avec son mari à côté d'elle [1]. Les bigarrures du Fou, l'écarlate du Cardinal, ou les Lys de France brodés sur des manteaux anglais, sont tous prétextes à facéties ou à sarcasmes. Nous connaissons les gravures de l'armure du Dauphin ou de l'épée de la Pucelle, le cimier du casque de

1. Perdita, Florizel, Autolycus : personnages du *Conte d'hiver* ; son gros chevalier : sir John Falstaff ; Petrucchio : personnage de *La Mégère apprivoisée* (I, 2) ; Celia : compagne de Rosalinde dans *Comme il vous plaira* ; les enfants qui jouent aux fées : *Les Joyeuses Commères de Windsor* (V, 5) ; Catherine : *Henry VIII* (V, 2) ; Bottom, Lysandre, Obéron : personnages du *Songe d'une nuit d'été* ; Launce : serviteur de Protéus dans *Les Deux Gentilshommes de Vérone* (II, 2) ; la duchesse de Gloucester : *Henry VI*, 2e partie (II, 4).

Warwick, et la couleur du nez de Bardolph. Portia a des cheveux dorés, Phoebé des cheveux noirs, Orlando des boucles châtaines, et les mèches de Sir Andrew Aguecheek pendent comme le lin sur la quenouille sans vouloir le moins du monde friser. Tels personnages sont gros, tels autres maigres ; ceux-ci droits, ceux-là bossus ; d'aucuns blonds, d'autres bruns, ou avec le visage noirci. Lear a la barbe blanche ; le père d'Hamlet grisonne ; Benedict se rase dans le courant de la pièce. Shakespeare est très précis en ce qui concerne les barbes au théâtre ; il connaît toutes les couleurs en usage et donne des conseils aux acteurs pour bien fixer les leurs. Il nous décrit une danse de moissonneurs avec chapeaux en paille de seigle, et de paysans en vêtements poilus comme des satyres, un masque d'Amazones, un autre de Russes, et un masque classique ; il écrit des scènes immortelles sur un tisserand à tête d'âne, sur une émeute causée par la couleur d'un costume, que doit apaiser le Lord Maire de Londres, et une scène entre un mari exaspéré et la modiste de sa femme sur la coupe d'une manche [1].

Quant aux métaphores et aux aphorismes que Shakespeare tire du costume, à ses mots contre les modes de son époque, et en particulier contre les dimensions ridicules des chapeaux féminins, à toutes ses descriptions du *mundus muliebris*, depuis la chanson d'Autolycus, dans le *Conte d'Hiver*, jusqu'à la description de la robe de la duchesse de Milan dans *Beaucoup de bruit pour rien*, les exemples en sont bien trop nombreux pour qu'on les rapporte. Rappelons seulement que toute la philosophie du vêtement se trouve exposée dans la scène de

1. L'armure du Dauphin ou l'épée de la Pucelle : *Henry VI*, 1re partie ; Warwick : l'un des seigneurs dans *Henry V* ; Bardolph : personnage au nez rouge dans *Henry IV* et *Henry V* ; Phoebé, Orlando : personnages de *Comme il vous plaira* (III, 5) ; Sir Andrew Aguecheek : chevalier grotesque dans *La Nuit des rois* (I, 3) ; Benedict : personnage de *Beaucoup de bruit pour rien* (1598-1599) ; une danse de moissonneurs... et de paysans : *Le Conte d'hiver* (IV, 4) ; un masque d'Amazones : *Timon d'Athènes* (I, 2) ; un masque de Russes : *Peines d'amour perdues* (1595, V, 2) ; un tisserand à tête d'âne : *Le Songe d'une nuit d'été* (III, 1) ; le Lord Maire de Londres : *Henry VI*, 1re partie (I, 3) ; la coupe d'une manche : *La Mégère apprivoisée* (IV, 3).

Lear avec Edgar[1], passage qui a, sur l'étrange sagesse et sur la métaphysique ampoulée du *Sartor Resartus*[2], l'avantage de la concision et du style.

Je crois en avoir assez dit pour montrer que Shakespeare s'intéressait fort au costume. Et je ne fais pas allusion à cet intérêt superficiel qui l'a fait, au nom de sa connaissance des actes judiciaires et des narcisses, traiter de Blackstone et Paxton du siècle d'Elisabeth[3], mais à cette idée que le costume peut servir à révéler le caractère de certains personnages autant qu'à impressionner l'auditoire, et est l'un des facteurs essentiels dont dispose le véritable illusionniste. À ses yeux, la laideur de Richard prend autant d'importance que le charme de Juliette. Il place la bure du radical à côté de la soie du seigneur, et sait les effets scéniques qu'il peut tirer de chacune ; il chérit Caliban autant qu'Ariel, s'intéresse aux haillons aussi bien qu'au drap d'or, et reconnaît la beauté artistique de la laideur.

La difficulté que Ducis éprouva à traduire *Othello*[4], du fait de l'importance accordée à un objet aussi vulgaire qu'un mouchoir, et sa tentative pour en atténuer la grossièreté, en faisant répéter au More : « Le bandeau ! Le bandeau ! », illustrent bien la différence entre la *tragédie philosophique* et la vie réelle ; l'introduction du mot *mouchoir* au Théâtre Français marque

---

1. Le *mundus muliebris* : la parure des femmes ; la chanson d'Autolycus : IV, 4 ; la robe de la duchesse de Milan : III, 4 ; la scène avec Edgar : III, 4 ou IV, 6. **2.** *Sartor Resartus* : ouvrage partiellement autobiographique de Thomas Carlyle, qui expose la philosophie du vêtement de l'auteur et qui est écrit dans un style fantasque, fait de ruptures de construction, d'exclamations, d'adresses au lecteur, etc. Il est intéressant de noter que dans *Intentions*, Wilde parle souvent de la rhétorique comme d'un habillement. **3.** William Blackstone (1723-1780) : nommé professeur de droit anglais à Oxford en 1758, il a tiré de ses cours un ouvrage, *Commentaires sur les lois anglaises* (1765-1769), qui est devenu un classique de la littérature juridique ; Joseph Paxton (1803-1865) : jardinier et architecte de renom, il fit construire le palais de verre et de fer (Crystal Palace) qui abrita l'Exposition universelle de 1851. **4.** Jean-François Ducis (1733-1816) : membre de l'Académie française à partir de 1778, il tenta d'adapter Shakespeare à la scène française (son adaptation d'*Othello* date de 1792) en surimposant la règle des trois unités aux œuvres du dramaturge anglais.

une date dans ce mouvement romantico-réaliste dont Hugo est le père et M. Zola *l'enfant terrible*, au même titre que le refus de Talma[1] de jouer plus longtemps les héros grecs en perruque poudrée renforça le classicisme du début du dix-neuvième siècle. Ce refus même nous fournit, soit dit en passant, un des nombreux exemples du souci que les grands acteurs contemporains apportèrent à l'exactitude archéologique du costume.

Théophile Gautier, lorsqu'il souligne l'importance accordée à l'argent dans *La Comédie humaine*, attribue à Balzac l'invention d'un héros de roman nouveau, le *héros métallique*. On peut, de même, dire de Shakespeare qu'il fut le premier à saisir l'importance dramatique des pourpoints, et à comprendre qu'un effet scénique peut dépendre d'une crinoline.

L'incendie du Théâtre du Globe, — événement dû à cet amour de l'illusion qui caractérisait la direction scénique de Shakespeare, — nous a malheureusement privés de maints documents importants, mais l'inventaire qui nous est parvenu d'un théâtre de Londres au temps de Shakespeare énumère des costumes spéciaux pour cardinaux, bergers, rois, clowns, moines et bouffons ; nous y voyons des habits verts pour les compagnons de Robin des Bois, et une robe verte pour la douce Marianne[2] ; un pourpoint blanc et or pour Henri V, et une robe pour Longshanks[3] ; des surplis, des calottes, des robes de damas, de drap d'or et d'argent, de taffetas ou de calicot, des manteaux de velours, de satin ou de ratine, des justaucorps de cuir jaune ou noir, des costumes rouges ou gris,

1. François Joseph Talma (1763-1823) : tragédien français, il fonda en 1793 le théâtre de la République où il joua notamment l'adaptation d'*Othello* faite par Ducis. Favori de Napoléon, il entama à partir de 1799 une brillante carrière à la Comédie-Française. Par son souci du naturel et de la vérité historique, il a profondément modifié le jeu traditionnel de l'acteur français. **2.** Robin des Bois (1160-1247) : héros légendaire du Nottinghamshire, qui détroussait les riches et protégeait les pauvres. Il est l'objet d'un cycle de ballades, *Robin Hood and Guy of Gisborne*, qui décrit notamment sa vie dans la forêt de Sherwood ainsi que ses amours avec Marianne, et figure dans *Le Triste Berger* (1613) de Ben Jonson ou dans *Ivanhoe* (1819) de Walter Scott. **3.** En français, Longues-Jambes, surnom d'Édouard Ier (1239-1307).

des travestis de Pierrot français, une robe « pour devenir invisible », qui, au prix de trois livres dix shillings, ne semble pas trop coûteuse, et quatre incomparables « corps » ; toutes pièces de costume qui montrent bien le soin qu'apportaient les directeurs à fournir chaque personnage d'un vêtement approprié. Au surplus, des costumes espagnols, mores ou danois, des casques, des lances, des boucliers peints, des couronnes d'empereur et des tiares papales, prouvent, aussi bien que les costumes de janissaires turcs ou de sénateurs romains, de dieux et de déesses de l'Olympe, que l'on tenait fort au théâtre à l'exactitude archéologique. Il est vrai que nous y trouvons un costume pour Ève, mais sans doute s'agissait-il d'une pièce qui se situait après la faute.

En vérité, il suffit d'étudier l'époque shakespearienne pour s'apercevoir que l'archéologie en est une des préoccupations notoires. La résurrection des formes de l'architecture classique qui caractérise la Renaissance, et l'édition, à Venise et en d'autres lieux, des chefs-d'œuvre des littératures grecque et latine suscitèrent un intérêt naturel pour tout ce qui caractérisait la décoration et le costume du monde antique. C'était moins dans un but d'érudition qu'en vue du charme nouveau à en tirer que les artistes étudiaient leurs documents. Les curieux objets que des fouilles mettaient au jour ne s'en allaient pas moisir dans des musées pour l'admiration d'un conservateur blasé et l'ennui d'un policier soupirant après un beau crime. Ils servaient de modèles à un art nouveau qui visait autant à la singularité qu'à la beauté.

Infessura[1] raconte qu'en 1485, des ouvriers découvrirent, sous la Voie Appienne[2], un vieux sarcophage romain, qui portait gravé le nom de « Julia, fille de Claudius ». Ouvrant le cercueil de marbre, ils mirent au jour le corps d'une belle jeune

1. Stefano Infessura (v. 1436-v. 1500) : juriste et historien italien, auteur du *Journal de la ville de Rome (1303-1494)*. 2. La voie Appienne (via Appia antica) : l'une des voies qui entourent Rome et le long desquelles ont été retrouvés les premiers cimetières des temps chrétiens. Celui qui longe la via Appia est le cimetière Saint-Calixte.

fille d'une quinzaine d'années, que l'art de l'embaumeur avait préservé de la corruption et de la ruine des siècles. Ses yeux restaient à demi ouverts ; ses cheveux d'or ondulaient autour de sa tête, et ses lèvres ni ses joues n'avaient encore perdu la fleur de la jeunesse. Porté au Capitole [1], le corps devint l'objet d'un nouveau culte, et les pèlerins affluaient de toutes parts, quand le Pape, redoutant que ceux qui avaient trouvé le secret de la beauté dans une tombe païenne, n'oubliassent les secrets enclos dans un fruste sépulcre [2] taillé en plein roc de Judée, fit emporter nuitamment le corps, pour le brûler en secret. Pour apocryphe qu'elle puisse être, cette histoire ne nous prouve pas moins l'attitude de la Renaissance à l'endroit du monde antique. L'archéologie de ce temps-là n'était pas seulement une science d'amateur d'objets anciens ; c'était l'art qui rendait à la sèche poussière de l'antiquité le souffle et la beauté de la vie, et remplissait avec le vin nouveau du romantisme des formes vieilles et caduques. Un tel esprit, on peut en saisir l'influence dans la chaire de Niccolo Pisano [3] aussi bien que dans le *Triomphe de César* de Mantegna [4], ou le service modelé par Cellini pour le roi François Ier [5]. Il ne se confinait d'ailleurs pas aux arts immobiles, — aux arts du mouvement suspendu, — mais son génie s'exerçait sur ces masques gréco-romains, amusement constant des cours de l'époque et sur ces parades et processions publiques offertes aux visiteurs princiers par les grosses villes commerçantes, spectacles tenus pour si importants, qu'on leur consacrait de grandes estampes.

Loin de servir une pédanterie outrecuidante, cette application de l'archéologie aux spectacles me paraît, à tout point de vue, légitime et belle. La scène n'est pas seulement le point de

1. Nom de l'une des sept collines de Rome et de l'ensemble des édifices qui y ont été construits. Elle fut le centre religieux de la Rome antique. 2. Le tombeau du Christ. 3. Nicola Pisano (1220-1283) : sculpteur et architecte italien, célèbre pour la chaire du baptistère de Pise ou celle du baptistère de Sienne. 4. Mantegna a composé les neuf toiles des *Triomphes de César* (exposées à Hampton Court, demeure royale à l'ouest de Londres) entre 1485 et 1494. 5. Cellini fabriqua pour François Ier une salière d'émail et d'argent représentant les divinités de la Terre et de la Mer.

rencontre de tous les arts, mais commande le retour de l'art à la vie. Parfois, dans un roman archéologique, l'usage de termes étranges et désuets semble étouffer la vérité sous l'érudition, et je me figure que nombre de lecteurs de *Notre-Dame de Paris* ont hésité devant le sens d'expressions telles que la *casaque à maboitre, les voulgiers, le gallimard taché d'encre, les caraquiniers*, et autres, mais à la scène, il en va tout autrement. Le monde ancien sort de son sommeil, et l'histoire se présente à nos yeux en grand appareil, sans nous obliger à recourir, pour mieux savourer notre plaisir, au dictionnaire ou à l'encyclopédie. Il est même parfaitement superflu pour le public de connaître les autorités qui étayent la mise en scène d'une pièce. Il a suffi, par exemple, à Mr. E. W. Godwin [1], l'un des esprits les plus artistes de ce siècle en Angleterre, d'un document aussi peu familier à la majorité du public que le disque de Théodose, pour créer le charme exquis du premier acte de *Claudien*, et nous montrer la vie de Byzance au quatrième siècle, non dans une conférence assommante avec présentation de moulages terreux, non dans un de ces romans dont la lecture réclame un glossaire, mais par la résurrection de toute la gloire de cette grande ville. Et tandis que les costumes respectaient les traits les plus infimes de couleur et de dessin, les détails n'usurpaient pas cette importance excessive qu'on leur accorde inévitablement dans une conférence, et restaient subordonnés aux règles de la haute composition et à l'unité de l'effet artistique. Parlant de ce grand tableau de Mantegna qui se trouve maintenant à Hampton Court, Mr. Symonds dit que l'artiste a traduit un motif de l'Antiquité en thème mélodique. On aurait pu, avec justice, en dire autant de la scène de Mr. Godwin. Il faut des

1. Edward William Godwin (1833-1886) : époux d'Ellen Terry, il fut un architecte et un décorateur de théâtre très renommé. Ami de Wilde et de Whistler, dont il fut le décorateur d'intérieur, il écrivit entre 1874 et 1875 plus d'une trentaine d'articles sur l'architecture et les costumes des pièces de Shakespeare, dans lesquels il professe la nécessité de l'exactitude archéologique, terme que Wilde reprend à son compte dans « La Vérité des masques ». Godwin fut le décorateur de la production de *Roméo et Juliette* critiquée par Lytton dans son article de *La Revue du dix-neuvième siècle*.

imbéciles pour taxer son effort de pédantisme, et ceux-là seuls qui ne voulaient ni regarder ni écouter ont pu prétendre que la couleur de la pièce en avait tué la passion. En réalité, la scène n'était pas seulement d'un pittoresque achevé, mais restait parfaitement dramatique ; renonçant aux insupportables descriptions, elle nous montrait, par la seule teinte et la coupe de la robe de Claudien et de ses courtisans, toute la nature et l'existence de cet homme, depuis l'école de philosophie qu'il prétendait suivre, jusqu'aux chevaux du cirque sur lesquels il pariait.

En somme, l'archéologie ne peut comporter de charme qu'à la condition d'être transposée en une forme d'art quelconque. Loin de moi le désir de déprécier les travaux de savants laborieux, mais je trouve une valeur bien plus grande à la façon dont Keats sut illustrer les données du Dictionnaire de Lemprière qu'au procédé du professeur Max Muller[1], qui traitait la même mythologie comme une maladie du langage. Plutôt *Endymion*[2] que la théorie la plus raisonnable, ou comme dans le cas présent, qu'une fallacieuse théorie d'épidémie parmi les adjectifs ! Comment ne pas sentir que le principal titre de gloire de l'ouvrage de Piranesi sur les Vases est d'avoir inspiré à Keats son « Ode sur une urne grecque »[3] ? L'art, et l'art seul, donne la beauté à l'archéologie ; l'art théâtral peut, entre tous les autres, en faire un usage plus direct et plus vivant, car il combine, en un spectacle exquis, l'illusion de la vie réelle avec les merveilles d'un monde imaginaire.

Au surplus, le seizième siècle n'est pas seulement celui de

---

1. John Lemprière (1763-1824) : auteur de *Bibliotheca classica*, dictionnaire de l'Antiquité devenu depuis lors un classique ; Friedrich Max Müller (1823-1900) : naturalisé citoyen britannique en 1846, il occupa plusieurs postes à l'Université d'Oxford, dont une chaire de philologie comparée à partir de 1868. Son œuvre fut consacrée à l'étude comparée des mythes et des religions. **2.** *Endymion* : poème de Keats. **3.** Piranèse (1720-1778) : architecte et graveur italien, il a surtout laissé des dessins de monuments romains et des compositions imaginaires de prisons (*Carceri d'invenzione*, 1760). Son ouvrage sur les vases, *Vasi, candelabri, cippi*, date de 1778. L'« Ode sur une urne grecque » date de 1819.

Vitruve, mais aussi celui de Vecellio[1]. Chaque pays prend un intérêt soudain au vêtement de ses voisins. L'Europe examine de près ses habits, et se met à publier, sur les costumes nationaux, un nombre d'ouvrages tout à fait extraordinaire. Au début du siècle, la *Chronique de Nüremberg*, avec ses deux mille illustrations, atteint sa cinquième édition, et avant son achèvement, la *Cosmographie* de Münster dépasse la dix-septième[2]. En dehors de ces deux livres, nous trouvons les ouvrages de Michael Colyns, de Hans Weigel, d'Amman[3] et de Vecellio lui-même, tous superbement illustrés ; certains des dessins du Vecellio sont probablement de la main du Titien[4].

Mais ce n'était pas seulement aux livres et aux traités que les hommes de ce temps-là empruntaient leurs connaissances. Le nombre croissant des voyages à l'étranger, le développement du négoce international, et la fréquence des missions diplomatiques fournissaient maintes occasions à chaque peuple d'étudier les formes diverses du vêtement contemporain. Après le départ des ambassadeurs du Tsar, du Sultan et du prince du Maroc, Henry VIII et ses amis adoptèrent dans plusieurs bals masqués, l'étrange accoutrement de leurs visiteurs. Plus tard, Londres ne fut que trop souvent témoin de la sombre splendeur de la cour d'Espagne, et Élisabeth reçut des envoyés de tous les pays, dont la mise eut, à croire Shakespeare, une influence sur le costume anglais.

---

1. Vitruve : architecte romain du Ier siècle av. J.-C., il a laissé un ouvrage, *De architectura*, qui contribua à codifier les grands principes de l'architecture classique et fut repris aussi bien par les théoriciens de la Renaissance que par les architectes anglais du XVIIIe siècle ; Cesare Vecellio (1521-1601) : peintre et graveur italien, il a certainement attiré l'attention de Wilde pour avoir écrit en 1590 une encyclopédie du costume. **2.** La *Chronique de Nüremberg* (1493) : ouvrage de Hartmann Schedel (1440-1514) ; Sebastian Münster (1489-1552) publia une *Cosmographie universelle* en 1544. **3.** Michael Colyns (1584-1637) : éditeur hollandais qui publia des récits de voyages ; Hans Weigel (? -1590) est l'auteur d'un livre sur le costume, partiellement illustré par Jost Amman (1539-1591) qui brossa, dans son *Théâtre des femmes* (1586), un tableau du costume féminin à travers l'Europe. **4.** Le Titien était le cousin de Vecellio et aurait illustré certaines des planches de son encyclopédie.

L'intérêt ne se limitait d'ailleurs pas au vêtement classique ou à celui des nations étrangères ; on faisait beaucoup d'emprunts, surtout chez les gens de théâtre, aux vieilles modes anglaises, et quand Shakespeare, dans le prologue d'une de ses pièces[1], exprime le regret de ne pouvoir donner à ses personnages des casques de l'époque, c'est le directeur du temps d'Élisabeth autant que le poète qui parle par sa bouche. À Cambridge, par exemple, vers cette époque, les acteurs de *Richard III* portaient de véritables costumes du temps, tirés de la grande collection de vêtements historiques qu'abrite la Tour[2], toujours ouverte aux directeurs de théâtre, et parfois même mise à leur disposition. Cette représentation dut être, en ce qui concerne le costume tout au moins, autrement artistique que celle de Garrick[3] : on sait qu'il y exhiba un extraordinaire accoutrement de fantaisie, et que parmi tous ses compagnons, mis à la mode du temps de Georges III, Richmond fut particulièrement admiré en uniforme de jeune garde.

À quoi servirait, sur la scène, cette archéologie qui a si fort épouvanté les critiques, si elle ne nous restituait, comme elle peut seule le faire, l'architecture et la couleur de l'époque où se situe la pièce ? Elle nous montre un Grec habillé en Grec, un Italien à l'italienne ; elle nous permet de jouir des arcades de Venise et des balcons de Vérone, et si la pièce a trait à l'une des grandes époques historiques de notre pays, elle fait revivre à nos yeux cette époque avec son visage, et le roi avec ses habitudes. Je me demande, à ce propos, ce que Lord Lytton aurait dit naguère au *Princess's Theatre* en voyant le rideau se lever sur le Brutus de son père assis dans un fauteuil du temps de la reine Anne, avec perruque flottante et robe de chambre à ramages, accoutrement que le siècle dernier tenait pour parfaite-

1. *Henry V*. 2. La Tour de Londres, construite à partir de 1078, fut pendant longtemps un lieu d'exécution. Elle abrite aujourd'hui les bijoux de la Couronne et un musée d'armes. 3. David Garrick (1717-1779) : acteur britannique, il fit ses débuts shakespeariens dans *Richard III*. Lui-même auteur comique, il prit en 1747 la direction du théâtre de Drury Lane où furent jouées nombre de mises en scène de Shakespeare. Son talent immense lui valut d'être peint par ses contemporains les plus illustres.

ment seyant à un Romain de l'Antiquité. Car, en ces heureux temps du drame où l'archéologie ne tourmentait ni les acteurs ni les critiques, nos grands-pères supportaient placidement une étouffante atmosphère d'anachronismes, et contemplaient, avec la calme complaisance d'un siècle prosaïque, un Iachimo[1] avec poudre et mouches, un Lear en jabot de dentelle, et une Lady Macbeth à ample crinoline. Je comprends qu'on reproche à l'archéologie un souci excessif de réalisme, mais je trouve parfaitement absurde de l'accuser de prétention. D'ailleurs toute accusation portée contre elle est inepte : autant parler sans respect de l'équateur ! L'archéologie, en tant que science, n'est ni bonne ni mauvaise. C'est un fait, et rien de plus. Toute sa valeur dépend de l'usage que l'on en fait, et l'artiste seul sait l'employer. Nous nous adressons aux archéologues pour les matériaux, et aux artistes pour la méthode.

La personne chargée de concevoir les costumes et les décors d'un drame shakespearien doit d'abord en déterminer l'époque avec précision. Pour ce faire, il s'inspirera plus de l'esprit général de la pièce que d'une des allusions historiques qui s'y peuvent rencontrer. La plupart des *Hamlet* que j'ai vu représenter se situaient beaucoup trop tôt. Hamlet est essentiellement contemporain de la Renaissance littéraire, et si l'allusion à la récente invasion de l'Angleterre par les Danois[2] paraît placer la pièce au neuvième siècle, l'usage des fleurets[3] la reporte à une époque bien ultérieure. Puis, une fois fixé le temps, l'archéologue fournira les éléments dont l'artiste tirera les effets voulus.

On a prétendu que les anachronismes de ses pièces prouvaient le mépris de Shakespeare pour l'exactitude historique, et attaché une importance excessive à la malencontreuse citation d'Aristote par Hector[4]. À vrai dire, de tels anachronismes sont

1. Personnage de *Cymbeline*. 2. Peut-être une allusion à la scène des fossoyeurs de *Hamlet* (acte V, scène 1), dans laquelle l'un des fossoyeurs évoque les raisons pour lesquelles Hamlet a été envoyé en Angleterre. 3. Allusion au combat final entre Hamlet et Laertes (acte V, scène 2). 4. *Troïlus et Cressida*, acte II, scène 2 (vv. 165-168).

chez lui peu nombreux et peu marquants, et l'on peut penser que si l'attention du poète avait été attirée sur ce point par un confrère en art, il aurait corrigé ses erreurs. Si l'on ne peut guère en faire de véritables fautes, on ne saurait non plus y voir les véritables beautés de l'œuvre, ou du moins le charme de l'anachronisme ne se goûterait réellement que dans une mise en scène absolument fidèle aux détails et à l'époque. En règle générale, quand on considère les pièces de Shakespeare dans leur ensemble, c'est leur extraordinaire fidélité aux personnages et à l'intrigue qui frappe le plus. Nombre de ces personnages avaient existé et certains avaient même été connus par une partie de l'assistance. C'est sa prétendue caricature de Lord Cobham [1] qui valut à Shakespeare la plus violente des attaques dont il eut à souffrir de son vivant. Quant à ses intrigues, il les tire soit de l'histoire officielle [2], soit de ces vieux récits et de ces ballades qui tenaient lieu d'histoire au peuple du temps d'Élisabeth, et qu'aujourd'hui encore, les historiens scientifiques hésiteraient à rejeter comme entièrement faux. Il ne se contentait pas de s'adresser aux faits plutôt qu'à l'imagination pour asseoir la plupart de ses œuvres ; il voulait encore donner à chacune de ses pièces le caractère général, l'atmosphère sociale de son époque. Convaincu que la stupidité constitue l'un des éléments permanents caractéristiques de toute civilisation européenne, il ne fait pas de différence entre une foule londonienne de son temps et une foule romaine de l'époque païenne, entre un stupide veilleur de nuit de Messine et un stupide juge de paix de Windsor. Mais dès qu'il s'attaque à de plus hauts personnages, à ces exceptions si belles qu'elles deviennent représentatives d'un siècle, il leur donne la marque absolue et le sceau de leur temps. Virgilia est aussi évidemment

1. Dans *Henry IV*, Shakespeare aurait modelé le personnage de Falstaff sur Lord Cobham (1378-1414), dont le nom véritable était Sir John Oldcastle et qui mena dans sa jeunesse une vie dissolue. 2. Les *Chroniques* (1577) de Raphael Holinshed (? -1580) sont l'une des sources dans laquelle Shakespeare a le plus abondamment puisé pour écrire ses drames historiques. Il s'agit du premier ouvrage qui offre un panorama complet de l'histoire d'Angleterre, mais leur véracité a été abondamment contestée depuis.

une de ces matrones romaines, dont la tombe portait ces mots pour épitaphe : « *Domi mansit ; lanam fecit* »[1], que Juliette est une jeune fille de la Renaissance typiquement romantique. Il reproduit même fidèlement les traits de race. Hamlet a toute l'imagination, toute l'irrésolution des peuples du Nord, et la princesse Catherine[2] est aussi parfaitement française que l'héroïne de *Divorçons*[3]. Henri V est un pur Anglais, et Othello un véritable Maure.

Quand il traite l'histoire d'Angleterre, du quatorzième au seizième siècles, il est remarquable de constater le soin qu'il attache aux faits, la fidélité avec laquelle il suit Holinshed. Il décrit avec une précision remarquable les guerres incessantes entre la France et l'Angleterre, sans omettre les noms des villes assiégées, des ports d'embarquement ou d'atterrissage, des champs de bataille avec leurs dates, des chefs de chaque parti, des tués et des blessés. Ses guerres des Deux-Roses nous fournissent des généalogies parfaites des sept fils d'Édouard III[4], et il y discute tout au long les droits au trône des maisons rivales d'York et de Lancastre ; si l'aristocratie anglaise s'obstine à ne pas lire Shakespeare comme poète, elle devrait chercher dans son œuvre un premier Livre de la Noblesse. Il n'y a presque pas un titre de la Chambre des Lords, à l'exception, bien entendu, des médiocres titres usurpés par les hommes de loi, qui ne se rencontre dans Shakespeare, avec maints détails d'histoire familiale plus ou moins dignes de foi. Et si l'on juge vraiment nécessaire d'enseigner aux bambins de l'école primaire tous les détails de la Guerre des Deux-Roses, on pourrait les leur faire étudier avec autant de profit et certainement bien plus d'agrément dans Shakespeare que dans de mauvais livres

---

1. Virgilia : nom de la femme de Caius Marcus (Coriolan, ainsi nommé pour avoir pris la ville de Corioli) dans *Coriolan* (1608). La phrase latine signifie : « Elle resta à la maison, et fila la laine », ce qui l'apparente à Pénélope. 2. Fille du roi de France et future épouse d'Henry V dans la pièce de Shakespeare. 3. Pièce de Victorien Sardou (1831-1908). 4. La guerre des Deux-Roses : guerre civile anglaise qui opposa la maison d'York (symbolisée par une rose blanche) et la maison de Lancastre (symbolisée par une rose rouge) entre 1455 et 1485 ; Édouard III fut roi d'Angleterre de 1327 à 1377.

de classe. Cette valeur historique de ses pièces était d'ailleurs déjà reconnue du vivant du poète : « Les pièces historiques apprennent l'histoire à ceux qui ne peuvent la lire dans les Chroniques », dit un Traité de la Scène de Heywood[1], et je n'hésite pourtant pas à croire que les chroniques du seizième siècle étaient autrement plaisantes que nos livres de classe contemporains.

Évidemment, la valeur esthétique des pièces de Shakespeare ne dépend nullement des faits mais de leur vérité, et la vérité, toujours indépendante des faits, les invente ou les choisit à son gré. Mais l'usage que Shakespeare tire du fait n'en est pas moins une partie fort intéressante de sa méthode de travail, et nous montre son attitude à l'endroit de la scène et du grand art de l'illusion. Il aurait certainement été surpris de voir Lord Lytton classer ses pièces parmi les « contes de fées[2] », car l'un de ses objectifs était de créer un drame historique national anglais, qui traitât d'événements familiers au public, et présentât les héros qui vivent dans la mémoire d'un peuple. Certes, le patriotisme n'est pas une vertu indispensable à l'art, mais il propose à l'artiste de remplacer un sentiment individuel par un sentiment universel, et offre au public l'œuvre d'art sous la forme la plus attrayante et la plus populaire. Notons ici que le premier et le dernier succès de Shakespeare furent ceux de deux pièces historiques[3].

On pourrait se demander quel est le rapport de tout ceci avec l'opinion de Shakespeare touchant la mise de ses personnages. Je réponds qu'un dramaturge qui accordait une telle importance à l'exactitude du fait, devait tenir l'exactitude historique du costume pour un appoint considérable à sa méthode d'illusion. Et je n'hésite pas à dire qu'il en fut bien ainsi. L'allu-

---

1. Thomas Heywood (1573-1641) : dramaturge anglais prolifique (il aurait écrit plus de deux cents pièces), il est également célèbre pour avoir, dans *La Défense des acteurs* (1612), exposé les principes essentiels du théâtre sous le règne de Jacques Ier. **2.** Selon Lord Lytton, l'archéologie est aussi peu utile dans un conte de fées que dans une pièce de Shakespeare. **3.** Probablement *Richard III* et *Henry VIII*.

sion aux casques de l'époque, dans le prologue d'Henry V, peut paraître fantaisiste, bien que Shakespeare ait souvent dû voir,

> le casque même
> Qui faisait frémir l'air à Azincourt,

dans la morne pénombre de l'Abbaye de Westminster, où il est encore pendu, à côté de la selle de ce « fils de la gloire »[1] et du bouclier bossué, avec sa doublure lacérée de velours bleu et ses lis d'or terni ; quant aux tabards[2] des soldats d'Henry VI, ils sont conformes aux données de l'archéologie la plus pure, car on n'en portait pas au seizième siècle, et celui du roi se trouvait encore accroché, au temps de Shakespeare, dans la chapelle Saint Georges de Windsor, au-dessus de son tombeau. Jusqu'à l'époque infortunée du triomphe des Philistins, en 1645[3], les chapelles et les cathédrales d'Angleterre restaient les grands musées nationaux d'archéologie, et abritaient les armures et les costumes des héros de l'histoire d'Angleterre. On en conservait bien un certain nombre à la Tour, où les touristes se rendaient, dès le règne d'Élisabeth, pour admirer certaines reliques curieuses du passé, telles que cette énorme lance de Charles Brandon, qui fait encore, me semble-t-il, l'admiration de nos visiteurs de province, mais les églises et les cathédrales étaient d'ordinaire considérées comme les lieux les plus à même d'abriter les costumes des héros de l'histoire anglaise. Cantorbéry nous montre encore le heaume du Prince Noir[4], Westminster[5] les robes de parade de nos rois, et Richmond vint

---

1. L'allusion aux casques : voir Prologue, vv. 13-14 ; ce fils de la gloire : *Henry V*, acte IV, scène 1, v. 45. **2.** Manteau court porté sur une armure au Moyen Âge. **3.** Année de la bataille de Naseby, qui marqua la victoire définitive d'Oliver Crowmell (1599-1658) et des parlementaires sur le prince Rupert (1619-1682) et les royalistes. **4.** Surnom d'Édouard (1330-1370), fils d'Édouard III, qui vainquit en 1356 le roi de France Jean II (roi de 1350 à 1364), à Poitiers, lors de la guerre de Cent Ans (nom des conflits qui opposèrent l'Angleterre et la France de 1337 à 1453). Cantorbery est, avec York, l'un des deux principaux archevêchés anglais. L'archevêque de Cantorbery est le primat de l'Église d'Angleterre. **5.** L'abbaye de Westminster est le lieu où sont couronnés tous les rois depuis la fin du XIIIe siècle.

en personne accrocher dans le vieux Saint Paul la bannière même qui avait flotté sur le champ de bataille de Bosworth [1].

En somme, de quelque côté qu'il se tournât, Shakespeare voyait à Londres les costumes et les souvenirs du passé, et l'on ne peut douter qu'il ne se soit prévalu de cette heureuse fortune. L'emploi de la lance et du bouclier, si fréquent dans ses pièces, est tiré de l'archéologie et non de l'art militaire de son temps, et l'usage général qu'il fait de l'armure dans les combats, n'est pas caractéristique de son époque, où les armures disparaissaient rapidement devant les armes à feu. De même, le cimier du casque de Warwick, dont on parle tant dans *Henry IV*, trouve sa place toute naturelle dans une pièce du seizième siècle, époque où le cimier était très en honneur, mais aurait paru absurde dans une pièce du temps de Shakespeare lui-même, alors que plumes et panaches remplaçaient le cimier, selon une coutume importée de France, comme on nous le dit dans *Henry VIII*. L'on peut donc affirmer que l'on s'adressait à l'archéologie pour monter les pièces historiques, et je suis bien certain qu'il en allait de même pour les autres. L'apparition de Jupiter, foudre en main, de Junon avec ses paons et d'Iris avec son arc-en-ciel, le groupe des Amazones et celui des Cinq Preux sortent de l'archéologie, et la vision de Posthumus qui voit, dans sa prison, Sicilius Leonatus « sous les traits d'un vieillard en costume guerrier, accompagnant une vieille femme », n'en dépend manifestement pas moins. J'ai déjà fait allusion à cette « robe athénienne » qui distingue Lysandre d'Obéron, mais un des exemples les plus frappants est celui du costume de Coriolan, que Shakespeare emprunte directement à Plutarque [2]. Dans

1. Le vieux Saint Paul : il s'agit de l'église, qui fut détruite par le grand incendie de Londres en 1666, avant que Christopher Wren (1632-1723) ne la reconstruise sous forme de cathédrale ; Richmond, descendant des Lancastre, tua Richard III, héritier de la famille d'York, lors de la bataille de Bosworth, mettant ainsi fin à la guerre des Deux-Roses. Cet événement est le sujet du dernier acte de *Richard III* de Shakespeare. **2.** L'apparition de Jupiter... Junon... Iris se produit dans *La Tempête* (IV, 1) ; le groupe des Amazones : dans *Timon d'Athènes* (II, 2) ; les Cinq Preux : dans *Peines d'amour perdues*, V, 2 ; la vision de Posthumus : dans *Cymbeline* (V, 4) ;

ses *Vies*, cet historien nous parle du grand Romain Caius Martius, de la guirlande de chêne dont il fut couronné, et du singulier accoutrement dont une coutume ancienne le contraignit à s'affubler pour solliciter les suffrages de ses électeurs ; sur ces deux points, Plutarque se répand en longues digressions, pour découvrir l'origine et la signification de ces modes désuètes. Shakespeare, en véritable artiste, s'empare des données de l'antiquaire pour en tirer des effets dramatiques et pittoresques ; clairement, la robe d'humilité, « la méchante robe », comme l'appelle Shakespeare, est le point central de la pièce. Je pourrais citer bien d'autres exemples, si celui-ci ne suffisait à ma démonstration ; il prouve bien, en tout cas, qu'en montant une pièce avec les costumes exacts de l'époque et selon les autorités les plus éprouvées, nous nous conformons à la méthode même et à la volonté de Shakespeare.

À supposer que je me trompe, et que la mise en scène de Shakespeare ait comporté bien des imperfections, il n'y a pas plus de raison de les perpétuer que de faire tenir le rôle de Juliette par un jeune homme, ou de renoncer aux avantages d'un décor transformable. La grande œuvre dramatique ne doit pas demander aux seuls acteurs l'expression de la passion moderne, mais veut nous être présentée sous la forme la plus adéquate à l'esprit contemporain. Racine donnait ses spectacles romains en costumes Louis XIV, et sur une scène encombrée de spectateurs, mais il nous faut, à nous, de tout autres conditions pour jouir de son art. Pour que notre illusion soit parfaite, nous exigeons une totale exactitude de détails, à la condition pourtant que les détails n'usurpent pas, dans la pièce, la première place, et soient toujours subordonnés à l'idée centrale. En art, au demeurant, subordination ne signifie pas mépris de la vérité, mais concours de tous les effets au but final, et établissement de la valeur relative de chaque détail.

« Les petits détails d'histoire et de vie domestique (dit Hugo)

---

pour *Coriolan* (II, 3), Shakespeare s'était inspiré de la « Vie de Caius Martius Coriolanus » de Plutarque (50-125), traduite par Sir Thomas North (1535-1601).

doivent être scrupuleusement étudiés et reproduits par le poète, mais uniquement comme des moyens d'accroître la réalité de l'ensemble, et de faire pénétrer, jusque dans les coins les plus obscurs de l'œuvre, cette vie générale et puissante au milieu de laquelle les personnages sont plus vrais, et les catastrophes, par conséquent, plus poignantes. Tout doit être subordonné à ce but. L'homme sur le premier plan, le reste au fond[1]. »

Ce passage nous intéresse, parce qu'il vient du premier grand dramaturge français qui fit servir l'archéologie à la scène, et dont les pièces, bien que d'une parfaite correction de détails, sont universellement connues pour leur passion et non pour leur pédanterie, pour leur vie et non pour leur érudition. Il faut reconnaître que touchant des expressions curieuses ou bizarres, Hugo a consenti certaines atténuations. Ruy Blas parle de M. de Priego comme d'un « sujet du roi », et non comme d'un « noble du roi », et Angelo Malipieri dit « La Croix rouge », et non la « Croix de gueules »[2]. Mais ce sont là concessions faites au public, ou plutôt à une partie du public. « J'en offre ici toutes mes excuses aux spectateurs intelligents », dit une note du poète ; « espérons qu'un jour, un seigneur vénitien pourra dire tout bonnement, sans péril, son blason sur le théâtre. C'est un progrès qui viendra. » Et si la description des armoiries ne comportait pas les termes précis, les armes elles-mêmes étaient du moins parfaitement exactes. À quoi l'on pourrait objecter que le public ne fait pas attention à ces choses, mais il faut se souvenir que l'art a pour but unique sa propre perfection, et n'obéit qu'à ses lois propres. C'est la pièce dont Hamlet affirme qu'elle est « du caviar pour la foule », qu'il apprécie le plus hautement.

D'ailleurs le public, tout au moins en Angleterre, a nettement évolué ; il sait bien mieux qu'il ne le faisait, voici quelques années, apprécier la beauté, et s'il n'est pas très familier avec

---

1. La première édition de *Ruy Blas* (1838) était accompagnée d'une Note de Hugo dont est extraite cette citation. **2.** Extrait d'une note accompagnant l'édition d'*Angelo, tyran de Padoue* (1835), de Victor Hugo.

les autorités et les données archéologiques, il goûte la beauté de ce qu'on lui présente. Et c'est là le point important. Mieux vaut jouir d'une rose que d'en mettre la racine sous le microscope. L'exactitude est une condition, et non l'essence de l'illusion scénique. Et quand Lord Lytton propose que les costumes soient beaux[1], sans souci d'exactitude, il montre une incompréhension totale de leur nature et de leur importance scénique. Double importance, pittoresque et dramatique, la première dépendant de la couleur du vêtement, la seconde de sa coupe et de son caractère. Mais ces qualités se confondent, et chaque fois qu'un metteur en scène, au mépris de la vérité historique, a emprunté à des époques différentes les habillements d'une pièce, il a obtenu sur la scène, un chaos, une caricature des siècles, un bal travesti, sans trace aucune d'effets dramatiques ou pittoresques. Car les parures d'une époque ne s'harmonisent pas avec celles d'une autre, et en ce qui concerne la valeur dramatique d'une pièce, c'est vouloir la couler que d'y mêler les costumes. Le costume est un produit, une évolution et peut-être le plus important symbole des façons, des coutumes, et du mode de vie de chaque siècle. Le mépris puritain pour la couleur, les garnitures, les grâces du vêtement, illustre la grande révolte des classes moyennes contre la beauté au dix-septième siècle. Un écrivain qui ne comprendrait pas ce fait nous donnerait une peinture très médiocre de l'époque, et le dramaturge qui n'en tirerait pas parti négligerait un des éléments les plus vivaces de l'illusion. L'accoutrement efféminé qui caractérise le règne de Richard II servit de thème favori aux écrivains du temps, et deux cents ans plus tard, Shakespeare insiste dans sa pièce sur le goût du roi pour les vêtements somptueux et les modes étrangères, depuis les reproches de Jean de Gand[2], jusqu'au discours de Richard lui-même sur sa destitution[3]. Et il

---

1. Selon Lord Lytton, tout ce qui importe, c'est que la représentation théâtrale soit belle et pleine de vie. 2. Jean de Gand (1340-1390) : fils d'Édouard III, il assura la transition entre le règne de son père et celui de Richard II (roi de 1377 à 1399). 3. Le discours de Richard sur sa destitution ainsi que la citation suivante sont extraits de l'acte III, scène 3 de *Richard II* (voir notamment vv. 62-66).

suffit de lire la tirade d'York pour se convaincre que le poète a dû regarder de près le tombeau de Richard, à Westminster.

Voyez ; voyez, le roi Richard apparaît en personne,
Comme le soleil courroucé
Sort en rougissant du portique enflammé de l'est,
Quand il s'aperçoit que les nuages envieux s'apprêtent
À obscurcir sa gloire

car on distingue encore sur la robe du roi son emblème favori : le soleil émergeant d'un nuage. À vrai dire, les conditions sociales de chaque époque s'expriment si bien dans le vêtement, que représenter une pièce du seizième siècle en costumes du quatorzième, ou vice versa, c'est lui enlever toute sincérité, et partant toute réalité. Et quelque valeur que prennent sur la scène les effets dramatiques, ils dépendent entièrement d'un souci absolu du détail. Inventer un habit entièrement nouveau est chose presque impossible, en dehors de la comédie burlesque ou extravagante, et quant à combiner en un seul les vêtements de différents siècles, la tentative serait dangereuse. Shakespeare lui-même nous donne son opinion sur la valeur artistique d'une telle combinaison, quand il raille sans merci des élégants du temps d'Élisabeth, qui se croyaient bien mis, parce qu'ils faisaient venir leurs gilets d'Italie, leurs chapeaux d'Allemagne, et leurs chausses de France. Il est à remarquer que les productions les plus exquises de notre scène se caractérisent par un grand souci d'exactitude. Parmi celles-ci, il y a les reprises, au théâtre d'Haymarket, des pièces du dix-huitième siècle par Mr. et Mrs. Bancroft[1], les magnifiques représentations de *Beaucoup de bruit pour rien* de Mr. Irving, et le *Claudien* de Mr. Barret[2]. En outre, et c'est peut-être la réponse la

1. Le théâtre de Haymarket fut fondé au début du XVIIIe siècle sur le site d'un marché (situé juste au sud de Piccadilly Circus) avant de devenir en 1767 la propriété de Samuel Foote (1720-1777), acteur et dramaturge anglais, puis des Bancroft au XIXe siècle. **2.** Wilson Barrett (1846-1904), acteur et dramaturge de peu de renom, avait pris la direction du Princess's Theatre en 1880.

plus péremptoire à la théorie de Lord Lytton, il faut se rappeler que la beauté poursuivie par le dramaturge ne réside ni dans le décor ni dans le dialogue. Il recherche avant tout ce que la vie a de caractéristique, et ne demande pas plus à tous ses personnages d'avoir de belles robes, que de belles natures ou une belle langue. Le vrai dramaturge nous montre la vie dans le cadre de l'art, et non l'art subordonné à la vie. Le costume grec est le plus charmant que le monde ait connu et le vêtement anglais du siècle dernier l'un des plus monstrueux ; pourtant, on ne représente pas une pièce de Sheridan comme une pièce de Sophocle, car, ainsi que le dit fort bien Polonius [1], à qui je suis heureux de pouvoir exprimer ma gratitude, une des premières qualités de tout habillement est son éloquence. Et la mise maniérée du dix-huitième siècle caractérise si nettement une société aux façons et au langage affectés, que le dramaturge ne peut manquer d'apprécier sa valeur jusque dans les plus minimes détails que lui indiquera l'archéologie.

Il ne suffit d'ailleurs pas que le costume soit authentique ; il faut encore qu'il convienne à la stature et à la mine de l'acteur, à sa condition supposée et à ses jeux de scène. Prenez, par exemple, les représentations de *Comme il vous plaira*, données par Mr. Hare au Théâtre de Saint James [2] : toute la beauté du passage où Orlando se plaint d'avoir été élevé en paysan et non en gentleman, était compromise par la somptuosité de son accoutrement, et le magnifique habillement dans lequel se présentent le duc banni et ses amis était parfaitement déplacé. Et je trouve un peu insuffisante l'explication de Mr. Lewis Wingfield, selon qui les lois somptuaires de l'époque commandaient une telle tenue. Des hors-la-loi, qui se cachent dans une forêt et vivent de leur chasse, ne se soucient guère d'ordonnances de ce genre. Sans doute étaient-ils accoutrés comme les compagnons de Robin des Bois, auxquels, d'ailleurs, les compare un

---

1. Personnage de *Hamlet*, type même du courtisan intrigant. Sur l'éloquence, voir l'acte I, scène 3. **2.** John Hare (1844-1921) refusa de monter *Un mari idéal* parce qu'il trouvait le dernier acte mauvais.

passage de la pièce. Et les paroles d'Orlando, quand il les surprend, suffisent à prouver qu'ils n'étaient pas vêtus en riches gentilshommes. Il les prend pour des voleurs et s'étonne de l'élégance et de la courtoisie de leurs réponses. Autrement artistique, à mon sens, fut la représentation de la même pièce donnée dans le Bois de Combe par Lady Archibald Campbell, sous la direction de Mr. E. W. Godwin[1]. Le duc et ses compagnons, vêtus de tuniques de gros drap et de justaucorps de cuir, portaient hautes bottes et gantelets, chapeau retroussé et capuchon. Pour jouer dans une vraie forêt, ils trouvaient, j'en suis convaincu, ce costume très commode. Chacun des personnages était conforme au caractère de son rôle, et le brun et le gris des étoffes s'harmonisaient délicieusement avec les fougères, les arbres, et le fond de paysage anglais qui encadrait cette pastorale. L'authenticité parfaite du moindre des costumes assurant le naturel parfait de la scène, on ne pouvait soumettre l'archéologie à plus sévère épreuve ni la faire plus magnifiquement triompher. Cette représentation démontra, une fois pour toutes, que faute d'exactitude archéologique et d'authenticité artistique, le costume ne paraît ni naturel ni vraisemblable, et prend l'allure théâtrale, en donnant au mot son sens d'artificiel.

Encore ne suffit-il pas que les costumes soient appropriés et de nuance convenable ; il faut une unité de couleur sur la scène, et tant que la toile de fond sera confiée à un artiste et les premiers plans à un autre, on n'obtiendra pas le tableau harmonieux que l'on recherche. On devrait établir pour chaque scène la couleur dominante, comme dans une décoration d'intérieur, mêler, selon toutes les combinaisons possibles, les tissus des décorateurs, et rejeter tout ce qui détonne. D'ailleurs, en ce qui concerne les couleurs, la scène emprunte souvent un

---

1. En 1884, le Bois de Coombe, près de Kingston-upon-Thames, dans le Surrey, avait fourni le décor d'une représentation de *Comme il vous plaira*, mis en scène par Godwin et interprété par Lady Archibald Campbell dans le rôle d'Orlando. Wilde fit un compte rendu de cette représentation dans *The Dramatic Review* du 6 juin 1885, louant la très belle interprétation de Lady Archie, comme elle se faisait familièrement appeler.

éclat excessif à l'usage immodéré des rouges vifs et à l'aspect neuf des étoffes. L'aspect râpé qui, dans la vie moderne, représente l'aspiration des basses classes à l'harmonie de tons, n'est pas sans valeur artistique, et les teintes gagnent souvent, de nos jours, à être un peu fanées. On use aussi trop du bleu ; c'est une couleur dangereuse sous les lumières artificielles, et bien difficile à fabriquer en Angleterre. Le beau bleu de Chine que nous admirons tant, exige deux ans de teinture, et le public anglais n'attendrait pas si longtemps. On a bien employé, avec grand succès, au Lyceum notamment, le bleu de paon, mais les recherches de bleus clairs ou de bleus sombres dont j'ai été témoin, ont abouti à des échecs. On ne sait guère apprécier le noir ; Mr. Irving en a fait dans *Hamlet* le fond de sa composition décorative, mais on méconnaît, d'ordinaire, son importance comme repoussoir. Fait assez curieux, quand on considère la couleur dominante du costume qui faisait dire à Baudelaire : « Nous célébrons tous quelque enterrement. » L'archéologie de l'avenir dira sans doute de notre siècle qu'il savait apprécier la beauté du noir, mais il ne m'apparaît pas qu'il en soit ainsi dans la décoration scénique ou domestique. La valeur décorative du noir est pourtant identique à celle du blanc ou de l'or : il différencie et harmonise les couleurs. Dans les pièces modernes, le vêtement noir du héros attire l'attention et devrait se détacher sur un fond adapté. Or, il en est rarement ainsi, et, pour ma part, le seul décor en harmonie avec le costume moderne que j'ai vu, était un fond gris sombre et blanc crème, au premier acte de la *Princesse Georges*[1], lors des représentations de Mrs Langtry. En général le héros se meut dans une scène de bric-à-brac et de palmiers, se noie dans l'abîme d'un ameublement Louis XV, ou se trouve réduit à l'état de moucheron sur un fond de marquetterie. L'arrière-plan devrait toujours rester arrière-plan, et la couleur être subordonnée à l'effet général, but qui, bien entendu, ne peut être atteint que sous une direction unique. L'art a des manifestations diverses, mais

1. Comédie d'Alexandre Dumas fils (1824-1895) dont la première fut donnée en 1871.

l'essence de l'effet artistique est l'unité. Monarchie, anarchie ou gouvernement républicain peuvent se disputer le gouvernement des nations, mais le théâtre exige un despote cultivé. Il peut y avoir division du travail, mais la conception doit être l'œuvre d'un seul. Qui comprend le costume d'une époque comprend nécessairement son architecture et son mobilier, et des fauteuils d'un siècle, on conclut sans peine que c'était ou non un siècle à crinolines. En art, il n'y a pas de spécialisation ; la mise en scène vraiment artistique doit porter le cachet d'un maître et d'un seul ; à lui, non seulement de donner le dessin et l'ordre général de la pièce, mais d'exercer aussi un contrôle efficace sur la façon dont chaque acteur porte son costume.

Lors des premières représentations d'*Hernani*, Mlle Mars[1] refusa d'abord péremptoirement d'appeler son amant « Mon lion » et n'y consentit ensuite qu'à la condition de porter une petite toque alors fort en vogue sur le boulevard ; maintes jeunes artistes de nos scènes s'obstinent de même, de nos jours, à porter sous des robes grecques des jupons raides d'empois, au plus grand dam des lignes et des plis. Il faudrait interdire de tels non-sens, et multiplier beaucoup les répétitions en costume. Des artistes tels que Mr. Forbes-Robertson, Mr. Conway, Mr. Georges Alexander[2] et autres, sans parler d'acteurs plus anciens, savent marcher avec aise et élégance dans un costume quelconque ; mais nombre d'autres acteurs semblent affreusement embarrassés de leurs mains, faute de poches où les glisser, et portent leurs vêtements comme des costumes. Pour le dessinateur, ce sont bien des costumes, mais pour celui qui les porte, ce devraient être des vêtements ordinaires. Et il est temps de mettre un terme à cette opinion, toujours vivante au théâtre, selon laquelle les Grecs et les Romains sortaient tête

---

1. Anne Boutet, dite Mlle Mars (1779-1847) : sociétaire de la Comédie-Française, elle obtint le rôle de Doña Sol dans *Hernani*. **2.** Sir Forbes-Robertson (1853-1937) : acteur qui excella dans les rôles tragiques shakespeariens ; Mr. Conway : peut-être Alfonso Harold Conway ; George Alexander (1858-1918) : acteur et régisseur de théâtre, il commanda *L'Éventail de Lady Windermere* (1892) à Wilde.

nue dans la rue, erreur où ne tombaient pas les metteurs en scène du temps d'Élisabeth qui donnaient des capuchons en même temps que des toges à leurs sénateurs romains.

Des répétitions en costume permettraient d'expliquer aux acteurs que certains gestes et certains mouvements sont plus directement conditionnés par le style du vêtement qu'ils ne s'y adaptent. L'usage extravagant des bras, au dix-huitième siècle, dépendait forcément des larges paniers, et la dignité solennelle de Burleigh[1] tenait autant à sa fraise qu'à sa raison. D'ailleurs un acteur n'est pas à l'aise dans son rôle, tant qu'il n'est pas à l'aise dans son costume.

Je ne parlerai pas ici de l'importance du costume pour éveiller dans l'auditoire un frisson artistique, et créer cette jouissance de la beauté pour la beauté sans laquelle on ne saurait comprendre aucun des grands chefs-d'œuvre ; il y a lieu toutefois de rappeler que Shakespeare appréciait ce côté de la question et représentait toutes ses pièces à la lumière artificielle, sur une scène tendue de noir. Ce que j'ai essayé de montrer, c'est que l'archéologie n'est pas une science de pédants, et doit servir à l'illusion artistique et que le costume, qui peut, sans paroles, révéler un caractère, peut aider aussi aux situations et aux effets dramatiques. Et je crois très déplorable que tant de critiques se soient élevés contre une des évolutions les plus importantes du théâtre moderne avant que cette évolution n'ait atteint son degré voulu de perfection. Qu'elle y parvienne néanmoins, j'en suis convaincu, comme je suis sûr que nous demanderons, à l'avenir, à nos critiques dramatiques, des dons plus valables que le souvenir de Macready ou de Benjamin Webster[2] ; nous attendrons d'eux, avant tout, qu'ils cultivent en eux-mêmes le sentiment du beau. *Pour être plus difficile,*

1. William Cecil, comte de Burleigh (1520-1598) : chargé des finances sous le règne d'Elisabeth Ire, il reparaît dans la pièce de Sheridan, *Le Critique* (1779), sous les traits d'un homme d'État trop absorbé par ses tâches politiques pour parler. 2. Benjamin Webster : peut-être l'acteur qui interpréta le rôle de Cecil Graham dans *L'Éventail de Lady Windermere*.

la tâche n'en est que plus glorieuse[1]. Et s'ils n'encouragent pas, du moins ne combattront-ils pas non plus un effort que Shakespeare, entre tous les dramaturges, aurait approuvé, car il s'assigne pour méthode l'illusion de la vérité, et l'illusion de la beauté comme objectif. Au surplus, je suis loin d'applaudir à tout ce que j'ai dit dans cet essai. Il y a bien des points sur lesquels je suis en plein désaccord avec lui ; un essai ne représente qu'un point de vue, et en matière de critique d'art, tout est dans l'attitude. Car l'art ne connaît pas de vérité universelle. Toute vérité, en art, comporte une vérité contraire aussi vraie qu'elle-même. C'est la critique d'art, et elle seule, qui peut nous faire saisir la théorie platonicienne des Idées[2], et c'est aussi par elle et par elle seule, que nous parvenons à comprendre le système d'Hegel sur les contraires. Les vérités métaphysiques sont les vérités des masques.

---

1. En français dans le texte. 2. Selon Platon, les choses ne sont qu'un pâle reflet d'Idées existant de toute éternité dans un monde transcendantal. Comme l'artiste ne fait qu'imiter les choses réelles, il s'éloigne encore un peu plus des Idées.

THÉÂTRE

Le théâtre est, avec la poésie, le genre littéraire que Wilde cultiva dès ses débuts. Tout, en fait, l'y prédisposait : son cabotinage et son goût pour les poses, voire les déguisements, en un mot son sens de la mise en scène. En outre, Wilde était en grande partie un homme de paroles, et sa propension à se faire admirer lorsqu'il parlait dans un salon, la mélodie de sa voix souvent commentée par ses proches, sa capacité de séduire par ses mots d'esprit sont relevés par tous ses contemporains. Il composa ainsi, dès le début des années quatre-vingt, deux pièces, que la postérité n'a toutefois pas retenues en raison de leur manque d'originalité. La première, *Véra, ou les Nihilistes* (1880), est une œuvre mélodramatique où se mêlent, dans une Russie de convention, amour et politique : des conspirateurs projettent d'assassiner le tsar, mais Véra, l'une des leurs, s'éprend du monarque qu'elle était chargée de tuer. Elle choisit en fin de compte de se poignarder. La pièce devait être donnée l'année suivante, mais les projets de représentation n'aboutirent pas. La raison alléguée par Wilde lui-même et, depuis, par la critique est que, le tsar Alexandre II ayant été assassiné quelques mois auparavant, et la famille royale d'Angleterre ayant des liens de parenté avec la famille impériale de Russie (la nouvelle impératrice, épouse d'Alexandre III, était la sœur de la princesse de Galles), le prince de Galles en personne aurait demandé à l'auteur de retirer sa pièce de l'affiche. En fait, la vérité est plus terre-à-terre : l'Adelphi Theatre manquait d'argent, et là est sans doute la raison véritable de cette annulation.

La seconde pièce de Wilde, *La Duchesse de Padoue* (1883), tragédie néo-élisabéthaine écrite en vers blancs, sans doute inspirée également par les drames de Victor Hugo (*Hernani*, *Lucrèce Borgia*), est un pastiche réussi bien plus qu'une création originale. Elle fut donnée pour la première fois à New York au Broadway Theatre, mais elle ne tint l'affiche que trois semaines environ. Wilde lui-même n'avait guère d'estime pour cette pièce dont il dit à son ami Robert Ross, en juillet 1898 alors qu'ils se trouvaient tous deux à Paris, qu'elle ne méritait pas d'être publiée, seuls quelques vers étant selon lui à sauver. Il fallut attendre *Salomé* (1891) puis les quatre comédies brillantes — *L'Éventail de Lady Windermere* (1892), *Une femme sans importance* (1893), *Un mari idéal* (1895) et *L'Importance d'être constant* (1895) — dont l'intelligence pétillante doit aussi beaucoup à la la *comedy of manners* (comédie de mœurs) de la Restauration, pour que s'affirmât véritablement le talent de Wilde.

Le texte de *Salomé*, sous-titré *drame en un acte*, fut écrit en français en novembre et décembre 1891 alors que Wilde se trouvait à Paris. Son ambition était, selon l'un de ses amis, le poète Wilfred Scawen Blunt, à qui il s'était confié, de composer une œuvre dont il espérait qu'elle serait jouée à la Comédie-Française. Le projet était donc sérieux et il est difficile de penser que Wilde entendait simplement s'amuser avec un sujet à la mode (la danse de Salomé et la décollation de saint Jean-Baptiste étaient en effet omniprésentes dans tous les arts — littérature, peinture, sculpture, théâtre lyrique — en cette seconde moitié de XIXe siècle). La source première de Wilde est bien entendu l'Évangile. Saint Luc (3, 19-20) évoque la prédication de Jean-Baptiste et son emprisonnement. Saint Matthieu fait le récit de la mort du prophète mais se contente *a posteriori* d'un commentaire anecdotique (14, 3-11). Il explique que Jean a été emprisonné pour avoir dénoncé le mariage d'Hérode et Hérodiade, contraire à la loi juive, le tétrarque ayant épousé la femme de son frère, du vivant même de ce dernier. Il ajoute enfin que, après avoir dansé, la fille d'Hérodiade, « endoctrinée » par sa mère, demanda la tête de Jean-Baptiste, au grand désespoir d'Hérode, inquiet de la réaction du peuple qui considérait Jean comme un prophète ; la tête fut apportée sur un plat, à la demande de la danseuse et remise à sa mère. Saint Marc, enfin, fait un récit beaucoup plus détaillé (6,17-19), expliquant par exemple qu'Hérode, séduit par la danse, jura d'offrir à la jeune fille ce qu'elle désirait.

On ignore en fait comment Wilde composa sa pièce. Certes, il possédait bien le français, « admirablement » disait Gide mais sans doute sous-entendait-il « pour un Irlandais ». On a donc d'abord supposé qu'il avait écrit sa pièce en anglais et qu'il l'avait traduite en se faisant aider d'amis francophones, mais cette hypothèse est désormais rejetée. Ce qui est vrai, en revanche, c'est que Wilde demanda à ses amis Adolphe Retté et Stuart Merrill (américain de nationalité, mais francophone) de lui corriger son manuscrit, et à Marcel Schwob et Pierre Louÿs de vérifier sa grammaire sur les épreuves finales. Cette version parut en février 1893 simultanément à Londres et à Paris, la page-titre étant illustrée d'un dessin de l'artiste belge Félicien Rops (1833-1898) montrant une femme d'allure satanique — arborant de plus des ailes d'ange et une queue de poisson — et donnant à lire une citation latine « Non hic piscis omnium », soit « ceci n'est pas un poisson pour n'importe qui », autrement dit « à chacun ses goûts ». On ne sait pas comment Rops a été associé à cette publication, puisque Wilde ne le connaissait pas personnellement. La réception critique fut mitigée, et on reprocha à Wilde principalement l'atmosphère morbide et décadente de la pièce et ses emprunts à la littérature française : les noms de Gautier (*Une nuit de Cléopâtre*), de Flaubert (*Salammbô*, *La Tentation de saint Antoine* et surtout *Hérodias*) et de Maeterlinck reviennent le plus souvent, et William Archer, dans un article du 11 mai 1893 publié dans *Black and White*, alla jusqu'à évoquer Ibsen pour rendre compte de la pathologie du personnage : « Salomé est une Hedda Gabler orientale ».

Le texte fut traduit en anglais par Lord Alfred Douglas, dont le travail déplut tant à Wilde qu'il ne voulut pas le faire paraître. Wilde évoque dans *De profundis* « les fautes élémentaires de

[s]a tentative de traduction de *Salomé* ». En fin de compte, Wilde remania la traduction qui fut publiée en 1894, et qui peut donc être considérée en partie comme sienne. Wilde choisit néanmoins de dédier à Douglas la version anglaise (« À mon ami Lord Alfred Douglas, traducteur de ma pièce »). Celle-ci était accompagnée des gravures d'Aubrey Bearsley, depuis couramment associées à elle. Wilde n'aimait pourtant guère ces illustrations dont il critiquait le style japonisant auquel il aurait préféré, disait-il, une atmosphère byzantine à la Gustave Moreau qui aurait effectivement semblé davantage convenir à son esthétique. La pièce aurait dû être créée à Londres, au Palace Theatre en juin 1892, et Sarah Bernhardt devait interpréter le rôle-titre. La censure, néanmoins, intervint (sous le prétexte qu'il était interdit de montrer sur scène des personnages bibliques), et la première, dans une production triomphale de Lugné-Poe, eut lieu non à Londres mais à Paris, en 1896 au théâtre de l'Œuvre, alors que Wilde était encore emprisonné. La première représentation anglaise n'eut lieu qu'en 1905 au Bijou Theatre de Bayswater. La critique — anglaise et française — fut là encore peu enthousiaste. La pièce eut néanmoins une fortune enviable, due en partie à sa traduction (partielle) en allemand pour l'opéra de Richard Strauss, *Salome* (1905), l'une des œuvres majeures du répertoire.

Encouragé par l'acteur George Alexander qui dirigeait le St. James's Theatre, Wilde se laissa convaincre d'écrire une comédie qu'il commença à composer alors qu'il était en villégiature pendant l'été 1891 près du lac Windermere (d'où le nom du personnage principal). Le titre original était *A Good Woman* (*Une femme de bien*), mais Wilde choisit finalement un titre plus élégant, sans doute aussi plus énigmatique : *L'Éventail de Lady Windermere*. La pièce fut créée au St. James's Theatre le 20 février 1892, avec Alexander dans le rôle de Lord Windermere, et cent quatre-vingt-dix-sept représentations eurent lieu. C'est lors de la dernière que Wilde, réclamé par la salle enthousiaste, parut sur scène, non sans insolence, un œillet bleu-vert à la boutonnière et une cigarette allumée à la main. La déclaration qu'il fit est restée célèbre puisque, loin de remercier son public en termes conventionnels, il tint les propos suivants : « Mesdames et messieurs. J'ai pris un immense plaisir à cette soirée. Les acteurs ont interprété de façon charmante cette pièce délicieuse, et votre jugement est des plus intelligent. Je vous félicite du succès considérable de votre prestation, qui me convainc que vous avez une opinion aussi haute de cette pièce que moi-même. » *L'Éventail de Lady Windermere* fut donné en février 1893 à New York avec un égal succès et le texte fut publié le 9 novembre 1893 à Londres.

Là encore, Wilde avait puisé son inspiration dans le théâtre français. Il connaissait en effet *Francillon* (1887) et surtout *L'Étrangère* (1876) d'Alexandre Dumas fils, où un personnage, Mrs. Clarkson, ressemble à s'y méprendre à sa Mrs. Erlynne. On peut aussi penser à *La Révoltée* (1889) de Jules Lemaître (une femme divorcée, que sa fille croit morte, intervient pour sauver son honneur) et, plus loin dans le temps, au théâtre anglais des dix-septième et dix-huitième siècles, qui repose essentiellement sur la thématique de la guerre des sexes et sur le conflit entre sentiment et esprit. La réception critique fut bonne, parfois même élogieuse, et les comptes rendus soulignèrent toujours le plaisir pris par le public, séduit par l'esprit et la drôlerie des réparties. Les représentations données à New York en février 1893 furent accueillies avec le même enthousiasme, et Wilde était devenu l'auteur à la mode le plus fêté.

Encouragé par un tel succès, il commença à rédiger une nouvelle pièce, *Une femme sans importance*, pour Herbert Beerbohm Tree, acteur et directeur de théâtre. La première représentation eut lieu au théâtre de Haymarket le 19 avril 1893 et la dernière, la cent treizième, le 16 août de la même année. Comme *L'Éventail de Lady Windermere*, cette pièce fut également représentée à New York, du 11 décembre 1893 au 13 janvier 1894. Le texte fut publié le 9 octobre 1894 à Londres. Les sources sont là encore à rechercher du côté d'Alexandre

Dumas fils : dans *Le Fils naturel* (1858), une femme vertueuse de milieu modeste est séduite et abandonnée par un jeune homme. Un fils naît de ces amours, mais le séducteur, de bonne famille, refuse d'épouser la jeune femme par crainte d'une mésalliance. Bien plus tard, le fils parvient néanmoins à mener une brillante carrière diplomatique, et son père lui propose alors de le reconnaître, mais son offre est repoussée avec dédain.

La réception critique, consécutive à la représentation et à la parution du texte, fut très comparable à celle de la pièce précédente : c'était surtout l'esprit étincelant de Wilde qui séduisait, plus que la composition ou l'originalité thématique de la pièce, et chacun s'accordait à dire que si elle était brillante, elle n'était, pas plus d'ailleurs que la précédente, un chef-d'œuvre. Wilde était néanmoins désormais considéré comme un dramaturge de premier ordre dont tout laissait supposer qu'il allait accumuler les succès.

Le succès vint en effet de nouveau avec *Un mari idéal* qu'il commença à rédiger alors qu'il se trouvait en villégiature à Goring-on-Thames en compagnie de Lord Alfred Douglas. Si le séjour fut tumultueux, essentiellement en raison des constantes exigences de Douglas qui préférait se distraire avec lui plutôt que de le voir travailler, l'écrivain retint au moins le nom du lieu pour construire le personnage de Lord Goring. L'intrigue, comme celle des deux pièces précédentes, se fonde sur la dénonciation des hypocrisies et sur le contraste entre rôle public et réalité privée. Wilde s'inspirait aussi, comme toujours, d'œuvres existantes : par exemple *Le Ministre* d'Arthur Wing Pinero (1890) [1] qui lui fournit divers éléments utiles. Un financier sans scrupules fait chanter l'épouse d'un ministre, criblée

1. Sir Arthur Wing Pinero (1855-1934) excellait dans deux genres très différents : la comédie (*Le Magistrat*, *La Maîtresse d'école*, *Dandy Dick*) et le théâtre social, avec une attention particulière portée au sort des femmes dans une société, celle de son temps, peu encline au pardon (*La Seconde Mrs. Tanqueray*, *La tristement célèbre Mrs Ebbsmith*, etc.)

de dettes, en la contraignant à révéler une information secrète sur une décision gouvernementale. Celle-ci, de plus, concerne un projet de construction de canal et le financier parvient à escroquer des sommes considérables. Une autre source probable est *Dora* (1877) de Victorien Sardou (1831-1908), dont le personnage principal, qui vole une lettre d'importance, est victime du chantage d'une femme sans scrupules. Celle-ci est conseillée par un certain baron Stein (devenu baron Arnheim dans *Un mari idéal*), à la moralité évidemment douteuse. Chez Pinero et Sardou, comme dans la pièce de Wilde, le chantage et le stratagème des lettres volées sont des ressorts dramatiques essentiels, comme ils le sont dans nombre de pièces bourgeoises du théâtre anglais et français de l'époque [1]. Une dernière source plausible, relevée par le critique Alan Bird [2], est un roman de Mark Twain et C. D. Warner, *The Gilded Age* (*L'Age doré*), publié en 1873. L'action se situe aux États-Unis dans les années de spéculation et de corruption qui suivirent la guerre de Sécession ; dans ce roman, une aventurière fait chanter un homme politique en voulant l'obliger à soutenir un projet dans lequel elle est financièrement intéressée. La proximité avec l'intrigue de la pièce de Wilde est trop grande pour n'être que pure coïncidence. Enfin, le dramaturge sut également puiser son inspiration dans l'actualité de son temps, le Canal d'Argentine, que Sir Robert considère comme une escroquerie, rappelant le Canal de Panama et le scandale lié à sa construction. Celui-ci faillit d'ailleurs renverser le gouvernement français : en janvier 1893, à Paris, un procès fut intenté aux directeurs de la Compagnie du Canal Interocéanique créée en 1881 par Ferdinand de Lesseps, accusés d'avoir utilisé à leur profit les fonds des actionnaires.

Un mari idéal fut créé le 3 janvier 1895 au Royal Theatre de Haymarket à Londres, tout comme *Une femme sans impor-*

---

1. Voir également le théâtre du Français Eugène Scribe (1791-1861), auteur du *Verre d'eau* (1840), pour la thématique, essentielle chez lui, de la réussite sociale et du pouvoir de l'argent. 2. Alan Bird, *The Plays of Oscar Wilde*, p. 145-6.

tance deux ans plus tôt. La pièce rencontra un grand succès et le prince de Galles, futur Édouard VII, présent à la première, félicita chaleureusement l'écrivain qu'il invita dans sa loge. Au dramaturge qui se plaignait d'avoir écrit une pièce trop longue et qui se proposait de la raccourcir, le prince répondit, dit-on, en le priant de n'en rien faire. La comédie était encore donnée à guichets fermés lorsque Wilde fut arrêté le 6 avril 1895, et ce triomphe permet de mesurer la brutalité du passage de la gloire à l'infamie. Elle ne fut pas pour autant retirée de l'affiche, et, du 13 au 27 avril, elle fut représentée dans une autre salle londonienne, le Criterion Theatre. À la même époque, elle fut également donnée au Lyceum Theatre de New York qui, toutefois, quelques jours après l'arrestation de Wilde, poussa l'hypocrisie jusqu'à effacer de l'affiche et des programmes son nom tout en continuant les représentations pour d'évidentes raisons financières.

À sa sortie de prison, l'écrivain révisa son texte et il le fit paraître en 1899 chez Leonard Smithers, éditeur et libraire, spécialiste de livres d'occasion qui s'intéressait à tout ce que ses confrères refusaient de publier (le célèbre roman pornographique attribué à Wilde, *Teleny*, parut chez lui en 1893). Sur la page de titre ne figurait pas le nom de Wilde mais simplement l'indication suffisamment explicite « par l'auteur de *L'Éventail de Lady Windermere* », les passions liées à son procès ne s'étant toujours pas apaisées, ce dont chacun, auteur comme éditeur, avait conscience. Le texte publié, dont Wilde était très satisfait (« C'est la meilleure de mes pièces », écrivit-il à Smithers), s'il n'est guère différent de la première version, est toutefois remarquable pour la richesse et l'abondance de ses indications scéniques et pour la précision apportée à la description des personnages et des décors, Wilde emboîtant techniquement le pas à d'autres dramaturges de son temps, en particulier George Bernard Shaw (1856-1950). Là encore, la critique souligna la dette de Wilde à ses prédécesseurs et le manque d'originalité formelle de la pièce, tout en insistant sur le caractère scintillant de la langue et des répliques. Il ne restait plus à Wilde qu'à quitter le cadre formel contraignant de la « pièce bien faite » à la Dumas fils, à la Scribe ou à la Sardou, (fondée sur un schéma tripartite : exposition, complication et dénouement) avec son cortège de conventions thématiques (le pouvoir de l'argent, les hypocrisies sociales, la place de la femme, etc.) pour affirmer son originalité créatrice, sans pour autant renoncer à ce qui avait fait le succès de ses pièces précédentes : son esprit.

L'Importance d'être constant représente en ce sens un sommet. La pièce fut écrite d'août à novembre 1894, en grande partie à Worthing, station balnéaire du Sussex dont Wilde retint le nom pour baptiser l'un de ses personnages, et à Londres. Après en avoir terminé une première version, Wilde affirma à Douglas qu'il trouvait sa pièce « très drôle » et qu'il en était « enchanté ». Il ne s'en tint pas là toutefois, et retravailla son texte sans la moindre indulgence : il sacrifia ainsi nombre de bons mots et d'épigrammes qui, selon lui, ralentissaient l'action. Il modifia également le titre : *Lady Lancing, Comédie sérieuse pour gens triviaux* devint *L'Importance d'être constant, Comédie triviale pour gens sérieux*. Wilde, toutefois, fit en sorte que seul le sous-titre fût connu avant la première, car il ne voulait pas que le jeu de mots sur « earnest » (« constant »), moteur principal de la pièce, fût révélé.

La première version était en quatre actes, et Alexander la trouva trop longue. Aussi coupa-t-il la scène ou l'avoué Gribsby menace d'arrêter pour dettes impayées Algernon qui se fait passer pour Constant. Il réduisit également les personnages du Révérend Chasuble et de Miss Prism, ainsi que celui d'Algernon, pour donner plus de relief au rôle que, lui, interprétait : celui de John Worthing. La première eut lieu le 14 février 1895 au St. James's Theatre et le succès fut immense. Allan Aynesworth, qui interprétait le rôle d'Algernon, raconta même plus tard qu'en cinquante-trois ans de carrière, il n'avait jamais assisté à un tel triomphe. Après l'arrestation de Wilde le 5 avril, les représentations se poursuivirent jusqu'au 8 mai, mais le nom de Wilde fut retiré des affiches et des programmes. À New York, la pièce ne tint pas plus d'une semaine en raison de l'ampleur du scandale. La pièce fut publiée dans sa version en trois actes en février 1899 par Leonard Smithers, sans mention du nom de l'auteur, si ce n'est l'indication « par l'auteur de *L'Éventail de Lady Windermere* ». La presse n'en dit pour ainsi dire rien car Wilde était devenu un paria. Le premier manuscrit (version en quatre actes), d'abord acquis par une personne privée, fut acheté par la Bibliothèque de New York en 1953, et cette version (non retenue dans cette édition), en fait moins rythmée, donc moins satisfaisante, est de plus en plus fréquemment mise en scène.

Parmi les sources, on peut citer avec Karl Beckson (*The Oscar Wilde Encyclopedia*) le comique grec Ménandre, bien connu de Wilde, dont les intrigues compliquées se terminent sur d'inévitables scènes de reconnaissance, mais aussi *Il ne faut jurer de rien* (1848), comédie-proverbe de Musset dont les mots d'esprit et l'utilisation du titre dans la dernière phrase semblent annoncer *L'Importance d'être constant*. *Fiancés* (1877) de W.S. Gilbert est une autre source probable : on y voit deux jeunes filles, d'abord amies, se quereller lorsque l'une d'elles se rend compte que l'autre a épousé son fiancé. De même, un personnage apparaît en grand deuil en anticipant le suicide d'un ami. Recenser ces sources, toutefois, n'ôte en rien à la pièce sa puissante originalité, liée à l'extraordinaire inventivité des jeux de mots poussés jusqu'à l'absurde. Les personnages n'ont pas plus d'épaisseur que des cartes à jouer, l'intrigue est une bulle irisée : seuls importent la dynamique du langage et le plaisir considérable qu'elle procure au lecteur et au spectateur, et sans doute aussi aux interprètes. « Seul authentique opéra verbal écrit en anglais », selon le poète W. H. Auden, cette pièce est du style à l'état pur, c'est en quelque sorte une œuvre sur rien, l'aboutissement inégalé d'une carrière théâtrale brillante et l'annonce de la modernité.

P. A.

SALOMÉ

drame en un acte

À mon ami Pierre Louÿs

PERSONNAGES

HÉRODE ANTIPAS[1], tétrarque[2] de Judée
IOKANAAN, le prophète[3]
LE JEUNE SYRIEN, capitaine de la garde
TIGELLIN, un jeune Romain
UN CAPPADOCIEN
UN NUBIEN
PREMIER SOLDAT
SECOND SOLDAT
LE PAGE D'HÉRODIAS
JUIFS, NAZARÉENS, etc.
UN ESCLAVE
NAAMAN, le bourreau
HÉRODIAS, femme du tétrarque
SALOMÉ, fille d'Hérodias
LES ESCLAVES DE SALOMÉ

---

1. Hérode Antipas est fils d'Hérode le Grand. Apprécié des Romains, il épousa, après avoir répudié sa première femme, sa belle-sœur Hérodiade, femme, elle-même répudiée, de son demi-frère Hérode Philippe. 2. Gouverneur d'un territoire soumis à l'autorité impériale. 3. Jean-Baptiste ; le nom de Iokanaan, créé par Wilde, est calqué sur celui de Iaokanann, dans l'*Hérodias* de Flaubert.

Une grande terrasse dans le palais d'Hérode donnant sur la salle de festin[1]. *Des soldats sont accoudés sur le balcon. À droite, il y a un énorme escalier. À gauche, au fond, une ancienne citerne entourée d'un mur de bronze vert*[2]. *Clair de lune.*

LE JEUNE SYRIEN. Comme la princesse Salomé est belle ce soir !

LE PAGE D'HÉRODIAS. Regardez la lune. La lune a l'air très étrange. On dirait une femme qui sort d'un tombeau. Elle ressemble à une femme morte. On dirait qu'elle cherche des morts.

LE JEUNE SYRIEN. Elle a l'air très étrange. Elle ressemble à une petite princesse qui porte un voile jaune, et a des pieds d'argent. Elle ressemble à une princesse qui a des pieds comme des petites colombes blanches... On dirait qu'elle danse.

LE PAGE D'HÉRODIAS. Elle est comme une femme morte. Elle va très lentement.

Bruits dans la salle de festin.

PREMIER SOLDAT. Quel vacarme ! Qui sont ces bêtes fauves qui hurlent ?

SECOND SOLDAT. Les Juifs. Ils sont toujours ainsi. C'est sur leur religion qu'ils discutent.

PREMIER SOLDAT. Pourquoi discutent-ils sur leur religion ?

SECOND SOLDAT. Je ne sais pas. Ils le font toujours... Ainsi les

---

1. La scène se passe à Machéronte, l'un des châteaux-forteresses d'Hérode Antipas, bâti sur la rive orientale de la mer Morte. Ce décor est emprunté à celui du début d'*Hérodias* et du premier chapitre de *Salammbô*. 2. La citerne n'apparaît pas dans l'Évangile ; Wilde a emprunté ce détail à *Hérodias*.

Pharisiens[1] affirment qu'il y a des anges, et les Sadducéens disent que les anges n'existent pas.

PREMIER SOLDAT. Je trouve que c'est ridicule de discuter sur de telles choses.

LE JEUNE SYRIEN. Comme la princesse Salomé est belle ce soir !

LE PAGE D'HÉRODIAS. Vous la regardez toujours. Vous la regardez trop. Il ne faut pas regarder les gens de cette façon... Il peut arriver un malheur.

LE JEUNE SYRIEN. Elle est très belle ce soir.

PREMIER SOLDAT. Le tétrarque a l'air sombre.

SECOND SOLDAT. Oui, il a l'air sombre.

PREMIER SOLDAT. Il regarde quelque chose.

SECOND SOLDAT. Il regarde quelqu'un.

PREMIER SOLDAT. Qui regarde-t-il ?

SECOND SOLDAT. Je ne sais pas.

LE JEUNE SYRIEN. Comme la princesse est pâle ! Jamais je ne l'ai vue si pâle. Elle ressemble au reflet d'une rose blanche dans un miroir d'argent[2].

LE PAGE D'HÉRODIAS. Il ne faut pas la regarder. Vous la regardez trop !

PREMIER SOLDAT. Hérodias a versé à boire au tétrarque.

LE CAPPADOCIEN. C'est la reine Hérodias, celle-là qui porte la mitre noire semée de perles et qui a les cheveux poudrés de bleu[3] ?

PREMIER SOLDAT. Oui, c'est Hérodias. C'est la femme du tétrarque.

SECOND SOLDAT. Le tétrarque aime beaucoup le vin. Il possède

---

1. Les Pharisiens étaient versés dans l'étude de la loi mosaïque et l'Évangile les accuse de formalisme et d'hypocrisie. Les Sadducéens ne croyaient ni à l'immortalité de l'âme ni à la résurrection des corps. Pharisiens et Sadducéens s'opposent fréquemment dans le Nouveau Testament. Flaubert mentionne les uns et les autres dans *Hérodias*. **2.** Cf. « Le Rossignol et la Rose » : « Telle l'ombre d'une rose dans un miroir d'argent [...] telle était la rose qui fleurissait sur la plus haute branche » ; dans *Le Portrait de Dorian Gray*, Wilde se sert des mêmes mots pour décrire Sibyl Vane : « Une légère rougeur — le reflet d'une rose dans un miroir d'argent — lui vint aux joues [...] ». **3.** Dans le roman de Flaubert, la chevelure de Salammbô est « poudrée d'un sable violet » et celle de la reine de Saba, dans *La Tentation de saint Antoine*, « poudrée de poudre bleue ».

des vins de trois espèces. Un qui vient de l'île de Samothrace, qui est pourpre comme le manteau de César[1].

LE CAPPADOCIEN[2]. Je n'ai jamais vu César.

SECOND SOLDAT. Un autre qui vient de la ville de Chypre, qui est jaune comme de l'or.

LE CAPPADOCIEN. J'aime beaucoup l'or.

SECOND SOLDAT. Et le troisième qui est un vin sicilien. Ce vin-là est rouge comme le sang.

LE NUBIEN[3]. Les dieux de mon pays aiment beaucoup le sang. Deux fois par an nous leur sacrifions des jeunes hommes et des vierges : cinquante jeunes hommes et cent vierges. Mais il semble que nous ne leur donnons jamais assez, car ils sont très durs envers nous.

LE CAPPADOCIEN. Dans mon pays il n'y a pas de dieux à présent, les Romains les ont chassés. Il y en a qui disent qu'ils se sont réfugiés dans les montagnes, mais je ne le crois pas. Moi, j'ai passé trois nuits sur les montagnes, les cherchant, partout. Je ne les ai pas trouvés. Enfin, je les ai appelés par leurs noms et ils n'ont pas paru. Je pense qu'ils sont morts.

PREMIER SOLDAT. Les Juifs adorent un dieu qu'on ne peut pas voir.

LE CAPPADOCIEN. Je ne peux pas comprendre cela.

PREMIER SOLDAT. Enfin, ils ne croient qu'aux choses qu'on ne peut pas voir.

LE CAPPADOCIEN. Cela me semble absolument ridicule.

LA VOIX D'IOKANAAN. Après moi viendra un autre encore plus puissant que moi. Je ne suis pas digne même de délier la courroie de ses sandales[4]. Quand il viendra, la terre déserte se réjouira[5]. Elle fleurira comme le lys[6]. Les yeux des aveugles verront

---

1. L'empereur Tibère qui régna de 14 à 37 après Jésus-Christ. **2.** Originaire de Cappadoce, région d'Asie Mineure, annexée par Tibère en l'an 17. **3.** Originaire de Nubie, royaume de l'Afrique nord-orientale. **4.** Marc 1, 7 : Jean-Baptiste : « Il vient après moi, celui qui est plus fort que moi, et je ne mérite pas de me courber pour délier la courroie de ses chaussures. » **5.** Isaïe 35, 1 : « Que se réjouissent le désert et la terre aride, que jubile la steppe et qu'elle fleurisse ! » **6.** Le lys est, dans l'Ancien Testament, le symbole du printemps et du renouveau.

le jour, et les oreilles des sourds seront ouvertes[1]... Le nouveau-né mettra sa main sur le nid des dragons, et mènera les lions par leurs crinières[2].

SECOND SOLDAT. Faites-le taire. Il dit toujours des choses absurdes.

PREMIER SOLDAT. Mais non ; c'est un saint homme. Il est très doux aussi. Chaque jour je lui donne à manger. Il me remercie toujours.

LE CAPPADOCIEN. Qui est-ce ?

PREMIER SOLDAT. C'est un prophète.

LE CAPPADOCIEN. Quel est son nom ?

PREMIER SOLDAT. Iokanaan.

LE CAPPADOCIEN. D'où vient-il ?

PREMIER SOLDAT. Du désert, où il se nourrissait de sauterelles et de miel sauvage. Il était vêtu de poil de chameau, et autour de ses reins il portait une ceinture de cuir. Son aspect était très farouche[3]. Une grande foule le suivait. Il avait même des disciples.

LE CAPPADOCIEN. De quoi parle-t-il ?

PREMIER SOLDAT. Nous ne savons jamais. Quelquefois il dit des choses épouvantables, mais il est impossible de le comprendre.

LE CAPPADOCIEN. Peut-on le voir ?

PREMIER SOLDAT. Non. Le tétrarque ne le permet pas.

LE JEUNE SYRIEN. La princesse a caché son visage derrière son éventail ! Ses petites mains blanches s'agitent comme des colombes qui s'envolent vers leurs colombiers. Elles ressemblent à des papillons blancs. Elles sont tout à fait comme des papillons blancs.

LE PAGE D'HÉRODIAS. Mais qu'est-ce que cela vous fait ? Pourquoi la regarder... Il peut arriver un malheur.

---

1. Isaïe 35, 5 : « Alors se dessilleront les yeux des aveugles et les oreilles des sourds s'ouvriront. » **2.** Isaïe 11, 8 : « Le nourrisson jouera près du repaire de l'aspic, et dans le trou de la vipère l'enfant à peine sevré avancera la main. » **3.** Matthieu 3, 4 : « De même Jean avait un vêtement de poils de chameau et un pagne de peau autour des reins, il avait pour nourriture des sauterelles et du miel sauvage. »

LE CAPPADOCIEN, *montrant la citerne*. Quelle étrange prison !

SECOND SOLDAT. C'est une ancienne citerne.

LE CAPPADOCIEN. Une ancienne citerne ! Cela doit être très malsain.

SECOND SOLDAT. Mais non. Par exemple, le frère du tétrarque, son frère aîné, le premier mari de la reine Hérodias, a été enfermé là-dedans pendant douze années. Il n'en est pas mort. À la fin il a fallu l'étrangler[1].

LE CAPPADOCIEN. L'étrangler ? Qui a osé faire cela ?

SECOND SOLDAT, *montrant le bourreau, un grand nègre*. Celui-là, Naaman[2].

LE CAPPADOCIEN. Il n'a pas eu peur ?

SECOND SOLDAT. Mais non. Le tétrarque lui a envoyé la bague.

LE CAPPADOCIEN. Quelle bague ?

SECOND SOLDAT. La bague de la mort. Ainsi, il n'a pas eu peur.

LE CAPPADOCIEN. Cependant, c'est terrible d'étrangler un roi.

PREMIER SOLDAT. Pourquoi ? Les rois n'ont qu'un cou, comme les autres hommes.

LE CAPPADOCIEN. Il me semble que c'est terrible.

LE JEUNE SYRIEN. Mais la princesse se lève ! Elle quitte la table ! Elle a l'air très ennuyée. Ah ! elle vient par ici. Oui, elle vient vers nous. Comme elle est pâle. Jamais je ne l'ai vue si pâle...

LE PAGE D'HÉRODIAS. Ne la regardez pas. Je vous prie de ne pas la regarder.

LE JEUNE SYRIEN. Elle est comme une colombe qui s'est égarée... Elle est comme un narcisse agité du vent... Elle ressemble à une fleur d'argent.

Entre Salomé.

SALOMÉ. Je ne resterai pas. Je ne peux pas rester. Pourquoi le tétrarque me regarde-t-il toujours avec ses yeux de taupe

---

1. La mise à mort d'Hérode Philippe par son frère Antipas n'est pas historiquement attestée. 2. Naaman (en hébreu « douceur ») est un nom inattendu pour un bourreau ; le Naaman de l'Ancien Testament est l'un des chefs de l'armée araméenne. Lépreux, il se baigne dans les eaux du Jourdain, en sort guéri et reconnaît la puissance du Dieu d'Israël.

sous ses paupières tremblantes ?... C'est étrange que le mari de ma mère me regarde comme cela. Je ne sais pas ce que cela veut dire... Au fait, si, je le sais.

LE JEUNE SYRIEN. Vous venez de quitter le festin, princesse ?

SALOMÉ. Comme l'air est frais ici ! Enfin, ici on respire ! Là-dedans il y a des Juifs de Jérusalem qui se déchirent à cause de leurs ridicules cérémonies, et des Barbares qui boivent toujours et jettent leur vin sur les dalles, et des Grecs de Smyrne avec leurs yeux peints et leurs joues fardées, et leurs cheveux frisés en spirales, et des Égyptiens, silencieux, subtils, avec leurs ongles de jade et leurs manteaux bruns, et des Romains avec leur brutalité, leur lourdeur, leurs gros mots. Ah ! que je déteste les Romains ! Ce sont des gens communs, et ils se donnent des airs de grands seigneurs.

LE JEUNE SYRIEN. Ne voulez-vous pas vous asseoir, princesse ?

LE PAGE D'HÉRODIAS. Pourquoi lui parler ? Pourquoi la regarder ?... Oh ! il va arriver un malheur.

SALOMÉ. Que c'est bon de voir la lune ! Elle ressemble à une petite pièce de monnaie. On dirait une toute petite fleur d'argent. Elle est froide et chaste, la lune... Je suis sûre qu'elle est vierge... Elle a la beauté d'une vierge... Oui, elle est vierge. Elle ne s'est jamais souillée. Elle ne s'est jamais donnée aux hommes, comme les autres déesses [1].

LA VOIX D'IOKANAAN. Il est venu, le Seigneur ! Il est venu, le fils de l'homme [2]. Les centaures se sont cachés dans les rivières, et les sirènes ont quitté les rivières et couchent sous les feuilles dans les forêts.

SALOMÉ. Qui a crié cela ?

SECOND SOLDAT. C'est le prophète, princesse.

SALOMÉ. Ah ! le prophète. Celui dont le tétrarque a peur ?

SECOND SOLDAT. Nous ne savons rien de cela, princesse. C'est le prophète Iokanaan.

---

1. Artémis, déesse de la lune dans la mythologie grecque, défend farouchement sa virginité. 2. Dans le Nouveau Testament, le fils de l'homme est le Messie, il est le Verbe incarné, ou encore « le Fils de l'homme descendu du ciel » (Jean 3, 13).

LE JEUNE SYRIEN. Voulez-vous que je commande votre litière, princesse ? Il fait très beau dans le jardin.

SALOMÉ. Il dit des choses monstrueuses, à propos de ma mère, n'est-ce pas ?

SECOND SOLDAT. Nous ne comprenons jamais ce qu'il dit, princesse.

SALOMÉ. Oui, il dit des choses monstrueuses d'elle.

Entre un esclave.

L'ESCLAVE. Princesse, le tétrarque vous prie de retourner au festin.

SALOMÉ. Je ne retournerai pas.

LE JEUNE SYRIEN. Pardon, princesse, mais si vous n'y retourniez pas, il pourrait arriver un malheur.

SALOMÉ. Est-ce un vieillard, le prophète ?

LE JEUNE SYRIEN. Princesse, il vaudrait mieux retourner. Permettez-moi de vous reconduire.

SALOMÉ. Le prophète... est-ce un vieillard ?

PREMIER SOLDAT. Non, princesse, c'est un tout jeune homme [1].

SECOND SOLDAT. On ne le sait pas. Il y en a qui disent que c'est Élie [2] ?

SALOMÉ. Qui est Élie ?

SECOND SOLDAT. Un très ancien prophète de ce pays, princesse.

L'ESCLAVE. Quelle réponse dois-je donner au tétrarque, de la part de la princesse ?

LA VOIX D'IOKANAAN. Ne te réjouis point, terre de Palestine, parce que la verge de celui qui te frappait a été brisée. Car de la race du serpent il sortira un basilic, et ce qui en naîtra dévorera les oiseaux [3].

---

1. Jean-Baptiste avait en fait alors une trentaine d'années. **2.** Grand prophète qui vécut sous le règne d'Achab. Comme Jean-Baptiste plus tard, il était vêtu « d'un vêtement de poil et d'un pagne de peau roulé autour des reins » (II Rois 1, 8). Après sa mort, son retour fut espéré et attendu par les Juifs. Jean-Baptiste fut souvent pris pour une réincarnation d'Elie, mais il s'en défendit toujours (Jean 1, 21). **3.** Isaïe 14, 29 : « Ne te réjouis pas, Philistie tout entière, de ce que s'est brisé le bâton qui te frappait ; car de la racine du serpent sortira une vipère, et son fruit sera un dragon volant. »

SALOMÉ. Quelle étrange voix ! Je voudrais bien lui parler.

PREMIER SOLDAT. J'ai peur que ce soit impossible, princesse. Le tétrarque ne veut pas qu'on lui parle. Il a même défendu au grand prêtre de lui parler.

SALOMÉ. Je veux lui parler.

PREMIER SOLDAT. C'est impossible, princesse.

SALOMÉ. Je le veux.

LE JEUNE SYRIEN. En effet, princesse, il vaudrait mieux retourner au festin.

SALOMÉ. Faites sortir le prophète.

L'esclave sort.

PREMIER SOLDAT. Nous n'osons pas, princesse.

SALOMÉ, *s'approchant de la citerne et y regardant.* Comme il fait noir là-dedans ! Cela doit être terrible d'être dans un trou si noir ! Cela ressemble à une tombe.

Aux soldats.

Vous ne m'avez pas entendue ? Faites-le sortir ! Je veux le voir.

SECOND SOLDAT. Je vous prie, princesse, de ne pas nous demander cela.

SALOMÉ. Vous me faites attendre.

PREMIER SOLDAT. Princesse, nos vies vous appartiennent, mais nous ne pouvons pas faire ce que vous nous demandez... Enfin, ce n'est pas à nous qu'il faut vous adresser.

SALOMÉ, *regardant le jeune Syrien.* Ah !

LE PAGE D'HÉRODIAS. Oh ! qu'est-ce qu'il va arriver ? Je suis sûr qu'il va arriver un malheur.

SALOMÉ, *s'approchant du jeune Syrien.* Vous ferez cela pour moi, n'est-ce pas, Narraboth [1] ? Vous ferez cela pour moi ? J'ai toujours été douce pour vous. N'est-ce pas que vous ferez cela pour moi ? Je veux seulement le regarder, cet étrange prophète. On a tant parlé de lui. J'ai si souvent entendu le tétrarque parler de lui. Je pense qu'il a peur de lui, le tétrar-

---

1. Ce nom inventé, par Wilde, est peut-être l'amalgame des noms de Narr'-Havas et de Salammbô, personnages du roman de Flaubert.

que. Je suis sûre qu'il a peur de lui... Est-ce que vous aussi, Narraboth, est-ce que vous aussi vous en avez peur ?

LE JEUNE SYRIEN. Je n'ai pas peur de lui, princesse. Je n'ai peur de personne. Mais le tétrarque a formellement défendu qu'on lève le couvercle de ce puits.

SALOMÉ. Vous ferez cela pour moi, Narraboth, et demain quand je passerai dans ma litière sous la porte des vendeurs d'idoles, je laisserai tomber une petite fleur pour vous, une petite fleur verte [1].

LE JEUNE SYRIEN. Princesse, je ne peux pas, je ne peux pas.

SALOMÉ, *souriant*. Vous ferez cela pour moi, Narraboth. Vous savez bien que vous ferez cela pour moi. Et demain quand je passerai dans ma litière sur le pont des acheteurs d'idoles, je vous regarderai à travers les voiles de mousseline, je vous regarderai, Narraboth, je vous sourirai, peut-être. Regardez-moi, Narraboth. Regardez-moi. Ah ! vous savez bien que vous allez faire ce que je vous demande. Vous le savez bien, n'est-ce pas ?... Moi, je le sais bien.

LE JEUNE SYRIEN, *faisant un signe au troisième soldat*. Faites sortir le prophète... La princesse Salomé veut le voir.

SALOMÉ. Ah !

LE PAGE D'HÉRODIAS. Oh ! comme la lune a l'air étrange ! On dirait la main d'une morte qui cherche à se couvrir avec un linceul.

LE JEUNE SYRIEN. Elle a l'air très étrange. On dirait une petite princesse qui a des yeux d'ambre. À travers les nuages de mousseline, elle sourit comme une petite princesse.

Le prophète sort de la citerne. Salomé le regarde et recule.

IOKANAAN. Où est celui dont la coupe d'abominations est déjà pleine [2] ? Où est celui qui en robe d'argent mourra un jour devant tout le peuple ? Dites-lui de venir, afin qu'il puisse

---

1. Pour Wilde, qui portait un œillet vert à la première de *L'Éventail de Lady Windermere*, la couleur verte est associée à l'art et à la décadence (voir « Plume, pinceaux, poison », *Intentions*). Voir également *The Green Carnation* (*L'Œillet vert*), publié en 1894 par Robert Hichens, qui parodie le personnage de Wilde. **2.** Apocalypse, 17, 4 : la prostituée de Babylone « avait dans sa main une coupe d'or pleine d'abominations ».

entendre la voix de celui qui a crié dans les déserts et dans les palais des rois [1].

SALOMÉ. De qui parle-t-il ?

LE JEUNE SYRIEN. On ne sait jamais, princesse.

IOKANAAN. Où est celle qui ayant vu des hommes peints sur la muraille, des images de Chaldéens tracées avec des couleurs, s'est laissée emporter à la concupiscence de ses yeux, et a envoyé des ambassadeurs en Chaldée [2] ?

SALOMÉ. C'est de ma mère qu'il parle.

LE JEUNE SYRIEN. Mais non, princesse.

SALOMÉ. Si, c'est de ma mère.

IOKANAAN. Où est celle qui s'est abandonnée aux capitaines des Assyriens, qui ont des baudriers sur les reins, et sur la tête des tiares de différentes couleurs ? Où est celle qui s'est abandonnée aux jeunes hommes d'Égypte qui sont vêtus de lin et d'hyacinthe, et portent des boucliers d'or et des casques d'argent, et qui ont de grands corps [3] ? Dites-lui de se lever de la couche de son impudicité, de sa couche incestueuse, afin qu'elle puisse entendre les paroles de celui qui prépare la voie du Seigneur [4] ; afin qu'elle se repente de ses péchés. Quoiqu'elle ne se repentira jamais, mais restera dans ses abominations, dites-lui de venir, car le Seigneur a son fléau dans la main.

SALOMÉ. Mais il est terrible, il est terrible.

LE JEUNE SYRIEN. Ne restez pas ici, princesse, je vous en prie.

SALOMÉ. Ce sont les yeux surtout qui sont terribles. On dirait des trous noirs laissés par des flambeaux sur une tapisserie

---

1. Jean 1, 73 : « Je suis la voix de celui qui clame dans le désert. » 2. Ezéchiel 23, 14-16 : « Ayant vu des hommes gravés sur le mur des images de Chaldéens peintes au vermillon, les reins serrés dans des ceintures, [...] elle brûla pour eux au premier regard et envoya des messagers vers eux en Chaldée. » 3. Ezéchiel, *ibid.* : « Elle n'en multiplia pas moins ses prostitutions, se souvenant des jours de sa jeunesse, lorsqu'elle se prostituait au pays d'Égypte. » 4. Isaïe 40, 3 : « Dans le désert préparez le chemin de Yahvé », et Matthieu 3, 3 : « Préparez le chemin du Seigneur, rendez droits ses sentiers. »

de Tyr[1]. On dirait des cavernes noires où demeurent des dragons, des cavernes noires d'Égypte où les dragons trouvent leur asile. On dirait des lacs noirs troublés par des lunes fantastiques...[2] Pensez-vous qu'il parlera encore ?

LE JEUNE SYRIEN. Ne restez pas ici, princesse ! Je vous prie de ne pas rester ici.

SALOMÉ. Comme il est maigre aussi ! il ressemble à une mince image d'ivoire. On dirait une image d'argent. Je suis sûre qu'il est chaste, autant que la lune. Il ressemble à un rayon d'argent. Sa chair doit être très froide, comme de l'ivoire... Je veux le regarder de près.

LE JEUNE SYRIEN. Non, non, princesse !

SALOMÉ. Il faut que je le regarde de près.

LE JEUNE SYRIEN. Princesse ! Princesse !

IOKANAAN. Qui est cette femme qui me regarde ? Je ne veux pas qu'elle me regarde. Pourquoi me regarde-t-elle avec ses yeux d'or sous ses paupières dorées[3] ? Je ne sais pas qui c'est. Je ne veux pas le savoir. Dites-lui de s'en aller. Ce n'est pas à elle que je veux parler.

SALOMÉ. Je suis Salomé, fille d'Hérodias, princesse de Judée.

IOKANAAN. Arrière ! Fille de Babylone[4] ! N'approchez pas de l'élu du Seigneur. Ta mère a rempli la terre du vin de ses iniquités, et le cri de ses péchés est arrivé aux oreilles de Dieu.

SALOMÉ. Parle encore, Iokanaan. Ta voix m'enivre.

LE JEUNE SYRIEN. Princesse ! Princesse ! Princesse !

SALOMÉ. Mais parle encore. Parle encore, Iokanaan, et dis-moi ce qu'il faut que je fasse.

IOKANAAN. Ne m'approchez pas, fille de Sodome[5], mais couvrez

---

1. Voir *La Sphinge*, vers 155-6. Tyr était une cité phénicienne prospère, célèbre pour son industrie textile et la fabrication de la pourpre. **2.** Voir *La Sphinge*, vers 153 : « Tes yeux, pareils aux lunes fantastiques, frissonnent sur un lac stagnant. » **3.** Voir Apocalypse 17, 4 : la prostituée de Babylone est « toute dorée d'or ». **4.** Apocalypse 17, 3-6 : « Babylone la Grande, la mère des prostituées et des abominations de la terre. » **5.** Dans l'Ancien Testament, Sodome est symbole de perversion et d'immoralité (Isaïe 3, 9 : Jérémie 23, 14) ; la destruction de Sodome est racontée dans la Genèse (Genèse 19).

votre visage avec un voile, et mettez des cendres sur votre tête, et allez dans le désert chercher le Fils de l'homme.

SALOMÉ. Qui est-ce, le Fils de l'homme ? Est-il aussi beau que toi, Iokanaan ?

IOKANAAN. Arrière ! Arrière ! J'entends dans le palais le battement des ailes de l'ange de la mort.

LE JEUNE SYRIEN. Princesse, je vous supplie de rentrer !

IOKANAAN. Ange du Seigneur Dieu, que fais-tu ici avec ton glaive [1] ? Qui cherches-tu dans cet immonde palais ?... Le jour de celui qui mourra en robe d'argent n'est pas venu [2].

SALOMÉ. Iokanaan.

IOKANAAN. Qui parle ?

SALOMÉ. Iokanaan ! Je suis amoureuse de ton corps. Ton corps est blanc comme le lys d'un pré que le faucheur n'a jamais fauché. Ton corps est blanc comme les neiges qui couchent sur les montagnes, comme les neiges qui couchent sur les montagnes de Judée, et descendent dans les vallées. Les roses du jardin de la reine d'Arabie ne sont pas aussi blanches que ton corps. Ni les roses du jardin de la reine d'Arabie, du jardin parfumé de la reine d'Arabie, ni les pieds de l'aurore qui trépignent sur les feuilles, ni le sein de la lune quand elle couche sur le sein de la mer... Il n'y a rien au monde d'aussi blanc que ton corps. Laisse-moi toucher ton corps !

IOKANAAN. Arrière, fille de Babylone ! C'est par la femme que le mal est entré dans le monde. Ne me parlez pas. Je ne veux pas t'écouter. Je n'écoute que les paroles du Seigneur Dieu.

SALOMÉ. Ton corps est hideux. Il est comme le corps d'un lépreux. Il est comme un mur de plâtre où les vipères sont passées, comme un mur de plâtre où les scorpions ont fait leur nid. Il est comme un sépulcre blanchi, et qui est plein

---

1. Dans la Genèse (3, 24) l'épée de l'ange symbolise la puissance de Dieu.
2. Allusion à la mort d'Hérode Agrippa, persécuteur des chrétiens, « revêtu de l'habit royal » et frappé par « l'Ange du Seigneur » (Actes 13, 21-23).

de choses dégoûtantes[1]. Il est horrible, il est horrible ton corps !... C'est de tes cheveux que je suis amoureuse, Iokanaan. Tes cheveux ressemblent à des grappes de raisins, à des grappes de raisins noirs qui pendent des vignes d'Édom dans le pays des Édomites. Tes cheveux sont comme les cèdres du Liban, comme les grands cèdres du Liban qui donnent de l'ombre aux lions et aux voleurs qui veulent se cacher pendant la journée. Les longues nuits noires, les nuits où la lune ne se montre pas, où les étoiles ont peur, ne sont pas aussi noires. Le silence qui demeure dans les forêts n'est pas aussi noir. Il n'y a rien au monde d'aussi noir que tes cheveux... Laisse-moi toucher tes cheveux[2].

IOKANAAN. Arrière, fille de Sodome ! Ne me touchez pas. Il ne faut pas profaner le temple du Seigneur Dieu.

SALOMÉ. Tes cheveux sont horribles. Ils sont couverts de boue et de poussière. On dirait une couronne d'épines qu'on a placée sur ton front[3]. On dirait un nœud de serpents noirs qui se tortillent autour de ton cou[4]. Je n'aime pas tes cheveux... C'est de ta bouche que je suis amoureuse, Iokanaan. Ta bouche est comme une bande d'écarlate sur une tour d'ivoire[5]. Elle est comme une pomme de grenade coupée par un couteau d'ivoire[6]. Les fleurs de grenade qui fleurissent dans les jardins de Tyr et sont plus rouges que les roses, ne sont pas aussi rouges. Les cris rouges des trompettes qui annoncent l'arrivée des rois et font peur à l'ennemi ne sont pas aussi rouges. Ta bouche est plus rouge que les pieds de

---

1. Matthieu 23, 27 : « Malheur à vous, scribes et Pharisiens hypocrites, parce que vous ressemblez à des sépulcres blanchis : à l'extérieur, ils paraissent beaux, mais à l'intérieur ils sont pleins d'ossements de morts et de toutes sortes d'impuretés. » **2.** Cantique des Cantiques 5, 15 : « Son visage est comme le Liban, distingué comme les cèdres » ; *ibid.* 5, 11 : « Ses boucles sont des palmes noires comme le corbeau. » **3.** Allusion à la couronne du Christ (Matthieu 27, 28 ; Marc 15, 17). **4.** Allusion à la Gorgone, monstre de la mythologie grecque, dont la tête était hérissée de serpents. **5.** Cantique des Cantiques 4, 3 : « Comme un fil d'écarlate sont tes lèvres. » *Ibid.* 4, 4 : « Comme la tour de David est ton cou. » **6.** *Ibid.* : « Comme une tranche de grenade est ta joue. »

ceux qui foulent le vin dans les pressoirs. Elle est plus rouge que les pieds des colombes qui demeurent dans les temples et sont nourries par les prêtres. Elle est plus rouge que les pieds de celui qui revient d'une forêt où il a tué un lion et vu des tigres dorés. Ta bouche est comme une branche de corail que des pêcheurs ont trouvée dans le crépuscule de la mer et qu'ils réservent pour les rois... ! Elle est comme le vermillon que les Moabites trouvent dans les mines de Moab[1] et que les rois leur prennent. Elle est comme l'arc du roi des Perses qui est peint avec du vermillon et qui a des cornes de corail. Il n'y a rien au monde d'aussi rouge que ta bouche... Laisse-moi baiser ta bouche.

IOKANAAN. Jamais, fille de Babylone ! Fille de Sodome ! Jamais.

SALOMÉ. Je baiserai ta bouche, Iokanaan. Je baiserai ta bouche.

LE JEUNE SYRIEN. Princesse, princesse, toi qui es comme un bouquet de myrrhe[2], toi qui es la colombe des colombes[3], ne regarde pas cet homme, ne le regarde pas ! Ne lui dis pas de telles choses. Je ne peux pas les souffrir... Princesse, princesse, ne dis pas de ces choses.

SALOMÉ. Je baiserai ta bouche, Iokanaan.

LE JEUNE SYRIEN. Ah !

Il se tue et tombe entre Salomé et Iokanaan.

LE PAGE D'HÉRODIAS. Le jeune Syrien s'est tué ! Le jeune capitaine s'est tué ! Il s'est tué, celui qui était mon ami ! Je lui avais donné une petite boîte de parfums, et des boucles d'oreilles faites en argent, et maintenant il s'est tué ! Ah ! n'a-t-il pas prédit qu'un malheur allait arriver ?... Je l'ai prédit moi-même et il est arrivé. Je savais bien que la lune cherchait un mort, mais je ne savais pas que c'était lui qu'elle cherchait. Ah !

---

1. Les Moabites étaient les descendants de Moab, fils de Loth (Genèse 19, 37). **2.** La myrrhe est une résine aromatique dont l'Arabie fut un fournisseur réputé. Dans le Cantique des Cantiques, l'amante compare l'amant à un « sachet de myrrhe » (1, 13). **3.** Cantique des Cantiques 5, 2 et 6, 9 : « ma colombe, ma parfaite » ; la colombe est aussi l'oiseau d'Aphrodite, déesse de l'amour.

pourquoi ne l'ai-je pas caché de la lune ? Si je l'avais caché dans une caverne, elle ne l'aurait pas vu.

PREMIER SOLDAT. Princesse, le jeune capitaine vient de se tuer.

SALOMÉ. Laisse-moi baiser ta bouche, Iokanaan.

IOKANAAN. N'avez-vous pas peur, fille d'Hérodias ? Ne vous ai-je pas dit que j'avais entendu dans le palais le battement des ailes de l'ange de la mort, et l'ange n'est-il pas venu ?

SALOMÉ. Laisse-moi baiser ta bouche.

IOKANAAN. Fille d'adultère, il n'y a qu'un homme qui puisse te sauver. C'est celui dont je t'ai parlé. Allez le chercher. Il est dans un bateau sur la mer de Galilée, et il parle à ses disciples. Agenouillez-vous au bord de la mer, et appelez-le par son nom [1]. Quand il viendra vers vous, et il vient vers tous ceux qui l'appellent, prosternez-vous à ses pieds et demandez-lui la rémission de vos péchés.

SALOMÉ. Laisse-moi baiser ta bouche.

IOKANAAN. Soyez maudite, fille d'une mère incestueuse, soyez maudite [2].

SALOMÉ. Je baiserai ta bouche, Iokanaan.

IOKANAAN. Je ne veux pas te regarder. Je ne te regarderai pas. Tu es maudite, Salomé, tu es maudite.

Il descend dans la citerne.

SALOMÉ. Je baiserai ta bouche, Iokanaan, je baiserai ta bouche.

PREMIER SOLDAT. Il faut faire transporter le cadavre ailleurs. Le tétrarque n'aime pas regarder les cadavres, sauf les cadavres de ceux qu'il a tués lui-même.

LE PAGE D'HÉRODIAS. Il était mon frère, et plus proche qu'un frère. Je lui ai donné une petite boîte qui contenait des parfums, et une bague d'agate qu'il portait toujours à la main. Le soir nous nous promenions au bord de la rivière et parmi les amandiers, et il me racontait des choses de son pays. Il parlait toujours très bas. Le son de sa voix ressemblait au son de la

---

1. Matthieu 14, 24-33 : « Il vint vers eux, marchant sur la mer. » **2.** Une malédiction est un acte grave et définitif : la malédiction lancée contre Salomé est donc la condamnation sans appel d'une infidèle sacrilège.

flûte d'un joueur de flûte. Aussi, il aimait beaucoup à se regarder dans la rivière. Je lui ai fait des reproches pour cela.

SECOND SOLDAT. Vous avez raison ; il faut cacher le cadavre. Il ne faut pas que le tétrarque le voie.

PREMIER SOLDAT. Le tétrarque ne viendra pas ici. Il ne vient jamais sur la terrasse. Il a trop peur du prophète[1].

Entrée d'Hérode, d'Hérodias et de toute la cour

HÉRODE. Où est Salomé ? Où est la princesse ? Pourquoi n'est-elle pas retournée au festin comme je le lui avais commandé ? Ah ! la voilà !

HÉRODIAS. Il ne faut pas la regarder. Vous la regardez toujours !

HÉRODE. La lune a l'air très étrange ce soir. N'est-ce pas que la lune a l'air très étrange ? On dirait une femme hystérique, une femme hystérique qui va cherchant des amants partout. Elle est nue aussi. Elle est toute nue. Les nuages cherchent à la vêtir, mais elle ne veut pas. Elle se montre toute nue dans le ciel. Elle chancelle à travers les nuages comme une femme ivre... Je suis sûr qu'elle cherche des amants... N'est-ce pas qu'elle chancelle comme une femme ivre ? Elle ressemble à une femme hystérique, n'est-ce pas ?

HÉRODIAS. Non. La lune ressemble à la lune, c'est tout. Rentrons... Vous n'avez rien à faire ici.

HÉRODE. Je resterai ! Manassé, mettez des tapis là. Allumez des flambeaux. Apportez les tables d'ivoire, et les tables de jaspe. L'air ici est délicieux. Je boirai encore du vin avec mes hôtes. Aux ambassadeurs de César il faut faire tout honneur.

HÉRODIAS. Ce n'est pas à cause d'eux que vous restez.

HÉRODE. Oui, l'air est délicieux. Viens, Hérodias, nos hôtes nous attendent. Ah ! j'ai glissé ! J'ai glissé dans le sang ! C'est d'un mauvais présage. C'est d'un très mauvais présage. Pourquoi

---

1. Cette crainte est historique ; voir Matthieu 14, 5 : « Et tout en voulant le tuer, il [Hérode] eut peur de la foule qui le tenait [Jean-Baptiste] pour un prophète. » Après l'exécution de Jean, Hérode crut reconnaître en Jésus, dont on lui rapportait les miracles, le prophète ressuscité (Matthieu 14, 1-2 ; Marc 6, 14 et 16 ; Luc 9, 7).

y a-t-il du sang ici ?... Et ce cadavre ? Que fait ici ce cadavre ? Pensez-vous que je sois comme le roi d'Égypte qui ne donne jamais un festin sans montrer un cadavre à ses hôtes ? Enfin, qui est-ce ? Je ne veux pas le regarder.

PREMIER SOLDAT. C'est notre capitaine, seigneur. C'est le jeune Syrien que vous avez fait capitaine il y a trois jours seulement.

HÉRODE. Je n'ai donné aucun ordre de le tuer.

SECOND SOLDAT. Il s'est tué lui-même, seigneur.

HÉRODE. Pourquoi ? Je l'ai fait capitaine !

SECOND SOLDAT. Nous ne savons pas, seigneur. Mais il s'est tué lui-même.

HÉRODE. Cela me semble étrange. Je pensais qu'il n'y avait que les philosophes romains qui se tuaient. N'est-ce pas, Tigellin, que les philosophes à Rome se tuent ?

TIGELLIN. Il y en a qui se tuent, seigneur. Ce sont les stoïciens. Ce sont des gens très grossiers. Enfin, ce sont des gens très ridicules. Moi, je les trouve très ridicules [1].

HÉRODE. Moi aussi. C'est ridicule de se tuer.

TIGELLIN. On rit beaucoup d'eux à Rome. L'empereur a fait un poème satirique contre eux. On le récite partout.

HÉRODE. Ah ! il a fait un poème satirique contre eux ? César est merveilleux. Il peut tout faire... C'est étrange qu'il se soit tué, le jeune Syrien. Je le regrette. Oui, je le regrette beaucoup. Car il était beau. Il était même très beau. Il avait des yeux très langoureux. Je me rappelle que je l'ai vu regardant Salomé d'une façon langoureuse. En effet, j'ai trouvé qu'il l'avait un peu trop regardée.

HÉRODIAS. Il y en a d'autres qui la regardent trop.

HÉRODE. Son père était roi. Je l'ai chassé de son royaume. Et de sa mère qui était reine vous avez fait une esclave, Hérodias. Ainsi, il était ici comme un hôte. C'était à cause de cela que je l'avais fait capitaine. Je regrette qu'il soit mort... Enfin,

---

1. Pour les stoïciens, le bien réside dans l'effort fait pour atteindre la vertu et requiert, pour y parvenir, un détachement total qui va jusqu'à l'acceptation paisible de la mort.

pourquoi avez-vous laissé le cadavre ici ? Il faut l'emporter ailleurs. Je ne veux pas le voir... Emportez-le...

On emporte le cadavre.

Il fait froid ici. Il y a du vent ici. N'est-ce pas qu'il y a du vent ?

HÉRODIAS. Mais non. Il n'y a pas de vent.

HÉRODE. Mais si, il y a du vent... Et j'entends dans l'air quelque chose comme un battement d'ailes, comme un battement d'ailes gigantesques. Ne l'entendez-vous pas ?

HÉRODIAS. Je n'entends rien.

HÉRODE. Je ne l'entends plus moi-même. Mais je l'ai entendu. C'était le vent sans doute. C'est passé. Mais non, je l'entends encore. Ne l'entendez-vous pas ? C'est tout à fait comme un battement d'ailes.

HÉRODIAS. Je vous dis qu'il n'y a rien. Vous êtes malade. Rentrons.

HÉRODE. Je ne suis pas malade. C'est votre fille qui est malade. Elle a l'air très malade, votre fille. Jamais je ne l'ai vue si pâle.

HÉRODIAS. Je vous ai dit de ne pas la regarder.

HÉRODE. Versez du vin.

On apporte du vin.

Salomé, venez boire un peu de vin avec moi. J'ai un vin ici qui est exquis. C'est César lui-même qui me l'a envoyé. Trempez là-dedans vos petites lèvres rouges et ensuite je viderai la coupe.

SALOMÉ. Je n'ai pas soif, tétrarque.

HÉRODE. Vous entendez comme elle me répond, votre fille.

HÉRODIAS. Je trouve qu'elle a bien raison. Pourquoi la regardez-vous toujours ?

HÉRODE. Apportez des fruits.

On apporte des fruits.

Salomé, venez manger du fruit avec moi. J'aime beaucoup voir dans un fruit la morsure de tes petites dents. Mordez un tout petit morceau de ce fruit, et ensuite je mangerai ce qui reste.

SALOMÉ. Je n'ai pas faim, tétrarque.

HÉRODE, *à Hérodias*. Voilà comme vous l'avez élevée, votre fille.

HÉRODIAS. Ma fille et moi, nous descendons d'une race royale. Quant à toi, ton grand-père gardait des chameaux ! Aussi, c'était un voleur[1] !

HÉRODE. Tu mens !

HÉRODIAS. Tu sais bien que c'est la vérité.

HÉRODE. Salomé, viens t'asseoir près de moi. Je te donnerai le trône de ta mère.

SALOMÉ. Je ne suis pas fatiguée, tétrarque.

HÉRODIAS. Vous voyez bien ce qu'elle pense de vous.

HÉRODE. Apportez... Qu'est-ce que je veux ? Je ne sais pas. Ah ! ah ! je m'en souviens...

LA VOIX D'IOKANAAN. Voici le temps ! Ce que j'ai prédit est arrivé, dit le Seigneur Dieu. Voici le jour dont j'avais parlé.

HÉRODIAS. Faites-le taire. Je ne veux pas entendre sa voix. Cet homme vomit toujours des injures contre moi.

HÉRODE. Il n'a rien dit contre vous. Aussi, c'est un très grand prophète.

HÉRODIAS. Je ne crois pas aux prophètes. Est-ce qu'un homme peut dire ce qui doit arriver ? Personne ne le sait. Aussi, il m'insulte toujours. Mais je pense que vous avez peur de lui... Enfin, je sais bien que vous avez peur de lui.

HÉRODE. Je n'ai pas peur de lui. Je n'ai peur de personne.

HÉRODIAS. Si, vous avez peur de lui. Si vous n'aviez pas peur de lui, pourquoi ne pas le livrer aux Juifs qui depuis six mois vous le demandent ?

UN JUIF. En effet, seigneur, il serait mieux de nous le livrer.

HÉRODE. Assez sur ce point. Je vous ai déjà donné ma réponse. Je ne veux pas vous le livrer. C'est un homme qui a vu Dieu[2].

UN JUIF. Cela, c'est impossible. Personne n'a vu Dieu depuis le prophète Élie. Lui, c'est le dernier qui ait vu Dieu. En ce temps-ci, Dieu ne se montre pas. Il se cache. Et par conséquent il y a de grands malheurs dans le pays.

---

1. Le mépris d'Hérodias pour son époux est emprunté à l'*Hérodias* de Flaubert. **2.** Marc 6, 20 : « Car Hérode craignait Jean, le sachant un homme juste et saint, et il le protégeait. »

UN AUTRE JUIF. Enfin, on ne sait pas si le prophète Élie a réellement vu Dieu. C'était plutôt l'ombre de Dieu qu'il a vue.

UN TROISIÈME JUIF. Dieu ne se cache jamais. Il se montre toujours et dans toute chose. Dieu est dans le mal comme dans le bien.

UN QUATRIÈME JUIF. Il ne faut pas dire cela. C'est une idée très dangereuse. C'est une idée qui vient des écoles d'Alexandrie où on enseigne la philosophie grecque. Et les Grecs sont des gentils. Ils ne sont même pas circoncis.

UN CINQUIÈME JUIF. On ne peut pas savoir comment Dieu agit, ses voies sont très mystérieuses. Peut-être ce que nous appelons le mal est le bien, et ce que nous appelons le bien est le mal. On ne peut rien savoir. Le nécessaire c'est de se soumettre à tout. Dieu est très fort. Il brise au même temps les faibles et les forts. Il n'a aucun souci de personne.

LE PREMIER JUIF. C'est vrai cela. Dieu est terrible. Il brise les faibles et les forts, comme on brise le blé dans un mortier. Mais cet homme n'a jamais vu Dieu. Personne n'a vu Dieu depuis le prophète Élie.

HÉRODIAS. Faites-les taire. Ils m'ennuient.

HÉRODE. Mais j'ai entendu dire qu'Iokanaan lui-même est votre prophète Élie.

UN JUIF. Cela ne se peut pas. Depuis le temps du prophète Élie il y a plus de trois cents ans.

HÉRODE. Il y en a qui disent que c'est le prophète Élie.

UN NAZARÉEN. Moi, je suis sûr que c'est le prophète Élie.

UN JUIF. Mais non, ce n'est pas le prophète Élie.

LA VOIX D'IOKANAAN. Le jour est venu, le jour du Seigneur, et j'entends sur les montagnes les pieds de Celui qui sera le Sauveur du monde [1].

HÉRODE. Qu'est-ce que cela veut dire ? Le Sauveur du monde [2] ?

TIGELLIN. C'est un titre que prend César.

---

1. Isaïe 52, 7 : « Qu'ils sont beaux sur les montagnes les pieds de celui qui apporte la bonne nouvelle. » 2. Le thème du Dieu sauveur est présent dans l'Ancien Testament (I Samuel 14, 39) et le Nouveau Testament (Jean 4, 42) ; Philippiens 3, 20, 2 ; Timothée 1, 10.

HÉRODE. Mais César ne vient pas en Judée. J'ai reçu hier des lettres de Rome. On ne m'a rien dit de cela. Enfin, vous, Tigellin, qui avez été à Rome pendant l'hiver, vous n'avez rien entendu dire de cela ?

TIGELLIN. En effet, seigneur, je n'en ai pas entendu parler. J'explique seulement le titre. C'est un des titres de César.

HÉRODE. Il ne peut pas venir, Cécar. Il est goutteux. On dit qu'il a des pieds d'éléphant. Aussi il y a des raisons d'État. Celui qui quitte Rome perd Rome. Il ne viendra pas. Mais, enfin, c'est le maître, César. Il viendra s'il veut. Mais je ne pense pas qu'il vienne.

LE PREMIER NAZARÉEN. Ce n'est pas de César que le prophète a parlé, seigneur.

HÉRODE. Pas de César ?

LE PREMIER NAZARÉEN. Non, seigneur.

HÉRODE. De qui donc a-t-il parlé ?

LE PREMIER NAZARÉEN. Du Messie qui est venu.

UN JUIF. Le Messie n'est pas venu.

LE PREMIER NAZARÉEN. Il est venu, et il fait des miracles partout.

HÉRODIAS. Oh ! oh ! les miracles. Je ne crois pas aux miracles. J'en ai vu trop.

Au page.

Mon éventail.

LE PREMIER NAZARÉEN. Cet homme fait de véritables miracles. Ainsi, à l'occasion d'un mariage qui a eu lieu dans une petite ville de Galilée, une ville assez importante, il a changé de l'eau en vin[1]. Des personnes qui étaient là me l'ont dit. Aussi il a guéri deux lépreux qui étaient assis devant la porte de Capharnaüm, seulement en les touchant[2].

LE SECOND NAZARÉEN. Non, c'étaient deux aveugles qu'il a guéris à Capharnaüm.

LE PREMIER NAZARÉEN. Non, c'étaient des lépreux. Mais il a guéri

1. Premier miracle du Christ lors des noces de Cana (Jean 2).
2. Capharnaüm était située sur la rive occidentale du lac de Tibériade ; à propos des guérisons miraculeuses, voir Matthieu 8.

des aveugles aussi, et on l'a vu sur une montagne parlant avec des anges.

UN SADDUCÉEN. Les anges n'existent pas.

UN PHARISIEN. Les anges existent, mais je ne crois pas que cet homme leur ait parlé.

LE PREMIER NAZARÉEN. Il a été vu par une foule de passants parlant avec des anges.

UN SADDUCÉEN. Pas avec des anges.

HÉRODIAS. Comme ils m'agacent ces hommes ! Ils sont bêtes. Ils sont tout à fait bêtes.

Au page.

Eh bien ! mon éventail.

Le page lui donne l'éventail.

Vous avez l'air de rêver. Il ne faut pas rêver. Les rêveurs sont des malades.

Elle frappe le page avec son éventail.

LE SECOND NAZARÉEN. Aussi il y a le miracle de la fille de Jaïr [1].

LE PREMIER NAZARÉEN. Mais oui, c'est très certain cela. On ne peut pas le nier.

HÉRODIAS. Ces gens-là sont fous. Ils ont trop regardé la lune. Dites-leur de se taire.

HÉRODE. Qu'est-ce que c'est que cela, le miracle de la fille de Jaïr ?

LE PREMIER NAZARÉEN. La fille de Jaïr était morte. Il l'a ressuscitée.

HÉRODE. Il ressuscite les morts ?

LE PREMIER NAZARÉEN. Oui, seigneur. Il ressuscite les morts.

HÉRODE. Je ne veux pas qu'il fasse cela. Je lui défends de faire cela. Je ne permets pas qu'on ressuscite les morts. Il faut chercher cet homme et lui dire que je ne lui permets pas de ressusciter les morts. Où est-il à présent, cet homme ?

---

1. Marc 5, 22-43, Matthieu 9, 18-19 et 23-26, Luc 8, 41-42 et 49-55 ; Jaïr, notable de Capharnaüm, demanda à Jésus de ramener sa fille à la vie.

LE SECOND NAZARÉEN. Il est partout, seigneur, mais il est très difficile de le trouver.

LE PREMIER NAZARÉEN. On dit qu'il est en Samarie à présent.

UN JUIF. On voit bien que ce n'est pas le Messie, s'il est en Samarie. Ce n'est pas aux Samaritains que le Messie viendra. Les Samaritains sont maudits. Ils n'apportent jamais d'offrandes au Temple[1].

LE SECOND NAZARÉEN. Il a quitté la Samarie il y a quelques jours. Moi, je crois qu'en ce moment-ci il est dans les environs de Jérusalem.

LE PREMIER NAZARÉEN. Mais non, il n'est pas là. Je viens justement d'arriver de Jérusalem. On n'a pas entendu parler de lui depuis deux mois.

HÉRODE. Enfin, cela ne fait rien ! Mais il faut le trouver et lui dire de ma part que je ne lui permets pas de ressusciter les morts. Changer de l'eau en vin, guérir les lépreux et les aveugles... il peut faire tout cela s'il le veut. Je n'ai rien à dire contre cela. En effet, je trouve que guérir les lépreux est une bonne action. Mais je ne permets pas qu'il ressuscite les morts... Ce serait terrible, si les morts reviennent.

LA VOIX D'IOKANAAN. Ah ! l'impudique ! la prostituée ! Ah ! la fille de Babylone avec ses yeux d'or et ses paupières dorées ! Voici ce que dit le Seigneur Dieu. Faites venir contre elle une multitude d'hommes. Que le peuple prenne des pierres et la lapide...[2]

HÉRODIAS. Faites-le taire !

LA VOIX D'IOKANAAN. Que les capitaines de guerre la percent de leurs épées, qu'ils l'écrasent sous leurs boucliers.

HÉRODIAS. Mais, c'est infâme.

LA VOIX D'IOKANAAN. C'est ainsi que j'abolirai les crimes de dessus la terre, et que toutes les femmes apprendront à ne pas imiter les abominations de celle-là.

---

1. Pour les Juifs, les Samaritains étaient des païens possédés par le démon (Jean 8, 48). 2. La lapidation est l'un des châtiments prévus par le Lévitique (Lévitique 20).

HÉRODIAS. Vous entendez ce qu'il dit contre moi ? Vous le laissez insulter votre épouse ?

HÉRODE. Mais il n'a pas dit votre nom.

HÉRODIAS. Qu'est-ce que cela fait ? Vous savez bien que c'est moi qu'il cherche à insulter. Et je suis votre épouse, n'est-ce pas ?

HÉRODE. Oui, chère et digne Hérodias, vous êtes mon épouse, et vous avez commencé par être l'épouse de mon frère.

HÉRODIAS. C'est vous qui m'avez arrachée de ses bras.

HÉRODE. En effet, j'étais le plus fort... Mais ne parlons pas de cela. Je ne veux pas parler de cela. C'est à cause de cela que le prophète a dit des mots d'épouvante. Peut-être à cause de cela va-t-il arriver un malheur. N'en parlons pas... Noble Hérodias, nous oublions nos convives. Verse-moi à boire, ma bien-aimée. Remplissez de vin les grandes coupes d'argent et les grandes coupes de verre. Je vais boire à la santé de César. Il y a des Romains ici, il faut boire à la santé de César.

TOUS. César ! César !

HÉRODE. Vous ne remarquez pas comme votre fille est pâle.

HÉRODIAS. Qu'est-ce que cela vous fait qu'elle soit pâle ou non ?

HÉRODE. Jamais je ne l'ai vue si pâle.

HÉRODIAS. Il ne faut pas la regarder.

LA VOIX D'IOKANAAN. En ce jour-là le soleil deviendra noir comme un sac de poil, et la lune deviendra comme du sang, et les étoiles du ciel tomberont sur la terre comme les figues vertes tombent d'un figuier, et les rois de la terre auront peur [1].

HÉRODIAS. Ah ! ah ! Je voudrais bien voir ce jour dont il parle, où la lune deviendra comme du sang et où les étoiles tomberont sur la terre comme des figues vertes. Ce prophète parle comme un homme ivre... Mais je ne peux pas souffrir le son de sa voix. Ordonnez qu'il se taise.

HÉRODE. Mais non. Je ne comprends pas ce qu'il a dit, mais cela peut être un présage.

---

1. Apocalypse 6, 12 : « Et le soleil devint noir comme un sac de crin, et la lune entière devint comme du sang, et les étoiles du ciel tombèrent sur la terre comme un figuier jette ses fruits encore verts quand il est secoué par un grand vent. [...] Et les rois de la terre [...] se cachèrent dans les cavernes. »

HÉRODIAS. Je ne crois pas aux présages. Il parle comme un homme ivre.

HÉRODE. Peut-être qu'il est ivre du vin de Dieu !

HÉRODIAS. Quel vin est-ce, le vin de Dieu ? De quelles vignes vient-il ? Dans quel pressoir peut-on le trouver ?

HÉRODE.

Il ne quitte plus Salomé du regard.

Tigellin, quand tu as été à Rome dernièrement, est-ce que l'empereur t'a parlé au sujet... ?

TIGELLIN. À quel sujet, seigneur ?

HÉRODE. À quel sujet ? Ah ! je vous ai adressé une question, n'est-ce pas ? J'ai oublié ce que je voulais savoir.

HÉRODIAS. Vous regardez encore ma fille. Il ne faut pas la regarder. Je vous ai déjà dit cela.

HÉRODE. Vous ne dites que cela.

HÉRODIAS. Je le redis.

HÉRODE. Et la restauration du temple dont on a tant parlé ? Est-ce qu'on va faire quelque chose ? On dit, n'est-ce pas, que le voile du sanctuaire a disparu ?

HÉRODIAS. C'est toi qui l'as pris. Tu parles à tort et à travers. Je ne veux pas rester ici. Rentrons.

HÉRODE. Salomé, dansez pour moi.

HÉRODIAS. Je ne veux pas qu'elle danse.

SALOMÉ. Je n'ai aucune envie de danser, tétrarque.

HÉRODE. Salomé, fille d'Hérodias, dansez pour moi.

HÉRODIAS. Laissez-la tranquille.

HÉRODE. Je vous ordonne de danser, Salomé.

SALOMÉ. Je ne danserai pas, tétrarque.

HÉRODIAS, *riant*. Voilà comme elle vous obéit !

HÉRODE. Qu'est-ce que cela me fait qu'elle danse ou non ? Cela ne me fait rien. Je suis heureux ce soir. Je suis très heureux. Jamais je n'ai été si heureux.

PREMIER SOLDAT. Il a l'air sombre, le tétrarque. N'est-ce pas qu'il a l'air sombre ?

SECOND SOLDAT. Il a l'air sombre.

HÉRODE. Pourquoi ne serais-je pas heureux ? César, qui est le maître du monde, qui est le maître de tout, m'aime beaucoup[1]. Il vient de m'envoyer des cadeaux de grande valeur. Aussi il m'a promis de citer à Rome le roi de Cappadoce qui est mon ennemi. Peut-être à Rome il le crucifiera. Il peut faire tout ce qu'il veut, César. Enfin, il est le maître. Ainsi, vous voyez, j'ai le droit d'être heureux. Au fait, je le suis. Je n'ai jamais été si heureux. Il n'y a rien au monde qui puisse gâter mon plaisir.

LA VOIX D'IOKANAAN. Il sera assis sur son trône. Il sera vêtu de pourpre et d'écarlate. Dans sa main il portera un vase d'or plein de ses blasphèmes. Et l'ange du Seigneur Dieu le frappera. Il sera mangé des vers[2].

HÉRODIAS. Vous entendez ce qu'il dit de vous. Il dit que vous serez mangé des vers.

HÉRODE. Ce n'est pas de moi qu'il parle. Il ne dit jamais rien contre moi. C'est du roi de Cappadoce qu'il parle, du roi de Cappadoce qui est mon ennemi. C'est celui-là qui sera mangé des vers. Ce n'est pas moi. Jamais il n'a rien dit contre moi, le prophète, sauf que j'ai eu tort de prendre comme épouse l'épouse de mon frère. Peut-être a-t-il raison. En effet, vous êtes stérile.

HÉRODIAS. Je suis stérile, moi ? Et vous dites cela, vous qui regardez toujours ma fille, vous qui avez voulu la faire danser pour votre plaisir. C'est ridicule de dire cela. Moi j'ai eu un enfant. Vous n'avez jamais eu d'enfant, même d'une de vos esclaves. C'est vous qui êtes stérile, ce n'est pas moi[3].

HÉRODE. Taisez-vous ! Je vous dis que vous êtes stérile. Vous ne

---

1. Hérode était en faveur auprès de Tibère, en l'honneur de qui il avait fait bâtir la cité de Tibériade sur la rive occidentale du lac de Guennésareth.
2. Actes 12, 23. On y trouve une description de la mort d'Hérode Agrippa : « L'Ange du Seigneur le frappa, parce qu'il n'avait pas rendu gloire à Dieu, et, mangé des vers, il expira. » Cet ange vengeur fait penser à l'Ange Exterminateur de l'Exode (Exode 12, 23) ; voir aussi II Samuel 24, 16-17 ; I Chroniques 21, 15-16, II Rois 19, 35 ; Hébreux 11, 28 ; I Corinthiens, 10, 10.
3. Flaubert, dans *Hérodias*, insiste avant Wilde sur la stérilité d'Hérode. Dans le Lévitique, la stérilité est la sanction des unions impures.

m'avez pas donné d'enfant, et le prophète dit que notre mariage n'est pas un vrai mariage. Il dit que c'est un mariage incestueux, un mariage qui apportera des malheurs... J'ai peur qu'il n'ait raison. Je suis sûr qu'il a raison. Mais ce n'est pas le moment de parler de ces choses. En ce moment-ci, je veux être heureux. Au fait je le suis. Je suis très heureux. Il n'y a rien qui me manque.

HÉRODIAS. Je suis bien contente que vous soyez de si belle humeur, ce soir. Ce n'est pas dans vos habitudes. Mais il est tard. Rentrons. Vous n'oubliez pas qu'au lever du soleil nous allons tous à la chasse. Aux ambassadeurs de César il faut faire tout honneur, n'est-ce pas ?

SECOND SOLDAT. Comme il a l'air sombre, le tétrarque.

PREMIER SOLDAT. Oui, il a l'air sombre.

HÉRODE. Salomé, Salomé, dansez pour moi. Je vous supplie de danser pour moi. Ce soir je suis triste. Oui, je suis très triste ce soir. Quand je suis entré ici, j'ai glissé dans le sang, ce qui est d'un mauvais présage, et j'ai entendu, je suis sûr que j'ai entendu un battement d'ailes dans l'air, un battement d'ailes gigantesques. Je ne sais pas ce que cela veut dire... Je suis triste ce soir. Ainsi dansez pour moi. Dansez pour moi, Salomé, je vous en supplie. Si vous dansez pour moi vous pourrez me demander tout ce que vous voudrez et je vous le donnerai. Oui, dansez pour moi, Salomé, et je vous donnerai tout ce que vous me demanderez, fût-ce la moitié de mon royaume [1].

SALOMÉ, *se levant*. Vous me donnerez tout ce que je demanderai, tétrarque ?

HÉRODIAS. Ne dansez pas, ma fille.

HÉRODE. Tout, fût-ce la moitié de mon royaume.

SALOMÉ. Vous le jurez, tétrarque ?

HÉRODE. Je le jure, Salomé.

---

1. Marc 6, 23 est cité mot pour mot par Wilde. Hérode n'est qu'un gouverneur soumis à la tutelle de l'empereur de Rome ; il n'a donc pas de royaume à partager et sa proposition est évidemment symbolique. Cette offre est aussi, dans l'Ancien Testament, celle que fait Assuérus à Esther (Esther, 5, 3 et 7, 2).

HÉRODIAS. Ma fille, ne dansez pas.

SALOMÉ. Sur quoi, jurez-vous, tétrarque ?

HÉRODE. Sur ma vie, sur ma couronne, sur mes dieux. Tout ce que vous voudrez je vous le donnerai, fût-ce la moitié de mon royaume, si vous dansez pour moi. Oh ! Salomé, Salomé, dansez pour moi.

SALOMÉ. Vous avez juré, tétrarque.

HÉRODE. J'ai juré, Salomé.

SALOMÉ. Tout ce que je vous demanderai, fût-ce la moitié de votre royaume ?

HÉRODIAS. Ne dansez pas, ma fille.

HÉRODE. Fût-ce la moitié de mon royaume. Comme reine, tu serais très belle, Salomé, s'il te plaisait de demander la moitié de mon royaume. N'est-ce pas qu'elle serait très belle comme reine ?... Ah ! il fait froid ici ! Il y a un vent très froid, et j'entends... Pourquoi est-ce que j'entends dans l'air ce battement d'ailes ? Oh ! on dirait qu'il y a un oiseau, un grand oiseau noir, qui plane sur la terrasse. Pourquoi est-ce que je ne peux pas le voir, cet oiseau ? Le battement de ses ailes est terrible. C'est un vent froid... Mais non, il ne fait pas froid du tout. Au contraire, il fait très chaud. Il fait trop chaud. J'étouffe. Versez-moi l'eau sur les mains. Donnez-moi de la neige à manger. Dégrafez mon manteau. Vite, vite, dégrafez mon manteau... Non. Laissez-le. C'est ma couronne qui me fait mal, ma couronne de roses. On dirait que ces fleurs sont faites de feu. Elles ont brûlé mon front.

Il arrache de sa tête la couronne, et la jette sur la table.

Ah ! enfin, je respire. Comme ils sont rouges ces pétales ! On dirait des taches de sang sur la nappe. Cela ne fait rien. Il ne faut pas trouver des symboles dans chaque chose qu'on voit. Cela rend la vie impossible. Il serait mieux de dire que les taches de sang sont aussi belles que les pétales de roses. Il serait beaucoup mieux de dire cela... Mais ne parlons pas de cela. Maintenant je suis heureux. Je suis très heureux. J'ai le droit d'être heureux, n'est-ce pas ? Votre fille va danser pour moi. N'est-ce pas que vous allez danser pour moi, Salomé ? Vous avez promis de danser pour moi.

HÉRODIAS. Je ne veux pas qu'elle danse.

SALOMÉ. Je danserai pour vous, tétrarque.

HÉRODE. Vous entendez ce que dit votre fille. Elle va danser pour moi. Vous avez bien raison, Salomé, de danser pour moi. Et, après que vous aurez dansé, n'oubliez pas de me demander tout ce que vous voudrez. Tout ce que vous voudrez je vous le donnerai, fût-ce la moitié de mon royaume. J'ai juré, n'est-ce pas ?

SALOMÉ. Vous avez juré, tétrarque.

HÉRODE. Et je n'ai jamais manqué à ma parole. Je ne suis pas de ceux qui manquent à leur parole. Je ne sais pas mentir. Je suis l'esclave de ma parole, et ma parole c'est la parole d'un roi. Le roi de Cappadoce ment toujours, mais ce n'est pas un vrai roi. C'est un lâche. Aussi il me doit de l'argent qu'il ne veut pas payer. Il a même insulté mes ambassadeurs. Il a dit des choses très blessantes. Mais César le crucifiera quand il viendra à Rome. Je suis sûr que César le crucifiera. Sinon il mourra mangé des vers. Le prophète l'a prédit. Eh bien ! Salomé, qu'attendez-vous ?

SALOMÉ. J'attends que mes esclaves m'apportent des parfums et les sept voiles et m'ôtent mes sandales.

Les esclaves apportent des parfums et les sept voiles et ôtent les sandales de Salomé.

HÉRODE. Ah ! vous allez danser pieds nus ! C'est bien ! C'est bien ! Vos petits pieds seront comme des colombes blanches. Ils ressembleront à des petites fleurs blanches qui dansent sur un arbre... Ah ! non. Elle va danser dans le sang ! Il y a du sang par terre. Je ne veux pas qu'elle danse dans le sang. Ce serait d'un très mauvais présage.

HÉRODIAS. Qu'est-ce que cela vous fait qu'elle danse dans le sang ? Vous avez bien marché dedans, vous...

HÉRODE. Qu'est-ce que cela me fait ? Ah ! regardez la lune ! Elle est devenue rouge. Elle est devenue rouge comme du sang. Ah ! le prophète l'a bien prédit. Il a prédit que la lune deviendrait rouge comme du sang. N'est-ce pas qu'il a prédit cela ? Vous l'avez tous entendu. La lune est devenue rouge comme du sang. Ne le voyez-vous pas ?

HÉRODIAS. Je le vois bien, et les étoiles tombent comme des figures vertes, n'est-ce pas ? Et le soleil devient noir comme un sac de poil, et les rois de la terre ont peur. Cela au moins on le voit. Pour une fois dans sa vie le prophète a eu raison. Les rois de la terre ont peur... Enfin, rentrons. Vous êtes malade. On va dire à Rome que vous êtes fou. Rentrons, je vous dis.

LA VOIX D'IOKANAAN. Qui est celui qui vient d'Édom, qui vient de Bosra avec sa robe teinte de pourpre, qui éclate dans la beauté de ses vêtements, et qui marche avec une force toute-puissante ? Pourquoi vos vêtements sont-ils teints d'écarlate [1] ?

HÉRODIAS. Rentrons. La voix de cet homme m'exaspère. Je ne veux pas que ma fille danse pendant qu'il crie comme cela. Je ne veux pas qu'elle danse pendant que vous la regardez comme cela. Enfin, je ne veux pas qu'elle danse.

HÉRODE. Ne te lève pas, mon épouse, ma reine, c'est inutile. Je ne rentrerai pas avant qu'elle ait dansé. Dansez, Salomé, dansez pour moi.

HÉRODIAS. Ne dansez pas, ma fille.

SALOMÉ. Je suis prête, tétrarque.

Salomé danse la danse des sept voiles [2].

HÉRODE. Ah ! c'est magnifique, c'est magnifique ! Vous voyez qu'elle a dansé pour moi, votre fille. Approchez, Salomé ! Approchez, afin que je puisse vous donner votre salaire. Ah !

---

1. Isaïe 63, 1 : « Qui est-il donc celui qui arrive d'Édom, de Boçra en habits écarlates ? Il est magnifique en son vêtement. Il se redresse dans la plénitude de sa force. » Édom, voisin et ennemi d'Israël, représente les ennemis de Yahvé. Le héros triomphant décrit par Isaïe incarne le peuple juif victorieux. Wilde confond toutefois Bosra, ville de Transjordanie, et la Boçra d'Isaïe, qui était la capitale des rois d'Édom. 2. Cette danse est une invention de Wilde, l'Évangile se contentant de dire que la fille d'Hérodiade dansa pour Hérode.

je paie bien les danseuses, moi. Toi, je te paierai bien. Je te donnerai tout ce que tu voudras. Que veux-tu, dis ?

SALOMÉ, *s'agenouillant*. Je veux qu'on m'apporte présentement dans un bassin d'argent[1]...

HÉRODE, *riant*. Dans un bassin d'argent ? Mais oui, dans un bassin d'argent, certainement. Elle est charmante, n'est-ce pas ? Qu'est-ce que vous voulez qu'on vous apporte dans un bassin d'argent, ma chère et belle Salomé, vous qui êtes la plus belle de toutes les filles de Judée ? Qu'est-ce que vous voulez qu'on vous apporte dans un bassin d'argent ? Dites-moi. Quoi que cela puisse être, on vous le donnera. Mes trésors vous appartiennent. Qu'est-ce que c'est, Salomé ?

SALOMÉ, *se levant*. La tête d'Iokanaan.

HÉRODIAS. Ah ! c'est bien dit, ma fille.

HÉRODE. Non, non.

HÉRODIAS. C'est bien dit, ma fille.

HÉRODE. Non, non, Salomé. Vous ne me demandez pas cela. N'écoutez pas votre mère. Elle vous donne toujours de mauvais conseils. Il ne faut pas l'écouter[2].

SALOMÉ. Je n'écoute pas ma mère. C'est pour mon propre plaisir que je demande la tête d'Iokanaan dans un bassin d'argent. Vous avez juré, Hérode. N'oubliez pas que vous avez juré.

HÉRODE. Je le sais. J'ai juré par mes dieux. Je le sais bien. Mais je vous supplie, Salomé, de me demander autre chose. Demandez-moi la moitié de mon royaume, et je vous la donnerai. Mais ne me demandez pas ce que vous m'avez demandé.

SALOMÉ. Je vous demande la tête d'Iokanaan.

HÉRODE. Non, non, je ne veux pas.

SALOMÉ. Vous avez juré, Hérode.

HÉRODIAS. Oui, vous avez juré. Tout le monde vous a entendu. Vous avez juré devant tout le monde.

HÉRODE. Taisez-vous. Ce n'est pas à vous que je parle.

---

1. Matthieu 14, 8 et Marc 6, 25 mentionnent simplement « un plat ».
2. Wilde s'écarte des Évangiles qui soulignent la responsabilité d'Hérodiade. La Salomé de Wilde défend son désir propre.

HÉRODIAS. Ma fille a bien raison de demander la tête de cet homme. Il a vomi des insultes contre moi. Il a dit des choses monstrueuses contre moi. On voit qu'elle aime beaucoup sa mère. Ne cédez pas, ma fille. Il a juré, il a juré.

HÉRODE. Taisez-vous. Ne me parlez pas... Voyons, Salomé, il faut être raisonnable, n'est-ce pas ? N'est-ce pas qu'il faut être raisonnable ? Je n'ai jamais été dur avec vous. Je vous ai toujours aimée... Peut-être, je vous ai trop aimée. Ainsi, ne me demandez pas cela. C'est horrible, c'est épouvantable de me demander cela. Au fond, je ne crois pas que vous soyez sérieuse. La tête d'un homme décapité, c'est une chose laide, n'est-ce pas ? Ce n'est pas une chose qu'une vierge doive regarder. Quel plaisir cela pourrait-il vous donner ? Aucun. Non, non, vous ne voulez pas cela... Écoutez-moi un instant. J'ai une émeraude, une grande émeraude ronde que le favori de César m'a envoyée. Si vous regardiez à travers cette émeraude vous pourriez voir des choses qui se passent à une distance immense. César lui-même en porte une tout à fait pareille quand il va au cirque. Mais la mienne est plus grande. Je sais bien qu'elle est plus grande. C'est la plus grande émeraude du monde. N'est-ce pas que vous voulez cela ? Demandez-moi cela et je vous le donnerai [1].

SALOMÉ. Je demande la tête d'Iokanaan.

HÉRODE. Vous ne m'écoutez pas, vous ne m'écoutez pas. Enfin, laissez-moi parler, Salomé.

SALOMÉ. La tête d'Iokanaan.

HÉRODE. Non, non, vous ne voulez pas cela. Vous me dites cela seulement pour me faire de la peine, parce que je vous ai regardée pendant toute la soirée. Eh bien ! oui. Je vous ai regardée pendant toute la soirée. Votre beauté m'a troublé. Votre beauté m'a terriblement troublé, et je vous ai trop regardée. Mais je ne le ferai plus. Il ne faut regarder ni les choses ni les personnes. Il ne faut regarder que dans les

1. Les offres d'Hérode n'apparaissent pas dans l'Évangile. Les descriptions somptueuses faites par Hérode de ses trésors font penser à *Salammbô* et aux *Mille et Une Nuits*.

miroirs. Car les miroirs ne nous montrent que des masques... Oh ! oh ! du vin ! J'ai soif... Salomé, Salomé, soyons amis. Enfin, voyez... Qu'est-ce que je voulais dire ? Qu'est-ce que c'était ? Ah ! je m'en souviens !... Salomé ! Non, venez plus près de moi. J'ai peur que vous ne m'entendiez pas... Salomé, vous connaissez mes paons blancs, mes beaux paons blancs, qui se promènent dans le jardin entre les myrtes et les grands cyprès. Leurs becs sont dorés, et les grains qu'ils mangent sont dorés aussi, et leurs pieds sont teints de pourpre. La pluie vient quand ils crient, et quand ils se pavanent la lune se montre au ciel. Ils vont deux à deux entre les cyprès et les myrtes noirs et chacun a son esclave pour le soigner. Quelquefois ils volent à travers les arbres, et quelquefois ils couchent sur le gazon et autour de l'étang. Il n'y a pas dans le monde d'oiseaux si merveilleux. Il n'y a aucun roi du monde qui possède des oiseaux aussi merveilleux. Je suis sûr que même César ne possède pas d'oiseaux aussi beaux. Eh bien ! je vous donnerai cinquante de mes paons. Ils vous suivront partout, et au milieu d'eux vous serez comme la lune dans un grand nuage blanc... Je vous les donnerai tous. Je n'en ai que cent, et il n'y a aucun roi du monde qui possède des paons comme les miens, mais je vous les donnerai tous [1]. Seulement il faut me délier de ma parole et ne pas me demander ce que vous m'avez demandé.

Il vide la coupe de vin.

SALOMÉ. Donnez-moi la tête d'Iokanaan.

HÉRODIAS. C'est bien dit, ma fille ! Vous, vous êtes ridicule avec vos paons.

HÉRODE. Taisez-vous. Vous criez toujours. Vous criez comme une bête de proie. Il ne faut pas crier comme cela. Votre voix m'ennuie. Taisez-vous, je vous dis... Salomé, pensez à ce que vous faites. Cet homme vient peut-être de Dieu. Je suis sûr qu'il vient de Dieu. C'est un saint homme. Le doigt de Dieu

1. Le paon blanc symbolise, dans toutes les traditions, le soleil voire l'éternité.

l'a touché. Dieu a mis dans sa bouche des mots terribles. Dans le palais, comme dans le désert, Dieu est toujours avec lui... Au moins, c'est possible. On ne sait pas, mais il est possible que Dieu soit pour lui et avec lui. Aussi peut-être que s'il mourait, il m'arriverait un malheur. Enfin, il a dit que le jour où il mourrait, il arriverait un malheur à quelqu'un. Ce ne peut-être qu'à moi. Souvenez-vous, j'ai glissé dans le sang quand je suis entré ici. Aussi j'ai entendu un battement d'ailes gigantesques. Ce sont de très mauvais présages. Et il y en avait d'autres. Je suis sûr qu'il y en avait d'autres, quoique je ne les aie pas vus. Eh bien ! Salomé, vous ne voulez pas qu'un malheur m'arrive ? Vous ne voulez pas cela. Enfin, écoutez-moi.

SALOMÉ. Donnez-moi la tête d'Iokanaan.

HÉRODE. Vous voyez, vous ne m'écoutez pas. Mais soyez calme. Moi, je suis très calme. Je suis tout à fait calme. Écoutez. J'ai des bijoux cachés ici que même votre mère n'a jamais vus, des bijoux tout à fait extraordinaires. J'ai un collier de perles à quatre rangs. On dirait des lunes enchaînées de rayons d'argent. On dirait cinquante lunes captives dans un filet d'or. Une reine l'a porté sur l'ivoire de ses seins. Toi, quand tu le porteras, tu seras aussi belle qu'une reine. J'ai des améthystes de deux espèces. Une qui est noire comme le vin. L'autre qui est rouge comme du vin qu'on a coloré avec de l'eau. J'ai des topazes jaunes comme les yeux des tigres, et des topazes roses comme les yeux des pigeons, et des topazes vertes comme les yeux des chats. J'ai des opales qui brûlent toujours avec une flamme qui est très froide, des opales qui attristent les esprits et ont peur des ténèbres. J'ai des onyx semblables aux prunelles d'une morte. J'ai des sélénites qui changent quand la lune change, et deviennent pâles quand elles voient le soleil. J'ai des saphirs grands comme des œufs et bleus comme des fleurs bleues. La mer erre dedans, et la lune ne vient jamais troubler le bleu de ses flots. J'ai des chrysolithes et des béryls, j'ai des chrysoprases et des rubis, j'ai des sardonyx et des hyacinthes, et des chalcédoines, et je vous les donnerai tous, mais tous, et j'ajouterai d'autres choses. Le roi des Indes vient justement de m'envoyer quatre éventails faits de plumes de perroquet, et le roi de Numidie une robe faite de plumes d'autruche. J'ai un cristal qu'il n'est pas permis aux femmes de voir et que même les jeunes hommes ne doivent regarder qu'après avoir été flagellés de verges. Dans un coffret de nacre j'ai trois turquoises merveilleuses. Quand on les porte sur le front on peut imaginer des choses qui n'existent pas, et quand on les porte dans la main on peut rendre les femmes stériles. Ce sont des trésors de grande valeur. Ce sont des trésors sans prix. Et ce n'est pas tout. Dans un coffret d'ébène, j'ai deux coupes d'ambre qui ressemblent à des pommes d'or. Si un ennemi verse du poison dans ces coupes, elles deviennent comme des pommes d'argent. Dans un coffret incrusté d'ambre, j'ai des sandales incrustées de verre. J'ai des manteaux qui viennent du pays des Sères[1] et des bracelets garnis d'escarboucles et de jade qui viennent de la ville d'Euphrate[2]... Enfin, que veux-tu, Salomé ? Dis-moi ce que tu désires et je te le donnerai. Je te donnerai tout ce que tu demanderas, sauf une chose[3]. Je te donnerai tout ce que je possède, sauf une vie. Je te donnerai le manteau du grand prêtre. Je te donnerai le voile du sanctuaire.

LES JUIFS. Oh ! Oh !

SALOMÉ. Donnez-moi la tête d'Iokanaan.

HÉRODE, *s'affaissant sur son siège*. Qu'on lui donne ce qu'elle demande ! C'est bien la fille de sa mère !

Le premier soldat s'approche. Hérodias prend de la main du tétrarque la bague de la mort et la donne au soldat qui l'apporte immédiatement au bourreau. Le bourreau a l'air effaré.

Qui a pris ma bague ? Il y avait une bague à ma main droite.

---

1. La Chine, pays de la soie (en latin *serica*). 2. Babylone. 3. Cette restriction se trouve souvent dans les contes (par exemple à propos du cabinet interdit dans « La Barbe Bleue » de Perrault).

Qui a bu mon vin ! Il y avait du vin dans ma coupe. Elle était pleine de vin. Quelqu'un l'a bu ? Oh ! je suis sûr qu'il va arriver un malheur à quelqu'un.

Le bourreau descend dans la citerne.

Ah ! pourquoi ai-je donné ma parole ? Les rois ne doivent jamais donner leur parole. S'ils ne la gardent pas, c'est terrible. S'ils la gardent, c'est terrible aussi.

HÉRODIAS. Je trouve que ma fille a bien fait.

HÉRODE. Je suis sûr qu'il va arriver malheur.

SALOMÉ.

Elle se penche sur la citerne et écoute.

Il n'y a pas de bruit. Je n'entends rien. Pourquoi ne crie-t-il pas, cet homme ? Ah ! si quelqu'un cherchait à me tuer, je crierais, je me débattrais, je ne voudrais pas souffrir... Frappe, frappe, Naaman. Frappe, je te dis... Non. Je n'entends rien. Il y a un silence affreux. Ah ! quelque chose est tombé par terre. J'ai entendu quelque chose tomber. C'était l'épée du bourreau. Il a peur, cet esclave ! Il a laissé tomber son épée. Il n'ose pas le tuer. C'est un lâche, cet esclave ! Il faut envoyer des soldats.

Elle voit le page d'Hérodias et s'adresse à lui.

Viens ici. Tu as été l'ami de celui qui est mort, n'est-ce pas ? Eh bien, il n'y a pas eu assez de morts. Dites aux soldats qu'ils descendent et m'apportent ce que je demande, ce que le tétrarque m'a promis, ce qui m'appartient.

Le page recule. Elle s'adresse aux soldats.

Venez ici, soldats. Descendez dans cette citerne, et apportez-moi la tête de cet homme.

Les soldats reculent.

Tétrarque, tétrarque, commandez à vos soldats de m'apporter la tête d'Iokanaan.

Un grand bras noir, le bras du bourreau, sort de la citerne, apportant sur un bouclier d'argent la tête d'Iokanaan. Salomé la saisit. Hérode se cache le visage avec son manteau[1]*. Hérodias sourit et s'évente. Les Nazaréens s'agenouillent et commencent à prier.*

Ah ! tu n'as pas voulu me laisser baiser ta bouche, Iokanaan. Eh bien, je la baiserai maintenant. Je la mordrai avec mes dents, comme on mord un fruit mûr. Oui, je baiserai ta bouche, Iokanaan. Je te l'ai dit, n'est-ce pas ? Je te l'ai dit. Eh bien, je la baiserai maintenant... Mais pourquoi ne me regardes-tu pas, Iokanaan ? Tes yeux qui étaient si terribles, qui étaient si pleins de colère et de mépris, ils sont fermés maintenant. Pourquoi sont-ils fermés ? Ouvre tes yeux ! Soulève tes paupières, Iokanaan. Pourquoi ne me regardes-tu pas ? As-tu peur de moi, Iokanaan, que tu ne veux pas me regarder ?... Et ta langue qui était comme un serpent rouge dardant des poisons, elle ne remue plus, elle ne dit rien maintenant, Iokanaan, cette vipère rouge qui a vomi son venin sur moi. C'est étrange, n'est-ce pas ? Comment se fait-il que la vipère rouge ne remue plus ?... Tu n'as pas voulu de moi, Iokanaan. Tu m'as rejetée. Tu m'as dit des choses infâmes. Tu m'as traitée comme une courtisane, comme une prostituée, moi, Salomé, fille d'Hérodias, princesse de Judée ! Eh bien, Iokanaan, moi je vis encore, mais toi tu es mort et ta tête m'appartient. Je puis en faire ce que je veux. Je puis la jeter aux chiens et aux oiseaux de l'air[2]. Ce que laisseront les chiens, les oiseaux de l'air le mangeront... Ah ! Iokanaan, tu as été le seul homme que j'aie aimé. Tous les autres hommes m'inspirent du dégoût. Mais toi, tu étais beau. Ton corps était une colonne d'ivoire sur un socle d'argent. C'était un jardin plein de colombes et de lys d'argent. C'était une tour d'argent ornée de boucliers d'ivoire. Il n'y

---

1. Marque de terreur sacrée. **2.** Ce sort est réservé aux êtres infâmes ; voir la prophétie d'Elie (I Rois 21, 23) : « Les chiens dévoreront Jézabel près de l'avant-mur de Yizréel » ; Jézabel fut précipitée d'une fenêtre et on ne retrouva de son corps que ce qui fut laissé par les chiens : « le crâne, les pieds et les paumes des mains » (II Rois 9, 35).

avait rien au monde d'aussi blanc que ton corps. Il n'y avait rien au monde d'aussi noir que tes cheveux. Dans le monde tout entier, il n'y avait rien d'aussi noir que ta bouche. Ta voix était un encensoir qui répandait d'étranges parfums, et quand je te regardais j'entendais une musique étrange ! Ah ! pourquoi ne m'as-tu pas regardée, Iokanaan ? Derrière tes mains et tes blasphèmes tu as caché ton visage. Tu as mis sur tes yeux le bandeau de celui qui veut voir son Dieu. Eh bien, tu l'as vu, ton Dieu, Iokanaan, mais moi, moi... tu ne m'as jamais vue. Si tu m'avais vue, tu m'aurais aimée. Moi je t'ai vu, Iokanaan, et je t'ai aimé. Je t'aime encore, Iokanaan. Je n'aime que toi... J'ai soif de ta beauté. J'ai faim de ton corps. Et ni le vin ni les fruits ne peuvent apaiser mon désir [1]. Que ferai-je, Iokanaan, maintenant ? Ni les fleuves ni les grandes eaux ne pourraient éteindre ma passion. J'étais une princesse, tu m'as dédaignée. J'étais une vierge, tu m'as déflorée. J'étais chaste, tu as rempli mes veines de feu... Ah ! ah ! pourquoi ne m'as-tu pas regardée, Iokanaan ? Si tu m'avais regardée, tu m'aurais aimée. Je sais bien que tu m'aurais aimée, et le mystère de l'amour est plus grand que le mystère de la mort [2]. Il ne faut regarder que l'amour.

HÉRODE. Elle est monstrueuse, ta fille, elle est tout à fait monstrueuse. Enfin, ce qu'elle a fait est un grand crime. Je suis sûr que c'est un crime contre un dieu inconnu.

HÉRODIAS. J'approuve ce que ma fille a fait [3], et je veux rester ici maintenant.

HÉRODE, *se levant*. Ah ! l'épouse incestueuse qui parle ! Viens ! Je ne veux pas rester ici. Viens, je te dis. Je suis sûr qu'il va arriver un malheur. Manassé, Issachar, Ozias, éteignez les flambeaux. Je ne veux pas regarder les choses. Je ne veux

---

1. Cantique des Cantiques 8, 7 : « Les grandes eaux ne peuvent éteindre l'Amour. » **2.** Cantique des Cantiques 8, 6 : « L'Amour est fort comme la Mort » ; voir aussi *Le Fantôme des Canterville* (« L'Amour est plus fort que la Mort ».). **3.** Parodie de la parole de Dieu : « Celui-ci est mon Fils, le Bien-Aimé, qui a toute ma faveur » (Matthieu 3, 17 et 17, 5 ; Marc 1, 11 ; Luc 3, 22).

pas que les choses me regardent. Éteignez les flambeaux. Cachez la lune ! Cachez les étoiles ! Cachons-nous dans notre palais, Hérodias. Je commence à avoir peur [1].

Les esclaves éteignent les flambeaux. Les étoiles disparaissent. Un grand nuage noir passe devant la lune et la cache complètement. La scène devient tout à fait sombre. Le tétrarque commence à monter l'escalier.

LA VOIX DE SALOMÉ. Ah ! j'ai baisé ta bouche, Iokanaan, j'ai baisé ta bouche. Il y avait une âcre saveur sur tes lèvres. Était-ce la saveur du sang ?... Mais peut-être est-ce la saveur de l'amour. On dit que l'amour a une âcre saveur... Mais qu'importe ? Qu'importe ? J'ai baisé ta bouche, Iokanaan, j'ai baisé ta bouche.

Un rayon de lune tombe sur Salomé et l'éclaire.

HÉRODE, *se retournant et voyant Salomé.*

Aux soldats.

Tuez cette femme [2] !

Les soldats s'élancent et écrasent sous leurs boucliers Salomé, fille d'Hérodias, princesse de Judée.

RIDEAU.

---

1. Allusion à l'ordre donné par Othello alors qu'il est sur le point d'étrangler sa femme Desdémone (*Othello*, acte V, sc. 2, v. 7) : « Éteignez la lumière, éteignez la lumière ». Par ailleurs, les ténèbres symbolisent le mal, le châtiment et la mort (Job 18, 6 et 18 ; Amos 5, 18) ; à la mort de Jésus, « il y eut des ténèbres sur toute la terre » (Matthieu 27, 45). **2.** La mise à mort de Salomé par Hérode est une invention de Wilde.

L'ÉVENTAIL DE LADY WINDERMERE

À

LA CHÈRE MÉMOIRE

DE

ROBERT, COMTE DE LYTTON

en témoignage d'affection et d'admiration.[1]

1. Robert Bulwer (1831-1891), poète et diplomate.

PERSONNAGES

LORD WINDERMERE[1].
LORD DARLINGTON.
LORD AUGUSTUS LORTON.
MR. DUMBY.
MR. CECIL GRAHAM.
MR. HOPPER.
PARKER, valet de pied.
LADY WINDERMERE.
LA DUCHESSE DE BERWICK.
LADY AGATHA CARLISLE.
LADY PLYMDALE.
LADY STUTFIELD.
LADY JEDBURGH.
MRS. COWPER-COWPER.
MRS. ERLYNNE.
ROSALIE, femme de chambre.

De nos jours, à Londres.

L'action se déroule en 24 heures, commençant le mardi après-midi à 5 heures et finissant, le lendemain, à 1 heure et demie après-midi[2].

---

1. Ce personnage tire son nom du lac de Windermere, situé dans la Région des Lacs, ou Lake District, au nord-ouest de l'Angleterre. Wilde y séjournait alors qu'il commençait à rédiger sa pièce. **2.** Wilde respecte les unités de temps et de lieu recommandées par Aristote dans sa *Poétique*.

ACTE PREMIER

Le fumoir de Lord Windermere dans son hôtel à Carlton House Terrace[1]*. Portes au fond et à droite. Un bureau chargé de livres et de papiers à droite. À gauche, un canapé et une petite table à thé. À gauche, porte-fenêtre s'ouvrant sur la terrasse. Table à droite. Lady Windermere, près de la table à droite, dispose des roses dans un vase bleu. Parker entre.*

PARKER. Milady est-elle chez elle cet après-midi ?

LADY WINDERMERE. Oui. Qui est là ?

PARKER. Lord Darlington, Milady.

LADY WINDERMERE, *elle hésite un instant*. Priez-le d'entrer. Je suis chez moi pour tous ceux qui me demanderont.

PARKER. Bien, Milady.

Il sort au fond.

LADY WINDERMERE. Il vaut mieux que je le voie avant ce soir. Je suis bien aise qu'il soit venu.

Parker entre au fond.

PARKER. Lord Darlington !

Lord Darlington entre par la porte du fond. Parker sort.

LORD DARLINGTON. Comment vous portez-vous, Lady Windermere ?

---

1. Adresse londonienne prestigieuse.

LADY WINDERMERE. Comment vous portez-vous, Lord Darlington ?... Non, je ne peux pas vous serrer la main. Ces roses les ont toutes mouillées. Ne sont-elles pas délicieuses ? Elles me sont arrivées de Selby, ce matin [1].

LORD DARLINGTON. Elles sont tout à fait charmantes. *(Voyant un éventail sur la table.)* Ah ! le merveilleux éventail ! Me permettez-vous de le regarder ?

LADY WINDERMERE. À votre aise, Il est joli, n'est-ce pas ? On a même mis mon nom dessus. Je ne fais que de le recevoir. C'est un cadeau de mon mari pour mon anniversaire. Vous savez, c'est mon anniversaire aujourd'hui ?

LORD DARLINGTON. Ah ! vraiment ?

LADY WINDERMERE. Oui, je suis majeure aujourd'hui [2]. C'est un jour important dans ma vie, n'est ce pas ? C'est pour cela que je donne une réception ce soir... Asseyez-vous donc.

Elle continue à disposer ses fleurs.

LORD DARLINGTON, *s'asseyant*. Je regrette de n'avoir pas su que c'était votre anniversaire, Lady Windermere. J'aurais jonché toute la rue de fleurs devant votre maison, pour que vous les fouliez aux pieds.

Un court silence.

LADY WINDERMERE. Lord Darlington, vous m'avez ennuyée, la nuit dernière, aux Affaires étrangères. Je crains que vous ne soyez sur le point de recommencer à m'ennuyer.

LORD DARLINGTON. Moi, Lady Windermere ?

Parker et un laquais entrent au fond avec un plateau et le service à thé.

LADY WINDERMERE. Mettez cela ici, Parker. C'est bien. *(Elle essuie ses mains à son mouchoir, va à la table à thé à gauche et s'assoit.)* Venez-vous, Lord Darlington ?

Parker sort au fond.

---

1. C'est également à Selby, dans le Yorkshire, que Dorian Gray possède une maison de campagne. 2. Elle a donc vingt et un ans.

LORD DARLINGTON. *Il prend une chaise et vient s'asseoir au fond à gauche.* Je suis désespéré, Lady Windermere. Il faut que vous me disiez quel est mon crime.

Il se rapproche de la table à thé.

LADY WINDERMERE. Voilà... Vous m'avez accablée de compliments pendant toute la soirée.

LORD DARLINGTON, *souriant.* Oh ! nous sommes maintenant tous tellement à sec que la seule dette qu'il puisse nous plaire de payer, ce sont les compliments. C'est la seule dont nous puissions nous acquitter.

LADY WINDERMERE, *secouant la tête.* Non, je parle très sérieusement. Il ne faut pas rire. Je suis tout à fait sérieuse. Je n'aime pas les compliments. Je ne vois pas pourquoi un homme peut penser plaire énormément à une femme quand il lui dit un tas de choses dont il ne pense pas le moindre mot.

LORD DARLINGTON. Ah !... Mais c'est que je les pense.

Il prend la tasse à thé qu'elle lui tend.

LADY WINDERMERE, *gravement.* Je souhaite que non. Je serais désolée de me brouiller avec vous, Lord Darlington. Je vous aime beaucoup, vous le savez, mais je ne vous aimerais plus du tout si je pensais que vous êtes comme la plupart des autres hommes. Croyez-moi, vous valez bien mieux qu'eux et je pense parfois que vous faites semblant d'être pire.

LORD DARLINGTON. Lady Windermere, nous avons tous nos petites vanités.

LADY WINDERMERE. Pourquoi faites-vous spécialement la vôtre de celle-là ?

Elle s'assied à la table à gauche.

LORD DARLINGTON, *toujours assis à gauche au fond.* Oh ! aujourd'hui, il y a dans la société tant de gens fats qui ont la prétention d'être bons, qu'il me semble bien plus modeste, bien plus savoureux, de prétendre être mauvais. En outre, on peut dire que, si vous prétendez être bon, le monde vous prend tout à fait au sérieux et que si vous prétendez être mauvais, il n'a garde de le faire. C'est là l'étonnante stupidité de l'optimisme.

LADY WINDERMERE. Alors, vous ne vous souciez pas que le monde vous prenne au sérieux, Lord Darlington ?

LORD DARLINGTON. Non, pas le monde. Et quels sont les gens que le monde prend au sérieux ! Tous les fâcheux possibles, depuis les évêques jusqu'aux raseurs. J'aimerais que *vous*, vous me preniez tout à fait au sérieux, Lady Windermere, *vous* plus que toute autre au monde.

LADY WINDERMERE. Moi, pourquoi moi ?

LORD DARLINGTON, *après une légère hésitation*. Parce que je pense que nous pourrions être de très bons amis... Soyons de très bons amis... Un jour, vous pouvez avoir besoin d'un ami...

LADY WINDERMERE. Pourquoi dites-vous cela ?

LORD DARLINGTON. Oh !... Tous, nous avons besoin d'un ami à un moment donné.

LADY WINDERMERE. Je crois que nous sommes déjà de très bons amis, Lord Darlington. Nous pouvons toujours demeurer tels, tant que vous ne...

LORD DARLINGTON. Que je ne ?...

LADY WINDERMERE. Que vous ne gâterez rien en me disant d'extravagantes folies. Vous me trouvez puritaine, j'imagine ? Soit, j'ai en moi quelque chose de puritain. J'ai été élevée de la sorte et j'en suis bien aise. Ma mère est morte quand je n'étais qu'une enfant. J'ai toujours vécu avec Lady Julia,... la sœur aînée de mon père, vous savez. Elle était sévère avec moi, mais elle m'a appris que le monde oublie la différence qu'il y a entre le bien et le mal. Elle n'admettait aucun compromis, *elle*. Moi non plus, je n'en admets aucun.

LORD DARLINGTON. Ma chère Lady Windermere !

LADY WINDERMERE, *s'adossant au canapé*. Vous trouvez que je suis une femme d'un autre âge... Eh bien, soit ! je la suis. Je serais fâchée d'être en phase avec une époque comme celle-ci...

LORD DARLINGTON. Vous trouvez notre époque bien mauvaise ?

LADY WINDERMERE. Oui. Aujourd'hui, on semble considérer la

vie comme une spéculation. Ce n'est pas une spéculation, c'est un sacrement. Son idéal, c'est l'amour. Sa purification c'est le sacrifice.

LORD DARLINGTON, *souriant*. Oh ! tout vaut mieux que d'être sacrifié.

LADY WINDERMERE, *se penchant en avant*. Ah ! ne dites pas cela.

LORD DARLINGTON. Je le dis, je le sens, je le sais.

Parker entre par la porte au fond.

PARKER. Les ouvriers demandent s'ils doivent placer les tapis sur la terrasse pour ce soir, Milady.

LADY WINDERMERE. Pensez-vous qu'il pleuvra, Lord Darlington, dites.

LORD DARLINGTON. Je ne puis pas entendre parler de pluie, le jour de votre anniversaire.

LADY WINDERMERE. Dites-leur de les placer tout de suite, Parker.

Parker sort au fond.

LORD DARLINGTON, *toujours assis*. Pensez-vous alors, bien entendu ce n'est là qu'une hypothèse, pensez-vous que dans le cas d'un jeune ménage, un jeune ménage marié depuis deux ans, par exemple, si le mari devient, tout à coup, l'intime ami d'une femme de... enfin, d'un caractère plus que douteux, s'il va la voir sans cesse, s'il déjeune avec elle, si probablement il paie ses dépenses... pensez-vous que la femme ne doive pas chercher des consolations ?

LADY WINDERMERE, *fronçant les sourcils*. Chercher des consolations ?

LORD DARLINGTON. Oui, je pense qu'elle se consolera... Je pense qu'elle en a le droit.

LADY WINDERMERE. Parce que le mari est vil, la femme doit-elle l'être aussi ?

LORD DARLINGTON. Vil, Lady Windermere ! C'est là un mot bien terrible.

LADY WINDERMERE. C'est la chose qui est terrible, Lord Darlington.

LORD DARLINGTON. Voyez-vous, j'ai peur que les gens honnêtes ne fassent beaucoup de mal en ce monde. À coup sûr, le plus grand mal qu'ils font, c'est de donner une importance extraordinaire à ce qui est mauvais. Il est absurde de diviser les gens en honnêtes et malhonnêtes. Les gens sont charmants ou ennuyeux. Je me range du côté des gens charmants et vous, Lady Windermere, vous ne pouvez manquer d'en faire partie.

LADY WINDERMERE. Allons, Lord Darlington ! *(Elle se lève et traverse à droite devant lui.)* Restez assis. Je vais simplement finir de disposer mes fleurs.

Elle va à la table au fond à droite.

LORD DARLINGTON. *Il se lève et repousse sa chaise*. Et je dois dire que je vous trouve bien sévère pour la vie moderne. Je l'admets, il y a certainement beaucoup à dire contre elle. Beaucoup de femmes, par exemple, de nos jours, sont par trop vénales.

LADY WINDERMERE. Oh ! ne me parlez pas de pareilles gens !

LORD DARLINGTON. Eh bien ! si nous mettons de côté les femmes vénales, qui, évidemment, sont abominables, pensez-vous sérieusement que celles qui ont commis ce que le monde appelle une faute, ne doivent jamais être pardonnées ?

LADY WINDERMERE, *debout près de la table*. Je pense qu'elles ne doivent jamais être pardonnées.

LORD DARLINGTON. Oh ! pas possible ! Trouvez-vous qu'il doive y avoir les mêmes lois pour les hommes et pour les femmes ?

LADY WINDERMERE. À coup sûr !

LORD DARLINGTON. Je pense que la vie est une chose trop complexe pour être assujettie à ces règles dures et précises.

LADY WINDERMERE. Si nous adoptions ces *règles dures et précises*, nous trouverions la vie beaucoup plus simple.

LORD DARLINGTON. Vous n'admettez pas d'exceptions.

LADY WINDERMERE. Aucune.

LORD DARLINGTON. Oh ! quelle séduisante puritaine vous êtes, Lady Windermere !

LADY WINDERMERE. Il n'était aucun besoin du qualificatif, Lord Darlington.

LORD DARLINGTON. Je n'ai pu le taire. Je peux résister à tout, sauf à la tentation.

LADY WINDERMERE. Vous prenez aussi la pose moderne de la faiblesse.

LORD DARLINGTON. *Il la regarde*. Oh ! ce n'est qu'une pose, Lady Windermere.

Parker entre au fond.

PARKER. La duchesse de Berwick et Lady Agatha Carlisle !

La Duchesse de Berwick et Lady Agatha Carlisle entrent par le fond, Parker sort au fond.

LA DUCHESSE DE BERWICK, *elle s'avance et tend la main à Lady Windermere*. Ma chère Margaret, je suis si heureuse de vous voir. Vous vous souvenez d'Agatha, n'est-ce pas ? *(Traversant à gauche, au fond.)* Comment allez-vous, Lord Darlington ? Je ne veux pas vous présenter à ma fille. Vous êtes un trop mauvais sujet.

LORD DARLINGTON. Oh ! ne dites pas cela, Duchesse. Comme mauvais sujet, je suis tout à fait raté. Eh oui ! Il y a même des tas de gens qui disent que je n'ai rien fait de mal dans tout le cours de ma vie. Bien entendu, ils ne parlent ainsi que derrière mon dos [1].

LA DUCHESSE DE BERWICK. N'est-ce pas épouvantable ? Agatha, voici Lord Darlington. Souvenez-vous de ne pas croire un mot de ce qu'il dit. *(Lord Darlington passe à droite au fond.)* Non, pas de thé, je vous remercie, ma chère. *(Elle traverse et s'assied sur le canapé.)* Nous venons d'en prendre chez Lady Markley. Oh ! quel thé exécrable ! Il est tout à fait imbuvable. Je n'en suis nullement surprise. C'est son gendre qui le lui fournit... Agatha est vraiment folle de joie à la pensée de votre bal de ce soir, Lady Windermere.

LADY WINDERMERE, *assise à gauche*. Oh ! Duchesse, n'appelez pas cela un bal. Ce n'est qu'une soirée en l'honneur de mon

1. Ce mot, qui plaît à Wilde, apparaît également dans la bouche de Lord Henry (*Le Portrait de Dorian Gray*) et dans celle de Lord Illingworth (*Une femme sans importance*).

anniversaire. Il y aura peu de monde et on se retirera de bonne heure.

LORD DARLINGTON, *debout à gauche au fond*. Très peu de monde, de très bonne heure, et très sélect, Duchesse !

LA DUCHESSE DE BERWICK, *sur le canapé à gauche*. Naturellement, ce sera très sélect. Mais, nous y sommes habituées, ma chère Margaret, quand il s'agit de votre maison. C'est en réalité une des rares maisons de Londres, où je puisse mener Agatha et où je me sente tout à fait rassurée au sujet de ce pauvre Berwick. Ah ! je ne sais où va la société. On trouve partout les gens les plus abominables. Il en vient certainement à mes réceptions, — les hommes sont furieux si on évite de les inviter. Vraiment, on devrait faire une campagne contre cela.

LADY WINDERMERE. Je la ferai, Duchesse. Je ne recevrai dans mes salons personne autour de qui il y ait eu quelque scandale.

LORD DARLINGTON, *à droite au fond*. Oh ! ne dites pas cela, Lady Windermere. Je ne serais plus reçu chez vous.

Il s'assied.

LA DUCHESSE DE BERWICK. Oh ! pour les hommes, ça n'a pas d'importance. Pour les femmes, c'est différent. Nous sommes des femmes honnêtes. Du moins, quelques-unes le sont, mais vraiment, on nous pousse trop du coude dans les coins. Nos maris oublieraient vraiment notre existence, si nous ne tirions pas parfois sur leurs brides, tout juste pour leur rappeler que nous avons le droit strict de le faire.

LORD DARLINGTON. C'est une chose curieuse, Duchesse, en matière de mariage, — un jeu, par parenthèse, qui est en train de passer de mode, — les femmes ont tous les honneurs et perdent invariablement l'enjeu.

LA DUCHESSE DE BERWICK. Perdent l'enjeu ? Est-ce le mari, Lord Darlington ?

LORD DARLINGTON. Ce serait un nom bien trop beau pour le mari moderne.

LA DUCHESSE DE BERWICK. Mon cher Lord Darlington, que vous êtes atrocement dépravé !

LADY WINDERMERE. Lord Darlington est léger.

LORD DARLINGTON. Oh ! ne dites pas cela, Lady Windermere.

LADY WINDERMERE. Pourquoi donc parlez-vous de la vie de façon si libertine ?

LORD DARLINGTON. Parce que je trouve que la vie est une chose bien trop importante pour qu'on en parle jamais sérieusement.

Il fait quelques pas vers le fond.

LA DUCHESSE DE BERWICK. Que veut-il dire ? Par concession pour ma faible intelligence, Lord Darlington, voudriez-vous m'expliquer ce que vous avez voulu dire au juste ?

LORD DARLINGTON, *revenant près de la table*. Je crois que je ferais mieux de me taire, Duchesse. Être intelligible, aujourd'hui, c'est se démasquer. Au revoir. *(Il serre la main de la Duchesse.)* Et maintenant. *(Il remonte la scène.)* Au revoir, Lady Windermere. Puis-je revenir ce soir ? Le puis-je ? Me le permettez-vous ?

LADY WINDERMERE, *debout sur le devant de la scène avec Lord Darlington.*

Oui, bien sûr. Mais vous n'allez pas dire aux gens des folies que vous ne pensez pas.

LORD DARLINGTON, *souriant*. Ah ! vous commencez à me corriger. C'est une chose bien dangereuse que d'entreprendre de réformer quelqu'un, Lady Windermere.

Il salue et sort au fond.

LA DUCHESSE DE BERWICK, *qui s'est levée et va au fond*. Quel charmant mauvais sujet ! Je l'aime tant ! Je suis enchantée qu'il soit parti !... Comme vous êtes délicieuse, aujourd'hui ! Où faites-vous faire vos robes ?... Et maintenant, il faut que je vous dise combien je suis désolée pour vous, ma chère Margaret. *(Elle va en direction du canapé et s'assied près de Lady Windermere.)* Agatha, ma chérie !...

LADY AGATHA. Oui, maman.

Elle se lève.

LA DUCHESSE DE BERWICK. Allez regarder l'album de photographies que je vois là.
LADY AGATHA. Oui, maman.

Elle va vers la table à gauche.

LA DUCHESSE DE BERWICK. Cette chère enfant ! Elle aime tant les photographies de la Suisse. C'est un goût bien pur, à mon sens... Je suis réellement désolée pour vous, Margaret.
LADY WINDERMERE, *souriante*. Pourquoi, Duchesse ?
LA DUCHESSE DE BERWICK. Oh ! à cause de cette horrible femme ! Elle s'habille si bien, ce qui rend les choses encore pires et donne un si épouvantable exemple. Augustus, mon frère qui, vous le savez, a une si mauvaise réputation, qui est pour nous tous une si pénible épreuve, eh bien ! Augustus en est tout à fait entiché. C'est invraisemblable, car cette femme est absolument inadmissible dans la société. Bien des femmes ont un passé [1]. Mais on dit qu'elle en a au moins une douzaine et ils concordent tous.
LADY WINDERMERE. Mais de qui donc parlez-vous, Duchesse ?
LA DUCHESSE DE BERWICK. De Mrs. Erlynne.
LADY WINDERMERE. Mrs. Erlynne, c'est la première fois que j'entends ce nom, Duchesse. Et qu'a-t-elle à faire avec moi ?
LA DUCHESSE DE BERWICK. Ma pauvre enfant !... Agatha, ma chérie !
LADY AGATHA. Oui, maman.
LA DUCHESSE DE BERWICK. Allez donc sur la terrasse regarder le coucher du soleil.
LADY AGATHA. Oui, maman.

Elle sort par la porte-fenêtre à gauche.

LA DUCHESSE DE BERWICK. La charmante fille ! Elle admire tant les couchers de soleil ! Cela atteste des sentiments raffinés, n'est-ce pas ? Après tout, il n'y a rien qui vaille la nature, n'est-ce pas ?

---

1. Ce type de personnage, « la femme qui a un passé », c'est-à-dire un secret généralement scandaleux, est l'un des stéréotypes du théâtre bourgeois de l'époque victorienne.

LADY WINDERMERE. Mais, qu'y a-t-il, Duchesse ? Pourquoi me parlez-vous de cette personne ?

LA DUCHESSE DE BERWICK. Ne le savez-vous vraiment pas ? Je vous assure que nous en avons tous été très malheureux. La nuit dernière encore, chez cette chère Lady Jansen, tout le monde disait combien il était extraordinaire que Windermere, entre tous les hommes de Londres, se conduisît de cette façon-là.

LADY WINDERMERE. Mon mari. Et qu'a-t-il à faire avec une femme de cette sorte ?

LA DUCHESSE DE BERWICK. Ce qu'il a à faire, ma chère, c'est là le point délicat. Il va la voir continuellement. Il reste parfois des heures chez elle. Pendant qu'il est là, elle ne reçoit personne. Ce n'est pas que beaucoup de dames aillent la voir, ma chère, mais elle a beaucoup d'amis masculins, des hommes de méchante réputation, mon frère particulièrement, comme je vous le disais, et c'est ce qui rend la chose si épouvantable pour Windermere. Nous le considérions comme un mari modèle, mais je crains qu'il n'y ait plus aucun doute à ce sujet. Mes chères nièces, vous connaissez les Saville, n'est-ce pas ? Des femmes d'intérieur, — ternes, horriblement ternes, mais si bonnes ! — eh bien ! elles sont toujours à la fenêtre en train de faire des ouvrages d'agrément, ou à coudre de ces vilaines choses pour les pauvres, ce que je trouve si utile par ces abominables temps de socialisme. Cette terrible femme s'est installée dans une maison de Curzon Street, juste en face d'elles. Une rue si respectable ! Je ne sais pas où nous en viendrons ! Et elles me disent que Windermere va là trois ou quatre fois par semaine. Elles le *voient*. Elles ne peuvent pas éviter de le voir, et bien qu'elles ne parlent jamais des scandales, elles... naturellement, elles en ont fait la remarque à tout le monde. Le pire de tout, c'est qu'on m'a raconté que cette femme soutirait beaucoup d'argent à quelqu'un, car, il paraît qu'elle est arrivée à Londres, il y a environ six mois, n'ayant absolument rien pour ainsi dire et, maintenant, elle a une charmante maison dans Mayfair. Tous les après-midi, elle monte à cheval dans le Parc[1] et tout cela, eh bien ! tout cela, depuis qu'elle a fait la connaissance de ce pauvre cher Windermere.

LADY WINDERMERE. Oh ! je ne puis pas croire pareille chose.

LA DUCHESSE DE BERWICK. Mais, c'est la pure vérité, ma chère, tout Londres sait cela. C'est pourquoi j'ai estimé qu'il valait mieux venir vous en parler. Je vous conseille d'emmener Windermere tout de suite à Homburg ou à Aix[2] où il aura de quoi s'amuser et où vous pourrez le surveiller tout le long du jour. Je vous assure, ma chère, que bien des fois, depuis mon mariage, j'ai dû feindre d'être très malade, j'ai été obligée de boire les eaux minérales les plus déplaisantes, simplement pour emmener Berwick hors de Londres. C'est un homme si facile à prendre. Cependant, je suis forcée de dire qu'il n'a jamais donné de fortes sommes à personne. Il a des principes trop élevés pour ça.

LADY WINDERMERE, *l'interrompant*. Duchesse, Duchesse, c'est impossible ! *(Elle se lève et traverse la scène vers le fond.)* Il n'y a que deux ans que nous sommes mariés. Notre enfant n'a que six mois.

Elle s'assied sur une chaise à droite de la table de gauche.

LA DUCHESSE DE BERWICK. Ah ! ce cher bébé ! Comment va ce petit chéri ? Est-ce un garçon ou une fille ? J'espère que c'est une fille. Ah ! non, je me souviens que c'est un garçon. Je le regrette. Les garçons sont si mauvais sujets. Le mien est tout à fait immoral. Vous ne croiriez pas à quelle heure il rentre à la maison, et il y a seulement quelques mois qu'il est sorti d'Oxford. Je ne sais vraiment pas ce qu'ils apprennent là.

LADY WINDERMERE. *Tous* les hommes sont-ils mauvais ?

LA DUCHESSE DE BERWICK. Oh ! tous, tous sans exception, ma chère. Et, ils ne deviennent jamais meilleurs. Les hommes deviennent vieux, mais ils ne deviennent jamais bons.

---

1. Hyde Park. **2.** Stations thermales à la mode, l'une en Allemagne près de Francfort, l'autre en France. Wilde séjourna à Homburg en juillet 1892.

LADY WINDERMERE. Windermere et moi, nous sommes mariés par amour.

LA DUCHESSE DE BERWICK. Oui, c'est ainsi que nous commençons, c'est seulement par ses menaces incessantes et brutales de suicide que Berwick m'a contrainte à accepter sa main et, avant que l'année fût écoulée, il courait après toutes sortes de jupons, de toutes les couleurs, de toutes les formes, de toutes les étoffes. Enfin, bref, avant la fin de la lune de miel, je l'avais surpris faisant de l'œil à ma femme de chambre, une très jolie et très estimable fille. Je l'ai renvoyée, illico, sans certificat [1]... Non, je me souviens que je l'ai passée à ma sœur. Ce pauvre cher Sir George est myope ! Je pensais qu'il n'y aurait point d'inconvénient mais il y en a eu et ça a été bien malheureux. *(Elle se lève.)* Et maintenant, ma chère enfant, il faut que je m'en aille, car nous dînons en ville. Surtout, ne prenez pas trop à cœur ce petit égarement de Windermere. Emmenez-le là-bas et il vous reviendra tout droit.

LADY WINDERMERE. Il me reviendra ?

Elle accompagne la Duchesse vers le fond.

LA DUCHESSE DE BERWICK, *au fond à gauche*. Oui, ma chère, ces vilaines femmes nous prennent nos maris, mais ils nous reviennent toujours, naturellement un peu endommagés. Surtout, ne faites pas de scènes. Les hommes détestent les scènes.

LADY WINDERMERE. Ç'a été bien de la bonté de votre part, Duchesse, de venir me dire tout ceci. Mais, je ne puis croire que mon mari me soit infidèle.

LA DUCHESSE DE BERWICK. Chère enfant, j'étais comme vous autrefois. Maintenant, je sais que tous les hommes sont des monstres. *(Lady Windermere sonne.)* La seule chose à faire, c'est de les bien nourrir, les gredins. Un bon cuisinier fait des merveilles et je sais que vous avez un bon cuisinier. Ma chère Margaret, vous n'allez pas pleurer.

---

1. La femme de chambre ne pouvait ainsi trouver d'autre emploi.

LADY WINDERMERE. Ne craignez rien, Duchesse. Je ne pleure jamais.

LA DUCHESSE DE BERWICK. À la bonne heure, ma chère. Pleurer, c'est le refuge des laiderons, mais la ruine des jolies femmes. Agatha, ma chérie ?

LADY AGATHA, *entrant à gauche*. Oui, maman.

Elle se tient près de la table à gauche au fond.

LA DUCHESSE DE BERWICK. Venez prendre congé de Lady Windermere et la remercier de son charmant accueil. *(Revenant sur ses pas.)* Et, par parenthèse, je dois vous remercier d'avoir envoyé une invitation à Mr. Hopper[1]. C'est ce riche jeune Australien dont on parle tant en ce moment. Son père a fait une grosse fortune en vendant je ne sais quoi, dans des boîtes de fer-blanc rondes, quelque chose de très agréable au goût, je crois. J'imagine que ce sont ces conserves que les domestiques refusent toujours de manger... Mais le fils est tout à fait intéressant. Je crois qu'il est attiré par la conversation spirituelle de ma chère Agatha. Bien entendu, nous serions au regret de la perdre, mais je trouve qu'une mère qui ne songe pas à se séparer de sa fille à chaque saison, n'a pas pour elle une réelle affection. Nous viendrons ce soir, ma chère. *(Parker ouvre la porte au fond.)* Et n'oubliez pas mon conseil, emmenez tout de suite ce pauvre garçon hors de Londres : c'est la seule chose à faire. Une fois encore au revoir... Venez, Agatha.

La Duchesse et Lady Agatha sortent au fond.

LADY WINDERMERE. C'est affreux ! Je comprends maintenant ce que voulait dire Lord Darlington avec sa supposition d'un ménage qui n'a pas encore deux ans de mariage. Oh ! ça ne peut pas être vrai... Elle parle d'énormes sommes d'argent versées à cette femme... Je sais où Arthur garde son carnet de chèques, dans un des tiroirs de ce bureau. Je puis me

---

1. Ce nom est une plaisanterie puisque « hopper » désigne un animal qui se déplace en sautant, comme, par exemple, un kangourou.

renseigner. Par ce moyen d'abord, je le saurai. *(Elle ouvre le tiroir.)* Non. C'est quelque horrible erreur. *(Elle se lève et vient à gauche.)* Quelque potin imbécile ! Il m'*aime*, il m'*aime*... Mais pourquoi ne pas regarder ?... Je suis sa femme. J'ai le droit de regarder. *(Elle revient au bureau, prend le carnet, l'examine talon par talon, sourit et pousse un soupir de soulagement.)* Je le savais. Il n'y a pas un mot de vrai dans cette stupide histoire. *(Elle remet le carnet dans le tiroir. À ce moment elle tressaille et tire du tiroir un second carnet.)* Un second carnet ! Personnel, fermé. *(Elle s'efforce de l'ouvrir, mais sans succès. Elle voit un couteau à papier sur le bureau, et s'en sert pour couper la couverture du carnet. Elle a un sursaut à la vue de la première page.)* Mrs. Erlynne, six cents livres... Mrs. Erlynne, sept cents livres... Mrs. Erlynne, quatre cents livres... Oh ! c'est vrai ! C'est vrai ! C'est horrible.

Elle jette le carnet par terre. Lord Windermere entre au fond.

LORD WINDERMERE. Eh bien ! ma chère, vous a-t-on apporté cet éventail ? *(Il va au fond à droite, et aperçoit le carnet de chèques.)* Margaret, vous avez lacéré mon carnet de chèques... Vous n'aviez pas le droit d'agir ainsi.

LADY WINDERMERE. Vous trouvez que j'ai eu tort de vous démasquer, n'est-ce pas ?

LORD WINDERMERE. Je trouve qu'une femme a tort d'espionner son mari.

LADY WINDERMERE. Je ne vous espionnais pas. Jusqu'à il y a une demi-heure, j'ignorais l'existence de cette femme. Quelqu'un qui a eu pitié de moi, a eu assez de bonté pour me dire ce que tout Londres connaît déjà : vos visites quotidiennes à Curzon Street, votre folle toquade, les sommes énormes que vous gaspillez pour cette femme ignoble.

Elle traverse à gauche.

LORD WINDERMERE. Margaret, ne parlez pas ainsi de Mrs. Erlynne. Vous ne savez pas combien cela est injuste.

LADY WINDERMERE, *se tournant vers lui*. Vous êtes bien jaloux de l'honneur de Mrs. Erlynne. Je souhaiterais que vous fussiez aussi jaloux du mien.

LORD WINDERMERE. Votre honneur est sans tache, Margaret. Vous ne pouvez pas penser un instant que...

Il remet le carnet de chèques dans le bureau.

LADY WINDERMERE. Je pense que vous prodiguez singulièrement votre argent, voilà tout. Oh ! ne vous imaginez pas que je tienne à l'argent. En ce qui me concerne, vous pouvez gaspiller tout ce que nous avons. Mais ce à quoi je tiens, c'est à ceci : vous m'avez aimée, vous m'avez appris à vous aimer et vous passeriez de l'amour qui se donne à l'amour qui s'achète ? Oh ! c'est horrible. *(Elle se laisse aller sur le canapé.)* Et c'est que je me sens dégradée. Vous, vous ne sentez rien. Moi, je me sens salie, tout à fait salie. Vous ne pouvez comprendre combien les six derniers mois me font horreur. Maintenant chacun des baisers que vous m'avez donnés est comme une tache sur ma mémoire.

LORD WINDERMERE, *allant à elle*. Ne parlez pas ainsi, Margaret. Je n'ai jamais aimé personne au monde que vous.

LADY WINDERMERE, *elle se lève*. Alors, qui est cette femme ? Pourquoi lui avez-vous acheté une maison ?

LORD WINDERMERE. Je ne lui ai pas acheté de maison.

LADY WINDERMERE. Vous lui avez donné de l'argent pour en acheter une. C'est tout pareil.

LORD WINDERMERE. Margaret, depuis que je connais Mrs. Erlynne...

LADY WINDERMERE. Y a-t-il un Mr. Erlynne, ou est-ce un mythe ?

LORD WINDERMERE. Son mari est mort depuis bien des années. Elle est seule au monde.

LADY WINDERMERE. Sans parents ?

Un silence.

LORD WINDERMERE. Aucun.

LADY WINDERMERE. C'est plutôt singulier, n'est-ce pas ?

Elle va à gauche.

LORD WINDERMERE, *la suivant à gauche au fond.* Margaret, je vous disais... et je vous prie de m'écouter, — que depuis que je connais Mrs. Erlynne, elle se conduit bien, si il y a des années...

LADY WINDERMERE. Oh ! *(Elle va à droite.)* Je n'ai nul besoin de détails sur sa vie.

LORD WINDERMERE. Je ne veux pas vous donner de détails sur sa vie. Je vous dis simplement ceci : Il fut un temps où Mrs. Erlynne était honorée, aimée, respectée. Elle était bien née. Elle avait une situation sociale. Elle a tout perdu, tout abandonné, si vous préférez. Cela n'en est que plus amer. On peut endurer l'infortune, quand elle vient d'autrui, quand elle est un accident, mais souffrir par sa propre faute... Oh ! c'est là une souffrance qui tue. Il y a vingt ans de cela. Elle était alors presque une jeune fille. Elle était mariée depuis moins de temps que vous.

LADY WINDERMERE. Je ne m'intéresse nullement à cette femme et vous ne devez pas accoupler mon nom et le sien. C'est une faute de goût de votre part.

Elle s'assied au bureau, à droite.

LORD WINDERMERE. Margaret, vous pouvez sauver cette femme. Il faut qu'elle rentre dans la société et elle a besoin que vous l'y aidiez.

Il va vers elle.

LADY WINDERMERE. Moi ?

LORD WINDERMERE. Oui, vous.

LADY WINDERMERE. Quelle audace de sa part !

Un silence.

LORD WINDERMERE. Margaret, je venais vous demander une grande faveur et je vous la demande encore, quoique vous ayez découvert ce que je désirais que vous ne sachiez jamais, je veux parler de la forte somme que j'ai donnée à Mrs. Erlynne. Je désire que vous lui envoyiez une invitation pour notre soirée d'aujourd'hui.

Il s'avance près d'elle, à gauche.

LADY WINDERMERE. Vous êtes fou ?

Elle se lève.

LORD WINDERMERE. Je vous en supplie. On peut jaser sur elle. On jase sur elle naturellement, mais on ne sait rien de positif à son sujet. Elle va dans plusieurs maisons. Pas de celles où vous iriez, je l'admets, mais enfin, de ces maisons où vont aujourd'hui les femmes de ce qu'on appelle la bonne société. Cela ne la satisfait pas. Elle a besoin que vous la receviez une fois.

LADY WINDERMERE. Ce serait un triomphe pour elle, j'imagine.

LORD WINDERMERE. Non, ce n'est pas cela. Parce qu'elle sait que vous êtes une femme honnête et que si elle vient ici une fois, elle aura la chance de vivre plus heureuse, plus assise que ce qu'elle peut vivre maintenant. Ensuite, elle ne fera pas de nouvelle tentative pour vous voir. Ne voulez-vous pas venir au secours d'une femme qui essaie de se réhabiliter ?

LADY WINDERMERE. Non. Si une femme se repent réellement, elle n'a nul désir de revenir dans la société qui a causé ou qui a vu sa ruine.

LORD WINDERMERE. C'est une prière que je vous fais.

LADY WINDERMERE, *se dirigeant vers la porte de droite*. Je vais m'habiller pour dîner. Ne revenez plus sur ce sujet, ce soir. *(Elle va vers lui au fond.)* Arthur, vous vous imaginez parce que je n'ai ni père ni mère, que je suis seule au monde et que vous pouvez me traiter comme bon vous semble. Vous vous trompez. J'ai des amis, beaucoup d'amis.

LORD WINDERMERE, *à gauche au fond*. Margaret, vous parlez follement, témérairement. Je ne discuterai pas avec vous, mais j'insiste pour que vous invitiez, ce soir, Mrs. Erlynne.

LADY WINDERMERE. Je ne ferai pas pareille chose.

Elle traverse à gauche.

LORD WINDERMERE, *au fond*. Vous refusez ?

LADY WINDERMERE. Absolument.

LORD WINDERMERE. Ah ! Margaret, faites-le pour moi. C'est sa dernière carte.

LADY WINDERMERE. En quoi cela me regarde-t-il ?

LORD WINDERMERE. Comme les femmes honnêtes sont dures !

LADY WINDERMERE. Comme les hommes dépravés sont faibles !

LORD WINDERMERE. Margaret, il n'y a pas parmi nous un homme qui vaille les femmes que nous épousons, c'est vrai, mais ne croyez pas que jamais je... Oh ! c'est une idée monstrueuse ?...

LADY WINDERMERE. Pourquoi seriez-vous, *vous*, différent des autres hommes. On m'a assuré qu'il n'y avait pas un mari à Londres qui ne gâche sa vie dans quelque honteuse passion.

LORD WINDERMERE. Je ne suis pas de ceux-là.

LADY WINDERMERE. Je n'en suis pas sûre.

LORD WINDERMERE. Vous en êtes sûre dans votre cœur. Mais ne creusons pas de fossé entre nous. Dieu sait que ces dernières minutes nous ont assez séparés. Asseyez-vous et écrivez l'invitation.

LADY WINDERMERE. Rien au monde ne m'y contraindra.

LORD WINDERMERE, *allant au bureau.* Alors c'est moi qui l'inviterai.

Il met le doigt sur un bouton électrique, s'assied et écrit une carte.

LADY WINDERMERE. Vous allez inviter cette femme ?

Elle va vers lui.

LORD WINDERMERE. Oui.

Silence. Parker entre.

LORD WINDERMERE. Parker.

PARKER. Oui, Milord.

Il se place à gauche au fond.

LORD WINDERMERE. Faites porter ce mot à Mrs. Erlynne, n° 84, Curzon Street. *(Il va à gauche au fond et remet le billet à Parker.)* Il n'y a pas de réponse.

Parker sort au fond.

Lady Windermere. Arthur, si cette femme vient ici, je l'insulterai.

Lord Windermere. Margaret, ne dites pas cela.

Lady Windermere. Je le ferai.

Lord Windermere. Enfant, si vous faisiez une chose pareille, il n'y a pas dans Londres une femme qui n'aurait pitié de vous.

Lady Windermere. Il n'y a pas à Londres une femme honnête qui ne m'applaudirait. Nous avons été trop lâches. Nous devons faire un exemple. Je me propose de commencer ce soir. *(Elle prend l'éventail.)* Oui, vous m'avez donné cet éventail aujourd'hui. C'était votre cadeau d'anniversaire. Si cette femme dépasse mon seuil, je l'en frapperai au visage.

Lord Windermere. Margaret, vous ne ferez pas pareille chose.

Lady Windermere. Vous ne me connaissez pas. *(Elle fait un mouvement vers la droite.)* Parker !

Parker entre.

Parker. Milady ?

Lady Windermere. Je dînerai dans ma chambre. Au fait, je n'ai pas besoin de dîner... Veillez à ce que tout soit prêt à dix heures et demie et faites attention, Parker, de prononcer ce soir, très distinctement, le nom des invités. Quelquefois, vous parlez si vite que je ne distingue pas. Je désire tout particulièrement entendre clairement les noms, afin de ne pas commettre d'erreur. Vous comprenez, Parker.

Parker. Oui, Milady.

Lady Windermere. C'est bien. *(Parker sort au fond. Lady Windermere, à Lord Windermere.)* Arthur, si cette femme vient ici... Je vous avertis...

Lord Windermere. Margaret, vous nous perdrez...

Lady Windermere. Nous ! À partir de ce moment, ma vie est séparée de la vôtre. Mais si vous désirez éviter un scandale public, écrivez immédiatement à cette femme, et dites-lui que je lui défends de venir ici.

Lord Windermere. Je ne le ferai pas. Je ne peux pas le faire. Il faut qu'elle vienne.

LADY WINDERMERE. Alors, je ferai à la lettre ce que j'ai dit. *(Elle va à droite.)* Vous ne me laissez pas le choix.

Elle sort à droite.

LORD WINDERMERE, *l'appelant*. Margaret ! Margaret ! *(Un silence.)* Mon Dieu ! que vais-je faire ? Je n'ose pas lui dire qui est cette femme. La honte la tuerait.

Il se laisse tomber dans un fauteuil et plonge son visage dans ses mains.

RIDEAU.

ACTE DEUXIÈME

Le salon de réception de l'hôtel de Lord Windermere. À droite, une porte ouvrant sur une salle de bal où jouent des musiciens. À gauche, porte par laquelle entrent les invités. À gauche, au fond, porte donnant sur une terrasse illuminée. Palmiers, fleurs, brillant éclairage. Le salon est rempli d'invités que reçoit Lady Windermere.

LA DUCHESSE DE BERWICK, *entrant au fond.* Il est étrange que Lord Windermere ne soit pas ici. Mr. Hopper est aussi bien en retard. Vous lui avez gardé les cinq danses, Agatha ?

Elle s'avance en scène.

LADY AGATHA. Oui, maman.

LA DUCHESSE DE BERWICK, *s'asseyant sur un canapé.* Faites-moi voir votre carnet de bal[1]. Je suis tout à fait heureuse que Lady Windermere ait fait revivre les carnets. C'est la seule garantie pour une mère. Chère petite naïve ! *(Elle biffe deux noms.)* Il n'y a pas une jeune fille bien élevée qui s'aviserait jamais de valser avec de tels gamins[2]. Cela a l'air si peu sérieux. Vous pourriez passer les deux dernières danses sur la terrasse en compagnie de Mr. Hopper.

---

1. Les jeunes filles y inscrivaient à l'avance les noms de leurs cavaliers, ce qui permettait à leurs chaperons de surveiller qui elles fréquentaient.
2. L'anglais dit « with such particularly younger sons », c'est-à-dire « avec des fils cadets » : seuls les aînés héritaient du titre et de la fortune ; ils étaient donc les seuls partis intéressants.

Mr. Dumby et Lady Plymdale sortent de la salle de danse.

LADY AGATHA. Oui, maman.

LA DUCHESSE DE BERWICK, *s'éventant*. Ici, l'atmosphère est très agréable.

PARKER. Mrs. Cowper-Cowper. Lady Stutfield. Sir James Royston, Mr. Guy Berkeley.

Ces invités entrent à mesure qu'on les annonce.

DUMBY. Bonsoir, Lady Stutfield. Je pense que ce sera le dernier bal de la saison.

LADY STUTFIELD. Je le suppose aussi, Mr. Dumby. Une saison délicieuse, n'est-ce pas !

DUMBY. Tout à fait délicieuse. Bonsoir, Duchesse. Je suppose que ce sera le dernier bal de la saison.

LA DUCHESSE DE BERWICK. Je le suppose aussi, Mr. Dumby. Une saison bien morne, n'est-ce pas ?

DUMBY. Terriblement morne.

MRS. COWPER-COWPER. Bonsoir, Mr. Dumby. Je suppose que ce sera le dernier bal de la saison.

DUMBY. Oh ! je ne pense pas. Il y en aura encore probablement deux.

Il se tourne vers Lady Plymdale.

PARKER. Mr. Rufford, Lady Jedburgh, Miss Graham. Mr. Hopper.

À mesure qu'on les annonce, les invités font leur entrée.

HOPPER. Comment allez-vous, Lady Windermere ? Comment allez-vous, Duchesse ?

Il s'incline devant Lady Agatha.

LA DUCHESSE DE BERWICK. Cher Mr. Hopper, comme c'est gentil à vous de venir de si bonne heure ! Nous savons toutes combien vous êtes recherché à Londres.

HOPPER. Londres, quelle ville fabuleuse ! On y est beaucoup plus ouvert qu'à Sydney.

LA DUCHESSE DE BERWICK. Oh ! nous savons votre valeur,

Mr. Hopper. Il faudrait qu'il y eût davantage d'hommes comme vous. Cela rendrait la vie bien plus facile. Voyez-vous, Mr. Hopper ? Ma chère Agatha et moi, nous nous intéresserons beaucoup à l'Australie. Ce doit être un bien joli pays avec tous ces chers petits kangourous qui bondissent de tous côtés. Agatha a trouvé l'Australie sur la carte. Quelle forme curieuse elle a. On dirait tout à fait un gros paquet. Cependant c'est un pays très jeune, n'est-ce pas ?

HOPPER. N'a-t-il pas été créé en même temps que les autres, Duchesse ?

LA DUCHESSE DE BERWICK. Oh ! que d'esprit vous avez, Mr. Hopper. Un esprit tout à fait original... Mais je ne voudrais pas vous retenir.

HOPPER. J'aimerais bien danser avec Lady Agatha, Duchesse.

LA DUCHESSE DE BERWICK. Oh ! j'espère qu'elle a encore une danse... Avez-vous encore une danse, Agatha ?

LADY AGATHA. Oui, maman.

LA DUCHESSE DE BERWICK. La prochaine ?

LADY AGATHA. Oui, maman !

HOPPER. Puis-je avoir le plaisir ?

Lady Agatha s'incline.

LA DUCHESSE DE BERWICK. Surtout, Mr. Hopper, prenez bien soin de mon petit moulin à paroles.

Lady Agatha et Mr. Hopper entrent dans la salle du bal. Lord Windermere entre à gauche.

LORD WINDERMERE. Margaret, j'ai besoin de vous parler.

LADY WINDERMERE. Dans un instant.

La musique s'arrête.

PARKER. Lord Augustus Lorton.

Lord Augustus entre.

LORD AUGUSTUS. Bonsoir, Lady Windermere.

LA DUCHESSE DE BERWICK. Sir James, voulez-vous me mener dans la salle de bal ? Augustus a dîné avec nous ce soir. Et vraiment j'en ai assez de ce cher Augustus pour le moment.

Sir James Royston offre le bras à la duchesse et la conduit dans la salle de bal.

PARKER. Mr. et Mrs. Bowden. Lord et Lady Paisley. Lord Darlington.

À mesure qu'on les annonce, ils entrent en scène.

LORD AUGUSTUS, *allant à Lord Windermere*. Besoin de vous parler en particulier, mon cher. J'en suis réduit à l'état de squelette. C'est que je n'en ai pas l'air. Pas un homme qui ait l'air de ce qu'il est réellement. Diablement bonne chose ! Diablement ! Ce qu'il faut que je sache est ceci. Qui est-elle ? D'où vient-elle ? Pourquoi grand Dieu n'a-t-elle pas de famille ? C'est sacrément assommant, la famille, mais cela vous rend sacrément respectable.

LORD WINDERMERE. Vous parlez de Mrs. Erlynne, je suppose ? Je l'ai rencontrée il n'y a que six mois. Jusqu'alors je ne savais rien de son existence.

LORD AUGUSTUS. Vous l'avez beaucoup vue depuis lors ?

LORD WINDERMERE, *froidement*. Oui, depuis je l'ai vue bien souvent. Je viens même de la voir.

LORD AUGUSTUS. Ma foi, les femmes sont bien dures pour elle. J'ai dîné ce soir avec Arabella. Corbleu ! si vous aviez entendu ce qu'elle disait de Mrs. Erlynne ! Elle l'a éreintée. *(Plus bas.)* Berwick et moi, nous lui avons dit que cela n'avait pas d'importance, car la dame en question doit avoir des formes extrêmement belles. Si vous aviez vu la tête d'Arabella... Mais voyez-vous, mon cher, je ne sais que faire au sujet de Mrs. Erlynne. Ma foi, je pourrais être son mari. Elle me traite avec une telle indifférence. Elle est aussi diablement habile. Elle sait tout expliquer. Ma foi, elle vous explique, *vous* aussi. Elle a un tas d'explications à fournir sur vous... Et toutes différentes.

LORD WINDERMERE. Il n'y a pas besoin d'expliquer mon amitié avec Mrs. Erlynne.

LORD AUGUSTUS. Hum ! soit, écoutez, mon vieux, pensez-vous qu'elle arrivera jamais à entrer dans cette sacrée chose qu'on appelle la société ? La présenteriez-vous à votre femme ? Inutile de chercher les circonlocutions. Le feriez-vous ?

LORD WINDERMERE. Mrs. Erlynne vient ici ce soir.

LORD AUGUSTUS. Votre femme lui a envoyé une invitation ?

LORD WINDERMERE. Mrs. Erlynne a reçu une invitation.

LORD AUGUSTUS. Voilà qui est parfait pour elle, mon cher. Pourquoi ne m'avez-vous pas dit cela plus tôt ? Cela m'aurait évité un tas d'ennuis et de sacrés malentendus.

Lady Agatha et Mr. Hopper vont sur la terrasse à gauche.

PARKER. Mr. Cecil Graham.

Entre Mr. Cecil Graham.

CECIL GRAHAM. *Il s'incline devant Lady Windermere, fait quelques pas et serre la main de Lord Windermere.* Bonsoir, Arthur. Pourquoi ne me demandez-vous pas comment je me porte ? J'aime que l'on me demande comment je me porte. Cela prouve un énorme intérêt pour ma santé. Ce soir je ne suis pas bien du tout. J'ai dîné en famille. Je me demande pourquoi la famille est toujours si embêtante. Après le dîner, mon père voulait parler de morale. Je lui ai dit qu'il était d'âge à avoir un peu plus de bon sens. Mais je me suis rendu compte que sitôt que les gens sont d'âge à avoir plus de bon sens, ils n'ont plus le sens de rien du tout. Holà ! Tuppy ! Appris que vous alliez vous remarier. Croyais que vous étiez las de ce jeu-là,

LORD AUGUSTUS. Vous êtes excessivement vulgaire, mon cher, excessivement vulgaire.

CECIL GRAHAM. Au fait, Tuppy ! Quel est celui de nous deux qui est vulgaire. Avez-vous été deux fois marié et une fois divorcé ou deux fois divorcé et une fois marié ? Oui, vous devez être deux fois divorcé et une fois marié. Cela paraît bien plus probable.

LORD AUGUSTUS. J'ai une très mauvaise mémoire. Vraiment je ne me souviens pas...

Il s'éloigne vers la droite.

LADY PLYMDALE. Lord Windermere, j'ai quelque chose de très particulier à vous demander.

LORD WINDERMERE. Je crains... Excusez-moi, il faut que je rejoigne ma femme.

LADY PLYMDALE. Oh ! vous ne pouvez pas rêver pareille chose. Aujourd'hui c'est tout à fait dangereux pour un mari d'accorder quelque attention à sa femme en public. Cela fait toujours croire qu'il la bat quand ils sont en tête à tête. Le monde est devenu si méfiant envers tout ce qui ressemble à une heureuse vie de ménage. Mais, je vous dirai ce dont il s'agit en soupant.

Elle se dirige vers la salle du bal.

LORD WINDERMERE. Margaret, il faut que je vous parle.

LADY WINDERMERE. Voulez-vous me tenir mon éventail, Lord Darlington. Merci.

Elle s'approche de lui.

LORD WINDERMERE, *allant à elle*. Margaret, ce que vous avez dit, avant le dîner, était naturellement impossible.

LADY WINDERMERE. Cette femme ne viendra pas ici ce soir ?

LORD WINDERMERE, *au fond à droite*. Mrs. Erlynne va venir et si vous lui causez aucun ennui, si vous la blessez de façon quelconque, vous serez, pour nous deux, une cause de honte et de chagrin. Souvenez-vous de cela. Ah ! Margaret, ayez donc confiance en moi ! Une femme doit avoir confiance en son mari.

LADY WINDERMERE, *au fond*. Londres est plein de femmes qui ont confiance en leur mari. On peut toujours les reconnaître : elles ont l'air si profondément malheureuses. Je ne veux pas devenir une de celles-là. *(Elle s'éloigne.)* Lord Darlington, voulez-vous me rendre mon éventail, s'il vous plaît ? Merci... C'est une chose si utile qu'un éventail, n'est-ce pas ?... J'ai besoin d'un ami, ce soir, Lord Darlington. Je ne croyais pas que j'aurais sitôt besoin d'un ami.

LORD DARLINGTON. Lady Windermere, je savais bien que ce temps viendrait quelque jour. Mais pourquoi ce soir ?

LORD WINDERMERE, *à part*. Je le lui dirai. Il le faut. Ce serait terrible s'il y avait quelque éclat ici... Margaret...

PARKER. Mrs. Erlynne.

Lord Windermere s'arrête. Mrs. Erlynne entre, très élégamment habillée et l'air très digne. Lady Windermere crispe sa main sur son éventail, puis le laisse tomber sur le parquet. Elle salue froidement Mrs. Erlynne, qui lui rend très gracieusement son salut et s'avance dans le salon.

LORD DARLINGTON. Vous avez laissé tomber votre éventail, Lady Windermere.

Il le ramasse et le lui tend.

MRS. ERLYNNE, *au fond*. Comment vous portez-vous depuis tantôt, Lord Windermere ? Comme votre délicieuse femme a l'air charmante. Tout à fait ravissante.

LORD WINDERMERE, *à voix basse*. C'est bien téméraire à vous d'être venue.

MRS. ERLYNNE, *souriante*. C'est la chose la plus sage que j'aie faite de ma vie. À propos, il faut que vous soyez très attentif à moi ce soir. J'ai peur de ces femmes. Il faut que vous me présentiez à quelques-unes. Les hommes, je peux toujours les manier... Comment allez-vous, Lord Augustus ? Vous m'avez tout à fait négligée dernièrement. Je ne vous ai pas vu depuis hier. Je crains que vous ne soyez infidèle. Tout le monde me le dit.

LORD AUGUSTUS, *à droite*. Vraiment, Mrs. Erlynne, permettez-moi de vous expliquer...

MRS. ERLYNNE, *à droite au fond*. Non, mon cher Lord Augustus. Vous ne pouvez rien expliquer, c'est votre plus grand charme.

LORD AUGUSTUS. Ah ! Mrs. Erlynne, si vous me trouvez des charmes...

Ils bavardent ensemble. Lord Windermere se déplace l'air gêné, guettant Mrs. Erlynne.

LORD DARLINGTON, *à Lady Windermere*. Que vous êtes pâle !

LADY WINDERMERE. Les lâches sont toujours pâles.

LORD DARLINGTON. Il semble que vous allez vous évanouir. Sortez donc sur la terrasse.

LADY WINDERMERE. Oui. *(À Parker.)* Parker, apportez-moi mon manteau.

MRS. ERLYNNE, *allant vers elle*. Lady Windermere, comme votre terrasse est superbement illuminée. Elle me rappelle celle du prince Doria à Rome [1].

Lady Windermere salue froidement et s'éloigne au bras de Lord Darlington.

MRS. ERLYNNE. Oh ! comment allez-vous, Mr. Graham ? N'est-ce pas votre tante Lady Jedburgh ? J'aimerais beaucoup la connaître.

CECIL GRAHAM, *après un instant d'hésitation et d'embarras*. Oh ! certainement, si vous le désirez... Tante Caroline, permettez-moi de vous présenter Mrs. Erlynne.

MRS. ERLYNNE. Je suis si heureuse de vous rencontrer, Lady Jedburgh. *(Elle s'assied à côté d'elle sur le canapé.)* Votre neveu et moi, nous sommes de grands amis. Je m'intéresse tant à sa carrière politique. Je suis sûre qu'il aura un succès étonnant. Il pense comme un tory et parle comme un radical [2]. Et cela est si important de nos jours. Puis, c'est un si brillant causeur. Mais, nous savons tous de qui il tient ce don. Lord Allandale me disait pas plus tard que hier, au Parc, que Mr. Graham parlait presque aussi bien que sa tante.

LADY JEDBURGH, *à droite*. Très aimable à vous de me dire toutes ces choses charmantes.

Mrs. Erlynne sourit et continue la conversation.

---

1. Le prince Alfonso Doria-Pamphili, dont le palais est l'un des plus beaux de Rome, avait épousé une aristocrate anglaise. Mrs Erlynne peut ainsi faire état de la qualité de ses fréquentations. **2.** Autrement dit, il affiche des opinions progressistes bien que, en son for intérieur, il soit fondamentalement conservateur. Mrs Erlynne ne se fait donc aucune illusion sur les discours politiques.

DUMBY, *à Cecil Graham*. Vous avez présenté Mrs. Erlynne à Lady Jedburgh ?

CECIL GRAHAM. Je l'ai fait, mon cher ami. Je n'ai pas pu m'en dispenser. Cette femme fait faire à un homme tout ce qu'elle veut. Comment ? Je n'en sais rien...

DUMBY. J'espère bien, bonté divine ! qu'elle ne va pas venir me parler.

Il va rejoindre Lady Plymdale.

MRS. ERLYNNE, *à Lady Jedburgh*. Jeudi ? Avec grand plaisir. *(Elle se lève et adresse en riant la parole à Lord Windermere.)* Comme c'est lassant d'avoir à être polie avec ces vieilles douairières. Mais, elles y tiennent plus que jamais.

LADY PLYMDALE, *à Mr. Dumby*. Qui est cette femme si bien habillée qui bavarde avec Windermere ?

DUMBY. Je n'en ai pas la moindre idée. Elle a l'air de l'édition de luxe d'un mauvais roman français, destiné spécialement au marché anglais [1].

MRS. ERLYNNE. Voilà donc ce pauvre Dumby accaparé par Lady Plymdale. On m'a dit qu'elle en est épouvantablement jalouse. Il ne me paraît pas très désireux de venir me parler ce soir. Je suppose qu'il a peur d'elle. Ces femmes aux cheveux couleur paille ont de terribles tempéraments. Voyez-vous, Windermere, je crois que je danserai avec vous la première danse ce soir ? *(Lord Windermere se mord la lèvre et fronce les sourcils.)* Cela rendra Lord Augustus très jaloux !... Lord Augustus ! *(Lord Augustus s'approche.)* Lord Windermere insiste pour danser avec moi la première danse et comme nous sommes ici chez lui, je ne peux guère la lui refuser. Vous le savez, je préférerais beaucoup danser avec vous.

LORD AUGUSTUS, *saluant très bas*. Je voudrais le croire, Mrs. Erlynne.

MRS. ERLYNNE. Vous ne le savez que trop. Je peux m'imaginer

1. Wilde ne manque jamais une occasion de brocarder l'hypocrisie des personnes prétendument bien pensantes

quelqu'un qui passerait sa vie à danser avec vous et trouverait cela charmant.

LORD AUGUSTUS, *il enfonce sa main dans son gilet blanc.* Oh ! je vous remercie, je vous remercie, vous êtes la plus adorable des femmes.

MRS. ERLYNNE. Quels jolis propos, si simples, si sincères. Juste le genre de langage que j'aime. Ah ! vous tiendrez mon bouquet. *(Elle traverse la salle de bal au bras de Lord Windermere.)* Ah ! Mr. Dumby, comment allez-vous ? Je suis si désolée d'avoir été sortie les trois dernières fois que vous êtes venu chez moi. Venez donc déjeuner vendredi.

DUMBY, *d'un ton de parfaite nonchalance.* Enchanté !

Lady Plymdale foudroie Mr. Dumby d'un regard d'indignation. Lord Augustus suit Mrs. Erlynne et Lord Windermere, le bouquet à la main.

LADY PLYMDALE, *à Mr. Dumby.* Quelle vraie brute vous êtes ! Je ne puis jamais croire un mot de ce que vous dites. Pourquoi m'aviez-vous dit que vous ne la connaissiez pas ? Que signifient ces trois visites que vous lui avez faites ? Vous n'irez pas déjeuner chez elle, bien entendu, vous le comprenez.

DUMBY. Ma chère Laura, je n'ai jamais songé à y aller.

LADY PLYMDALE. Vous ne m'avez pas encore dit son nom ? Qui est-elle ?

DUMBY, *qui tousse légèrement et lisse ses cheveux.* C'est une certaine Mrs. Erlynne.

LADY PLYMDALE. Cette femme ?

DUMBY. Oui, c'est ainsi qu'on l'appelle.

LADY PLYMDALE. Oh ! comme c'est intéressant, d'un intérêt intense. Vraiment ? Il faut que je la voie mieux. *(Elle va à la porte de la salle de bal et regarde à l'intérieur.)* J'ai entendu dire sur son compte les choses les plus choquantes. On dit qu'elle est en train de ruiner ce pauvre Windermere et Lady Windermere qui passe pour si correcte l'invite ! Comme c'est amusant ! Il n'y a rien de tel qu'une femme de bon sens pour faire des choses stupides. Vous irez déjeuner chez elle vendredi.

DUMBY. Pourquoi ?

LADY PLYMDALE. Parce que je veux que vous emmeniez mon mari avec vous. Ces derniers temps il était si attentionné qu'il en est devenu parfaitement insupportable. Cette femme est tout à fait ce qu'il lui faut. Il l'accablera de ses assiduités aussi longtemps qu'elle le laissera faire et ne m'assommera plus. Je vous assure que les femmes de ce genre sont très utiles. Elles sont la base du mariage des autres.

DUMBY. Quel mystère vous êtes !

LADY PLYMDALE, *le regardant*. Et vous ?

DUMBY. J'en suis un pour moi-même. Je suis la seule personne au monde que j'aimerais à connaître à fond. Mais jusqu'ici la chose a été impossible.

Ils passent dans la salle de bal. Lady Windermere et Lord Darlington entrent, venant de la terrasse.

LADY WINDERMERE. Oui, c'est monstrueux, c'est insupportable qu'elle soit venue ici. Je sais maintenant ce que vous vouliez dire, pendant le thé. Pourquoi ne m'avoir pas parlé carrément ? Vous l'auriez dû.

LORD DARLINGTON. Je ne le pouvais pas. Un homme ne peut pas dire ces choses-là d'un autre homme. Mais si j'avais su qu'il allait vous demander d'inviter cette femme ce soir, je vous l'aurais dit, il me semble. En tout cas, cet affront vous aurait été évité.

LADY WINDERMERE. Je ne l'ai pas invitée. Il a insisté pour qu'elle vienne, malgré mes prières, malgré mes objurgations. Oh ! à mes yeux cette maison est souillée. Je sens que toutes les femmes me jettent ici des regards narquois, tandis qu'elle danse avec mon mari. Qu'ai-je fait pour mériter cela ? Je lui ai donné, à lui, ma vie entière... Il l'a prise, il en a usé, il l'a perdue. Je suis dégradée à mes yeux et je manque de courage. Je suis une lâche.

Elle s'assoit sur un canapé.

LORD DARLINGTON. Si je vous connais un peu, je sais que vous ne pouvez pas vivre avec un homme qui vous traite ainsi. Quelle sorte de vie mèneriez-vous avec lui ? Vous sentiriez qu'il vous ment à chaque instant de la journée. Vous sentiriez la fausseté dans ses yeux, la fausseté dans sa voix, la fausseté dans son contact, la fausseté dans sa passion. Il viendrait à vous quand il en aurait assez des autres, et vous auriez à l'assister. Il viendrait à vous, quand il serait à la dévotion des autres, et vous auriez à le charmer. Vous seriez forcée d'être pour lui le masque de sa vie réelle, le manteau qui cacherait son secret.

LADY WINDERMERE. Vous avez raison... Vous avez terriblement raison. Mais à qui recourir ? Vous avez dit que vous seriez mon ami, Lord Darlington. Dites-le-moi. Que dois-je faire ? Soyez mon ami en ce moment.

LORD DARLINGTON. Entre hommes et femmes, il n'y a pas d'amitié possible. Il y a de la passion, de l'inimitié, de l'amour, mais point d'amitié. Je vous aime...

LADY WINDERMERE, *se levant*. Non, non.

LORD DARLINGTON. Oui, je vous aime. Vous êtes pour moi plus que tout au monde. Qu'est-ce que votre mari vous donne. Rien. Tout ce qu'il y a en lui, il le donne à cette misérable femme, qu'il a introduite de force dans votre société, à votre foyer domestique, pour vous humilier devant toutes. Je vous offre ma vie...

LADY WINDERMERE. Lord Darlington !

LORD DARLINGTON. Ma vie, ma vie entière, prenez-la et faites-en ce que vous voudrez... Je vous aime, je vous aime comme jamais je n'ai aimé un être vivant. Dès que je vous ai vue pour la première fois, je vous ai aimée, aimée aveuglément, aimée follement. Vous ne le saviez pas alors ; vous le savez maintenant. Quittez cette maison ce soir. Je ne vous dirai pas que le monde importe peu, que la voix du monde, la voix de la société importe peu. Ce sont choses d'importance, de beaucoup trop d'importance. Mais il est des moments où il faut choisir : ou bien vivre sa propre vie, pleinement, entièrement, complètement, ou bien traîner je ne sais quelle existence fausse, superficielle, dégradante que le monde exige en son hypocrisie. Ce moment, le voici pour vous. Choisissez ! Oh ! vous que j'aime, choisissez !

LADY WINDERMERE, *s'éloignant lentement de lui et lui jetant un regard terrifié.* Je n'ai pas ce courage.

LORD DARLINGTON, *la suivant.* Si, vous l'avez, ce courage. Peut-être aurez-vous six mois de chagrin, de désespoir même. Mais quand vous cesserez de porter son nom, quand vous porterez le mien, tout ira bien. Margaret, mon amour, vous qui serez un jour ma femme, — oui, ma femme ! Vous le savez ! Qu'êtes-vous maintenant ? Cette femme occupe la place qui vous appartient légitimement. Oh ! sortez, sortez de cette maison, la tête haute, le sourire aux lèvres, le courage dans les yeux. Tout Londres saura pourquoi vous avez agi ainsi. Et qui vous en blâmera ? Personne. S'il en est quelqu'un, peu importe... C'est mal ?... Qu'est-ce que le mal ? C'est mal pour un homme d'abandonner sa femme pour une femme éhontée. C'est mal pour une épouse de vivre avec un homme qui la déshonore à ce point. Vous avez dit une fois que vous ne feriez point de compromis. Refusez d'en faire un maintenant. Soyez brave ! Soyez vous-même !

LADY WINDERMERE. J'ai peur d'être moi-même. Je veux réfléchir,... attendre... Mon mari peut me revenir.

Elle s'assoit sur un canapé.

LORD DARLINGTON. Et vous lui feriez bon accueil ! Vous n'êtes pas ce que je vous croyais. Vous êtes tout comme les autres femmes. Vous supporteriez tout plutôt que d'affronter la censure d'un monde dont vous méprisez la louange. Dans une semaine, vous vous promènerez en voiture au Parc, avec cette femme. Elle sera constamment votre hôte, votre amie la plus chère. Vous supporteriez tout plutôt que de rompre d'un coup ce lien monstrueux. Vous avez raison. Vous n'avez aucun courage, aucun.

LADY WINDERMERE. Ah ! laissez-moi le temps de réfléchir. Je ne puis vous répondre en ce moment.

Elle se passe nerveusement la main sur le front.

LORD DARLINGTON. Il faut que ce soit maintenant ou jamais.

LADY WINDERMERE, *se levant du canapé.* Alors ce sera jamais.

Un silence.

LORD DARLINGTON. Vous me brisez le cœur.

LADY WINDERMERE. Le mien est déjà brisé.

Un silence.

LORD DARLINGTON. Je quitte l'Angleterre demain. C'est la dernière fois que je porte les yeux sur vous. Jamais vous ne me reverrez. Pendant un instant nos existences se sont rencontrées, nos âmes se sont touchées. Elles ne se rencontreront, elles ne se toucheront plus. Adieu, Margaret.

Il sort.

LADY WINDERMERE. Comme je suis seule dans la vie ! Si terriblement seule !

La musique cesse de jouer, la Duchesse de Berwick et Lord Paisley entrent en riant et en causant. D'autres invités arrivent de la salle de bal.

LA DUCHESSE DE BERWICK. Ma chère Margaret, quel entretien charmant, je viens d'avoir avec Mrs. Erlynne. Que je suis fâchée de ce que je vous ai dit ce soir à son sujet ! Certes elle doit être irréprochable, du moment que *vous* la recevez. C'est une femme très jolie, et qui a des idées si sensées sur la vie. Elle m'a dit qu'elle trouvait absolument mauvais qu'on se mariât plus d'une fois : aussi je me suis sentie bien tranquille au sujet de ce pauvre Augustus. Je ne puis comprendre pourquoi l'on dit du mal d'elle. Ce sont mes affreuses nièces, — les petites Saville, qui sont toujours à faire courir des bruits. Tout de même, ma chère, il faudra que j'aille à Hombourg, il le faudra. Elle est un tout petit peu trop jolie. Mais où est Agatha ? Ah ! la voilà ! *(Lady Agatha et Mr. Hopper arrivent par la terrasse au fond, à gauche.)* Mr. Hopper, je suis très fâchée contre vous. Vous avez emmené Agatha sur la terrasse, elle qui est si délicate.

HOPPER, *au fond à gauche*. Terriblement désolé, Duchesse. Nous sommes sortis un instant et alors nous nous sommes mis à bavarder.

La Duchesse de Berwick, *au fond.* Ah ! au sujet de cette chère Australie, je suppose ?

Hopper. Oui.

La Duchesse de Berwick, *faisant signe de loin à Lady Agatha d'approcher.* Agatha, ma chère.

Lady Agatha. Oui, maman.

La Duchesse de Berwick, *à part.* Mr. Hopper vous a-t-il parlé d'une manière définitive ?

Lady Agatha. Oui, maman.

La Duchesse de Berwick. Et quelle réponse lui avez-vous faite, chère enfant ?

Lady Agatha. Oui, maman.

La Duchesse de Berwick, *d'un ton affectueux.* Ma chérie ! Vous dites toujours ce qu'il faut dire. Mr. Hopper ! James ! Agatha m'a tout dit. Avec quelle adresse vous avez tous les deux caché votre secret !

Hopper. Alors vous ne faites pas d'objection à ce que j'emmène Agatha en Australie, Duchesse.

La Duchesse de Berwick, *avec indignation.* En Australie ? Ah ! ne me parlez pas de cet endroit si terriblement vulgaire.

Hopper. Mais elle a dit qu'elle serait enchantée de m'y suivre.

La Duchesse de Berwick, *avec sévérité.* Avez-vous dit cela, Agatha ?

Lady Agatha. Oui, maman.

La Duchesse de Berwick. Agatha, vous dites les choses les plus sottes du monde. À tout prendre, je crois que Grosvenor Square[1] serait un endroit plus sain à habiter. Il y a des tas de gens vulgaires qui habitent à Grosvenor Square, mais en tout cas on n'y voit pas grouiller ces horribles kangourous. Mais nous parlerons de cela demain. James, vous pouvez emmener Agatha. Vous viendrez déjeuner, bien entendu, James. À une heure et demie au lieu de deux. Le duc désirera vous dire deux mots, j'en suis sûre.

Hopper. J'aimerais à avoir un entretien avec le duc. Il ne m'a pas encore dit un mot, Duchesse.

1. Rue élégante de Londres

La Duchesse de Berwick. Vous verrez, j'espère qu'il aura bien des choses à vous dire demain. *(Lady Agatha sort avec Mr. Hopper.)* Et maintenant, bonsoir, Margaret. Je crains que ce ne soit la vieille, vieille histoire qui recommence, l'amour, pas sans doute l'amour coup de foudre, mais un amour de fin de saison, ce qui est chose bien plus satisfaisante.

Lady Windermere. Bonne nuit, Duchesse.

La Duchesse de Berwick sort au bras de Lord Paisley.

Lady Plymdale. Ma chère Margaret, votre mari dansait avec une bien belle femme. À votre place, je serais tout à fait jalouse. Est-elle de vos bonnes amies ?

Lady Windermere. Non.

Lady Plymdale. Vraiment ? Bonne nuit, ma chère.

Elle jette un coup d'œil sur Mr. Dumby, et sort.

Dumby. Il a de terribles manières, ce jeune Hopper !

Cecil Graham. Mr. Hopper est un gentleman de la nature, la pire espèce que je connaisse.

Dumby. C'est une personne sensée, que Lady Windermere. Il y a des tas de femmes qui auraient trouvé mauvais que Mrs. Erlynne vienne chez elles. Mais Lady Windermere possède cette chose peu commune qu'on nomme le sens commun.

Cecil Graham. Et Lord Windermere sait que rien ne ressemble plus à l'innocence qu'un écart de conduite.

Dumby. Oui, ce cher Windermere devient tout à fait moderne. Je ne l'aurais jamais cru.

Il s'incline devant Lady Windermere et sort.

Lady Jedburgh. Bonne nuit, Lady Windermere. Quelle femme enchanteresse que cette Mrs. Erlynne ! Elle vient déjeuner jeudi. N'y viendrez-vous pas aussi ? Je compte sur l'évêque et cette chère Lady Merton.

Lady Windermere. Je crains de n'être pas libre, Lady Jedburgh.

Lady Jedburgh. Bien fâchée. Venez, ma chère.

Lady Jedbugh et Miss Graham sortent.

MRS. ERLYNNE, Le bal a été charmant : il me rappelle tout à fait les temps jadis... *(Elle s'assied sur le canapé.)* et je vois qu'il y a dans la société autant de sots qu'il y en avait alors. Je suis enchantée de trouver aussi peu de changement. Excepté chez Margaret. Elle est devenue tout à fait jolie. La dernière fois que je la vis, il y a vingt ans, c'était un épouvantail habillé de flanelle. Un véritable épouvantail, je vous l'assure. La chère Duchesse ! et cette douce Lady Agatha ! Justement le type de jeune fille que j'aime. Eh bien, Windermere, si je suis vraiment destinée à devenir la belle-sœur de la Duchesse...

LORD WINDERMERE, *s'asseyant à sa gauche*. Mais êtes-vous... ?

Mr. Cecil Graham sort avec le reste des invités. Lady Windermere regarde, avec une expression de dédain et de souffrance, Mrs. Erlynne et son mari. Ils ne s'aperçoivent pas de sa présence.

MRS. ERLYNNE. Oh ! oui, il se présentera demain à midi. Il tenait à faire sa demande ce soir. Et en somme, il l'a faite. Il n'a cessé de la faire. Pauvre Augustus, vous savez comme il se répète. Une bien mauvaise habitude. Mais je lui ai dit que je ne lui donnerais une réponse que demain. Bien entendu ce sera oui. Et je me permets de dire que, comparée à d'autres, je ferai une admirable épouse pour lui. Il a bien des qualités, Lord Augustus. Heureusement elles sont toutes à la surface : là même où devraient être les qualités. Il faut, bien entendu, que vous m'aidiez dans cette affaire.

LORD WINDERMERE. Je ne suis pas tenu à encourager Lord Augustus, je suppose ?

MRS. ERLYNNE. Oh ! non, pour l'encouragement je m'en charge. Mais vous m'assurerez une belle rente, Windermere, n'est-ce pas ?

LORD WINDERMERE, *fronçant le sourcil*. Est-ce de cela que vous comptiez m'entretenir ce soir ?

MRS. ERLYNNE. Oui.

LORD WINDERMERE, *avec un geste d'impatience.* Je ne veux pas parler de cela ici.

MRS. ERLYNNE, *riant.* Alors nous en parlerons sur la terrasse. Les affaires elles-mêmes exigent un décor pittoresque, n'est-il pas vrai, Windermere ? Dans un décor approprié, les femmes parviennent à tout.

LORD WINDERMERE. Cela ne se ferait-il pas aussi bien demain ?

MRS. ERLYNNE. Non, voyez-vous, demain je dois accepter sa main. Et je crois que ce serait une bonne chose que de pouvoir lui dire que... Eh bien, que lui dirai-je ? deux mille livres par an qui m'ont été léguées, par un cousin au troisième degré, — ou bien par un second mari, — ou par quelque autre parent éloigné ? Ce serait un attrait de plus, n'est-ce pas ? Vous avez maintenant une délicieuse occasion de me faire un compliment, Windermere. Mais vous n'êtes pas des plus adroits à faire les compliments. Je crains que Margaret ne vous encourage guère dans cette excellente coutume. Lorsque les hommes renoncent à dire des choses charmantes, ils cessent de les penser. Mais sérieusement, que dites-vous de deux mille livres ? Deux mille cinq cents, disons ? Dans la vie moderne, la marge est tout. Windermere, ne trouvez-vous pas que le monde est un endroit où l'on s'amuse d'une façon intense ? Moi, si !

Elle sort sur la terrasse avec Lord Windermere. La musique se fait entendre dans la salle de bal.

LADY WINDERMERE. Il est impossible que je reste plus longtemps dans cette maison. Ce soir un homme qui m'aime m'a offert son existence entière ; je l'ai repoussé. C'était une sottise de ma part. Je vais lui offrir ma vie, à présent je vais le trouver. *(Elle met un manteau et se dirige vers la porte, puis elle revient. Elle s'assied à une table, écrit une lettre, la met dans une enveloppe et la pose sur la table.)* Arthur ne m'a jamais comprise. En lisant cela, il me comprendra. Il pourra désormais faire de sa vie ce qu'il voudra. J'ai fait de la mienne le mieux que j'ai pu, selon mon jugement. C'est lui qui a brisé le lien du mariage... et non pas moi. Je n'en ai brisé que l'esclavage.

Elle sort. Parker entre par la gauche, traverse la scène dans la direction de la salle de bal. Mrs. Erlynne entre.

MRS. ERLYNNE. Lady Windermere est-elle dans la salle de bal ?
PARKER. Madame vient de sortir.
MRS. ERLYNNE. De sortir ? Est-ce qu'elle n'est pas sur la terrasse ?
PARKER. Non, madame. Madame vient de sortir de la maison.
MRS. ERLYNNE, *elle tressaille et regarde le domestique d'un air intrigué*. De sortir de la maison ?
PARKER. Oui, madame... Madame m'a dit qu'elle avait laissé une lettre pour monsieur sur la table.
MRS. ERLYNNE. Une lettre pour Lord Windermere ?
PARKER. Oui, madame.
MRS. ERLYNNE. Merci. *(Parker sort. La musique cesse de jouer dans la salle de bal.)* Sortie de chez elle ! Une lettre adressée à son mari ! *(Elle va vers le bureau, et jette un coup d'œil sur la lettre. Elle la prend, puis la remet à sa place avec un frisson de crainte.)* Non, non, ce serait impossible ! La vie ne répète pas ainsi ses tragédies. Oh ! pourquoi cette horrible vision se présente-t-elle à moi. Pourquoi me souvenir maintenant du seul instant de ma vie que j'ai, entre tous, le désir d'oublier ? La vie répète-t-elle ses tragédies ? *(Elle déchire l'enveloppe de la lettre et la lit. Puis elle se laisse tomber sur une chaise, avec un grand geste d'angoisse.)* Oh ! comme c'est terrible ! Les mêmes mots qu'il y a vingt ans j'ai écrits à son père ! Et comme j'en ai été amèrement punie ! Mais non, ma punition, ma vraie punition, c'est ce soir, c'est en ce moment.

Elle demeure assise à droite. Lord Windermere entre par le fond à gauche.

LORD WINDERMERE. Avez-vous dit bonsoir à ma femme.

Il avance vers le milieu de la scène.

MRS. ERLYNNE, *froissant la lettre dans sa main.* Oui.

LORD WINDERMERE. Où est-elle ?

MRS. ERLYNNE. Elle est très fatiguée. Elle est allée se coucher... Elle disait qu'elle avait la migraine.

LORD WINDERMERE. Il faut que j'aille la trouver. Vous m'excuserez ?

MRS. ERLYNNE, *se levant avec précipitation*. Oh ! non, ce n'est rien de sérieux. Elle n'est que très fatiguée. Voilà tout. En outre, il y a encore des invités dans la salle du souper. Elle vous prie de leur présenter ses excuses. Elle a dit qu'elle ne voulait pas être dérangée. *(Elle laisse tomber la lettre.)* Elle m'a priée de vous le dire.

LORD WINDERMERE, *ramassant la lettre.* Vous avez laissé tomber quelque chose.

MRS. ERLYNNE. Ah ! oui, merci, c'est à moi.

Elle tend la main pour prendre la lettre.

LORD WINDERMERE, *regardant encore la lettre.* Mais c'est l'écriture de ma femme, n'est-ce pas ?

MRS. ERLYNNE, *s'emparant vivement de la lettre.* Oui, c'est... une adresse. Voulez-vous demander ma voiture.

LORD WINDERMERE. Certainement.

Il sort par la gauche.

MRS. ERLYNNE. Merci. Que puis-je faire ? Que puis-je faire ? Je sens s'éveiller en moi un sentiment que je n'avais jamais senti jusqu'ici. Qu'est-ce que cela peut signifier ? Il ne faut pas que la fille soit semblable à la mère, ce serait terrible. Comment sauver mon enfant ? Un moment peut être la ruine d'une existence : qui sait cela mieux que moi ? Il faut faire sortir Windermere de la maison : c'est absolument nécessaire. *(Elle se dirige vers la gauche.)* Mais comment y parviendrai-je ? Il faut que j'y arrive d'une façon ou d'une autre.

Lord Augustus entre au fond à droite un bouquet à la main.

LORD AUGUSTUS. Chère madame, je suis si impatient ! Ne puis-je obtenir une réponse à ma demande ?

MRS. ERLYNNE. Lord Augustus, écoutez-moi. Il faut que vous

emmeniez immédiatement Lord Windermere à votre club, et que vous l'y reteniez le plus longtemps possible. Vous comprenez ?

LORD AUGUSTUS. Mais vous disiez que vous désiriez me voir rentrer de bonne heure ?

MRS. ERLYNNE, *avec agitation.* Faites ce que je vous dis. Faites ce que je vous dis.

LORD AUGUSTUS. Et ma récompense ?

MRS. ERLYNNE. Votre récompense ? Votre récompense ? Oh ! c'est demain qu'il faudra me demander cela. Mais ne perdez pas Lord Windermere de vue ce soir. Si cela vous arrive, je ne vous pardonnerai jamais, je ne vous adresserai jamais la parole, vous ne serez jamais plus rien pour moi. Rappelez-vous que vous devez garder Windermere à votre club et ne point le laisser revenir de la soirée.

Elle sort par la gauche.

LORD AUGUSTUS. Eh bien, vraiment, je pourrais être déjà son mari... Je pourrais vraiment l'être.

Il la suit l'air affolé.

RIDEAU.

ACTE TROISIÈME

L'appartement de Lord Darlington. Un grand canapé en face de la cheminée à droite. Au fond, un rideau tiré sur la fenêtre. Portes à gauche et à droite. Table à droite, avec tout ce qu'il faut pour écrire. Table au milieu, avec siphons, verres et un coffret à liqueurs. Table à gauche, avec boîte à cigares et à cigarettes. Lampes allumées.

LADY WINDERMERE, *debout près du feu*. Pourquoi ne vient-il pas ? Il est horrible d'attendre de la sorte. Il devrait être ici. Pourquoi n'est-il pas ici afin d'allumer en moi un peu d'ardeur par des paroles passionnées ? Je suis glacée, glacée comme une chose sans amour. Arthur doit avoir lu ma lettre en ce moment. S'il tenait à moi, il se serait mis à ma poursuite, m'aurait ramenée par force. Mais il ne tient point à moi. Il est enchaîné par cette femme, fasciné par elle, dominé par elle. Si une femme veut tenir un homme, elle n'a qu'à faire appel à ce qu'il y a de pire en lui. Nous faisons des hommes des Dieux, et ils nous abandonnent. D'autres font d'eux des brutes, et ils les dorlotent, et ils leur sont fidèles. Combien la vie est hideuse !... Oh ! c'est une folie que j'ai faite de venir ici, une folie épouvantable. Et cependant je me demande lequel est le pire, ou d'être à la merci d'un homme qui vous aime, ou d'être l'épouse d'un homme qui vous déshonore chez vous. Que sait la femme ? Que sait la femme du monde entier ? Mais me donnera-t-il toujours de l'amour, l'homme auquel je donne ma vie à cette heure ? Qu'est-ce que je lui apporte ? des lèvres desquelles ont disparu les accents de la joie, des yeux que les larmes ont flétris, des mains froides, un cœur de glace. Je ne lui apporte rien. Il faut que je m'en retourne. Non, je ne peux pas m'en retourner. Ma lettre m'a mise en leur pouvoir. Arthur ne me reprendrait pas... Cette lettre fatale !... Non, Lord Darlington quitte l'Angleterre demain. Je partirai avec lui. Je n'ai pas le choix. *(Elle s'assoit quelques instants, puis se lève brusquement et met son manteau.)* Non, non, je rentrerai. Arthur me fera ce qu'il voudra. Je ne peux pas attendre ici. C'est une folie que j'ai faite, de venir. Quant à Lord Darlington... Oh ! le voici ! Que faire ? Que puis-je lui dire. Me laissera-t-il même partir ? J'ai entendu dire que les hommes sont brutaux, horribles. Oh !

Elle cache sa tête entre ses mains. Mrs. Erlynne entre à gauche.

MRS. ERLYNNE. Lady Windermere ! *(Lady Windermere tressaille et lève les yeux. Puis elle recule de mépris.)* Grâce au ciel, j'arrive à temps. Il faut que vous reveniez immédiatement auprès de votre mari.

LADY WINDERMERE. Il le faut ?

MRS. ERLYNNE, *d'un ton autoritaire*. Oui, il le faut. Il n'y a pas une seconde à perdre. Lord Darlington peut rentrer d'un instant à l'autre.

LADY WINDERMERE. Ne m'approchez pas.

MRS. ERLYNNE. Oh ! Vous êtes au bord de l'abîme. Vous êtes au bord d'un affreux précipice. Il faut partir d'ici sans retard : ma voiture attend au coin de la rue. Il faut que vous partiez avec moi, et que vous rentriez tout droit chez vous. *(Lady Windermere enlève son manteau et le jette sur le sofa.)* Que faites-vous ?

LADY WINDERMERE. Mrs. Erlynne, si vous n'étiez pas venue ici, je serais rentrée chez mon mari. Mais maintenant que je vous vois, je sens que rien au monde ne saurait me décider à vivre sous le même toit que Lord Windermere. Vous me remplissez d'horreur. Il y a en vous je ne sais quoi qui éveille en moi la rage la plus furieuse. Et je sais pourquoi vous êtes ici. Mon mari vous a envoyée pour me ramener, pour que je serve de rideau pour cacher les relations quelles qu'elles soient, qui existent entre vous et lui.

MRS. ERLYNNE. Oh ! Vous ne pensez pas cela, vous ne pouvez pas le penser.

LADY WINDERMERE. Retournez auprès de mon mari, Mrs. Erlynne. C'est à vous, non à moi qu'il appartient. Je suppose qu'il craint un scandale. Les hommes sont si lâches. Ils outragent toutes les lois du monde, et ils ont peur de la rumeur du monde. Mais il ferait mieux de s'y tenir prêt. Il aura un scandale. Il aura le pire scandale qui se soit vu à Londres depuis des années. Il verra son nom dans les journaux les plus vils, le mien sur toutes les plus affreuses affiches.

MRS. ERLYNNE. Non, non.

LADY WINDERMERE. Si ! il le verra. S'il était venu lui-même, je conviens que je serais retournée à la vie de dégradation que vous et lui vous m'avez préparée. J'étais sur le point de revenir... Mais qu'il soit resté chez lui, et qu'il vous ait prise comme envoyée... Oh ! c'est infâme, infâme.

MRS. ERLYNNE, *au milieu de la scène*. Lady Windermere, vous êtes horriblement injuste envers moi... horriblement injuste envers votre mari. Il ne sait pas que vous êtes ici, il vous croit en sûreté dans votre propre maison. Il vous croit endormie dans votre chambre. Il n'a pas lu un mot de la folle lettre que vous lui avez écrite.

LADY WINDERMERE, *à droite*. Pas lu un mot !

MRS. ERLYNNE. Non, il ne sait rien de cela.

LADY WINDERMERE. Quelle naïveté vous me supposez ! *(Allant vers elle.)* Vous me mentez.

MRS. ERLYNNE, *se maîtrisant*. Je ne mens point. Je dis la vérité.

LADY WINDERMERE. Si mon mari n'a pas lu ma lettre, comment se fait-il que vous soyez ici ? Qui vous a dit que j'avais quitté la maison où vous aviez eu l'effronterie d'entrer ? Qui vous a dit où j'étais allée ? C'est mon mari qui vous l'a dit, et qui vous a envoyée pour me convaincre de revenir.

Elle passe à gauche.

MRS. ERLYNNE, *à l'angle de droite*. Votre mari n'a pas vu votre lettre. C'est moi qui l'ai vue, — qui l'ai ouverte, — qui l'ai lue.

LADY WINDERMERE, *se tournant vers elle*. Vous avez ouvert une lettre de moi à mon mari ! Comment avez-vous osé ?

MRS. ERLYNNE. Oh ! pour vous sauver de l'abîme, où vous allez tomber, il n'est rien au monde que je n'ose, rien au monde. Voici la lettre. Votre mari ne l'a point lue. Il ne la lira jamais. *(Elle se dirige vers la cheminée.)* Elle n'aurait jamais dû être écrite.

Elle la déchire et la jette au feu [1].

LADY WINDERMERE, *avec un mépris infini dans son accent et son attitude*. Comment sais-je, après tout, si c'est bien ma lettre ? Vous semblez croire que je me laisserai prendre à l'artifice le plus banal.

MRS. ERLYNNE. Oh ! pourquoi refuser d'ajouter foi à tout ce que je vous dis ? Dans quel but croyez-vous que je viens ici, sinon pour vous sauver du dernier naufrage, pour vous sauver des suites d'un affreux malentendu ? Cette lettre qui se consume maintenant, *c'était* votre lettre, je vous le jure.

LADY WINDERMERE, *avec lenteur*. Vous avez eu grand soin de la brûler avant que je l'aie examinée. Je ne saurais me fier à vous. Vous, dont la vie est un mensonge, comment pourriez-vous dire la vérité sur quoi que ce soit ?

Elle s'assied.

MRS. ERLYNNE, *avec précipitation*. Pensez de moi ce que vous voudrez. Dites contre moi ce que vous voudrez, mais revenez, revenez auprès du mari que vous aimez.

LADY WINDERMERE, *d'un ton sombre*. Je ne l'aime pas.

MRS. ERLYNNE. Vous l'aimez, et vous savez qu'il vous aime.

LADY WINDERMERE. Il ne comprend pas ce que c'est que l'amour. Il le comprend tout aussi peu que vous... Mais je vois à quoi

---

1. Les lettres sont un accessoire de théâtre apprécié ; elles peuvent être brûlées, comme ici ou dans *Hedda Gabler* d'Ibsen, ou encore volées, comme dans *Un mari idéal*.

vous tendez. Ce serait fort avantageux pour vous que je revienne. Dieu du Ciel, quelle serait alors ma vie ! Rester à la merci d'une femme qui n'a en elle ni merci, ni pitié, d'une femme dont la rencontre est une infamie, d'une femme qu'il est déshonorant de connaître, une femme vile, une femme qui se met entre l'époux et l'épouse.

MRS. ERLYNNE, *avec un geste de désespoir*. Lady Windermere, Lady Windermere, ne dites pas de si terribles choses. Vous ne savez pas à quel point elles sont terribles, à quel point elles sont terribles et injustes. Écoutez. Il faut que vous écoutiez. Retournez seulement auprès de votre mari, et je vous promets de n'avoir plus aucunes relations avec votre mari sous quelque prétexte que ce soit... de ne jamais le voir, de n'avoir jamais rien à faire dans sa vie et dans la vôtre. L'argent qu'il m'a donné, il ne me l'a point donné par amour, mais par haine ; non parce qu'il m'adorait, mais parce qu'il me méprisait. La prise que j'ai sur lui...

LADY WINDERMERE, *se levant*. Ah ! Vous convenez que vous avez prise sur lui...

MRS. ERLYNNE. Oui, et je vais vous dire en quoi elle consiste. C'est son amour pour vous, Lady Windermere.

LADY WINDERMERE. Vous vous attendez à ce que je croie cela ?

MRS. ERLYNNE. Il faut que vous le croyiez ! c'est vrai. C'est son amour pour vous qui l'a fait se soumettre à... Oh ! appelez cela comme vous le voudrez, tyrannie, menaces. Mais c'est son amour pour vous... son désir de vous épargner... la honte, oui, la honte et la déconsidération.

LADY WINDERMERE. Que voulez-vous dire ? Vous êtes une insolente. Qu'ai-je à faire avec vous ?

MRS. ERLYNNE, *humblement*. Rien, je le sais,... mais je vous dis que votre mari vous aime, que vous pourriez bien ne trouver jamais pareil amour dans votre existence... que vous ne trouverez jamais pareil amour... Et que, si vous le rejetez, un jour pourra venir où vous aurez faim d'amour sans qu'il vous en soit donné, où vous mendierez l'amour, et il vous sera refusé. Oh ! Arthur vous aime !

LADY WINDERMERE. Arthur ? et vous me dites qu'il n'y a rien entre vous ?

MRS. ERLYNNE. Lady Windermere, devant le Ciel, votre mari est innocent de toute faute envers vous. Et moi,... je vous dis que si jamais il s'était présenté à mon esprit la possibilité qu'un soupçon aussi monstrueux naisse en votre âme, je serais morte plutôt que de me mettre en travers de votre vie ou de la sienne. Oh ! j'aurais été contente, très contente de mourir.

Elle va vers le canapé à gauche.

LADY WINDERMERE. Vous parlez comme si vous aviez un cœur. Les gens comme vous n'ont pas de cœur. On vous achète et on vous vend.

Elle s'assoit au fond à droite.

MRS. ERLYNNE *tressaille avec un geste de douleur. Puis elle se contient, et se dirige vers l'endroit où Lady Windermere est assise. En partant elle tend les mains vers elle, mais n'ose la toucher*. Croyez à mon égard ce qu'il vous plaira. Je ne mérite pas une minute de chagrin. Mais ne ruinez pas votre belle jeune vie, à cause de moi. Vous ne savez pas ce qui vous est réservé, si vous ne quittez pas cette maison sur-le-champ. Vous ne savez pas ce que c'est que de tomber dans l'abîme, d'être méprisée, raillée, abandonnée, regardée d'un air narquois,... d'être une déclassée, de voir les portes se fermer devant vous, d'avoir à vous glisser par d'affreux détours, en craignant à chaque instant qu'on ne vous arrache le masque du visage, et d'entendre tout le temps des éclats de rire, les horribles éclats de rire du monde, chose plus tragique que toutes les larmes que le monde ait jamais versées. Vous ne savez pas ce que c'est. On paie sa faute. Puis on la paie encore. On la paie toute sa vie. Quant à moi, si la souffrance est une expiation, eh bien, maintenant, j'ai expié toutes mes fautes, quelles qu'elles aient été, car ce soir vous avez donné un cœur à celle qui n'en avait point, vous le lui avez donné, et vous l'avez brisé. Mais laissons cela de côté. J'ai pu ruiner ma vie, mais je ne laisserai pas ruiner la vôtre. Vous, qui n'êtes qu'une enfant pourquoi seriez-vous perdue ? Vous ne sauriez faire face au déshonneur. Non ! Lady Windermere, retournez auprès du mari qui vous aime, que vous aimez. Vous avez un enfant, Lady Windermere. Revenez auprès de cet enfant qui peut-être, en ce moment même, vous appelle, dans sa joie ou dans sa douleur. *(Lady Windermere se lève.)* Dieu vous l'a donné cet enfant. Dieu exigera que vous fassiez à cet enfant la vie belle, que vous veilliez sur lui. Que répondrez-vous à Dieu, si cette vie est perdue par votre faute ? Retournez chez vous, Lady Windermere. Votre mari vous aime. Il n'a jamais fléchi un instant dans l'amour qu'il vous porte. Mais eût-il un millier d'amours, vous devez rester près de votre fils. Lors même qu'il vous maltraiterait, vous devriez rester près de votre fils. Lors même qu'il vous abandonnerait, votre place est près de votre fils. *(Lady Windermere fond en larmes et se cache la figure dans ses mains. Mrs. Erlynne accourt près d'elle.)* Lady Windermere !

LADY WINDERMERE, *lui tendant les mains, d'un air d'abandon, comme ferait un enfant*. Ramenez-moi chez-moi, ramenez-moi.

MRS. ERLYNNE, *sur le point de l'embrasser, mais elle se maîtrise. Expression de joie extrême sur ses traits*. Venez ! Où est votre manteau. *(Le prenant sur le canapé.)* Le voici. Mettez-le, venez tout de suite.

LADY WINDERMERE. Arrêtez ! N'entendez-vous pas des voix ?

MRS. ERLYNNE. Non, non, il n'y a personne.

LADY WINDERMERE. Si, il y a quelqu'un ! Écoutez ! Oh ! c'est la voix de mon mari. Il va entrer ! Sauvez-moi ! Oh ! c'est un complot. Vous l'aurez fait prévenir.

Voix au-dehors.

MRS. ERLYNNE. Silence ! Je suis ici pour vous sauver, si je le puis. Mais je crains qu'il ne soit trop tard. Par ici.

Elle montre la tenture qui masque la fenêtre.

LADY WINDERMERE. Mais vous !

MRS. ERLYNNE. Oh ! ne vous occupez pas de moi. Je saurai les affronter.

Lady Windermere se dissimule derrière la tenture.

LORD AUGUSTUS, *au-dehors*. C'est absurde, mon cher Windermere. Il ne faut pas que vous me quittiez.

MRS. ERLYNNE. Lord Augustus ! Alors c'est moi qui suis perdue.

Elle hésite un instant, puis jette un regard autour d'elle, aperçoit la porte de droite, et sort par là. Lord Darlington, Mr. Dumby, Lord Windermere, Lord Augustus Lorton, et Mr. Cecil Graham entrent.

DUMBY. Que c'est embêtant qu'on nous ait mis à la porte du club à cette heure ! Il n'est que deux heures. *(Se laissant tomber sur une chaise.)* Juste au moment où la soirée commençait à s'animer.

Il bâille et ferme les yeux.

LORD WINDERMERE. Vous êtes bien bon, Lord Darlington, de permettre à Augustus de vous imposer notre compagnie. Mais je crains de ne pouvoir rester longtemps.

LORD DARLINGTON. Vraiment ! J'en suis désolé. Vous accepterez un cigare, n'est-ce pas !

LORD WINDERMERE. Merci.

Il s'assied.

LORD AUGUSTUS, *à Lord Windermere*. Mon cher garçon vous ne devez pas songer à partir. J'ai bien des choses à vous dire, et qui sont d'une fameuse importance.

CECIL GRAHAM. Oh ! nous savons tous de quoi il s'agit. Tuppy n'est pas capable de parler d'autre chose que de Mrs. Erlynne.

LORD WINDERMERE. Eh bien, ça n'est pas votre affaire, n'est-ce pas, Cecil ?

CECIL GRAHAM. Pas le moins du monde. C'est pour cela que ça

m'intéresse. Mes affaires à moi me sont mortellement assommantes. Je préfère celles d'autrui.

LORD DARLINGTON. Eh ! les amis, boit-on quelque chose ? Cecil, voulez-vous un whisky-soda ?

CECIL GRAHAM. Merci. *(Il se dirige vers la table avec Lord Darlington)*. Mrs. Erlynne était très en beauté ce soir, n'est-ce pas ?

LORD DARLINGTON. Je ne suis point du nombre de ses admirateurs.

CECIL GRAHAM. Je n'en étais point, mais j'en suis maintenant. Croiriez-vous qu'elle m'a décidé à la présenter à la pauvre chère tante Caroline. Je crois qu'elle va déjeuner chez elle.

LORD DARLINGTON, *avec surprise*. Non ?

CECIL GRAHAM. Parole. Elle l'a invitée.

LORD DARLINGTON. Excusez-moi, mes amis. Je pars demain et j'ai quelques lettres à écrire.

Il s'installe au bureau et s'assied.

DUMBY. Une femme de tête, Mrs. Erlynne.

CECIL GRAHAM. Tiens, Dumby, je vous croyais endormi.

DUMBY. Je le suis, je le suis d'habitude.

LORD AUGUSTUS. Une femme très intelligente. Elle sait parfaitement bien quel fichu imbécile je suis. Le sait aussi bien que moi. *(Cecil Graham s'avance vers lui en riant.)* Ah ! vous pouvez rire, mon garçon, mais c'est une chose importante que de tomber sur une femme qui vous comprend parfaitement.

DUMBY. C'est une chose terriblement dangereuse : ça finit toujours par un mariage.

CECIL GRAHAM. Mais je croyais, Tuppy, que vous ne deviez jamais la revoir. Oui, vous me l'avez dit hier soir au club. Vous disiez que vous aviez appris...

Il lui parle bas.

LORD AUGUSTUS. Oh ! elle a tout expliqué.

CECIL GRAHAM. Et l'histoire de Wiesbaden [1] ?

1. Station thermale à la mode, en Allemagne.

LORD AUGUSTUS. Elle l'a expliquée aussi.

DUMBY. Et son revenu, Tuppy, l'a-t-elle aussi expliqué ?

LORD AUGUSTUS, *d'un ton très sérieux*. Elle va l'expliquer demain.

Cecil Graham revient près de la table au fond à droite.

DUMBY. Terriblement femmes d'affaires, les femmes d'aujourd'hui. Certes leurs grand'mères jetaient leur bonnet par-dessus les moulins, mais leurs petites-filles ne jettent leur bonnet que par-dessus les moulins qui peuvent faire lever du vent pour elles.

LORD AUGUSTUS. Vous voulez la donner pour une méchante femme. Elle ne l'est pas.

CECIL GRAHAM. Oh ! les méchantes femmes sont ennuyeuses, les bonnes sont assommantes. Voilà la seule différence.

LORD AUGUSTUS, *tirant bouffées sur bouffées de son cigare*. Mrs. Erlynne a un avenir devant elle.

DUMBY. Mrs. Erlynne a un passé derrière elle.

LORD AUGUSTUS. Je préfère les femmes qui ont un passé. Il est toujours diablement amusant de causer avec elles.

CECIL GRAHAM. Eh bien, vous aurez des *tas* de sujets de conversation avec elle, Tuppy.

Il se lève et va vers lui.

LORD AUGUSTUS. Vous devenez diablement taquin, cher ami. Vous êtes diablement taquin.

CECIL GRAHAM, *lui mettant les mains sur les épaules*. En ce moment-ci, Tuppy, vous avez perdu votre prestance et vous avez perdu votre réputation, n'allez pas perdre votre tempérament ; vous n'en avez qu'un.

LORD AUGUSTUS. Mon garçon, si je n'étais pas l'homme le plus facile à vivre qu'il y ait à Londres...

CECIL GRAHAM. Nous vous traiterions avec plus de respect, n'est-ce pas, Tuppy ?

Il va et vient.

DUMBY. La jeunesse du temps présent est absolument monstrueuse. Elle n'a aucun respect pour les cheveux teints.

Lord Augustus jette autour de lui des regards irrités.

CECIL GRAHAM. Mrs. Erlynne a un très grand respect pour ce cher Tuppy.

DUMBY. Mrs. Erlynne donne un exemple des plus admirables au reste de son sexe. Elle est absolument grossière, la façon dont les femmes de nos jours se comportent à l'égard des hommes qui ne sont pas leurs maris.

LORD WINDERMERE. Dumby, vous êtes ridicule, et vous, Cecil, vous donnez trop libre cours à votre langue. Laissez donc Mrs. Erlynne en repos. Vous ne savez absolument rien sur son compte, et vous ne cessez de tenir sur elle des propos médisants.

CECIL GRAHAM, *allant à lui, vers l'angle de gauche*. Mon cher Arthur, je ne tiens jamais de propos médisants. Je ne fais que répéter des commérages.

LORD WINDERMERE. Quelle différence y a-t-il entre des propos médisants et des commérages ?

CECIL GRAHAM. Oh ! les commérages, c'est charmant. L'histoire n'est que purs commérages. Mais les propos médisants, ce sont des commérages rendus ennuyeux par la moralité. Or, je nc fais jamais de morale. Un homme qui fait de la morale est d'ordinaire un hypocrite et une femme qui fait de la morale est presque toujours laide. Il n'y a rien au monde qui aille aussi mal à une femme qu'une conscience puritaine. Et la plupart des femmes le savent, je suis heureux de le dire.

LORD AUGUSTUS. C'est exactement mon opinion, cher ami, exactement mon opinion.

CECIL GRAHAM. Désolé de l'apprendre, Tuppy. Quand les gens sont du même avis que moi, il me semble toujours que j'ai tort.

LORD AUGUSTUS. Cher ami, quand j'avais votre âge...

CECIL GRAHAM. Mais vous ne l'avez jamais eu, Tuppy, et vous ne l'aurez jamais. *(Il se dirige vers le milieu de la scène)*. Dites,

Darlington, si nous faisions quelques parties de cartes ? Vous jouerez, Arthur, n'est-ce pas ?

LORD WINDERMERE. Non, merci, Cecil.

DUMBY, *en soupirant*. Grands Dieux ! Comme le mariage détruit un homme ! C'est aussi démoralisant que les cigarettes et ça coûte bien plus cher.

CECIL GRAHAM. Vous jouerez bien entendu, Tuppy ?

LORD AUGUSTUS, *se versant du brandy et de l'eau de Seltz*. Peux pas, cher ami, promis à Mrs. Erlynne de ne plus jouer ni boire.

CECIL GRAHAM. Voyons, mon cher Tuppy, ne vous laissez pas égarer dans les sentiers de la vertu. Une fois réformé, vous seriez parfaitement ennuyeux. C'est ce qu'il y a de pire chez les femmes. Elles veulent toujours que vous deveniez bon. Et si nous nous corrigeons, quand elles nous retrouvent, elles ne nous aiment plus du tout. Elles tiennent à nous trouver incorrigiblement mauvais et à nous quitter en faisant de nous de braves gens dépourvus de tout attrait.

LORD DARLINGTON, *se levant de la table de droite, où il a écrit des lettres*. Elles nous trouvent toujours si mauvais !

DUMBY. Je ne crois pas que nous soyons mauvais. Je pense que nous sommes tous bons, à l'exception de Tuppy.

LORD DARLINGTON. Non, nous sommes tous dans le ruisseau, mais quelques-uns de nous lèvent les yeux vers les étoiles.

Il s'assoit à la table au milieu de la scène.

DUMBY. Nous sommes tous dans le ruisseau, mais quelques-uns de nous lèvent les yeux vers les étoiles ? Ma parole, vous êtes tout à fait romantique ce soir, Darlington.

CECIL GRAHAM. Trop romantique. Vous devez être amoureux. Quelle est la demoiselle ?

LORD DARLINGTON. La femme que j'aime n'est pas libre ou croit ne pas l'être.

Il jette involontairement un coup d'œil vers Lord Windermere, en parlant.

CECIL GRAHAM. Une femme mariée, alors ! Eh bien il n'y a rien de tel au monde que le dévouement d'une femme mariée. C'est une chose dont un mari n'a aucune idée.

LORD DARLINGTON. Oh ! elle ne m'aime pas. C'est une honnête femme. C'est la seule honnête femme que j'aie rencontrée en ma vie.

CECIL GRAHAM. La seule honnête femme que vous ayez rencontrée dans toute votre vie ?

LORD DARLINGTON. Oui.

CECIL GRAHAM, *allumant une cigarette*. Eh bien, vous êtes un veinard. Oui, j'ai rencontré par centaines des maris d'honnêtes femmes. Il me semble que je n'ai jamais rencontré que d'honnêtes femmes. Le monde est littéralement bondé d'honnêtes femmes. Les fréquenter est une forme d'éducation bourgeoise.

LORD DARLINGTON. Cette femme a la pureté et l'innocence. Elle possède tout ce que les hommes ont perdu.

CECIL GRAHAM. Cher ami, que pourrions-nous bien faire, nous autres hommes, de par le monde, avec la pureté et l'innocence ? Une boutonnière fleurie avec soin produit bien plus d'effet.

DUMBY. Alors, vraiment, elle ne vous aime pas ?

LORD DARLINGTON. Non, elle ne m'aime pas.

DUMBY. Tous mes compliments, mon cher. En ce monde, il n'y a que deux tragédies. L'une consiste à ne pas avoir ce qu'on désire, l'autre consiste à l'avoir. Cette dernière est la pire de beaucoup. Cette dernière, c'est la vraie tragédie. Mais cela m'intéresse d'apprendre qu'elle ne vous aime pas. Combien de temps, Cecil, pourriez-vous aimer une femme qui ne vous aime pas ?

CECIL GRAHAM. Une femme qui ne m'aimerait pas ? Oh ! toute ma vie.

DUMBY. Et moi aussi. Mais il est si difficile d'en rencontrer une.

LORD DARLINGTON. D'où peut vous venir une pareille fatuité, Dumby ?

DUMBY. Ce n'est pas la fatuité qui m'a fait parler ainsi. C'est le regret. J'ai été aimé avec fureur, à la folie. Je suis navré de l'avoir été. Ç'a été immensément déplaisant. J'aimerais qu'on me laisse un peu à moi-même de temps en temps.

LORD AUGUSTUS, *regardant autour de lui*. Le temps de faire votre propre éducation, je suppose ?

DUMBY. Non, le temps d'oublier ce que j'ai appris. Cela, c'est bien plus important, cher Tuppy.

Lord Augustus s'agite d'un air embarrassé sur sa chaise.

LORD DARLINGTON. Quels cyniques vous faites, mes amis !

CECIL GRAHAM. Qu'est-ce qu'un cynique ?

Il s'assied sur le dossier du canapé.

LORD DARLINGTON. Un homme qui connaît le prix de toute chose et ne connaît la valeur d'aucune.

CECIL GRAHAM. Et un sentimental, mon cher Darlington, c'est un homme qui trouve à toute chose une valeur absurde, et ne connaît le prix marchand d'aucune.

LORD DARLINGTON. Vous m'amusez toujours, Cecil. Vous parlez comme si vous étiez un homme d'expérience.

CECIL GRAHAM. J'en suis un.

Il va se placer devant la cheminée.

LORD DARLINGTON. Vous êtes bien trop jeune.

CECIL GRAHAM. C'est une grande erreur. L'expérience est affaire d'instinct relativement à la vie. Je la possède. Tuppy en est dépourvu. L'expérience, c'est le nom que l'on donne aux erreurs que l'on commet[1]. Voilà tout.

Lord Augustus jette autour de lui des regards indignés.

DUMBY. L'expérience, c'est le nom que chacun donne à ses méprises.

CECIL GRAHAM, *le dos tourné à la cheminée*. On ne devrait jamais en commettre.

Il aperçoit sur le canapé l'éventail de Lady Windermere.

---

1. La même idée est exprimée dans *Véra, ou les Nihilistes* (1880) et au chapitre IV du *Portrait de Dorian Gray*.

DUMBY. Sans elles, la vie serait bien monotone.

CECIL GRAHAM. Bien entendu vous êtes parfaitement fidèle à cette femme dont vous êtes amoureux, Darlington, à cette honnête femme ?

LORD DARLINGTON. Cecil, quand on aime réellement une femme, toutes les autres femmes qu'il peut y avoir au monde deviennent absolument insignifiantes pour vous. L'amour vous transforme. Je suis transformé.

CECIL GRAHAM. Ah ! Dieux ! comme c'est intéressant ! Tuppy, j'ai un mot à vous dire.

Lord Augustus ne fait pas attention.

DUMBY. Ce n'est pas la peine de vouloir parler à Tuppy. Vous feriez tout aussi bien de vous adresser à un mur de briques.

CECIL GRAHAM. Mais j'aime assez à parler à un mur de briques. C'est la seule chose au monde qui ne me contredise jamais.

LORD AUGUSTUS. Eh bien, qu'est-ce qu'il y a ? Qu'est-ce qu'il y a ?

Il se lève et va vers Cecil Graham.

CECIL GRAHAM. Venez par ici, j'ai un mot à vous dire en particulier. *(À part.)* Voilà Darlington qui s'est mis à faire de la morale et à bavarder sur la pureté de l'amour, et autres choses de ce genre, et pendant tout ce temps, il y avait une femme chez lui.

LORD AUGUSTUS. Non ! pas possible ! pas possible !

CECIL GRAHAM, *à voix basse*. Oui, voici son éventail.

Il montre l'éventail.

LORD AUGUSTUS, *riant sans bruit*. Bon sang !

LORD WINDERMERE, *presque sur la porte*. Il faut que je parte enfin, Lord Darlington. Je suis fâché que vous quittiez si promptement l'Angleterre. Je vous en prie, venez nous voir à votre retour. Ma femme et moi, nous serons charmés de vous voir.

LORD DARLINGTON, *vers le fond de la scène avec Lord Windermere*. Je crains d'être bien absent pendant plusieurs années. Bonsoir !

CECIL GRAHAM. Arthur !

LORD WINDERMERE. Quoi ?

CECIL GRAHAM. Je voudrais vous parler un instant. Non ! venez.

LORD WINDERMERE, *mettant son manteau*. Impossible ! Il faut que je parte.

CECIL GRAHAM. C'est quelque chose de très particulier. Cela vous intéressera énormément.

LORD WINDERMERE, *souriant*. Ce sera encore quelqu'une de vos sottises, Cecil ?

CECIL GRAHAM. Non, ce n'en est pas une. Vrai, ce n'en est pas une.

LORD AUGUSTUS, *allant à lui*. Cher ami, il ne faut pas partir encore. J'ai des tas de choses à vous dire. Et puis Cecil a quelque chose à vous montrer.

LORD WINDERMERE, *revenant*. Eh bien ? de quoi s'agit-il ?

CECIL GRAHAM. Darlington a une femme ici, chez lui. Voici son éventail. C'est amusant, n'est-ce pas ?

Silence.

LORD WINDERMERE. Grands Dieux !

Il s'empare de l'éventail. Dumby se lève.

CECIL GRAHAM. Qu'y a-t-il ?

LORD WINDERMERE. Lord Darlington.

LORD DARLINGTON, *faisant demi-tour*. Eh bien ?

LORD WINDERMERE. Comment l'éventail de ma femme se trouve-t-il ici, chez vous ? Bas les pattes, Cecil. Ne me touchez pas.

LORD DARLINGTON. L'éventail de votre femme ?

LORD WINDERMERE. Oui, le voici.

LORD DARLINGTON, *s'avançant vers lui*. Je ne sais pas.

LORD WINDERMERE. Vous devez le savoir. Je demande une explication. Ne me retenez pas, animal !

À Cecil Graham.

LORD DARLINGTON, *à part*. Alors, elle serait ici ?

LORD WINDERMERE. Parlez, monsieur. Pourquoi l'éventail de ma femme est-il ici ? Répondez-moi. Bon Dieu ! Je vais fouiller votre appartement, et si ma femme est ici, je...

Il va et vient.

LORD DARLINGTON. Vous ne fouillerez pas mon appartement. Vous n'avez aucun droit de le faire. Je vous le défends.

LORD WINDERMERE. Coquin ! je ne sortirai pas d'ici avant d'avoir fouillé jusqu'au moindre coin. Qu'est-ce qui remue derrière ce rideau ?

Il se précipite vers le rideau.

MRS. ERLYNNE, *entrant par la porte de droite au fond.* Lord Windermere !

LORD WINDERMERE. Mrs. Erlynne !

Tous tressaillent et font demi-tour. Lady Windermere se glisse de derrière le rideau et s'esquive de la pièce par la porte de gauche.

MRS. ERLYNNE. Je crains d'avoir emporté, par mégarde, l'éventail de votre femme à la place du mien, quand je suis sortie de chez vous ce soir.

Elle lui prend l'éventail des mains. Lord Windermere lui jette un regard de dédain. La physionomie de Lord Darlington exprime un étonnement mêlé de colère. Lord Augustus se détourne. Les autres hommes se regardent en souriant.

RIDEAU.

ACTE QUATRIÈME

Même décor qu'au premier acte.

LADY WINDERMERE, *allongée sur le canapé.* Comment faire pour lui dire ? Je ne peux pas lui dire... cela me tuerait. Je me demande ce qui est arrivé après que je me suis échappée de cet horrible appartement. Peut-être lui aura-t-elle dit la véritable raison de ce qui l'amenait là, et lui aura-t-elle expliqué ce que signifiait ce fatal éventail, le mien ? Oh ! s'il sait, comment pourrais-je de nouveau le regarder en face ? Il ne me pardonnerait jamais. *(Elle appuie sur le timbre.)* Comme on croit vivre à l'abri de la tentation, de la faute, de la folie ? Et alors, tout à coup... Oh ! la vie est terrible. C'est elle qui nous mène, ce n'est pas nous qui la dirigeons.

Rosalie entre par la droite.

ROSALIE. Madame m'a appelée ?

LADY WINDERMERE. Oui. Avez-vous pu savoir à quelle heure Lord Windermere est rentré hier soir ?

ROSALIE. Monsieur n'est rentré que vers cinq heures du matin.

LADY WINDERMERE. Cinq heures ? Il a frappé à ma porte, ce matin, je suppose ?

ROSALIE. Oui, madame, à neuf heures et demie. Je lui ai dit que madame n'était pas encore éveillée.

LADY WINDERMERE. A-t-il dit quelque chose ?

ROSALIE. Il a dit quelques mots au sujet de l'éventail de madame. Je n'ai pas bien saisi ce qu'a dit monsieur. L'éventail de madame aurait-il été perdu ! Je ne peux pas le trouver, et Parker dit qu'il n'a été laissé dans aucune des pièces. Il a cherché dans toutes, et aussi sur la terrasse.

LADY WINDERMERE. Cela n'a pas d'importance. Dites à Parker de ne plus se mettre en peine. C'est bien.

Rosalie sort.

LADY WINDERMERE. Elle le lui dira sûrement. Je puis me figurer une personne qui accomplit un acte admirable, qui se sacrifie, qui accomplit son sacrifice d'une façon spontanée, téméraire, pleine de noblesse et qui s'aperçoit ensuite que cela lui coûtera trop cher. Pourquoi hésiterait-elle entre sa perte et la mienne ?... Comme c'est étrange ! Je l'aurais publiquement déshonorée dans ma propre maison. Elle se résigne à subir un affront public chez un autre pour me sauver... Il y a une amère ironie, dans les choses, une amère ironie dans notre façon de parler des femmes honnêtes et des autres... Oh ! quelle leçon ! et comme il est malheureux que dans la vie, nous ne recevions ces leçons que quand elles ne peuvent plus nous servir. Car même si elle ne parle pas, il faudra que je le fasse. Oh ! quelle honte ! Quelle honte ! Raconter cela, c'est le vivre de nouveau. Les actes sont la première tragédie dans la vie ; les paroles en sont la seconde. Les paroles sont peut-être la pire : les paroles sont impitoyables... oh !

Elle tressaille en voyant entrer Lord Windermere.

LORD WINDERMERE, *lui donne un baiser.* Margaret, comme vous êtes pâle !

LADY WINDERMERE. J'ai fort mal dormi.

LORD WINDERMERE, *s'asseyant sur le canapé près d'elle.* J'en suis bien fâché. Je suis rentré terriblement tard et je n'ai pas voulu vous réveiller. Vous pleurez, ma chère ?

LADY WINDERMERE. Oui, je pleure, car j'ai quelque chose à vous dire, Arthur.

LORD WINDERMERE. Ma chère enfant, vous ne vous portez pas très bien. Vous vous êtes surmenée. Allons à la campagne. Vous vous remettrez complètement à Selby. La saison est presque passée ; il est inutile de prolonger ici notre séjour. Pauvre chérie ! Nous partirons aujourd'hui, si vous voulez. *(Il se lève.)* Nous pouvons facilement prendre le train de quatre heures trente. Je vais envoyer un télégramme à Fannen.

Il traverse la scène et s'assoit à une table pour écrire une dépêche.

LADY WINDERMERE. Oui, partons aujourd'hui... Non, je ne peux partir aujourd'hui, Arthur. J'ai quelqu'un à voir avant de quitter la ville, quelqu'un qui a été bon pour moi.

LORD WINDERMERE, *se levant et s'appuyant sur le canapé.* Bon pour vous !

LADY WINDERMERE. Bien mieux encore. *(Elle se lève et va vers lui.)* Je vous dirai tout, Arthur, mais seulement aimez-moi, aimez-moi comme vous aviez l'habitude de m'aimer.

LORD WINDERMERE. L'habitude de vous aimer ? Vous ne pensez pas à cette misérable femme qui est venue ici hier soir ? *(Il revient et va s'asseoir à droite de sa femme.)* Vous n'allez pas encore vous imaginer... Non, c'est impossible.

LADY WINDERMERE. Non, ce n'est pas cela. Je sais maintenant que je me trompais, que j'étais sotte.

LORD WINDERMERE. Vous avez fait preuve d'une grande bonté en la recevant hier soir, — mais vous ne la reverrez plus.

LADY WINDERMERE. Pourquoi dites-vous cela ?

Un silence.

LORD WINDERMERE, *lui serrant la main.* Margaret, je voyais dans Mrs. Erlynne une femme qui avait été plus victime que coupable, comme on dit. Je croyais qu'elle tenait à être honnête, à reprendre une place qu'elle avait perdue dans un moment de folie, à mener désormais une vie respectable. J'ai cru ce qu'elle me disait. Je me suis trompé sur son compte. Elle est malhonnête, — aussi malhonnête qu'une femme peut l'être.

LADY WINDERMERE. Arthur, Arthur, ne parlez pas aussi amèrement d'une femme, quelle qu'elle soit. Je ne crois plus maintenant qu'on puisse diviser les gens en deux classes, ceux qui sont honnêtes et ceux qui ne le sont pas, comme s'il s'agissait de deux races, de deux créations. Les femmes qu'on qualifie d'honnêtes peuvent avoir en elles de terribles choses, des crises folles d'étourderie, d'amour-propre, de jalousie, de péché. Les femmes que l'on dit malhonnêtes peuvent avoir en elles la souffrance, le repentir, la pitié, le sacrifice. Et je ne crois pas que Mrs. Erlynne soit une malhonnête. Je sais qu'elle ne l'est pas.

LORD WINDERMERE. Ma chère enfant, cette femme est impossible. Peu importe qu'elle cherche à nous nuire, vous devez ne jamais la revoir. Elle ne saurait être accueillie nulle part.

LADY WINDERMERE. Mais je tiens à la voir. Je tiens à ce qu'elle vienne ici.

LORD WINDERMERE. Jamais.

LADY WINDERMERE. Elle est venue ici une fois comme *votre* invitée. Elle doit venir maintenant comme la mienne. Ce n'est que juste.

LORD WINDERMERE. Elle n'aurait jamais dû venir ici.

LADY WINDERMERE, *se levant.* Il est trop tard maintenant, Arthur, pour dire cela.

Elle fait quelques pas.

LORD WINDERMERE, *se levant.* Margaret, si vous saviez où Mrs. Erlynne est allée la nuit dernière, en sortant de cette maison. Vous ne resteriez pas dans une pièce où elle se trouverait. C'était absolument honteux toute cette affaire.

LADY WINDERMERE. Arthur, je ne puis y tenir plus longtemps : il faut que je vous dise... hier soir...

Parker entre. Il apporte sur un plateau l'éventail de Lady Windermere et une carte.

PARKER. Mrs. Erlynne est venue pour rapporter l'éventail de Madame, qu'elle avait pris par mégarde hier soir. Mrs. Erlynne a écrit quelques mots sur la carte.

LADY WINDERMERE. Oh ! Priez Mrs. Erlynne d'avoir la bonté de monter. *(Elle lit la carte.)* Dites que je serai très heureuse de la voir. *(Parker sort.)* Elle tient à me voir, Arthur.

LORD WINDERMERE, *prenant la carte et la regardant.* Margaret, je vous *prie* de n'en rien faire. Laissez-moi la voir d'abord, dans tous les cas. C'est une femme très dangereuse. C'est la femme la plus dangereuse que je connaisse. Vous ne vous rendez pas compte de ce que vous faites.

LADY WINDERMERE. Il est à propos que je la voie.

LORD WINDERMERE. Ma chère enfant, il peut se faire que vous vous exposiez à de grands chagrins. Ne courez pas à une rencontre. Il est absolument nécessaire que je la voie avant vous.

LADY WINDERMERE. Pourquoi est-ce nécessaire ?

Parker entre.

PARKER. Mrs. Erlynne.

Parker sort.

MRS. ERLYNNE. Comment allez-vous, Lady Windermere ? *(À Lord Windermere.)* Comment allez-vous ? Voyez-vous, Lady Windermere, je suis bien fâchée au sujet de votre éventail. Je ne puis m'imaginer comment j'ai commis une méprise aussi sotte. C'est tout à fait stupide de ma part. Et comme je passais en voiture de votre côté, j'ai songé à vous rapporter moi-même ce qui vous appartenait, en y joignant bien des excuses pour ma négligence et en venant vous dire adieu.

LADY WINDERMERE. Adieu ? *(Elle va vers le canapé avec Mrs. Erlynne, et s'y assoit près d'elle.)* Est-ce que vous partez, Mrs. Erlynne ?

MRS. ERLYNNE. Oui, je retourne à l'étranger pour y vivre de nouveau. Le climat de l'Angleterre ne me convient pas. Mon... cœur en souffre et cela m'incommode. Je préfère habiter dans le sud. Il y a à Londres trop de brouillards, et... trop de gens sérieux, Lord Windermere. Sont-ce les brouillards qui produisent les gens sérieux, ou les gens sérieux qui produisent les brouillards, je ne sais, mais cela me porte abominablement sur les nerfs, et je pars cet après-midi par le train.

LADY WINDERMERE. Cet après-midi ? Et moi qui tenais tant à aller vous voir ?

MRS. ERLYNNE. C'est bien bon de votre part. Mais je crois bien qu'il me faut partir.

LADY WINDERMERE. Ne vous reverrai-je jamais, Mrs. Erlynne ?

MRS. ERLYNNE. Non, je le crains. Nos existences sont trop séparées. Mais il y a une petite chose que je voudrais que vous fassiez pour moi. Je voudrais votre photographie, Lady Windermere : voudriez-vous m'en donner une. Vous ne savez pas quel plaisir vous me feriez.

LADY WINDERMERE. Avec plaisir. En voici une sur la table, je vais vous la montrer.

Elle traverse la scène et va vers la table.

LORD WINDERMERE, *allant vers Mrs. Erlynne, et parlant à voix basse.* C'est monstrueux que vous vous introduisiez ici après votre conduite d'hier soir.

MRS. ERLYNNE, *avec un sourire amusé.* Mon cher Lord Windermere, la politesse d'abord, la morale ensuite [1].

LADY WINDERMERE, *revenant.* J'ai peur d'être très flattée. Je ne suis pas si jolie que cela.

Montrant la photographie.

MRS. ERLYNNE. Vous êtes bien plus jolie ; mais n'en avez-vous pas une où vous êtes avec votre petit garçon ?

LADY WINDERMERE. Si. Préféreriez-vous une de celles-là ?

MRS. ERLYNNE. Oui.

LADY WINDERMERE. Je vais vous en chercher une, si vous voulez bien m'excuser un moment. J'en ai une en haut.

MRS. ERLYNNE. Je suis bien fâchée, Lady Windermere, de vous donner tant de peine.

LADY WINDERMERE, *se dirigeant vers la porte de droite.* Ce n'est pas du tout une peine, Mrs. Erlynne.

MRS. ERLYNNE. Je vous suis bien obligée. *(Lady Windermere sort par la droite.)* Vous paraissez tout à fait de mauvaise humeur ce matin, Windermere. Pourquoi le seriez-vous ? Margaret et moi nous sommes dans les meilleurs termes.

---

1. Cette opinion cynique est également exprimée au chapitre XI du *Portrait de Dorian Gray*.

LORD WINDERMERE. Je ne puis supporter de vous voir à côté d'elle. En outre vous ne m'avez pas dit la vérité, Mrs. Erlynne.

MRS. ERLYNNE. Je ne *lui* ai pas dit la vérité, voulez-vous dire ?

LORD WINDERMERE, *debout au milieu de la scène.* Parfois je désirerais que vous l'ayez fait. Alors cela m'aurait épargné la souffrance, l'inquiétude, les tortures de ces six derniers mois. Mais plutôt que d'apprendre à ma femme, — que la mère qu'on lui avait appris à regarder comme morte, la mère qu'elle avait pleurée comme morte, — est vivante, — que c'est une femme divorcée qui va et vient sous un nom d'emprunt, une femme malhonnête qui vit de proie, ainsi que vous le faites, je le sais, — plutôt que cela, j'étais prêt à vous fournir de l'argent pour payer billets sur billets, folies sur folies, à risquer ce qui est arrivé hier, la première querelle que j'aie jamais eue avec ma femme. Vous ne comprenez pas ce que cela signifie pour moi. Comment le comprendriez-vous ? Mais je vous le dis, les seules paroles amères qui soient jamais sorties de ces douces lèvres, les siennes, elles étaient causées par vous, et je ne puis souffrir de vous voir près d'elle. Vous souillez l'innocence qui est en elle. *(Il va vers le fond à droite.)* Et alors, je me figurais qu'avec tous vos défauts, vous étiez franche et honnête. Vous ne l'êtes pas.

MRS. ERLYNNE. Pourquoi dites-vous cela ?

LORD WINDERMERE. Vous avez obtenu de moi une invitation au bal de ma femme.

MRS. ERLYNNE. Pour le bal de ma fille. Oui.

LORD WINDERMERE. Vous êtes venue, et moins d'une heure après être sortie d'ici, on vous trouve chez un homme. Vous êtes déshonorée aux yeux de tous.

Il descend vers le milieu de la scène.

MRS. ERLYNNE. Oui.

LORD WINDERMERE, *se tournant brusquement vers elle.* Par conséquent j'ai le droit de vous prendre pour ce que vous êtes, une femme indigne, mauvaise. J'ai le droit de vous dire de ne rentrer jamais dans cette maison, de ne jamais tenter de vous rapprocher de ma femme.

MRS. ERLYNNE, *froidement.* De ma fille, voulez-vous dire.

LORD WINDERMERE. Vous n'avez aucun droit de la revendiquer pour votre fille. Vous l'avez laissée, vous l'avez abandonnée, quand elle n'était qu'une enfant au berceau, vous l'avez abandonnée pour votre amant, qui, à son tour, vous a abandonnée.

MRS. ERLYNNE, *se levant.* Portez-vous cela à son crédit, ou au mien, Lord Windermere ?

LORD WINDERMERE. Au sien, maintenant que je vous connais.

MRS. ERLYNNE. Prenez garde, vous feriez mieux de vous tenir sur vos gardes.

LORD WINDERMERE. Oh ! je ne vais pas ménager les expressions pour vous. Je vous connais à fond.

MRS. ERLYNNE, *le regardant fixement.* Pour cela, j'en doute.

LORD WINDERMERE. Oui, je vous connais. Vous avez passé vingt ans de votre vie sans votre enfant, sans une pensée pour votre enfant. Un jour vous lisez dans les journaux qu'elle a épousé un homme riche. Vous avez vu là une chance ignoble. Vous saviez que pour lui épargner l'ignominie d'apprendre qu'elle avait pour mère une femme telle que vous, je me soumettrais à tout. Vous avez commencé votre chantage.

MRS. ERLYNNE, *haussant les épaules.* N'employez pas de vilains mots, Windermere, c'est vulgaire. J'ai vu la chance qui s'offrait à moi. J'en ai profité, c'est vrai.

LORD WINDERMERE. Vous l'avez saisie, et hier soir, vous l'avez perdue, quand on vous a découverte.

MRS. ERLYNNE, *avec un étrange sourire.* Vous avez parfaitement raison, je l'ai entièrement ruinée hier soir.

LORD WINDERMERE. Et quant à l'erreur que vous avez commise en emportant d'ici l'éventail de ma femme, et le laissant traîner chez Darlington, elle est impardonnable. Je ne puis désormais supporter la vue de cet objet. Je ne permettrai plus à ma femme de s'en servir, c'est pour moi une chose salie. Vous auriez dû le garder, au lieu de le rapporter.

MRS. ERLYNNE. Je crois que je le garderai. *(Elle fait quelques pas.)* Il est extrêmement joli. *(Elle prend l'éventail.)* Je demanderai à Margaret de me le donner.

LORD WINDERMERE. J'espère que ma femme vous le donnera.

MRS. ERLYNNE. Oh ! je suis sûre qu'elle ne fera aucune objection.

LORD WINDERMERE. Je voudrais qu'en même temps elle vous donnât une miniature qu'elle embrasse, chaque soir avant de faire sa prière, cette miniature représente une jeune fille à la physionomie innocente, avec une belle chevelure noire.

MRS. ERLYNNE. Ah ! oui, je me souviens. Combien ce temps me paraît lointain ! *(Elle va vers le canapé et s'assoit.)* Ce portrait a été fait avant mon mariage. Les cheveux noirs et l'air innocent étaient alors à la mode, Windermere.

Une pause.

LORD WINDERMERE. Quel est votre but, en venant ici ce matin ? Quel est votre objet ?

Il va s'asseoir au fond à gauche.

MRS. ERLYNNE, *avec une pointe d'ironie dans la voix*. Oh ! c'était pour dire adieu à ma chère fille. *(Lord Windermere, dans sa colère, se mord la lèvre inférieure. Mrs. Erlynne le regarde. Sa voix et ses manières deviennent graves. Il y a un accent profondément tragique dans ses paroles. Pendant un instant, elle se révèle tout entière.)* Oh ! ne vous imaginez pas que je vais jouer une scène pathétique avec elle, et pleurer sur son épaule, et lui dire qui je suis, et le reste. Je n'ai nulle ambition de jouer le rôle de mère. Une seule fois dans ma vie, j'ai connu des sentiments maternels, ce fut hier soir. Ils furent terribles. Ils me firent souffrir. Ils me firent trop souffrir. Pendant vingt ans, comme vous le dites, j'ai vécu sans enfant. Je compte vivre encore sans enfant. *(Cachant son émotion sous un rire vulgaire.)* En outre, mon cher Windermere, je vous le demande, comment pourrais-je passer pour la mère d'une fille adulte ? Margaret a vingt ans, et je n'en ai jamais avoué plus de vingt-neuf, trente au plus, vingt-neuf quand il y a des abat-jour roses, trente quand il n'y en a pas. Aussi vous voyez combien ce serait difficile. Non, pour ce qui est de moi, laissez votre femme caresser le souvenir de cette mère morte sans tache. Pourquoi troublerais-je ses illusions ?

J'ai déjà assez de peine à conserver les miennes. J'ai perdu une illusion hier soir. Je croyais n'avoir pas de cœur. Je découvre que j'en ai un, et en avoir un ne me sied pas, Windermere. D'une façon ou d'une autre, cela ne s'harmonise pas avec le costume moderne. Cela vous fait paraître plus que votre âge. *(Elle prend sur la table un miroir à main et s'y regarde.)* Et cela compromet votre carrière en des moments critiques.

LORD WINDERMERE. Vous me faites horreur, absolument horreur.

MRS. ERLYNNE, *se levant*. Je suppose, Windermere, que vous voudriez que j'entre dans un couvent, ou que je me fasse infirmière dans un hôpital, ou quelque chose de ce genre. C'est stupide de votre part, Arthur ; dans la vie moderne, on ne fait pas de ces choses-là, du moins aussi longtemps qu'on a une figure passable. Non, ce qui console les gens de nos jours, ce n'est pas le repentir, c'est le plaisir. Le repentir est absolument passé de mode. Et en outre si une femme se repent, il faut qu'elle s'habille chez un mauvais couturier. Sans quoi personne ne la croit. Et rien au monde ne pourrait me décider à faire pareille sottise. Non, j'entends disparaître entièrement, de vos deux existences. Lorsque je m'y suis mêlée, j'ai commis une erreur. — J'ai découvert cela hier soir.

LORD WINDERMERE. Une erreur fatale.

MRS. ERLYNNE. Fatale, c'est bien le mot.

LORD WINDERMERE. Maintenant je regrette de n'avoir pas tout dit en une fois à ma femme.

MRS. ERLYNNE. Je regrette mes mauvaises actions, vous regrettez vos bonnes actions. Voilà en quoi nous différons.

LORD WINDERMERE. Je n'ai point confiance en vous. Je mettrai ma femme au fait. Il est préférable qu'elle sache, et que ce soit par moi. Cela lui causera une souffrance infinie. Cela l'humiliera terriblement, mais il est juste qu'elle sache.

MRS. ERLYNNE. Vous vous proposez de lui tout dire ?

LORD WINDERMERE. Je vais de ce pas le lui dire.

MRS. ERLYNNE, *allant vers lui*. Si vous faites cela, je rendrai mon nom si infâme, qu'il flétrira chaque instant de sa vie. Il la jettera dans la ruine et le déshonneur. Si vous avez la hardiesse de lui faire cette révélation, il n'est pas d'abîme, de dégradation où je ne sois capable de descendre, pas de précipice, de honte où je ne veuille me plonger. Vous ne lui direz rien, je vous le défends.

LORD WINDERMERE. Pourquoi ?

MRS. ERLYNNE, *après une pause.* Si je vous disais que je m'intéressais à elle, que peut-être même je l'aimais, vous me répondriez par un sourire railleur, n'est-ce pas ?

LORD WINDERMERE. Je sentirais que ce n'est pas vrai. L'amour maternel, cela veut dire dévouement, abnégation, sacrifice. Que pouviez-vous savoir de telles choses ?

MRS. ERLYNNE. Vous avez raison. Que pouvais-je savoir de telles choses ? Ne parlons plus de cela, car dire à ma fille qui je suis, c'est ce que je ne permettrai pas. C'est mon secret, ce n'est point le vôtre. Si je me décide à le lui dire, — et je crois que j'en viendrai là, je le lui dirai avant de quitter cette maison — sinon, je ne lui dirai jamais.

LORD WINDERMERE, *avec colère.* Alors je vous demanderai de partir d'ici sans délai. Je me charge de vous excuser auprès de Margaret.

Entre Lady Windermere, par la droite. Elle se dirige vers Mrs. Erlynne, la photographie à la main. Lord Windermere va derrière le canapé et regarde anxieusement Mrs. Erlynne pendant toute la scène.

LADY WINDERMERE. Je suis bien fâchée, Mrs. Erlynne, de vous avoir fait attendre. Je ne trouvais nulle part la photographie. À la fin je l'ai découverte dans le cabinet de toilette de mon mari. Il l'avait dérobée.

MRS. ERLYNNE, *lui prenant des mains la photographie, qu'elle regarde*. Je n'en suis pas surprise. Elle est charmante. *(Elle va vers le sofa avec Lady Windermere, s'y assoit près d'elle et regarde de nouveau la photographie.)* Ainsi donc, voici votre petit garçon ? Comment se nomme-t-il ?

LADY WINDERMERE. Gérard, comme mon cher père.

MRS. ERLYNNE, *posant la photographie.* Vraiment ?

LADY WINDERMERE. Oui. Si ç'avait été une fille, je lui aurais donné le nom de ma mère. Ma mère avait le même nom que moi, Margaret.

MRS. ERLYNNE. Je me nomme aussi Margaret.

LADY WINDERMERE. Vraiment ?

MRS. ERLYNNE. Oui. *(Un silence.)* Vous chérissez le souvenir de votre mère, Lady Windermere, me dit votre mari.

LADY WINDERMERE. Nous avons tous notre idéal dans la vie. Du moins nous devrions l'avoir. Le mien, c'est ma mère.

MRS. ERLYNNE. L'idéal est chose dangereuse. Les réalités valent mieux. Elles blessent, mais elles valent mieux.

LADY WINDERMERE, *hochant la tête*. Si je perdais mes idéaux, je perdrais tout.

MRS. ERLYNNE. Tout ?

LADY WINDERMERE. Oui.

Silence.

MRS. ERLYNNE. Votre père vous a-t-il souvent parlé de votre mère ?

LADY WINDERMERE. Non, cela le faisait trop souffrir. Il m'a dit que ma mère était morte peu de mois après ma naissance. Il avait les yeux pleins de larmes quand il parlait d'elle. Puis, il m'a priée de ne jamais lui rappeler son nom. Il souffrait rien qu'à l'entendre. Mon père... mon père est vraiment mort de chagrin. Sa vie a été une des plus lamentables que j'aie connues.

MRS. ERLYNNE, *se levant*. Je crois bien que je vais être obligée de partir maintenant, Lady Windermere.

LADY WINDERMERE, *se levant*. Oh ! non, ne partez pas.

MRS. ERLYNNE. Je crois que cela vaudra mieux. Ma voiture doit être revenue en ce moment. Je l'ai envoyée à Lady Jedburgh avec un billet.

LADY WINDERMERE. Arthur, voulez-vous bien vérifier si la voiture de Mrs. Erlynne est de retour ?

MRS. ERLYNNE. Je vous en prie, Lady Windermere, ne donnez pas cette peine à Lord Windermere.

LADY WINDERMERE. Mais si, allez, Arthur, je vous prie. *(Lord Win-*

dermere hésite un instant et jette un regard vers Mrs. Erlynne. Elle reste tout à fait impassible. Il sort de la chambre. À Mrs. Erlynne.) Oh ! que dois-je vous dire ? Vous m'avez sauvée hier soir.

Allant à elle.

MRS. ERLYNNE. Chut ! Ne parlez pas de cela.

LADY WINDERMERE. Il faut que j'en parle. Je ne puis vous laisser croire que je vais accepter ce sacrifice. Je ne le veux pas : il est trop grand. Je vais tout dire à mon mari. C'est mon devoir.

MRS. ERLYNNE. Ce n'est point votre devoir. Du moins vous avez à côté de celui-là, des devoirs envers d'autres. Vous dites que vous me devez quelque chose ?

LADY WINDERMERE. Je vous dois tout.

MRS. ERLYNNE. Alors acquittez-vous de votre dette par le silence. C'est la seule façon dont vous puissiez la payer. Ne gâtez pas la seule bonne action que j'aie accomplie dans ma vie, en parlant de cela à qui que ce soit. Promettez-moi que ce qui s'est passé hier soir restera un secret entre nous. Vous ne devez pas introduire la souffrance dans la vie de votre mari. Pourquoi altérer son amour ? Vous ne devez pas l'altérer. Il est si aisé de tuer l'amour. Oh ! combien il est aisé de le tuer ! Donnez-moi votre parole, Lady Windermere, que vous ne lui direz *jamais* rien. J'y tiens.

LADY WINDERMERE, *courbant la tête.* C'est votre volonté et non la mienne.

MRS. ERLYNNE. Oui, c'est moi qui le veux. Et n'oubliez jamais votre enfant : je suis charmée de vous voir sous les traits d'une mère, dans ma pensée. Je suis charmée que vous apparaissiez ainsi à vous-même.

LADY WINDERMERE, *levant les yeux.* Ce sera toujours ainsi pour moi. Une fois en ma vie, j'ai oublié ma propre mère : c'était hier soir. Oh ! si je m'étais souvenue d'elle, je n'aurais pas été si sotte, si coupable.

MRS. ERLYNNE, *avec un léger frisson*. Chut ! Hier soir est définitivement passé.

Lord Windermere entre.

LORD WINDERMERE. Votre voiture n'est pas encore de retour, Mrs. Erlynne.

MRS. ERLYNNE. Peu importe : je prendrai un fiacre. Il n'y a rien au monde qui soit aussi respectable qu'un bon Shrewsbury et Talbot[1]. Et maintenant, chère Lady Windermere, voici, je le crains, le moment de l'adieu pour tout de bon. *(Elle s'avance vers le milieu de la scène.)* Ah ! je me souviens. Vous me trouverez absurde, mais voyez-vous, je me suis entichée de cet éventail que j'ai eu bien soin d'emporter en quittant votre bal. Et je me demande maintenant si vous consentiriez à m'en faire cadeau. Lord Windermere dit que vous le pouvez.

LADY WINDERMERE. Oh ! certainement, si cela peut vous faire quelque plaisir. Mais mon nom y est inscrit : celui de Margaret.

MRS. ERLYNNE. Mais nous avons le même nom de baptême.

LADY WINDERMERE. Oh ! je n'y songeais pas. Bien entendu prenez-le. Quelle chance extraordinaire que nous ayons toutes deux le même nom !

MRS. ERLYNNE. Tout à fait extraordinaire. Merci : il me rappellera toujours votre souvenir.

Elle échange une poignée de main avec Lady Windermere.

Parker entre.

PARKER. Lord Augustus Lorton. La voiture de Mrs. Erlynne est arrivée.

Lord Augustus entre.

LORD AUGUSTUS. Bonjour, cher ami, bonjour, Lady Windermere. *(Il aperçoit Mrs. Erlynne.)* Mrs. Erlynne !

MRS. ERLYNNE. Comment allez-vous, Lord Augustus ? Allez-vous tout à fait bien, ce matin ?

LORD AUGUSTUS, *avec froideur*. Tout à fait bien, merci, Mrs. Erlynne.

---

1. Fiacres extrêmement luxueux et confortables. Ils étaient très appréciés.

MRS. ERLYNNE. Vous n'avez pas du tout l'air d'aller bien, Lord Augustus, vous vous couchez trop tard : cela ne vous vaut rien. Vous devriez réellement vous soigner davantage. Adieu, Lord Windermere. *(Elle se dirige vers la porte, en saluant d'une inclination de tête Lord Augustus. Soudain elle sourit, et se retourne pour le regarder.)* Lord Augustus, voulez-vous m'accompagner jusqu'à ma voiture ? Vous pourriez porter l'éventail.

LORD WINDERMERE. Permettez-moi...

MRS. ERLYNNE. Non, c'est Lord Augustus que je demande. J'ai une communication toute particulière pour cette chère Duchesse. N'est-ce pas que vous porterez l'éventail, Lord Augustus ?

LORD AUGUSTUS. Si vous y tenez réellement, Mrs. Erlynne.

MRS. ERLYNNE. Naturellement, j'y tiens. Vous aurez si bonne grâce à le porter. Vous auriez bonne grâce à porter n'importe quoi, cher Lord Augustus.

Arrivée à la porte, elle se retourne un instant pour regarder Lady Windermere. Leurs yeux se rencontrent. Alors elle fait demi-tour, et sort par la porte du fond, suivie de Lord Augustus.

LADY WINDERMERE. Vous ne parlerez jamais défavorablement de Mrs. Erlynne, n'est-ce pas, Arthur ?

LORD WINDERMERE, *gravement*. Elle vaut mieux qu'on ne l'aurait cru.

LADY WINDERMERE. Elle vaut mieux que moi.

LORD WINDERMERE, *il lui sourit en lui passant la main sur les cheveux.* Enfant ! vous et elle, vous appartenez à deux mondes différents. Le mal n'est jamais entré dans le vôtre.

LADY WINDERMERE. Ne dites pas cela, Arthur. Il n'y a qu'un monde pour nous tous. Le bien et le mal, le péché et l'innocence y vont et viennent en se tenant par la main. Fermer les yeux pour ne point voir la moitié de la vie et y vivre en sécurité, c'est agir comme si l'on se mettait un bandeau sur les yeux afin de marcher plus sûrement dans un pays semé d'abîmes et de précipices.

LORD WINDERMERE, *s'avançant*. Ma chérie, pourquoi dites-vous cela ?

LADY WINDERMERE, *s'asseyant sur le sofa*. Parce que moi qui avais fermé mes yeux à la vie, je suis allée jusqu'au bord du précipice. Et quelqu'un, qui nous avait séparés...

LORD WINDERMERE. Nous n'avons jamais été séparés.

LADY WINDERMERE. Nous ne devons plus l'être de nouveau. Oh ! Arthur, ne m'aimez pas moins et j'aurai plus de confiance en vous. J'aurai en vous une confiance absolue. Partons pour Selby. Dans la roseraie de Selby les roses sont blanches et rouges.

Lord Augustus entre et s'avance vers le milieu de la scène.

LORD AUGUSTUS. Arthur, elle a tout expliqué. *(Lady Windermere paraît horriblement effrayée. Lord Windermere tressaille. Lord Augustus prend Lord Windermere par le bras et l'amène sur le devant de la scène.)* Cher ami, elle a expliqué entièrement cette maudite histoire. Nous avons tous été d'une énorme injustice à son égard. C'était uniquement à cause de moi qu'elle est allée chez Lord Darlington, après m'avoir demandé au club. Le fait est qu'elle voulait cesser de me faire attendre plus longtemps, et ayant appris que j'étais sorti, elle m'a suivi — et chose toute naturelle, — entendant entrer un tas de gens, elle a pris peur et s'est réfugiée dans une autre pièce. Je vous assure, c'est très satisfaisant pour moi, toute cette histoire. Nous nous sommes conduits comme des butors à son égard. Elle est justement la femme qu'il me faut. Elle me convient en tous points. La seule condition qu'elle pose, c'est que nous n'habiterons pas l'Angleterre. Excellent, cela aussi. Au diable les clubs, fichu climat, maudits cuisiniers, au diable tout le reste. J'en ai par-dessus la tête de tout cela.

LADY WINDERMERE, *effrayée*. Mrs. Erlynne a-t-elle ?...

LORD AUGUSTUS, *s'avançant vers elle, en s'inclinant*. Oui, Lady Windermere, Mrs. Erlynne m'a fait l'honneur d'accepter l'offre de ma main.

LORD WINDERMERE. Il est certain que vous épousez une femme des plus intelligentes.

LADY WINDERMERE, *prenant la main de son mari*. Ah ! vous épousez une excellente femme[1].

RIDEAU.

1. La pièce d'Alexandre Dumas fils, *Le Demi-monde* (1855), se termine sur des mots comparables : « Vous épousez la femme la plus honnête que je connaisse. »

UNE FEMME SANS IMPORTANCE

À

GLADYS, COMTESSE DE GREY

Marquise de Ripon[1].

1. Cette grande dame, qui occupait une position très en vue dans la haute société londonienne, était une amie de Wilde, qui la connaissait depuis 1880.

PERSONNAGES

LORD ILLINGWORTH.
SIR JOHN PONTEFRACT.
LORD ALFRED RUFFORD [1].
Mr. KELVIL, député.
Le vénérable archidiacre DAUBENY, docteur en théologie.
GERALD ARBUTHNOT.
FARQUHAR, maître d'hôtel.
FRANCIS, valet de pied.
LADY HUNSTANTON [2].
LADY CAROLINE PONTEFRACT.
LADY STUTFIELD.
MRS. ALLONBY.
MISS HESTER WORSLEY [3].
ALICE, femme de chambre.
MRS. ARBUTHNOT [4].

ACTE I. — *La terrasse de Hunstanton Chase.*
ACTE II. — *Le salon de Hunstanton Chase.*
ACTE III. — *La galerie de tableaux de Hunstanton Chase.*
ACTE IV. — *Le salon de Mrs Arbuthnot.*

De nos jours, en province.
L'action se déroule en vingt-quatre heures.

---

1. Le choix de ce nom est une allusion probable à Lord Alfred Douglas. 2. Hunstanton est une petite station balnéaire du Norfolk, près de laquelle séjournait Wilde alors qu'il rédigeait sa pièce. 3. Le prénom de ce personnage vient sans doute de Hester Prynne, héroïne de *La Lettre écarlate* (1850) de Nathaniel Hawthorne. 4. Le nom d'Arbuthnot est célèbre. John Arbuthnot (1667-1735), médecin ami de Swift et de Pope, est connu pour son *Histoire de John Bull* (1712), ensemble de cinq textes satiriques prônant la raison et le bon sens. Indifférent à la célébrité, il défendait la probité et la vérité. Il est également l'auteur d'un poème, « Connais-toi toi-même ». Wilde s'est manifestement inspiré de ces différentes caractéristiques pour créer le personnage de la mère honnête et intransigeante.

ACTE PREMIER

Une pelouse, devant la terrasse d'Hunstanton Chase, Sir John et Lady Caroline Pontefract, Miss Worsley, assis sur des chaises sous un grand if.

LADY CAROLINE. Je crois, Miss Worsley, que c'est ici la première maison de campagne anglaise, où vous ayez fait un séjour.

MISS HESTER. Oui, Lady Caroline.

LADY CAROLINE. Vous n'avez pas de maison de campagne en Amérique, m'a-t-on dit ?

MISS HESTER. Nous n'en avons pas beaucoup.

LADY CAROLINE. Avez-vous de la campagne ? Ce que nous appellerions la campagne ?

MISS HESTER, *souriant*. Nous avons la plus vaste campagne qui soit au monde, Lady Caroline. On nous disait souvent à l'école que certains de nos États sont aussi grands que la France et l'Angleterre réunies.

LADY CAROLINE. Ah ! vous ne devez pas y manquer de courants d'air. *(À Sir John.)* John, vous devriez mettre votre cache-nez. À quoi sert-il que je sois tout le temps à vous tricoter des cache-nez, si vous ne les portez pas ?

SIR JOHN. Mais j'ai vraiment chaud, Caroline, je vous l'assure.

LADY CAROLINE. Je ne le crois pas, John. Eh bien, Miss Worsley, vous ne pouviez pas venir dans un endroit plus charmant que celui-ci, bien que la maison soit excessivement humide, d'une humidité presque impardonnable, et que cette excellente Lady Hunstanton soit parfois un peu trop indulgente dans le choix des gens qu'elle invite. *(À Sir John.)* Jane mélange trop. Lord Illingworth est, certes, un homme d'une haute distinction. C'est une bonne fortune que de se trouver quelque part avec lui. Quant à ce député, ce Mr. Kettle[1]...

SIR JOHN. Kelvil, ma chère, Kelvil.

LADY CAROLINE. Ce doit être quelqu'un de très respectable. On n'a jamais entendu son nom pendant toute son existence : voilà qui en dit bien long de nos jours sur quelqu'un. Mais Mrs. Allonby est une personne à peine acceptable.

MISS HESTER. Je n'aime pas Mrs. Allonby. Je la déteste plus encore que je ne pourrais dire.

LADY CAROLINE. Je me demande, Miss Worsley, si les étrangers, comme vous, font bien de se laisser aller à leurs sympathies ou antipathies envers les gens qu'ils sont appelés à rencontrer. Mrs. Allonby est très bien née. Elle est la nièce de Lord Brancaster. Évidemment, l'on raconte qu'elle s'est enfuie deux fois de chez elle avant de se marier. Mais vous savez combien les gens sont mauvaises langues, parfois. Pour ma part, je ne crois pas qu'elle se soit enfuie plus d'une fois.

MISS HESTER. Mr. Arbuthnot est tout à fait charmant.

LADY CAROLINE. Ah ! oui, ce jeune homme qui est employé dans une banque. Lady Hunstanton fait preuve d'une grande bonté en l'invitant ici, et Lord Illingworth paraît s'être pris d'affection pour lui. Pourtant je me demande si Jane fait bien de le sortir ainsi de sa condition. En mon jeune temps, Miss Worsley, on ne rencontrait jamais dans la société des gens qui travaillaient pour vivre. Cela n'était pas regardé comme une chose bien.

MISS HESTER. En Amérique ce sont ces gens-là que nous respectons le plus.

LADY CAROLINE. Je n'en doute pas.

MISS HESTER. Mr. Arbuthnot a une très belle nature : il est si simple, si sincère ! C'est une des plus belles natures que j'aie jamais rencontrées. C'est un bonheur que de se trouver avec lui.

---

1. Bouilloire, en anglais.

LADY CAROLINE. Il n'est point d'usage en Angleterre, Miss Worsley, qu'une jeune dame s'exprime avec tant d'enthousiasme au sujet d'aucune personne de l'autre sexe. Les femmes anglaises cachent leurs sentiments jusqu'après leur mariage. Alors elles les montrent.

MISS HESTER. Est-ce qu'en Angleterre vous n'admettez pas qu'il puisse y avoir de l'amitié entre un jeune homme et une jeune fille ?

Entre Lady Hunstanton, suivie d'un valet de pied qui porte des châles et des coussins.

LADY CAROLINE. Nous regardons cela comme très peu digne d'encouragement. Jane, j'étais justement en train de dire que vous aviez organisé la plus charmante réunion du monde. Vous avez un tact merveilleux dans vos choix. C'est tout à fait un don.

LADY HUNSTANTON. Chère Caroline, combien c'est aimable à vous ! Je crois que nous nous conviendrons tous à merveille. Et j'espère que notre charmante visiteuse américaine remportera d'agréables souvenirs de notre vie à la campagne en Angleterre. *(Au valet de pied.)* Mettez ici le coussin, Francis. Et mon châle. Le shetland. Allez chercher le shetland.

Le valet de pied sort pour aller chercher le châle. — Entre Gerald Arbuthnot.

GERALD. Lady Hunstanton, j'ai une si bonne nouvelle à vous apprendre ! Lord Illingworth vient de m'offrir de me prendre pour secrétaire.

LADY HUNSTANTON. Pour secrétaire ? C'est une bonne nouvelle, en effet, Gerald. Cela annonce qu'un bel avenir vous attend. Votre bonne mère sera enchantée. Il faut décidément que je tâche d'obtenir d'elle qu'elle vienne ici ce soir. Croyez-vous qu'elle y consentira, Gerald ? Je sais combien il est difficile de la faire aller n'importe où.

GERALD. Oh ! je suis sûr qu'elle accepterait, Lady Hunstanton, si elle savait que Lord Illingworth m'a fait une offre pareille.

Entre le valet de pied avec le châle.

LADY HUNSTANTON. Je lui écrirai, je lui ferai part de la nouvelle, et je la prierai de venir ici pour y rencontrer Lord Illingworth. *(Au valet de pied.)* Attendez un instant, Francis.

LADY CAROLINE. Voilà un début merveilleux pour un jeune homme de votre âge, Mr. Arbuthnot.

GERALD. En effet, Lady Caroline, j'espère être en état de m'en rendre digne.

LADY CAROLINE. Je l'espère aussi.

GERALD, *à Hester*. Vous ne m'avez pas encore félicité, Miss Worsley.

MISS HESTER. En êtes-vous content ?

GERALD. Si je le suis ! Cela signifie toutes sortes de choses pour moi. Des choses que jusqu'à présent je n'avais jamais osé espérer atteindre, se trouvent maintenant à la portée de mes espérances.

MISS HESTER. Rien ne devrait être inaccessible à l'espérance. La vie est une espérance.

LADY HUNSTANTON. J'imagine, Caroline, que Lord Illingworth vise à la carrière diplomatique. J'ai entendu dire qu'on lui avait offert Vienne[1]. Mais ce n'est peut-être pas vrai.

LADY CAROLINE. Il ne me semble pas que l'Angleterre doive être représentée à l'étranger par un célibataire, Jane. Cela pourrait amener des complications.

LADY HUNSTANTON. Vous êtes trop susceptible, Caroline, croyez-moi, vous êtes trop susceptible. En outre Lord Illingworth peut se marier quand il voudra. J'avais espéré le voir épouser Lady Kelso[2]. Mais il a dit, je crois, qu'elle avait une trop grande famille. Ou bien peut-être étaient-ce les pieds qui étaient trop grands ? Je ne me souviens plus. Je le regrette beaucoup. Elle avait l'étoffe d'une ambassadrice.

---

1. Vienne était la capitale de la diplomatie. Être ambassadeur dans la capitale de l'empire austro-hongrois était alors le poste le plus prestigieux et le plus recherché. 2. Wilde avait déjà utilisé ce nom dans *Le Portrait de Dorian Gray* pour désigner le grand-père de Dorian.

LADY CAROLINE. Certainement elle a une aptitude merveilleuse à se rappeler les noms des gens et à oublier leurs visages.

LADY HUNSTANTON. Mais, Caroline, c'est chose toute naturelle, n'est-ce pas ? *(Au valet de pied.)* Dites à Henry qu'il attende la réponse. Gerald, j'ai écrit quelques mots à votre bonne mère, pour lui apprendre la bonne nouvelle et lui dire qu'il faut absolument qu'elle vienne dîner avec nous.

Le valet de pied sort.

GERALD. C'est une excessive bonté de votre part, Lady Hunstanton. *(À Hester.)* Venez-vous faire un tour, Miss Worsley ?

HESTER. Avec plaisir.

Elle sort avec Gerald.

LADY HUNSTANTON. Je suis extrêmement satisfaite de la bonne fortune qui échoit à Gerald Arbuthnot. C'est un de mes *protégés*[1]. Et je suis particulièrement contente que Lord Illingworth ait fait cette offre spontanément, sans que je lui aie rien suggéré. Personne n'aime qu'on lui demande des faveurs. Je me rappelle cette pauvre Charlotte Padgen, qui s'est rendue tout à fait impopulaire pendant une saison, parce qu'elle avait une institutrice française qu'elle cherchait à recommander à tout le monde.

LADY CAROLINE. J'ai vu l'institutrice, Jane. Lady Padgen me l'a envoyée. C'était avant qu'Eleanor fît son entrée dans le monde. Elle avait une figure beaucoup trop agréable pour aucune maison respectable. Je ne m'étonne pas. Je ne m'étonne pas du tout que Lady Padgen tînt si vivement à s'en défaire.

LADY HUNSTANTON. Ah, voilà l'explication.

LADY CAROLINE. John, l'herbe est trop humide pour vous. Vous ferez mieux de rentrer tout de suite pour mettre vos caoutchoucs.

SIR JOHN. Je me sens parfaitement bien, Caroline, je vous l'assure.

LADY CAROLINE. Vous m'accorderez que j'en suis le meilleur juge. John, je vous prie de faire ce que je vous dis.

1. En français dans le texte.

Sir John se lève et s'éloigne.

LADY HUNSTANTON. Vous le gâtez, Caroline. Vraiment vous le gâtez. *(Entrent Mrs. Allonby et Lady Stutfield. À Mrs. Allonby.)* Eh bien, ma chère, j'espère que vous trouvez le parc à votre goût. Il passe pour avoir de beaux arbres.

MRS. ALLONBY. Les arbres sont merveilleux, Lady Hunstanton.

LADY STUTFIELD. Merveilleux, absolument merveilleux.

MRS. ALLONBY. Cela n'empêche pas que si j'habitais la campagne six mois de suite, je deviendrais une créature si innocente que personne ne ferait la moindre attention à moi.

LADY HUNSTANTON. Je vous assure, ma chère, que la campagne ne produit pas du tout cet effet-là. Tenez, ce fut de Melthorpe, qui n'est qu'à deux milles d'ici, que Lady Belton s'enfuit avec Lord Fethersdale. Je me rappelle très bien l'histoire. Le pauvre Lord Belton mourut trois jours après, de joie ou de la goutte, je ne sais plus au juste. Nous avions de nombreux invités ici à cette époque, de sorte que nous prîmes tous un grand intérêt à toute l'aventure.

MRS. ALLONBY. À mon avis, s'enfuir c'est commettre une lâcheté. C'est se sauver devant le danger. Et le danger est devenu si rare dans la vie moderne.

LADY CAROLINE. À ce qu'il me semble, les jeunes femmes du temps présent paraissent donner pour but unique à leur vie de jouer sans cesse avec le feu.

MRS. ALLONBY. Un des avantages de jouer avec le feu, Lady Caroline, c'est de ne jamais se brûler les doigts. Ceux-là seuls se les brûlent qui ne savent pas jouer.

LADY STUTFIELD. Oui, je le vois. Voilà qui est très, très encourageant.

LADY HUNSTANTON. Je ne sais trop comment marcherait le monde, avec une théorie pareille, ma chère Mrs. Allonby.

LADY STUTFIELD. Ah ! le monde a été fait pour les hommes, et non pour les femmes.

MRS. ALLONBY. Oh ne dites pas cela, Lady Stutfield. Nous avons un bien meilleur lot. On nous interdit infiniment plus de choses qu'on ne leur en interdit.

LADY STUTFIELD. Oui, c'est vrai, tout à fait vrai. Je n'y avais pas pensé.

Entrent Sir John et Mr. Kelvil.

LADY HUNSTANTON. Eh bien, Mr. Kelvil, avez-vous terminé votre besogne ?

KELVIL. J'ai fini mes écritures de la journée, Lady Hunstanton. Ç'a été une tâche ardue. De nos jours on demande à un homme public une grande, oui, une très grande partie de son temps. Et je ne crois pas qu'on lui en soit aussi reconnaissant qu'il y a droit.

LADY CAROLINE. John, avez-vous mis vos caoutchoucs ?

SIR JOHN. Oui, mon amour.

LADY CAROLINE. Je crois que vous feriez mieux de venir par ici, John. On y est plus à l'abri.

SIR JOHN. Je me trouve parfaitement bien, Caroline.

LADY CAROLINE. Je ne le crois pas, John. Vous feriez mieux de vous asseoir près de moi.

Sir John se lève et traverse la scène.

LADY STUTFIELD. Et sur quel sujet avez-vous écrit ce matin, Mr. Kelvil ?

KELVIL. Sur le sujet de tous les jours, Lady Stutfield, sur la Pureté.

LADY STUTFIELD. Voilà un sujet sur lequel il est intéressant, très intéressant d'écrire.

KELVIL. C'est le seul sujet qui ait réellement une importance nationale, de nos jours, Lady Stutfield. Je me propose d'envoyer une adresse à mes électeurs sur cette question, avant que le Parlement ne se réunisse. Je trouve que les classes les plus pauvres de ce pays manifestent l'ardent désir d'un idéal éthique plus élevé.

LADY STUTFIELD. C'est bien, tout à fait bien de leur part.

LADY CAROLINE. Êtes-vous d'avis d'encourager les femmes à prendre part à la politique, Mr. Kettle ?

SIR JOHN. Kelvil, ma chère, Kelvil.

KELVIL. L'influence croissante des femmes est un symptôme rassurant dans notre vie politique, Lady Caroline. Les femmes sont toujours du côté de la morale, tant publique que privée.

LADY STUTFIELD. Quel plaisir on éprouve à vous entendre parler ainsi !

LADY HUNSTANTON. Ah ! oui, les qualités morales chez la femme, voilà l'important. J'ai peur, Caroline, que ce cher Lord Illingworth n'apprécie pas, autant qu'il le devrait, les qualités morales chez les femmes.

Entre Lord Illingworth.

LADY STUTFIELD. On dit que Lord Illingworth est très, très dissolu.

LORD ILLINGWORTH. Mais qui dit cela, Lady Stutfield ? L'autre monde ? Car ce monde-ci et moi, nous sommes en excellents termes.

Il va s'asseoir à côté de Mrs. Allonby.

LADY STUTFIELD. Toutes les personnes que je connais, *moi*, assurent que vous êtes très dissolu.

LORD ILLINGWORTH. C'est chose absolument monstrueuse que la façon dont se conduisent nos contemporains. Ils tiennent contre leur prochain et derrière son dos, des propos qui sont absolument, entièrement vrais [1].

LADY HUNSTANTON. Ce cher Lord Illingworth est tout à fait incorrigible, Lady Stutfield. J'ai renoncé à le réformer. Pour arriver à ce résultat, il faudrait une société anonyme avec un conseil d'administration et un secrétaire appointé. Mais pour le secrétaire, vous l'avez déjà, n'est-ce pas, Lord Illingworth ? Gerald Arbuthnot nous a appris sa bonne fortune. C'est vraiment bien de la bonté de votre part.

LORD ILLINGWORTH. Oh ! ne dites pas cela, Lady Hunstanton. Ce mot bonté est un mot terrible. J'ai ressenti une grande sympathie pour le jeune Arbuthnot, dès le moment où nous nous sommes rencontrés, et il me sera extrêmement utile dans certaine chose que je suis assez sot pour entreprendre.

---

1. Ce mot d'esprit apparaît mot pour mot dans le chapitre XV du *Portrait de Dorian Gray*.

LADY HUNSTANTON. C'est un jeune homme admirable. Et sa mère est une de mes plus chères amies. Il vient de partir pour une promenade avec notre jolie Américaine. Elle est fort jolie, n'est-ce pas ?

LADY CAROLINE. Beaucoup trop jolie. Ces jeunes Américaines accaparent tous les bons partis. Que ne peuvent-elles rester dans leur pays ? Elles ne cessent de nous répéter qu'il est le paradis des femmes [1].

LORD ILLINGWORTH. Il l'est en effet. C'est pourquoi, comme Ève, elles n'ont pas de plus vif désir que d'en sortir.

LADY CAROLINE. Que sont les parents de Miss Worsley ?

LORD ILLINGWORTH. Les femmes américaines montrent une habileté merveilleuse à cacher leurs parents.

LADY HUNSTANTON. Mon cher Lord Illingworth, qu'entendez-vous par là ? Miss Worsley, Caroline, est orpheline [2]. Son père était un millionnaire fort opulent, ou un philanthrope, ou les deux ensemble, je crois, et il a accueilli mon fils de la façon la plus hospitalière, lors de sa visite à Boston. Je ne sais pas quel a été le point de départ de sa fortune.

KELVIL. Je m'imagine que c'est dans les nouveautés américaines.

LADY HUNSTANTON. Qu'est-ce que c'est que les nouveautés américaines.

LORD ILLINGWORTH. Ce sont les romans américains [3].

LADY HUNSTANTON. Oh, c'est très singulier, bien singulier. Eh bien, quelle que soit l'origine de sa grosse fortune, j'ai une grande estime pour Miss Worsley. Elle s'habille extrêmement bien. Toutes les Américaines s'habillent extrêmement bien. Elles achètent leurs toilettes à Paris.

MRS. ALLONBY. On dit, Lady Hunstanton, que quand les honnêtes Américains meurent, ils vont à Paris.

LADY HUNSTANTON. Vraiment, et les Américains malhonnêtes, quand ils meurent, où vont-ils ?

---

1. Voir, dans *Le Fantôme des Canterville*, le personnage de la jeune Virginia Otis qui épouse le duc de Cheshire. **2.** Chez Wilde, beaucoup de personnages sont orphelins de père ou de mère, par exemple Dorian Gray et Sybil Vane dans *Le Portrait de Dorian Gray*, John Worthing dans *L'Importance d'être constant*, et de nombreux personnages des contes. **3.** Cette plaisanterie est empruntée au chapitre III du *Portrait de Dorian Gray*.

LORD ILLINGWORTH. Oh, ils vont en Amérique.

KELVIL. Vous n'appréciez pas l'Amérique, je le crains, Lord Illingworth. C'est un pays très remarquable, surtout quand on tient compte de sa jeunesse.

LORD ILLINGWORTH. Pour les Américains, la jeunesse de leur pays est leur plus ancienne tradition. Elle a actuellement trois cents ans de date. À les entendre parler, on se figurerait qu'ils sont dans leur première enfance. En tant que civilisation, ils sont dans la seconde.

KELVIL. Il y a certainement une forte dose de corruption dans la politique américaine. Je suppose que c'est à cela que vous faites allusion ?

LORD ILLINGWORTH. Je me le demande.

LADY HUNSTANTON. La politique est partout une bien triste chose, à ce qu'on me dit. Elle l'est certainement en Angleterre. Cet excellent Mr. Cardew est en train de ruiner le pays. Je m'étonne que Mrs. Cardew le laisse faire. J'en suis sûre, Lord Illingworth, vous n'êtes pas d'avis qu'on donne le droit de vote à des gens sans éducation [1].

LORD ILLINGWORTH. À mon avis, ils devraient être les seuls à le posséder.

KELVIL. Vous n'êtes donc d'aucun parti dans la politique moderne, Lord Illingworth.

LORD ILLINGWORTH. On devrait n'être d'aucun parti en quoi que ce soit, Mr. Kelvil. S'enrôler dans un parti, c'est se décider à être sincère. La conséquence immédiate, c'est qu'on prend les choses au sérieux, et alors l'existence humaine devient assommante. Toutefois la Chambre des Communes est vraiment fort peu nuisible. Vous ne pouvez améliorer les gens par décret du Parlement, c'est déjà quelque chose.

KELVIL. Vous ne saurez dénier que la Chambre des Communes n'ait toujours témoigné une grande sympathie pour les souffrances des pauvres.

LORD ILLINGWORTH. C'est là son défaut caractéristique. C'est le

---

1. L'extension du droit de vote, alors extrêmement restreint, faisait partie des projets de réforme du Parti libéral.

défaut qui caractérise le siècle. On devrait sympathiser avec ce qui est la joie, la beauté, la couleur de la vie. Moins on parle des plaies de l'existence, mieux cela vaut, Mr. Kelvil.

KELVIL. La pauvreté de l'East End[1] n'en est pas moins importante.

LORD ILLINGWORTH. C'est exact. C'est la question de l'esclavage. Et nous tâchons de la résoudre en amusant les esclaves.

LADY HUNSTANTON. Il est certain qu'on peut obtenir de grands résultats, par les distractions à bon marché, comme vous le dites, Lord Illingworth. Ce cher docteur Daubeny, notre pasteur d'ici, organise, pour les pauvres, avec le concours de ses vicaires, des récréations vraiment admirables pendant l'hiver. Et on peut faire beaucoup de bien avec une lanterne magique, un missionnaire, ou quelque autre amusement populaire de ce genre.

LADY CAROLINE. Je ne suis pas du tout d'avis d'amuser les pauvres, Jane. Des couvertures et du charbon, c'est tout ce qu'il faut[2]. Il y a trop d'amour du plaisir dans les classes supérieures telles qu'elles sont. La santé, voilà ce qu'il nous faut dans la vie moderne. L'atmosphère n'est pas saine, pas saine du tout.

KELVIL. Vous avez tout à fait raison, Lady Caroline.

LADY CAROLINE. J'ai raison habituellement, je crois.

MRS. ALLONBY. Quel terrible mot, la santé !

LORD ILLINGWORTH. Le mot le plus sot qu'il y ait dans la langue et l'on sait si bien quelle idée le populaire se fait de la santé. Le gentilhomme campagnard anglais galopant après un renard — l'innommable courant après l'immangeable[3].

KELVIL. Puis-je vous demander, Lord Illingworth, si vous regardez la Chambre des Lords comme une institution meilleure que la Chambre des Communes ?

LORD ILLINGWORTH. Comme une institution meilleure, cela va sans dire. Nous autres de la Chambre des Lords, nous ne

---

1. Le quartier le plus pauvre de Londres. **2.** Couvertures et charbon étaient fréquemment distribués aux pauvres par le clergé. **3.** Une des épigrammes les plus célèbres de Wilde.

sommes jamais en contact avec l'opinion publique. Cela fait de nous une assemblée civilisée.

KELVIL. Est-ce sérieusement que vous émettez une telle façon de voir ?

LORD ILLINGWORTH. Tout à fait sérieusement, Mr. Kelvil. *(À Mrs. Allonby.)* Quelle habitude vulgaire ont de nos jours certaines gens, quand vous leur avez donné une idée, de vous demander si vous avez parlé sérieusement ou non ! Il n'y a pas d'autre chose sérieuse que la passion. L'intelligence n'est point chose sérieuse et ne le fut jamais. C'est un instrument dont on joue, voilà tout. La seule forme sérieuse d'intelligence que je connaisse est l'intelligence anglaise. Et sur cette intelligence anglaise, les illettrés battent du tambour.

LADY HUNSTANTON. Qu'est-ce que vous dites, Lord Illingworth, à propos de tambour ?

LORD ILLINGWORTH. Je parlais tout simplement à Mrs. Allonby des articles de fond dans les journaux de Londres.

LADY HUNSTANTON. Mais croyez-vous tout ce qui s'écrit dans les journaux ?

LORD ILLINGWORTH. Je le crois. De nos jours, il n'y a que les choses illisibles qui se produisent.

Il se relève, ainsi que Mrs. Allonby.

LADY HUNSTANTON. Est-ce que vous partez, Mrs. Allonby ?

MRS. ALLONBY. Je vais jusqu'à la serre. Lord Illingworth m'a dit ce matin qu'il y avait une orchidée aussi belle que les sept péchés capitaux[1].

LADY HUNSTANTON. Ma chère, j'espère qu'il n'y a rien de pareil. J'interrogerai là-dessus le jardinier.

Mrs. Allonby et Lord Illingworth sortent.

LADY CAROLINE. Une personnalité remarquable, cette Mrs. Allonby.

LADY HUNSTANTON. Elle se laisse parfois entraîner par sa faconde.

---

1. L'association de l'orchidée, fleur « décadente » selon les critères de l'époque, avec les sept péchés capitaux est déjà présente au chapitre XVII du *Portrait de Dorian Gray*.

LADY CAROLINE. C'est la seule chose, Jane, par laquelle Mrs. Allonby se laisse entraîner.

LADY HUNSTANTON. Je l'espère, Caroline, j'en suis certaine.

Entre Lord Alfred.

Ce cher Lord Alfred ! Venez donc avec nous.

Lord Alfred s'assoit à côté de Lady Stutfield.

LADY CAROLINE. Vous avez toujours bonne opinion d'autrui, Jane. C'est un grand défaut.

LADY STUTFIELD. Croyez-vous vraiment, croyez-vous, Lady Caroline, qu'on devrait avoir une mauvaise opinion de tout le monde ?

LADY CAROLINE. Je trouve ce parti-là bien plus sûr, Lady Stutfield. Bien entendu jusqu'à ce qu'on reconnaisse que les gens sont honnêtes. Mais de nos jours cela exige une forte dose d'imagination.

LADY STUTFIELD. Mais il y a tant de méchants commérages dans notre vie moderne !

LADY CAROLINE. Lord Illingworth me faisait remarquer hier soir à dîner que la base de tout commérage est une certitude absolument immorale.

KELVIL. Oh ! Lord Illingworth est un homme qui a beaucoup de brillant, mais il me paraît dépourvu de cette belle foi en la noblesse et la pureté de la vie qui est si importante en ce siècle.

LADY STUTFIELD. Oui, très, très importante, n'est-ce pas ?

KELVIL. Il me fait l'effet d'un homme qui n'apprécie pas beaucoup la beauté de notre vie domestique anglaise. Je dirais presque qu'il est atteint par la contagion des idées étrangères sur ce point.

LADY STUTFIELD. Il n'y a rien, rien de plus beau que la vie domestique, n'est-ce pas[1] ?

---

1. Cf. les vers célèbres de J.H. Payne (1791-1852), depuis inlassablement repris ici et là, et évidemment moqués par Wilde : « Home, home, sweet, sweet home ! / There's no place like home ! there's no place like home ! » (« Foyer, foyer, doux, doux foyer / Il n'est rien de tel que le foyer ! rien de tel que le foyer ! »)

KELVIL. C'est la base, le fondement de notre système moral en Angleterre, Lady Stutfield. Sans elle, nous deviendrions semblables à nos voisins.

LADY STUTFIELD. Et ce serait bien triste, bien triste, n'est-ce pas ?

KELVIL. Et je regrette aussi que Lord Illingworth ne semble regarder la femme que comme un joujou. Or, moi, je n'ai jamais regardé la femme comme un joujou. La femme est l'auxiliaire et la compagne intellectuelle de l'homme dans la vie publique comme dans la vie privée. Sans elle, nous oublierions le véritable idéal[1].

Il va s'asseoir à côté de Lady Stutfield.

LADY STUTFIELD. Je suis contente, heureuse de vous entendre parler ainsi.

LADY CAROLINE. Vous êtes marié, Mr. Kettle ?

SIR JOHN. Kelvil, ma chère, Kelvil.

KELVIL. Je suis marié, Lady Caroline.

LADY CAROLINE. Vous avez de la famille ?

KELVIL. Oui.

LADY CAROLINE. Combien d'enfants ?

KELVIL. Huit.

Lady Stutfield porte son attention sur Lord Alfred.

LADY CAROLINE. Mrs. Kelvil et les enfants, sont, je suppose, aux bains de mer ?

Sir John hausse les épaules.

KELVIL. Ma femme est aux bains de mer avec les enfants, Lady Caroline.

LADY CAROLINE. Vous irez les rejoindre plus tard, sans doute ?

KELVIL. Si mes obligations d'homme public me le permettent.

LADY CAROLINE. Votre vie d'homme public doit être une grande source de plaisir pour Mrs. Kettle.

SIR JOHN. Kelvil, mon amour, Kelvil.

---

1. *Un mari idéal*, pièce composée juste après *Une femme sans importance*, est, dans une large mesure, une variation amplifiée de cette idée.

LADY STUTFIELD, *à Lord Alfred.* Elles sont tout à fait charmantes, vos cigarettes à bout doré, Lord Alfred[1].

LORD ALFRED. Elles coûtent diablement cher. Je ne puis me les payer que quand j'ai des dettes.

LADY STUTFIELD. Comme cela doit être terrible, terrible, d'être endetté !

LORD ALFRED. Il faut bien avoir quelque occupation, par les temps qui courent. Si je n'avais pas mes dettes, je n'aurais rien pour me distraire. Tous les garçons que je connais ont des dettes.

LADY STUTFIELD. Mais les gens auxquels vous devez de l'argent ne vous causent-ils pas de grands, de grands ennuis ?

Entre le valet de pied.

LORD ALFRED. Oh non ! ils écrivent ; moi pas.

LADY STUTFIELD. C'est bien, bien étrange.

LADY HUNSTANTON. Ah ! Caroline, voici une lettre de cette chère Mrs. Arbuthnot. Elle ne viendra pas dîner ; j'en suis fâchée. Mais elle viendra dans la soirée, j'en suis vraiment enchantée. C'est la plus douce de toutes les femmes. Et son écriture ; comme elle est ample et ferme.

Elle tend la lettre à Lady Caroline.

LADY CAROLINE, *y jetant les yeux.* Cela manque un peu de féminité. La féminité est la qualité que j'admire le plus chez la femme.

LADY HUNSTANTON, *reprenant la lettre et la mettant sur la table.* Oh ! Elle est très féminine, Caroline, et vertueuse aussi. Si vous entendiez comme l'Archidiacre parle d'elle ! Il la regarde comme son bras droit dans la paroisse. *(Le valet de pied lui parle.)* Dans le salon jaune. Si nous y allions ? Lady Stutfield, si nous allions prendre le thé ?

LADY STUTFIELD. Avec plaisir, Lady Hunstanton.

---

1. La cigarette à bout doré fait partie de la panoplie du dandy. C'était le type de cigarette dont Wilde lui-même raffolait.

On se lève et on se dispose à partir. Sir John s'offre à porter le manteau de Lady Stutfied.

LADY CAROLINE. John, si vous laissiez votre neveu s'occuper du manteau de Lady Stutfield, vous pourriez vous charger de ma corbeille à ouvrage.

SIR JOHN. Certainement, mon amour.

Ils sortent.

MRS. ALLONBY. Chose curieuse, les femmes insignifiantes sont toujours jalouses de leurs maris. Les jolies femmes ne le sont jamais.

LORD ILLINGWORTH. Les jolies femmes n'ont jamais le temps. Elles ont toujours une occupation : être jalouses des maris des autres femmes.

MRS. ALLONBY. J'aurais cru que Lady Caroline aurait fini par se lasser des petits soins conjugaux. Sir John est son quatrième mari !

LORD ILLINGWORTH. Il est à coup sûr inconvenant de se marier tant que cela. Vingt ans d'amour donnent à la femme l'aspect d'une ruine, mais vingt ans de mariage font d'elle, en quelque sorte, un édifice public.

MRS. ALLONBY. Vingt ans d'amour ! Est-ce que cela existe ?

LORD ILLINGWORTH. Pas de notre temps. Les femmes sont devenues trop pétillantes d'esprit, rien ne gâte l'amour comme le sens de l'humour chez la femme.

MRS. ALLONBY. Ou comme son absence chez l'homme.

LORD ILLINGWORTH. Vous avez parfaitement raison. Dans un temple, tout le monde doit être sérieux, excepté l'objet auquel on rend un culte.

MRS. ALLONBY. Et ce devrait être l'homme ?

LORD ILLINGWORTH. Les femmes ont tant de grâce à s'agenouiller, les hommes, si peu.

MRS. ALLONBY. Vous pensez à Lady Stutfield ?

LORD ILLINGWORTH. Je vous assure que voici un quart d'heure que je n'ai pas pensé à Lady Stutfield.

MRS. ALLONBY. Est-elle un si grand mystère ?

LORD ILLINGWORTH. Elle est plus qu'un mystère ; elle est une mode.

MRS. ALLONBY. Les modes ne durent pas.

LORD ILLINGWORTH. C'est le principal de leurs charmes.

Entrent Hester et Gerald.

GERALD. Lord Illingworth, tout le monde m'a félicité, Lady Hunstanton, Lady Caroline... et... bref, tout le monde. J'espère que je ferai un bon secrétaire.

LORD ILLINGWORTH. Vous serez un secrétaire modèle, Gerald.

Il lui parle.

MRS. ALLONBY. Trouvez-vous à votre gré la vie de campagne, Miss Worsley ?

HESTER. Oui, tout à fait à mon gré.

MRS. ALLONBY. N'éprouvez-vous aucun désir de vous trouver à un dîner à Londres ?

HESTER. J'ai horreur des invitations à dîner.

MRS. ALLONBY. Moi je les adore. Les gens intelligents n'écoutent jamais, les gens stupides ne parlent jamais.

HESTER. Je trouve que les sots parlent beaucoup.

MRS. ALLONBY. Ah ! moi, je n'écoute jamais.

LORD ILLINGWORTH. Mon cher enfant, si je ne vous trouvais pas à mon gré, je ne vous aurais pas fait ces ouvertures. C'est parce que je vous affectionne tant que je tiens à vous avoir auprès de moi. *(Hester sort avec Gerald.)* Charmant garçon, ce Gerald Arbuthnot !

MRS. ALLONBY. Il est très gentil, très gentil, vraiment. Mais je ne puis souffrir la jeune Américaine.

LORD ILLINGWORTH. Pourquoi ?

MRS. ALLONBY. Elle m'a dit hier, et cela très haut, qu'elle n'avait que dix-huit ans ? C'était très agaçant.

LORD ILLINGWORTH. On ne devrait jamais avoir confiance en une femme qui vous dit son âge réel. Une femme, capable de dire cela, est capable de dire n'importe quoi.

MRS. ALLONBY. C'est une Puritaine... et de plus...

LORD ILLINGWORTH. Ah ! voilà qui est inexcusable. Qu'une laideronne soit Puritaine, cela m'est égal. C'est la seule excuse qu'elles aient pour leur laideur. Mais elle est franchement jolie. Je l'admire immensément.

Il regarde avec insistance Mrs. Allonby.

MRS. ALLONBY. Quel profond scélérat vous devez être !

LORD ILLINGWORTH. Qu'est-ce que vous appelez un scélérat ?

MRS. ALLONBY. Cette sorte d'hommes qui admirent l'innocence.

LORD ILLINGWORTH. Et qu'est-ce qu'une scélérate ?

MRS. ALLONBY. Oh ! cette sorte de femme dont un homme ne se lasse jamais.

LORD ILLINGWORTH. Vous êtes sévère... pour vous.

MRS. ALLONBY. Définissez-nous en tant que sexe.

LORD ILLINGWORTH. Des sphinx sans secrets [1].

MRS. ALLONBY. Cela s'étend-il aux Puritaines ?

LORD ILLINGWORTH. Ne savez-vous pas que je ne crois pas qu'il existe des Puritaines ? Je ne crois pas qu'il y ait au monde une femme qui ne se sente un peu flattée quand on lui fait la cour. C'est là ce qui rend les femmes irrésistiblement adorables.

MRS. ALLONBY. Vous croyez qu'il n'y a pas au monde une femme qui ferait difficulté de recevoir un baiser ?

LORD ILLINGWORTH. Il y en a très peu.

MRS. ALLONBY. Miss Worsley ne vous permettrait pas de l'embrasser.

LORD ILLINGWORTH. En êtes-vous certaine ?

MRS. ALLONBY. Absolument.

LORD ILLINGWORTH. Que croyez-vous qu'elle ferait, si je l'embrassais ?

---

1. L'expression « les femmes sont des sphinx sans secret » est empruntée à Schopenhauer. De son côté, dans *Notes nouvelles sur Edgar Poe* (1857), Baudelaire parle de « ce sphinx sans énigme ». Wilde utilise la formule dans le titre de son court récit « Le Sphinx sans secret » (1887) et dans *Le Portrait de Dorian Gray* (au chapitre XVII, Lord Henry dit des femmes qu'elles sont « des sphinx sans secret »). On rappellera enfin que l'un des plus grands poèmes de Wilde a pour titre « La Sphinge » (1894) et que l'écrivain surnommait « Sphinx » son amie Ada Leverson.

MRS. ALLONBY. Ou bien elle vous épouserait, ou bien elle vous frapperait le visage de son gant. Que feriez-vous si elle vous frappait le visage de son gant ?

LORD ILLINGWORTH. Je tomberais amoureux d'elle, probablement.

MRS. ALLONBY. Alors il est heureux que vous n'alliez pas l'embrasser.

LORD ILLINGWORTH. Est-ce un défi ?

MRS. ALLONBY. C'est une flèche tirée en l'air.

LORD ILLINGWORTH. Ne savez-vous pas que je réussis toujours dans ce que je tente ?

MRS. ALLONBY. Je suis fâchée de l'apprendre. Nous autres femmes, nous adorons les échecs. Les hommes alors doivent s'appuyer sur nous.

LORD ILLINGWORTH. Vous avez le culte du succès ; vous vous y cramponnez.

MRS. ALLONBY. Nous sommes les lauriers qui cachent leur calvitie.

LORD ILLINGWORTH. Et ils ont toujours besoin de vous, excepté au moment du triomphe.

MRS. ALLONBY. Alors ils cessent d'être intéressants.

LORD ILLINGWORTH. Comme vous êtes tentante !

Pause.

MRS. ALLONBY. Lord Illingworth, il y a une chose pour laquelle vous me plaisez toujours.

LORD ILLINGWORTH. Rien qu'une ! Et moi qui ai tant de défauts !

MRS. ALLONBY. Oh ! ne vous montez pas la tête à ce propos. Vous pourrez les perdre en vieillissant.

LORD ILLINGWORTH. J'entends bien ne point vieillir. L'âme naît vieille, et elle va se rajeunissant. Telle est la comédie de la vie.

MRS. ALLONBY. Et le corps naît jeune, mais il vieillit : telle est la tragédie de la vie.

LORD ILLINGWORTH. C'est aussi parfois la comédie. Mais quelle est-elle, cette mystérieuse raison pour laquelle je vous plairai toujours ?

MRS. ALLONBY. C'est que vous ne m'avez jamais fait la cour.

LORD ILLINGWORTH. Je n'ai jamais fait autre chose.

MRS. ALLONBY. Vraiment ? Je ne m'en suis pas aperçue.

LORD ILLINGWORTH. C'est fort heureux. Cela aurait pu tourner à la tragédie pour nous deux.

MRS. ALLONBY. Chacun de nous aurait survécu.

LORD ILLINGWORTH. De notre temps on peut survivre à tout, excepté à la mort, et tout supporter, sauf une bonne réputation.

MRS. ALLONBY. Avez-vous été exposé à une bonne réputation ?

LORD ILLINGWORTH. C'est l'une des nombreuses contrariétés que je n'ai jamais eu à supporter.

MRS. ALLONBY. Cela peut venir.

LORD ILLINGWORTH. Pourquoi me menacer ?

MRS. ALLONBY. Je vous le dirai quand vous aurez embrassé la Puritaine.

Le valet de pied entre.

FRANCIS. Le thé est servi dans le salon jaune, Milord.

LORD ILLINGWORTH. Dites à Madame que nous venons.

FRANCIS. Oui, Milord.

LORD ILLINGWORTH. Allons-nous prendre ce thé ?

MRS. ALLONBY. Goûtez-vous des plaisirs aussi simples ?

LORD ILLINGWORTH. J'adore les plaisirs simples : c'est le dernier refuge que laisse le compliqué. Mais, si vous y tenez, restons ici. Oui, restons ici. Le Livre de la Vie commence par un homme et une femme dans un jardin[1].

MRS. ALLONBY. Il finit par l'Apocalypse[2].

LORD ILLINGWORTH. Vous tirez divinement, mais le bouton a sauté de votre fleuret[3].

MRS. ALLONBY. Il me reste le masque.

LORD ILLINGWORTH. Il donne plus de charme à vos yeux.

MRS. ALLONBY. Merci. Venez.

---

1. Allusion à la Genèse et au jardin d'Éden. **2.** L'Apocalypse de saint Jean, également appelé Livre des Révélations. **3.** Wilde s'était déjà servi du vocabulaire de l'escrime au chapitre XVIII du *Portrait de Dorian Gray* (dialogue entre Gladys et Lord Henry).

LORD ILLINGWORTH, *apercevant la lettre sur la table de Mrs. Arbuthnot, il la prend et regarde l'enveloppe.* Quelle singulière écriture ! Elle me rappelle celle d'une femme que j'ai bien connue, il y a des années de cela.

MRS. ALLONBY. Qui ?

LORD ILLINGWORTH. Oh ! personne. Rien de particulier. Une femme sans importance [1].

Il remet la lettre à sa place et monte les marches de la terrasse avec Mrs. Allonby. Ils échangent un sourire.

RIDEAU.

---

1. Cette phrase, qui fait évidemment écho au titre de la pièce, sera reprise à la fin du quatrième acte par Mrs. Arbuthnot pour décrire son ancien amant, définitivement sorti de sa vie.

ACTE DEUXIÈME

Le salon de Hunstanton Chase, après dîner. Les lampes sont allumées. Une porte à l'angle de gauche. Une porte à l'angle de droite.

Dames assises sur des canapés.

MRS. ALLONBY. Quel soulagement on éprouve à être un instant délivrées des hommes !

LADY STUTFIELD. Oui, les hommes nous persécutent horriblement, n'est-ce pas ?

MRS. ALLONBY. Ils nous persécutent ? Si seulement !

LADY HUNSTANTON. Ma chère !

MRS. ALLONBY. Ce qu'il y a de vexant, c'est que les misérables peuvent être parfaitement heureux sans nous. C'est pourquoi je crois du devoir de toutes les femmes de ne jamais les laisser tranquilles un seul instant, excepté pendant ces quelques moments où l'on reprend haleine après dîner, et sans lesquels je crois que nous autres, pauvres femmes, nous serions absolument réduites à n'être plus que des ombres.

Entrent des domestiques avec le café.

LADY HUNSTANTON. À n'être plus que des ombres, ma chère !

MRS. ALLONBY. Oui, Lady Hunstanton, c'est une tâche si absorbante de maintenir les hommes à la hauteur ! Ils sont toujours à chercher le moyen de nous échapper.

LADY HUNSTANTON. Il me paraît à moi que c'est nous qui cherchons sans cesse à leur échapper. Les hommes sont tout à fait, tout à fait sans cœur. Ils connaissent leur pouvoir, et ils en usent.

LADY CAROLINE, *prenant une tasse de café que lui présente un domestique*. Que signifient donc tous ces sots propos sur les hommes ? Le vrai parti à prendre, c'est de tenir les hommes au rôle qui leur convient.

MRS. ALLONBY. Mais quel est le rôle qui leur convient, Lady Caroline ?

LADY CAROLINE. D'avoir des attentions pour leur femme, Mrs. Allonby.

MRS. ALLONBY, *prenant sa tasse des mains du domestique.* Vraiment ? Et s'ils ne sont pas mariés ?

LADY CAROLINE. S'ils ne sont pas mariés, ils devraient s'occuper de chercher une femme. C'est un vrai scandale ce nombre infini de célibataires qui vont et viennent dans la société. On devrait voter une loi pour les contraindre tous à se marier dans les douze mois.

LADY STUTFIELD, *refusant sa tasse de café*. Mais s'ils aiment une femme qui peut-être appartient à un autre ?

LADY CAROLINE. En ce cas, Lady Stutfield, il faudrait les obliger à se marier dans un délai de huit jours, avec quelque fille laide et respectable, afin de leur apprendre à ne pas toucher au bien d'autrui.

MRS. ALLONBY. Je ne trouve pas qu'on doive parler de nous comme étant le bien de quelqu'un. Tous les hommes mariés sont le bien des femmes. Voilà la vraie définition de ce qu'est réellement le bien des femmes mariées. Mais nous ne sommes la propriété de personne.

LADY STUTFIELD. Oh ! que je suis contente, que je suis contente de vous entendre parler ainsi !

LADY HUNSTANTON. Mais pensez-vous vraiment, chère Caroline, que la législation soit capable d'apporter quelque amélioration à cet état de choses ? On me dit que de nos jours tous les gens mariés vivent comme des célibataires, et tous les célibataires comme des gens mariés [1].

---

1. Lady Narborough tient exactement les mêmes propos au chapitre XV du *Portrait de Dorian Gray*.

MRS. ALLONBY. Il est certain que je n'ai jamais pu les distinguer les uns des autres.

LADY STUTFIELD. Oh ! je crois qu'il est possible de reconnaître à première vue si un homme a ou n'a pas charge de famille. J'ai remarqué une expression triste, si triste, dans la physionomie de tant de gens mariés.

MRS. ALLONBY. Ah ! tout ce que j'ai remarqué, c'est que quand ils sont de bons maris, ils sont horriblement ennuyeux, et que quand ils ne le sont pas, ils sont d'une vanité abominable.

LADY HUNSTANTON. Bon ! je suppose que l'idée qu'on se fait d'un mari a complètement changé depuis le temps de ma jeunesse, mais je me fais un devoir de reconnaître que ce pauvre cher Hunstanton était la plus charmante des créatures. Il valait son pesant d'or.

MRS. ALLONBY. Ah ! mon mari est comme un billet échu ; je suis lasse de l'attendre.

LADY CAROLINE. Mais vous lui consentez un renouvellement de temps à autre ?

MRS. ALLONBY. Oh ! non, Lady Caroline. Je n'ai eu qu'un mari jusqu'à présent. Je suppose que pour vous, je ne suis qu'un amateur.

LADY CAROLINE. Avec vos façons d'envisager l'existence, je m'étonne même que vous vous soyez mariée.

MRS. ALLONBY. Je m'en étonne aussi.

LADY HUNSTANTON. Ma chère enfant, je crois que vous êtes réellement fort heureuse dans votre vie conjugale, mais que vous prenez plaisir à dissimuler votre bonheur à autrui.

MRS. ALLONBY. Je vous assure qu'Ernest[1] m'a horriblement déçue.

LADY HUNSTANTON. Oh ! j'espère que non, ma chère. J'ai très bien connu sa mère. C'était une Stratton, Caroline, une des filles de Lord Crowland.

LADY CAROLINE. Victoria Stratton ? Je me la rappelle parfaite-

---

1. Ce prénom sera repris par Wilde dans *The Importance of Being Earnest* (*L'Importance d'être constant*) en raison de son homonymie avec l'adjectif « earnest » (« sérieux »), l'un des mots clés de la morale victorienne.

ment : une sotte créature aux cheveux blondasses, dépourvue de menton.

MRS. ALLONBY. Ah ! il en a un menton, Ernest. Il a le menton très fort, le menton carré. Le menton d'Ernest est beaucoup trop carré.

LADY STUTFIELD. Mais croyez-vous vraiment qu'un homme puisse avoir le menton trop carré ? Je suis d'avis qu'un homme doit avoir l'air très, très fort et le menton très, très carré.

MRS. ALLONBY. Alors, Lady Stutfield, vous n'auriez certainement aucune peine à reconnaître Ernest. Mais il est d'une loyauté élémentaire de vous prévenir d'avance qu'il est absolument dépourvu de conversation.

LADY STUTFIELD. J'adore les gens qui se taisent.

MRS. ALLONBY. Oh ! Ernest ne l'est pas, silencieux : il parle tout le temps. Mais il n'a aucune conversation. Voilà des années que je ne l'ai écouté.

LADY STUTFIELD. Alors ne lui avez-vous jamais pardonné ? Comme cela paraît triste ! Mais toute existence est triste, bien triste, n'est-ce pas ?

MRS. ALLONBY. L'existence, Lady Stutfield, n'est qu'un mauvais quart d'heure fait de moments exquis.

LADY STUTFIELD. Oui, il y a de bons moments, c'est certain. Mais est-ce que Mr. Allonby a eu des torts, de grands torts à votre égard ? S'est-il emporté contre vous, a-t-il dit quelque chose qui fût méchant ou vrai ?

MRS. ALLONBY. Oh ! mon Dieu, non. Ernest est invariablement calme. C'est une des raisons pour lesquelles il me tape toujours sur les nerfs. Rien de plus agaçant que le calme. Il y a quelque chose de positivement stupide dans le bon caractère de la plupart des hommes d'aujourd'hui. Je m'étonne que nous autres femmes le supportions comme nous le faisons.

LADY STUTFIELD. Oui, le bon caractère des hommes montre qu'ils n'ont point notre sensibilité, notre belle nervosité. Cela dresse souvent une haute barrière entre mari et femme, n'est-ce pas ? Mais je tiens tant à savoir ce que Mr. Allonby a pu faire de mal.

MRS. ALLONBY. Eh bien, je vais vous le dire, si vous me promettez solennellement de le répéter à tout le monde.

LADY STUTFIELD. Merci, merci, je me ferai un devoir de conscience de le répéter.

MRS. ALLONBY. Lorsque Ernest et moi nous fûmes fiancés, il me jura positivement, et à genoux, que jusqu'à ce jour-là, il n'avait jamais aimé, de toute sa vie. J'étais très jeune alors. Aussi je ne l'ai pas cru, je n'ai pas besoin de le dire. Malheureusement pourtant je ne fis rien pour me renseigner jusqu'à quatre ou cinq mois après notre mariage. Alors je découvris qu'il m'avait dit l'exacte vérité. C'est là une sorte de chose qui rend un homme absolument dépourvu d'intérêt.

LADY HUNSTANTON. Ma chère !

MRS. ALLONBY. L'homme veut toujours être le premier amour de la femme. Voilà où les lourdauds mettent leur vanité. Nous autres femmes, nous avons un plus subtil instinct des choses. Ce qui nous plaît, c'est d'être pour un homme son dernier amour.

LADY STUTFIELD. Je vois ce que vous voulez dire. C'est beau, c'est très beau.

LADY HUNSTANTON. Ma chère enfant, vous n'allez pas me soutenir que vous ne voulez pas pardonner à votre mari de n'en avoir jamais aimé une autre. Avez-vous jamais entendu rien de pareil, Caroline ? J'en suis toute abasourdie.

LADY CAROLINE. Oh ! les femmes sont si bien élevées, Jane, que rien ne saurait nous surprendre de nos jours, excepté les ménages heureux. Il paraît qu'ils se font remarquablement rares.

MRS. ALLONBY. Oui, ils sont tout à fait passés de mode.

LADY STUTFIELD. Excepté dans les classes moyennes, à ce qu'on me dit.

MRS. ALLONBY. Comme cela va bien aux classes moyennes !

LADY STUTFIELD. Oui, n'est-ce pas ! C'est bien, c'est bien ce qui leur convient.

LADY CAROLINE. Si ce que vous nous dites à propos des classes moyennes est vrai, Lady Stutfield, cela ne leur fait que plus d'honneur. Il est extrêmement regrettable que dans notre rang, la femme s'obstine à rester frivole, s'imaginant peut-être que c'est ainsi qu'il faut être. C'est à cela que j'attribue les mariages malheureux, comme nous en connaissons tant dans notre monde.

MRS. ALLONBY. Voyez-vous, Lady Caroline, je ne pense pas que la frivolité de la femme ait rien à voir là-dedans. De nos jours, il y a plus de mariages qui tournent mal à cause du sens commun du mari que pour toute autre cause. Comment s'attendre à ce qu'une femme soit heureuse, avec un mari qui s'entête à la traiter comme si elle était une créature parfaitement raisonnable ?

LADY HUNSTANTON. Ma chère !

MRS. ALLONBY. L'homme, ce pauvre homme gauche, fiable, nécessaire, appartient à un sexe qui a été raisonnable pendant des millions et des millions d'années. Il ne peut pas faire autrement : c'est dans son sang. L'histoire de la femme est bien différente. Nous avons toujours été de pittoresques protestations contre la seule existence du sens commun. Nous en avons vu les dangers dès le premier moment.

LADY STUTFIELD. Oui, le sens commun des maris nous met certainement à rude, rude épreuve. Dites-moi donc quelle conception vous avez du mari idéal. Je crois que ce serait très, très utile [1].

MRS. ALLONBY. Le mari idéal ? Rien de tel ne peut exister. L'institution est mauvaise.

LADY STUTFIELD. L'homme idéal, en ce cas, par rapport à nous.

LADY CAROLINE. Selon toute probabilité, il serait extrêmement réaliste.

MRS. ALLONBY. L'homme idéal ! Oh ! l'homme idéal nous parlerait comme si nous étions des déesses et nous traiterait comme si nous étions des enfants. Il répondrait par des refus à toutes nos demandes sérieuses et satisferait chacune de nos fantaisies. Il nous encouragerait à avoir des caprices et

1. Voir l'argument d'*Un mari idéal*.

nous interdirait d'exercer une mission. Il dirait toujours plus qu'il ne pense, et sous-entendrait toujours bien plus de choses qu'il n'en dit.

LADY HUNSTANTON. Comment arriverait-il à faire les deux choses ensemble, ma chère ?

MRS. ALLONBY. Il ne devrait jamais dénigrer les autres jolies femmes. Cela prouverait qu'il est dépourvu de goût ou ferait soupçonner qu'il en a trop. Non, il se montrerait très aimable envers toutes, mais il dirait que, d'une façon ou d'une autre, elles ne le séduisent pas.

LADY STUTFIELD. Oui, c'est toujours très, très amusant d'entendre parler d'autres femmes.

MRS. ALLONBY. Si nous l'interrogeons sur n'importe quoi, il faut qu'il nous réponde en ne nous parlant que de nous. Il doit faire invariablement notre éloge à propos de n'importe quelle qualité qu'il sait nous manquer. Mais il doit être impitoyable, absolument impitoyable pour nous reprocher des vertus que nous n'avons jamais rêvé de posséder. Il ne doit jamais croire que nous connaissons l'usage des choses utiles. Cela serait impardonnable. Mais il doit faire pleuvoir sur nous mille choses dont nous n'avons pas besoin.

LADY CAROLINE. À ce que je vois, il ne ferait pas autre chose que de payer les notes et de débiter des compliments.

MRS. ALLONBY. Il doit toujours nous compromettre en public et nous traiter en tête à tête avec un respect absolu. Puis, il doit toujours être prêt à subir une scène terrible s'il nous en prend fantaisie, prêt à devenir pitoyable, absolument pitoyable à première sommation, prêt à nous accabler de justes reproches à la vingtième minute et à nous faire une sortie violente au bout d'une demi-heure, prêt à nous abandonner pour toujours à huit heures moins le quart, alors qu'il nous faut aller nous habiller pour le dîner. Et lorsque, après cela, on l'a vu réellement pour la dernière fois, quand il a refusé de reprendre les menus objets qu'il a donnés, quand il a juré de ne plus nous adresser la parole, ou de ne plus jamais nous écrire de lettres affolées, il doit alors être sur le point de mourir de chagrin, nous télégraphier tout le long du jour, nous envoyer toutes les demi-heures de petits billets par voiture particulière et dîner tout à fait seul au club, de façon que tout le monde puisse voir combien il est malheureux. Et après une semaine de cette terrible vie, pendant laquelle on se rend partout où on se rendait avec son mari, pour bien montrer dans quel complet abandon on est, on peut, pour la troisième fois, le soir, lui accorder un suprême rendez-vous. Et alors, s'il s'est conduit de façon tout à fait irréprochable, et qu'on se soit vraiment conduite très mal envers lui, il peut lui être permis d'avouer qu'il s'est mis entièrement dans son tort, et quand il aura fait cet aveu, ce sera pour une femme un devoir de lui pardonner, et tout cela on pourra le recommencer de A jusqu'à Z avec des variantes.

LADY HUNSTANTON. Comme vous êtes fine, ma chère ! Vous ne croyez jamais un mot de ce que vous dites.

LADY STUTFIELD. Merci, merci ! C'était tout à fait passionnant. Il faudra que je tâche de me rappeler tous les détails. Il y en a tant et ils sont d'une telle, d'une telle importance !

LADY CAROLINE. Mais vous ne nous avez point dit encore quelle sera la récompense de l'homme idéal.

MRS. ALLONBY. Sa récompense ! Oh ! une attente sans fin : c'est bien assez pour lui.

LADY STUTFIELD. Mais les hommes sont épouvantablement, épouvantablement exigeants, n'est-ce pas.

MRS. ALLONBY. Cela ne fait rien, on ne doit jamais se rendre.

LADY STUTFIELD. Pas même à l'homme idéal ?

MRS. ALLONBY. Certainement pas à lui. À moins, bien entendu, qu'on ne veuille se lasser de lui.

LADY STUTFIELD. Oh !... oui, je vois cela. C'est très, très utile. Pensez-vous, Mrs. Allonby, que je rencontrerai jamais l'homme idéal ? Ou bien y en a-t-il plus d'un ?

MRS. ALLONBY. Il y en a juste quatre à Londres, Lady Stutfield.

LADY HUNSTANTON. Oh ! ma chère.

MRS. ALLONBY, *se dirigeant vers elle.* Que se passe-t-il ? Dites-le-moi.

LADY HUNSTANTON, *à voix basse.* J'avais complètement oublié que la jeune Américaine était là pendant toute notre conversation. Je crains que certains de ces propos lestes ne l'aient un peu choquée.

MRS. ALLONBY. Ah ! ils lui feront tant de bien.

LADY HUNSTANTON. Espérons qu'elle n'y aura pas compris grand'-chose. Je crois que je ferais bien d'aller lui parler. *(Elle se lève et va trouver Hester Worsley.)* Eh bien, chère Miss Worsley. *(S'asseyant près d'elle.)* Comme vous êtes restée tranquille dans votre coin tout ce temps ! Vous lisiez quelque livre, je suppose ? Il n'y a pas beaucoup de livres dans la bibliothèque ici.

HESTER. Non, j'ai écouté la conversation.

LADY HUNSTANTON. Il ne faut pas croire à tout ce qui a été dit, vous savez, ma chère.

HESTER. Je n'en ai rien cru.

LADY HUNSTANTON. Vous avez parfaitement raison, ma chère.

HESTER, *reprenant.* Je n'ai pu croire qu'une femme fût capable d'avoir sur la vie des idées telles que celles que j'ai entendu émettre ce soir par quelques-unes de vos invitées.

LADY HUNSTANTON. J'ai entendu dire que vous aviez une société charmante en Amérique. Tout à fait pareille à la nôtre, dans certains milieux. Mon fils me l'a écrit.

HESTER. Il y a des coteries en Amérique comme partout ailleurs, Lady Hunstanton, mais la vraie société américaine se compose tout simplement de toutes les honnêtes femmes et de tous les hommes honnêtes que nous avons dans le pays.

LADY HUNSTANTON. Comme ce système est raisonnable, et en même temps agréable, j'ose le dire ! Nous avons en Angleterre un trop grand nombre de barrières sociales artificielles. Nous ne voyons pas les classes moyennes et inférieures autant que nous le devrions.

HESTER. En Amérique, nous n'avons pas de classes inférieures.

LADY HUNSTANTON. Vraiment ! Voilà un ordre de choses très, très étrange.

MRS. ALLONBY. Que dit-elle donc, cette horrible fille ?

LADY STUTFIELD. Elle est si naturelle que cela en est pénible, vous ne trouvez pas ?

LADY CAROLINE. Il y a bien des choses que vous ne possédez pas encore en Amérique, à ce qu'on me dit, Miss Worsley. On dit que vous n'avez pas de ruines, pas de curiosités ?

MRS. ALLONBY, *à Lady Stutfield.* Quelle sottise ! N'y ont-elles pas leurs pères et leurs mères [1] !

HESTER. L'aristocratie anglaise nous fournit nos curiosités, Lady Caroline. On nous les envoie chaque été régulièrement par paquebots, et on les soumet à notre choix le lendemain du débarquement. Et quant aux ruines, nous nous attachons à construire quelque chose de plus durable que la brique ou la pierre.

Elle se lève pour prendre son éventail sur la table.

LADY HUNSTANTON. Qu'est-ce que cela, ma chère ? Ah oui ! une Exposition de machines dans cette localité au nom si bizarre, n'est-ce pas [2] ?

HESTER, *debout près de la table.* Nous nous attachons à construire la vie, Lady Hunstanton, sur une base meilleure, plus vraie, plus pure que celle sur laquelle elle repose ici. Cela vous semble étrange à entendre, à toutes sans doute. Comment cela pourrait-il ne point vous paraître étrange ? Vous autres, riches d'Angleterre, vous ne savez pas quelle vie vous menez. Comment le sauriez-vous ? Vous fermez votre société à ce qui est noble et bon. Vous riez des gens simples et purs. Vivant comme vous le faites, au-dessus des autres, et vivant d'eux, vous raillez le sacrifice de soi, et si vous jetez du pain aux pauvres, c'est seulement pour les tenir tranquilles pendant une saison. Avec toute votre pompe, et votre opulence, et votre art, vous n'entendez rien à la vie, vous ne vous en doutez même pas. Vous aurez la beauté que vous pouvez voir, et toucher, et manier, la beauté que vous pouvez

---

1. On trouve dans *Le Fantôme des Canterville* une plaisanterie comparable. 2. L'Exposition Internationale de Chicago, qui s'est tenue de mai à novembre 1893.

détruire, et que vous détruisez en effet ; mais pour la beauté invisible de la vie, pour la beauté invisible d'une vie supérieure, vous l'ignorez entièrement. Vous avez perdu le secret de la vie. Oh ! Votre société anglaise me paraît superficielle, égoïste, sotte. Elle s'est crevé les yeux, et s'est bouché les oreilles. Elle gît comme un lépreux vêtu de pourpre. Elle reste immobile comme une chose morte barbouillée d'or. Elle est absolument, absolument mauvaise [1].

LADY STUTFIELD. Je ne suis pas d'avis qu'il faille savoir ces choses-là. Elles ne sont pas bien, bien agréables.

LADY HUNSTANTON. Ma chère Miss Worsley, moi qui croyais que vous goûtiez tant la société anglaise ! Vous y avez eu tant de succès. Et vous étiez si admirée de ce qu'il y a de mieux. Je ne me rappelle plus ce qu'a dit sur vous Lord Henry Weston [2], mais c'était extrêmement flatteur, et vous savez que c'est une autorité en fait de beauté.

HESTER. Lord Henry Weston ! Je me souviens de lui, Lady Hunstanton. Un homme au hideux sourire, au hideux passé. On l'invite partout. Pas de dîner mondain qui soit complet sans lui. Et que dit-on de celles dont il a causé la chute ? Ce sont des parias ; elles n'ont plus de nom. Si vous les rencontriez dans la rue, vous détourneriez la tête. Je ne me plains pas de leur châtiment. Que toutes les femmes qui ont péché soient punies [3].

Mrs. Arbuthnot entre, venant par le fond, de la terrasse, un voile de dentelle sur la tête. Elle entend les derniers mots et a un tressaillement.

---

1. Ces trois phrases, jugées insultantes, ont souvent été censurées à la représentation. **2.** Ce nom fait écho à celui de Lord Henry Wotton, le « corrupteur » de Dorian Gray dans le roman éponyme. **3.** L'intransigeance de ces propos rappelle le ton de Lady Windermere au début de *L'Éventail de Lady Windermere*. La véhémence d'Hester n'a évidemment rien d'évangélique, la parole de Jésus, à propos de la femme adultère condamnée à la lapidation visant au contraire à renvoyer chacun à sa propre faute : « Que celui d'entre vous qui est sans péché lui jette le premier une pierre » (Jean, 8, 7).

LADY HUNSTANTON. Ma chère enfant !

HESTER. Il est juste qu'elles soient punies, mais qu'elles ne soient pas les seules à souffrir. Si un homme et une femme ont péché, qu'ils aillent l'un et l'autre dans le désert pour s'aimer ou se prendre en horreur. Qu'ils soient tous les deux stigmatisés ! Imprimez une marque sur chacun d'eux, si vous voulez, mais ne punissez pas l'un tout en laissant la liberté à l'autre. N'ayez pas une loi pour les hommes et une autre pour les femmes. Vous êtes injustes pour la femme en Angleterre. Et jusqu'au jour où vous estimerez que ce qui est une honte chez une femme est une infamie chez un homme, vous serez toujours injustes, et le Bien, cette colonne de feu, le Mal, cette colonne de nuages, deviendront indistincts à vos yeux, ou bien on ne les verra plus du tout, ou si on les voit, on n'en tiendra aucun compte [1].

LADY CAROLINE. Pourrais-je, chère Miss Worsley, puisque vous êtes debout, vous demander mon coton, que je trouve juste derrière vous ? Merci [2].

LADY HUNSTANTON. Ma chère Mrs. Arbuthnot ! Je suis si enchantée que vous soyez venue. Mais je ne vous ai pas entendu annoncer.

MRS. ARBUTHNOT. Oh ! je suis venue tout droit par la terrasse, Lady Hunstanton, telle que je me trouvais. Vous ne m'avez pas dit que vous aviez une réception !

LADY HUNSTANTON. Ce n'est pas une réception. Seulement quelques invités qui font un séjour à la maison, et dont il faut que vous fassiez connaissance. Permettez-moi. *(Elle veut l'aider, la cloche sonne.)* Caroline, voici Mrs. Arbuthnot, une de mes meilleures amies. Lady Caroline Pontefract, Lady Stutfield, Mrs. Allonby, et ma jeune amie américaine, Miss Worsley, qui vient justement de nous dire que nous ne valons pas cher.

---

1. Voir Exode 13, 21 : « Yahvé marchait devant eux, le jour dans une colonne de nuée pour les guider sur le chemin, et la nuit dans une colonne de feu pour les éclairer. » La lecture fanatique d'Hester qui voit le mal dans la colonne de nuages est donc erronée. **2.** Cette intervention comique met à plat la grandiloquence d'Hester et permet de détourner l'attention du côté de Mrs. Arbuthnot.

HESTER. Vous aurez trouvé, que je m'exprimais trop fortement, je le crains, Lady Hunstanton, mais il y a en Angleterre des choses qui...

LADY HUNSTANTON. Ma chère enfant, il y avait une forte proportion de vérité dans ce que vous avez dit, j'ose en convenir et vous aviez l'air extrêmement jolie en le disant, ce qui est plus important encore, à ce que nous dirait Lord Illingworth. Le seul point où je vous ai trouvée un peu dure, c'est quand vous avez parlé du frère de Lady Caroline, de ce pauvre Lord Henry. Il est d'une société agréable ! *(Entre un domestique.)* Emportez les affaires de Mrs. Arbuthnot.

Le domestique sort avec les vêtements.

HESTER. Lady Caroline, je ne me doutais pas du tout que c'était votre frère. Je suis fâchée de la peine que j'ai dû vous causer... Je...

LADY CAROLINE. Ma chère Miss Worsley, le seul endroit de votre petit discours, si je puis l'appeler ainsi, où je me sois sentie d'accord avec vous, était celui où il s'agissait de mon frère. Vous n'auriez rien pu dire qui fût trop sévère pour lui. Je regarde Henry comme un être infâme, absolument infâme. Mais je me fais un devoir de reconnaître, ainsi que vous le faisiez remarquer, Jane, qu'il est d'excellente compagnie, et qu'il a un des meilleurs cuisiniers de Londres, et après un bon dîner, on peut pardonner à n'importe qui, même à ses proches parents.

LADY HUNSTANTON, *à Miss Worsley.* Allons, maintenant, ma chère, faites la paix avec Mrs. Arbuthnot. C'est une de ces personnes douces, simples que, selon vous, nous n'accueillons jamais dans la société. Je suis fâchée que Mrs. Arbuthnot vienne si rarement me voir. Mais ce n'est pas ma faute.

MRS. ALLONBY. Comme c'est assommant que les hommes restent si longtemps à l'écart après dîner ! Je suis sûre qu'ils en débitent sur notre compte.

LADY STUTFIELD. Le croyez-vous vraiment ?

MRS. ALLONBY. J'en suis certaine.

LADY STUTFIELD. Oh ! c'est très, très affreux de leur part. Allons-nous sur la terrasse ?

MRS. ALLONBY. Oh ! tout ce qu'on voudra pour échapper aux douairières et aux femmes mal fagotées. *(Elle se lève et se dirige avec Lady Stutfield vers la porte de l'angle de gauche.)* Nous allons simplement contempler les étoiles, Lady Hunstanton.

LADY HUNSTANTON. Vous en verrez un grand nombre, ma chère, un grand nombre. Mais ne prenez pas froid. *(À Mrs. Arbuthnot.)* Nous allons toutes bien regretter le départ de Gerald, ma chère Mrs. Arbuthnot.

MRS. ARBUTHNOT. Est-ce que Lord Illingworth a réellement offert à Gerald de le prendre pour secrétaire ?

LADY HUNSTANTON. Oh ! oui. Il s'est montré tout à fait charmant en cette occasion. Il a l'opinion la plus favorable au monde de votre fils. Vous ne connaissez pas Lord Illingworth, je crois, ma chère.

MRS. ARBUTHNOT. Je ne l'ai jamais rencontré.

LADY HUNSTANTON. Vous le connaissez de nom, sans doute ?

MRS. ARBUTHNOT. Non, je ne le crois pas. Je vis si à l'écart et je vois si peu de monde. Je me rappelle avoir entendu parler, il y a de cela des années, d'un vieux Lord Illingworth qui habitait, je crois, le Yorkshire.

LADY HUNSTANTON. Ah ! oui, ce doit être l'avant-dernier lord. C'était un homme très singulier. Il tenait à prendre femme dans une classe inférieure à la sienne. Ou bien il ne tenait pas à se marier, je crois. Il courut des bruits à ce sujet. Le Lord Illingworth actuel est tout à fait différent. Il est très distingué. Il s'occupe de... Il ne fait rien[1], et je crains bien que notre jolie visiteuse américaine ne trouve cela très blâmable chez qui que ce soit, et je me demande s'il se soucie beaucoup des choses auxquelles vous prenez tant d'intérêt, ma chère Mrs. Arbuthnot. Croyez-vous, Caroline, que Lord Illingworth s'intéresse au logement des pauvres ?

1. Ne rien faire est une activité de dandy.

LADY CAROLINE. J'en doute un peu, Jane.

LADY HUNSTANTON. Nous avons tous des goûts différents, n'est-ce pas ? Mais Lord Illingworth occupe une situation très élevée et il n'est pas de chose qu'il ne puisse obtenir, pour peu qu'il la sollicite. Bien entendu, il est encore relativement jeune, et il n'est entré en possession de son titre que depuis... Combien y a-t-il de temps au juste que Lord Illingworth a hérité du titre ?

LADY CAROLINE. Jane, je crois qu'il y a environ quatre ans. Je sais que ce fut l'année même où mon frère fut empoigné la dernière fois dans les journaux du soir.

LADY HUNSTANTON. Ah ! je me souviens. Cela doit faire à peu près quatre ans. Ah ! il y avait bien des personnes entre le Lord Illingworth actuel et le titre, Mrs. Arbuthnot. Il y avait... Qu'y avait-il, Caroline ?

LADY CAROLINE. Il y avait le petit enfant de la pauvre Margaret. Vous vous rappelez combien elle était désireuse d'avoir un garçon. Et ce fut un garçon. Mais il mourut, et son mari mourut bientôt après, et elle se remaria presque aussitôt avec un des fils de Lord Ascot. Il la bat, à ce que j'ai ouï dire.

LADY HUNSTANTON. Ah ! c'est un trait de famille, ma chère, un trait de famille. Et il y avait aussi, je m'en souviens, un clergyman qui tenait à être fou, à moins que ce ne fût un fou qui tenait à être clergyman, mais je sais que la Cour de la Chancellerie fit une enquête sur l'affaire et décida qu'il était parfaitement sain d'esprit. Et je le vis par la suite chez ce pauvre Lord Plumstead avec des brins de paille dans les cheveux, ou je ne sais quoi de singulier, je ne me rappelle plus quoi [1]. Je regrette souvent, Lady Caroline, que cette chère Lady Cecilia n'ait pas vécu assez longtemps pour voir son fils devenir possesseur du titre.

MRS. ARBUTHNOT. Lady Cecilia ?

---

1. Les fous étaient supposés avoir des brins de paille dans les cheveux (sans doute parce que l'on croyait qu'ils se roulaient par terre dans leur délire). C'est en tout cas ainsi que l'on représentait Ophélie sur scène au XIXe siècle.

LADY HUNSTANTON. Ma chère Mrs. Arbuthnot, la mère de Lord Illingworth était une des charmantes filles de la duchesse de Jerningham. Elle épousa Sir Thomas Harford, qui alors n'était pas considéré comme un très bon parti pour elle [1], bien qu'il passât pour un des plus beaux hommes de Londres. Je les ai tous connus intimement, ainsi que les deux fils, Arthur et George.

MRS. ARBUTHNOT. Ce fut l'aîné qui hérita naturellement, Lady Hunstanton ?

LADY HUNSTANTON. Non, ma chère, il fut tué à la chasse [2]. Ou bien c'était lors d'une partie de pêche, Caroline ? Je l'ai oublié, mais George hérita de tout. Je lui dis toujours que jamais un cadet n'a eu autant de chance que lui.

MRS. ARBUTHNOT. Lady Hunstanton, je voudrais parler immédiatement à Gerald. Pourrais-je le voir ? Peut-on l'envoyer chercher ?

LADY HUNSTANTON. Certainement, ma chère, je vais envoyer un domestique à la salle à manger pour l'amener. Je ne sais ce qui retient si longtemps ces messieurs. *(Elle sonne.)* Quand j'ai connu Lord Illingworth, à l'époque où il était George Harford, tout simplement, c'était un brillant jeune homme très mondain, et sans un penny en poche, excepté ce que lui donnait cette pauvre chère Cecilia. Elle lui était tout à fait dévouée. Et cela surtout, je crois, parce qu'il était en mauvais termes avec son père. Oh ! voici ce cher archidiacre. *(Au domestique.)* Inutile.

Entrent Sir John, et le docteur Daubeny. Sir John se dirige vers Lady Stutfield, le docteur Daubeny vers Lady Hunstanton.

L'ARCHIDIACRE. Lord Illingworth a été extrêmement divertissant. Jamais je ne me suis tant amusé. *(Il aperçoit Mrs. Arbuthnot.)* Ah ! Mrs. Arbuthnot !

---

1. La fille d'une duchesse est censée épouser quelqu'un de son rang, et non pas un simple baronnet. **2.** C'est ainsi que mourut (accident ou suicide ?) le vicomte Drumlanrig, frère aîné de Lord Alfred Douglas.

LADY HUNSTANTON, *au docteur Daubeny*. Vous le voyez, j'ai réussi à faire enfin venir Mrs. Arbuthnot.

L'ARCHIDIACRE. C'est un grand honneur, Lady Hunstanton. Mrs. Daubeny va être tout à fait jalouse de vous.

LADY HUNSTANTON. Ah, je suis bien fâchée que Mrs. Daubeny n'ait pu vous accompagner ce soir. Sa migraine ordinaire, je suppose ?

LE DOCTEUR DAUBENY. Oui, Lady Hunstanton. C'est une vraie martyre. Elle est beaucoup plus heureuse quand elle est seule. Elle est très heureuse, seule.

LADY CAROLINE, *à son mari*. John.

Sir John traverse la scène pour aller vers sa femme. Le docteur Daubeny cause avec Lady Hunstanton et Mrs. Arbuthnot. Pendant tout le temps Mrs. Arbuthnot a les yeux fixés sur Lord Illingworth. Il a traversé la pièce sans la remarquer, et il s'approche de Mrs. Allonby, qui est debout avec Lady Stutfield sur la porte qui donne sur la terrasse.

LORD ILLINGWORTH. Comment va la femme la plus charmante du monde ?

MRS. ALLONBY, *prenant Lady Stutfield par la main*. Nous allons très bien toutes les deux. Merci, Lord Illingworth. Comme vous êtes resté peu de temps à la salle à manger ! On dirait que nous ne venons que d'en sortir.

LORD ILLINGWORTH. Je m'ennuyais à périr. Je n'ai pas ouvert les lèvres une seule fois. Je brûlais d'envie de venir vous retrouver.

MRS. ALLONBY. Vous auriez dû le faire. La petite Américaine nous a donné une leçon.

LORD ILLINGWORTH. Vraiment ! C'est ce que font tous les Américains, je crois. Je suppose que cela tient au climat. Et quel était le sujet de cette leçon ?

MRS. ALLONBY. Le Puritanisme, cela va de soi.

LORD ILLINGWORTH. Je veux la convertir, vous allez voir cela ? Combien de temps m'accordez-vous ?

MRS. ALLONBY. Huit jours.

LORD ILLINGWORTH. C'est plus qu'il ne faut.

Entrent Gerald et Lord Alfred.

MRS. ARBUTHNOT. Gerald, je ne me sens pas bien du tout. Ramenez-moi à la maison, Gerald. Je n'aurais pas dû venir.

GERALD. J'en suis désolé. Ma mère, je vais vous reconduire, mais il faut absolument que vous fassiez d'abord connaissance avec Lord Illingworth.

Il traverse la pièce.

MRS. ARBUTHNOT. Pas ce soir, Gerald.

GERALD. Lord Illingworth, je serais si désireux de vous faire connaître ma mère.

LORD ILLINGWORTH. Avec le plus grand plaisir. *(À Mrs. Allonby.)* Je suis à vous dans un instant ! Les mères m'assomment toujours terriblement. Toutes les femmes deviennent comme leurs mères. C'est là leur tragédie.

MRS. ALLONBY. Il n'en est pas ainsi de l'homme et c'est là sa tragédie [1].

LORD ILLINGWORTH. De quelle charmante humeur vous êtes ce soir !

Il fait demi-tour et traverse la scène avec Gerald pour aller à Mrs. Arbuthnot. En la voyant, il sursaute et recule de surprise. Alors il tourne lentement les yeux sur Gerald.

GERALD. Ma mère, voici Lord Illingworth, qui m'a offert de me prendre pour secrétaire particulier. *(Mrs. Arbuthnot s'incline avec froideur.)* C'est un merveilleux début pour moi, n'est-ce pas ? J'espère que je ne lui causerai aucune déception. Vous allez remercier Lord Illingworth, n'est-il pas vrai, ma mère ?

MRS. ARBUTHNOT. Lord Illingworth est bien bon, je trouve, de vous témoigner de l'intérêt en ce moment.

LORD ILLINGWORTH, *mettant la main sur l'épaule de Gerald*. Oh ! Gerald et moi, nous sommes déjà des amis, Mrs... Arbuthnot.

---

1. Ce mot d'esprit est repris mot pour mot par Algernon au premier acte de *L'Importance d'être constant*.

MRS. ARBUTHNOT. Il ne peut y avoir rien de commun entre vous et mon fils, Lord Illingworth.

GERALD. Chère mère, que dites-vous là ? Certes Lord Illingworth est si habile, si instruit en toutes choses. Il n'y a rien que Lord Illingworth ne sache.

LORD ILLINGWORTH. Mon cher enfant !

GERALD. Il connaît mieux la vie que tous ceux que j'ai jamais rencontrés. Je me sens terriblement blanc-bec quand je me trouve avec vous, Lord Illingworth. J'ai eu si peu d'occasions de m'instruire, je n'ai été ni à Eton ni à Oxford, comme les autres jeunes gens, mais il me semble que Lord Illingworth n'y attache pas d'importance. Il a été étonnamment bon pour moi, ma mère.

MRS. ARBUTHNOT. Lord Illingworth peut changer d'avis. Il peut se faire qu'il n'ait vraiment pas besoin de vous comme secrétaire.

GERALD. Ma mère !

MRS. ARBUTHNOT. Vous devez vous rappeler, comme vous le disiez vous-même, que vous avez reçu une très faible instruction.

MRS. ALLONBY. Lord Illingworth, je désire vous parler un instant. Voulez-vous venir ?

LORD ILLINGWORTH. Veuillez m'excuser, Mrs. Arbuthnot. Maintenant, ne laissez pas votre charmante mère soulever de nouvelles difficultés, Gerald. La chose est entendue, n'est-ce pas ?

GERALD. Je l'espère.

Lord Illingworth traverse la scène pour se rapprocher de Mrs. Allonby.

MRS. ALLONBY. Je croyais que vous ne quitteriez jamais la dame en velours noir.

LORD ILLINGWORTH. Elle est extrêmement belle.

Il tourne les yeux sur Mrs. Arbuthnot.

LADY HUNSTANTON. Caroline, n'allons-nous pas nous rendre à la salle de musique ? Miss Worsley va jouer. Vous venez aussi, n'est-ce pas, chère Mrs. Arbuthnot. Vous ne savez pas quel régal vous attend. *(À l'archidiacre Daubeny.)* Il faudra absolument que j'amène Miss Worsley au presbytère un de ces après-midi. J'aimerais tant que cette chère Mrs. Daubeny l'entendît jouer du violon. Ah ! j'oubliais. La chère Mrs. Daubeny a l'oreille un peu dure, n'est-ce pas ?

L'ARCHIDIACRE. Sa surdité est une grande privation pour elle. Maintenant elle ne peut plus même entendre mes sermons. Mais elle a bien des ressources en elle-même... bien des ressources.

LADY HUNSTANTON. Elle lit beaucoup, je suppose ?

L'ARCHIDIACRE. Rien que les livres imprimés en gros caractères. Sa vue s'en va rapidement. Mais elle n'est jamais déprimée, jamais déprimée.

GERALD, *à Lord Illingworth*. Parlez à ma mère, Lord Illingworth, avant d'aller à la salle de musique. Elle paraît croire, je ne sais comment, que vous n'avez pas l'intention de faire tout ce que vous m'avez dit.

MRS. ALLONBY. Venez-vous ?

LORD ILLINGWORTH. Dans quelques instants. Lady Hunstanton, si Mrs. Arbuthnot voulait bien me le permettre, je tiendrais à lui dire quelques mots et nous vous rejoindrions bientôt.

LADY HUNSTANTON. Oh ! c'est tout naturel. Vous devez avoir bien des choses à lui dire et elle aura à vous offrir bien des remerciements. Tous les fils ne reçoivent pas proposition pareille, Mrs. Arbuthnot. Mais je sais que vous appréciez cela, ma chère.

LADY CAROLINE. John.

LADY HUNSTANTON. Mais n'accaparez pas trop longtemps Mrs. Arbuthnot, Lord Illingworth, nous ne saurions nous passer d'elle.

Elle sort suivie des autres invités. On entend le violon dans la salle de musique.

LORD ILLINGWORTH. Ainsi donc c'est notre fils, Rachel[1] ! Eh bien,

---

1. Rachel, seconde épouse de Jacob, d'abord stérile, mourut ensuite en couches (Genèse, 35, 16-19). Les femmes juives venaient pleurer leur enfant disparu sur sa tombe.

je suis très fier de lui. Il est un Harford jusqu'au bout des ongles. À propos, pourquoi ce nom d'Arbuthnot, Rachel ?

MRS. ARBUTHNOT. Un nom en vaut un autre, quand on n'a droit à aucun.

LORD ILLINGWORTH. Sans doute... mais pourquoi Gerald ?

MRS. ARBUTHNOT. C'est celui d'un homme que j'ai fait mourir de chagrin, celui de mon père.

LORD ILLINGWORTH. Ah ! Rachel, le passé est passé. Tout ce que je puis dire maintenant c'est que je suis ravi, absolument ravi de notre garçon. Le monde ne le connaîtra que comme mon secrétaire particulier, mais pour moi, il sera quelqu'un qui me touche de très près et qui m'est très cher. C'est curieux, Rachel. Mon existence me paraissait vraiment complète. Il n'en était rien. Il y manquait quelque chose ; il y manquait un fils. Maintenant j'ai trouvé mon fils. Je suis content de l'avoir trouvé.

MRS. ARBUTHNOT. Vous n'avez aucun droit, si faible qu'il soit, sur lui. Mon garçon est entièrement à moi, et il restera à moi.

LORD ILLINGWORTH. Ma chère Rachel, vous l'avez eu à vous seule pendant plus de vingt ans. Pourquoi ne pas me le laisser un peu maintenant ? Il est à moi autant qu'à vous.

MRS. ARBUTHNOT. Le fils dont vous parlez, n'est-il pas celui que vous avez abandonné ? L'enfant qui serait mort de faim et de misère, s'il n'avait eu que vous au monde ?

LORD ILLINGWORTH. Vous oubliez, Rachel, que c'est vous qui m'avez quitté, ce n'est pas moi qui vous ai abandonnée.

MRS. ARBUTHNOT. Je vous ai quitté parce que vous avez refusé de donner un nom à l'enfant. Avant que mon fils vînt au monde, je vous ai supplié de m'épouser.

LORD ILLINGWORTH. Alors je n'avais pas d'avenir. Et en outre, Rachel, je n'étais pas beaucoup plus âgé que vous. Je n'avais que vingt-deux ans, je crois, lorsque notre liaison commença dans le jardin de votre père.

MRS. ARBUTHNOT. Quand un homme est assez âgé pour faire le mal, il devrait également l'être assez pour bien agir.

LORD ILLINGWORTH. Ma chère Rachel, en matière intellectuelle généraliser est toujours intéressant, mais en morale, généraliser ne signifie absolument rien. Quant à ce que vous dites, que j'ai laissé notre enfant mourir de faim, c'est faux et c'est une bêtise. Ma mère vous a offert six cents livres par an[1]. Mais vous n'avez rien voulu accepter. Vous vous êtes contentée de disparaître et vous avez emporté l'enfant avec vous.

MRS. ARBUTHNOT. Je n'aurais pas accepté d'elle un penny. Votre père était tout autre. Il vous a dit devant moi, quand nous étions à Paris, que c'était votre devoir de m'épouser.

LORD ILLINGWORTH. Oh ! le devoir, c'est ce qu'on exige d'autrui, et non point ce qu'on fait soi-même. Eh bien ! oui, je subissais l'influence de ma mère. Il en est ainsi pour nous tous, quand nous sommes jeunes.

MRS. ARBUTHNOT. Je suis contente de vous l'entendre dire. Gerald n'ira certainement pas avec vous.

LORD ILLINGWORTH. Vous dites des sottises, Rachel !

MRS. ARBUTHNOT. Croyez-vous que je laisserai mon fils...

LORD ILLINGWORTH. Notre fils.

MRS. ARBUTHNOT. Mon fils *(Lord Illingworth hausse les épaules.)*... parler à l'homme qui a flétri ma jeunesse, qui a ruiné ma vie, qui a entaché chaque heure de mon existence ? Vous ne vous rendez pas compte de ce qu'il y a eu de souffrance et de honte dans mon passé.

LORD ILLINGWORTH. Ma chère Rachel, je dois le déclarer avec candeur, je regarde l'avenir de Gerald comme bien plus important que votre passé.

MRS. ARBUTHNOT. Gerald ne saurait séparer son avenir de mon passé.

LORD ILLINGWORTH. Et c'est justement là ce qu'il devrait faire. C'est justement là ce que vous devriez l'aider à faire. Vous êtes bien une femme ! Vous parlez le langage du sentiment et vous êtes en même temps foncièrement égoïste. Mais il est inutile de nous faire une scène. Rachel, je vous demande d'envisager la question au point de vue du sens commun, au

1. Alors une somme considérable.

point de vue de ce qui est le plus avantageux pour notre fils, en nous mettant, vous et moi, en dehors de la question. Qu'est pour le moment notre fils ? L'employé mal rétribué d'une petite banque provinciale, d'une ville de troisième ordre. Si vous vous imaginez qu'il est parfaitement heureux dans une situation pareille, vous vous trompez. Il est profondément dégoûté de son sort.

MRS. ARBUTHNOT. Il ne l'était pas jusqu'au jour où il vous a rencontré. C'est vous qui l'avez rendu ainsi.

LORD ILLINGWORTH. Certes oui, je l'ai rendu tel. Le dégoût du passé est le premier pas dans le progrès d'un homme ou d'un peuple. Mais je ne l'ai pas abandonné à la seule aspiration de choses qu'il lui était impossible d'atteindre. Non, je lui ai fait une proposition propre à le séduire. Il a sauté dessus, j'ai à peine besoin de le dire. Tout jeune homme en eût fait autant. Et maintenant, tout simplement parce qu'il se trouve que je suis le père de ce garçon et qu'il est mon fils, vous voulez en réalité ruiner son avenir. C'est-à-dire que si j'étais pour lui un parfait étranger, vous permettriez à Gerald de rester auprès de moi, mais il est ma chair et mon sang, alors, vous ne voulez pas. Comme vous êtes parfaitement illogique !

MRS. ARBUTHNOT. Je ne lui permettrai pas de vous suivre.

LORD ILLINGWORTH. Comment pouvez-vous l'en empêcher ? Quel prétexte pouvez-vous lui donner pour qu'il décline une proposition comme la mienne ? Je ne lui dirai pas quels liens m'unissent à lui. Je n'ai pas besoin de le dire. Mais vous, vous n'oserez pas les lui révéler. Vous le savez bien. Songez de quelle façon vous l'avez élevé.

MRS. ARBUTHNOT. Je l'ai élevé de telle sorte qu'il fût un honnête homme.

LORD ILLINGWORTH. C'est parfaitement exact. Et quel est le résultat ? Vous l'avez élevé de telle sorte qu'il soit votre juge, si jamais il découvre ce que vous êtes. Et il sera un juge amer, un juge injuste pour vous. Ne vous trompez pas, Rachel. Les enfants commencent par aimer leurs parents. Et plus tard, ils les jugent. Ils leur pardonnent rarement, si même ils le font jamais.

MRS. ARBUTHNOT. George, ne me prenez pas mon fils. J'ai souffert pendant vingt ans et je n'ai eu que lui pour m'aimer, je n'ai eu que lui à aimer. Votre vie a été une vie de joie et de plaisir, et de succès. Vous avez été parfaitement heureux. Vous n'avez jamais songé à nous. Et étant donné votre façon d'envisager la vie, il n'y avait aucune raison pour que vous eussiez une pensée pour nous. Si vous nous avez rencontrés, ce fut par un simple hasard, par un horrible accident. Oubliez-le. Ne venez pas m'arracher... la seule chose... la seule chose que je possède au monde. Vous êtes si riche de tout le reste. Laissez-moi la petite vigne de ma vie, laissez-moi le jardin clos de murs, et la source, l'agneau que Dieu m'a envoyé dans sa pitié ou dans sa colère. Oh ! laissez-le-moi, George [1], ne me prenez pas Gerald.

LORD ILLINGWORTH. Rachel, à cette heure, vous n'êtes pas nécessaire à l'avenir de Gerald, et moi je le suis. Il n'y a rien de plus à dire sur ce sujet.

MRS. ARBUTHNOT. Je ne le laisserai point partir.

LORD ILLINGWORTH. Voici Gerald. Il a le droit de prendre lui-même son parti.

Entre Gerald.

GERALD. Eh bien, chère mère, j'espère que vous avez tout arrangé avec Lord Illingworth.

MRS. ARBUTHNOT. Je n'ai rien arrangé, Gerald.

LORD ILLINGWORTH. Votre mère semble, pour je ne sais quelle raison, ne pas goûter que vous veniez avec moi.

GERALD. Pourquoi, ma mère ?

MRS. ARBUTHNOT. Je vous croyais parfaitement heureux avec moi, Gerald. Je ne vous savais pas si désireux de me quitter.

GERALD. Ma mère, comment pouvez-vous parler ainsi ? Certes,

---

1. Les allusions bibliques sont appropriées. Respectivement I Rois 21 (Achab s'emparant du vignoble de Naboth) et II Samuel 12, 1-4 (l'homme riche volant au pauvre son unique brebis pour nourrir un visiteur).

j'ai été pleinement heureux avec vous. Mais un homme ne peut pas rester toujours auprès de sa mère. Il n'est pas un de mes camarades qui le fasse. Je tiens à me créer une situation, à faire quelque chose. Je me figurais que vous auriez été fière de me voir le secrétaire de Lord Illingworth.

MRS. ARBUTHNOT. Je ne pense pas que vous fassiez un secrétaire convenable pour Lord Illingworth. Vous n'avez pas de diplômes.

LORD ILLINGWORTH. Je ne voudrais pas avoir l'air d'intervenir, Mrs. Arbuthnot, mais en ce qui regarde votre dernière objection, assurément, je puis en juger mieux que personne. Et je puis me borner à vous dire que votre fils a tous les titres que je ne pouvais désirer. En fait, il en a beaucoup plus que je ne l'aurais jamais cru... Beaucoup plus. *(Mrs. Arbuthnot reste silencieuse.)* Avez-vous, Mrs. Arbuthnot, quelque autre raison de désirer que votre fils n'accepte pas cette situation ?

GERALD. En avez-vous une, ma mère ? Répondez.

LORD ILLINGWORTH. Si vous en avez une, Mrs. Arbuthnot, je vous en prie, je vous en prie, faites-la connaître. Nous sommes tout à fait entre nous ici. Quelle qu'elle soit, je ne la répéterai pas, je vous le promets.

GERALD. Ma mère ?

LORD ILLINGWORTH. Si vous tenez à rester en tête à tête avec votre fils, je vais vous y laisser. Vous avez quelque autre raison que vous ne voulez pas que j'entende.

MRS. ARBUTHNOT. Je n'ai pas d'autre raison.

LORD ILLINGWORTH. Alors, mon cher enfant, nous pouvons regarder la chose comme conclue. Venez avec moi fumer une cigarette sur la terrasse. Pour vous, Mrs. Arbuthnot, je vous en prie, permettez-moi de vous dire qu'à mon avis vous avez agi sagement, très sagement.

Il sort avec Gerald. Mrs. Arbuthnot, seule, reste debout, une expression d'indicible souffrance sur ses traits.

RIDEAU.

ACTE TROISIÈME

La galerie de tableaux à Hunstanton. Porte de derrière ouvrant sur la terrasse. Lord Illingworth et Gerald dans l'angle de droite, Lord Illingworth se prélassant sur un canapé ; Gerald assis sur une chaise.

LORD ILLINGWORTH. C'est une femme profondément sensée que votre mère, Gerald. Je savais qu'elle finirait par consentir.

GERALD. Ma mère est épouvantablement scrupuleuse, Lord Illingworth, et je sais qu'elle ne me croit pas capable d'être votre secrétaire. En effet, elle a parfaitement raison. À l'école, j'ai été un fieffé paresseux, et maintenant, quand même il irait de ma vie, je ne serais pas en état de réussir un examen.

LORD ILLINGWORTH. Mon cher Gerald, les examens ne signifient rien du tout. Quand un homme est un gentleman, il en sait assez long, et quand il ne l'est pas, tout ce qu'il sait ne peut que lui nuire.

GERALD. Mais je suis si ignorant du monde, Lord Illingworth.

LORD ILLINGWORTH. Ne craignez rien, Gerald. Rappelez-vous que vous avez pour vous la plus merveilleuse chose qu'il y ait au monde, la jeunesse. Il n'est rien de tel que la jeunesse[1]. Les

---

1. Cet éloge de la jeunesse est récurrent chez Wilde. Si pour Lord Henry « la jeunesse est la seule chose qui mérite qu'on la possède » (*Le Portrait de Dorian Gray*), pour Lord Goring (*Un mari idéal*), « la jeunesse n'est pas une affectation. La jeunesse est un art ».

gens d'âge moyen ont à leur charge l'hypothèque de la vie : les vieilles gens sont reléguées dans le grenier à débarras de la vie. La jeunesse a un royaume qui l'attend. Tout homme naît roi, et la plupart meurent en exil, comme la plupart des rois. Il n'est rien que je ne sois capable de faire, Gerald, pour reconquérir ma jeunesse, — rien, excepté de me donner de l'exercice, de me lever de bonne heure, ou d'être un membre utile de la société.

GERALD. Mais vous ne vous regardez pas comme un homme âgé, Lord Illingworth ?

LORD ILLINGWORTH. Je suis assez vieux pour être votre père, Gerald.

GERALD. Je ne me rappelle pas mon père, il est mort il y a des années.

LORD ILLINGWORTH. C'est ce que Lady Hunstanton m'a appris.

GERALD. Il est bien singulier que ma mère ne me parle jamais de mon père. Je me dis parfois qu'elle aura dû se mésallier.

LORD ILLINGWORTH, *avec une légère grimace*. Vraiment ? *(Il s'avance et met la main sur l'épaule de Gerald.)* Vous n'avez pas souffert de n'avoir pas votre père, je suppose, Gerald ?

GERALD. Oh ! non, ma mère a été si bonne pour moi. Personne n'eut jamais une mère comme la mienne.

LORD ILLINGWORTH. J'en suis absolument certain. Malgré tout, je crois que la plupart des mères ne comprennent pas très bien leurs fils... ne se rendent pas compte, veux-je dire, qu'un fils a des ambitions, qu'il désire connaître la vie, se faire à lui-même un nom. Après tout, Gerald, il ne fallait pas s'attendre à ce que vous passiez votre vie dans un trou tel que Wrockley, n'est-ce pas ?

GERALD. Oh ! non, ce serait terrible.

LORD ILLINGWORTH. Un amour de mère est chose fort touchante, certes, mais souvent il est égoïste. Je veux dire qu'il y entre une bonne part d'égoïsme.

GERALD, *lentement*. C'est bien possible.

LORD ILLINGWORTH. Votre mère est une femme parfaitement bonne, mais les femmes qui sont bonnes ont une façon si bornée de voir la vie... Leur horizon est si étroit... Elles s'intéressent à des choses si médiocres, n'est-ce pas ?

GERALD. Le fait est qu'elles s'intéressent diablement à maintes choses dont nous, nous ne faisons pas grand cas.

LORD ILLINGWORTH. Je suppose que votre mère est très religieuse, qu'elle donne dans ces choses-là ?

GERALD. Oh ! oui, elle va à toute heure à l'église.

LORD ILLINGWORTH. Ah ! elle n'est pas de son temps. Et être de son temps, voilà la seule chose qui compte aujourd'hui. Vous tenez à être de votre temps, n'est-ce pas, Gerald ? Vous tenez à connaître la vie, telle qu'elle est en réalité ? Eh bien, tout ce que vous avez à faire pour le moment se borne à ceci : mettez-vous en état de fréquenter la meilleure société. Un homme qui peut dominer la table dans un dîner de Londres peut dominer le monde. L'avenir appartient au dandy. Ce sont les dandys qui gouverneront le monde.

GERALD. J'aimerais beaucoup être élégamment habillé, mais on m'a toujours dit qu'un homme ne doit pas trop s'occuper de ses vêtements.

LORD ILLINGWORTH. De nos jours, on est si absolument superficiel qu'on n'entend rien à la philosophie du superficiel. À propos, Gerald, vous devriez apprendre à mieux faire votre nœud de cravate. Le sentiment, c'est très bien pour la boutonnière, mais le style est la chose essentielle dans le nœud de cravate. Un nœud de cravate bien fait est le premier pas qui compte dans la vie [1].

GERALD, *riant*. Je pourrais apprendre à faire un nœud de cravate, Lord Illingworth, mais je n'arriverai jamais à parler comme vous. Je ne sais pas parler.

LORD ILLINGWORTH. Oh ! parlez à toute femme comme si vous étiez épris d'elle, et à tout homme comme s'il vous ennuyait, et à la fin de votre première saison, vous aurez la réputation de posséder le tact le plus exquis en société.

---

1. Le célèbre dandy Brummell avait recours aux services de deux valets pour lui nouer sa cravate.

GERALD. Mais ce doit être très difficile de pénétrer dans la société, n'est-ce pas ?

LORD ILLINGWORTH. De nos jours, pour pénétrer dans la meilleure société, il faut donner à manger aux gens, les amuser, ou bien les heurter, voilà tout.

GERALD. Je suppose qu'on s'amuse énormément dans le monde.

LORD ILLINGWORTH. Si l'on en fait simplement partie, c'est assommant. Ne plus en être, c'est tout bonnement tragique. La société est une chose nécessaire. Nul homme ne remporte de véritable succès dans ce monde, s'il n'a pas l'appui des femmes, et les femmes gouvernent la société. Si vous n'avez pas mis des femmes dans votre jeu, vous êtes irrémédiablement perdu. Vous feriez tout aussi bien de vous faire tout de suite avocat, courtier, ou journaliste.

GERALD. Il est très difficile de comprendre les femmes, n'est-ce pas ?

LORD ILLINGWORTH. Il ne faut jamais essayer de les comprendre. Les femmes sont des tableaux, les hommes sont des problèmes. Si vous tenez à savoir ce qu'une femme pense réellement, — chose toujours dangereuse — regardez-la. Ne l'écoutez pas.

GERALD. Mais les femmes sont diablement intelligentes, n'est-ce pas ?

LORD ILLINGWORTH. Il est bon de le leur dire toujours. Mais aux yeux du philosophe, mon cher Gerald, la femme représente le triomphe de la matière sur l'esprit, — tout comme l'homme représente le triomphe de l'esprit sur la morale.

GERALD. Comment les femmes peuvent-elles avoir tout le pouvoir que vous leur attribuez ?

LORD ILLINGWORTH. L'histoire de la femme est l'histoire de la pire forme de tyrannie que le monde ait jamais connue : la tyrannie exercée par le faible sur le fort. C'est la seule tyrannie durable.

GERALD. Mais les femmes n'ont-elles pas acquis une influence qui rend raffiné ?

LORD ILLINGWORTH. Il n'y a qu'une chose qui rend plus raffiné, c'est l'intellect.

GERALD. Il y a, après tout, différentes sortes de femmes, n'est-ce pas ?

LORD ILLINGWORTH. Dans la société, il n'y en a que deux : celles qui sont laides et celles qui se maquillent[1].

GERALD. Mais il y a d'honnêtes femmes dans le monde, n'est-ce pas ?

LORD ILLINGWORTH. Il n'y en a que trop.

GERALD. Mais êtes-vous d'avis que les femmes ne devraient pas être honnêtes ?

LORD ILLINGWORTH. On ne devrait jamais le leur conseiller. Elles deviendraient toutes instantanément honnêtes. La femme a une volonté de puissance fascinante. Toute femme est une révoltée, et presque toujours en révolte furieuse contre elle-même.

GERALD. Vous ne vous êtes point marié, n'est-ce pas, Lord Illingworth ?

LORD ILLINGWORTH. Les hommes se marient par lassitude, et les femmes par curiosité : les uns et les autres sont déçus.

GERALD. Mais ne pensez-vous pas qu'on peut être heureux quand on est marié ?

LORD ILLINGWORTH. Parfaitement heureux, mais, mon cher Gerald, le bonheur d'un homme marié dépend de personnes qu'il n'a point épousées.

GERALD. Mais quand on est amoureux ?

LORD ILLINGWORTH. On devrait toujours être amoureux. C'est pour ce motif-là qu'on ne devrait jamais se marier.

GERALD. L'amour est une chose merveilleuse, n'est-ce pas ?

LORD ILLINGWORTH. Quand on est amoureux, on commence par se tromper soi-même. Et on finit par tromper les autres. C'est là ce que le monde appelle une histoire d'amour. Mais une vraie *grande passion*[2] est chose comparativement rare de nos jours. C'est le privilège des gens qui n'ont rien à faire. C'est la seule chose à quoi servent les classes oisives d'un

---

1. De telles répartitions binaires sont l'un des grands traits stylistiques de Wilde. **2.** En français dans le texte.

pays, et la seule façon d'expliquer des êtres comme nous, les Harford.

GERALD. Les Harford, Lord Illingworth ?

LORD ILLINGWORTH. C'est mon nom de famille. Il vous faudra étudier le livre de la Pairie, Gerald[1]. C'est le seul livre que doive connaître à fond un jeune homme qui habite Londres et c'est ce que l'Angleterre a produit de mieux dans le genre de la fiction. Voyez-vous, Gerald, vous allez entrer avec moi dans une vie tout à fait nouvelle et je tiens à ce que vous sachiez vivre. *(Mrs. Arbuthnot paraît sur la terrasse derrière eux.)* Car le monde a été fait par des sots pour que les sages y vivent.

Lady Hunstanton et l'archidiacre Daubeny entrent par la gauche.

LADY HUNSTANTON. Ah ! vous voici, cher Lord Illingworth ! Eh bien ! je suppose que vous avez mis notre jeune ami Gerald au fait de sa tâche future et que vous lui avez donné maint bon conseil tout en fumant une agréable cigarette.

LORD ILLINGWORTH. Je lui ai donné ce que j'avais de mieux en fait de conseils, Lady Hunstanton, et ce que j'avais de mieux en fait de cigarettes.

LADY HUNSTANTON. Que je suis fâchée de n'avoir point été là pour vous écouter ! Mais je suppose que je suis trop vieille pour m'instruire, si ce n'est auprès de vous, cher archidiacre, quand vous êtes dans votre jolie chaire. Mais alors je sais d'avance ce que vous allez dire et cela ne peut m'effrayer. *(Elle aperçoit Mrs. Arbuthnot.)* Ah ! chère Mrs. Arbuthnot, venez nous rejoindre. *(Mrs. Arbuthnot entre.)* Gerald a eu un bien long entretien avec Lord Illingworth et vous êtes très flattée, j'en suis sûre, de la tournure satisfaisante que les choses ont prise pour lui. Asseyons-nous. *(Elles s'assoient.)* Et où en est votre belle broderie ?

MRS. ARBUTHNOT. J'y travaille toujours, Lady Hunstanton.

---

1. En anglais « the Peerage », c'est-à-dire *Burke's Peerage, Baronetage and Knightage*, célèbre bottin mondain.

LADY HUNSTANTON. Mrs. Daubeny brode un peu, elle aussi, n'est-ce pas ?

L'ARCHIDIACRE. Elle maniait prestement l'aiguille jadis. C'était une véritable artiste. Mais la goutte lui a beaucoup raidi les doigts. Voici une dizaine d'années qu'elle n'a pas touché le métier à broder. D'ailleurs elle a beaucoup d'autres distractions. Elle se préoccupe assidûment de sa santé.

LADY HUNSTANTON. Ah ! c'est toujours une charmante distraction, n'est-ce pas ? Maintenant, Lord Illingworth, de quoi parlez-vous ? Faites-nous-en part.

LORD ILLINGWORTH. J'étais sur le point d'expliquer à Gerald que le monde rit toujours de ce qui lui arrive de tragique. C'est seulement ainsi qu'il est capable de le supporter. Dès lors, tout ce que le monde a traité sérieusement appartient à la comédie.

LADY HUNSTANTON. Ici, je perds pied complètement, c'est ce qui m'arrive d'ordinaire toutes les fois que Lord Illingworth dit quoi que ce soit et la Société du secours [1] est si insouciante que jamais on ne me remet à flot : on me laisse sombrer. J'ai une vague idée, cher Lord Illingworth, que vous êtes toujours du côté des réprouvés, et moi, je m'efforce d'être toujours du côté des élus, du moins autant qu'il m'est possible. Après tout, c'est peut-être le rêve d'une personne qui se noie.

LORD ILLINGWORTH. La seule différence entre le saint et le réprouvé, c'est que tout saint a un passé et tout réprouvé un avenir.

LADY HUNSTANTON. Ah ! voilà qui fait bien mon affaire. Je n'ai pas un mot à dire. Vous et moi, chère Mrs. Arbuthnot, nous retardons sur le siècle. Nous n'arrivons pas à suivre Lord Illingworth. Je crains qu'on ait trop pris soin de notre éducation. Avoir été bien élevée, c'est de nos jours une grande infériorité. Cela vous ferme tant de routes.

MRS. ARBUTHNOT. Je serais fâchée de suivre Lord Illingworth dans une quelconque de ses opinions.

LADY HUNSTANTON. Vous avez tout à fait raison, ma chère.

---

1. Association qui venait en aide aux personnes en train de se noyer.

Gerald hausse les épaules et jette un regard irrité du côté de sa mère. Lady Caroline entre.

LADY CAROLINE. Jane, avez-vous vu John quelque part.

LADY HUNSTANTON. Il ne faut pas vous tourmenter à son sujet, ma chère. Il est avec Lady Stutfield. Je les ai vus il y a quelque temps dans le salon jaune. Ils ont l'air de s'entendre fort bien ensemble. Vous n'y allez pas, Caroline ? Asseyez-vous, je vous prie.

LADY CAROLINE. Je crois que je ferai bien de chercher John.

Lady Caroline sort.

LADY HUNSTANTON. On a tort de s'occuper autant des hommes et Caroline n'a vraiment rien à craindre. Lady Stutfield est tout à fait gracieuse. Elle est gracieuse à tout propos, aussi bien pour ceci que pour cela. C'est une belle nature. *(Sir John et Mrs. Allonby entrent.)* Ah ! voici Sir John ! Et avec Mrs. Allonby, encore ! Je suppose que c'est avec Mrs. Allonby que je l'aurai vu. Sir John, Caroline vous cherchait partout.

MRS. ALLONBY. Nous attendions Lady Caroline dans la salle de musique, chère Lady Hunstanton.

LADY HUNSTANTON. Ah ! dans la salle de musique ! Je croyais que c'était au salon jaune. Ma mémoire devient si mauvaise. *(À l'archidiacre.)* Mrs. Daubeny a une mémoire étonnante, n'est-ce pas ?

L'ARCHIDIACRE. Oui, elle était jadis tout à fait remarquable pour sa mémoire, mais depuis sa dernière attaque, ce sont surtout les événements de sa première enfance qu'elle se rappelle. Mais elle prend plaisir, grand plaisir à remonter dans ces souvenirs lointains.

Lady Stutfield et Mr. Kelvil entrent.

LADY HUNSTANTON. Ah ! chère Lady Stutfield, de quoi donc causiez-vous avec Mr. Kelvil ?

LADY STUTFIELD. Du bimétallisme, s'il m'en souvient bien [1].

---

1. Le bimétallisme est une doctrine économique selon laquelle l'argent pourrait servir, au même titre que l'or, d'étalon à la monnaie. Un débat fut consacré à cette question à la Chambre des Communes le 28 février 1893. Il

LADY HUNSTANTON. Le bimétallisme ? Est-ce là un sujet convenable ? Toutefois je sais que de nos jours on discute en toute liberté de toutes sortes de sujets. Et de quoi vous entretenait Sir John, chère Mrs. Allonby ?

MRS. ALLONBY. De la Patagonie.

LADY HUNSTANTON. Vraiment ! Quel sujet lointain, mais très instructif sans doute !

MRS. ALLONBY. Il a été fort intéressant sur la Patagonie. Les sauvages paraissent avoir à peu près sur toutes les choses les mêmes idées que les gens civilisés. Ils sont excessivement avancés.

LADY HUNSTANTON. Qu'est-ce qu'ils font ?

MRS. ALLONBY. Toutes sortes de choses, à ce qu'il paraît.

LADY HUNSTANTON. C'est tout à fait agréable, n'est-ce pas, cher archidiacre, de voir que la nature humaine reste toujours la même. Au fond, le monde est partout le même monde, n'est-ce pas ?

LORD ILLINGWORTH. Le monde se divise tout simplement en deux classes, ceux qui croient l'incroyable, comme le public, et ceux qui font l'improbable...

MRS. ALLONBY. Vous, par exemple ?

LORD ILLINGWORTH. Oui, je suis toujours pour moi-même un sujet d'étonnement. C'est la seule raison pour laquelle la vie vaille la peine d'être vécue.

LADY STUTFIELD. Et qu'avez-vous fait, en ces derniers temps, qui vous cause de l'étonnement ?

LORD ILLINGWORTH. Je me suis découvert toutes sortes de belles qualités.

MRS. ALLONBY. Ah ! n'allez pas atteindre d'un seul coup à la perfection. Arrivez-y par degrés.

LORD ILLINGWORTH. Je n'ai pas la moindre intention de devenir parfait. Du moins j'espère n'y point arriver. Ce serait extrêmement incommode. Les femmes nous aiment pour nos défauts. Si nous en avions en nombre suffisant, elles nous pardonneraient tout, même notre gigantesque intelligence.

---

s'agit pour Wilde d'un bon exemple de sujet de conversation ennuyeux sur lequel tout le monde croit, à tort, avoir quelque chose à dire.

MRS. ALLONBY. C'est aller trop vite que de nous demander de pardonner qu'on nous analyse. Nous pardonnons l'adoration. C'est à peu près tout ce qu'on doit attendre de nous.

Lord Alfred entre et va vers Lady Stutfield.

LADY HUNSTANTON. Ah ! nous autres femmes, nous devrions tout pardonner, n'est-ce pas, ma chère Mrs. Arbuthnot ? Je suis sûre que vous êtes d'accord avec moi sur ce point.

MRS. ARBUTHNOT. Je ne le suis point, Lady Hunstanton. À mon avis il est bien des choses que des femmes ne devraient jamais pardonner.

LADY HUNSTANTON. Quelles sortes de choses ?

MRS. ARBUTHNOT. La ruine portée dans la vie d'une autre femme.

Elle se dirige à pas lents vers le fond de la scène.

LADY HUNSTANTON. Ah ! ce sont là des choses bien tristes, sans doute, mais je crois qu'il existe d'admirables établissements où l'on s'occupe de soigner ces sortes de personnes et de les réformer, et je crois en somme, que le secret de la vie consiste à prendre les choses très, très légèrement.

MRS. ALLONBY. Le secret de la vie est de n'avoir jamais une émotion qui soit malséante.

LADY STUTFIELD. Le secret de la vie, c'est d'apprécier le plaisir d'être terriblement, terriblement trompée.

KELVIL. Le secret de la vie, c'est de résister à la tentation, Lady Stutfield.

LORD ILLINGWORTH. Le secret de la vie, il n'y en a pas. Le but de la vie, si elle en a un, c'est d'être toujours en quête de tentations[1]. Il n'y a pas assez, à beaucoup près. Il m'arrive de passer tout un jour sans en rencontrer une seule. C'est tout à fait terrible. Cela vous donne des inquiétudes pour l'avenir.

LADY HUNSTANTON, *le menaçant de son éventail.* Je ne sais comment cela se fait, cher Lord Illingworth, mais tout ce que

---

1. On comparera avec *L'Éventail de Lady Windermere* (acte I) : « Je résiste à tout sauf à la tentation. »

vous avez dit aujourd'hui me paraît excessivement immoral. Vous avez été fort intéressant à entendre.

LORD ILLINGWORTH. Toute pensée est immorale. Son essence même est la destruction. Si vous pensez à quoi que ce soit, vous le tuez. Rien ne survit après qu'on y a réfléchi.

LADY HUNSTANTON. Je ne comprends pas un mot, Lord Illingworth. Mais je ne doute nullement que tout cela ne soit tout à fait vrai. Pour ma part, j'ai bien peu de choses à me reprocher en matière de pensée. Je ne crois pas qu'il existe des femmes qui pensent trop. Les femmes devraient penser avec modération, comme elles devraient d'ailleurs faire toutes choses.

LORD ILLINGWORTH. La modération est une chose fatale, Lady Hunstanton. Rien ne réussit comme l'excès.

LADY HUNSTANTON. J'espère m'en souvenir : cela a tout l'air d'une admirable maxime. Mais je commence à tout oublier. C'est un grand malheur.

LORD ILLINGWORTH. C'est là une de vos plus séduisantes qualités, Lady Hunstanton. Aucune femme ne devrait avoir de la mémoire. La mémoire chez une femme annonce l'inélégance. On peut toujours dire, en voyant le chapeau d'une femme, si elle a de la mémoire ou non.

LADY HUNSTANTON. Comme vous êtes charmant, Lord Illingworth ! Vous découvrez toujours que le défaut le plus criant est une qualité des plus importantes. Vous avez la façon la plus réconfortante d'envisager la vie.

Entre Farquhar.

FARQUHAR. La voiture du révérend Daubeny est avancée.

LADY HUNSTANTON. Mon cher archidiacre, il n'est que dix heures et demie.

L'ARCHIDIACRE, *se levant*. Je regrette d'être obligé de partir, Lady Hunstanton. Les nuits du mardi sont toujours mauvaises pour Mrs. Daubeny.

LADY HUNSTANTON, *se levant*. Eh bien ! je ne veux pas vous retenir loin d'elle. *(Elle le reconduit jusqu'à la porte.)* J'ai dit à Farquhar de mettre une couple de perdrix dans la voiture. Mrs. Daubeny les aime peut-être.

L'ARCHIDIACRE. C'est une grande bonté de votre part, mais Mrs. Daubeny ne prend aucun aliment solide maintenant. Elle se nourrit uniquement de gelées. Mais elle est d'une bonne humeur étonnante, étonnante. Elle n'a aucun sujet de se plaindre.

Il sort avec Lady Hunstanton.

MRS. ALLONBY, *traversant la scène pour se rapprocher de Lord Illingworth.* Il fait un beau clair de lune ce soir.

LORD ILLINGWORTH. Sortons pour le voir. De nos jours c'est chose charmante que de contempler des objets fugitifs.

MRS. ALLONBY. Alors regardez votre miroir.

LORD ILLINGWORTH. Voilà qui est méchant : il ne me montre que mes rides.

MRS. ALLONBY. Le mien se conduit mieux : il ne me dit jamais la vérité [1].

LORD ILLINGWORTH. C'est qu'il est amoureux de vous.

Sir John, Lady Stutfield, Mr. Kelvil et Lord Alfred sortent.

GERALD, *à Lord Illingworth.* Puis-je vous suivre ?

LORD ILLINGWORTH. Venez, mon cher enfant.

Il se dirige vers la porte avec Mrs. Allonby et Gerald. Lady Caroline entre, jette un rapide regard circulaire, et sort par le côté opposé à celui qu'ont pris Sir John et Lady Stutfield.

MRS. ARBUTHNOT. Gerald !

GERALD. Oui, ma mère ?

Lord Illingworth sort avec Mrs. Allonby.

MRS. ARBUTHNOT. Il se fait tard. Rentrons chez nous.

GERALD. Ma chère mère, attendons un peu. Lord Illingworth est

---

1. Les miroirs sont omniprésents chez Wilde, qu'ils reflètent le réel dans sa cruauté (« L'Anniversaire de l'Infante »), la réalité intérieure, comme dans *Le Portrait de Dorian Gray* (« Ce portrait serait pour lui le plus magique des miroirs. Comme il lui avait révélé son corps, il lui révélerait son âme ») ou encore l'infini des illusions : « Il ne faut pas regarder que dans les miroirs. Car les miroirs ne montrent que des masques » (*Salomé*).

si charmant, et puis, ma mère, j'ai une grande surprise à vous faire. Nous partons pour l'Inde à la fin de ce mois.

MRS. ARBUTHNOT. Rentrons chez nous.

GERALD. C'est entendu, ma mère, si vous y tenez réellement, mais il faut d'abord que je prenne congé de Lord Illingworth. Je reviens dans cinq minutes.

Il sort.

MRS. ARBUTHNOT. Qu'il me quitte s'il le veut, mais pas avec lui,... pas avec lui. Je ne pourrais supporter cela.

Elle va et vient. — Entre Hester.

HESTER. Quelle belle nuit, Mrs. Arbuthnot !

MRS. ARBUTHNOT. Vous trouvez ?

HESTER. Mrs. Arbuthnot, je voudrais bien que nous devenions des amies. Vous êtes si différente des autres femmes d'ici. Quand vous êtes entrée au salon, ce soir, il m'a semblé que vous y apportiez le parfum de ce qu'il y a de bon et de pur dans la vie. J'avais été sotte. Il y a des choses qu'il est bon de dire, mais il arrive qu'on les dise en temps inopportun et à d'autres gens qu'il ne faudrait.

MRS. ARBUTHNOT. J'ai entendu ce que vous avez dit. Je suis d'accord avec vous, Miss Worsley.

HESTER. Je ne savais pas que vous aviez entendu. Mais je savais que vous seriez d'accord avec moi. Une femme qui a péché devrait être punie, n'est-ce pas ?

MRS. ARBUTHNOT. Oui.

HESTER. Elle ne devrait pas être admise dans la société des honnêtes hommes et des honnêtes femmes ?

MRS. ARBUTHNOT. Elle ne le devrait pas.

HESTER. Et l'homme devrait être puni de la même manière ?

MRS. ARBUTHNOT. De la même manière. Et les enfants, s'il y a des enfants, de la même manière aussi.

HESTER. Oui, il est juste que les fautes des parents retombent sur les enfants. C'est une loi juste, c'est la loi de Dieu [1].

---

1. Exode 20, 5 : « Moi, Yahvé, ton Dieu, je suis un Dieu jaloux, châtiant la faute des pères sur les fils... »

MRS. ARBUTHNOT. C'est une des terribles lois de Dieu.

Elle se dirige vers la cheminée.

HESTER. Vous êtes chagrine du départ de votre fils, Mrs. Arbuthnot.

MRS. ARBUTHNOT. Oui.

HESTER. Vous plaît-il qu'il parte avec Lord Illingworth ? Évidemment c'est une position pécuniairement avantageuse. Mais situation et argent ne sont pas tout, n'est-ce pas ?

MRS. ARBUTHNOT. Ce n'est rien, cela apporte la souffrance.

HESTER. Alors pourquoi laissez-vous votre fils partir avec lui ?

MRS. ARBUTHNOT. Lui-même le désire.

HESTER. Mais si vous lui demandiez de rester, ne resterait-il pas ?

MRS. ARBUTHNOT. Il a à cœur de partir.

HESTER. Il ne saurait rien vous refuser : il vous aime trop. Demandez-lui de rester. Permettez-moi de vous l'envoyer. Il est en ce moment sur la terrasse avec Lord Illingworth. Je les ai entendus rire ensemble quand j'ai traversé la salle de musique.

MRS. ARBUTHNOT. Ne vous donnez pas cette peine, Miss Worsley. Je puis attendre. Cela n'a pas d'importance.

HESTER. Non, je vais lui dire que vous le demandez... Faites cela... Priez-le de rester.

Sortie d'Hester.

MRS. ARBUTHNOT. Il ne voudra pas venir. Je sais qu'il ne voudra pas venir.

Lady Caroline entre. Elle jette autour d'elle un regard anxieux, Gerald entre.

LADY CAROLINE. Mrs. Arbuthnot, puis-je vous demander si Sir John n'est point quelque part sur la terrasse ?

MRS. ARBUTHNOT. Non, Lady Caroline, il n'est pas sur la terrasse.

LADY CAROLINE. C'est bien curieux : il est temps pour lui de rentrer.

Lady Caroline sort.

GERALD. Chère mère, je crains de vous avoir fait attendre, je n'y pensais plus du tout. Je suis si heureux ce soir, ma mère. Je n'ai jamais été aussi heureux.

MRS. ARBUTHNOT. À cette perspective de départ.

GERALD. Ne prenez pas la chose ainsi, ma mère. Certes je suis fâché de vous quitter, n'êtes-vous pas la mère la meilleure qu'il y ait au monde ? Mais, après tout, comme le dit Lord Illingworth, la vie est impossible dans un endroit tel que Wrockley. Cela vous est indifférent. Moi je suis ambitieux : il me faut quelque chose de plus que cela. Il me faut me créer une carrière. Il faut que je fasse quelque chose qui vous rende fière de moi et Lord Illingworth va m'y aider. Il est prêt à faire quelque chose pour moi.

MRS. ARBUTHNOT. Gerald, ne partez point avec Lord Illingworth. Je vous supplie de ne pas le faire. Gerald, je vous en conjure.

GERALD. Ma mère, comme vous êtes inconstante ! On dirait que vous ne savez pas un seul moment ce que vous voulez. Il y a une heure et demie, au salon, vous approuviez tout. Maintenant vous faites volte-face. Vous faites des objections. Vous voulez me faire renoncer à mon unique chance dans la vie. Oui, mon unique chance. Vous ne supposez pas, n'est-ce pas, ma mère, qu'on trouve tous les jours des gens comme Lord Illingworth ? C'est chose bien étrange, quand je trouve une chance aussi merveilleuse, que la personne qui mette des obstacles sur ma route, soit ma mère. En outre, vous le savez, j'aime Hester Worsley. Qui pourrait ne pas l'aimer ? Je l'aime plus que je ne vous l'ai dit, bien plus encore. Et si j'avais une situation, si j'avais un avenir, je pourrais... je pourrais lui demander de... ne comprenez-vous pas à présent, ma mère, ce que c'est pour moi, d'être le secrétaire de Lord Illingworth ? Un pareil point de départ, c'est avoir devant soi une carrière qui vous attend. Si j'étais le secrétaire de Lord Illingworth, je pourrais demander à Hester d'être ma femme. Et de la part d'un misérable employé de banque, à cent livres par an, ce serait une insolence.

MRS. ARBUTHNOT. Je crains bien que vous ne puissiez rien espérer du côté de Miss Worsley. Je connais ses idées sur la vie : elle vient de me les dire.

Silence.

GERALD. Eh bien ! en tout cas, il me reste mon ambition. C'est quelque chose, je suis content de l'avoir. Vous avez toujours fait votre possible pour refouler mon ambition. Ma mère, ne l'avez-vous pas fait ? Vous m'avez dit que le monde est un lieu de méchanceté, qu'aucun succès ne vaut la peine d'être poursuivi, que la société est chose frivole, que sais-je encore ? Eh bien, ma mère, je ne le crois pas ! Je crois que le monde est délicieux. Je crois que la société est chose exquise. Je crois que le succès vaut qu'on le poursuive. Vous vous êtes trompée dans tout ce que vous m'avez enseigné, ma mère. Vous vous êtes complètement trompée. Lord Illingworth est un homme qui a réussi. C'est un homme à la mode. C'est un homme qui vit dans le monde et pour le monde. Eh ! je donnerais n'importe quoi pour ressembler à Lord Illingworth.

MRS. ARBUTHNOT. Et moi j'aimerais mieux vous voir mort.

GERALD. Ma mère, qu'avez-vous à reprocher à Lord Illingworth ? Dites-le-moi — dites-le-moi franchement, qui est-il ?

MRS. ARBUTHNOT. C'est un malhonnête homme.

GERALD. Malhonnête ? En quoi. Je ne comprends pas ce que vous voulez dire.

MRS. ARBUTHNOT. Je vous le dirai.

GERALD. Vous le jugez malhonnête, je suppose, parce qu'il ne croit pas les mêmes choses que vous. Eh bien ! les hommes sont différents des femmes, ma mère. Il est tout naturel qu'ils aient des opinions différentes.

MRS. ARBUTHNOT. Ce qui fait de Lord Illingworth un malhonnête homme, ce n'est point ce qu'il croit ou ce qu'il ne croit pas, c'est ce qu'il est.

GERALD. Ma mère, est-ce que vous savez quelque chose sur lui ? Quelque chose dont vous soyez certaine ?

MRS. ARBUTHNOT. C'est une chose que je sais.

GERALD. Une chose dont vous êtes absolument certaine ?

MRS. ARBUTHNOT. Absolument certaine.

GERALD. Depuis combien de temps le savez-vous ?

MRS. ARBUTHNOT. Depuis vingt ans.

GERALD. C'est aller loin que de remonter vingt ans en arrière dans la vie d'un homme. Et qu'avons-nous à faire, vous ou moi, des premiers temps de la vie de Lord Illingworth ? En quoi cela vous regarde-t-il ?

MRS. ARBUTHNOT. Ce que fut cet homme-là, il l'est maintenant, il le sera toujours.

GERALD. Ma mère, dites-moi ce qu'a fait Lord Illingworth. S'il a commis quelque action honteuse, je ne partirai point avec lui. Assurément vous me connaissez assez pour le savoir.

MRS. ARBUTHNOT. Gerald, venez, près de moi. Tout près de moi, comme vous le faisiez souvent quand vous étiez tout petit, quand vous étiez le petit garçon de votre mère. *(Gerald s'assied tout près de sa mère. Elle lui passe les doigts dans les cheveux, lui caresse la main.)* Gerald, il y avait autrefois une jeune fille. Elle était toute jeune, tout au plus dix-huit ans passés, George Harford — c'était alors le nom de Lord Illingworth — la rencontra. Elle ne savait rien de la vie. Il n'en ignorait rien, lui. Il se fit aimer de la jeune fille. Il se fit tant aimer d'elle qu'un matin elle quitta avec lui la maison paternelle. Elle l'aimait tant, et il lui avait promis de l'épouser. Il lui avait promis solennellement de l'épouser, et elle l'avait cru. Elle était toute jeune, et... ignorante de ce qu'est réellement la vie. Il renvoya le mariage de semaine en semaine, d'un mois à l'autre. Elle eut tout le temps confiance en lui... Elle l'aimait... Avant qu'elle eût un fils — car elle eut un fils — elle le supplia, au nom de l'enfant, de l'épouser, afin que l'enfant pût avoir un nom, afin que sa faute à elle ne retombât pas sur l'enfant, qui était innocent. Il refusa. Après la naissance de l'enfant, elle le quitta, en emportant l'enfant. Sa vie était perdue, son âme désolée, et tout ce qu'il y avait en elle de doux, de bon, de pur, était également détruit. Elle souffrit terriblement... Elle souffre en ce moment. Elle souffrira toujours. Pour elle plus de joie, plus de paix, plus de pardon. C'est une femme qui traîne une chaîne, comme une créature coupable. C'est une femme qui porte un masque, comme une créature frappée de la lèpre. Le feu ne pourrait la purifier. Les eaux ne sauraient éteindre son angoisse. Rien n'est capable de la guérir. Aucun calmant ne peut lui donner le sommeil. Il n'est pas de pavots qui lui apportent l'oubli. Elle est perdue. C'est une âme perdue. — C'est pour cela que j'appelle Lord Illingworth un scélérat. C'est pour cela que je ne veux pas voir mon enfant près de lui.

GERALD. Ma chère mère, voilà qui a un air bien tragique, certes, mais je crois pouvoir dire que la jeune fille était aussi à blâmer que Lord Illingworth lui-même. Après tout, est-ce qu'une fille vraiment honnête, qui aurait des sentiments vraiment bons, irait quitter son foyer avec un homme qui n'est pas son mari, pour vivre avec lui comme si elle était sa femme ? Quelle est la fille honnête qui y consentirait ?

MRS. ARBUTHNOT, *après un silence*. Gerald, je retire toutes mes objections. Vous êtes libre de suivre Lord Illingworth, où et quand vous voudrez.

GERALD. Chère mère, je savais bien que vous ne vous mettriez pas en travers de ma route. Vous êtes la meilleure femme que Dieu ait faite. Quant à Lord Illingworth, je ne le crois pas capable d'un acte infâme ou vil. Je ne puis croire cela de lui, — je ne le puis.

HESTER, *du dehors*. Laissez-moi, lâchez-moi.

Hester accourt épouvantée. Elle se précipite vers Gerald et se jette dans ses bras.

HESTER. Oh ! Sauvez-moi, sauvez-moi de lui.

GERALD. De qui ?

HESTER. Il m'a insultée ! Il m'a horriblement outragée. Sauvez-moi.

GERALD. Qui donc ? Qui a osé... [1] ?

---

1. Cette scène est calquée sur la scène de séduction de Zerline par Don Giovanni à la fin du premier acte de l'opéra de Mozart.

Lord Illingworth entre par le fond de la scène. Hester s'arrache des bras de Gerald et montre Lord Illingworth.

GERALD, *ne se possédant plus de rage et d'indignation.* Lord Illingworth, vous avez insulté la créature la plus pure qu'il y ait sur la terre de Dieu, une créature aussi pure que ma propre mère. Vous avez insulté la femme que j'aime le plus au monde avec ma mère. Aussi vrai qu'il y a un Dieu au ciel, je vais vous tuer.

MRS. ARBUTHNOT, *se mettant entre eux et retenant Gerald.* Non ! Non !

GERALD, *la repoussant en arrière.* Ne me retenez pas, ma mère. Ne me retenez pas. Je veux le tuer.

MRS. ARBUTHNOT. Gerald !

GERALD. Laissez-moi, aller, vous dis-je.

MRS. ARBUTHNOT. Arrêtez, Gerald, arrêtez. C'est votre père !

Gerald saisit les mains de sa mère et la regarde dans les yeux. Elle se laisse aller lentement à terre sous le poids de sa honte. Hester se glisse furtivement vers la porte. Lord Illingworth, les sourcils froncés, se mord les lèvres. Au bout d'un instant, Gerald relève sa mère, l'entoure de son bras et l'emmène hors de la pièce.

RIDEAU.

ACTE QUATRIÈME

Le salon de Mrs. Arbuthnot. Au fond, grande porte-fenêtre, donnant sur un jardin. Portes à l'angle de droite et à l'angle de gauche. Gerald Arbuthnot, à une table écrivant, Alice entre à droite, précédant Lady Hunstanton et Mrs. Allonby.

ALICE. Lady Hunstanton et Mrs. Allonby.

Elle sort par la porte de gauche.

LADY HUNSTANTON. Bonjour, Gerald.

GERALD, *se levant*. Je vous salue, Lady Hunstanton... Mes hommages Mrs. Allonby.

LADY HUNSTANTON, *s'asseyant*. Nous venons prendre des nouvelles de votre chère mère, Gerald. J'espère qu'elle va mieux ?

GERALD. Ma mère n'est pas encore descendue, Lady Hunstanton.

LADY HUNSTANTON. Ah ! je crains qu'il n'ait fait trop chaud pour elle hier soir. Je crois qu'il y a eu de l'orage dans l'air. Ou peut-être était-ce de la musique. La musique vous donne des sensations si romantiques... Du moins elle agit toujours sur les nerfs.

MRS. ALLONBY. Maintenant, musique et orage se valent.

LADY HUNSTANTON. Je suis si heureuse de ne pas comprendre ce que vous voulez dire. J'ai peur que vous ne disiez quelque chose de mal. Ah ! je vois que vous examinez le petit salon de Mrs. Arbuthnot. N'est-il pas tout à fait charmant, avec son air démodé ?

MRS. ALLONBY, *jetant un regard autour d'elle, à travers son lorgnon*. Cela a tout à fait l'air d'« heureux intérieur anglais ».

LADY HUNSTANTON. C'est bien là le mot, ma chère. Il dépeint exactement la chose. On sent la bonne influence de votre mère dans tout ce qui l'entoure, Gerald.

MRS. ALLONBY. Lord Illingworth dit que toute influence est mauvaise, mais qu'une bonne influence est ce qu'il y a de pire au monde.

LADY HUNSTANTON. Quand Lord Illingworth connaîtra mieux Mrs. Arbuthnot, il changera d'avis.

MRS. ALLONBY. Je serais curieuse de voir Lord Illingworth dans un heureux intérieur anglais.

LADY HUNSTANTON. Cela lui ferait infiniment de bien, ma chère. De nos jours, la plupart des femmes à Londres paraissent ne meubler leurs appartements que d'orchidées, d'étrangers et de romans français. Mais ici nous sommes dans la chambre d'une femme douce et sainte. De fraîches fleurs naturelles, des livres qui ne vous choquent pas, des tableaux que l'on peut regarder sans rougir.

MRS. ALLONBY. Mais j'aime à rougir.

LADY HUNSTANTON. Oui, il y a bien des choses à dire en faveur de l'art de rougir, quand on sait rougir au moment convenable. Ce pauvre Lord Hunstanton me disait souvent que je ne rougissais pas assez, tant s'en fallait. Mais il était si difficile ! Il ne voulait pas que je connusse aucun de ses amis, excepté ceux qui avaient dépassé soixante-dix ans, comme le pauvre Lord Ashton, celui-là même qui, pour le dire en passant, dut comparaître devant le tribunal des divorces. Une affaire bien malheureuse.

MRS. ALLONBY. Les hommes qui ont dépassé soixante-dix ans font mes délices. Ils vous offrent toujours une vie de dévouement. Je crois que soixante-dix ans, c'est l'âge idéal pour un homme.

LADY HUNSTANTON. Elle est tout à fait incorrigible, n'est-ce pas, Gerald... À propos, Gerald, j'espère que votre chère mère viendra me voir plus souvent. Vous et Lord Illingworth, vous allez partir presque immédiatement, n'est-ce pas ?

GERALD. J'ai renoncé à mon projet de devenir le secrétaire de Lord Illingworth.

LADY HUNSTANTON. Assurément non, Gerald. Ce serait une grande faute de votre part. Quelle raison pouvez-vous avoir ?

GERALD. Je ne crois pas avoir les qualités requises pour cet emploi.

MRS. ALLONBY. Je voudrais que Lord Illingworth me demandât d'être son secrétaire. Mais il dit que je ne suis pas assez sérieuse.

LADY HUNSTANTON. Ma chère, vous ne devriez réellement pas tenir de tels propos dans la maison de Mrs. Arbuthnot. Mrs. Arbuthnot ne connaît absolument rien de la société dépravée où nous vivons toutes. Elle ne voudrait pas y entrer. Elle est bien trop honnête. Je trouve qu'elle m'a fait un grand honneur en venant me voir hier soir. Cela a donné à la soirée une véritable atmosphère de respectabilité.

MRS. ALLONBY. Ah ! c'est cela qui a dû vous faire croire qu'il y avait de l'électricité dans l'air.

LADY HUNSTANTON. Ma chère, comment pouvez-vous dire cela ? Il n'y a pas l'ombre d'un rapport entre les deux choses. Mais, voyons, Gerald, qu'entendez-vous en disant que vous n'êtes pas fait pour cet emploi ?

GERALD. Les idées de Lord Illingworth sur la vie et les miennes sont trop différentes.

LADY HUNSTANTON. Mais, mon cher Gerald, à votre âge, vous ne devriez pas avoir d'idées sur la vie. Elles sont tout à fait déplacées. En cette matière, il faut vous laisser guider par d'autres. Lord Illingworth vous a fait l'offre la plus flatteuse. En voyageant avec lui, vous verriez le monde, ou du moins autant qu'on peut en voir, sous les auspices les plus favorables possible, vous vivrez dans le meilleur milieu, chose importante dans ce moment solennel de votre carrière.

GERALD. Je ne tiens pas à voir le monde. J'en ai assez vu.

MRS. ALLONBY. Vous ne vous figurez pas, je l'espère, que vous avez épuisé la vie, Mr. Arbuthnot. Quand un homme dit cela, on sait que c'est la vie qui l'a épuisé.

GERALD. Je ne désire pas m'éloigner de ma mère.

LADY HUNSTANTON. Voyons, Gerald, c'est pure paresse de votre part. Ne pas quitter votre mère ! Si j'étais à sa place, j'insisterais pour que vous partiez.

Alice entre, par la porte de gauche.

ALICE. Mrs. Arbuthnot vous envoie ses compliments, madame, mais elle a une forte migraine et ne peut recevoir personne ce matin.

Elle sort par la porte de droite.

LADY HUNSTANTON. Une forte migraine ! J'en suis désolée. Peut-être l'amènerez-vous à Hunstanton cet après-midi, si elle va mieux, Gerald.

GERALD. Je crains que ce ne soit impossible cet après-midi, Lady Hunstanton.

LADY HUNSTANTON. Eh bien ! alors, demain. Ah ! si vous aviez un père, il ne vous laisserait pas gâcher votre vie ici. Il vous enverrait dare-dare auprès de Lord Illingworth. Mais les mères sont si faibles. Elles cèdent à leurs fils en toutes occasions. Nous sommes tout cœur, oui, tout cœur. Allons, ma chère, il faut que je passe au presbytère, pour prendre des nouvelles de Mrs. Daubeny, qui est loin de se bien porter, je le crains. L'archidiacre se conduit d'une façon merveilleuse, tout à fait merveilleuse. C'est le plus attentionné des maris. Un vrai modèle. Bonjour, Gerald. Assurez votre mère de toute mon affection.

MRS. ALLONBY. Au revoir, Mr. Arbuthnot.

GERALD. Je vous salue.

Lady Hunstanton et Mrs. Allonby sortent. Gerald s'assied et relit sa lettre.

GERALD. De quel nom la signer, moi qui n'ai droit à aucun nom ?

Il signe, met la lettre dans une enveloppe, y écrit l'adresse, et il va la cacheter, quand la porte de gauche s'ouvre, et Mrs. Arbuthnot entre. Gerald pose la cire à cacheter. Mère et fils se regardent l'un l'autre.

LADY HUNSTANTON, *par la porte-fenêtre du fond*. Bonsoir encore une fois, Gerald. Nous coupons au plus court, à travers votre joli jardin. Et maintenant souvenez-vous du conseil que je vous donne : partez tout de suite avec Lord Illingworth.

MRS. ALLONBY. Au revoir[1]. N'oubliez pas de me rapporter de vos voyages quelque jolie chose, mais pas un châle indien, pas un châle indien, sous aucun prétexte.

Elles sortent.

GERALD. Ma mère, je viens de lui écrire.

MRS. ARBUTHNOT. À qui ?

GERALD. À mon père. J'ai écrit pour lui dire de venir ici cet après-midi à quatre heures.

MRS. ARBUTHNOT. Il ne viendra pas ici. Il ne franchira pas le seuil de ma demeure.

GERALD. Il faut qu'il vienne.

MRS. ARBUTHNOT. Gerald, si vous devez partir avec Lord Illingworth, partez sans délai. Partez avant que cela me tue, mais ne me demandez pas de le revoir.

GERALD. Ma mère, vous ne comprenez pas. Rien au monde n'est capable de me décider à partir avec Lord Illingworth ni à vous quitter. Assurément vous me connaissez assez bien pour cela. Non, je lui ai écrit pour lui dire...

MRS. ARBUTHNOT. Que pouvez-vous avoir à lui dire ?

GERALD. Ne devinez-vous pas, ma mère, ce que j'ai écrit dans cette lettre ?

MRS. ARBUTHNOT. Non.

GERALD. Ma mère, vous vous en doutez certainement. Réfléchissez, cherchez quelle chose doit être faite maintenant, sur-le-champ, d'ici à peu de jours.

MRS. ARBUTHNOT. Il n'y a rien qui doive se faire.

---

1. En français dans le texte.

GERALD. J'ai écrit à Lord Illingworth, pour lui dire qu'il doit vous épouser.

MRS. ARBUTHNOT. M'épouser !

GERALD. Ma mère, je le forcerai à le faire. Il faut qu'il répare le mal qu'il vous a fait. Il faut qu'il expie. Il se peut que la justice marche lentement, ma mère, mais elle finit par arriver. Dans quelques jours vous serez l'épouse légitime de Lord Illingworth.

MRS. ARBUTHNOT. Mais, Gerald...

GERALD. J'insisterai pour qu'il le fasse. Je le forcerai à le faire. Il n'osera pas refuser.

MRS. ARBUTHNOT. Mais, Gerald, c'est moi qui refuse. Je ne veux pas épouser Lord Illingworth.

GERALD. Pas l'épouser, ma mère ?

MRS. ARBUTHNOT. Je ne veux pas l'épouser.

GERALD. Mais vous ne comprenez pas. C'est dans votre intérêt que je parle et non dans le mien. Ce mariage, ce mariage nécessaire, ce mariage qui, pour des raisons évidentes, doit avoir lieu, ne me sera d'aucune utilité, ne me donnera point un nom que j'aie réellement le droit de porter. Mais ce sera certainement quelque chose pour vous que vous, ma mère, vous deveniez, si tardivement que ce soit, l'épouse de l'homme qui est mon père. Ne sera-ce point quelque chose ?

MRS. ARBUTHNOT. Je ne l'épouserai pas.

GERALD. Ma mère, il le faut.

MRS. ARBUTHNOT. Je ne le veux pas. Vous parlez de réparation pour le mal qu'il m'a fait. Quelle réparation peut-on me faire ? Il n'y a pas de réparation possible. Je suis déshonorée, il ne l'est pas ; c'est tout. C'est l'histoire habituelle d'un homme et d'une femme, ainsi qu'il en arrive chaque jour, ainsi qu'il en arrive toujours. Et cela finit par l'issue accoutumée. La femme souffre. L'homme s'en va libre.

GERALD. Je ne sais pas si c'est l'issue ordinaire, ma mère. J'espère qu'il n'en est point ainsi. Mais, quoi qu'il en soit, votre vie ne finira pas ainsi. Cet homme fera toutes les réparations qui seront possibles. Ce n'est pas assez. Cela n'efface point le passé, je le sais. Mais au moins cela rend l'avenir meilleur, meilleur pour vous, ma mère.

MRS. ARBUTHNOT. Je refuse d'épouser Lord Illingworth.

GERALD. S'il venait lui-même vous trouver et vous demander de devenir sa femme, vous lui feriez une réponse différente. Rappelez-vous qu'il est mon père.

MRS. ARBUTHNOT. S'il venait lui-même, et il ne le fera pas, ma réponse serait la même. Rappelez-vous que je suis votre mère.

GERALD. Ma mère, vous rendez ma tâche terriblement difficile, en parlant ainsi, et je ne puis comprendre pourquoi vous ne voulez pas vous placer du point de vue qui est le bon, du seul point de vue qui convienne, pour envisager la question. C'est pour ôter toute amertume à votre vie, pour faire disparaître l'ombre qui couvre votre nom, que doit se faire ce mariage. Il n'y a pas d'autre solution, et après le mariage vous et moi nous pourrons partir ensemble. Mais il faut que le mariage ait lieu d'abord. C'est un devoir dont vous êtes tenue non seulement envers vous, mais encore à l'égard de toutes les autres femmes, oui, à l'égard de toutes les autres femmes de la terre, de peur qu'il n'en trahisse d'autres.

MRS. ARBUTHNOT. Je ne dois rien aux autres femmes. Il n'en est pas une qui vienne à mon secours. Il n'y a pas au monde une seule femme à qui je puisse aller demander sa pitié, si je consentais à en accepter, ou sa sympathie, si je pouvais la conquérir. Les femmes sont dures. Hier soir, cette jeune fille, si bonne qu'elle soit, s'est enfuie de la pièce, comme si j'étais une chose souillée. Elle avait raison, je suis une chose souillée. Mais mes fautes sont à moi et je veux être seule à les porter... Je dois être seule à les porter. Que peuvent être pour moi les femmes qui n'ont point commis de faute ? Ou que puis-je être pour elles ? Nous ne nous comprenons pas mutuellement.

Hester entre par le fond.

GERALD. Je vous supplie de faire ce que je vous demande.

MRS. ARBUTHNOT. Quel fils a jamais demandé à sa mère de faire un aussi affreux sacrifice ? Aucun.

GERALD. Quelle mère a jamais refusé d'épouser le père de son enfant ? Aucune.

MRS. ARBUTHNOT. Alors je serai la première. Je ne ferai pas cela.

GERALD. Ma mère, vous êtes croyante et vous m'avez appris à être croyant. Eh bien ! assurément votre religion, cette religion que vous m'avez enseignée quand j'étais petit, ma mère, doit vous dire que j'ai raison. Vous le savez, vous le sentez.

MRS. ARBUTHNOT. Je ne le sais pas. Je ne le sens pas. Jamais je ne me présenterai devant l'autel de Dieu, jamais je ne demanderai la bénédiction de Dieu pour une parodie aussi hideuse qu'un mariage entre moi et George Harford. Je ne prononcerai pas les paroles que l'Église nous commande de prononcer. Je ne veux pas les dire. Je n'ai pas l'audace de les dire. Comment pourrais-je jurer d'aimer l'homme que j'abhorre, d'honorer l'homme qui m'a apporté le déshonneur, d'obéir à l'homme qui a usé de son empire pour me faire pécher ? Non, le mariage est un sacrement pour ceux qui s'aiment mutuellement. Il n'est point cela pour des êtres comme lui ou comme moi. Gerald, pour vous mettre à l'abri des railleries et des sarcasmes du monde, j'ai menti au monde. Pendant vingt ans, j'ai menti au monde. Je ne pouvais dire au monde la vérité. Qui peut toujours la lui dire ? Mais je n'irai point, pour mon propre intérêt, mentir à Dieu, et en présence de Dieu. Non, Gerald, nulle cérémonie, sanctifiée par l'Église, ou sanctionnée par l'État, ne me liera jamais à George Harford. Il se peut que je sois déjà trop liée à cet homme qui, tout en me dépouillant, m'a cependant laissée plus riche, au point que dans le marécage de ma vie, j'ai trouvé la perle sans prix, ou ce que je croyais être tel.

GERALD. Je ne vous comprends plus.

MRS. ARBUTHNOT. Les hommes ne comprennent pas ce que sont les mères. Je ne diffère aucunement des autres femmes, excepté dans le mal qu'on m'a fait, et le mal que j'ai fait, et mes cruels châtiments, et ma grande infortune. Et cependant pour vous élever, j'ai dû regarder la mort en face. Pour vous nourrir, il m'a fallu lutter corps à corps avec elle. La mort s'est battue avec moi pour vous prendre. Toutes les femmes ont à livrer bataille à la mort pour garder leurs enfants. La mort, étant sans enfants, cherche à nous prendre nos enfants. Gerald, quand vous étiez nu, je vous ai habillé[1] ; quand vous aviez faim, je vous ai donné à manger. Nuit et jour pendant ce long hiver, je vous ai veillé. Il n'est pas de service trop bas, pas de souci trop vulgaire quand il s'agit de ce que nous autres, femmes, nous aimons. Oh ! comme je vous ai aimé ! Hannah[2] n'aima pas Samuel davantage. Et vous aviez besoin d'amour, car vous étiez faible, et l'amour seul fut capable de vous faire vivre. L'amour seul est capable d'entretenir la vie en qui que ce soit. Et les fils sont parfois insouciants. Sans y penser, ils vous font souffrir, et nous nous figurons que quand ils arriveront à l'âge de raison et qu'ils nous connaîtront mieux, ils s'acquitteront envers nous. Mais il n'en est point ainsi. Le monde nous les arrache. Ils se font des amis de ceux avec lesquels ils sont plus heureux qu'avec nous. Ils ont des amusements desquels nous sommes tenues à l'écart, des préoccupations qui ne sont pas les nôtres, et ils sont souvent injustes envers nous, car quand ils trouvent la vie amère, c'est à nous qu'ils s'en prennent, et quand ils la trouvent douce, nous n'en goûtons point la douceur avec eux... Vous avez eu bien des amis. Vous êtes allé chez eux. Vous étiez joyeux avec eux, et moi, qui connaissais mon secret, je n'ai pas osé vous suivre. Je restais à la maison, la porte close, ne laissant pas entrer le soleil, et je restais assise dans les ténèbres. Qu'aurais-je fait dans d'honnêtes foyers ? Mon passé était toujours avec moi... Et vous m'avez

---

1. Le très long discours de Mrs. Arbuthnot est saturé de références bibliques et évangéliques, y compris dans ses cadences rythmiques. Voir, par exemple, Matthieu 25, 35-6 : « J'ai eu faim, et vous m'avez donné à manger ; j'ai eu soif, et vous m'avez donné à boire ; j'étais étranger, et vous m'avez recueilli ; nu, et vous m'avez vêtu... » **2.** Voir I Samuel 1-2 ; à la suite d'un vœu, Hannah consacra son fils Samuel au service de Dieu.

jugée indifférente aux charmes de la vie. Je vous le dis : je les enviais, mais je n'osais pas y toucher. Je sentais que je n'y avais point droit. Vous pensiez que je me plaisais davantage à travailler au milieu des pauvres. C'était ma mission, croyiez-vous. Il n'en était point ainsi, mais comment aller ailleurs ? Les malades ne demandent pas si la main qui égalise leur oreiller est pure. Aux mourants il importe peu que les lèvres qui touchent leur front aient connu le baiser du péché. C'était à vous que je pensais tout le temps. Je leur donnais l'amour que vous ne demandiez pas. Je versais à flots sur eux un amour qui n'était point à eux... Et vous trouviez que je passais trop de mon temps à l'église, à remplir des devoirs religieux. Mais de quel côté pouvais-je me tourner ? La maison de Dieu est la seule où les pécheurs soient les bienvenus, et vous étiez toujours dans mon cœur, Gerald, trop avant dans mon cœur. Car bien que je me misse à genoux chaque jour, aux matines et à vêpres, dans la maison de Dieu, je ne me suis jamais repentie de ma faute. Comment me repentir de ma faute, alors que vous, mon amour, vous en étiez le fruit ? Même en ce moment où vous êtes plein d'amertume pour moi, je ne saurais me repentir. Je ne me repens point. Vous êtes pour moi plus que l'innocence. J'aime mieux,... Oh ! beaucoup mieux... être votre mère... que d'avoir toujours été pure... Oh ! ne voyez-vous pas ? Ne comprenez-vous pas ? C'est mon déshonneur qui vous a rendu si cher pour moi. C'est mon infortune qui vous a lié si étroitement à moi. — C'est le prix que j'ai payé pour vous, — le prix de l'âme et du corps, — qui me fait vous aimer comme je vous aime. Oh ! ne me demandez pas cette chose horrible. Enfant de ma honte, restez l'enfant de ma honte.

GERALD. Ma mère, je ne savais pas que vous m'aimiez à ce point. Et je serai pour vous un fils meilleur que je ne l'ai été... Et vous et moi, nous ne nous quitterons jamais... Mais, ma mère, je n'y puis rien... Il faut que vous deveniez l'épouse de mon père. Il faut que vous l'épousiez ; c'est votre devoir.

HESTER, *s'avançant et embrassant Mrs. Arbuthnot.* Non, non, vous ne le ferez pas. Ce serait là le vrai déshonneur, le premier que vous auriez connu. Ce serait la véritable infortune, la première à vous atteindre. Il y a d'autres pays que l'Angleterre... Oh ! par-delà la mer, des pays meilleurs, plus sages, moins injustes. Le monde est bien grand, bien vaste.

MRS. ARBUTHNOT. Non, pas pour moi. Pour moi le monde est rétréci à la largeur de ma main, et partout où je marche il y a des épines.

HESTER. Cela ne sera pas. Nous trouverons quelque part de vertes vallées, et des eaux fraîches, et si nous pleurons, eh bien ! nous pleurerons ensemble. Ne l'avons-nous pas aimé toutes les deux ?

GERALD. Hester !

HESTER, *l'écartant d'un geste de la main*. Non pas, non pas. Vous ne pouvez pas m'aimer, à moins que vous ne l'aimiez, elle aussi. Vous ne pouvez m'honorer, à moins qu'elle ne soit encore plus sainte pour vous. En elle, tout le sexe féminin subit le martyre. Ce n'est pas elle seule, c'est nous toutes qui sommes frappées en elle.

GERALD. Hester, Hester, que dois-je faire ?

HESTER. Avez-vous du respect pour l'homme qui est votre père ?

GERALD. Du respect pour lui ! Je le méprise. Il est infâme.

HESTER. Je vous remercie de m'avoir sauvée de lui hier soir.

GERALD. Ah ! cela n'est rien. Je mourrais pour vous sauver. Mais vous ne me dites pas ce que je dois faire à cette heure.

HESTER. Ne vous ai-je pas remercié de m'avoir sauvée ?

GERALD. Mais que dois-je faire ?

HESTER. Interrogez votre cœur et non le mien. Je n'ai jamais eu une mère à sauver ou à déshonorer.

MRS. ARBUTHNOT. Il est cruel ! il est cruel ! Laissez-moi m'en aller.

GERALD, *il accourt et s'agenouille auprès de sa mère*. Ma mère, pardonnez-moi, j'ai mérité vos reproches.

MRS. ARBUTHNOT. N'embrassez pas mes mains, elles sont froides. Mon cœur est froid ; quelque chose l'a brisé.

HESTER. Ah ! ne dites pas cela. Les cœurs vivent par leurs blessures. Le plaisir peut pétrifier un cœur, la richesse peut le rendre insensible, mais la souffrance ! Oh ! la souffrance ne saurait le briser. Et d'ailleurs quelles sont-elles maintenant, vos souffrances ? Eh bien ! en ce moment, vous lui êtes plus chère que jamais, plus chère que vous lui ayez déjà été. Et pourtant combien vous lui avez toujours été chère ! Ah ! soyez indulgente pour lui.

GERALD. Vous êtes ma mère et mon père en une seule personne. Je n'ai pas besoin d'un second parent. C'était pour vous que je parlais, pour vous seule. Oh ! dites quelque chose, ma mère ! N'ai-je trouvé l'un que pour perdre l'autre. Ne me dites pas cela ! Ô ma mère, vous êtes cruelle.

Il se lève, et se jette en sanglotant sur un canapé.

MRS. ARBUTHNOT, *à Hester*. Mais a-t-il vraiment trouvé un autre amour ?

HESTER. Vous le savez, je l'ai toujours aimé.

MRS. ARBUTHNOT. Nous sommes si pauvres.

HESTER. Est-ce qu'on est pauvre, quand on est aimé ? Non, jamais. Je hais mes richesses. Elles me sont un fardeau ! Qu'il le partage avec moi.

MRS. ARBUTHNOT. Mais nous sommes déshonorés. Notre place est parmi les parias. Gerald n'a pas de nom. Les fautes des parents doivent retomber sur les enfants. C'est la loi de Dieu.

HESTER. Je me trompais : la seule loi divine, c'est l'amour.

MRS. ARBUTHNOT, *elle se lève et prenant Hester par la main, se dirige lentement vers le canapé où Gerald est étendu, la tête cachée dans ses mains. Elle le touche, il lève les yeux*. Gerald, je ne puis vous donner un père, mais je vous ai amené une épouse.

GERALD. Ma mère, je ne suis digne ni d'elle, ni de vous.

MRS. ARBUTHNOT. Aussi c'est elle qui vient à vous ; vous êtes digne. Et quand vous serez loin, Gerald... avec... elle ! Oh ! pensez quelquefois à moi. Ne m'oubliez pas. Et quand vous prierez, priez pour moi. Nous devons prier quand nous sommes le plus heureux, et vous serez heureux, Gerald.

HESTER. Oh ! vous ne songez pas à nous quitter ?

GERALD. Ma mère, vous ne nous quitterez pas.

MRS. ARBUTHNOT. Je pourrais faire entrer la honte chez vous.

GERALD. Ma mère !

MRS. ARBUTHNOT. Pour quelque temps, alors, et si vous me voulez, ensuite je serai près de vous pour toujours.

HESTER, *à Mrs. Arbuthnot*. Venez avec nous au jardin.

MRS. ARBUTHNOT. Plus tard, plus tard.

Hester et Gerald sortent. Mrs. Arbuthnot se dirige vers la porte au fond à gauche. Elle s'arrête devant un miroir qui se trouve sur la cheminée et s'y regarde. Alice entre par la porte de droite.

ALICE. Un monsieur demande à vous voir, Madame.

MRS. ARBUTHNOT. Dites que je n'y suis pas. Voyons sa carte. *(Elle prend la carte sur le plateau et la regarde.)* Répondez que je ne veux pas le voir. *(Lord Illingworth entre, Mrs. Arbuthnot le voit dans le miroir et frissonne, mais ne se retourne pas.)* Que pouvez-vous avoir à me dire aujourd'hui, George Harford ? Vous ne pouvez avoir rien à me dire. Il faut que vous sortiez d'ici.

LORD ILLINGWORTH. Rachel, Gerald sait maintenant toute notre histoire. Il faut donc en venir à quelque arrangement qui nous convienne à tous les trois. Je vous assure qu'il trouvera en moi le plus charmant et le plus généreux des pères.

MRS. ARBUTHNOT. Mon fils peut rentrer d'un moment à l'autre. Je vous ai sauvé hier soir. Peut-être ne pourrai-je pas le faire une seconde fois. Mon fils ressent mon déshonneur avec une violence, une violence terrible. Je vous prie de partir.

LORD ILLINGWORTH. *s'asseyant*. La soirée d'hier fut tout à fait malencontreuse. Cette sotte petite puritaine, qui fait une scène, simplement parce que j'ai voulu l'embrasser ! Quel mal y a-t-il dans un baiser ?

MRS. ARBUTHNOT, *se retournant*. Un baiser peut être la ruine d'une existence humaine, George Harford. Je le sais, moi, je ne le sais que trop.

LORD ILLINGWORTH. Nous ne discuterons pas de cela pour le moment. Le point important, aujourd'hui comme hier, c'est encore votre fils. J'ai pour lui une grande affection, comme vous le savez, et si étrange que la chose puisse vous paraître, j'ai énormément admiré sa conduite d'hier soir. Il a pris le parti de cette jolie prude avec une promptitude merveilleuse. Il est tel que je voudrais mon fils. À cela près que mon fils ne se mettrait jamais du côté des puritains : c'est toujours une erreur ! Maintenant voici ce que je propose.

MRS. ARBUTHNOT. Lord Illingworth, aucune proposition de vous ne peut m'intéresser.

LORD ILLINGWORTH. En vertu de nos ridicules lois anglaises, il m'est impossible de légitimer Gerald. Mais je puis lui léguer ma fortune. Illingworth est grevé d'hypothèques, c'est vrai, et c'est en plus une bâtisse sinistre qui a l'air d'une caserne. Il peut avoir Ashby, qui est bien plus joli, Harborough qui a les meilleures chasses du nord de l'Angleterre, et la maison de St James's Square, qu'est-ce que peut souhaiter de plus en ce monde un gentleman ?

MRS. ARBUTHNOT. Rien de plus, j'en suis convaincue.

LORD ILLINGWORTH. Quant à un titre, un titre est plutôt un embarras par ce temps de démocratie. Quand j'étais George Harford, j'obtenais tout ce que je voulais. Maintenant j'ai tout simplement ce que les autres voudraient avoir, ce qui n'est pas à beaucoup près aussi agréable. Eh bien, voici ce que je propose...

MRS. ARBUTHNOT. Je vous ai dit que vos propositions ne m'intéressent point et je vous prie de sortir.

LORD ILLINGWORTH. Le jeune homme passera six mois de l'année avec vous et les six autres mois avec moi. C'est parfaitement juste, n'est-ce pas ? Vous aurez la pension que vous voudrez, et vous habiterez où il vous plaira. Quant à votre passé, il est inconnu de tout le monde, excepté de moi et de Gerald. La puritaine le connaît, c'est vrai, la puritaine en mousseline blanche, mais elle ne compte pas. Elle ne pourrait raconter l'histoire sans expliquer qu'elle refusait de se laisser embrasser, n'est-ce pas ? Et toutes les femmes la regarderaient comme une sotte, et tous les hommes comme une pimbêche. Vous n'avez pas à craindre que Gerald n'hérite pas de moi, car je n'ai pas besoin de vous dire que je n'ai nullement l'intention de me marier.

MRS. ARBUTHNOT. Vous venez trop tard. Mon fils n'a pas besoin de vous. Vous n'êtes point nécessaire.

LORD ILLINGWORTH. Que voulez-vous dire par là, Rachel ?

MRS. ARBUTHNOT. Que vous n'êtes pas nécessaire à Gerald pour sa carrière. Il ne demande rien de vous.

LORD ILLINGWORTH. Je ne vous comprends pas.

MRS. ARBUTHNOT. Regardez dans le jardin *(Lord Illingworth se lève et se dirige vers la fenêtre.)* Vous ferez bien de ne pas vous montrer. Vous rappelez de désagréables souvenirs. *(Lord Illingworth regarde au-dehors et tressaille.)* Elle l'aime. Ils s'aiment l'un l'autre. Nous ne risquons rien de votre côté, et nous allons partir.

LORD ILLINGWORTH. Où ?

MRS. ARBUTHNOT. Nous ne vous le dirons point, et si vous nous retrouvez, nous ne vous connaîtrons point. Vous paraissez surpris. Quel accueil pourriez-vous attendre de la jeune fille dont vous avez voulu salir les lèvres, du jeune homme auquel vous avez fait une vie de honte, de la mère dont le déshonneur vient de vous ?

LORD ILLINGWORTH. Vous êtes impitoyable, Rachel.

MRS. ARBUTHNOT. J'ai été trop faible autrefois. Heureusement j'ai changé.

LORD ILLINGWORTH. J'étais bien jeune à cette époque. Nous autres hommes nous connaissons trop tôt la vie.

MRS. ARBUTHNOT. Et nous, femmes, nous connaissons la vie trop tard. Voilà en quoi diffèrent l'homme et la femme.

Silence.

LORD ILLINGWORTH. Rachel, je veux mon fils. Mon argent ne peut lui servir à rien maintenant. Il se peut que je ne lui sois d'aucune utilité, mais je veux mon fils. Réconciliez-nous, Rachel. Vous pouvez le faire si vous le voulez.

Il aperçoit la lettre sur la table.

MRS. ARBUTHNOT. Il n'y a point de place pour vous dans la vie de mon fils. Rien en vous ne l'intéresse.

LORD ILLINGWORTH. Alors pourquoi m'écrit-il ?

MRS. ARBUTHNOT. Que voulez-vous dire ?

LORD ILLINGWORTH. Qu'est-ce que c'est que cette lettre ?

Il la prend.

MRS. ARBUTHNOT. Ce... n'est rien. Donnez-la-moi.

LORD ILLINGWORTH. Elle m'est adressée.

MRS. ARBUTHNOT. Vous n'allez pas l'ouvrir. Je vous défends de l'ouvrir.

LORD ILLINGWORTH. Et c'est l'écriture de Gerald.

MRS. ARBUTHNOT. Elle ne devait pas être envoyée. C'est une lettre qu'il vous a écrite ce matin avant de m'avoir vue. Mais maintenant il regrette, il regrette beaucoup de l'avoir écrite. Vous ne devez pas l'ouvrir. Rendez-la-moi.

LORD ILLINGWORTH. Elle m'appartient. *(Il l'ouvre, s'assoit et lit lentement. Mrs. Arbuthnot l'épie pendant tout ce temps.)* Vous avez lu cette lettre, je suppose, Rachel ?

MRS. ARBUTHNOT. Non.

LORD ILLINGWORTH. Vous savez ce qu'elle contient ?

MRS. ARBUTHNOT. Oui.

LORD ILLINGWORTH. Je n'admets pas une seconde que le jeune homme ait raison dans ce qu'il dit. Je n'admets pas que ce soit pour moi un devoir de vous épouser. Cela, je le nie absolument. Mais pour reprendre mon fils, j'y suis prêt, oui, je suis prêt à vous épouser, Rachel, et à vous traiter toujours avec la déférence et le respect dus à ma femme. Je vous épouserai dès que vous le voudrez. Je vous en donne ma parole d'honneur.

MRS. ARBUTHNOT. Vous m'aviez fait jadis cette promesse et vous y avez manqué.

LORD ILLINGWORTH. Je la tiendrai maintenant. Et cela vous prouvera que j'aime mon fils au moins autant que vous l'aimez. Car vous épouser, Rachel, c'est renoncer à certaines ambitions, et de hautes ambitions, s'il en est de telles.

MRS. ARBUTHNOT. Je refuse de vous épouser, Lord Illingworth.

LORD ILLINGWORTH. Est-ce sérieux, Rachel ?

MRS. ARBUTHNOT. Oui.

LORD ILLINGWORTH. Donnez-moi vos raisons ; elles m'intéressent énormément.

MRS. ARBUTHNOT. Je les ai déjà expliquées à mon fils.

LORD ILLINGWORTH. Je suppose qu'elles étaient extrêmement sentimentales, n'est-ce pas ? Vous autres femmes, vous vivez par vos émotions et pour elles. Vous n'avez aucune philosophie de la vie.

MRS. ARBUTHNOT. Vous avez raison. Nous autres femmes, nous vivons par nos émotions et pour elles. Par nos passions et pour elles, si vous voulez. J'ai deux passions, Lord Illingworth ; mon amour pour lui, et ma haine pour vous. Il vous est impossible de les tuer. Elles se nourrissent l'une l'autre.

LORD ILLINGWORTH. Quelle est cette sorte d'amour qui a besoin d'avoir la haine pour sœur ?

MRS. ARBUTHNOT. C'est la sorte d'amour que j'ai pour Gerald. Trouvez-vous cela terrible ? Eh bien, soit, c'est terrible. Tout amour est terrible. Tout amour est une tragédie. Je vous ai aimé jadis, Lord Illingworth. Oh ! quelle tragédie pour une femme que de vous avoir aimé !

LORD ILLINGWORTH. Ainsi donc vous refusez réellement de m'épouser ?

MRS. ARBUTHNOT. Oui.

LORD ILLINGWORTH. Parce que vous me haïssez ?

MRS. ARBUTHNOT. Oui.

LORD ILLINGWORTH. Et mon fils me hait-il autant que vous me haïssez ?

MRS. ARBUTHNOT. Non.

LORD ILLINGWORTH. J'en suis content, Rachel.

MRS. ARBUTHNOT. Il se borne à vous mépriser.

LORD ILLINGWORTH. Quel dommage ! Quel dommage pour lui, entendons-nous !

MRS. ARBUTHNOT. Ne vous y trompez pas, George. Les enfants commencent par aimer leurs parents. Au bout de quelque temps, ils les jugent. Rarement ils leur pardonnent, si même cela arrive.

LORD ILLINGWORTH, *relisant très lentement la lettre*. Puis-je vous demander par quels arguments vous avez fait admettre au jeune homme qui avait écrit cette lettre, cette belle lettre pleine de passion, que vous ne deviez pas épouser son père, le père de votre propre enfant ?

MRS. ARBUTHNOT. Ce n'est pas moi qui le lui ai fait comprendre. C'est une autre.

LORD ILLINGWORTH. Quelle est cette personne fin-de-siècle [1] ?

MRS. ARBUTHNOT. La puritaine, Lord Illingworth.

Silence.

LORD ILLINGWORTH. *Ses traits se contractent : puis il se lève lentement et se dirige vers la table où sont posés son chapeau et ses gants. Mrs. Arbuthnot est debout près de la table. Il ramasse un des gants et commence à le mettre*. Alors, je n'ai plus grand'chose à faire ici, Rachel.

MRS. ARBUTHNOT. Rien.

LORD ILLINGWORTH. C'est donc un adieu, n'est-ce pas ?

MRS. ARBUTHNOT. Pour toujours cette fois, j'espère, Lord Illingworth.

LORD ILLINGWORTH. Comme c'est curieux ! En ce moment vous avez absolument la même expression que le soir où vous m'avez quitté, il y a de cela vingt ans. Vous avez tout à fait la même expression sur les lèvres. Sur ma parole, Rachel, aucune femme ne m'a aimé autant que vous l'avez fait. Eh ! vous vous êtes donnée à moi comme une fleur pour en faire ce que je voudrais. Vous étiez le plus joli des joujoux, le plus enchanteur des petits romans d'amour... *(Il tire sa montre.)* Deux heures et quart ! Il faut que je me remette en route pour Hunstanton. Je ne suppose pas que je vous revoie jamais ici. J'en suis désolé, vraiment désolé. C'est vraiment une expérience amusante que de trouver parmi des gens de son rang et de voir même pris tout à fait au sérieux sa maîtresse et son [2]...

---

1. En français dans le texte. 2. Mrs. Arbuthnot frappe Lord Illingworth au visage pour l'empêcher de prononcer le mot « bâtard ».

Mrs. Arbuthnot prend vivement un des gants et en frappe Lord Illingworth au visage. Lord Illingworth a un sursaut. Ce châtiment insultant le met hors de lui, puis il se maîtrise. Il se dirige vers la fenêtre et regarde son fils. Il soupire et quitte la pièce.

MRS. ARBUTHNOT, *elle se laisse aller sur le canapé, en sanglotant.* Il allait le dire. Il l'aurait dit.

Gerald et Hester entrent, revenant du jardin.

GERALD. Eh bien, ma chère mère, vous n'êtes pas venue du tout. Alors, nous, nous venons vous chercher. Mère, vous avez pleuré ?

Il s'agenouille près d'elle.

MRS. ARBUTHNOT. Mon fils ! mon fils ! mon fils !

Elle lui passe les doigts dans la chevelure.

HESTER, *se rapprochant.* Mais vous avez deux enfants maintenant. Voulez-vous de moi pour votre fille ?

MRS. ARBUTHNOT, *relevant les yeux.* Me choisiriez-vous pour mère ?

HESTER. De préférence à toutes les femmes que j'ai jamais connues.

Elles se dirigent vers la porte qui donne sur le jardin, en se tenant enlacées par la taille. Gerald va vers la table à gauche pour prendre son chapeau. En se retournant, il voit à terre le gant de Lord Illingworth. Il le ramasse.

GERALD. Ah ! ah ! ma mère, à qui est ce gant ? Vous avez eu un visiteur, qui était-ce ?

MRS. ARBUTHNOT, *se retournant.* Oh ! personne ! personne en particulier. Un homme sans importance.

RIDEAU.

UN MARI IDÉAL

À

FRANK HARRIS

léger hommage
à la puissance et à la distinction de l'artiste
aux qualités chevaleresques et à la noblesse de l'ami.

PERSONNAGES

LE COMTE DE CAVERSHAM, *de l'ordre de la Jarretière.*
LE VICOMTE GORING, *son fils.*
SIR ROBERT CHILTERN, *baronnet, sous-secrétaire aux Affaires étrangères.*
LE VICOMTE DE NANJAC, *attaché à l'Ambassade de France à Londres.*
MR. MONTFORD.
MASON, *maître d'hôtel de Sir Robert Chiltern.*
PHIPPS, *domestique de Lord Goring.*
JAMES } *valets de pied.*
HAROLD }
LADY CHILTERN.
LADY MARKBY.
LA COMTESSE DE BASILDON.
MRS. MARCHMONT.
MISS MABEL CHILTERN, *sœur de Sir Robert Chiltern.*
MRS. CHEVELEY.

ACTE PREMIER

Dans le salon octogone, chez Sir Robert Chiltern, dans Grosvenor Square[1]. *— Le salon est brillamment éclairé. Nombreux invités que reçoit, au haut de l'escalier, Lady Chiltern, femme à l'air grave, et d'un beau type grec ; âge : environ vingt-sept ans. Au-dessus de la cage de l'escalier, un grand lustre avec des bougies, qui éclaire vivement une grande tapisserie française du* XVIIIe *siècle, représentant le Triomphe de l'Amour, d'après un dessin de Boucher*[2] *; cette tapisserie est tendue sur le mur de l'escalier. À droite, l'entrée de la salle de concert. On entend vaguement le son d'une quinzaine d'instruments à cordes. La porte, à gauche, donne sur d'autres salons de réception. Mrs. Marchmont et Lady Basildon, deux très jolies femmes, sont assises côte à côte sur un canapé Louis XVI. Ce sont d'exquis et fragiles bibelots. L'affectation de leurs manières a un charme délicat. Watteau se serait plu à faire leur portrait.*

---

1. Wilde souligne qu'il respecte les unités de lieu et de temps, recommandées par Aristote dans sa *Poétique*. Grosvenor Square était une adresse prestigieuse à Londres. C'est là que résidait en 1895, au moment de la composition de la pièce, Lord Randolph Churchill, père de Sir Winston Churchill et homme politique en vue. **2.** François Boucher (1703-1770), peintre célèbre pour ses scènes mythologiques et légèrement libertines, dont *Le Triomphe de Vénus* (1740). Antoine Watteau (1684-1721) reçut de l'Académie le titre de « peintre de fêtes galantes ». Auteur de *L'Embarquement pour Cythère* (1717), il sut très bien rendre compte de la subtilité du sentiment amoureux et du caractère fugace des choses. Ces allusions à Boucher et Watteau soulignent l'importance du thème de l'amour dans la pièce, dans sa force et sa fragilité.

MRS. MARCHMONT. Vous irez chez les Hartlock ce soir, Olivia ?

LADY BASILDON. Je le suppose. Et vous ?

MRS. MARCHMONT. Oui, ils donnent des soirées horriblement ennuyeuses, n'est-ce pas ?

LADY BASILDON. Horriblement ennuyeuses ! Je ne sais pas pourquoi j'y vais. Je ne sais jamais pourquoi je vais ici ou là.

MRS. MARCHMONT. Je viens ici faire mon éducation.

LADY BASILDON. Ah ! moi, je déteste recevoir des leçons.

MRS. MARCHMONT. Et moi aussi ; cela vous met presque sur le même niveau que la classe commerçante, n'est-ce pas ? Mais cette chère Gertrude Chiltern est toujours à me dire que je devrais avoir un but sérieux dans la vie. Aussi, je viens ici pour tâcher d'en trouver un.

LADY BASILDON, *jetant un coup d'œil circulaire avec son face-à-main*. Ce soir, je ne vois ici personne que l'on puisse qualifier de but sérieux. L'homme, qui m'a offert le bras à dîner, m'a parlé tout le temps de sa femme.

MRS. MARCHMONT. Comme c'est banal de sa part !

LADY BASILDON. Véritablement banal ! Et votre voisin de table, de quoi vous a-t-il parlé ?

MRS. MARCHMONT. De moi.

LADY BASILDON, *d'un ton languissant*. Et cela vous a intéressée ?

MRS. MARCHMONT, *hochant la tête*. Pas le moins du monde.

LADY BASILDON. Quelles martyres nous sommes, chère Margaret !

MRS. MARCHMONT, *se levant*. Et comme cela nous va bien, Olivia !

Elles se lèvent et se dirigent vers la salle de concert. Le Vicomte de Nanjac, jeune attaché, que ses cravates et son anglomanie ont mis à la mode, s'approche en s'inclinant très bas, et il se mêle à leur conversation.

MASON, *annonçant les invités, du haut de l'escalier*. Monsieur et Lady Jane Barford, Lord Caversham.

Entre Lord Caversham, vieux gentleman de soixante-dix ans, portant le ruban et l'étoile de la Jarretière[1]. *Bel exem-*

---

1. L'ordre de la Jarretière, fondé par Édouard III en 1346, est l'ordre de chevalerie le plus prestigieux de Grande-Bretagne.

ple de Whig, rappelant très exactement un portrait de Lawrence[1].

LORD CAVERSHAM. Bonsoir, Lady Chiltern. Mon propre-à-rien de fils cadet est-il ici ?

LADY CHILTERN, *souriant*. Je ne crois pas que Lord Goring soit arrivé.

MABEL CHILTERN, *allant au-devant de Lord Caversham*. Pourquoi qualifiez-vous Lord Goring de propre-à-rien ?

Mabel Chiltern est un exemple parfait du type anglais de la joliesse, le genre fleur de pommier. Elle a tout le parfum, toute la liberté d'une fleur. Les vagues de reflets du soleil se succèdent sur sa chevelure et sa petite bouche, avec ses lèvres entr'ouvertes, exprime l'attente, comme celle de l'enfant. Elle a la tyrannie fascinante de la jeunesse, et l'aplomb déconcertant de l'innocence. Pour les gens sains d'esprit, elle n'éveille aucunement l'idée d'une œuvre d'art, mais elle ressemble en réalité à une figurine de Tanagra[2], *et serait assez fâchée de se l'entendre dire.*

LORD CAVERSHAM. Parce qu'il mène une vie si désœuvrée.

MABEL CHILTERN. Comment pouvez-vous parler ainsi ? Comment ? Il fait sa promenade à cheval sur le Row[3] à dix heures du matin. Il va à l'Opéra trois fois par semaine, change de toilette au moins cinq fois par jour, et dîne en ville tous les soirs pendant la saison ! Vous n'appelez pas cela une vie désœuvrée[4], je pense ?

LORD CAVERSHAM, *la regardant avec un clignement d'yeux plein d'indulgence*. Vous êtes une très charmante jeune dame.

---

1. Sir Thomas Lawrence (1769-1830), portraitiste préféré de l'aristocratie anglaise. **2.** Les statuettes de Tanagra (nom d'un village de Béotie), datant des VIe-IVe siècles avant J.-C., furent découvertes en Grèce au cours du XIXe siècle. Elles ont été immédiatement appréciées pour leur grâce et leur simplicité. Wilde en possédait une à son domicile de Tite Street. **3.** Dans Hyde Park à Londres. **4.** L'oisiveté de l'aristocratie est un thème récurrent chez Wilde ; voir, par exemple, *Le Portrait de Dorian Gray* (la description de Lord Henry au début du premier chapitre) ou *L'Importance d'être constant* (en particulier le personnage d'Algernon).

MABEL CHILTERN. Que vous êtes bon de me dire cela, Lord Caversham ! Venez plus souvent nous voir. Vous savez que nous y sommes tous les mercredis et vous avez si bon air, avec votre étoile !

LORD CAVERSHAM. Je ne vais plus nulle part, maintenant. J'en ai assez de la société de Londres. Cela me serait égal d'être présenté à mon propre tailleur ; il vote toujours pour la droite, mais si l'on me faisait dîner avec la modiste de ma femme je la trouverais mauvaise ! Jamais je n'ai pu m'habituer aux chapeaux de Lady Caversham.

MABEL CHILTERN. Oh ! moi, j'aime la société de Londres. Elle a fait des progrès immenses. Actuellement elle se compose de beaux imbéciles et de brillants lunatiques. C'est justement ce que devrait être la société.

LORD CAVERSHAM. Hum ! À quelle catégorie appartient Goring ? Celle des beaux imbéciles, ou bien l'autre ?

MABEL CHILTERN, *avec gravité*. Pour le moment, il m'a fallu mettre Lord Goring dans une catégorie particulière, pour lui tout seul. Mais il fait des progrès ! C'est charmant.

LORD CAVERSHAM. En quoi ?

MABEL CHILTERN, *avec une petite révérence*. J'espère vous l'apprendre bientôt, Lord Caversham.

MASON, *annonçant des invités*. Lady Markby, Mrs. Cheveley.

Lady Markby et Mrs. Cheveley font leur entrée. Lady Markby est une femme agréable à voir, bonne, sans façons, avec des cheveux gris à la marquise[1]*, et de belles dentelles. Mrs. Cheveley, qui l'accompagne, est de haute taille, et un peu mince. Lèvres très minces et très rouges ; une ligne écarlate sur une figure pâle, chevelure d'un roux vénitien, nez aquilin et gorge longue. Le rouge accentue la pâleur naturelle de son teint. Yeux d'un gris vert sans cesse en mouvement. Elle porte une toilette héliotrope, et des diamants. Elle a quelque chose de l'aspect d'une orchidée et excite vivement la curio-*

1. « À la marquise », c'est-à-dire à la manière de la marquise de Pompadour (qui portait une courte perruque poudrée).

sité. Extrêmement gracieuse dans tous ses mouvements. En somme, une œuvre d'art, mais où se manifeste l'influence d'un trop grand nombre d'écoles.

LADY MARKBY. Bonsoir, chère Gertrude, que vous avez été bonne de me permettre de vous amener mon amie, Mrs. Cheveley. Deux femmes aussi charmantes doivent se connaître.

LADY CHILTERN *s'avance vers Mrs. Cheveley avec un sourire engageant, mais s'arrête tout à coup et salue d'un air plutôt froid.* Je crois que Mrs. Cheveley et moi nous nous sommes déjà rencontrées. Je ne savais pas qu'elle se fût remariée.

LADY MARKBY, *avec cordialité.* Ah ! de nos jours, les gens se marient aussi souvent que possible, n'est-ce pas ? C'est très à la mode. *(À la duchesse de Maryborough.)* Chère duchesse, comment va le duc ? Le cerveau encore faible, je suppose ? Eh bien, il fallait s'y attendre, n'est-ce pas ? Son bon père était exactement dans le même cas. Il n'y a rien de tel que la race, n'est-il pas vrai ?

MRS. CHEVELEY, *jouant de l'éventail.* Mais est-ce que vraiment nous nous sommes rencontrées, Lady Chiltern ? Je ne puis me rappeler en quel endroit. J'ai vécu si longtemps loin de l'Angleterre.

LADY CHILTERN. Nous étions à l'école ensemble, Mrs. Cheveley.

MRS. CHEVELEY, *d'un air de supériorité.* Ah ! vraiment ? J'ai oublié tout ce qui se rapproche à ma vie d'écolière. J'ai une vague impression que c'était un temps détestable.

LADY CHILTERN, *avec froideur.* Je ne m'en étonne pas.

MRS. CHEVELEY, *de son accent le plus suave.* Savez-vous, Lady Chiltern, j'ai fait tous mes efforts pour tâcher de rencontrer votre mari, un homme d'une si étonnante intelligence. Depuis qu'il est entré au Foreign Office, on a tant parlé de lui à Vienne [1]. Les journaux ont enfin réussi à orthographier

---

1. Vienne était alors la capitale internationale de la diplomatie. Un poste dans la capitale austro-hongroise était considéré comme l'un des plus prestigieux.

correctement son nom. Cela seul, c'est la gloire sur le continent.

LADY CHILTERN. Je ne pense pas qu'il puisse y avoir grand'chose de commun entre vous et mon mari, Mrs. Cheveley.

Elle s'éloigne.

LE VICOMTE DE NANJAC. *Ah ! chère Madame, quelle surprise*[1] *!* Je ne vous ai pas vue depuis Berlin.

MRS. CHEVELEY. Pas depuis Berlin, Vicomte ? Depuis cinq ans.

LE VICOMTE DE NANJAC. Et vous êtes plus jeune et plus belle que jamais. Comment vous y prenez-vous ?

MRS. CHEVELEY. En m'imposant comme règle de ne causer qu'avec des gens parfaitement charmants, tels que vous.

LE VICOMTE DE NANJAC. Ah ! vous me flattez ! Vous me passez de la pommade, comme on dit ici.

MRS. CHEVELEY. On dit ça ici ? C'est terrible, cette façon de s'exprimer !

LE VICOMTE DE NANJAC. Oui, on parle ici un langage qui surprend : il devrait être mieux connu.

Entre Sir Robert Chiltern. Homme de quarante ans, mais qui a l'air un peu plus jeune. Rasé de près, de beaux traits, les cheveux et les yeux noirs. Personnalité qui se remarque. Point populaire : les hommes marquants le sont rarement. Mais objet d'une admiration ardente pour l'élite, d'un profond respect pour la masse. La caractéristique de ses manières est la suprême distinction, avec une légère nuance d'orgueil. On sent qu'il a conscience de la situation qu'il s'est faite dans la vie. Tempérament nerveux, avec un air las. La bouche et le menton, par la fermeté de leur dessin, contrastent avec l'expression romanesque des yeux très enfoncés. Le contraste fait croire à une séparation complète entre la passion et l'intelligence, comme si la pensée et l'émotion étaient maintenues chacune dans sa propre sphère à l'aide d'une intervention assez violente de la

1. En français dans le texte.

volonté. Il y a de la nervosité dans les narines, et dans les mains pâles, menues et effilées. Il serait inexact de le qualifier de pittoresque : l'air pittoresque ne résisterait pas à l'atmosphère de la Chambre des Communes, mais Van Dyck[1] *aurait pris plaisir à peindre son visage.*

SIR ROBERT CHILTERN. Bonsoir, Lady Markby. Vous avez amené Sir John, j'espère ?

LADY MARKBY. Oh ! j'ai amené une personne bien plus charmante que Sir John. Depuis que Sir John s'est lancé pour tout de bon dans la politique, il est devenu d'un caractère insupportable. Vraiment, depuis que cette Chambre des Communes essaie de se rendre utile, elle fait bien du mal.

SIR ROBERT CHILTERN. J'espère que non, Lady Markby. En tout cas, nous tâchons de notre mieux de gaspiller le temps du public, n'est-ce pas ? Et quelle est cette charmante personne que vous avez eu la bonté de nous amener ?

LADY MARKBY. Elle se nomme Mrs. Cheveley, de la famille des Cheveley du Dorsetshire, je suppose. Mais au fond, je n'en sais rien. Les familles sont si mêlées, de nos jours ! En vérité, la règle générale, c'est que le premier venu se trouve être quelque autre.

SIR ROBERT CHILTERN. Mrs. Cheveley ? Il me semble que je connais ce nom-là.

LADY MARKBY. Elle est arrivée tout récemment de Vienne.

SIR ROBERT CHILTERN. Ah ! oui, je crois savoir de qui vous voulez parler.

LADY MARKBY. Oh ! elle va partout, et elle répand de si jolis potins sur tous ses amis. Il faut réellement que j'aille à Vienne cet hiver. J'espère qu'on a un bon chef à l'ambassade.

SIR ROBERT CHILTERN. S'il n'y en a point, il faudra certainement rappeler l'ambassadeur. Je vous en prie, montrez-moi Mrs. Cheveley. Je serais bien aise de la voir.

LADY MARKBY. Permettez-moi de vous présenter. *(À Mrs. Cheve-*

---

1. Antoine Van Dyck (1599-1641), peintre flamand, auteur de nombreux portraits majestueux, dont celui du roi Charles Ier d'Angleterre.

ley.) Ma chère, Sir Robert Chiltern meurt d'envie de vous connaître.

SIR ROBERT CHILTERN, *s'inclinant*. Tout le monde meurt d'envie de connaître la brillante Mrs. Cheveley. Nos attachés de Vienne ne nous parlent que d'elle dans leurs lettres.

MRS. CHEVELEY. Merci, Sir Robert. Une connaissance qui débute par un compliment ne saurait finir autrement que par une véritable amitié. C'est un bon point de départ. Et il s'est trouvé que je connaissais déjà Lady Chiltern.

SIR ROBERT CHILTERN. Vraiment ?

MRS. CHEVELEY. Oui, elle vient de me rappeler que nous étions à l'école ensemble. Je m'en souviens très bien maintenant. Elle a toujours eu le prix de bonne conduite. Je me rappelle très distinctement que Lady Chiltern remportait toujours le prix de bonne conduite.

SIR ROBERT CHILTERN, *souriant*. Et vous, quels prix remportiez-vous, Mrs. Cheveley ?

MRS. CHEVELEY. Mes prix, je les ai reçus un peu plus tard dans la vie. Je ne crois pas en avoir obtenu pour la bonne conduite... Je suis si oublieuse.

SIR ROBERT CHILTERN. Je suis sûr que c'était pour quelque chose de charmant.

MRS. CHEVELEY. Je ne sache pas qu'on ait jamais récompensé les femmes pour être charmantes. Je crois que d'ordinaire cela leur vaut des punitions. Il est certain que de nos jours plus de femmes vieillissent grâce à l'infidélité de leurs admirateurs que par toute autre cause. Du moins c'est la seule explication que je trouve pour l'air terriblement hagard qu'ont pris la plupart des jolies femmes de Londres.

SIR ROBERT CHILTERN. Voilà une philosophie qui fait peur. Essayer de vous classer, Mrs. Cheveley, serait une impertinence. Mais puis-je vous demander si, dans le cœur, vous êtes optimiste ou pessimiste ? On croirait que, de nos jours, ce sont les deux seules religions que la mode permette.

MRS. CHEVELEY. Oh ! je ne suis ni l'une ni l'autre. L'optimisme commence par une large grimace de satisfaction, et le pessimisme finit par des lunettes bleues. En outre, l'un comme l'autre sont simples poses.

SIR ROBERT CHILTERN. Et vous préférez être naturelle ?

MRS. CHEVELEY. De temps en temps, mais c'est une pose si difficile à garder.

SIR ROBERT CHILTERN. Que diraient d'une pareille théorie ces romanciers psychologues modernes, dont nous entendons tant parler ?

MRS. CHEVELEY. Ah ! la force des femmes vient de ce fait que la psychologie est incapable de nous expliquer. On peut analyser les hommes ; quant aux femmes... on ne peut que les adorer.

SIR ROBERT CHILTERN. Vous pensez que la Science ne peut s'attaquer au problème de la femme ?

MRS. CHEVELEY. La Science ne peut s'attaquer à l'irrationnel : c'est pourquoi elle n'a pas d'avenir en ce monde.

SIR ROBERT CHILTERN. Et les femmes représentent l'irrationnel !

MRS. CHEVELEY. Les femmes bien habillées du moins.

SIR ROBERT CHILTERN, *inclinant poliment la tête.* Je crains de ne pouvoir m'entendre avec vous sur ce point. Et maintenant, dites-moi ce qui vous a fait quitter votre brillante Vienne, pour notre Londres si sombre ? Mais peut-être la question est-elle indiscrète.

MRS. CHEVELEY. Les questions ne sont jamais indiscrètes ; ce sont les réponses qui le sont parfois.

SIR ROBERT CHILTERN. Soit : en tout cas puis-je savoir si c'est la politique ou le plaisir ?

MRS. CHEVELEY. La politique est mon seul plaisir. Voyez-vous, de nos jours, il n'est pas à la mode de flirter jusqu'à ce que l'on ait quarante ans, ou d'être romanesque avant quarante-cinq, si bien que nous autres pauvres femmes, qui avons moins de trente ans ou qui le disons, nous n'avons plus d'autre carrière ouverte que la politique ou la philanthropie. Et encore semble-t-il que la philanthropie soit devenue tout simplement le refuge des gens qui désirent ennuyer leur prochain. Je préfère la politique. Je trouve... que cela nous va mieux...

SIR ROBERT CHILTERN. Une vie politique est une noble carrière.

MRS. CHEVELEY. Quelquefois. Et d'autres fois, c'est un jeu habile, Sir Robert. Et quelquefois c'est un grand fléau.

SIR ROBERT CHILTERN. Et de tout cela, qu'est-elle pour vous ?

MRS. CHEVELEY. Pour moi, une combinaison de tout cela.

Elle laisse tomber son éventail.

SIR ROBERT CHILTERN, *le ramassant*. Permettez-moi...

MRS. CHEVELEY. Merci.

SIR ROBERT CHILTERN. Mais vous ne m'avez pas encore dit ce qui vous a fait si brusquement honorer Londres de votre présence. Notre saison est presque terminée.

MRS. CHEVELEY. Oh ! je ne me soucie guère de la saison de Londres. Elle est trop matrimoniale. Les unes sont occupées à la chasse aux maris ; les autres se cachent de ceux-là. Je voulais vous rencontrer... C'est absolument vrai. Vous savez ce qu'est la curiosité de la femme : presque aussi grande que celle de l'homme. Je tenais énormément à vous rencontrer, et... à vous prier de faire quelque chose pour moi.

SIR ROBERT CHILTERN. J'espère que ce ne sera pas une chose sans importance, Mrs. Cheveley. Je trouve que les petites choses sont toujours si difficiles à faire.

MRS. CHEVELEY, *après un instant de réflexion*. Non, je ne crois pas que ce soit précisément une petite chose.

SIR ROBERT CHILTERN. Je suis si heureux. Dites-moi de quoi il s'agit.

MRS. CHEVELEY. Plus tard. *(Elle se lève.)* Et maintenant puis-je faire le tour de votre magnifique demeure ? J'ai entendu dire que vos tableaux sont charmants. Le pauvre baron Arnheim — vous vous rappelez le baron — me disait souvent que vous aviez de merveilleux Corot[1].

SIR ROBERT CHILTERN, *avec un tressaillement presque imperceptible*. Avez-vous bien connu le baron Arnheim ?

MRS. CHEVELEY, *souriant*. Intimement. Et vous ?

---

1. Jean-Baptiste Corot (1796-1876) peignit de nombreux paysages de forêt à l'atmosphère humide et brumeuse.

SIR ROBERT CHILTERN. À une certaine époque.

MRS. CHEVELEY. Un homme étonnant, n'est-ce pas ?

SIR ROBERT CHILTERN, *après une pause*. Il était très remarquable, à bien des points de vue.

MRS. CHEVELEY. Je pense souvent que c'est vraiment dommage qu'il n'ait pas écrit ses mémoires. Ils auraient été des plus intéressants.

SIR ROBERT CHILTERN. Oui, il connut à fond les hommes et les cités, comme le héros grec[1].

MRS. CHEVELEY. Sans le terrible désavantage d'avoir une Pénélope qui l'attendait à la maison.

MASON. Lord Goring.

Entre Lord Goring. Trente-quatre ans, mais il se prétend toujours plus jeune. Figure distinguée, mais dépourvue d'expression. Intelligent, mais il ne serait pas bien aise qu'on le prenne pour tel. Dandy irréprochable. Serait vexé si on le regardait comme un être romanesque. Joue avec la vie et est dans les meilleurs termes avec le monde. Il aime à être mal compris ; cela lui donne l'avantage de la position.

SIR ROBERT CHILTERN. Bonsoir, mon cher Arthur. Mrs. Cheveley, permettez-moi de vous présenter Lord Goring, l'homme le plus désœuvré de Londres.

MRS. CHEVELEY. J'ai déjà rencontré Lord Goring.

LORD GORING, *s'inclinant*. Je ne croyais pas que vous vous souviendriez de moi, Mrs. Cheveley.

MRS. CHEVELEY. Ma mémoire est admirablement tenue. Et... toujours célibataire ?

LORD GORING. Je... le crois.

MRS. CHEVELEY. Comme c'est romanesque !

LORD GORING. Oh ! je ne suis pas du tout romanesque. Je ne suis pas assez âgé. Je laisse les histoires romanesques à mes aînés.

---

1. Ulysse, ainsi décrit par Homère au Livre I de l'*Odyssée*.

SIR ROBERT CHILTERN. Lord Goring est un pur produit du Boodle's Club[1], Mrs. Cheveley.

MRS. CHEVELEY. Il fait le plus grand honneur à cette institution.

LORD GORING. Puis-je vous demander si vous resterez longtemps à Londres ?

MRS. CHEVELEY. Cela dépend, en partie du temps, en partie de la cuisine, et en partie de Sir Robert.

SIR ROBERT CHILTERN. Vous n'allez pas nous plonger dans une guerre européenne, j'espère ?

MRS. CHEVELEY. Il n'y a pas de danger... aujourd'hui.

Elle fait un signe de tête à Lord Goring, d'un air amusé, puis elle sort avec Sir Robert Chiltern. Lord Goring se dirige, en flânant, du côté de Mabel Chiltern.

MABEL CHILTERN. Vous arrivez bien tard.

LORD GORING. Vous êtes-vous aperçue de mon absence ?

MABEL CHILTERN. Terriblement.

LORD GORING. Alors je suis désolé de n'avoir pas attendu plus longtemps. J'aime qu'on s'aperçoive que je ne suis pas là.

MABEL CHILTERN. C'est bien égoïste de votre part.

LORD GORING. Je suis très égoïste.

MABEL CHILTERN. Vous me parlez toujours de vos défauts, Lord Goring.

LORD GORING. Je ne vous en ai énuméré que la moitié, Miss Mabel.

MABEL CHILTERN. Les autres sont-ils si graves ?

LORD GORING. Tout à fait terribles. Quand j'y pense la nuit, je m'endors tout de suite.

MABEL CHILTERN. Eh bien, je suis charmée de vos défauts. Je ne voudrais pas que vous renonciez à un seul.

LORD GORING. C'est charmant de votre part. D'ailleurs vous l'êtes toujours, charmante. À propos, je voudrais vous poser une question, Miss Mabel. Qui a amené ici Mrs. Cheveley ?

---

1. L'un des clubs les plus anciens et les plus élégants de Londres, fondé en 1762. On y jouait beaucoup et y faisait bonne chère.

Cette femme en toilette héliotrope, qui vient de sortir de la pièce avec votre frère ?

MABEL CHILTERN. Oh ! je crois que c'est Lady Markby qui l'a amenée. Pourquoi le demandez-vous ?

LORD GORING. C'est qu'il y a des années que je ne l'ai vue, voilà tout.

MABEL CHILTERN. Quel motif absurde !

LORD GORING. Tous les motifs sont absurdes.

MABEL CHILTERN. Quelle sorte de femme est-ce ?

LORD GORING. Oh ! un génie le jour, et une beauté la nuit.

MABEL CHILTERN. Je la déteste déjà.

LORD GORING. Cela prouve votre admirable bon goût.

LE VICOMTE DE NANJAC, *s'approchant*. Ah ! la jeune Anglaise est le gardien du bon goût, n'est-ce pas ? Tout à fait le gardien du bon goût.

LORD GORING. C'est ce que les journaux ne cessent de nous dire.

LE VICOMTE DE NANJAC. Je lis tous vos journaux anglais. Je les trouve si amusants.

LORD GORING. Alors, mon cher Nanjac, c'est certainement que vous les lisez entre les lignes.

LE VICOMTE DE NANJAC. Je ne demanderais pas mieux, mais mon professeur s'y oppose. *(À Mabel Chiltern.)* Puis-je avoir le plaisir de vous conduire à la salle de concert, mademoiselle ?

MABEL CHILTERN, *l'air très désappointée*. Enchantée, Vicomte, tout à fait enchantée. *(S'adressant à Lord Goring.)* Ne venez-vous pas à la salle de concert ?

LORD GORING. Non, si on y fait maintenant de la musique, quelle qu'elle soit, Miss Mabel.

MABEL CHILTERN, *d'un ton sévère*. C'est de la musique en allemand. Vous ne la comprendriez pas.

Elle sort au bras du Vicomte de Nanjac. Lord Caversham s'approche de son fils.

LORD CAVERSHAM. Eh bien, monsieur ? Que faites-vous ici ? Vous gaspillez votre vie, comme à l'ordinaire. Vous devriez être au lit, monsieur. Vous veillez trop. J'ai appris qu'hier soir vous avez dansé jusqu'à quatre heures du matin chez Lady Rufford.

LORD GORING. Seulement jusqu'à quatre heures moins le quart, père.

LORD CAVERSHAM. Peux pas concevoir comment vous supportez la société anglaise. Elle est tout au plus bonne à jeter aux chiens : c'est une bande de gens superficiels, qui causent sur des riens.

LORD GORING. J'aime à parler sur des riens, père, c'est la seule chose à laquelle je m'entende un peu.

LORD CAVERSHAM. Vous me faites l'effet de ne vivre que pour le plaisir.

LORD GORING. Est-ce la peine de vivre pour autre chose, père ? Rien ne vous vieillit comme le bonheur.

LORD CAVERSHAM. Vous êtes un sans-cœur, monsieur, absolument un sans-cœur.

LORD GORING. J'espère que non, père. Bonsoir, Lady Basildon.

LADY BASILDON, *fronçant de jolis sourcils*. Ah ! vous voici, je ne m'attendais pas à vous rencontrer dans des soirées politiques.

LORD GORING. J'adore les soirées politiques : il ne nous reste plus que celles-là où on ne parle pas politique.

LADY BASILDON. J'adore parler politique. J'en parle tout le long du jour. Mais je ne puis me faire à en écouter. Je ne sais comment ces malheureux de la Chambre peuvent résister à ces longs débats.

LORD GORING. ... En n'écoutant jamais.

LADY BASILDON. Vraiment ?

LORD GORING, *de son air le plus sérieux*. Naturellement. Voyez-vous, il y a grand danger à écouter. Si l'on écoute, on s'expose à être convaincu, et celui qui se laisse convaincre par un argument est un être profondément déraisonnable.

LADY BASILDON. Ah ! voilà qui m'explique pourquoi il y a tant de gens que je n'ai pas compris, et pourquoi il y a tant de femmes que leurs maris n'apprécient pas.

MRS. MARCHMONT, *avec un soupir*. Nos maris n'apprécient jamais rien en nous. Il nous faut demander cela à d'autres.

LADY BASILDON, *avec force*. Oui, toujours à d'autres, n'est-ce pas ?

LORD GORING, *souriant*. Et voilà ce que pensent les deux dames qui, au su de tous, ont les plus admirables époux de Londres.

MRS. MARCHMONT. C'est justement cela que nous ne pouvons souffrir. Mon Reginald est absolument irréprochable, au point de me désespérer. Il y a des moments où cela le rend tout à fait insupportable. On n'éprouve plus la plus légère émotion à le connaître.

LORD GORING. C'est bien terrible. Vraiment c'est une chose qui devrait être plus généralement connue.

LADY BASILDON. Basildon ne vaut pas davantage ; il est aussi rangé que s'il était célibataire.

MRS. MARCHMONT, *serrant la main de Lady Basildon*. Ma pauvre Olivia, nous avons épousé des maris parfaits, et nous en sommes bien punies.

LORD GORING. J'aurais cru que c'étaient les maris qui étaient punis.

MRS. MARCHMONT, *se redressant*. Ah ! non, certes ! Ils sont aussi heureux que possible ! Et quant à avoir confiance en nous, ils en ont tellement que cela tourne au tragique.

LADY BASILDON. C'est parfaitement tragique.

LORD GORING. Ou comique, Lady Basildon.

LADY BASILDON. Certes, cela n'a rien de comique, Lord Goring ! C'est bien méchant à vous de donner à entendre pareille chose.

MRS. MARCHMONT. Je crains que Lord Goring ne soit dans le camp ennemi, comme d'ordinaire. Je l'ai vu parler à cette Mrs. Cheveley quand il est entré.

LORD GORING. Une belle personne, Mrs. Cheveley !

LADY BASILDON, *avec raideur*. Je vous en prie, ne louez pas d'autres femmes en notre présence. Vous pourriez attendre que nous nous en chargions.

LORD GORING. J'attendais en effet.

MRS. MARCHMONT. Eh bien nous, nous ne ferons pas son éloge.

J'ai appris qu'elle était allée à l'Opéra lundi soir, et qu'à souper elle avait dit à Tommy Rufford que la société de Londres était composée uniquement de paquets et de dandys.

LORD GORING. Elle a aussi parfaitement raison. Les hommes sont tous des paquets, et toutes les femmes des dandys, n'est-ce pas ?

MRS. MARCHMONT, *après un silence*. Oh ! croyez-vous réellement que Mrs. Cheveley eût voulu dire cela ?

LORD GORING. Naturellement, et c'est même une remarque très sensée de la part de Mrs. Cheveley.

Mabel Chiltern entre : elle se réunit au groupe.

MABEL CHILTERN. Pourquoi êtes-vous en train de parler de Mrs. Cheveley ? Tout le monde parle de Mrs. Cheveley ! Lord Goring dit... Qu'est-ce que vous alliez dire de Mrs. Cheveley, Lord Goring ? Ah ! je me rappelle, c'est qu'elle était un génie pendant le jour, et une beauté le soir.

LADY BASILDON. Quelle horrible combinaison ! Et comme cela manque de naturel.

MRS. MARCHMONT, *de son air le plus rêveur*. J'aime à regarder les génies et à écouter les belles personnes.

LORD GORING. Ah ! cela va chez vous jusqu'à la maladie, Mrs. Marchmont.

MRS. MARCHMONT, *sa physionomie s'anime jusqu'à exprimer un véritable plaisir*. Je suis si contente de vous entendre parler ainsi. Voilà sept ans que Marchmont et moi nous sommes mariés, et il ne m'a jamais dit que j'étais morbide. Les hommes sont si peu observateurs : cela est possible.

LADY BASILDON, *s'adressant à elle*. Je l'ai toujours dit, chère Margaret, que vous étiez la personne la plus morbide de Londres.

MRS. MARCHMONT. Ah ! vous avez toujours été pleine de sympathie, Olivia.

MABEL CHILTERN. Est-ce chose morbide d'avoir envie de manger ? J'ai grand désir de manger. Lord Goring, voudriez-vous me conduire au buffet ?

LORD GORING. Avec plaisir, Miss Mabel.

Il s'éloigne avec elle.

MABEL CHILTERN. Vous avez été horrible ! Vous ne m'avez pas dit un mot de toute la soirée.

LORD GORING. Et le moyen de vous parler ? Vous êtes partie avec l'apprenti diplomate.

MABEL CHILTERN. Vous auriez pu nous suivre. L'insistance n'aurait alors été qu'une politesse. Je ne crois pas que vous me plaisiez de toute cette soirée.

LORD GORING. Et vous, vous me plaisez immensément.

MABEL CHILTERN. Eh bien, je désire que vous le montriez plus clairement.

Ils descendent l'escalier.

MRS. MARCHMONT. Olivia, j'éprouve une singulière sensation de défaillance complète. Je crois que je prendrais bien quelque chose, je suis sûre que j'aimerais bien souper.

LADY BASILDON. Je meurs littéralement d'envie de souper, Margaret.

MRS. MARCHMONT. Les hommes sont si horriblement égoïstes ; ils ne pensent jamais à ces choses-là.

LADY BASILDON. Les hommes sont grossièrement terre à terre, grossièrement terre à terre.

Le Vicomte de Nanjac entre, venant de la salle du concert avec d'autres invités. Après avoir soigneusement examiné toutes les personnes présentes, il s'approche de Lady Basildon.

LE VICOMTE DE NANJAC. Puis-je avoir l'honneur de vous conduire souper, comtesse ?

LADY BASILDON, *avec froideur*. Je ne soupe jamais, merci, vicomte. *(Le Vicomte va se retirer. Ce que voyant, Lady Basildon se lève et lui prend vivement le bras.)* Mais je me ferai un plaisir de descendre avec vous.

LE VICOMTE DE NANJAC. J'aime tant manger ! Je suis très anglais dans tous mes goûts.

LADY BASILDON. Vous avez l'air tout à fait anglais, Vicomte, tout à fait anglais.

MR. MONTFORD. Vous serait-il agréable de souper, Mrs. Marchmont ?

MRS. MARCHMONT, *avec langueur*. Merci, Mr. Montford, je ne touche jamais au souper. *(Elle se lève vivement et lui prend le bras.)* Mais je vais m'asseoir près de vous et vous surveiller.

MR. MONTFORD. Je n'aime pas, je l'avoue, qu'on me surveille pendant que je mange.

MRS. MARCHMONT. Alors je regarderai quelque autre.

MR. MONTFORD. Voilà aussi une chose qui ne serait pas trop à mon gré, je l'avoue.

MRS. MARCHMONT, *d'un ton sévère*. Je vous en prie, Mr. Montford, ne faites pas ces pénibles scènes de jalousie en public.

Ils descendent l'escalier avec les autres invités, et croisent Sir Robert Chiltern et Mrs. Cheveley, qui font leur entrée à ce moment.

SIR ROBERT CHILTERN. Et comptez-vous aller dans quelqu'une de nos maisons de campagne, avant de quitter l'Angleterre, Mrs. Cheveley ?

MRS. CHEVELEY. Oh ! non ! je ne peux pas souffrir vos parties de campagne anglaises. En Angleterre, on fait aujourd'hui tous ses efforts pour briller au déjeuner. C'est si terrible. Il n'y a que les gens ternes qui brillent à déjeuner. Et puis le squelette familial est toujours là à lire les prières de la famille. C'est en réalité de vous, Sir Robert, que dépend mon séjour en Angleterre.

Elle s'assoit sur le canapé.

SIR ROBERT CHILTERN, *prenant une chaise à côté d'elle*. Sérieusement ?

MRS. CHEVELEY. Tout ce qu'il y a de plus sérieux. Je tiens à vous parler d'un grand projet financier et politique. Au fait, il s'agit de la compagnie du canal d'Argentine.

SIR ROBERT CHILTERN. Voilà un sujet de conversation bien ennuyeux, bien terre à terre pour vous, Mrs. Cheveley.

MRS. CHEVELEY. Oh ! je me plais aux sujets ennuyeux, terre à terre. Ce que je déteste, ce sont les gens ennuyeux, terre à terre. Ce sont choses bien différentes. En outre, vous vous êtes intéressé, je le sais, aux projets internationaux de canaux. Vous étiez secrétaire de Lord Radley, n'est-ce pas ? quand le gouvernement acheta les actions du Canal de Suez [1] ?

SIR ROBERT CHILTERN. Oui, mais le Canal de Suez était une entreprise très grande, splendide. Il nous ouvrait la route directe de l'Inde. Il avait une valeur pour l'Empire. Il était nécessaire que nous y eussions la haute main. Ce projet argentin n'est qu'une filouterie de Bourse des plus banales.

MRS. CHEVELEY. C'est une spéculation, Sir Robert, une brillante, une hardie spéculation.

SIR ROBERT CHILTERN. Croyez-moi, Mrs. Cheveley, c'est une filouterie. Appelons les choses par le nom qu'elles méritent : cela simplifie tout. Nous avons au Foreign Office des renseignements complets à ce sujet. J'ai envoyé une commission spéciale faire une enquête officieuse. D'après son rapport, les travaux sont à peine commencés, et quant aux sommes déjà souscrites il paraît que personne ne sait ce qu'elles sont devenues. Toute cette affaire est un second Panama [2] ; encore n'a-t-elle pas le quart des chances de succès qu'eut jamais cette autre malheureuse affaire. J'espère que vous n'y avez rien engagé. Je vous sais trop intelligente pour avoir agi ainsi.

MRS. CHEVELEY. J'y ai placé des sommes considérables.

SIR ROBERT CHILTERN. Qui a pu vous conseiller de faire pareille sottise ?

---

1. Les actions du Canal de Suez avaient été mises en vente en 1875, à l'initiative de Benjamin Disraeli, alors Premier ministre. **2.** Le scandale associé à la construction du Canal de Panama et aux spéculations douteuses qui lui étaient liées faillit renverser le gouvernement français. Divers procès eurent lieu en 1892 et 1893, et l'un des principaux spéculateurs, le baron Reinach, se suicida le jour où il devait comparaître devant la Cour.

MRS. CHEVELEY. Votre vieil ami... et le mien.

SIR ROBERT CHILTERN. Lequel ?

MRS. CHEVELEY. Le baron Arnheim.

SIR ROBERT CHILTERN, *fronçant les sourcils*. Ah ! oui, je me souviens d'avoir entendu dire, à l'époque de sa mort, qu'il avait été mêlé à cette affaire.

MRS. CHEVELEY. Ce fut sa dernière passion. Non, pour lui rendre justice, son avant-dernière.

SIR ROBERT CHILTERN, *se levant*. Mais vous n'avez pas encore vu mes Corot. Ils sont dans la salle de concert. Corot semble bien s'harmoniser avec la musique, n'est-ce pas ? Puis-je vous les montrer ?

MRS. CHEVELEY, *secouant la tête*. Je ne suis pas d'humeur aujourd'hui à apprécier des crépuscules argentés, ou des rougeurs d'aurore. Je tiens à parler affaires.

D'un mouvement de son éventail, elle l'invite à se rasseoir près d'elle.

SIR ROBERT CHILTERN. Je crains de n'avoir pas d'avis à vous donner, Mrs. Cheveley, si ce n'est celui de vous intéresser à quelque affaire moins dangereuse. Évidemment le succès du Canal dépend de l'attitude de l'Angleterre, et demain soir je dois soumettre à la Chambre le rapport des Commissaires.

MRS. CHEVELEY. Vous ne le ferez pas. Dans votre intérêt, pour ne rien dire du mien, il ne faut pas faire cela.

SIR ROBERT CHILTERN, *la regardant d'un air étonné*. Dans mon intérêt ? Ma chère Mrs. Cheveley, que voulez-vous dire ?

MRS. CHEVELEY. Sir Robert, je vais être tout à fait franche avec vous. Je tiens à ce que vous supprimiez le rapport que vous aviez l'intention de soumettre à la Chambre, en disant que vous avez des raisons de croire que les Commissaires ont été partiaux, mal informés, ce que vous voudrez. Puis, je tiens à ce que vous disiez quelques mots pour déclarer que le Gouvernement va examiner à nouveau la question, et que vous avez des raisons de croire que le Canal, s'il s'achève, aura une grande importance internationale. Vous connaissez le langage que tiennent des ministres en pareille circonstance.

Quelques platitudes banales suffiront. Dans la vie moderne, rien ne produit plus d'effet qu'une bonne platitude. C'est comme un lien de famille entre tout le monde. Voulez-vous faire cela pour moi ?

SIR ROBERT CHILTERN. Mrs. Cheveley, il est impossible que vous me disiez cela sérieusement.

MRS. CHEVELEY. Je suis absolument sérieuse.

SIR ROBERT CHILTERN, *avec froideur*. Pardon, permettez-moi de croire qu'il n'en est rien.

MRS. CHEVELEY, *parlant d'un ton réfléchi, qui marque l'insistance*. Ah, mais c'est que je le suis. Et si vous faites ce que je vous demande, je... je vous paierai largement.

SIR ROBERT CHILTERN. Me payer !

MRS. CHEVELEY. Oui.

SIR ROBERT CHILTERN. Je crains de ne pas très bien comprendre ce que vous voulez dire.

MRS. CHEVELEY, *se renversant sur le canapé, et le regardant*. Voilà qui est bien ennuyeux ! Moi qui ai fait le voyage de Vienne pour que vous puissiez me comprendre tout à fait.

SIR ROBERT CHILTERN. Je crains qu'il n'en soit pas ainsi.

MRS. CHEVELEY, *de son ton le plus nonchalant*. Mon cher Sir Robert, vous êtes un homme du monde, et vous avez votre prix, je suppose. Tout le monde a le sien, ces temps-ci. Mais la contrepartie, c'est que la plupart des gens sont terriblement coûteux ! Je sais que je le suis. J'espère que vous serez plus raisonnable dans vos conditions.

SIR ROBERT CHILTERN, *se levant avec indignation*. Si vous voulez bien me le permettre, je vais faire avancer votre voiture. Vous avez si longtemps vécu à l'étranger, Mrs. Cheveley, que vous paraissez hors d'état de comprendre que vous parlez à un gentleman anglais.

MRS. CHEVELEY, *elle le retient en lui touchant le bras de son éventail, et appuie l'éventail sur le bras pendant qu'elle parle*. Je comprends très bien que je parle à un homme qui a assis sa fortune sur la vente d'un secret d'État à un spéculateur en Bourse.

SIR ROBERT CHILTERN, *se mordant les lèvres*. Qu'est-ce que vous voulez dire ?

MRS. CHEVELEY, *se levant et le regardant face à face*. Je veux dire que je connais le véritable point de départ de votre fortune et de votre carrière et qu'en outre j'ai votre lettre.

SIR ROBERT CHILTERN. Quelle lettre ?

MRS. CHEVELEY, *d'un ton de mépris*. La lettre que vous avez écrite au baron Arnheim, quand vous étiez secrétaire de Lord Radley, pour dire au baron d'acheter des actions de Suez, lettre écrite trois jours avant que le gouvernement fît connaître son propre achat.

SIR ROBERT CHILTERN, *d'une voix rauque*. Ce n'est pas vrai.

MRS. CHEVELEY. Vous avez cru que la lettre était détruite ? Quelle sottise de votre part ! Elle est en ma possession.

SIR ROBERT CHILTERN. L'affaire à laquelle vous faites allusion n'était qu'une pure spéculation. La Chambre des Communes n'avait pas encore voté le projet de loi ; elle aurait pu le rejeter.

MRS. CHEVELEY. C'était une filouterie. Appelons les choses par le nom qu'elles méritent. Cela simplifie tout. Maintenant je viens vous vendre cette lettre, et le prix que je vous en demande c'est de donner publiquement votre appui au projet argentin. Vous avez fait votre fortune grâce à un canal. Il faut que vous m'aidiez, ainsi que mes amis, à faire fortune au moyen d'un autre.

SIR ROBERT CHILTERN. C'est une infamie, ce que vous me proposez... une infamie.

MRS. CHEVELEY. Oh ! non, c'est le jeu de la vie, comme nous avons tous à le jouer tôt ou tard, Sir Robert.

SIR ROBERT CHILTERN. Je ne puis faire ce que vous me demandez.

MRS. CHEVELEY. Vous voulez dire qu'il vous est impossible de ne pas le faire. Vous savez que vous êtes acculé au bord d'un précipice. Et ce n'est pas à vous qu'il appartient de poser des conditions. Votre rôle est d'en accepter. Supposons que vous refusiez...

SIR ROBERT CHILTERN. En ce cas ?...

MRS. CHEVELEY. En ce cas, mon cher Sir Robert, vous êtes perdu, et voilà tout. Rappelez-vous où vous a élevé votre puritanisme, en Angleterre. Au temps jadis, personne ne se prétendait meilleur, si peu que ce fût, que son prochain. En fait, quiconque était un peu meilleur que son prochain passait pour un être excessivement vulgaire, tout à fait classe moyenne. De nos jours, avec notre moderne manie de la moralité, chacun est tenu de se poser en parangon de pureté, d'incorruptibilité et de toutes les autres sept vertus mortelles, et pour aboutir à quoi... Vous tombez tous comme des quilles, l'un après l'autre. Il ne se passe pas une année en Angleterre sans que quelqu'un s'effondre. Jadis les scandales donnaient un attrait à un homme, ou du moins le rendaient intéressant, maintenant ils l'écrasent. Et le vôtre est un scandale très sale. Vous ne pourriez pas y survivre ! Si l'on savait que dans votre jeunesse, quand vous étiez secrétaire d'un grand et important ministre, vous avez vendu pour une forte somme un secret d'État, et que ce fut là l'origine de votre opulence et de votre carrière, vous seriez chassé de la vie publique comme un chien, vous devriez disparaître à tout jamais. Après tout, Sir Robert, pourquoi sacrifier tout votre avenir plutôt que compter, en diplomate, avec votre ennemie ? Car pour le moment je suis votre ennemie, je le reconnais. Et je suis bien plus forte que vous. Les gros bataillons sont de mon côté. Vous avez une situation splendide, mais c'est la splendeur de votre situation qui vous rend vulnérable. Vous ne pouvez pas la défendre. Et je suis en train de l'attaquer. Vous voyez, je ne vous ai point parlé morale. Vous devez admettre loyalement que je vous en fais grâce. Il y a des années, vous avez commis un acte habile, sans scrupule : la chose a parfaitement réussi. Vous lui devez votre fortune et votre position. Et maintenant vous voilà obligé de payer le passé. Tôt ou tard, nous aurons à payer pour ce que nous avons fait. Maintenant vous êtes obligé de payer. Avant que je vous quitte ce soir, vous aurez dû me promettre de supprimer votre rapport et de parler à la Chambre en faveur de ce projet.

SIR ROBERT CHILTERN. Ce que vous demandez est impossible.

MRS. CHEVELEY. Vous devez le rendre possible. Vous allez le rendre possible. Sir Robert, vous savez ce que sont vos journaux anglais. Supposez qu'en sortant de cette maison je me fasse conduire dans les bureaux d'un journal et que j'y fasse connaître ce scandale, que j'en donne les preuves. Songez à la joie impudente de ces gens, au plaisir qu'ils prendront à vous traîner à terre, à la boue, à la vase où ils vont vous plonger. Représentez-vous l'hypocrite au sourire graisseux rédigeant son article de tête, et combinant la plus alléchante manchette.

SIR ROBERT CHILTERN. Arrêtez ! Vous me demandez de retirer le rapport, et de prononcer un bref discours déclarant que je considère le projet comme présentant des possibilités ?

MRS. CHEVELEY, *s'asseyant sur le canapé*. Ce sont mes conditions.

SIR ROBERT CHILTERN, *à voix basse*. Je vous donnerai la somme que vous me demanderez.

MRS. CHEVELEY. Vous-même, vous n'êtes pas assez riche, Sir Robert, pour racheter votre passé. Personne ne l'est.

SIR ROBERT CHILTERN. Je ne ferai pas ce que vous me demandez. Je ne le veux pas.

MRS. CHEVELEY. Il le faudra. Si vous ne le faites pas...

Elle se lève du canapé.

SIR ROBERT CHILTERN, *affolé, énervé*. Attendez un moment. Qu'est-ce que vous me proposiez ? Vous disiez que vous me rendriez ma lettre, n'est-ce pas ?

MRS. CHEVELEY. Oui. C'est convenu. Je serai dans la Galerie des Dames [1] demain soir à onze heures et demie. Si à ce moment-là, et les occasions ne vous auront pas manqué, vous avez fait à la Chambre la déclaration dans les termes que je désire, je vous restituerai votre lettre avec les plus jolis remerciements, et le meilleur compliment, ou du moins le plus approprié aux circonstances que je pourrai trouver. Je compte jouer d'une façon parfaitement loyale avec vous. On devrait

1. Cette galerie permettait aux femmes, dont la présence était sinon interdite, d'assister aux débats parlementaires à la Chambre des Communes.

toujours jouer franc jeu... quand on a les atouts en main. Le baron m'a appris cela... entre autres choses...

SIR ROBERT CHILTERN. Il faut que vous me donniez le temps de réfléchir à votre proposition.

MRS. CHEVELEY. Non, vous prendrez votre parti tout de suite.

SIR ROBERT CHILTERN. Accordez-moi une semaine... trois jours ?

MRS. CHEVELEY. Impossible ! Il faut que je télégraphie à Vienne cette nuit.

SIR ROBERT CHILTERN. Mon Dieu ! Qui donc vous a fait entrer dans ma vie ?

MRS. CHEVELEY. Les circonstances.

Elle se dirige vers la porte.

SIR ROBERT CHILTERN. Ne partez pas. Je consens. Le rapport sera retiré. Je m'arrangerai pour qu'on m'adresse une question à ce sujet.

MRS. CHEVELEY. Merci. Je savais que nous finirions par une entente amicale. J'ai compris votre caractère dès le premier moment. Je vous ai analysé, bien que vous n'éprouviez pas de l'adoration pour moi. Et maintenant, Sir Robert, vous pouvez faire avancer ma voiture. Je vois des gens qui montent souper, et les Anglais deviennent toujours romanesques après un repas, ce qui m'assomme terriblement.

Sir Robert Chiltern sort. Entrent des invités, Lady Chiltern, Lady Markby, Lord Caversham, Lady Basildon, Mrs. Marchmont, le Vicomte de Nanjac, Mr. Montford.

LADY MARKBY. Eh bien, ma chère Mrs. Cheveley, j'espère que vous vous êtes amusée. Sir Robert est très intéressant, n'est-ce pas ?

MRS. CHEVELEY. Très intéressant ! Cet entretien avec lui m'a procuré un plaisir immense.

LADY MARKBY. Il a parcouru une carrière des plus remarquables, des plus brillantes. Et il a épousé la plus admirable des femmes. Lady Chiltern est une personne qui a les principes les plus élevés, je me plais à le dire. Pour moi, je suis maintenant un peu trop vieille pour prendre la peine de donner le bon exemple, mais j'admire toujours ceux qui le donnent. Et Lady Chiltern a une attitude qui donne beaucoup de noblesse à l'existence, bien que ses dîners manquent parfois d'animation. Mais on ne saurait tout avoir, n'est-ce pas ? Et maintenant, ma chère, il faut que je parte. Vais-je vous voir demain ?

MRS. CHEVELEY. Merci.

LADY MARKBY. Nous pourrions faire une promenade en voiture au Parc à cinq heures. Tout a un tel air de fraîcheur au Parc, en ce moment.

MRS. CHEVELEY. Excepté les gens.

LADY MARKBY. Peut-être les gens sont-ils un peu fatigués. J'ai souvent remarqué que la saison, à mesure qu'elle s'avance, produit une sorte de ramollissement du cerveau. Pourtant je suis d'avis que tout est préférable au surmenage intellectuel. Rien ne vous va plus mal : cela fait étrangement grossir le nez aux jeunes filles. Et il n'y a rien de plus malaisé à marier qu'un gros nez ; les hommes ne les trouvent pas à leur goût. Bonne nuit, ma chère ! *(À Lady Chiltern.)* Bonne nuit, Gertrude.

Elle sort au bras de Lord Caversham.

MRS. CHEVELEY. Quelle charmante demeure vous avez, Lady Chiltern ! J'ai passé une soirée délicieuse. Et j'ai eu tant de plaisir à faire la connaissance de votre mari.

LADY CHILTERN. Pourquoi teniez-vous à rencontrer mon mari, Mrs. Cheveley ?

MRS. CHEVELEY. Oh ! je vais vous le dire. Je tenais à l'intéresser à ce projet du canal de l'Argentine, dont vous avez dû entendre parler, j'en suis sûre. Et je l'ai trouvé très bien disposé, disposé à entendre raison, veux-je dire. C'est chose bien rare chez un homme. Demain soir, il parlera à la Chambre en faveur de cette idée. Il faut que nous allions à la Galerie des Dames, pour l'entendre. Ce sera un grand jour.

LADY CHILTERN. Il doit y avoir quelque malentendu. Ce projet-là ne peut pas être soutenu par mon mari.

MRS. CHEVELEY. Oh ! je vous l'assure, c'est affaire conclue. Maintenant je ne regrette pas mon ennuyeux voyage de Vienne.

Ça a été un triomphe. Mais naturellement, pendant les prochaines vingt-quatre heures, il faut le silence le plus complet.

LADY CHILTERN, *à demi-voix*. Un secret ? Entre qui ?

MRS. CHEVELEY, *avec un éclair de gaîté dans les yeux*. Entre votre mari et moi.

SIR ROBERT CHILTERN, *entrant*. Votre voiture est avancée, Mrs. Cheveley.

MRS. CHEVELEY. Merci ! Bonsoir, Lady Chiltern ! Bonne nuit, Lord Goring ! Je suis installée à l'hôtel Claridge [1]. N'êtes-vous pas d'avis que vous pourriez y déposer une carte ?

LORD GORING. Si vous le désirez, Mrs. Cheveley.

MRS. CHEVELEY. Oh ! ne prenez pas un air solennel pour si peu de chose : sans quoi je serai obligée de vous laisser ma carte. En Angleterre, je crois que cela ne paraîtrait pas très conforme aux usages. À l'étranger, nous sommes plus civilisés. Voudriez-vous m'accompagner jusqu'en bas, Sir Robert ? Maintenant que nous avons à cœur les mêmes intérêts, nous serons grands amis, j'espère.

Elle sort royalement au bras de Sir Robert Chiltern. Lady Chiltern s'avance sur le haut de l'escalier et les suit des yeux pendant qu'ils descendent. Elle a le visage troublé. Au bout de quelques instants, elle est rejointe par quelques invités, et passe avec eux dans un autre salon de réception.

MABEL CHILTERN. Quelle horrible femme !

LORD GORING. Vous devriez aller vous mettre au lit, Miss Mabel.

MISS MABEL. Lord Goring !

LORD GORING. Il y a une heure, mon père m'a dit d'aller me coucher. Je ne vois pas pourquoi je ne vous donnerais pas le même conseil. Je repasse toujours à d'autres les bons conseils. C'est le seul usage à en faire. Impossible de s'en servir pour son compte !

MABEL CHILTERN. Lord Goring, vous ne faites toujours que de

---

1. Hôtel élégant de Mayfair, l'un des beaux quartiers situés dans l'ouest de Londres.

m'ordonner de sortir de la pièce. Je trouve que c'est très courageux de votre part. Surtout alors que je compte attendre bien des heures avant de me mettre au lit. *(Elle se dirige vers le canapé.)* Vous pouvez venir vous asseoir, si vous voulez, et parler de tout au monde, excepté de l'Académie Royale[1], de Mrs. Cheveley, ou de romans en dialecte écossais. Ce ne sont point là des sujets qui vous font progresser. *(Elle aperçoit un objet qui se trouve sur le canapé, et à moitié caché par les coussins.)* Qu'est-ce que cela ? Quelqu'un aura laissé tomber une broche de diamants. C'est très beau, n'est-ce pas ? *(Elle la lui montre.)* Je voudrais qu'elle fût à moi, mais Gertrude ne veut me laisser porter que des perles, et je suis tout à fait lasse des perles. Cela vous fait une figure si quelconque, si honnête, si intellectuelle ! Je me demande à qui appartient cette broche.

LORD GORING. Je me demande qui l'a laissé tomber.

MABEL CHILTERN. C'est une fort belle broche.

LORD GORING. C'est un très beau bracelet.

MABEL CHILTERN. Ce n'est pas un bracelet, c'est une broche.

LORD GORING. On peut s'en servir comme bracelet.

Il la lui prend et, tirant un porte-cartes vert, il y place le bijou avec soin, puis remet le tout dans sa poche de côté, avec le plus grand sang-froid.

MABEL CHILTERN. Qu'est-ce que vous faites ?

LORD GORING. Miss Mabel, je vais vous faire une demande assez étrange.

MABEL CHILTERN, *avec empressement.* Oh ! Faites, je vous en prie. Je l'ai attendue toute la soirée.

LORD GORING *est un peu abasourdi, mais se remet.* Ne dites à

1. L'Académie Royale des Beaux-Arts, inaugurée en 1769 à Haymarket, près de Piccadilly Circus, était un musée académique très conservateur qui exposait des œuvres radicalement étrangères au goût esthétique de Wilde. L'écrivain y fait allusion sur un ton critique au tout début du *Portrait de Dorian Gray*.

personne que je me suis chargé de cette broche. Si quelqu'un écrivait pour la réclamer, faites-le-moi savoir tout de suite.

MABEL CHILTERN. C'est là une étrange demande.

LORD GORING. Eh bien, voyez-vous, j'ai donné cette broche-là, il y a des années, à une certaine personne.

MABEL CHILTERN. Vous l'avez donnée ?

LORD GORING. Oui.

Lady Chiltern entre, seule. Les autres invités sont partis.

MABEL CHILTERN. Alors, je vais certainement vous souhaiter le bonsoir. Bonne nuit, Gertrude.

Elle sort.

LADY CHILTERN. Bonne nuit, chérie. *(À Lord Goring.)* Vous avez vu qui nous a été amené ce soir par Lady Markby ?

LORD GORING. Oui, ç'a été une surprise désagréable. Qu'est-elle venue faire ici ?

LADY CHILTERN. Apparemment, essayer d'obtenir de Robert qu'il donne son appui à quelque projet malhonnête dans lequel elle est intéressée. En fait, il s'agit du canal de l'Argentine.

LORD GORING. Elle s'était trompée de porte, n'est-ce pas ?

LADY CHILTERN. Elle est incapable de comprendre un caractère intègre, comme celui de mon mari.

LORD GORING. Oui, je me figure que, si elle essayait d'attirer Robert dans ses filets, elle s'en trouverait mal. C'est extravagant, les méprises énormes que commettent les femmes intelligentes.

LADY CHILTERN. Je n'appelle point intelligentes des femmes de cette sorte, ce sont des sottes.

LORD GORING. Souvent cela revient au même. Bonne nuit, Lady Chiltern.

LADY CHILTERN. Bonne nuit.

Sir Robert Chiltern entre.

SIR ROBERT CHILTERN. Mon cher Arthur, vous n'allez pas partir ? Restez un instant.

LORD GORING. Je crains de ne pas pouvoir... Merci. J'ai promis de jeter un coup d'œil chez les Hartlock. Je crois qu'ils ont engagé une troupe hongroise mauve[1], qui joue de la musique hongroise mauve. Au revoir, à bientôt. Bonsoir.

Il sort.

SIR ROBERT CHILTERN. Comme vous êtes en beauté, ce soir, Gertrude !

LADY CHILTERN. Ce n'est pas vrai, n'est-ce pas ? Vous n'allez pas ainsi donner votre appui à cette spéculation du canal de l'Argentine ? Vous ne pourriez pas...

SIR ROBERT CHILTERN, *tressaillant*. Qui vous a dit que je comptais le faire ?

LADY CHILTERN. C'est cette femme, qui vient de sortir. Mrs. Cheveley, c'est le nom qu'elle se donne maintenant. Elle avait l'air de me narguer en me disant cela. Robert, je connais cette femme. Vous ne la connaissez pas. Nous étions à l'école ensemble. Elle était fausse, malhonnête. Elle exerçait une influence mauvaise sur tous ceux dont elle avait réussi à gagner la confiance ou l'amitié. Je la haïssais. Je la méprisais. Elle commettait des vols. C'était une voleuse. Elle a été renvoyée pour avoir volé. Pourquoi vous laissez-vous influencer par elle ?

SIR ROBERT CHILTERN. Gertrude, ce que vous me dites est peut-être vrai, mais c'est arrivé il y a bien des années. Il est préférable de l'oublier. Mrs. Cheveley a pu changer depuis. Il ne faut juger personne uniquement d'après son passé.

LADY CHILTERN, *avec tristesse*. Le passé d'un homme ressemble à l'homme. C'est le seul moyen qu'on ait de juger les gens.

SIR ROBERT CHILTERN. Voilà un jugement bien dur, Gertrude.

LADY CHILTERN. C'est celui de la vérité, Robert. Mais que voulait-elle dire quand elle se vantait d'avoir réussi, de vous avoir amené à prêter votre appui, votre nom, à une affaire que je vous ai entendu dépeindre comme le projet le plus malhon-

---

1. Le mauve était une couleur très appréciée des dandys et de Wilde lui-même. Avec le vert et le jaune, cette couleur était caractéristique des années 1890.

nête, le plus frauduleux qu'on ait jamais lancé dans le monde politique ?

LORD ROBERT CHILTERN, *se mordant les lèvres*. Je me trompais dans mon appréciation à ce sujet. Nous sommes tous capables de nous tromper.

LADY CHILTERN. Mais vous m'avez dit hier que vous aviez reçu le rapport de la Commission, et qu'il condamnait absolument toute l'entreprise.

SIR ROBERT CHILTERN, *allant et venant*. Maintenant, j'ai des motifs de croire que la Commission était partiale ou, en tout cas, mal renseignée. En outre, Gertrude, la vie publique et la vie privée sont deux choses différentes. Elles ont des lois différentes ; elles se meuvent sur des lignes différentes.

LADY CHILTERN. L'une comme l'autre devraient représenter l'homme à son apogée. Je ne vois aucune différence entre elles.

SIR ROBERT CHILTERN, *s'arrêtant*. Dans le cas présent, où il s'agit d'une affaire de politique pratique, j'ai changé d'idée ; voilà tout.

LADY CHILTERN. Tout ?

SIR ROBERT CHILTERN, *avec âpreté*. Oui.

LADY CHILTERN. Robert ! Oh c'est horrible, que j'aie à vous poser pareille question. Robert, est-ce que vous me dites toute la vérité ?

SIR ROBERT CHILTERN. Pourquoi me posez-vous pareille question ?

LADY CHILTERN, *après une pause*. Pourquoi n'y répondez-vous pas ?

SIR ROBERT CHILTERN, *s'asseyant*. Gertrude, la vérité est une chose fort complexe, et la politique une affaire très complexe. Ce sont rouages sur rouages. Il peut se faire qu'on ait à l'égard des gens certaines obligations auxquelles il faut satisfaire. Tôt ou tard, dans la vie politique, on doit en venir à des compromis. Tout le monde le fait.

LADY CHILTERN. À des compromis ? Robert, pourquoi votre langage est-il si différent ce soir de celui que je vous ai toujours connu ? Pourquoi avez-vous changé ?

SIR ROBERT CHILTERN. Je n'ai point changé. Maintes circonstances modifient les choses.

LADY CHILTERN. Les circonstances ne sauraient rien changer aux principes.

SIR ROBERT CHILTERN. Mais si je vous disais...

LADY CHILTERN. Quoi ?

SIR ROBERT CHILTERN. Que cela était nécessaire, d'une nécessité vitale !

LADY CHILTERN. Il ne peut jamais être nécessaire de faire une chose qui n'est pas honorable. Ou bien, si cela est nécessaire, qu'est-ce donc que j'ai aimé ? Mais cela n'est pas ? Robert, dites-moi que cela n'est pas. Pourquoi cela serait-il ? Qu'est-ce que vous y gagneriez ? De l'argent ? Nous n'en avons pas besoin. Et l'argent qui vient d'une source souillée dégrade le pouvoir. Mais le pouvoir n'est rien en lui-même : ce qui est beau, c'est le pouvoir de faire le bien. C'est cela, cela seulement. Dès lors, qu'y a-t-il donc ? Robert, dites-moi pourquoi vous allez commettre cette action déshonorante.

SIR ROBERT CHILTERN. Gertrude, vous n'avez pas le droit de vous servir de cette expression. Je vous ai dit qu'il s'agissait d'un compromis raisonnable. Il n'y a rien que cela.

LADY CHILTERN. Robert, cela est très bon pour d'autres, pour des gens qui voient simplement dans la vie une sordide spéculation, mais pas pour vous, Robert, pas pour vous. Vous êtes tout autre. Pendant toute votre vie, vous vous êtes tenu à l'écart des autres. Vous ne vous êtes jamais laissé salir par le monde. Pour le monde comme pour moi, vous avez été un idéal, toujours. Oh ! restez cet idéal. Ne rejetez pas ce grand héritage... Cette tour d'ivoire, ne la détruisez pas. Robert, les hommes peuvent aimer des choses au-dessous d'eux, des choses indignes, tachées, déshonorées. Nous, femmes, nous adorons quand nous aimons, et lorsque nous perdons notre adoration nous perdons tout. Oh ! ne tuez pas mon amour pour vous, ne le tuez pas.

SIR ROBERT CHILTERN. Gertrude.

LADY CHILTERN. Je sais que certains hommes ont dans la vie

d'horribles secrets, des hommes qui ont commis quelque action honteuse, et qui sont forcés dans un moment critique de payer leur faute passée en commettant une nouvelle infamie. Oh ! ne me dites pas que vous êtes un de ces hommes-là ! Robert, y a-t-il dans votre vie quelque déshonneur, quelque plaie secrète ? Dites-le-moi, dites-le-moi tout de suite... pour que...

SIR ROBERT CHILTERN. Pour que... quoi ?

LADY CHILTERN, *parlant très lentement*. Pour que nos existences puissent s'écouler séparément.

SIR ROBERT CHILTERN. S'écouler séparément.

LADY CHILTERN. Qu'elles puissent être entièrement séparées : cela vaudrait mieux pour nous deux.

SIR ROBERT CHILTERN. Gertrude, il y a dans ma vie rien que vous ne puissiez connaître.

LADY CHILTERN. J'en étais sûre, Robert, j'en étais sûre. Mais pourquoi dire ces choses terribles, ces choses qui ressemblent si peu à ce que vous êtes en réalité ? Ne reparlons plus de cette affaire. Vous écrirez, n'est-ce pas, à Mrs. Cheveley, et vous lui direz que vous ne pouvez pas favoriser son scandaleux projet. Si vous lui avez fait une promesse quelconque, retirez-la, voilà tout.

SIR ROBERT CHILTERN. Est-il nécessaire que j'écrive pour lui dire cela ?

LADY CHILTERN. Certainement, Robert. Le moyen de faire autrement ?

SIR ROBERT CHILTERN. Je pourrais avoir une entrevue avec elle. Cela serait préférable.

LADY CHILTERN. Vous ne devez jamais la revoir, Robert. C'est une femme à qui vous ne devriez jamais adresser la parole. Elle n'est point digne de converser avec un homme comme vous. Non, il faut que vous lui écriviez tout de suite, maintenant, séance tenante, et que votre lettre soit conçue de façon à lui montrer que votre décision est irrévocable.

SIR ROBERT CHILTERN. Écrire, à cette heure !

LADY CHILTERN. Oui.

SIR ROBERT CHILTERN. Mais il est si tard, près de minuit !

LADY CHILTERN. Cela ne fait rien. Il faut qu'elle sache sans retard qu'elle s'est méprise sur votre compte, et que vous n'êtes pas homme à agir bassement et en sous-marin, à rien faire de déshonorant. Écrivez là, Robert. Écrivez que vous vous refusez à seconder son projet, parce que vous le regardez comme une entreprise malhonnête. Oui, écrivez le mot « malhonnête ». Elle connaît le sens de ce mot. *(Sir Robert s'assied et écrit une lettre. Sa femme la prend et la lit.)* Bon, c'est cela. *(Elle sonne.)* Et maintenant, l'enveloppe. *(Il écrit l'adresse posément, Mason entre.)* Faites porter cette lettre à l'hôtel Claridge. Il n'y a pas de réponse. *(Mason sort. Lady Chiltern s'agenouille près de son mari et l'entoure de ses bras.)* Robert, l'amour donne l'instinct des choses. Je sens ce soir que je vous ai sauvé de quelque chose qui aurait pu être un danger pour vous, de quelque chose qui aurait pu diminuer le respect qu'on vous porte. Je ne crois pas, Robert, que vous vous rendiez suffisamment compte de ceci : c'est que vous avez introduit dans la vie politique de notre époque une atmosphère plus noble, une attitude plus belle devant la vie, un air plus libre, fait de buts plus purs, d'idéaux plus élevés. Moi, je sais cela, et c'est pourquoi je vous aime, Robert.

SIR ROBERT CHILTERN. Oh ! aimez-moi toujours, Gertrude, aimez-moi toujours.

LADY CHILTERN. Je vous aimerai toujours, parce que vous serez toujours digne d'être aimé. Nous devons porter notre amour vers ce qu'il y a de plus haut [1].

Elle lui donne un baiser, se relève et sort.

SIR ROBERT CHILTERN *va et vient, un instant, puis s'assied et se cache la figure dans les mains. Le domestique entre et commence à éteindre les lumières. Sir Robert lève les yeux.*

---

1. Citation de « Guinevere », poème de Lord Tennyson (*Les Idylles du roi*, 1859).

Éteignez les lumières, Mason, éteignez les lumières[1].

Le domestique obéit. La pièce devient presque obscure. La seule lueur qui y reste descend du grand lustre suspendu au haut de l'escalier ; elle tombe sur la tapisserie qui représente le Triomphe de l'Amour.

RIDEAU.

---

1. Allusion à l'ordre donné par Othello alors qu'il est sur le point d'étrangler sa femme Desdémone (*Othello*, acte V, scène 2, v. 7) : « Éteignez la lumière, éteignez la lumière. » On se rappellera également l'exclamation horrifiée d'Hérode à la fin de *Salomé* (1893) : « Éteignez les flambeaux. Cachez la lune ! Cachez les étoiles ! »

ACTE DEUXIÈME

Dans le petit salon chez Sir Robert Chiltern. Lord Goring, habillé à la dernière mode, est allongé dans un fauteuil. Sir Robert est debout devant la cheminée. Il est visiblement dans un état de vive agitation et d'inquiétude. Durant la scène, il arpente la pièce avec des mouvements nerveux.

LORD GORING. Mon cher Robert, voilà une affaire bien embarrassante, des plus embarrassantes. Vous auriez dû tout dire à votre femme. Les secrets qu'on tient des femmes des autres sont un luxe nécessaire dans la vie moderne. C'est du moins ce que m'ont toujours dit au club des gens assez chauves pour savoir à quoi s'en tenir. Mais on ne devrait jamais avoir de secret pour sa femme. Elle finit toujours par le découvrir. Les femmes ont un merveilleux instinct pour cela. Elles sont capables de découvrir n'importe quoi, excepté ce qui crève les yeux.

SIR ROBERT CHILTERN. Arthur, je ne pouvais rien dire à ma femme. Quand aurais-je pu lui en parler ? Pas hier soir. Cela aurait abouti à une séparation définitive, et moi j'aurais perdu l'amour de la seule femme au monde à laquelle je voue un culte, de la seule femme qui ait jamais fait palpiter l'amour en moi. Hier soir, cela aurait été absolument impossible. Elle se serait détournée de moi avec horreur... avec horreur et mépris.

LORD GORING. Lady Chiltern est donc si parfaite ?

SIR ROBERT CHILTERN. Oui, ma femme est aussi parfaite que cela.

LORD GORING, *ôtant son gant gauche*. Quel dommage !... Je vous demande pardon, mon cher... Ce n'est pas tout à fait ce que je voulais dire. Mais si ce que vous me dites est vrai, je serais charmé d'avoir un entretien sérieux sur la vie avec Lady Chiltern.

SIR ROBERT CHILTERN. Ce serait absolument inutile.

LORD GORING. Puis-je essayer ?

SIR ROBERT CHILTERN. Oui, mais rien ne pourra modifier sa manière de voir.

LORD GORING. Eh bien, au pis-aller, ce serait une simple expérience de psychologie.

SIR ROBERT CHILTERN. Toutes ces expériences-là sont terriblement dangereuses.

LORD GORING. Tout est dangereux, mon cher ami. S'il n'en était pas ainsi, ce ne serait pas la peine de vivre... Eh bien, je suis obligé de vous dire que, selon moi, vous auriez dû tout dire il y a des années.

SIR ROBERT CHILTERN. Quand ? À l'époque de nos fiançailles ? Croyez-vous qu'elle m'aurait épousé si elle avait connu la vérité sur l'origine de ma fortune, la vérité sur la base de ma carrière, su que j'avais fait une chose que la plupart des gens, à ce que je suppose, qualifient de honteuse et déshonorante ?

LORD GORING, *avec lenteur*. Oui, la plupart des gens se serviraient de grands mots. Il n'y a pas de doute à ce sujet.

SIR ROBERT CHILTERN, *d'un ton amer*. Des gens qui font chaque jour quelque chose de semblable, des gens qui, du premier au dernier, ont des secrets pires encore dans leur existence.

LORD GORING. C'est pour cette raison-là qu'ils sont si enchantés de dénicher des secrets dans la vie des autres. Cela distrait l'attention publique de la leur.

SIR ROBERT CHILTERN. Et puis, après tout, à qui ai-je fait tort en agissant ainsi ? À personne.

LORD GORING, *le regardant fixement*. Excepté à vous-même, Robert.

SIR ROBERT CHILTERN, *après une pause*. Oui, j'avais des renseignements particuliers au sujet d'une certaine transaction que le gouvernement de ce temps-là avait en vue, et j'ai agi d'après cela. Les renseignements particuliers sont, en fait, la source de toutes les grandes fortunes de nos jours.

LORD GORING, *donnant de petits coups de canne sur ses bottines*. Et le résultat invariable, c'est un scandale public.

SIR ROBERT CHILTERN, *allant et venant dans la pièce*. Arthur, croyez-vous qu'une chose faite par moi il y a près de dix-huit ans puisse être tournée contre moi aujourd'hui ? Trouvez-vous juste que la carrière tout entière d'un homme soit brisée pour une faute commise à l'époque où il sortait à peine de l'adolescence ? J'avais alors vingt-deux ans, et je souffrais du double malheur d'être bien né et pauvre, deux choses impardonnables en ce temps-ci. Est-il juste que l'étourderie, le péché de jeunesse, si l'on juge à propos de l'appeler ainsi, me mettent au pilori, fassent une épave d'une existence comme la mienne, bouleversent tout ce qui a été le but de mon travail, tout ce que j'ai édifié ? Est-ce juste, Arthur ?

LORD GORING. La vie n'est jamais juste. Et peut-être vaut-il mieux pour la plupart d'entre nous qu'elle ne le soit pas !

SIR ROBERT CHILTERN. Tout ambitieux est dans la nécessité de prendre les armes de son siècle pour s'y faire place. Ce que ce siècle adore, c'est l'opulence. Pour réussir, il faut être riche. Il faut à tout prix être riche.

LORD GORING. Vous vous dépréciez, Robert. Croyez-moi, vous auriez réussi tout aussi bien sans la richesse.

SIR ROBERT CHILTERN. Quand j'aurais été vieux, peut-être, quand j'aurais perdu ma passion du pouvoir, ou qu'il me serait devenu impossible d'en faire usage... Quand j'aurais été fatigué, usé, désillusionné ? Je voulais arriver au succès jeune encore. La jeunesse est le bon temps pour le succès. Je ne pouvais attendre.

LORD GORING. Eh bien, vous avez certainement réussi pendant votre jeunesse. Personne de nos jours n'a aussi brillamment réussi. Sous-secrétaire aux Affaires étrangères à quarante ans ! Voilà de quoi contenter n'importe qui, je pense.

SIR ROBERT CHILTERN. Et si tout cela m'est arraché maintenant ? Si je perds tout, par suite d'un horrible scandale ? Si je suis chassé comme un chien de la vie publique ?

LORD GORING. Robert, comment avez-vous pu vous vendre pour de l'argent ?

SIR ROBERT CHILTERN, *avec agitation*. Je ne me suis point vendu pour de l'argent. J'ai acheté bien cher le succès, voilà tout.

LORD GORING, *d'un ton grave*. Oui, il est certain que vous l'avez payé cher. Mais qu'est-ce qui vous a donné la première idée de faire une pareille chose ?

SIR ROBERT CHILTERN. Le baron Arnheim.

LORD GORING. Maudit coquin !

SIR ROBERT CHILTERN. Non, c'était un homme d'une intelligence très subtile, très affinée. Un homme cultivé, plein de charme et de distinction, un des êtres les plus intelligents que j'aie jamais rencontrés.

LORD GORING. Ah ! je préfère de loin un sot gentleman. On pourrait dire en faveur de la stupidité plus de choses qu'on ne se l'imagine. Pour ma part, j'ai une grande admiration pour la stupidité. C'est par un sentiment de confraternité, je suppose. Mais comment s'y est-il pris ? Contez-moi tout cela.

SIR ROBERT CHILTERN, *se jetant dans un fauteuil près du bureau*. Un soir, après dîner chez Lord Radley, le baron se mit à parler du succès dans la vie moderne, comme d'une chose qui pouvait se formuler d'une façon absolument scientifique. De cette voix étonnamment fascinante qui lui était propre, il nous exposa la plus terrible des philosophies, la philosophie du pouvoir ; il nous prêcha le plus merveilleux des Évangiles, l'Évangile de l'or [1]. Je crois qu'il vit l'effet qu'il avait produit sur moi, car quelques jours plus tard il m'écrivit en me priant de venir le voir. Il habitait alors à Park Lane [2], dans la maison où demeure maintenant Lord Woolcomb. Je me rappelle si bien son étrange sourire sur ses lèvres pâles et arquées, pendant

1. L'influence maléfique du baron sur ses auditeurs fascinés est comparable à celle de Lord Henry sur Dorian Gray. 2. Rue très élégante de Mayfair.

qu'il me promenait dans son admirable galerie de tableaux, me montrait ses tapisseries, ses émaux, ses joyaux, ses ivoires sculptés, faisait naître en moi l'admiration devant le charme étrange du luxe au milieu duquel il vivait. Il me dit alors que le luxe n'était rien qu'un décor, un fond peint dans une pièce, et que la domination, la domination sur les autres hommes, la domination sur le monde, était la seule chose qui valût la peine d'être possédée, l'unique plaisir qui valût la peine d'être connu, la seule joie dont on ne se lassait jamais, et que dans notre siècle les riches étaient seuls à la posséder.

LORD GORING, *d'un ton convaincu*. Profession de foi des plus superficielles !

SIR ROBERT CHILTERN, *se levant*. En ce temps-là, je ne pensais pas ainsi. Et maintenant je ne le pense pas davantage. L'opulence m'a donné une puissance énorme. Elle m'a donné la liberté au début même de mon existence, et la liberté, c'est tout. Vous n'avez jamais été pauvre, et vous n'avez jamais su ce que c'est que l'ambition. Vous ne sauriez comprendre quelle chance merveilleuse le baron me mit dans la main. Une chance telle que bien peu de gens en ont.

LORD GORING. Heureusement pour eux, si l'on doit en juger par les résultats. Mais dites-moi définitivement, comment le baron arriva-t-il à vous persuader de... bref, de faire ce que vous avez fait ?

SIR ROBERT CHILTERN. Au moment où j'allais partir, il me dit que, si jamais je pouvais lui donner quelque renseignement particulier qui eût de la valeur, il ferait de moi un homme très riche. Je fus ébloui de la perspective qu'il déployait devant moi. Mon ambition et mon désir de pouvoir étaient alors sans bornes. Six semaines plus tard, certains documents secrets passèrent par mes mains.

LORD GORING, *fixant très attentivement le tapis*. Des documents d'État.

SIR ROBERT CHILTERN. Oui.

Lord Goring soupire, puis il passe la main sur son front, et lève les yeux.

LORD GORING. Vous êtes bien le seul homme de ce monde, Robert, que je n'aurais pas cru assez faible pour céder à une tentation comme celle que vous offrait le baron Arnheim.

SIR ROBERT CHILTERN. Faible ! Oh ! j'en ai assez d'entendre ce mot-là. J'en ai assez de l'appliquer à d'autres. Faible ? Croyez-vous réellement, Arthur, que ce soit faiblesse, de céder à la tentation ? Je vous le dis, il est des tentations terribles, auxquelles on ne cède qu'à force de vigueur, de vigueur et de courage. Jouer la vie sur un seul moment, risquer tout sur un coup unique, que l'enjeu soit le pouvoir ou le plaisir, je ne m'en soucie point, il n'y a pas de faiblesse là-dedans. Il y a un horrible, un terrible courage. J'ai eu ce courage-là. Je m'assis à mon bureau, cet après-midi-là, et j'écrivis au baron Arnheim la lettre qui est entre les mains de cette femme. Il gagna dans cette combinaison sept cent cinquante mille livres.

LORD GORING. Et vous ?

SIR ROBERT CHILTERN. Je reçus du baron cent dix mille livres.

LORD GORING. Vous valiez davantage, Robert.

SIR ROBERT CHILTERN. Non, cette somme me donnait exactement ce que je voulais, le pouvoir sur d'autres. J'entrai immédiatement à la Chambre. Le baron me donnait de temps en temps des conseils financiers. En moins de cinq ans, j'avais presque triplé ma fortune. Depuis, tout ce que j'ai touché m'a réussi. Dans toutes les choses où l'argent jouait un rôle, j'ai eu un bonheur si extraordinaire que parfois je m'en alarmais. Je me rappelle avoir lu quelque part, dans quelque livre étranger, que quand les dieux veulent nous punir ils exaucent nos prières.

LORD GORING. Mais dites-moi, Robert, avez-vous jamais souffert du regret de ce que vous avez fait ?

SIR ROBERT CHILTERN. Non, je sentais que j'avais combattu mon siècle avec ses propres armes et que j'avais été victorieux.

LORD GORING, *avec tristesse*. Vous avez cru à la victoire.

SIR ROBERT CHILTERN. J'y ai cru. *(Après une longue pause.)* Arthur, est-ce que vous me méprisez, après ce que je vous ai dit ?

LORD GORING, *du ton le plus sympathique*. Je suis désolé pour vous, Robert, vraiment désolé.

SIR ROBERT CHILTERN. Je ne puis dire que j'aie éprouvé le moindre remords. Je n'en ai point eu. Ce n'est point du remords dans le sens ordinaire, assez sot de ce mot. Mais bien des fois, par acquit de conscience, j'ai payé l'équivalent. J'avais un fol espoir que je pourrais désarmer le destin. J'ai distribué en charités publiques deux fois la somme que j'ai reçue du baron Arnheim.

LORD GORING, *levant les yeux*. En charités publiques ! Ah ! sur ma foi ! quel mal vous avez dû causer, Robert !

SIR ROBERT CHILTERN. Oh ! ne dites pas cela, Arthur, ne parlez pas ainsi.

LORD GORING. Ne faites pas attention à ce que je dis, Robert. Je dis toujours ce que je ne devrais pas dire. En fait, je dis ordinairement ce que je pense tel quel. C'est une grande erreur, à l'époque où nous vivons ; cela vous expose si souvent à être compris de travers. Mais en ce qui concerne cette malheureuse affaire, je vous aiderai de mon mieux. Cela, naturellement, vous le savez.

SIR ROBERT CHILTERN. Merci, Arthur, merci. Mais que faire ? Que faire ?

LORD GORING, *se renversant, ses mains dans ses poches*. Eh bien, les Anglais ne peuvent pas souffrir l'homme qui dit toujours qu'il a raison, mais ils ont beaucoup de sympathie pour celui qui reconnaît avoir eu tort. C'est là un de leurs meilleurs côtés. Pourtant, dans votre cas, Robert, un aveu ne serait pas à propos. L'argent, si vous me permettez de vous le dire... c'est là le point... embarrassant. En outre, si vous préférez liquider l'affaire par un aveu général, il vous est désormais interdit de parler morale. Et en Angleterre, quand on ne peut parler morale deux fois par semaine devant un auditoire nombreux, populaire, immoral, on est absolument coulé à fond comme homme politique sérieux. Il ne vous reste plus d'autre carrière que la botanique ou l'Église. Un aveu ne servirait à rien. Ce serait votre perte.

SIR ROBERT CHILTERN. Ce serait ma perte, Arthur. Le seul parti que j'aie à prendre, c'est de mener la bataille jusqu'au bout.

LORD GORING, *quittant son siège*. J'attendais ce langage de vous, Robert. C'est la seule conduite à tenir pour le moment. Et il faut que vous commenciez par dire toute l'histoire à votre femme.

SIR ROBERT CHILTERN. Pour cela, je ne le ferai pas.

LORD GORING. Robert, croyez-moi, vous avez tort.

SIR ROBERT CHILTERN. Il me serait impossible de le faire. Cela tuerait l'amour qu'elle a pour moi. Et maintenant parlons de cette femme, cette Mrs. Cheveley. Comment puis-je me défendre contre elle ? Selon toute apparence, Arthur, vous l'avez déjà connue ?

LORD GORING. Oui.

SIR ROBERT CHILTERN. L'avez-vous bien connue ?

LORD GORING, *arrangeant sa cravate*. Si peu, que j'avais été jusqu'à promettre de l'épouser, jadis, lors de mon séjour chez les Tenby. Cela dura trois jours... ou peu s'en faut.

SIR ROBERT CHILTERN. Et pourquoi la rupture ?

LORD GORING, *d'un air détaché*. Oh ! je ne sais plus. Du moins cela n'a pas d'importance. À propos, avez-vous essayé une offre pécuniaire ? Elle aimait diablement l'argent autrefois.

SIR ROBERT CHILTERN. Je lui ai offert tout l'argent qu'elle pourrait demander : elle a refusé.

LORD GORING. Et voilà que le merveilleux Évangile de l'or manque parfois à ses promesses. Le riche ne peut pas tout faire, après tout.

SIR ROBERT CHILTERN. Non, pas tout. Vous avez raison, je suppose, Arthur, je crains ne pouvoir éviter l'affront public. Je le vois venir. Jusqu'alors, je ne savais pas ce que c'était que la terreur, je le sais maintenant. C'est comme une main glacée qui se poserait sur votre cœur. C'est comme si votre cœur s'épuisait à battre dans le creux, le vide.

LORD GORING, *donnant un coup de poing sur la table*[1]. Robert, vous devez lui livrer bataille, il le faut.

SIR ROBERT CHILTERN. Mais comment ?

---

1. La brutalité de ce geste est incompatible avec la bonne conduite et l'esthétique du dandy ; elle traduit donc l'extrême émotion de Lord Goring.

LORD GORING. Pour le moment, je ne sais pas : je n'ai pas l'ombre d'une idée. Mais il n'est personne qui n'ait son point vulnérable. Il n'est personne parmi nous qui n'ait une fêlure. *(Il se dirige à pas comptés vers la cheminée et se mire dans la glace.)* Mon père me dit que moi-même j'ai des défauts. Peut-être en ai-je. Je ne sais pas.

SIR ROBERT CHILTERN. Pour me défendre contre Mrs. Cheveley, j'ai bien le droit de me servir de toutes les armes que je pourrai trouver, n'est-ce pas ?

LORD GORING, *continuant à se regarder*. À votre place je crois que je n'aurais pas le plus léger scrupule à le faire. Elle est parfaitement capable de veiller à ses intérêts.

SIR ROBERT CHILTERN, *il s'assied à la table et prend une plume*. Eh bien, je vais envoyer une dépêche chiffrée à Vienne pour demander si on ne sait rien contre elle. Il peut y avoir quelque scandale mystérieux dont elle aurait peut-être peur.

LORD GORING, *arrangeant sa boutonnière*. Oh ! je m'imaginerais que Mrs. Cheveley est une de ces femmes tout à fait modernes qui, à notre époque, trouvent qu'un scandale nouveau leur va aussi bien qu'un chapeau dernier cri, et qui promène l'un et l'autre au parc chaque après-midi, vers cinq heures et demie. Je suis sûr qu'elle adore les scandales, et que le chagrin de sa vie est de ne pouvoir en avoir à satiété.

SIR ROBERT CHILTERN. Pourquoi dites-vous cela ?

LORD GORING, *faisant demi-tour*. Eh bien, hier soir elle avait mis beaucoup trop de rouge, et pas assez de vêtements. C'est toujours un signe de désespoir chez une femme.

SIR ROBERT CHILTERN, *souriant*. Mais est-ce bien la peine d'écrire à Vienne ?

LORD GORING. C'est toujours la peine de poser une question, si ce n'est pas toujours la peine d'y répondre.

Mason entre.

SIR ROBERT CHILTERN. Mr. Trafford est-il chez lui ?

MASON. Oui, Sir Robert.

SIR ROBERT CHILTERN, *il met sous enveloppe ce qu'il vient d'écrire et la ferme soigneusement*. Dites-lui de chiffrer cela et de l'envoyer tout de suite. Qu'on ne perde pas un instant !

MASON. Oui, Sir Robert.

SIR ROBERT CHILTERN. Oh ! rendez-moi cela. *(Il écrit quelques mots sur l'enveloppe, puis Mason sort avec la lettre.)* Elle a dû avoir quelque curieux moyen d'agir sur le baron Arnheim. Je me demande ce que c'était.

LORD GORING, *souriant*. Je me le demande.

SIR ROBERT CHILTERN. Je la combattrai jusqu'à la mort, tant que ma femme ne saura rien.

LORD GORING, *avec énergie*. Oui, combattez, quoi qu'il arrive, quoi qu'il arrive.

SIR ROBERT CHILTERN, *avec un geste de désespoir*. Si ma femme venait à savoir, il me resterait bien peu de motifs pour lutter. Eh bien, dès que j'aurai reçu quelque nouvelle de Vienne, je vous ferai connaître le résultat. C'est une éventualité, une simple éventualité, mais j'y crois. Et de même que j'ai livré bataille au siècle avec ses propres armes, je lutterai contre elle avec ses armes. Ce n'est que justice, et elle a l'air d'une femme qui a un passé, n'est-ce pas ?

LORD GORING. Il en est ainsi de presque toutes les jolies femmes. Mais il y a une mode en fait d'histoires, comme il y a une mode en fait d'habits. Peut-être que le passé de Mrs. Cheveley se réduit à un léger *décolleté*[1], et c'est là une chose des plus populaires pour le moment. En outre, mon cher Robert, je ne fonderais pas de trop hautes espérances sur le système qui consiste à faire peur à Mrs. Cheveley. Elle a survécu à tous ses créanciers, et elle fait preuve d'une merveilleuse présence d'esprit.

SIR ROBERT CHILTERN. Oh ! maintenant, je vis d'espérances ! Je me raccroche à toutes les chances. Je me fais l'effet d'un homme sur un vaisseau qui coule. J'ai de l'eau jusqu'aux pieds, et l'air même est imprégné d'une amère saveur d'orage. Chut ! J'entends la voix de ma femme.

---

1. En français dans le texte.

Lady Chiltern entre en toilette de promenade.

LADY CHILTERN. Bonsoir, Lord Goring.

LORD GORING. Bonsoir, Lady Chiltern. Vous êtes allée au Parc ?

LADY CHILTERN. Non, je reviens de l'Association libérale des femmes [1], et pour vous le dire en passant, Robert, votre nom y a été accueilli par de sonores applaudissements ; et je rentre pour prendre le thé. *(À Lord Goring.)* Vous resterez, et vous prendrez une tasse de thé, n'est-ce pas ?

LORD GORING. Je resterai quelques instants, merci.

LADY CHILTERN. Je reviens dans un instant, le temps d'enlever mon chapeau.

LORD GORING, *de son air le plus sérieux*. Oh, je vous en prie, n'en faites rien : il est si joli ! Un des plus jolis chapeaux que j'aie jamais vu. J'espère que l'Association libérale des femmes l'a accueilli avec les plus sonores applaudissements ?

LADY CHILTERN, *avec un sourire*. Nous avons de la besogne autrement importante que de regarder nos chapeaux, Lord Goring.

LORD GORING. Vraiment ? Quelle besogne ?

LADY CHILTERN. Oh ! des choses ternes, utiles, charmantes, les lois sur les usines, le projet de loi des huit heures, le droit de vote [2]... En un mot, toutes les choses qui vous paraîtraient absolument dépourvues d'intérêt.

LORD GORING. Et jamais on ne parle de chapeaux ?

LADY CHILTERN, *avec une feinte indignation*. Jamais de chapeaux, jamais !

Lady Chiltern sort par la porte qui donne dans son boudoir.

SIR ROBERT CHILTERN, *prenant la main de Lord Goring*. Vous avez été un bon ami pour moi, Arthur, le meilleur de tous les amis.

---

1. Cette association fut fondée en 1886 par le Parti libéral, ardent défenseur des idées progressistes. Elle s'opposa à Gladstone en 1892 en soutenant la campagne en faveur du vote des femmes. Constance Wilde, épouse du dramaturge, en faisait activement partie. **2.** Ces réformes étaient inscrites au programme du Parti libéral dans son manifeste de 1892.

LORD GORING. Je ne sache pas que j'aie pu faire beaucoup pour vous, jusqu'à présent, Robert. En somme, je n'ai rien pu faire pour vous, autant que je voie. Je suis tout à fait désillusionné sur mon propre compte.

SIR ROBERT CHILTERN. Vous m'avez rendu capable de vous dire la vérité. C'est quelque chose. Cette vérité m'a toujours étouffé.

LORD GORING. Ah ! la vérité, voilà une chose dont je me débarrasse le plus tôt possible. Mauvaise habitude, soit dit en passant. Ça vous rend très impopulaire au club... auprès des membres les plus âgés. Ils appellent cela de la vanité. Peut-être ont-ils raison.

SIR ROBERT CHILTERN. Je donnerais tout au monde pour avoir eu le courage de dire la vérité, de la vivre. Ah ! c'est une grande chose dans l'existence, vivre la vérité. *(Il soupire, et se dirige vers la porte.)* Je vous reverrai bientôt, Arthur, n'est-ce pas ?

LORD GORING. Certainement, quand vous voudrez. Je vais ce soir faire un tour au bal des Célibataires [1], à moins que je ne trouve un meilleur emploi de mon temps. Mais je repasserai par ici demain matin. Si par hasard vous avez besoin de me voir ce soir, envoyez un billet à Curzon Street.

SIR ROBERT CHILTERN. Merci.

Au moment où il va sortir, Lady Chiltern entre, venant de son boudoir.

LADY CHILTERN. Vous ne voulez pas sortir, Robert ?

SIR ROBERT CHILTERN. J'ai quelques lettres à écrire, ma chère.

LADY CHILTERN, *allant à lui*. Vous travaillez trop, Robert. On dirait que vous ne pensez jamais à vous-même. Et vous avez l'air si las.

SIR ROBERT CHILTERN. Ce n'est rien, ma chère, ce n'est rien.

Il lui baise la main et sort.

LADY CHILTERN, *à Lord Goring*. Asseyez-vous. Je suis si contente que vous soyez venu. Je tiens à vous parler... Eh ! pas à propos de chapeaux, non plus de l'Association libérale des femmes. Vous prenez beaucoup trop d'intérêt au premier sujet, et pas assez, il s'en faut de beaucoup, au second.

---

1. L'un des bals de la saison mondaine, à Londres.

LORD GORING. Vous vouliez me parler de Mrs. Cheveley ?

LADY CHILTERN. Oui, vous l'avez deviné. Hier soir après votre départ, hier soir, j'ai découvert que ses affirmations étaient parfaitement vraies. Naturellement je lui ai fait écrire tout de suite par Robert une lettre où il retirait sa promesse.

LORD GORING. C'est ce qu'il m'a donné à entendre.

LADY CHILTERN. En la tenant, il aurait sali pour la première fois un nom qui était resté jusqu'alors pur de toute tache. Robert doit être au-dessus de tout reproche. Il n'est pas comme les autres hommes : il ne peut se permettre de faire ce qu'ils font. *(Elle regarde Lord Goring, qui reste silencieux.)* N'êtes-vous pas de mon avis ? Vous êtes le meilleur ami de Robert. Vous êtes notre meilleur ami, Lord Goring. Personne, excepté moi, ne connaît Robert mieux que vous. Il n'a pas de secrets pour moi et je ne crois pas qu'il en ait pour vous.

LORD GORING. Certainement, il n'a pas de secrets pour moi : du moins, je ne le crois pas.

LADY CHILTERN. Alors n'ai-je pas raison de l'apprécier comme je le fais ? Je sais que j'ai raison. Mais parlez-moi franchement.

LORD GORING, *la regardant dans les yeux*. Tout à fait franchement ?

LADY CHILTERN. Certes. Vous n'avez rien à cacher, n'est-il pas vrai ?

LORD GORING. Rien. Mais ma chère Lady Chiltern, à mon avis, permettez-moi de vous dire que dans la pratique de la vie...

LADY CHILTERN, *souriant*. Dont vous savez si peu de chose, Lord Goring...

LORD GORING. ... Dont je ne connais rien par expérience, mais dont je sais quelque chose par l'observation. Je crois que dans la vie pratique, le succès, le véritable succès comporte quelque chose qui ressemble un peu à du défaut de scrupule, l'ambition est alliée à je ne sais quoi qui est toujours peu scrupuleux lorsqu'un homme a mis son cœur et son âme à atteindre un certain but, et il lui faut gravir la falaise, il gravit la falaise, et s'il lui faut marcher dans la boue...

LADY CHILTERN. Eh bien ?

LORD GORING, *d'un ton grave*. Il marche dans la boue. Naturellement ce que je dis là, ce sont des généralités sur la vie.

LADY CHILTERN. Je l'espère. Pourquoi me regardez-vous d'un air si étrange, Lord Goring ?

LORD GORING. Lady Chiltern, je me suis dit parfois que... vous avez peut-être un peu de raideur dans certaines de vos idées sur la vie... Je pense que... souvent vous ne faites pas assez de concessions. Dans tout caractère, il y a des parties faibles, ou pires que faibles. Supposons, par exemple, que... un homme public, n'importe lequel, mon père, ou bien Lord Merton, Robert, ait, il y a des années, écrit une sotte lettre à quelqu'un...

LADY CHILTERN. Qu'appelez-vous une sotte lettre ?

LORD GORING. Une lettre qui compromet gravement votre situation. Je raisonne simplement sur un cas imaginaire.

LADY CHILTERN. Robert est aussi incapable de faire une sottise qu'il l'est de commettre une mauvaise action.

LORD GORING, *après un silence*. Personne n'est incapable de faire une sottise. Personne n'est incapable de commettre une mauvaise action.

LADY CHILTERN. Êtes-vous pessimiste ? Que diront les autres dandys ? Il va leur falloir se mettre tous en deuil.

LORD GORING, *se levant*. Non, Lady Chiltern, je ne suis point pessimiste. Au fait, je me demande si je sais exactement ce que signifie le mot de pessimisme. Tout ce que je sais, c'est que la vie ne saurait être comprise qu'avec beaucoup de bonté, qu'on ne saurait la traverser qu'avec beaucoup de bonté. C'est l'amour, et non point la philosophie allemande, qui est la véritable explication de ce monde-ci quelle que soit la façon d'expliquer l'autre. Et si jamais vous êtes dans la peine, Lady Chiltern, ayez en moi une confiance absolue : je vous aiderai de toutes mes forces. Si jamais vous avez besoin de moi, venez me demander mon aide, et vous l'aurez. Adressez-vous à moi tout de suite.

LADY CHILTERN, *le regardant avec surprise*. Lord Goring, vous parlez tout à fait sérieusement. Je ne crois pas vous avoir jamais entendu parler sérieusement jusqu'à ce jour.

LORD GORING, *riant*. Il faut m'excuser, Lady Chiltern ; je ne le ferai plus, si je peux m'en empêcher.

LADY CHILTERN. Mais c'est justement votre sérieux qui me plaît.

Mabel Chiltern entre, dans la robe la plus ravissante.

MABEL CHILTERN. Chère Gertrude, ne dites point une chose aussi terrible à Lord Goring. Le sérieux lui irait si mal ! Bonne soirée, Lord Goring. Je vous en prie, soyez aussi léger que vous pourrez.

LORD GORING. Je ne demanderais pas mieux, Miss Mabel, mais je crains d'être... un peu rouillé ce matin, et puis, il faut que je parte.

MABEL CHILTERN. Juste au moment où j'arrive ! Quelles terribles façons que les vôtres ! Je suis sûre que vous avez été très mal élevé.

LORD GORING. C'est vrai.

MABEL CHILTERN. J'aurais voulu faire votre éducation.

LORD GORING. Je suis désolé que vous ne l'ayez pas faite.

MABEL CHILTERN. Il est trop tard maintenant, je suppose ?

LORD GORING, *souriant*. Je n'en suis pas sûr.

MABEL CHILTERN. Voulez-vous faire un tour à cheval demain ?

LORD GORING. Oui, à dix heures.

MABEL CHILTERN. N'oubliez pas.

LORD GORING. Certes, j'y penserai. À propos, Lady Chiltern, il n'a pas paru de liste de vos invités dans le *Morning Post*[1] d'aujourd'hui. Sans doute il a fallu faire de la place au Conseil du Comité, ou à la Conférence de Lambeth[2], ou à quelque autre sujet tout aussi assommant. Pourriez-vous me faire donner une liste ? J'ai une raison particulière pour vous la demander.

LADY CHILTERN. Je suis sûre que Mr. Trafford pourra vous en faire une.

---

1. Journal mondain, de nouveau mentionné par Lord Goring au dernier acte de la pièce. Les fiançailles et les mariages y étaient annoncés. **2.** Réunion des évêques anglicans au palais de Lambeth, à Londres, résidence officielle de l'archevêque de Cantorbéry.

LORD GORING. Merci bien.

MABEL CHILTERN. Tommy est la personne la plus utile qu'il y ait à Londres.

LORD GORING, *s'adressant à elle*. Et quelle est la plus ornementale ?

MABEL CHILTERN, *d'un ton de triomphe*. C'est moi.

LORD GORING. Comme vous êtes intelligente de l'avoir deviné ! *(Il prend son chapeau et sa canne.)* Adieu, Lady Chiltern. Vous vous rappellerez ce que je vous ai dit, n'est-ce pas ?

LADY CHILTERN. Oui, mais je ne sais pourquoi vous me l'avez dit.

LORD GORING. Je le sais à peine moi-même. Adieu, Miss Mabel.

MABEL CHILTERN, *avec une petite moue de désappointement*. Je voudrais que vous ne partiez pas. J'ai eu, ce matin, quatre aventures étonnantes ; même quatre et demie. Vous devriez rentrer pour en entendre quelques-unes.

LORD GORING. Comme c'est égoïste à vous d'en avoir eu quatre et demie. Il n'en restera plus pour moi.

MABEL CHILTERN. Je ne tiens pas à ce que vous en ayez. Ce ne serait pas bon pour vous.

LORD GORING. C'est la première fois que vous me dites quelque chose de peu bienveillant. De quelle façon charmante vous avez dit cela ! Demain, à dix heures.

MABEL CHILTERN. Juste.

LORD GORING. Dix heures précises. Mais n'amenez pas Mr. Trafford.

MABEL CHILTERN, *avec un petit hochement de tête*. Naturellement, je n'amènerai pas Tommy Trafford. Tommy Trafford est tout à fait en disgrâce.

LORD GORING. Je suis enchanté de l'apprendre.

Il salue et sort.

MABEL CHILTERN. Gertrude, je voudrais que vous disiez un mot à Tommy Trafford.

LADY CHILTERN. Qu'a donc fait cette fois le pauvre Mr. Trafford ? Robert dit qu'il n'a jamais eu de meilleur secrétaire.

MABEL CHILTERN. Eh bien, Tommy m'a encore une fois offert sa main. Tommy ne fait vraiment que me proposer sa main. Il me l'a offerte hier soir dans la salle de concert, alors qu'il n'y avait absolument personne pour me défendre, et qu'on jouait un trio compliqué. Je n'ai pas eu l'audace de faire la moindre réplique, j'ai à peine besoin de vous le dire. Si je l'avais fait, cela aurait arrêté la musique à l'instant. Ces musiciens sont des gens si peu raisonnables, qu'ils en sont absurdes. Ils exigent qu'on soit tout à fait muet au moment même où on donnerait bien des choses pour être sourd. Puis, il a réitéré sa proposition en plein jour ce matin, devant cette affreuse statue d'Achille[1]. Vraiment il se passe devant cette œuvre d'art des choses tout à fait effrayantes. La police devrait intervenir. Au déjeuner, j'ai vu à l'éclat de son regard qu'il allait réitérer sa proposition, et je n'ai eu que tout juste le temps de l'esquiver, en lui assurant que j'étais bimétalliste. Par bonheur, je ne sais pas ce que veut dire bimétallisme[2]. Et d'ailleurs je ne crois pas que d'autres le sachent. Mais cette remarque a écrasé Tommy pendant dix minutes. Il a eu l'air absolument choqué. Puis, Tommy est si ennuyeux dans sa façon de poser sa candidature. S'il le faisait à tue-tête, je ne m'en tourmenterais pas autant. Cela pourrait produire quelque effet sur le public. Mais il le fait d'un air si confidentiel que c'est horrible. Quand Tommy veut être romanesque, il vous parle tout comme le ferait un médecin. J'aime beaucoup Tommy, mais son système de déclaration est tout à fait démodé. Gertrude, je voudrais que vous lui parliez, que vous lui disiez qu'une fois par semaine c'est très suffisant pour n'importe qui, et qu'il faut toujours faire cela de manière à attirer l'attention.

---

1. La statue d'Achille, fondue à partir de douze canons pris à la France lors des guerres napoléoniennes et érigée en 1822 dans Hyde Park, était dédiée « par les femmes d'Angleterre » au duc de Wellington, vainqueur de Napoléon. Wilde y fait également allusion au chapitre V du *Portrait de Dorian Gray*. **2.** Le bimétallisme est une doctrine économique selon laquelle l'argent aussi bien que l'or pourrait servir d'étalon à la monnaie. Un débat fut consacré à cette question à la Chambre des Communes le 28 février 1893. Il s'agit pour Wilde d'un bon exemple de sujet de conversation ennuyeux sur lequel tout le monde croit, à tort, avoir quelque chose à dire.

LADY CHILTERN. Chère Mabel, ne parlez pas ainsi. Robert, voyez-vous, a une très haute opinion de Mr. Trafford ; il le croit appelé à un brillant avenir.

MABEL CHILTERN. Oh ! Pour rien au monde, je ne voudrais épouser un homme d'avenir.

LADY CHILTERN. Mabel !

MABEL CHILTERN. Je sais, ma chère. Vous avez épousé un homme qui avait de l'avenir, n'est-ce pas ? Mais d'abord Robert était un homme de génie, et vous avez un noble caractère, tout porté à l'abnégation. Vous pouvez supporter le génie. Moi, je n'ai pas de caractère du tout, et Robert a été le seul génie que j'aie jamais pu supporter. En règle générale, je les trouve tout à fait impossibles. Les hommes de génie sont si grands parleurs, n'est-ce pas ? Quelle mauvaise habitude ! Et puis ils ne pensent guère qu'à eux-mêmes, et moi je veux qu'on pense à moi. Il faut que je parte, que j'aille répéter chez Lady Basildon. Vous vous rappelez, n'est-ce pas ? Nous préparons des tableaux vivants [1]. Le triomphe de quelque chose, je ne sais quoi. J'espère que ce sera mon triomphe à moi. Pour le moment, triompher est la seule chose qui m'intéresse. *(Elle embrasse Lady Chiltern et sort ; puis elle revient.)* Oh ! Gertrude, savez-vous qui vient vous voir ? Cette épouvantable Mrs. Cheveley ! Elle a une robe splendide. L'avez-vous invitée à venir ?

LADY CHILTERN, *se levant*. Mrs. Cheveley ? Qui vient me voir ? Impossible.

MABEL CHILTERN. Je vous assure qu'elle monte l'escalier, en grandeur nature, mais l'air peu naturel, à beaucoup près.

LADY CHILTERN. Il n'est pas nécessaire que vous restiez, Mabel. Souvenez-vous que Lady Basildon vous attend.

MABEL CHILTERN. Oh ! Il faut que je serre la main à Lady Markby. Elle est charmante. J'aime à être grondée par elle.

---

1. Les tableaux vivants (représentations — par des personnes vivantes et costumées — de tableaux célèbres et de scènes historiques) étaient très appréciés à l'époque victorienne. Ils étaient souvent mis en scène par des sociétés caritatives qui trouvaient là un moyen de rassembler des fonds.

Mason entre.

MASON. Lady Markby. Mrs. Cheveley.

Lady Markby et Mrs. Cheveley entrent.

LADY CHILTERN, *allant au-devant d'elles*. Chère Lady Markby, que vous êtes bonne de venir me voir ! *(Elle serre la main de Lady Markby et salue avec une certaine froideur Mrs. Cheveley.)* Voulez-vous vous asseoir, Mrs. Cheveley ?

MRS. CHEVELEY. Merci. N'est-ce pas Miss Chiltern ? J'aimerais tant la connaître.

LADY CHILTERN. Mabel, Mrs. Cheveley désire faire votre connaissance.

Mabel Chiltern répond par un léger signe de tête.

MRS. CHEVELEY, *s'asseyant*. J'ai trouvé votre robe si charmante hier soir, Miss Chiltern, si simple et... si seyante...

MABEL CHILTERN. Vraiment ? Il faudra que je le dise à ma couturière. Voilà qui la surprendra bien. Au revoir, Lady Markby.

LADY MARKBY. Vous partez déjà ?

MABEL CHILTERN. J'en suis désolée, mais il le faut. J'arriverai juste à temps pour la répétition. Je dois m'asseoir sur la tête dans quelques tableaux.

LADY MARKBY. Sur la tête, mon enfant ? Non, j'espère. Je crois que c'est très malsain.

Elle s'assoit sur le canapé à côté de Lady Chiltern.

MABEL CHILTERN. Mais c'est pour une œuvre charitable [1], qui a pour but d'aider *les Gens sans mérite*, les seuls qui m'inspirent un réel intérêt. Moi je suis secrétaire, et Tommy Trafford, trésorier.

MRS. CHEVELEY. Et Lord Goring, qu'est-il ?

---

1. Les sociétés caritatives sont souvent critiquées par Wilde qui leur reproche de donner bonne conscience aux riches (voir par exemple ce qu'il en dit dans *La critique est un art*). Par ailleurs, la distinction entre « pauvres sans mérite » et « pauvres avec mérite » (!) était d'importance chez les philanthropes victoriens.

MABEL CHILTERN. Oh ! Lord Goring est président.

MRS. CHEVELEY. Cette fonction doit lui aller admirablement, à moins qu'il n'ait perdu ses qualités depuis le temps où j'ai fait sa connaissance.

LADY MARKBY, *d'un air sentencieux*. Vous êtes remarquablement moderne, Mabel ; un peu trop moderne, peut-être. Rien n'est plus dangereux que d'être trop moderne. On est exposé à se trouver tout à coup démodé. J'en ai connu beaucoup d'exemples.

MABEL CHILTERN. Quelle redoutable perspective !

LADY MARKBY. Oh ! ma chère, il ne faut pas vous agiter. Vous serez toujours aussi jolie que possible. Cela, c'est la meilleure des modes, et la seule que l'Angleterre réussisse à lancer.

MABEL CHILTERN, *faisant une révérence*. Je vous en remercie beaucoup, Lady Markby, pour l'Angleterre... et pour moi.

LADY MARKBY, *s'adressant à Lady Chiltern*. Ma chère Gertrude, nous sommes venues exprès pour savoir si l'on avait trouvé la broche en diamants de Mrs. Cheveley.

LADY CHILTERN. Ici ?

MRS. CHEVELEY. Oui, je me suis aperçue que je l'avais perdue en retournant à l'hôtel Claridge, et j'ai pensé que j'avais pu la laisser tomber ici.

LADY CHILTERN. Je n'en ai point entendu parler, mais je vais faire venir le maître d'hôtel, et je le lui demanderai.

Elle appuie sur le timbre.

MRS. CHEVELEY. Oh, je vous prie, ne prenez pas cette peine. Je crois être sûre que je l'aurai perdue à l'Opéra, avant de venir ici.

LADY MARKBY. Oh ! oui, je suppose que ce doit être à l'Opéra. Le fait est que de nos jours il y a de telles cohues, de telles bousculades, que je m'étonne qu'il vous reste encore quelque chose à la fin de la soirée. Je sais par moi-même que, quand je reviens d'une réception[1], j'éprouve la même

---

1. Le texte original dit « *from the Drawing Room* » : il s'agit d'un événement mondain lors duquel des dames titrées, telles que Lady Markby, présentent des « débutantes » à la reine.

sensation que si je n'avais plus rien sur moi, si ce n'est un reste convenable de réputation, juste assez pour empêcher les classes inférieures de nous lancer des remarques désagréables par les portières de la voiture. Le fait est que notre société est terriblement surpeuplée. Vraiment, il faudrait que quelqu'un organisât un projet efficace pour faciliter l'émigration[1]. Cela ferait infiniment de bien.

MRS. CHEVELEY. Je suis tout à fait de votre avis, Mrs. Markby. Il y a près de six ans que je ne me suis trouvée à Londres à l'époque de la saison, et je dois dire que la société est devenue terriblement mêlée. On voit partout les gens les plus étranges.

LADY MARKBY. Voilà qui est parfaitement vrai, ma chère. Mais on n'est point forcé de faire leur connaissance. Je suis sûre que je ne connais pas la moitié des gens qui viennent chez moi. Et vraiment, à en croire tout ce qu'on me dit, je n'y tiendrais guère.

Mason entre.

LADY CHILTERN. Quelle sorte de broche était celle que vous avez perdue, Mrs. Cheveley ?

MRS. CHEVELEY. Une broche de diamants en forme de serpent, avec un assez gros rubis.

LADY MARKBY. Je croyais, ma chère, vous avoir entendue dire qu'il y avait un saphir sur la tête.

MRS. CHEVELEY, *souriant*. Non, Lady Markby, un rubis.

LADY MARKBY, *hochant la tête*. Et qui vous va très bien, j'en suis tout à fait sûre.

LADY CHILTERN, *à Mason qui est sur le pas de la porte*. A-t-on trouvé une broche en diamants et rubis dans l'un des salons, ce matin, Mason ?

MASON. Non, madame.

MRS. CHEVELEY. En somme, cela n'a pas d'importance, Lady Chiltern. Je suis fâchée de vous avoir dérangée.

---

1. Ce n'est pas qu'une boutade : l'émigration des pauvres était effectivement encouragée à la fin du XIXe siècle.

LADY CHILTERN, *avec froideur*. Oh ! cela n'a pas été un dérangement. C'est bien, Mason. Vous pouvez servir le thé.

Mason sort.

LADY MARKBY. Eh bien, je puis dire que c'est fort ennuyeux de perdre quelque chose. Je me rappelle qu'à Bath [1], il y a des années, je perdis dans la Chambre de la Pompe un bracelet orné d'un camée de toute beauté, que Sir John m'avait donné. Je ne crois pas qu'il m'ait rien donné depuis ; je suis fâchée de le dire. Il a tristement baissé. Réellement cette horrible Chambre des Communes nous gâte entièrement nos maris. Je crois que l'entrée à la Chambre basse est, de tous les coups, le plus grave que reçoive l'existence conjugale depuis l'invention de cette chose terrible qu'on appelle l'éducation supérieure de la femme [2].

LADY CHILTERN. Ah ! c'est hérésie que de parler ainsi dans cette maison, Lady Markby. Robert est grand partisan de l'éducation supérieure des femmes, et moi aussi, je le crains.

MRS. CHEVELEY. L'éducation supérieure des hommes, voilà ce que j'aimerais à voir. Les hommes laissent tristement à désirer.

LADY MARKBY. Ils laissent à désirer, ma chère. Mais je crains qu'un projet de ce genre ne puisse pas passer dans la pratique. Je ne crois pas que l'homme ait une grande aptitude à se perfectionner. Il est allé aussi loin qu'il pouvait, et ce n'est certes pas bien loin ! En ce qui regarde les femmes, eh bien, chère Gertrude, vous appartenez à la jeune génération, et je suis sûre que tout cela est très bien, si vous l'approuvez. Naturellement, en mon temps, on nous enseignait à ne rien comprendre du tout. C'était l'ancien système, et il était étonnamment intéressant. Je vous l'assure, c'était quelque chose de vraiment extraordinaire que la quantité de choses

1. Station thermale élégante sise dans le Somerset et connue depuis l'Antiquité. Richard Sheridan (1751-1816) y situe un certain nombre de ses comédies. 2. On débattait encore beaucoup de la nécessité, ou non, d'ouvrir les études supérieures aux femmes.

qu'on nous a apprises à ma pauvre sœur et à moi à ne point comprendre. Mais les femmes modernes comprennent tout, à ce que j'entends dire.

MRS. CHEVELEY. Excepté leurs maris. C'est la seule chose que la femme moderne ne comprenne jamais.

LADY MARKBY. Et c'est là chose excellente, ma chère, je puis le dire. Si elles le faisaient, cela détruirait le bonheur de nombre de foyers. Pas le vôtre, Gertrude, ai-je besoin de vous le dire ? Vous avez épousé un mari modèle. Je voudrais pouvoir en dire autant. Mais depuis que Sir John s'est mis à assister régulièrement aux débats, ce qu'il ne faisait jamais au bon vieux temps, son langage est devenu absolument impossible. Il a toujours l'air de croire qu'il s'adresse à la Chambre. Aussi toutes les fois qu'il discute sur la condition de l'ouvrier agricole, ou bien sur l'Église galloise [1], ou sur quelque inconvenance de cette sorte, il faut que je fasse sortir tous les domestiques. Il n'est pas agréable de voir votre maître d'hôtel, qui est chez vous depuis vingt-trois ans, se tourner vers la servante, le rouge au front, et les valets de pied faire des contorsions dans les coins comme des personnages de cirque. Je vous assure que ma vie sera entièrement ruinée si l'on n'envoie pas John à la Chambre haute. Alors, il ne s'intéressera aucunement à la politique, n'est-ce pas ! La Chambre des Lords est si raisonnable : une assemblée de gentlemen. Mais tel qu'il est actuellement, Sir John est réellement difficile à supporter. Tenez, ce matin, le déjeuner n'était qu'à moitié fini, que voilà qu'il se plante debout sur le tapis, met les mains dans les poches, et fait appel au pays, à pleine voix. J'ai quitté la table dès ma seconde tasse de thé, je n'ai pas besoin de le dire. Mais ses éclats de voix

---

1. L'allusion aux ouvriers agricoles s'explique par le fait que l'agriculture connaissait alors une forte dépression. L'« Église galloise » fait allusion au fait que les Gallois s'étaient, pour la plupart, détachés de l'Église anglicane au XVIIIe siècle pour se tourner vers le méthodisme. Cette question était fréquemment évoquée, l'anglicanisme étant la religion officielle du royaume. Un débat houleux sur ce thème avait eu lieu à la Chambre des Communes en avril 1894.

s'entendaient dans toute la maison. J'espère, Gertrude, que Sir Robert n'est pas comme cela.

LADY CHILTERN. Mais je m'intéresse très vivement à la politique, Lady Markby. J'aime à entendre Robert en parler.

LADY MARKBY. Soit, j'espère qu'il n'est pas aussi entiché des livres bleus[1] que Sir John. Je ne trouve pas que ce soit une lecture bien propre à former un homme.

MRS. CHEVELEY, *avec langueur*. Moi je ne lis jamais de livre bleu ; je préfère les livres... à couverture jaune[2].

LADY MARKBY, *avec la bonhomie de l'inconscience*. Le jaune est une couleur plus gaie, n'est-ce pas ? Je portais beaucoup de jaune dans mes très jeunes années, et je le ferais aujourd'hui si Sir John ne faisait pas autant de remarques désagréables dans ses observations. Un homme qui parle de toilette est toujours ridicule, n'est-il pas vrai ?

MRS. CHEVELEY. Oh non ! Selon moi, les hommes seuls font autorité en fait de toilette.

LADY MARKBY. Vraiment ? On ne le dirait guère, d'après le genre de chapeaux qu'ils portent, n'est-ce pas ?

Entre le maître d'hôtel suivi du valet de pied. Le thé est disposé sur une petite table à côté de Lady Chiltern.

LADY CHILTERN. Puis-je vous offrir du thé, Mrs. Cheveley ?

MRS. CHEVELEY. Merci.

Le maître d'hôtel présente à Mrs. Cheveley une tasse de thé sur un plateau.

LADY CHILTERN. Du thé ! Lady Markby ?

LADY MARKBY. Non, merci, ma chère. *(Les domestiques sortent.)* J'ai promis d'aller rendre une visite de dix minutes à cette pauvre Lady Brancaster, qui est bien affligée. Sa fille, et une jeune fille bien élevée encore, a pris l'engagement d'épouser un pasteur du Shropshire. C'est bien triste, bien triste vraiment. Je ne puis comprendre cet engouement qu'on a

1. Le bleu était la couleur des rapports officiels. 2. Les romans français de l'école naturaliste.

aujourd'hui pour les pasteurs. Dans mon temps, nous autres jeunes filles, nous les voyions certes courir comme des lapins par le pays. Mais nous ne faisions jamais attention à eux, cela va sans dire. Mais on me dit que de notre temps, la société, à la campagne, en est littéralement envahie. Je trouve cela tout à fait irréligieux. Puis, le fils aîné s'est brouillé avec son père, et on dit que, quand ils se rencontrent au club, Lord Brancaster se cache toujours derrière l'article financier du *Times*. Toutefois je crois que cela se fait constamment de nos jours, et que dans les clubs de Saint James Street on est obligé de faire venir des numéros supplémentaires du *Times*. Il y a tant de fils qui refusent d'avoir les moindres rapports avec leur père, et tant de pères qui ne veulent pas adresser la parole à leur fils. À mon avis, c'est très regrettable.

MRS. CHEVELEY. Je le regrette aussi ; les pères ont tant de choses à apprendre de leur fils, à notre époque.

LADY MARKBY. Vraiment, ma chère ? Quoi ?

MRS. CHEVELEY. L'art de vivre. C'est réellement le seul des Beaux-Arts que nous ayons produit dans les temps modernes.

LADY MARKBY, *hochant la tête*. Ah ! je le crains, Lord Brancaster en savait bien long sur ce point, plus que jamais n'en sut sa pauvre femme. *(S'adressant à Lady Chiltern.)* Vous connaissez Lady Brancaster, n'est-ce pas, ma chère ?

LADY CHILTERN. Oh ! très peu. Elle séjournait l'automne dernier, à Langton, lorsque nous y étions nous-mêmes.

LADY MARKBY. Eh bien, comme toutes les grosses femmes, elle a l'air du bonheur incarné, vous l'aurez remarqué sans doute. Mais il y a bien des tragédies dans sa famille, sans parler de cette affaire du vicaire. Sa sœur, Mrs. Jekyll, a mené une vie très malheureuse, sans qu'il y eût de sa faute, je suis fâchée de le dire. Elle a fini par en avoir le cœur brisé et par entrer au couvent ou jouer sur les scènes d'opéra, je ne sais lequel des deux. Non, je crois plutôt qu'elle s'est mise à la broderie décorative. Je sais qu'elle a perdu tout sentiment de plaisir dans la vie. *(Elle se lève.)* Et maintenant, Gertrude, si vous me le permettez, je vais laisser Mrs. Cheveley à vos soins, je reviendrai la prendre dans un quart d'heure. Ou bien peut-être, Mrs. Cheveley, vous serait-il égal d'attendre dans la voiture pendant que je serai chez Lady Brancaster. Comme je tiens à ce que ce soit une visite de condoléance, je ne resterai pas longtemps.

MRS. CHEVELEY, *se levant*. Il m'est parfaitement indifférent d'attendre dans la voiture pourvu qu'il y ait quelqu'un pour en chercher une.

LADY MARKBY. Ah ! j'ai ouï dire que le pasteur ne cesse de rôder aux environs de la maison.

MRS. CHEVELEY. Je n'aime pas beaucoup, je l'avoue, à avoir pour amies des jeunes filles.

LADY CHILTERN, *se levant*. Oh ! j'espère que Mrs. Cheveley restera ici quelques instants. Je voudrais avoir un entretien de quelques minutes avec elle.

MRS. CHEVELEY. Quelle bonté de votre part, Lady Chiltern ! Croyez-moi, rien ne peut me faire un plus grand plaisir.

LADY MARKBY. Ah ! Sans doute vous allez passer en revue bien des souvenirs agréables de votre temps d'écolières. Adieu, chère Gertrude. Vous verrai-je ce soir chez Lady Bonar ? Elle a découvert un homme de génie merveilleux... Il fait... il ne fait rien du tout, je crois. Voilà qui est tout à fait rassurant, n'est-ce pas ?

LADY CHILTERN. Robert et moi nous dînons ici ce soir, et je ne crois pas que nous sortions ensuite. Il faudra naturellement que Robert aille à la Chambre. Mais il n'y a rien de bien important à l'ordre du jour.

LADY MARKBY. Dîner chez vous, en tête à tête ! Est-ce bien prudent ? Ah ! j'oubliais, votre mari est une exception. Le mien rentre dans la règle générale, et rien ne vieillit une femme aussi vite que d'avoir épousé la règle générale.

Lady Markby sort.

MRS. CHEVELEY. Étonnante personne, Lady Markby, n'est-ce pas ? Elle parle plus et dit moins qu'aucune femme que j'aie jamais rencontrée. Elle a l'étoffe d'un orateur public. Et cela d'autant plus que son mari, tout en étant un Anglais typique, est toujours ennuyeux, et presque toujours violent.

LADY CHILTERN, *elle ne répond pas et reste debout. Silence. Alors les yeux des deux femmes se rencontrent. Lady Chiltern est pâle. Elle a l'air résolue. Mrs. Cheveley a l'air plutôt amusée.* Mrs. Cheveley, je crois juste de vous dire, avec une franchise parfaite, que si j'avais su ce que vous êtes réellement, je ne vous aurais pas invitée chez moi hier soir.

MRS. CHEVELEY, *avec un sourire impertinent.* Vraiment ?

LADY CHILTERN. Je n'aurais pu le faire.

MRS. CHEVELEY. Je vois qu'après tant d'années vous n'avez pas changé du tout, Gertrude.

LADY CHILTERN. Je ne change jamais.

MRS. CHEVELEY, *relevant les sourcils.* Alors la vie ne vous a rien appris ?

LADY CHILTERN. Elle m'a appris que, quand une personne s'est rendue coupable d'un acte malhonnête et déshonorant, elle peut en commettre un nouveau, et qu'on doit la tenir à distance.

MRS. CHEVELEY. Est-ce que vous appliqueriez cette règle à tout le monde ?

LADY CHILTERN. Oui, à tout le monde, sans exception.

MRS. CHEVELEY. Alors j'en suis fâchée pour vous, Gertrude, très fâchée.

LADY CHILTERN. Maintenant vous le voyez, j'en suis sûre, bien des raisons s'opposent absolument à ce qu'il y ait de nouvelles relations entre nous pendant votre séjour à Londres.

MRS. CHEVELEY, *se redressant sur sa chaise.* Vous savez, Gertrude, il m'est parfaitement indifférent que vous me parliez morale. La moralité est tout simplement l'attitude que nous adoptons à l'égard des gens pour qui nous éprouvons une antipathie personnelle. Et vous l'éprouvez à mon égard, je le sais parfaitement et je vous ai toujours détestée. Et cependant je suis venue ici pour vous rendre un service.

LADY CHILTERN, *avec mépris.* Un service dans le genre de celui que vous vouliez rendre à mon mari hier soir, je suppose ? Grâce au ciel, je l'en ai préservé.

MRS. CHEVELEY, *se levant soudain*. C'est vous qui lui avez fait m'écrire cette lettre insolente ? C'est vous qui lui avez fait rompre sa promesse ?

LADY CHILTERN. Oui.

MRS. CHEVELEY. Alors vous aurez à la lui faire tenir. Je vous donne jusqu'à demain matin... pas davantage. Si à ce moment-là votre mari ne prend pas l'engagement solennel de m'aider dans ce grand projet auquel je suis intéressée...

LADY CHILTERN. Cette spéculation malhonnête...

MRS. CHEVELEY. Qualifiez-la comme vous voudrez. Je tiens votre mari dans le creux de ma main et, si vous êtes avisée, vous le déciderez à faire ce que je lui dis.

LADY CHILTERN, *se levant*. Vous êtes une insolente. Qu'est-ce que mon mari a à voir avec vous ? Avec une femme comme vous ?

MRS. CHEVELEY, *avec un rire amer*. Dans ce monde, qui se ressemble s'assemble. C'est parce que votre mari est lui-même filou et malhonnête que nous sommes si bien assortis. Entre vous et lui, il y a des abîmes ; lui et moi nous sommes plus intimes que des amis. Nous sommes des ennemis enchaînés ensemble. La même faute nous sert de lien.

LADY CHILTERN. Comment osez-vous mettre mon mari dans la même catégorie que vous ? Comment osez-vous le menacer, nous menacer ? Sortez de ma maison. Vous n'êtes pas faite pour y entrer.

Sir Robert Chiltern entre par le fond. Il entend les derniers mots de sa femme et voit à qui elle les adresse : il devient d'une pâleur mortelle.

MRS. CHEVELEY. Votre maison ! Une maison achetée avec le prix du déshonneur : une maison où tout a été payé au moyen d'une escroquerie. *(Elle fait demi-tour, aperçoit Sir Robert Chiltern.)* Demandez-lui quelle est l'origine de sa fortune. Obtenez de lui qu'il vous dise comment il vendit à un agent de change un secret d'État. Apprenez de lui à quoi vous devez votre position.

LADY CHILTERN. Ce n'est pas vrai, Robert, ce n'est pas vrai !

MRS. CHEVELEY, *le montrant du doigt, en étendant la main.* Regardez-le. Est-il en état de nier ! Ose-t-il le faire ?

SIR ROBERT CHILTERN. Sortez ! Sortez à l'instant ! vous avez maintenant fait tout le mal que vous pouviez faire.

MRS. CHEVELEY. Tout le mal que je pouvais faire ? Je n'en ai pas fini avec vous, avec vous deux. Je vous donne à tous les deux jusqu'à demain midi. Si alors vous ne faites pas ce que je vous ordonne de faire, le monde entier connaîtra l'origine de Robert Chiltern.

Sir Robert appuie sur le timbre. Mason entre.

SIR ROBERT CHILTERN. Reconduisez Mrs. Cheveley jusqu'à la porte.

Mrs. Cheveley se redresse soudain, puis s'incline avec une politesse quelque peu exagérée devant Lady Chiltern, qui reste immobile. En passant près de Sir Robert, qui est debout près de la porte, elle s'arrête un instant et le regarde face à face. Elle sort, suivie du domestique, qui ferme la porte derrière elle. Le mari et la femme restent seuls ensemble. Lady Chiltern est debout comme sous l'influence d'un terrible rêve. Puis elle se tourne vers son mari et le regarde. Elle le regarde d'un air singulier, comme si elle le voyait pour la première fois.

LADY CHILTERN. Vous avez vendu un secret d'État pour de l'argent ! Vous avez débuté dans la vie par l'improbité ! Vous avez édifié votre carrière sur le déshonneur ! Oh ! dites-moi que ce n'est pas vrai ! Vous m'auriez menti. Me mentir à moi ! Dites-moi que ce n'est pas vrai.

SIR ROBERT CHILTERN. Ce qu'a dit cette femme est parfaitement vrai. Mais écoutez-moi, Gertrude. Vous ne vous rendez pas compte de la tentation à laquelle j'ai été exposé. Laissez-moi vous dire tout ce qui s'est passé.

Il s'avance vers elle.

LADY CHILTERN. Ne vous approchez pas de moi. Ne me touchez pas. Il me semble que vous m'avez salie à jamais. Oh ! quel masque vous avez porté pendant tant d'années ! Quel masque horriblement peint. Vous vous êtes vendu pour de l'argent. Oh ! un voleur des rues vaut mieux que vous ! Vous vous êtes mis en vente au plus offrant ! Vous avez été acheté au marché. Vous avez menti au monde entier. Pourtant vous ne me mentirez pas à moi.

SIR ROBERT CHILTERN, *se précipitant vers elle*. Gertrude ! Gertrude !

LADY CHILTERN, *elle le repousse en étendant les bras*. Non, non, ne parlez pas ! Ne dites rien. Votre voix éveille de terribles souvenirs, des souvenirs de choses qui m'ont fait vous aimer, des souvenirs de mots qui m'ont fait vous aimer, des souvenirs qui maintenant me font horreur. Et comme je vous adorais ! Vous étiez pour moi quelque chose d'étranger à la vie banale, un être pur, noble, honnête, sans tache. Le monde me semblait plus beau parce que vous y étiez, et la bonté devenait chose plus réelle parce que vous existiez. Et maintenant !... Oh ! quand je pense que j'ai fait d'un homme comme vous mon idéal, l'idéal de ma vie !

SIR ROBERT CHILTERN. Ce fut là votre méprise ! Ce fut là votre erreur. L'erreur que commettent toutes les femmes. Pourquoi vous autres femmes ne pouvez-vous pas nous aimer tout entiers, y compris nos défauts ? Pourquoi nous placez-vous sur de monstrueux piédestaux ? Nous avons tous des pieds d'argile, les femmes aussi bien que les hommes ; mais quand nous autres hommes nous aimons les femmes, nous le faisons en connaissant leurs faiblesses, leurs folies, leurs imperfections. Nous ne les en aimons que davantage, pour cette raison même peut-être. Ce ne sont pas les êtres parfaits, mais les êtres imparfaits qui ont besoin d'amour. C'est quand nous nous sommes blessés de nos propres mains, ou quand nous avons été blessés par des mains étrangères, que l'amour devrait nous apporter ses soins. Sans cela à quoi l'amour serait-il bon ? L'amour devrait pardonner tous les péchés, excepté un péché contre l'amour même. L'amour véritable devrait avoir du pardon pour toutes les vies, excepté les vies sans amour. Et tel est un amour d'homme. Il est plus vaste, plus large, plus humain que celui d'une femme. Les femmes se figurent que des hommes elles font des idéaux. Ce qu'elles font de nous, ce sont simplement de faux dieux. Vous avez fait de moi votre fausse idole, et je n'ai pas eu le courage de descendre de l'autel, de vous montrer mes blessures, de vous dire mes faiblesses. J'ai craint de perdre ainsi votre amour, comme je viens de le perdre en ce moment. Et ainsi hier soir vous avez détruit mon existence, oui, vous l'avez détruite. Ce que cette femme me demandait n'était rien à côté de ce qu'elle m'offrait. Elle offrait la sécurité, la paix, la stabilité. La faute de jeunesse, la faute que je croyais ensevelie, s'est dressée devant moi, hideuse, horrible, les mains sur ma gorge. J'aurais pu la tuer pour toujours, la faire rentrer dans sa tombe, détruire sa trace, brûler le seul témoin qui déposât contre moi. Vous m'en avez empêché. Personne autre que vous, vous le savez. Et maintenant qu'est-ce qui m'attend ? Le déshonneur public, la ruine, la honte, les railleries du monde, une existence déshonorée, dans la solitude, peut-être un jour une mort dans une solitude déshonorée. Que les femmes ne se fassent plus des idéaux de l'homme ! Qu'elles renoncent à les mettre sur un autel et à se prosterner devant eux. Autrement elles peuvent ruiner d'autres existences aussi complètement que vous... vous que j'ai aimée si éperdument... vous avez ruiné la mienne.

Il sort de la pièce. Lady Chiltern se précipite à sa suite, mais la porte se ferme au moment où elle y arrive. Pâle d'angoisse, impuissante, elle oscille comme une plante dans l'eau. Ses mains étendues semblent trembler dans l'air, comme des fleurs au vent. Alors elle se jette sur un canapé, en se cachant la figure. Ses sanglots ressemblent à ceux d'un enfant.

RIDEAU.

ACTE TROISIÈME

La bibliothèque dans la maison de Lord Goring. Pièce de style néoclassique. À droite porte donnant sur le vestibule ; à gauche autre porte sur le fumoir. Une porte à deux battants est ouverte sur le salon. Le feu est allumé. Phipps, le maître d'hôtel, dispose quelques journaux sur le bureau. Ce qui distingue Phipps, c'est son impassibilité. Certains enthousiastes l'ont déclaré maître d'hôtel idéal. Le Sphinx n'est pas aussi impénétrable. Ses allures lui font un masque impassible. De sa vie intellectuelle ou émotionnelle, l'histoire ne sait rien. Il représente l'empire de la forme.

Entre Lord Goring en tenue de soirée, avec une fleur à la boutonnière. Il porte un chapeau de soie et une cape écossaise. Ganté de blanc, il tient une canne Louis XVI. Il ne lui manque aucun des atours affectés de la mode. On voit qu'il est sans cesse en lien avec la vie moderne, qu'en somme il la crée et qu'ainsi il la gouverne. C'est le premier philosophe bien mis de l'histoire de la pensée.

LORD GORING. M'avez-vous acheté une seconde fleur pour ma boutonnière ?

PHIPPS. Oui, Milord.

Il le débarrasse de son chapeau, de sa canne et de sa cape et lui présente une nouvelle fleur sur un plateau.

LORD GORING. Voilà qui est assez distingué, Phipps. Je suis, à

Londres, la seule personne de quelque importance à porter une fleur à la boutonnière, en ce moment-ci.

PHIPPS. Oui, Milord, je l'ai remarqué.

LORD GORING, *enlevant l'ancienne fleur*. Voyez-vous, Phipps, la mode c'est ce qu'on porte soi-même. Ce qui est démodé, c'est ce que portent les autres.

PHIPPS. Oui, Milord.

LORD GORING. De même que la vulgarité, c'est tout simplement la façon dont les autres se conduisent.

PHIPPS. Oui, Milord.

LORD GORING, *mettant la nouvelle fleur en place*. Et les faussetés sont les vérités des autres.

PHIPPS. Oui, Milord.

LORD GORING. Les autres sont tout à fait terribles. La seule société possible est celle de soi-même.

PHIPPS. Oui, Milord.

LORD GORING. S'aimer soi-même, c'est le point de départ d'un roman qui dure toute la vie, Phipps.

PHIPPS. Oui, Milord.

LORD GORING, *se regardant dans la glace*. Ne vous figurez pas que je trouve cette fleur de boutonnière tout à fait à mon goût, Phipps. Elle me donne l'air un peu trop vieux. On dirait presque que je suis d'âge mûr, eh ! Phipps ?

PHIPPS. Je ne remarque aucun changement dans l'apparence de votre seigneurie.

LORD GORING. Vraiment, Phipps ?

PHIPPS. Non, Milord.

LORD GORING. J'en suis parfaitement certain. À l'avenir, une fleur de boutonnière plus frivole, le jeudi soir.

PHIPPS. Je le dirai à la fleuriste, Milord. Elle a eu un deuil dans sa famille dernièrement, ce qui explique peut-être le manque de frivolité dont Votre Seigneurie se plaint pour sa boutonnière.

LORD GORING. Chose extraordinaire chez les classes inférieures de l'Angleterre : sans cesse on y perd des parents.

PHIPPS. Oui, Milord, elles sont extrêmement favorisées sous ce rapport.

LORD GORING, *faisant demi-tour et le regardant. Phipps reste impassible*. Hum ! Y a-t-il des lettres, Phipps ?

PHIPPS. Voici, Milord.

Il lui présente des lettres sur un plateau.

LORD GORING. Mon fiacre dans vingt minutes.

PHIPPS. Oui, Milord.

Il se dirige vers la porte.

LORD GORING, *tenant une lettre dans une enveloppe écarlate*. Ahem ! Phipps, quand est arrivée cette lettre-ci ?

PHIPPS. Elle a été apportée à la main, juste après le départ de Votre Seigneurie pour le Club.

LORD GORING. C'est bien. *(Sort Phipps.)* L'écriture de Lady Chiltern sur le papier à lettre écarlate de Lady Chiltern. Voilà qui est assez curieux. Je croyais que ce serait Robert qui écrirait. Je me demande ce que Lady Chiltern peut avoir à me dire. *(Il s'assied devant son bureau, ouvre la lettre et la lit.)* « J'ai besoin de vous. J'ai confiance en vous. Je viens à vous. Gertrude. » Ainsi donc elle a tout découvert ! Pauvre femme ! Pauvre femme ! *(Il tire sa montre et regarde.)* Mais quelle heure pour une visite ! Dix heures ! Il va falloir que je renonce à aller chez les Berkshire. Mais après tout, c'est très distingué d'être attendu et de ne pas venir. On ne m'attend pas au club des célibataires. Aussi j'y serai. Eh bien je ferai en sorte qu'elle se range du côté de son mari. C'est la seule chose que doive faire une femme. C'est le développement du sens moral chez les femmes qui fait du mariage une institution aussi désespérante et injuste. Dix heures ! Elle sera bientôt ici. Il faut que je dise à Phipps que je n'y suis pour personne d'autre.

Il se dirige vers la sonnette.

PHIPPS. Lord Caversham.

LORD GORING. Ah ! pourquoi les parents surgissent-ils toujours au moment inopportun. C'est par suite d'une extraordinaire erreur de la nature, je le suppose. *(Entre Lord Caversham.)* Enchanté de vous voir, mon cher père !

Il va au-devant de lui.

LORD CAVERSHAM. Ôtez-moi mon manteau.

LORD GORING. Est-ce bien la peine, mon père ?

LORD CAVERSHAM. Mais naturellement, c'est la peine, monsieur. Quel est le siège le plus confortable ?

LORD GORING. Ce siège-ci, mon père. C'est celui dont je me sers quand j'ai des visiteurs.

LORD CAVERSHAM. Merci. Pas de courant d'air, j'espère, dans cette pièce !

LORD GORING. Non, mon père.

LORD CAVERSHAM, *s'asseyant*. Charmé de l'apprendre. Ne peux pas souffrir les courants d'air. Pas de courants d'air chez moi.

LORD GORING. Ah ! il y a bien assez d'orage dans l'air, mon père.

LORD CAVERSHAM. Eh ! Eh ! Comprends pas ce que vous voulez dire. Tiens à avoir un entretien sérieux avec vous, monsieur.

LORD GORING. Mon cher père, à cette heure ?

LORD CAVERSHAM. Eh mais, monsieur, il n'est que dix heures. Que trouvez-vous à redire à cette heure ? Je crois que cette heure est une heure admirable.

LORD GORING. C'est que, mon père, ce n'est pas mon jour pour les entretiens sérieux. J'en suis fâché, mais ce n'est pas mon jour.

LORD CAVERSHAM. Que voulez-vous dire, monsieur ?

LORD GORING. Pendant la saison, mon père, je ne parle sérieusement que le premier mardi de chaque mois, de quatre à sept.

LORD CAVERSHAM. Eh bien, mettez que nous sommes un mardi, monsieur, que nous sommes un mardi.

LORD GORING. Mais il est plus de sept heures, mon père, et mes médecins disent que je dois m'abstenir de toute conversation sérieuse, passé sept heures. Cela me fait parler pendant mon sommeil.

LORD CAVERSHAM. Parler en dormant, monsieur ? Qu'est-ce que cela fait ? Vous n'êtes pas marié ?

Lord Goring. Non, mon père, je ne suis pas marié.

Lord Caversham. Hum ! C'est de cela que je suis venu vous parler, monsieur. Il faut vous marier, et tout de suite. Eh ! à votre âge, j'étais déjà depuis trois mois un veuf inconsolable, et je faisais déjà la cour à votre admirable mère. Que le diable m'emporte, monsieur. C'est pour vous un devoir de vous marier. Vous ne pouvez pas passer toute votre vie à vous amuser. Aujourd'hui tous les gens qui occupent une situation sont mariés. Les vieux garçons ne sont plus à la mode. C'est un article défraîchi. On en sait trop sur leur compte. Il faut que vous preniez femme, monsieur. Voyez où est parvenu votre ami Robert Chiltern avec de la probité, un travail assidu, et un mariage de raison avec une femme sensée. Pourquoi ne l'imitez-vous pas, monsieur ? Pourquoi ne le prenez-vous pas pour modèle ?

Lord Goring. J'y viendrai, mon père, j'y viendrai.

Lord Caversham. Je désire que vous le fassiez, monsieur. Alors je serais heureux. Pour le moment, je rends l'existence très pénible à votre mère, à cause de vous. Vous êtes sans cœur, monsieur, tout à fait sans cœur.

Lord Goring. J'espère que non, mon père.

Lord Caversham. Et il est grand temps pour vous de vous marier. Vous avez trente-quatre ans, monsieur.

Lord Goring. Oui, mon père, mais je n'en avoue que trente-deux, et trente un et demi quand j'ai une jolie fleur à ma boutonnière. Celle-ci n'est pas... assez frivole.

Lord Caversham. Je vous dis que vous avez trente-quatre ans. Et en outre il y a un courant d'air dans votre chambre, ce qui rend votre conduite encore plus détestable. Pourquoi ne m'avez-vous pas dit qu'il y avait un courant d'air, monsieur ? Je sens un courant d'air, je le sens très nettement.

Lord Goring. Et moi aussi, mon père. C'est un courant d'air épouvantable. J'irai vous voir demain, mon père. Nous parlerons de tout ce que vous voudrez. Permettez que je vous aide à remettre votre manteau.

Lord Caversham. Non, monsieur, je suis venu ce soir dans un

but défini, et j'entends mener ma mission à son terme sans aucun ménagement pour ma santé ou la vôtre. Remettez mon manteau à la patère, monsieur.

LORD GORING. Certainement, mon père, mais allons dans une autre pièce. *(Il sonne.)* Il y a un terrible courant d'air ici. *(Entre Phipps.)* Phipps, y a-t-il un bon feu au fumoir ?

PHIPPS. Oui, Milord.

LORD GORING. Entrez ici, mon père, vous éternuez à fendre l'âme.

LORD CAVERSHAM. Eh ! monsieur, j'ai le droit d'éternuer quand cela me plaît, je suppose.

LORD GORING, *d'un ton d'excuse*. Parfaitement, mon père. Je me bornais à exprimer ma sympathie.

LORD CAVERSHAM. Au diable la sympathie. Il y en a beaucoup trop dans les affaires d'aujourd'hui.

LORD GORING. Je suis tout à fait de votre avis, mon père. S'il y avait moins de sympathie dans le monde, il y aurait moins de difficultés.

LORD CAVERSHAM, *se dirigeant vers le fumoir*. Cela, c'est un paradoxe, monsieur. Je déteste les paradoxes.

LORD GORING. Et moi aussi, mon père. Tous les gens qu'on rencontre aujourd'hui sont des paradoxes. C'est très assommant. Cela rend la bonne société si limpide.

LORD CAVERSHAM, *faisant demi-tour et regardant son fils par-dessus ses sourcils en broussailles*. Est-ce que vraiment vous comprenez toujours ce que vous dites, monsieur ?

LORD GORING, *avec un peu d'hésitation*. Oui, mon père, quand j'écoute avec attention.

LORD CAVERSHAM, *avec indignation*. Quand vous écoutez avec attention !... petit prétentieux !

Il se rend, en grognant, dans le fumoir. Entre Phipps.

LORD GORING. Phipps, une dame viendra me voir ce soir pour affaire particulière. Quand elle arrivera, faites-la entrer au salon. Vous comprenez ?

PHIPPS. Bien, Milord.

LORD GORING. C'est pour une affaire grave, importante, Phipps.

PHIPPS. Je comprends, Milord.

LORD GORING. Il faut ne laisser entrer personne, pour quelque motif que ce soit.

PHIPPS. Je comprends, Milord.

La sonnette retentit.

LORD GORING. Ah ! c'est sans doute la dame, je la recevrai moi-même.

Au moment précis où il se dirige vers la porte, Lord Caversham reparaît par celle du fumoir.

LORD CAVERSHAM. Eh bien ! monsieur ? Faut-il que je fasse le pied de grue à vous attendre ?

LORD GORING, *fort embarrassé*. Dans un instant, mon père. Excusez-moi. *(Lord Caversham rentre.)* Eh bien ! Phipps, rappelez-vous mes instructions. Dans cette pièce-ci.

PHIPPS. Oui, Milord.

Lord Goring se rend au fumoir. Harold, le valet de pied, introduit Mrs. Cheveley. Pareille à une Lamie[1]*, elle est en vert et argent. Elle porte un manteau de satin noir, bordé de soie teinte feuille de rose morte.*

HAROLD. Quel nom, madame ?

MRS. CHEVELEY, *à Phipps qui s'avance à sa rencontre*. Est-ce que Lord Goring n'est pas ici ? On m'a dit qu'il était chez lui.

PHIPPS. Sa Seigneurie est occupée en ce moment même avec Lord Caversham.

Il jette à Harold un regard glacial et vitreux. Celui-ci se retire aussitôt.

MRS. CHEVELEY, *à part*. Quel respect filial !

PHIPPS. Sa Seigneurie, madame, vous prie d'avoir la bonté de l'attendre au salon. Sa Seigneurie viendra vous y trouver.

MRS. CHEVELEY, *d'un air surpris*. Lord Goring m'attend ?

---

1. Allusion au poème de John Keats, « Lamia » (1820), dans lequel un serpent prend l'apparence d'une femme.

PHIPPS. Oui, madame.

MRS. CHEVELEY. En êtes-vous parfaitement certain ?

PHIPPS. Sa Seigneurie m'a dit que, si une dame venait, j'aurais à la prier d'attendre au salon. *(Il se dirige vers la porte du salon et l'ouvre.)* Sa Seigneurie m'a donné sur ce point des ordres très précis.

MRS. CHEVELEY. Quelle prévoyance de sa part ! Attendre des gens qui viennent à l'improviste, voilà qui traduit une intelligence tout à fait moderne. *(Elle se dirige vers le salon, et y jette un coup d'œil.)* Heu ! un salon de célibataire a toujours je ne sais quoi de morne. Il faudra que je change tout cela. *(Phipps prend la lampe qui était sur le bureau.)* Non, pas cette lampe, elle a un éclat trop vif. Allumez plutôt quelques bougies.

PHIPPS. Certainement, madame.

MRS. CHEVELEY. J'espère que les bougies ont des abat-jour de bon goût.

PHIPPS. Nous n'avons pas encore reçu de plaintes à ce sujet, madame.

Il passe dans le salon et se met à allumer les bougies.

MRS. CHEVELEY, *à part.* Je me demande quelle femme il attendait ce soir. Ce sera charmant de le surprendre. Les hommes ont toujours l'air si penaud quand on les prend sur le fait. Et ils se font toujours prendre. *(Elle regarde tout autour de la pièce et s'approche du bureau.)* Voilà une pièce des plus intéressantes ! Quel joli tableau ! Je me demande quel air a sa correspondance. *(Elle prend des lettres.)* Oh ! voici une correspondance tout à fait dépourvue d'intérêt. Billets, cartes, dettes et douairières ! Qui peut bien lui écrire sur du papier incarnat ! Quelle sottise d'écrire sur papier incarnat. Cela a l'air du début d'une histoire d'amour petite-bourgeoise. Une histoire d'amour ne doit jamais débuter par le sentiment. Il faut qu'elle commence par de la science et qu'elle s'achève par une dot inaliénable. *(Elle pose la lettre, puis la reprend.)* Je connais cette écriture : c'est celle de Gertrude Chiltern. Je me la rappelle parfaitement : les dix commandements dans chaque trait de plume, et la loi morale d'un bout à l'autre de la page. Je me demande ce que Gertrude lui écrit. Sans doute des horreurs sur mon compte. Comme je déteste cette femme ! *(Elle lit.)* « J'ai confiance en vous. J'ai besoin de vous. Je viens à vous. Gertrude... » J'ai confiance en vous. J'ai besoin de vous. Je viens à vous.

Sa figure prend une expression triomphante. Elle va voler la lettre, au moment où Phipps fait son entrée.

PHIPPS. Les bougies du salon sont allumées, madame, comme vous l'aviez ordonné.

MRS. CHEVELEY. Merci.

Elle se lève promptement et glisse la lettre sous un gros tampon-buvard en argent qui se trouve sur le bureau.

PHIPPS. J'espère que les abat-jour seront à votre goût, madame. Ce sont les plus jolis que nous ayons. Ce sont les mêmes que ceux dont se sert Sa Seigneurie quand elle s'habille pour le dîner.

MRS. CHEVELEY, *souriant*. Alors je suis sûre qu'ils seront parfaits.

PHIPPS, *avec gravité*. Merci, madame.

Mrs. Cheveley entre au salon. Phipps ferme la porte et se retire. Alors la porte s'ouvre lentement, Mrs. Cheveley sort et se dirige à pas de loup vers le bureau. Soudain on entend des voix partant du fumoir. Mrs. Cheveley pâlit et s'arrête. Les voix deviennent plus bruyantes. Elle retourne au salon, en se mordant les lèvres. Lord Goring et Lord Caversham entrent.

LORD GORING, *d'un ton de prière*. Mon cher père, s'il faut que je me marie, vous me permettrez assurément de choisir l'époque, et l'endroit, et la personne ? Surtout la personne.

LORD CAVERSHAM. Cela me regarde, monsieur. Vous feriez probablement un choix des plus déplorables. C'est moi qu'il faut consulter le premier. C'est moi qui dois être consulté et non point vous. Il y a des biens en jeu. Ce n'est point une affaire d'affection. L'affection vient plus tard dans la vie conjugale.

LORD GORING. Oui, dans la vie conjugale, l'affection vient quand les gens en sont venus à se prendre complètement en grippe, n'est-ce pas, mon père ?

Il aide son père à mettre son manteau.

LORD CAVERSHAM. Certainement, monsieur. Certainement non, voulais-je dire. Vous tenez de bien sots propos ce soir. Ce que je dis, c'est que le mariage est une affaire de bon sens.

LORD GORING. Mais n'est-il pas curieux, mon père, que les femmes douées de bon sens soient laides ? Naturellement je n'en parle que par ouï-dire.

LORD CAVERSHAM. Les femmes, laides ou non, sont dépourvues de bon sens. Le bon sens est le privilège de notre sexe.

LORD GORING. C'est tout à fait cela. Et nous autres hommes, nous poussons si loin l'esprit de sacrifice, que nous n'en faisons jamais usage, n'est-ce pas, mon père !

LORD CAVERSHAM. J'en fais usage, monsieur. Je ne me sers pas d'autre chose.

LORD GORING. C'est ce que ma mère me dit.

LORD CAVERSHAM. C'est le secret du bonheur de votre mère. Vous êtes sans cœur, monsieur, tout à fait sans cœur.

LORD GORING. J'espère que non, mon père.

Il sort un instant, puis rentre, l'air assez embarrassé, en compagnie de Sir Robert Chiltern.

SIR ROBERT CHILTERN. Mon cher Arthur, quelle chance que de vous rencontrer sur le seuil ! Votre domestique venait de me dire que vous n'y étiez pas. C'est bien extraordinaire.

LORD GORING. Le fait est que je suis horriblement occupé ce soir et j'avais donné l'ordre de dire que je n'y étais pour personne. Mon père lui-même a reçu un accueil relativement froid. Il s'est plaint tout le temps d'un courant d'air.

SIR ROBERT CHILTERN. Ah ! il faut que vous y soyez pour moi, Arthur. Vous êtes mon meilleur ami : demain peut-être serez-vous mon seul ami. Ma femme a tout découvert.

LORD GORING. Ah ! je l'avais deviné.

SIR ROBERT CHILTERN, *le dévisageant*. Vrai ! Et comment cela ?

LORD GORING, *après une hésitation*. Oh ! Simplement par quelque chose dans l'expression de votre visage, quand vous êtes entré. Qui l'a mise au fait ?

SIR ROBERT CHILTERN. Mrs. Cheveley en personne. Et la femme que j'aime sait maintenant que j'ai commencé ma carrière par un acte de basse malhonnêteté, que j'ai vendu, comme le premier escroc venu, le secret qui m'avait été confié comme à un homme d'honneur. Je rends grâce au ciel que le pauvre Lord Radley soit mort sans savoir que je le trahissais. Je donnerais bien des choses pour être mort avant d'avoir été exposé à cette effroyable tentation, ou d'être tombé aussi bas.

Il se cache la figure dans les mains.

LORD GORING, *après un silence*. Vous n'avez pas encore reçu de nouvelles de Vienne, en réponse à votre dépêche ?

SIR ROBERT CHILTERN. Si, j'ai reçu une dépêche du premier secrétaire, ce soir à huit heures.

LORD GORING. Eh bien ?

SIR ROBERT CHILTERN. On ne sait absolument rien contre elle. Au contraire, elle occupe une position assez élevée dans la société. C'est une sorte de secret de Polichinelle que le baron Arnheim lui a légué la plus grande partie de son immense fortune. En dehors de cela, je n'ai pu rien savoir.

LORD GORING. Alors on ne sait pas si elle est une espionne ?

SIR ROBERT CHILTERN. Oh ! de nos jours les espions ne servent à rien. Ce sont les journaux qui font la besogne.

LORD GORING. Et ils s'en acquittent à merveille.

SIR ROBERT CHILTERN. Arthur, je meurs de soif. Puis-je sonner pour avoir quelque chose ? Un peu de vin du Rhin et d'eau de Seltz !

LORD GORING. Certainement, laissez-moi faire.

Il sonne.

SIR ROBERT CHILTERN. Merci !... Je ne sais que faire, Arthur, je ne sais que faire, et vous êtes mon seul ami. Mais quel ami vous êtes ! Le seul auquel je puisse me fier ! Je puis compter sur vous absolument, n'est-ce pas ?

LORD GORING. Naturellement, mon cher Robert. Oh ! *(À Phipps.)* Apportez du vin du Rhin et de l'eau de Seltz.

PHIPPS. Oui, Milord.

LORD GORING. Eh ! Phipps !

PHIPPS. Oui, Milord.

LORD GORING. Vous m'excuserez un instant, Robert. J'ai quelques ordres à donner à mon domestique.

SIR ROBERT CHILTERN. Certainement.

LORD GORING. Quand la dame viendra, répondez que sans doute je ne rentrerai pas chez moi ce soir. Dites-lui que j'ai été appelé soudainement hors de la ville. Vous comprenez ?

PHIPPS. La dame est dans cette pièce, Milord. Vous m'avez dit de la faire entrer dans cette pièce, Milord.

LORD GORING. Vous avez très bien fait. *(Phipps sort.)* Dans quel embarras me voilà ! Non, je crois que j'arriverai à en sortir. Je vais lui donner une leçon à travers la porte. Manœuvre difficile, tout de même.

SIR ROBERT CHILTERN. Arthur, dites-moi ce que j'ai à faire. Il me semble que ma vie s'est écroulée autour de moi. Je suis comme un vaisseau sans gouvernail dans une nuit sans étoiles.

LORD GORING. Robert, vous aimez votre femme, n'est-ce pas ?

SIR ROBERT CHILTERN. Je l'aime plus que tout au monde. Jadis je croyais que l'ambition était la chose suprême. Elle ne l'est pas. L'amour est la grande chose du monde. Il n'y a rien que l'amour, et je l'aime. Mais je suis perdu d'honneur à ses yeux. Je suis ignoble à ses yeux. Il y a désormais un large abîme entre nous. Elle a découvert ce que je suis, Arthur. Elle l'a découvert.

LORD GORING. Et elle, n'a-t-elle jamais commis une sottise en sa vie — quelque étourderie — qu'elle ne puisse vous pardonner votre faute ?

SIR ROBERT CHILTERN. Ma femme, jamais ! Elle ne sait ce que

c'est que faiblesse ou tentation. Je suis d'argile comme les autres hommes. Elle, c'est une créature à part, comme les femmes honnêtes, impitoyable dans sa perfection, froide, austère, sans merci. Mais je l'aime, Arthur. Nous n'avons pas d'enfants, et je n'ai personne d'autre à aimer, personne d'autre qui m'aime. Peut-être que si Dieu nous avait envoyé des enfants, elle aurait pu être plus indulgente pour moi. Mais Dieu nous a donné un foyer solitaire. Et elle m'a brisé le cœur. Ne parlons pas de cela. J'ai été brutal à son égard ce soir. Mais je suppose que les pécheurs sont toujours brutaux quand ils parlent à des saints. Je lui ai dit des choses qui étaient hideusement vraies, de mon point de vue, du point de vue des hommes. Mais ne parlons pas de cela.

LORD GORING. Votre femme vous pardonnera. Peut-être qu'en ce moment même elle vous pardonne. Elle vous aime, Robert, pourquoi ne vous pardonnerait-elle pas ?

SIR ROBERT CHILTERN. Que Dieu le veuille ! Que Dieu le veuille. *(Il cache sa figure dans ses mains.)* Mais j'ai encore autre chose à vous dire, Arthur.

Phipps entre avec des boissons.

PHIPPS, *présentant le vin du Rhin et l'eau de Seltz à Sir Robert Chiltern.* Du vin du Rhin et de l'eau de Seltz, monsieur !

SIR ROBERT CHILTERN. Merci.

LORD GORING. Votre voiture est-elle ici, Robert ?

SIR ROBERT CHILTERN. Non, je suis venu à pied du Club.

LORD GORING. Sir Robert va prendre ma voiture, Phipps.

PHIPPS. Bien, Milord.

Il sort.

LORD GORING. Robert, cela ne vous fait rien que je vous renvoie ?

SIR ROBERT CHILTERN. Arthur, il faut que vous me permettiez de rester cinq minutes. J'ai pris mon parti sur ce que je vais faire ce soir à la Chambre. Le débat sur le canal de l'Argentine commence à onze heures. *(Une chaise tombe, dans le salon.)* Qu'est-ce que cela ?

LORD GORING. Rien.

Sir Robert Chiltern. J'ai entendu une chaise tomber dans la pièce à côté. Quelqu'un nous écoutait.

Lord Goring. Non, non, il n'y a personne ici.

Sir Robert Chiltern. Il y a quelqu'un. Il y a de la lumière dans la pièce, et la porte est grande ouverte. Quelqu'un a surpris tous les secrets de ma vie, en écoutant. Arthur, qu'est-ce que cela veut dire ?

Lord Goring. Robert, vous êtes excité, énervé. Je vous dis qu'il n'y a personne dans cette pièce. Asseyez-vous, Robert.

Sir Robert Chiltern. Donnez-vous votre parole qu'il n'y a personne ici ?

Lord Goring. Oui.

Sir Robert Chiltern. Votre parole d'honneur ?

Il s'assied.

Lord Goring. Oui.

Sir Robert Chiltern, *se levant*. Arthur, laissez-moi voir moi-même.

Lord Goring. Non, non.

Sir Robert Chiltern. S'il n'y a personne, pourquoi ne regarderais-je pas dans cette pièce ? Arthur, il faut que vous me laissiez entrer dans cette pièce, pour que je me rassure. Prouvez-moi qu'il n'y avait pas là une oreille indiscrète qui a surpris le secret de ma vie. Arthur, vous ne vous rendez pas compte de la crise que je traverse.

Lord Goring. Robert, il faut en finir. Je vous ai dit qu'il n'y a personne dans cette pièce ; c'est assez.

Sir Robert Chiltern, *se précipitant vers la porte de la chambre*. Ce n'est pas assez : j'insiste pour entrer dans cette pièce. Vous m'avez dit qu'il n'y a personne ; donc quel motif pouvez-vous avoir pour m'opposer ce refus ?

Lord Goring. Au nom du ciel, n'entrez pas. Il y a quelqu'un ici, quelqu'un que vous ne devez pas voir.

Sir Robert Chiltern. Ah ! je m'en doutais !

Lord Goring. Je vous défends d'entrer dans cette pièce.

Sir Robert Chiltern. Arrière ! ma vie est en jeu. Et peu m'importe qui est ici. Je saurai à qui j'ai appris mon secret et ma honte.

Il entre dans la pièce.

LORD GORING. Grands Dieux ! Sa propre femme !

Sir Robert Chiltern rentre, avec une expression de mépris et de colère sur sa physionomie.

SIR ROBERT CHILTERN. Quelle explication avez-vous à me donner pour la présence de cette femme ici ?

LORD GORING. Robert, je vous jure sur mon honneur, que cette dame est sans tache, qu'elle n'est coupable d'aucune faute à votre égard.

SIR ROBERT CHILTERN. C'est une créature vile, infâme !

LORD GORING. Ne parlez pas ainsi, Robert. C'est dans votre intérêt qu'elle est venue ici. C'était pour tenter de vous sauver. Elle vous aime et n'aime que vous.

SIR ROBERT CHILTERN. Vous êtes fou ! Qu'ai-je à faire de vos intrigues ? Qu'elle reste votre maîtresse ! Vous êtes bien faits l'un pour l'autre. Elle, corrompue, indigne, vous un ami faux, perfide comme un ennemi même ne le...

LORD GORING. Ce n'est pas vrai, Robert. Devant le ciel, ce n'est pas vrai. Devant elle et devant vous j'expliquerai tout.

SIR ROBERT CHILTERN. Laissez-moi passer, monsieur. Vous avez assez menti sur votre parole d'honneur.

Sir Robert Chiltern sort. Lord Goring se précipite vers la porte du salon, quand Mrs. Cheveley en sort, rayonnante, l'air fort amusé.

MRS. CHEVELEY, *en faisant une révérence moqueuse*. Bonsoir, Lord Goring !

LORD GORING. Mrs. Cheveley ! Grands Dieux ! Puis-je vous demander ce que vous faisiez dans mon salon ?

MRS. CHEVELEY. J'écoutais. J'ai une véritable passion pour écouter aux portes. On y entend mille choses surprenantes.

LORD GORING. Ce langage-là m'a bien l'air d'une bravade contre la Providence.

MRS. CHEVELEY. Oh ! assurément la Providence est capable de résister à la tentation, pour le moment.

LORD GORING. Je suis bien aise que vous soyez venue. Je vais vous donner quelques bons conseils.

MRS. CHEVELEY. Oh ! Je vous en prie, n'en faites rien. On ne doit jamais rien donner à une femme qu'elle ne puisse porter dans la soirée.

LORD GORING. Je vois que vous êtes tout aussi entêtée que par le passé.

MRS. CHEVELEY. Oh ! bien plus. J'ai beaucoup gagné. J'ai plus d'expérience.

LORD GORING. Trop d'expérience peut être dangereux. Je vous en prie, acceptez une cigarette. La moitié des jolies femmes de Londres fument la cigarette. Pour mon compte personnel, je préfère l'autre moitié.

MRS. CHEVELEY. Merci. Je ne fume jamais. Ma couturière ne le trouverait pas à son gré, et le premier devoir dans la vie d'une femme est de plaire à sa couturière. Quant au second, personne ne l'a encore découvert.

LORD GORING. Vous êtes venue me vendre la lettre de Robert Chiltern, n'est-ce pas ?

MRS. CHEVELEY. Vous l'offrir en vous faisant mes conditions. Comment avez-vous deviné cela ?

LORD GORING. Parce que vous ne l'avez pas dit. L'avez-vous apportée avec vous ?

MRS. CHEVELEY, *s'asseyant*. Oh ! non, une robe bien faite n'a pas de poches.

LORD GORING. Quel prix en demandez-vous ?

MRS. CHEVELEY. Comme vous êtes absurdement anglais ! Les Anglais se figurent qu'un carnet de chèques résout toutes les difficultés de la vie. Mais, mon cher Arthur, j'ai beaucoup plus d'argent que vous, et tout autant que Robert Chiltern n'en a gagné. Ce n'est pas de l'argent qu'il me faut.

LORD GORING. Alors qu'est-ce qu'il vous faut, Mrs. Cheveley ?

MRS. CHEVELEY. Pourquoi ne m'appelez-vous plus Laura ?

LORD GORING. Je n'aime pas ce nom-là.

MRS. CHEVELEY. Vous qui le trouviez adorable !

LORD GORING. Oui, c'est justement pour cela.

Mrs. Cheveley lui fait signe de venir s'asseoir près d'elle. Il sourit et obéit.

MRS. CHEVELEY. Arthur, vous m'aimiez autrefois.

LORD GORING. Oui.

MRS. CHEVELEY. Et vous m'avez demandé de vous épouser.

LORD GORING. Cela, c'était la conséquence naturelle de mon amour pour vous.

MRS. CHEVELEY. Et vous m'avez abandonnée, parce que vous avez vu, ou prétendu voir ce pauvre Lord Mortlake essayer de flirter ardemment avec moi dans la serre, à Tenby.

LORD GORING. Je crois me rappeler que mon homme de loi a arrangé cette affaire avec vous, suivant certaines conditions... dictées par vous.

MRS. CHEVELEY. En ce temps-là, j'étais pauvre, et vous étiez riche.

LORD GORING. C'est exact, et c'est pour cela que vous faisiez semblant de m'aimer.

MRS. CHEVELEY, *haussant les épaules*. Pauvre vieux Lord Mortlake ! il n'avait que deux sujets de conversation, sa goutte et sa femme ! Je ne suis jamais arrivée à comprendre de laquelle des deux il parlait. Il employait les expressions les plus horribles à propos de l'une et de l'autre. Eh bien, vous avez été un sot, Arthur. Tenez, Lord Mortlake n'a jamais été pour moi plus qu'un amusement. Un de ces amusements tout à fait assommants qu'on ne tolère que dans une maison de campagne anglaise, et un dimanche anglais. Je ne crois pas que personne puisse être moralement responsable de ce qu'il ou elle fait dans une maison de campagne anglaise.

LORD GORING. Oui, je sais qu'une foule de gens pensent ainsi.

MRS. CHEVELEY. Arthur, je vous ai aimé.

LORD GORING. Ma chère Mrs. Cheveley, vous avez toujours été bien trop intelligente pour entendre quoi que ce soit à l'amour.

MRS. CHEVELEY. Je vous aimais. Et vous m'aimiez. Vous savez que vous m'avez aimée, et l'amour est une chose bien merveilleuse. Je suppose que, quand un homme a une fois aimé une femme, il fera pour elle n'importe quoi, excepté de continuer à l'aimer ?

Elle met la main sur la sienne.

LORD GORING, *ôtant doucement cette main*. Oui, excepté cela.

MRS. CHEVELEY, *après un silence*. J'en ai assez de vivre à l'étranger. Je tiens à revenir à Londres. Je tiens à avoir ici une maison charmante. Je tiens à avoir un salon. Si l'on pouvait seulement apprendre aux Anglais à parler et aux Irlandais à écouter, la société d'ici serait tout à fait civilisée. En outre, je suis dans une phase romanesque. La dernière fois que je vous ai vu chez les Chiltern, j'ai su que vous étiez la seule personne qui m'eût jamais inspiré quelque sympathie, si jamais j'en ai ressenti pour qui que ce fût, Arthur. Ainsi donc, le matin du jour où vous m'épouserez, je vous donnerai la lettre de Robert Chiltern. Voici ma proposition, je vous la donnerai maintenant si vous me promettez de m'épouser.

LORD GORING. Maintenant ?

MRS. CHEVELEY, *souriant*. Demain.

LORD GORING. Est-ce bien sérieux ?

MRS. CHEVELEY. Tout à fait sérieux.

LORD GORING. Je serais pour vous un très mauvais mari.

MRS. CHEVELEY. Les mauvais maris, cela m'est égal ; j'en ai eu deux ; ils m'ont amusée énormément.

LORD GORING. Vous voulez dire que vous vous êtes amusée énormément, n'est-ce pas !

MRS. CHEVELEY. Qu'est-ce que vous savez de ma vie conjugale ?

LORD GORING. Rien, mais je puis la lire comme un livre.

MRS. CHEVELEY. Quel livre ?

LORD GORING, *se levant*. Le Livre des Nombres [1].

---

1. Le Livre des Nombres, ainsi appelé à cause des nombreux recensements et généalogies qu'on y trouve, est le quatrième livre de l'Ancien Testament. La plaisanterie peu galante de Lord Goring fait allusion soit au nombre d'amants supposés de Mrs. Cheveley soit à son goût pour l'argent, ou peut-être encore aux deux.

MRS. CHEVELEY. Trouvez-vous bien charmant de vous montrer aussi dur envers une femme dans votre propre maison ?

LORD GORING. Lorsqu'il s'agit de femmes enchanteresses, le sexe est un défi, et non point une défense.

MRS. CHEVELEY. Je suppose que, de votre part, c'est là un compliment. Non, cher Arthur, les femmes ne sont jamais désarmées par un compliment. Les hommes le sont toujours. Voilà la différence entre les deux sexes.

LORD GORING. Les femmes ne sont jamais désarmées par quoi que ce soit, pour autant que je les connaisse.

MRS. CHEVELEY, *après un silence*. Alors, vous êtes sur le point de livrer votre meilleur ami, Robert Chiltern, à la ruine, plutôt que d'épouser une personne à qui il reste vraiment beaucoup d'attraits. Je croyais que vous vous seriez élevé à quelque grande hauteur de dévouement, Arthur : je crois que c'est votre devoir. Et vous pourriez passer le reste de votre vie à contempler vos perfections.

LORD GORING. Oh, c'est ce que je fais déjà. Puis le dévouement est une chose que la loi devrait supprimer. C'est bien démoralisant pour les gens qui sont l'objet de ce dévouement. Ils tournent toujours mal.

MRS. CHEVELEY. Comme si Robert Chiltern pouvait être démoralisé par quelque chose. Vous paraissez oublier que je connais sa valeur morale.

LORD GORING. Ce que vous savez sur lui n'est point sa véritable valeur morale. Ce fut un acte de folie commis dans sa jeunesse, déshonorant, je l'admets, honteux, je l'admets, indigne de lui, je l'admets... et dès lors, ce n'est point sa véritable valeur morale.

MRS. CHEVELEY. Comme vous vous soutenez, entre hommes !

LORD GORING. Comme vous vous faites la guerre, entre femmes.

MRS. CHEVELEY, *avec amertume*. Je ne fais la guerre qu'à une seule femme, qu'à Gertrude. Je la hais. Je la hais maintenant plus que jamais.

LORD GORING. Parce que vous avez introduit une véritable tragédie dans sa vie, je suppose.

MRS. CHEVELEY, *d'un ton railleur*. Oh ! il n'y a qu'une vraie tragédie dans la vie d'une femme : le fait que son passé est toujours son amant, et que son avenir est invariablement son mari.

LORD GORING. Lady Chiltern ne connaît rien du genre de vie auquel vous faites allusion.

MRS. CHEVELEY. Une femme qui gante sept trois quarts ne sait jamais grand-chose sur quoi que ce soit. Vous savez que Gertrude a toujours porté du sept trois quarts. C'est une des causes qui ont empêché toute sympathie morale entre nous... Eh bien ! Arthur, je suppose que cette entrevue romanesque peut être considérée comme terminée. Vous admettez qu'elle était romanesque, n'est-ce pas ? Pour le privilège d'être votre femme, j'étais prête à me défaire d'une grande prise, le point culminant de ma carrière diplomatique. Vous refusez. Très bien. Si Sir Robert ne favorise pas mon projet argentin, je le dénonce, voilà tout.

LORD GORING. Vous ne devez pas faire cela, ce serait vil, horrible, infâme.

MRS. CHEVELEY, *haussant les épaules*. Oh ! pas de grands mots, je vous prie. Ils ont si peu de sens ! c'est une transaction commerciale, et pas davantage. Inutile d'y mêler le moindre sentiment. J'ai offert à Robert Chiltern de lui vendre certaine chose ; s'il ne veut pas la payer mon prix, il lui faudra la payer plus cher au monde. Il n'y a plus un mot à dire : je pars. Bonsoir. Une poignée de main, voulez-vous ?

LORD GORING. À vous ? Non. Votre transaction avec Robert Chiltern peut passer pour une répugnante transaction commerciale dans un siècle ignoblement mercantile ; mais vous paraissez avoir oublié que vous êtes venue ici ce soir parler d'amour, vous dont les lèvres profanent le mot d'amour, vous pour qui l'amour est un livre fermé, scellé, vous qui êtes allée cet après-midi dans la demeure d'une des femmes les plus nobles et les plus douces pour humilier son mari en sa présence, pour vous efforcer de tuer son amour pour lui, pour verser du poison dans le cœur de cette femme, l'amertume dans son existence, pour briser son idole et, si la chose était possible, salir son âme. Cela, je ne puis vous le pardonner. Cela était horrible. Pour cela, il ne saurait y avoir de pardon.

MRS. CHEVELEY. Arthur, vous êtes injuste envers moi. Croyez-moi, vous êtes absolument injuste envers moi. Je ne suis point du tout allée narguer Gertrude. Je n'avais aucune idée de ce genre quand je suis entrée. Je suis venue, accompagnée de Lady Markby, tout simplement pour demander si chez les Chiltern on avait trouvé un ornement, un bijou que j'avais perdu je ne sais où. Si vous ne me croyez pas, interrogez Lady Markby. Elle vous dira que c'est vrai. La scène qui a eu lieu s'est passée après le départ de Lady Markby, et elle m'a été réellement imposée par la grossièreté et la malveillance de Lady Chiltern. Je suis venue, oh ! oui, un peu par malice, si vous voulez, mais réellement avec l'intention de demander si l'on avait trouvé une broche en diamants. Voilà l'origine de toute l'affaire.

LORD GORING. Une broche en forme de serpent de diamants, avec rubis ?

MRS. CHEVELEY. Oui, comment savez-vous ?...

LORD GORING. Parce qu'on l'a trouvée. C'est moi qui l'ai trouvée et qui ai été assez sot pour oublier d'en parler au maître d'hôtel, quand je suis parti. *(Il se dirige vers la table à écrire et en tire les tiroirs.)* Elle est dans ce tiroir. Non, dans l'autre. C'est bien cette broche, n'est-ce pas ?

Il tient la broche en l'air.

MRS. CHEVELEY. Oui ! Que je suis contente de la retrouver... C'était... un cadeau...

LORD GORING. Ne voulez-vous pas la mettre ?

MRS. CHEVELEY. Oui, si vous la fermez. *(Lord Goring la lui fixe soudainement sur le bras.)* Pourquoi la mettez-vous comme un bracelet ? Je ne savais pas du tout qu'elle pouvait se porter en bracelet ?

LORD GORING. Bien vrai ?

MRS. CHEVELEY, *levant son beau bras*. Non, mais elle me va très bien, comme bracelet, n'est-ce pas ?

LORD GORING. Oui, beaucoup mieux que quand je l'ai vue la dernière fois.

MRS. CHEVELEY. Quand l'avez-vous vue pour la dernière fois ?

LORD GORING, *d'un ton calme*. Oh ! il y a dix ans, à la main de Lady Berkshire, à qui vous l'avez volée.

MRS. CHEVELEY, *sursautant*. Qu'est-ce que vous voulez dire ?

LORD GORING. Je veux dire que vous avez volé ce bijou à ma cousine Mary Berkshire, à qui je l'avais donné comme cadeau de noces. Les soupçons tombaient sur un malheureux domestique, qui fut honteusement chassé. J'ai reconnu ce bijou hier soir. J'ai pris le parti de ne rien dire jusqu'à ce que j'eusse retrouvé la voleuse. À présent, je la tiens, la voleuse, et j'ai entendu son propre aveu.

MRS. CHEVELEY, *agitant la tête*. Ce n'est pas vrai.

LORD GORING. Vous savez que c'est vrai. Tenez, c'est écrit sur votre visage en ce moment même.

MRS. CHEVELEY. Je nierai tout du commencement à la fin. Je dirai que je n'ai jamais vu ce misérable objet, qu'il n'a jamais été en ma possession.

Mrs. Cheveley essaie d'ôter le bracelet de son poignet, mais elle n'y réussit pas. Lord Goring regarde d'un air amusé. Les fins doigts de la dame tourmentent vainement le bijou. Un juron lui échappe.

LORD GORING. L'inconvénient qu'il y a, quand on commet un vol, Mrs. Cheveley, c'est qu'on ne sait jamais les merveilles que recèle l'objet volé. Vous ne pouvez pas ôter ce bracelet, à moins de connaître l'endroit où se trouve le ressort. Et je vois que vous ne connaissez pas la place du ressort. Il est assez difficile de la trouver.

MRS. CHEVELEY. Brute ! Lâche que vous êtes !

Elle fait une nouvelle et vaine tentative pour ouvrir le bracelet.

LORD GORING. Oh ! pas de grands mots, je vous prie : ils ont si peu de sens !

MRS. CHEVELEY, *elle se remet à tirer sur le bracelet, dans un paroxysme de rage, en émettant des sons inarticulés. Puis elle s'arrête et regarde Lord Goring.* Qu'est-ce que vous allez faire ?

LORD GORING. Je vais sonner mon domestique. C'est un serviteur admirable ; il arrive toujours au moment où on le sonne. Quand il sera là, je lui dirai d'aller chercher la police.

MRS. CHEVELEY, *tremblante.* La police ? Pour quoi faire ?

LORD GORING. Demain les Berkshire vous poursuivront. Voilà à quoi sert la police.

MRS. CHEVELEY, *elle est maintenant au comble de la frayeur physique. Sa figure est bouleversée, sa bouche tordue. Un masque s'est détaché d'elle. En ce moment elle est horrible à voir.* Ne faites pas cela. Je ferai tout ce que vous voudrez, oui, tout ce que vous exigerez.

LORD GORING. Donnez-moi la lettre de Robert Chiltern.

MRS. CHEVELEY. Un instant ! Un instant ! Laissez-moi le temps de réfléchir.

LORD GORING. Donnez-moi la lettre de Robert Chiltern.

MRS. CHEVELEY. Je ne l'ai pas sur moi. Je vous la donnerai demain.

LORD GORING. Vous savez que vous mentez. Donnez-la-moi tout de suite. *(Mrs. Cheveley sort la lettre et la lui tend ; elle est horriblement pâle.)* C'est cela ?

MRS. CHEVELEY, *d'une voix rauque.* Oui.

LORD GORING *prend la lettre, l'examine, soupire, et la brûle au-dessus de la lampe.* Pour une femme si bien mise, Mrs. Cheveley, vous avez des moments d'admirable sens commun. Je vous en félicite.

MRS. CHEVELEY, *apercevant la lettre de Lady Chiltern, dont l'enveloppe dépasse légèrement le bord du buvard.* Je vous en prie, donnez-moi un verre d'eau.

LORD GORING. Volontiers.

Il va dans l'angle de la pièce et verse de l'eau dans un verre. Pendant qu'il a le dos tourné, Mrs. Cheveley s'empare de la lettre de Lady Chiltern. Lorsque Lord Goring revient avec le verre, elle le refuse d'un geste.

MRS. CHEVELEY. Merci. Voulez-vous m'aider à mettre mon manteau ?

LORD GORING. Avec plaisir.

MRS. CHEVELEY. Merci, je ne ferai plus rien pour essayer de nuire à Robert Chiltern.

LORD GORING. Heureusement vous n'en avez pas le moyen, Mrs. Cheveley.

MRS. CHEVELEY. Eh bien, si la chance me le donnait, je n'en userais pas. Au contraire, je compte lui rendre un grand service.

LORD GORING. Je suis charmé de l'apprendre. C'est une conversion.

MRS. CHEVELEY. Oui, je ne peux me faire à l'idée qu'un gentleman anglais aussi droit, aussi honorable, soit aussi impudemment trompé, et si...

LORD GORING. Eh bien ?

MRS. CHEVELEY. Je m'aperçois que les aveux suprêmes de Gertrude se sont égarés dans ma poche, je ne sais comment.

LORD GORING. Que voulez-vous dire ?

MRS. CHEVELEY, *d'un ton amer mais triomphant*. Je veux dire que je compte envoyer à Robert Chiltern la lettre d'amour que sa femme vous a écrite ce soir.

LORD GORING. Une lettre d'amour ?

MRS. CHEVELEY, *en riant*. « J'ai besoin de vous. J'ai confiance en vous. Je viens à vous. Gertrude. »

LORD GORING *se précipite vers son bureau, prend l'enveloppe, qu'il trouve vide. Il fait demi-tour*. Misérable femme, il faut donc que vous soyez toujours à voler ? Rendez-moi cette lettre. Je vous l'arracherai par force. Vous ne sortirez pas d'ici avant que je l'aie.

Il court vers elle, mais Mrs. Cheveley met tout à coup la main sur la sonnerie électrique qui est sur la table. Le timbre résonne en vibrations aiguës. Phipps entre.

MRS. CHEVELEY, *après un silence*. Lord Goring a simplement

sonné pour que vous me reconduisiez. Bonne nuit, Lord Goring.

Elle sort, suivie de Phipps. Sa figure est illuminée d'une expression de triomphe méchant. Elle a de la joie dans les yeux. Elle semble rajeunie. Son dernier coup d'œil est comme une prompte flèche. Lord Goring se mord la lèvre et allume une cigarette.

RIDEAU.

ACTE QUATRIÈME

Le décor du second acte. Lord Goring est debout près du feu, les mains dans les poches. Il a l'air de s'ennuyer.

LORD GORING, *il tire sa montre, l'examine, et appuie sur le timbre*. C'est bien assommant. Pas moyen de trouver à qui parler dans cette maison. Et moi qui ai plein de nouvelles intéressantes. Je me fais l'effet d'être la dernière édition du journal.

Entre le domestique.

JAMES. Sir Robert est encore au Foreign Office, Milord.

LORD GORING. Lady Chiltern n'est pas encore descendue ?

JAMES. Sa Seigneurie n'a pas encore quitté la chambre. Miss Chiltern vient de rentrer de sa promenade à cheval.

LORD GORING, *à part*. Ah ! C'est quelque chose.

JAMES. Lord Caversham a attendu quelque temps Sir Robert dans la bibliothèque. Je lui ai dit que Votre Seigneurie était ici.

LORD GORING. Merci, ayez la bonté de lui dire que je suis parti.

JAMES, *s'inclinant*. Je le lui dirai, Milord.

Le domestique sort.

LORD GORING. Vrai, je ne tiens pas à rencontrer mon père trois jours de suite. C'est beaucoup trop d'agitation pour un fils. J'espère que j'aurai cette chance qu'il ne monte pas. Les pères ne devraient jamais se faire voir ni entendre. C'est la seule base convenable de la vie de famille. Une mère, c'est différent. Une mère, on l'aime toujours.

Il se laisse aller sur un siège, prend un journal, et se met à le lire. Entre Lord Caversham.

LORD CAVERSHAM. Eh bien, monsieur, qu'est-ce que vous faites ici ? Perdez votre temps, comme d'ordinaire, je suppose ?

LORD GORING, *jetant le journal et se levant*. Mon cher père, quand on fait une visite, c'est pour faire perdre leur temps aux gens, et non pour perdre le sien.

LORD CAVERSHAM. Avez-vous réfléchi à ce dont je vous ai parlé hier soir ?

LORD GORING. Je n'ai pas pensé à autre chose.

LORD CAVERSHAM. Déjà pris l'engagement de vous marier ?

LORD GORING, *avec bonne humeur*. Pas encore, mais j'espère le prendre avant l'heure du déjeuner.

LORD CAVERSHAM, *d'un ton caustique*. Vous pouvez aller jusqu'à l'heure du dîner, si cela vous arrange.

LORD GORING. Je vous remercie de tout mon cœur, mais je crois préférable de me fiancer avant l'heure du déjeuner.

LORD CAVERSHAM. Hum ! Je ne sais jamais quand vous êtes sérieux ou non.

LORD GORING. Ni moi non plus, mon père.

Un silence.

LORD CAVERSHAM. Je suppose que vous avez lu le *Times* de ce matin ?

LORD GORING, *d'un air dégagé*. Le *Times* ? Non certes, je ne lis que le *Morning Post*. Tout ce qu'on devrait savoir en fait de vie moderne, c'est l'endroit où se trouvent les duchesses. Tout ce qui n'est pas cela est démoralisant.

LORD CAVERSHAM. Voulez-vous faire entendre par là que vous n'avez pas lu l'éditorial du *Times* sur la carrière de Robert Chiltern ?

LORD GORING. Grands Dieux ! Non. Qu'est-ce qu'on y dit ?

LORD CAVERSHAM. Qu'est-ce qu'on pourrait dire ? Naturellement ce ne sont que choses flatteuses. Le discours prononcé par

Chiltern, la nuit dernière, sur le projet du Canal de l'Argentine a été un des plus beaux morceaux oratoires qui aient jamais été prononcés dans la Chambre depuis Canning.

LORD GORING. Ah ! jamais entendu parler de Canning [1]. Jamais éprouvé ce besoin. Et est-ce que... Est-ce que Chiltern a appuyé le projet ?

LORD CAVERSHAM. L'appuyer, monsieur ? Comme vous le connaissez peu ! Eh bien il l'a démoli avec entrain, ainsi que tout le système de la finance politique moderne. Ce discours est le point tournant de sa carrière, ainsi que le fait remarquer le *Times*. Vous devriez lire cet article, monsieur. *(Il déploie le* Times.*)* Sir Robert Chiltern... celui de nos jeunes hommes d'État qui s'élève le plus haut... Brillant orateur... Carrière sans tache... Caractère d'une intégrité reconnue... Représente ce qu'il y a de meilleur dans la vie publique anglaise... Contraste noblement avec la moralité élastique si commune parmi les hommes d'État étrangers. On n'en dira jamais autant de vous, monsieur.

LORD GORING. J'espère sincèrement que non, mon père. Toutefois, je suis enchanté de ce que vous m'apprenez au sujet de Robert, j'en suis ravi. Cela prouve qu'il a montré du cran.

LORD CAVERSHAM. Il a prouvé plus que de la décision, monsieur. Il a fait preuve de génie.

LORD GORING. Ah ! je préfère le cran. De nos jours, c'est moins commun que le génie.

LORD CAVERSHAM. Je voudrais vous voir entrer au Parlement.

LORD GORING. Mon cher père, il n'y a que les gens qui ont l'air ennuyeux qui entrent jamais au Parlement, et les seuls qui y réussissent sont les gens ennuyeux.

LORD CAVERSHAM. Pourquoi n'essayez-vous pas de faire quelque chose d'utile dans la vie ?

LORD GORING. Je suis beaucoup trop jeune.

---

1. George Canning (1770-1827), homme politique britannique, ministre des Affaires étrangères de 1822 à 1827. Connu pour ses opinions libérales et haï de l'aristocratie dont il n'était pas issu, il fut Premier ministre pendant quatre mois en 1827.

LORD CAVERSHAM, *avec aigreur*. Je déteste cette affectation de la jeunesse, monsieur. Elle est beaucoup trop répandue de nos jours.

LORD GORING. La jeunesse n'est pas une affectation ; la jeunesse est un art [1].

LORD CAVERSHAM. Pourquoi ne pas demander la main de cette jolie Miss Chiltern ?

LORD GORING. Je suis d'un naturel timide, surtout le matin.

LORD CAVERSHAM. Je ne crois pas que vous ayez la moindre chance de vous faire agréer d'elle.

LORD GORING. Je ne sais pas où en est ma cote aujourd'hui.

LORD CAVERSHAM. Si elle vous agréait, elle serait la plus jolie sotte de l'Angleterre.

LORD GORING. C'est précisément l'objet qu'il me plairait d'épouser. Une femme parfaitement raisonnable me réduirait à l'état d'idiotie absolue en moins de six mois.

LORD CAVERSHAM. Vous ne la méritez pas, monsieur.

LORD GORING. Mon cher père, si nous autres hommes nous n'épousions que les femmes que nous méritons, nous passerions plus d'un mauvais moment.

Mabel Chiltern entre.

MABEL CHILTERN. Oh !... comment allez-vous, Lord Caversham ? J'espère que Lady Caversham va très bien ?

LORD CAVERSHAM. Lady Caversham va comme d'habitude, comme d'habitude.

LORD GORING. Bonjour, Miss Mabel.

MABEL CHILTERN, *ayant l'air d'ignorer la présence de Lord Goring, et s'adressant exclusivement à Lord Caversham*. Et les chapeaux de Lady Caversham ?... vont-ils un peu mieux ?

LORD CAVERSHAM. Ils ont eu une rechute sérieuse, je suis fâché de le dire.

LORD GORING. Bonjour, Miss Mabel.

---

1. Cette idée, obsédante chez Wilde, est largement exploitée dans *Le Portrait de Dorian Gray*.

MABEL CHILTERN, *à Lord Caversham*. J'espère qu'une opération ne sera pas nécessaire.

LORD CAVERSHAM, *souriant de cette impertinence*. S'il en est ainsi, nous serons obligés d'administrer un narcotique à Lady Caversham. Sans cela, elle ne consentirait jamais à laisser toucher une seule de ses plumes.

LORD GORING, *redoublant d'insistance*. Bonjour, Miss Mabel.

MABEL CHILTERN, *faisant demi-tour, et feignant la surprise*. Ah ! vous êtes là ! Naturellement après que vous avez manqué à votre rendez-vous, vous comprenez que je ne vous parlerai jamais plus.

LORD GORING. Oh ! je vous prie, ne dites pas cela. Vous êtes la seule personne à Londres que j'aime à avoir comme auditeur.

MABEL CHILTERN. Lord Goring, je ne crois jamais un seul mot de ce que vous ou moi nous nous disons l'un à l'autre.

LORD CAVERSHAM. Vous avez parfaitement raison, ma chère, parfaitement raison, du moins en ce qui le concerne, veux-je dire.

MABEL CHILTERN. Croyez-vous pouvoir arriver à obtenir de votre fils qu'il se conduise un peu mieux de temps en temps ? Rien que pour changer ?

LORD CAVERSHAM. Je regrette de le dire, Miss Chiltern, je n'ai pas du tout d'influence sur mon fils. Je voudrais bien en avoir. Si j'en avais, je sais ce que je ferais de lui.

MABEL CHILTERN. Je crains qu'il ne soit une de ces natures terriblement faibles, sur lesquelles l'influence n'a aucune prise.

LORD CAVERSHAM. C'est un sans-cœur, un sans-cœur.

LORD GORING. Il me semble que je suis de trop ici.

MABEL CHILTERN. Il est très heureux pour vous que vous soyez de trop et que vous sachiez ce qu'on dit derrière votre dos.

LORD GORING. Je ne tiens pas du tout à savoir ce qu'on dit de moi derrière mon dos. Cela me rend trop fier.

LORD CAVERSHAM. Après cela, ma chère, il faut vraiment que je vous dise au revoir.

MABEL CHILTERN. Oh ! j'espère que vous n'allez pas me laisser toute seule avec Lord Goring. Surtout à une heure si matinale.

LORD CAVERSHAM. Je ne puis vraiment pas l'emmener avec moi à Downing Street, ce n'est pas le jour où le Premier ministre reçoit les chômeurs [1].

Il serre la main de Mabel Chiltern, prend son chapeau et sa canne, et sort en jetant un dernier regard brûlant d'indignation à Lord Goring.

MABEL CHILTERN, *prenant des roses et se mettant à les arranger dans un vase sur la table.* Les gens, qui ne sont pas à leurs rendez-vous au Parc, sont des gens affreux.

LORD GORING. Des gens détestables.

MABEL CHILTERN. Je suis contente que vous le reconnaissiez. Mais je voudrais que vous n'ayez pas l'air d'en être enchanté.

LORD GORING. Je n'y peux rien. J'ai toujours l'air enchanté quand je suis avec vous.

MABEL CHILTERN, *avec mélancolie.* Alors le devoir veut que je vous tienne compagnie, je suppose ?

LORD GORING. Naturellement, il le faut.

MABEL CHILTERN. Eh bien, mon devoir est une chose que je ne fais jamais, par principe, cela m'accable toujours. Aussi donc je crains qu'il ne faille vous laisser là.

LORD GORING. Je vous en prie, n'en faites rien, Miss Chiltern. J'ai quelque chose de très particulier à vous dire.

MABEL CHILTERN, *avec enthousiasme.* Oh ! c'est une demande en mariage ?

LORD GORING, *un peu interloqué.* Eh bien, oui, c'est... je suis forcé de le dire, c'est cela.

MABEL CHILTERN, *avec un soupir de plaisir.* Que je suis contente. Cela fait la seconde aujourd'hui.

---

1. En dépit de l'émeute de Trafalgar Square en 1886 et du caractère visible de la misère, beaucoup de Conservateurs, dont fait sans doute partie Lord Caversham, considéraient les chômeurs avant tout comme des paresseux. Selon Russell Jackson (*Two Society Comedies*, Ian Small & Russell Jackson, eds., New York and London : Norton, 1983), le *Times* écrivait le mot « chômeurs » en le plaçant entre guillemets.

LORD GORING, *d'un ton indigné*. La seconde aujourd'hui ? Quel âne prétentieux a eu l'impertinence d'oser vous demander en mariage avant moi ?

MABEL CHILTERN. C'est Tommy Trafford, comme de juste. C'est un des jours où Tommy Trafford fait sa déclaration. Il fait toujours sa déclaration les mardis et jeudis, pendant la saison.

LORD GORING. Vous n'avez pas accepté, j'espère !

MABEL CHILTERN. Je me fais une règle de ne jamais accepter Tommy. C'est pourquoi il continue à me faire sa demande. Naturellement, comme vous n'avez point paru ce matin, j'ai été sur le point de dire oui. Si je l'avais fait, cela aurait été une excellente leçon pour lui et pour vous. Cela vous aurait appris à tous deux les bonnes manières.

LORD GORING. Oh ! au diable Tommy Trafford ! Tommy est un imbécile de petit âne. Moi, je vous aime.

MABEL CHILTERN. Je sais. Et je crois que vous auriez pu le dire plus tôt. Je suis sûre que je vous ai offert des occasions en nombre infini.

LORD GORING. Mabel, soyez sérieuse, je vous prie, soyez sérieuse.

MABEL CHILTERN. Ah ! voilà bien ce qu'un homme ne manque jamais de dire à une jeune fille avant de l'épouser. Après, il ne le lui dit jamais.

LORD GORING, *lui prenant la main*. Mabel, je vous ai dit que je vous aime. Pouvez-vous m'aimer un peu en retour ?

MABEL CHILTERN. Sot que vous êtes, Arthur ! Si vous saviez quelque chose... quelque chose, que vous ne savez pas, vous sauriez que je vous adore. Tout le monde à Londres sait cela, excepté vous. C'est un sujet de scandale public, la façon dont je vous adore. Voilà six mois que je colporte la chose dans toute la société, en disant à tous que je vous adore. Je me demande comment vous consentez à avoir quelque chose à me dire. Il ne me reste pas une ombre de réputation. Du moins je me sens si heureuse, que je suis sûre de n'avoir plus de réputation.

LORD GORING *la saisit dans ses bras et lui donne un baiser.*

Silence de bonheur. Chérie ! Savez-vous que j'avais terriblement peur d'un refus ?

MABEL CHILTERN, *levant les yeux vers lui*. Mais vous n'avez jamais subi un refus de personne, n'est-ce pas, Arthur ? Je ne saurais m'imaginer qu'on vous dise non.

LORD GORING, *après un second baiser*. Oh ! je ne suis pas digne de vous, Mabel.

MABEL CHILTERN, *se serrant contre lui*. Je suis si heureuse, mon chéri. J'avais peur que vous ne le soyez.

LORD GORING, *après un peu d'hésitation*. Et puis j'ai... j'ai un peu passé la trentaine.

MABEL CHILTERN. Mon cher, vous avez l'air plus jeune de bien des semaines.

LORD GORING, *avec enthousiasme*. Que vous êtes charmante de me dire cela !... Et il n'est que loyal de vous dire franchement que je suis d'une extravagance redoutable.

MABEL CHILTERN. Mais je le sais aussi. Dès lors nous étions certains de nous entendre. Et maintenant, il faut que j'aille voir Gertrude.

LORD GORING. Le faut-il vraiment ?

Il l'embrasse.

MABEL CHILTERN. Oui.

LORD GORING. Alors, dites-lui que je tiens à lui parler en particulier. J'ai passé toute la matinée ici à attendre pour la voir ou voir Robert.

MABEL CHILTERN. Voulez-vous dire par là que vous n'êtes pas venu ici tout exprès pour me demander ma main ?

LORD GORING, *d'un air triomphant*. Non, ce fut un éclair de génie.

MABEL CHILTERN. Votre premier ?

LORD GORING, *avec assurance*. Mon dernier.

MABEL CHILTERN. Je suis enchantée de l'apprendre. Maintenant ne bougez pas. Je reviens dans cinq minutes. Et n'allez pas tomber dans quelque tentation pendant que je serai loin.

LORD GORING. Chère Mabel, quand vous êtes loin, il n'y en a aucune. Cela me rend horriblement dépendant de vous.

Lady Chiltern entre.

LADY CHILTERN. Bonjour, ma chère. Comme vous avez l'air jolie !

MABEL CHILTERN. Comme vous êtes pâle, Gertrude ! Cela vous va très bien.

LADY CHILTERN. Bonjour, Lord Goring.

LORD GORING, *s'inclinant*. Bonjour, Lady Chiltern.

MABEL CHILTERN, *à part, à Lord Goring*. Je serai dans la serre, sous le second palmier à gauche.

LORD GORING. Le second à gauche ?

MABEL CHILTERN, *jouant la surprise*. Oui, le palmier habituel.

Elle lui jette un baiser à la volée, sans être vue de Lady Chiltern, puis elle s'en va.

LORD GORING. Lady Chiltern, j'ai un certain nombre de bonnes nouvelles à vous apprendre. Mrs. Cheveley m'a rendu hier soir la lettre de Robert, et j'ai brûlé cette lettre. Robert ne court plus de danger.

LADY CHILTERN, *se laissant aller sur le canapé*. Plus de danger. Oh ! j'en suis si heureuse ! Quel bon ami vous êtes pour lui... pour nous !

LORD GORING. Il n'y a plus qu'une personne qu'on pourrait dire en quelque danger, pour le moment.

LADY CHILTERN. Et cette personne, c'est... ?

LORD GORING, *s'asseyant près d'elle*. Vous-même.

LADY CHILTERN. Moi ! En danger ? Que voulez-vous dire ?

LORD GORING. Danger ! le mot est exagéré. C'est un mot que je n'aurais pas dû employer. Mais j'admets que j'ai à vous dire une chose qui peut vous peiner et qui me peine terriblement. Hier soir vous m'avez écrit une lettre très belle, très féminine, où vous me demandiez mon aide. Vous m'avez écrit comme à l'un de vos plus anciens amis, comme au plus ancien ami de votre mari. Mrs. Cheveley a dérobé cette lettre chez moi.

LADY CHILTERN. Eh bien, à quoi lui servira-t-elle ? Pourquoi ne la garderait-elle pas ?

LORD GORING, *se levant*. Lady Chiltern, je vais être d'une franchise parfaite avec vous, Mrs. Cheveley attribue un certain sens à cette lettre et compte l'envoyer à votre mari.

LADY CHILTERN. Mais quelle interprétation peut-elle y donner !... Oh ! non, pas cela ! pas cela. Si... dans mon trouble, ayant besoin de votre aide, confiante en vous, je parle de venir... pour que vous puissiez me conseiller... m'assister... Oh ! Y a-t-il des femmes si horribles que cela ? Et elle compte l'envoyer à mon mari ? Dites-moi ce qui s'est passé, dites-moi tout ce qui s'est passé.

LORD GORING. Mrs. Cheveley était cachée dans une pièce contiguë à ma bibliothèque, et cela à mon insu. J'ai cru que la personne qui attendait dans cette pièce pour me voir, c'était vous. Robert est survenu à l'improviste. Une chaise, ou je ne sais quoi, est tombée dans la pièce. Il y est entré par force et il l'a découverte. Nous avons eu une scène terrible. Je croyais encore que c'était vous. Il m'a quitté furieux. Pour en finir avec tout cela, Mrs. Cheveley a mis la main sur votre lettre. Elle l'a volée, quand, et comment, je l'ignore.

LADY CHILTERN. À quelle heure cela est-il arrivé ?

LORD GORING. À dix heures et demie. Et maintenant je suis d'avis que nous allions ensemble mettre Robert au fait de tout.

LADY CHILTERN, *le regardant avec une stupéfaction qui va jusqu'à la terreur*. Vous voulez que j'aille dire à Robert que la femme attendue par vous, ce n'était pas Mrs. Cheveley, que c'était moi ? Que c'était moi que vous pensiez être cachée dans une chambre de votre maison, à dix heures et demie du soir ? Vous voulez que moi j'aille lui dire cela ?

LORD GORING. Cela vaudrait mieux, à mon avis, que s'il apprenait l'exacte vérité.

LADY CHILTERN, *se levant*. Oh ! Je ne pourrai pas ! Je ne pourrai pas !

LORD GORING. Puis-je le faire ?

LADY CHILTERN. Non.

LORD GORING, *d'un ton grave*. Vous avez tort, Lady Chiltern.

LADY CHILTERN. Non. Il faut que la lettre soit interceptée. Voilà tout. Mais comment faire ? Il lui arrive des lettres à tout instant de la journée. Ses secrétaires les ouvrent et les lui passent. Je n'ose pas demander aux domestiques de m'apporter ses lettres ; cela serait impossible. Oh ! pourquoi ne me dites-vous pas ce que je dois faire ?

LORD GORING. Je vous en prie, Lady Chiltern, soyez calme, et répondez aux questions que je vais vous faire. Vous disiez que ses secrétaires ouvrent ses lettres.

LADY CHILTERN. Oui.

LORD GORING. Lequel est avec lui aujourd'hui ? Mr. Trafford, n'est-ce pas ?

LADY CHILTERN. Non, Mr. Montford, je crois.

LORD GORING. Vous pouvez vous fier à lui ?

LADY CHILTERN, *avec un geste de désespoir*. Ah ! comment le savoir ?

LORD GORING. Il ferait ce que vous lui demanderiez, n'est-ce pas ?

LADY CHILTERN. Je le crois.

LORD GORING. Votre lettre était écrite sur du papier incarnat. Il pourrait la reconnaître sans la lire, n'est-ce pas ? Rien qu'à la couleur ?

LADY CHILTERN. Je le suppose.

LORD GORING. Est-il chez vous en ce moment ?

LADY CHILTERN. Oui.

LORD GORING. Alors, je vais le trouver moi-même et je lui dirai qu'une certaine lettre, écrite sur papier incarnat, doit être adressée aujourd'hui à Robert, et qu'il faut à tout prix qu'elle ne lui arrive pas. *(Il se dirige vers la porte, et l'ouvre.)* Oh ! Robert monte l'escalier, et il tient la lettre à la main. Elle lui est déjà arrivée.

LADY CHILTERN, *avec un cri de douleur*. Oh ! Vous lui avez sauvé la vie ! Qu'avez-vous fait de la mienne ?

Entre Sir Robert Chiltern. Il tient la lettre et la lit. Il se dirige vers sa femme, sans remarquer la présence de Lord Goring.

SIR ROBERT CHILTERN. « J'ai besoin de vous. J'ai confiance en vous. Je viens à vous. Gertrude. » Oh ! mon amour ! est-ce vrai ? Avez-vous vraiment confiance en moi, avez-vous besoin de moi ? S'il en est ainsi, c'était à moi de venir à vous, et non à vous de m'écrire que vous venez à moi. Cette lettre de vous, Gertrude, me fait sentir que rien ne peut m'atteindre, quoi que fasse le monde. Vous avez besoin de moi, Gertrude ?

Lord Goring, inaperçu de Sir Robert Chiltern, fait un signe par lequel il supplie Lady Chiltern d'entrer dans la situation et de confirmer l'erreur de Sir Robert.

LADY CHILTERN. Oui.

SIR ROBERT CHILTERN. Vous avez confiance en moi, Gertrude ?

LADY CHILTERN. Oui.

SIR ROBERT CHILTERN. Oh ! pourquoi n'avez-vous pas ajouté que vous m'aimiez ?

LADY CHILTERN, *lui prenant la main*. Parce que je vous aime.

Lord Goring entre dans la serre.

SIR ROBERT CHILTERN, *il l'embrasse*. Gertrude, vous ne savez pas ce que j'éprouve. Lorsque Montford me fit passer votre lettre d'un bord à l'autre de la table, — il l'avait ouverte par erreur, je suppose, — et que je la lus. Oh ! je ne me demandai pas quelle honte ou quel châtiment m'attendait, je me dis seulement que vous m'aimiez encore.

LADY CHILTERN. Aucune honte, aucun châtiment ne vous attend. Mrs. Cheveley a remis à Lord Goring le document qui était en sa possession et il l'a détruit.

SIR ROBERT CHILTERN. En êtes-vous certaine, Gertrude ?

LADY CHILTERN. Oui, Lord Goring vient de me le dire.

SIR ROBERT CHILTERN. Alors, je suis sauvé. Oh ! quelle merveilleuse chose que d'être sauvé. J'ai passé deux jours dans l'épouvante. Maintenant je suis sauvé. Comment Arthur a-t-il détruit ma lettre ? Dites-le-moi.

LADY CHILTERN. Il l'a brûlée.

SIR ROBERT CHILTERN. J'aurais voulu voir se réduire en cendres cet unique péché de ma jeunesse. Combien d'hommes, dans la vie moderne, seraient heureux de voir leur passé tombé en cendres devant eux. Arthur est-il encore ici ?

LADY CHILTERN. Oui, il est dans la serre.

SIR ROBERT CHILTERN. Que je suis heureux d'avoir prononcé ce discours hier soir à la Chambre ! Que j'en suis heureux ! Je l'ai fait, avec la conviction que mon déshonneur public pouvait en être le résultat. Mais il n'en a pas été ainsi.

LADY CHILTERN. Le résultat a été l'hommage public.

SIR ROBERT CHILTERN. Je le crois ; je le crains même, en quelque sorte. Car bien que je sois à l'abri de toute accusation, bien que toute preuve contre moi soit détruite, je suppose, Gertrude... Ne ferais-je pas bien de quitter la vie publique ?

Il regarde anxieusement sa femme.

LADY CHILTERN, *avec vivacité*. Oh ! oui, Robert, vous ferez bien. C'est votre devoir d'agir ainsi.

SIR ROBERT CHILTERN. Cela ressemble beaucoup à une capitulation.

LADY CHILTERN. Non, c'est une victoire.

Sir Robert Chiltern parcourt la pièce en long et en large, d'un air agité. Puis il revient vers sa femme, et lui met la main sur l'épaule.

SIR ROBERT CHILTERN. Et vous seriez heureuse de vivre avec moi quelque part dans la solitude, à l'étranger peut-être, ou à la campagne, loin de Londres, loin de la vie publique. Vous ne le regretteriez pas ?

LADY CHILTERN. Oh ! non, Robert.

SIR ROBERT CHILTERN, *avec tristesse*. Et votre ambition pour moi ? Vous en aviez tant pour moi ?

LADY CHILTERN. Oh ! mon ambition ! Maintenant je n'en ai plus, sinon que nous puissions nous aimer l'un l'autre. Ce fut votre ambition qui vous égara ; ne parlons plus d'ambition.

Lord Goring revient de la serre. Il a l'air tout à fait enchanté de lui, et la boutonnière garnie d'une fleur toute fraîche que quelqu'un a cueillie pour lui.

SIR ROBERT CHILTERN, *allant à lui*. J'ai à vous remercier de ce que vous avez fait pour moi. Je ne sais comment m'en acquitter.

Il lui serre la main.

LORD GORING. Mon cher ami, je vais vous le dire tout de suite. Pour le moment, sous le palmier habituel... je veux dire, dans la serre...

Mason entre.

MASON. Lord Caversham.

LORD GORING. Cet admirable père, que j'ai, prend décidément l'habitude de surgir au mauvais moment. C'est bien peu de cœur de sa part, bien peu de cœur.

Lord Caversham entre. Mason sort.

LORD CAVERSHAM. Bonjour, Lady Chiltern. Mes plus chauds compliments, à vous, Chiltern, pour votre brillant discours d'hier soir. Je viens de quitter le Premier ministre, et vous aurez la première place vacante dans le gouvernement.

SIR ROBERT CHILTERN, *l'air joyeux et triomphant*. Un siège au gouvernement ?

LORD CAVERSHAM. Oui, voici la lettre du Premier ministre.

Il lui donne la lettre.

SIR ROBERT CHILTERN, *prenant la lettre et la lisant*. Un poste au gouvernement !

LORD CAVERSHAM. Oui, certes, et vous le méritez. Vous possédez tout ce qui nous est indispensable dans la vie politique de nos jours, — haute réputation, haute valeur morale, principes élevés. *(À Lord Goring.)* Autant de qualités qui vous manquent, monsieur, et qui vous manqueront toujours.

LORD GORING. Je n'aime pas les principes, mon père, je préfère les préjugés.

Sir Robert Chiltern est sur le point d'accepter l'offre du Premier ministre, quand il rencontre le regard clair et candide de sa femme. Alors il se rend compte que c'est impossible.

SIR ROBERT CHILTERN. Je ne puis accepter cette offre, Lord Caversham. J'ai pris la résolution de la décliner.

LORD CAVERSHAM. La décliner, monsieur !

SIR ROBERT CHILTERN. J'ai l'intention de me retirer de la vie publique sans plus tarder.

LORD CAVERSHAM, *furieux*. Décliner l'offre d'un poste au gouvernement, et vous retirer de la vie publique ! Jamais je n'ai entendu dire d'aussi énormes sottises dans tout le cours de mon existence. Je vous demande pardon, Lady Chiltern. Chiltern, je vous demande pardon. *(À Lord Goring.)* Ne ricanez pas comme cela, monsieur.

LORD GORING. Non, mon père.

LORD CAVERSHAM. Lady Chiltern, vous êtes une femme sensée, la femme la plus sensée de Londres, la femme la plus sensée que je connaisse. Ayez donc la bonté de vous opposer à ce que votre mari fasse une pareille... tienne des propos de ce... Ayez donc la bonté de faire cela, Lady Chiltern.

LADY CHILTERN. Je suis d'avis que mon mari a raison de prendre ce parti, Lord Caversham. Il a mon approbation.

LORD CAVERSHAM. Vous approuvez cela ! Juste ciel !

LADY CHILTERN, *prenant la main de son mari*. Je l'admire pour cela. Je l'en admire immensément. Je ne l'ai jamais autant admiré. Il est plus grand encore que je ne le croyais. *(À Sir Robert Chiltern.)* Vous allez maintenant écrire votre lettre au Premier ministre, n'est-ce pas ? N'hésitez pas à le faire, Robert.

SIR ROBERT CHILTERN, *avec une nuance d'amertume*. Je crois que je ferai bien de l'écrire tout de suite. De telles offres ne se réitèrent pas. Je vous prierai de m'excuser un instant, Lord Caversham.

LADY CHILTERN. Je puis vous accompagner, n'est-ce pas, Robert ?

SIR ROBERT CHILTERN. Oui, Gertrude.

Lady Chiltern sort avec lui.

LORD CAVERSHAM. Qu'ont-ils donc dans cette famille ? Quelque chose de dérangé ici, hé ! *(Il se donne une tape sur le front.)* Idiotie héréditaire, je suppose. Et des deux côtés encore ! La femme aussi bien que le mari. Très triste ! Bien triste, vraiment ! Et ce n'est pas une vieille famille ! Je n'y comprends rien.

LORD GORING. Ce n'est pas de l'idiotie, mon père, je vous l'assure.

LORD CAVERSHAM. Alors, qu'est-ce que c'est ?

LORD GORING, *après une légère hésitation*. Eh bien, c'est ce qu'on appelle de nos jours une haute valeur morale, mon père. Voilà tout !

LORD CAVERSHAM. Je déteste ces noms de fabrication récente. C'est la même chose que ce que nous appelions de l'idiotie, il y a cinquante ans. Resterai pas un instant de plus dans cette maison.

LORD GORING, *le prenant par le bras*. Oh ! venez donc faire un tour par là-bas, un instant, mon père ; troisième palmier à gauche, le palmier habituel.

LORD CAVERSHAM. Quoi ! Monsieur !

LORD GORING. Je vous demande pardon, mon père, je n'y pensais plus. La serre, mon père, la serre. Il y a quelqu'un à qui je voudrais que vous disiez un mot.

LORD CAVERSHAM. À propos de quoi, monsieur ?

LORD GORING. À propos de moi.

LORD CAVERSHAM, *d'un ton grognon*. Voilà un sujet sur lequel il n'est guère possible d'être éloquent.

LORD GORING. Non, mon père, mais la dame est comme moi : elle ne tient guère à l'éloquence chez les autres. Elle trouve que ça fait un peu de bruit. *(Lord Caversham passe dans la serre. Lady Chiltern entre.)* Lady Chiltern, pourquoi jouez-vous la partie de Mrs. Cheveley ?

LADY CHILTERN, *effarée*. Je ne vous comprends pas.

LORD GORING. Mrs. Cheveley a tenté de ruiner votre mari, soit dans le but de le chasser de la vie publique, soit en lui faisant prendre une attitude déshonorante. Vous l'avez sauvé de cette dernière tragédie, et voici que vous le poussez de force vers la première. Pourquoi lui faire vous-même le mal que Mrs. Cheveley a voulu et n'a pas pu lui faire ?

LADY CHILTERN. Lord Goring ?

LORD GORING, *rassemblant toutes ses forces en vue d'un grand effort, et laissant voir le philosophe sous les dehors du dandy*. Lady Chiltern, permettez-moi... Vous m'avez écrit hier soir une lettre où vous me disiez que vous aviez confiance en moi et que vous aviez besoin de mon aide. C'est en ce moment surtout que vous avez besoin de mon aide, en ce moment-ci qu'il vous faut avoir confiance en moi, avoir confiance dans mon conseil et mon jugement. Vous aimez Robert. Voulez-vous tuer son amour pour vous ? Quel genre de vie mènera-t-il, si vous lui dérobez les fruits de son ambition, si vous l'enlevez à la splendeur d'une grande carrière politique, si vous fermez devant lui les portes de la vie publique, si vous le condamnez à un échec stérile, lui qui était fait pour triompher et réussir ? Les femmes ne sont point faites pour nous juger, mais pour nous pardonner, quand nous avons besoin de pardon. C'est le pardon et non point la punition qui constitue leur mission. Pourquoi le fouetter à coups de verges pour une faute commise dans sa jeunesse, avant qu'il vous connût, avant qu'il se connût lui-même ? La vie d'un homme a plus de valeur que celle d'une femme. Elle aboutit à de plus grands résultats. Elle vise des buts plus vastes. Elle a des ambitions plus grandes. La vie d'une femme se meurt dans une orbite d'émotions. C'est sur les lignes de l'intellectualité que progresse la vie de l'homme. Ne commettez pas une terrible méprise, Lady Chiltern. Une femme capable de conserver l'amour de son mari et de lui conserver le sien a fait tout ce que le monde exige, tout ce que le monde devrait exiger des femmes.

LADY CHILTERN, *troublée, hésitante*. Mais c'est mon mari lui-même qui désire se retirer de la vie publique. Il a le sentiment que c'est son devoir. Il a été le premier à le dire.

LORD GORING. Plutôt que de perdre votre amour, Robert ferait n'importe quoi, briserait sur les écueils sa noble carrière, comme il est sur le point de le faire en ce moment. Il va faire pour vous un terrible sacrifice. Suivez mon conseil, Lady Chiltern, et n'acceptez point un aussi grand sacrifice. Si vous le faisiez, vous vous en repentiriez amèrement toute votre vie. Nous autres, hommes et femmes, nous ne sommes point faits pour accepter les uns des autres de tels sacrifices. Nous n'en sommes point dignes. En outre, Robert a été assez puni.

LADY CHILTERN. Nous avons été punis tous les deux. Je l'avais placé trop haut.

LORD GORING, *avec un ton de profonde conviction*. N'allez pas, pour ce même motif, le mettre trop bas. S'il est tombé de son autel, ne le poussez pas dans le bourbier. L'échec serait pour Robert le bourbier même de la honte. Le pouvoir est la passion. Il perdrait tout, même la faculté d'éprouver de l'amour. La vie de votre mari est en ce moment-ci entre vos mains ; l'amour de votre mari est entre vos mains. Ne les flétrissez pas du même coup.

Sir Robert Chiltern entre.

SIR ROBERT CHILTERN. Gertrude, voici le brouillon de la lettre. Faut-il vous la lire ?

LADY CHILTERN. Montrez-la-moi.

Sir Robert Chiltern lui tend la lettre. Elle la lit, puis d'un geste passionné la déchire.

SIR ROBERT CHILTERN. Que faites-vous là ?

LADY CHILTERN. La vie d'un homme a plus de valeur que celle d'une femme. Elle aboutit à de plus grands résultats. Elle vise des buts plus vastes. Elle a des ambitions plus grandes. Notre vie, à nous autres femmes, se meurt dans une orbite d'émotions. C'est sur les lignes de l'intellectualité que progresse la vie de l'homme. Je viens d'apprendre cela, et bien d'autres choses encore, de Lord Goring. Et je ne veux pas gâter votre vie, ni vous voir la gâter en m'en faisant le sacrifice, un sacrifice inutile.

SIR ROBERT CHILTERN. Gertrude ! Gertrude !

LADY CHILTERN. Vous pouvez oublier ; les hommes ont l'oubli facile. Et moi, je peux pardonner ; c'est en cela que les femmes sont utiles dans le monde. Je le vois maintenant.

SIR ROBERT CHILTERN, *vaincu par une émotion profonde ; il l'embrasse*. Ma femme ! Ma femme ! *(À Lord Goring.)* Arthur, il semble que je sois désormais et pour toujours votre débiteur.

LORD GORING. Oh ! certes non, Robert. Vous êtes celui de Lady Chiltern et non le mien.

SIR ROBERT CHILTERN. Je vous dois beaucoup. Et maintenant dites-moi ce que vous alliez me demander à l'instant même où Lord Caversham est survenu.

LORD GORING. Robert, vous êtes le tuteur de votre sœur, et j'ai besoin de votre consentement pour l'épouser. Voilà tout.

LADY CHILTERN. Oh ! je suis si heureuse, si heureuse !

Elle serre la main à Lord Goring.

LORD GORING. Merci, Lady Chiltern.

SIR ROBERT CHILTERN, *l'air agité*. Ma sœur devenir votre femme ?

LORD GORING. Oui.

SIR ROBERT CHILTERN, *d'une voix très ferme*. Arthur, j'en suis très fâché, mais il ne saurait être aucunement question de cela. Je dois songer au bonheur futur de Mabel. Je ne pense pas que son bonheur soit assuré entre vos mains et je ne puis pas la sacrifier.

LORD GORING. La sacrifier ?

SIR ROBERT CHILTERN. Oui, ce serait un sacrifice. Les mariages sans amour, c'est horrible. Mais il y a quelque chose de plus horrible encore qu'un mariage où il n'y a aucun amour ; c'est le mariage où il y a de l'amour, mais d'un seul côté ; de la confiance, mais d'un seul côté ; du dévouement, mais d'un seul côté ; mariage où l'un des deux cœurs doit fatalement être brisé.

LORD GORING. Mais j'aime Mabel. Aucune autre femme n'a de place dans ma vie.

LADY CHILTERN. Robert, s'ils s'aiment l'un et l'autre, pourquoi ne s'épouseraient-ils pas ?

SIR ROBERT CHILTERN. Arthur ne pourrait pas aimer Mabel, comme elle le mérite.

LORD GORING. Quelle raison avez-vous pour parler ainsi ?

SIR ROBERT CHILTERN, *après un silence*. Exigez-vous pour tout de bon que je vous le dise ?

LORD GORING. Certainement, j'y tiens.

SIR ROBERT CHILTERN. Puisque vous le voulez... Lorsque je suis allé vous voir hier soir, j'ai trouvé Mrs. Cheveley cachée dans votre appartement. Il était entre dix et onze heures du soir. Je ne veux pas en dire davantage. Vos relations avec Mrs. Cheveley, ainsi que je vous l'ai dit hier soir, n'ont rien qui me regarde. Je sais que vous aviez décidé de vous marier avec elle. La fascination qu'elle exerçait sur vous semble avoir reparu. Vous m'avez parlé d'elle hier soir comme d'une femme pure, immaculée, d'une femme que vous respectiez, que vous honoriez. C'est possible, mais je ne peux pas mettre l'existence de ma sœur entre vos mains. Ce serait une mauvaise action. Ce serait agir avec injustice, une infâme injustice à son égard.

LORD GORING. Je n'ai rien de plus à dire.

LADY CHILTERN. Robert, ce n'était point Mrs. Cheveley que Lord Goring attendait hier soir.

SIR ROBERT CHILTERN. Ce n'était point Mrs. Cheveley ? Qui donc alors ?

LORD GORING. C'était Lady Chiltern.

LADY CHILTERN. C'était votre femme, Robert. Hier dans l'après-midi, Lord Goring me dit que, si jamais j'étais dans la peine, je pourrais recourir à lui, pour lui demander son aide, comme à notre plus ancien et à notre meilleur ami. Plus tard, après cette terrible scène, dans cette pièce, je lui écrivis pour lui dire que j'avais confiance en lui et que je venais à lui pour avoir son aide et ses conseils. *(Sir Robert Chiltern tire la lettre de sa poche.)* Oui, cette lettre. Après tout, je ne suis pas allée chez Lord Goring. J'ai senti que l'aide ne devait venir que de nous-mêmes. L'orgueil m'a fait croire cela. Mrs. Cheveley y alla. Elle vola ma lettre et vous l'envoya par voie anonyme pour vous faire croire que... Oh ! Robert, je ne saurais vous expliquer ce qu'elle a voulu vous faire croire.

SIR ROBERT CHILTERN. Quoi ! Étais-je tombé si bas à vos yeux que vous ayez pu un seul instant croire que j'avais douté de votre honnêteté ? Gertrude, Gertrude, vous êtes pour moi la blanche image de tout ce qui est bon, et le péché ne saurait vous atteindre. Arthur, vous pouvez aller retrouver Mabel ;

tous mes souhaits vous accompagnent. Oh ! arrêtez un instant ! Il n'y a pas de nom en tête de cette lettre. La brillante Mrs. Cheveley a l'air de n'avoir point remarqué cela. Il y faudrait un nom.

LADY CHILTERN. Permettez-moi d'y écrire le vôtre. C'est en vous qu'est ma confiance, de vous que j'ai besoin, vous et aucun autre.

LORD GORING. Eh vraiment, Lady Chiltern, je pense qu'on devrait bien me rendre ma lettre.

LADY CHILTERN, *souriant*. Non, vous aurez Mabel.

Elle prend la lettre et y écrit le nom de son mari.

LORD GORING. J'espère bien qu'elle n'aura pas changé d'idée. Il y a près de vingt minutes que je ne l'ai vue.

Mabel Chiltern et Lord Caversham entrent.

MABEL CHILTERN. Lord Goring, je trouve la conversation de votre père beaucoup plus édifiante que la vôtre. Désormais je ne causerai plus qu'avec Lord Caversham et toujours sous le palmier habituel.

LORD GORING. Ma chérie !

Il l'embrasse.

LORD CAVERSHAM, *tout à fait interloqué*. Qu'est-ce que cela signifie, monsieur ? Vous ne prétendez pas dire que cette charmante, cette intelligente jeune fille, a commis la sottise de vous dire oui ?

LORD GORING. Mais si, mon père, et Chiltern a été assez sage pour accepter un poste au gouvernement.

LORD CAVERSHAM. Je suis enchanté d'apprendre cela, Chiltern... Vous, monsieur, je vous félicite... Si le pays mérite de n'être pas jeté aux chiens ou aux Radicaux [1], nous vous aurons un jour pour Premier ministre.

Mason entre.

---

1. Les Radicaux, qui se situaient à la gauche du Parti libéral, étaient considérés par les Conservateurs comme une dangereuse menace à l'ordre établi.

MASON. Le déjeuner est servi, Milady.

Mason sort.

MABEL CHILTERN. Vous restez pour le déjeuner, n'est-ce pas, Lord Caversham ?

LORD CAVERSHAM. Avec plaisir, et ensuite je vous conduirai en voiture à Downing Street, Chiltern. Vous avez un grand avenir devant vous, un grand avenir... Je voudrais pouvoir en dire autant pour vous, monsieur. *(Il s'adresse à Lord Goring.)* Mais votre carrière devra être exclusivement conjugale.

LORD GORING. Oui, mon père. Je la préfère conjugale.

LORD CAVERSHAM. Et si vous ne faites pas un mari idéal pour cette jeune personne, je vous déshérite.

MABEL CHILTERN. Un mari idéal ! Oh ! je crois que cela ne me plairait pas beaucoup. Cela a l'air de n'exister que dans l'autre monde !

LORD CAVERSHAM. Alors que voulez-vous qu'il soit, ma chère ?

MABEL CHILTERN. Il peut être ce qu'il voudra. Tout ce que je veux, c'est d'être... d'être pour lui... oh ! une véritable épouse.

LORD CAVERSHAM. Ma parole, il y a pas mal de bon sens dans cela, Lady Chiltern.

Tous sortent, excepté Sir Robert Chiltern. Il se laisse aller sur une chaise, tout entier à ses réflexions. Au bout de quelques instants, Lady Chiltern revient le chercher.

LADY CHILTERN, *regardant par-dessus le dossier de la chaise.* Ne venez-vous pas, Robert ?

SIR ROBERT CHILTERN, *lui prenant la main.* Gertrude, est-ce de l'amour que vous éprouvez pour moi, ou seulement de la pitié ?

LADY CHILTERN, *l'embrassant.* C'est de l'amour, Robert, de l'amour, et rien que de l'amour. Pour nous deux, c'est une vie nouvelle qui commence.

RIDEAU.

L'IMPORTANCE D'ÊTRE CONSTANT

Comédie triviale pour gens sérieux

À

ROBERT BALDWIN ROSS

en témoignage d'estime et d'affection [1].

1. Robert Ross (1869-1918), ami fidèle de Wilde. C'est lui qui, en 1908, publia les *Œuvres* de l'écrivain.

PERSONNAGES

JOHN WORTHING[1], juge de paix.
ALGERNON MONCRIEFF.
LE CHANOINE CHASUBLE, docteur en théologie.
LANE, domestique[2].
LADY BRACKNELL[3].
L'HONORABLE GWENDOLEN FAIRFAX.
CECILY CARDEW.
MISS PRISM, gouvernante.

---

1. Nom d'une station balnéaire du Sussex où Wilde séjournait avec son épouse, Constance. C'est là qu'il écrivit sa pièce. 2. Le nom du domestique d'Algernon reprend celui de l'éditeur John Lane, avec qui Wilde avait eu des relations orageuses. 3. Bracknell était le lieu de résidence de la mère de Lord Alfred Douglas. Wilde aimait à donner à ses personnages des noms de lieux qui lui étaient familiers (voir, par exemple, le nom de Lord Goring, dans *Un mari idéal*).

ACTE PREMIER

De nos jours, à Londres.

Petit salon dans l'appartement d'Algernon dans Half Moon Street[1]*. Pièce meublée avec somptuosité et un réel goût artistique. On entend jouer du piano dans la pièce adjacente. Lane dispose tout sur la table pour le thé de l'après-midi. La musique cesse. Algernon entre.*

ALGERNON. Avez-vous entendu ce que je jouais, Lane ?

LANE. Je n'ai pas cru qu'il fût poli d'écouter, monsieur.

ALGERNON. J'en suis fâché pour vous. Je ne joue pas correctement — le premier venu peut jouer correctement — mais je joue avec une merveilleuse expression. Au piano, le sentiment est mon fort. Je réserve la science pour la vie.

LANE. Oui, monsieur.

ALGERNON. Et puis qu'on parle de la science de la vie, avez-vous fait couper les sandwichs aux concombres pour Lady Bracknell ?

LANE. Oui, monsieur.

Il les présente sur un plateau.

ALGERNON, *il les examine, en prend deux, et s'assied sur le canapé.*

Ah ! à propos... Lane, je vois d'après votre registre, que, jeudi

---

1. Rue élégante de Londres, près de St James's Street.

soir, quand Lord Shoreman et Mr. Worthing ont dîné avec moi, vous avez marqué comme bues huit bouteilles de champagne.

LANE. Oui, monsieur, huit bouteilles et demie.

ALGERNON. Comment se fait-il que chez les célibataires ce soit invariablement les domestiques qui boivent le champagne ? Je demande cela à titre de simple renseignement.

LANE. Je l'attribue à la qualité supérieure du vin, monsieur. J'ai souvent observé que dans les maisons de gens mariés, il est rare que le champagne soit de première qualité.

ALGERNON. Juste ciel ! Le mariage est si démoralisant que cela !

LANE. Je crois que c'est un état fort agréable, monsieur. Je ne l'ai connu jusqu'à présent que par une très courte expérience. Je n'ai été marié qu'une seule fois. Ce fut l'effet d'un malentendu entre moi et une jeune personne.

ALGERNON, *d'un ton de langueur.* Je me demande si je m'intéresse beaucoup à votre vie de famille, Lane.

LANE. Non, monsieur, ce n'est pas un sujet bien intéressant. Quant à moi, je n'y pense jamais.

ALGERNON. J'en suis sûr. C'est tout à fait naturel. C'est bien, Lane.

LANE. Merci, monsieur.

Lane sort.

ALGERNON. Les idées de Lane sur le mariage paraissent assez élastiques. Réellement, si les classes inférieures ne nous donnent pas le bon exemple, à quoi donc servent-elles en ce monde ? En tant que classes, elles paraissent absolument dépourvues de tout sentiment de responsabilité morale.

Lane entre.

LANE. Mr. Constant Worthing.

Jack entre. Lane sort.

ALGERNON. Comment allez-vous, mon cher Constant ? Qu'est-ce qui vous amène à Londres ?

JACK. Oh ! le plaisir, le plaisir. Quel autre motif pourrait y faire venir les gens ? En train de manger, comme d'habitude, Algy !

ALGERNON, *avec raideur.* Je crois que c'est une habitude établie dans la bonne société de prendre quelque chose de léger à cinq heures. Qu'êtes-vous devenu depuis jeudi dernier ?

JACK, *s'asseyant sur le canapé.* Je suis allé à la campagne.

ALGERNON. Que diable y faites-vous ?

JACK, *ôtant ses gants.* Quand on est à la ville, on s'amuse soi-même. Quand on est à la campagne, on amuse les autres. C'est excessivement assommant.

ALGERNON. Et quels sont les gens que vous amusez ?

JACK, *d'un air dégagé.* Oh ! des voisins, des voisins.

ALGERNON. Avez-vous trouvé d'agréables voisins dans votre coin du Shropshire[1] ?

JACK. Parfaitement horribles ! Jamais je ne parle à aucun d'entre eux.

ALGERNON. Vous devez les amuser énormément. *(Il se lève et prend un sandwich.)* À propos, le Shropshire, c'est votre pays, n'est-ce pas ?

JACK. Eh ! Le Shropshire ? dites-vous, mais oui, naturellement. Dites donc !... pourquoi toutes ces tasses ? Pourquoi des sandwichs aux concombres. Pourquoi une si folle extravagance chez un homme aussi jeune. Qui est-ce qui viendra pour le thé ?

ALGERNON. Oh ! seulement tante Augusta et Gwendolen.

JACK. Voilà qui est tout à fait charmant.

ALGERNON. Oui, tout cela c'est très bien, mais je crains que tante Augusta ne soit pas très contente que vous soyez ici.

JACK. Puis-je demander pourquoi ?

ALGERNON. Mon cher ami, la façon dont vous flirtez avec Gwendolen est absolument choquante. Elle l'est presque autant que la façon dont Gwendolen flirte avec vous.

JACK. Je fais ma cour à Gwendolen. Je suis venu à la ville tout exprès pour lui demander sa main.

ALGERNON. Je croyais que c'était le plaisir qui vous avait fait venir. J'appelle cela venir pour affaires.

---

1. Région d'Angleterre, dans les Midlands, considérée à l'évidence par Algernon comme un lieu de séjour impossible.

JACK. Comme vous êtes peu romantique !

ALGERNON. Vraiment, je ne vois rien de bien romantique dans une demande en mariage. C'est très romantique d'être amoureux. Mais il n'y a rien de romantique dans une demande officielle. Tenez, on peut être agréé. On l'est généralement, je crois. Alors toute l'excitation se dissipe. L'essence véritable du romanesque, c'est l'incertitude. Si jamais je viens à me marier, je ferai de mon mieux pour l'oublier.

JACK. Je n'ai aucun doute sur ce point, cher Algy. Le tribunal des divorces a été inventé tout exprès pour les gens qui ont la mémoire aussi curieusement construite.

ALGERNON. Oh ! inutile de raisonner sur ce sujet. Les divorces se font au ciel. *(Jack étend la main pour prendre un sandwich ; Algernon intervient à l'instant.)* Je vous en prie, ne touchez pas aux sandwichs aux concombres. Ils sont commandés tout exprès pour tante Augusta.

Il en prend un et le mange.

JACK. Eh ! mais, vous en avez mangé tout le temps.

ALGERNON. Cela, c'est bien différent : c'est ma tante. *(Il prend l'assiette de dessous.)* Prenez du pain et du beurre. Le pain et le beurre sont pour Gwendolen. Gwendolen est vouée au pain et au beurre.

JACK, *se dirigeant vers la table et se servant lui-même.* Et ce pain, ce beurre sont excellents.

ALGERNON. Mais, mon cher ami, vous n'allez pas manger comme si vous aviez l'intention de tout manger. Vous vous conduisez comme si vous étiez déjà son mari. Vous n'êtes pas encore son mari, et je ne crois pas que vous le soyez jamais.

JACK. Pourquoi diable dites-vous cela ?

ALGERNON. Eh bien ! en premier lieu, parce que les jeunes filles n'épousent jamais ceux avec qui elles flirtent. Elles trouvent que ce n'est pas honnête.

JACK. Oh ! cette bêtise !

ALGERNON. Ce n'est pas une bêtise, c'est une grande vérité. Cela explique le grand nombre de célibataires que l'on voit partout ici. En second lieu, je ne donne pas mon consentement.

JACK. Votre consentement !

ALGERNON. Mon cher ami, Gwendolen est ma cousine au premier degré. Et avant que je vous permette de l'épouser, vous aurez à vous expliquer sur ce qui concerne Cecily.

Il sonne.

JACK. Cecily ! De qui diable voulez-vous parler ? Quelle est cette personne que vous nommez Cecily, Algernon ? Je ne connais personne du nom de Cecily.

Lane entre.

ALGERNON. Apportez-moi l'étui à cigarettes que Mr. Worthing a laissé dans le fumoir, la dernière fois qu'il a dîné ici[1].

LANE. Oui, monsieur.

Lane sort.

JACK. Est-ce que cela veut dire que vous avez gardé tout ce temps mon étui à cigarettes ? Je serais bien aise que vous me le fassiez savoir. J'ai écrit des lettres furibondes à Scotland Yard[2] à ce propos. J'ai été presque sur le point d'offrir la forte récompense.

ALGERNON. Eh bien, je souhaite que vous en offriez une. Je me trouve justement un peu plus gêné que d'habitude.

JACK. Il n'y a pas de forte récompense à offrir maintenant que l'objet est trouvé.

Lane entre, portant l'étui à cigarettes sur un plateau. Algernon s'en empare aussitôt, Lane sort.

ALGERNON. Je trouve cela assez mesquin de votre part, Constant, je dois le dire. *(Il ouvre l'étui et l'examine.)* Toutefois cela ne fait rien, car maintenant, en regardant l'inscription qui

---

1. Il y a beaucoup d'accessoires dans les pièces de Wilde et ceux-ci ont toujours un rôle important dans l'intrigue : l'éventail de Lady Windermere dans la pièce éponyme, la broche-bracelet de Mrs. Cheveley dans *Un mari idéal* et ici un étui à cigarettes. Le choix de cet objet (dans cette scène, lié à un secret) n'est pas fortuit, puisque Wilde avait l'habitude d'offrir des étuis à cigarettes à ses amants de passage. **2.** Siège de la police à Londres.

est à l'intérieur, je constate qu'après tout, l'objet ne vous appartient pas.

JACK. Mais si, il m'appartient. *(Il se dirige vers lui.)* Vous l'avez vu dans mes mains cent fois, et vous n'avez aucune espèce de droit de lire ce qui est écrit à l'intérieur. Ce n'est pas agir en gentleman que de regarder dans un étui à cigarettes.

ALGERNON. Oh ! quelle absurdité que d'avoir une règle inflexible et invariable sur ce qu'on doit lire et ce qu'on ne doit pas lire. La culture moderne dépend pour une bonne moitié au moins de ce qu'on devrait ne pas lire.

JACK. C'est un fait que je n'ignore aucunement, et je n'ai pas la moindre intention de discuter sur la culture moderne. Ce ne sont point là des sujets de conversation en tête-à-tête. Je ne tiens qu'à une chose, récupérer mon étui à cigarettes.

ALGERNON. Oui, mais ce n'est pas votre étui à cigarettes. Cet étui à cigarettes est un présent fait par une personne qui se nomme Cecily, et vous avez dit que vous ne connaissiez personne de ce nom.

JACK. Eh bien, si vous tenez à le savoir, il se trouve que Cecily est ma tante.

ALGERNON. Votre tante !

JACK. Oui, et même une charmante vieille dame. Demeure à Tunbridge Wells [1]. Rendez-moi ça tout de suite, Jack.

ALGERNON, *reculant jusque derrière le canapé.* Mais pourquoi s'appelle-t-elle « petite Cecily » si elle est votre tante, et si elle demeure à Tunbridge Wells ? *(Lisant.)* « De la part de la petite Cecily, avec son amour le plus sincère. »

JACK, *se dirigeant vers le canapé et s'y agenouillant.* Mon vieux, que diable peut-on trouver dans cela ? Il y a des tantes qui sont grandes, il y a des tantes qui ne sont pas grandes. C'est assurément là une chose qu'on doit permettre à une tante de décider selon son goût. Vous avez l'air de croire que toutes les tantes devraient être exactement semblables à la vôtre. C'est absurde ! Au nom du ciel, rendez-moi mon étui à cigarettes.

---

1. Ville d'eau élégante située dans le Kent, à la mode depuis le XVIIe siècle.

Il poursuit Algernon tout autour de la pièce.

ALGERNON. Oui, mais pourquoi votre tante vous appelle-t-elle son oncle. « De la part de la petite Cecily, avec son amour le plus sincère, à son cher oncle Jack. » Il n'y a rien d'impossible, je le reconnais, à ce qu'une tante soit de petite taille, mais comment admettre qu'une tante, quelle que soit sa taille, qualifie d'oncle son propre neveu : voilà ce que je ne puis m'expliquer. En outre, vous ne vous appelez pas du tout Jack ; vous vous nommez Constant.

JACK. Non, pas Constant, Jack.

ALGERNON. Vous m'avez toujours dit que c'était Constant. Je vous ai présenté partout sous le nom de Constant. Vous répondez au nom de Constant. Vous avez absolument l'air de vous appeler Constant. Vous êtes l'homme le plus constant que j'aie jamais vu. C'est agir d'une façon absolument absurde, de dire que vous ne vous appelez pas Constant. C'est sur vos cartes. En voici une. *(Il en tire une de son porte-cartes.)* « Mr. Constant Worthing, B 4, The Albany [1]. » Je la conserverai comme preuve que vous vous appelez Constant, si jamais vous essayez de dire le contraire, à moi, ou à Gwendolen, ou à qui que ce soit.

Il met la carte dans sa poche.

JACK. Eh bien soit, je m'appelle Constant à la ville, et Jack à la campagne, et c'est à la campagne que l'étui à cigarettes m'a été donné.

ALGERNON. Oui, mais cela n'explique pas pourquoi, votre petite tante Cecily, qui demeure à Tunbridge Wells, vous appelle son cher oncle. Allons, mon vieux, vous ferez mieux de lâcher tout d'un seul coup.

JACK. Mon cher Algy, vous parlez exactement comme si vous étiez dentiste. C'est très vulgaire, de parler comme un dentiste, quand on n'est pas un dentiste. Cela produit une fausse impression.

---

1. Hôtel à la mode, dans Piccadilly, divisé en appartements pour hommes célibataires fortunés.

ALGERNON. Eh ! mais c'est justement ce que font les dentistes. Maintenant continuez, dites-moi tout. Je vous ferai remarquer en passant que je vous ai toujours soupçonné d'être en secret un Bunburyste invétéré, et à présent j'en suis tout à fait certain [1].

JACK. *Bunburyste ?* Que diable entendez-vous par un Bunburyste ?

ALGERNON. Je vous révélerai le sens de cette incomparable expression, aussitôt que vous aurez la bonté de m'informer pourquoi vous êtes Constant à la ville et Jack à la campagne.

JACK. Mais donnez-moi mon étui à cigarettes, d'abord.

ALGERNON. Le voici. *(Il tend l'étui à cigarettes.)* Maintenant donnez votre explication, et rendez-la improbable.

Il s'assied sur le canapé.

JACK. Mon cher ami, il n'y a rien du tout d'improbable dans mon explication. En somme, elle n'a rien que de très ordinaire. Le vieux Mr. Thomas Cardew, qui m'adopta quand j'étais tout petit, me fit par son testament tuteur de sa petite-fille, Miss Cecily Cardew. Cecily, qui par des motifs de respect, que vous êtes incapable d'apprécier, m'appelle son oncle, demeure chez moi à la campagne, confiée aux soins de son incomparable gouvernante, Miss Prism.

ALGERNON. À propos, où est-il cet endroit, à la campagne ?

JACK. Cela ne vous regarde pas, mon vieux. On ne vous y invitera pas... Je puis vous dire, en toute franchise, que cet endroit n'est pas dans le Shropshire.

ALGERNON. Je m'en doutais, cher ami, j'ai déjà *bunburysé* dans tout le Shropshire dans deux circonstances différentes. Mais continuez. Pourquoi êtes-vous Constant à la ville et Jack à la campagne ?

JACK. Mon cher Algy, je ne sais si vous serez en état d'apprécier mes raisons véritables. Vous n'êtes peut-être pas assez sérieux. Quand on remplit la fonction de tuteur, on est tenu d'observer les plus strictes convenances morales en toutes

1. Ce nom était celui d'un ami de Wilde, Henry S. Bunbury.

occasions. Le devoir le veut ainsi. Et comme les plus strictes convenances morales ne sont guère de nature à entretenir votre santé ou votre bonheur, toutes les fois que je veux aller à la ville, j'ai toujours prétendu que j'y avais un frère cadet nommé Constant, qui habite The Albany et qui trouve toujours le moyen de se fourrer dans les guêpiers les plus redoutables. Voilà, mon cher Algy, la pure et simple vérité, tout entière.

ALGERNON. La vérité est rarement pure, et jamais simple. La vie moderne serait bien ennuyeuse, si la vérité était l'une et l'autre ; quant à la littérature moderne, elle serait tout bonnement impossible.

JACK. Voilà qui ne serait pas si mauvais.

ALGERNON. La critique littéraire n'est pas votre fort, mon cher. Ne vous y essayez pas. Vous devriez la laisser aux gens qui n'ont point passé par l'Université. Ils s'en tirent si bien dans les journaux quotidiens. Ce que vous êtes... un vrai Bunburyste ! J'avais parfaitement raison de dire que vous êtes un Bunburyste. Vous êtes un des Bunburystes les plus avancés que je connaisse.

JACK. Que diable voulez-vous dire ?

ALGERNON. Vous avez inventé un frère cadet nommé Constant, qui vous est fort utile, en ce que cela vous permet de vous rendre à la ville toutes les fois qu'il vous plaît. Moi j'ai inventé un malade chronique de la plus grande utilité, nommé Bunbury, afin de pouvoir partir pour la campagne, quand je le juge à propos. Bunbury est d'une valeur absolument incomparable. Sans la mauvaise santé extraordinaire de Bunbury, il me serait impossible, par exemple de dîner avec vous ce soir chez Willis[1], car j'ai été retenu à dîner depuis plus d'une semaine par tante Augusta.

JACK. Je ne vous ai invité à dîner nulle part, ce soir.

ALGERNON. Je le sais. Vous êtes d'une négligence absurde quand il s'agit d'envoyer vos invitations. C'est insensé de votre part.

---

1. Restaurant à la mode, dans King Street, près du St James's Theatre. Wilde y fait allusion dans *De profundis*.

Rien n'est plus vexant pour les gens que de ne pas recevoir d'invitations.

JACK. Vous feriez bien mieux de dîner avec votre tante Augusta.

ALGERNON. Je n'ai pas la moindre intention de rien faire de ce genre. Pour commencer, j'ai dîné chez elle lundi, et dîner avec des parents une fois par semaine, c'est bien suffisant. En second lieu, toutes les fois que j'y dîne, je suis toujours traité comme un membre de la famille, et je descends dîner soit sans cavalière, soit en compagnie de deux à la fois. En troisième lieu, je sais parfaitement quelle personne elle me donnera pour voisine, ce soir : elle me placera auprès de Mary Farquhar qui ne cesse de flirter avec son mari d'un bord à l'autre de la table. Voilà qui n'est guère agréable. Vraiment, ce n'est pas même décent, et c'est un comportement qui gagne énormément de terrain. C'est absolument scandaleux, le nombre des femmes à Londres qui flirtent avec leur mari. Cela est affligeant. Cela revient tout simplement à laver son linge propre en public. En outre, maintenant que je vous sais un Bunburyste confirmé, je tiens naturellement à vous parler du Bunburysme. Je tiens à vous en enseigner les règles.

JACK. Je ne suis pas du tout un Bunburyste. Si Gwendolen m'agrée, je ne manquerai pas de tuer mon frère. En somme, j'ai pris le parti de le tuer quoi qu'il arrive. Cecily s'intéresse un peu trop à lui. Ça devient insupportable. Ainsi donc, je vais me défaire de Constant. Et je vous engage vivement à en user de même avec Mr.... avec votre ami le malade chronique qui a ce nom absurde de...

ALGERNON. Rien ne me fera rompre avec Bunbury, et si jamais vous vous mariez, chose qui me paraît des plus problématiques, vous serez enchanté de faire connaissance avec Bunbury. Un homme qui se marie sans connaître Bunbury doit s'attendre à bien des ennuis.

JACK. Vous dites des bêtises. Si j'épouse une jeune fille charmante comme Gwendolen, comme de toutes les jeunes filles que j'ai vues, elle est la seule que je voudrais épouser, je vous réponds que je ne tiens pas à connaître Bunbury.

ALGERNON. Alors ce sera votre femme qui fera sa connaissance. Vous n'avez pas l'air de vous douter que dans la vie conjugale, on ne se tient pas compagnie à deux, et que pour cela il faut être trois [1].

JACK, *sententieusement*. Cela, mon cher jeune ami, c'est la théorie que ce théâtre français corrompu [2] n'a cessé de propager pendant ces cinquante dernières années.

ALGERNON. Oui, et c'est ce qu'a démontré en un temps moitié moindre l'heureux *home* anglais.

JACK. Au nom du Ciel, ne jouez pas au cynisme. C'est si facile d'être cynique.

ALGERNON. Mon cher, ce n'est pas facile d'être n'importe quoi aujourd'hui. Il y a une telle concurrence en toutes choses. *(On entend une sonnerie électrique.)* Ah ! ce doit être tante Augusta. Il n'y a que des parents, ou des créanciers, pour sonner de cette façon wagnérienne [3]. Maintenant, si je peux la tenir à l'écart pendant dix minutes, de façon que vous puissiez avoir une occasion de demander Gwendolen en mariage, puis-je dîner avec vous chez Willis ?

JACK. Je le suppose, si vous y tenez.

ALGERNON. Oui, mais il faut que vous soyez sérieux sur ce point. Je déteste les gens qui ne sont point sérieux à propos de repas. C'est bien superficiel de leur part.

Lane entre.

LANE. Lady Bracknell et Miss Fairfax.

Algernon va au-devant d'elles. Lady Bracknell et Gwendolen entrent.

LADY BRACKNELL. Bonjour, cher Algernon, j'espère que vous vous conduisez bien aujourd'hui.

---

1. Wilde renverse les termes du proverbe : « Two is company, three is a crowd. » **2.** Allusion au théâtre d'Alexandre Dumas fils, Eugène Scribe et Émile Augier, souvent censuré lorsqu'il était donné sur les scènes anglaises : la liberté de ton de leurs comédies de mœurs choquait l'opinion victorienne. **3.** Les opéras de Wagner étaient appréciés des intellectuels, mais leur volume sonore donnait aussi souvent lieu à des plaisanteries.

ALGERNON. Je me sens très bien, tante Augusta.

LADY BRACKNELL. Ce n'est pas tout à fait la même chose. En fait ces deux choses vont rarement ensemble.

Elle aperçoit Jack et lui fait une révérence avec une froideur glaciale.

ALGERNON, *à Gwendolen*. Ah ! mon Dieu, comme vous êtes élégante !

GWENDOLEN. Je suis toujours élégante. N'est-ce pas, Mr. Worthing ?

JACK. Vous êtes absolument parfaite, Miss Fairfax.

GWENDOLEN. Oh ! j'espère que je ne le suis pas. Cela ne laisserait plus le moyen de me perfectionner, et j'entends me perfectionner en bien des façons.

Gwendolen et Jack s'asseoient ensemble dans un coin.

LADY BRACKNELL. Je suis fâchée que nous soyons venues un peu tard, Algernon, mais j'ai été obligée de voir cette chère Lady Harbury. Je n'y suis pas allée depuis la mort de son pauvre mari. Je n'ai jamais vu une femme si changée : on lui donnerait bien vingt ans de moins. Et maintenant je vais prendre une tasse de thé, et un de ces excellents sandwichs aux concombres que vous m'avez promis.

ALGERNON. Certainement, tante Augusta.

Il s'approche de la table à thé.

LADY BRACKNELL. Ne voulez-vous pas venir vous asseoir ici, Gwendolen ?

GWENDOLEN. Merci, maman, je me trouve très bien où je suis.

ALGERNON, *horrifié en prenant l'assiette vide.* Grands dieux Lane, pourquoi n'y a-t-il pas de sandwichs aux concombres ? Je les ai commandés spécialement.

LANE, *avec gravité*. Il n'y avait pas de concombres au marché ce matin, monsieur. J'y suis allé deux fois.

ALGERNON. Pas de concombres ?

LANE. Non, monsieur, pas même en payant comptant.

ALGERNON. Cela suffit, Lane. Merci.

LANE. Merci, monsieur.

Il sort.

ALGERNON. Je suis absolument désolé, tante Augusta, qu'il n'y ait pas de concombres, même en payant comptant.

LADY BRACKNELL. Cela ne fait rien, Algernon. J'ai mangé quelques petits fours avec Lady Harbury, qui me paraît vivre maintenant uniquement pour le plaisir.

ALGERNON. J'ai entendu dire que sa chevelure avait pris une teinte tout à fait dorée, par suite de son chagrin [1].

LADY BRACKNELL. La couleur en a changé, c'est certain. Pour quelle raison, naturellement, ce n'est pas moi qui peux le dire. *(Algernon traverse la pièce et sert le thé.)* Merci. J'ai un vrai cadeau pour vous, ce soir, Algernon. Je compte vous faire conduire Mary Farquhar. C'est une femme tout à fait charmante, et si pleine d'attentions pour son mari ! C'est un plaisir, de les regarder.

ALGERNON. Je crains qu'il ne me faille renoncer au plaisir de dîner avec vous ce soir, tante Augusta.

LADY BRACKNELL, *fronçant les sourcils*. J'espère que non, Algernon. Cela désorganiserait entièrement ma table. Votre oncle serait forcé de dîner à l'étage. Heureusement il en a l'habitude.

ALGERNON. C'est bien ennuyeux, et ai-je besoin de le dire, c'est pour moi une terrible déception, mais le fait est que je viens de recevoir une dépêche m'apprenant que mon pauvre ami Bunbury a eu une grave rechute. *(Il échange un coup d'œil avec Jack.)* On semble penser que je devrais être auprès de lui.

LADY BRACKNELL. C'est bien étrange. Ce Mr. Bunbury a l'air d'avoir une santé singulièrement mauvaise.

ALGERNON. Oui, ce pauvre Bunbury a une terrible maladie chronique.

LADY BRACKNELL. Eh bien, je dois le dire, Algernon, à mon avis il est grand temps que ce Mr. Bunbury prenne son parti de vivre ou de mourir. Cette façon de vouloir, de ne pas vouloir,

---

1. Lord Henry fait la même description de Lady Narborough au chapitre XVI du *Portrait de Dorian Gray*.

de ruser avec la question, est absurde. D'ailleurs, je n'approuve pas du tout la sympathie qu'on témoigne de nos jours aux malades chroniques. Je trouve cela morbide. La maladie, quelle qu'elle soit, n'est pas une chose à encourager chez autrui. La santé est le premier devoir de la vie. C'est ce que je ne cesse de dire à votre pauvre oncle, mais il n'a pas l'air d'y faire grande attention... du moins à en juger par le peu d'amélioration de ses indispositions. Je vous serais fort obligée si vous vouliez bien prier de ma part Mr. Bunbury de ne pas avoir de rechute samedi, car je compte sur vous pour organiser mon concert. C'est ma dernière réception, et j'ai besoin de quelque chose qui encourage la conversation, surtout à la fin de la saison, alors que les gens ont réellement dit tout ce qu'ils avaient à dire, ce qui probablement se réduisait à peu de choses dans la plupart des cas.

ALGERNON. Je parlerai à Bunbury, tante Augusta, s'il a encore sa tête à lui, et je crois pouvoir vous promettre qu'il ira très bien samedi. Ah ! la musique donne beaucoup d'embarras. Voyez-vous, si on fait de bonne musique, les gens n'écoutent pas, et si l'on en fait de mauvaise, les gens ne causent pas. Mais je jetterai un coup d'œil sur le programme que j'ai arrêté, si vous voulez bien me suivre un instant dans l'autre pièce.

LADY BRACKNELL. Merci, Algernon. Voilà qui montre votre prévoyance. *(Elle se lève et suit Algernon.)* Je suis certaine que le programme sera charmant, après quelques corrections. Je ne puis autoriser des chansons françaises. Les gens ont toujours l'air de croire qu'elles sont inconvenantes, et ils prennent une mine scandalisée, ce qui est vulgaire, ou bien ils rient, ce qui est pire. Mais l'allemand a une sonorité hautement respectable, et il l'est en effet, à ce que je crois [1]. Gwendolen, venez avec moi.

GWENDOLEN. Certainement, maman.

---

1. L'association de la France avec le plaisir, voire la décadence, est un lieu commun de l'époque, tout comme celle de l'Allemagne avec la majesté et la respectabilité.

Lady Bracknell et Algernon passent dans la salle de concert. Gwendolen reste en arrière.

JACK. Quelle charmante journée, Miss Fairfax !

GWENDOLEN. Je vous en prie, ne me parlez pas du temps, Mr. Worthing. Toutes les fois qu'on me parle du temps, je suis absolument certaine qu'on a autre chose en tête. Et cela me rend si nerveuse.

JACK. En effet, j'ai autre chose en tête.

GWENDOLEN. Je m'en doutais. D'ailleurs je ne me trompe jamais.

JACK. Et je voudrais qu'il me fût permis de mettre à profit l'absence momentanée de Lady Bracknell...

GWENDOLEN. Je vous engagerais certainement à le faire. Maman a une façon à elle de rentrer brusquement dans une pièce. J'ai dû lui en parler plus d'une fois.

JACK, *nerveusement*. Miss Fairfax, depuis que je vous ai vue pour la première fois, je vous ai admirée plus qu'aucune jeune fille... que j'aie rencontrée depuis... que je vous ai rencontrée.

GWENDOLEN. Oui, je sais tout cela très bien. Et je souhaite souvent qu'en public tout au moins, vous soyez plus démonstratif. Vous avez toujours eu pour moi une fascination irrésistible. Même avant de vous avoir rencontré, il s'en fallait beaucoup que je fusse indifférente à votre égard. *(Jack la contemple d'un air ébahi.)* Nous vivons dans un siècle d'idéaux, Mr. Worthing, vous le savez, je l'espère. C'est un fait qu'on ne cesse de rappeler dans les magazines mensuels les plus coûteux. Il est arrivé jusqu'aux chaires de province, à ce qu'on m'a dit. Mon idéal a toujours été d'aimer quelqu'un qui s'appelât Constant. Il y a dans ce nom-là quelque chose qui inspire une confiance absolue. Dès ce moment où Algernon m'apprit qu'il avait un ami nommé Constant, je sus que j'étais destinée à vous aimer.

JACK. Vous m'aimez vraiment, Gwendolen ?

GWENDOLEN. Passionnément.

JACK. Chérie, vous ne savez pas combien vous me rendez heureux.

GWENDOLEN. Mon Constant !

JACK. Mais vous ne voulez sans doute pas dire que vous ne pourriez pas m'aimer, si mon nom n'était pas Constant ?

GWENDOLEN. Mais vous vous appelez Constant...

JACK. Oui, je le sais, mais supposons que je me nomme autrement ? Voulez-vous dire qu'il vous serait impossible de m'aimer ?

GWENDOLEN, *avec volubilité*. Ah ! cela c'est évidemment de la spéculation métaphysique, et ainsi que toute spéculation métaphysique, cela ne se rapporte que très peu aux faits de la vie réelle, tels que nous les connaissons.

JACK. Pour mon compte personnel, chérie, je ne tiens pas énormément à me nommer Constant... Je ne trouve pas que ce nom-là m'aille très bien.

GWENDOLEN. Il vous va parfaitement. C'est un nom divin : il a une musique qui lui est propre. Il produit des vibrations.

JACK. Eh bien, vraiment, Gwendolen, je dois dire qu'à mon avis il y a des quantités d'autres noms bien plus jolis. Jack, par exemple, voilà, selon moi un nom charmant.

GWENDOLEN. Jack... non, il y a très peu de musique dans le nom de Jack, si même il y en a. Ça ne frémit pas, ça ne produit aucune espèce de vibrations. J'ai connu plusieurs Jack, et tous sans exception, étaient d'une banalité plus qu'ordinaire. En outre, Jack, tout le monde le sait, est le diminutif de John. Et je plains toute femme qui épouserait un homme appelé John. Il est probable qu'elle ne connaîtrait jamais le plaisir enivrant d'un seul moment de solitude. Le seul nom qui inspire une réelle sécurité, c'est Constant.

JACK. Gwendolen, il faut que je me fasse baptiser tout de suite. Je veux dire : il faut nous marier sans retard. Pas un moment à perdre.

GWENDOLEN. Nous marier, Mr. Worthing ?

JACK, *abasourdi*. Eh !... Assurément. Vous savez que je vous aime, et vous m'avez amené à croire que vous n'étiez pas absolument indifférente à moi.

GWENDOLEN. Je vous adore, mais vous ne m'avez pas encore

demandé ma main. Il n'a pas été dit entre nous un seul mot à propos de mariage. La question n'a pas même été abordée.

JACK. Eh bien, puis-je vous demander votre main ?

GWENDOLEN. Je trouve que l'occasion serait admirable. Et pour vous épargner tout crève-cœur, Mr. Worthing, je crois loyal de vous dire franchement d'avance que je suis tout à fait décidée à vous dire oui.

JACK. Gwendolen !

GWENDOLEN. Oui, Mr. Worthing, qu'avez-vous à me dire ?

JACK. Ce que j'ai à vous dire... vous le savez.

GWENDOLEN. Oui, mais vous ne le dites pas.

JACK. Gwendolen, voulez-vous m'épouser ?

Il se met à genoux.

GWENDOLEN. Naturellement je le veux, mon chéri. Comme vous y avez mis du temps : je crains que vous n'ayez que peu d'expérience en fait de déclaration.

JACK. Ma chérie, je n'ai jamais aimé personne au monde que vous.

GWENDOLEN. Oui, mais les hommes font souvent des déclarations pour s'entraîner. Je sais que mon frère Gerald agit ainsi. Toutes les jeunes filles de mes amies me le disent. Quels yeux d'un bleu merveilleux vous avez, Constant ! Ils sont tout à fait bleus. J'espère que vous me regarderez toujours comme cela, surtout quand il y aura du monde.

Lady Bracknell entre.

LADY BRACKNELL. Mr. Worthing ! Relevez-vous, monsieur, quittez cette attitude à demi couchée. Elle est des plus indécentes.

GWENDOLEN. Maman ! *(Il va se relever ; elle l'en empêche.)* Je dois vous prier de vous retirer. Ce n'est point votre place. En outre Mr. Worthing n'a pas tout à fait fini.

LADY BRACKNELL. Fini quoi ? Puis-je le demander ?

GWENDOLEN. Je suis fiancée à Mr. Worthing, maman.

Ils se lèvent tous les deux.

LADY BRACKNELL. Pardonnez-moi : vous n'êtes fiancée à personne. Quand vous serez fiancée à quelqu'un, moi, ou bien votre père, si sa santé le lui permet, nous vous informerons du fait. Des fiançailles doivent être pour une jeune personne comme une surprise, agréable ou désagréable, selon les circonstances. Ce n'est pas, tant s'en faut, une de ces choses qu'on puisse lui permettre d'arranger à son gré... Et maintenant, Mr. Worthing, j'ai quelques questions à vous poser. Pendant que je ferai cette enquête, Gwendolen, vous m'attendrez en bas dans la voiture.

GWENDOLEN, *d'un ton de reproche*. Maman !

LADY BRACKNELL. Dans la voiture, Gwendolen. *(Gwendolen se dirige vers la porte. Elle et Jack s'envoient des baisers derrière Lady Bracknell. Lady Bracknell regarde vaguement autour d'elle comme si elle cherchait à comprendre ce que c'est que ce bruit. Finalement elle fait demi-tour.)* Gwendolen, la voiture.

GWENDOLEN. Oui, maman.

Elle sort en tournant la tête pour regarder Jack.

LADY BRACKNELL, *s'asseyant*. Vous pouvez vous asseoir, Mr. Worthing.

Elle tire de sa poche un calepin et un crayon.

JACK. Merci, Lady Bracknell, je préfère rester debout.

LADY BRACKNELL, *le crayon et le calepin à la main*. Je me crois tenue de vous informer que vous ne figurez point sur ma liste de jeunes gens éligibles, bien que ma liste soit identique à celle de cette chère duchesse de Bolton. En fait, nous opérons ensemble. Toutefois, je suis tout à fait prête à y inscrire votre nom, si vos réponses sont ce que demande une mère vraiment affectionnée. Fumez-vous ?

JACK. Eh bien oui, je dois avouer que je fume.

LADY BRACKNELL. Je suis bien aise de l'apprendre : un homme doit toujours avoir une occupation quelconque. Il y a bien trop de gens désœuvrés à Londres. Quel âge avez-vous ?

JACK. Vingt-neuf ans.

LADY BRACKNELL. Âge excellent pour se marier. J'ai toujours été d'avis qu'un homme qui aspire au mariage doit savoir tout ou ne rien savoir. Lequel de ces deux cas est le vôtre ?

JACK, *après un instant d'hésitation*. Je ne sais rien, Lady Bracknell.

LADY BRACKNELL. Je suis bien aise de l'apprendre. Je n'approuve aucun compromis avec l'ignorance naturelle. L'ignorance est comme un fruit exotique délicat : touchez-y et la fleur en disparaît. La théorie de l'éducation moderne est foncièrement fausse. Heureusement, du moins en Angleterre, l'éducation ne produit aucun effet, quel qu'il soit. Si elle en produisait, elle deviendrait un sérieux danger pour les classes supérieures et amènerait probablement à des actes de violence dans Grosvenor Square [1]. Quel est votre revenu ?

JACK. De sept à huit mille livres par an.

LADY BRACKNELL, *notant dans son calepin*. En terre ou en placements ?

JACK. En placements, pour la plus grande partie.

LADY BRACKNELL. Voilà qui est satisfaisant. Tant par suite des devoirs qui vous incombent pendant votre existence, que par ceux qu'on exige de vous après votre mort, la terre a cessé d'être un profit ou un plaisir. Elle vous donne une position et vous ôte les moyens de la soutenir. Voilà tout ce qu'on peut dire à propos de la terre.

JACK. J'ai une maison de campagne, avec un peu de terre qui en dépend, naturellement, environ huit cents hectares, je crois ; mais ce n'est pas de là que vient mon revenu réel. En fait, autant que je puis m'en rendre compte, les braconniers sont les seuls qui en tirent quelque parti.

LADY BRACKNELL. Une maison de campagne ? Combien de chambres à coucher ? Bon, ce point-là pourra s'éclaircir plus tard. Vous avez une maison en ville, j'espère ? Pour une jeune fille simple, que rien n'a gâtée, telle que Gwendolen, on ne doit guère s'attendre à ce qu'elle habite à la campagne.

---

1. Rue élégante du West End, où résidait l'aristocratie. La même description peut être faite à propos de Belgrave Square, mentionnée un peu plus loin.

JACK. Eh bien, j'ai une maison à Belgrave Square, mais elle est louée à l'année à Lady Bloxham. Naturellement je puis la ravoir quand je voudrai, en prévenant six mois à l'avance.

LADY BRACKNELL. Lady Bloxham ? Je ne la connais pas.

JACK. Oh ! Elle sort très peu. C'est une dame d'un âge très avancé.

LADY BRACKNELL. Ah ! de nos jours, ce n'est point une garantie de respectabilité ou de réputation. Quel numéro dans Belgrave Square ?

JACK. Cent quarante-neuf.

LADY BRACKNELL, *hochant la tête*. Oh ! le côté qui n'est pas à la mode. Je pensais bien qu'il y avait quelque chose. Toutefois cela pourrait se modifier aisément.

JACK. Est-ce de la mode que vous voulez parler, ou du côté ?

LADY BRACKNELL, *avec sévérité*. Les deux, si cela est nécessaire, je présume. Quelle sont vos idées politiques ?

JACK. Ah ! Je crains bien de n'en avoir réellement aucune. Je suis Unioniste Libéral [1].

LADY BRACKNELL. Oh ! ce sont presque des Tories. Ils dînent avec nous, ou bien en tout cas ils viennent chez nous le soir. Maintenant aux menues affaires. Vos parents sont-ils vivants ?

JACK. J'ai perdu mon père et ma mère.

LADY BRACKNELL. Perdre l'un de ses parents, Mr. Worthing, cela peut être regardé comme un malheur ; perdre les deux, cela vous a un air de négligence. Qui était votre père ? C'était évidemment un homme assez riche. Était-il né dans ce que les journaux radicaux appellent la pourpre commerciale, ou s'est-il élevé d'entre les rangs de l'aristocratie ?

JACK. Je crains bien de n'en rien savoir. Le fait est, Lady Bracknell, que je vous ai dit que j'avais perdu mes parents. Je serais plus près de la vérité en disant que mes parents semblent m'avoir perdu... Je ne sais réellement pas qui je suis par ma naissance... Bref, j'ai été trouvé.

---

1. Les représentants de cette tendance politique votèrent contre la proposition d'autonomie de l'Irlande. Ils étaient donc proches du parti conservateur dont ils assurèrent d'ailleurs la victoire en 1895.

LADY BRACKNELL. Trouvé ?

JACK. Feu Mr. Thomas Cardew, vieux gentleman d'un caractère très charitable, très bienveillant, me trouva et me donna le nom de Worthing, parce que le hasard voulut qu'il eût dans sa poche un billet de première classe pour Worthing, à ce moment-là. Worthing est une localité du Sussex. C'est une station balnéaire.

LADY BRACKNELL. Ce charitable gentleman qui avait un billet de première classe pour cette station balnéaire, où vous trouva-t-il ?

JACK, *avec gravité*. Dans un sac de voyage.

LADY BRACKNELL. Dans un sac de voyage !

JACK, *très sérieusement*. Oui, Lady Bracknell, j'étais dans un sac de voyage, un sac de grande dimension, en cuir noir, avec des poignées. En somme, un sac de voyage ordinaire.

LADY BRACKNELL. Dans quelle localité ce Mr. James ou Thomas Cardew trouva-t-il ce sac de voyage ordinaire ?

JACK. Dans la consigne de la gare Victoria. Il lui fut donné par erreur à la place du sien.

LADY BRACKNELL. La consigne de la gare Victoria ?

JACK. Oui, ligne de Brighton.

LADY BRACKNELL. La ligne importe peu, Mr. Worthing. J'avoue que je me sens quelque peu troublée par ce que vous venez de me dire. Être né, ou du moins avoir été élevé dans un sac de voyage, qu'il eût des poignées ou non, me paraît une manifestation de mépris à l'égard des convenances ordinaires de la vie de famille, mépris qui me rappelle un des pires excès de la Révolution française. Et vous savez, je suppose, à quoi amena ce malheureux mouvement ? Quant à la localité exacte où fut trouvé le sac de voyage, — la consigne d'une gare pourrait servir à cacher une erreur de jeunesse, — un tel local avait probablement été utilisé dans ce but à une époque antérieure, mais il ne pouvait guère être considéré comme une base solide pour établir une situation reconnue dans la bonne société.

JACK. Puis-je vous demander ce que vous me conseilleriez de

faire ? Est-il besoin que je vous dise que je ferais tout au monde pour assurer le bonheur de Gwendolen.

LADY BRACKNELL. Je vous engagerais vivement, Mr. Worthing, à acquérir des parents le plus tôt possible et à faire un effort sérieux pour présenter au moins un parent de l'un ou de l'autre sexe, avant que la Saison soit tout à fait finie.

JACK. Ah ! je ne vois pas comment je pourrais faire pour obtenir ce résultat. Je puis montrer le sac de voyage à toute réquisition. Il est chez moi dans mon cabinet de toilette. Je crois vraiment que vous pourriez vous contenter de cela, Lady Bracknell.

LADY BRACKNELL. Moi, monsieur ! Qu'est-ce que cela pourrait me faire ? Vous n'allez pas vous imaginer que Lord Bracknell et moi-même nous pouvons rêver de donner notre fille unique, une enfant élevée avec le plus grand soin, en mariage dans une consigne, et de contracter une alliance avec un colis. Bonjour, Mr. Worthing.

Lady Bracknell s'éloigne, avec un air de majestueuse indignation.

JACK. *(Algernon, dans l'autre pièce, joue la* Marche nuptiale. *Jack a l'air absolument furieux. Il se dirige vers la porte.)* Au nom du ciel, Algy, ne jouez pas cet air funèbre. Que vous êtes idiot !

La musique s'arrête, et Algernon entre, l'air joyeux.

ALGERNON. Eh bien, mon vieux, est-ce que cela a marché comme il faut ? Vous n'allez pas me dire que Gwendolen vous a repoussé ? Je sais que c'est une de ses façons. Elle ne fait que refuser les gens. Je trouve cela très méchant de sa part.

JACK. Oh ! avec Gwendolen, cela va pour le mieux. En ce qui la concerne, nous sommes fiancés. Sa mère est absolument insupportable. Jamais rencontré une Gorgone pareille[1]... Je ne sais pas au juste à quoi ressemble une Gorgone, mais je

---

1. Monstre terrifiant de la mythologie grecque, dont la chevelure était faite de serpents hérissés.

suis tout à fait certain que Lady Bracknell en est une. En tout cas, c'est un monstre, et ce n'est pas un mythe, ce qui n'est pas juste du tout. Je vous demande pardon, Algy. Je crois que je ne devrais pas parler de votre tante, en ces termes-là, devant vous.

ALGERNON. Mon cher, j'aime à entendre malmener mes parents. C'est la seule chose qui me les rende supportables. Des parents, c'est tout simplement une meute de gens ennuyeux qui n'ont pas la notion la plus élémentaire de la façon de vivre, pas le moindre instinct du moment où ils devraient mourir.

JACK. Oh ! cela, ce sont des sottises.

ALGERNON. Pas du tout.

JACK. Soit, je ne veux pas ergoter sur ce point. Vous cherchez toujours à ergoter sur toutes choses.

ALGERNON. C'est justement pour cela que les choses ont été faites dès l'origine.

JACK. Sur ma parole, si je croyais cela, je me brûlerais la cervelle... *(Une pause.)* Vous ne pensez pas qu'il y ait une chance pour que Gwendolen devienne semblable à sa mère, dans... mettons cent cinquante ans, n'est-ce pas, Algy ?

ALGERNON. Oh, les femmes deviennent semblables à leurs mères. C'est leur tragédie. Aucun homme ne le devient : c'est la sienne.

JACK. Est-ce bien intelligent ?

ALGERNON. C'est très bien tourné et tout aussi vrai que peut l'être une observation dans la vie civilisée.

JACK. Ces finesses m'assomment mortellement. Tout le monde est fin, de nos jours. Vous ne pouvez aller nulle part, sans y rencontrer des gens malins. C'est un véritable fléau public. Je prie le ciel de nous laisser quelques sots.

ALGERNON. Il en reste.

JACK. Je serais extrêmement content d'en rencontrer. De quoi parlent-ils ?

ALGERNON. Les sots ? Oh, ils parlent des gens intelligents : c'est tout naturel.

JACK. Quels sots !

ALGERNON. À propos, avez-vous dit à Gwendolen la vérité ; sait-elle que vous êtes Constant à la ville et Jack à la campagne ?

JACK, *d'un air très protecteur.* Mon cher, la vérité n'est pas tout à fait ce qu'on dit à une jolie fille, charmante, raffinée. Quelles idées extraordinaires vous vous faites sur la manière de se conduire avec une femme !

ALGERNON. La seule manière de se conduire avec une femme, c'est de lui faire la cour, si elle est jolie, et de la faire à une autre, si elle est laide.

JACK. Oh ! c'est une bêtise !

ALGERNON. Et parlez donc de votre frère ? De ce coquin de Constant ?

JACK. Oh ! avant la fin de la semaine, j'en serai débarrassé. Je dirai qu'il est mort d'apoplexie à Paris. Il y a des masses de gens, qui meurent d'apoplexie, tout à fait soudainement, n'est-ce pas ?

ALGERNON. Oui, mais c'est héréditaire, mon garçon. C'est une de ces choses qui courent dans les familles. Vous feriez mieux de parler d'un fort refroidissement.

JACK. Vous êtes sûr qu'un gros refroidissement n'est pas héréditaire, que ça n'a rien de contagieux ?

ALGERNON. Non, cela ne l'est pas.

JACK. Alors, c'est très bien. Mon pauvre frère a été emporté subitement à Paris par un fort refroidissement. Me voilà débarrassé de lui.

ALGERNON. Mais vous disiez, je crois... que Miss Cardew témoignait un peu trop d'intérêt à votre pauvre frère Constant. Ne souffrira-t-elle pas beaucoup de sa perte ?

JACK. Oh ! cela va bien. Cecily n'est pas une sotte fille romanesque, je suis heureux de pouvoir le dire. Elle possède un bon appétit, fait de longues marches à pied, et n'apporte guère d'attention à ses leçons.

ALGERNON. Je serais assez content de voir Cecily.

JACK. Je ferai bonne garde pour vous en empêcher. Elle est excessivement jolie, et elle a dix-huit ans à peine.

ALGERNON. Avez-vous appris à Gwendolen que vous avez une pupille excessivement jolie, qui a dix-huit ans à peine ?

JACK. Oh ! on ne jette pas ces choses-là à la figure des gens. Cecily et Gwendolen deviendront de grandes amies, c'est absolument certain. Je vous parie tout ce que vous voudrez qu'une demi-heure après leur première rencontre, elles se traiteront mutuellement de sœurs.

ALGERNON. Les femmes n'en viennent là qu'après s'être donné un tas d'autres noms. Maintenant, mon cher ami, si nous voulons avoir une bonne table chez Willis, il faut nous habiller tout de suite et partir. Savez-vous qu'il est près de sept heures ?

JACK, *d'un ton hargneux.* Oh ! il est toujours près de sept heures.

ALGERNON. Soit, mais j'ai faim.

JACK. Je n'ai jamais su quand vous n'aviez pas faim.

ALGERNON. Que ferons-nous après le dîner ? Irons-nous au théâtre ?

JACK. Oh ! non, je déteste écouter.

ALGERNON. Eh bien ! nous irons au Club [1].

JACK. Oh ! non, je déteste bavarder.

ALGERNON. Bon, nous pourrions aller faire un tour à l'Empire [2] à dix heures.

JACK. Oh ! non, je déteste regarder des objets. C'est si sot !

ALGERNON. Alors, que ferons-nous ?

JACK. Rien.

ALGERNON. C'est un énorme travail, de ne rien faire. Mais je ne recule pas devant un énorme travail quand il n'a pas de but précis.

Lane entre.

---

1. Les gentlemen se retrouvaient dans des clubs privés, interdits aux femmes, où ils pouvaient prendre leur repas et échanger leurs vues. **2.** L'Empire Theatre of Varieties, music-hall de Leicester Square. Des rencontres galantes pouvaient s'y faire, ce qui suscitait la désapprobation des ligues puritaines.

LANE. Miss Fairfax.

Gwendolen entre. Lane sort.

ALGERNON. Gwendolen ! Ma parole !

GWENDOLEN. Algy, ayez la bonté de tourner le dos. J'ai quelque chose de très particulier à dire à Mr. Worthing.

ALGERNON. Vrai, Gwendolen, je ne crois pas pouvoir permettre cela.

GWENDOLEN. Algy, vous prenez toujours une attitude rigoureusement immorale en face de la vie. Vous n'êtes pas encore assez vieux pour cela.

Algernon s'éloigne vers la cheminée.

JACK. Ma chérie !

GWENDOLEN. Constant, il se peut que notre mariage ne se fasse jamais. D'après l'expression de maman, je crains que nous ne soyons jamais mariés. De nos jours peu de parents ont égard à ce que leur disent leurs enfants. Le respect à la mode d'autrefois envers les jeunes se meurt rapidement. Quelque influence que j'aie jamais eue sur maman, je l'ai perdue à l'âge de trois ans. Mais bien qu'elle puisse nous empêcher de devenir mari et femme, bien que je puisse en épouser un autre et me marier souvent[1], rien de ce qu'elle pourra faire ne saurait diminuer mon éternel dévouement pour vous.

JACK. Chère Gwendolen !

GWENDOLEN. L'histoire romanesque de votre origine, telle qu'elle m'a été rapportée par maman, avec des commentaires déplaisants, a naturellement remué les fibres les plus profondes de mon âme. Votre nom de baptême a un charme irrésistible. La simplicité de votre caractère fait de vous une énigme exquise pour moi. J'ai votre adresse en ville à The Albany. Quelle est votre adresse à la campagne ?

---

1. Wilde avait fait un compte rendu sur un « guide du mariage » (!) intitulé *How to be Happy though Married (Comment être heureux bien que marié)* ; un célibataire y recommandait à l'un de ses amis de « se marier jeune et fréquemment ».

JACK. Le Manoir, à Woolton, comté d'Hertford.

Algernon, qui a écouté avec attention, sourit et écrit l'adresse sur sa manchette. Puis, il prend l'Indicateur des chemins de fer.

GWENDOLEN. Il y a un bon service postal, je suppose ? On peut avoir recours à une solution désespérée. Mais cela demandera mûre réflexion. je communiquerai chaque jour avec vous.

JACK. Ma chérie !

GWENDOLEN. Combien de temps resterez-vous en ville ?

JACK. Jusqu'à lundi.

GWENDOLEN. Bien ! maintenant, Algy, vous pouvez vous retourner.

ALGERNON. Merci, je me suis déjà retourné.

GWENDOLEN. Vous pouvez aussi sonner.

JACK. Vous me permettrez de vous reconduire jusqu'à votre voiture, ma chérie ?

GWENDOLEN. Certainement.

JACK, *à Lane, qui entre.* Je vais reconduire Miss Fairfax.

LANE. Bien, monsieur.

Jack et Gwendolen sortent. Lane présente sur un plateau plusieurs lettres à Algernon. On peut supposer que ce sont des factures, car Algernon, après avoir jeté les yeux sur les enveloppes, les déchire.

ALGERNON. Lane, un verre de sherry.

LANE. Oui, monsieur.

ALGERNON. Lane, demain je m'en vais bunburyser.

LANE. Bien, monsieur.

ALGERNON. Je ne reviendrai probablement pas avant lundi. Vous pouvez préparer mon habit de soirée, ma veste d'intérieur, et tous les vêtements nécessaires pour bunburyser.

LANE. Oui, monsieur.

Il présente le sherry.

ALGERNON. J'espère qu'il fera beau demain, Lane.

LANE. Il ne fait jamais beau demain, Monsieur.
ALGERNON. Lane, vous êtes un pessimiste accompli.
LANE. Je fais de mon mieux pour satisfaire Monsieur.

Jack entre. Lane sort.

JACK. Voilà une fille raisonnable, intelligente, la seule jeune fille qui m'ait inspiré quelque intérêt dans ma vie. *(Algernon rit aux éclats.)* Qu'est-ce qui vous divertit tant ?
ALGERNON. Oh ! je suis un peu inquiet au sujet de ce pauvre Bunbury, voilà tout.
JACK. Si vous n'y prenez garde, votre ami Bunbury pourra bien vous mettre dans quelque embarras sérieux.
ALGERNON. J'aime les embarras. Ce sont les seules choses qui ne soient jamais sérieuses.
JACK. Oh ! ce sont là des sottises, Algy. Vous ne parlez que pour dire des sottises.
ALGERNON. Il n'est personne qui fasse autrement.

Jack lui jette un regard indigné et sort de la pièce. Algernon allume une cigarette, relit ce qu'il a écrit sur sa manchette et sourit.

RIDEAU.

ACTE DEUXIÈME

Le jardin du Manoir. Un escalier de pierre grise conduit à la maison. Le jardin, dessiné à l'ancienne mode, est plein de roses. On est en juillet. Des chaises d'osier, une table couverte de livres, sont disposées sous un gros if. On aperçoit Miss Prism assise devant la table. Au fond, Cecily arrosant des fleurs.

MISS PRISM, *appelant.* Cecily ! Cecily ! Assurément une occupation d'un caractère aussi utilitaire que l'arrosage des fleurs rentre dans les devoirs de Moulton plutôt que dans les vôtres. Surtout à un moment où les plaisirs intellectuels vous attendent. Votre grammaire allemande est sur la table. Veuillez, je vous prie, l'ouvrir à la page quinze. Nous répéterons la leçon d'hier.

CECILY, *arrivant très lentement.* Mais je n'aime pas l'allemand. Ce n'est pas du tout une langue qui m'aille bien. Je sais parfaitement que j'ai l'air laide après ma leçon d'allemand.

MISS PRISM. Ma petite, vous savez combien votre tuteur tient à ce que vous fassiez des progrès de toutes sortes. Il insistait tout particulièrement sur votre allemand, lorsqu'il est parti hier pour Londres. À la vérité, il insiste toujours sur l'allemand quand il va partir pour Londres.

CECILY. Il est si sérieux, ce cher oncle Jack. Parfois il est si sérieux que je crois qu'il n'est pas en bonne santé.

MISS PRISM, *se raidissant.* Votre tuteur se porte le mieux du monde, et la gravité de son maintien est particulièrement recommandable chez un homme relativement aussi jeune. Je ne connais personne qui ait un sentiment aussi élevé du devoir et de la responsabilité.

CECILY. C'est pour cela, je suppose, qu'il a souvent l'air de s'ennuyer quand nous sommes tous les trois ensemble.

MISS PRISM. Cecily, vous m'étonnez. Mr. Worthing a eu bien des ennuis dans sa vie. Une gaîté sans sujet et des choses triviales seraient déplacées dans sa conversation. Vous devez vous rappeler sa constante inquiétude au sujet de ce malheureux jeune homme, son frère.

CECILY. Je voudrais bien que l'oncle Jack permît à ce malheureux jeune homme, son frère, de se montrer quelquefois ici. Nous pourrions exercer une influence favorable sur lui, Miss Prism. Vous le feriez, certainement, j'en suis sûre. Vous savez que l'allemand, et la géologie, et des choses de ce genre ont beaucoup d'influence sur un homme.

Cecily se met à écrire dans son journal.

MISS PRISM, *hochant la tête.* Moi-même, je ne me crois pas capable de produire aucun effet sur un homme dont le caractère, de l'aveu de son frère lui-même, est irrémédiablement faible et vacillant. Au fond, je me demande si je voudrais sincèrement l'améliorer. Je ne suis pas favorable à cette manie qu'on a de nos jours de transformer les gens dépravés en honnêtes gens, sur commande. Qu'on récolte ce qu'on a semé [1]. Il faut laisser là votre journal, Cecily. Je ne vois pas du tout pourquoi vous tenez un journal.

CECILY. Je tiens un journal pour y inscrire les événements merveilleux de ma vie. Si je ne les écrivais pas, il est probable que je les oublierais tout à fait.

MISS PRISM. La mémoire, ma chère Cecily, c'est le journal que nous portons tous avec nous.

CECILY. Oui, mais d'ordinaire elle enregistre des événements qui ne se sont jamais produits, et qui ne pouvaient se produire.

---

1. Allusion à l'Épître aux Galates, 6, 7 : « Quoi qu'un homme sème, il le moissonnera. »

Selon moi la mémoire est responsable de presque tous les romans en trois volumes que Mudie[1] nous envoie.

MISS PRISM. Ne parlez pas avec cette légèreté du roman en trois volumes, Cecily. J'en ai écrit un moi-même au temps jadis.

CECILY. Ah ! Vraiment, Miss Prism ! Vous êtes étonnamment habile ! J'espère qu'il n'avait pas un heureux dénouement. Ces dénouements m'abattent tant !

MISS PRISM. Les honnêtes gens finissaient bien, les coquins finissaient malheureusement. C'est ce que comporte la fiction.

CECILY. Je le suppose ; mais cela paraît bien injuste. Et votre roman a-t-il été publié ?

MISS PRISM. Hélas ! non. Le manuscrit a été malheureusement délaissé. *(Cecily sursaute.)* J'emploie ce mot dans le sens de perdu ou égaré. À votre tâche, mon enfant, ce sont là des considérations sans utilité.

CECILY, *souriante.* Mais je vois le chanoine Chasuble qui vient à travers le jardin.

MISS PRISM, *se levant et s'avançant.* Le chanoine Chasuble ! C'est un vrai plaisir.

Entre le chanoine Chasuble.

CHASUBLE. Et comment allons-nous ce matin ? Miss Prism, vous allez bien, j'espère ?

CECILY. Miss Prism se plaignait, il n'y a qu'un instant, d'un peu de migraine. Je crois que cela lui ferait grand bien d'aller faire avec vous un petit tour dans le parc, mon révérend.

MISS PRISM. Cecily, je n'ai pas dit un mot à propos de migraine.

CECILY. Non, chère Miss Prism, mais j'ai senti instinctivement que vous aviez la migraine. En fait, c'était à cela, et non pas à ma leçon d'allemand, que je pensais, quand monsieur le Pasteur est arrivé.

CHASUBLE. J'espère, Cecily, que vous n'êtes pas inappliquée.

CECILY. Je crains bien de l'être.

CHASUBLE. Voilà qui est étrange. Si j'avais le bonheur d'être

1. Bibliothèque de prêt à domicile. Wilde y fait également allusion au chapitre V du *Crime de Lord Arthur Savile*.

l'élève de Miss Prism, je serais suspendu à ses lèvres. *(Miss Prism fait les grands yeux.)* J'ai parlé métaphoriquement. Ma métaphore était tirée des abeilles. Ahem ! À ce que je suppose, Mr. Worthing n'est pas encore de retour de Londres ?

MISS PRISM. Nous ne l'attendons pas avant lundi dans l'après-midi.

CHASUBLE. Ah ! oui, d'ordinaire, il passe volontiers son dimanche à Londres. Il n'est pas de ceux qui n'ont d'autre but que de se donner du bon temps, comme ce paraît l'être, à tout prendre, le cas de ce malheureux jeune homme, son frère. Mais il ne faut pas que je dérange plus longtemps Égérie[1] et son élève.

MISS PRISM. Je me nomme Laetitia et non point Égérie, mon révérend.

CHASUBLE, *s'inclinant.* C'est une simple allusion classique, tirée des auteurs païens. Je vous verrai sans doute l'une et l'autre à l'office du soir ?

MISS PRISM. Mon révérend, je vais faire un tour avec vous. Après tout, je me sens mal à la tête, et une promenade pourrait me faire du bien.

CHASUBLE. Avec plaisir, Miss Prism, avec plaisir. Nous pourrions aller jusqu'aux écoles et revenir.

MISS PRISM. Cela serait charmant. Cecily, vous étudierez l'économie politique pendant mon absence. Vous pourrez passer le chapitre sur la baisse de la roupie[2]. C'est un peu trop sensationnel. Il n'est pas jusqu'à ces problèmes monétaires qui n'aient leur côté mélodramatique.

Elle descend par le jardin avec le chanoine Chasuble.

CECILY, *ramassant les livres et les jetant sur la table.* Horrible

---

1. Dans la mythologie romaine, nymphe inspiratrice du roi Numa Pompilius. **2.** Monnaie de l'Empire des Indes. Son taux fut extrêmement fluctuant à partir de 1873, ce qui inquiétait beaucoup les milieux dirigeants. L'économie politique n'était pas enseignée aux jeunes filles, ce qui explique les paroles de Miss Prism.

Économie politique ! Horrible géographie ! Horrible, horrible allemand !

Entre Merriman avec une carte sur un plateau.

MERRIMAN. Mr. Constant Worthing arrive à l'instant en voiture de la gare. Il a apporté ses bagages avec lui.

CECILY, *prenant la carte et la lisant.* « Mr. Constant Worthing, B. 42 The Albany. W. » Le frère de l'oncle Jack. Lui avez-vous dit que Mr. Jack Worthing était à la ville ?

MERRIMAN. Oui, Miss. Il a eu l'air très désappointé. Je lui ai dit que vous et Miss Prism, vous étiez au jardin. Il a dit qu'il tenait beaucoup à vous parler en particulier un instant.

CECILY. Dites à Mr. Worthing de venir ici. Je crois que vous ferez bien de prévenir la gouvernante au sujet d'une chambre.

MERRIMAN. Oui, Miss.

Merriman sort.

CECILY. Jusqu'à présent je n'ai pas encore vu de vrai mauvais sujet. Je me sens un peu effrayée. J'ai tant peur qu'il ne ressemble au premier venu. *(Algernon entre l'air gai, plein de désinvolture.)* Et il y ressemble !

ALGERNON, *soulevant son chapeau.* Sûrement vous êtes ma petite cousine Cecily ?

CECILY. Vous commettez une étrange erreur. Je ne suis pas petite. En fait, je crois être fort grande pour mon âge. *(Algernon paraît abasourdi.)* Mais je suis votre cousine Cecily. Vous, d'après ce que je vois sur votre carte, vous êtes le frère de l'oncle Jack, mon cousin Constant, mon coquin de cousin Constant.

ALGERNON. Oh ! je ne suis point du tout un coquin, cousine Cecily. Il ne faut pas que vous me preniez pour un coquin.

CECILY. Si vous ne l'êtes pas, alors vous nous avez certainement tous trompés de la façon la plus inexcusable. J'espère que vous n'avez point mené une double existence, en vous donnant l'air d'un coquin, et étant réellement un honnête homme tout le temps. Ce serait de l'hypocrisie.

ALGERNON, *la regardant avec stupéfaction.* Oh ! Naturellement, j'ai été assez étourdi.

CECILY. Je suis charmée de l'apprendre.

ALGERNON. En fait, puisque vous parlez de cela, j'ai été très canaille, dans la faible mesure de mes moyens.

CECILY. Je ne trouve pas que vous ayez le droit d'en être fier, bien qu'à mon avis, cela ait dû être fort agréable.

ALGERNON. Il est bien plus agréable d'être ici avec vous.

CECILY. Je ne puis comprendre comment vous êtes ici. L'oncle Jack ne devait revenir que lundi dans l'après-midi.

ALGERNON. C'est une grande déception. Je suis obligé de repartir par le premier train de lundi matin. J'ai un rendez-vous d'affaires, et je tiens beaucoup à... le manquer.

CECILY. Ne pourriez-vous pas le manquer n'importe où, ailleurs qu'à Londres.

ALGERNON. Non, le rendez-vous est à Londres.

CECILY. Bon ! Naturellement, je sais combien il est important de ne pas aller à un rendez-vous d'affaires, lorsqu'on tient à conserver un certain sentiment de la beauté de la vie, mais enfin je crois que vous feriez mieux d'attendre le retour de l'oncle Jack. Je sais qu'il tient à vous dire quelques mots à propos de votre émigration ?

ALGERNON. À propos de... vous dites ?

CECILY. De votre émigration. Il est parti pour acheter votre équipement.

ALGERNON. Certainement je ne permettrai pas à Jack d'acheter mon équipement. Il n'a pas le moindre goût en fait de cravates.

CECILY. Je ne crois pas que vous ayez besoin de cravates. C'est en Australie que l'oncle Jack compte vous envoyer[1].

ALGERNON. En Australie ! Plutôt la mort.

CECILY. Bon, mercredi soir à dîner, il a dit que vous auriez à choisir entre ce monde-ci, l'autre monde et l'Australie.

ALGERNON. Ah ! bien. Les détails qu'on m'a donnés sur l'Austra-

---

1. Jusqu'au milieu du XIXe siècle, des bagnards furent déportés en Australie. Le nom de l'île resta longtemps associé au châtiment du crime.

lie et l'autre monde ne sont pas particulièrement encourageants. Ce monde-ci est assez bon pour moi, cousine Cecily.

CECILY. Oui, mais êtes-vous assez bon pour lui ?

ALGERNON. Je crains bien de ne pas l'être. C'est pourquoi je désire que vous me rendiez meilleur. Vous pourriez faire de cette tâche votre mission, si cela ne vous ennuie pas, cousine Cecily.

CECILY. Je n'aurai peut-être pas le temps, cet après-midi.

ALGERNON. Bon ! Vous serait-il égal que je me réforme moi-même cet après-midi ?

CECILY. Ce serait un peu Don Quichotte de votre part. Mais je pense que vous devriez essayer.

ALGERNON. J'essaierai ; je me sens déjà meilleur.

CECILY. Vous avez l'air un peu plus scélérat.

ALGERNON. C'est parce que j'ai faim.

CECILY. Quelle imprévoyance de ma part ! J'aurais dû me rappeler que quand on va commencer un nouveau genre de vie, il faut des repas réguliers et hygiéniques. Voulez-vous entrer ?

ALGERNON. Merci. Pourrais-je cueillir une fleur pour ma boutonnière ? Je n'ai jamais appétit tant que je n'ai pas d'abord fleuri ma boutonnière.

CECILY. Une Maréchal Niel[1] ?

Elle prend des ciseaux.

ALGERNON. Non, je préférerais une rose incarnat.

CECILY, *coupant une fleur.* Pourquoi ?

ALGERNON. Parce que vous avez l'air d'une rose incarnat, cousine Cecily.

CECILY. Je ne crois pas que vous deviez me tenir de ces propos. Miss Prism ne me parle jamais ainsi.

ALGERNON. Alors Miss Prism est une vieille dame myope. *(Cecily lui pique la rose à la boutonnière.)* Vous êtes la plus jolie fille que j'aie jamais vue.

CECILY. Miss Prism dit que les airs séduisants sont un piège.

---

1. Rose jaune introduite en Angleterre dans les années 1860.

ALGERNON. Ce sont des pièges auxquels tout homme raisonnable aime à se faire prendre.

CECILY. Oh ! je crois que je ne tiendrais guère à prendre un homme raisonnable. Je ne saurais pas de quoi l'entretenir.

Ils se dirigent vers la maison. Miss Prism et le chanoine Chasuble reviennent.

MISS PRISM. Vous êtes beaucoup trop seul, cher révérend. Vous devriez vous marier. Un misanthrope, je peux le comprendre, un femme-anthrope, jamais.

CHASUBLE, *avec un frisson de lettré.* Croyez-moi, je ne mérite pas un tel néologisme. Les préceptes comme la pratique de l'Église primitive étaient nettement opposés au mariage.

MISS PRISM, *sentencieusement.* C'est évidemment pour cette raison-là que l'Église primitive n'a point duré jusqu'à nos jours. Et vous n'avez pas l'air de vous rendre compte, mon révérend, qu'en s'obstinant à rester célibataire, un homme se change en une perpétuelle tentation publique. Les hommes devraient être plus attentifs : leur célibat même conduit à leur perte les natures plus faibles.

CHASUBLE. Mais un homme n'a-t-il pas autant d'attrait quand il est marié ?

MISS PRISM. Un homme marié n'a jamais d'attrait que pour sa femme.

CHASUBLE. Et souvent, me dit-on, il n'en a pas même pour elle.

MISS PRISM. Cela dépend des sympathies intellectuelles de la femme. L'âge mûr peut toujours inspirer de la confiance. La maturité peut donner la sécurité. Les femmes jeunes sont vertes. *(Sursaut du chanoine Chasuble.)* Je parlais le langage de l'horticulture. Ma métaphore était tirée des fruits. Mais où est Cecily ?

CHASUBLE. Peut-être nous aura-t-elle suivis aux écoles.

Jack entre à pas lents, par le fond du jardin. Il porte un complet de grand deuil, avec crêpe au chapeau et gants noirs.

MISS PRISM. Mr. Worthing !

CHASUBLE. Mr. Worthing !

MISS PRISM. Voilà une vraie surprise. Nous ne vous attendions que dans l'après-midi de lundi.

JACK, *prenant la main de Miss Prism, d'un air tragique.* Je suis revenu plus tôt que je ne m'y attendais. Mon révérend, vous allez bien, j'espère.

CHASUBLE. Cher Mr. Worthing, j'espère que cette tenue de deuil n'annonce pas quelque terrible calamité ?

JACK. Mon frère.

MISS PRISM. Encore des dettes honteuses, de l'extravagance.

CHASUBLE. Il mène toujours une vie de plaisir ?

JACK, *hochant la tête.* Mort.

CHASUBLE. Mort ? Votre frère Constant !

JACK. Tout à fait mort.

MISS PRISM. Quelle leçon pour lui ! J'espère qu'elle lui servira.

CHASUBLE. Mr. Worthing, je vous offre mes condoléances les plus sincères. Vous avez du moins la consolation de savoir que vous fûtes toujours le plus généreux, le plus indulgent des frères.

JACK. Pauvre Constant ! Il avait bien des défauts, mais c'est un triste, un triste coup.

CHASUBLE. Bien triste en effet. Étiez-vous avec lui à ses derniers moments ?

JACK. Non, il est mort à l'étranger, oui, à Paris. J'ai reçu hier soir une dépêche du directeur du Grand Hôtel[1].

CHASUBLE. La cause de la mort était-elle indiquée ?

JACK. Un refroidissement grave, à ce qu'il paraît.

MISS PRISM. On récolte ce qu'on a semé.

CHASUBLE, *levant la main.* Soyons charitables, chère Miss Prism, soyons charitables. Aucun de nous n'est parfait. Moi-même, je suis particulièrement sensible aux courants d'air. L'enterrement se fera-t-il ici ?

JACK. Non, il semble avoir exprimé le désir d'être inhumé à Paris.

---

1. Hôtel de grand luxe situé boulevard des Capucines à Paris. Wilde y séjourna en novembre et décembre 1891.

CHASUBLE. À Paris ! *(Hochant la tête.)* Voilà qui, je le crains, n'indique guère qu'il eût gardé quelque sérieux dans l'esprit à ses derniers moments. Vous désireriez sans doute que je fasse dimanche prochain une allusion légère à ce tragique événement domestique. *(Jack lui serre la main convulsivement.)* Mon sermon sur la manne dans le désert[1] peut être adapté à toutes les situations possibles, qu'elles soient joyeuses, ou qu'elles soient désolantes, comme dans le cas présent. *(Tous soupirent.)* Je l'ai prêché à des fêtes pour les récoltes, à des baptêmes, confirmations, jours de mortification, jours de réjouissance. La dernière fois que je le prononçai, ce fut dans une cathédrale, comme sermon de charité, en faveur de la Société contre le mécontentement chez les classes supérieures. L'évêque, qui était présent, fut très frappé de certaines analogies que j'établis.

JACK. Ah ! un mot que vous avez dit, les baptêmes, je crois, mon révérend. Je suppose que vous êtes parfaitement au fait du baptême. *(Le chanoine Chasuble a l'air abasourdi.)* Je veux dire... vous êtes continuellement occupé à baptiser, n'est-ce pas ?

MISS PRISM. Je regrette d'avoir à le dire, c'est une des tâches les plus constantes que le chanoine remplisse dans cette paroisse. J'ai plus d'une fois entretenu les classes pauvres à ce sujet. Mais elles semblent ignorer ce que c'est que l'économie.

CHASUBLE. Mais y a-t-il un petit enfant auquel vous vous intéressiez, Mr. Worthing ? Votre frère était célibataire, je crois, n'est-ce pas ?

JACK. Oh oui.

MISS PRISM, *avec amertume*. Les gens qui vivent uniquement pour le plaisir le sont généralement.

JACK. Mais ce n'est pas pour un enfant, cher révérend. J'aime beaucoup les enfants. Non, le fait est que je voudrais être baptisé, cet après-midi, si vous n'avez rien de mieux à faire.

---

1. Allusion à l'Exode, 16. La manne est une nourriture miraculeuse envoyée par Dieu aux Hébreux dans le désert.

CHASUBLE. Mais sûrement, Mr. Worthing, vous avez déjà été baptisé ?

JACK. Je n'en ai gardé aucun souvenir.

CHASUBLE. Mais avez-vous quelques doutes graves à ce sujet ?

JACK. J'en ai certainement. Naturellement, je ne sais pas si la chose vous ennuierait en quoi que ce soit, ou si vous me croyez un peu trop vieux maintenant.

CHASUBLE. Pas du tout. Le baptême, et même l'immersion des adultes, sont une pratique parfaitement canonique.

JACK. L'immersion ?

CHASUBLE. Ce n'est pas la peine d'avoir des appréhensions. L'aspersion est tout ce qu'il faut, et même tout ce que je crois devoir conseiller. Notre temps est si variable. À quelle heure voulez-vous que la cérémonie s'accomplisse ?

JACK. Oh ! je pourrais aller voir vers cinq heures, si cela vous convenait.

CHASUBLE. Parfaitement, parfaitement. Au fait, j'ai deux cérémonies analogues à accomplir à cette heure-là. Il est né dernièrement deux jumeaux dans une des chaumières en bordure de votre domaine. Le pauvre Jenkins, le charretier. C'est un homme qui travaille très dur.

JACK. Oh, je ne trouve pas très plaisant d'être baptisé en même temps que d'autres bébés. Ce serait enfantin. Cinq heures et demie, cela vous arrangerait-il ?

CHASUBLE. Admirablement ! Admirablement ! *(Il tire sa montre.)* Et maintenant, cher Mr. Worthing, je ne veux pas m'imposer plus longtemps dans une maison en deuil. Je vous demanderais simplement de ne pas trop vous laisser trop accabler par le chagrin. Ce qui nous paraît des épreuves amères est souvent un bienfait déguisé.

MISS PRISM. Cela me paraît un bienfait de la façon la plus évidente.

Entre Cecily, venant de la maison.

CECILY. L'oncle Jack ! Oh ! je suis enchantée de vous voir revenu. Mais quelle horrible tenue. Allez donc la changer.

MISS PRISM. Cecily !

CHASUBLE. Mon enfant ! mon enfant !

Cecily se dirige vers Jack ; il lui baise le front d'un air mélancolique.

CECILY. Qu'est-ce qu'il y a, oncle Jack ? Ayez l'air heureux. On dirait que vous avez mal aux dents et je vous ménageais une telle surprise ! Qui croyez-vous trouver dans la salle à manger ? Votre frère.

JACK. Qui !

CECILY. Votre frère Constant. Il est arrivé il y a à peu près une heure.

JACK. Quelle sottise ! Je n'ai pas de frère.

CECILY. Oh ! ne dites pas cela. Si mal qu'il se soit conduit à votre égard dans le passé, il n'en est pas moins votre frère. Vous ne pouvez pas avoir assez peu de cœur pour le renier. Je vais lui dire de sortir. Et vous échangerez une poignée de main avec lui, n'est-ce pas, oncle Jack ?

Elle rentre à la maison en courant.

CHASUBLE. Voilà de joyeuses nouvelles.

MISS PRISM. Maintenant que nous nous étions tous résignés à sa perte, son brusque retour me paraît particulièrement désolant.

JACK. Mon frère dans la salle à manger ? Je ne sais ce que tout cela veut dire. Je trouve que c'est absolument absurde. *(Algernon et Cecily entrent, se tenant par la main. Ils se dirigent à pas lents vers Jack.)* Grands dieux !

D'un geste, il ordonne à Algernon de s'éloigner.

ALGERNON. Frère Jack, je suis venu de la ville vous apprendre que je suis très fâché de la peine que je vous ai donnée et je compte désormais mener une vie meilleure.

Jack le regarde avec colère et ne lui tend pas la main.

CECILY. Oncle Jack, vous n'allez pas refuser de tendre la main à votre propre frère.

JACK. Rien ne me forcera à prendre sa main. Je trouve son arrivée ici très malséante. Il sait parfaitement pourquoi.

CECILY. Oncle Jack, soyez gentil. Il y a du bon dans tout homme. Constant me parlait seulement de son pauvre ami Bunbury, atteint d'une maladie chronique, et auquel il fait de fréquentes visites. Et il y a certainement du bon chez celui qui montre tant de bonté pour un malade, pour celui qui renonce aux plaisirs de Londres pour s'asseoir près d'un lit de douleur.

JACK. Ah ! il a parlé de Bunbury, n'est-ce pas ?

CECILY. Oui, il m'a dit tout ce qui concerne le pauvre Mr. Bunbury et son terrible état de santé.

JACK. Bunbury ! Eh bien, j'entends qu'il ne vous parle ni de Bunbury ni de n'importe quoi. Il y a là de quoi vous rendre absolument enragé.

ALGERNON. Certes, je reconnais que tous les torts sont de mon côté. Mais je dois le dire, la froideur de mon frère Jack m'est particulièrement pénible. Je m'attendais à un accueil plus enthousiaste, surtout en songeant que je viens ici pour la première fois.

CECILY. Oncle Jack, si vous ne serrez pas la main à Constant, je ne vous pardonnerai jamais.

JACK. Vous ne pardonnerez jamais ?

CECILY. Jamais, jamais, jamais.

JACK. Soit, ce sera la dernière fois que je le fais.

Il serre la main à Algernon, en lui jetant des regards furieux.

CHASUBLE. C'est charmant, n'est-ce pas, de voir une réconciliation si parfaite. Je crois que nous pouvons laisser les deux frères ensemble.

MISS PRISM. Cecily, vous allez venir avec nous.

CECILY. Certainement, Miss Prism. Mon petit rôle de réconciliatrice est parfait.

CHASUBLE. Vous avez accompli une belle action aujourd'hui, chère enfant.

MISS PRISM. Nous ne devons pas formuler de jugements précipités.

CECILY. Je me sens très heureuse.

Tous sortent, excepté Jack et Algernon.

JACK. Vous, jeune coquin, Algy, il faut que vous partiez d'ici le plus tôt possible. Je n'admets pas qu'on vienne faire du Bunburysme ici.

Merriman entre.

MERRIMAN. J'ai mis les effets de Mr. Constant dans la chambre voisine de la vôtre, monsieur. Je suppose que cela va bien ainsi.

JACK. Quoi ?

MERRIMAN. Les bagages de Mr. Constant, monsieur. Je les ai déballés et les ai placés dans la chambre contiguë à la vôtre.

JACK. Ses bagages ?

MERRIMAN. Oui, monsieur, trois sacs de voyage, un nécessaire de toilette, deux boîtes à chapeau, et un grand panier à provisions.

ALGERNON. Je crains de ne pouvoir rester plus d'une semaine cette fois.

JACK. Merriman, faites atteler immédiatement la voiture. Mr. Constant vient d'être brusquement rappelé à la ville.

MERRIMAN. Bien, monsieur.

Il rentre dans la maison.

ALGERNON. Quel terrible menteur vous êtes, Jack. Je n'ai pas du tout été appelé à la ville.

JACK. Si, vous l'avez été.

ALGERNON. Je n'ai pas appris que quelqu'un me demandait.

JACK. C'est votre devoir de gentleman qui vous rappelle.

ALGERNON. Mon devoir de gentleman n'est jamais intervenu, si peu que ce soit dans mes plaisirs.

JACK. Je le sais parfaitement.

ALGERNON. Bon ! Cecily est charmante.

JACK. Vous ne devez pas parler de Miss Cardew sur ce ton-là. Cela ne me plaît pas.

ALGERNON. Bon, vos habits ne me plaisent pas. Ils vous donnent une tournure parfaitement ridicule. Pourquoi diable ne rentrez-vous pas pour en changer. Il est tout à fait puéril de se mettre en grand deuil en l'honneur d'un homme qui vient à ce moment même passer huit jours chez vous en qualité d'hôte. Je qualifie cela de grotesque.

JACK. Il est certain que vous ne passerez pas une semaine entière chez moi, comme hôte, ou comme n'importe quoi. Il faut que vous partiez... par le train de quatre heures cinq.

ALGERNON. Il est certain que je ne vous quitterai pas tant que vous serez en deuil. Ce serait une conduite indigne d'un ami. Si j'étais en deuil, vous resteriez avec moi, je suppose. Je trouverais très mal que vous n'agissiez pas ainsi.

JACK. Eh bien, partirez-vous, si je change de vêtement ?

ALGERNON. Oui, à condition que vous ne preniez pas trop de temps. Je n'ai jamais vu personne qui reste aussi longtemps à s'habiller, et pour atteindre un si mince résultat.

JACK. Soit, en tout cas, cela vaut mieux que d'être tiré à quatre épingles comme vous l'êtes toujours.

ALGERNON. Si parfois je mets de l'exagération dans ma toilette, j'ai comme compensation une éducation bien supérieure.

JACK. Votre vanité est ridicule, votre conduite scandaleuse, et votre présence dans mon jardin absurde au dernier degré. Quoi qu'il en soit, il vous faudra prendre le train de quatre heures cinq, et je vous souhaiterai un bon voyage jusqu'à la ville. Ce Bunburysme, comme vous l'appelez, n'a pas très brillamment tourné pour vous.

Il rentre dans la maison.

ALGERNON. Je trouve qu'il a admirablement réussi. Je suis amoureux de Cecily, et tout est là ! *(Cecily entre par le fond du jardin. Elle prend l'arrosoir et se met à arroser les fleurs.)* Mais il faut que je la voie avant de partir. Ah ! la voici.

CECILY. Oh ! je ne suis revenue que pour arroser les fleurs. Je vous croyais avec l'oncle Jack.

ALGERNON. Il est allé commander qu'on attelle la voiture pour moi.

CECILY. Alors, il va vous emmener faire une jolie promenade.

ALGERNON. Il va me renvoyer.

CECILY. Alors il faut que nous nous séparions ?

ALGERNON. Je le crains. C'est une séparation bien pénible.

CECILY. Il est toujours pénible de quitter des gens qu'on n'a connus que pendant très peu de temps. On peut supporter avec égalité d'âme l'absence de vieux amis. Mais une séparation même momentanée d'avec une personne à laquelle on vient justement d'être présenté, c'est presque insupportable.

ALGERNON. Merci.

Merriman entre.

MERRIMAN. La voiture est à la porte, monsieur.

Algernon jette à Cecily un regard suppliant.

CECILY. Faites attendre, Merriman... cinq minutes...

MERRIMAN. Bien, mademoiselle.

Merriman sort.

ALGERNON. J'espère, Cecily, que je ne vous offenserai pas si j'affirme franchement, ouvertement, que vous me paraissez, à tous les points de vue, la personnification visible de la perfection absolue.

CECILY. Je trouve que votre franchise vous fait grand honneur, Constant. Si vous voulez bien me le permettre, je transcrirai vos remarques dans mon journal.

Elle se dirige vers la table et se met à écrire dans le journal.

ALGERNON. Vraiment ? Vous tenez un journal ? Je donnerais n'importe quoi pour y jeter un coup d'œil. Le puis-je ?

CECILY. Oh, non. *(Elle met la main sur le journal.)* Vous voyez, ce sont simplement les notes où une toute jeune fille marque ses pensées et ses impressions, et par conséquent c'est destiné à être publié. Quand cela paraîtra en volume, j'espère que vous en commanderez un exemplaire. Mais je vous en prie, Constant, n'en restez pas là. J'ai grand plaisir à écrire sous la dictée. J'en suis à « perfection absolue ». Vous pouvez continuer. Je suis prête à écrire encore.

ALGERNON, *un peu effaré*. Ahem ! Ahem !

CECILY. Oh, ne toussez pas, Constant. Quand on dicte, il faut parler couramment et ne pas tousser. En outre, je ne sais pas comment on écrit toux.

Elle écrit à mesure qu'Algernon parle.

ALGERNON, *parlant très vite*. Cecily, depuis que j'ai pour la première fois contemplé votre merveilleuse et incomparable beauté, j'ai osé vous aimer avec ardeur, avec passion, avec dévouement, désespérément.

CECILY. À mon avis, vous ne devriez pas me dire que vous m'aimez avec ardeur, avec passion, avec dévouement, désespérément. Désespérément n'a pas l'air bien intelligible, n'est-ce pas ?

ALGERNON. Cecily.

Merriman entre.

MERRIMAN. Monsieur, la voiture attend.

ALGERNON. Dites-lui de revenir dans une semaine, à la même heure.

MERRIMAN, *interrogeant du regard Cecily, qui ne répond pas*. Bien, monsieur.

CECILY. L'oncle Jack serait bien ennuyé s'il savait que vous restez ici jusqu'à la semaine prochaine, à la même heure.

ALGERNON. Oh ! je ne me soucie pas de Jack. Je ne me soucie de personne au monde, excepté de vous. Je vous aime, Cecily. Vous m'épouserez, n'est-ce pas ?

CECILY. Grand sot, bien sûr ! Mais voilà bientôt trois mois que nous sommes fiancés.

ALGERNON. Bientôt trois mois ?

CECILY. Oui, il y aura juste trois mois jeudi.

ALGERNON. Mais comment nous sommes-nous fiancés ?

CECILY. Eh bien, c'est depuis le jour où l'oncle Jack nous avoua qu'il avait un jeune frère cadet fort mauvais sujet, un vrai coquin. Naturellement vous êtes aussitôt devenu le principal sujet de conversation entre moi et Miss Prism. Et un homme dont on parle beaucoup est toujours très attirant. On sent qu'il doit y avoir quelque chose en lui, après tout. Je dois dire que ce fut sottise de ma part, mais je suis tombée amoureuse de vous, Constant.

ALGERNON. Chérie ! Et quand la promesse fut-elle réellement faite ?

CECILY. Le jour de la Saint-Valentin. Lasse enfin de voir que vous ignoriez entièrement mon existence, je me décidai à en finir d'une façon ou d'une autre, et après avoir longtemps lutté avec moi-même, j'acceptai votre main sous ce cher vieil arbre que voici. Le lendemain, j'achetai ce petit anneau avec le vrai nœud d'amour que je vous ai promis de porter toujours.

ALGERNON. Est-ce que je vous l'ai donné ? Il est très joli, n'est-ce pas ?

CECILY. Oui, vous avez étonnamment bon goût, Constant. C'est l'excuse que j'ai toujours donnée pour la vie déplorable que vous meniez. Et voici le coffret où je conserve toutes vos chères lettres.

Elle s'agenouille devant la table, ouvre le coffret et en tire des lettres liées avec un ruban bleu.

ALGERNON. Mes lettres ! Mais, ma charmante Cecily, je ne vous ai jamais écrit aucune lettre.

CECILY. Qu'avez-vous besoin de me le rappeler, Constant ? Je ne me rappelle que trop qu'il m'a fallu écrire moi-même vos lettres. J'écrivais toujours trois fois par semaine, et quelquefois plus souvent.

ALGERNON. Oh ! laissez-moi les lire, Cecily.

CECILY. Non, cela m'est impossible. Vous seriez trop vaniteux après cette lecture. *(Elle remet le coffret en place.)* Les trois lettres que vous m'avez écrites après que j'eus rompu nos fiançailles sont si belles et si mal orthographiées, que même aujourd'hui je ne puis les lire sans pleurer un peu.

ALGERNON. Mais est-ce que nos fiançailles ont été jamais brisées ?

CECILY. Naturellement. Ce fut le 22 mars de cette année. Vous pouvez voir la mention si vous y tenez. *(Elle montre le jour-*

nal.) « Aujourd'hui, rompu mes fiançailles avec Constant. Je sens qu'il vaut mieux qu'il en soit ainsi. La température continue à être délicieuse. »

ALGERNON. Mais pourquoi donc les avez-vous rompues ? Qu'est-ce que j'avais fait ? Je n'avais rien fait du tout. Cecily, je suis très fâché de vous entendre dire que vous avez rompu. Surtout alors qu'il faisait un temps si délicieux.

CECILY. C'eût été des fiançailles bien peu sérieuses si elles n'avait pas été rompues au moins une fois. Mais je vous pardonnai avant la fin de la semaine.

ALGERNON, *traversant la scène, et s'agenouillant devant Cecily.* Quel ange de perfection vous êtes, Cecily.

CECILY. Ah ! mon cher petit romanesque. *(Il l'embrasse. Elle lui passe les doigts dans les cheveux.)* J'espère que vos cheveux frisent naturellement, n'est-ce pas ?

ALGERNON. Oui, ma chérie, un peu avec l'aide d'autrui.

CECILY. Que je suis contente !

ALGERNON. Vous ne romprez plus jamais nos fiançailles ?

CECILY. Je ne pense pas que je pourrais les rompre, maintenant que je vous ai rencontré pour tout de bon. Et puis il y a la question de votre nom.

ALGERNON, *avec quelque agitation.* Oui, naturellement.

CECILY. Il ne faut pas rire de moi, mon chéri, mais cela a toujours été un de mes rêves de petite fille d'aimer un homme qui s'appelât Constant. *(Algernon se lève, Cecily aussi.)* Il y a dans ce nom-là quelque chose qui semble inspirer une confiance absolue. Je plains toute pauvre femme mariée dont le mari ne se nomme pas Constant.

ALGERNON. Mais, ma chère petite, vous ne voulez pas dire qu'il vous serait impossible de m'aimer, si je portais quelque autre nom.

CECILY. Mais quel nom ?

ALGERNON. Oh ! le nom qui vous plaira, Algernon, par exemple.

CECILY. Ah ! ce nom d'Algernon, je ne l'aime pas.

ALGERNON. Eh bien, ma chère, ma charmante, mon aimante petite chérie, je ne vois vraiment pas pourquoi vous trouveriez à redire au nom d'Algernon. Ce n'est pas du tout un nom fâcheux. En fait, c'est un nom aristocratique. La moitié des gens qui vont au tribunal des faillites s'appellent Algernon. Mais sérieusement, Cecily... *(S'avançant vers elle.)* Si je m'appelais Algy, ne pourriez-vous pas m'aimer ?

CECILY, *se levant.* Je pourrais vous respecter, je pourrais admirer votre caractère, mais je crains de ne pouvoir vous accorder mon attention sans partage.

ALGERNON. Ahem ! Cecily... *(Il prend son chapeau.)* Votre révérend est, à ce que je suppose, parfaitement au fait des rites et des cérémonies de l'Église ?

CECILY. Oh oui, le chanoine Chasuble est très savant. Il n'a jamais écrit un seul livre. Aussi vous pouvez croire qu'il en sait long.

ALGERNON. Il faut que je le voie tout de suite pour un baptême... je veux dire pour une affaire de la plus grande importance.

CECILY. Oh !

ALGERNON. Je m'absenterai pour une demi-heure, pas plus.

CECILY. Comme nous sommes fiancés depuis le 14 février dernier, et que je vous ai rencontré aujourd'hui seulement pour la première fois, je crois qu'il serait très fâcheux que vous me quittiez pour un temps aussi long qu'une demi-heure. Ne pourriez-vous pas le réduire à vingt minutes.

ALGERNON. Je reviendrai dans un instant.

Elle l'embrasse et s'enfuit à travers le jardin.

CECILY. Quel impétueux enfant ! J'aime tant sa chevelure ! Il faut que j'inscrive sa demande dans mon journal.

Merriman entre.

MERRIMAN. Miss Fairfax se présente à l'instant même pour voir Mr. Worthing... Pour une affaire des plus importantes, à ce qu'affirme Miss Fairfax.

CECILY. Mr. Worthing est-il dans sa bibliothèque ?

MERRIMAN. Mr. Worthing est sorti. Il s'est dirigé du côté du Presbytère, il y a déjà quelque temps.

CECILY. Veuillez prier cette dame de venir ici. Mr. Worthing ne tardera certainement pas à rentrer. Et vous pouvez apporter le thé.

MERRIMAN. Bien, mademoiselle.

Merriman sort.

CECILY. Miss Fairfax ! Je suppose que c'est une des nombreuses bonnes dames d'un certain âge qui collaborent avec l'oncle Jack à l'une de ses œuvres philanthropiques de Londres. Je n'aime pas beaucoup les femmes qui s'occupent de philanthropie. Je trouve qu'elles se compromettent beaucoup.

Merriman entre.

MERRIMAN. Miss Fairfax.

Gwendolen entre. Merriman sort.

CECILY, *allant au-devant d'elle.* Permettez-moi de me présenter moi-même. Je me nomme Cecily Cardew.

GWENDOLEN. Cecily Cardew ! *(Allant à elle et lui donnant une poignée de main.)* Quel joli nom, quel charmant nom ! Quelque chose me dit que nous allons être amies intimes. Je vous aime déjà plus que je ne saurais dire. Ma première impression au sujet des gens ne me trompe jamais.

CECILY. Comme c'est gentil de votre part de me témoigner autant d'affection, quand nous nous connaissons depuis un temps relativement si court. Asseyez-vous, je vous prie.

GWENDOLEN, *restant debout.* Je puis vous appeler Cecily, n'est-ce pas ?

CECILY. Vous me ferez plaisir.

GWENDOLEN. Et vous m'appelerez toujours Gwendolen, n'est-ce pas ?

CECILY. Si vous le désirez.

GWENDOLEN. Alors c'est chose convenue, qu'en dites-vous ?

CECILY. Je l'espère.

Silence. Elles s'asseoient côte à côte.

GWENDOLEN. Voilà peut-être l'occasion favorable pour vous

apprendre qui je suis. Mon père est Lord Bracknell. Vous n'avez jamais entendu parler de papa, je suppose ?

CECILY. Je ne le crois pas.

GWENDOLEN. En dehors du cercle de famille, papa, je suis heureuse de le dire, est tout à fait inconnu. Je trouve que cela est comme cela doit être. Le foyer me paraît la sphère qui convient à l'homme. Et certainement, du jour où l'homme commence à négliger ses devoirs domestiques, il devient désagréablement efféminé, n'est-ce pas ? Et c'est ce que je n'aime pas : cela rend les hommes si séduisants ! Cecily, maman, qui a sur l'éducation des vues remarquablement sévères, m'a appris à être d'une myopie extrême. C'est une partie de son système. Aussi ne vous offensez pas si je vous regarde à travers mon lorgnon.

CECILY. Oh ! pas du tout, Gwendolen, j'aime tant qu'on me regarde.

GWENDOLEN, *après avoir attentivement examiné Cecily, à travers son lorgnon.* Vous êtes ici en visite passagère, n'est-ce pas ?

CECILY. Oh ! non, je demeure ici.

GWENDOLEN, *d'un ton sévère.* Vraiment ? Sans doute que votre mère, ou quelque parente âgée, habite ici.

CECILY. Oh ! non, je n'ai pas de mère, ni même, en somme, de parents d'aucune sorte.

GWENDOLEN. Vraiment ?

CECILY. Mon cher tuteur, avec l'aide de Miss Prism, se charge de la tâche ardue de veiller sur moi.

GWENDOLEN. Votre tuteur ?

CECILY. Oui, je suis la pupille de Mr. Worthing.

GWENDOLEN. Oh ! c'est étrange qu'il ne m'ait jamais informé qu'il avait une pupille. Comme il est cachottier ! Il devient plus intéressant d'une heure à l'autre. Toutefois, je ne suis pas certaine que cette nouvelle m'inspire un sentiment de joie sans mélange. *(Elle se lève et va vers Cecily.)* J'ai beaucoup d'affection pour vous, Cecily. Je vous ai aimée dès le premier moment où je vous ai vue. Mais je suis obligée de le dire, maintenant que je vous sais la pupille de Mr. Worthing, je ne peux m'empêcher d'exprimer le désir que vous fussiez... voyons... un peu plus âgée que vous ne le paraissez... et pas tout à fait aussi attrayante dans votre tournure... En fait, si je puis parler franchement...

CECILY. Parlez, je vous prie. Je suis d'avis que quand on a quelque chose de déplaisant à dire, on soit toujours franche.

GWENDOLEN. Eh bien, pour parler avec une parfaite franchise, je voudrais que vous eussiez quarante-deux ans bien sonnés, et que vous fussiez plus laide encore qu'on ne l'est d'ordinaire à cet âge. Constant est d'un caractère énergiquement droit. C'est l'âme même de la vérité et de l'honneur. La déloyauté lui serait aussi impossible que la tromperie. Mais les hommes qui ont le caractère moral aussi noble qu'il peut l'être sont extrêmement accessibles à l'influence des charmes physiques des autres. L'histoire moderne, tout comme l'ancienne, nous présente en grand nombre de fâcheux exemples du cas dont je parle. S'il en était autrement, d'ailleurs, l'histoire serait illisible.

CECILY. Je vous demande pardon, Gwendolen, mais n'avez-vous pas dit Constant ?

GWENDOLEN. Oui.

CECILY. Oh ! mais ce n'est point Mr. Constant Worthing qui est mon tuteur, c'est son frère, son frère cadet.

GWENDOLEN, *s'asseyant de nouveau.* Constant ne m'a jamais dit qu'il eût un frère.

CECILY. Je regrette d'avoir à dire que pendant longtemps ils n'ont pas été en bons termes.

GWENDOLEN. Ah ! voilà l'explication. Et maintenant que j'y pense, je n'ai jamais entendu personne parler de son frère. Le sujet semble déplaire à la plupart des gens. Cecily, vous avez soulagé mon esprit d'un grand poids. Je commençais à devenir très inquiète. Il aurait été terrible qu'un nuage s'élevât dans une amitié comme la nôtre, n'est-ce pas ? Vous êtes certaine, tout à fait certaine, n'est-ce pas, que ce n'est pas Mr. Constant Worthing qui est votre tuteur ?

CECILY. Tout à fait sûre. *(Silence.)* En fait, je suis en train de devenir le sien.

GWENDOLEN, *d'un ton interrogateur.* Je vous demande pardon ?

CECILY, *avec assez de timidité et de confiance.* Très chère Gwendolen, il n'y a pas de raison pour que je vous en fasse un secret. Notre petit journal du comté ne manquera pas d'enregistrer l'événement dans huit jours. Mr. Constant Worthing et moi, nous avons pris l'engagement de nous épouser.

GWENDOLEN, *se levant, et avec grande politesse.* Ma chère Cecily, je crois qu'il doit y avoir là un léger malentendu. Mr. Constant Worthing est fiancé avec moi. L'annonce paraîtra dans le *Morning Post* [1] de samedi au plus tard.

CECILY, *se levant, et avec grande politesse.* Je crains que vous ne soyez dans l'erreur. Il y a exactement dix minutes que Constant m'a fait sa demande.

Elle montre son journal.

GWENDOLEN, *examinant attentivement le journal, avec son lorgnon.* Certainement, c'est fort curieux, car il m'a demandé d'être sa femme hier à cinq heures et demie du soir. Si vous tenez à vérifier ce détail, je vous en prie, faites-le. *(Elle montre son propre journal.)* Je ne voyage jamais sans mon journal. On doit toujours avoir quelque chose de sensationnel à lire dans le train. Je suis bien désolée, chère Cecily, s'il en résulte quelque déception pour vous, mais je suis obligée de le dire, j'ai la priorité.

CECILY. Je serais désolée plus que je ne puis vous le dire, chère Gwendolen, si j'avais à vous causer quelque tourment d'esprit ou de corps, mais je me crois obligée de vous faire remarquer que depuis la demande que Constant vous a faite, il a évidemment changé d'avis.

GWENDOLEN, *d'un air réfléchi.* Si ce pauvre garçon s'est laissé prendre au piège et a fait une sotte promesse, je croirai de mon devoir de l'en sauver sans retard, et d'une main ferme.

---

1. Les événements mondains, de même que les fiançailles et les mariages, y étaient mentionnés.

CECILY, *d'un air pensif et mélancolique.* Quelle que soit l'intrigue malheureuse où mon cher ami se soit embarrassé, je ne le lui reprocherai jamais quand nous serons mariés.

GWENDOLEN. Est-ce à moi que vous faites allusion, Miss Cardew, en parlant d'intrigue ? Vous êtes présomptueuse. Dans une circonstance telle que celle-ci, c'est plus qu'un devoir moral de dire ce qu'on pense, on s'en fait un plaisir.

CECILY. Donnez-vous à entendre, Miss Fairfax, que j'ai par des artifices, entraîné Constant à se fiancer avec moi ? Comment avez-vous cette audace ? Ce n'est pas le moment de prendre le masque transparent des ménagements. J'apelle un chat un chat et une oie une oie.

GWENDOLEN, *d'un ton railleur.* Je suis heureuse de dire que je n'ai jamais vu d'oie. Il est évident que nos sphères sociales sont fort éloignées.

Merriman entre, suivi du valet de pied. Il apporte un plateau, une nappe, et un service de table. Cecily est sur le point de riposter. La présence des domestiques exerce une influence modératrice, sous le joug de laquelle les deux jeunes filles enragent.

MERRIMAN. Faut-il disposer le thé comme à l'ordinaire, mademoiselle ?

CECILY, *d'un ton sévère.* Oui, comme à l'ordinaire.

Merriman se met à débarrasser la table et à déployer la nappe. Long silence. Cecily et Gwendolen échangent des regards furieux.

GWENDOLEN. Y a-t-il beaucoup d'excursions intéressantes dans le voisinage, Miss Cardew ?

CECILY. Oh oui, beaucoup. Du haut d'une des collines on peut voir cinq comtés.

GWENDOLEN. Cinq comtés ! Voilà qui ne me plairait guère, je crois. Je déteste les cohues.

CECILY, *avec douceur.* C'est pour cette raison, je suppose, que vous habitez la ville.

Gwendolen se mord la lèvre, et tape nerveusement ses pieds avec son ombrelle.

GWENDOLEN, *regardant autour d'elle.* Voici un jardin très bien tenu, Miss Cardew.

CECILY. Enchantée qu'il soit à votre goût, Miss Fairfax.

GWENDOLEN. Je ne me figurais pas qu'il y eût des fleurs à la campagne.

CECILY. Oh ! ici, Miss Fairfax, les fleurs sont aussi communes que les gens à Londres.

GWENDOLEN. Pour mon compte, je ne puis comprendre comment on s'arrange pour vivre à la campagne, si toutefois il y a des gens qui le font. La campagne m'ennuie toujours mortellement.

CECILY. Ah ! c'est ce que les journaux appellent la dépression de l'agriculture, n'est-ce pas [1] ? Je crois que l'aristocratie en souffre beaucoup présentement. C'est presque une épidémie chez elle, à ce qu'on m'a dit. Puis-je vous offrir du thé, Miss Fairfax ?

GWENDOLEN, *avec une politesse étudiée.* Merci. *(En aparté.)* Odieuse fille. J'ai bien besoin de...

CECILY, *avec douceur.* Du sucre ?

GWENDOLEN, *d'un air hautain.* Non, merci. Le sucre n'est plus à la mode.

Cecily lui jette un regard furibond, prend la pince et met quatre morceaux de sucre dans la tasse.

CECILY, *d'un ton sévère.* Du cake, ou du pain beurré ?

GWENDOLEN, *d'un air ennuyé.* Du pain beurré. Le cake se voit rarement aujourd'hui dans les meilleures maisons.

CECILY, *coupant une très grosse tranche de cake et la mettant sur le plateau.* Passez cela à Miss Fairfax.

Merriman obéit et s'en va avec le valet de pied. Gwendolen boit le thé en faisant la grimace. Elle pose aussitôt sa tasse,

---

1. Depuis les années 1870, l'agriculture britannique connaissait une grave dépression, due au mauvais temps et à l'importation de denrées bon marché.

tend la main pour prendre le pain beurré, le regarde et voit que c'est du cake. Elle se lève indignée.

GWENDOLEN. Vous avez rempli mon thé de sucre, et bien que j'aie demandé très distinctement du pain beurré, vous m'avez donné du cake. Je suis connue pour la douceur de mon caractère, et pour l'extraordinaire indulgence de mon naturel, mais je vous en avertis, Miss Cardew, vous allez trop loin.

CECILY, *se levant.* Jusqu'où n'irais-je pas pour sauver mon pauvre amoureux innocent et confiant des machinations de toute autre fille !

GWENDOLEN. Aussitôt que je vous ai vue, j'ai éprouvé de la défiance, j'ai senti que vous étiez fausse et perfide. Je ne me trompe jamais dans ces sortes de choses. Ma première impression est invariablement juste.

CECILY. Il me semble, Miss Fairfax, que j'abuse de votre temps précieux. Sans doute vous avez bien d'autres visites du même genre à faire dans les environs.

Jack entre.

GWENDOLEN, *l'apercevant.* Constant ! Mon Constant.

JACK. Gwendolen ? Ma chérie.

Il se prépare à l'embrasser.

GWENDOLEN, *reculant.* Un instant ! Puis-je vous demander si vous avez pris l'engagement d'épouser cette jeune dame ?

Elle montre Cecily.

JACK, *riant.* Cette chère petite Cecily ? Naturellement non. Qu'est-ce qui a pu permettre cette idée dans votre jolie petite tête.

GWENDOLEN. Merci. On vous le permet.

Elle offre sa joue.

CECILY, *avec la plus grande douceur.* Je savais qu'il devait y avoir quelque malentendu, Miss Fairfax. Le gentleman qui a en ce moment son bras autour de votre taille est mon cher tuteur, Mr. Jack Worthing.

GWENDOLEN. Je vous demande pardon ?

CECILY. C'est l'oncle Jack.

GWENDOLEN, *reculant.* Jack ! Oh !

Algernon entre.

CECILY. Voici Constant.

ALGERNON, *il va droit à Cecily sans remarquer les autres personnes présentes.* Mon amour !

Il s'apprête à l'embrasser.

CECILY, *reculant.* Un instant, Constant ! Puis-je vous le demander ? Avez-vous pris l'engagement de vous marier avec cette jeune dame ?

ALGERNON, *regardant autour de lui.* À quelle jeune dame ? Grands dieux ! Gwendolen !

CECILY. Oui, grands dieux, Gwendolen ! C'est de Gwendolen que je parle.

ALGERNON, *riant.* Non, naturellement. Qu'est-ce qui a pu mettre cette idée dans votre jolie petite tête ?

CECILY. Merci. *(Offrant sa joue à baiser.)* Maintenant on vous le permet.

Algernon l'embrasse.

GWENDOLEN. Je me doutais qu'il y avait un léger malentendu, Miss Cardew. Le gentleman qui vous embrasse en ce moment est mon cousin, Mr. Algernon Moncrieff.

CECILY, *se dégageant des bras d'Algernon.* Algernon Moncrieff ! Oh ! *(Les deux jeunes filles s'avancent l'une vers l'autre et se prennent mutuellement par la taille comme pour se défendre.)* Est-ce qu'on vous nomme Algernon ?

ALGERNON. Je ne puis le nier.

CECILY. Oh !

GWENDOLEN. Est-ce que vous vous nommez Jack ?

JACK, *se redressant avec quelque fierté.* Je pourrais le nier si je voulais. Je pourrais nier n'importe quoi, si cela me plaisait.

Mais il est certain que je m'appelle Jack. Pendant des années, on m'a donné ce nom.

CECILY, *à Gwendolen.* Nous avons été toutes deux les jouets d'une grossière imposture.

GWENDOLEN. Ma pauvre Cecily outragée !

CECILY. Ma charmante Gwendolen trompée !

GWENDOLEN, *d'une voix lente et sérieuse.* Vous m'appellerez sœur, n'est-ce pas ?

Elles s'embrassent. Jack et Algernon passent en allant et venant.

CECILY, *avec assez de vivacité.* Il y a une petite question que je voudrais bien être autorisée à poser à mon tuteur.

GWENDOLEN. Idée admirable ! Mr. Worthing, il y a là une petite question que j'aimerais bien pouvoir vous poser. Où est votre frère Constant ? Nous sommes toutes les deux fiancées à votre frère Constant. Il est donc de quelque importance que nous sachions où est en ce moment votre frère Constant ?

JACK, *lentement et avec hésitation.* Gwendolen !... Cecily. Il est très pénible pour moi d'être contraint de dire la vérité. C'est la première fois de ma vie que j'ai été réduit à une extrémité aussi douloureuse, et je suis réellement dépourvu de toute expérience en ce genre. Cependant je vous dirai franchement que je n'ai pas de frère Constant. Je n'ai pas de frère du tout. Je n'ai jamais eu de frère de ma vie, et je n'ai pas la moindre intention d'en avoir un à l'avenir.

CECILY, *surprise.* Pas de frère du tout ?

JACK, *gaiement.* Pas de frère du tout.

GWENDOLEN, *d'un ton sévère.* Vous n'avez pas eu de frère... d'aucune sorte ?

JACK, *d'un air agréable.* Jamais ; non, d'aucune sorte.

GWENDOLEN. Je crains qu'il ne soit parfaitement évident, Cecily, que ni vous ni moi ne soyons fiancées à qui que ce soit.

CECILY. Ce n'est point une situation agréable pour une jeune fille, n'est-ce pas ?

GWENDOLEN. Rentrons à la maison. Ils ne se risqueront guère à nous y suivre.

Elles rentrent dans la maison en jetant aux deux hommes des regards dédaigneux.

JACK. Cet épouvantable gâchis est sans doute ce que vous dénommez du Bunburysme ?

ALGERNON. Oui, du Bunburysme, et du plus malicieux. Le Bunburysme le plus merveilleux que j'aie vu dans ma vie.

JACK. Soit, mais vous n'avez pas l'ombre d'un droit de bunburyser ici.

ALGERNON. C'est absurde. On a le droit de bunburyser partout où cela vous plaît. Tout bunburyste sérieux sait cela.

JACK. Bunburyste sérieux ! Juste ciel !

ALGERNON. Bon ! il faut être sérieux pour une chose ou une autre, quand on tient à s'amuser un peu dans la vie. Il se trouve que je prends le bunburysme au sérieux. Quelle est la chose que vous faites sérieusement, vous ? Je n'en ai pas l'idée la plus lointaine. C'est peut-être tout, à ce que je m'imagine. Vous êtes d'une nature si superficielle !

JACK. Soit, la seule petite satisfaction que j'aie dans toute cette misérable affaire, c'est que votre ami Bunbury ait coulé à pic. Il vous sera impossible de vous sauver à la campagne aussi souvent qu'il vous plaisait, cher Algy. Et voilà qui est excellent.

ALGERNON. Et votre frère est aussi un peu défraîchi, n'est-ce pas, cher Jack ? Impossible de vous éclipser à Londres aussi souvent que c'était votre détestable habitude. Et voilà qui n'est pas mauvais non plus.

JACK. Quant à votre conduite à l'égard de Miss Cardew, je dois dire que votre attitude à l'égard d'une enfant douce, simple et innocente est tout à fait inexcusable. Sans parler de ce fait qu'elle est ma pupille.

ALGERNON. Je me demande en vain comment vous pourrez vous défendre d'avoir trompé une jeune dame brillante, intelligente, aussi profondément expérimentée que Miss Fairfax. Sans parler de ce fait qu'elle est ma cousine.

JACK. Je tenais à offrir ma main à Gwendolen. Voilà tout. Je l'aime.

ALGERNON. Eh bien, moi je tenais tout simplement à épouser Cecily. Je l'adore.

JACK. Il est certain que vous n'avez pas la moindre chance d'épouser Miss Cardew.

ALGERNON. Je n'entrevois guère de probabilité, Jack, à cette union entre Miss Fairfax et vous.

JACK. Mais cela n'est pas votre affaire.

ALGERNON. Si cela me regardait, je n'en parlerais pas. *(Il se met à manger des petits pains.)* C'est très vulgaire, de parler de ses affaires. Il n'y a que les agents de change qui en parlent. Encore est-ce seulement lors de leurs dîners mondains.

JACK. Comment pouvez-vous rester ici à manger tranquillement des petits pains, pendant que nous sommes dans cet horrible embarras ? Voilà ce que je ne m'explique pas. Vous me paraissez absolument sans cœur.

ALGERNON. C'est qu'il m'est impossible de manger des petits pains avec des allures agitées. Le beurre salirait probablement mes manchettes. Il faut toujours être parfaitement calme, quand on mange des petits pains. C'est la seule façon de les manger.

JACK. Je dis que c'est vous conduire en sans-cœur que de manger des petits pains dans les circonstances actuelles.

ALGERNON. Quand j'ai des ennuis, la seule chose qui me console, c'est de manger. Oui, quand j'ai des ennuis, de vrais, de grands ennuis, tous ceux qui me connaissent intimement vous le diront, je refuse tout, excepté de manger et de boire. Pour le moment, je mange des petits pains parce que je suis malheureux. D'autre part, j'aime tout particulièrement les petits pains.

Il se lève.

JACK, *se levant*. Soit, mais ce n'est pas une raison pour vous bourrer de cette façon goulue.

Il enlève les petits pains à Algernon.

ALGERNON, *lui offrant du cake.* Je voudrais vous voir prendre plutôt du cake. Je n'aime pas le cake.

JACK. Grands dieux ! On peut pourtant bien manger ses petits pains dans son jardin.

ALGERNON. Mais vous venez justement de dire que c'est être un parfait sans-cœur que de manger des petits pains.

JACK. J'ai dit que c'était vous montrer absolument sans cœur, étant donné les circonstances. C'est chose bien différente.

ALGERNON. Cela se peut. Mais les petits pains sont toujours des petits pains.

Il prend à Jack l'assiette de petits pains.

JACK. Algy, je souhaite de tout mon cœur que vous vous en alliez.

ALGERNON. Vous ne pouvez pourtant pas me renvoyer sans que j'aie un peu dîné. C'est absurde. Jamais je ne m'en vais sans dîner. Personne n'agit ainsi, excepté les végétariens et leurs congénères. En outre, j'ai pris des arrangements avec le chanoine Chasuble pour être baptisé à six heures et quart sous le nom de Constant.

JACK. Cher ami, plus tôt vous renoncerez à cette folie, mieux cela vaudra. Je me suis entendu ce matin avec le chanoine Chasuble pour être baptisé à cinq heures et demie, et naturellement je prendrai le nom de Constant. Gwendolen le désirait. Nous ne pouvons pas recevoir au baptême le même nom de Constant. C'est absurde. En outre, j'ai parfaitement le droit d'être baptisé si cela me plaît. Rien ne prouve que j'aie jamais été baptisé par qui que ce soit. Je croirais extrêmement probable que je ne l'ai pas été du tout, et c'est l'avis du chanoine Chasuble. Pour vous, il en est tout autrement. Vous avez été déjà baptisé.

ALGERNON. Oui, mais voilà bien des années que je ne l'ai pas été.

JACK. Oui, mais vous l'avez été : c'est le point essentiel.

ALGERNON. C'est tout à fait cela. Je suis donc sûr que ma constitution peut y résister. Si vous n'êtes pas absolument certain d'avoir été baptisé, je dois vous le dire, j'estime que c'est assez dangereux pour vous de vous y risquer maintenant. Cela pourrait vous donner une forte indisposition. Vous ne devez pas avoir oublié qu'une personne qui vous touche de très près a failli être emportée cette semaine, à Paris, par un fort refroidissement.

JACK. Oui, mais vous avez dit vous-même, qu'un refroidissement n'est point héréditaire.

ALGERNON. Ordinairement oui, — mais j'ose affirmer qu'il l'est dans le cas présent. La science ne cesse jamais de perfectionner étonnamment les choses.

JACK, *prenant l'assiette de petits pains*. Oh ! ce sont des sottises. Vous ne dites jamais que des sottises.

ALGERNON. Ah ! vous voilà encore aux petits pains. Je voudrais que vous les laissiez tranquilles : il n'en reste plus que deux. *(Il les prend.)* Je vous ai dit que j'aimais particulièrement les petits pains.

JACK. Et moi je déteste le cake.

ALGERNON. Alors pourquoi diable permettez-vous qu'on serve du cake à vos hôtes. Quelles idées avez-vous sur l'hospitalité ?

JACK. Algernon, je vous ai déjà dit de vous en aller. Je ne tiens pas à ce que vous restiez ici. Pourquoi ne partez-vous pas ?

ALGERNON. Je n'ai pas encore fini mon thé et il reste un petit pain.

Jack gémit et se laisse tomber sur une chaise. Algernon continue à manger.

RIDEAU.

ACTE TROISIÈME

Un petit salon du Manoir. Gwendolen et Cecily sont à la fenêtre et regardent dans le jardin.

GWENDOLEN. Puisqu'ils ne nous ont pas suivies aussitôt dans la maison, comme le premier venu l'aurait fait, cela semble me prouver qu'il leur reste encore quelque sentiment de honte.

CECILY. Ils ont passé le temps à manger des petits pains. Voilà qui ressemble à du repentir.

GWENDOLEN, *après un silence*. Ils n'ont pas l'air de faire attention à nous. Ne pourriez-vous pas tousser ?

CECILY. Mais je ne suis pas enrhumée.

GWENDOLEN. Ils nous regardent. Quelle effronterie !

CECILY. Ils approchent. Voilà bien de l'audace de leur part.

GWENDOLEN. Gardons un silence plein de dignité.

CECILY. Certainement, c'est le seul parti à prendre maintenant.

Jack entre, suivi d'Algernon. Ils sifflent un horrible air populaire tiré d'un opéra anglais.

GWENDOLEN. Ce silence plein de dignité semble produire un résultat déplaisant.

CECILY. Un résultat des plus répugnants.

GWENDOLEN. Mais nous ne serons pas les premières à prendre la parole.

CECILY. Certes non !

GWENDOLEN. Mr. Worthing, j'ai quelque chose de tout particulier à vous demander. Bien des choses dépendent de votre réponse.

CECILY. Gwendolen, vous avez un sens commun inappréciable. Mr. Moncrieff, ayez la bonté de répondre à la question suivante : pourquoi vous donniez-vous pour le frère de mon tuteur ?

ALGERNON. Afin d'avoir l'occasion de vous rencontrer.

CECILY, *à Gwendolen.* Voilà qui a certainement l'air d'une explication satisfaisante, qu'en dites-vous ?

GWENDOLEN. Oui, ma chère, si vous pouvez le croire.

CECILY. Je ne le crois pas. Mais cela n'ôte rien à l'étonnante beauté de sa réponse.

GWENDOLEN. C'est vrai. Dans les affaires de haute importance, ce qu'il y a d'essentiel, c'est le style, et non la sincérité [1]. Mr. Worthing, quelle explication allez-vous me donner de votre affirmation que vous aviez un frère ? Était-ce dans le but d'avoir l'occasion de vous rendre à la ville, afin de me voir le plus souvent possible ?

JACK. Pouvez-vous en douter, Miss Fairfax ?

GWENDOLEN. J'ai les doutes les plus sérieux à ce sujet. Mais je compte les écraser. Ce n'est pas le moment de faire du scepticisme à l'allemande [2]. *(Se dirigeant vers Cecily.)* Leurs explications semblent des plus satisfaisantes, surtout celle de Mr. Worthing. Elle me paraît marquée du sceau de la vérité.

CECILY. Je suis plus que contente de ce qu'a dit Mr. Moncrieff. Sa seule voix vous inspire une confiance absolue.

GWENDOLEN. Alors vous êtes d'avis que nous devrions leur pardonner ?

CECILY. Oui, je l'entends ainsi.

GWENDOLEN. Vrai, j'ai pardonné. Il y a en jeu des principes qu'on ne peut abandonner. Laquelle de nous devra leur parler ? Ce n'est point une tâche agréable.

---

1. Cette épigramme revient çà et là dans l'œuvre de Wilde, par exemple dans la deuxième partie de « La Critique est un art » ou dans le premier chapitre du *Portrait de Dorian Gray*. **2.** La philosophie allemande est souvent brocardée par Wilde.

CECILY. Ne pourrions-nous parler toutes deux à la fois ?

GWENDOLEN. Excellente idée. Presque toujours je parle en même temps que d'autres. Voulez-vous vous régler sur moi ?

CECILY. Certainement.

Gwendolen marque la mesure de son doigt levé.

GWENDOLEN ET CECILY, *parlant ensemble*. Vos noms de baptême restent toujours une barrière infranchissable. Voilà tout.

JACK et ALGERNON, *parlant ensemble*. Nos noms de baptême ! Et c'est tout ? Mais nous allons être baptisés cet après-midi.

GWENDOLEN, *à Jack*. Êtes-vous prêt à faire cette chose terrible pour l'amour de moi ?

JACK. Je le suis.

CECILY, *à Algernon*. Pour me plaire, êtes-vous décidé à affronter cette redoutable épreuve ?

ALGERNON. Je le suis.

GWENDOLEN. Quelle absurdité de parler de l'égalité des sexes. Lorsqu'il s'agit de se sacrifier soi-même, les hommes vont bien plus loin que nous.

JACK, *serrant la main d'Algernon*. Nous le sommes.

CECILY. Ils ont des moments de courage physique, qui nous sont absolument inconnus à nous autres femmes.

GWENDOLEN, *à Jack*. Chéri !

ALGERNON, *à Cecily*. Chérie !

Ils tombent dans les bras l'un de l'autre. Merriman entre. Il voit la situation et tousse très fort.

MERRIMAN. Ahem ! Ahem ! Lady Bracknell !

JACK. Grand dieux !

Lady Bracknell entre. Les couples effarés se séparent. Merriman sort.

LADY BRACKNELL. Gwendolen ! Qu'est-ce que cela signifie ?

GWENDOLEN. Tout simplement que je me suis fiancée à Mr. Worthing, maman.

LADY BRACKNELL. Approchez. Asseyez-vous. Asseyez-vous tout de suite. Toute hésitation, quelle qu'elle soit, est un signe de déchéance mentale chez les jeunes gens, de faiblesse physique chez les vieilles gens. *(S'adressant à Jack.)* Ayant appris la fuite soudaine de ma fille, par sa bonne de confiance, dont j'ai acheté les confidences au moyen de quelque menue monnaie, je l'ai suivie aussitôt, en prenant un train de marchandises. Son malheureux père, je suis heureuse de le dire, est convaincu qu'elle assiste à un interminable cours du soir à l'Université, sur l'influence exercée par un revenu fixe sur la pensée. Je me propose de ne point le détromper. D'ailleurs, je ne l'ai jamais détrompé sur aucun point. Je trouve que ce serait inopportun. Mais naturellement, il faut que vous compreniez clairement que toute communication entre vous et ma fille doit cesser immédiatement à partir de cet instant. Sur ce point, comme d'ailleurs sur tous les points, je suis inébranlable.

JACK. J'ai pris l'engagement d'épouser Gwendolen, Lady Bracknell.

LADY BRACKNELL. Cela n'a aucune importance, monsieur. Et maintenant, en ce qui concerne Algernon... Algernon !

ALGERNON. Eh bien, tante Augusta ?

LADY BRACKNELL. Puis-je vous demander si c'est dans cette maison que demeure votre ami malade, Mr. Bunbury ?

ALGERNON, *bégayant*. Oh ! non, Bunbury n'habite pas ici. Bunbury est quelque part... ailleurs... pour le moment... Au fait, Bunbury est mort.

LADY BRACKNELL. Mort ? Quand est-il mort, Mr. Bunbury ? Il a dû mourir d'une façon tout à fait soudaine.

ALGERNON, *d'un air détaché*. Oh ! j'ai tué Bunbury cet après-midi. Je veux dire que le pauvre Bunbury est mort cet après-midi.

LADY BRACKNELL. De quoi est-il mort ?

ALGERNON. Bunbury ? Oh, il a sauté !

LADY BRACKNELL. Il a sauté ! A-t-il été victime d'un attentat révolutionnaire [1] ? Je ne savais pas que Mr. Bunbury s'intéressât

---

1. De nombreux attentats anarchistes avaient alors lieu partout en Europe. Un procès retentissant s'était tenu en 1892, et d'autres attentats s'étaient

à la législation sociale. S'il en était ainsi, son état maladif n'était qu'un châtiment mérité.

ALGERNON. Ma chère tante Augusta, je voulais dire qu'il a été démasqué. Les médecins ont reconnu que Bunbury ne pouvait pas vivre, voilà ce que je voulais dire... Aussi Bunbury est-il mort.

LADY BRACKNELL. Il semble avoir eu grande confiance dans l'opinion de ses médecins. Toutefois je suis bien aise d'apprendre qu'il a pris le parti d'adopter une règle d'action définie et qu'il s'est conformé à l'avis de médecins compétents. Et maintenant que nous voilà enfin délivrés de ce Mr. Bunbury, puis-je vous demander, Mr. Worthing, quelle est cette jeune personne dont mon neveu Algernon tient la main, d'une façon qui me paraît tout à fait hors de propos.

JACK. Cette personne est Miss Cecily Cardew, ma pupille.

Lady Bracknell salue Cecily d'un air froid.

ALGERNON. Je me suis fiancé à Cecily, tante Augusta.

LADY BRACKNELL. Pardon, permettez...

CECILY. Mr. Moncrieff et moi, nous avons pris l'engagement de nous marier, Lady Bracknell.

LADY BRACKNELL, *elle frissonne, se dirige vers le canapé, et s'asseoit.* Je me demande s'il n'y a pas quelque chose de particulièrement excitant dans l'air de cette partie du comté d'Hertford, mais le nombre des fiançailles qui se nouent me paraît dépasser de beaucoup la moyenne convenable, telle que la statistique l'enregistre pour notre gouverne. Je pense que quelques enquêtes préliminaires faites par moi ne seraient pas déplacées. Mr. Worthing, Miss Cardew a-t-elle un lien quelconque avec une des grandes gares de Londres. Je demande cela comme simple renseignement. Jusqu'à hier, je ne me doutais aucunement qu'il y eût des familles ou des personnes originaires d'une gare terminus.

---

produits en 1894. Le président français Sadi Carnot fut lui-même assassiné par un anarchiste lors de l'Exposition de Lyon en 1894.

Jack a l'air tout à fait furieux, mais il se maîtrise.

JACK, *d'une voix claire et froide.* Miss Cardew est la petite-fille de feu Mr. Thomas Cardew, 149 Belgrave Square, Londres Sud-Ouest ; Gervase Park, à Dorking dans le Surrey ; et Sporran, comté de Fife, en Écosse.

LADY BRACKNELL. Voilà qui paraît assez rassurant. Trois adresses inspirent toujours confiance, même à des commerçants. Mais quelles preuves ai-je de leur authenticité ?

JACK. J'ai conservé soigneusement les Annuaires de la Cour de cette époque [1]. Vous pouvez les examiner, Lady Bracknell.

LADY BRACKNELL, *d'un air farouche.* J'ai constaté d'étranges erreurs dans cette publication.

JACK. Les notaires de la famille de Miss Cardew sont maîtres Markby, Markby et Markby.

LADY BRACKNELL. Markby, Markby et Markby. Une maison des plus connues. D'ailleurs j'ai entendu dire qu'on voit figurer de temps à autre un des Markby dans les dîners officiels. Jusqu'ici, je suis satisfaite.

JACK, *d'un ton très vexé.* Quelle bonté de votre part, Lady Bracknell ! J'ai aussi en ma possession, ce que vous serez charmée d'apprendre, les certificats relatifs à la naissance de Miss Cardew, à son baptême, à sa coqueluche, à son enregistrement, à sa vaccination, à sa confirmation, à sa rougeole et à sa rubéole.

LADY BRACKNELL. Ah ! une existence mouvementée, à ce que je vois, bien qu'ils soient peut-être de nature un peu trop excitante pour une jeune fille. Pour ma part, je n'approuve point les expériences prématurées. *(Elle se lève et tire sa montre.)* Gwendolen, voici que l'heure de notre départ s'approche. Nous n'avons pas un instant à perdre. Puis, pure affaire de forme, Mr. Worthing, je ferais bien de vous demander si Miss Cardew a une petite fortune.

---

1. Publication annuelle qui recensait les noms et les adresses londoniennes de l'aristocratie britannique. Les personnes qui y figuraient avait été généralement présentées à la reine.

JACK. Oh ! environ cent trente mille livres placées en rentes sur l'État[1]. Voilà tout. Bonjour, Lady Bracknell. Enchanté de vous avoir vue.

LADY BRACKNELL, *se rasseyant*. Un instant, Mr. Worthing. Cent trente mille livres ! Et en rentes sur l'État ! Miss Cardew me paraît une fort attrayante jeune dame, maintenant que je la regarde. Peu de jeunes filles d'aujourd'hui ont des qualités vraiment solides, de ces qualités qui durent, et s'améliorent avec le temps. Nous vivons, j'ai le regret de le dire, à une époque superficielle. *(À Cecily.)* Approchez, ma chère. *(Cecily s'approche.)* Jolie enfant ! Votre toilette est d'une simplicité qui attriste, et votre chevelure a l'air d'être telle que la nature l'a faite, mais nous pouvons remédier bien vite à cela. Une femme de chambre française qui s'entende parfaitement à son métier produira un résultat vraiment merveilleux en très peu de temps. Je me rappelle que j'en recommandai une à Lady Lancing, et trois mois après, son mari ne la reconnaissait plus.

JACK. Et six mois après, personne ne la reconnaissait.

LADY BRACKNELL, *après avoir jeté un regard furieux à Jack, et adressé un sourire étudié à Cecily*. Ayez l'obligeance de vous tourner, ma charmante enfant. *(Cecily fait un tour complet.)* Non, ce que je tiens à voir, c'est le profil. *(Cecily se présente de profil.)* Oui, c'est bien à cela que je m'attendais. Il y a des signes de réussite sociale dans votre profil. Les deux points faibles, dans notre siècle, ce sont le défaut de principes, et le défaut de profil. Le menton est un peu saillant, ma chère. Le style dépend en grande partie de la façon dont on tient le menton. On le porte très haut, présentement, Algernon !

ALGERNON. Eh bien, tante Augusta ?

LADY BRACKNELL. Il y a des perspectives mondaines très apparentes dans le profil de Miss Cardew.

ALGERNON. Cecily est la plus douce, la plus aimable, la plus jolie fille qu'il y ait au monde. Et je ne donnerais pas deux sous des perspectives mondaines.

---

1. Ces placements sûrs étaient très appréciés.

LADY BRACKNELL. Ne parlez pas avec irrévérence de la bonne société, Algernon. Les seuls qui le fassent sont les gens qui ne peuvent y entrer. *(À Cecily.)* Chère enfant, vous savez, comme de juste, qu'Algernon n'a que ses dettes pour vivre. Mais je déteste les mariages pour l'argent. Lorsque j'épousai Lord Bracknell, je n'avais aucune espèce de fortune. Mais je ne me suis jamais laissé arrêter un instant par cela. Bon ! Il faut, je suppose, que je donne mon consentement.

ALGERNON. Merci, tante Augusta.

LADY BRACKNELL. Cecily, vous pouvez m'embrasser.

CECILY, *l'embrassant*. Merci, Lady Bracknell.

LADY BRACKNELL. Vous pouvez aussi m'appeler désormais tante Augusta.

CECILY. Merci, tante Augusta.

LADY BRACKNELL. Il serait bon, à mon avis, que le mariage se fît le plus tôt possible.

ALGERNON. Merci, tante Augusta.

CECILY. Merci, tante Augusta.

LADY BRACKNELL. Pour parler franchement, je n'approuve point les longues fiançailles. Elles fournissent aux gens l'occasion d'étudier le caractère de leur partenaire avant le mariage, chose que je me garderais de conseiller.

JACK. Je vous demande pardon de vous interrompre, Lady Bracknell. Mais ces fiançailles sont impossibles. Je suis le tuteur de Miss Cardew, et elle ne peut se marier sans mon consentement, jusqu'à sa majorité. Ce consentement, je le refuse formellement.

LADY BRACKNELL. Pour quels motifs ? Puis-je le demander ? Algernon est un parti extrêmement, j'oserai même dire, éminemment acceptable. Il n'a rien, mais il a toutes les apparences possibles. Que peut-on désirer de plus ?

JACK. Je suis tout à fait peiné d'être contraint à vous parler franchement, Lady Bracknell, au sujet de votre neveu, mais le fait est que je n'approuve aucunement son caractère moral. Je le soupçonne d'être peu franc.

Algernon et Cecily le regardent avec effarement et indignation.

LADY BRACKNELL. Peu franc ! Mon neveu Algernon ! Impossible ! Un ancien étudiant [1] d'Oxford !

JACK. Impossible, malheureusement, d'avoir le moindre doute à ce sujet. Cet après-midi, pendant mon absence temporaire à Londres, pour une importante affaire de cœur, il s'est fait admettre chez moi, en alléguant faussement qu'il était mon frère. Et sous un nom d'emprunt, il a bu, ainsi que me l'a appris mon maître d'hôtel une bouteille entière de mon Perrier-Jouet brut 1889 [2], un vin que je me réserve exclusivement. Persévérant dans sa honteuse supercherie, il a réussi dans le cours de l'après-midi, à m'aliéner l'affection de mon unique pupille. Ensuite il est resté pour le thé, et il a dévoré tous les petits pains jusqu'au dernier. Et ce qui rend sa conduite encore plus écœurante, c'est qu'il savait parfaitement, et depuis longtemps, que je n'ai pas de frère, que je n'ai jamais eu de frère, que je n'ai nullement l'intention d'avoir un frère, de quelque sorte que ce soit. Je le lui ai déclaré nettement cet après-midi.

LADY BRACKNELL. Ahem ! Mr. Worthing, après mûre réflexion, j'ai pris le parti de passer l'éponge sur la façon dont mon neveu s'est conduit à votre égard.

JACK. Voilà qui est bien généreux de votre part, Lady Bracknell. Mais ma résolution est arrêtée. Je refuse mon consentement.

LADY BRACKNELL, *à Cecily*. Approchez, jolie enfant. *(Cecily s'approche d'elle.)* Quel âge avez-vous, ma chère.

CECILY. Eh bien, en réalité je n'ai que dix-huit ans, mais je dis toujours que j'en ai vingt, quand je vais en soirée.

LADY BRACKNELL. Vous avez parfaitement raison de faire ce léger changement. D'ailleurs une femme ne doit jamais dire exactement son âge. Cela a tellement l'air calculateur... *(D'un ton pensif.)* Dix-huit ans, mais en avouant vingt en soirée. Bien, il n'y aura pas longtemps à attendre jusqu'à votre majorité, qui vous délivrera des contraintes de la tutelle. Donc, à mon avis, le

---

1. Être issu d'une grande université était censé être une garantie de respectabilité. **2.** Champagne de grande qualité. Dans *De profundis*, Wilde, qui insiste sur le caractère extravagant de ses dépenses, dit en avoir souvent commandé pour Lord Alfred Douglas et lui-même.

consentement de votre tuteur n'a pas grande importance, après tout.

JACK. Veuillez m'excuser de vous interrompre encore, Lady Bracknell, mais il n'est que juste de vous informer que d'après le texte du testament de son grand-père, Miss Cardew ne sera majeure qu'à l'âge de trente-cinq ans.

LADY BRACKNELL. Cela ne me paraît pas une objection bien grave. Trente-cinq ans, c'est un âge fort attrayant. La bonne société de Londres compte un très grand nombre de femmes de la plus haute naissance, qui ont adopté de leur plein gré l'âge de trente-cinq ans pendant des années. Lady Dumbleton en est un exemple à ma connaissance. Elle a toujours eu trente-cinq ans depuis qu'elle est arrivée à quarante ans, c'est-à-dire depuis bien des années aujourd'hui. Je ne vois pas pourquoi notre chère Cecily ne serait pas encore plus attrayante à trente-cinq ans, qu'elle ne l'est maintenant. Et sa fortune se sera considérablement accrue.

CECILY. Algy, pourriez-vous m'attendre jusqu'à ce que j'aie trente-cinq ans ?

ALGERNON. Certes, je le pourrais. Vous savez que je le pourrais.

CECILY. Oui, je le sentais instinctivement, mais moi, je ne pourrais pas attendre tout ce temps-là. Je déteste d'attendre seulement cinq minutes pour n'importe quoi. Cela me met toujours de mauvaise humeur. Je ne suis pas ponctuelle moi-même, mais j'aime la ponctualité chez les autres, et quand à attendre, même lorsqu'il s'agit de mariage, il ne saurait en être question.

ALGERNON. Alors, que faire, Cecily ?

CECILY. Je ne sais pas, Mr. Moncrieff.

LADY BRACKNELL. Mon cher Mr. Worthing, puisque Miss Cardew déclare positivement qu'elle ne peut pas attendre jusqu'à ce qu'elle ait trente-cinq ans, remarque qui, je dois le dire, me paraît montrer un caractère un peu impatient, je vous demanderais de revenir sur votre décision.

JACK. Mais, ma chère Lady Bracknell, l'affaire est entièrement entre vos mains. Sitôt que vous consentirez à mon mariage avec Gwendolen, je m'empresserai volontiers d'autoriser votre neveu à contracter une alliance avec ma pupille.

LADY BRACKNELL, *se levant et se dressant de toute sa hauteur.* Vous devez savoir parfaitement que votre proposition est tout à fait inopportune.

JACK. Alors un célibat passionné, voilà tout ce qui nous attend, les uns et les autres.

LADY BRACKNELL. Ce n'est point la destinée sur laquelle je compte pour Gwendolen. Algernon, bien entendu, peut prendre son parti. *(Elle tire sa montre.)* Venez, ma chère. *(Gwendolen se lève.)* Nous avons déjà manqué cinq trains, sinon six. Si nous en manquons d'autres, nous pouvons nous exposer à des remarques désobligeantes sur le quai du départ.

Entre le chanoine Chasuble.

CHASUBLE. Tout est entièrement prêt pour les baptêmes.

LADY BRACKNELL. Les baptêmes, monsieur ? Est-ce que ce n'est pas un peu prématuré ?

CHASUBLE, *l'air assez intrigué, il montre Jack et Algernon.* Ces deux gentlemen ont exprimé le désir d'être baptisés immédiatement.

LADY BRACKNELL. À leur âge ? Cette idée est grotesque et irréligieuse. Algernon, je vous défends de vous faire baptiser. Je ne veux pas entendre parler d'une pareille extravagance. Lord Bracknell serait choqué au plus haut point s'il apprenait que c'est de cette façon que vous avez gaspillé votre temps et votre argent.

CHASUBLE. Dois-je entendre par là qu'il ne se fera pas de baptêmes du tout cet après-midi ?

JACK. Je ne pense pas qu'ils soient de quelque importance pour aucun de nous, dans l'état où sont les choses, mon révérend.

CHASUBLE. Je suis fâché de vous entendre énoncer de tels sentiments, Mr. Worthing. Ils sentent les doctrines hérétiques des Anabaptistes [1], doctrines que j'ai réfutées complètement dans

---

1. Secte allemande fondée au XVIe siècle. Les Anabaptistes considéraient que le baptême ne devait être administré qu'à l'âge adulte, soit à l'âge de raison. Leur mouvement fut réprimé dans le sang. À l'époque de Wilde, ce nom, employé de façon péjorative par leurs ennemis, désignait les Baptistes.

quatre de mes sermons inédits. Toutefois, comme votre humeur me paraît pour le moment particulièrement séculière, je retournerai à l'église tout de suite. D'ailleurs, j'ai été informé par le bedeau que Miss Prism m'attend depuis une heure et demie dans la sacristie.

LADY BRACKNELL, *sursautant*. Miss Prism ! Ne vous ai-je pas entendu parler d'une Miss Prism ?

CHASUBLE. Oui, Lady Bracknell, je pars la retrouver.

LADY BRACKNELL. Je vous en prie, attendez un instant. Voilà une affaire qui peut devenir d'une importance vitale pour Lord Bracknell et pour moi. Cette Miss Prism n'est-elle pas une créature d'un aspect antipathique, et qui a des rapports lointains avec l'éducation ?

CHASUBLE, *non sans quelque indignation*. C'est une dame des plus cultivées, et l'image même de la respectabilité.

LADY BRACKNELL. Évidemment, c'est la même personne. Puis-je vous demander quelle situation elle occupe à votre foyer ?

CHASUBLE, *d'un ton sévère*. Je suis célibataire, madame.

JACK, *intervenant*. Lady Bracknell, Miss Prism est depuis trois ans la gouvernante et la compagne aussi estimée qu'appréciée, de Miss Cardew.

LADY BRACKNELL. Malgré tout ce qu'on me dit d'elle, il faut que je la voie sur-le-champ. Qu'on la fasse venir.

CHASUBLE, *jetant un coup d'œil au dehors*. Elle vient, elle approche.

Miss Prism entre d'un air pressé.

MISS PRISM. On m'a dit que vous m'attendiez dans la sacristie, cher chanoine. Je vous y ai attendu une heure trois quarts.

Elle aperçoit tout à coup Lady Bracknell qui fixe sur elle un regard froid comme le marbre. Miss Prism pâlit et est prête à défaillir. Elle jette autour d'elle des regards inquiets, comme si elle cherchait à s'esquiver.

LADY BRACKNELL, *d'un ton sévère comme celui d'un juge*. Prism ! *(Miss Prism, honteuse, courbe la tête.)* Approchez, Prism, *(Miss Prism s'approche, l'air humble.)* Prism, où est le bébé ?

(Consternation générale. Le chanoine recule en frissonnant d'horreur. Algernon et Jack se donnent l'air d'empêcher Cecily et Gwendolen d'entendre les détails d'un terrible scandale public.) Il y a de cela vingt-huit ans, Prism, vous quittâtes la maison de Lord Bracknell, numéro 104, Upper Grosvenor Street, chargée de conduire une voiture d'enfant, qui contenait un bébé de sexe masculin. Vous ne revîntes jamais. Quelques semaines plus tard, grâce aux recherches minutieuses de la police métropolitaine, la voiture d'enfant fut découverte à minuit, abandonnée dans un coin désert de Bayswater[1]. Elle contenait le manuscrit d'un roman en trois volumes, d'une sentimentalité plus révoltante qu'il n'est d'usage. *(Miss Prism tressaille d'indignation involontaire.)* Mais le bébé n'y était pas. *(Tous regardent Miss Prism.)* Prism, où est le bébé ?

Silence.

MISS PRISM. Lady Bracknell, je reconnais avec confusion que je ne le sais pas. Je ne demanderais pas mieux que de le savoir. Voici les faits tels qu'ils se sont passés. Le matin du jour dont vous avez parlé, jour qui est inscrit en lettres de feu dans ma mémoire, je me préparai comme d'ordinaire à promener le bébé dans sa petite voiture. J'avais aussi avec moi un sac de voyage assez vieux, mais fort grand, dans lequel je comptais mettre le manuscrit d'une œuvre de fiction que j'avais écrite dans mes quelques heures de loisir. Dans un moment d'inattention que je ne me pardonnerai jamais, je plaçai le manuscrit dans la petite voiture, et je mis le bébé dans le sac de voyage.

JACK, *qui a écouté attentivement*. Mais où avez-vous déposé le sac de voyage ?

MISS PRISM. Ne me le demandez pas, Mr. Worthing.

JACK. Miss Prism, ce n'est pas une affaire de mince importance pour moi. J'insiste pour savoir où vous avez déposé le sac de voyage qui contenait ce petit enfant.

---

1. Quartier situé au nord de Hyde Park, à Londres.

MISS PRISM. Je l'ai laissé dans la consigne d'une des plus grandes gares de Londres.

JACK. Quelle gare ?

MISS PRISM, *complètement effondrée.* La gare de Victoria, ligne de Brighton !

Elle se laisse tomber sur une chaise.

JACK. Il faut que je me retire un instant dans ma chambre. Attendez-moi ici.

GWENDOLEN. Si vous ne restez pas trop longtemps, je vous attendrai ici toute ma vie.

Jack sort, très agité.

CHASUBLE. À votre avis, Lady Bracknell, qu'est-ce que cela signifie ?

LADY BRACKNELL. Je n'ose pas le soupçonner, mon révérend. Ai-je besoin de vous dire que dans les familles haut placées on n'admet pas qu'il arrive des coïncidences étranges. On ne les considère pas comme acceptables.

On entend, en haut, des bruits comme ceux de malles qu'on déplace sans ménagement. Tout le monde lève les yeux.

CECILY. L'oncle Jack semble singulièrement agité.

CHASUBLE. Votre tuteur est d'une nature très accessible aux émotions.

LADY BRACKNELL. Ce bruit est des plus désagréables. On dirait qu'il cherche querelle. Je déteste les querelles, de quelque sorte qu'elles soient. Elles sont toujours vulgaires et souvent convaincantes.

CHASUBLE. Voici que cela s'arrête.

Le bruit recommence de plus belle.

LADY BRACKNELL. Je voudrais qu'il termine.

GWENDOLEN. Cette attente est terrible. J'espère qu'elle se prolongera.

Entre Jack tenant un sac de voyage en cuir noir.

JACK, *courant vers Miss Prism*. Est-ce ce sac de voyage, Miss Prism ? Examinez-le attentivement avant de répondre. De ce que vous direz dépend le bonheur de plus d'une existence.

MISS PRISM, *avec calme*. Il a tout l'air d'être le mien. Oui, voici l'éraflure qu'il a subie, lorsque l'omnibus a versé dans Gower Street, en des temps de jeunesse et de bonheur. Voici la tache causée sur la doublure par l'explosion d'une bouteille d'eau gazeuse, incident qui eut lieu à Leamington. Et ici, sur la serrure, voici mes initiales. J'avais oublié que dans un moment d'extravagance je les avais fait mettre là. Ce sac de voyage est le mien. Impossible d'en douter. Je suis enchantée de le retrouver d'une façon si imprévue. Sa privation m'a bien pesé pendant toutes ces années.

JACK, *d'un ton pathétique*. Miss Prism, vous retrouverez mieux qu'un sac de voyage. Le bébé que vous avez mis dans ce sac, c'était moi.

MISS PRISM, *abasourdie*. Vous ?

JACK, *l'embrassant*. Oui, ma mère.

MISS PRISM, *reculant avec étonnement et indignation*. Mr. Worthing, je ne suis pas mariée.

JACK. Pas mariée ! Je ne le nie pas. C'est un coup sérieux. Mais après tout, qui donc a le droit de jeter la pierre à l'être qui a souffert [1] ? Le repentir ne peut-il pas effacer un acte de folie ? Pourquoi y aurait-il une loi pour les hommes, et une autre pour les femmes ? Ma mère, je vous pardonne.

MISS PRISM, *encore plus indignée*. Mr. Worthing, il y a là quelque méprise. *(Montrant Lady Bracknell.)* Voici la dame qui peut vous dire qui vous êtes en réalité.

JACK, *après un silence*. Lady Bracknell, je déteste avoir l'air curieux, mais auriez-vous l'obligeance de m'apprendre qui je suis.

LADY BRACKNELL. J'ai bien peur d'avoir à vous annoncer quelque chose qui ne vous plaira pas beaucoup. Vous êtes le fils de

---

1. Cf. l'épisode de la femme adultère dans Jean, 8, 7 : « Que celui d'entre vous qui est sans péché lui jette le premier une pierre. »

ma pauvre sœur, Mrs. Moncrieff, et par conséquent le frère aîné d'Algernon.

JACK. Le frère aîné d'Algy ! Alors, après tout, j'ai un frère ! Je le savais, que j'avais un frère. J'ai toujours dit que j'avais un frère. Cecily, comment avez-vous jamais pu douter que j'avais un frère ? *(Prenant la main d'Algernon.)* Révérend Chasuble, mon malheureux frère. Miss Prism, mon malheureux frère ! Gwendolen, mon malheureux frère. Algy, jeune polisson, vous aurez désormais à me traiter avec respect. Jamais de votre vie, vous ne vous êtes conduit en frère.

ALGERNON. Soit, jusqu'à ce jour, mon vieux, j'en conviens. Toutefois j'ai fait de mon mieux, quoique j'aie manqué de pratique.

Échange de poignées de main.

GWENDOLEN, *à Jack*. Vous êtes à moi ! Mais qui êtes-vous ? Quel est votre nom de baptême, maintenant que vous voilà devenu un autre ?

JACK. Grands dieux !... J'avais complètement oublié ce détail. Votre décision au sujet de mon nom est irrévocable, à ce que je suppose ?

GWENDOLEN. Je ne change jamais, excepté dans mes affections.

CECILY. Quelle noble nature que la vôtre, Gwendolen.

JACK. Alors il est préférable de régler cette question de suite. Tante Augusta, un instant. À l'époque où Miss Prism me laissa dans le sac de voyage, avais-je déjà reçu le baptême ?

LADY BRACKNELL. Tout le luxe qui peut s'acheter à prix d'argent, y compris le baptême, vous avait été prodigué par des parents affectionnés jusqu'à l'adoration.

JACK. Alors j'ai été baptisé ! Voilà qui est réglé. Maintenant quel nom m'a-t-on donné ! Apprenez-moi le pire.

LADY BRACKNELL. En votre qualité de fils aîné, vous avez naturellement reçu le nom de baptême de votre père.

JACK, *avec de l'emportement*. Oui, mais quel était le nom de baptême de mon père ?

LADY BRACKNELL, *d'un ton posé*. Pour le moment, je n'arrive pas à me rappeler le nom de baptême du général. Mais il en avait un. C'est indubitable. Il était excentrique, je le reconnais, mais il le fut seulement dans ses dernières années. Ce fut l'effet du climat de l'Inde, du mariage, des digestions difficiles et d'autres causes de ce genre.

JACK. Algy, ne vous rappelez-vous pas le nom de baptême de notre père.

ALGERNON. Mon vieux, nous ne nous sommes jamais parlé. Il mourut quand j'avais moins d'un an.

JACK. Son nom se retrouverait dans les annuaires militaires de l'époque, je suppose, tante Augusta ?

LADY BRACKNELL. Le général était essentiellement un homme de paix, excepté dans sa vie de famille. Mais je suis certaine qu'on trouverait son nom dans n'importe quel annuaire.

JACK. Voici les annuaires militaires des quarante dernières années. Ces charmants documents auraient dû être mon sujet d'étude. *(Il se précipite vers les étagères et en arrache les volumes.)* Lettre M. Généraux : Mallam, Maxbohm [1], Magley. Quels noms effrayants ils ont ! Markby, Migsby, Mobbs, Moncrieff. Lieutenant en 1840, capitaine, lieutenant-colonel, général en 1869. Noms de baptême : Constant John. *(Il remet fort tranquillement le volume en place et reprend fort tranquillement.)* Je l'avais toujours dit, Gwendolen, que je m'appelais Constant, n'est-ce pas ? Eh bien, après tout, c'est Constant. Je veux dire que c'est tout naturellement Constant.

LADY BRACKNELL. Oui, je me rappelle maintenant que le général s'appelait Constant. Je savais que j'avais quelque motif particulier pour ne pas goûter ce nom-là.

GWENDOLEN. Constant ! Mon Constant. J'ai senti tout d'abord que vous ne pouviez pas vous appeler autrement.

JACK. Gwendolen, c'est chose terrible pour un homme de découvrir tout à coup que pendant toute sa vie il n'a dit que la vérité. Pouvez-vous me pardonner !

GWENDOLEN. Je le puis, car je suis certaine que vous changerez.

---

1. Plaisanterie de Wilde : Max Beerbohm, écrivain et artiste, était l'un de ses amis.

JACK. Ma chère !
CHASUBLE, *à Miss Prism*. Lætitia !

Il l'embrasse.

MISS PRISM, *avec enthousiasme*. Frederick ! Enfin !
ALGERNON. Cecily ! *(Il l'embrasse.)* Enfin !
JACK. Gwendolen ! *(Il l'embrasse.)* Enfin !
LADY BRACKNELL. Mon neveu, il me semble que vous manifestez des symptômes de vulgarité.
JACK. Au contraire, tante Augusta. J'ai compris aujourd'hui pour la première fois l'importance capitale d'être constant.

RIDEAU.

DE PROFUNDIS

A la suite de son procès pour homosexualité [1], Wilde fut arrêté puis condamné à deux ans de travaux forcés le 25 mai 1895. Immédiatement incarcéré d'abord à Pentonville du 27 mai au 4 juillet, puis à Wandsworth jusqu'en novembre 1895, transféré enfin à Reading le 23 novembre 1895, il purgea dans cette geôle le reste de sa peine jusqu'au 18 mai 1897, date de sa libération. *De profundis* est une lettre écrite par Wilde à son ami Lord Alfred Douglas pendant son incarcération dans la prison de Reading. Cette lettre ne fut pas expédiée à son destinataire depuis le lieu de détention, comme l'aurait souhaité son auteur. Wilde en avait pourtant fait la demande auprès du gouverneur de l'établissement pénitentiaire, qui s'était référé à ses supérieurs, mais la réponse fut négative. Deux jours après sa libération, Wilde débarquait en France et confiait son manuscrit dactylographié à son ami Robert Ross. C'est toutefois à Berlin en 1905, et non à Paris, en dépit des liens qui unissaient Wilde à cette ville où il se sentait chez lui grâce à sa parfaite maîtrise du français, que le texte fut publié pour la première fois. La première édition anglaise ne tarda pas, puisque le 23 février 1905 Methuen fit paraître le texte original, mais expurgé de moitié par Ross, qui, par crainte d'un nouveau procès, avait supprimé toutes les références à Douglas. En 1908, *De profundis* fut repris sous une forme légèrement différente, et augmentée par le même éditeur. En 1913 parut une nouvelle édition, encore étoffée, puis en 1949 Vyvyan Holland, fils cadet de l'écrivain [2], publia l'exemplaire

1. Voir la Préface. 2. L'écrivain eut deux fils, Cyril (1885-1915) et Vyvyan (1886-1967). Après la condamnation de Wilde, Constance, sa femme, fut contrainte de changer de nom ; elle choisit « Holland », emprunté à sa

dactylographié de Robert Ross. Il fallut attendre 1962 pour que parût la première édition complète, fondée sur le manuscrit original déposé par Ross en 1909 au British Museum.

Wilde a souhaité donner à ce texte la forme d'un long monologue. *De profundis* est aussi, en dépit de l'accumulation de reproches qui le caractérise, une lettre d'amour, une ultime tentative pour renouer avec celui que l'écrivain accable de reproches. Wilde a également voulu rédiger un texte autobiographique, et ce choix, qui certes s'impose en raison des circonstances, s'inscrit néanmoins dans un courant littéraire plus large : *De profundis* rappelle en effet la poésie autobiographique de Wordsworth, telle que *Le Prélude*, où l'écrivain évoque le caractère insatiable de ses appétits, l'*Autobiographie* de John Stuart Mill (1873), dont Oscar avait étudié l'œuvre alors qu'il était à Oxford, et surtout l'*Apologia Pro Vita Sua* (1864) du cardinal Newman. Non seulement l'écrivain avait lu, lors de son incarcération, les *Essais critiques et historiques* de Newman mais encore tout laisse penser que la retentissante conversion du cardinal au catholicisme en 1845 avait intéressé Wilde, depuis toujours esthétiquement séduit par Rome et par les fastes du papisme. Plus loin encore dans le temps, l'autre référence implicite de l'auteur est saint Augustin, l'un des premiers, dans les *Confessions*, à avoir abordé le genre autobiographique. Wilde connaissait saint Augustin dont il avait demandé à lire le *De Civitate Dei* et les *Confessiones* lors de son incarcération à Pentonville, et cette autorisation lui fut accordée en raison du caractère édifiant des ouvrages. Enfin, le titre de *De profundis*, dérivé du Psaume CXXX, témoigne de l'inspiration religieuse de Wilde, sans doute sensible, au moins formellement, à l'examen de conscience préconisé par le christianisme :

> Des profondeurs je t'appelle, Yahvé ; Seigneur, entends ma voix !
> Que tes oreilles soient attentives à ma voix suppliante !

---

propre famille. Ce nouveau patronyme a depuis été transmis à la descendance toujours vivante de l'écrivain, Vyvyan ayant eu un fils, Merlin Holland, et un petit-fils.

Toutefois, à la différence des auteurs d'autobiographies « classiques », Wilde, loin de s'en prendre à lui-même et ce qu'il est convenu d'appeler les erreurs de jeunesse, fustige le jeune Douglas coupable, à l'en croire, de l'avoir conduit sur la mauvaise voie. Saint Augustin, ainsi, évoque ses débauches passées, son refus initial d'y renoncer avant de décrire ce qui fut enfin pour lui l'éblouissement de sa rencontre avec Dieu. A la lumière de ces sources religieuses, néanmoins, le choix de la forme épistolaire par Wilde se révèle particulièrement significatif. Wilde avait en effet écrit à Robert Ross — l'un de ses amis les plus proches et les plus constamment fidèles — que cette lettre « est vraiment une encyclique et, comme les Bulles du Saint Père sont désignées par leurs premiers mots, on en pourra parler comme de l'*Epistola : In Carcere et Vinculis* »[1]. Il y a bien sûr une part de boutade dans ces propos, d'autant que Wilde est beaucoup plus proche de la sentence delphique exhortant chacun à la connaissance de soi, que de la doctrine chrétienne pour laquelle tout travail d'introspection devait naturellement conduire à la connaissance de Dieu. Cette affirmation n'en annonce toutefois pas moins ce qui sera, dans *De profundis*, l'un des thèmes majeurs de l'écrivain : après ses variations répétées sur les figures de deux grands suppliciés, Marsyas et saint Sébastien, personnage dont s'est depuis emparé l'imaginaire homosexuel, son identification au martyr suprême, le Christ en personne.

En 1905, lors de la première publication, nombre de commentateurs ne voulurent voir dans ce texte qu'un acte de contrition, comme l'attestent les titres de divers comptes rendus : « Un livre de pénitence » (*Bookman*, avril 1905) ou « Le réveil d'une âme » (*Inquirer*, 12 août 1905). Ces lectures, qui soulignent la dimension morale et repentante de *De profundis*, annoncent en partie l'analyse d'Albert Camus : celui-ci, dans un essai célèbre, insiste sur la question de l'éthique et de l'aveu tout en estimant que Wilde n'est devenu un véritable créateur

---

1. Lettre à Robert Ross, 1er avril 1897 ; *Lettres d'Oscar Wilde*, t. II, pp. 146.

qu'après avoir connu la souffrance, jugement qui, de façon peut-être discutable, conteste la valeur de toutes les œuvres antérieures[1]. L'essentiel est ailleurs, certes dans le souci qu'a l'auteur de se disculper, mais surtout dans son intention d'affirmer son identité, sa recherche débouchant sur une certitude : Wilde, le prétendu scandaleux, est avant tout un homme de lettres, et il tient à le dire.

Wilde entend enfin faire le point sur son expérience et sa personne, c'est-à-dire sur ce qu'il appelle son « évolution ». Témoigner de ce qu'il a vécu devient une nécessité pour lui qui, sous une forme laïque, se sert du genre confessionnel pour contempler sa conscience, déceler le sens de son existence tout en corrigeant l'image que les circonstances ont façonnée et que lui renvoie le monde bien-pensant. Wilde désire également sauver l'honneur de son nom : *De profundis* est en grande partie un texte sur la consolidation du moi après l'épreuve de la prison. En fait, Wilde vise à recréer cette image de lui-même que l'expérience carcérale a détruite ou du moins mise à mal. Cette reconstitution repose sur la nécessité de reprendre sa place comme écrivain par le truchement de l'autobiographie, de se reconstruire et de redonner corps à son nom, momentanément effacé (l'homme Oscar Wilde n'était plus que le prisonnier « C. 3. 3. »[2]), et en fin de compte d'honorer sa signature. Écrire permet de remettre en pleine lumière le patronyme souillé et lui redonner une valeur. Wilde fait de l'écriture un acte de clarification : afin de lutter contre l'imprécision (qu'il s'agisse de la fuite du sens, de la difficulté à proposer des définitions claires et stables ou encore de la nature problématique de l'interprétation des mots et des faits), l'artiste, bien qu'il souligne ce qu'il appelle la « préséance » de l'émotion sur l'organisation du discours, procède à une défense de la forme contre l'informe.

---

1. *L'Artiste en prison*, d'Albert Camus, a été publié pour la première fois le 25 octobre 1952 aux éditions Falaize à Paris. Ce texte figure dans O. Wilde, *La Ballade de la geôle de Reading ; De profundis*, Paris : Le Livre de Poche, 2000. **2.** Le nom de « C. 3.3. » fait référence au numéro de la cellule occupée par Wilde à Reading.

C'est bien sûr celui-ci qu'il associe à Douglas et à la vie passée en sa compagnie : non seulement, affirme ici l'écrivain en reprenant sous une forme polémique toute son argumentation passée, il faut redonner une structure à sa vie mais encore celle-ci, une fois reconstituée, devient l'espace restauré de nouvelles satisfactions. Il faut entendre, une dernière fois sous la plume de Wilde, que la forme est nécessaire puisqu'elle est la condition même de la beauté.

P. A.

Epistola : in carcere et vinculis [1]

Prison de Sa Majesté,
Reading.

Cher Bosie [2],

Après une longue et vaine attente, je me suis décidé à t'écrire, autant dans ton intérêt que dans le mien, car il me serait pénible de penser que j'ai subi deux longues années d'emprisonnement sans avoir reçu de toi une seule ligne, la moindre nouvelle, ni même un message, à l'exception de ceux qui m'ont affligé.

Notre lamentable et fatale amitié s'est terminée pour moi par la ruine et la honte publique, mais le souvenir de notre ancienne affection est souvent avec moi et je m'attriste à l'idée que le dégoût, l'amertume et le mépris pourraient prendre à jamais dans mon cœur la place que l'amour y tenait naguère. Et toi-même, je crois, sentiras dans ton cœur que mieux vaut m'écrire tandis que je me consume dans la solitude de la vie

1. « Épître : en prison et dans les chaînes. » Ce titre parodie celui d'une encyclique pontificale ; voir la lettre adressée à Robert Ross, le 1er avril 1897, *Lettres d'Oscar Wilde*, Paris, Gallimard, 1966, t. II, p. 146 : « Si la copie [de *De profundis*] est faite à Hornton Street, la dame dactylographe pourrait recevoir ses repas par une ouverture grillée pratiquée dans la porte, comme les cardinaux quand ils élisent un pape — et cela jusqu'à ce qu'elle paraisse au balcon pour annoncer au monde : *Habet Mundus Epistolam*, car vraiment c'est une encyclique et, comme les Bulles du Saint Père sont désignées par leurs premiers mots, on pourra en parler comme de l'*Epistola* : *In carcere et vinculis*. » *In vinculis* est par ailleurs le titre d'un recueil de poèmes de W. S. Blunt, à qui Wilde avait consacré un article dans la *Pall Mall Gazette* du 3 janvier 1889. **2.** Lord Alfred Douglas ; « Bosie » vient de « Boysie » (petit garçon), surnom donné à Douglas par sa famille dans son enfance.

de prison que publier mes lettres sans ma permission[1] ou me dédier des poèmes sans me le demander, alors que le monde ne saura rien des expressions de douleur ou de passion, de remords ou d'indifférence qu'il te plaira de choisir pour ta réponse ou ton appel.

Dans cette lettre où il me faut parler de ta vie et de la mienne, du passé et de l'avenir, des choses douces changées en amertume et des choses amères qui pourraient être changées en joie, je ne doute pas que maints passages blesseront au vif ta vanité. S'il en est ainsi, lis et relis cette lettre jusqu'à ce qu'elle tue ta vanité. Si tu y trouves une chose dont tu te sentes injustement accusé, souviens-toi qu'il faut être reconnaissant qu'il y ait quelque faute dont on puisse être injustement accusé. S'il s'y trouve un seul passage qui te fasse monter les larmes aux yeux, pleure comme nous pleurons en prison où, non moins que la nuit, le jour est propice aux larmes. C'est la seule chose qui puisse te sauver. Si tu te plains à ta mère[2], comme tu l'as fait à propos du mépris que j'ai affiché à ton égard dans ma lettre à Robbie[3], afin que, par ses flatteries, elle te fortifie dans ta fatuité, tu seras complètement perdu. Si tu te trouves une

---

1. Avant le premier procès, Lord Alfred Douglas s'était rendu à Paris à la demande des avocats de Wilde. *Le Mercure de France* lui demanda alors d'écrire un article sur Oscar, dans lequel le jeune homme comptait inclure les lettres que l'écrivain lui avait adressées depuis la prison d'Holloway où il se trouvait en détention préventive. Robert Sherard, ami de Wilde, qui se trouvait lui aussi à Paris, intervint immédiatement auprès du rédacteur en chef pour que Douglas renonçât à publier cette correspondance. Douglas s'obstina, mais la revue choisit en fin de compte de ne pas publier l'article. Douglas, furieux, décida alors de détruire les lettres. Par ailleurs, un an plus tard, en avril 1896, Robert Ross et Robert Sherard, qui étaient venus rendre visite à Wilde alors incarcéré à Reading, lui apprirent que Douglas, qui écrivait de la poésie, s'apprêtait à publier un recueil et qu'il désirait le dédier à son ancien ami. Wilde fit savoir qu'il s'opposait violemment à cette idée ; aussi les poèmes de Douglas parurent-ils sans dédicace. **2.** La mère de Lord Alfred Douglas, femme du neuvième marquis de Queensberry, père de Bosie, dont elle divorça en 1887 en raison de ses infidélités notoires et de sa brutalité, était Sybil Montgomery, petite-fille de Lord Leconfield. **3.** Lettre de Wilde à Robert Ross, dans laquelle il lui demandait d'empêcher Douglas de lui dédier ses poèmes.

seule fausse excuse, tu en trouveras bientôt cent et seras exactement ce que tu étais auparavant. Prétends-tu encore, ainsi que tu l'as dit à Robbie dans ta réponse, que « je t'attribue d'indignes mobiles » ? Ah ! Tu n'avais dans la vie aucun mobile ! Tu n'avais que des appétits. Un mobile est un but intellectuel. Prétends-tu que tu étais « très jeune » lorsque commença notre amitié ? Ton défaut n'était pas d'en savoir si peu sur la vie, mais d'en savoir autant. La première aube de l'adolescence, avec son délicat épanouissement, sa claire et pure lumière, sa joie pleine d'innocence et d'attente, était déjà loin derrière toi. D'un pas rapide et léger, tu es passé du romanesque au réalisme. Le ruisseau et tout ce qui y grouille avaient commencé à te fasciner. Ce fut là l'origine des difficultés qui t'ont fait rechercher mon aide, et moi, imprudemment selon la sagesse de ce monde, par pitié et par bonté, je te l'ai donnée[1]. Tu dois lire cette lettre tout au long, bien que chaque mot puisse être pour toi comme le thermocautère du chirurgien qui brûle la chair délicate ou le scalpel qui la fait saigner. Souviens-toi que le sot aux yeux des dieux et le sot aux yeux des hommes sont très différents. Celui qui ignore entièrement les modes de l'art dans son évolution ou les nuances de la pensée dans son essor, la pompe du vers latin ou la musique plus harmonieuse du système vocalique grec, la sculpture toscane ou le chant élisabéthain, peut posséder la plus aimable sagesse. Le vrai sot, celui que les dieux raillent ou détruisent, est celui qui ne se connaît pas lui-même[2]. J'ai trop longtemps été celui-là. Tu as trop longtemps été celui-là. Ne le sois plus. N'aie nulle crainte. Le vice suprême est d'être superficiel. Tout ce qui est compris est bien. Souviens-toi aussi que ce qui est pour toi souffrance à lire est pour moi misère plus grande encore à écrire. Les puissances invisi-

---

1. Alors qu'il était étudiant à Oxford, Magdalen College, Douglas avait fait l'objet de menaces de chantage (sans doute liées à ses aventures homosexuelles). Le jeune homme demanda à Wilde de l'aider et celui-ci le mit en relation avec un de ses amis, Sir George Lewis, avocat de son état, qui régla l'affaire en versant la somme, alors considérable, de 100 £. **2.** Les mots « Connais-toi toi-même » étaient inscrits à l'entrée du temple d'Apollon à Delphes ; ils sont attribués à Solon (638-559 avant J.-C.), législateur athénien.

bles ont été très bonnes pour toi. Elles t'ont permis de voir les formes étranges et tragiques de la vie comme on voit des ombres dans un cristal. La tête de la Méduse qui change en pierre les vivants, il t'a été donné de ne la voir que dans un miroir[1]. Tu as marché librement parmi les fleurs. Mais le monde merveilleux de la couleur et du mouvement m'a été ravi.

Je commencerai par te dire que je me blâme terriblement. Dans cette sombre cellule, en tenue de forçat, déshonoré et ruiné, je me blâme. Durant ces nuits d'angoisse troublées et agitées, durant ces monotones et longues journées de souffrance, je me blâme. Je me blâme d'avoir laissé une amitié sans affinités intellectuelles, une amitié dont le but essentiel n'était pas la création et la contemplation des belles choses dominer entièrement ma vie. Dès le début, il y avait entre nous un trop grand fossé. Tu avais été paresseux à l'école et pis que paresseux à l'université[2]. Tu n'as pas compris qu'un artiste, et particulièrement l'artiste que je suis, c'est-à-dire celui chez qui la qualité de l'œuvre dépend de l'intensification de la personnalité, exige, pour le développement de son art, une communauté d'idées, une atmosphère intellectuelle, le calme, la paix et la solitude. Tu admirais mon œuvre lorsqu'elle était achevée, tu prenais plaisir aux brillants succès de mes premières et aux brillants banquets qui les suivaient. Tu étais fier, et tout naturellement, d'être l'ami intime d'un artiste aussi distingué, mais tu ne pouvais comprendre les conditions requises pour la production d'un travail artistique. Je n'use pas de phrases d'une exagération rhétorique, mais de termes d'une vérité absolue : si je te rappelle que, pendant tout le temps que nous avons été ensemble, je n'ai jamais pu écrire une seule ligne, n'est-ce pas un fait positif ? Que ce soit à Torquay, à Goring, à Londres, à Florence ou ailleurs, ma vie, aussi long-

1. Méduse : dans la mythologie grecque, l'une des Gorgones qui avait le pouvoir de transformer en pierre quiconque la regardait. Elle fut tuée par le héros Persée. 2. Douglas fut renvoyé temporairement d'Oxford pour avoir échoué à un examen ; il quitta l'université au bout de deux ans sans avoir obtenu de diplôme.

temps que tu étais à mon côté, était entièrement stérile et improductive. Et, à part de rares intervalles, tu étais, je regrette de le dire, toujours à mon côté.

Pour ne choisir qu'un exemple parmi tant d'autres, je me souviens qu'en septembre 1893 j'avais loué un appartement meublé uniquement afin de travailler sans être dérangé[1], car j'avais failli à mon contrat avec John Hare, auquel j'avais promis une pièce[2] et qui me pressait de l'écrire. Pendant la première semaine, tu t'es tenu à l'écart. Nous avions — non sans raison, en vérité — différé d'avis sur la question de la valeur artistique de ta traduction de *Salomé*[3]. Tu te bornais donc à m'envoyer à ce sujet des lettres ridicules. Au cours de cette semaine, j'écrivis et parachevai dans tous ses détails, ainsi qu'il fut représenté plus tard, le premier acte d'*Un mari idéal*. Dès la seconde semaine tu reparus, et il me fallut pratiquement renoncer à travailler. J'arrivais à St James's Place tous les matins à onze heures trente afin d'avoir la possibilité de penser et d'écrire sans les inévitables interruptions subies dans mon propre logis, pourtant si paisible. Mais cette tentative était vaine. À midi, tu arrivais en voiture et tu restais à fumer des cigarettes et à bavarder jusqu'à une heure trente, heure à laquelle je devais t'emmener déjeuner au Café Royal ou au Berkeley. Le déjeuner, arrosé de *liqueurs*[4], durait généralement jusqu'à trois heures trente. Pour une heure, tu te retirais au White's Club[5]. À l'heure du thé, tu reparaissais et t'attardais jusqu'à ce qu'il fût temps de s'habiller pour le dîner. Tu soupais avec moi soit au Savoy, soit à Tite Street[6]. Nous ne nous séparions habituellement qu'après

---

1. Cet appartement, loué par Wilde en 1893, était situé au 10 et 11, St James's Place, dans un hôtel situé à proximité de St James's Palace. 2. *Un mari idéal*, pièce commandée à Wilde par John Hare, acteur et metteur en scène qui, finalement, la refusa. La pièce connut ensuite un immense succès. 3. Wilde avait demandé à Douglas de traduire *Salomé*, mais sa traduction fut jugée à juste titre défectueuse par l'auteur qui choisit de la remanier. 4. En français dans le texte. 5. Club de gentlemen situé dans St James's Street. 6. Wilde s'était installé en 1880 dans une maison de Chelsea, au numéro 1 de Tite Street ; il déménagea quatre ans plus tard pour vivre au 16 de la même rue.

minuit, car un souper chez Willis[1] devait couronner cette journée passionnante. Durant trois mois, ce fut là chaque jour de ma vie, sauf pendant les quatre jours que tu passas à l'étranger. Bien entendu, il me fallut alors faire la traversée jusqu'à Calais pour te ramener. Pour un homme de mon caractère et de ma nature, c'était une situation grotesque et tragique à la fois.

Tu dois certainement le comprendre à présent. Tu dois voir maintenant que ton incapacité à rester seul, ta nature si exigeante dans sa persistance à réclamer l'attention et le temps des autres, ton manque absolu de concentration intellectuelle soutenue, le malheureux accident — car j'aime à croire que ce n'était rien de plus — qui t'a jusqu'ici empêché d'acquérir la « mentalité d'Oxford » dans les questions intellectuelles, que tu n'as jamais été, je veux dire, de ceux qui peuvent jouer élégamment avec les idées, mais n'en étais arrivé qu'à la violence dans tes opinions, tout cela, allié au fait que tes désirs et tes intérêts avaient la vie et non l'art pour objet, était aussi néfaste à ton progrès en matière de culture qu'à mon œuvre artistique. Quand je compare mon amitié avec toi à mon amitié avec des hommes plus jeunes encore, tels John Gray et Pierre Louÿs[2], j'en éprouve de la honte. Ma vie réelle, ma vie plus haute, était avec eux et leurs pareils.

Je ne parle pas à présent des effroyables résultats de mon amitié avec toi. Je pense simplement à sa qualité pendant le temps qu'elle a duré. Intellectuellement, elle était pour moi dégradante. Tu possédais les éléments d'un tempérament artistique en germe. Mais je t'ai rencontré ou trop tard ou trop tôt, je ne sais lequel des deux. Quand tu étais absent, je me sentais parfaitement bien. Dès que, au début de décembre de l'année à

---

1. Willis's Rooms, restaurant élégant de King Street, dans le quartier de St James's. Il a maintenant disparu. 2. John Gray (1866-1944), poète ami de Wilde, devenu prêtre en 1902. On a souvent supposé, à tort, qu'il avait inspiré à l'écrivain (en raison de sa jeunesse et de son nom) le personnage de Dorian Gray. La nature exacte de leurs relations (homosexuelles ?) reste inconnue. — Pierre Louÿs (1870-1925), écrivain français, auteur d'*Aphrodite* (1896). Wilde, pour le remercier de l'avoir aidé à corriger son français, lui dédia *Salomé*.

laquelle j'ai fait allusion, j'étais parvenu à persuader ta mère de t'envoyer hors d'Angleterre [1], j'avais rassemblé les fils arrachés et embrouillés de mon imagination, repris ma vie en main, et non seulement terminé les trois actes restants d'*Un mari idéal*, mais conçu et presque complètement achevé deux autres pièces d'un genre tout à fait différent : *Une tragédie florentine* et *La Sainte Courtisane* [2], lorsque tout à coup, sans y être invité, inopportun, et dans des circonstances fatales à mon bonheur, tu es revenu. Je fus incapable de reprendre ces deux œuvres alors laissées imparfaites. Je n'ai jamais pu retrouver les dispositions d'esprit qui les avaient inspirées. Maintenant que tu as publié toi-même un volume de vers, tu seras à même de reconnaître la vérité de mes paroles. Mais, que tu le puisses ou non, elle demeurera une hideuse vérité au cœur même de notre amitié. Ta présence auprès de moi a été la ruine absolue de mon art, et je m'attribue entièrement et la honte et le blâme de t'avoir laissé t'immiscer continuellement entre mon art et moi. Tu ne pouvais savoir, tu ne pouvais comprendre, tu ne pouvais apprécier. Je n'avais aucun droit de l'escompter de ta part. Ton intérêt se bornait à tes repas et à tes caprices. Tes désirs se réduisaient à des amusements, à des plaisirs ordinaires ou moins qu'ordinaires. Ils étaient ce dont ton tempérament avait besoin, ou croyait avoir besoin selon les impulsions du moment. J'aurais dû t'interdire ma maison et mes appartements, à moins de t'y avoir formellement invité. Je me blâme sans réserve de ma faiblesse. Ce n'était là que faiblesse. Une demi-heure avec l'art a toujours été pour

---

1. En décembre 1893, sur la suggestion de Wilde qui était intervenu auprès de Lady Queensberry, Douglas partit pour le Caire où il séjourna pendant les mois d'hiver chez le consul de Grande-Bretagne, Lord Cromer. **2.** Ces deux pièces sont restées inachevées. *Une tragédie florentine* est l'histoire d'un mari trompé qui tue l'amant de sa femme ; la pièce se termine de façon inattendue puisque l'épouse, d'abord désireuse de se débarrasser de son mari, s'avoue définitivement séduite par lui (et réciproquement) après que celui-ci eut tué l'amant et eut ainsi révélé la force de son amour. *La Sainte Courtisane* est l'histoire d'un ermite qui convertit une pécheresse mais qui, à la suite d'un retournement paradoxal et typiquement wildien, choisit à son tour une vie de plaisir.

moi plus qu'une éternité avec toi. À aucune période de ma vie, rien n'a jamais eu pour moi la moindre importance, comparé à l'art. Mais, pour un artiste, la faiblesse n'est rien de moins qu'un crime quand c'est une faiblesse qui paralyse l'imagination.

Je me blâme de t'avoir laissé me conduire à la ruine financière complète et dégradante. Je me rappelle un matin, au début d'octobre 1892, alors que j'étais assis avec ta mère dans les bois jaunissants de Bracknell[1]. À cette époque, je ne connaissais que fort peu ta véritable nature. J'avais passé trois jours avec toi, du samedi au lundi, à Oxford. Tu avais séjourné avec moi à Cromer pendant dix jours, ne cessant de jouer au golf. Nous en vînmes à parler de toi, et ta mère se mit à me dépeindre ton caractère. Elle me révéla tes deux principaux défauts : ta vanité et, ainsi qu'elle les qualifiait, tes « idées aberrantes sur l'argent ». J'ai le souvenir très net d'avoir bien ri. Je n'avais aucune idée que le premier de ces défauts me conduirait en prison et le second à la ruine. Je pensais que la vanité était, pour un jeune homme, une sorte de fleur gracieuse à arborer. Quant à l'extravagance — car je croyais qu'elle ne parlait de rien de pire —, les vertus de prudence et d'économie ne sont point dans ma nature ni dans celle de ma race. Mais avant que notre amitié n'eût un mois d'existence, je commençai à voir ce que ta mère avait voulu dire. Ton insistance à mener une vie d'insouciante opulence, tes incessantes exigences d'argent, ta prétention à me faire payer tous les plaisirs, que je fusse ou non avec toi, me causèrent au bout d'un certain temps de sérieuses difficultés pécuniaires ; et ce qui rendait en tout cas pour moi cette extravagance si monotone et dépourvue d'intérêt, tandis que ton empire persistant sur ma vie devenait de plus en plus fort, était que ces dépenses se bornaient presque entièrement au plaisir de manger, de boire, et autres choses du même genre. De temps à autre, c'est une joie de voir sa table empourprée de vin et de roses, mais tu passais les bornes du goût et

1. L'un des lieux de résidence de Lady Queensberry ; Wilde s'était amusé à donner le nom de Lady Bracknell à la redoutable mère de Gwendolen dans *L'Importance d'être constant*.

de la mesure. Tu exigeais sans grâce et recevais sans remerciements. Tu en étais venu à croire que tu avais en quelque sorte le droit de vivre à mes dépens dans un luxe auquel tu n'avais jamais été accoutumé et qui, pour cette raison, n'en rendait tes appétits que plus insatiables. Et, pour finir, si tu perdais de l'argent au jeu dans quelque casino d'Alger ou d'ailleurs, tu me télégraphiais tout simplement le lendemain matin à Londres de déposer le montant de tes pertes à ton compte en banque sans plus t'en soucier.

Quand je t'aurai dit que de l'automne de 1892 à la date de mon emprisonnement, j'ai dépensé avec toi et pour toi plus de cinq mille livres en argent liquide, indépendamment des factures que j'ai réglées, tu auras quelque idée du genre de vie que tu exigeais. Crois-tu que j'exagère ? Mes dépenses courantes, pour une journée ordinaire avec toi à Londres — déjeuner, dîner, souper, amusement, fiacres et le reste —, allaient de douze à vingt livres et les dépenses de la semaine, naturellement en proportion, s'élevaient de quatre-vingts à cent trente livres. Pour nos trois mois à Goring[1], mes dépenses (loyer inclus, évidemment) se montèrent à mille trois cent quarante livres. Avec le syndic des faillites, il m'a fallu repasser un à un tous les détails de ma vie. C'était horrible. « Vivre simplement et penser hautement »[2] était, naturellement, un idéal que tu n'aurais pu alors apprécier, mais une telle extravagance fut une honte pour tous deux. L'un des dîners les plus délicieux dont je me souvienne est celui où Robbie et moi nous nous retrouvâmes dans un petit café de Soho et qui coûta à peu près autant de shillings que mes dîners avec toi coûtaient de livres. De ce dîner avec Robbie sortit le premier et le meilleur de tous mes dialogues[3]. Idée, titre, façon de traiter, tout cela fut conçu à une table d'hôte à trois francs cinquante. De tous les dîners

---

1. En juin 1893, après que son ami eut été renvoyé d'Oxford, Wilde loua pour Douglas et lui-même une petite maison à Goring-on-Thames dans l'Oxfordshire. Wilde a donné le nom de Lord Goring à l'un des personnages principaux de la pièce *Un mari idéal*. **2.** Citation tirée du « Sonnet écrit à Londres » de William Wordsworth (1802). **3.** Peut-être « Le Déclin du mensonge », *Intentions*.

insensés avec toi, il ne me reste que le souvenir que nous y avons trop mangé et trop bu. Me soumettre à tes exigences a été mauvais pour toi. Tu le sais maintenant. Cela t'a rendu souvent avide, parfois fort peu scrupuleux, toujours désagréable. En de bien trop nombreuses occasions, ce n'était guère un privilège ou une joie d'être ton hôte. Tu oubliais, je ne dirai pas la courtoisie formelle des remerciements, car la courtoisie formelle lasse une intime amitié, mais simplement la grâce d'une aimable compagnie, le charme d'une conversation plaisante, ce τερπνὸν κακὸν[1], comme l'appelaient les Grecs, et toutes ces aménités qui rendent belle la vie et qui l'accompagnent, tout comme le ferait la musique, maintenant l'harmonie des choses et emplissant de mélodie les instants pénibles ou silencieux. Et, bien qu'il puisse te paraître étrange que, dans la terrible situation où je suis, on puisse trouver une différence entre une déchéance et une autre, j'admets franchement, cependant, que la folie de dilapider pour toi tout cet argent et te laisser dissiper ma fortune pour ton mal aussi bien que pour le mien, donne à ma faillite et revêt à mes yeux une note vulgaire de prodigalité qui m'en rend doublement honteux. J'étais fait pour d'autres choses.

Mais, par-dessus tout, je me blâme de l'entière dégradation morale que je t'ai laissé attirer sur moi. La base du caractère est la volonté, et la mienne était devenue complètement assujettie à la tienne. Cela paraît grotesque à dire mais ce n'en est pas moins vrai. Ces scènes incessantes qui semblaient presque physiquement t'être nécessaires et déformaient à tel point ton esprit et ton corps que tu devenais aussi terrible à regarder qu'à entendre, cette affreuse manie héritée de ton père d'écrire des lettres révoltantes et écœurantes, ton manque total de maîtrise sur tes sentiments attesté par ton silence maussade aussi bien que par des crises de rage presque épileptiques, toutes ces choses auxquelles avait trait l'une des lettres que je t'avais adressées — que tu as laissée traîner au Savoy ou dans quelque autre

1. Euripide, *Hippolyte*, vers 384 (amabilité, délicatesse).

hôtel et qui a pu ainsi être produite devant le tribunal par l'avocat de ton père — et qui contenait une adjuration non dénuée d'émotion, si tant est que tu eusses alors été capable de reconnaître l'émotion dans sa nature ou dans son expression, toutes ces choses, dis-je, furent l'origine et les causes de ma fatale faiblesse à céder à tes exigences qui croissaient de jour en jour. Tu m'épuisais. C'était le triomphe de la petite personnalité sur la plus grande. C'était là un exemple de cette tyrannie du faible sur le fort que je décris dans l'une de mes pièces comme étant « la seule tyrannie qui dure »[1].

Et c'était inévitable. Dans toutes nos relations avec les autres, nous devons trouver quelque *moyen de vivre*[2]. Dans notre cas, il me fallait ou m'abandonner à toi ou t'abandonner. Il n'y avait pas d'autre choix. À cause de mon affection pour toi, profonde, bien que mal placée, à cause de ma grande pitié pour tes défauts de caractère, à cause de mon indulgence proverbiale et de mon indolence celtique, à cause d'une aversion artistique pour les scènes et les mots grossiers, à cause de cette incapacité qui me caractérisait alors d'éprouver la moindre rancune, à cause de ma répugnance à voir la vie rendue amère et ingrate par ce qui, avec mes yeux fixés sur d'autres choses, me paraissait de pures bagatelles trop futiles pour mériter plus qu'une pensée ou un intérêt d'un moment, pour toutes ces raisons, si simples qu'elles puissent sembler, je te cédais toujours. Il en résulta naturellement que tes exigences, tes tentatives de domination, tes exactions devinrent de plus en plus déraisonnables. Tes mobiles les plus mesquins, tes appétits les plus bas, tes passions les plus vulgaires devenaient pour toi des lois sur lesquelles les autres devaient toujours guider leur vie et auxquelles, si c'était nécessaire, ils devaient être sacrifiés sans scrupule. Sachant qu'en faisant une scène tu arrivais toujours à tes fins, il était tout naturel que tu en vinsses, presque inconsciemment, j'en suis sûr, à tous les excès d'une violence vulgaire. À la fin, tu ne savais vers quel but tu te hâtais ni quel

---

1. *Une femme sans importance*, acte III. **2.** En français dans le texte.

objet tu avais en vue. Ayant tiré tout ce que tu pouvais de mon génie, de ma volonté et de ma fortune, tu exigeais, dans l'aveuglement d'une intarissable avidité, mon existence entière. Tu l'as prise. Au moment suprêmement et tragiquement critique de toute ma vie, juste avant ma lamentable décision d'intenter cette action absurde, ton père m'attaquait d'un côté par d'odieuses cartes déposées à mon club et tu m'attaquais de l'autre côté par des lettres non moins répugnantes. Celle que j'ai reçue de toi le matin du jour où je t'ai laissé m'emmener au commissariat pour demander contre ton père ce ridicule mandat d'arrêt est l'une des pires que tu aies jamais écrites, et pour la plus indigne raison. Entre vous deux, j'avais perdu la tête. Mon jugement me fit défaut. La terreur prit sa place. Je ne vis, je puis le dire franchement, aucun moyen d'échapper ni à l'un ni à l'autre. Je titubai aveuglément, comme un bœuf à l'abattoir. Je commis une gigantesque erreur psychologique. J'avais toujours cru que te céder dans les petites choses était sans importance, que lorsqu'un grand moment viendrait, je pourrais réaffirmer ma volonté dans sa supériorité naturelle. Il n'en fut pas ainsi. Au grand moment, ma volonté me fit complètement défaut. Dans la vie, il n'y a vraiment ni grande ni petite chose. Toutes choses sont d'égale valeur et d'égale dimension. Mon habitude de toujours te céder, due, au début surtout, à l'indifférence, avait fini peu à peu par faire partie intégrante de ma nature. À mon insu, elle avait stéréotypé mon caractère en une disposition permanente et fatale. C'est pourquoi, dans le subtil épilogue de la première édition de ses essais, Pater dit qu'« échouer est contracter des habitudes »[1]. Ces lourdauds d'Oxfordiens pensèrent alors que ce n'était là qu'une inversion délibérée de ce texte assez fastidieux qu'est l'*Éthique* d'Aristote, mais une merveilleuse et terrible vérité s'y trouve cachée. Je t'avais laissé saper ma force de caractère et, pour moi, la formation d'une habitude avait abouti non seulement à un échec,

---

1. Citation tirée de la Conclusion de *La Renaissance* de Walter Pater (1873).

mais tout simplement à la ruine. Moralement, tu as été pour moi plus destructeur encore qu'artistiquement.

Bien entendu, une fois le mandat d'arrêt accordé, tu as voulu tout diriger. Au moment où j'aurais dû être à Londres pour prendre un conseil avisé et réfléchir calmement au piège affreux dans lequel je m'étais laissé prendre — l'attrape-nigaud, comme ton père l'appelle encore —, tu as insisté pour que je t'emmène à Monte-Carlo — l'un des lieux les plus dégoûtants du monde — pour que tout le jour, et la nuit tout aussi bien, tu pusses jouer jusqu'à la fermeture du casino. Quant à moi, pour qui le baccara[1] n'offrait aucun charme, je restais seul. Tu refusais même de discuter, ne fût-ce que pendant cinq minutes, de la situation à laquelle ton père et toi m'aviez amené. Mon rôle se bornait à payer tes notes d'hôtel et tes pertes au jeu. Tu trouvais ennuyeuse la moindre allusion à l'épreuve qui m'attendait. Une nouvelle marque de champagne que l'on nous recommandait t'intéressait davantage.

À notre retour à Londres, ceux de mes amis qui me voulaient vraiment du bien m'ont imploré de me retirer à l'étranger et de ne pas affronter un procès impossible. Tu leur as imputé de bas mobiles et m'as taxé de lâcheté pour écouter de tels conseils. Tu m'as forcé à rester pour te permettre de fanfaronner, si possible, à la barre par d'absurdes témoignages. J'ai, naturellement, fini par être arrêté et ton père est devenu le héros de l'heure — et plus, en vérité, que le héros de l'heure : chose assez étrange, ta famille compte désormais parmi les Immortels, car, par un effet grotesque qui est, pour ainsi dire, un élément gothique dans l'histoire et fait de Clio la moins sérieuse de toutes les Muses, ton père vivra toujours parmi les parents purs d'esprit et de cœur des livres de catéchisme. Ta place est avec l'enfant Samuel[2] et, dans la fange la plus vile de Malebolge[3], je siège entre Gilles de Rais et le marquis de Sade[4].

---

1. Le baccara est un jeu d'argent. 2. I Rois, 2. Samuel, enfant, fils d'Elcana et Anne, était connu pour sa piété. Il devint l'un des Juges d'Israël. 3.- Cloaque immonde, Malebolge est le huitième cercle de l'*Enfer* chez Dante. 4. Gilles de Rais (1404-1440), maréchal de France et compagnon d'armes de Jeanne d'Arc. Il fut condamné à mort pour avoir enlevé, violé et

Évidemment, j'aurais dû me débarrasser de toi. J'aurais dû te rejeter de ma vie comme on secoue de son vêtement un insecte qui vous a piqué. Dans la plus merveilleuse de toutes ses pièces, Eschyle nous parle du grand seigneur qui apporte dans sa maison un lionceau, le λεόντος ῖνιν, et l'aime parce que, les yeux brillants, il vient à son appel et lui fait des caresses pour réclamer sa nourriture, φαιδρωπὸς ποτὶ χεῖρα σαινων τε γαστρὸς ἀνάγκαις ; mais l'animal, en grandissant, montre la nature de sa race, ἦθος τὸ πρόσθε τοχὴων, et détruit le seigneur et sa maison, ainsi que tout ce qu'il possède[1]. J'ai l'impression d'avoir été pareil à lui. Mais mon erreur ne consiste pas à ne m'être pas séparé de toi, mais à ne l'avoir fait que trop souvent. Pour autant que je puisse le prouver, j'ai mis un terme à mon amitié avec toi régulièrement tous les trois mois. Et, chaque fois, grâce à des supplications, des télégrammes, des lettres, l'entremise de tes amis et des miens et autres manœuvres, tu as réussi à me persuader de te laisser revenir. À la fin de mars 1893, lorsque tu as quitté ma maison de Torquay, j'étais déterminé à ne plus jamais t'adresser la parole ni à demeurer en aucun cas avec toi après la scène révoltante que tu avais faite la veille de ton départ. Tu m'as écrit et télégraphié de Bristol pour me supplier de te pardonner et de te recevoir. Ton répétiteur, qui était resté chez moi, m'a dit qu'il te croyait parfois tout à fait irresponsable de ce que tu dis ou de ce que tu fais et qu'à Magdalen[2] la plupart des gens, sinon tous, étaient du même avis. J'ai consenti à te voir et, bien entendu, t'ai pardonné. En regagnant Londres, tu m'as prié de t'emmener au Savoy. Cette visite me fut vraiment fatale.

Trois mois plus tard, en juin, nous étions à Goring. Certains de tes amis d'Oxford vinrent y séjourner du samedi au lundi. Le matin de leur départ, tu as fait une scène si affreuse, si pénible, que je t'ai dit qu'il nous fallait nous séparer. Je me souviens

---

torturé à mort des centaines d'enfants. Dans *La Philosophie dans le boudoir* (1795) Sade énumère toutes les formes de l'érotisme.

1. Allusion à l'*Agamemnon* d'Eschyle et aux désastres consécutifs à l'enlèvement d'Hélène par Pâris. **2.** Magdalen College, à Oxford.

fort bien que, sur le terrain de croquet, où nous entourait la jolie pelouse unie, je t'ai fait observer que nous nous gâchions réciproquement la vie, que tu ruinais absolument la mienne, que, de toute évidence, je ne te rendais pas vraiment heureux et qu'une irrévocable et complète séparation était la chose la plus sensée à faire. Tu es parti tout renfrogné après le déjeuner, laissant au maître d'hôtel l'une de tes lettres les plus injurieuses pour qu'il me la remette après ton départ. Avant que trois jours ne se fussent écoulés, tu me télégraphiais de Londres pour me supplier de te pardonner et de te laisser revenir. J'avais loué la maison pour te faire plaisir. Sur ta demande, j'avais engagé tes propres domestiques. J'étais toujours terriblement désolé de l'effroyable emportement dont tu étais la proie. J'avais de l'attachement pour toi. Je te laissai donc revenir et te pardonnai.

Mais trois mois plus tard, en septembre, survinrent de nouvelles scènes parce que je t'avais signalé les fautes élémentaires de ta tentative de traduction de *Salomé*. Tu dois maintenant avoir suffisamment étudié le français pour te rendre compte que cette traduction était aussi indigne de toi, étudiant d'Oxford, que de l'œuvre qu'elle cherchait à rendre. Bien entendu, tu l'ignorais alors et, dans l'une des lettres pleines de violence que tu m'as écrites à ce sujet, tu m'as déclaré que tu n'avais à mon égard d'« obligation intellectuelle d'aucune sorte ». Je me souviens que lorsque je lus cette assertion, j'eus le sentiment que c'était vraiment l'unique chose vraie que tu m'eusses écrite au cours de notre amitié. Je vis qu'une nature moins cultivée t'eût beaucoup mieux convenu. Je le dis sans la moindre amertume et m'en tiens simplement à l'expérience de la vie commune. En fin de compte, le lien de toute vie commune, que ce soit dans le mariage ou dans l'amitié, est la conversation — et la conversation doit avoir une base commune. Entre deux êtres dont la culture diffère grandement, la seule base commune possible se trouve au niveau le plus bas. La futilité en pensée et en action est charmante. J'en avais fait la clef de voûte d'une très brillante philosophie exprimée dans des pièces et des paradoxes. Mais le vide et la folie de notre vie me devenaient souvent très fastidieux. Nous ne nous rencontrions que dans la fange et, si passionnant, si terriblement passionnant que fût l'unique sujet[1] sur lequel se concentraient invariablement tes propos, il était devenu pour moi tout à fait monotone. J'en étais souvent mortellement las et l'acceptais comme j'acceptais ta passion pour les music-halls ou ta manie pour d'absurdes extravagances en fait de nourriture et de boisson, ou toute autre de tes caractéristiques moins attrayantes pour moi. J'acceptais tout cela comme une chose dont il faut simplement s'accommoder, pour ainsi dire, une chose faisant partie du haut prix à payer pour le privilège de te connaître. Lorsque je quittai Goring pour aller passer une quinzaine de jours à Dinard, furieux contre moi parce que j'avais refusé de t'emmener, tu as fait, avant mon départ, quelques scènes très déplaisantes à ce sujet à l'Albermarle Hotel ; et tu m'as envoyé des télégrammes tout aussi déplaisants chez des amis, à la campagne, où je séjournais pour quelques jours. Je t'avais dit, je m'en souviens, que je croyais de ton devoir de rester un peu dans ta famille, puisque tu avais passé loin d'elle la saison entière. Mais en réalité, pour être absolument franc avec toi, je ne pouvais en aucun cas te laisser venir avec moi. Nous étions restés ensemble pendant près de douze semaines. J'avais besoin de liberté et de repos après la terrible tension de ta compagnie. Il m'était nécessaire d'être un peu seul. C'était intellectuellement indispensable. J'avoue donc que, dans ta lettre dont j'ai cité le passage, je vis une excellente occasion de mettre un terme à cette fatale amitié qui s'était nouée entre nous, et d'y mettre fin sans amertume, ainsi que j'avais tenté de le faire à Goring, trois mois auparavant, en cette claire matinée de juin. Mon attention fut toutefois attirée — par l'un de mes amis personnels, je dois le dire franchement, auquel tu t'es adressé dans ton embarras — sur le fait que tu serais très peiné, et peut-être humilié, de te voir renvoyer ton travail comme un exercice d'écolier, que j'attendais beaucoup trop de toi intellectuellement et que, quoi que tu pusses écrire ou faire, tu m'étais entièrement

---

1. L'« unique sujet » était les relations homosexuelles de Douglas avec des garçons de passage.

dévoué. Je ne voulus pas être le premier à freiner ou à décourager tes débuts littéraires. Je savais très bien qu'aucune traduction, à moins qu'elle ne fût l'œuvre d'un poète, ne pouvait rendre la couleur et la cadence de mes écrits. Mais le dévouement me sembla — me semble encore — une chose merveilleuse à ne pas rejeter à la légère. Je vous repris donc, et la traduction et toi. Trois mois plus tard exactement, après une série de scènes, dont la dernière, plus odieuse encore que les autres, éclata un lundi soir dans mon appartement où tu étais venu accompagné par deux de tes amis, je m'enfuis positivement le lendemain matin à l'étranger pour t'échapper, donnant à ma famille quelque absurde raison à ce départ et laissant à mon domestique une fausse adresse, de crainte de te voir me suivre par le prochain train. Je me souviens que cet après-midi-là, dans le wagon qui m'emportait vers Paris, je réfléchissais à la condition impossible, terrible et absolument désastreuse, où ma vie en était arrivée, au point que, homme de réputation mondiale, j'étais littéralement forcé de m'enfuir d'Angleterre pour tenter de me débarrasser d'une amitié qui détruisait complètement ce qu'il y avait en moi d'élevé intellectuellement et moralement. Et celui que je fuyais n'était pas une horrible créature jaillie de l'égout ou de la fange à la vie moderne, dans l'existence de laquelle j'avais empêtré la mienne, mais toi-même, un jeune homme du même rang social que le mien, un étudiant de mon propre collège à Oxford et un invité permanent de ma maison. Les habituels télégrammes de prière et de repentir suivirent. Je n'en tins aucun compte. Tu menaças finalement de ne consentir en aucun cas à te rendre en Égypte, si je ne consentais à te voir. J'avais, avec ton assentiment, supplié ta mère de t'envoyer en Égypte, car tu gâchais ta vie à Londres. Je savais que, si tu ne partais pas, ce serait pour elle une terrible déception. C'est pour elle que je t'ai revu et, sous l'influence d'une grande émotion que toi-même ne peux avoir oubliée, je pardonnai le passé, tout en ne disant rien de l'avenir.

Je me souviens qu'à mon retour à Londres, le lendemain, assis dans ma chambre, j'essayai tristement et sérieusement de déterminer si tu étais vraiment ce que tu me semblais être : si plein de terribles défauts, si destructeur et pour toi et pour les autres, un être dont la compagnie et même la simple connaissance étaient si fatales. Pendant une semaine entière, je méditai là-dessus, me demandant si, après tout, je n'étais pas injuste et ne me trompais pas dans mon appréciation sur toi. À la fin de la semaine, une lettre de ta mère me fut apportée. Elle exprimait tout à fait mon sentiment à ton sujet. Elle y parlait de ton aveugle vanité, si excessive qu'elle te faisait mépriser ton foyer et traiter ton frère aîné — ce *candidissima anima* — de « philistin »[1], de ton emportement qui lui faisait redouter de te parler de ta vie, de la vie que, elle le sentait, elle le savait, tu menais ; de ta conduite dans les questions d'argent, si angoissante pour elle à maints égards ; de la dégradation et du changement qui se produisaient en toi. Elle se rendait évidemment compte de la lourde hérédité qui pesait sur toi et l'admettait franchement, elle l'admettait avec terreur : « C'est celui de mes enfants qui a hérité du fatal tempérament Douglas », écrivait-elle[2]. Elle se disait finalement obligée de déclarer qu'à son avis, ton amitié avec moi avait tant renforcé ta vanité qu'elle était devenue la source de tous tes travers, et elle me priait instamment de ne te ménager aucune rencontre à l'étranger. Je lui répondis tout aussitôt et lui affirmai que j'étais entièrement d'accord avec chacune de ses paroles. J'en rajoutai et j'allai beaucoup plus loin, aussi loin que possible. Je lui dis que c'est

---

1. Les Philistins, peuple d'origine égéenne, s'installèrent en Palestine au XIIe siècle avant J.-C. Ce n'est qu'au XIXe siècle que leur nom fut associé à l'inculture grossière et à l'esprit bourgeois dans le sens le plus négatif du terme, d'abord en Allemagne puis en Angleterre dans l'œuvre de Carlyle et de Matthew Arnold. **2.** Le marquis de Queensberry, père de Douglas, était un homme brutal et impulsif ; son jeune frère, Francis, était mort lors d'une expédition en Suisse, et son père avait perdu la vie lors d'un accident de chasse. L'un de ses fils, frère de Bosie, Francis, vicomte Drumlanrig, fut retrouvé mort le 18 octobre 1894, lors d'une partie de chasse. Il était soupçonné d'avoir une liaison homosexuelle avec le futur premier ministre Lord Rosebery et se serait tué par peur du scandale. Après avoir divorcé de la mère de Douglas, le marquis de Queensberry se remaria, mais le mariage fut annulé, la jeune femme n'étant âgée que de seize ans. Wilde y fait allusion plus loin.

toi qui étais à l'origine de notre amitié alors que, étudiant à Oxford, tu étais venu me prier de t'aider dans une très sérieuse difficulté d'une nature tout à fait particulière. J'ajoutai que ta vie avait continuellement été perturbée d'une manière identique. Tu avais imputé la raison de ton départ pour la Belgique à ton compagnon de voyage et ta mère m'a reproché de t'avoir présenté à lui[1]. J'ai reporté la faute sur le vrai responsable, sur toi. Je lui ai finalement confirmé que je n'avais pas la moindre intention de te rencontrer à l'étranger et l'ai priée de tenter de t'y maintenir, comme *attaché*[2] d'ambassade honoraire si possible, sinon pour apprendre les langues étrangères, ou pour tout autre motif qu'elle pourrait choisir, pendant deux ou trois ans au moins, dans ton intérêt aussi bien que dans le mien. Pendant ce temps, tu m'écrivais d'Égypte par chaque courrier.

Je ne faisais aucun cas de tes communications. Je les lisais et les déchirais. J'étais tout à fait déterminé à n'avoir plus rien à faire avec toi. Ma décision était prise et je me consacrai avec joie à l'art dont je t'avais laissé interrompre l'essor. Au bout de trois mois, ta mère, avec cette malheureuse faiblesse de volonté qui la caractérise et qui, dans la tragédie de ma vie, fut un élément non moins fatal que la violence de ton père, m'écrit elle-même — à ton instigation, je n'ai aucun doute là-dessus — que tu es extrêmement désireux d'avoir de mes nouvelles et, afin que je n'aie aucune excuse de ne pas communiquer avec toi, me donne ton adresse à Athènes, que bien entendu, je connaissais parfaitement. J'avoue que sa lettre me stupéfia. Je ne pouvais comprendre, après ce qu'elle m'avait écrit en décembre et les termes de ma réponse, qu'elle pût en aucune façon tenter de rétablir ma malheureuse amitié avec toi. Naturellement, je répondis à sa lettre et, de nouveau, l'engageai vivement à essayer de te faire attacher à quelque ambassade à l'étranger pour t'empêcher de rentrer en Angleterre ; mais je ne t'ai pas

---

1. Richard Ellmann (*Oscar Wilde*, pp. 382-383 et 438-439) explique que Douglas aurait « enlevé » à Robert Ross un jeune garçon que Ross aurait découvert dans un collège privé de Belgique d'où il l'aurait lui-même enlevé... 2. En français dans le texte.

écrit et j'ai ignoré tes télégrammes, tout comme avant que ta mère ne m'eût écrit. Finalement, tu as télégraphié à ma femme en l'implorant d'user de son influence sur moi pour m'inciter à t'écrire. Notre amitié avait toujours été pour elle une source de tourment, non seulement parce qu'elle n'avait jamais eu de sympathie pour toi, mais parce qu'elle voyait combien ta compagnie continuelle me faisait changer, et non pour le mieux. Cependant, tout comme elle s'était toujours montrée pour toi gracieuse et accueillante, elle ne pouvait supporter l'idée de me voir manquer de bienveillance — du moins lui semblait-il — envers aucun de mes amis. Elle croyait, elle savait, en vérité, que c'était là une chose étrangère à mon caractère. Sur sa demande, je t'envoyai un message. Je me rappelle parfaitement la teneur de mon télégramme. Je disais que le temps guérit toutes les blessures, mais que, pour bien des mois à venir, je ne t'écrirais ni ne te verrais. Tu partis aussitôt pour Paris, m'envoyant en cours de route des télégrammes passionnés pour me supplier de te revoir une fois au moins. Je refusai. Tu arrivas à Paris un samedi soir, à une heure tardive. Une brève lettre de moi, te déclarant que je ne voulais pas te voir, t'attendait à ton hôtel. Le lendemain matin, je recevais à Tite Street un télégramme de quelque dix ou onze pages. Tu y déclarais que, quoi que tu m'eusses fait, tu ne pouvais croire que je refusais absolument de te voir. Tu me rappelais que dans le seul but de me voir, ne fût-ce que pour une heure, tu avais, pendant six jours et six nuits, voyagé à travers l'Europe sans t'arrêter une seule fois en chemin. Tu y faisais, je dois l'admettre, un appel des plus pathétiques et terminais par ce qui me paraissait une menace de suicide, menace qui n'était guère voilée. Tu m'avais souvent dit toi-même combien étaient nombreux, dans ton ascendance, ceux qui avaient souillé leurs mains de leur propre sang : ton oncle assurément, ton grand-père peut-être, entre autres membres de la triste et folle lignée dont tu es issu. La pitié, ma vieille affection pour toi, mon souci pour ta mère, pour qui ta mort en de si affreuses circonstances eût été un coup presque impossible à supporter, mon horreur à l'idée qu'une si jeune vie, une vie qui, parmi tous ses vilains défauts, contenait encore une promesse de beauté, en vînt à une fin aussi révoltante, un simple sentiment d'humanité, tout cela doit me servir d'excuse — si des excuses sont nécessaires — pour avoir consenti à t'accorder une dernière entrevue. Quand j'arrivai à Paris, les larmes que tu versas toute la soirée et qui coulaient sur tes joues comme de la pluie au cours du dîner chez Voisin, puis du souper chez Paillard [1], la joie réelle que tu manifestas à me voir, tenant ma main chaque fois que tu le pouvais, comme si tu étais un enfant plein de gentillesse et de repentir, ta contrition, alors si simple et sincère, me firent consentir à renouer notre amitié. Deux jours après notre retour à Londres, ton père te vit déjeuner avec moi au Café Royal, vint s'asseoir à ma table, but de mon vin et, cet après-midi-là, par une lettre qu'il t'adressa, commença sa première attaque contre moi [2].

Peut-être est-il étrange qu'une fois de plus s'imposa à moi, je ne dirai pas la chance, mais le devoir de me séparer de toi. Je n'ai guère besoin de te rappeler que je veux parler de ta conduite envers moi à Brighton du 10 au 13 octobre 1894. Remonter trois ans en arrière représente pour toi une longue période. Mais nous qui vivons en prison, et n'avons dans notre existence d'autre événement que l'affliction, devons mesurer le temps par les élancements de la douleur et le souvenir des moments amers. À quoi d'autre penserions-nous ? La souffrance, si curieux que cela puisse te paraître, est la seule preuve de notre existence, parce que ce n'est que par elle que nous prenons conscience d'exister, et le souvenir de la souffrance

---

1. Deux célèbres restaurants parisiens. Voisin est connu pour avoir servi, lors du réveillon de Noël 1870, pendant l'épouvantable siège de Paris, la viande des animaux du zoo, abattus pour la circonstance ; chats et rats étaient également au menu. Ces deux restaurants ont disparu après la Seconde Guerre mondiale. **2.** Le marquis de Queensberry expédia cette lettre à son fils le 1er avril 1894 ; il l'y sommait de cesser toutes relations avec Wilde en le menaçant de lui couper les vivres. Douglas se contenta de répondre par un télégramme insolent (« What a funny little man you are », « Quel drôle de petit homme vous faites ! »).

passée nous est nécessaire en tant que justification, en tant que témoignage de la permanence de notre identité. Il y a entre moi et le souvenir de la joie un abîme non moins profond que celui qui existe entre moi et la joie du temps présent. Si la vie que nous avons menée ensemble avait été celle que le monde imaginait : une simple vie de plaisir, de prodigalité et de rire, je serais incapable d'en évoquer un seul événement. C'est parce qu'elle fut pleine de moments et de jours tragiques, amers, sinistres dans leurs avertissements, mornes ou affreux dans leurs scènes monotones et leurs violences malséantes, que je puis voir ou entendre chaque incident dans tous ses détails, que je ne puis guère, en vérité, voir ou entendre autre chose. Les hommes, en ce lieu, vivent à tel point par la douleur que mon amitié avec toi, de la façon dont je suis forcé de me la rappeler, m'apparaît toujours comme un prélude en consonance avec ces modes d'angoisse changeants qu'il me faut chaque jour concevoir et, mieux encore, rendre nécessaires, comme si ma vie, quelle qu'elle ait pu me paraître à moi-même et aux autres, avait, pendant tout ce temps, été une véritable symphonie de douleur, évoluant à travers ses mouvements liés par le rythme jusqu'à sa résolution certaine, régie par cette qualité inéluctable qui, en art, caractérise le traitement de tout grand thème.

Je parlais de ta conduite envers moi il y a trois ans et pendant trois jours successifs, n'est-ce pas ? Seul à Worthing[1], j'essayais de terminer ma dernière pièce. Les deux visites que tu m'y avais faites avaient pris fin. Tu apparus soudain une troisième fois, amenant un compagnon que tu me proposas d'héberger. Je m'y refusai absolument, à juste titre, tu dois maintenant l'admettre. Bien entendu, je subvenais à ton entretien, je n'avais pas d'autre choix, mais ailleurs, et non chez moi. Le lendemain, lundi, ton compagnon est retourné aux devoirs de sa profession et tu es resté avec moi. Las de Worthing, et plus encore,

---

1. Station balnéaire située non loin de Brighton ; Wilde avait donné ce nom à John Worthing, l'un des personnages principaux de *L'Importance d'être constant*.

je n'en doute pas, de mes vains efforts pour concentrer mon attention sur ma pièce, la seule chose qui m'intéressât vraiment à ce moment, tu insistes pour que je t'emmène au Grand Hôtel à Brighton. Le soir de notre arrivée, tu tombes malade pour la seconde fois, sinon la troisième, avec un accès de cette affreuse fièvre lente, stupidement appelée grippe. Je n'ai pas besoin de te rappeler la façon dont je t'ai entouré de soins. Outre tout un luxe de fruits, de fleurs, de cadeaux, de livres et autres choses que peut procurer l'argent, je t'ai prodigué cette affection, cette tendresse, cet amour que, quoi que tu en puisses penser, l'argent ne saurait procurer. À l'exception d'une heure de marche dans la matinée et d'une heure de promenade en voiture dans l'après-midi, je n'ai jamais quitté l'hôtel. J'ai fait venir pour toi de Londres du raisin spécial, car tu n'aimais pas celui que fournissait l'hôtel, j'ai inventé des choses pour te faire plaisir, je suis resté avec toi, ou dans la chambre contiguë à la tienne, et, assis près de toi toute la soirée, j'ai tenté de t'apaiser ou de t'amuser. Au bout de quatre ou cinq jours, tu te rétablis et je loue une maison pour essayer de finir ma pièce. Tu m'accompagnes, évidemment. Le lendemain matin du jour qui suit notre installation, je me sens très malade. Tu dois aller à Londres pour affaires, mais tu promets de revenir dans l'après-midi. À Londres, tu rencontres un ami et ne regagnes Brighton que le lendemain à une heure tardive. J'ai alors une fièvre terrible et le médecin constate que j'ai attrapé ta grippe. Rien ne peut être plus incommode pour un malade que cette maison. Ma salle de séjour se trouve au premier étage et ma chambre à coucher au troisième. Il n'y a aucun domestique pour s'occuper de moi, ni même quelqu'un pour envoyer un message ou aller acheter les médicaments prescrits par le médecin. Mais tu es là. Je n'éprouve aucune inquiétude. Les deux jours suivants, tu me laisses entièrement seul, sans soins, sans visite, démuni de tout. Ce n'était pas une question de raisin, de fleurs, de cadeaux charmants ; il s'agissait du nécessaire : je ne pouvais même pas obtenir le lait que le médecin m'avait ordonné ; la citronnade fut déclarée impossible à trouver. Quand je t'ai prié de me procurer un livre chez le libraire et, pour le cas où il n'aurait pas ce que j'avais demandé, de choisir quelque chose d'autre, tu n'as jamais pris la peine d'y aller. Et lorsque, en conséquence, je restai toute la journée sans avoir rien à lire, tu m'as dit tranquillement que tu m'avais acheté le livre et qu'on avait promis de l'envoyer, assertion qui, ainsi que je l'ai découvert plus tard par hasard, était entièrement fausse du commencement à la fin. Bien entendu, pendant tout ce temps, tu vis à mes dépens, te promenant en voiture, dînant au Grand Hôtel, n'apparaissant dans ma chambre que pour réclamer de l'argent. Le samedi soir, m'ayant laissé complètement seul et sans soins depuis le matin, je t'ai demandé de revenir après le dîner et de rester un peu avec moi. Sans aménité et d'une voix irritée, tu me le promets. Je t'ai attendu jusqu'à onze heures, et tu n'es pas venu. J'ai alors laissé un billet pour toi dans ta chambre pour te rappeler ta promesse et la façon dont tu l'avais tenue. À trois heures du matin, incapable de dormir et torturé par la soif, je me suis frayé un chemin dans le froid et l'obscurité pour gagner la salle de séjour, dans l'espoir d'y découvrir un peu d'eau. Je te trouvai là. Tu es tombé sur moi avec les paroles les plus odieuses que peuvent inspirer un état d'ébriété et une nature fruste et indisciplinée. Par cette terrible alchimie de l'égoïsme, tu as converti ton remords en rage. Tu m'as accusé d'égoïsme pour avoir attendu de toi de rester près de moi lorsque j'étais malade, pour m'être dressé entre toi et tes amusements, pour tenter de te priver de tes plaisirs. Tu m'as dit — et c'était vrai, je le sais — que tu n'étais rentré à minuit qu'afin de changer de vêtements pour te rendre là où, l'espérais-tu, t'attendaient de nouveaux plaisirs, mais qu'en laissant pour toi une lettre dans laquelle je te rappelais que tu m'avais négligé toute la journée et toute la soirée, je t'avais vraiment frustré de ton envie d'autres plaisirs et avais diminué ta faculté de goûter des joies nouvelles. Écœuré, je remontai dans ma chambre et restai éveillé jusqu'à l'aube, et ce n'est que longtemps après qu'il me fut possible de trouver quelque chose pour étancher la soif que me causait la fièvre. À onze heures, tu es entré dans ma chambre. Lors de la scène précédente, je n'avais pu m'empêcher de te faire observer que, par ma lettre, j'avais en tout cas refréné cette nuit-là tes excès immodérés. Tu étais alors tout à fait toi-même. Je me préparais naturellement à entendre les excuses que tu allais faire, me demandant ce qu'elles seraient et de quelle façon tu solliciterais un pardon qui, tu le savais dans ton cœur, t'attendait immanquablement, quoi que tu eusses fait, ta confiance absolue dans le fait que je te pardonnerais toujours étant ce que j'aimais vraiment le mieux en toi, et peut-être la meilleure chose qu'il y eût à aimer en toi. Mais, loin d'agir ainsi, tu te mis à répéter la même scène avec une violence renouvelée et une plus grande agressivité. Je t'ordonnai enfin de quitter la pièce. Tu fis semblant de le faire mais, lorsque je levai ma tête de l'oreiller dans lequel je l'avais enfouie, tu étais encore là et, avec un rire brutal et une rage hystérique, tu t'es soudain dirigé vers moi. Sans en pouvoir discerner la raison exacte, un sentiment d'horreur m'envahit. Je sortis aussitôt du lit, puis, nu-pieds et tel que j'étais, descendis tant bien que mal les deux étages jusqu'à la salle de séjour, où je demeurai jusqu'à ce que le propriétaire du logis, que j'avais sonné, m'assurât que tu avais quitté ma chambre et me promît de rester à portée de voix en cas de besoin. Au bout d'une heure, pendant laquelle le médecin était venu pour me trouver, bien entendu, dans un état de complète prostration et avec une fièvre plus forte qu'au début, tu es revenu sans bruit chercher de l'argent. Tu as pris tout ce que tu pouvais trouver sur la table de toilette et le dessus de cheminée, et tu as quitté la maison avec tes bagages. Ai-je besoin de te dire ce que j'ai pensé de toi durant les deux jours de maladie solitaires et lamentables qui suivirent ? Est-il nécessaire de dire que je voyais clairement que conserver la moindre relation avec celui que tu t'étais révélé être serait pour moi un déshonneur ? Que je prenais conscience que le moment décisif était venu et reconnaissais que c'était en réalité un grand soulagement ? Et que je savais que, pour l'avenir, ma vie et mon art seraient plus libres et meilleurs et plus hauts à tous égards ? Si malade que je fusse, je me sentais à l'aise. Le fait que la séparation était irrévocable m'emplissait d'un sentiment de paix. Le mardi, je n'avais plus de fièvre et, pour la première fois, je dînai au rez-de-chaussée. Mercredi était le jour de mon anniversaire. Sur ma table, parmi les télégrammes et la correspondance, une lettre portait ton écriture. Je l'ouvris, envahi par un sentiment de tristesse. Je savais que le temps était révolu où une jolie phrase, une expression d'affection, un mot de regret m'eussent fait te reprendre. Mais je fus entièrement déçu. Je t'avais sous-estimé. La lettre que tu m'envoyais pour mon anniversaire était une répétition minutieuse des deux scènes consignées habilement et avec soin noir sur blanc ! Tu me raillais par des plaisanteries grossières. Ta seule satisfaction dans toute l'affaire était, disais-tu, de t'être retiré au Grand Hôtel et d'avoir porté ton déjeuner à mon compte avant de partir pour Londres. Tu me félicitais de la prudence qui m'avait fait quitter mon lit de malade pour m'enfuir dans la salle de séjour. « Ce fut un mauvais moment pour toi, écrivais-tu, plus mauvais que tu ne l'imagines. » Ah ! Je ne l'avais senti que trop bien ! Ce que cela avait réellement signifié, je ne le sais. Peut-être avais-tu sur toi le pistolet acheté pour essayer de faire peur à ton père et que, ne le croyant pas chargé, tu avais un jour fait partir dans un restaurant en ma compagnie ; peut-être ta main se dirigeait-elle vers un couteau resté par hasard sur la table qui se trouvait entre nous ; peut-être, oubliant dans ta rage ta petite taille et l'infériorité de ta force, avais-tu pensé à des voies de fait, ou même à une agression, tandis que, malade, je gisais là. Je ne saurais le dire. Je ne le sais encore. Tout ce que je sais est qu'un sentiment d'horreur s'était emparé de moi et que j'avais senti que, si je ne quittais aussitôt la pièce, tu aurais fait ou tenté de faire une chose qui eût été, même pour toi, une éternelle source de honte. Je n'avais qu'une seule fois dans ma vie éprouvé un tel sentiment d'horreur devant un être humain. Ce fut lorsque dans ma bibliothèque, à Tite Street, agitant en l'air ses petites mains dans un accès de fureur épileptique, ton père, avec son acolyte, ou son ami entre nous, avait proféré toutes les immondes paroles que pouvait lui dicter son esprit immonde, hurlant les répugnantes menaces qu'il exécuta plus tard avec tant de fourberie. Dans ce dernier cas, bien entendu, ce fut lui qui, le premier, dut quitter la pièce. Je l'en chassai. Dans ton cas, c'est moi qui sortis. Ce n'était pas la première fois que j'avais été obligé de te sauver de toi-même.

Tu concluais ta lettre en disant : « Quand tu n'es pas sur ton piédestal, tu n'es pas intéressant. La prochaine fois que tu seras malade, je m'en irai tout de suite. » Ah ! Quelle nature grossière cela révèle ! Quel manque complet d'imagination ! À quelle insensibilité, à quelle vulgarité faut-il en être arrivé ! « Quand tu n'es pas sur ton piédestal, tu n'es pas intéressant. La prochaine fois que tu seras malade, je m'en irai tout de suite. » Ces mots me sont souvent revenus en mémoire dans la solitaire et misérable cellule des diverses prisons dans lesquelles on m'a envoyé. Je me les suis répétés sans cesse et j'y ai vu — injustement, je l'espère — une part du secret de ton étrange silence. M'écrire ainsi quand c'est en te soignant que j'avais attrapé la maladie et la fièvre dont je souffrais était, évidemment, révoltant de brutalité ; mais, dans le monde entier, pour tout être humain, écrire une telle chose à un autre, ce serait un péché impardonnable, s'il existait jamais un péché pour lequel il n'est point de pardon.

J'avoue qu'après avoir lu ta lettre, je me sentais presque souillé, comme si, en associant ma vie à celle d'un être d'une telle nature, je l'avais ternie irrémédiablement. C'était là une vérité, mais je ne devais en concevoir toute l'étendue que six mois plus tard. J'avais la ferme intention de rentrer à Londres le vendredi, d'avoir un entretien particulier avec sir George Lewis[1] et de le prier d'écrire à ton père pour lui faire connaître ma décision de ne te laisser sous aucun prétexte entrer dans ma maison, ni t'asseoir à ma table, ni me parler, ni sortir avec moi, ni, à aucun moment et en aucun lieu, être mon compagnon. Cela fait, je t'aurais écrit, simplement pour t'informer de

1. Célèbre avocat londonien.

la ligne de conduite que j'avais adoptée, dont tu aurais inévitablement compris les raisons. J'avais tout arrangé le jeudi soir, quand le vendredi matin, alors que je prenais mon petit déjeuner avant de me mettre en route, j'ouvris par hasard le journal pour y voir un télégramme annonçant que ton frère aîné, le vrai chef de famille, l'héritier du titre, le pilier de la maison, avait été trouvé mort dans un fossé, son fusil déchargé près de lui[1]. Les horribles circonstances de la tragédie, maintenant reconnue pour un accident, mais alors entachée d'un plus sinistre soupçon, le pathétique de la mort soudaine d'un être aimé de tous ceux qui le connaissaient et presque à la veille, pour ainsi dire, de son mariage, ma conception de ce que serait ou devrait être ton propre chagrin, ma certitude de la détresse que causerait à ta mère la perte de celui auquel elle se raccrochait parce qu'il apportait dans sa vie de l'apaisement et de la joie (elle m'avait un jour dit elle-même que, depuis le jour de sa naissance, il ne lui avait jamais fait verser une seule larme), mon sentiment de ton propre isolement puisque, tes deux autres frères se trouvant hors d'Europe, ta mère et ta sœur n'avaient que toi pour compagnon de leur douleur, mais comptaient aussi sur toi pour ces lugubres devoirs et ces affreux détails que la mort entraîne toujours avec elle, la simple conscience du *lacrimae rerum*[2], des larmes dont le monde est fait, et de la tristesse de toutes les choses humaines — toutes ces pensées et ces émotions affluant à mon esprit firent naître pour ta famille et pour toi une pitié infinie. J'oubliai mes griefs et mon amertume contre toi. Ce que tu avais été pour moi pendant ma maladie, je ne pouvais l'être pour toi dans ton deuil. Je te télégraphiai aussitôt pour t'exprimer ma profonde sympathie et, dans la lettre qui suivit, je t'invitai à venir chez moi dès que cela te serait possible. Je sentais que t'abandonner en un tel moment, et de façon officielle, par l'entremise d'un avoué, eût été trop terrible pour toi.

---

1. Allusion à la mort par suicide du frère de Douglas, le vicomte Drumlanrig. **2.** Ces mots sont tirés de l'*Énéide* de Virgile (I, vers 462) : les « larmes des choses » sont les pleurs versés sur les malheurs du monde.

Regagnant Londres après avoir quitté la scène de la tragédie où tu avais été mandé, tu es venu aussitôt chez moi, plein de douceur et de simplicité, dans ton habit de deuil, les yeux voilés de pleurs. Comme un enfant, tu recherchais de la consolation et de l'aide. Je t'ouvris ma maison, mon foyer, mon cœur. Ta peine, je la fis mienne pour te la rendre plus supportable. Je ne fis, par la moindre parole, allusion ni à ta conduite envers moi ni à ta lettre et aux scènes révoltantes. Ton chagrin, qui était réel, semblait te rapprocher de moi plus que jamais. Les fleurs que tu acceptas de moi pour orner la tombe de ton frère devaient être un symbole non seulement de la beauté de sa vie, mais de la beauté qui sommeille dans toutes les vies et peut un jour se révéler.

Les dieux sont étranges. Ce n'est pas uniquement de nos vices qu'ils font des instruments pour nous châtier. Ils nous mènent à la ruine par ce qu'il y a en nous de bonté, de douceur, d'humanité, d'amour. Sans ma pitié et mon affection pour toi et les tiens, je ne serais pas maintenant en train de pleurer en ce terrible lieu.

Bien entendu, dans toutes nos relations, je discerne non seulement le destin, mais la fatalité, cette fatalité qui, toujours, marche à pas rapides, parce qu'elle mène à l'effusion de sang. Par ton père, tu viens d'une lignée avec laquelle le mariage est horrible, l'amitié néfaste, et qui attente à sa propre vie ou à celle des autres. En la moindre occasion où se sont croisés les chemins de notre vie, en chaque circonstance — importante ou apparemment triviale — dans laquelle tu es venu à moi pour une question d'aide ou de plaisir, dans les petits hasards, les menus incidents qui, dans leur rapport avec la vie, semblent n'être rien de plus que la poussière qui danse dans un rai de soleil ou la feuille qui, voletant, se détache d'un arbre, la ruine a suivi, pareille à l'écho d'un cri amer ou à l'ombre qui chasse avec la bête de proie. Notre amitié commence, en réalité, lorsque tu me pries, dans une pathétique et charmante lettre, de t'assister dans une situation affreuse pour n'importe qui, mais doublement effroyable pour un étudiant d'Oxford. Je le fais et, en fin de compte, du fait que tu utilises mon nom auprès de sir George Lewis en te disant mon ami, je commence à perdre son estime et son amitié, une amitié de quinze ans. Privé de ses conseils, de son aide et de sa considération, j'étais privé de l'unique sauvegarde de ma vie.

Tu m'envoies, pour le soumettre à mon approbation, un très joli poème de facture très scolaire. Je réponds par une lettre de fantasques concetti littéraires : je te compare à Hylas ou à Hyacinthe, à Jonquille ou à Narcisse, ou à quelque autre favori du grand dieu de la Poésie et honoré de son amour[1]. La lettre évoque un passage de l'un des *Sonnets* de Shakespeare, transposé dans un ton mineur. Elle ne peut être comprise que par ceux qui ont lu *Le Banquet* de Platon ou saisi l'esprit d'une certaine gravité dont les marbres grecs expriment pour nous la beauté. C'était, laisse-moi te le dire franchement, cette sorte de lettre qu'en un moment de joyeuse humeur, mais de propos délibéré, j'eusse pu écrire à n'importe quel gracieux jeune homme de n'importe quelle université qui m'eût envoyé un poème de sa façon, dans la certitude qu'il aurait assez d'esprit ou de culture pour interpréter comme il convenait ses phrases fantasques. Et vois l'histoire de cette lettre ! De tes mains, elle passe dans celles d'un de tes odieux camarades, qui la remet à une bande de maîtres chanteurs[2]. Des copies en sont envoyées à mes amis de Londres et au directeur du théâtre où mes œuvres sont jouées. Toutes les interprétations, sauf la bonne, lui sont attribuées. Tout le monde est surexcité par l'absurde rumeur que j'ai dû payer une énorme somme d'argent pour

---

1. C'est en fait à Hyacinthe, jeune homme aimé d'Apollon et accidentellement tué par lui, que Wilde compare son ami. Hylas était le compagnon d'Héraclès. Jonquille fait allusion au poème de Douglas « Jonquil and Fleur-de-Lys » (1894) ; Wilde surnomma ainsi son ami à plusieurs reprises. **2.** Douglas s'était lié avec un jeune employé nommé Alfred Wood et lui avait donné un vieux costume dont l'une des poches contenait des lettres de Wilde. Wood, aidé de deux maîtres chanteurs professionnels, chercha à extorquer de l'argent à l'écrivain contre la restitution de ces lettres. Wilde parvint à les racheter à l'exception de celle ici mentionnée qu'il finit toutefois par récupérer gratuitement.

reprendre possession d'une lettre infamante que je t'avais écrite. Cela constitue la base de la pire attaque de ton père. Je produis moi-même la lettre originale devant le tribunal pour montrer ce qu'elle est en réalité. Elle est proclamée par l'avocat de ton père comme une révoltante et insidieuse tentative de corrompre l'innocence. Plus tard, elle fait partie des chefs d'accusation d'une inculpation criminelle. Le ministère public s'en empare. Le juge fonde sur elle le résumé des débats avec peu de culture et beaucoup de moralité. Finalement, elle me conduit en prison. Tel est le résultat de t'avoir écrit une charmante lettre [1].

Pendant que je séjourne avec toi à Salisbury, tu es terriblement effrayé par un message menaçant d'un ancien camarade. Tu me supplies d'en voir l'auteur et de te venir en aide. Je le fais. Cela aboutit pour moi à la ruine. Force m'est d'endosser la responsabilité de tout ce que tu as fait. Lorsque, ayant échoué à ton examen final, il te faut quitter Oxford, tu me télégraphies à Londres pour me prier de venir te rejoindre. Je le fais aussitôt. Tu me demandes de t'emmener à Goring, car tu répugnais, en la circonstance, à aller chez toi. À Goring, tu vois une maison qui te charme. Je la loue pour toi. À tous les points de vue, c'est la ruine qui en résulte pour moi.

Un jour, tu viens me demander comme une faveur personnelle d'écrire quelque chose pour un magazine d'étudiants d'Oxford sur le point d'être édité par un de tes amis dont je n'avais entendu parler de ma vie et dont je ne savais absolument rien. Pour te complaire — que n'ai-je toujours fait pour te complaire ? — je lui envoie une page de paradoxes destinés, à l'origine, à la *Saturday Review*. Quelques mois plus tard, je me trouve au banc des prévenus de la cour d'assises, à cause de la nature du magazine. Cela fait partie des charges retenues contre moi par le ministère public. Je suis sommé de défendre

---

1. Cette lettre, écrite en janvier 1893, fut citée lors du premier procès, celui de Lord Queensberry. Pierre Louÿs s'en inspira pour écrire un sonnet, publié en français par Douglas en mars 1893 dans *The Spirit Lamp*, revue d'étudiants dont il était le rédacteur en chef.

la prose de ton ami et tes propres vers. Je ne puis soutenir la première. Quant à tes vers, poussant jusqu'à l'extrême rigueur mon loyalisme envers tes écrits aussi juvéniles que ta vie, je les défends vigoureusement et m'oppose à ce que l'on te qualifie d'auteur d'indécences. Mais je vais tout de même en prison pour le magazine de ton ami et pour « l'amour qui n'ose dire son nom »[1]. À la Noël, je t'offre un « très joli cadeau » — comme tu le reconnais dans ta lettre de remerciements — qui, je le savais, te tenait à cœur, valant quarante ou cinquante livres tout au plus. Quand survient la catastrophe de ma vie et que je suis ruiné, l'huissier qui saisit ma bibliothèque la fait vendre pour régler ainsi le « très joli cadeau »[2]. C'est pour cela que la saisie-exécution fut opérée dans ma maison. Au moment décisif et affreux où je suis accablé et incité par tes sarcasmes à intenter une action contre ton père et à le faire arrêter, le dernier fétu auquel je m'accroche dans mes pitoyables efforts d'évasion est la terrible dépense. Je dis à l'avoué, en ta présence, que je n'ai pas de fonds, qu'il m'est impossible de faire face à ces frais considérables, que je n'ai pas d'argent à ma disposition, ce qui était, tu le savais, parfaitement vrai ! Ce vendredi fatal, au lieu d'être dans le bureau de Humphrey, consentant avec faiblesse à ma ruine, j'eusse été heureux et libre en France, loin de toi et de ton père, ignorant son odieuse carte et indifférent à tes lettres, si j'avais été à même de quitter l'Avondale Hotel. Mais le propriétaire de l'hôtel refusa absolument de me laisser partir. Tu y séjournais avec moi depuis dix jours. Et en fin de compte, tu avais, à ma grande et juste indignation, tu l'admettras, amené l'un de tes compagnons pour y séjourner également avec moi. Ma note pour les dix jours s'élevait à près de cent quarante livres. Le propriétaire déclara qu'il ne pouvait consentir à laisser enlever mes bagages de l'hôtel si

---

1. Ces mots célèbres sont tirés de « Two Loves » (« Deux Amours »), daté de septembre 1892 et publié dans une revue d'étudiants, *The Chameleon*. Ils désignent bien évidemment l'homosexualité. **2.** Cette affirmation est excessive : le montant de la dette pour insolvabilité était très supérieur au coût du « très joli cadeau » dont il est ici question.

je n'acquittais entièrement cette somme. C'est là ce qui me retint à Londres. Sans la note d'hôtel, je serais parti pour Paris le jeudi matin.

Quand j'ai dit à l'avoué que je n'avais pas d'argent pour couvrir l'énorme dépense, tu intervins aussitôt. Tu assuras que les membres de ta famille ne seraient que trop heureux de payer tous les frais encourus, que ton père avait été pour eux tous un cauchemar, qu'ils avaient souvent envisagé la possibilité de le faire enfermer dans un asile d'aliénés pour se débarrasser de lui, qu'il était pour ta mère et pour tous une source quotidienne de contrariété et d'affliction, et que, si j'amenais son incarcération, je serais considéré par la famille comme son défenseur et son bienfaiteur, et que les parents riches de ta mère eux-mêmes seraient tout à fait ravis qu'on leur permît de payer tous les frais que pourrait nécessiter un tel effort. L'avocat mit fin sur-le-champ à la discussion et je fus emmené en hâte au tribunal de police. Il ne me restait pas d'excuse pour n'y pas aller. J'y étais forcé. Bien entendu, ta famille ne paie pas les frais et, quand je suis mis en faillite, c'est par ton père et pour les frais — leur maigre reliquat — quelque sept cents livres. À l'heure présente, ma femme, en désaccord avec moi sur l'importante question de décider si je devrais avoir trois livres ou trois livres et demie par semaine pour vivre, se prépare à intenter une action en divorce qui, bien entendu, nécessitera des témoignages absolument nouveaux et un procès absolument nouveau, peut-être suivi d'une procédure plus sérieuse. Naturellement, j'ignore tous les détails. Je connais seulement le nom du témoin sur la déposition duquel se fondent les avoués de ma femme. C'est ton propre domestique d'Oxford que, sur ta demande spéciale, j'ai pris à mon service pour l'été que nous avons passé à Goring.

Mais je n'ai vraiment pas besoin de chercher d'autres exemples de l'étrange fatalité que tu as attirée sur moi en toutes choses, grandes ou petites. Cela me donne parfois l'impression que tu n'es toi-même qu'une marionnette actionnée par une main secrète et invisible pour faire aboutir de terribles événements à un dénouement terrible. Mais les marionnettes elles-mêmes ont leurs passions. Elles introduisent une intrigue nouvelle dans le spectacle qu'elles présentent et altèrent l'ordonnance des péripéties, de façon à satisfaire quelque caprice ou quelque appétit personnel. Être entièrement libre et en même temps dominé par la loi est l'éternel paradoxe de la vie humaine dont nous prenons conscience à chaque instant, et c'est là, je le pense souvent, la seule explication possible de ta nature, si tant est qu'il existe une explication du profond et terrible mystère d'une âme humaine, sinon celle qui en rend le mystère plus merveilleux encore.

Bien entendu, tu avais tes illusions, tu vivais en elles et, à travers les brumes mouvantes et les voiles aux mille couleurs, tu voyais toutes choses transformées. Tu pensais, je me le rappelle fort bien, que le fait de te vouer à moi, à l'entière exclusion des tiens et de la vie familiale, était une preuve de l'idée extraordinaire que tu te faisais de moi et de ta grande affection. Sans aucun doute, il te semblait en être ainsi. Mais souviens-toi qu'avec moi il y avait le luxe, la grande vie, les plaisirs illimités, l'argent sans restriction. Ta vie de famille t'ennuyait. Le « vin ordinaire et sans chaleur de Salisbury », pour employer une phrase de ton cru, te paraissait détestable. Avec moi, outre mes attraits intellectuels, il y avait la bonne chère. Quand tu devais te passer de ma compagnie, ceux que tu choisissais en guise de substitut n'étaient pas flatteurs.

Tu crus aussi qu'en envoyant à ton père, par l'entremise d'un avoué, une lettre déclarant que, plutôt que rompre ton éternelle amitié avec moi, tu renoncerais à la pension annuelle de deux cent cinquante livres qu'il te versait, déduction faite, je crois, de tes dettes d'Oxford, tu te conduisais en chevalier de l'amitié et atteignais au plus haut degré d'abnégation. Mais l'abandon de ta petite pension ne signifiait pas que tu fusses prêt à renoncer à un seul de tes plaisirs les plus superflus ou à l'une de tes extravagances les moins nécessaires. Au contraire, ton appétit de vie luxueuse n'avait jamais été si grand. Mes dépenses de huit jours à Paris pour moi-même, pour toi et ton domestique italien, s'élevaient à près de cent cinquante livres, le restaurant Paillard absorbant à lui seul quatre-vingt-cinq livres. Avec le train de vie que tu voulais mener, ton revenu de toute une année, si tu avais pris seul tes repas et avais été particulièrement économe dans le choix de tes distractions les moins coûteuses, ne t'eût guère duré que trois semaines. Le fait que, dans ce qui n'était qu'un semblant de bravade, tu avais renoncé à ta pension te donnait au moins une raison plausible de prétendre vivre à mes dépens, ou ce que tu croyais une raison plausible, et, en maintes occasions, tu as sérieusement saisi ce prétexte en lui donnant sa plus complète expression. Et cette saignée continuelle, pratiquée, bien entendu, principalement sur moi, mais également sur ta mère, et dans une large part, je le sais, n'avait jamais été si pénible, parce que, pour moi du moins, elle n'était jamais accompagnée du moindre mot de remerciement et que tu avais perdu tout sens de la mesure.

Tu crus de nouveau qu'en attaquant ton père par d'horribles lettres, des télégrammes injurieux et des cartes postales insultantes, tu prenais le parti de ta mère, te faisais son champion et la vengeais de ses terribles souffrances et déboires conjugaux. C'était une complète illusion de ta part, et l'une des pires. La façon dont tu aurais pu venger ta mère des torts causés par ton père, si tu estimais que c'était là le devoir d'un fils, était d'être pour elle un meilleur fils que tu ne l'as été, de ne pas lui faire redouter de te parler de choses sérieuses, de ne pas signer des billets dont le paiement lui était dévolu, d'être plus aimable avec elle et de ne pas assombrir ses jours. Par sa douceur et sa bonté pour elle pendant les brèves années de sa vie parfaite, ton frère Francis[1] lui apporta de grandes compensations pour ce qu'elle avait souffert. Tu aurais dû le prendre pour modèle. Tu avais tort d'imaginer que ce serait pour ta mère une joie absolue si tu avais réussi, grâce à moi, à faire emprisonner ton père. Je suis sûr que tu avais tort. Et si tu veux savoir ce qu'éprouve une femme lorsque son mari et le père de ses enfants est en tenue de prisonnier dans une geôle, écris à ma femme et demande-le-lui. Elle te le dira.

1. Le vicomte Drumlanrig.

J'ai eu mes illusions, moi aussi. Je croyais que la vie s'annonçait comme une brillante comédie et que tu en devais être l'un des gracieux personnages. Elle s'est révélée être une révoltante et répugnante tragédie. Et la sinistre cause de la grande catastrophe, sinistre par la constance de son dessein et la concentration d'une volonté bornée, c'était toi, dépouillé de ce masque de joie et de plaisir par lequel, non moins que moi, tu as été abusé et égaré.

Tu peux maintenant comprendre, n'est-ce pas, un peu de ce que je souffre. Un journal, la *Pall Mall Gazette*, je crois, décrivant la couturière[1] de l'une de mes pièces, parlait de toi comme me suivant partout comme mon ombre. Le souvenir de notre amitié est l'ombre qui chemine ici près de moi, qui semble ne jamais me quitter, qui m'éveille la nuit pour me redire sans cesse la même histoire jusqu'à ce que sa fastidieuse répétition chasse le sommeil jusqu'à l'aube. À l'aube, elle recommence. Elle me suit dans la cour de la prison et me fait parler pour moi-même tandis que je marche à pas marqués. Chaque détail qui accompagnait chaque horrible moment s'impose à mon souvenir. Il n'est rien de ce qui survint en ces néfastes années que je ne puisse recréer dans cette cellule du cerveau réservée à la peine ou au désespoir. Chaque inflexion tendue de ta voix, chaque geste, chaque crispation de tes mains nerveuses, chaque parole acerbe, chaque phrase venimeuse me reviennent en mémoire. Je me rappelle la rue ou la rivière que nous longions ensemble, le mur ou les bois qui nous entouraient, quels chiffres du cadran marquaient les aiguilles de l'horloge, en quel sens allaient les ailes du vent, la forme et la couleur de la lune.

Il y a, je le sais, une réponse à tout ce que je t'ai dit, et c'est que tu m'aimais. Pendant ces deux ans et demi au cours desquels le destin tissait en un seul motif écarlate les fils de nos deux vies distinctes, tu m'as réellement aimé. Oui, je sais que tu m'aimais. Quelle qu'ait été ta conduite envers moi, j'ai toujours senti qu'au fond du cœur tu m'aimais vraiment. Je voyais

1. Dernière répétition avant la générale.

clairement que ma position dans le monde de l'art, l'intérêt que ma personnalité avait toujours suscité, mon argent, le luxe dans lequel je vivais, les mille et une choses qui contribuaient à assurer une vie aussi délicieusement et merveilleusement invraisemblable que la mienne, étaient des éléments qui te fascinaient et t'attachaient à moi. Et, indépendamment de tout cela, il y avait pour toi quelque chose de plus : tu m'aimais beaucoup plus que tu n'aimais quiconque. Mais, tout comme moi, tu as eu dans ta vie une terrible tragédie, bien que d'une nature entièrement opposée à la mienne. Veux-tu savoir laquelle ? La voici : la haine, en toi, a toujours été plus forte que l'amour. Ta haine pour ton père atteignait une mesure telle qu'elle surpassait, anéantissait et éclipsait ton amour pour moi. Il n'y avait guère de lutte entre eux, si grande était la dimension de ta haine et si monstrueuse sa croissance. Tu ne te rendais pas compte qu'il n'y a pas, dans la même âme, place pour ces deux passions. Elles ne peuvent cohabiter dans cette noble demeure. C'est l'imagination qui nourrit l'amour et nous rend plus sages que nous ne nous en rendons compte, meilleurs que nous ne le pensons, plus nobles que nous le sommes. C'est grâce à elle que nous pouvons voir la vie dans son ensemble, c'est grâce à elle, et à elle seule, que nous pouvons comprendre les autres dans leur rapport réel aussi bien qu'idéal. Seul ce qui est beau et hautement conçu peut nourrir l'amour. Mais n'importe quoi nourrit la haine. Il n'est pas un verre de champagne que tu aies bu, pas un mets de choix que tu aies mangé au cours de ces années qui n'ait nourri ta haine et ne l'ait fortifiée. C'est ainsi que, pour la satisfaire, tu as risqué ma vie comme tu as joué mon argent : avec insouciance, avec frivolité, indifférent aux conséquences. Si tu perdais, la perte, pensais-tu, ne serait pas tienne. Si tu gagnais, l'exaltation et les avantages de la victoire seraient, tu le savais, pour toi.

La haine aveugle l'homme. Tu n'en avais pas conscience. L'amour peut lire ce qui est écrit sur la plus lointaine étoile, mais la haine t'aveuglait à tel point que tu ne pouvais voir au-delà de l'étroit jardin emmuré de tes désirs vulgaires, déjà flétri par la soif du plaisir. Ton terrible manque d'imagination, le seul défaut vraiment fatal de ton caractère, provenait entièrement de la haine qui vivait en toi. Subtilement, silencieusement, en secret, la haine rongeait ta nature comme le lichen s'attaque à la racine d'une plante qui se fane, jusqu'à ce que tu en fusses venu à ne voir que les plus piètres intérêts et les buts les plus mesquins. La haine empoisonnait et paralysait cette faculté que l'amour eût développée en toi. Lors de la première attaque de ton père contre moi, c'était en tant que ton ami intime et dans une lettre personnelle à ton adresse. Après avoir lu cette lettre avec ses menaces obscènes et ses violences grossières, je vis tout de suite qu'un terrible danger se dessinait à l'horizon de mes jours troublés. Je te déclarai que je ne voulais pas être un tampon entre vous deux dans votre vieille haine mutuelle, que j'étais naturellement pour lui, à Londres, un gibier beaucoup plus gros qu'un secrétaire d'ambassade à Homburg[1], qu'il serait déloyal à mon égard de me placer, ne fût-ce que pour un instant, dans une telle position, et que j'avais mieux à faire de ma vie que me quereller avec l'ivrogne, le *déclassé*[2] et le faible d'esprit qu'il était. Je ne pus parvenir à te le faire comprendre. La haine t'aveuglait. Tu affirmais que la querelle n'avait rien à voir avec moi, que tu ne permettais pas à ton père de régenter tes amitiés personnelles, et qu'il serait fort déraisonnable à moi d'intervenir. Avant de me voir à ce sujet, tu avais déjà envoyé à ton père, en réponse, un télégramme stupide et vulgaire qui devait, bien entendu, t'engager par la suite dans une série d'actes stupides et vulgaires. Les erreurs fatales de la vie ne sont pas dues au fait que l'homme est déraisonnable. Un moment déraisonnable peut être le plus beau des moments. Elles sont dues au fait que l'homme est logique. Il y a là une grande différence. C'est ce télégramme

1. Drumlanrig avait accompagné Lord Rosebery, dont il était le secrétaire et l'amant, à Bad-Homburg. Cela déclencha la fureur de Queensberry qui voulut provoquer un scandale en frappant Rosebery de sa cravache. Seule l'intervention du prince de Galles, futur Édouard VII, put l'en empêcher.
2. En français dans le texte.

qui décida de tes relations ultérieures avec ton père et, par conséquent, de ma vie entière. Et le grotesque de la chose est que le gamin des rues le plus vulgaire aurait eu honte d'être l'auteur d'un tel télégramme.

Des télégrammes impudents, il était naturel d'en venir aux lettres pédantes des avocats, et, bien entendu, les lettres de tes avocats à ton père eurent pour résultat de le pousser à aller plus loin. Tu ne lui laissais d'autre choix que continuer. Tu le forçais à en faire un point d'honneur, ou plutôt de déshonneur, pour que ton intimation n'en eût que plus d'effet. C'est ainsi que, la fois suivante, il ne m'attaque plus dans une lettre personnelle et comme ton ami personnel, mais publiquement et comme un homme public. Il me faut le chasser de chez moi. Il me cherche de restaurant en restaurant pour m'insulter devant tout le monde et d'une manière telle que, si j'use de représailles, je suis ruiné et que, si je ne le fais, je suis ruiné tout aussi bien. Alors, c'était assurément pour toi le moment de venir me déclarer que tu ne voulais pas me voir, à cause de toi, exposé à des attaques aussi odieuses, à une persécution aussi infâme, et que tu renonçais volontiers et sur-le-champ à toute prétention à mon amitié. C'est maintenant ton sentiment, je le suppose. Mais à ce moment, cela ne t'a jamais effleuré la cervelle. La haine t'aveuglait. Tout ce qui te vint à l'esprit (outre, bien entendu, l'envoi de lettres et de télégrammes insultants) fut d'acheter un pistolet ridicule qui partit accidentellement dans le restaurant du Berkeley en des circonstances qui créèrent le pire des scandales que tu aies jamais entendus. En réalité, l'idée d'être l'objet d'une terrible querelle entre ton père et un homme de ma position paraissait t'enchanter. Cela semblait satisfaire ta vanité et flatter ta suffisance. Que ton père pût avoir ta personne physique, qui ne m'intéressait pas, et me laissât ton âme, qui ne l'intéressait pas, eût été pour toi une fâcheuse solution de la question. Tu flairais la chance d'un scandale public et la saisis au vol. La perspective d'une bataille dont tu te tirerais sain et sauf t'enchantait. Je ne me souviens pas de t'avoir vu autant d'entrain que pendant le reste de cette saison.

Ta seule déception provenait, semblait-il, de ce que rien de positif ne se produisît et qu'aucun autre affrontement n'eût lieu entre ton père et moi. Tu t'en consolais en lui envoyant des télégrammes d'une nature telle que le malheureux t'écrivit pour te dire qu'il avait donné des ordres à ses serviteurs pour qu'aucun télégramme ne lui fût apporté sous aucun prétexte. Cela ne te découragea point. Tu découvris les immenses possibilités qu'offraient les cartes postales et tu en usas pleinement. Tu l'excitas plus encore à la poursuite. Je ne crois pas qu'il l'eût vraiment abandonnée. Chez lui, les instincts de la race étaient très forts. Sa haine pour toi était aussi tenace que ta haine pour lui, et j'étais pour vous deux le prétexte et un moyen d'attaque aussi bien qu'un moyen de refuge. Sa passion même de la notoriété n'était pas simplement individuelle, mais atavique. Toutefois, si son zèle s'était pour un moment relâché, tes lettres et tes cartes postales eussent bientôt ravivé l'ancienne flamme. C'est ce qui arriva et, bien entendu, il alla plus loin encore. M'ayant attaqué en tant que particulier et dans le privé, puis en tant qu'homme public et publiquement, il décide finalement de lancer un dernier et grand assaut contre moi en tant qu'artiste et dans le lieu où mon art est représenté. Il s'assure frauduleusement un fauteuil pour la première de l'une de mes pièces et ourdit une machination pour interrompre le spectacle, faire sur moi devant le public un discours immonde, insulter mes interprètes, me jeter des projectiles dangereux ou indécents quand je suis appelé à paraître devant le rideau à la fin de la pièce, tout cela dans l'odieux dessein de me perdre en ruinant mon œuvre. Par le plus grand des hasards, dans un accidentel et bref accès de sincérité dû à un état d'ébriété plus accentué qu'à l'ordinaire, il se vante de ses intentions devant des tiers. La police est alertée et on l'empêche de pénétrer dans la salle. Tu avais alors ta chance. Une occasion s'offrait à toi de te manifester et de proclamer que tu ne voulais pas que mon art, en tout cas, fût ruiné à cause de toi. Ne vois-tu pas maintenant que tu aurais dû t'en rendre compte ?

Tu savais ce que mon art était pour moi : la note fondamentale grâce à laquelle je m'étais révélé d'abord à moi-même, puis au monde, la grande passion de ma vie, l'amour auprès duquel tous les autres étaient ce qu'est l'eau du marécage comparée au vin rouge, ou le vert luisant du marécage comparé au miroir magique de la lune. Ne comprends-tu pas maintenant que ton manque d'imagination était le seul défaut vraiment fatal de ton caractère ? Ce que tu avais à faire était fort simple et eût dû t'apparaître clairement, mais la haine t'aveuglait et tu ne pouvais rien voir. Je ne pouvais présenter mes excuses à ton père pour m'avoir insulté et persécuté de la façon la plus odieuse pendant près de neuf mois. Je ne pouvais te jeter hors de ma vie. Je l'avais maintes fois tenté. J'étais allé jusqu'à quitter l'Angleterre dans l'espoir de t'échapper. Tout avait été inutile. Tu étais le seul qui eût pu faire quelque chose.

La clef de la situation était entre tes mains. C'était pour toi la grande et unique occasion de me payer un peu de retour pour tout l'amour, l'affection, la bonté, la générosité et la sollicitude que je t'avais témoignés. C'est ce que tu aurais fait si tu m'avais apprécié au dixième de ma valeur d'artiste. Mais la haine t'aveuglait. La faculté « qui, seule, nous permet de comprendre les autres dans leur rapport réel autant qu'idéal » était morte en toi. Tu ne pensais qu'au moyen de faire emprisonner ton père. Le voir « au banc des prévenus », comme tu disais, était ton unique préoccupation. Cette phrase était l'une des nombreuses *scies*[1] de ta conversation quotidienne. On l'entendait à chaque repas. Eh bien, ton désir a été exaucé. La haine a satisfait tes moindres souhaits. Elle fut pour toi une indulgente souveraine. Il en est ainsi, en vérité, pour tous ceux qui la servent. Pendant deux jours, tu as trôné sur un siège à haut dossier avec les juges et t'es repu du spectacle de ton père, debout au banc des accusés de la cour d'assises centrale. Et, le troisième jour, je pris sa place. Que s'était-il passé ? Dans l'horrible partie de haine qui se jouait entre vous, vous aviez jeté les dés, avec mon âme pour enjeu et tu avais perdu. Voilà tout.

---

1. En français dans le texte.

Tu vois que je dois écrire ta vie et que tu dois la bien concevoir. Nous nous connaissons maintenant depuis plus de quatre ans. Pendant la moitié de ce temps, nous avons vécu ensemble. Il m'a fallu passer l'autre moitié en prison à cause de notre amitié. Où recevras-tu cette lettre, si tant est qu'elle te parvienne ? Je ne le sais. Je ne doute pas que te retienne quelque belle cité au bord d'un fleuve ou de la mer : Rome, Naples, Paris ou Venise. Tu es entouré, sinon de tout le luxe inutile que tu avais avec moi, du moins de tout ce qui est agréable à l'œil, à l'oreille et au goût. La vie, pour toi, est charmante. Et pourtant, si tu as quelque sagesse et veux trouver la vie plus charmante encore, et d'une différente manière, tu laisseras la lecture de cette terrible lettre — car elle est terrible, je le sais — être l'occasion d'une prise de conscience et d'un tournant décisif dans ta vie, comme l'écrire l'est pour moi. Naguère, le vin ou le plaisir empourpraient aisément ton pâle visage. Si, en lisant ces lignes, il s'enflamme de temps à autre, comme une fournaise, du rouge de la honte, il n'en vaudra que mieux pour toi. Le vice suprême est la superficialité. Tout ce dont on prend conscience est bien.

J'en suis maintenant venu à la maison de détention, n'est-ce pas ? Après une nuit passée au poste de police, j'y fus emmené dans la voiture cellulaire. Tu as alors été plein de prévenance et de bonté. Jusqu'à ton départ pour l'étranger, chaque après-midi, sinon toutes, tu pris la peine de venir me voir à Holloway. Tu m'as également écrit des lettres très gentilles. Mais il ne t'est jamais venu à l'esprit que ce n'était pas ton père, mais toi qui m'avais mis en prison et que, du commencement à la fin, tu étais le responsable, que j'étais là à cause de toi, pour toi, par ta faute. Le spectacle que j'offrais derrière les barreaux d'une cage de bois ne pouvait même pas stimuler cette nature absolument dépourvue d'imagination. Ta compassion et ta sentimentalité étaient celles du spectateur d'une pièce assez pathétique. Que tu fusses le véritable auteur de cette horrible tragédie ne t'apparaissait point. Je voyais que tu ne comprenais rien à ce que tu avais fait. Je n'avais pas envie d'être celui qui t'apprendrait ce que ton cœur aurait dû te dire, ce qu'il t'aurait dit si tu n'avais laissé la haine l'endurcir et le rendre insensible. Tout doit nous venir de notre propre nature. Il est inutile de dire à quelqu'un une chose qu'il ne sent pas et ne peut comprendre.

Si je t'écris maintenant comme je le fais, c'est parce que ton silence et ta conduite durant mon long emprisonnement l'ont rendu nécessaire. En outre, les choses avaient tourné de telle façon que moi seul avais été atteint. C'était pour moi une source de plaisir. Pour maintes raisons, j'étais content de souffrir, bien qu'il y eût toujours à mes yeux, tandis que je t'observais, quelque chose d'assez méprisable dans ton aveuglement complet et obstiné. Je me souviens de t'avoir vu produire avec la plus grande fierté une lettre que tu avais publiée à mon sujet dans l'un des journaux à un sou [1]. Elle était très prudente, mesurée, banale, en vérité. Tu en appelais au « sens anglais du *fair play* », ou quelque chose d'aussi terne, en faveur d'« un homme à terre ». Tu aurais pu écrire ce genre de lettre si une pénible accusation avait été lancée contre une personne respectable que tu n'eusses jamais connue. Mais tu trouvais cette lettre merveilleuse. Tu la regardais comme une preuve de chevalerie presque donquichottesque. Je n'ignore pas que tu as écrit d'autres lettres à divers journaux, qui s'abstinrent de les publier. Mais elles se bornaient à dire que tu haïssais ton père. Personne ne s'y intéressait. La haine — tu avais encore à l'apprendre — est, considérée du point de vue intellectuel, la négation éternelle. Considérée du point de vue émotionnel, c'est une forme d'atrophie et elle détruit toutes choses, sauf elle-même. Écrire aux journaux pour dire que l'on hait quelqu'un équivaut à écrire aux journaux pour dire que l'on est atteint de quelque honteuse maladie secrète : le fait que l'homme que tu haïssais était ton père, et que ce sentiment était tout à fait réciproque, ne rendait ta haine ni plus noble ni plus belle en aucune façon. Si elle démontrait jamais quelque chose, c'était simplement qu'il s'agissait là d'un mal héréditaire.

Je me souviens encore que, lorsque les scellés furent mis

---

1. *The Star*, à la date du 20 avril 1895.

chez moi, que mes livres ainsi que mon mobilier furent saisis à la vente affichée, et que la déclaration de faillite était imminente, je t'ai naturellement écrit pour t'en informer. Je n'ai pas mentionné que c'était pour payer des cadeaux que je t'avais offerts que les huissiers avaient pénétré dans la maison où tu avais dîné si souvent. Je pensais, à tort ou à raison, que de telles nouvelles pourraient t'attrister quelque peu. Je me suis borné à te signaler les faits. Il me paraissait nécessaire de te mettre au courant. Tu m'as répondu de Boulogne sur un ton d'exaltation presque lyrique. Tu savais, disais-tu, que ton père, à court d'argent, avait été obligé d'emprunter quinze cents livres pour les frais du procès et que ma faillite était en réalité pour moi une « fameuse aubaine », puisqu'il ne pourrait obtenir de moi aucun remboursement ! Te rends-tu compte à présent de ce qu'est la haine lorsqu'elle vous aveugle ? Reconnais-tu maintenant que lorsque je la dépeignais comme une atrophie détruisant tout, sauf elle-même, je dépeignais scientifiquement un fait psychologique réel ? Il t'était absolument égal que tous mes charmants objets fussent vendus : mes dessins de Burne-Jones et de Whistler, mon Monticelli, mon Simeon Solomon [1], mes porcelaines, ma bibliothèque avec sa collection de volumes envoyés en hommage par presque tous les poètes de mon temps, de Hugo à Whitman, de Swinburne à Mallarmé, de Morris [2] à Verlaine, avec ses éditions admirablement reliées des

---

1. Edward Burne-Jones (1833-1903), peintre anglais préraphaélite ; James Abbott Mac Neill Whistler (1834-1903), peintre américain installé d'abord à Paris puis à Londres ; ses relations avec Wilde, qui admirait son art, furent néanmoins tumultueuses. Adolphe Monticelli (1824-1886), peintre français ami de Cézanne et admiré par Van Gogh pour sa technique et son chromatisme ; ses scènes galantes lui ont valu le surnom de « Watteau du Second Empire ». Simeon Solomon (1840-1905), peintre anglais préraphaélite, ami de Swinburne et de Walter Pater. **2.** Walt Whitman (1819-1892), poète américain, auteur de *Leaves of Grass* (*Feuilles d'herbe*) ; Wilde l'avait rencontré lors de son séjour aux États-Unis en 1882. Algernon Charles Swinburne (1837-1909), poète anglais très admiré de Wilde. William Morris (1834-1896), écrivain, peintre, décorateur et théoricien anglais qui eut une grande influence sur l'esthétique de Wilde.

œuvres de mon père et de ma mère, ses merveilleuses rangées de prix d'école et de collège, ses *éditions de luxe*[1] et le reste. Tu te bornas à dire que c'était très fâcheux. Ce que tu voyais réellement là-dedans c'est qu'il était possible que ton père, en fin de compte, perdît quelques centaines de livres, et tu te pâmais de joie à cette misérable considération. Quant aux dépens du procès, il t'intéressera peut-être de savoir que ton père déclara ouvertement, à l'Orléans Club, que s'ils s'étaient montés à vingt mille livres, il eût estimé cet argent bien dépensé, tant il avait tiré d'amusement, de délectation et de triomphe de toute l'affaire. Le fait qu'il avait été à même non seulement de me faire mettre en prison pour deux ans, mais de m'en faire sortir un après-midi pour me faire déclarer publiquement en faillite, fut un raffinement de plaisir supplémentaire qu'il n'avait pas escompté. C'était le couronnement de mon humiliation et celui de sa complète et parfaite victoire. Si ton père n'avait eu aucun recours contre moi pour ses dépens, je sais fort bien que, du moins en paroles, tu m'eusses témoigné la plus grande compassion pour la perte totale de ma bibliothèque, perte irréparable pour un homme de lettres, la plus affligeante pour moi de toutes mes pertes matérielles. Tu aurais même pu, te rappelant les sommes d'argent que j'avais dépensées pour toi sans compter et la façon dont tu avais vécu à mes dépens pendant des années, prendre la peine de racheter pour moi quelques-uns de mes livres. Les meilleurs furent adjugés à moins de cent cinquante livres, à peu près ce que je dépensais pour toi au cours d'une semaine ordinaire. Mais le plaisir mesquin de penser que ton père y serait de sa poche de quelques sous te fit oublier d'essayer de m'offrir une menue compensation, pour toi si facile et si peu coûteuse, et qui, si tu y avais pensé, m'eût causé un si grand plaisir. N'ai-je pas raison de dire que la haine aveugle les gens ? Le vois-tu maintenant ? Sinon, essaie de le voir.

Inutile de te dire que, tout comme à présent, je le voyais

1. En français dans le texte.

alors clairement. Mais je me répétais : « À tout prix, il me faut garder l'amour dans mon cœur. Si je vais en prison sans amour, qu'adviendra-t-il de mon âme ? » Les lettres que je t'écrivais alors de Holloway[1] reflétaient mes efforts pour que l'amour demeurât la note dominante de ma nature. Il n'eût tenu qu'à moi de te mettre en pièces par d'amers reproches, de te déchirer par des malédictions. J'aurais pu te tendre un miroir et te montrer de toi une image telle que tu ne te serais reconnu qu'en la voyant te renvoyer tes gestes d'horreur. Tu aurais su alors à qui appartenait ce visage pour le haïr et te haïr toi-même à jamais.

Et mieux encore. Les péchés d'un autre étaient mis à mon compte. Il n'eût tenu qu'à moi, lors de chaque procès, de me sauver aux dépens de ton père, non de la honte, assurément, mais de la prison. Si j'avais voulu démontrer que ses avocats et lui avaient minutieusement fait la leçon aux témoins à charge — aux trois principaux — non seulement quant à leurs réticences, mais à leurs assertions, ainsi que le transfert absolu à mon actif des faits et gestes d'un autre, transfert délibérément ourdi et mis au point, j'aurais pu faire expulser chacun d'eux de la barre par le juge, plus sommairement encore que ne le fut Atkins, ce misérable parjure[2]. J'aurais pu quitter le tribunal l'air goguenard et les mains dans les poches, libre. On me pressa vivement de le faire. Des gens qui ne voulaient que mon bien et celui des miens me conseillèrent, me prièrent instamment de le faire. Mais je refusai. Il ne me plut pas de le faire. Je n'ai jamais regretté ma décision un seul instant, même dans les périodes les plus cruelles de mon emprisonnement. Agir ainsi eût été au-dessous de moi. Les péchés de la chair ne sont rien. Ce sont des maladies dont la guérison, si elle est possible, est l'affaire des médecins. Seuls, les

---

1. Les prisonniers étaient détenus à Holloway dans l'attente de leur procès. Devenu prison pour femmes, ce centre de détention existe toujours. **2.** Jeune prostitué que fréquentait Wilde. Cité comme témoin à charge par le ministère public, il fut si peu crédible dans son témoignage que celui-ci ne fut même pas pris en compte.

péchés de l'âme sont honteux. Avoir assuré mon acquittement par de tels moyens eût été pour moi une torture jusqu'à la fin de mes jours.

Mais crois-tu vraiment que tu étais digne de l'amour que je te témoignai alors, ou que, pour un seul instant, je t'en ai cru digne ? Crois-tu vraiment qu'à une période quelconque de notre amitié tu fus digne de l'amour que je te témoignai, ou que, pour un seul instant, je t'en ai cru digne ? Je savais que tu ne l'étais point. Mais l'amour ne fait pas de trafic sur une place de marché et n'use pas de la balance du revendeur. Sa joie, tout comme celle de l'esprit, est de se sentir vivre. Le but de l'amour est d'aimer, ni plus ni moins. Tu étais mon ennemi, un ennemi tel qu'aucun homme n'en eut jamais. Je t'avais donné ma vie et, pour satisfaire les plus basses et les plus méprisables de toutes les passions humaines, la haine, la vanité et l'avidité, tu l'as sacrifiée. En moins de trois ans, tu m'as entièrement ruiné à tous les points de vue. Pour mon propre bien, il ne me restait rien d'autre à faire que t'aimer. Si je me laissais aller à te haïr, je savais que, dans l'aride désert de l'existence qu'il m'a fallu traverser et que je traverse encore, chaque rocher perdrait son ombre, chaque palmier se flétrirait, chaque puits serait empoisonné à sa source. Commences-tu maintenant à comprendre un peu ? Ton imagination s'éveille-t-elle de la longue léthargie dans laquelle elle était plongée ? Tu sais déjà ce qu'est la haine. Commences-tu à entrevoir ce qu'est l'amour et ce qu'est la nature de l'amour ? Il n'est pas trop tard pour que tu l'apprennes, bien que, pour te l'apprendre, il m'ait sans doute fallu aller jusque dans une cellule de prison.

Après ma terrible condamnation, quand j'eus endossé la tenue des forçats et que se refermèrent sur moi les portes de la geôle, je me retrouvai au milieu des ruines de ma vie merveilleuse, accablé d'angoisse, bouleversé de terreur, hébété de douleur. Mais je me refusais à te haïr. Chaque jour, je me disais à moi-même : « Je dois aujourd'hui garder l'amour dans mon cœur, sinon comment pourrais-je vivre tout au long de la journée ? » Je me rappelais à moi-même que tu n'avais voulu faire aucun mal, à moi en tout cas. Je me prenais à penser que tu n'avais fait que tirer une flèche au hasard, et que celle-ci avait touché un roi au défaut de la cuirasse [1]. J'avais le sentiment que te mettre en balance contre la plus petite de mes peines, la moindre de mes pertes, eût été injuste. Je décidai de te considérer comme un être qui souffrait, lui aussi. Je me forçai à croire que les écailles étaient enfin tombées de tes yeux longtemps aveuglés. J'imaginai, peiné, ce qu'avait dû être ton horreur en contemplant ton beau travail. Il y eut des moments, même en ces sombres jours, les plus sombres de toute ma vie, où j'avais positivement envie de te consoler, tant j'étais certain que tu avais enfin compris ce que tu avais fait.

Il ne me vint pas alors à l'esprit que tu pouvais, vice suprême, être superficiel. C'est un chagrin réel que j'éprouvai quand il me fallut te faire connaître mon obligation de réserver à des affaires de famille ma première autorisation de recevoir une lettre ; mais mon beau-frère m'avait informé qu'il me suffirait d'écrire une seule fois à ma femme pour qu'elle s'abstienne, et pour moi et pour nos enfants, d'intenter une action en divorce. J'estimais qu'il était de mon devoir de le faire. Indépendamment d'autres raisons, je ne pouvais supporter l'idée d'être séparé de Cyril, mon bel enfant aimant et aimable, mon ami entre tous, mon compagnon entre tous. Un seul cheveu de sa petite tête dorée eût dû m'être plus cher et plus précieux que... je ne dirai pas toi des pieds à la tête... mais que toutes les chrysolites de la terre. C'est ce qu'il avait toujours été pour moi, bien que je ne l'aie compris que trop tard.

Deux semaines après ta requête, j'ai eu de tes nouvelles. Robert Sherard, le plus courageux et le plus courtois de tous les brillants esprits [2], vient me voir et me dit, entre autres cho-

---

1. I Rois, 22, 34 : « Un roi tira de l'arc et frappa le roi d'Israël entre les attaches et la cuirasse. » **2.** Robert Sherard (1861-1943), arrière-petit-fils de Wordsworth ; ami intime de Wilde, avec qui, toutefois, il n'eut jamais de relations amoureuses, il fut aussi son premier biographe (*The Real Oscar Wilde*, 1915) et s'employa toujours à le défendre avec force.

ses, que dans ce ridicule *Mercure de France*[1], avec son absurde affectation d'être le véritable centre de la corruption littéraire, tu es sur le point de publier un article sur moi avec des spécimens de mes lettres. Il me demande si je l'avais vraiment souhaité. Je fus grandement déconcerté et fort contrarié, puis donnai des instructions pour que ce projet fût aussitôt supprimé. Tu avais laissé traîner mes lettres pour qu'elles fussent volées par tes compagnons dans un but de chantage, dérobées par les valets d'hôtel, vendues par les femmes de chambre. Ce n'était là que ton manque d'appréciation insouciant de ce que je t'avais écrit. Mais il me paraissait presque incroyable que tu pusses te proposer sérieusement de publier un choix des lettres restantes. Et de quelles lettres s'agissait-il ? Je n'obtins là-dessus aucune information. Ce furent là les premières nouvelles que je reçus de toi. Elles me déplurent.

D'autres nouvelles allaient bientôt suivre. L'avoué de ton père se présenta à la prison et me signifia un jugement déclaratif de faillite pour une misérable somme de sept cents livres, taxe des dépens. Je fus déclaré insolvable et invité à comparaître devant le tribunal. J'avais la ferme conviction, et je l'ai encore — je reviendrai sur ce sujet —, que ces frais judiciaires auraient dû être payés par ta famille. Tu avais pris sur toi de déclarer que ta famille le ferait. C'est cela qui avait déterminé l'avoué à se charger ainsi de l'affaire. Tu étais entièrement responsable. Et, indépendamment de ton engagement au nom de ta famille, tu aurais dû avoir le sentiment que, puisque tu avais attiré sur moi la ruine complète, le moins que tu pusses faire eût été de m'épargner l'ignominie supplémentaire de la faillite pour une somme d'argent absolument ridicule, moins de la moitié de ce que je dépensai pour toi en trois mois de ce bref été à Goring. Mais n'en parlons plus.

1. *Le Mercure de France* : revue semi-mensuelle fondée en 1890 par un groupe d'écrivains symbolistes (dont Jean Moréas et Charles Cros) et dirigée par Alfred Vallette ; la revue comprend deux parties : la première publie romans, poésies et études originales, la seconde rend compte des événements littéraires, artistiques, politiques et scientifiques internationaux.

Par l'entremise du clerc de l'avoué, je l'admets volontiers, je reçus un message de ta part à ce sujet, ou, en tout cas, en rapport avec la situation. Le jour où il vint recueillir ma déposition et mes déclarations, il se pencha par-dessus la table — le gardien étant présent — et, ayant consulté un papier tiré de sa poche, me dit à voix basse : « Le Prince Fleur-de-Lys se rappelle à votre souvenir[1]. » Je le regardai, ébahi. Il répéta le message. Je ne savais ce qu'il voulait dire. « Ce monsieur est en ce moment à l'étranger », ajouta-t-il, l'air mystérieux. Une illumination me vint, et je me souviens que, pour la première et la dernière fois de toute ma vie de prison, je me mis à rire. Il y avait, dans ce rire, tout le mépris du monde. Le Prince Fleur-de-Lys ! Je compris — et les événements futurs me prouvèrent que j'avais raison — que rien de ce qui était arrivé ne t'avait fait comprendre quoi que ce soit. Tu étais encore à tes yeux le prince gracieux d'une comédie légère, et non le sombre personnage d'une pièce tragique. Tout ce qui était survenu n'était rien de plus qu'une plume destinée à orner la toque qui coiffe une tête vide, une fleur pour parer le pourpoint cachant un cœur qui hait et que seule la haine peut animer, que l'amour, et seul l'amour, laisse froid. Le Prince Fleur-de-Lys ! Sans doute avais-tu parfaitement raison de communiquer avec moi sous un nom d'emprunt. Moi-même, à ce moment, je n'avais aucun nom. Dans la grande prison où j'étais alors incarcéré, je n'étais que le chiffre et la lettre d'une petite cellule dans une longue galerie, l'un de ces mille nombres sans vie, l'une de ces mille existences sans vie. Mais il y avait assurément, dans l'histoire réelle, des noms véritables qui t'eussent beaucoup mieux convenu tout en me permettant de te reconnaître aussitôt sans la moindre difficulté. Je ne t'imaginais pas sous les paillettes et le clinquant d'un déguisement uniquement digne d'une amusante mascarade. Ah ! Si ton âme avait été — comme elle eût dû l'être pour sa perfection — meurtrie par le chagrin, courbée sous le remords, rendue plus humble par la peine, ce n'est pas ce déguisement sous le couvert duquel elle eût choisi de pénétrer dans la

1. Ce nom apparaît dans le poème « Two Loves » mentionné p. 1368.

Maison de la Douleur ! Les grandes choses de la vie sont ce qu'elles semblent être, et pour cette raison, si étrange que cela puisse te paraître, souvent difficiles à interpréter. Mais les petites choses de la vie sont des symboles. C'est d'elles que nous recevons le plus aisément nos amères leçons. Ton choix apparemment fortuit d'un nom d'emprunt fut et demeurera symbolique. Il est révélateur.

Six semaines plus tard, je reçois, pour la troisième fois, de tes nouvelles. De l'infirmerie où j'étais alité, affreusement malade, je suis mandé chez le gouverneur de la prison pour y recevoir de toi un message spécial. Il me lit une lettre que tu lui as adressée et dans laquelle tu déclares te proposer de publier un article « sur le cas de M. Oscar Wilde » dans *Le Mercure de France* (un « magazine », ajoutais-tu pour quelque invraisemblable raison, « correspondant à la *Fortnightly Review* anglaise »[1]) et que tu désirais obtenir mon autorisation de publier un choix et des extraits de... quelles lettres ? Les lettres que je t'avais écrites de la prison de Holloway, les lettres qui auraient dû rester pour toi les choses les plus sacrées et les plus secrètes du monde ! C'étaient là les lettres que tu voulais publier pour éveiller la curiosité du *décadent*[2] blasé, pour satisfaire l'avidité du *feuilletoniste*[3] à l'affût de chroniques, pour permettre aux petits « lions » du quartier Latin de s'ébaubir et de discourir avec emphase. Si rien en ton cœur ne s'élevait contre un sacrilège aussi vulgaire, tu aurais pu au moins te rappeler le sonnet de celui qui vit avec tant de peine et de mépris vendre à Londres, aux enchères publiques, les lettres de John Keats, et tu aurais enfin compris le vrai sens de mes vers :

> ... Je crois qu'ils n'aiment point l'Art
> Ceux qui brisent le cristal d'un cœur de poète
> Pour que de mornes yeux luisent d'un faux éclat[4].

---

1. Revue littéraire fondée en 1865 par le romancier Anthony Trollope. Frank Harris, ami de Wilde, en fut le rédacteur en chef de 1886 à 1894. **2.** En français dans le texte. **3.** *Idem.* **4.** Derniers vers du sonnet de Wilde, « Sur la vente aux enchères des lettres d'amour de Keats » (1881).

Qu'eût-il donc démontré, ton article ? Que j'avais eu trop d'attachement pour toi ? Les *gamins*[1] de Paris étaient parfaitement au courant. Tous lisent les journaux et la plupart d'entre eux y collaborent. Que j'étais un homme de génie ? Les Français l'ont compris, ainsi que la qualité particulière de mon génie, beaucoup mieux que toi, beaucoup mieux qu'on ne pouvait l'escompter de ta part. Que le génie s'accompagne souvent d'une étrange perversité dans la passion et le désir ? Admirable ! Mais ce sujet revient à Lombroso[2] plutôt qu'à toi. En outre, on rencontre également le phénomène pathologique en question parmi ceux qui n'ont pas de génie. Que, dans ce conflit de haine avec ton père, j'étais à la fois et l'arme et le bouclier pour chacun de vous ? Mieux encore, que dans cette odieuse poursuite contre ma vie, qui se prolongea quand la lutte prit fin, ton père n'eût jamais pu m'atteindre si mes pieds n'avaient déjà été retenus dans tes filets ? C'est absolument vrai, mais Henry Bauër, me dit-on, l'a déjà exposé de façon parfaite[3]. De plus, pour corroborer son point de vue, si telle avait été ton intention, tu n'avais pas besoin de publier mes lettres, et en aucun cas celles que je t'avais écrites de la prison de Holloway.

Diras-tu, en réponse à mes questions, que, dans l'une de mes lettres de Holloway, je t'avais moi-même demandé de tenter, dans la mesure du possible, de me disculper un peu auprès d'une petite partie du public ? Je l'ai certes fait. Rappelle-toi comment et pourquoi je suis ici en ce moment. Crois-tu donc que je sois ici à cause de mes relations avec les témoins présents à mon procès ? Réelles ou supposées, mes relations avec des gens de cette sorte n'offraient d'intérêt ni pour le gouvernement ni pour la société. Ils n'en connaissaient rien et ne s'en souciaient guère. Je suis ici pour avoir essayé de faire emprisonner ton père. Bien entendu, ma tentative échoua. Mon avocat

---

1. En français dans le texte. **2.** Cesare Lombroso (1835-1909), criminaliste italien, considéré comme le fondateur de la criminologie moderne ; à ses yeux, le criminel était un malade, plus encore qu'un coupable. **3.** Henry Bauër publia le 3 juin 1895 dans *L'Écho de Paris* un article en faveur de Wilde.

renonça à plaider ma cause. Ton père renversa complètement les rôles, me fit mettre en prison et m'y fait demeurer. Voilà pourquoi on me blâme. Voilà pourquoi on me méprise. Voilà pourquoi il me faut subir chaque jour, chaque heure, chaque minute de mon horrible emprisonnement. Voilà pourquoi mes demandes de libération anticipée ont été rejetées.

Tu étais la seule personne qui, sans s'exposer en aucune façon au mépris, au danger ou au blâme, pouvait donner un autre aspect à toute l'affaire, la montrer sous un jour différent, expliquer jusqu'à un certain point la situation véritable. Bien entendu, je n'escomptais pas — et je ne l'eusse pas désiré — te voir déclarer comment et dans quel but tu avais recherché mon aide lors de tes ennuis à Oxford, ni comment et dans quel but, si but il y avait, tu ne m'as pour ainsi dire jamais quitté pendant près de trois ans. Point n'eût été besoin de relater avec l'exactitude que j'observe ici mes incessantes tentatives de rompre une amitié aussi désastreuse pour un artiste que pour un homme de mon rang social. Je n'aurais pas non plus souhaité te voir décrire les scènes que tu avais coutume de faire avec une régularité presque monotone, ni reproduire ton admirable série de télégrammes avec leur étrange mixture de romanesque et d'argent, ni citer, comme force me fut de le faire, les passages les plus révoltants ou les plus cruels de tes lettres. Mais je pensais qu'il eût été bon, pour toi aussi bien que pour moi, de protester contre la version de ton père de notre amitié, version non moins grossière que venimeuse et aussi absurde dans ses assertions sur ton compte que déshonorante pour moi. Cette version est positivement entrée dans l'histoire. Elle est citée, accréditée, répandue. Le prédicateur l'a prise pour sujet et le moraliste pour thèse. Et moi, qui en appelais au monde entier, je dus accepter mon verdict d'un homme qui n'est qu'un singe et un bouffon. J'ai dit dans cette lettre, et non sans amertume, je l'admets, que telle était l'ironie du sort que ton père resterait le héros d'un manuel de catéchisme, que ta place serait auprès de l'enfant Samuel et la mienne entre Gilles de Rais et le marquis de Sade. Sans doute vaut-il mieux qu'il en soit ainsi. Je n'ai aucune envie de me plaindre. L'une des nombreuses leçons que l'on apprend en prison est que les choses sont ce qu'elles sont et seront ce qu'elles seront. Je n'ai pas non plus le moindre doute que le lépreux médiéval et l'auteur de *Justine* s'avéreront une meilleure compagnie que *Sandford and Merton* [1].

Mais à l'époque où je t'écrivis, j'avais le sentiment que, dans notre intérêt à tous deux, il serait bon, convenable et juste de ne pas accepter la version que ton père avait fait valoir par l'entremise de son avocat pour l'édification d'un monde philistin ; et c'est pourquoi je te demandai d'y réfléchir et d'écrire quelque chose qui fût plus proche de la vérité, ce qui, du moins, eût mieux valu pour toi que d'écrivailler dans les journaux français sur la vie conjugale de tes parents. Qu'importe aux Français que tes parents aient eu ou non une heureuse vie conjugale ? On ne saurait concevoir sujet plus dénué d'intérêt pour eux. Ce qui les intéressait était de savoir comment un artiste de ma classe, qui, par l'école et le mouvement qu'il incarnait, avait exercé une influence marquée sur l'orientation de la pensée française, avait pu, s'étant fait une telle carrière, engager pareil procès. Si tu t'étais proposé, pour ton article, de publier les lettres, innombrables, je le crains, dans lesquelles je te parlais de la ruine que tu amenais dans ma vie, de la folie des accès de rage, aussi nuisibles pour toi que pour moi, auxquels tu te laissais aller, et de mon désir, ou plutôt de ma détermination de mettre fin à une amitié si funeste pour moi à tous égards, je l'aurais compris, bien que je n'eusse pas autorisé la publication de telles lettres. Lorsque, voulant me prendre en contradiction flagrante, l'avocat de ton père produisit devant le tribunal une lettre que je t'écrivais en mars 1893 et dans laquelle je déclarais que, plutôt que de conti-

---

1. L'auteur de *Justine* est Sade. Sandford et Merton sont les deux personnages principaux de *The History of Sandford and Merton* (1783-1789), roman édifiant pour enfants, de Thomas Day (1748-1789), très influencé par Rousseau ; Harry Sandford, fils de paysan, est aussi bon que Tommy Merton, fils d'un homme riche, est égoïste ; le roman raconte les multiples tentatives du premier pour remettre le second dans le droit chemin.

nuer à subir les odieuses scènes auxquelles tu semblais prendre un si grand plaisir, je consentirais volontiers à « être rançonné par tous les maîtres chanteurs de Londres », ce fut pour moi un vrai chagrin de voir cet aspect de mon amitié avec toi inopinément exposé à la vue du public. Mais que tu aies été assez lent à comprendre, assez dépourvu de sensibilité, assez fermé à ce qui est rare, délicat et beau, pour te proposer de publier les lettres dans lesquelles et par lesquelles je m'efforçais de garder vivants l'esprit et l'âme de l'amour afin qu'il pût demeurer en mon être pendant ces longues années d'humiliation, cela fut et est encore pour moi une source de très profonde douleur et la déception la plus poignante. Pourquoi as-tu agi ainsi ? Je crains de ne le savoir que trop bien. Si la haine t'aveuglait, la vanité avait cousu tes paupières avec un fil plus solide que le métal. « L'unique faculté qui permet de comprendre les autres dans leur rapport et réel et idéal », ton égotisme étroit l'avait émoussée et, n'étant plus exercée, elle s'était révélée vaine. Tout comme ma personne, ton imagination était en prison. La vanité en avait barré les fenêtres et la haine en était le gardien.

Tout cela[1] se passait au début de novembre de l'avant-dernière année. Un grand fleuve de vie coule entre toi et une date aussi lointaine. À peine si tu peux voir au-delà d'une si aride étendue. Mais pour moi il semble que tout cela est survenu non pas hier, mais aujourd'hui. La souffrance est un très long moment. On ne peut la diviser en saisons. On ne peut qu'enregistrer ses accès et noter leurs retours. Pour nous, le temps lui-même ne progresse pas. Il tourne. Il paraît entourer un centre unique de douleur. La paralysante immobilité d'une vie, dont le moindre détail est réglé selon un programme immuable, de sorte que nous mangeons, buvons, marchons, nous couchons et prions, ou du moins nous agenouillons pour prier, selon les inflexibles lois d'une règle de fer ; ce caractère d'immobilité, qui, jusque dans le plus petit détail, rend chaque horrible journée identique à la précédente, semble même se communiquer

1. « Tout cela » désigne la faillite de Wilde déclarée le 12 novembre 1895.

à ces forces extérieures dont l'existence a pour essence un incessant changement. Nous ne savons rien, nous ne pouvons rien savoir du temps des semailles ou de la moisson, des moissonneurs penchés sur les épis ou des vendangeurs passant dans les vignes, de l'herbe des vergers enneigée de la chute des fleurs ou jonchée de fruits mûrs. Pour nous, il n'est qu'une saison : la saison de la douleur. Le soleil et la lune mêmes semblent nous avoir été ravis. Dehors, le jour peut être d'azur ou d'or, mais la lumière qui filtre à travers la vitre obscurcie de la petite fenêtre aux barreaux de fer, sous laquelle nous nous asseyons, est grise et misérable. C'est toujours le crépuscule dans notre cellule, comme c'est toujours le crépuscule dans notre cœur. Et dans le domaine de la pensée, non moins que dans celui du temps, le mouvement n'existe plus. Ce que tu as personnellement oublié depuis longtemps, ou que tu peux oublier aisément, m'arrive en ce moment et m'arrivera demain encore. Souviens-toi de cela, et tu seras à même de comprendre un peu la raison pour laquelle j'écris et de cette manière...

Une semaine plus tard, je suis transféré ici. Trois mois s'écoulent encore et ma mère meurt [1]. Personne mieux que toi ne sait combien profondément je l'aimais et l'honorais. Sa mort fut un si terrible choc que, moi, naguère seigneur du verbe, je ne trouve pas de mots pour exprimer mon angoisse et ma honte. Même aux jours les plus parfaits de mon développement artistique, je n'aurais pu trouver les mots propres à soutenir un aussi auguste fardeau ou à accompagner avec une musique empreinte d'une majesté suffisante le pourpre cortège de mon incommunicable peine. Mon père et elle m'avaient légué un nom qu'ils avaient rendu noble et honoré, non seulement dans les domaines de la littérature, de l'art, de l'archéologie et de la science, mais dans l'histoire de ma patrie et de son évolution

1. Le 20 novembre 1895, Wilde fut transféré de la prison londonienne de Wandsworth à celle de Reading. Lady Wilde, mère de l'écrivain, mourut le 3 février 1896. La nouvelle fut communiquée à Wilde le 19 février par sa femme, Constance, qu'il ne devait plus jamais revoir.

en tant que nation. J'avais déshonoré ce nom à jamais. J'en avais fait un bas objet de risée parmi les gens du commun. Je l'avais traîné dans la boue. Je l'avais livré aux brutes pour le rendre brutal et aux imbéciles pour en faire un synonyme de folie. Ce que j'ai alors souffert et ce que je souffre encore, nulle plume ne saurait l'écrire, nul papier ne saurait le consigner. Si malade qu'elle fût, ma femme, toujours bonne pour moi, craignant que j'apprisse la nouvelle de lèvres indifférentes, entreprit le voyage de Gênes en Angleterre pour m'annoncer elle-même avec ménagement une perte aussi irrémédiable. Des messages de sympathie me parvinrent de tous ceux qui avaient encore de l'affection pour moi. Et même, apprenant qu'un nouveau malheur venait de me frapper, des gens qui ne m'avaient pas connu personnellement écrivirent pour demander que me fût transmise l'expression de leurs condoléances. Toi seul es resté muet. Pas un mot de toi, pas un message. De pareille attitude, mieux vaut dire ce que Virgile dit à Dante à propos de ceux dont la vie fut dénuée de nobles impulsions et de sympathies profondes : « Non ragioniam di lor, ma guarda e passa [1]. »

Trois autres mois s'écoulent. Le tableau consignant ma conduite et mon travail quotidiens, accroché à l'extérieur de ma cellule et qui porte mon nom et ma condamnation, me dit que nous sommes en mai.

De nouveau, mes amis viennent me voir. Ainsi que je le fais toujours, je m'enquiers de toi. On me dit que tu es dans ta villa de Naples et que tu vas faire paraître un recueil de poèmes. À la fin de l'entretien, j'apprends fortuitement que j'en suis le dédicataire. Cette nouvelle m'écœura. Je ne dis mot, mais regagnai silencieusement ma cellule, le cœur plein de mépris. Comment as-tu pu songer à me dédier un recueil de poèmes sans m'en demander la permission ? Songer, dis-je ? Comment as-tu pu oser faire pareille chose ? Me répondras-tu qu'au temps de ma grandeur et de ma célébrité, j'avais consenti à accepter la dédicace de tes premières œuvres ? J'y avais certes consenti,

---

1. Dante, *Enfer*, III, 51 : « Ne disons rien d'eux : regarde et passe plutôt ton chemin. »

comme j'eusse accepté l'hommage de tout autre jeune débutant dans l'art difficile et beau de la littérature. Tout hommage est un plaisir pour un artiste, et doublement agréable lorsqu'il vient d'un être jeune. Les lauriers flétrissent lorsque ce sont de vieilles mains qui les cueillent. Seule la jeunesse a le droit de couronner un artiste, et c'est là son vrai privilège. Que la jeunesse ne le sait-elle ! Mais les jours d'avilissement et d'infamie sont différents des jours de grandeur et de célébrité. Tu as encore à apprendre que la richesse, le plaisir et le succès sont faits de grain grossier et de fibre commune, mais que la douleur est la plus sensible de toutes les choses de la vie. Rien ne s'éveille dans le monde de la pensée ou du temps sans faire vibrer la douleur en vives, en terribles, bien qu'exquises pulsations. La mince et frémissante feuille d'or battu qui enregistre la direction de forces que l'œil ne peut voir est, en comparaison, grossière. La douleur est une blessure qui saigne lorsque la touche toute autre main que celle de l'amour et, même alors, peut se remettre à saigner, bien que ce ne soit pas de souffrance.

Tu avais bien écrit au gouverneur de la prison de Wandsworth pour demander mon autorisation de publier mes lettres dans *Le Mercure de France*, « correspondant à notre *Fortnightly Review* anglaise ». Pourquoi n'avoir pas écrit au gouverneur de la prison de Reading pour demander si j'acceptais d'être le dédicataire de tes poèmes, si fantasque que fût la description qu'il t'avait plu d'en faire ? Était-ce parce que, d'une part, j'avais interdit à la revue en question de publier des lettres dont le copyright, tu le sais parfaitement, m'appartient absolument et que, d'autre part, tu croyais pouvoir agir à ta guise et à mon insu, puisque je n'apprendrais la chose que lorsqu'il serait trop tard pour intervenir ? Le simple fait que j'étais un homme déshonoré, ruiné et emprisonné aurait dû, si tu désirais inscrire mon nom en tête de ton livre, t'inciter à me le demander comme une faveur, un honneur, un privilège : c'est ainsi que l'on devrait s'adresser à ceux qui sont plongés dans la détresse et dans la honte.

Un lieu où règne la douleur est terre sainte. On comprendra un jour ce que cela veut dire. Jusque-là, on ne saura rien de la vie. Robbie[1] et des natures comme la sienne peuvent le concevoir. Quand, de ma prison, on m'amena entre deux policiers, devant le tribunal des faillites, Robbie attendait dans le sinistre et long couloir afin de pouvoir, devant toute la foule, qu'un geste si simple et si charmant réduisit au silence, soulever gravement son chapeau, tandis que, menottes aux mains et tête basse, je passais devant lui. Des hommes sont allés au ciel pour de moindres actes que celui-ci. C'est dans cet esprit et avec pareil amour que s'agenouillaient les saints pour laver les pieds des pauvres ou s'inclinaient pour baiser la joue d'un lépreux. Je ne lui ai jamais soufflé mot de ce qu'il avait fait. Jusqu'à présent, j'ignore s'il sait que j'ai eu conscience de son geste. Ce n'est pas là une chose pour laquelle on puisse exprimer des remerciements conventionnels avec des mots conventionnels. Je la conserve dans le sanctuaire de mon cœur. Je la garde là comme une dette secrète que, je suis heureux de le penser, je ne pourrai jamais payer. Elle est embaumée, et la myrrhe et l'encens[2] de maintes larmes en perpétuent le parfum. Alors que la sagesse ne m'était d'aucun secours, que la philosophie demeurait stérile, que les sentences et les phrases de ceux qui cherchaient à me consoler me laissaient dans la bouche un goût de cendre, le souvenir de ce petit geste d'amour, silencieux et charmant, a descellé pour moi le puits de la pitié, a fait fleurir le désert comme une rose, m'a arraché à l'amertume de la solitude et de l'exil pour me mettre en harmonie avec le grand cœur blessé du monde. Quand tu seras à même de comprendre non seulement la beauté du geste de Robbie, mais tout ce qu'il signifiait et signifiera toujours pour moi, peut-être alors comprendras-tu comment et dans quel esprit tu aurais dû t'adresser à moi pour me demander l'autorisation de me dédier tes vers.

Il n'est que juste d'avouer qu'en aucun cas je ne l'eusse accepté. Admettant qu'en d'autres circonstances ta demande ait

---

1. Robert Ross. **2.** La myrrhe et l'encens, ainsi que l'or, font partie des cadeaux offerts par les Mages à l'Enfant Jésus.

pu me faire plaisir, je l'aurais, cette fois, refusée pour ton bien, indépendamment de mes sentiments personnels. Le premier volume de poèmes qu'un jeune homme, au printemps de sa vie, offre au monde devrait être pareil à une floraison printanière, pareil à l'aubépine du pré de Magdalen ou aux coucous des champs de Cumnor [1]. Il ne devrait pas être accablé du poids d'une terrible et révoltante tragédie, d'un révoltant et terrible scandale. Si j'avais laissé mon nom servir de héraut à un tel livre, c'eût été entourer l'œuvre d'une atmosphère néfaste, et, dans l'art moderne, l'atmosphère revêt une telle importance ! Et la vie moderne est complexe et faite de relativités. Ce sont là ses deux traits distinctifs. Pour rendre le premier, il nous faut une atmosphère avec toute une subtilité de *nuances* [2], de suggestions, de perspectives étranges. Quant à la seconde, il lui faut une toile de fond. C'est pourquoi la sculpture a cessé d'être un art représentatif ; c'est pourquoi la musique est un art représentatif ; et c'est pourquoi la littérature est, a toujours été et restera toujours l'art représentatif suprême.

Ton petit recueil devait refléter l'atmosphère de la Sicile et de l'Arcadie plutôt que la noirceur pestilentielle du banc des accusés ou l'air étouffant d'une cellule de prison. Bien plus, la dédicace que tu te proposais de faire n'eût pas été seulement, du point de vue artistique, une faute de goût ; à d'autres égards, elle eût été tout à fait malséante. Elle eût paru être la continuation de ton comportement avant et depuis mon arrestation ; elle eût donné l'impression d'une tentative de folle bravade, un exemple de cette sorte de courage qui s'achète et se vend à bas prix dans les rues de la honte. Quant à notre amitié, Némésis nous a écrasés tous deux comme des mouches. Me dédier tes poèmes tandis que j'étais en prison eût semblé être un absurde effort de cinglante repartie du genre de ces lettres

1. Magdalen College, Oxford, où Wilde et Douglas firent leurs études. Cumnor est un beau village, situé à quelques kilomètres d'Oxford. Matthew Arnold y fait allusion dans « The Scholar Gypsy » (1852-3). En 1878, Wilde publia un poème intitulé « Magdalen Walks » (« Dans les allées de Magdalen »). **2.** En français dans le texte.

abominables que tu m'écrivais autrefois — temps qui, je le souhaite pour toi, ne reviendra jamais — et dont tu te faisais une joie de te vanter. Cette dédicace n'eût pas produit le bel effet que, je le crois sincèrement, tu recherchais. Si tu m'avais consulté, je t'aurais conseillé de différer quelque peu la publication de tes vers ou, si cela devait te contrarier, de les publier d'abord de façon anonyme, puis, lorsqu'ils t'auraient gagné des amis — les seuls qu'il vaille de gagner —, de faire volte-face et de proclamer : « Ces fleurs que vous admirez, c'est moi qui les ai semées. Eh bien, je les offre à celui que vous regardez comme un paria, comme un proscrit, je les offre à ce que j'aime, révère et admire en lui. » Mais tu as choisi la mauvaise méthode et le mauvais moment. Il faut du tact en amour comme en littérature. Tu en étais dépourvu.

Je me suis étendu sur ce sujet afin que tu puisses en saisir toute la portée et comprendre pourquoi j'ai écrit aussitôt à Robbie en termes aussi méprisants pour toi, pourquoi j'ai formellement interdit la dédicace et voulu que mon jugement sur ton compte fût copié avec soin et te fût envoyé. Je sentais le moment enfin venu de te faire entrevoir, reconnaître et comprendre un peu de ce que tu avais fait. L'aveuglement peut aller si loin qu'il en devient grotesque et, si rien n'est fait pour la tirer de sa torpeur, une nature dénuée d'imagination se pétrifiera en une insensibilité absolue, au point que, tandis que le corps mange et boit et prend ses plaisirs, l'âme, dont il est la demeure, peut mourir entièrement, comme celle de Branca d'Oria chez Dante[1]. Il semble que ma lettre soit arrivée au moment opportun. Pour autant que j'en puisse juger, elle tomba sur toi comme un coup de foudre. Dans ta lettre à Robbie, tu te dépeignais comme étant « privé de tout pouvoir de pensée et d'expression ». Apparemment, tu ne trouves rien de mieux que d'écrire à ta mère pour te plaindre. Bien entendu, avec cet aveuglement à ce qui serait vraiment bon pour toi, qui a toujours fait son malheur et le tien, elle te prodigue toutes les

1. *Enfer*, XXXIII, 135-147.

consolations qu'elle peut imaginer, te berce et t'endort pour te replonger dans ton ancien état misérable et indigne, tandis qu'en ce qui me concerne, elle informe mes amis qu'elle est « très contrariée » de la sévérité de mes remarques à ton sujet. En réalité, ce n'est pas seulement à mes amis qu'elle confie ses sentiments de contrariété, mais également à ceux — bien plus nombreux, ai-je besoin de te le rappeler — qui ne sont pas mes amis. Et j'apprends maintenant, de sources bien disposées pour toi et les tiens, qu'à cause de cela une bonne part de la sympathie qui, en raison de la distinction de mon talent et de mes terribles souffrances, allait croissant à mon égard, m'était entièrement retirée. Les gens disent : « Ah ! il a d'abord tenté de faire emprisonner le brave père et a échoué ; il s'en prend maintenant au fils innocent et le blâme de son échec. Que nous avions raison de le mépriser ! Que c'est un être méprisable ! » Lorsque mon nom est prononcé en présence de ta mère, si elle n'a pas un mot de peine ou de regret pour la part — non négligeable — qui lui revient dans la ruine de mon foyer, il serait bienséant, me semble-t-il, qu'elle gardât le silence. Quant à toi, ne penses-tu pas maintenant qu'au lieu de lui écrire pour te plaindre, il eût mieux valu pour toi, à tous égards, m'avoir écrit directement et eu le courage de me dire ce que tu avais ou imaginais avoir à me dire ? Il y a maintenant près d'un an que j'ai écrit cette lettre à Robbie. Tu ne saurais, pendant tout ce temps, être resté « privé de tout pouvoir de pensée et d'expression ». Pourquoi ne m'avoir pas écrit ? Ma lettre te permettait de voir que toute ta conduite m'avait profondément blessé et outragé. Bien plus, tu voyais toute notre amitié enfin exposée devant toi sous son vrai jour et d'une manière qui excluait toute équivoque. Je t'ai souvent dit dans le passé que tu ruinais ma vie. Quand, tout au début de notre amitié, Edwin Levy, voyant ta façon de manœuvrer pour me faire supporter tout le tracas, et même les frais, de ta fâcheuse mésaventure d'Oxford, s'il faut la désigner ainsi, à propos de laquelle nous avions recherché son avis et son aide, m'a conseillé pendant une heure entière de t'ignorer désormais, tu as ri lorsque, à Bracknell, je t'ai rapporté mon émouvant et long entretien avec lui. Quand je t'ai raconté que même ce malheureux jeune homme, qui, finalement, vint s'asseoir près de moi au banc des prévenus [1], m'avait plus d'une fois averti qu'en me détruisant complètement tu me serais beaucoup plus fatal que le moindre de ces adolescents vulgaires que j'ai eu la stupidité de fréquenter, tu as ri, mais sans grand amusement. Quand certains de mes amis, plus prudents ou moins bien disposés, me mirent en garde ou me quittèrent à cause de mon amitié avec toi, tu as ri avec dédain. Lorsque ton père t'écrivit sa première lettre injurieuse à mon propos et que je te dis que j'avais la conviction que je serais le simple prétexte de votre affreuse querelle et qu'un malheur m'adviendrait par votre faute à tous deux, tu as ri à gorge déployée. Mais tout arriva comme je l'avais prévu, du moins quant au résultat. Tu n'avais donc aucune excuse pour ne pas voir comment les choses s'étaient passées. Pourquoi ne m'as-tu pas écrit ? Par lâcheté ? Par manque de cœur ? Pourquoi ? Le fait que j'étais indigné contre toi et avais exprimé mon indignation était une raison de plus pour m'écrire. Si tu trouvais que ma lettre à Robbie était juste, tu aurais dû m'écrire. Si tu la trouvais tant soit peu injuste, tu aurais dû m'écrire. J'attendais une lettre. J'étais certain que tu verrais enfin que si une vieille affection, un amour souvent attesté, les mille actes de bonté mal récompensée que je t'ai prodigués, les mille dettes de gratitude dont tu ne t'es jamais acquitté, si tout cela n'était rien pour toi, le simple devoir, le plus ingrat de tous les liens entre deux hommes, aurait dû t'inciter à m'écrire. Tu ne peux prétendre avoir cru sérieusement que je n'étais autorisé à recevoir que des lettres d'affaires des membres de ma famille. Tu savais parfaitement que, toutes les douze semaines, Robbie m'envoyait un petit résumé des nouvelles littéraires. Par leur esprit, leur critique intelligemment succincte, leur touche légère, rien ne saurait être plus charmant que ses lettres. Ce sont de vraies lettres ; elles donnent l'impression d'une per-

1. Alfred Taylor, qui refusa de témoigner contre Wilde, fut condamné à la même peine que lui.

sonne qui vous parle ; elles ont la qualité d'une *causerie intime*[1] française. Et, à sa délicate façon de me témoigner sa déférence, il fait tantôt appel à mon jugement, tantôt à mon instinct de la beauté ou à ma culture, me rappelant de cent façons subtiles que je fus un jour pour bien des gens un arbitre du style en art, l'arbitre suprême pour certains d'entre eux ; il fait preuve de tact en amour aussi bien qu'en littérature. Ses lettres ont été des messagères entre moi et ce beau monde irréel de l'art où je fus roi jadis, où roi je serais resté si je ne m'étais laissé entraîner dans le monde imparfait de la passion grossière et sans plénitude, des appétits sans distinction, des désirs sans limites et des obscures concupiscences. Cependant, tout cela dit, tu aurais certainement pu comprendre, ou imaginer au moins que, pour des raisons de simple curiosité psychologique, il eût été plus intéressant pour moi d'avoir de tes nouvelles que d'apprendre qu'Alfred Austin essayait de publier un recueil de poèmes, que George Street tenait la rubrique de la critique dramatique du *Daily Chronicle*, ou que, par quelqu'un qui ne peut prononcer un panégyrique sans bégayer, Mrs. Meynell avait été proclamée la nouvelle Sibylle du style[2].

Ah ! si c'était toi qui avais été emprisonné, je ne dirai pas par ma faute — cette pensée m'eût été trop terrible à supporter —, mais à cause d'un méfait que tu aurais commis, ou d'une erreur (foi en des amis indignes, faux pas dans la fange sensuelle, confiance mal placée, amour inconsidéré), crois-tu que je t'aurais laissé te ronger le cœur dans les ténèbres et la solitude sans tenter de quelque façon, si faible soit-elle, de t'aider à supporter l'amer fardeau de ta disgrâce ? Crois-tu que je ne t'aurais pas fait savoir, que, si tu souffrais, je souffrais, moi aussi ? Que si tu pleu-

1. En français dans le texte. 2. Alfred Austin (1835-1913), poète médiocre, devint néanmoins Poète Lauréat en 1896, à la mort de Tennyson. George Slythe Street (1867-1936) travaillait au bureau de la censure du ministère de la Justice ; journaliste et écrivain, il était chargé de vérifier que les pièces de théâtre nouvellement publiées pouvaient être représentées. On se rappellera que la pièce de Wilde, *Salomé*, avait été interdite par la censure. Alice Meynell (1847-1922), essayiste et poétesse anglaise. Elle s'était convertie au catholicisme, et sa poésie, de médiocre qualité, était empreinte de religiosité.

rais, il y avait aussi des larmes dans mes yeux ? Que si tu étais confiné dans la servitude et méprisé des hommes, je n'aurais pas, des éléments de ma peine, édifié une demeure pour y attendre ta venue, amassé un trésor où, au centuple, tout ce dont les hommes t'avaient frustré serait préservé pour ta guérison ? Si une nécessité cruelle, ou la prudence, pour moi encore plus amère, m'avait empêché d'être auprès de toi et dérobé la joie de ta présence, même entrevue derrière des barreaux de fer et sous une honteuse apparence, je n'aurais cessé de t'écrire dans l'espoir qu'une simple phrase, un seul mot, un écho d'amour, fût-il brisé, pourrait t'atteindre ? Si tu avais refusé de recevoir mes lettres, je ne t'en aurais pas moins écrit ; tu aurais su ainsi, en tout cas, que toujours des lettres t'attendaient. Bien des gens l'ont fait pour moi. Tous les trois mois, des gens m'écrivent ou proposent de m'écrire. Leurs lettres et leurs messages sont conservés. On me les remettra quand je sortirai de prison. Je sais qu'ils sont là. Je connais les noms de ceux qui les ont écrits. Je sais qu'ils sont pleins de sympathie, d'affection, de bonté. Cela me suffit. Je n'ai pas besoin d'en savoir davantage. Ton silence a été horrible. Et ce silence n'a pas duré des semaines et des mois, mais des années, et des années comme doivent les compter tes pareils pour qui la vie passe rapidement dans le bonheur et qui ne peuvent guère qu'effleurer les pieds d'or des jours qui défilent en dansant et s'essoufflent dans leur course au plaisir. C'est un silence sans excuse, un silence sans la moindre circonstance atténuante. Je savais que tes pieds étaient d'argile. Qui le savait mieux que moi ? Lorsque j'écrivais, dans mes aphorismes, que ce sont les pieds d'argile qui rendent précieux l'or de l'image [1], c'est à toi que je pensais. Mais ce n'est pas une image d'or aux pieds d'argile que tu as faite de toi. C'est avec la triviale poussière du chemin que les sabots des bêtes à cornes ont transformée en boue que tu as façonné pour moi ta parfaite image, de sorte qu'en dépit de mon

---

1. Songe de Nabuchodonosor, Daniel, 2, 31-33 : « Cette statue était grande et d'un éclat extraordinaire ; [...] Cette statue, sa tête était d'or fin, sa poitrine et ses bras d'argent, son ventre et ses cuisses de bronze, ses jambes de fer, ses pieds en partie de fer et en partie d'argile. »

secret désir, tu ne saurais m'inspirer désormais que mépris. Et, indépendamment de toute autre raison, ton indifférence, ta philosophie, ton manque de cœur, ta prudence — appelle cela comme tu voudras — m'ont été rendus doublement amers par les circonstances qui ont accompagné ou suivi ma défaite.

Lorsque les autres malheureux sont jetés en prison, s'ils sont frustrés de la beauté du monde, ils sont, jusqu'à un certain point, à l'abri des frondes les plus mortelles, des flèches les plus redoutables [1]. Ils peuvent se cacher dans les ténèbres de leur cellule et faire, de leur infamie même, une manière de refuge. Le monde, ayant obtenu ce qu'il voulait, passe son chemin et les laisse souffrir sans les harceler. Pour moi, ce fut différent. L'une après l'autre, les afflictions sont venues frapper aux portes de la prison, à ma recherche. On les a ouvertes toutes grandes pour les laisser entrer. À peine a-t-on toléré la visite de mes amis. Mais mes ennemis ont toujours eu libre accès jusqu'à moi : deux fois lorsque je comparus au tribunal des faillites, deux fois également lors de transferts d'une prison à l'autre, j'ai été exposé, dans des conditions d'indicible humiliation, aux regards et à la moquerie des hommes [2]. Le messager de la Mort m'a apporté ses nouvelles et a passé son chemin et, dans une entière solitude, isolé de tout ce qui eût pu m'apporter une consolation ou proposer quelque allégement, il m'a fallu porter l'intolérable fardeau de la détresse et du remords dont m'accablait et m'accable encore la mémoire de ma mère. À peine cette blessure a-t-elle été adoucie, mais non guérie, par le temps, que des lettres violentes, amères et dures me viennent de l'avoué de ma femme. Je suis à la fois entaché et menacé de pauvreté. Cela, je puis le supporter. Je puis m'aguerrir à pire que cela, mais mes deux enfants me sont enlevés par une procédure légale [3], ce qui est et restera toujours pour moi une

---

1. Ces mots sont empruntés au célèbre monologue d'Hamlet, *Hamlet*, acte III, scène 1, vers 58 : « Les traits et les flèches d'un outrageant destin ». **2.** Voir plus loin, la description de son humiliation à la gare de Clapham Junction lors de son transfert de Wandsworth à Reading. **3.** Le 12 février 1897, Constance Wilde obtint officiellement et conjointement avec son cousin Adrian Hope la garde de ses deux fils, Cyril et Vyvyan. À la mort de Constance en 1898, Hope fut le seul tuteur des deux garçons.

source de détresse infinie, de douleur infinie, de chagrin sans limites et sans fin. Que la loi puisse décider, prendre sur elle de décider que je suis indigne de garder mes enfants est pour moi une chose absolument horrible, en comparaison de laquelle la disgrâce de la prison n'est rien. J'envie les autres hommes qui arpentent la cour avec moi. Je suis sûr que leurs enfants les attendent, espèrent leur retour et seront charmants pour eux.

Les pauvres sont plus sensés, plus charitables, meilleurs, plus sensibles que nous. À leurs yeux, la prison est, dans la vie d'un homme, une tragédie, un malheur, une malédiction, un accident, une chose qui provoque la sympathie chez les autres. Ils parlent simplement de celui qui est en prison comme d'une personne « dans la peine ». C'est la phrase qu'ils emploient toujours et qui exprime la parfaite sagesse de l'amour. Pour les gens de notre rang, c'est différent. Pour nous, la prison fait d'un homme un paria. Quant à moi et à mes pareils, à peine avons-nous droit à l'air et au soleil. Notre présence gâte le plaisir des autres. Quand nous reparaissons, nous sommes des importuns. La beauté d'un clair de lune n'est plus pour nous [1]. On nous enlève jusqu'à nos enfants. Ces liens charmants avec l'humanité sont brisés. Nous sommes condamnés à la solitude alors que nos fils vivent encore. Nous sommes frustrés de l'unique chose qui pourrait nous consoler et nous guérir, nous préserver, apporter un baume au cœur brisé et la paix à l'âme en peine.

À tout cela s'est ajouté ce petit fait positif que, par tes actes et par ton silence, par ce que tu as fait et par ce que tu as négligé de faire, tu as rendu plus pénible encore chaque jour de ma longue détention. Par ta conduite, tu as altéré jusqu'au pain et à l'eau du régime de la prison. Tu m'as rendu l'un amer et l'autre saumâtre. Le chagrin que tu aurais dû partager, tu l'as doublé, la peine que tu aurais dû chercher à alléger, tu l'as avivée jusqu'à l'angoisse. Ce n'était pas là ton intention, j'en suis certain. Je sais que ce n'était pas ton intention. C'était sim-

1. Voir *Hamlet*, acte I, scène 4.

plement le fait de ce « seul défaut vraiment fatal de ton caractère : ton manque total d'imagination ».

Et la conclusion de tout cela est qu'il me faut te pardonner. Ce n'est pas pour verser l'amertume dans ton cœur que j'écris cette lettre, mais pour l'arracher du mien. Dans mon propre intérêt, il faut que je te pardonne. On ne peut toujours garder dans son sein une vipère qui se nourrit de vous ni se lever chaque nuit pour semer des épines dans le jardin de son âme. Ce sera pour moi chose facile si tu m'aides un peu. Quoi que tu m'eusses fait jadis, je te l'ai toujours et volontiers pardonné. Cela ne t'a fait alors aucun bien. Seul celui dont la vie est sans tache d'aucune sorte peut pardonner les péchés. Mais maintenant que je vis dans l'humiliation et la honte, c'est différent. Mon pardon devrait représenter beaucoup pour toi. Tu le comprendras un jour. Que ce soit tôt ou tard, bientôt ou jamais, la voie est claire devant moi. Je ne puis souffrir de te voir poursuivre ta vie portant dans ton cœur le fardeau d'avoir ruiné un homme tel que moi. Cette pensée pourrait te rendre indifférent, sans cœur, ou t'emplir d'une tristesse morbide. Je dois te délivrer de ce fardeau pour le prendre sur mes épaules.

Il faut que je me dise que ni toi ni ton père, votre pouvoir fût-il multiplié par mille, ne pouvez avoir été de force à perdre un homme tel que moi, que je me suis perdu moi-même et que nul, grand ou petit, ne peut se perdre que par sa propre faute. Je suis prêt à me le dire. J'essaie de me le dire, bien que tu ne le croies peut-être pas en ce moment. Si j'ai porté contre toi cette implacable accusation, songe à celle que je porte sans pitié contre moi-même. Si terrible que fût le mal que tu m'as fait, celui que je me fis à moi-même fut plus terrible encore.

J'occupais une place symbolique dans l'art et la culture de mon époque. Je m'en étais rendu compte dès l'aube de ma maturité et, plus tard, j'avais forcé mon époque à le comprendre. Peu d'hommes détiennent une telle position de leur vivant et l'ont fait reconnaître. Elle n'est généralement discernée, si tant est qu'elle le soit, par l'historien et le critique que longtemps après la disparition et de l'homme et de son époque. Pour moi ce fut différent. Je le sentais moi-même et le fis sentir aux autres. Byron fut une figure symbolique, mais il était lié à la passion et à la lassitude de la passion de son époque. Mes propres liens comportaient quelque chose de plus noble, de plus permanent, d'une importance plus vitale, d'une portée plus grande.

Les dieux m'avaient donné presque tout. J'avais du talent, un nom distingué, une haute position sociale, un esprit brillant et de la hardiesse intellectuelle. Je faisais de l'art une philosophie et de la philosophie un art. Je transformais l'esprit des hommes et la couleur des choses ; il n'était rien de ce que je disais ou faisais dont on ne s'émerveillât. Je pris l'art théâtral, la forme la plus objective que connaisse l'art, pour en faire un mode d'expression aussi personnel que le poème lyrique ou le sonnet, tout en élargissant son domaine et en enrichissant sa caractéristique. Théâtre, roman, poème en prose, poème en vers, dialogue subtil ou fantasque, tout ce que je touchais, je le parais d'une beauté nouvelle ; à la vérité elle-même, j'accordais ce qui est faux non moins que ce qui est vrai comme étant son droit de cité, démontrant que le faux et le vrai ne sont que des formes d'existence intellectuelle. Je traitais l'art comme étant la réalité suprême et la vie comme un simple mode de fiction. J'éveillais l'imagination de mon siècle au point que cela créait autour de moi un mythe et une légende. Je résumais tous les systèmes en une phrase et l'existence en une épigramme. Avec tout cela, des choses différentes m'absorbaient. Je m'abandonnais à de longs moments d'une oisiveté stupide et voluptueuse. Je m'amusais à être un *flâneur* [1], un dandy, un homme à la mode. Je m'entourais d'êtres les plus insignifiants et d'esprits les plus mesquins. Je dilapidais mon génie et gâcher une éternelle jeunesse me causait une joie singulière. Las de planer sur les hauteurs, je plongeai délibérément dans les bas-fonds, à la recherche de sensations nouvelles. Ce que le paradoxe était pour moi dans la sphère de la pensée, la perversité le devenait dans la sphère de la passion. Le désir, à la fin, était une maladie, ou une folie, ou les deux à la fois. Je deve-

1. En français dans le texte.

nais indifférent à la vie des autres. Je prenais mon plaisir là où il me plaisait de le prendre et passais mon chemin. J'oubliais que chaque petit acte de la vie quotidienne fait ou défait le caractère et qu'en conséquence il faudra un jour crier sur les toits ce que l'on a fait en secret. Je cessai de régner sur moi-même. Je n'étais plus le maître de mon âme et ne le savais point[1]. Je te permis de me dominer et à ton père de m'effrayer. Je me laissai asservir par le plaisir. Je sombrai dans une horrible disgrâce. La seule chose qui à présent me reste, c'est l'humilité absolue, tout comme il n'y a plus pour toi que l'absolue humilité. Tu feras bien de t'agenouiller dans la poussière et de venir apprendre cette leçon avec moi.

Voilà près de deux ans que je suis en prison. Un farouche désespoir s'était élevé en moi. Je m'abandonnais à un chagrin dont le spectacle même était pitoyable, à une terrible et impuissante rage, à l'amertume et au mépris, à l'angoisse qui me faisait sangloter tout haut, à une détresse qui ne pouvait trouver de voix, à une douleur muette. J'ai subi tous les modes possibles de la souffrance. Mieux que Wordsworth lui-même, je sais ce qu'il entendait lorsqu'il disait :

> Permanente, sombre et mystérieuse est la souffrance,
> Elle a la nature de l'infini[2].

Mais tandis que je me réjouissais parfois à l'idée que mes souffrances seraient sans fin, je ne pouvais supporter qu'elles fussent dénuées de sens. Maintenant, quelque chose en moi me dit que rien au monde n'est dénué de sens, et la souffrance moins que toute chose. Ce qui est enfoui en mon être, comme un trésor dans un champ, c'est l'humilité.

C'est là tout ce qui me reste, et le meilleur : cette ultime découverte à laquelle je suis parvenu, le point de départ d'une

---

1. « Le maître de mon âme » (« captain of my soul ») : citation tirée d'un poème de W. E. Henley, « Invictus ». **2.** Cette citation est extraite de la seule pièce écrite par Wordsworth, *The Borderers* (acte III). Cette tragédie en vers blancs fut écrite en 1795-1796.

évolution nouvelle. Issue de moi-même, je sais qu'elle est venue au moment opportun. Elle n'eût pu venir plus tôt ni plus tard. Si quelqu'un me l'avait annoncée, je l'eusse rejetée. Si on me l'avait apportée, je l'eusse refusée. Puisque c'est ma trouvaille, je veux la garder. Il le faut. C'est l'unique chose qui possède pour moi les éléments d'une vie, d'une vie nouvelle, une *vita nuova*[1]. De toutes choses, c'est la plus étrange. On ne peut la donner à personne et personne ne peut vous la donner. On ne peut l'acquérir qu'en renonçant à tout ce que l'on a. Il faut avoir tout perdu pour savoir qu'on la possède.

Maintenant que j'ai compris qu'elle est en moi, je vois tout à fait clairement ce que je devrais faire, ce que, de fait, je dois faire. Et lorsque j'emploie une telle phrase, je n'ai pas besoin de dire que je ne fais allusion à aucune sanction, à aucun ordre extérieurs. Je ne les admets point. Je suis bien plus individualiste que jamais. Rien ne me semble avoir la moindre valeur, sauf ce que l'on obtient de soi. Mon être cherche un nouveau mode de réalisation. C'est tout ce qui m'importe. Et la première chose à faire est de me libérer de tout sentiment d'amertume possible contre toi.

Je suis absolument sans ressources, absolument sans foyer. Il y a cependant de pires choses. Je suis tout à fait sincère lorsque je dis que plutôt que quitter cette prison avec une amertume au cœur contre toi, je mendierais volontiers mon pain de porte en porte. Si je ne reçois rien de la demeure du riche, j'obtiendrai quelque chose à la maison du pauvre. Ceux qui possèdent beaucoup sont souvent avides ; ceux qui ont peu partagent toujours. Il me serait bien égal de dormir, en été, dans l'herbe fraîche, et, quand viendrait l'hiver, de chercher refuge dans la tiédeur d'une meule de foin ou sous l'auvent de quelque grange, pourvu que j'aie l'amour dans mon cœur. Les choses extérieures de la vie me semblent désormais sans importance. Tu peux voir ainsi l'intense degré d'individualisme

---

1. *La Vita Nuova* (1283-1293) est le titre d'un recueil de poèmes d'amour adressés par Dante à Béatrice. Selon Wilde, la composante principale de cette « nouvelle vie » devait être l'humilité.

auquel je suis arrivé, ou plutôt j'arrive, car le voyage est long et « mon chemin semé d'épines »[1].

Assurément, je sais que demander l'aumône sur la grand-route ne sera pas mon lot et que si je m'étends jamais, le soir, dans l'herbe fraîche, ce sera pour composer des sonnets à la lune. Quand je sortirai de prison, Robbie m'attendra de l'autre côté de la grande porte cloutée de fer, et il est le symbole non seulement de sa propre affection, mais de celle de beaucoup d'autres. J'aurai assez pour vivre, je crois, pendant près de dix-huit mois, de sorte que, si je ne puis écrire de beaux livres, je pourrai du moins en lire, et quelle joie peut être plus grande ? Après cela, j'espère être à même de recouvrer ma faculté créatrice.

Mais s'il en était autrement, s'il ne me restait plus un seul ami au monde, si aucune maison ne m'était ouverte par pitié, s'il me fallait accepter la besace et le manteau déguenillé de la complète pénurie, aussi longtemps que je serais affranchi de tout ressentiment, de toute dureté de cœur, de tout mépris, je pourrais affronter la vie avec beaucoup plus de calme et de confiance que si mon corps était revêtu de pourpre et de fine toile et mon âme emplie de haine.

Et je n'aurai vraiment aucun mal à te pardonner. Mais, pour que ce soit un plaisir pour moi, il faut que tu le désires. Lorsque tu désireras vraiment mon pardon, tu le trouveras qui t'attend.

Ma tâche, je n'ai pas besoin de te le dire, ne s'arrête pas là. Elle serait alors relativement facile. Il y a devant moi bien plus de choses. J'ai des collines beaucoup plus abruptes à gravir, des vallées beaucoup plus sombres à traverser. Et je dois tirer tout cela de moi-même. Ni la religion, ni la morale, ni la raison ne peuvent m'être d'aucun secours.

La morale ne m'aide en rien. Je suis un antinomiste-né[2]. Je

---

1. Citation tirée de l'« Ode au vent d'ouest » de Shelley (1819). Les mots « thorny way » (« chemin semé d'épines ») apparaissaient déjà dans *Hamlet*, acte I, scène 3, et Wilde les reprend dans l'acte IV d'*Une femme sans importance*. **2.** Partisan de l'antinomisme, tendance luthérienne qui fait de la foi seule la condition du salut, sans œuvres. Wilde prend ici le mot dans un sens différent, sa position étant de refuser toute loi morale, en particulier

suis de ceux qui sont faits pour les exceptions, non pour les règles. Mais si je vois qu'il n'y a rien de mal dans ce que l'on fait, je vois qu'il y a quelque chose de mal dans ce que l'on devient. Il est bon de l'avoir appris.

La religion ne m'aide en rien. La foi que d'autres donnent à ce qui est invisible, je la donne à ce que l'on peut toucher et regarder. Mes dieux habitent des temples édifiés par la main de l'homme et c'est dans le cercle de l'expérience positive que ma foi devient parachevée, complète, peut-être trop complète car, ainsi que nombre de ceux, sinon tous, qui ont placé leur ciel sur cette terre, j'y ai trouvé non seulement la beauté du ciel, mais aussi l'horreur de l'enfer. Lorsqu'il m'arrive de penser à la religion, il me semble que j'aimerais fonder un ordre pour ceux qui ne peuvent croire : la Confrérie des enfants athées, pourrait-on l'appeler, où, devant un autel où ne brûlerait aucun cierge, un prêtre, dans le cœur duquel la paix ne saurait entrer, officierait avec du pain non bénit et un calice vide de vin. Toute chose, pour être vraie, doit devenir une religion et, non moins que la foi, l'agnosticisme devrait avoir ses rites. Il a semé ses martyrs, il devrait recueillir ses saints et louer Dieu chaque jour de s'être dérobé aux yeux des hommes. Mais qu'il s'agisse de foi ou d'agnosticisme, ce ne doit être rien qui me soit extérieur. Leurs symboles doivent être de ma propre création. Seul ce qui est spirituel façonne sa propre forme. Si je n'en puis trouver le secret en moi-même, je ne le trouverai jamais. Si je ne le possède déjà, il ne viendra jamais à moi.

La raison ne m'aide en rien. Elle me dit que la loi qui m'a condamné est injuste et mauvaise et que le système dont j'ai souffert est injuste et mauvais. Mais, de façon ou d'autre, il me faut les rendre pour moi justes et fondés. Et tout comme en art nous ne nous soucions que de ce qu'une chose particulière représente pour nous à un moment particulier, il en est ainsi dans l'évolution éthique de notre caractère. Il me faut rendre

---

fondée sur les enseignements du christianisme. Wilde emploie également ce terme dans *Le Portrait de Dorian Gray* et dans « La critique est un art », *Intentions*.

bon pour moi tout ce qui m'est arrivé. La couche de bois, la nourriture répugnante, les rudes cordages que l'on déchiquette en étoupe jusqu'à ce que le bout des doigts endoloris devienne insensible[1], les viles corvées par lesquelles commencent et finissent les journées, les durs commandements que semble nécessiter la routine, l'affreuse tenue qui rend la douleur grotesque à voir, le silence, la solitude, la honte, toutes ces choses, il me faut les transformer en une épreuve spirituelle. Il n'est pas une seule dégradation du corps que je ne doive tenter de transformer en spiritualisation de l'âme.

Je veux en arriver au point où je serai capable de dire très simplement, sans affectation, que les deux tournants décisifs de ma vie furent lorsque mon père m'envoya à Oxford et quand la société m'envoya en prison. Je ne dirai pas que la prison est la meilleure chose qui me soit arrivée, car cette phrase suggérerait une trop grande amertume envers moi-même. Je dirais plutôt, ou peut-être entendrais-je dire de moi, que j'étais un enfant si représentatif de mon époque que, par perversité et pour l'amour de cette perversité, j'ai changé en mal les bonnes choses de ma vie et en bien les choses mauvaises de ma vie.

Mais peu importe ce que disent ou les autres ou moi-même. L'important, la tâche que j'ai devant moi et qu'il me faut accomplir pour que le peu de temps qui me reste à vivre ne soit pas mutilé, gâté et imparfait, est d'absorber dans mon être tout ce qui m'a été fait, de l'intégrer en moi, de l'accepter sans plainte, ni peur, ni répugnance. Le vice suprême est la superficialité. Tout ce dont on prend conscience est bien.

Au début de mon emprisonnement, certaines personnes me conseillèrent de tenter d'oublier qui j'étais. C'était un conseil désastreux. Ce n'est que lorsque j'ai compris ce que je suis que j'ai trouvé quelque réconfort. Maintenant, d'autres me conseillent, quand je serai libéré, d'oublier que je sois jamais allé en prison. Je sais que ce serait tout aussi fatal. Cela signifierait que je serais sans cesse obsédé par un intolérable sentiment de honte

1. Voir *La Ballade de la geôle de Reading*.

et que ces choses qui sont créées pour moi autant que pour quiconque — la beauté du soleil et de la lune, le cortège des saisons, la musique de l'aurore et le silence des longues nuits, la pluie tombant à travers le feuillage ou la rosée argentant le gazon — seraient pour moi souillées et perdraient leur pouvoir de guérir et de donner de la joie. Regretter ses épreuves est arrêter son évolution. Renier ses épreuves est mettre un mensonge sur les lèvres de sa vie. Ce n'est rien de moins qu'un déni de l'âme.

Car, de même que le corps absorbe des choses de toutes sortes, des choses grossières et impures tout aussi bien que celles que le prêtre ou une vision a purifiées, et de même qu'il les convertit en force et en agilité, en un jeu de muscles harmonieux, en chair joliment moulée, et donne aux yeux et aux cheveux leur couleur, l'âme, elle aussi, a ses fonctions nutritives et peut transformer en nobles modes de pensée et en passions d'une grande élévation ce qui en soi est bas, cruel et dégradant. Et, mieux encore, elle y peut trouver ses moyens les plus hauts de s'affirmer et, souvent, la possibilité de se révéler plus parfaitement à elle-même par ce qui avait pour dessein de la profaner ou de la détruire.

Il me faudra accepter franchement le fait d'avoir été le prisonnier ordinaire d'une geôle ordinaire et, si curieux que cela puisse paraître, l'une des choses qu'il me faudra apprendre sera de n'en être pas honteux. Il me faudra l'accepter comme un châtiment et, si l'on est honteux d'avoir été châtié, autant vaudrait ne l'avoir jamais été. Bien entendu, il y a maintes choses dont j'ai été accusé et que je n'ai pas commises, mais il en est de nombreuses dont on m'a accusé et que j'ai commises, et, dans ma vie, un plus grand nombre encore de choses pour lesquelles je n'ai jamais été inculpé. Et puisque, comme je l'ai dit plus haut, les dieux sont étranges et nous punissent pour ce qu'il y a en nous de bon et d'humain autant que pour ce qui est mauvais et pervers, il me faut accepter le fait que l'on est puni pour le bien que l'on fait aussi bien que pour le mal. Que ce soit parfaitement juste, j'en ai la conviction. Cela vous aide, ou devrait vous aider, à comprendre les deux et à ne s'enorgueillir ni de l'un ni de l'autre. Si donc, ainsi que je l'espère, je n'ai pas honte de mon châtiment, il me sera possible de penser, de marcher et de vivre en toute liberté.

Bien des hommes, une fois libérés, emportent leur prison avec eux et la cachent dans leur cœur comme une honte secrète, puis, comme de pauvres créatures empoisonnées, finissent par se terrer dans un trou pour y mourir. Il est pitoyable qu'ils doivent en venir là et la société est injuste, terriblement injuste, de les y obliger. La société s'arroge le droit d'infliger à l'individu d'effroyables punitions, mais elle a aussi ce vice suprême d'être superficielle et ne se rend pas compte de ce qu'elle fait. Quand l'homme a purgé sa peine, elle l'abandonne à lui-même, c'est-à-dire au moment même où commence envers lui son devoir le plus haut. Elle a, en vérité, honte de ses actes et évite ceux qu'elle a punis comme on évite un créancier que l'on ne peut rembourser ou quelqu'un à qui l'on a causé un tort irréparable, irrémédiable. Quant à moi, si je me rends compte de ce que j'ai souffert, je puis exiger que la société comprenne ce qu'elle m'a infligé, de façon qu'il n'y ait amertume ou haine ni d'un côté ni de l'autre.

Je sais assurément qu'à un certain point de vue, les choses seront pour moi plus difficiles que pour les autres ; il en devra être ainsi à cause de la nature même de mon cas. Les malheureux voleurs et les hors-la-loi emprisonnés ici avec moi ont, à maints égards, plus de chance que moi. Le coin de cité grise ou de champ vert qui vit leur faute est petit. Pour trouver ceux qui ne sauront rien de ce qu'ils ont fait, ils n'auront besoin de parcourir que la distance que peut franchir un oiseau du crépuscule du matin à l'aurore. Mais, pour moi, le monde se rétrécit à un empan et, de quelque côté que je me tourne, mon nom est tracé sur les rocs en lettres de plomb. Car je suis venu non de l'obscurité pour entrer dans la notoriété momentanée du crime, mais d'une sorte d'éternité de gloire pour entrer dans une sorte d'éternité d'infamie, et il me semble parfois avoir démontré, s'il était besoin de le démontrer, qu'entre la célébrité et l'infamie il n'y a qu'un pas, et peut-être moins.

Cependant, dans le fait même que l'on me reconnaîtra où

que j'aille et que l'on connaîtra ma vie, dans ses folies tout au moins, je puis discerner pour moi quelque chose de bénéfique. Cela m'imposera la nécessité de m'affirmer de nouveau en tant qu'artiste et dès que ce me sera possible. S'il m'est donné de produire encore une unique et belle œuvre d'art, je pourrai alors arracher à la méchanceté son venin, à la lâcheté ses sarcasmes, et couper à la racine la langue du mépris.

Si la vie est pour moi un problème — et elle l'est assurément —, je n'en suis pas moins un problème pour la vie. Les gens devront adopter une certaine attitude envers moi et prononcer ainsi un jugement et sur eux et sur moi. Je n'ai pas besoin de dire que je ne parle de personne en particulier. Les seuls êtres parmi lesquels j'aimerais me trouver désormais sont les artistes et les créatures qui ont souffert : ceux qui savent ce qu'est la douleur. Personne d'autre ne m'intéresse. Je n'exige rien non plus de la vie. Dans tout ce que j'ai dit, je me soucie simplement de mon attitude mentale envers la vie dans son ensemble. J'ai le sentiment que n'être pas honteux d'avoir été puni est l'un des premiers résultats qu'il me faudra atteindre et pour ma propre perfection et parce que je suis si imparfait.

Puis il me faudra apprendre à être heureux. Je le savais jadis, ou croyais le savoir par instinct. Jadis, c'était toujours le printemps dans mon cœur. J'étais, par nature, apparenté à la joie. Jusqu'au bord, j'emplissais ma vie de plaisir comme on pourrait emplir jusqu'au bord une coupe de vin. J'envisage maintenant la vie sous un angle absolument nouveau, et même concevoir le bonheur m'est souvent extrêmement difficile. Je me souviens d'avoir, au cours de mon premier trimestre à Oxford, lu dans *La Renaissance* de Walter Pater — ce livre qui eut sur ma vie une si étrange influence [1] — que Dante place dans les bas-fonds de l'enfer ceux qui, volontairement, vivent dans la tristesse. J'avais alors, à la bibliothèque du collège, cherché, dans *La Divine Comédie*, le passage où, sous le lugubre marais, gisent ceux qui étaient « maussades dans la suavité de l'air », répétant à jamais à travers leurs soupirs :

---

1. *La Renaissance* de Walter Pater (1834-1894) est un recueil d'études publié en 1873. L'hédonisme de Pater influença Wilde profondément.

Tristi fummo
Nell'aer dolce che dal sol s'allegra [1].

L'Église, je le savais, condamnait l'*accidia* [2], mais cette idée me semblait absolument fantasque ; c'était bien là, pensais-je, la sorte de péché qu'inventerait un prêtre ignorant tout de la vie réelle. Je ne pouvais non plus comprendre que Dante, qui dit que « la douleur nous remarie à Dieu [3] », eût pu être si dur pour ceux qui étaient épris de mélancolie, si tant est qu'il en existe vraiment. Je ne me doutais guère que cela deviendrait un jour l'une des plus grandes tentations de ma vie.

Lorsque j'étais à la prison de Wandsworth, j'aspirais à la mort. C'était mon seul désir. Quand je fus transféré ici, et que, après deux mois passés à l'infirmerie, je constatai que ma santé physique s'améliorait, je fus pris de fureur. Je décidai de me suicider le jour même de ma sortie de prison. Au bout d'un certain temps, ces funestes dispositions disparurent et je résolus de vivre, mais de me revêtir de mélancolie comme un roi se revêt de pourpre, de ne plus jamais sourire, de transformer en maison de deuil toute demeure dont je franchirais le seuil, d'obliger mes amis à régler lentement leur pas sur ma tristesse, de leur apprendre que la mélancolie est le vrai secret de la vie, de les affliger d'une douleur étrangère, de les accabler de ma propre peine. Mes sentiments sont maintenant absolument différents. Je vois qu'il serait à la fois ingrat et cruel à moi d'avoir l'air triste au point que, lorsque mes amis viendraient me voir, ils devraient avoir l'air plus triste encore pour me témoigner leur sympathie, ou que si, voulant les recevoir, je les invitais à s'attabler en silence devant des herbes amères ou un repas funèbre. Il me faut apprendre à être gai et heureux.

Lors des deux dernières occasions où l'on m'autorisa à recevoir ici mes amis, je m'efforçai d'être aussi gai que possible et

---

1. Citation tirée de l'*Enfer* de Dante, VII, vers 121-122 (« D'humeur lugubre, dans l'air délicieux que réjouit le soleil »). **2.** La paresse, l'un des sept péchés capitaux. **3.** Dante, *Purgatoire*, XXIII, vers 81.

de montrer ma gaieté pour compenser un peu la peine qu'ils avaient prise en faisant tout le trajet de Londres pour venir me voir. Ce n'est là, je le sais, qu'une compensation bien légère, mais c'est ce qui, j'en suis certain, leur fait le plus de plaisir. Il y a samedi huit jours, je vis Robbie pendant une heure et m'efforçai de donner la plus complète expression à la joie que me causait vraiment sa venue. Et la preuve que j'ai tout à fait raison dans les vues et les idées que j'expose ici pour moi-même m'est donnée par le fait que, pour la première fois depuis ma détention, j'ai maintenant un vrai désir de vivre.

J'ai devant moi tant à faire que je regarderais comme une affreuse tragédie de mourir avant d'avoir pu en réaliser au moins une petite part. Je vois dans l'art et dans la vie des développements inattendus, chacun d'eux offrant un nouveau moyen de perfection. J'aspire à vivre pour pouvoir explorer ce qui est pour moi rien de moins qu'un nouvel univers. Veux-tu savoir ce qu'est ce nouvel univers ? Je crois que tu peux le deviner. C'est celui dans lequel je vis.

La douleur et tout ce qu'elle enseigne est mon nouvel univers. J'avais accoutumé de vivre entièrement pour le plaisir. Je fuyais toutes les sortes de souffrance et de peine. Je les haïssais toutes deux. J'avais résolu de les ignorer dans toute la mesure du possible, c'est-à-dire de les traiter comme des genres d'imperfection. Elles étaient exclues de mon système de vie. Elles n'avaient aucune place dans ma philosophie. Ma mère, qui avait une notion plus complète de la vie, me citait souvent les vers de Goethe, transcrits par Carlyle dans un livre qu'il lui avait donné il y a des années et traduits, je crois, par lui :

> Celui qui, jamais, ne mangea son pain dans la douleur,
> Qui jamais ne passa les heures nocturnes
> À pleurer, attendant l'aurore,
> Celui-là ne vous connaît point, ô puissances célestes [1].

---

1. Ces vers, cités avec quelques inexactitudes, sont tirés du *Wilhelm Meister* (1797) de Goethe ; Thomas Carlyle (1795-1881), dans sa traduction, prétend que la reine Louise (1776-1810), femme de Frédéric Guillaume III de

Ce sont là les vers que cette noble reine de Prusse, que Napoléon traita avec une brutalité si grossière, avait l'habitude de citer dans son humiliation et son exil. Ce sont les vers que ma mère citait souvent dans les chagrins qui attristèrent la fin de sa vie. Je me refusais absolument à accepter, ou même à admettre, l'immense vérité qu'ils cachaient. Je ne pouvais la comprendre. Je me souviens fort bien de lui avoir dit souvent que je n'avais pas envie de manger mon pain dans la douleur ni de passer mes nuits à pleurer en attendant une aube plus amère encore.

Je ne me doutais guère que c'était là l'une des surprises particulières que me réservait le destin et qu'en réalité, pour une entière année de ma vie, je ne ferais guère autre chose. Mais c'est la part qui m'a été faite et, au cours de ces derniers mois, au prix de difficultés et de luttes terribles, j'ai été à même de comprendre certaines des leçons cachées au cœur de la douleur. Des ecclésiastiques et des gens qui usent de phrases sans sagesse parlent parfois de la souffrance comme d'un mystère. C'est, en vérité, une révélation. Elle permet de discerner ce qu'on n'avait jamais perçu encore et d'aborder l'histoire sous un angle différent. Ce que l'on a pressenti confusément, par instinct, en matière d'art est intellectuellement et émotionnellement conçu avec une parfaite clarté de vision et une intensité de compréhension absolue.

Je vois maintenant que la douleur, étant l'émotion suprême dont l'homme soit capable, est à la fois le type et la pierre de touche de tout grand art. Ce que recherche toujours l'artiste est le mode d'existence où l'âme et le corps soient un et indivisibles, où l'extérieur soit l'expression de l'intérieur, où la forme se révèle. De tels modes d'existence ne sont pas rares. La jeunesse et les arts qui se préoccupent de la jeunesse peuvent à

Prusse, les avait recopiés juste avant de prendre la fuite devant Napoléon qui venait de gagner la bataille d'Iéna. Très patriote et très aimée de son peuple, la reine avait tout tenté lors du traité de Tilsit (1807), mais en vain, pour apitoyer Napoléon sur les malheurs de son pays. La Prusse fut démantelée et Napoléon créa à la place le royaume de Westphalie et le grand-duché de Varsovie.

un moment donné nous servir de modèle. À un autre moment, nous pouvons nous plaire à croire que, par sa subtilité et sa sensibilité d'impression, par son évocation d'un esprit habitant les objets extérieurs et se revêtant de terre et d'air, de brume et de cité à la fois, et par la morbide résonance de ses états d'âme, de sa tonalité et de ses couleurs, l'art moderne du paysage exprime pour nous dans le domaine pictural ce qui fut exprimé avec une telle perfection par les Grecs dans le domaine de la plastique. La musique, où tout sujet est absorbé dans l'expression et ne peut en être séparé, est un exemple complexe de ce que je veux dire, tout comme une fleur ou un enfant en sont un exemple simple. Mais la douleur est l'ultime symbole et dans la vie et dans l'art.

Derrière la joie et le rire, il peut y avoir un caractère grossier, dur, insensible. Mais derrière la douleur, il y a toujours la douleur. À l'encontre du plaisir, la douleur ne porte point de masque. La vérité en art ne comporte aucune correspondance entre l'idée essentielle et l'existence accidentelle ; elle n'est pas la ressemblance de la forme avec l'ombre, ni de la forme reflétée dans le cristal avec la forme elle-même ; elle n'est pas l'écho que renvoie le creux d'une colline, pas plus qu'elle n'est, dans la vallée, un puits d'eau argentée qui montre la lune à la lune et Narcisse à Narcisse. La vérité en art est l'unité d'une chose avec elle-même, l'extérieur rendu expressif de l'intérieur, l'âme s'étant incarnée et le corps spiritualisé. Pour cette raison, il n'y a pas de vérité comparable à la douleur. La douleur me semble être parfois l'unique vérité. Les autres choses peuvent être des illusions de l'œil ou de l'appétit, faites pour aveugler l'un et rassasier l'autre, mais c'est de la douleur que les mondes ont été construits et, à la naissance d'un enfant ou d'une étoile, préside la douleur.

Plus encore, il y a dans la douleur une réalité intense, extraordinaire. J'ai dit de moi que j'étais en rapport symbolique avec l'art et la culture de mon époque. Il n'est pas un seul misérable dans ce misérable lieu qui ne soit en rapport symbolique avec le secret même de la vie. Car le secret de la vie est la souffrance.

C'est ce qui se cache derrière toute chose. Quand nous commençons à vivre, ce qui est doux est pour nous si doux et ce qui est amer si amer que nous dirigeons inévitablement tous nos désirs vers les plaisirs et aspirons non seulement à « nous nourrir de miel pendant un mois ou deux »[1], mais à ne goûter d'autre nourriture de toute notre vie, ignorant que nous pourrions ainsi affamer notre âme.

Je me souviens d'avoir un jour parlé sur ce sujet à l'une des plus belles personnalités que j'aie jamais connues, une femme dont la sympathie et la noble bonté à mon égard, avant et depuis la tragédie de mon emprisonnement, sont indescriptibles, une femme qui m'a vraiment aidé plus que personne au monde, bien qu'elle ne le sache pas, à porter le fardeau de mes peines, et cela par le seul fait de son existence, parce qu'elle est ce qu'elle est[2], à la fois un idéal et une influence, une suggestion de ce que l'on pourrait devenir et une aide réelle pour le réaliser, une âme qui rend suave l'air ordinaire et fait paraître ce qui est spirituel aussi simple et naturel que la lumière du soleil ou la mer, une femme pour qui la beauté et la douleur marchent la main dans la main et offrent le même message. Ce jour-là, je me rappelle distinctement lui avoir dit qu'il y avait assez de souffrance dans une étroite ruelle de Londres pour démontrer que Dieu n'aime pas l'homme et que partout où il y a de la peine, ne fût-ce que celle d'un enfant pleurant dans un jardin pour une faute qu'il a ou non commise, toute la face de la Création s'en trouve complètement déparée. J'étais entièrement dans mon tort. Elle me le dit, mais je ne pouvais la croire. Je n'étais pas dans la sphère où l'on peut atteindre à une telle croyance. Il me semble à présent que l'amour, de quelque sorte qu'il soit, est la seule explication possible de l'ex-

---

1. Ces vers sont tirés d'un poème de Swinburne, « Before Parting » (« Avant la séparation »), *Poèmes et Ballades* I (1866) ; la citation est inexacte, puisque Swinburne emploie le verbe « vivre » (« live ») et non pas, comme le fait Wilde, le verbe « nourrir » (« feed »). **2.** Adela Schuster, fille d'un riche banquier juif allemand installé à Wimbledon ; elle avait envoyé à Wilde 1000 £ lors de son procès pour tâcher d'empêcher sa mise en faillite, Wilde l'appelait « la dame de Wimbledon ».

traordinaire somme de souffrance qu'il y a dans le monde. Je ne puis concevoir aucune autre explication. Je suis convaincu qu'il n'y en a pas d'autre et que si, comme je l'ai dit, c'est vraiment de la douleur que le monde a été construit, il l'a été par les mains de l'amour, parce que l'âme de l'homme, pour qui il a été construit, ne pourrait d'aucune autre façon atteindre la plénitude de sa perfection. Au beau corps le plaisir, à la belle âme la douleur.

Quand je dis être convaincu de ces choses, je parle avec trop d'orgueil. Dans le lointain, pareille à une perle parfaite, on peut apercevoir la cité de Dieu. C'est si merveilleux qu'il semble qu'un enfant y pourrait parvenir en un jour d'été. Un enfant le pourrait, en effet. Mais il en est autrement pour moi et mes semblables. On peut, pour un moment, prendre conscience d'une chose, mais on la perd pendant les longues heures qui suivent et se traînent avec des pieds de plomb. Il est si difficile de demeurer « sur les hauteurs que l'âme est capable de gagner »[1] ! Nous pensons en termes d'éternité, mais avançons lentement dans le temps, et avec quelle lenteur le temps passe pour nous, qui sommes en prison, je n'ai pas besoin de le redire, non plus que la lassitude et le désespoir qui se glissent dans notre cellule, tout comme dans la cellule de notre cœur, avec une si étrange insistance qu'il nous faut, pour ainsi dire, nettoyer et orner la maison pour leur venue, comme nous le ferions pour un invité inopportun ou un maître cruel, ou un esclave dont, par hasard ou de notre plein gré, nous serions l'esclave.

Et, bien que, pour le moment, tu aies peine à le croire, il n'en est pas moins vrai que, pour toi qui vis en liberté, dans l'oisiveté et le confort, il t'est plus facile qu'à moi, qui commence la journée en m'agenouillant pour laver le plancher de ma cellule, d'apprendre les leçons de l'humilité. Car la vie de prison, avec ses privations et ses restrictions incessantes, provoque la rébellion. Le plus terrible n'est pas qu'elle vous brise le

1. Vers tirés de *L'Excursion*, IV, vers 139, poème de Wordsworth (1814).

cœur (les cœurs sont faits pour être brisés), mais qu'elle le change en pierre. On a parfois l'impression que ce n'est qu'avec un front d'airain et le mépris aux lèvres que l'on peut parvenir au bout de la journée. Et celui qui est en état de rébellion ne peut être touché par la grâce, pour employer la phrase si chère à l'Église — si chère à juste titre, sans doute —, car, dans la vie comme dans l'art, un état de rébellion ferme les portes de l'âme et repousse les souffles du ciel. Mais si je dois les apprendre, c'est ici que j'apprendrai ces leçons, et il me faut être empli de joie si mes pieds sont sur la bonne route et mon visage tourné vers la Porte que l'on dit merveilleuse [1], même si je dois tomber maintes fois dans la fange et souvent m'égarer dans la brume.

Cette Vie nouvelle, ainsi que j'aime à l'appeler parfois par amour pour Dante, n'est certes pas une vie nouvelle, mais simplement le prolongement, le développement et l'évolution de ma vie passée. Lorsque j'étais à Oxford — c'était, je m'en souviens, un matin de l'année où je passai ma licence —, j'avais dit à l'un de mes amis, tandis que nous parcourions les étroites allées de Magdalen peuplées d'oiseaux, que je voulais goûter à tous les fruits du jardin du monde et que j'entrerais dans la vie avec cette passion dans l'âme. Et c'est ainsi, en vérité, que je vécus. Ma seule erreur fut de me borner exclusivement aux arbres de ce qui me paraissait être le côté ensoleillé du jardin et d'éviter l'autre côté, sombre et triste. La faillite, la disgrâce, la pauvreté, le chagrin, le désespoir, la souffrance, les larmes mêmes, les mots entrecoupés que laissent échapper des lèvres douloureuses, le remords qui fait marcher sur des épines, la conscience qui condamne, l'humiliation de soi qui est un châtiment, la détresse qui se couvre la tête de cendre, l'angoisse qui se revêt de bure et met du fiel dans sa boisson, toutes ces choses m'effrayaient. Et, parce que j'avais résolu de n'en rien connaître, je fus contraint de goûter chacune d'elles tour à tour, de m'en repaître, de n'avoir, pour toute une saison, nulle autre nourriture.

1. Actes des Apôtres, 3, 2.

Je ne regrette pas un seul instant d'avoir vécu pour le plaisir. Je m'y livrai pleinement, ainsi qu'on devrait faire tout ce que l'on fait. Il n'est pas de plaisir que je n'aie connu. Je jetai dans une coupe de vin la perle de mon âme. Je suivis, au son des flûtes, le chemin de primevères[1]. Je me nourris de miel. Mais continuer à vivre ainsi eût été une erreur, car c'eût été se limiter. Il me fallait poursuivre ma route. L'autre moitié du jardin avait aussi ses secrets pour moi. Tout cela est assurément présagé et préfiguré dans mes livres, dans *Le Prince heureux*, par exemple, puis dans *Le Jeune Roi*, particulièrement dans le passage où l'évêque dit au jeune garçon agenouillé : « Celui qui créa la misère n'est-il pas plus sage que toi ? », phrase qui, lorsque je l'écrivis, ne me semblait guère plus qu'une phrase. Cela se trouve, pour une grande part, caché dans la note de fatalité qui, tel un fil de pourpre, s'insinue dans la trame dorée de *Dorian Gray*. Dans *La critique est un art*, cela perce sous maintes couleurs. Dans *L'Âme de l'homme sous le socialisme*, on le retrouve exposé en termes qui ne sont que trop faciles à comprendre. C'est l'un des refrains dont les *motifs*[2] répétés font de *Salomé* un morceau de musique et lui donnent la forme régulière d'une ballade. Cela est incarné dans le poème en prose de l'homme qui, de l'image de bronze du « Plaisir qui ne dure qu'un moment », doit faire l'image de la « Douleur qui dure à jamais »[3]. Il n'en pouvait être autrement. À chaque instant de notre vie, nous sommes ce que nous allons être non moins que ce que nous avons été. L'art est un symbole parce que l'homme est un symbole.

Si j'y puis parvenir complètement, cette vie nouvelle sera l'ultime accomplissement de ma vie artistique. Car la vie artistique est simplement le développement de notre personnalité. L'humilité, chez l'artiste, est sa franche acceptation de toutes les expériences, tout comme l'amour est simplement, chez lui, le sens de la beauté qui révèle au monde et son corps et son

---

1. Les mots « le chemin de primevères » (« the primrose path ») sont tirés de *Hamlet*, acte I, scène 3, vers 50. **2.** En français dans le texte. **3.** Wilde cite ici son poème en prose, « The Artist » (« L'Artiste »).

âme. Dans *Marius l'Épicurien*[1], Pater cherche à concilier la vie artistique avec la vie religieuse, au sens profond, doux et austère du terme. Mais Marius n'est guère plus qu'un spectateur, un spectateur idéal, il est vrai, auquel il est donné « de contempler le spectacle de la vie avec des émotions appropriées », ce que Wordsworth définit comme le but véritable du poète[2], ce n'est pourtant qu'un spectateur trop occupé de l'élégance des sièges du sanctuaire pour observer que c'est le sanctuaire de la douleur qu'il est en train de contempler.

Je vois un rapport beaucoup plus intime et immédiat entre la vraie vie du Christ et la vraie vie de l'artiste, et j'éprouve un vif plaisir à songer que, longtemps avant que la douleur n'eût fait siens mes jours et ne m'eût enchaîné à son char, j'avais écrit, dans *L'Âme de l'homme sous le socialisme*, que celui qui voudrait mener une vie pareille à celle du Christ devrait être absolument lui-même ; et j'avais pris pour types non seulement le berger sur la colline et le prisonnier dans sa cellule, mais aussi le peintre, pour qui le monde est un déploiement de couleurs, et le poète, pour qui l'univers est un chant. Je me souviens d'avoir dit un jour à André Gide, alors que nous étions assis dans un café parisien[3], que tandis que la métaphysique n'offrait pour moi que peu d'intérêt et la morale aucun, la moindre parole de Platon ou du Christ pouvait être immédiatement transférée dans la sphère de l'art et y trouver son parfait accomplissement. Cette généralisation était aussi profonde que nouvelle.

Non seulement pouvons-nous discerner chez le Christ cette étroite union de la personnalité et de la perfection qui, dans la vie, constitue la véritable distinction entre les mouvements

---

1. *Marius l'Épicurien* (1885), roman philosophique de Walter Pater raconte l'histoire spirituelle d'un jeune Romain à l'époque de Marc-Aurèle (61-80 après J.-C.). **2.** Citation tirée du recueil d'essais *Appréciations* (1889) de Walter Pater. Il y commente un passage du poème de Wordsworth, *L'Excursion*, auquel il est fait ici référence. **3.** C'est en novembre 1891 à Paris que Wilde et Gide se rencontrèrent pour la première fois. En 1910, Gide consacra à Wilde un bref essai (*In Memoriam*) fait, pour l'essentiel, de souvenirs personnels.

classique et romantique, et fait du Christ le véritable précurseur du mouvement romantique, mais la base même de sa nature était identique à celle de l'artiste : une intense et ardente imagination. Il manifesta, dans toute la sphère des relations humaines, cette sympathie imaginative qui, dans le domaine de l'art, est l'unique secret de la création. Il comprit la lèpre du lépreux, les ténèbres de l'aveugle, la cruelle misère de ceux qui vivent pour le plaisir, l'étrange pauvreté des riches. Tu dois maintenant comprendre, n'est-ce pas, que lorsque tu m'écrivis, tandis que j'étais souffrant : « Quand tu n'es pas sur ton piédestal, tu n'es pas intéressant. La prochaine fois que tu seras malade, je m'en irai tout de suite », tu étais alors loin de ce que Matthew Arnold appelle le « secret de Jésus »[1]. Tous deux t'auraient enseigné que ce qui arrive à autrui vous arrive à vous-même, et si tu veux une devise pour la lire à l'aube et au crépuscule, pour le plaisir ou pour la peine, trace sur les murs de ta maison, pour les faire dorer par le soleil et argenter par la lune, les mots suivants : « Tout ce qui arrive à autrui vous arrive à vous-même. » Et si l'on te demande ce que peut bien signifier cette devise, tu pourras répondre qu'elle s'applique « au cœur de Jésus-Christ et au cerveau de Shakespeare ».

En vérité, la place du Christ est parmi les poètes. Toute sa conception de l'humanité est née de l'imagination, qui seule pouvait la permettre. L'homme était pour lui ce que Dieu était pour le panthéiste. Il fut le premier à entrevoir comme une unité les races divisées. Il y avait eu avant lui les dieux et des hommes. Lui seul vit que, sur les sommets de l'humanité, seuls comptaient Dieu et l'homme. Et, grâce au mysticisme de la sympathie, sentant que l'un et l'autre s'étaient incarnés en lui, il se dénomme, selon son humeur, le Fils de Dieu ou le Fils de l'homme. Plus qu'aucun autre dans l'histoire, il éveille en nous cette faculté d'émerveillement à laquelle le romanesque fait toujours appel. Il

---

1. Dans *Literature and Dogma : an Essay towards a Better Apprehension of the Bible* (1873), Matthew Arnold définit la justice comme « la méthode, le secret et la délicieuse raison de Jésus ».

y a encore pour moi quelque chose de presque incroyable à l'idée qu'un jeune paysan galiléen puisse s'imaginer capable de porter sur ses épaules le fardeau du monde entier : tout ce qui avait déjà été fait et souffert et tout ce qui devait encore être fait et souffert — les crimes de Néron, de César Borgia, d'Alexandre VI et d'Héliogabale[1], qui était empereur de Rome et prêtre du Soleil, les souffrances de ceux dont les noms sont légion et dont les demeures sont parmi les tombes[2], les nations opprimées, les enfants des usines, les voleurs, les détenus, les hors-la-loi, ceux qui sont muets sous la contrainte et dont le silence n'est entendu que de Dieu —, et non seulement l'imaginer, mais l'accomplir positivement, de sorte que désormais tous ceux qui prennent contact avec sa personnalité, même s'ils ne s'inclinent devant ses autels ou ne s'agenouillent devant ses prêtres, découvrent en quelque façon que la laideur de leur péché est effacée et que la beauté de leur douleur leur est révélée.

J'ai dit du Christ que sa place était parmi les poètes. En vérité, Shelley et Sophocle sont ses pairs. Mais toute la vie du Christ est le plus merveilleux des poèmes. Pour « la pitié et la terreur »[3] il n'est rien qui s'en approche dans tout le cycle de la tragédie grecque. La pureté absolue du protagoniste élève tout le plan de sa vie à la hauteur de l'art romantique, dont les souffrances de Thèbes et de la lignée de Pélops[4] sont exclues

---

1. Citons, parmi les nombreuses victimes de Néron (37-68), son demi-frère Britannicus, sa mère Agrippine et les écrivains Lucain et Sénèque. Alexandre VI (1431-1503), père de César et Lucrèce Borgia, est connu pour ses intrigues et ses débauches. César Borgia inspira *Le Prince* à Machiavel (1513) et sa sœur, *Lucrèce Borgia* à Victor Hugo (1833). Héliogabale (ou Élagabal), cousin de Caracalla et empereur romain qui régna de 218 à 222 après J.-C., se consacra au culte du soleil ; il fut massacré par les prétoriens et son corps fut jeté dans le Tibre ; Wilde le mentionne fréquemment. Antonin Artaud lui consacra un texte célèbre en 1934 : *Héliogabale ou l'anarchiste couronné*. **2.** Cf. Mc 5, 9 : « Mon nom est Légion » et Mc 5, 5 : « Et sans cesse, nuit et jour, dans les tombes et dans les montagnes, il était à crier et à se taillader avec les pierres. » **3.** Les mots « pitié » et « terreur » apparaissent dans la *Poétique* d'Aristote dans sa définition de la tragédie et des émotions qu'elle inspire. **4.** Thèbes : allusion à l'histoire d'Œdipe qui tua son père et épousa sa mère. Pélops : père d'Atrée, à l'origine de la lignée tragique des

par leur horreur même, et montre combien Aristote avait tort de prétendre, dans son traité sur l'art dramatique, qu'il serait impossible de supporter le spectacle d'un être irréprochable dans la douleur. Ni dans Eschyle ni chez Dante, ces maîtres austères de la tendresse, ni dans Shakespeare, le plus purement humain de tous les grands artistes, ni dans toute la légende et tout le mythe celtes, où la beauté du monde est perçue sous un voile de larmes et où la vie d'un homme n'est pas plus que la vie d'une fleur, il n'est rien qui, par la seule simplicité du pathétique intimement alliée à la sublimité de l'effet tragique, puisse égaler, ni même approcher, la dernière scène de la Passion du Christ : le repas avec ses compagnons, dont un l'a déjà vendu pour de l'argent ; l'angoisse dans le calme jardin des Oliviers éclairé par la lune ; le faux ami s'approchant de lui pour le trahir par un baiser ; l'ami qui croyait encore en lui et sur lequel, comme sur un roc, il avait compté pour bâtir pour l'homme une maison de refuge, le reniant tandis que le chant du coq éclatait dans l'aube ; son entière soumission, son acceptation de tout ; et, de plus, des scènes telles que celle du grand prêtre de l'orthodoxie déchirant son vêtement dans sa fureur, et le magistrat de la justice civile réclamant de l'eau dans le vain espoir de se laver de cette tache de sang innocent qui fait de lui le rouge personnage de l'histoire ; la cérémonie du couronnement de la douleur, l'une des choses les plus merveilleuses de toute la chronique des temps ; la crucifixion de l'Innocent sous les yeux de sa mère et du disciple qu'il aimait ; les soldats jetant les dés dont sa tunique était l'enjeu ; la terrible mort par laquelle il donna au monde son symbole le plus durable ; et son ensevelissement final dans la sépulture de l'homme riche, son cadavre entouré de bandelettes égyptiennes et embaumé d'aromates et de parfums coûteux comme s'il s'était agi du fils d'un roi. Si l'on considère tout cela du seul point de vue de l'art, on ne peut qu'être reconnaissant que l'office suprême de l'Église soit le spectacle de la tragédie sans l'effu-

---

Atrides. « Thèbes ou la race de Pélops » sont évoqués par Milton dans *Il Penseroso* (1632), vers 99.

sion de sang : la présentation mystique, au moyen de dialogues, de costumes, de gestes même, de la Passion de son Seigneur. Et c'est toujours pour moi une source de plaisir et d'émotion de me rappeler que l'on retrouve l'ultime survivance du chœur grec, perdu pour l'art partout ailleurs, dans les répons du servant du prêtre qui célèbre la messe.

Pourtant, toute la vie du Christ — tant la douleur et la beauté peuvent s'identifier dans leur sens et leur manifestation — est en réalité une idylle, bien qu'elle ait pour dénouement le voile du temple qui se déchire, les ténèbres qui couvrent la face de la terre et la pierre roulée jusqu'à l'entrée du sépulcre. On pense toujours à lui comme à un jeune époux avec ses compagnons, ainsi qu'il s'est une fois dépeint lui-même ; ou à un berger errant dans une vallée avec son troupeau, à la recherche d'une verte prairie ou d'un frais ruisseau ; ou comme à un chanteur tentant, à partir de la musique, d'édifier les murs de la cité de Dieu ; ou à un amant pour l'amour duquel le monde entier était trop petit. Ses miracles me paraissent aussi exquis que la venue du printemps et tout aussi naturels. Je ne vois pas la moindre difficulté à croire que tel était le charme de sa personnalité que sa seule présence pouvait apporter la paix aux âmes angoissées et que ceux qui touchaient ses vêtements ou ses mains oubliaient leurs souffrances ; ou que, lorsqu'il passait sur la grand-route, des gens qui n'avaient rien vu du mystère de la vie le voyaient clairement, et que d'autres, qui étaient restés sourds à toute autre voix que celle du plaisir, entendaient pour la première fois la voix de l'amour et la trouvaient aussi « musicale que le luth d'Apollon[1] », ou que les passions mauvaises fuyaient à son approche et que des hommes dont la vie morne et sans imagination n'avait été qu'une sorte de mort se dressaient hors de leur tombeau lorsqu'il les appelait ; ou que, lorsqu'il enseignait sur la montagne, la multitude oubliait la faim, la soif et les soucis de ce monde, et qu'à tous ses amis qui l'écoutaient lorsqu'il était assis à table, les mets grossiers parais-

1. Citation tirée de *Comus*, vers 478, poème de John Milton (1634).

saient délicats, l'eau avait le goût du bon vin, et la maison entière leur semblait s'emplir de la suave odeur du nard[1].

Renan, dans sa *Vie de Jésus*[2] — ce gracieux cinquième évangile, l'évangile selon saint Thomas, pourrait-on l'appeler —, dit quelque part que le grand succès du Christ fut de s'être fait aimer autant après sa mort que pendant sa vie. Et si, assurément, sa place est parmi les poètes, il est le guide de tous les amants. Il vit que l'amour est le premier secret du monde, ce secret qu'ont cherché les sages, et que c'est seulement grâce à l'amour que l'on peut approcher du cœur du lépreux ou des pieds de Dieu.

Et, par-dessus tout, le Christ est l'individualiste suprême. Tout comme l'acceptation artistique de toutes les expériences, l'humilité n'est qu'un mode de manifestation. C'est l'âme de l'homme que le Christ recherche toujours. Il l'appelle « le royaume de Dieu » et le trouve en chacun de nous. Il la compare à de menues choses, à une graine minuscule, à une poignée de levain, à une perle. C'est parce que l'on ne prend conscience de son âme qu'en se libérant de toutes passions étrangères, de toute culture acquise, de toutes possessions extérieures, bonnes ou mauvaises.

J'avais résisté à tout avec une volonté opiniâtre et beaucoup de cette rébellion qui est dans ma nature jusqu'à ce qu'il ne me restât plus qu'une unique chose au monde : Cyril. J'avais perdu mon nom, ma position, mon bonheur, ma liberté, ma fortune. J'étais prisonnier et pauvre, mais il me restait encore un trésor magnifique : mon fils aîné. Soudain, la loi me l'arracha. Ce fut un coup si effroyable que, ne sachant que faire, je me jetai à genoux, courbai la tête et dis en pleurant : « Le corps d'un enfant est comme le corps du Seigneur. Je ne suis digne ni de l'un ni de l'autre. » Cet instant parut me sauver. Je vis alors que l'unique solution pour moi était de tout accepter. Depuis lors, si curieux que cela puisse paraître, j'ai été plus

1. Onguent aromatique ; Wilde y fait allusion dans *Le Portrait de Dorian Gray* et dans *La Ballade de la geôle de Reading*. 2. Ernest Renan (1823-1892) ; sa *Vie de Jésus* (1863) est une lecture laïque de la vie du Christ.

heureux. Bien entendu, c'était mon âme que j'avais atteinte dans son ultime essence. À maints égards, j'avais été son ennemi, mais je la trouvai m'attendant, comme une amie. Lorsqu'on entre en contact avec l'âme, elle vous rend aussi simple qu'un enfant, ainsi que, dit le Christ, nous devrions être.

Il est tragique que si peu de gens « possèdent leur âme » avant de mourir[1]. « Rien n'est plus rare pour un homme, dit Emerson, que de commettre un acte bien à lui[2]. » C'est parfaitement vrai. La plupart des gens ne sont pas eux-mêmes. Leurs pensées sont les opinions des autres, leur vie une imitation, leurs passions une citation. Le Christ fut non seulement l'individualiste suprême, mais le premier individualiste de l'histoire. Certains ont tenté d'en faire un philanthrope ordinaire semblable aux horribles philanthropes du XIXe siècle ou l'ont classé comme altruiste parmi les incultes et les sentimentaux. Mais il n'était vraiment ni l'un ni l'autre. Naturellement, les pauvres, ceux qui sont enfermés dans des prisons, les humbles, les misérables lui inspiraient de la pitié ; mais il éprouvait une pitié plus grande encore pour les possédants, pour les hédonistes au cœur dur, pour ceux qui perdent leur liberté à devenir les esclaves de leurs possessions, pour ceux qui sont richement vêtus et vivent dans des palais. La fortune et le plaisir lui paraissaient être de plus grandes tragédies que la pauvreté et la douleur. Quant à l'altruisme, qui mieux que lui savait que c'est la vocation, et non la volonté, qui nous détermine et que l'on ne peut cueillir des raisins sur des ronces ou des figues sur des chardons ?

Vivre pour les autres n'était pas son but conscient et défini, ce n'était pas sa croyance. Lorsqu'il dit : « Pardonnez à vos

---

1. Allusion à un extrait de « A Southern Night » (« Nuit du Sud ») de Matthew Arnold (1861). **2.** Ralph Waldo Emerson (1803-1882), essayiste et poète américain, l'un des fondateurs du transcendantalisme, mélange de panthéisme, de mysticisme puritain et d'individualisme. Son influence fut considérable au XIXe siècle. La citation est tirée d'une conférence intitulée « Le Prédicateur », publiée à titre posthume dans *Lectures and Biographical Sketches (Conférence et esquisses biographiques)*.

ennemis »[1], ce n'est pas pour l'amour de l'ennemi, mais pour l'amour de soi et parce que l'amour est plus beau que la haine. Lorsqu'il adjure ainsi le jeune homme qu'il veut sauver : « Vends tout ce que tu possèdes et donne-le aux pauvres »[2], ce n'est pas à la condition des pauvres qu'il pense, mais à l'âme du jeune homme, cette âme que gâte la richesse. Dans sa conception de la vie, il s'identifie à l'artiste qui sait que, par l'inévitable loi de la perfection de soi, le poète doit chanter, le sculpteur penser en bronze et le peintre faire du monde le miroir de ses impressions, aussi inévitablement que l'aubépine doit fleurir au printemps, que le blé doit dorer ses épis au temps de la moisson et que la lune, dans ses inéluctables phases, doit se métamorphoser de bouclier en faucille et de faucille en bouclier.

Mais alors que le Christ n'a jamais dit aux hommes : « Vivez pour autrui », il a fait observer qu'il n'y avait aucune différence entre la vie des autres et notre propre vie. Il a ainsi donné à l'homme une personnalité amplifiée, une personnalité de titan. Depuis sa venue, l'histoire de tout individu est, ou peut devenir, l'histoire du monde. La culture, assurément, a intensifié la personnalité humaine. L'art nous a donné des esprits multiples. Ceux qui sont doués d'une nature artistique vont en exil avec Dante et apprennent combien amer est le pain des autres et combien abrupts les échelons qu'il leur faut gravir[3]. Ils atteignent pour un instant au calme et à la sérénité de Goethe, mais ne savent que trop bien que Baudelaire a crié vers Dieu :

> Ô Seigneur, donnez-moi la force et le courage
> De contempler mon corps et mon cœur sans dégoût.[4]

---

1. Mt 5, 44. **2.** Mt 19, 21. **3.** Dante Alighieri fut injustement accusé de corruption en 1302 et banni de Florence. Les « échelons » évoqués par Wilde sont une allusion au *Paradis* de Dante auquel il se réfère également dans le sonnet « À Vérone », publié dans ses *Poèmes* de 1881 (« Que les escaliers sont abrupts dans le palais du roi, pour moi qui suis épuisé par l'exil »).
4. Derniers vers d'« Un voyage à Cythère », dans *Les Fleurs du Mal* de Baudelaire (1857). Wilde avait noté ces vers dans un carnet alors qu'il était étudiant à Oxford.

Pour leur propre mal peut-être, ils tirent des sonnets de Shakespeare le secret de son amour pour se l'approprier ; ils contemplent avec des yeux nouveaux la vie moderne parce qu'ils ont écouté un des nocturnes de Chopin ou manipulé des objets d'art grecs, ou lu l'histoire de la passion de quelque disparu pour une morte dont la chevelure était pareille à des fils d'or fin et la bouche semblable à une grenade [1]. Mais la sympathie d'une nature artistique va nécessairement à ce qui a trouvé son expression. En mots ou en couleurs, en musique ou en marbre, derrière les masques peints d'un drame d'Eschyle ou par quelque pipeau d'un berger sicilien, l'homme et son message doivent avoir été révélés [2].

Pour l'artiste, l'expression est le seul mode qui lui permette de concevoir la vie. Pour lui, tout ce qui est muet est mort. Mais il n'en était pas ainsi pour le Christ. Avec une vaste et prodigieuse imagination qui nous emplit presque d'effroi, il prit pour royaume le monde entier de l'inexprimé, le monde sans voix de la douleur, et s'en fit lui-même le porte-parole. Ceux dont j'ai parlé, ceux qui sont muets sous l'oppression et « dont le silence est entendu de Dieu seul », il les choisit pour frères. Il aspira à devenir des yeux pour les aveugles, des oreilles pour les sourds et un cri sur les lèvres de ceux dont la langue est liée. Son désir était d'être, pour les myriades de ceux qui n'avaient pu se faire entendre, une véritable trompette par laquelle ils pourraient en appeler au ciel. Et sentant, avec la nature artistique de celui dont la souffrance et la douleur sont les modes grâce auxquels il pourrait réaliser sa conception du beau et sa notion, qu'une idée n'a de valeur que lorsqu'elle

---

1. Le mot « grenade » revient très souvent chez Wilde ; la bouche est comparée à une grenade dans « La Sphinge » et dans d'autres poèmes. Il y est fait également allusion dans *Salomé*, *Le Portrait de Dorian Gray* et, bien sûr, dans le titre de son premier recueil de contes, *Une maison de grenades*. Symbole de l'amour conjugal et de la fécondité, les graines de grenades, partagées par des époux, étaient censées créer entre eux des liens indissolubles. 2. Eschyle (525-456 avant J.-C.), père de la tragédie grecque ; c'est lui qui aurait introduit les masques sur scène afin de permettre aux acteurs, en très petit nombre, de jouer plusieurs rôles.

s'incarne et devient image, il fit de lui-même l'image de l'Homme des Douleurs, et c'est comme tel qu'il a séduit et dominé l'art comme aucun dieu grec n'a jamais réussi à le faire.

Car les dieux grecs, en dépit de leurs beaux membres agiles, blancs et vermeils, n'étaient pas ce qu'ils paraissaient être. Le front bombé d'Apollon était pareil au disque du soleil apparaissant au-dessus d'une colline à l'aurore et ses pieds semblables aux ailes du matin ; mais il avait lui-même été cruel pour Marsyas et il tua les enfants de Niobé. Dans les boucliers d'acier qu'étaient les yeux d'Athéna, il n'y eut aucune pitié pour Arachné. La pompe et les paons d'Héra étaient les seules choses qu'elle eût de noble [1]. Et le père des dieux lui-même n'eut que trop d'attachement pour les filles des hommes. Les deux figures les plus profondément suggestives de la mythologie grecque furent, pour la religion, Déméter, une déesse terrestre qui ne faisait point partie des Olympiens, et, pour l'art, Dionysos, fils d'une mortelle qui mourut en lui donnant le jour [2].

Mais dans sa sphère la plus humble, la plus modeste, la Vie elle-même produisit une merveille infiniment plus grande que

---

1. Marsyas fut écorché vif par Apollon à l'issue d'un concours de musique. La lyre du dieu fut préférée à la flûte du satyre et le dieu fut proclamé vainqueur. La règle préalable était que le vainqueur infligerait au vaincu le châtiment de son choix, quel qu'il fût. L'identification à Marsyas est récurrente chez Wilde (sur ce point, voir Pascal Aquien, Introduction aux *Œuvres* d'Oscar Wilde, Paris, Gallimard, Bibliothèque de la Pléiade, 1996, pp. XLVI-VII-VIII). Niobé s'était jugée supérieure à Léto, mère d'Apollon et d'Artémis, parce qu'elle avait douze enfants alors que sa rivale n'en avait que deux ; les enfants de Niobé furent tous massacrés par Apollon, piqué au vif. Arachné avait mis Athéna au défi de tisser avec autant de talent qu'elle-même. Comme la déesse n'avait trouvé aucun défaut au travail de la jeune imprudente, elle la transforma en araignée, la condamnant ainsi à tisser éternellement. Héra était la déesse du mariage et de la maternité, mais Zeus, son époux, lui fut très souvent infidèle. Elle avait le paon pour animal sacré. **2.** Déméter : dans la mythologie grecque, sœur de Zeus et déesse de la terre et des moissons. Elle était la mère de Perséphone qui fut enlevée par Hadès, dieu des Enfers. Dionysos, dieu du vin, était le fils de Sémélé, fille du roi de Thèbes, et de Zeus. Héra, jalouse de Sémélé, la convainquit traîtreusement de regarder Zeus dans toute sa majesté, ce qui eut pour effet de la brûler vive. Zeus eut néanmoins le temps de sauver l'enfant, encore dans le sein de sa mère.

la mère de Proserpine ou le fils de Sémélé. Dans l'échoppe du charpentier de Nazareth, naquit une personnalité de beaucoup plus haute que toute figure créée par le mythe et la légende, et, chose étrange, destinée à révéler au monde le sens mystique du vin et la vraie beauté des lys des champs comme personne, ni sur le Cithéron ni à Enna, ne l'avait fait encore [1].

Le chant d'Isaïe [2] — « Méprisé et rejeté des hommes, personnification de la souffrance et initié de la douleur, nous lui avons, pour ainsi dire, dérobé notre visage » — lui avait paru le préfigurer, et c'est en lui que s'accomplit la prophétie. Une telle phrase ne doit pas nous effrayer. Toute œuvre d'art est l'accomplissement d'une prophétie, car toute œuvre d'art est la conversion d'une idée en image. Tout être humain devrait être l'accomplissement d'une prophétie, car tout être humain devrait être la réalisation de quelque idéal, soit dans l'esprit de Dieu, soit dans l'esprit de l'homme. Le Christ en créa la figure et la perpétua, puis le rêve d'un poète virgilien [3], soit à Jérusalem, soit à Babylone, s'incarna, au cours des siècles, en celui que le monde « attendait ». « Son visage était plus altéré que celui d'aucun homme et son aspect plus déparé que celui des fils des hommes » sont là les signes distinctifs du nouvel idéal consignés par Isaïe [4]. Et, dès que l'art en comprit le sens, il s'épanouit comme une fleur à la présence de celui en qui la vérité en art était exprimée comme elle ne l'avait jamais été encore. Car, ainsi que je l'ai dit, la vérité en art n'est-elle pas « celle dans laquelle l'extérieur exprime l'intérieur, dans laquelle l'âme est incarnée et le corps inspiré de l'esprit dans lequel la forme se révèle » ?

Pour moi, l'une des choses les plus regrettables de l'histoire est que la renaissance du Christ, qui a produit la cathédrale de Chartres, le cycle des légendes arthuriennes, la vie de saint Fran-

---

1. Les bacchanales en l'honneur de Dionysos avaient lieu sur le mont Cithéron ; c'est dans les prairies de l'Enna que Perséphone fut enlevée par Hadès. **2.** Isaïe, 53, 3. **3.** L'Église chrétienne crut voir dans la quatrième Églogue des *Bucoliques* (40 avant J.-C.) de Virgile l'annonce prophétique de la venue du Christ. **4.** Isaïe, 52, 14.

çois d'Assise, l'art de Giotto et *La Divine Comédie* de Dante, n'ait pu se développer selon ses propres lignes, mais fut interrompue et gâtée par la morne renaissance classique qui nous donna Pétrarque, les fresques de Raphaël, l'architecture palladienne [1], la tragédie française conventionnelle, la cathédrale Saint-Paul, la poésie de Pope et tout ce qui vient de l'extérieur et de règles mortes et ne naît point de l'intérieur de quelque esprit inspirateur. Mais partout où se produit en art un mouvement romantique, en quelque façon et sous quelque forme, il y a le Christ, ou l'âme du Christ. On le trouve dans *Roméo et Juliette*, dans *Le Conte d'hiver*, dans la poésie provençale, dans *Le Dit du Vieux Marin*, dans *La Belle Dame sans merci* et *La Ballade de la charité* de Chatterton [2].

Nous lui devons les choses et les personnages les plus divers. *Les Misérables* de Hugo, *Les Fleurs du mal* de Baudelaire, la note de pitié dans les romans russes, Verlaine et ses poèmes, les vitraux, les tapisseries et les œuvres quattrocentistes de Burne-Jones et de William Morris [3], ne lui appartiennent pas moins que la tour de Giotto, Lancelot et Guenièvre, Tannhäuser, les marbres romantiques et tourmentés de Michel-Ange, l'architecture ogivale, et l'amour des enfants et des fleurs. L'art classique n'accorde guère de place ni aux enfants ni aux fleurs, juste assez pour leur permettre d'y jouer et d'y croître ; mais, du XIIe siècle à nos jours, ils n'ont cessé de surgir dans l'art sous des aspects variés et à diverses époques, apparitions capricieu-

---

1. Palladio (1508-1580), architecte italien, considéré comme le grand maître de la synthèse des classicismes grec et romain ; son influence en Angleterre fut considérable. **2.** Wilde détestait Alexander Pope (1688-1744), poète du classicisme anglais, auteur de l'*Essai sur l'Homme* et du poème héroï-comique *Le Rapt de la Boucle* ; il lui préférait Shakespeare (*Roméo et Juliette, Le Conte d'hiver*) ou Coleridge (*Le Dit du Vieux Marin*) et Keats (*La Belle Dame sans merci*). Chatterton (1752-1770) était l'auteur d'un faux en art qui ne pouvait que susciter l'intérêt de Wilde ; il avait en effet fait passer des poèmes de sa façon pour les œuvres d'un moine du XIVe siècle. Découvert et désespéré, il se suicida à l'arsenic. Wilde, qui lui avait consacré une conférence en 1886, l'évoque dans *Le Portrait de Mr. W. H.* **3.** « Les œuvres quattrocentistes » : le « quattrocento » désigne le XVe siècle italien qui inspira des peintres tels que les préraphaélites Edward Burne-Jones et William Morris.

ses et insistantes, comme les enfants et les fleurs sont enclins à le faire. Le printemps donne toujours l'impression que les fleurs s'étaient cachées et ne sortent dans le soleil que dans la crainte que les adultes, las d'aller à leur découverte, n'abandonnent leurs recherches ; et la vie d'un enfant n'est rien de plus qu'un jour d'avril où pluie et soleil alternent à l'intention des narcisses.

C'est cette qualité imaginative de la nature du Christ qui fait de lui ce palpitant foyer de romantisme. Les étranges figures du drame et de la ballade poétiques sont nées de l'imagination des autres, mais c'est de sa propre imagination que s'est entièrement créé Jésus de Nazareth. Le cri d'Isaïe n'intervient pas plus dans sa venue que le chant du rossignol dans le lever de la lune — pas plus, mais peut-être pas moins. Il fut la dénégation aussi bien que l'affirmation de la prophétie. Pour chaque espérance qu'il réalisa, il s'en trouva une autre qu'il détruisit. « Dans toute beauté, dit Bacon, il est quelque étrangeté de proportion »[1], et de ceux qui sont nés de l'esprit — c'est-à-dire de ceux qui sont, comme lui, des forces dynamiques —, le Christ dit qu'ils sont pareils au vent qui « souffle où il veut et dont nul ne peut dire d'où il vient et où il va »[2]. C'est pourquoi il exerce tant de séduction sur les artistes. Il possède tous les éléments colorés de la vie : le mystère, l'étrangeté, l'émotion, l'inspiration, l'extase, l'amour. Il fait appel au sentiment du merveilleux et crée cette atmosphère qui seule permet de le comprendre.

Et c'est pour moi une grande joie que me rappeler que, s'il est « entièrement composé d'imagination »[3], le monde lui-même est de la même substance. J'ai dit dans *Dorian Gray* que les grands péchés du monde se passent dans le cerveau. Mais c'est dans le cerveau que tout se passe[4]. Nous savons maintenant que nous ne voyons pas avec nos yeux ni n'entendons avec nos oreilles. Ce ne sont, en réalité, que des canaux servant

---

1. Citation tirée de l'essai « Of Beauty » de Francis Bacon (1561-1626) dont les *Essays* furent publiés en 1597. **2.** Jn 3, 8. **3.** Shakespeare, *Le Songe d'une nuit d'été*, V, 1. **4.** *Le Portrait de Dorian Gray*, chapitre II.

à la transmission, exacte ou inexacte, des impressions des sens. C'est dans le cerveau que le coquelicot est rouge, que la pomme est odorante, que chante l'alouette.

Tout récemment, je me suis mis à étudier avec assiduité les quatre poèmes en prose sur le Christ. À Noël, j'ai réussi à me procurer un Nouveau Testament en grec et chaque matin, après avoir nettoyé ma cellule et lavé mes ustensiles, je lis des passages des Évangiles, une douzaine de versets pris au hasard. C'est une façon délicieuse de commencer la journée. Pour toi, qui mènes une vie turbulente et désordonnée, il serait essentiel d'en faire autant. Cela te ferait un bien énorme, et la langue grecque est très facile. D'innombrables répétitions, à tout propos et hors de propos, ont gâté pour nous la fraîcheur, la naïveté, le charme simple et romantique des Évangiles. Nous les entendons lire beaucoup trop souvent et bien trop mal, et toute répétition est anti-spirituelle. Lorsqu'on revient au texte grec, on a l'impression de quitter quelque étroite et sombre maison pour entrer dans un jardin de lys.

Et le plaisir est pour moi doublé à l'idée qu'il est extrêmement probable que nous possédions les termes précis, les *ipsissima verba* [1], employés par le Christ. On avait toujours présumé que le Christ s'exprimait en araméen. Renan lui-même le croyait. Mais nous savons maintenant que, tout comme les paysans irlandais de nos jours, les paysans galiléens étaient bilingues, le grec étant la langue habituellement utilisée dans toute la Palestine et, en réalité, dans tout le monde oriental. Il m'avait toujours déplu de penser que nous ne connaissions les paroles du Christ que par la traduction d'une traduction. C'est pour moi un enchantement d'imaginer que, dans sa conversation tout au moins, Charmidès [2] eût pu l'écouter, Socrate raisonner avec lui et Platon le comprendre ; qu'il a vraiment dit : « ἐγω εἰμι ὁ ποιμὴν ὁ καλός [3] » ; que lorsqu'il évoqua les lys des champs qui ne besognent ni ne filent,

1. C'est-à-dire « les mots mêmes » en latin. **2.** Charmidès ou Charmide : personnage du dialogue éponyme de Platon ; il incarne le juste milieu. Wilde a repris ce nom dans son poème « Charmidès ». **3.** « Je suis le bon berger » (Jn 10, 11-14).

il s'exprima textuellement ainsi : Καταμάθετε τὰ κρίνα τοῦ ἀγροῦ πῶς αὐξάνει· οὐ κοπιᾶ οὐδὲ νήθει[1] ; et que son dernier mot, lorsqu'il s'écria « Tout est accompli, ma vie a été réalisée, parachevée », fut exactement celui que nous transmet saint Jean : « τέτελεσται », et rien de plus[2].

Si, en lisant les Évangiles — en particulier, celui de saint Jean lui-même ou de l'un des premiers gnostiques qui prit son nom et son manteau —, je vois que la continuelle affirmation de l'imagination doit être la base de toute vie spirituelle et matérielle, je vois également que, pour le Christ, l'imagination n'était qu'une forme de l'amour et que, pour lui, l'amour était souverain dans toute l'acception du terme. Il y a six semaines environ, le docteur m'autorisa à recevoir du pain blanc au lieu du pain grossier, noir ou bis, du régime ordinaire de la prison. C'est une délicieuse friandise. Il paraîtra étrange que du pain sec puisse être pour quiconque une friandise. Mais il l'est si bien pour moi qu'à la fin de chaque repas, je mange soigneusement les moindres miettes qui peuvent rester sur mon assiette de métal ou sont tombées sur la serviette de toile rude qui fait office de nappe pour protéger la table. Et ce n'est pas la faim qui me fait agir ainsi — la nourriture est maintenant tout à fait suffisante —, mais je tiens à ce que rien de ce qui m'est donné ne soit perdu[3]. C'est ainsi que l'on devrait considérer l'amour.

Comme toutes les personnalités séduisantes, le Christ avait non seulement le pouvoir de dire lui-même de belles choses, mais de s'en faire dire par les autres. Et j'aime l'histoire que nous raconte saint Marc à propos d'une femme grecque — la γυνὴ Ἑλληνίς qui, lorsque le Christ, pour éprouver sa foi, lui dit qu'il ne pouvait lui donner le pain des enfants d'Israël, lui répondit que les petits chiens — κυνάρια[4] — (« petits chiens », c'est ainsi que ce terme doit être rendu) qui sont sous la table mangent les miettes que laissent tomber les enfants. La plupart

1. « Observez les lys des champs, comme ils croissent : ils ne peinent ni ne filent. » Mt 6, 28. 2. Jn, 19, 30. 3. Ce n'est pas ce que dit Wilde dans ses lettres de prison, où il affirme que le détenu « est toujours torturé par la souffrance et la misère de la faim ». 4. Mc 7, 26-30.

des gens vivent pour l'amour et pour l'admiration. Mais c'est par l'amour et par l'admiration que nous devrions vivre. Si l'on nous témoigne de l'amour, nous devrions reconnaître que nous en sommes absolument indignes. Personne n'est digne d'être aimé. Le fait que Dieu aime l'homme nous montre que, dans l'ordre divin des choses idéales, il est écrit qu'un éternel amour sera donné à ce qui en est éternellement indigne. Ou si cette phrase paraît trop cruelle, disons que toute créature est digne d'amour, sauf celle qui croit l'être. L'amour est un sacrement que l'on devrait recevoir à genoux et *Domine, non sum dignus*[1] devrait être sur les lèvres et dans le cœur de ceux à qui il est dispensé. Je souhaite que tu y penses parfois. Tu en as grand besoin.

Si j'écris jamais de nouveau — s'il m'est donné, veux-je dire, de produire une œuvre artistique —, il n'y a que deux sujets sur lesquels et par lesquels je désire m'exprimer : l'un est « le Christ en tant que précurseur du mouvement romantique dans la vie » et l'autre « la vie artistique considérée dans ses rapports avec le comportement ». Le premier est, bien entendu, extrêmement captivant, car je vois dans le Christ non seulement les éléments essentiels du type romantique suprême, mais aussi tous les accidents, toute l'opiniâtreté du caractère romantique. Il est le premier qui ait jamais dit aux hommes de « vivre comme des fleurs »[2]. Il a consacré cette phrase. Il a pris les enfants pour modèles de ce que les adultes devraient tenter de devenir. Il les a toujours donnés en exemple à leurs aînés, ce qui m'a toujours paru la principale utilité des enfants, si tant est que ce qui est parfait puisse avoir une utilité. Dante dépeint l'âme de l'homme comme venant de la main de Dieu, « pleurant et riant comme un petit enfant », et le Christ, lui aussi,

---

1. Paroles du prêtre au moment de l'Eucharistie : « Seigneur, je ne suis pas digne de te recevoir, mais dis seulement une parole et je serai guéri. »

2. Wilde attribue cette parole (apocryphe) au Christ et l'associe à ses propos bien connus sur les enfants : « Laissez les enfants venir vers moi, ne les empêchez pas ; car c'est à leurs pareils qu'appartient le royaume de Dieu » (Mc 10, 14).

voyait que l'âme de chacun de nous devrait être *a guisa di fanciulla che piangendo e ridendo pargoleggia*[1]. Il sentait que la vie est mouvante, inconstante, active, et que la laisser se stéréotyper sous quelque forme que ce soit est la mort. Il voyait que les hommes ne doivent pas prendre trop au sérieux les intérêts matériels et quotidiens, que n'avoir pas l'esprit pratique serait une grande chose, et qu'il ne fallait pas trop se préoccuper des choses de ce monde. Les oiseaux ne s'en soucient pas. Pourquoi l'homme le ferait-il ? Il est charmant lorsqu'il dit : « Ne pensez pas au lendemain. L'âme n'est-elle pas plus que la chair et le corps plus que le vêtement[2] ? » Un Grec eût pu prononcer cette dernière phrase. Elle est pleine de sentiment grec. Mais seul le Christ pouvait dire les deux et résumer pour nous la vie d'aussi parfaite façon.

Sa morale est toute sympathie, exactement ce que devrait être la morale. S'il n'avait jamais dit que ces mots : « Ses péchés lui sont pardonnés parce qu'elle a beaucoup aimé[3] », il eût valu la peine de mourir pour les avoir prononcés. Sa justice est toute poétique, exactement ce que devrait être la justice. Le mendiant va au ciel parce qu'il a été malheureux[4]. Je ne puis concevoir meilleure raison pour l'y envoyer. Ceux qui ont travaillé pendant une heure dans la vigne dans la fraîcheur de la soirée reçoivent exactement le même salaire que ceux qui ont peiné tout le jour sous un soleil torride[5]. Et pourquoi pas ? Il est probable que personne ne méritait rien. Ou peut-être s'agissait-il de créatures de nature différente. Le Christ était sans indulgence pour les mornes systèmes figés qui traitent automatiquement les gens comme s'ils étaient des objets et, par conséquent, de façon identique. Pour lui, les règles n'existaient point, il n'y avait que des exceptions.

Ce qui est la note dominante de l'art romantique était pour lui la véritable base de la vie naturelle. Il n'en voyait pas d'autre.

---

1. « Comme une petite fille qui joue et qui rit et qui pleure » (Dante, *Purgatoire*, XVI, 86-7). **2.** Mt 6, 34 et 6, 25. **3.** Lc 7, 47. **4.** I Samuel, 2, 8 : « il relève le pauvre de la poussière, du fumier il fait monter l'indigent » ; Lc 16, 20-25, histoire du mauvais riche et de Lazare. **5.** Mt 20, 1-16.

Et lorsqu'on lui amena une femme prise en flagrant délit de péché[1], qu'on lui montra la sentence écrite dans la Loi en lui demandant ce qu'il fallait faire, il traça du doigt quelque chose sur le sable comme s'il n'avait pas entendu et finalement, comme on le pressait de répondre, il leva les yeux et dit : « Que celui d'entre vous qui n'a jamais péché soit le premier à lui jeter la pierre. » Il valait d'avoir vécu pour prononcer ces paroles.

Comme toutes les natures poétiques, il aimait les ignorants. Il savait que, dans l'âme de l'ignorant, il y a toujours place pour une grande idée. Mais il ne pouvait supporter les gens stupides, surtout ceux que l'éducation a rendus tels, ceux qui sont pleins d'opinions sans comprendre la moindre d'entre elles : un type particulièrement moderne que le Christ résume comme étant celui qui possède la clef de la connaissance, ne peut l'utiliser lui-même et ne permet pas aux autres de s'en servir, bien qu'elle puisse ouvrir les portes du royaume de Dieu. C'est surtout aux philistins qu'il livra bataille. C'est la guerre que devrait engager tout enfant de lumière. Le philistinisme était caractéristique de l'époque et de la communauté dans laquelle vivait le Christ. Avec leur lourdeur d'esprit, leur terne respectabilité, leur fastidieuse orthodoxie, leur culte du succès vulgaire, leurs préoccupations entièrement tournées vers le grossier matérialisme de la vie et leur ridicule idée d'eux-mêmes et de leur importance, les Juifs de Jérusalem, du temps du Christ, étaient le pendant exact du philistinisme britannique de nos jours. Le Christ railla « les sépulcres blanchis » de la respectabilité et cette expression fut à jamais consacrée[2]. Il tenait le succès matériel pour une chose absolument méprisable. Il n'y voyait rien d'intéressant. Il considérait que la richesse était pour l'homme un encombrement. Il ne voulait pas entendre parler de vie sacrifiée à un mode de pensée ou de morale. Il déclarait que les conventions et les cérémonies étaient faites pour

---

1. Jn 8, 7, Jésus et la femme adultère : « Que celui qui est sans péché lui jette la première pierre. » **2.** Mt 23, 27 : « Malheur à vous, scribes et Pharisiens hypocrites, parce que vous ressemblez à des sépulcres blanchis. »

l'homme, et non l'homme pour les conventions et les cérémonies. Il prit l'observance du sabbat pour type des choses dont il ne faut tenir aucun compte [1]. La froide philanthropie, la charité publique ostentatoire, l'ennuyeux formalisme si cher aux esprits moyens, il les condamna avec un impitoyable mépris. Pour nous, ce qu'on appelle orthodoxie n'est qu'un acquiescement facile et peu intelligent ; mais, pour eux, c'était le moyen d'exercer une terrible et paralysante tyrannie. Le Christ la rejeta. Il démontra que seul l'esprit a de la valeur. Il prit un malin plaisir à leur faire observer que, bien qu'ils fussent toujours en train de lire la Loi et les Prophètes, ils n'avaient pas la moindre idée de ce que signifiaient ces textes. Opposé aux contraintes de chaque journée par une immuable routine de tâches prescrites, comme sont liés la menthe et le dictame [2], il prêcha l'énorme importance de vivre totalement pour l'instant présent.

Ceux qu'il racheta de leurs péchés le furent pour les beaux moments de leur vie. Marie-Madeleine, lorsqu'elle voit le Christ, brise le beau vase d'albâtre que l'un de ses sept amants lui avait donné et en répand sur ses pieds las et poussiéreux les odorants aromates [3], et c'est pour ce moment qu'elle demeure à jamais avec Ruth et Béatrice parmi les guirlandes de roses blanches du Paradis [4]. Tout ce que nous dit le Christ sous la forme de discrets avertissements est que chaque moment de la vie devrait être beau, que l'âme devrait toujours être prête pour la venue de l'époux, toujours attentive à la voix de l'amant, le philistinisme étant simplement ce côté de la nature de l'homme qui n'est pas illuminé par l'imagination. Il voit tou-

1. Mc 2, 27 : « Et il leur disait : "Le sabbat a été fait pour l'homme, et non l'homme pour le sabbat", de sorte que le Fils de l'Homme est seigneur même du sabbat. » 2. Plante aromatique adoucissante. Lc 11, 42 : « Mais malheur à vous, les Pharisiens, parce que vous acquittez la dîme de la menthe, de la rue et de tous les légumes, et vous négligez la justice et l'amour de Dieu ! » 3. Wilde fait ici une confusion entre la pécheresse Marie-Madeleine et la prostituée inconnue qui oint de parfum les pieds du Christ lors du repas chez Simon le Pharisien (Lc 7, 36-50). Cet épisode apparaît également chez Mt 26, 6-13 ; Mc 14, 3-9 et Jn 12, 3-8. 4. Dante, *Paradis*, XXX-XXXII.

tes les influences de la beauté sur la vie comme des sources de lumière : l'imagination elle-même est la lumière du monde. Τὸ φῶς τοῦ κοσμοῦ. Le monde est fait par elle et, pourtant, le monde ne peut la comprendre, et cela parce que l'imagination est simplement une manifestation de l'amour, et c'est l'amour et la faculté d'aimer qui distinguent un être humain d'un autre.

Mais c'est dans sa façon de traiter le pécheur que le Christ est le plus romantique, au sens vraiment réel du terme. Le monde a toujours aimé le saint comme étant le plus proche de la perfection de Dieu. Le Christ, doué de quelque instinct divin, semble avoir toujours aimé le pécheur comme étant le plus proche de la perfection de l'homme. Son désir primordial n'était pas de réformer les gens, pas plus que de soulager la souffrance. Transformer un voleur intéressant en un honnête homme ennuyeux n'était pas son but. Il n'eût pas fait grand cas de l'Association d'aide aux prisonniers [1] et autres mouvements modernes de ce genre. La conversion d'un publicain en un pharisien ne lui eût pas paru un exploit [2]. Mais, d'une manière encore incomprise du monde, il regardait le péché et la souffrance comme étant en soi et des choses belles et saintes et des moyens de perfection. C'est là, semble-t-il, une idée très dangereuse. Elle l'est : toutes les grandes idées sont dangereuses. Que ce fût là la croyance du Christ ne fait aucun doute. Que ce soit là la vraie croyance, je n'en doute pas moi-même.

Assurément, le pécheur doit se repentir. Mais pourquoi ? Tout simplement parce que, s'il en était autrement, il serait incapable de se rendre compte de ce qu'il a fait. Le moment du repentir est celui de l'initiation. Mieux encore, c'est le moyen par lequel on modifie son passé. Les Grecs trouvaient la chose impossible. Ils disaient souvent, dans leurs aphorismes gnomi-

---

1. Société charitable qui venait en aide aux prisonniers. Il en existait un grand nombre dans le pays jusqu'à ce qu'un organisme central fût créé en 1918. **2.** Les publicains avaient pour tâche de collecter les impôts ; les pharisiens, très versés dans l'étude de la loi mosaïque, obéissaient à la lettre à la loi juive et Jésus leur reprochait vivement leur formalisme et leur hypocrisie.

ques : « Les dieux eux-mêmes ne peuvent modifier le passé [1]. » Le Christ démontra que le plus ordinaire des pécheurs pouvait le faire, que c'était l'unique chose qu'il pût faire. Si on le lui avait demandé, le Christ eût dit, j'en ai la conviction absolue, que dès que le fils prodigue tomba à genoux et pleura, il fit de sa vie gâchée avec des prostituées, ainsi que du fait d'avoir gardé les cochons et avidement désiré leur pitance, les plus beaux et les plus saints moments de sa vie [2]. C'est là, pour la plupart des gens, une idée difficile à saisir. J'ose dire qu'il faut aller en prison pour la comprendre. En ce cas, peut-être vaut-il la peine d'aller en prison.

Il y a, chez le Christ, quelque chose de si unique ! Bien entendu, tout comme il y a une fausse aurore avant l'aube elle-même et des jours d'hiver si soudainement ensoleillés au point de leurrer le sage crocus et de lui faire prodiguer son or avant l'heure, ou de faire lancer à quelque sot oiseau un appel à sa compagne pour bâtir leur nid sur des branches dénudées, il y eut des chrétiens avant le Christ. Nous devrions en éprouver de la gratitude. Le malheur est qu'il n'y en ait plus eu depuis lors. Je ferai une exception pour saint François d'Assise. Mais Dieu lui avait donné à sa naissance l'âme d'un poète, et lui-même, très jeune encore, avait pris, en un mariage mystique, la pauvreté pour épouse. Et avec l'âme d'un poète et le corps d'un mendiant, il trouva facile le chemin de la perfection. Il comprit le Christ et devint ainsi pareil à lui. Nous n'avons pas besoin du *Liber Conformitatum* pour nous apprendre que la vie de saint François fut la véritable *Imitatio Christi*, poème en comparaison duquel le livre ainsi intitulé n'est que prose [3]. En vérité, tout cela dit, le charme du Christ réside en ce qu'il est pareil à une œuvre d'art. Il ne nous enseigne vraiment rien,

---

1. Aristote, l'*Éthique*, VI, 2. **2.** Parabole du fils prodigue (Lc 15, 11-32). **3.** Œuvre de Bartolomé de Pise, publiée en 1510. L'auteur y fait des rapprochements, plus tard jugés ridicules par les luthériens, entre la vie du Christ et celle de saint François. L'*Imitation du Christ* est une œuvre dévote due à Thomas A Kempis (1380-1471), théologien allemand qui exerça une influence considérable.

mais si l'on se trouve amené en sa présence, on devient quelque chose. Et chacun de nous est prédestiné à sa présence. Une fois au moins dans sa vie, tout homme chemine avec le Christ vers Emmaüs[1].

Quant à l'autre sujet, « La vie artistique considérée dans ses rapports avec le comportement », mon choix te semblera sans doute étrange. Les gens montrent du doigt la prison de Reading et disent : « Voilà où mène la vie artistique. » Eh bien, elle pourrait conduire à de pires endroits. Les êtres à l'esprit pratique, dont la vie est une spéculation avisée fondée sur un minutieux calcul de la voie à suivre, savent toujours où ils vont et parviennent à leurs fins. Inspirés du désir idéal d'être le bedeau de la paroisse et dans quelque sphère qu'ils se trouvent, ils réussissent à être le bedeau de la paroisse et rien de plus. Un homme qui souhaite être autre chose que lui-même — membre du Parlement, épicier enrichi, avocat en renom, juge, ou quelque chose d'aussi ennuyeux — y parvient invariablement. C'est là son châtiment. Ceux qui veulent un masque doivent le porter.

Mais pour les forces dynamiques de la vie et ceux en qui elles s'incarnent, c'est une tout autre chose. Ceux dont l'unique désir est de se réaliser ne savent jamais où ils vont. Ils ne le peuvent. En un certain sens du terme, il est bien entendu nécessaire, comme le dit l'oracle grec, de se connaître soi-même, c'est le premier accomplissement de la connaissance. Mais reconnaître que l'âme de l'homme est inconnaissable est le suprême accomplissement de la sagesse. Le mystère final est soi-même. Lorsqu'on a pesé le soleil dans la balance, déterminé les phases de la lune, tracé la carte des sept ciels étoile par étoile, il reste encore soi-même. Qui peut calculer l'orbite de son âme ? Quand Saül[2] se mit en route pour aller chercher les

---

1. C'est sur la route d'Emmaüs que le Christ ressuscité apparut pour la première fois à deux disciples (Lc 24, 13-35). **2.** Saül, fils de Qich, fut le premier roi d'Israël ; son règne débuta en l'an 1025 avant J.-C. Selon I Samuel, 9, 10, le père de Saül, dont les ânesses s'étaient perdues, demanda à son fils de partir à leur recherche. Il rencontra alors dans la ville de Bethel le prophète Samuel qui lui annonça que Jéhovah l'avait choisi pour délivrer les Juifs du joug philistin et qui le sacra roi.

ânesses de son père, il ne savait pas qu'un homme de Dieu l'attendait avec le chrême[1] du sacre et que son âme était déjà l'âme d'un roi.

J'espère vivre assez longtemps pour produire une œuvre d'un caractère tel que je puisse dire à la fin de mes jours : « Oui ! C'est là exactement où la vie artistique mène un homme ! » Deux des vies les plus parfaites qu'il m'ait été donné de connaître sont celles de Verlaine et du prince Kropotkine[2]. Tous deux ont passé des années en prison. Le premier était le seul poète chrétien depuis Dante ; le second avait l'âme de ce beau Christ blanc qui semble venir de Russie. Et depuis ces sept ou huit derniers mois, en dépit d'une série de grands tourments qui n'ont cessé de m'advenir du monde extérieur presque sans interruption, j'ai été mis en contact direct avec un esprit nouveau qui pénètre dans cette prison l'homme et les choses, et m'a aidé au-delà de toute expression. Alors que, pendant la première année de ma détention, je n'avais rien fait d'autre — c'est du moins ce que je me rappelle — que me tordre les mains en un désespoir impuissant et m'écrier : « Quelle fin ! Quelle effroyable fin ! », j'essaie maintenant de me dire, et parfois, quand je ne suis pas en train de me torturer, je me dis réellement et sincèrement : « Quel commencement ! Quel merveilleux commencement ! » Il se peut qu'il en soit vraiment ainsi. Il en peut devenir ainsi. En ce cas, je devrai beaucoup à cette personnalité nouvelle qui a transformé ici la vie de chacun[3].

Les faits eux-mêmes ont peu d'importance. À vrai dire — remercions pour une fois la métaphysique pour ce qu'elle nous enseigne —, ils n'ont pas d'existence réelle. Seul l'esprit

---

1. Le chrême est une huile consacrée. **2.** Le prince Pierre Kropotkine (1842-1921), géographe russe et révolutionnaire anarchiste, fut emprisonné pour ses écrits. Il lut *De profundis* dès sa publication et il reprocha violemment à Wilde son insistance sur la notion d'humilité, qu'il jugeait étrangère à la force vitale. **3.** Cette « personnalité nouvelle » désigne James Osmond Nelson, qui prit la direction de la prison de Reading en juillet 1896. Sa bonté contrastait vivement avec la dureté intransigeante de son prédécesseur, Henry Isaacson.

importe. Le châtiment peut être infligé d'une telle manière qu'il apaise au lieu de causer une blessure, tout comme on peut faire l'aumône de telle sorte que le pain se change en pierre dans la main du donateur[1]. Il te sera peut-être possible de comprendre le changement qui s'est opéré ici — non dans la discipline, car elle est déterminée par une règle de fer, mais dans l'esprit dont elle est l'expression — quand je te dirai que si j'avais été libéré en mai[2] dernier, ainsi que je l'avais tenté, j'aurais quitté ce lieu en lui vouant, ainsi qu'à son personnel, une amertume et une haine qui eussent empoisonné ma vie. J'ai subi une autre année de détention, mais un sentiment d'humanité a habité la prison avec nous tous et, quand je la quitterai, je me rappellerai toujours les grandes bontés que j'ai reçues ici de presque tous et, le jour de ma libération, j'aurai à remercier maintes personnes et leur demanderai, en retour, de se souvenir de moi.

Le régime de la prison est absolument inique. Je donnerais n'importe quoi pour être à même de le changer lorsque j'en sortirai. J'ai l'intention de le tenter. Mais il n'est rien au monde de si défectueux que l'esprit d'humanité — l'esprit de l'amour, l'esprit du Christ, celui qui n'est pas dans les églises — ne puisse, sinon redresser, rendre du moins supportable sans trop d'amertume.

Je sais aussi qu'au-dehors m'attendent beaucoup de choses délicieuses, de ce que François d'Assise appelle « mon frère le vent et ma sœur la pluie » — deux choses charmantes —, aux vitrines des magasins et aux couchers de soleil des grandes villes. Si je faisais une liste de tout ce qui me reste encore, je ne sais où je m'arrêterais, car, en vérité, Dieu a fait le monde pour moi autant que pour quiconque. Peut-être pourrai-je sortir d'ici avec quelque chose que je ne possédais pas auparavant. Je n'ai pas besoin de te dire que, pour moi, la réforme en matière de

1. Mt 7, 9 : « Quel est l'homme d'entre vous à qui son fils demanderait du pain et qui lui remettrait une pierre ? » 2. La date exacte est juillet 1896 ; Wilde s'était alors adressé au ministre de l'Intérieur pour lui demander sa libération anticipée pour raison de santé ; la demande fut rejetée.

morale est aussi dénuée de sens et vulgaire que la réforme en matière de théologie. Mais tandis que se proposer de devenir meilleur n'est qu'un cliché peu scientifique, être devenu un homme plus profond est le privilège de ceux qui ont souffert. Et c'est ce que je crois être devenu. Tu pourras en juger par toi-même.

Si, lorsque je serai libre, un de mes amis donne un banquet et ne m'y invite pas, cela me sera absolument égal. Je puis être parfaitement heureux tout seul. Avec la liberté, des fleurs, des livres et la lune, qui ne serait parfaitement heureux ? De plus, les fêtes ne sont plus rien pour moi. J'en ai beaucoup trop donné pour y prendre encore intérêt. Ce côté de la vie a pris fin pour moi, fort heureusement, j'ose le dire. Mais si, lorsque je serai libre, un de mes amis était affligé et se refusait à me laisser partager son malheur, j'en éprouverais la plus grande amertume. S'il me fermait la porte de sa maison endeuillée, je ne cesserais de revenir l'implorer de me laisser entrer pour prendre la part de ce qui me revient dans sa peine. S'il me croyait indigne de pleurer avec lui, ce serait pour moi l'humiliation la plus poignante, la disgrâce la plus terrible qui puisse m'être infligée. Mais cela ne saurait être. J'ai le droit de prendre part à la douleur. Et celui qui peut contempler la beauté du monde, prendre part à sa douleur et concevoir la merveille de l'un et de l'autre, entre en contact immédiat avec les choses divines et est plus près du secret de Dieu qu'il puisse être donné à une créature humaine.

Peut-être entrera-t-il également dans mon art, non moins que dans ma vie, un élément plus profond encore, une plus grande unité dans la passion et plus d'élan dans l'impulsion. Ce n'est pas l'ampleur, mais l'intensité qui est le véritable but de l'art moderne. En art, nous ne nous soucions plus du type, c'est à l'exception que nous avons affaire. Je ne puis, ai-je besoin de le dire, donner à mes souffrances aucune des formes qu'elles ont prises. L'art ne commence que là où finit l'imitation. Mais quelque chose pénétrera dans mon œuvre, un plus grand bonheur des mots, peut-être, ou des cadences plus riches, ou de plus curieux effets, ou un ordre architectural plus simple, ou, tout au moins, quelque qualité artistique.

Quand Marsyas fut « arraché à la gaine de ses membres » — *della vagina delle membre sue*, pour employer l'une des phrases les plus tacitéennes de Dante[1], il perdit la faculté de chanter, disaient les Grecs. Apollon avait triomphé. La lyre avait vaincu le roseau. Mais peut-être les Grecs ont-ils fait erreur. J'entends, dans beaucoup d'œuvres modernes, le cri de Marsyas. Il est amer chez Baudelaire, doux et plaintif chez Lamartine, mystique chez Verlaine. Il est dans les résolutions différées de la musique de Chopin. Il est dans l'insatisfaction des visages féminins de Burne-Jones. Matthew Arnold lui-même, dont le chant de Calliclès[2] parle du « triomphe de la douce et persuasive lyre » et de la « fameuse victoire finale » sur un ton si clair de beauté lyrique, est loin d'en être exempt ; dans la détresse et le doute sous-jacents qui imprègnent ses vers, ni Goethe ni Wordsworth ne lui furent d'aucune aide, bien qu'il les eût suivis tour à tour, et lorsqu'il veut se lamenter pour Thyrsis[3] ou célébrer *L'Étudiant gitan*, c'est au roseau qu'il lui faut recourir pour traduire ses accents. Mais que le faune phrygien[4] soit silencieux ou non, je ne saurais l'être. L'expression m'est aussi nécessaire que le sont les feuilles et les fleurs aux branches noires des arbres qui se dressent au-dessus des murs de la prison et s'agitent dans le vent. Entre mon art et le monde, il y a maintenant un vaste gouffre ; mais entre l'art et moi-même, il n'en existe point, du moins je l'espère.

Des sorts différents sont dévolus à chacun de nous. La liberté, le plaisir, les divertissements, une vie facile ont été ton lot, et tu n'en es pas digne. Le mien a été l'infamie publique,

---

1. La citation en italien est de Dante, *Paradis*, I, 20. L'adjectif « tacitéen » renvoie à l'écrivain latin Tacite et à la qualité épigrammatique de son style.
2. Calliclès : harpiste créé par Matthew Arnold dans son poème dramatique, *Empédocle sur l'Etna* (1852) ; Arnold insiste sur la puissance de son interprétation et sur son lyrisme.
3. « Thyrsis » (1866), élégie de M. Arnold consacrée à son ami, le poète Arthur Hugh Clough (1819-1861). « The Scholar Gypsy » (1853) est un autre poème de M. Arnold (1852-3).
4. Le « faune phrygien » désigne Marsyas. Arnold l'évoque dans *Empédocle sur l'Etna*.

un long emprisonnement, la misère, la ruine, la honte, mais je n'en suis pas digne, du moins pas encore. Je me rappelle avoir dit souvent que je croyais pouvoir supporter une véritable tragédie si elle se présentait sous un manteau de pourpre et un masque de noble douleur, mais que l'affreux côté du modernisme est qu'il affuble la tragédie du vêtement de la comédie, de sorte que les grandes réalités de la vie paraissent triviales, ou grotesques, ou dénuées de style. Cela est absolument vrai pour l'époque moderne. Il en a probablement toujours été ainsi dans la vie réelle. On dit que tous les martyres semblent méprisables aux yeux du spectateur. Le XIXe siècle ne fait pas exception à la règle.

Dans ma tragédie, tout a été hideux, médiocre, répugnant, vulgaire. Notre costume suffit à nous rendre grotesques. Nous sommes les bouffons de la douleur. Nous sommes les clowns au cœur brisé. Nous sommes spécialement destinés à faire appel au sens de l'humour. De Londres, j'ai été amené ici le 13 novembre 1895[1]. Ce jour-là, de deux heures à deux heures et demie, il m'a fallu rester sur le quai central de la gare de Clapham en uniforme de prisonnier, menottes aux mains, exposé à tous les regards. On m'avait tiré de l'infirmerie sans m'en avertir un seul instant à l'avance. J'offrais le plus grotesque des spectacles. Quand les gens me voyaient, ils riaient. L'arrivée de chaque train venait grossir le nombre des curieux. Leur amusement était extrême, et cela, bien entendu, avant de savoir qui j'étais. Dès qu'ils le surent, ils rirent de plus belle. Pendant une demi-heure, je restai ainsi sous la pluie d'une grise journée de novembre, entouré d'une foule qui me raillait.

Pendant toute l'année qui suivit cette épreuve, je pleurai chaque jour à la même heure pendant le même espace de temps. Ce n'est pas une chose aussi tragique que tu pourrais le croire. Pour ceux qui sont en prison, les larmes font partie de la vie quotidienne. Un jour en prison passé sans pleurer est une jour-

---

1. C'est en fait le 20 novembre, et non le 13, qu'eut lieu le transfert de Wilde de Wandsworth à la prison de Reading.

née pendant laquelle on a le cœur durci, et non une journée pendant laquelle le cœur est heureux.

Eh bien, maintenant, je commence vraiment à éprouver plus de regret pour ceux qui se sont moqués de moi que pour moi-même. Bien entendu, lorsqu'ils me virent, je n'étais pas sur mon piédestal, j'étais au pilori. Mais seule une nature dépourvue d'imagination ne s'intéresse aux gens que sur leur piédestal. Un piédestal peut être une chose fort irréelle. Un pilori est une terrible réalité. Il leur eût aussi fallu savoir mieux interpréter la douleur. Derrière la douleur, ai-je dit, il y a toujours la douleur. Il serait plus sage de dire que, derrière la douleur, il y a toujours une âme. Et se moquer d'une âme en peine est chose affreuse. La vie de ceux qui le font n'est pas belle. Dans l'économie du monde, d'une étrange simplicité, les gens ne reçoivent que ce qu'ils donnent, et à ceux qui n'ont pas assez d'imagination pour percer l'enveloppe extérieure des choses et éprouver de la pitié, quelle pitié peut-on donner, sinon celle du mépris ?

Je ne relate la façon dont j'ai été transféré ici que pour que l'on puisse comprendre à quel point il m'a été difficile de tirer de mon châtiment autre chose qu'amertume et désespoir. Il me faut pourtant le faire et j'ai maintenant des moments de soumission et de résignation. Tout le printemps peut être caché dans un simple bourgeon et, au ras du sol, le nid de l'alouette peut contenir la joie qui annoncera la venue de maintes aubes vermeilles. Peut-être est-ce ainsi que ce qui peut me rester de la beauté de la vie est contenu dans quelque moment de soumission et d'humilité. Je puis, en tout cas, suivre simplement la voie de mon propre développement et, en acceptant tout ce qui m'est arrivé, m'en rendre digne.

On disait de moi que j'étais trop individualiste. Je dois maintenant l'être plus que jamais. Il me faut tirer de moi-même beaucoup plus que jamais et demander au monde moins que jamais. En vérité, ma ruine est venue non d'un excès, mais d'un manque d'individualisme. La seule action honteuse, impardonnable et à jamais méprisable de ma vie fut de me laisser aller à faire appel à l'aide et à la protection de la société contre ton père. Du point de vue individualiste, un tel appel eût été assez regrettable, mais quelle excuse invoquer pour l'avoir fait contre un tel être ? Naturellement, ayant déclenché les forces de la société, celle-ci s'est dressée contre moi, disant : « As-tu vécu pendant tout ce temps en défiant nos lois et en appelles-tu maintenant à ces lois pour te protéger ? Ces lois te seront strictement appliquées. Tu te soumettras aux lois que tu as invoquées. » Le résultat est que je suis en prison. Et je souffris amèrement de l'ironie et de l'ignominie de ma situation lorsque au cours de mes trois procès, inaugurés par le tribunal de police, je vis ton père s'y agiter (sans préjudice de ses menées à l'extérieur) pour attirer l'attention du public, comme s'il était possible de ne pas remarquer son allure de palefrenier, ses jambes arquées, ses mains crispées, sa lèvre inférieure pendante, son rictus niais et bestial. Même lorsqu'il était sorti ou hors de ma vue, je sentais sa présence, et les sinistres murs de la grande salle du tribunal et l'air lui-même me paraissaient surchargés de masques de cette face simiesque. Aucun homme ne tomba certainement d'aussi ignoble façon que moi et par d'aussi ignobles instruments. Je dis dans un passage de *Dorian Gray* qu'« un homme ne saurait être trop prudent dans le choix de ses ennemis »[1]. Je n'imaginais guère que c'était un paria qui en ferait de moi un autre.

M'avoir pressé, obligé d'appeler la société à l'aide est l'un des motifs qui me font tellement te mépriser, qui me font tellement me mépriser pour t'avoir cédé ! Que tu n'aies pas apprécié en moi l'artiste était parfaitement excusable. C'était une question de nature et tu n'y pouvais rien. Mais tu aurais dû apprécier en moi l'individu. Il n'était pas besoin pour cela de culture. Mais tu ne l'as pas fait, apportant ainsi un élément de philistinisme dans une vie qui s'en était toujours défendue et qui, en un certain domaine, l'avait complètement écarté. L'élément philistin dans la vie ne réside pas dans l'incapacité de comprendre l'art. Des gens charmants, tels des pêcheurs, des bergers, des laboureurs, des paysans et autres, ne savent rien de l'art et sont le sel de la

---

1. *Le Portrait de Dorian Gray*, chapitre I.

terre. Le philistin est celui qui prête son appui aux forces mécaniques de la société, aveugles, lourdes, gênantes, et ne reconnaît pas la force dynamique lorsqu'il se trouve en sa présence soit en un homme, soit dans un mode de pensée.

On a trouvé horrible de ma part d'avoir convié à des festins les mauvais éléments de la vie et d'avoir pris plaisir à leur compagnie. Mais le mobile qui, en tant qu'artiste, me les faisait fréquenter me les rendait délicieusement inspirateurs et stimulants. C'était festoyer avec des panthères [1]. La moitié du plaisir résidait dans le danger. J'éprouvais ce que doit éprouver un charmeur de serpents lorsqu'il attire le cobra hors de l'étoffe peinte ou de la corbeille de roseau et l'oblige, à son commandement, à déployer son capuchon et à osciller dans l'air comme une plante aquatique s'agite dans un courant. Ils étaient pour moi les plus brillants des serpents dorés, leur venin faisait partie de leur perfection. Je ne savais pas que, lorsqu'ils me mordraient, ce serait au son de ta flûte et aux gages de ton père. Je n'éprouve aucune honte de les avoir connus ; ils étaient extrêmement intéressants. Ce dont j'ai honte, c'est de l'horrible atmosphère philistine dans laquelle tu m'as introduit. Ma vocation d'artiste était auprès d'Ariel et tu m'as obligé à lutter avec Caliban [2]. Au lieu de faire de belles choses colorées et musicales, telles *Salomé*, la *Tragédie florentine* et *La Sainte Courtisane*, je me vis contraint d'envoyer à ton père de longues lettres procédurières et de faire appel aux systèmes contre lesquels j'avais toujours protesté. Clibborn et Atkins [3] étaient prodigieux dans leur lutte abominable contre la vie. Les avoir pour convives fut une étonnante aventure. Dumas père, Cellini [4], Goya, Edgar Allan Poe ou Baudelaire eussent agi comme

---

1. La sauvagerie et la ruse de la panthère sont attestées depuis l'Antiquité. Les mots « festoyer avec des panthères » furent repris par Rupert Croft-Cooke pour son livre sous-titré *A New Consideration of Some Late Victorian Writers* (1967) ; Croft-Cooke est aussi l'auteur d'une biographie de Lord Alfred Douglas (1963). **2.** Dans *La Tempête* de Shakespeare, Ariel est un esprit aérien et Caliban une créature terrestre difforme. **3.** Clibborn et Allen (et non pas, comme l'écrit Wilde, Atkins) étaient les deux maîtres chanteurs qui s'étaient procuré les lettres compromettantes adressées par l'écrivain à Douglas. **4.** Benvenuto Cellini (1500-1571), célèbre orfèvre et sculpteur flo-

moi. Ce qui m'est odieux est le souvenir d'interminables visites rendues en ta compagnie à l'avocat Humphreys [1], au cours desquelles, dans le sinistre éclairage d'une morne pièce, nous débitions, l'air sérieux, de sérieux mensonges à un homme chauve jusqu'à ce que j'eusse envie de gémir et de bâiller d'ennui. Voilà où je me trouvai après deux ans d'amitié avec toi, au beau milieu de Philistia [2], loin de ce qui était beau, ou brillant, ou merveilleux, ou hardi. Je me posai en champion de la respectabilité dans la conduite, du puritanisme dans la vie et de la moralité dans l'art. *Voilà où mènent les mauvais chemins* [3].

Et ce qui est pour moi curieux est que tu aies essayé d'imiter ton père dans ses caractéristiques principales. Je ne puis comprendre pourquoi il était pour toi un exemple au lieu d'un avertissement, sinon que, lorsque deux hommes se haïssent, il existe entre eux quelque affinité. Je suppose que, par une étrange loi de l'antipathie des similitudes, vous vous détestiez non parce que vous étiez différents à maints égards, mais parce que, sur tant d'autres points, vous étiez si semblables. En juin 1893, quand tu as quitté Oxford sans diplôme et avec des dettes, assez insignifiantes, mais considérables pour un homme qui n'avait que les revenus de ton père, celui-ci t'écrivit une lettre très vulgaire, violente et injurieuse. La lettre que tu lui envoyas en réponse était pire en tous points et, bien entendu, beaucoup moins excusable ; par conséquent, tu en étais extrêmement fier. De ton air le plus suffisant, tu m'as dit, je m'en souviens fort bien, que tu pouvais battre ton père « à son propre jeu ». C'était bien vrai. Mais quel jeu ! Quelle compétition ! Tu raillais ton père et l'accablais de sarcasmes lorsqu'il quittait la maison de votre cousin, chez qui il habitait, pour écrire à ce dernier, d'un hôtel voisin, des lettres immondes. Tu déjeunais

---

rentin ; auteur de *Mémoires* autobiographiques hauts en couleur, publiés en 1722.

1. Charles Octavius Humphreys (1828-1902) fut l'un des avocats de Wilde pendant les trois procès. 2. Philistia : néologisme pour le pays des Philistins. 3. En français dans le texte. Titre de la troisième partie de *Splendeurs et Misères des courtisanes* (1843-1847) de Balzac. Wilde aimait beaucoup le personnage de Lucien de Rubempré.

constamment au restaurant avec moi, boudais ou faisais une scène pendant le repas, puis tu te rendais au White's Club pour m'écrire une lettre des plus ignoble. La seule différence entre ton père et toi était qu'après m'avoir fait parvenir ta lettre par un messager spécial, tu arrivais toi-même à mon appartement quelques heures plus tard, non pour t'excuser, mais pour savoir si j'avais commandé le dîner au Savoy et, sinon, pour quelle raison. Parfois, tu survenais même avant que la lettre insultante n'eût été lue.

Un jour, je m'en souviens, tu me prias d'inviter à déjeuner au Café Royal deux de tes amis, dont l'un m'était absolument inconnu. J'y consentis et, sur ta demande, je commandai un repas particulièrement luxueux. On envoya, je m'en souviens, chercher le *chef*[1] et des instructions spéciales furent données pour les vins. Au lieu de venir déjeuner, tu me fis porter au café une lettre d'injures calculée de façon qu'elle me parvienne alors que nous t'attendions depuis une demi-heure. J'en lus la première ligne et, voyant de quoi il s'agissait, mis la lettre dans ma poche en expliquant à tes amis que tu avais eu un malaise subit et que le reste de la missive en décrivait les symptômes. De fait, je ne lus la lettre qu'en m'habillant, ce soir-là, pour dîner à Tite Street. Comme j'étais au beau milieu de cette fange, me demandant avec une tristesse infinie comment tu pouvais écrire des lettres qui évoquaient la bave et l'écume sur les lèvres d'un épileptique, mon domestique vint me dire que tu étais dans le vestibule et que tu désirais vivement me voir cinq minutes. Je l'envoyai tout de suite te dire de monter. Tu arrivas tout pâle, l'air effrayé, pour solliciter mon conseil et mon aide, car tu avais appris qu'un clerc de Lumley, l'avoué, était venu te demander à Cadogan Place[2] et craignais que ton affaire d'Oxford, ou quelque nouveau danger, ne te menaçât. Je te rassurai et te dis, ce qui s'avéra être le cas, qu'il ne s'agissait sans doute que d'une facture de fournisseur. Je te gardai à dîner et tu passas la soirée avec moi. Tu ne dis mot de ton odieuse lettre et

1. En français dans le texte. 2. Demeure de la mère de Douglas, Lady Queensberry.

je n'en parlai pas non plus. Je la traitai simplement comme le regrettable symptôme d'un malheureux caractère. Aucune allusion n'y fut faite. M'écrire une lettre abominable à deux heures trente et accourir réclamer mon aide et ma compassion à sept heures quinze du même après-midi était dans ta vie un événement parfaitement ordinaire. Dans de tels procédés, comme en maints autres, tu dépassais ton père de beaucoup. Quand les lettres révoltantes qu'il t'adressait furent lues à l'audience, il en ressentit naturellement de la honte et fit semblant de pleurer. Si les lettres qu'il avait reçues de toi avaient été lues par son avocat, tout le monde en eût éprouvé encore plus d'horreur et de répulsion. Ce n'était pas seulement par le style que tu le battais « à son propre jeu », mais, dans la manière d'attaquer, tu le surpassais aisément. Tu recourais aux télégrammes et aux cartes postales à découvert. J'estime que tu aurais pu laisser ces moyens de harcèlement à des gens comme Alfred Wood[1], car ils sont son unique source de revenus. Ne le penses-tu pas ? Ce qui, pour lui et les gens de sa sorte, était une profession, était pour toi un plaisir, et un plaisir malsain. Et tu n'as pas renoncé à cette horrible habitude d'écrire des lettres injurieuses après tout ce qui m'est arrivé à cause d'elles et pour elles. Tu la tiens encore pour l'un de tes talents et tu l'exerces sur mes amis, ou ceux qui furent bons pour moi au cours de ma détention, tels Robert Sherard et autres. C'est honteux de ta part. Quand Robert Sherard apprit de moi que je ne souhaitais pas te voir publier le moindre article sur moi dans *Le Mercure de France*, avec ou sans lettres, tu aurais dû lui être reconnaissant de s'être assuré de mes désirs à cet égard et de t'avoir épargné de m'infliger, sans en avoir l'intention, plus de chagrin que tu ne m'en avais déjà fait. Souviens-toi qu'une lettre écrite sur un ton protecteur et philistin réclamant le « fair play » pour « un homme à terre » convient fort bien pour un journal anglais. Elle perpétue les vieilles traditions du journalisme anglais dans son attitude à l'égard des artistes. Mais, en France, un tel ton nous eût

1. Maître chanteur dont Wilde fut victime.

exposés, moi au ridicule et toi au mépris. Il m'eût été impossible d'autoriser quelque article que ce fût sans en connaître le but, l'atmosphère et la façon d'aborder le sujet. En art, les intentions n'ont pas la moindre valeur. Tout le mauvais art est le résultat de bonnes intentions.

Et Robert Sherard n'est pas le seul de mes amis à qui tu aies adressé des lettres acrimonieuses et acerbes parce qu'ils veillaient à ce qu'il fût tenu compte de mes souhaits et de mes sentiments dans les affaires me concernant : la publication d'articles sur moi, la dédicace de tes poèmes, la cession de mes lettres et de mes présents, et autres choses de ce genre. Tu as importuné ou tenté d'importuner d'autres que moi.

L'affreuse situation dans laquelle je me serais trouvé si, pendant les deux dernières années de mon effroyable détention, je n'avais dû compter que sur toi comme ami, t'est-elle jamais venue à l'idée ? T'arrive-t-il jamais d'y penser ? Éprouves-tu jamais un peu de gratitude envers ceux dont la bonté sans limites, le dévouement sans bornes, la joie de donner ont allégé mon noir fardeau, m'ont fait de fréquentes visites, m'ont écrit de belles lettres pleines de compassion, se sont occupés de mes affaires, ont organisé ma vie future, sont restés à mon côté tandis que j'étais accablé de calomnies, de sarcasmes et même d'invectives ? Chaque jour, je remercie Dieu de m'avoir donné des amis autres que toi. Je leur dois tout. Les livres que j'ai dans ma cellule ont été payés par Robbie sur son argent de poche. C'est de la même source que me viendront les vêtements que je porterai lorsque je serai libéré. Je n'ai pas honte d'accepter une chose donnée par amour et affection. J'en suis fier. Mais penses-tu parfois à ce que mes amis, tels More Adey, Robbie, Robert Sherard, Frank Harris et Arthur Clifton[1], ont

---

1. William More Adey (1858-1942), ami de Robert Ross et de Wilde. Frank Harris (1856-1931), rédacteur en chef de la *Fortnightly Review* à partir de 1886 et auteur d'une biographie de Wilde (*Oscar Wilde : His Life and Confessions*, 1918). Arthur Bellamy Clifton (1862-1932), avoué devenu plus tard marchand d'art, fondateur de la Carfax Gallery à Londres (1898) ; c'est lui qui possédait le manuscrit original de *L'Importance d'être constant*.

été pour moi en me prodiguant réconfort, aide, affection et sympathie ? Je suppose que tu n'y as jamais pensé. Si tu avais la moindre imagination, tu saurais qu'il n'est pas un seul de ceux qui m'ont témoigné de la bonté pendant mon incarcération devant qui tu ne devrais être fier de t'agenouiller pour nettoyer la boue de ses souliers : du gardien qui me souhaite le bonjour et une bonne nuit (ce qui n'entre pas dans les devoirs de sa charge) aux simples agents de police qui, à leur simple et rude manière, tentèrent de me réconforter pendant les voyages aller et retour au tribunal des faillites, alors que j'étais dans un état de grande détresse mentale, et jusqu'au pauvre voleur qui, me reconnaissant tandis que nous arpentions la cour de la geôle de Wandsworth, me murmura de cette voix rauque qui vient en prison à ceux qui subissent un obligatoire et long silence : « Je vous plains. C'est plus dur pour des gens comme vous que pour nous autres. »

N'as-tu pas assez d'imagination pour voir quelle effroyable tragédie ce fut pour moi d'avoir connu ta famille ? Pour voir quelle tragédie c'eût été pour quiconque ayant une haute position, un grand nom, une chose d'importance à perdre ? Il n'est aucun des adultes de ta famille — à l'exception de Percy, qui est vraiment un brave garçon — qui n'ait en quelque façon contribué à ma ruine.

Je t'ai parlé de ta mère avec une certaine amertume et je te conseille vivement de lui montrer cette lettre, surtout pour ton bien. S'il lui est pénible de lire un tel réquisitoire contre l'un de ses fils, qu'elle se souvienne que ma mère qui, intellectuellement, prend place auprès d'Élizabeth Barrett Browning[1], et, historiquement, auprès de Mme Roland, est morte le cœur brisé parce que son fils, dont l'art et le génie l'avaient rendue fière et qu'elle avait toujours regardé comme le digne héritier d'un nom distingué, avait été condamné pour deux ans aux travaux forcés. Tu me demanderas en quoi ta mère a contribué à ma destruction. Je vais te le dire. Tout comme tu t'es efforcé

---

1. Elizabeth Barrett (1806-1861), poète anglais, épouse du poète Robert Browning (1812-1889).

de rejeter sur moi toutes tes responsabilités immorales, ta mère s'est efforcée de rejeter sur moi toutes ses responsabilités morales à ton égard. Au lieu de te parler directement au sujet de ta vie, comme le devrait une mère, elle m'écrivait toujours confidentiellement, me priant avec effroi et insistance de ne t'en rien dire. Tu vois la position dans laquelle je me trouvais placé entre ta mère et toi. Elle était aussi fausse, aussi absurde et tragique que la situation dans laquelle je fus placé entre ton père et toi. En août 1892 et le 8 novembre de la même année, j'eus deux longs entretiens avec ta mère à ton propos. En ces deux occasions, je lui demandai pourquoi elle ne s'adressait pas directement à toi. Elle me fit chaque fois la même réponse : « Je redoute de le faire ; il se met dans une telle colère à la moindre observation ! » La première fois, je te connaissais si peu que je ne compris pas ce qu'elle voulait dire. La seconde fois, je te connaissais si bien que je compris parfaitement. Entre-temps, tu avais eu la jaunisse, le médecin t'avait ordonné d'aller passer une semaine à Bournemouth et tu m'avais persuadé de t'accompagner, car tu détestais rester seul. Mais le premier devoir d'une mère est de n'avoir pas peur de parler sérieusement à son fils. Si ta mère l'avait fait à propos de l'impasse dans laquelle elle te voyait en juillet 1892 et t'avait amené à te confier à elle, cela eût finalement beaucoup mieux valu pour vous deux. Toutes ces communications secrètes avec moi étaient inopportunes. À quoi pouvaient servir ces incessants petits billets avec le mot « Personnel » sur l'enveloppe, m'implorant de ne pas te prier si souvent à dîner et de ne pas te donner d'argent, chacun d'eux finissant par un post-scriptum pressant : « Qu'Alfred ne sache en aucun cas que je vous ai écrit. » Quel bien pouvait-il résulter de pareille correspondance ? As-tu jamais attendu d'être invité à dîner ? Jamais. Tu prenais tous tes repas avec moi comme une chose allant de soi. Si je t'en faisais l'observation, tu faisais toujours la même réponse : « Si je ne dîne pas avec toi, ou dînerai-je ? Tu n'imagines pas que je vais aller dîner chez moi ? » C'était sans réplique. Et si je refusais absolument de te laisser dîner avec moi, tu menaçais toujours de commettre quelque sottise, et tu n'y manquais pas. Quel résultat pouvait-on attendre de lettres telles que ta mère m'en envoyait, sinon — ce qui arriva — le fait stupide et fatal de me faire endosser toute la responsabilité morale ? Je n'ai pas envie de m'étendre sur les divers détails prouvant que la faiblesse de ta mère et son manque de courage furent si désastreux pour elle-même, pour toi et pour moi ; mais lorsqu'elle apprit que ton père était venu faire chez moi une scène abominable et provoquer un scandale public, n'aurait-elle pu voir alors qu'une crise sérieuse était imminente et prendre des mesures pour essayer de l'éviter ? Mais tout ce qui lui vint à l'idée fut de me dépêcher ce beau parleur de George Wyndham [1] à la voix insidieuse pour me proposer... quoi ? De rompre avec toi « peu à peu ». Comme si j'avais pu rompre avec toi « peu à peu » ! J'avais essayé de mettre fin à notre amitié par tous les moyens possibles, allant jusqu'à quitter l'Angleterre et à donner une fausse adresse à l'étranger dans l'espoir de briser d'un seul coup un lien qui m'était devenu fastidieux, détestable et ruineux. Crois-tu que j'eusse pu rompre avec toi « peu à peu » ? Crois-tu que cela eût satisfait ton père ? Tu sais bien que non. Ce que désirait vraiment ton père n'était pas la cessation de notre amitié, mais un scandale public. Voilà à quoi tendaient ses efforts. Son nom n'avait pas paru dans les journaux depuis des années. Il voyait là l'occasion de se montrer devant le public anglais dans un rôle entièrement nouveau, celui d'un tendre père. Cela stimulait son sens de l'humour. Si j'avais rompu mon amitié avec toi, c'eût été pour lui une terrible déception et la petite notoriété que lui eût apportée une seconde instance en divorce, si révoltants qu'en soient l'origine et les détails, ne lui eût offert qu'une piètre consolation. Ce à quoi il aspirait était la popularité et, dans l'état d'esprit actuel du public anglais, se poser en champion de la pureté, comme on dit, est le moyen le plus sûr de devenir pour un moment

1. George Wyndham (1863-1913), homme politique proche des Queensberry.

un personnage héroïque. Dans l'une de mes pièces[1], j'ai dit de ce public que s'il est Caliban pour une moitié de l'année, il est Tartuffe pour l'autre moitié, et ton père, en qui, on peut le dire, les deux personnages se sont incarnés, se trouvait ainsi désigné comme le digne représentant du puritanisme sous sa forme la plus agressive et la plus caractéristique.

Une rupture « graduelle » avec toi n'eût servi de rien, même si elle avait été faisable. N'as-tu pas maintenant le sentiment que la seule chose à faire pour ta mère était de me prier de venir la voir et, en présence de ton frère et de toi, de déclarer catégoriquement que cette amitié devait absolument cesser ? Elle eût trouvé en moi l'appui le plus chaleureux et, devant Drumlanrig[2] et moi, elle n'eût pas eu à craindre de te parler. Elle n'en fit rien. Elle eut peur de ses responsabilités et tenta de s'en décharger sur moi. Elle m'écrivit une lettre, il est vrai. Dans ce bref message, elle me demandait de ne pas envoyer à ton père la lettre d'avertissement de l'avocat l'engageant à se désister. Elle avait tout à fait raison. Il était ridicule de ma part de consulter des avocats et de rechercher leur protection. Mais elle annula tout l'effet que cette lettre eût pu produire par son post-scriptum habituel : « Qu'Alfred ne sache en aucun cas que je vous ai écrit. » Tu étais ravi à l'idée de me voir envoyer à ton père des lettres procédurières, comme tu le faisais toi-même. J'agissais sur ta suggestion. Je ne pouvais te dire que ta mère y était fortement opposée, puisque je me trouvais contraint, par la promesse la plus solennelle qu'elle avait obtenue de moi, de ne jamais te parler des lettres qu'elle m'écrivait, promesse que je tins stupidement.

Ne vois-tu pas qu'elle avait tort de ne pas te parler directement et que cette correspondance secrète avec moi était néfaste ? Personne ne peut se décharger de ses responsabilités sur quelqu'un d'autre. Elles finissent toujours par revenir à celui auquel elles incombent. Selon ta seule idée de la vie, selon ta

---

1. *Une femme sans importance*, III. Beerbohm Tree, metteur en scène de la pièce, demanda à Wilde de supprimer ce jugement. **2.** Le vicomte Drumlanrig, frère de Douglas.

seule philosophie — dans la mesure où l'on puisse te prêter une philosophie —, tout ce que tu fais doit être payé par quelqu'un d'autre : je ne l'entends pas seulement du point de vue financier — ce n'est là que l'application pratique de ta philosophie dans la vie quotidienne —, mais au sens le plus large, le plus complet, du transfert de la responsabilité. Tu en as fait une profession de foi. Ce fut un vrai succès jusqu'à un certain point. Tu m'as obligé à intenter une action parce que tu savais que ton père ne s'attaquerait ni à ta personne ni à ta vie en aucune façon, que je défendrais les deux dans toute la mesure de mes moyens et prendrais sur moi toutes les charges que l'on m'imposerait. Tu avais parfaitement raison. Ton père et moi, pour des mobiles différents, bien entendu, fîmes exactement ce que tu escomptais de nous. Et pourtant, malgré tout, tu ne t'es pas réellement tiré d'affaire. La « théorie de l'enfant Samuel [1] », comme nous l'appellerons pour abréger, est excellente pour le grand public. Peut-être soulèvera-t-elle beaucoup de mépris dans Londres et quelques sarcasmes à Oxford, mais tout simplement parce qu'il n'y a que peu de gens qui te connaissent dans ces deux villes et que, dans chacune d'elles, tu as laissé des traces de ton passage. À part ce petit groupe, le monde te considère comme le brave jeune homme qui a failli se laisser influencer par un artiste immoral et pervers, mais sauvé juste à temps par son bon père plein d'affection. Cela fait très bon effet. Et pourtant, tu sais que tu ne t'en es pas tiré. Je ne veux pas parler d'une question stupide posée par un juré stupide qui fut, bien entendu, traitée avec dédain et par l'accusation et par le juge [2]. Personne n'y a pris intérêt. C'est surtout de toi que je veux parler. Un jour, de tes propres yeux, tu auras à examiner ta conduite. Tu n'es pas, tu ne peux être satisfait de la façon dont les choses ont tourné. Secrètement, tu dois te considérer avec beaucoup de honte. Montrer au monde un

---

1. I Rois, 2. Samuel, enfant, était connu pour sa piété. Il devint l'un des Juges d'Israël. **2.** Cette question, posée par le président du jury au juge lors du troisième procès, n'était ni stupide ni inutile ; elle visait à savoir si un mandat d'arrêt avait été lancé contre Douglas, et la réponse fut négative.

front d'airain est chose essentielle, mais de temps à autre, quand tu es seul, sans auditoire, il te faut, je suppose, ôter le masque afin de pouvoir respirer. Sinon, en vérité, tu suffoquerais.

Et ta mère, elle aussi, doit parfois regretter d'avoir tenté de se décharger de ses graves responsabilités sur quelqu'un d'autre, qui avait déjà assez de son propre fardeau. Elle devait te servir de père et de mère. A-t-elle été pour toi l'un ou l'autre ? Si j'ai supporté ton mauvais caractère, ta grossièreté, tes scènes, elle aurait pu les supporter aussi. La dernière fois que je vis ma femme — cela remonte à quatorze mois —, je lui dis qu'il lui faudrait être pour Cyril un père aussi bien qu'une mère. Je lui fis part en détail du comportement de ta mère à ton égard, comme je le fais dans cette lettre, mais, bien entendu, de façon plus complète. Je lui dis les raisons des incessants messages « personnels » de ta mère envoyés à Tite Street avec une telle fréquence que ma femme en riait, disant que nous devions collaborer à un roman mondain ou à quelque chose de ce genre. Je l'implorai de n'être pas pour Cyril ce que ta mère était pour toi. Je lui dis de l'élever de telle sorte que s'il versait le sang innocent, il vînt s'en confesser à elle pour qu'elle pût d'abord lui purifier les mains, puis lui enseigner ensuite à purifier son âme par la pénitence ou l'expiation. Je lui dis que si elle craignait d'assumer la responsabilité de la vie d'un autre, même s'il s'agissait de son propre enfant, elle devrait s'assurer d'un tuteur pour l'aider dans cette tâche. C'est ce qu'elle a fait, je suis heureux de le dire. Elle a choisi Adrian Hope [1], homme de haute naissance, d'une grande culture et d'un noble caractère, son propre cousin, que tu as rencontré un jour à Tite Street, et, grâce à lui, Cyril et Vyvyan ont de bonnes chances d'avoir un bel avenir. Si elle redoutait de te parler sérieusement, ta mère aurait dû choisir dans sa propre famille quelqu'un que tu eusses écouté. Mais elle n'aurait pas dû avoir peur. Elle aurait dû s'expliquer avec toi et affronter un tel entretien. En tout cas, vois le résultat. En est-elle satisfaite et heureuse ?

---

1. Cousin de Constance Wilde.

Elle rejette le blâme sur moi, je le sais. Je l'ai appris non par des gens qui te connaissent, mais par des gens qui ne te connaissent pas et n'ont aucun désir de te connaître. On me le rapporte souvent. Elle parle, par exemple, de l'influence du plus âgé sur le plus jeune. C'est l'une de ses théories favorites sur la question, qui réussit toujours à émouvoir l'ignorance et le préjugé populaire. Je n'ai pas besoin de te demander quelle influence j'avais sur toi. Tu sais que je n'en avais aucune. Le fait que je n'en avais point était l'une de tes fréquentes vantardises et la seule, en vérité, qui fût vraiment fondée. De fait, qu'aurais-je pu influencer en toi ? Ton cerveau ? Il n'était pas développé. Ton imagination ? Elle était morte. Ton cœur ? Il n'était pas encore né. De tous les gens qui ont jamais croisé mon chemin, tu étais le seul et l'unique que j'étais incapable d'influencer en aucune manière. Quand j'étais malade, immobilisé par une fièvre attrapée à te soigner, je n'ai même pas eu sur toi une influence suffisante pour te persuader de m'apporter une tasse de lait, ni de veiller à ce que j'eusse les élémentaires nécessités d'une chambre de malade, ni de prendre la peine de parcourir en voiture quelque deux cents mètres pour aller chez un libraire m'acheter un livre à mes frais. Quand j'étais très occupé à écrire des comédies qui devaient surpasser Congreve [1] par leur brio et Dumas fils par leur philosophie, et, je le suppose, tous les autres auteurs pour toutes leurs autres qualités, je n'ai pas eu sur toi assez d'influence pour obtenir de toi que tu me laisses en paix, comme doit l'être un artiste. Où que se trouvât mon cabinet de travail, c'était pour toi un salon quelconque, un endroit où fumer et boire du vin du Rhin à l'eau de Seltz et débiter des absurdités. « L'influence du plus âgé sur le plus jeune » reste une excellente théorie aussi longtemps qu'elle n'arrive pas à mes oreilles. Elle devient alors grotesque. Lorsqu'elle arrive à tes oreilles, je suppose que tu souris pour toi-même, ainsi que tu es en droit de le faire. Beaucoup

1. William Congreve (1670-1729), célèbre dramaturge, auteur de brillantes comédies de mœurs (*L'Amour pour l'amour, La Fiancée en deuil, Ainsi va le monde*).

des propos de ta mère sur les questions d'argent me sont également rapportés. Elle déclare, et en toute justice, qu'elle ne cessait de m'adjurer de ne pas te pourvoir d'argent. Je l'admets. Ses lettres étaient incessantes et, dans chacune d'elles, se trouvait le post-scriptum habituel : « Je vous en prie, qu'Alfred ne sache pas que je vous ai écrit. » Mais ce n'était pas pour moi un plaisir d'avoir à payer tes moindres dépenses, du coiffeur où tu te faisais raser chaque matin jusqu'à ton fiacre de minuit. C'était une affreuse corvée. Je m'en plaignais à toi continuellement. Je te disais — tu t'en souviens, n'est-ce pas ? — combien il m'était odieux d'être considéré par toi comme une personne « utile », qu'aucun artiste n'aime à être traité comme tel, car, ainsi que l'art lui-même, l'artiste est, par essence, absolument inutile. Cela te mettait fort en colère. La vérité t'a toujours mis en colère. La vérité, évidemment, est toujours pénible à écouter et très pénible à dire. Mais cela ne modifiait ni ton point de vue ni ta façon de vivre. Chaque jour, il me fallait régler toutes tes dépenses du matin au soir. Seul un homme ridiculement accommodant ou indiciblement fou eût pu agir ainsi. Malheureusement, j'étais un complet mélange des deux. Quand j'insinuais que c'était à ta mère qu'il incombait de pourvoir à tes besoins, tu avais toujours prête une très jolie et gracieuse réponse. Tu disais que le revenu que lui servait ton père — quelque quinze cents livres par an, je crois — était absolument insuffisant pour les besoins d'une dame de son rang et que tu ne voulais pas lui demander plus d'argent que tu n'en recevais déjà. Tu avais parfaitement raison de dire que son revenu était tout à fait incompatible avec sa position et ses goûts, mais tu n'en aurais pas dû faire un prétexte pour vivre dans le luxe à mes dépens et cela aurait dû, au contraire, t'inciter à un souci d'économie dans ta propre vie. Le fait est que tu étais — et que tu es encore, je le suppose — un sentimental typique. Car un sentimental est simplement celui qui désire s'offrir le luxe d'une émotion sans avoir à la payer. Il était beau de vouloir épargner le porte-monnaie de ta mère. Mais il était laid de le faire à mes dépens. Tu crois que nous pouvons avoir nos émotions gratis. Ce n'est pas possible. Il faut les payer, même les émotions les plus belles et les plus altruistes. Si étrange que ce soit, c'est ce qui en fait la noblesse. La vie intellectuelle et émotionnelle des gens ordinaires est chose bien méprisable. Tout comme ils empruntent leurs idées à une sorte de bibliothèque de prêt — le *Zeitgeist*[1] d'une époque sans âme — et les rapportent souillées à la fin de chaque semaine, ils tentent toujours d'obtenir leurs émotions à crédit et refusent de régler la facture lorsqu'elle leur parvient. Il te faut renoncer à cette conception de la vie. Dès que nous devrons payer pour une émotion, nous en connaîtrons la qualité et n'en vaudrons que mieux. Souviens-toi que le sentimental est toujours, au fond, un cynique. À vrai dire, la sentimentalité n'est que le cynisme en congé. Et si délicieux que soit le cynisme du point de vue intellectuel, maintenant qu'il a quitté le tonneau pour le club[2], il ne pourra jamais être plus que la parfaite philosophie d'un homme sans âme. Il a sa valeur sociale et, pour un artiste, tous les modes d'expression sont intéressants, mais, en soi, c'est une piètre chose car, au vrai cynique, rien n'est jamais révélé.

Je crois que s'il t'arrive de jeter un regard en arrière sur ton attitude quant aux revenus de ta mère et quant aux miens, tu ne seras pas fier de toi et peut-être un jour, si tu ne montres pas cette lettre à ta mère, lui expliqueras-tu que, pour vivre à mes dépens, tu ne t'étais pas un seul instant enquis de mon désir. C'était tout simplement la forme singulière et, pour moi, des plus affligeante, que prenait ton attachement pour moi. Dépendre de moi pour les plus petites et les plus grosses dépenses te prêtait, à tes propres yeux, tout le charme de l'enfance et, en insistant pour me faire payer chacun de tes plaisirs, tu croyais avoir découvert le secret de l'éternelle jeunesse. J'avoue que lorsqu'on me rapporte les remarques de ta mère à mon sujet, cela me blesse, et je suis certain qu'à la réflexion, tu conviendras avec moi que si elle n'a

---

1. *Zeitgeist* : en allemand, « esprit du temps ou du siècle ». **2.** Diogène (419-324 avant J.-C.), philosophe grec cynique qui vivait, dit-on, dans un tonneau.

pas un mot de regret ou de chagrin pour la ruine que m'a causée ta famille, elle ferait mieux de garder le silence. Bien entendu, il n'y a aucune raison pour qu'elle lise les parties de cette lettre qui ont trait à l'évolution mentale que j'ai subie ni aux points de départ que j'espère atteindre. Cela ne l'intéresserait guère. Mais, à ta place, je lui montrerais les passages qui concernent ta propre vie.

De fait, si j'étais à ta place, je me soucierais peu d'être aimé pour de faux-semblants. Il n'y a aucune raison pour qu'un homme étale sa vie devant autrui. Le monde ne comprend rien. Mais lorsqu'il s'agit de gens dont on désire l'affection, c'est différent. Un de mes grands amis [1] — une amitié de dix ans — vint me voir il y a un certain temps et m'assura qu'il ne croyait pas un traître mot de ce que l'on disait contre moi. Il voulait m'assurer qu'il me tenait pour tout à fait innocent et la victime d'un odieux complot ourdi par ton père. À ces mots, je fondis en larmes et lui dis que si, parmi les accusations précises portées contre moi par ton père, beaucoup d'entre elles étaient absolument fausses et m'avaient été attribuées avec une malveillance révoltante, ma vie, cependant, avait été pleine de plaisirs pervers, et à moins qu'il n'acceptât ce fait et ne le comprît pleinement, je ne pouvais plus rester son ami ni même me trouver en sa compagnie. Ce fut pour lui un terrible choc, mais nous sommes demeurés amis et je n'ai pas obtenu son amitié sous de faux-semblants. Je t'ai déclaré que dire la vérité est chose pénible. Être obligé de dire des mensonges est, de beaucoup, plus pénible.

Je me souviens qu'assis au banc des accusés lors de mon dernier procès, écoutant, écœuré et horrifié, les odieuses calomnies de Lockwood [2] contre moi — pareilles à un passage de Tacite ou de Dante, ou à l'une des accusations de Savonarole [3] contre les papes de Rome —, cette idée me vint soudain à

---

1. Sans doute Robert Sherard. **2.** Sir Frank Lockwood (1847-1897) représenta le ministère public lors du troisième procès de Wilde. **3.** Jérôme Savonarole (1452-1498), moine et réformateur florentin, ennemi des Médicis et du pape Alexandre VI Borgia qui le fit arrêter, torturer atrocement,

l'esprit : « Que ce serait splendide si je débitais tout cela contre moi-même ! » Je compris aussitôt que ce que l'on dit d'un homme n'est rien. Ce qui compte, c'est celui qui le dit. J'ai la conviction que le plus haut moment dans la vie d'un homme est lorsqu'il s'agenouille dans la poussière, se frappe la poitrine et confesse tous ses péchés. Il en serait ainsi pour toi. Tu serais beaucoup plus heureux si, de toi-même, tu faisais connaître à ta mère ne fût-ce qu'un peu de ta vie. Je lui en ai dit une bonne partie en décembre 1893, mais, bien entendu, j'étais contraint à des réticences et à des généralités. Cela ne parut guère lui donner plus de courage dans ses relations avec toi. Elle évita au contraire, plus obstinément que jamais, de regarder la vérité en face. Si tu la lui disais toi-même, ce serait différent. Il se peut que, souvent, mes paroles soient pour toi trop cruelles, mais, quant aux faits, tu ne saurais les nier. Les choses se sont passées telles que je les ai dites et, si tu as lu cette lettre avec attention, ainsi que tu aurais dû le faire, tu te seras trouvé en face de toi-même.

Si je t'ai écrit aussi longuement, c'est afin que tu puisses te rendre compte de ce que tu fus pour moi avant mon emprisonnement, pendant ces trois ans de néfaste amitié, de ce que tu as été pour moi durant mon emprisonnement, qui touche presque à deux lunes de son terme, et de ce que j'espère être pour moi-même et pour les autres lorsque ma détention aura pris fin. Je ne puis remanier ma lettre ni la récrire. Il te faut la prendre telle quelle, tachée de larmes en maints endroits et, en certains autres, portant les signes de la passion ou de la douleur, et la déchiffrer de ton mieux, taches, corrections et le reste. Quant aux corrections et aux errata, je les ai faits pour que mes paroles soient l'expression absolue de ma pensée et ne pèchent ni par exagération ni par insuffisance. Tout comme un violon, le langage a besoin d'être accordé et, tout comme un nombre trop grand ou trop petit de vibrations dans la voix du chanteur ou le frémissement de la corde peut produire une

---

pendre et brûler en public. Il est le personnage principal de *Romola*, de George Eliot (1863).

fausse note, des mots trop forts ou trop faibles altéreront un message. En tout cas, chaque phrase de cette lettre a sa signification précise. Il n'y a là aucune rhétorique. Chaque fois qu'il y a une rature ou une substitution de mots, si légère ou recherchée qu'elle soit, c'est parce que je cherche à rendre ma véritable impression, à trouver pour ma disposition d'esprit un équivalent exact. L'émotion a toujours la préséance sur la forme.

Je reconnais que c'est là une lettre sévère. Je ne t'ai pas épargné. Assurément, tu pourrais dire qu'après avoir admis que te mettre en balance contre la moindre de mes peines, la plus minime de mes pertes serait vraiment injuste à ton égard, c'est précisément ce que j'ai fait en procédant à un minutieux examen de ta nature. C'est vrai. Mais n'oublie pas que tu t'es mis toi-même sur la balance.

N'oublie pas que, par rapport à un seul moment de mon emprisonnement, le plateau sur lequel tu te trouves fait fortement pencher le fléau de la balance. C'est la vanité qui t'a fait choisir ce plateau et c'est la vanité qui t'oblige à t'y agripper. C'était là la grande erreur psychologique de notre amitié : son manque total de proportion. Tu t'es frayé un chemin dans une vie trop large pour toi, une vie dont l'orbite dépassait ta puissance de vision non moins que ta faculté d'évolution, une vie dont les pensées, les passions et les actes étaient d'une profonde portée, d'un vaste intérêt, et pleins, trop pleins, en vérité, de merveilleuses ou redoutables conséquences. Ta petite vie de petits caprices et d'accès de bonne ou mauvaise humeur était admirable dans sa petite sphère. Elle était admirable à Oxford, où ce qui pouvait t'arriver de pire était une réprimande du doyen ou une semonce du président, et où l'événement le plus sensationnel était la victoire de Magdalen College sur la rivière et le feu de joie que l'on allumait dans la cour carrée pour célébrer ce grand jour. Elle aurait dû continuer dans sa sphère après ton départ d'Oxford. Tu étais parfait quant à toi-même. Tu étais le spécimen parfait d'un type très moderne. Ce n'est que dans ses rapports avec moi que tu étais dans ton tort. Ton insouciante extravagance n'était pas un crime. La jeunesse est toujours extravagante. Ce qui était honteux était de me forcer à payer tes extravagances. Ton désir d'avoir un ami avec qui passer son temps du matin au soir était charmant. C'était presque idyllique. Mais l'ami auquel tu t'es accroché n'aurait pas dû être un homme de lettres, un artiste, un homme pour qui ta présence continuelle signifiait et la destruction de toute belle œuvre et la paralysie de toute faculté créatrice. Il n'y avait pas grand mal à ce que tu considères sérieusement que la meilleure façon de passer une soirée était de dîner au champagne au Savoy, de prendre ensuite une loge dans un music-hall et de réserver *pour la bonne bouche*[1] un souper au champagne chez Willis. À Londres, des tas de jeunes gens délicieux professent la même opinion. Ce n'est même pas une excentricité. C'est une qualification permettant de devenir un membre du White's Club. Mais tu n'avais aucun droit d'exiger de moi que je devienne pour toi le pourvoyeur de ces plaisirs. Cela prouvait ton manque de véritable appréciation de mon génie. Ta querelle avec ton père, je le répète, quoi que l'on puisse penser de son caractère, aurait dû, de toute évidence, rester entièrement entre vous deux. Elle aurait dû être réglée dans l'intimité. De telles querelles le sont généralement, je crois. Ton erreur fut d'insister pour qu'elle fût jouée comme une tragi-comédie sur la grande scène de l'histoire, avec le monde entier pour auditoire et moi-même comme prix décerné au vainqueur de cette méprisable joute. Le fait que tu haïssais ton père et que ton père te haïssait n'offrait aucun intérêt au public anglais. De tels sentiments sont très connus dans la vie familiale anglaise et devraient demeurer confinés dans le lieu qu'ils caractérisent : le foyer. Hors du cercle familial, ils sont tout à fait déplacés. Les exhiber est une faute. La vie de famille n'est pas un drapeau rouge que l'on déploie dans les rues et n'a pas à être criée sur les toits. Tu as tiré la vie domestique de sa sphère, tout comme tu es sorti de la tienne. Et ceux qui

---

1. En français dans le texte.

quittent leur propre sphère changent leur environnement, mais non leur nature. Ils n'acquièrent ni les pensées ni les passions appropriées à la sphère dans laquelle ils pénètrent. Cela n'est pas en leur pouvoir.

Ainsi que je l'ai dit quelque part dans *Intentions*[1], les forces émotionnelles sont aussi limitées en intensité et en durée que celles de l'énergie physique. La petite coupe qui est faite pour contenir une mesure déterminée n'en peut contenir davantage, même si toutes les cuves de Bourgogne sont emplies de vin pourpre jusqu'au bord et si ceux qui foulent la vendange enfoncent jusqu'au genou dans les grappes des vignobles pierreux d'Espagne. Il n'est pas plus grossière erreur que croire que ceux qui sont la cause ou le prétexte des grandes tragédies partagent les sentiments convenant à l'atmosphère tragique. Il n'est pas plus fatale erreur que l'escompter de leur part. Il se peut que, dans sa « robe de flamme »[2], le martyr contemple la face de Dieu, mais pour celui qui entasse les fagots ou les dispose pour le bûcher, toute la scène n'est rien de plus que ne l'est pour le boucher le massacre d'un bœuf, ou, pour le charbonnier de la forêt, l'abattage d'un arbre, ou, pour celui qui fauche l'herbe du pré, la chute d'une fleur. Les grandes passions sont pour les êtres doués de grandeur d'âme et les grands événements ne peuvent être vus que par ceux qui sont à leur niveau.

Dans tout l'art dramatique, je ne connais rien de plus remarquable, rien de plus évocateur dans la subtilité de l'observation que le tableau que fait Shakespeare de Rosencrantz et de Guildenstern. Ce sont les camarades de collège de Hamlet. Ils ont été ses compagnons. Ils apportent le souvenir des jours plaisants passés ensemble. Dans la pièce, au moment où ils se rencontrent, Hamlet chancelle sous le poids d'un fardeau intolérable pour quelqu'un de son caractère. Le mort est sorti de son tombeau, armé de pied en cap, pour lui imposer une mission à la fois trop haute et trop basse pour lui. C'est un rêveur à qui l'on

---

1. Voir « La critique est un art », *Intentions* (1891). **2.** Mots extraits de « A Life Drama » (1853), poème dramatique d'Alexander Smith (1830-1867).

ordonne d'agir. Il a la nature d'un poète et on le met aux prises avec la grossière complexité de la cause et de l'effet, avec la vie dans sa conception pratique, dont il ne connaît rien, et non avec la vie dans son essence idéale, qu'il connaît si bien. Il n'a aucune idée de ce qu'il doit faire et sa folie est de feindre la folie. Brutus s'est servi de la folie comme d'un manteau pour dissimuler l'épée de son dessein, la dague de sa volonté [1], mais, pour Hamlet, la folie n'est qu'un masque où cacher sa faiblesse. En débitant des choses fantasques et des railleries, il cherche une chance de sursis. Il ne cesse de jouer avec l'action comme un artiste joue avec une théorie. Il se fait l'espion de ses propres actes et, écoutant ses propres paroles, il sait qu'elles ne sont que « des mots, des mots, des mots » [2]. Au lieu de tenter d'être le héros de sa propre histoire, il cherche à être le spectateur de sa propre tragédie. Il ne croit en rien, pas même en lui, mais son incrédulité ne l'aide guère, car elle ne vient pas du scepticisme, mais d'un esprit indécis.

Guildenstern et Rosencrantz ne comprennent rien à tout cela. Ils s'inclinent, sourient avec affection, minaudant, et ce que dit l'un, l'autre le répète avec l'intonation la plus écœurante. Lorsque, enfin, grâce à la pièce dans la pièce et aux badinages de ces marionnettes, Hamlet « surprend la conscience » du roi et chasse, terrifié, le misérable de son trône, Guildenstern et Rosencrantz ne voient dans sa conduite qu'une assez pénible infraction à l'étiquette de cour. Voilà jusqu'où ils peuvent aller dans « la contemplation du spectacle de la vie avec des émotions appropriées ». Ils côtoient son secret et n'en savent rien. Et il serait absolument inutile de leur dire. Ils sont de ces petites coupes qui peuvent contenir une mesure déterminée et rien de plus. Vers la fin, il est donné à penser que, pris dans un piège tendu pour un autre, ils ont peut-être trouvé ou vont trouver une mort violente et soudaine. Mais une mort tragique de cette sorte, bien que teintée d'humour par Hamlet avec un peu de la surprise et de la jus-

---

1. Non pas l'assassin de César mais Lucius Junius Brutus qui, après avoir feint la folie, parvint à chasser du trône le roi Tarquin le Superbe. 2. *Hamlet*, II, 2, vers 191.

tice de la comédie, n'est vraiment pas pour de tels êtres. Ceux-ci ne meurent jamais. Horatio, lui, pour « défendre aux yeux des mécontents Hamlet et sa cause »[1],

> Sursoit, pour quelque temps encore, à la félicité suprême,
> Accepte de respirer encore l'air funeste de ce monde cruel[2],

meurt, mais non devant le public et sans laisser de frère. Mais Guildenstern et Rosencrantz sont aussi immortels qu'Angelo et Tartuffe[3], et devraient prendre rang parmi eux. Ils sont ce qu'a apporté la vie moderne à l'idéal antique de l'amitié. Celui qui écrira un nouveau *De amicitia*[4] devra leur trouver une niche et les louer en prose tusculane. Ce sont des types éternels. Les censurer serait faire preuve d'« un manque de jugement ». Ils sont tout simplement hors de leur sphère. La sublimité de l'âme n'est pas contagieuse. Les nobles pensées et les nobles émotions sont isolées par le seul fait de son existence. Ce qu'Ophélie elle-même ne pouvait comprendre ne pouvait être compris ni par « Guildenstern et le gentil Rosencrantz », ni par « Rosencrantz et le gentil Guildenstern ». Bien entendu, je ne propose aucune comparaison avec toi. La différence entre vous est trop vaste. Ce qui était pour eux un hasard fut pour toi un choix. Délibérément et sans que je t'y invite, tu t'es jeté dans ma sphère, y usurpant une place à laquelle tu n'avais ni droits ni titres et, avec une curieuse persistance et en m'imposant ta présence une partie de chaque journée, tu as réussi à absorber ma vie entière, n'en pouvant rien faire de mieux que de la mettre en pièces. Si étrange que cela puisse te paraître, ce n'était que naturel de ta part. Si l'on donne à un enfant un jouet trop merveilleux pour son petit esprit ou trop beau pour ses regards à peine éveillés, il brise le jouet s'il est volontaire et, s'il est distrait, le laisse tomber en allant retrouver ses com-

---

1. *Hamlet*, V, 2, vers 321. **2.** *Hamlet*, V, 2, vers 330-1. **3.** Angelo : tyran de Vienne dans *Mesure pour mesure* de Shakespeare. **4.** Essai de Cicéron. Le philosophe, qui demeurait à Tusculum, au sud de Rome, y écrivit ses *Tusculanes* où il traite de la mort, de la douleur, de l'angoisse, des passions et du bonheur.

pagnons de jeu. Il en fut ainsi de toi. Après t'être emparé de ma vie, tu ne sus qu'en faire. Tu ne pouvais le savoir. C'était une chose trop merveilleuse pour être entre tes mains. Tu aurais dû l'en laisser glisser et retourner à tes compagnons de jeu. Malheureusement, tu étais volontaire, de sorte que tu l'as brisée. C'est peut-être là, lorsque tout est dit, l'ultime secret de ce qui est arrivé. Car les secrets sont toujours plus petits que leurs manifestations. Le déplacement d'un atome peut ébranler un monde. Et, afin de ne pas m'épargner plus que toi, j'ajouterai ceci : quelque dangereuse qu'ait été pour moi notre rencontre, elle me fut rendue fatale par le moment particulier où elle se produisit. Car tu te trouvais à ce stade de la vie qui n'est autre que le temps des semailles, et j'étais à ce stade de la vie qui n'est autre que le temps de la moisson.

Il y a encore certaines choses dont il me faut t'entretenir. La première concerne ma faillite. J'ai appris il y a quelques jours, à ma grande déception, je l'avoue, qu'il est maintenant trop tard pour que ta famille puisse rembourser ton père, que ce serait illicite et qu'il me faudra rester dans ma pénible situation actuelle pour un temps considérable à venir. Voilà qui est amer pour moi parce que l'on m'assure, de source légale, que je ne puis même pas publier un livre sans l'autorisation du syndic de faillite, auquel tous les comptes doivent être soumis. Je ne puis passer un contrat avec un directeur de théâtre ni produire une pièce sans que les recettes aillent à ton père et à mes quelques autres créanciers. Je crois qu'à présent tu admettras toi-même que le plan de « jouer un bon tour » à ton père en lui donnant le moyen de me mettre en faillite n'a pas eu le résultat brillant et complet que tu en attendais.

Il ne l'a pas été pour moi, en tout cas, et il eût mieux valu prendre en considération le chagrin et l'humiliation que me causait ma pauvreté plutôt que ton sens de l'humour, si caustique et inattendu qu'il fût. De fait, en provoquant ma faillite, tout comme en me poussant à intenter le premier procès, tu as fait en réalité le jeu de ton père en agissant comme il le voulait. Seul et sans appui, il eût été, dès le début, réduit à l'impuissance. C'est en toi — bien que tu n'aies pas eu l'intention de jouer un rôle aussi horrible — qu'il a toujours trouvé son principal allié.

More Adey, dans sa lettre de l'été dernier, m'a dit que tu avais vraiment exprimé, en plus d'une occasion, ton désir de me rendre « un peu de ce que j'ai dépensé » pour toi. Ainsi que je le lui ai dit dans ma réponse, j'ai malheureusement dépensé pour toi mon art, ma vie, mon nom, ma place dans l'histoire, et si ta famille pouvait disposer à son gré des choses les plus merveilleuses du monde, ou ce que le monde tient pour merveilleux : le génie, la beauté, la fortune, une haute situation et le reste, et les déposait toutes à mes pieds, cela ne me rendrait pas le dixième de ce qui m'a été enlevé ni une larme des moindres larmes que j'ai versées. Toutefois, il faut assurément payer pour tout ce que l'on fait. Il en est également ainsi pour le failli.

Tu sembles croire que la faillite est un moyen commode d'échapper à ses dettes, de fait, de « jouer un bon tour à ses créanciers ». C'est tout à fait le contraire. C'est la méthode par laquelle le créancier « joue un bon tour » à son débiteur, pour continuer à employer ta formule favorite, par laquelle la loi, en lui confisquant tous ses biens, l'oblige à payer la moindre de ses dettes et, s'il y faillit, le laisse aussi démuni que le mendiant qui se tient sous un porche ou se traîne sur la route, tendant la main pour une aumône que, du moins en Angleterre, il a peur de demander. La loi m'a enlevé non seulement tout ce que je possédais, mes livres, mes meubles, mes tableaux, les droits d'auteur sur toutes mes œuvres publiées ainsi que sur mes pièces, tout, de fait, du *Prince heureux* et de *L'Éventail de Lady Windermere* au tapis d'escalier et au paillasson de ma maison, mais également tout ce qui pourrait me revenir. C'est ainsi que, par exemple, l'usufruit prévu dans mon contrat de mariage a été vendu. Heureusement, grâce à des amis, il m'a été possible de le racheter. Sinon, en cas de décès de ma femme, mes deux enfants, de mon vivant, eussent été aussi indigents que moi. Ce sera bientôt le tour, je suppose, de la nue-propriété de notre domaine d'Irlande que m'a légué mon père. Cette idée m'est cruelle, mais je dois me soumettre.

Les sept cents pence — ou s'agit-il de livres ? — sont un autre obstacle et devront être remboursés. Même dépouillé de tout ce que je possédais et de tout ce qui pourrait me revenir, et même si je suis déclaré insolvable, il me faudra encore m'acquitter de mes dettes. Les dîners du Savoy avec la soupe à la tortue, les savoureux ortolans enrobés dans des feuilles de vigne de Sicile, le capiteux champagne couleur d'ambre, et qui en avait presque le parfum — le Dagonet 1880 était, je crois, ton vin préféré —, tout cela doit encore être payé. Les soupers chez Willis, la *cuvée*[1] spéciale de Perrier-Jouët que l'on nous réservait toujours, les merveilleux *pâtés*[2] venus directement de Strasbourg, l'admirable *fine champagne*[3] toujours servie au fond de grands verres ballons pour que le bouquet pût en être mieux apprécié des vrais gourmets, connaisseurs de ce que la vie offre de vraiment exquis, tout cela ne peut rester impayé, comme les mauvaises créances d'un client malhonnête. Même les beaux boutons de manchettes — quatre pierres de lune en forme de cœur et joliment nacrées, serties de rubis et de diamants alternés — que j'avais dessinés et fait exécuter chez Henry Lewis, petit cadeau spécial à ton intention pour célébrer le succès de ma deuxième comédie[4], doivent être payés, bien que tu les aies, je crois, revendus à vil prix quelques mois plus tard. Quoi que tu en aies fait, je ne puis laisser le joaillier en être de sa poche pour un présent que je t'ai donné. Tu vois donc que, même déclaré insolvable, je dois encore payer mes dettes.

Ce qui est vrai pour un failli est vrai pour tous. Pour la moindre chose qui est faite, quelqu'un doit payer. Toi-même, malgré ton désir d'indépendance absolue à l'égard de tout devoir, ton instance à tout obtenir des autres, tes tentatives de rejeter tout titre à ton affection, à ton respect ou à ta gratitude, auras un jour à réfléchir sérieusement à ce que tu as fait et à tenter,

---

1. En français dans le texte. **2.** *Idem.* **3.** *Idem.* **4.** *Une femme sans importance.*

même en vain, un effort d'expiation. Le fait que tu seras incapable d'y parvenir sera une part de ton châtiment. Tu ne peux te laver les mains de toute responsabilité et te proposer, avec un haussement d'épaules ou un sourire, de passer à un nouvel ami et à un festin tout prêt. Tu ne saurais traiter tout ce que tu as attiré sur moi comme une réminiscence sentimentale bonne à être servie de temps à autre avec les cigarettes et les liqueurs, un fond pittoresque pour une vie moderne de plaisir, comme une tapisserie ancienne tendue dans un bouge. Elle pourrait, sur l'instant, avoir le charme d'une sauce nouvelle ou d'un cru inconnu, mais les reliefs d'un banquet rancissent et la lie qui reste dans la bouteille est aigre. Aujourd'hui, demain ou quelque autre jour, il te faudra t'en rendre compte. Sinon, tu mourras sans l'avoir compris, et quelle vie mesquine, indigente, sans imagination, tu auras alors vécue ! Dans ma lettre à More, j'ai suggéré un point de vue d'où tu ferais bien d'aborder le sujet dès que possible. Il te le dira. Pour le comprendre, il faudra cultiver ton imagination. Souviens-toi que l'imagination est la qualité qui nous permet de voir choses et gens sous leur rapport réel et idéal. Si tu ne peux le comprendre par toi-même, parles-en à d'autres. Il m'a fallu regarder mon passé face à face. Regarde ton passé face à face. Assieds-toi tranquillement pour le considérer. Le vice suprême est d'être superficiel. Tout ce que l'on peut concevoir est bien. Parles-en à ton frère. Percy est vraiment la personne à qui en parler. Fais-lui lire cette lettre et connaître toutes les circonstances de notre amitié. Lorsqu'on lui expose clairement les choses, il n'est pas de meilleur jugement que le sien. Si nous lui avions dit la vérité, que de souffrance et de honte m'eussent été épargnées ! Tu te rappelleras que je me proposais de le faire le soir où, d'Alger, tu es arrivé à Londres. Tu t'y es absolument refusé. Et lorsqu'il vint après le dîner, nous dûmes jouer la comédie et prétendre que ton père avait l'esprit dérangé et était sujet à d'absurdes et inexplicables hallucinations. Ce fut, aussi longtemps qu'elle dura, une excellente comédie, d'autant plus que Percy la prit tout à fait au sérieux. Malheureusement, elle se termina de la manière la plus révoltante. Le sujet dont je t'entretiens ici en est l'un des résultats et, s'il est pour toi une contrariété, n'oublie pas, je te prie, que c'est la plus profonde de mes humiliations et qu'il me faut la subir jusqu'au bout. Je n'ai pas le choix. Tu ne l'as pas non plus.

Le second sujet dont je dois te parler concerne les conditions, les circonstances et le lieu de notre rencontre lorsque ma détention aura pris fin. Selon des extraits de ta lettre à Robbie, écrite au début de l'été dernier, je crois comprendre que tu as scellé en deux paquets mes lettres et les cadeaux que je t'ai faits — du moins, ce qu'il en reste —, et que tu désires me les remettre personnellement. Il est, bien entendu, nécessaire que tu t'en défasses. Tu n'as compris ni pourquoi je t'ai écrit ces jolies lettres ni pourquoi je t'ai fait ces jolis présents. Tu n'as pas su voir que les lettres n'étaient pas plus destinées à être publiées que les cadeaux à être mis en gage. En outre, ils appartiennent à un aspect de la vie depuis longtemps révolu, à une amitié que tu as été incapable d'apprécier à sa juste valeur. S'il t'arrive de regarder en arrière, tu dois considérer avec étonnement le temps où tu tenais ma vie entière entre tes mains. Je le regarde, moi aussi, avec étonnement et avec d'autres sentiments bien différents.

Si tout va bien pour moi, je serai libéré vers la fin de mai et j'espère partir aussitôt pour l'étranger, dans quelque petit village au bord de la mer, avec Robbie et More Adey. Comme le dit Euripide dans l'une de ses pièces sur Iphigénie, la mer lave les blessures et les impuretés du monde : Θαλασσα κλύζει πάντα τ᾽ἀνθρώπων κακά [1].

J'espère passer un mois au moins avec mes amis et retrouver en leur saine et affectueuse compagnie la paix et l'équilibre, un cœur moins tourmenté, une humeur plus sereine. J'éprouve un étrange désir pour les grandes choses simples et fondamentales, telle la mer, qui, pour moi, n'est pas moins une mère que la terre. Il me semble que chacun de nous contemple trop la nature et vit trop peu avec elle. Je discerne dans l'attitude des Grecs une

1. Euripide, *Iphigénie en Tauride*, vers 1193 : « La mer emporte tout ce que l'homme a d'impur ».

grande et saine raison. Ils ne péroraient jamais sur les couchers du soleil et ne se préoccupaient pas de savoir si les ombres sur l'herbe étaient mauves ou non. Mais ils voyaient que la mer était pour le nageur et le sable pour les pieds du coureur. Ils aimaient les arbres pour l'ombre qu'ils projettent et la forêt pour son silence à l'heure de midi. Le vigneron couronnait ses cheveux de lierre pour s'abriter des rayons du soleil tandis qu'il se penchait sur les jeunes sarments et, quant à l'artiste et à l'athlète, les deux types que la Grèce nous a donnés, ils tressaient en guirlandes les feuilles du laurier amer et du persil sauvage qui, autrement, n'auraient été d'aucune utilité à l'homme [1].

Nous qualifions notre époque d'utilitaire et il n'est pas une seule chose dont nous connaissions les usages. Nous avons oublié que l'eau peut nettoyer, le feu purifier et que la terre est notre mère à tous. En conséquence, notre art a la pâleur de la lune et joue avec les ombres, tandis que l'art grec a l'éclat du soleil et traite directement les sujets. J'ai la conviction qu'il y a une purification dans les forces élémentaires. Je veux retourner vers elles et vivre en leur présence.

Assurément, pour quelqu'un d'aussi moderne que moi, d'aussi *enfant du siècle* [2], contempler le monde sera toujours charmant. Je tremble de plaisir en pensant que, lorsque je sortirai de prison, le cytise et le lilas s'épanouiront dans les jardins et je verrai le vent faire ondoyer en une frémissante beauté les grappes dorées de l'un et agiter les panaches mauves de l'autre, de sorte que l'air sera chargé pour moi de tous les parfums de l'Arabie. Linné [3] tomba à genoux et pleura de joie lorsqu'il vit pour la première fois la vaste lande d'un haut plateau anglais toute jaunie par les fleurs des ajoncs odorants. Et je sais que pour moi, les fleurs faisant partie de mon désir, il est des larmes qui m'attendent dans les pétales d'une rose. Il en a toujours été ainsi pour moi depuis mon enfance. Il n'est pas une seule

---

1. Dans l'antiquité grecque, on couronnait de lauriers les poètes et les vainqueurs aux jeux. **2.** En français dans le texte. **3.** Charles Linné (1707-78), savant suédois, considéré comme le père de la botanique moderne ; il se rendit en Angleterre en 1736.

nuance cachée dans le calice d'une fleur ni la moindre courbe d'un coquillage auxquelles, par quelque subtile sympathie avec l'âme des choses, ma nature ne réponde. Comme Gautier, j'ai toujours été de ceux *pour qui le monde visible existe*[1].

Cependant, j'ai maintenant conscience que derrière toute cette beauté, si satisfaisante qu'elle puisse être, il y a quelque esprit caché dont les formes peintes ne sont que des modes de manifestation, et c'est avec cet esprit que je désire me mettre en harmonie. Je suis las des propos débités sur les hommes et sur les choses. La mystique dans l'art, la mystique dans la vie, la mystique dans la nature, voilà ce que je cherche, et c'est dans les grandes symphonies musicales, dans l'initiation à la tristesse, dans les profondeurs de la mer, que je puis le trouver. Il m'est absolument nécessaire de le découvrir quelque part.

Chaque fois que l'on passe en jugement, c'est le procès de notre vie entière, de même que toutes les sentences sont des sentences de mort. Et j'ai été jugé trois fois. La première fois, je quittai le banc des accusés pour être arrêté, la deuxième fois pour être ramené à la maison de détention, la troisième fois pour une incarcération de deux ans. Telle que nous l'avons constituée, la société n'aura pas de place pour moi, mais la Nature, dont les douces pluies tombent sur le juste comme sur l'injuste, m'offrira, dans ses rochers, des anfractuosités où je pourrai me cacher et des vallées secrètes dans le silence desquelles je pourrai pleurer en paix. Elle tendra la nuit d'étoiles pour que je puisse marcher sans trébucher dans les ténèbres et enverra le vent sur mes empreintes pour que personne ne puisse me traquer ni me blesser. Elle me lavera dans ses grandes eaux et, avec des herbes amères, me rendra la santé.

Dans un mois, quand les roses de juin seront dans toute leur insolente opulence, j'arrangerai, si je m'en sens capable, par les soins de Robbie, une rencontre avec toi dans quelque paisible ville étrangère : Bruges, par exemple, dont les maisons gri-

---

1. En français dans le texte. Cette formule, attribuée par les frères Goncourt à Théophile Gautier, est reprise dans le chapitre IX du *Portrait de Dorian Gray*.

ses, les verts canaux, les fraîches et tranquilles ruelles, m'ont autrefois charmé. Il te faudra changer de nom pour la circonstance. Tu devras, si tu désires me voir, renoncer au petit titre dont tu étais si fier — il évoquait vraiment celui d'une fleur —, de même qu'il me faudra, à mon tour, abandonner mon nom, autrefois si musical sur les lèvres de la renommée.

Combien notre siècle est étroit, mesquin, incapable de porter ses fardeaux ! Il peut donner au succès un palais de porphyre, mais, pour la douleur et pour la honte, il n'a même pas une hutte de roseaux où elles puissent se réfugier. Tout ce qu'il peut faire pour moi est de m'obliger à changer de nom, alors que le Moyen Âge m'eût donné une cagoule de moine ou de lépreux derrière laquelle j'aurais pu être en paix.

J'espère que notre rencontre sera ce qu'elle devrait être entre nous après tout ce qui est arrivé. Autrefois, il y avait toujours entre nous un vaste abîme, l'abîme de l'art parachevé et de la culture acquise. Il y a maintenant entre nous un abîme plus vaste encore : l'abîme de la douleur. Mais à l'humilité il n'est rien d'impossible et à l'amour tout est facile.

Quant à la lettre que tu m'écriras en réponse à celle-ci, elle peut être longue, ou aussi courte qu'il te plaira. Mets-la dans une enveloppe ouverte que tu inséreras dans une autre enveloppe à l'adresse du « Gouvernement de la prison, Reading ». Si ton papier est très mince, n'écris pas des deux côtés, ce qui en rendrait la lecture difficile. Je t'ai écrit en toute liberté. Tu peux m'écrire de même. Ce que je veux savoir de toi est pourquoi tu n'as jamais fait la moindre tentative de m'écrire depuis le mois d'août d'il y a deux ans, d'autant plus que plus tard, en mai de l'an dernier — il y a maintenant onze mois de cela —, tu avais su, et avais reconnu devant certaines personnes, combien tu m'avais fait souffrir et combien je m'en rendais compte. Mois après mois, j'ai attendu de tes nouvelles. Même si je ne les avais attendues et t'avais fermé ma porte, tu aurais dû te rappeler que personne ne peut fermer à jamais sa porte à l'amour. Le juge injuste de l'Évangile finit par prendre une décision équitable parce que la justice vient chaque jour frapper à sa porte[1]. Et, quand tombe la nuit, l'ami dans le cœur duquel il n'y a pas d'amitié véritable cède enfin à son ami « à cause de son importunité »[2]. Il n'est pas de prison au monde dans laquelle l'amour ne puisse entrer de force. Si tu ne l'as pas compris, tu n'as rien compris à l'amour. Et parle-moi tout au long de ton article sur moi pour *Le Mercure de France*. Je suis un peu au courant. Tu ferais bien de m'en citer des passages. Il est composé. Fais-moi connaître aussi les termes exacts de la dédicace de tes poèmes. Si elle est en prose, cite-la moi en prose ; si elle est en vers, cite-moi les vers. Je ne doute pas qu'il s'y trouve de la beauté. Écris-moi en toute franchise à propos de toi, de ta vie, de tes amis, de tes occupations, de tes livres. Parle-moi de ton volume et de la façon dont il a été accueilli. Quoi que tu aies à dire sur ton compte, dis-le sans crainte. N'écris rien que tu ne penses : voilà tout. Si ta lettre contient quelque chose de faux ou de simulé, je m'en apercevrai aussitôt par le son qu'elle rendra. Ce n'est pas pour rien que, dans le culte que toute ma vie j'ai consacré à la littérature, je me suis fait

Avare de sons et de syllabes,
Non moins que Midas de son or[3].

Souviens-toi aussi que j'ai encore à te connaître. Peut-être avons-nous encore à nous connaître l'un l'autre.

Pour toi, je n'ai plus que cette dernière chose à te dire. Ne crains pas le passé. Si l'on te dit qu'il est irrévocable, n'en crois rien. Le passé, le présent et l'avenir ne sont qu'un instant au regard de Dieu, sous les yeux de qui nous devrions essayer de vivre. Le temps et l'espace, la succession et l'extension ne sont que des conditions accidentelles de la pensée. L'imagination peut les transcender et se mouvoir dans une sphère libre peuplée d'existences idéales. Les choses, elles aussi, sont dans leur essence ce que nous choisissons de les faire. Une chose existe

---

1. Lc 18, 5. **2.** Lc 11, 5-8. **3.** Citation tirée du « Sonnet sur le sonnet » de John Keats. Midas : roi légendaire de Phrygie qui avait obtenu des dieux le don de transformer tout ce qu'il touchait en or.

selon l'aspect sous lequel nous la considérons. « Là où les autres, dit Blake, ne voient que l'aurore franchissant la colline, je vois les fils de Dieu poussant des cris de joie [1]. » Ce qui, pour le monde et pour moi, semblait devoir être mon avenir, je l'ai perdu irrémédiablement quand je me suis laissé pousser à intenter une action contre ton père. En réalité, je l'avais, j'ose le dire, perdu depuis longtemps avant cela. Ce que j'ai devant moi, c'est mon passé. Il me faut arriver à le voir avec des yeux différents, à le faire voir au monde avec des yeux différents, à le faire voir à Dieu avec des yeux différents. Je n'y pourrais parvenir en l'ignorant, ni en le méprisant, ni en le glorifiant, ni en le niant. Je n'y réussirai complètement qu'en l'acceptant comme une phase inévitable de l'évolution de ma vie et de mon caractère, en courbant la tête devant tout ce que j'ai souffert. À quel point je suis loin de la vraie trempe de l'âme, cette lettre, par son humeur changeante et indécise, son mépris et son amertume, ses aspirations et son impuissance à les réaliser, te le montrera clairement. Mais n'oublie pas l'effroyable école où je suis assis devant ma tâche. Et si incomplet, si imparfait que je sois, il se peut que tu aies encore beaucoup à gagner grâce à moi. Tu es venu à moi pour apprendre le plaisir de la vie et le plaisir de l'art. Peut-être suis-je choisi par le destin pour t'enseigner quelque chose de bien plus merveilleux : le sens de la douleur et sa beauté. Ton ami affectionné,

Oscar WILDE.

---

1. Citation, en partie inexacte, de « A Vision of the Last Judgment » (« Vision du Jugement dernier », 1810) de William Blake.

CHRONOLOGIE

1854 (16 octobre) : Naissance à Dublin d'Oscar Fingal O'Flahertie Wills Wilde, deuxième fils de William Wilde (Sir William Wilde à partir de 1864, date à laquelle il fut anobli par la reine Victoria), médecin et chirurgien célèbre, spécialiste de l'œil et de l'oreille ; celui-ci avait déjà trois enfants, deux filles et un fils, nés hors mariage d'une précédente liaison. La mère de l'écrivain, qui avait épousé William Wilde en 1851 (et avec qui elle eut deux fils et une fille), Jane Francesca Elgee, médiocre poète engagé, avait dans les années 1840 défendu la cause du mouvement Jeune Irlande sous le pseudonyme de Speranza, ce qui lui avait valu d'être poursuivie en justice pour ses opinions. Plus tard, Wilde, qui toujours revendiqua ses origines celtes, partagea avec sa mère un très fort sentiment nationaliste et affirma être attiré par la perspective de faire à son tour l'objet d'un procès. Lady Wilde, enfin, avait pour ancêtre Charles Maturin, auteur de *Melmoth, ou l'homme errant* (1820), et l'artiste, lors de son exil en France, après son procès, prit le pseudonyme de Sebastian Melmoth.

1864-71 : Elève à la Portora Royal School, *public school* élégante située près d'Enniskillen.

1867 : Mort de sa sœur cadette, Isola, à l'âge de dix ans ; le traumatisme fut profond pour le jeune Oscar.

1871-74 : Etudes à Trinity College, Dublin. Il y obtient, en 1874, la médaille d'or du meilleur helléniste. Lecture passionnée de A. C. Swinburne, en particulier d'*Atalante à Caly-*

don, néo-tragédie grecque, et de *Poèmes et Ballades*, à l'esthétisme morbide.

1873 : Publication de *La Renaissance*, de Walter Pater. Wilde, qui appelait ce recueil d'essais « mon livre d'or », le décrit dans *De profundis* comme « le livre qui a eu une si étrange influence sur ma vie », en raison de l'accent mis par Pater sur la valeur fondamentale et première de l'esthétique.

1874-78 : Etudes à Magdalen College, Oxford. Suit l'enseignement de Walter Pater et celui de John Ruskin, dont l'influence fut profonde sur lui.

1875 : Voyage en Italie.

1876 : Mort de Sir William Wilde, déconsidéré après un retentissant procès pour le viol (supposé) d'une de ses patientes.

1877 : Voyages en Grèce et à Rome où Oscar est reçu en audience privée par le pape Pie IX.

1878 : Ecrit « Ravenna », poème qui lui valut le prix Newdigate. Termine brillamment ses études à Oxford.

1879 : S'installe à Londres où il devient un personnage très en vue en tant qu'esthète et homme d'esprit. Se lie avec Sarah Bernhardt, à laquelle il songera plus tard pour le rôle de Salomé dans la pièce éponyme. Toutefois, il affirma toujours que la pièce n'avait pas été écrite à proprement parler pour elle.

1881 : Publication de *Poèmes*, très critiqués en raison des nombreuses influences qui s'y faisaient sentir (Byron, Keats, Swinburne...) ; *Véra, ou les Nihilistes*, première pièce de Wilde, est retirée de l'affiche à la veille de la première à la suite de l'attentat contre le tsar de Russie. La pièce sera représentée à New York pour la première fois en 1891, sans grand succès.

1882 : Tournée de conférences aux Etats-Unis et au Canada sur l'esthétisme et les arts décoratifs. A son arrivée à New York le 2 janvier, déclare « ne rien avoir à déclarer en dehors de son génie ». Extraordinaire succès de curiosité et retour triomphal en Angleterre le 27 décembre.

1883 : Publication de *La Duchesse de Padoue*, pièce médiocre et pastiche de drame élisabéthain, dont la première aura lieu à New York en 1891.

1884 : Mariage avec Constance Lloyd ; J. K. Huysmans publie *À rebours*, roman dont l'influence fut considérable sur le futur auteur du *Portrait de Dorian Gray*.

1885 : Collabore à la *Pall Mall Gazette* ; naissance de son fils Cyril. Celui-ci, qui embrassa plus tard la carrière d'officier, périt en Belgique au cours de la Première Guerre mondiale.

1886 : Naissance de son fils Vyvyan qui aura une descendance toujours vivante (un fils, Merlin, lui-même père d'un garçon, Lucian). Rencontre Robert (Robbie) Ross, avec qui il eut sans doute sa première relation homosexuelle. Ross, avec qui il sera toujours ami et qui fut l'un des rares à ne pas l'abandonner pendant et après son procès, sera son exécuteur testamentaire.

1887-1889 : Wilde est rédacteur en chef de *The Woman's World*.

1888 : Publication du *Prince heureux et autres contes*. Grand succès : Wilde est comparé à Andersen.

1889 : Publication de « Plume, pinceaux, poison », du « Déclin du mensonge » et du *Portrait de Mr. W.H.*, nouvelle sur le mystérieux dédicataire des Sonnets de Shakespeare. La question de l'homosexualité du dramaturge, incarnation du génie britannique pour les Victoriens, y est très largement abordée. Les critiques, nombreuses, soulignent l'indécence du propos.

1890 : Parution de la première version du seul roman de Wilde, *Le Portrait de Dorian Gray*, son œuvre la plus célèbre et sans doute la plus commentée. Publication d'un essai qui deviendra « La critique est un art ».

1891 : Rencontre Lord Alfred Douglas, fils cadet du marquis de Queensberry ; fort attachement amoureux de Wilde au jeune lord qui, de plus, lui fait connaître les milieux clandestins de la prostitution masculine. Publication d'*Intentions*, recueil de quatre essais sur l'art et sur la critique littéraire. Publication du *Portrait de Dorian Gray* dans sa version augmentée et définitive. Publication du *Crime de Lord Arthur Savile et autres histoires*, d'*Une maison de grenades* et de « L'Âme de l'homme sous le socialisme ». Voyage à Paris où il rencontre Stéphane Mallarmé, qui travaille alors sur *Hérodiade*, ce qui donne probablement à Wilde le désir d'écrire à son tour — en français — une *Salomé*. Ce sera chose faite deux ans plus tard.

1892 (22 février) : Première à Londres de *L'Éventail de Lady Windermere* ; *Salomé*, dont la représentation était prévue avec Sarah Bernhardt dans le rôle-titre, est interdit à Londres. Les autorités prétextèrent qu'une loi ancienne s'opposait à ce que l'on montrât sur scène des personnages bibliques. La déception et la fureur de Wilde sont immenses, celles de Sarah, qui avait préparé tous ses costumes, également.

1893 : Publication de *L'Éventail de Lady Windermere* ; première d'*Une femme sans importance* ; publication de *Salomé*, pièce écrite en français.

1894 : Publication d'*Une femme sans importance*, du poème « La Sphinge » et de la version anglaise de *Salomé*, illustrée par Aubrey Beardsley. La traduction, due à Lord Alfred Douglas, avait été remaniée par Wilde, très mécontent du travail médiocre de son ami. La pièce sera retraduite par Vyvyan Holland, fils de Wilde, en 1957.

1895 : Première d'*Un mari idéal* le 3 janvier. En compagnie d'Alfred Douglas, séjour à Alger où les deux hommes rencontrent André Gide, très embarrassé ; première triomphale de *L'Importance d'être constant* le 14 février. Wilde, poussé par Douglas qui haïssait son père (qui le lui rendait bien) porte plainte en diffamation contre le marquis de Queensberry après que celui-ci l'eut accusé de « poser au somdomite [sic] ». Wilde perd son procès et est à son tour poursuivi par Queensberry ; l'écrivain, devenu bouc émissaire, est condamné, pour délit d'homosexualité, à deux ans de travaux forcés. La plus grande partie de la peine sera purgée à la prison de Reading. Constance Wilde change de nom et devient Constance Holland. Ce nom est resté celui des descendants de l'écrivain.

1896 : Le 3 février, mort de Lady Wilde, mère d'Oscar : « Sa mort fut un si terrible choc que moi, naguère seigneur du verbe, je ne trouve pas de mots pour exprimer mon angoisse et ma honte », écrivit Wilde dans *De profundis.* Première de *Salomé* à Paris le 11 février. Wilde, alors emprisonné, ne put assister à cette représentation.

1897 : En prison, Wilde écrit une longue lettre à Lord Alfred Douglas, plus tard publiée sous le titre de *De profundis*. Exil en France, d'abord à Berneval près de Dieppe. Rejoint Lord Alfred Douglas en Italie, à Naples.

1898 : Séjourne à Naples jusqu'en février, puis s'installe à Paris à l'hôtel d'Alsace, pension bon marché située rue des Beaux-Arts. Mort de Constance Holland en Italie, à Gênes, à la suite d'une opération de la colonne vertébrale. Le nom de son époux n'apparaît pas sur la pierre tombale. Publication de *La Ballade de la geôle de Reading*, dernière œuvre de Wilde.

1899 : Publication d'*Un mari idéal* et de *L'Importance d'être constant*.

1900 : En avril, se rend à Rome où il fait en sorte de recevoir six fois (!) la bénédiction du pape Léon XIII. Le 30 novembre, mort d'Oscar Wilde à Paris, à l'hôtel d'Alsace, dans le plus grand dénuement. Enterrement de sixième classe au cimetière de Bagneux. Les restes de l'écrivain ne furent transférés au cimetière du Père-Lachaise, à Paris, qu'en 1908 ; un monument funéraire imposant, orné d'un sphinx dont les traits et le regard rappellent ceux de l'écrivain, fut érigé quelques années plus tard par le sculpteur Jacob Epstein. Ce mausolée, devenu lieu de pèlerinage, est toujours visible et a été récemment restauré.

1905 : Publication de *De profundis* en version expurgée ; l'édition complète ne paraîtra qu'en 1962. Première représentation de la version anglaise de *Salomé*.

1908 : Publication des œuvres complètes de Wilde par son ami et exécuteur testamentaire Robert Ross.

BIBLIOGRAPHIE

Bibliographies

Fletcher, Ian, et Stokes, John, « Oscar Wilde », *Anglo-Irish Literature : A Review of Research*, ed. Richard J. Finneran, New York, 1976, pp. 48-137.

Fletcher, Ian, et Stokes, John, « Oscar Wilde », *Recent Research on Anglo-Irish Writers*, ed. Richard J. Finneran, New York, 1983, pp. 21-47.

Mason, Stuart [C. S. Millard], *Bibliography of Oscar Wilde*, London, T. Werner Laurie, 1914 ; Oak Knoll Press, U.S.A. et St Paul's Bibliographies, G.B., 1999.

Mikhail, E. H., *Oscar Wilde : An Annotated Bibliography of Criticism*, London, 1978.

The Wildean. The Journal of the Oscar Wilde Society, Donald Mead, ed., London, The Oscar Wilde Society. Cette revue semestrielle est utile pour la remise à jour régulière de la bibliographie (e-mail : donmead@wildean.demon.co.uk).

Il existe plusieurs sites Internet consacrés à Oscar Wilde ; on recommandera particulièrement le World Wide Wilde Web, le plus complet :

www.showgate.com/tots/gross/wildeweb.html

Voir également :

— le Wild Wilde Web : www.anomtec.com/oscarwilde
— www.public.iastate.edu/~spires/Concord/earnest.html
— www.1890s.org

EDITIONS DE L'ŒUVRE D'OSCAR WILDE

FOTHERGILL, Anthony, ed., *Oscar Wilde. Plays, Prose Writings and Poems*, London, Everyman, 1996.

HYDE, H. Montgomery, ed., *The Annotated Oscar Wilde*, London, Orbis Publishing, 1982.

MURRAY, Isobel, ed., *The Writings of Oscar Wilde*, Oxford, Oxford University Press, 1989.

MURRAY, Isobel, ed., *Complete Poetry*, Oxford, Oxford University Press, 1997.

WILDE, Oscar, *Complete Works*, introduction by Merlin Holland, London & Glasgow, Collins, 1970 et 1994.

WILDE, Oscar, *Œuvres complètes*, t. 1, éd. Alain Delahaye, Paris, Le Mercure de France, 1992.

WILDE, Oscar, *Œuvres*, introduction de Pascal Aquien, Paris, Gallimard, Bibliothèque de la Pléiade, 1996. A l'exception du *Portrait de Mr. W.H.*, du *Portrait de Dorian Gray* et de *De profundis*, dont la traduction est due à Jean Gattégno, l'œuvre de Wilde a fait ici l'objet d'une nouvelle traduction ; les contes, histoires et nouvelles ont été traduits par François Dupuigrenet Desroussilles, *Intentions* par Dominique Jean, les comédies (*L'Éventail de Lady Windermere*, *Une femme sans importance*, *Un mari idéal* et *L'Importance d'être constant*) par Jean-Michel Déprats et *La Ballade de la geôle de Reading* par Paul Bensimon.

Editions anglaises et traductions françaises des contes, nouvelles et récits

The Complete Shorter Fiction of Oscar Wilde, Isobel Murray, ed., Oxford, Oxford University Press, 1979.

Complete Short Fiction, Ian Small, ed., Harmondsworth, Penguin, 1994.

L'Anniversaire de naissance de la petite princesse, traduction de Stuart Merrill, *Paris illustré*, 65, 1889.

Le Géant égoïste, traduction de Marcel Schwob, *L'Echo de Paris*, 27 décembre 1891.

Le Crime de Lord Arthur Savile, traduction d'Albert Savine, Paris, Albert Savine, 1905. Sont inclus dans ce volume les cinq contes du *Prince heureux*.

Le Crime de Lord Arthur Savile et autres contes, traduction de Léo Lack, Paris, Mercure de France, 1939.

Le Crime de Lord Arthur Savile, traduction François Dupuigrenet Desroussilles, Paris, Gallimard, 1994.

Le Prince heureux et autres contes, traduction de Léo Lack, Paris, Mercure de France, 1938. Traduction reprise dans la collection Folio Junior, Paris, 1977, avec des illustrations d'Étienne Delessert.

Contes et nouvelles, traduction de Jules Castier, Paris, Stock, 1945. La traduction du *Crime de Lord Arthur Savile* a été reprise dans Le Livre de Poche, Paris, 1987, avec des illustrations de Christophe Besse.

Une maison de grenades, traduction de Léo Lack, Paris, Mercure de France, 1948.

Le Portrait de Mr. W.H., traduction d'Albert Savine, Paris, Stock, 1906.

Le Portrait de Mr. W.H., traduction de Jules Castier, présentation et notes de Jean-Pierre Naugrette, Paris, Le Livre de Poche, 1997.

Le Portrait de Mr. W.H., traduction d'Albert Savine, revue par Pascal Aquien, présentation et notes de Pascal Aquien, Paris, GF-Flammarion, 1999.

Editions anglaises et traductions françaises du *Portrait de Dorian Gray*

HYDE, H. Montgomery, ed., *The Annotated Oscar Wilde*, London, Orbis Publishing, 1982.

MURRAY, Isobel, ed., *The Writings of Oscar Wilde*, Oxford, Oxford University Press, 1989.

WILDE, Oscar, *Complete Works*, London and Glasgow, Collins, 1970 et 1994.

—, *The Picture of Dorian Gray*, Isobel Murray, ed., Oxford, Oxford University Press, 1974.

—, *The Picture of Dorian Gray*, Donald Lawler, ed., New York and London, Norton Critical Edition, 1988.

—, *The Picture of Dorian Gray*, Edmund White, ed., Oxford, Oxford University Press, 1999.

—, *Le Portrait de Dorian Gray*, traduction d'Albert Savine, Paris, Albert Savine, 1895.

—, *Le Portrait de Dorian Gray*, traduction d'Edmond Jaloux et Félix Frappereau, Paris, Stock, 1924.

—, *Le Portrait de Dorian Gray*, traduction et introduction de Jean Gattégno, Paris, Gallimard, 1991.

—, *Le Portrait de Dorian Gray*, traduction de Richard Crevier et introduction de Pascal Aquien, Paris, GF-Flammarion, 1995.

—, *Le Portrait de Dorian Gray*, traduction de Vladimir Volkoff et introduction de Jean-Pierre Naugrette, Paris, Le Livre de Poche, 2000.

Editions anglaises et traductions françaises des essais

WEINTRAUB, S., ed., *The Literary Criticism of Oscar Wilde*, Lincoln, University of Nebraska Press, 1968.

ELLMANN, R., ed., *The Artist as Critic : Critical Writings of Oscar Wilde*, New York, Random House, 1969.

JACKSON, J. W., ed., *Aristotle at Afternoon Tea. The Rare Oscar Wilde*, London, Fourth Estate, 1991.

DANTZIG, Charles, éd., *Aristote à l'heure du thé et autres essais*, Paris, Les Belles Lettres, 1994, et Paris, 10/18, 1998.

WILDE, Oscar, *Intentions*, traduction de J. Joseph-Renaud, Paris, Stock, 1905.

—, *Intentions*, traduction de P. Neel, Paris, Stock, 1928.

—, *Intentions*, traduction de Hughes Rebell, Paris, C. Carrington, 1906.

—, *Le Portrait de Mr. W.H.*, traduction de Jules Castier, Paris, Le Livre de Poche, 1997.

—, *Le Portrait de Mr. W.H.*, traduction de J. Joseph-Renaud, revue par Pascal Aquien, Paris, GF-Flammarion, 1999.

Editions anglaises et traductions françaises de l'œuvre théâtrale

Two Society Comedies, Ian Small & Russell Jackson, eds., New York and London, Norton, 1983.

Lady Windermere's Fan, Ian Small, ed., London, New Mermaids, 1993.

An Ideal Husband, Russell Jackson, ed., London, New Mermaids, 1993.

The Importance of Being Earnest, Russell Jackson, ed., London, New Mermaids, 1980.

The Importance of Being Earnest. The First Production, Joseph Donohue, ed., Gerrards Cross, Colin Smythe, 1995.

The Importance of Being Earnest and Other Plays, Peter Raby, ed., Oxford, Oxford University Press, 1995.

Théâtre, traduction d'Albert Savine, Paris, Stock, 1910-1911.

Théâtre, traduction de Guillot de Saix, Paris, Denoël, 1954.

L'Important, c'est d'être fidèle. France Illustration n° 165, Paris, 1954.

Il est important d'être aimé, traduction de Jean et Nicole Anouilh, 1954 ; Arles, Actes Sud, 1986.

Salomé, introduction et dossier de Pascal Aquien, Paris, GF-Flammarion, 1993.

Un mari idéal, traduction d'Arnelle, Paris, Dujarric, 1906 ; Pavillons-sous-Bois, Editions Ressouvenances, 1987.

Un mari idéal, traduction et nouvelle version (abrégée) de Pierre Laville, Arles, Actes Sud Papiers, 1995.

L'Éventail de Lady Windermere, L'Avant-Scène n° 127, Paris, 1956.

L'Éventail de Lady Windermere, *Une femme sans importance*, *Un mari idéal* et *L'Importance d'être constant*, traduction de Jean-Michel Déprats, Paris, Gallimard, Bibliothèque de la Pléiade, 1996.

Editions anglaises et traductions françaises de *De profundis*

De profundis figure dans les éditions de la *Correspondance* citées *infra* (*The Letters of Oscar Wilde*, 1962 ; *Lettres d'Oscar Wilde*, 1966 et 1994). On y ajoutera, pour les traductions françaises :

De profundis, traduction d'Henry D. Davray, Paris, Mercure de France, 1905 [version incomplète].

De profundis, traduction de Léo Lack, Paris, Stock, 1975 [version intégrale reprise dans cette édition].

De profundis, traduction de Jean Gattégno, Paris, Gallimard, 1992 ; reprise dans l'édition de la Bibliothèque de la Pléiade, 1996 [version intégrale].

Editions anglaises et traductions françaises de la *Ballade de la geôle de Reading*

The Ballad of the Reading Gaol, London, Leonard Smithers, 1898.

La Ballade de la geôle de Reading, traduction de Henry D. Davray, Paris, Le Mercure de France, 1898.

La Ballade de la geôle de Reading, traduction de Jacques Bour, Paris, Falaize, 1952.

La Ballade de la geôle de Reading, traduction de Daniel Mauroc, Strasbourg, éditions Brocéliande, 1960.

La Ballade de la geôle de Reading, traduction de Nemours-Auguste Seynour, Paris, Nizet, 1975.

La Ballade de la geôle de Reading, traduction de Jacques de Langlade, Paris, Stock, 1977.

La Ballade de la geôle de Reading, traduction de Jean Besson, Lausanne, L'Âge d'Homme, 1989.

La Ballade de la geôle de Reading, traduction de Christian Jambet, Arles, Verdier, 1994.

La Ballade de la geôle de Reading, traduction de Paul Bensimon, Paris, Gallimard, Bibliothèque de la Pléiade, 1996.

Correspondance

The Letters of Oscar Wilde, Rupert Hart-Davis ed., New York, Harcourt, Brace and World, 1962.

Selected Letters of Oscar Wilde, Rupert Hart-Davis ed., New York, Harcourt, Brace and World, 1979.

More Letters of Oscar Wilde, Rupert-Hart Davis ed., London, Oxford University Press, 1985.

Lettres d'Oscar Wilde, Paris, Gallimard, 2 vol., 1966.

Lettres d'Oscar Wilde, Paris, Gallimard, 1994.

Ouvrages et articles critiques

AQUIEN, Pascal, « Entre Dionysos et Apollon : pour une lecture nietzschéenne de Wilde », Paris, Didier Érudition, *Études anglaises*, n° 2, avril-juin 1996.

AUDEN, Wystan Hugh, « An Improbable Life », *The New Yorker*, 9 mars 1963. Repris dans *Forewords and Afterwords*, London, Faber and Faber, 1973.

BECKSON, Karl, ed., *Oscar Wilde. The Critical Heritage*, London, Routledge and Kegan Paul, 1970.

BECKSON, Karl, *The Oscar Wilde Encyclopedia*, New York, AMS Press, 1998.

BIRD, Alan, *The Plays of Oscar Wilde*, London, Vision Press, 1977.

BLOOM, Harold, ed., *The Importance of Being Earnest. Modern Critical Interpretations*, New York, Chelsea House Publishers, 1988.

BOOTH, Michael R., *Theatre in the Victorian Age*, Cambridge, Cambridge University Press, 1991.

BORGES, J. L., « Sur Oscar Wilde », *Enquêtes*, Paris, Gallimard, 1957.

BUCKTON, Oliver S., « Desire without limit : Dissident Confession in Oscar Wilde's *De Profundis* », in *Victorian Sexual Dissidence*, edited by Richard Dellamora, Chicago, The University of Chicago Press, 1999.

CAMUS, Albert, « L'Artiste en prison », préface à la *Ballade de la geôle de Reading*, Paris, Falaize, 1952.

CHASSEGUET-SMIRGEL, Janine, *Ethique et esthétique de la perversion*, Paris, Champ Vallon, 1984.

COAKLEY, David, *The Importance of Being Irish*, Dublin, Town House, 1994.

DANSON, *Wilde's Intentions, The Artist in his Criticism*, Oxford, Clarendon Press, 1997.

DECAUDIN, Michel, « Salomé dans la littérature et l'art à l'époque symboliste », *Bulletin de l'Université de Toulouse*, mars 1965.

DECAUDIN, Michel, « Un Mythe "fin de siècle" : Salomé », *Comparative Literature Studies* n°s 1-2, 1967.

DOLLIMORE, Jonathan, *Sexual Dissidence : Augustine to Wilde, Freud to Foucault*, Oxford, Clarendon Press, 1991.

DOWLING, Linda, *Hellenism and Homosexuality in Victorian Oxford*, Ithaca and London, Cornell University Press, 1994.

DUAULT, Alain, ed., *Richard Strauss : Salomé*, L'Avant-Scène Opéra, n°s 47-48, Paris, 1983.

EAGLETON, Terry, *Saint Oscar*, Derry, Field Day, 1989.

ELLMANN, Richard, ed., *The Artist as Critic : Critical Writings of Oscar Wilde*, New York, Random House, 1968.

ELLMANN, Richard, ed., *Oscar Wilde, a Collection of Critical Essays*, Englewood Cliffs, Prentice Hall, 1969.

ELTIS, Sos, *Revising Wilde. Society and Subversion in the Plays of Oscar Wilde*, Oxford, Clarendon Press, 1996.

GAGNIER, Regenia, *Idylls of the Marketplace : Oscar Wilde and the Victorian Public*, Stanford, Stanford University Press, 1986.

GAGNIER, Regenia, ed., *Critical Essays on Oscar Wilde*, New York, G. K. Hall, 1991.

GENDRE-DUSUZEAU, Sylvette, *Oscar Wilde : Père, j'ai mal à l'oreille*, Lyon, Césura Lyon Edition, 1995.

JENKINS, Anthony, *The Making of Victorian Drama*, Cambridge, Cambridge University Press, 1991.

KAPLAN, Joel H. and STOWELL Sheila, *Theatre and Fashion. Oscar Wilde to the Suffragettes*, Cambriddge, Cambridge University Press, 1994.

KIBERD, Declan, *Inventing Ireland : the Literature of the Modern Nation*, London, Jonathan Cape, 1995.

KNOX, Melissa, *Oscar Wilde. A Long and Lovely Suicide*, Newhaven and London, Yale University Press, 1994.

KOFMAN, Sarah, *L'Imposture de la beauté*, Paris, Galilée, 1995.

KOHL, Norbert, *Oscar Wilde : the Works of a Conformist Rebel*, Cambridge, Cambridge University Press, 1988.

MCCORMACK, Jerusha, ed., *Wilde the Irishman*, New Haven & London, Yale University Press, 1998.

MASQUES n° 20, Paris, hiver 1983, dossier Oscar Wilde.

MERLE, Robert, *Oscar Wilde*, Paris, Perrin, 1984 et Editions de Fallois, 1995.

MORGAN, Margey, *File on Wilde*, London, Methuen, 1990.

NASSAAR, Christopher S., *Into the Demon Universe : a Literary Exploration of Oscar Wilde*, New Haven & London, Yale University Press, 1974.

PAGLIA, Camille, *Sexual Personae : Art and Decadence from Nefertiti to Emily Dickinson*, London, Yale University Press, 1990.

PIERROT, J., *L'Imaginaire décadent (1880-1900)*, Paris, P.U.F., 1977.

POWELL, Kerry, « Tom, Dick, and Dorian Gray : Magic Picture Mania in Late Victorian Fiction », *Philological Quarterly* 62, 1983.

POWELL, Kerry, *Oscar Wilde and the Theatre of the 1890s*, Cambridge, Cambridge University Press, 1990.

PRAZ, Mario, *The Romantic Agony*, Oxford, Oxford University Press, 1933 ; publié en français sous le titre : *La Chair, la Mort, le Diable*, Paris, Gallimard, 1977.

PREWITT BROWN, Julia, *Cosmopolitan Criticism. Oscar Wilde's Philosophy of Art*, Charlottesville and London, The University Press of Virginia, 1997.

PSICHARI, Jean, « Salomé et la décollation de saint Jean-Baptiste », Paris, *Revue d'Histoire des Religions*, tome 72, 1915.

RABY, Peter, *Oscar Wilde*, Cambridge, Cambridge University Press, 1988.

RABY, Peter, éd., *The Cambridge Companion to Oscar Wilde*, Cambridge, Cambridge University Press, 1997.

SANDULESCU, C. George, ed., *Rediscovering Oscar Wilde*, Princess Grace Irish Library n° 8, Gerrards Cross, Colin Smythe, 1994.

SHEWAN, Rodney, *Oscar Wilde : Art and Egoism*, London, Macmillan, 1977.

SINFIELD, Alan, *The Wilde Century. Effeminacy, Oscar Wilde and the Queer Moment*, London, Cassell, 1994.

SMALL, Ian, *Oscar Wilde Revalued : an Essay on New Materials and Methods of Research*, Greenboro, NC ; ELT Press, 1993.

SMITH, Philip E. & HELFAND Michael S., *Oscar Wilde's Oxford Notebooks : A Portrait of the Mind in the Making*, New York, Oxford, Oxford University Press, 1989.

TANITCH, Robert, *Oscar Wilde on Stage and Screen*, London, Methuen, 1999.

TYDEMAN, William and PRICE Steven, *Wilde : Salomé.* Plays in Production Series, Cambridge, Cambridge University Press, 1996.

VARTY, Anne, *A Preface to Oscar Wilde*, London & New York, Longman, 1998.

WARNER BLANCHARD, Mary, *Oscar Wilde's America : Counterculture in the Gilded Age*, London, Yale University Press, 1999.

WORTH, Katherine, *Oscar Wilde*, London, Macmillan, 1983.

Biographies et témoignages divers sur la vie de Wilde

BADINTER, Robert, *C. 3. 3.* précédé de *Oscar Wilde ou l'injustice*, Arles, Actes Sud, 1995.

BENTLEY, Joyce, *The Importance of Being Constant*, London, Robert Hale, 1983.

CLARK AMOR, Anne, *Mrs Oscar Wilde. A Woman of Some Importance*, London, Sidgwick and Jackson, 1983.

COAKLEY, Davis, *The Importance of Being Irish*, Dublin, Town House, 1994.

DAVRAY, Henry D., *La Tragédie finale*, Paris, Mercure de France, 1928.

DOUGLAS, Lord Alfred, *Oscar Wilde and Myself*, London, John Long, 1914 ; New York, AMS Press, 1977. Paru sous le titre de *Oscar Wilde et moi*, Paris, Emile-Paul Frères, 1917.

DOUGLAS, Lord Alfred, *The Autobiography of Lord Alfred Douglas*, London, Martin Secker, 1929.

DOUGLAS, Lord Alfred, *Oscar Wilde : A Summing-Up*, London, Duckworth, 1940.

ELLMANN, Richard, *Oscar Wilde*, Harmondsworth, Penguin, 1987 ; traduction française : Paris, Gallimard, 1994.

FOLDY, Michael S., *The Trials of Oscar Wilde. Deviance, Morality, and Late-Victorian Society*, New Haven and London, Yale University Press, 1997.

FRYER, Jonathan, *André and Oscar : Gide, Wilde and the Gay Art of Living*, London, Allison and Busby, 1997.

GARDINER, Juliet, *Oscar Wilde. A Life in Letters, Writings and Wit*, London, Collins and Brown, 1995.

GIDE, André, *Journal 1889-1938*, Paris, Gallimard, Bibliothèque de la Pléiade, 1951.

GIDE, André, *Oscar Wilde*, Paris, Mercure de France, 1901 ; rééd. 1946.

GIDE, André, *Prétextes*, 1903. Paris, Mercure de France, 1963.

GIDE, André, *Si le grain ne meurt*, 1924. Paris, Gallimard, 1955.

GOODMAN, Jonathan, *The Oscar Wilde File*, London, Allison and Busby, 1988.

HARRIS, Frank, *Oscar Wilde*, 1916 ; rééd. London, Robinson Publishing, 1997.

HOLLAND, Vyvyan, *Son of Oscar Wilde*, London, Hart-Davis, 1954 ; Oxford, Oxford University Press, 1988. Revised edition, London, Robinson Publishing, 1999.

HOLLAND, Vyvyan, *Oscar Wilde, a pictorial biography*, London, Thames and Hudson, 1960 ; rééd. 1966 et 1988.

HYDE, H. Montgomery, *The Trials of Oscar Wilde*, New York, Dover, 1962 ; traduit sous le titre *Les Procès d'Oscar Wilde*, Paris, Mercure de France, 1966.

HYDE, H. Montgomery, *Oscar Wilde*, New York, Farrar Straus, 1976.

HYDE, H. Montgomery, *Lord Alfred Douglas*, New York, Dodd Mead, 1985.

JULLIAN, Philippe, *Oscar Wilde*, Paris, Perrin, 1967 ; London, Constable, 1969.

MELVILLE, Joy, *Mother of Oscar Wilde. The Life of Jane Francesca Wilde*, London, John Murray, 1994 ; Allison and Busby, 1999.

MERLE, Robert, *Oscar Wilde ou la « destinée » de l'homosexuel*, Paris, Gallimard, 1955.

MIKHAIL, E.H., ed., *Oscar Wilde. Interviews and Recollections*, London, Macmillan, 1979.

PAGE, Norman, *An Oscar Wilde Chronology*, London, Macmillan, 1991.

PEARSON, Hesketh, *The Life of Oscar Wilde*, London, Methuen, 1946 ; Penguin, 1960.

RANSOME, Arthur, *Oscar Wilde, A Critical Study*, London,

Martin Secker, 1912 ; traduit sous le titre d'*Oscar Wilde*, Paris, Mercure de France, 1914.

REBELL, Hugues et al., *Pour Oscar Wilde. Des écrivains français au secours du condamné. Textes d'Hugues Rebell, Paul Adam, Jean Lorrain, Octave Mirbeau, Henri de Régnier etc.*, Rouen, Brunet, 1994.

SCHMIDGALL, Gary, *The Stranger Wilde : Interpreting Oscar*, London, Abacus, 1994.

SCHROEDER, Horst, *Additions and Corrections to Ellmann's Oscar Wilde*, Braunschweig, 1989.

SHERARD, Robert, *The Life of Oscar Wilde*, London, T. Werner Laurie, 1906.

SHERARD, Robert, *The Real Oscar Wilde*, London, T. Werner Laurie, 1917.

VALLET, Odon, *L'Affaire Oscar Wilde*, Paris, Albin Michel, 1995 ; Folio / Gallimard, 1997.

VARAUT, Jean-Marc, *Les Procès d'Oscar Wilde*, Paris, Perrin, 1995.

YEATS, W. B., *Autobiographies*, « The Trembling of the Veil », London, Macmillan, rééd. 1991.

Iconographie

GARDINER, Juliet, *Lettres illustrées d'Oscar Wilde*, Paris, Herscher, 1996.

GATTÉGNO, Jean et HOLLAND Merlin, *Album Wilde*, Paris, Gallimard, Bibliothèque de la Pléiade, 1996.

HOLLAND, Merlin, *The Wilde Album*, London, Fourth Estate, 1997.

Table

POÈMES

CONTES ET RÉCITS

ESSAIS

THÉÂTRE

Imprimé en Italie par

LA TIPOGRAFICA VARESE
Società per Azioni
Varese

Dépôt légal éditeur : 28195 - 01/2003
Édition 01
ISBN : 2 - 253 - 13271 - 3